图书在版编目（CIP）数据

天衣：全三卷 / 阿菩著. -- 广州：花城出版社，2025.4
ISBN 978-7-5749-0136-0

Ⅰ. ①天… Ⅱ. ①阿… Ⅲ. ①长篇小说－中国－当代 Ⅳ. ①I247.5

中国国家版本馆CIP数据核字(2024)第092438号

天衣：全三卷
TIANYI：QUAN SAN JUAN
阿菩 / 著

出 版 人	张　懿
责任编辑	蔡　宇
责任校对	衣　然
技术编辑	凌春梅
封面插图	王一智
装帧设计	姚　敏
出版发行	花城出版社
经　　销	全国新华书店
印　　刷	深圳市福圣印刷有限公司
开　　本	787 毫米×1092 毫米　16 开
印　　张	78.25
字　　数	1,118,000 字
版　　次	2025 年 4 月第 1 版　2025 年 4 月第 1 次印刷
定　　价	148.00 元（全三卷）

版权所有·侵权必究。如发现印装质量问题，请与出版社联系。

联系电话：020-37604658　37602954

目 录

第 一 针　接管了一间破烂绣坊 / 001
第 二 针　深圳墟的海上绣神 / 013
第 三 针　海上斗绣的传闻 / 023
第 四 针　澳门古蜜 / 032
第 五 针　改绣 / 041
第 六 针　蝴蝶 / 047
第 七 针　回程 / 052
第 八 针　绣坊第一次整顿 / 057
第 九 针　门前受辱 / 062
第 十 针　陈老夫人 / 067
第 十 一 针　霍家秘闻 / 072
第 十 二 针　陈子峰 / 078
第 十 三 针　隐藏的蝴蝶 / 083
第 十 四 针　自立 / 091
第 十 五 针　改名 / 099
第 十 六 针　凰浦绣庄 / 105
第 十 七 针　洗脚水 / 110
第 十 八 针　发难 / 115
第 十 九 针　撕单 / 120
第 二 十 针　折服 / 126
第二十一针　捡到宝 / 131
第二十二针　疑针 / 137
第二十三针　林添财剃头 / 143
第二十四针　求知欲 / 148

第二十五针　霍绾儿 / 155
第二十六针　宗师参比 / 162
第二十七针　临比改章 / 167
第二十八针　暗中横手 / 172
第二十九针　开锣 / 177
第 三 十 针　有人挖你们墙脚 / 182
第三十一针　中上之物 / 187
第三十二针　林小云倒霉记 / 193
第三十三针　第三个斗绣师傅 / 198
第三十四针　被针对了 / 204
第三十五针　示弱 / 209
第三十六针　初战 / 214
第三十七针　绣龙鳞 / 220
第三十八针　不知所云 / 225
第三十九针　宛若中邪 / 230
第 四 十 针　云绣藏龙 / 235
第四十一针　当年的背叛者 / 241
第四十二针　轻取 / 247
第四十三针　新罗之绣 / 254
第四十四针　收婢 / 261
第四十五针　取消资格 / 266
第四十六针　风雨忽来 / 271
第四十七针　雨夜命案 / 276

第四十八针	艺的力量，道的超脱 / 281	
第四十九针	沈女红 / 289	
第 五 十 针	股份重置 / 294	
第五十一针	绣围棋 / 300	
第五十二针	以一敌三 / 306	
第五十三针	奇着三变 / 311	
第五十四针	再陷危局 / 316	
第五十五针	双手绣 / 321	
第五十六针	赢定了 / 327	
第五十七针	迟了一步 / 333	
第五十八针	无耻！无耻！/ 338	
第五十九针	篮采离支 / 344	
第 六 十 针	叶藏丹果 / 349	
第六十一针	拒绝招揽 / 354	
第六十二针	刺绣真谛 / 362	
第六十三针	宗师服输 / 367	
第六十四针	厉害的手腕 / 374	
第六十五针	天才的传说 / 380	
第六十六针	临水自怜金翠尾 / 386	
第六十七针	威逼 / 391	
第六十八针	拒胁 / 397	
第六十九针	内定的结局 / 403	
第 七 十 针	绣道的终点 / 408	

第一针　接管了一间破烂绣坊

林叔夜见到黄埔绣坊的时候,实在不能相信它竟破败成这个样子。

他刚满二十岁的这一年,从祖母手中拿到地契和文书,成为这座绣坊的新主人,兴冲冲地从西关赶到黄埔,和大部分得到人生第一个机会的年轻人一样,在来的路上已经做了各种各样的创业设想:如何接管绣坊,如何收服绣工,如何开拓市场……最后在刺绣领域打出他林叔夜的朵①来!

西关在广州西面,黄埔在广州东面,这时是嘉靖年间,广州早已成为一个繁华的大都会。林叔夜穿过整个广州城,赶到黄埔时已是黄昏。

在看到绣坊的第一眼,他的雄心壮志就变成了一句广东话粗口——

"丢!"

黄埔绣坊占地面积很大,门面五间,前后五进,可以想见当初也辉煌过,但外围那圈蚝墙②处处斑驳脱落,很多地方只剩下半截。左前拐角处还缺了个大口子,被人种了一棵桑树堵住;右边的墙壁破了个大洞,一条癞皮狗正钻出去,看到林叔夜后吠了几声。

---

① 朵:在广东话里有"名号"的意思。
② 蚝墙:指用蚝壳做的墙,是岭南建筑中比较独特而别致的工艺,多出现在珠江三角洲一带。明末清初番禺学士屈大均于《广东新语》就有记载:"蚝,咸水所结,以其壳垒墙,高至五六丈不仆。"

屋顶的瓦片更是残缺不全，到处都有茅草混了熟土塞洞缝的痕迹。一阵风吹过来，里头还夹着一些烟火气味，大概是有人在里头烧明火做饭。这种事情本来是不应该发生在一座到处都是布绸丝线，必须严格防火的绣坊里头的，但现在林叔夜已经没心思计较这一点了。

落日的斜晖打在眼前这座老旧、残破的建筑上，没能让林叔夜心中产生一点美感——他现在只想骂人。

好吧，舅舅先一步帮他骂了出来。

林添财嘴里就没好词："这是什么破烂！用垃圾堆起来的吗？求人收走还得给人补贴。阿夜啊，你这可怜的老实孩子，又被人骗了。"

林添财长得矮胖矮胖的，一张脸又黑又脱皮，一个肚子又圆又挺，丑得有些滑稽；林叔夜站在他身边，更显得眉清目秀、瘦削挺拔。不过，细看还是能发现两人五官有点像，只是林叔夜皮肤白皙、双眉淡扫，身上是满满的尚未褪去的少年感，又有一点读书人的书卷气，跟被市井气浸润了几十年的林添财简直是云泥之别——不过在生意人眼中又是另外一种观感了：林添财一看就是精明强干，不像林叔夜，那种刚刚走出家门的模样在生意人眼里简直就是一只肥羊。

"这么一座破宅子！打发叫花子也得拿点真金白银啊，陈家太过分了！我说那个老太婆怎么忽然变好人了，原来没有转性啊。阿夜，以后你别惦记着什么认祖归宗了，就姓林，跟我回潮州去，有舅舅在，少不了你一口饭吃！"

林添财将这座连牌匾都没有的宅子上下打量："不过到手的东西也不能扔……还是转手卖了吧。这宅子不值钱，只能卖地，不过黄埔的地也不值钱啊……"

那条癞皮狗还在那儿吠着。林添财没好气，常年在外奔走，随身带着一根青竹棍，这时抡起竹棍就打，吓得癞皮狗倒退回缩，它却在狗洞里头叫得更大声了。

"谁在外头打我们的狗！"虚掩的门"吱"了一声，三个中年妇女走了出来。为首的女人大概四十岁，身形矮胖，肤色黝黑，是岭南农村妇女典型的长相，看了林添财两眼，竟好像认得他："哎哟，是林揽头。"

林添财也是吃刺绣这口饭的，在省城跟人合开了一个绣铺，在潮州府也有自己的铺面，常年在广州、潮州之间往来，收了潮州府那边的绣品，拿到广州府这边贩卖，所以被称为"揽头"。赚的虽是辛苦钱，如今也算是家境殷实。当然，跟林叔夜的长兄陈子峰是没法比的。

林添财不认得眼前这个妇人，只是觉得有些面善，大概是在什么场合见过。那妇人就上前说："我们这宅子虽然没挂牌匾，却是广府陈家的产业、广东第一绣庄广茂源的分坊。我是这绣坊的管事，大家都叫我黎嫂。林揽头到这里，不知有何贵干？"

林添财有些不愉悦地哼了一声，道："广茂源位列广东十大名庄之首，名声在整个大明也是响当当的。这破地方既然是广茂源的分坊，也不知道修葺修葺，传了出去，他陈子峰也不怕丢脸。"

黎嫂身后的两个妇女听了这话都现出恼怒的神色，就要挺身而出，林添财已经指着林叔夜说："喏，这是你们茂源绣庄的三少爷，今天拿了地契和文书，过来接掌你们这座破绣坊的。"

几个妇女都呆了呆，但随即想起还真有这回事，前几天有人来通知过的。她们一起看向林叔夜，心里都想：这小哥就是老庄主的私生子，人家叫他绣房崽的那个？长相倒是真俊，就是老实巴交的，被打发来这里，也是可怜。

外人骂绣坊她们不干，但林叔夜身为茂源绣庄老庄主的儿子，被打发来这个破落地方，接掌这样一个绣坊，就连她们也觉得这个新主人可怜，便猜到这小伙子在陈家是被人给排挤了。

林叔夜这时已经从一开始的失落中暂时走出来了，对舅舅说："先进去看看吧。"他虽然是外甥，但在这件事情上他是主，林添财是帮衬，所以还是听他的。

这座绣坊是作为一个工坊建起来的，所以格局与岭南普通民居不一样。当初一共有五间五进：大门质朴却高耸，进门后一个屏风,屏风左右各有一间耳房,左边的耳房是门房,右边的耳房是谈生意用的小账房;屏风后面是个开阔的天井,天井再过去就是一个大厅——这里原是黄埔绣坊的外大厅——接待重要客人和年节祭祀都在这里,大厅摆个十来桌、天井站个几十人不在话下;外大厅再往里是内厅,是原本绣坊内部人员议事用的;内外两厅的两侧,各隔成了三间长方形的宽敞房屋,而这六间大屋便是六个刺绣厂房,是这座绣坊的核心。

以上这些就是黄埔绣坊勉强守住的里三间、前三进了。内厅后面本来还有两进,六间刺绣厂房的左右两侧本来还有左右两廊,也分别建了房屋,如今却已经破败得不成样子,早已废弃,用泥砖堵了巷门,只当左右是荒地,后面是废园。

林叔夜甥舅在黎嫂的引领下进了门。这一进门,林添财就皱眉了,因为这个大门十分宽敞,但门板单薄极了,就是两块柴板,制作十分粗劣,地面也没有门槛,柴门下面漏着风——仔细一看,似乎原本是有门槛的,却被铲平了;再一细看,门两边的墙壁都有填补的痕迹,看来原本的大门还不止这么大。

进了门,抬头就看见一块由巨石磨平而成的屏风。屏风有一丈八尺高、两丈二三尺宽,乍一看很有气势,只是光秃秃一块石头也十分突兀。

黎嫂说:"听说以前这里挂着一幅很大的刺绣,不过我来的时候已经没了,也不知道真的假的。"

林叔夜抬头看着这块巨石,遥想了一下说:"这么大一幅刺绣,那可漂亮得很呢。这座绣坊不是破烂啊,至少当年经营它的人是用心的。舅舅,如果我们能将绣坊给重整起来,一定给它再挂上一幅更好看的刺绣。"

三个妇人中最老的那个听了这话,忍不住看了林叔夜一眼。

绕过屏风,眼前忽然开阔,这是一个很大的天井,尽管如今地面满是泥泞和野草,但建筑结构毕竟还在,让人一看就有心胸一阔的感觉。天井的正中央由无数小坑组成了一条小路,看得出原本应该是铺着鹅卵石,但如今鹅卵石都被挖掉了,就变成了一条坑洼的路，十分丑陋。

林添财忽然想到了什么，叫道："这里……难道……难道这里是黄埔绣坊？"

黎嫂道："是啊，这里就是黄埔绣坊。你们没看义书吗？"

林添财的嘴角抽了抽，跟着有些不自然地呵呵笑起来："我明白了。"

"明白什么？"林叔夜问道。

林添财在林叔夜耳边低声说："这座绣坊，就不是自己慢慢破败成这样的，是被人硬生生糟蹋成这样的。"

"硬生生糟蹋？这不是陈家的产业吗？为什么要糟蹋自家的产业？"林叔夜没意识到这是秘密，所以没压低声音。

黎嫂等人听了这话，不禁看了过来。

"这座绣坊原本不是陈家的，是被陈家吞并的……"林添财看到几个妇人近在咫尺，忽然又改口，"哎，陈年旧事，不说它了。反正也没什么大不了的。"

穿过天井，外大厅堆满了杂物，若不是这些杂物，应该也是一个很宽阔的厅堂，里面那墙壁原本可能有摆神主牌的桌案，如今也全都被铲掉了。这面墙壁左右各有一个门户，进了门户，林添财说："总算像个有人住的地方了，但还是不像一座绣坊。"他的嘴可真刻薄，黎嫂等忍不住又瞪了他一眼。

"瞪什么，这里东西摆得乱糟糟的，哪有个绣坊的样子？"

这里原本是内厅，这时摆满了各种刺绣的用具。此外还搭了两张便床，看着很是杂乱，但总算不像前面那般荒废。

黎嫂将绣坊里的绣工都叫来跟林叔夜相见，一共三十几号人，都是女子，年纪大的有五十来岁，小的才十二三岁，不过大部分集中在三十多岁的年纪。绣工们这两天听说会来一个新坊主，却没想到是这样一个毛头小伙子，一张鹅蛋脸，模样倒是漂亮得紧，又斯斯文文的，像个秀才公——这样的人能做什么刺绣生意？好些人心里便有些冷了：这小伙子多半转一圈就走，这绣坊以后多半还是黎嫂话事。

黎嫂告诉林叔夜，整座绣坊，大多数屋瓦都漏雨，只有这内厅和西边三间大屋的瓦片还算齐整。"我和吴嫂、刘婶住在这内厅，那三间大屋，一间做工坊，一间给绣工们住，还有一间就做了仓库。"

林叔夜看了看这内厅，又要去看那三间大屋。才到第一间，黎嫂连忙说："这间大屋里摆了大通铺，除了住在村里的，有二十号人住在里头……里头都是女人的东西。"林叔夜听了后便不进去了，且去看中间那间大屋。这里做了工坊，满屋子都是绣架、绣车，也堆了一些半成品布帛，横七竖八的，管理颇为混乱。

林添财一看，说："去年我家闹了老鼠，闹得不可开交……"

没人知道他为什么忽然说这个，一起望向他。

"老子被闹得不能安生，一恼火，满屋子撒了面粉。那老鼠踩了面粉，就有了脚印。老子追着脚印找到了老鼠窝，拿铲子挖了起来，挖啊，挖啊，挖到一个好大的老鼠洞！结果一看！好家伙！"

人群里有个十三四岁的小姑娘叫喜妹，她好奇地问："怎么样？"

林添财指了指这间工坊："那个老鼠洞……比这里还齐整。"

喜妹"扑哧"一声笑了出来，旁边一个老婆子赶紧捂住了她的嘴。黎嫂脸上有些惭愧，吴嫂的眼神中却透出怒意。刘婶赶紧打圆场："去仓库，去仓库。"

西边这三间大屋，最里面的一间做了仓库。刘婶打开锁，林叔夜进去一看，倒是眼前一亮：各排架子齐齐整整，上面堆放着各种物料、成品、半成品，虽然架子大半空着，但这秩序感和工坊那边形成了鲜明的对比。不过架子一大半都空着，显然物料也好，成品也好，都不多。

刘婶说："这里不能点火点灯，所以暗了些。以前仓库是设在后面，后两进废掉之后，仓库就挪到了这里。"

林叔夜的生母是广茂源的一个绣工，他就是在绣架旁出生的，从小知道绣坊的事情。这时内外查看，只见这仓库不但归类整齐，而且无灯无烛，所有可能引火之物一件没有，在恰当的地方又放了石灰以防潮、樟脑以驱虫，在细节上也是满分。

林添财啧啧道："这才像个样子，刘婶你在这里屈才了。回头我给你介绍个省城里的好差事吧，保你工钱翻倍。"

吴嫂的脸色更不好看了，刘婶忙说："这里挺好的，我是黄埔村的人，不想离乡。"

林叔夜将绣坊内外看了一遍，然后回到玄关处，在那块光秃秃的石头前面发怔，直到林添财来叫他，问他要不要回去。林叔夜却道："我想在这里住一晚。"

"这破地方有什么好住的。"林添财嘟囔着，"现在天色虽然有些晚，但赶一赶路，还是能回西关的。"

但林叔夜还是说："我想在这里住一晚，要不舅舅先回去？"

"这什么话！"林添财对外甥真是好得没的说，虽然不乐意，却还是告诉黎嫂他们准备先住下。黎嫂对此倒有准备。

东边三间大屋，其中两间瓦片不全，天晴漏光，雨天漏水，剩下的中间那间也堆了杂物。听说新的坊主要来，昨天已经把中间那大屋收拾了出来——屋子倒是收拾干净了，里头摆了两张简陋的床。这是一个能做刺绣厂房的房间，面积自然是不小的，两张床摆下去后仍显得空荡荡。进门没一会儿，林添财已经打了三四次蚊子。

黎嫂有些不好意思地说："床铺虽有准备，但不知道坊主什么时候来，所以今天没准备饭食。"

林叔夜道："不要紧，我们吃点干粮就好。方便的话，先把账簿取来，再拿一些本坊出产的绣品，我们今晚看了账簿、绣品，明天好交接。"

"这个早准备好了。"黎嫂说着，回头从刘婶手里接过六本账簿，递给了林叔夜，"若有不明白的，我和刘婶都住在内厅，叫一声我们就来了。"

他们走了之后，林添财就忍不住吐槽："这个破地方也能睡觉？阿夜，将就一晚，明天赶紧回西关去。"

林叔夜已经点了灯："舅舅，我想今晚先把账簿看了再说。"

"对，对！"林添财说，"把东西都点清楚了，才好发卖。"

"我没打算卖。"

"啊？"

林叔夜挑了挑灯芯，说："刚看到这绣坊的时候，我的确很失望；但把绣坊看了一遍后，我就转心思了。"

"转什么心思？这破绣坊你还能看出什么？"

"我看出了它的布局是有野心的。"林叔夜说，"这里靠近珠江，却不直面江口，地势又比周围高，就算台风、暴雨，也不至于成为泽国，放晴日却能很轻易地将货物经水路运进运出。这是地利。"

林添财道："嗯，你这么说倒也是。这庄子前池后林、左丘右田，风水还算可以。"

林叔夜继续道："这里是黄埔村的地，却没在村里，跟本村民居有一定的距离。我刚才问过，周边的土地都是当初买断的，不会和村民有田土纠葛，因此可以很容易地雇到本村的民夫，同时不会轻易陷入村内的纠纷。这是人和。"

这一点林添财却没想到，他有些意外。对这个外甥，他心里有愧。自林叔夜十二岁之后，他就将林叔夜保护得很好，没想到林叔夜这几年没怎么出过门，却有这等眼光。

林叔夜最后道："所以现在，这绣坊差的只是天时。我刚才站在那块巨石前面想了很久……"

"怎样？"林添财问。

林叔夜道："舅舅，我愿意成为它的天时。"

"啊！阿夜，你可得想清楚啊！"林添财说，"这个绣坊，它的底子太差了。你就算想创业立足，也该找个更好的。"

"更好的？"林叔夜忽然自嘲般笑了笑，"我这辈子，本来就不曾有过多好的开局。十二岁以前糟糕透顶，十二岁以后过了八年安生日子，却都是靠着吸舅舅的血汗。舅舅刚起步的时候，比我现在还差，不是靠忍着、挨着、熬着，才一步步走到今天的吗？"

林添财听得有些怔了。他对林叔夜好，有什么苦楚都自己暗中吃着，在外甥面前从来都是故作轻松，却没想到都被林叔夜看破了，还记在心里。听到这句"舅舅的血汗"，他一时心里酸酸的，又有些暖，觉得这些年吃的苦都值了。

就听林叔夜继续说："我虽然是陈家的血脉，但这些年我是靠舅舅活着的，所以我的命底子是舅舅，不是陈家。刚才我在那巨石前面已经想明白了：先拿到一手好牌，然后上赌桌，那就不是我的命；先上赌桌，靠忍着、挨着、熬着，慢慢拿到好牌，那才是我可能拥有的。"

灯芯已经挑得发亮，林叔夜将六本账簿放在了桌子上："先看账簿吧。舅舅你教过我，十鸟在林不如一鸟在手，这座绣坊，就是在我手中的一鸟了。"

林添财轻轻叹了一口气，没想到自己竟然会被外甥说服。不过他很高兴，因为他没想到，不知不觉……

"阿夜长大了啊！"

于是他坐到了林叔夜身边，帮着看账簿。然而只看了两眼，他原本因欣慰而产生的好心情一下子就变坏了。他翻着账簿，越看越心凉。

一座绣庄或绣坊，招进来刚入门的叫学徒；学徒学个几年工夫成熟手了，转为绣工；绣工再干几年，如果能练成一技之长，便成了刺绣师傅；做了刺绣师傅后若能继续精益求精，兼通各种刺绣门道，便成为大师傅。一座绣坊一般要有一两位大师傅坐镇，不然撑不起来。

但眼下这黄埔绣坊连一个大师傅都没有，只有黎嫂、吴嫂、刘婶三个师傅，下面有二十几个绣工、七八个学徒。黎嫂虽是个资深的刺绣师傅，针线功夫扎实，却一直未得名师指点，无法进阶，就算这样也已经是黄埔绣坊最有功夫的人了。绣坊的绣品最关键的步骤都要她去做，为此她每天都忙得不可开交，所以管理工坊的事情便交给了吴嫂，仓库则交给了刘婶。

林添财只看了六本账簿中的一本，就几乎想扔了："阿夜，这黄埔绣坊说什么都不能要了。你舅舅我在省城的那个铺面，虽然我只占三成的股,但去年的收入也比这绣坊多。如果再扣除工钱、物料……"

他屈指算了一下:"伊阿母①!这就是个赔钱货!我说陈家的人恶心了我们十几年,怎么会忽然变好心了!原来把坑挖在了这里!"

就在昨天,一向看林叔夜不顺眼的陈老夫人忽然将林叔夜叫了去,透出要让他接掌一家绣坊历练的口风。林叔夜又是惊喜,又是诧异,当即夸口立志,说他接掌绣坊之后一定会用心经营,三年之内就要有起色,十年之内要参加广潮斗绣。当时这话说出来,现场一片嘲笑声。

陈老夫人脸色有些怪异,却还是将地契和文书都拿了出来,并许诺:如果林叔夜真能振兴绣坊,她就许他认祖归宗;若他真能带领绣坊参加广潮斗绣,甚至还可做主代儿子纳林叔夜的母亲为妾室,算是给他们母子一个正式的名分。

当时旁观的人先是惊疑,随即都发出不加掩饰的冷笑。林添财也是跟了外甥去的,此刻忆起那场景,那些冷笑声好像蚊子一样在耳边再次响起。

他恼怒地一巴掌拍死一只蚊子,叫了起来:"那时候,谁晓得这黄埔绣坊是这样一个破烂!怪不得陈家那些人要笑我们,就这么个破烂,别说十年,就是一百年也别想参加广潮斗绣!"

林叔夜年纪虽小,心志却坚,竟然没有被林添财挑动情绪。他继续翻看着账簿,直到看完手头的那本,才冷不丁来了一句:"账记得挺好的。"

"啊?"

"我说,账记得挺好的。字写得有些丑,却是尽量工整;账目记得明确,可以说是条理分明。"

林添财点了点头:"那是,刘婶那人,倒也是个管仓库的人才。可那又怎么样?"

林叔夜说:"这座绣坊有这样的人才,可见也不是一无是处。"

林添财忍不住苦笑:"阿夜,你可真能苦中作乐。一座绣坊,

---

① 伊阿母:潮汕方言,用于骂人的话。

若是藏着个好的刺绣师傅，那还有点用处；有个管仓库的人才，有个屁用啊！"

"嗯，舅舅说得对，没有顶级的刺绣师傅，便没法参加广潮斗绣。"

"什么！你还惦记着广潮斗绣？"

"舅舅你忘了？老太太答应过我的，只要我能带着绣坊参加广潮斗绣，她老人家就会为我破例，让我回陈家认祖归宗……"

林添财一巴掌拍在桌子上，差点将那摇摇欲散的桌子给拍烂了："认祖归宗！认祖归宗！我看你是魔怔了！历届广潮斗绣，能入围的只有十二家绣庄，广东十大名庄就占了十个！剩下两个名额，凭着这破烂绣坊，你也想抢到？简直是做梦！"

"十大名庄，那也都是人干出来的……"

"这话是人话吗？"林添财在外甥面前不需要遮掩情绪，话赶话地大声说，"那十大名庄，你当人家是虚的吗！每个名庄里头都不知有多少个师傅、多少位大师傅！绣工、学徒可以招，但那些师傅、大师傅，都是这些绣庄一代又一代攒出来的家底，到最后攒出一个刺绣宗师来，这才是十大名庄的立足之本。这个破烂的黄埔绣坊现在有什么？一个大师傅还够不上的黎嫂，再加上一个管仓库管得好的刘婶？你准备凭这些去跟有刺绣宗师坐镇的名庄杠？你这不是立志，你这是做梦！"

林叔夜被舅舅数落着，没有回嘴。等他数落完，林叔夜才低声说："我知道难，可再难也得想办法。如果我能认祖归宗，那我娘也能有个着落，活着能抬起头，死了有个神主牌，对吗，舅舅？"

林添财听了这话，一口气忽然就泄掉了。他一辈子都在算计，只这件事情是他的命门，他一想到自己那苦命的妹妹……

"行了，行了！不吃亏也吃亏了二十年了，我就再陪你疯一回吧。"

顿了顿，他又补充了一句："不过我跟你说，要记得适可而止，如果赔钱赔得太多，我可兜不住。"

林叔夜继续翻开账簿，将剩下的账簿一本本地翻看。见外甥这样子,林添财长长舒了一口气,终于还是按捺着脾气坐在一边帮他看账簿。

他俩看得仔细,看了有半个时辰,才算将账簿看完——后面的账目并没有任何转机。

林叔夜说:"我们再看看绣品。"

他虽然刚满二十岁,不过从小在绣坊环境中长大,眼光却是不差。这时他将刘婶取来的那一沓绣品逐块拿出来摸。这绣品不能说不好,其实还是不错的,拿到市场上也能卖,比普通人家做的刺绣明显要好不少。

但广茂源是广东十大名庄之首,黄埔绣坊这样的货色拿出去,就上不了台面了。

林叔夜摸了几块后说:"怪不得从账簿上看,这几年黄埔绣坊从来没卖过什么成品,只是为别的绣坊打下手,赚点辛苦钱。"

卖成品和打下手,这里头的利润空间可就差得老远了。

林添财冷笑了一声:"虽然我看不上陈子峰的为人,但广茂源毕竟是广茂源,粤绣的扛把子,去到外省,还得是它,才能跟苏绣、湘绣、蜀绣争个长短。广茂源旗下的分坊出这种货,传出去不笑死人,连本庄的绣品声誉都要受影响。"

"不行,不行!"他将绣品随手扔了出去,用竹棍敲打着,"阿夜,这些东西不行!这个黄埔绣坊就是个鸡肋,还是卖了吧,卖了吧!"

"绣品的确有些不堪。"林叔夜说,"根本达不到广潮斗绣的水平。"

"达到?离着十万八千里好不好!"

"但毕竟有地,还有人,有个绣坊的架子。"

"啊?你还不死心?"

林叔夜没有回答,继续耐心地摸这些绣品,终于摸到了最后一块,忽然"咦"了一声:"舅舅!你摸摸这个!摸摸这个!"

第二针　深圳墟的海上绣神

明朝的广州府占地很大①。黄埔绣坊临近黄埔古港旧址,这里有好几个能进出珠江的码头。林叔夜甥舅从黄埔港出发,找了一条船,走水路出珠江口,沿着近海一直来到新安县的屯门,这才登岸。

昨天晚上的那块手帕,林添财一过手就吃了一惊。他是个揽头,不会刺绣,却懂刺绣——绣品的好坏,他手一碰就知道了。那块手帕质地粗劣、做工寻常,但很奇怪的是绣在上面的两只鸳鸯的做工超乎寻常的好。好到什么程度呢?用林添财的话来说:"这么好的针线,就是十大名庄的大师傅也做不来!"

他怀疑是哪位刺绣宗师出的手,可转念又觉得不对,整个广东才几个刺绣宗师?哪一个不都是把自己的针线看得比金子还紧,谁会把针线浪费在这么劣质的手帕上?

于是他们赶紧找来刘婶,一问才知道这手帕不是绣坊的出品,是她丈夫刘三根经过深圳墟的时候,在墟上随手买的。她一不小心,把它混在了绣品里头。

"夜少,从这条路一直走,前面有一条深水沟,本地人把深水沟叫圳,那个村就叫深圳。那个墟市就在村口。"刘三根一边带路,一边说。

---

① 当时的广州府除了今天的广州市,还包括今天的清远、佛山、江门、中山市的大部分,珠海、东莞、深圳各市,以及今天的中国香港、澳门地区,几乎约等于如今的大湾区。

新安已经是海边小县，这里更是偏僻，连官道都没有，只有一条人脚踩出来的土路。他们想找个马车，结果连牛车都找不到，只能靠两条腿了。林添财拄杖而行。他是走惯了远路的人，其实并不吃力，嘴里却骂骂咧咧："这什么破地方，你说什么……那什么深圳墟有个'绣神'？"

"哦，他们墟市上的人是这么叫的。"

林添财对林叔夜说："咱们刺绣行当顶级的大师傅，把一门功夫练到绝顶才能被人尊称一声'宗师'，就这个称谓，读书人听到还不乐意呢。这破地方竟然有人敢称什么'绣神'，真真笑死人。"

林叔夜虽然年轻，但不习惯走远路，这时气喘吁吁，一张嫩脸苍白里仿佛要透出红来，停了停脚步才能说话："可那手帕上的鸳鸯，绣得是真好啊。"

好吧，那鸳鸯的确绣得好——林添财也不得不服气，要不然他们也不用走这一遭了。

"快些，快些，"刘三根催促着，"那深圳墟是三天一市，错过了今天，可又得等两天了。"

三人紧赶慢赶地，终于在日落前赶到了深圳墟。这里就是一个县外墟市，用一些茅草竹棚搭成一条二三十步的街道，有人在竹棚里卖东西，有人在竹棚边摆摊，整个墟市一眼就望到了头。习惯了省城繁华、西关热闹的林叔夜甥舅来到这里，心同时往下沉。林添财忍不住道："这破地方，能出什么'绣神'？"

刘三根指着一个摊子："喏，就在那儿。"

正在喘气的林叔夜走上两步，只见那是个缝补摊子，宽不过三尺的摊档上挂着两三条破布，歪歪斜斜地绣着副楹联——上联：师蜀友苏谒天子；下联：凌湘霸粤定龙袍；横批：海上绣神。

好家伙，轻轻两句话把天下四大名绣给包圆了！

这副楹联，就是茂源绣庄的大门也不敢挂，偏偏出现在这新安偏僻县、深圳三日墟的一个缝补摊子上。

林添财忍不住哈哈大笑，笑得肚子痛，对林叔夜说："这……

这……就是你那长姊，也不敢说这话。啊哈哈，哈哈，笑死我了。"

摊后坐着个女人，她听到笑声，抬头看过来，一张脸竟是无比丑陋，那皮肤粗粝漆黑，就像胶革一样，像鬼脸不像人脸，扫视过来的眼神又极其凌厉。林添财竟被吓得笑声戛然而止，还后退了一步，叫道："鬼脸！鬼脸！"

那女人冷冷地道："做什么？"声音听不出年纪，一张脸因为太过丑陋，一时也看不出多少岁。

林叔夜也被吓得一惊，但再看看那楹联，对舅舅说："舅舅，看那楹联。"

"有什么好看的？吹牛吹破天！"

"看针法！"

林添财怔了怔，再细看那楹联，虽然字绣得歪歪斜斜的，但那针法……他忍不住"咦"了一声。

林叔夜已经走上前去，问道："师傅，这个摊子是……"

那女人语气冰冷，声调全无起伏："缝补。"多说一个字都不肯。

林叔夜微一转念，忽然"哧"的一声把自己的袖子给撕了下来。林添财、刘三根都"啊"了一声，不知道他要做什么，就见林叔夜已经脱了外衣，递了过去。

"请师傅给缝补一下，价钱好说。"

那女人皱了皱眉头——她的眉毛也隐于那如同黑胶革的皮肤里，眉头处还有两块疙瘩。别人很普通的表情，在她这里都十分吓人，林添财望了一眼就不敢再看。

林叔夜却看着女人的眼睛，心想：她的脸这么丑，这眼神却……怎么有点熟悉的感觉，是错觉吗？我不可能见过她啊。这样丑的女人，任谁见过一次都不可能忘记的。

他又发现她眼角的皮肤，竟有些地方很白，和其他地方的粗粝漆黑完全不一致。

那女人随手接过破衣，问："要补成什么样子？"

林叔夜问："能补回原样吗？"

那女人用手指摸了摸,说:"广茂源分坊出的衣服。"

林添财听了这话,微微吃了一惊,心想:这婆娘眼睛好毒。跟着就见那女人伸手摸着个袋子,摸索了一下,从里头抽出一根与衣袖同色的布线来,只是要更细幼一些,左手一晃,已经多了一根针。那乍一看是一根针,但林叔夜眼力好,看出针尖不是锥形,而是刀形——那竟是一把极小的针刀。女人就捻着线,以针刀从中一分,竟将一根布线分成更细的两根。

看到这针刀分线的功夫,林添财大吃一惊。

却见女人将分割出来的其中一根细线捻在手里,针刀再落,竟然将这根极细的线又分成了两根。林添财看得嘴巴都张开了。

女人放下针刀,左手再一晃,便出现了一根细小的绣花针,右手捻了捻,那根极细的布线就挺直了穿过针孔,然后针尖微挑,将断裂处的布线挑拨开来,跟着以极快的速度,用针上细线续那些断了的线头。旁人缝补断裂的袖口,是用针线将断裂的两边缝起来,那样缝好之后定会有缝补的痕迹,她却从断裂口的每根丝线入手,续上每一根断线。这等细小功夫,就是个名庄大师傅来,也不知要弄多久,然而眼前的女人飞针成影,只片刻就把袖口给缝好了。

林添财看得嘴巴都合不拢。那女人将衣服递了过来,声音依旧没有半点起伏:"线三文钱,工五文钱,广茂源的衣服在我这儿要加五文钱,一共十三文。"

林叔夜摸着原本的断口处,怔怔地出神,递给了林添财。林添财也摸了一下,又摸了一下,摸了七八下,嘴里忍不住嘀咕:"天衣无缝……真的是天衣无缝啊!就是……"

再看向那副楹联,他忽然就觉得不好笑了。

那女人忽然敲响了档口的柱子:"给钱!"

林添财忍不住说:"你用这功夫来缝补衣服,暴殄天物啊!"

"十三文。"那女人提醒说。

林叔夜走上一步,恭恭敬敬地说:"我是广茂源分坊黄埔绣坊的坊主,叫林叔夜。请问师傅名讳。"

那女人听到"黄埔绣坊"四个字,整个人似乎顿了一下,随即又皱起了她那丑怪的眉头，变得更加不耐烦。林叔夜想起什么，赶紧回头："舅舅，有带钱吗？"

林添财摸出一把铜钱，林叔夜不敢多给，数出十三个铜钱放在摊子上，那女人随手将钱扫进口袋。林叔夜又摸出那块手帕，说："这手帕上的鸳鸯，是师傅绣的吗？"

见女人仍然没有回答的意思，林叔夜又紧着说："以师傅的手工，蜗居在这里实在太过委屈。我们黄埔绣坊虽然不大，却真心实意地想请师傅去做绣坊的大师傅，价钱什么的，都好商量。"

听到这话，那女人忽然抬头，笑了起来。那笑声有些沙哑，好像带着哭腔，又带着明显的狂态，引得旁边档口好些人侧目看来，她却根本不理会别人。

她笑完之后，转头看着林叔夜，嘴角带着几分嘲讽："想请我去做大师傅？"

林添财看到她这模样，就知道这女的不好相与。林叔夜却依然恭谨："是。"

女人说："要请我做大师傅，可有三个条件。"

林叔夜马上应着："成！"

林添财一听，暗中有些着急，心想：人家条件还没开呢，怎么能就答应？外甥这种书呆子的脾性，如果放出去做生意，三天就得亏到钱袋穿窿①。

"我还没说什么条件呢。"女人轻轻地冷笑着。

林叔夜说："什么条件都成，只要我能做到……做不到，我也去想办法。"

女人又仔细打量着林叔夜。她坐在一条长凳上，望林叔夜就得抬头，林叔夜察觉到什么，便将身子弓下来，让她可以平视自己。

女人仿佛满意了，这才说："第一，要我去做大师傅，那座绣坊我要占一半的股，你能做主吗？"

林添财"啊"了一声，林叔夜却已经答道："能。那座绣坊现在是我的，我就分一半给师傅。"

---

① 穿窿：广东方言，指某种行为或情况超出了正常范围。

说起这件事情，那天林添财也是颇感意外，一开始还以为陈家老太太只是让林叔夜去管理绣坊，万没想到对方会直接将黄埔绣坊的地契和文书都给了。这里头的意图，林添财至今觉得古怪——这不像那个老女人的作风啊。

女人也有些意外，却又道："要我去做大师傅，那整座绣坊，都必须奉我为师。"

"这也应该。"

女人补充说："是所有人，包括坊主。"

林叔夜怔了怔，便明白过来。这是说他林叔夜也得奉她为师，但他仍然应道："应该。大师傅这般技艺，能奉大师傅为师，是我的荣幸。"

女人嘲弄地看着林叔夜："如今广绣行里的规矩，第一次见师父，是这样站着说话的？"

林添财已经明白女人的意思了，大喝了起来："喂！你这婆娘！虽然你有几分本事，可也不要太过分！"

不料林叔夜已经甩开衣服前摆，林添财叫道："阿夜！"却已阻止不了林叔夜单膝跪下。他向女人拱手道："既奉为师，自然当行弟子礼。此处无茶，来日补敬。"

女人似乎没料到林叔夜能够做到这个地步，沉默了起来。

林叔夜单膝跪在那里，手仍然拱着："第三个条件，请师父一并说吧。"

他本来就长得俊，这几年又没吃过风霜之苦，昏黄的夕照打在这张脸上，每一寸皮肤都隐隐带着光泽。

女人看着他这张脸，忽而出神，竟没忍住伸出手来，摸向他的脸庞。她的手也跟脸一样粗粝黝黑，一些地方还带着黑色的凸粒，手腕处有一片伤疤，伤疤周围的皮肤倒是和常人差不多。就在手触及他下巴的瞬间，女人仿佛触电一般缩了回去，跟着声音变得更为冰冷："第三个条件，是得我乐意。"

林叔夜呆了呆："那……那师父乐意吗？"

女人站起身来，一边收拾东西，一边说："我不乐意。"她东西也不多,随手收拾两下,转身就走了。

林叔夜怔怔地跪在那里,一时不知道该作何反应。

他就是再迟钝,这时候也明白:他被耍了。

刘三根在旁边看得摇头,林添财更是破口大骂:"贱人!这个贱人!阿夜你是不是傻,看不出她在耍你吗!一个缝补衣服的臭婆娘,敢这样作践我们家阿夜!"

近十年来,林添财在赚到一点钱后,就没再让自己的外甥吃过物质上的苦了。陈家的人把林叔夜当野种,广绣行的人也都看轻他,可别人越轻贱林叔夜,林添财就越护着,便是对自己的亲儿子也没这样。

眼看天色已黑,赶墟的人走得七七八八,大部分摊子也都收了,整个深圳墟变得冷清起来,林叔夜这才失落地站起身。林添财心疼,一边过来给他拍膝盖上的泥土,一边说:"走吧,这种人,活该她空有一身本事,却得在这里给人补衫。"

林叔夜嘴里却冒出来一句:"要怎么她才能乐意呢?"

林添财闻言大怒:"阿夜!你还想什么呢!你这不是魔怔了,你这是冤大头,冤大头!"

林叔夜回过神来,看向林添财,正色问道:"舅舅,像她这般技艺,在广绣行里是什么等级?"

"这……"林添财虽然不乐,却不得不承认,"一线四分,还有这针法……大师傅以上。"

"大师傅以上,那就是刺绣宗师了。那整个广东,有多少刺绣宗师?"

"能有多少!广潮雄韶惠,肇罗高雷琼,除了广、潮,其他的一个府都不见得能出来一个。"

林叔夜紧跟着问道:"那以我们黄埔绣坊的家底,能请得到一位刺绣宗师坐镇吗?"

林添财忍不住"哈"了一声:"你做梦!广东十大名庄,除了广茂源和潮康祥,其他每座绣庄也就一位宗师坐镇,那都是跟祖宗一样供着的。你那座破绣坊,去请个大师傅都要被人笑话,还想请宗师……"忽然他停了嘴。

"对啊！"林叔夜说，"本来是绝无机会的，但眼前偏偏有这么个沧海遗珠，既然十大名庄都能像供祖宗一样供着一位刺绣宗师，我们为什么不能？"

林添财被驳得没法回嘴，好一会儿才说："可人家不乐意啊。"

"如果是跟十大名庄拼财力、人力、物力，我们黄埔绣坊绝无半点机会。可现在人家开出来的三个条件，我们已经达成了两个，只剩下最后一个'不乐意'了，这不是我们最好的机会吗？"

林添财嘴里好像被塞了一个鸡蛋，说不出话来。他平时总觉得外甥愣，总觉得外甥傻，总觉得外甥呆，可这话……好有道理，没法反驳啊。

林叔夜就直直地站在那里，站到太阳完全落山，周围一片黑。刘三根在旁边说："夜少，我们找个地方投宿吧，总不能在这里过夜。"

林添财挥手："你别吵！没见阿夜在想事情吗！"

林叔夜绞尽脑汁，要寻找一个突破口，却无从下手。他细细想着自见到女人后的每一个细节，想那楹联，想那针法，想她的丑陋，想她那双似乎有些熟悉的眼睛，想那只手……

他伸手摸了摸自己的脸颊、下巴——这是当时她的手想触碰自己的地方——跟着便想起那只手近在咫尺时的样子。当时因为靠得太近，所以他连她手上的纹理都看得清清楚楚……

"啊！"林叔夜叫出声来。

林添财问："有办法了？"

"舅舅，找她去，找她去！"

深圳后村，靠近坟地之处，立着一个吊脚竹屋，屋外有鬼火明明灭灭地飘着，屋内隐隐透出暗黄的灯光。林添财道："村里人说，那女人就住在这儿了。这鬼地方，她怎么住得下去！"

林叔夜走近，拍了拍屋子前的竹柱，叫道："师父，弟子林叔夜求见。"

过了一会儿，竹屋的窗户"吱呀"一声开了。女人偎在窗边，见到林叔夜似乎有些意外，用懒懒的语调说："不都说了我不乐意吗？"

林叔夜没问怎么才能让她乐意，反而问道："师父，你这脸上的皮肤，不是天生的吧。"

女人的眼睛一下子狭长了，目光也变得锐利，甚至就连呼吸都有些急促。

"师父刚才靠近我的时候，我发现你手上皮肤的纹理不像正常人的肌理。我在家里一本古书残本中看过，有一种海外怪树产生的胶液，如果人的皮肤沾上，就会变成这个样子。师父，你的手是不是沾上了这种毒胶？"

女人摸了摸自己的脸，又摸了摸自己的手，语气变得更加冰冷，甚至透着不善："你说这些做什么！"

"根据那本古书记载，有一种古蜜，似乎能溶解这种毒胶……"

林叔夜还没说完，已经被女人有些凌厉的声音打断："你说什么！"

林叔夜继续说："我舅舅见多识广，我跟他形容了那种古蜜后，他说他曾经见到过，所以……"

"砰"的一声，窗户关上了，林叔夜心弦一紧。跟着，竹屋的门"砰"地打开，女人的声音传来："进来说话。"

林叔夜大喜，进了门。竹屋里头一切简陋，除了一个整整齐齐摆放着丝线、绣具的架子，就是一床、一桌、一椅。桌面一灯如豆，女人坐在椅子上，对灯抚颊，也没看进门的林叔夜甥舅，只是幽幽地道："如果你说的是真的，如果你真能……恢复我的这张脸……"

林叔夜忙问："那你会乐意吗？"

女人转过脸来，借着昏暗的灯光看着林叔夜，眼神极其复杂。她的脸丑得如同夜叉鬼怪，但一双眼睛亮如暗夜中的星星。

林叔夜忍不住想：那毒胶后面的真面目，却不知道会是什么样的？

"师父……我能不能知道……你叫什么？"林叔夜忽而问出这

句话来。

"别叫我师父！我……"女人长长舒了一口气，仿佛林叔夜要问的，是一个她不愿意揭开的隐秘。

她没有直接回答，只是在灯光摇晃中悠悠念了两句话："衣冠熏染中原气，故习渐变庶苏杭……"

林叔夜随口接道："五丝八丝广缎好，十字门开向二洋！"

女人的眼睛眨了两眨，白日间的狂态再次出现。她笑了起来，仿佛想到了昔日的什么画面，于笑声中说道："我叫什么？嗯，我叫高……高眉娘！"

第三针　海上斗绣的传闻

"你居然敢取'眉娘'这个名字!"林添财虽然见识了这女人的神技,却仍觉得她敢取这个名字实在托大了。

"眉娘"这个名字,在广绣行当里是不能随便叫的,因为那是广绣祖师爷的名字。

相传唐朝年间,广州的南海县出了一个神女,幼悟工巧,能在一尺绢上绣《法华经》七卷,大小不逾粟粒,被皇帝称为"神姑"赐号"逍遥"。此后她悟道成仙,既是一个传说中的神仙人物,又是粤绣的开山之祖。因此在广绣行内部,非技压全省、魁冠岭南者,不能称"眉娘"。

从自己口中说出这个名字,高眉娘心里也不由得怅然了一下:十二年了,一转眼已经十二年了,在这个潮湿偏僻的小楼里,自己也已经住了六年。她忍不住看了看自己的手——养了三年的伤病,接着在云南流浪了三年,跟着假死脱身,千辛万苦地挣扎回来——就是养病和跋涉期间,也不敢丢了针线上的功夫,然后在这个深圳墟缝缝补补,一住就是六年。

今天是第一次告诉别人这个名字,也是第一次使用这个名字……

"……且不说粤绣如今正值鼎盛时期,全省高手如云,十大名庄全都奉有刺绣宗师,"林添财似乎被高眉娘这个名字刺激到了,在那里说得口沫横飞,"就是整个广东,如今便是领导广绣行的陈子艳,也还不敢取这个名字!"

"陈子艳……"高眉娘轻轻一哂,就像吐出一个笑话,"那是谁啊？"

林叔夜忽然就皱起了眉头。

"你敢取'眉娘'这个名字，"林添财一张毒嘴忍不住讽刺，"却连陈子艳都不知道？"

"那是我长姊……"林叔夜轻声接话道。

"也是当今大内首席绣师！"林添财说，"就是因为陈家出了她这位旷世奇才，广茂源才能领导广绣行，统领粤绣，压倒苏、湘、蜀，成为天下绣庄之翘楚……"

眼前这个挺着大肚子的中年男人还在诉说着陈子艳的传奇，但能勾起高眉娘一点回忆的，只有这个名字。她也只记得这个名字，至于那个女人的样子，几乎都不记得了，因为对方永远都像影子一样跟在自己的背后——很少有人会回头仔细地去看自己的影子，尤其是在一个人意气风发的时候。

而如今，那个影子竟然也成了传说中的旷世奇才？反而自己……

高眉娘忽然笑了出来，笑声带着些自嘲，把滔滔不绝的林添财给打断了。

"还是说说那古蜜吧。"她瞥了林叔夜一眼。这个少年，额头圆润，天庭饱满，两颊弧度流畅自然，不但长得俊秀，而且一副斯文纯良的模样，但他真的纯良吗？她就想起另外一个男人，当年也是这副样子，最后却能干出天理难容的事情来！

压住了心底的厌恶，高眉娘问道："真有那种东西？"

林添财的毒嘴一张开就常常停不下来，但怕坏了好外甥的事，这才忍住了被打断的不悦，心想：等你入了黄埔绣坊的彀中，那时再损回来。

他是个记仇的人，初次见面，高眉娘就那样作践林叔夜，已经让他记恨上了，便不再打算给对方好脸色看。

"那种古蜜，我舅舅在澳门见过。"林叔夜说，"我这就跟舅舅前往澳门，高师傅可以等我们回来吗？"

"澳门？澳门在哪里？"

林添财哈哈大笑："你自称海上绣神，连澳门在哪儿都不知道。"

高眉娘没有一丁点跟他斗嘴的想法,直接就闭嘴不问了。

林叔夜说:"其实我也不知道澳门在哪儿呢,要不舅舅也跟我说说吧。"

林添财瞪了外甥一眼,心想:你给人家解什么围?但他对谁都能狠、能骗,就是对外甥没办法,便接话说:"就是海对面的濠镜澳……濠镜澳是香山县南边的一个渔村,村口有两个港口,可以停泊船只,是濠镜澳的门户,所以就被当地人叫澳门。现在那里有个市集。"

高眉娘闻言也不禁哑然,然后道:"原来澳门是一个渔村的门户,那果然要紧得很。小女子连这都不知道,也确实是孤陋寡闻。"

林添财本人就是个毒舌,哪里听不懂她言外之意,忍不住冷笑道:"你懂什么!那澳门虽然是个村口市集,却跟你们深圳不一样!从正德年间开始,就不停有外国人在那里停泊做买卖。尤其这些年,有一些佛郎机人几乎是每年必到,所以繁华得紧,铺面杂多,三教九流的都有,可不是你们深圳这个破村能比的。"

高眉娘的眉头扬了一扬:"哦?"

"其实深圳也是个好地方。"林叔夜不想舅舅继续嘲讽,怕好不容易转好的局面被弄坏了,"我观深圳风水地形,大鹏和新安在旁,南有深水入大洋,所谓大鹏乘风入南溟,将来必能大兴。"

"你就吹吧。"林添财忍不住骂道,"为了招揽这个女人而信口开河,还什么大鹏乘风,你不如说深圳将来能变成天下无双的大都会算了。"

林叔夜说:"那也未必不可能嘛。"

高眉娘深深地看了这个少年一眼,忽然问道:"陈子艳是你长姊,那陈子峰……"

林叔夜道:"是我长兄。我的长兄、长姊,是我这一生敬重的人。"

林添财听了这话不禁咬牙切齿:"他俩是你所敬重的,那我和你娘算什么!我俩养了你二十年,那两个都没拿正眼看过你!你居然说他们是你一生敬重的人！"

林叔夜说："我敬重我大哥，是因为他振兴了茂源绣庄，使我粤绣畅行大明半壁；我敬重我长姊，是因为她一根绣针谒天子，成为大内首席绣师，使我粤绣领导大明绣行。所以我敬重他们，并以大哥为榜样。但说到亲近，舅舅和娘亲才是我亲近的人，这不矛盾啊。我爹生我却不养我，我心里的父亲，只有舅舅。"

林添财哼了一声，气就平了。

高眉娘忽而轻轻一笑，心想：果然是兄弟啊，不但脸长得像，就连说话方式也一模一样，语气都是这般温和，言辞都是这般文雅，说出来的每一句话都是很为别人考虑的，用这蜜糖一样的话将人灌得满脑都迷糊了。

高眉娘剪了一下灯芯，道："不用等了，我跟你们一起去澳门吧。"

"啊？一起去？"林叔夜有些意外。

"嗯，一起去吧。"

"那更好，"林叔夜马上说，"等拿到了古蜜，能第一时间恢复高师傅的容颜。"

林添财算算路程——要想赶上明早第一班船，最好四更就动身。高眉娘也没什么可收拾的，拿了一个包裹，装了一些针线，带上两件换洗衣服，便可出行了。她出门前戴了一顶短檐斗笠，斗笠有黑绸垂下来，遮住了容貌。

林叔夜心想：她对自己的容貌其实很在意，且她身段这么窈窕，想必本来面貌未必会差，只是不知道她的实际年龄。

包裹由林叔夜抢过帮着拿了，高眉娘戴上斗笠，踏出门去。这才四更天，太阳还没出来，月色照过来，打在黑绸上。她一只脚踏出去后忽有些胆怯，知道自己这一去多半就不再回来了。这些年，这阴苦偏僻的小木屋折磨着她，却也保护着她，此一去将似鲸归海，如凤回天，且风恶浪急，前途难卜，因此她竟然有瞬息之犹豫。可多年前的事情在脑中一晃而过，她深吸一口气，终究还是将这一脚踏实了。

"帮我个忙。"高眉娘忽然说。

火焰升起，很快就将高脚木屋吞没。不少深圳的村民都吓到了，跑过来看。林添财望着火焰，忽然心里有些发毛：这女人可真狠啊，自己的家也说烧就烧。

高眉娘却不再看燃烧中的家一眼，只是说："走吧。"

既然要走，就要断自己的后路，因为已经踏出这一步了，不能回头！

珠江口就像一个倒扣在南海上的大喇叭。广州是喇叭的顶端——喇叭口就是伶仃洋——深圳在喇叭口的东边，澳门在喇叭口的西边，所以要从深圳去澳门，除非往北经广州绕一大圈路，否则最便利的就是渡海。

林添财闯荡江湖门路通，带着三人来到屯门。刘三根虽然也驾了船来，但贴着海岸行船跟跨过伶仃洋还是不大一样的，所以就先回去了。

林叔夜交代："跟黎嫂、刘婶说，我去一趟澳门就回来，让她们好生打点准备，我们回黄埔之后就要做大事。"

林添财带了他们来到另外一个码头，见那里停泊着一艘平底帆船，方头方尾，桅杆高大。这乃是一艘沙船，又叫"方艄"，既能出入内河，又能航行近海。船头儿望见他们就叫："快点！就差你们了！"

高眉娘身子轻弱，走在板桥上摇摇晃晃，有些害怕。林叔夜上前说："别怕。"高眉娘走了一步又不敢走，这会儿船头儿又催，林添财不敢碰她，林叔夜便说："要不我牵着你走？"

高眉娘犹豫了一下，点了点头，林叔夜这才牵着她。板桥走到一半，她一个摇晃，几乎要栽入水中，吓得林叔夜冲上前两步，赶紧揽着她的腰，将她拉回甲板。他只觉触手处腰肢柔软，跟着"啪"的一声，脸上热辣辣地疼。

林添财怒道："你干什么！阿夜是怕你掉下海！"

高眉娘冷冷地看着林叔夜，不说话。

林叔夜被她打得有些怔了,摸了摸脸,说:"没什么,毕竟男女有别,是我唐突了。高师傅,我们找个地方坐好吧。"

高眉娘冷冰冰地道:"真是好心性!连这都能忍!就不知道等你达到目的之后,是不是会变本加厉地报复回来?"

"高师傅说什么呢!"林叔夜诚恳地道:"我不是那样的人。"

就在这时,船头儿调笑道:"小娘子这腰肢摇来摆去,跟柳叶似的,小伙子,刚才抱得很爽吧?"他看不见高眉娘的脸,但看那身段,觉得她是个年轻女子。

林叔夜喝道:"你胡说什么!"

林添财咳嗽一声:"丁老二,嘴里放干净点!这是我们绣坊的大师傅!"他内外亲疏拎得清,自己不爽高眉娘,可也不能让外人损自家大师傅。

忽然一阵风吹过,吹起了黑绸。船头儿丁老二猛地看见那张脸,吓得哇哇大叫,连退几步:"鬼啊!鬼啊!"

高眉娘拉了拉黑绸,把脸遮好,小碎步逃到甲板角落里,不让别人看。林叔夜忽然有些可怜她,走过去安慰道:"放心,我一定帮你找到古蜜。"

高眉娘语气依然冷冰冰的:"你做这么多事情,究竟是为了什么?"

林叔夜脱口道:"我接掌了一个绣坊,绣坊不大,但我希望高师傅能来我这里做大师傅,把绣坊发展起来,有朝一日参加广潮斗绣……因为我祖母答应过,只要我能参加广潮斗绣,她就会许我认祖归宗。"

"认祖归宗……哦,你姓林,还没姓陈……"一说到跟刺绣有关的事,高眉娘便恢复了自信与倨傲,"广潮斗绣五年一次,最近一次就在今年年底吧?要想参加,得准备两件事。第一,是一件能入广绣行法眼的顶级绣品,有我在,这件绣品不成问题。"

这时船已经开了,林添财也走了过来,听了这话,心想:你对广潮斗绣倒是门儿清,而且口气还这么大。不过想想她那副楹联,现在这口气也不算什么了。

"第二件事情，是得准备五百两银子做押金，你备好多少了？"

"什么五百两银子，"林添财插话，"现在是一千两了！"

高眉娘有些诧异："啊，涨价了啊。"

如今是嘉靖早中期，白银还没通胀，银子还是很值钱的，一千两银子乃是一笔巨款。以整个广东之富庶，除了十大名庄，整个刺绣业界怕是没几家能拿出来了。只这一条，就能将绝大部分经济实力不够厚实的绣庄、绣坊挡在门外。

林叔夜老实地说道："如今绣坊的账面上，还有余银十九两七钱六分。"

高眉娘为之愕然，随即在海风中笑了起来。笑着笑着，方头船一荡，她忍不住在船舷边呕吐。林叔夜知道她晕船了，赶紧问舅舅拿水给她漱口。

林添财说道："今年这一届肯定赶不上了，那就还有五年时间，我们慢慢想办法筹钱吧。"

"我不会等你五年的。"高眉娘还了水壶，对林叔夜说，"你那座绣坊，若参加不了今年的广潮斗绣，我转身便走。"

林叔夜闻言默然。

林添财怒道："你这娘儿们又想搞事？半年多时间搞到一千两银子……我要是有这个能耐，我早回老家买田做富翁了，谁还在这江海上奔波！你知道一千两银子能买多少田地吗！"

便在这时，忽然有个生硬古怪、腔调全无起伏的声音插进来："你们……缺白银？"

循声看去，却见角落里蹲着一个黄头白皮、深眼高鼻的怪人，身上脏兮兮的。高眉娘吓得退了两步，林添财大叫："鬼佬！丁老二，你船上怎么有个鬼佬！"

丁老二在后艄叫道："海路上救的。这鬼佬要去澳门，你不待见就赶他蹲远点。"

明朝那年月的外国人，可没什么地位。

那人这时说："我是，佛郎机、佛郎机。"

"知道你是个佛郎机。"林添财去过几次澳门，并不是第一见欧洲人,"臭死了,蹲远点。"

"你们大明,缺白银;佛郎机,有白银,好多,好多。从新大陆,来的。"

"很多?"林添财没再赶他,问道,"有多少?"

"我们有很多,山,银子做的山。"

林添财冷笑一声:"你要是有银山,还能落到这个地步?"

"银子,没用。"那个佛郎机说,"丝绸,瓷器,我们要。能,你们帮我,搞到吗?"

"东西我们都有,你把你的银子拿给我看看?"

"我没有,但知道,哪里有。"

林添财忽然哈哈大笑,踢了那佛郎机一脚:"滚你的!"对林叔夜说:"这些佛郎机,有火铳大炮就做强盗,落了水就当骗子。"

林叔夜问:"他说的都是假的?"

"其实也不全假。"林添财说,"他们是从很远的国家来的,听说他们在海外确实找到了金山银山,所以运了很多银子来大明买丝绸、瓷器,不过拿得出银子的也都是那些佛郎机里的豪商、舶主。这种破落户,就是靠一张嘴。"

他忽然一拍脑袋:"啊!有银子了,有银子了!"

林叔夜问:"哪里有?"

"我想到一条门路了!"林添财说,"自七八年前起,那些海外商人就每年一次,在海上举办斗绣。获胜的绣庄能拿到贵重的奖励;就是那些没获胜却表现好的,也能从那些海外豪商处拿到订单。"

"订单?海外的订单?"林叔夜说,"那不都得通过市舶司吗?"

"市舶司的口子那么小,能走多少订单?"林添财说,"大部分的海外豪商,尤其是这些佛郎机人,根本就挤不进朝贡使团,但他们急需我们的刺绣。听说我们这边出的绣品,他们运到佛郎机那边,价钱都是十倍、十倍地翻,所以澳门那边便有一批黑市。这场海上斗绣,就跟这黑市贸易有关。"

林叔夜便心动了:"那订单有多大?"

"他们那边银子贱,如果能在海上斗绣打动他们,我听说上千两的定金都是有的。"

林叔夜大喜:"若是这样,那我们就有机会了。这么好的事,舅舅你怎么才想到!"

"听说那海上斗绣也不简单,不单是我们大明,周边各国也有高手来参加,就黄埔绣坊那底子,你觉得能名列前茅?所以我之前就没往这上面想。"林添财瞄了高眉娘一眼,"就不知道高师傅有没有把握……"

"先找到古蜜再说吧。"高眉娘语气冷淡地回了一句,看向林叔夜,"若那古蜜真有你说的奇效,我会如你所愿。"

第四针　澳门古蜜

澳门在海外名气不小，实际上就是几条街。林添财来过几次，因此熟门熟路，先找了一家客店将高眉娘安置下。因将高眉娘当大师傅对待，他便租了一整个带院子的房子，他跟林叔夜住两厢，高眉娘住正屋。

然后他带了林叔夜来到街尾拐角一家小店，上面挂着块破旧招牌，歪歪斜斜地写着"乜①都有"。

林添财叮嘱："你说的那种古蜜，我在这里见到过，在靠墙的货架上，忘了是第二层还是第三层，两个瓶子靠在一起。这个老板是个奸商，如果看到我们很想要那东西，就会坐地起价，所以你进去找到那两瓶蜜之后，别只拿它，要多挑两样东西，然后像扔破烂一样扔在柜台上，等我来会账。"

进了店门，里头阴暗卑湿，林添财一进去就扇鼻子："一撮毛，你这破房子一百年都不打开窗子一次，一进来人都要发霉了。"

一个后脑勺只剩下一撮毛的光溜脑袋从一个货架后探出来："哟，什么风把你这只吃不吐的貔貅吹来了？"

林添财咧着大嘴笑了一笑，拍了拍林叔夜的肩头："我外甥，长得俊吗？"

一撮毛的眼睛像猫一样，上下打量着林叔夜："这就是省城广茂源的那位？确实俊，比小娘子还漂亮些。陈少爷怎么有空跑到我们澳门这种乡下地方来？"

---

① 乜：广东方言，意为"什么"。

"他想看看番鬼，就带他来澳门逛逛。知道你这里古怪玩意多，就带他来挑几件回广州玩。"林添财对林叔夜说，"去挑吧，一撮毛跟我是老相识，回头能算便宜一点。"

林叔夜老老实实地应了一声，便去寻物。

"别！"一撮毛摆手，"咱们老哥儿们，明算账。"

这边林添财跟一撮毛有一搭没一搭地扯皮，那边林叔夜向靠墙的货架走去，果然在第三层上看到了瓶子。瓶子里装着浓稠的黄色液体，其状如蜜，黄蜜中间又盘着一条红带，在黑暗之中发着荧光——果然和书上记载的一模一样。不过只有一瓶。

林叔夜随手挑了三件东西，最后才把那瓶蜜拿了下来，小心翼翼地捧到一撮毛面前。

林添财看也不看，老不在乎地摆了摆手："算账吧。"

这时林叔夜问："这蜜只有一瓶吗？"

林添财一听，心下一紧：坏了！阿夜沉不住气，这可别走了消息！

一撮毛嘻嘻地笑道："本来还有一瓶，但前几天被一个佛郎机相中，买了去，说是要拿去做海上斗绣的奖品。"

他拨弄了一下林叔夜随手挑的三件玩意，说："这几个合在一起，四钱银子二分。"

林添财瞥了一眼："贵了点。"

"行，减你二分，只收你四钱，谁让我们老相识呢。"一撮毛跟着把那瓶蜜也加上去，"这个四十九两十二钱，合计五十两。"

林添财怒道："五十两？你不去抢！"

一撮毛皮笑肉不笑："你刚进门就问我这破店为什么不开窗，因为不开窗好啊，不开窗，这房子暗来暗去的，别人才看不清我这里货色的真假好坏。"

林叔夜恍然，却又问道："那你自己不也看不清楚吗？"

"我自己……"一撮毛凑了过来，他那双好像能在黑暗中发光的眼睛在林叔夜面前眨了两下，"我这眼睛是属猫的，夜里也能看清东西。"

他转头对林添财说："你这外甥，一来就朝墙边走去，看到我这瓶蜜，眼睛就挪不动，随便拿了三件东西后，才去拿了蜜……这一定是你教的。林貔貅，你这点门道，我早摸透了。可惜你这外甥就是个没出过门的小少爷，不懂做戏，他右手拿蜜，小心得就像捧着宝贝，左手却随便拎，我就知道了，你们今天就是奔着这瓶蜜来的，其他的都是添头。"

林叔夜被他道破，不禁有些尴尬。林添财气得有些跳脚，却又无可奈何，瞪了林叔夜一眼，对一撮毛摊手："五十两，哼，我没带那么多钱。最多五两银子，卖不卖随你。"

"你虽然是只貔貅，但信用还是不错的。"一撮毛说，"这样，你拟个欠条，三个月内免息，三个月之外三分利滚利。"

"三分利？一撮毛你什么时候还放高利贷了？"

"哈哈，没有，没有，只要你三个月内把银子送到，不就没利息了？"一撮毛瞄了一下林叔夜，"你不是老吹自家妹妹嫁给了广茂源的老庄主嘛，五十两虽然多，但以岭南第一绣庄少东的身份，姐姐又是给皇上绣龙袍的人，不会拿不出来吧？"

"没有！最多五两，再多就没有。"林添财拉了林叔夜就要走。

一撮毛忽然将那瓶蜜拿起来就要砸，林叔夜吓得赶紧转身托住。

林添财骂了句潮州粗口，说："你干什么？"

一撮毛嘿嘿笑道："你们一出门，我就把这瓶蜜砸了。"

林添财气得肚子都鼓起来了。

林叔夜无奈地看了舅舅一眼，林添财看到外甥这眼神就没了脾气，长舒了一口气："行了，行了！今天算我认栽！"

五十两银子是笔大钱，林添财身上是真没带那么多。于是一撮毛就拿笔拟借条，一边写字，一边得意扬扬地道："林貔貅，以后要做买卖，别带你这外甥出门。不带着他，你是只貔貅；带了他，你就是只肥羊。"

在一撮毛写数目之时，林叔夜忽然指着一撮毛身后的架子说："等等，舅舅，加上那个东西吧。"

那是半片半尺高的玉屏风，还缺了一个角。

一撮毛回头看了一眼："陈少爷好眼光，这可是好东西。去年北泊那边捞起一艘沉船，这是沉船里的东西，虽然在海水里泡了几年，但玉质还是不错的。五两银子卖给你。"

林添财不耐烦了："要这东西干吗？半残不全的。"

林叔夜说："我喜欢嘛。都破费五十两了，不妨再破费五两。"

林添财摆手："行了，行了！"

一撮毛就将五十两改成五十五两写上，林添财画押，按了手印。

林叔夜大喜，把蜜放进林添财挎着的布袋里，拿了玉屏风在手里，摸了又摸，轻声说："真的是，没错。"

林添财问："什么没错？"

林叔夜说："这是蒋太后丢失的半片玉屏风。"

林添财吃惊："什么？"

林叔夜说："正德无子，传位嘉靖，当今天子是先帝的堂弟，十几年前从藩邸继位。母凭子贵，原来只是王妃的蒋太后便跟着前往北京做了太后。这玉屏风是她在藩邸时的心爱之物，不想却在上京路上遗失了半片。到了京师之后，天子仁孝，为安慰太后的思乡之情，就将新建的慈宁宫布置成当年藩邸的样子，只是独独缺了这半片玉屏风，不免美中不足。年初省城的镇守太监把大伙儿叫了去，拿出图谱让我们留心。太后是个念旧的人，这半片玉屏风送到京师，镇守太监一定会得赏赐升迁，到时候我们陈家能从镇守太监那里得到的好处，可就不是五十两、一百两这么简单了。"

林添财转恼为喜，一撮毛也听得出神，问道："这竟然是太后的东西？我再看看。"

林叔夜抱住了屏风："你已经卖给我了。"

一撮毛说："当然了，我只是看看，毕竟是太后用过的东西，我过一过手沾沾凤气。"

林叔夜这才放手，一撮毛就抢了过去。林添财一看，心想：不好！就见一撮毛将那玉屏风左摸右摸，呜呜哭着："留了你一年，可不知道你才是镇店之宝。不卖了，我不卖了。"

脚一踩发动机关，柜台下出现了个暗格，一转眼他就将玉屏风藏了进去。

林添财怒道:"一撮毛,你混账!钱都收了,你敢反悔!"

一撮毛问:"钱在哪里?"

林添财指着他手里的欠条:"这不是?"

一撮毛将欠条撕碎吞了,打了个嗝儿:"没了!"跟着叫来伙计,将林叔夜甥舅轰了出去。

林添财在店门外指天骂地。林叔夜从他挎包里拿出古蜜,见完好无缺,这才劝道:"舅舅,别骂了,咱们回去吧。"

林添财怒道:"这一撮毛坏了道上的规矩,今天不把玉屏风拿回来,我以后没脸在澳门行走了!"

林叔夜说:"要那玉屏风做什么,半残不全的。"

林添财吼道:"可那是太后的心爱之物!"

林叔夜问道:"谁说的?"

"这不是你……"林添财反应过来了,惊讶地道,"你骗他的?阿夜你居然会骗人?"

林叔夜有些无辜:"其实我也不想的。"

林添财看着他一脸无奈的老实模样,忽然哈哈大笑。

甥舅俩拿了古蜜,回到客店。高眉娘问道:"怎么样?"

林添财忍不住将林叔夜刚才的事炫耀了一遍,高眉娘隔着黑绸看了林叔夜一眼,竟似不觉得意外。

林叔夜道:"可惜只有一瓶。我看这蜜的量,可能不大够。"

林添财道:"要不先试试效果?"

林叔夜望向高眉娘,高眉娘点了点头,伸出了自己的手。

她的右手也被毒胶害了。当初被害的时候,她还企图将毒胶扒下来,结果胶是扒下来了,却是连皮带肉扯下来一片,这就是她手腕伤疤的由来。

"可不是涂上就行,得做些准备。"

林叔夜跑了出去,准备了一些干净的白布,烧了热水,再兑点凉水成温水。高眉娘用温水洗了右手后,林叔夜这才拿出古蜜,用一根削成筷子状的竹条探入蜜中。蜜分黄、红,黄蜜只是普通的蜂蜜，里头那条红带才是精华，这是用"蜜中藏蜜"的办法来保存里头的红蜜。

林叔夜一边操作，一边说："据古书记载，这种古蜜虽然是蜜，却五行属火，遇水即化，所以要用蜜来藏；遇木则附，所以要用竹木之属来取。"

林添财道："就一点蜜而已，什么水啊，火啊的，我看是故弄玄虚。"

林叔夜用竹子接触那条红带，红色的蜜碰到竹子就附着在上面了。林添财看了，就改口："哎哟，好像真有些门道。"

林叔夜将蜜引出，涂抹在了高眉娘的手上，然后用白布团团包裹严实。

"约莫需要十二个时辰，一开始有些热辣辣的，六个时辰后开始发痒，却得忍住，千万不能抓痒，抓了就会留疤。这些都是古书记载的。"

高眉娘点了点头，请他们先出去，自己取了一卷《法华经》在手阅读。林叔夜临出门看见了，问道："高师傅也读经学佛？"

"不是学佛，是为了刺绣。"

林叔夜有些不解，林添财鼻孔喷了一下气："读佛经就读佛经，装什么装？谁还不会念几句阿弥陀佛？"

高眉娘也不理他，似乎在回答林叔夜，也似乎在自言自语："传闻祖师卢眉娘能在一尺绢上绣出《法华经》七卷，我想试试。"

林叔夜脱口道："这不可能！《法华经》七卷二十八品，六万九千余字，要绣在一尺之绢上，不可能的。那只是神话传说。"

"多少字？"林添财问。

"六万九千多。"

"想什么呢！"林添财冷笑了起来，"一尺绢布上绣六万九千多字？"

林叔夜担心舅舅冒犯了对方，不想高眉娘却只是挥了挥手，继续左手持书诵读。林叔夜拉了一下舅舅，退了出去，就在外间守着。一开始没什么动静，约莫两个时辰后，屋内传出一声压制不下的轻轻的呻吟，但马上又没了声息。

林叔夜有些担心，靠在门边问："高师傅，没事吧？"

"没事。"屋内传出来的声音却是有些发颤。过了一会儿，林添财拿了饭菜来，林叔夜送了进去。高眉娘脸上蒙着绸，但双目紧闭，漆黑的额头上渗出汗珠，原来那毒胶虽然在皮肤上生根，却并不妨碍汗水流渗。

林叔夜关切地问道："很难受吗？"

"把饭放下，你出去吧。"她只有一只手可用，放下经书，拿筷子夹菜。林叔夜却留意到那卷经书被她捏出了痕迹。

这个晚上显然是很难熬的。林叔夜甥舅守在外间，听见屋内时不时发出细碎的声响，但很快又被压制下去。林添财幸灾乐祸："肯定是痒得不行，哈哈。"

林叔夜道："舅舅，高师傅毕竟是要成为我们绣坊大师傅的人，你为什么总跟她过不去？"

林添财道："我就不喜欢这婆娘的骄傲劲。长得这么丑，靠着一点功夫那样作践你，我心里就不喜欢她。你要捧着她做大师傅是你的事，但要我给她好脸色，凭什么！"

林叔夜叹了一口气，也是没办法。舅舅平时让自己拿主意，是因为爱自己，但自己不能真拿什么坊主的身份压他，再说舅舅也不算绣坊的人。

他看看正屋，很为屋内人担心。

如此过了一夜，林添财幸灾乐祸到半夜就睡了，林叔夜却在正屋外守了整整一晚。第二天早上，他听到屋内重新有响动，这才敲了敲门。门从里面打开，阳光投射进来，只见高眉娘仍然穿着昨晚的衣裳，精神甚是颓靡，看来是被折磨了一整个晚上。她让店家娘子帮忙换了铺盖，被褥竟然半湿了，似乎都是汗水。

"哎呀，怎么还有血！"店家娘子眼尖，看到了被子上的血迹斑点。

林叔夜有些担心，却听高眉娘说："没事，我以针刺足底罢了。"林叔夜马上就明白了，暗想：她昨晚得难受成什么样子……

林添财则听得有些发毛，心想：以针刺足底，那得多痛；而要以这痛楚来转移注意力,那得是痒得多难受……亏她忍得下来。

"出去,出去。"高眉娘没力气地挥手。林添财给了店家两份银子,才算把事情掩过去。

如此又熬到黄昏,那痒终于停止了。林叔夜算好了时辰,过来帮高眉娘拆解白布,却见原来的那层黑胶似都皲裂;跟着按照古书的记载,让高眉娘将手泡入温水。泡了有半炷香工夫,高眉娘左手在右手上轻轻一抹,黑色的胶皮片片脱落,露出白如凝脂般的皮肤。高眉娘举起手来,借着窗外的夕阳,反复看着,竟忍不住流下泪来。

林叔夜看着她流泪的样子,心想:别看她平时冰冷骄傲,其实是没什么心机的……嗯,心机重的人天机便浅,天机浅者技艺不能深,她能在绣艺上练出这么高深的功夫,心机又能深到哪里去?

高眉娘反应过来,赶紧擦了眼泪——手既然能好,脸自然也能好。这层困了自己多年的黑皮,终于有机会揭下来了。

"帮我把剩下的古蜜给涂上吧。"

"古蜜分量不够,不如等寻到另外一瓶古蜜……"

"我等不及。"高眉娘看着自己的右手,"一张脸不够,那就半张吧。"

她主意已定,林叔夜拗不过她,便只好照办,却劝她先休息一晚,她便答应了。

三人好好睡了一觉。第二天一早,仍然按照前日的流程,由林叔夜用竹子引出红蜜,涂抹在高眉娘的半边脸上。她当初是脸上被泼了毒胶,手忍不住去抹的时候沾上了,所以脸上的毒胶厚重,手上的毒胶较薄,故而前者用蜜多。涂抹了半边脸后,剩下的古蜜已经不够用于另外半张脸了,却足以除去覆盖在左手的毒胶。

这脸部、手部一同痒起来,高眉娘怕自己熬不住,就请店家娘子将自己绑在了床上,又怕发狠咬了舌头,让林叔夜找了个木塞让自己咬住。店家这时候已知道他们是在治病,就不乐意了,还是靠林添财花了银子打发。

这一回比上一回更加难过了。高眉娘自尊心重,不愿意别人瞧见自己痛苦狼狈的样子，因此一个人在屋里头苦熬着。有了上次的经验，这一天她竟然连半点声音都不曾发出来。到黄昏开门一看，又是一床湿了的被褥。

熬到第二天清晨，林叔夜送了早点和温水进去。高眉娘吐出塞口的软木，上面竟然沾上了血。她也顾不上吃早饭了，先用温水泡了左手，黑皮脱落后的效果与右手一样；再要洗脸时，忽然犹豫，先将林添财和林叔夜给请了出去。

甥舅两人等在门外，林添财忍不住骂出声来："事情一办好就赶人，也不想想蜜是谁拿来的！"

这时屋内忽然传出一声笑声——或者说是哭声。那声音若哭若笑，又分不清是哭是笑。

林添财赶紧低声对外甥说："闯门！"

"这不好吧，高师傅说……"

"傻阿夜！你这是关心她！怕她出事。"

经过智取古蜜一事，林添财总算弄明白了，自己这个外甥是老实在皮、机变在骨。果然被他这么一说，林叔夜心头一阵涌动，终究按不下好奇心，砰地撞开了门，口中叫道："高师傅，你没事……"最后一个"吧"字，他说不出来了。

上一次是黄昏，这一次却是上午，向东的窗户已经打开，明媚的阳光洒满窗边的梳妆台。高眉娘正拿着镜子，端详着自己的脸，那脱了黑皮的半边脸恰好对着林叔夜。听到声音，她的眼睛斜斜望了过来，飞挑的眉毛上还残留着水珠，脸上的皮肤如同初生的叶芽。

这是一张不到二十岁的少女的侧脸，美得就像刚刚完成的顶级刺绣，光华夺目，艳丽得不可方物。林叔夜只觉得自己都要喘不过气来了，又隐隐觉得这张脸、这个眼神，似乎曾经见过，却怎么也想不起来是在哪里见过。

第五针　改绣

一场暴雨洗刷了澳门的地面。林添财跑进院子，脱了蓑衣，看林叔夜正在屋檐边看着雨水发怔，皱眉道："怎么，还在想那娘儿们的脸？"

他对高眉娘总是尊重不起来，哪怕是在语气上。

"那张脸，好像见过似的……"

"不丑吗？"林添财问。昨天他也跟着林叔夜闯了进去，但晚了那么一瞬——高眉娘已经将脸转了过去——导致他没看到。

"不丑……"林叔夜低声说，"漂亮得紧。"

"漂亮？"林添财警惕起来，"阿夜，你可别看上人家了。"

林叔夜慌忙道："舅舅说什么呢！"

林添财又道："就算再漂亮，想必也三四十岁了吧，你别想太多。"

"没有，没有。"林叔夜忙说，"她的脸看起来跟我差不多，也许还要小一两岁。"

"啊？比你还小一两岁？这不应该啊！"林添财说，"看她手上这功夫，至少也要大你十岁八岁的。那针线活真是出神入化，这不是十几岁的小姑娘能办到的。"

"那也未必啊。"林叔夜说，"我长姊二十岁不到就技压全粤了，刺绣这东西，一半看苦功，一半看天赋。"

林添财斜斜地歪起了嘴：陈子艳的确了不起，但说到二十岁技压全粤的事……

"哦，舅舅，忘了正事了。海上斗绣的事打听得怎么样了？"

昨日高眉娘使用了古蜜，恢复了半边容颜，确定了古蜜的奇效后，便正式答应林叔夜做黄埔绣坊的大师傅，不过还有一个附加条件，就是要他继续取得剩下那一瓶古蜜。恰好林叔夜也要靠海上斗绣赢得订单和定金，双方一拍即合，当下便请舅舅出去打听如何参加海上斗绣的细节。

林添财是个地里鬼，哪怕天气再恶劣，也能让他钻到门路，一天的工夫就打听了一箩筐的消息回来。

"这场海上斗绣，地点到时候会在海上，至于斗法……却跟广潮斗绣差不多，听说一开始就是学着广潮斗绣来的。"

"那可巧了，我们正好以此练兵。"林叔夜对广潮斗绣念兹在兹，所以对其规则流程都很熟稔。

"你可别高兴得太早！既然是按广潮斗绣的规则流程，也就是要按照入门献绣、成品斗绣、现场斗绣三大门类来进行。这入门献绣就是第一关，呈上去的绣品必须达到广东十大名庄出品的质量以上，才能进海上斗绣的门呢。"

"啊，入门献绣啊，所以我们绣坊必须先拿出一幅绣品了。"林叔夜皱了皱眉头，随即舒展开来，"嗯，以高师傅的能耐，应该没问题。"

林添财嘿嘿冷笑了两声。

"怎么了，舅舅？"

"她的能耐是不小，不过你不问问入门献绣什么时候截止？"

"什么时候？"

林添财指了指正在往地面倒水的天："就在今日，黄昏之前！"

林叔夜吃了一惊："现在都快吃午饭了，这不只剩下半天时间？高师傅她就算技法再了得，这半日工夫，怎么可能完成一幅成品？舅舅，能不能想想办法？"

"什么办法？人家海上斗绣又不是为我们开的。我又不是陈子峰，有那么大的面子吗？"

"那怎么办呢？"

正为难着，正屋朝向院子的窗户打开了一条缝，高眉娘的声音从里面传出来："进来谈吧。"

林添财皱眉，嘟哝了一句："她居然在里头听着。"

两人进了屋子。因天色本来就不光亮，又下大雨，门窗紧闭，屋里更显昏暗，高眉娘便点了一盏灯。她虽然用古蜜恢复了半边容颜，但一张脸一半绝色、一半绝丑更显诡异，所以连夜用丝布给自己绣了一个飞凰面罩，只露出一双眼睛。

这个飞凰面罩以纯棉为底，用五色丝绣成，间以孔雀羽，在边角上不经意地绣了凰首、凰足、凰翅和凰翎，戴上后漂亮得有些奇诡，至于针法之佳、绣功之绝，那是更不用说了。

林叔夜进门后便看得发怔，也不知道是在看人，还是在看面罩，好一会儿才叫道："高师傅。"

"你不是说……要奉我为师吗？"

"啊？"林叔夜犹豫了一下，才叫道，"师父。"

林添财忍不住又想嘟哝两句，但还是按捺下来了。

"听着不顺耳。"高眉娘说，"我以前也收过两个半徒弟，那半个不说，剩下那两个都是叫我姑姑来着。"

林叔夜想到昨日那张看着比自己还嫩一点的脸，"姑姑"两个字一时叫不出来。叫师父已经是辈分大了，叫姑姑岂不是更大？不过也不是，世上也有姑姑比侄子年纪小的。

旁边林添财忍不住道："你让阿夜叫你师父也就算了，学无先后，达者为师嘛。但让阿夜叫你姑姑，陈子峰、陈子艳还只是阿夜的兄、姊呢，你这辈分不爬到他们头上去了？日后要是见了面，陈子峰听阿夜叫你姑姑，不嫌尴尬？外头不知道的，还以为你是陈家的长辈。"

飞凰面罩后，高眉娘一双妙目在林添财身上扫了一下："那又怎样？"

林添财道："陈子峰是广绣行的总会长，陈子艳是大内首席绣师，只要是身为刺绣行的人，都得给他们一点尊重的。"

"尊重？"高眉娘冷笑，"他们也配！"

林添财还没接话，不料林叔夜先开口了，他的神色变得有些严肃，立正了对高眉娘说："高师傅，我愿意对你执弟子礼，你对我呼来喝去也都可以，我不会放在心里；但对我的兄姊，我希望你能略略客气些，这样我们能少一点不必要的摩擦。"

高眉娘冷哼一声，道："若我不客气呢？"

林叔夜皱了皱眉，却没有退让的意思，表情仍然严肃，语气则依旧平和："黄埔绣坊是广茂源的分坊，我大哥陈子峰是庄主，也就是说他其实也是我们绣坊的总司。至于我长姊陈子艳，如今是大内首席，按绣行规矩便是整个大明绣行的翘楚。你既答应加入我们绣坊，又身在绣行之中，对本坊的总司和对天下绣行的翘楚保持几分客气，也是应该的，对吗？"

林添财听了这几句话，又惊又喜，心想：我还以为阿夜捧这个婆娘捧到没个底线了，没想到还敢跟她硬撑啊！

这时高眉娘的目光依旧冰冷，语气也是冰冷的："这就是我答应加入你的绣坊后，你以绣坊坊主身份对我说的话吗？"

林叔夜垂了垂眼皮，然而并没有回避，随即眼皮一抬，目光迎了上去，说道："我在跟高师傅讲道理，我的道理对不对、合不合情理，请高师傅指点。"

两人的目光，一个凌厉中带着怒意，一个克制中带着坚定。林添财看在眼里，只觉得这间暗室里忽然声音响得如同刀剑交击，心中也忍不住担心起来：阿夜为了请这个婆娘，陆路、海路奔波了几百里，被怎么作践也忍着，这会儿竟然为了陈子峰、陈子艳跟这婆娘硬杠！坏了，不会这么一个忍不住，把这婆娘给气走了吧？那可就前功尽弃了。

他虽然看不惯高眉娘，却更不希望林叔夜要干的事业半途而废，想以打个哈哈来转圜。不料高眉娘的目光忽然移开，也没管林添财因为打哈哈还没来得及说话的尴尬，就道："闲话少提……入门献绣时间既紧，便只能急就章了。"

林添财不由得愣住了，心想：这婆娘，她竟然退让了！

林叔夜虽没得到高眉娘的正式回应，但见对方轻轻带过，也心里一松。高眉娘继续说:"一幅好的绣品,不但需要时间、功夫,也要好布好绸、好针好线。如今要从头绣个绣品,怕也找不到合适的好材料做绣地。这澳门既有市集,请坊主尽快出发,去买几幅绣品回来。"

她这称呼是按照绣行规矩来的:坊主奉她为师,尊以师礼;她则奉坊主为主,尊以主礼。

"用别人的绣品献绣?"林叔夜皱眉,"这不合绣行的规矩吧,也有些不地道。"

"合不合规矩不说,"林添财插话道,"澳门不是西关,这一时半会儿的,未必能买到能过'入门献绣'的上好绣品。"

高眉娘没答复他们的疑问,径自说:"另外再买几个绣架,弄多些油灯、蜡烛、针线……针线不用了,我用自带的吧。"

林叔夜心头一动,便猜到了几分:"高师傅要改绣?"

"嗯?"高眉娘睨了过来。

林叔夜连忙改口:"师父……姑姑要改绣?"

高眉娘算是接受了他这个称呼,没再解释:"快去吧,这个天气,都未必能买到合适的绣地。"

再次听到"绣地"两个字,林叔夜便知道自己猜得没错。

"绣地"是绣行的常用语,原指绷在绣架上刺绣用的材料,如绸缎、麻布等。这时候高眉娘将要去买的绣品当作绣地,那就只是将之作为刺绣的材料使用,这样一来,倒也不算违反绣行的规矩,也无损绣德。毕竟这么仓促的工夫,想要从头绣一件绣品出来,实在是强人所难,但用买来的绣品改绣,却还是有可能的。

当下他拉着舅舅跑了出去,自己先去买绣架、灯烛等物,请舅舅去买绣品。这时的澳门是海外走私货物的集散地,果然是什么都有,很多东西甚至都不是零售买卖,而是批量货物的样品。不过如今不是海商云集时节,时间又仓促,林添财找了半个多时辰,才买来了七八件绣品。

林叔夜这时已经把买到的绣架、灯烛送去客店,又出来找林添财。他从舅舅手中接过绣品,过了过手,便摇头道:"不行啊,这质量甚是一般。"

"那当然，现在又不是澳门的出货季，没海商来看货，集市上自然也就没有好货展出来。"林添财说，"再说才半日工夫，还得留下时间给那娘儿们改绣。这么仓促，能找到的这几件已经是比较好的了。"

"先回去让高……让姑姑看看吧。"

林添财道："你还真叫她姑姑啊。"

林叔夜的目光从绣品上收回来，认真地说道："她说了，她习惯让弟子叫她姑姑。这只是个称呼，不代表辈分。"

"那行吧。"林添财犹豫了一下，才说，"不过阿夜啊，我总觉得这个女人……怕是别有心计，你要小心她些。"

"心计？我有什么能被她算计的？"林叔夜说，"她对绣行的事不是不懂，以她这等功夫，随便到十大名庄露一手，不马上就被奉为上宾了？便是去了广茂源、潮康祥，也未必没有她一席之地。我一个破落绣坊的坊主，要钱没钱，要名没名，有什么好被她算计的？"

"这话也对。"林添财道，"不过……总而言之，你留个心眼便是。"

第六针　蝴蝶

甥舅俩匆匆回到客店，却见高眉娘已经把绣架准备好了，屋内点了十六盏油灯、八支蜡烛，摆在各个角度，把屋子照得十分亮堂。但她看了看绣品，忍不住皱眉道："就这样？"

林叔夜说："这里毕竟不是西关，仓促间，这已经是舅舅能找到的较好的绣品了。"

高眉娘在灯光下又细细看了看，挑了又挑，终于抽出一张台布来："嗯，就这件吧，材质还算勉强。布是好布，用针也细致，没有破坏绣地，可惜是村妇自家的绣品，放在普通人家已很好了，要做献绣却差了。罢了，就看这海上斗绣的评审有没有眼光吧。"

这是一张米色丝绸质地的百花纹台布。说是百花，其实也就是淡黄、浅紫、粉红、米白四种色调的花，间插排布得颇为密集，纵、横都是三尺有余，以米白色丝绸为地，运用丝线以多层捆咬针、铺针、扭针等手法绣成几十朵花的图案，居中处偶尔留白，便自然显出几朵米白色的花来，也显出凹凸有致的立体感，已经算是一件不错的绣品，所以林添财才会挑中。

不过在高眉娘眼里，这样的绣品不过是村妇之良工罢了。

"这个太大了吧，"林叔夜说，"改起来怕是来不及。"

高眉娘似乎也不着急动针，淡淡一笑："你对刺绣行的事，倒也门儿清。"

"那是！"林添财忍不住要夸外甥，"我这外甥，就是我妹妹在绣架旁生下来的，一出生就裹在绣品里，从小就在广绣堆里滚，你说他能不知道刺绣的事？"

高眉娘"哦"了一声，眼神在林叔夜身上转了一圈。

"其实也没有。"林叔夜道，"八岁之前，我其实都不喜欢刺绣，甚至有些厌恶，是八岁之后才变的。"

"为什么呢？"高眉娘竟忍不住问了一声，出声之后忽然有些后悔——她为什么要问这个呢？目光便转到手中的百花台布上去。

"应该和我长兄、长姊有关吧，尤其是我长姊。"小时候为什么讨厌刺绣，林叔夜没有说，只是道，"这是十二年前的事情了……虽然我当时年纪小，但那天的场景如今仍历历在目……那天我长兄、长姊从京师回来，我们广茂源献上的龙袍被皇上挑中，我长姊更一跃成为大内绣工首席。消息传到广州，整个广绣行都轰动了，所有人都挤在了大街上，放着鞭炮，敲着锣鼓，好多上了年纪的绣工更是泪流满面。我到现在还能记得一个老伯哭着说：'咱粤绣天下第一了，咱粤绣天下第一了，这是从没有过的事，从没有过的事啊……'成堆的绣工又哭又笑，那条街上有十几个人像疯癫了一样……"

高眉娘本来在看百花台布，一手拿针正准备拆线，听到这里一时也怔住了。手一颤，绣花针深深地扎进了指尖，十指连心痛，她却恍若未觉。

林叔夜沉浸在当年广绣行万人空巷的盛况中，高眉娘也沉浸在林叔夜的描述中，只不过两人的情绪却是截然相反。只有林添财冷眼旁观，看出了高眉娘眼中的怒火，心中一惊：坏了！这娘儿们情绪不对，阿夜不会说错话了吧。

却听"唰"的一声，高眉娘手上太过用力，坚实的台布从中裂开，有两朵花都崩了线头。她冷冷地说："你兄长、你长姊这么厉害，你还来找我做什么？"

林叔夜苦笑了一声："我心中敬着长兄、长姊，但他们……可没太把我放在眼里。我大哥对我还好，一直挺客气的；我长姊就没正眼瞧过我。"

高眉娘哈哈笑道："原来是个没人要的。你对你的兄姊，原来是一厢情愿。"

林添财大怒："姓高的，你怎么说话呢！"

高眉娘笑过之后，原本有些失控的情绪缓和了一些，低头看着被自己撕坏的台布，以及被针尖刺破的手指。

林叔夜自己笑了笑："没事，舅舅。其实我早就习惯了。我之所以小时候不喜欢刺绣，就因为从小被人叫绣房崽。绣房崽、绣房崽，我很明白，这是说我是绣房里生的野种，但这就是我的出身，别人要说我没法阻止。不过那天目睹长兄、长姊衣锦还乡的盛况后，我的想法也跟着改变了。"

高眉娘冷笑道："你在你兄姊身上看到了富贵，看到了风光，就想着自己有朝一日能跟他们一样，对吗？"

她的声音依然很冷，一边说话，一边拆线，用剪刀把崩坏的线头剪除，跟着抽出同色丝线，再次施展一线四分的神技，续上了线头，修补了台布的裂缝。这些动作说来繁复，落到了高眉娘手上却如拿筷子吃饭一样，可以随意操作。

"不是。"林叔夜却道，"我在兄姊那里，看到了改变命运的机会！"

"改……命？"高眉娘的手停了停，随即继续刺、挑、续、结。台布绷在花架上，她一只手在上，一只手在下，那根绣花针进进出出，一开始还有一些缓慢，到后来就越来越快。绣花针的针尖在灯火下几乎变成了闪烁的光点，最后甚至光点变成了光线！

"是啊！"林叔夜道，"我的父亲陈长泰公其实只是二房，去世又早。但我长兄陈子峰从十六岁执掌家业，到如今能够执掌整个广绣行，还有我的长姊能够成为大内首席，这般的风光，其实并不都是天赐的，是靠着兄姊的拼命换来的。既然兄姊能改变家族的命运，那我为什么不能改变自己的命运？兄姊能让二房一脉压倒长房，我为什么不能将我母亲抬进祖祠？"

高眉娘皱眉。

林叔夜道："有一个人，在我很小被人欺负的时候，将我从泥坑里捞了出来，然后对我说：'别人骂你什么都不要紧，你是个男孩子，从哪里跌倒就从哪里爬起来，何必哭哭啼啼的，像个小姑娘？自己不能立志,就别怨别人瞧不上你……'也是因为这两句话,第二年我看到兄姊的风光后,才会断然立志的。我是在绣房出生而被人轻贱,那总有一天我也要从绣房里站起来,叫人重新看我!"

林添财讶异道:"还有这事啊,我都不晓得。我就说你八岁的时候怎么忽然转了性子,原来还有这个缘故。"

"这事……我原本跟谁也没说过。"

"那个将你捞出来的人是谁?"林添财说,"我可得好好去感谢人家。"

"当时天色昏暗,我看不清楚……"林叔夜说,"但应该是长姊吧。"

他在昏暗的光线中看不清对方的面容,只记得那双眼睛,以及那一身绸色明亮的青衣。而陈子艳从京师回来的时候,也是那一袭一模一样的青衣。

"竟然是她……"林添财甚是意外,"那算了,陈子艳眼睛长在了额头顶,我不用去讨没趣了。"

就在这时,林叔夜忽然怔怔地看着高眉娘,道:"姑姑,我是不是见过你?我是说,在深圳墟之前……"

"不记得有。"高眉娘忽然手一抖,动作颇为粗暴。似乎只要一听到陈子峰、陈子艳的名字,她的情绪就变得躁动。

"哎哟!"林添财叫道,"这台布,那边又有几个线头坏掉了。"

高眉娘轻轻哼了一声,取了针刀在手,便在那几个崩坏的线头的破裂处进行拆线。她的一双手真是灵巧到了极点,一手托着绣架,另一手执针,每次手指轻挑,便是一条又一条的丝线飞了出来,到后来手指与飞丝在灯火摇曳中都产生了残影。这等拆线的速度与技法,便是林叔夜、林添财也未曾见过。

林叔夜低声道:"舅舅,这……便是宗师级的针法吗?"

他常年在绣房出入,师傅级、大师傅级的针线活见得多了,只有刺绣宗师的刺绣场面很难见到,偶尔见到也都是示范局。

"没见过!"林添财虽然不爽高眉娘,但这时也不得不承认,"这手法、这针速,怕是陈子艳也未必能做到!"

林叔夜皱了皱眉，长姊在他心目中的地位是轻易不能撼动的，因此道："舅舅见过长姊刺绣？"

"十年前她给茂源各绣庄的大师傅们做指导，我见过一次。"

"那毕竟是指导局，未必能尽展所能。再说十年时光，长姊的功力应该也远胜当年了。"

"这……"林添财便知外甥心里是偏向陈子艳的，再说他讲的也不是没道理，便应道，"也是。"

却听高眉娘长笑一声，将甥舅俩的注意力都吸引了过去。只见她将针尖转了个圈，结了线，跟着拍松了绣架，将百花台布抽了出来，扔给林叔夜："拿去献绣吧。"

"这……好了？"

林叔夜展开台布，林添财也上前来看，果然见台布都补好了，破裂损坏的地方全部补得天衣无缝。这是高眉娘在深圳墟的时候就展现过一次的技艺，再见一次，两人也不觉奇怪。

然而林添财忍不住说："就这样？你不改绣了吗？"

林叔夜也有些意外。虽然高眉娘展现了高超的缝补技巧，但技巧再高超的缝补也只是缝补，海上斗绣的评审没见过现场，没见过高眉娘的针速与手法，就凭这块平平无奇的百花台布，怎么可能会让黄埔绣坊入围？

"这……"林叔夜想说什么，但看高眉娘的情绪似乎不大对劲，一时不敢开口。

高眉娘推开了窗户，一阵风吹了进来，夹杂着些许雨点，将屋内的灯烛吹灭了一半。

林添财道："这台布拿去献绣，要是能过，我把头……"他想说"把头劈下来给你当球踢"，但眼睛对上高眉娘刚好投射过来的目光，一下子没了底气。

高眉娘轻笑着问："把头怎么样？"

林添财声音低了一半："我把头发剃一半送给你。"

高眉娘目光中带着嫌弃，口中却笑道："行，那我等着。"

就在这时，林叔夜拿着台布的手忽然有些颤抖，叫了起来："这……这……这！舅舅，你快看！蝴蝶！蝴蝶！"

第七针　回程

高眉娘改了百花台布之后，直接让林叔夜拿去献绣，并不准备在澳门等待结果。按照她的说法："只要评审里头有一个不瞎的，这献绣就能过。"

这话真是狂得可以，但林叔夜深以为然，就连林添财也不敢反驳，因为高眉娘改过的那块百花台布，当时也把他给镇住了。

"这个娘儿们的确有两把刷子！怨不得她这么狂！"

"那不叫狂。"回广州的船上，林叔夜笑眯眯地对舅舅说，"没本事但说大话，才叫狂；像姑姑这样，只是在说别人听着不顺耳的大实话而已。"

"呸，你这就帮着她了！"

从广州到深圳，他们主要走的是水路，因为是顺流而下，但从澳门往广州，林添财就去找了马车走陆路，一路奔驰赶往黄埔。两趟路不但交通工具不同，林叔夜的心情也大不一样了。在去深圳之前，林叔夜心怀忐忑，不知道黄埔绣坊有没有机会振兴起来；可如今有了高眉娘的加入，他不但有了信心，还有了方向。

他在路上对舅舅说："原本想着三年重振绣坊，十年参加广潮斗绣，但现在看来，也许今年就有机会参加了。"

林添财道："这步子会不会迈得太大了？"参加广潮斗绣，那意味着绣坊的实力要一跃到能与广东十大名庄抗衡的地步，以黄埔绣坊如今的底子，要在一年之内达成这项成就，说是一步登天也不为过。

林叔夜也知道这一点，然而高眉娘的绝高技艺让他看到了一线曙光。再说高眉娘也早放话了，如果今年不能参加广潮斗绣，她转身就走，所以林叔夜也是没有退路的。

"咱们黄埔绣坊，要钱没钱，要人没人，不过姑姑的技艺惊才绝艳，若是运作得当，我们真的是有机会！"林叔夜说，"所以接下来的所有运转，全都得围绕着她来做。其他种种，全部让路。"

"道理是没错……"

林叔夜不等舅舅说完，就道："回去之后，我们先整顿绣坊。同时我到茂源总庄去，看看能不能求到一点支持。两方面双管齐下，也许能有所突破。如果实在不行……"

林添财道："如果实在不行，那就只能我老林来扛了。"

"舅舅……"

林添财挥手："行了，行了。咱们舅甥不用说见外的话。再说了，我也不是纯粹因为宠着你才来背这个锅。我是觉得这是一个放手一搏的机会。虽然败了会被打回原形，可万一真的成了……嘿嘿！"

他现在只是一个经营散货的揽头，能赚到一点钱，但在广东刺绣界其实没什么地位可言。可要是外甥的绣坊能跻身广东十大名庄之列，那地位之飞跃、利润之增值就无可限量了。

林添财咧嘴笑了一笑，忽然又道："不过有个事情，你得答应我。"

"什么？"

林添财道："高师傅的真实本领，你回了广州暂时跟谁也不能说，尤其在茂源总庄不能说。"

"为什么？"

"我们绣坊底子弱，要真想一年之内就冲进广潮斗绣，必须出奇制胜，而高师傅是我们最大的秘密筹码啊！"林添财道，"如果太早就捅出去，搞得人尽皆知，还怎么出奇制胜？"

林叔夜道："可茂源总庄是自己人，也不能说？"

林添财冷笑道："自己人？茂源总庄是自己人？你自己信吗？"

林叔夜沉默了，有一盏茶工夫，才重新开口："舅舅说得对，除了你，我没有自己人。"

马车很快就到了南海县外，跟着又坐船走水路。广州河涌遍布，珠江在此入海，因此水面宽广，有些地方几乎望不到对岸，而且几十条河涌在城内、城外穿插交错，许多地方骑马、坐轿其实都不如坐船方便。

他们在南海县稍作休息，雇了个跑腿先往黄埔报信。休息过后，林添财又雇了一艘单篷船，沿水路向西。高眉娘坐在船中，望着两岸风景，只见天趣盎然，北岸尤其繁华。

原来本朝嘉靖年间，沿海地区倭寇为乱。这时的明廷已由永乐时期的进取转变为保守，朝廷面对倭寇不思向外扩剿，反而内缩，竟废除了浙江宁波和福建泉州的市舶司，又关闭了港口，结果就是广州成为南洋进出大明的唯一门户，也是当时南方朝贡贸易的唯一合法口岸，因此短短十几年时间，广州财富的聚集便超过之前百年之积。

高眉娘朝北观望，轻轻叹道："广州是变得更加繁华了。"

"那是。"林叔夜在船里陪着，"当今天子十分信任张永嘉，后更任其为首辅，十余年来励精图治，我们南粤地方也颇受其泽。"

"张永嘉？张璁？哦，现在应该叫张孚敬了。"

张璁就是当今的首辅大学士，因犯了嘉靖皇帝的讳——嘉靖皇帝叫朱厚熜，"璁"和"熜"音同形近——所以改名叫张孚敬。

林叔夜有些讶异："姑姑连这个也知道？"

一个在偏远地方以缝补为业的女子，竟然清楚朝廷的事情，甚至连首辅改名都知道，这简直叫人难以想象。

高眉娘轻轻哼了一声，隔着飞凰面罩看不清她的脸色，但听这声冷哼，她似乎对张璁颇为不屑。

林叔夜跟着又想起另外一件事情来："姑姑的官话说得真好，莫非去过北方？"自见面以来，两人说的都是官话，这在普遍说广东话的乡下也是罕见的。

这一次高眉娘却没有回答，只是看着两岸的风景。这一段江面足有三里宽阔，十几年过去，南、北两岸的屋舍大不相同，很多景象物是人非，直到望见北岸附近有一块巨型礁石。那礁石因被珠江水冲刷了成千上万年而变得光滑浑圆，犹如一颗明珠——这就是著名的海珠石，而这海珠石就是珠江名字的起源。

她耳边忽然响起多年前那个男人的声音："此石如珠，珠江本名粤江，因流经此珠而后入海，故而这一段就称为珠江。"

如今景物变换而海珠石依旧，高眉娘却因想起旧事而咬紧了牙根，眼睛通红起来，忽地瞥见林叔夜正看着自己，便随口道："我去过京师，嗯，十二年了……"

而后她便不再开口了。

单篷船在珠江上向西而行，走了有一个时辰，来到南海神庙附近。这里在隋唐时还是珠江的出海口，海内外船只出入广州，按例都要先到南海神庙祭拜祈福，因此这南海神庙可以说是海上丝绸之路的起点。

如今沧海桑田，随着珠江夹带泥沙向南不停推移，古庙离出海口已隔得老远，但香火依旧鼎盛。环绕南海神庙的这一段珠江又称黄木湾——原来是海湾，如今已变成江湾了。黄埔村原本就在珠江边上，后来泥沙淤积，村址便离江面有一段距离，但有河涌可以直入村内。

小船要转入河涌时，高眉娘忽然道："等等。"

单篷船停下后，她对着南海神庙的方向下拜，三叩首后默声祝祷，神色十分严肃，然后才起身说："走吧。"

刘三根已经驾了一艘小船在黄埔村口接应，林添财见他的小船坐不下三个人，便暂不换船了，只让他在前面引路。两艘船沿着河涌，直开到绣坊附近。刘三根说："绣坊后面本来有一条渠，前些年淤塞了，不然可以把船直接开到水门。"

"水门？"林叔夜不解地问道。

"绣坊的后面，原本有一个水门。"刘三根说。

原来这岭南地面，一些大户人家的宅院不但有大门、偏门、后门,如果宅子靠近河涌,甚至还有水门。其他门出去是对着路,水门出去就是河涌,只是林叔夜没想到自己手头这个破绣坊居然也有水门。

船终于靠了码头,这时正是午后,河涌边几只鸭子正在找虫子吃,几个妇女正在涌边洗衣服,又有黄犬在吠。高眉娘望着这场景,怔怔地站在船上。林叔夜唤了她几声,见她都没反应,心想:见到海珠石她失神,见到南海神庙她失神,这是第三次了。

就在这时,七八个中年妇女赶来迎他们,是黎嫂她们。林叔夜先跳上岸,跟她们打了招呼后问道:"绣坊一切安好?"

"都安好。"黎嫂回应着。刘婶已经过来,从篷内将高眉娘扶上码头。林添财冷眼旁观,问道:"刘婶,你怎么眼睛红了?"

"没有。"刘婶擦了擦眼睛,"刚才来的路上,沙子吹进眼了。"

吴嫂上前打量了高眉娘两眼:"哟,这就是坊主跑了几百里路,大老远请来的大师傅?这大热天的,怎么还戴着面罩,不觉得热吗?"

这时是农历三月,广东这边偶尔会回寒,但今天白天颇为炎热。高眉娘别说回答,连看都不看吴嫂一眼,在刘婶的搀扶下径自走了。

"哟!"吴嫂冷笑,"还有脾气呢!"随后被黎嫂暗中扯了扯,这才停下。

第八针　绣坊第一次整顿

一伙人相携来到绣坊。他们离开的这些天，黎嫂带人将一些墙壁破洞补了，今天又打扫了一遍，所以看上去比上回好一些，不过依旧破落。

高眉娘走到门口，看着大门怔怔不语。林叔夜以为她嫌破落，解释道："地方虽然破旧了点，不过咬得菜根，万事做得。咱们要办大事，在人不在财，在德不在屋。"

吴嫂听了这话，忍不住"扑哧"一声笑了出来，黎嫂又扯了她两下。吴嫂说："坊主说酸话，还不让人笑一下？"

林叔夜皱了皱眉头，上一次来，这位吴嫂可还没这么刻薄啊。林添财笑道："是极，是极。我这个外甥，就是酸；不但酸，而且还抠。刚才在船上就跟我说，咱们这绣坊又破又不赚钱，怕是养不起那么多人，三个刺绣师傅不如裁掉一个。我听着觉得有理。"

"什么！"吴嫂又惊又怒，"新官上任三把火啊！坊主这才来了两回，就要裁人？"她刚刚冲撞过林叔夜，林添财马上就说"三个刺绣师傅不如裁掉一个"，针对谁简直再明显不过。

"裁人怎么着？"林添财道，"坊主有地契、文书在手，别说裁人，就算把绣坊卖了又怎么样？这位大嫂，你有没有认识的人想买绣坊的？到时候成交了，我们算你几两佣金。"

出门来迎接的绣工、学徒们听到这话，一时都哄闹了起来，场面惊慌杂乱，甚至有人都要哭了："什么！要卖绣坊？""那我们怎么办？""我们家可靠着我做针线买米啊！"

林叔夜心想：舅舅真会吓唬人。

舅舅已经唱了红脸，那就轮到自己唱白脸了。

林叔夜压了压手，等众人声音渐低，这才说："暂时不会卖绣坊的，只要是对绣坊有用的人，暂时也不会裁，大家先放心。"

但林叔夜只是第二次来，虽是坊主，却是个嘴上没毛的后生，威信未立——绣工们议论纷纷，谁能一下子就放心？就连吴嫂也有些忧心，一时不敢再说尖刻的话了，在想林叔夜那句"对绣坊有用的人，暂时也不会裁"是什么意思。

林添财冷冷瞥了她一眼，心想：就这点底气，敢跟我斗？

高眉娘袖手旁观，就好像这些都不关她的事。

林叔夜且不管这些纷扰，对高眉娘道："姑姑，你一路舟车劳顿，先去休息。"

之前刘三根带了话来，黎嫂等知道有个大师傅要来，所以就将东面中间那大屋隔成两间，多放了张床，又添置了不少日常用品，让高眉娘暂时住那儿。林叔夜有些担心她不乐意，没想到她进去后只是瞧了两眼，没有半句不满，也没有其他多余的话，就在门槛内道："晚饭我不吃了，若是没什么要紧的事，不要来扰我。"说着就当着林叔夜的面把门给关上了。

旁边的黎嫂等人心想：这位大师傅好大的脾气，坊主的面也不给，不知是有多大的本事！

林叔夜却恭恭敬敬地对着门说："是。"然后回头对众人说："高师傅是我请来的大师傅，你们对我怎么样都无不可，但对高师傅不可不敬。谁若不敬，一次警告，二次开革，我不会给第三次机会。"

大明的刺绣行当，原本只有学徒、绣工、师傅、大师傅四个级别。做到大师傅的，通常便是一个绣坊的指导人物。至于宗师，那是对绣道有大成就者的尊称，就绣坊内部运行而论，没有这个职级。一个宗师级人物来到绣坊坐镇，按绣坊职级来说，也仍然是大师傅，只不过这位大师傅的地位不同一般而已。

众人看到林叔夜刚才的样子，已经能估到高眉娘在他心目中的地位了。黎嫂、刘婶等一起应了声"是"，只有吴嫂冷笑着，仿佛没听见。

林叔夜又对林添财道："舅舅，我先回西关去，看看能否在总庄那里求到一点帮助，你帮忙将绣坊整顿整顿。"

林添财道："我跟你一起去吧。"

林叔夜笑道："怎么，舅舅还怕我被欺负不成？"

林添财原本就是这样担心的，不过忽然想起外甥对付一撮毛的手段，便将这心思按下了，挥手说："行，那你放心去吧。这么个三四十号人的小作坊，我料理得来。不过你回西关后记得先去见见你娘。"

"这个自然。"

林叔夜又对着板门，告知高眉娘自己的去向，又问她需要自己带什么回来。

高眉娘门都不开，就在里头说道："我们需要好丝、好线、好绸布，需要好针、好用具，件件都要钱。你能够的话，便带钱回来吧；不能的话，那就再说。"

林叔夜答应了，又来到天井，召集三个师傅和那三十几个绣工、学徒，说："诸位，上次我们都见过了，一回生、两回熟，那现在大家就算熟人了。我知道你们看我年轻，现在肯定不信任我，我也不多说什么，日子久了，你们自然会知道我的为人。如今我只跟大伙儿说三件事。"

众人都不开口，黎嫂代表着道："坊主请说。"

林叔夜道："第一件事，我来这里是要振兴这座绣坊的，刚才我舅舅说要卖绣坊，其实只是跟大家开个玩笑。我这里空口白牙的，也不跟大伙儿许诺什么，说了大伙儿也不信，现在只说一件眼前的：半年之内，我不会拖欠大家一个子儿的工钱。"

他说着，看了林添财一眼。林添财从兜里摸出两锭拳头大小的银子，绣工们就看得眼前一亮。

在美洲白银还未大量流入之前，这么大的两锭银子，那可值老多钱了！

林叔夜道:"你们指个信得过的人,我把这银子放在他那里,这样你们就不会担心我来了之后拖欠你们工钱了。"

黎、吴、刘三个师傅六目对视,人群中有人叫道:"给刘婶吧,她家几代人都住在黄埔,给她我们放心。"不少人跟着应和。吴嫂有些不乐意,黎嫂却说:"好,给刘婶。"原来她俩的排位虽在刘婶之上,却都是近几年才调过来的外地师傅。

林添财便将银子递了过去。绣工们看到银子过了刘婶的手,心一下子定了许多,想着至少这几个月的工钱是有保障了。

林叔夜道:"这就是我要跟大伙儿说的第一件事。所以从今天起,大家要安心做活,不要想那些有的没的。"

有了刚才那两锭银子打底,他这话说出来效果就不一样了。绣工们纷纷应道:"是,坊主。"

林叔夜继续道:"我要说的第二件事,其实刚才已经有人听到了,就是本坊上下,人人都要敬着我请来的高师傅。她是我礼聘来的,我已经拜她为师,不过她不喜欢被人叫师傅,所以我才叫她姑姑。以后我们整个绣坊都要奉她为师,她就是我们绣坊的总教头。大家要好生敬奉着,听清楚了吗?"

绣工们零零散散地应着:"知道了。"至少没人出声反对,只有吴嫂嘴角挂着冷笑,但也没说话。

林叔夜又道:"第三件,是在这一个月内,我们有大事要办,到时候要赚到了钱,拿到一笔大订单,我们的日子就会更加好过。等到下半年,我们绣坊要在姑姑的带领下,参加广潮斗绣。"

这话一出,天井内几十号人一时无不哗然。

年纪最小的喜妹拉着刘婶,低声问:"娘,什么是广潮斗绣?"

刘婶低声告诉她:"那是我们岭南地面等级最高的刺绣大比,五年一次,往年只有十大名庄才能参与,赢了的便是广东第一绣庄。"

喜妹吐了吐舌头:"这么厉害,那我们也能参加吗?"

刘婶还没回答,吴嫂已经嘿嘿地笑了起来,就像听到什么笑话。黎嫂怕林叔夜下不来台,帮着说:"坊主的意思,是要我们帮助总庄参加广潮斗绣，对吗？能帮总庄参加斗绣，置办一点下手活，那也不错了。"

不料林叔夜却说："不是，是我们绣坊要参加广潮斗绣。"

黎嫂心想：这个新坊主怎么这么不识好歹？吴嫂更是直接笑出声来。

林叔夜也不跟她们多解释，压了压手，让众人停止说话，这才道："总之这就是我们今年要做的事情。我不管你们想什么，也不盼着你们能理解，总之现在要干的就是好好听安排，做好绣工的活儿，到了月底自然有钱领，明白了吗？"

绣工们虽然都不信以黄埔绣坊这个底子能参加广潮斗绣，但只要有工钱领，那便随他吧，反正到时候闹笑话也跟他们无关。

林叔夜最后道："现在我要回西关处理一些事情，我离开期间，由我舅舅林添财代我处理绣坊事务，大家都听他安排。"

林添财走前一步，重重哼了一声，道："坊主年轻好说话，我可是个黑面鬼。坊主交代的事，你们好好地办；坊主交代的活儿，你们好好地做。活儿如果做不好，我容你们学，但以三次为限；可要是不用心办事情，嘿嘿，可没什么到月底就能领银子的好事！如果想在我眼皮子底下耍奸弄诈，先去外头打听打听潮州林揽头是什么脾气！"

第九针　门前受辱

林叔夜安排好了绣坊的事，就让刘三根开船送自己去西关。上次去深圳的路上偶尔闲聊，他早知道刘三根其实不算绣坊的人，只因是刘婶的丈夫，所以帮忙跑腿。于是他告诉刘三根，让他回头去舅舅那里挂个号，到月底一起领工钱，从此算是绣坊的人。刘三根喜出望外，连赞林叔夜慷慨有义。他老婆是绣坊的管库，女儿是绣坊的见习，如果自己也领了工钱，田都可以不去佃了，两份半的工钱够养活一家子。

他当下开开心心地驾了船，送林叔夜往西关去了。

林添财这边暂时接掌了绣坊的管理。他是个千里奔波惯了的人物，一双眼睛就差写上"精明"两个字。绣工们不信服林叔夜，却不敢欺他，就连吴嫂在他面前都老实了不少。

上一次来去匆匆，这一回林添财知道外甥是要干一票真的了，所以也下了功夫，只一顿饭时间就将绣坊的三十几个绣工、学徒认了个脸熟，又将整个绣坊的绣工分成三伙，让黎嫂、吴嫂、刘婶一人管一伙，并对黎嫂说："我肯定要经常外出跑腿的。我在的时候，事情你们跟我细说了办；我不在的时候，仍旧是你统着人手。"黎嫂心想：这跟以前就没什么区别了。她是大大咧咧的性格，也没什么争权夺利之心，便爽快地答应了下来。

事情安排妥当，眼看天色也黑，林添财就让大伙儿散了，在外住的自回家去，在工坊住的自去做饭洗衣。刘婶等人走得差不多了，才带了女儿上前说："林揽头。"

"嗯，什么事？"对这个刘婶，他跟林叔夜已经达成了共识，觉得绣坊三个师傅里面就她最为得力，虽论绣功不如黎嫂，但管理库房的能力和细心程度却是超等的。在刺绣功夫上，黎嫂、吴嫂跟高眉娘比起来殊不足论，可替代性高，管库的能耐却是另外不可或缺的一环，所以林添财对刘婶说话也分外和颜悦色。

"这是我女儿喜妹。"

"刚才见过了。"

"我看高师傅孤身一人来此，她又是来给我们做大师傅的，不能怠慢，是不是得有个人伺候一下。"

"你是想……"林添财看了喜妹一眼，这个十四五岁小姑娘梳着一条辫子，皮肤黑黑的，但一双眼睛倒是水灵得很。

"没错，我想让喜妹去伺候。她虽然粗手笨脚的，不过端茶送水还可以的。"

"我带你去问问吧，不过那个……"他想想还是要维护一下林叔夜的权威，毕竟林叔夜尊着高眉娘，自己可别那么快拆他的台，便将"婆娘"两个字吞了回去，"那个大师傅，可不好说话。"

林添财将两人带到高眉娘门外，拍门叫喊。门内高眉娘问何事，林添财道："带了个人来照应你，你出来相相。"

门内的声音没有一点人间气儿："不必。"

林添财瞪了板门一眼，就要张嘴骂，刘婶开口了："高师傅，我是绣坊的管库刘婶。我想让我女儿喜妹来伺候你。"

屋内静了一下，片刻后板门打开了。高眉娘戴着飞凰面罩，在板门后道："进来吧。"

刘婶带着喜妹进了门，但没等林添财也跟进来，只听门"砰"的一声——林添财被关在了门外。他气得拂袖而去："毛病！"

屋内光线昏暗，只点了一盏油灯，高眉娘在唯一的凳子上坐了，竟然就在灯光中摘下了面罩。看到这张一半绝美、一半绝丑的脸，喜妹吓得"呀"了一声，倒退了两步。

刘婶站在原地没动，将高眉娘看了又看，抹了抹眼泪，低声说："高……师傅，委屈你了。"

难得地，高眉娘看向她的眼神竟也很温柔。

刘婶牵着喜妹上前："来，给高师傅磕头。"

喜妹有些不解为什么要磕头，但还是很听话地就要跪下，却被高眉娘先一步扯住了。扯住衣袖的时候，她就着油灯看了一眼，看到袖子上的花纹，问道："衣服是你自己绣的？"

喜妹点头："你怎么知道？"

刘婶骂道："没规矩，叫大师傅。"

高眉娘道："让她叫姑姑吧。"

刘婶大喜："好，好，喜妹，快叫姑姑。"

喜妹不明白娘亲为什么一下子哭，又一下子笑，但还是顺从地叫道："姑姑。"

高眉娘说："她的针线底子不错，以后就留在我身边，我会好好教她的。"

刘婶两眼发光，就好像看到天上掉金子一样，催着喜妹："快，快给姑姑磕头。"

这一回高眉娘没有阻拦，受了喜妹三个磕头，才对刘婶说："你先出去吧，让喜妹留下就好。"

"那我晚上再来跟高……师傅说话。"

"不用了。"高眉娘说，"坊主那个舅舅就住在隔壁，以他的年纪、经历，未必不知当年之事。"

刘婶轻轻"啊"了一声。

"其实也不要紧。"高眉娘轻轻一笑，"我既回到了这里，就没什么能阻止我了……被人认出来也是早晚的事情。"

这几句对话，喜妹听不明白。她只意识到一件事：自己的娘亲跟眼前这位姑姑不但不是初见，而且两人的关系怕是很不一般。

刘三根刚刚得了一份工钱，神清气爽，将小船荡得飞快，天黑前就将林叔夜送到了西关。林叔夜先去母亲处请安，这里是林添财赚到钱后置办的一个小院子，他们母子已经在这里住了五六年。林叔夜让刘三根在舅舅屋里过夜。他从小到大就没出去过这么久，所以母子俩说话说到深夜,他第二天才出发前往广茂源。

大明初年,朝廷在广州设立市舶提举司,坊间简称"市舶司"。市舶司设在广州西门外,这一带本来是广州的郊区,却因市舶司设在此处,络绎不绝的朝贡使团和外商便都在此登陆,继而各类商人也都在此凑集,久而久之便繁荣了起来,变成一个商业重地。它因是海关之所在,又在西门外,所以被本地人叫作"西关"。

市舶司在西关地区设立了一个规模颇大的官方招待所——怀远驿——内有房屋一百二十余间,而围绕着怀远驿,便有许多经营瓷器、丝绸、茶叶等的公私店面如雨后春笋般出现。广府地区的刺绣行会——广绣行——也设在此处。

林叔夜到达广绣行后,又向西走了半条街,眼前出现一座宽敞华丽的建筑,牌匾上写着四个大字"茂源新庄"。左边一排拴马石,右边竖了一面锦旗,上面用金线绣着"南国锦绣"四个字。刺绣行的人走到这里,便知已到达广东刺绣第一庄——广茂源——的总庄了。

茂源绣庄旧址在增城,二十年前在当家的陈老夫人力主下,搬到西关广绣行附近。一开始它只是一座小小的绣坊,在陈老夫人的精心经营下不断壮大,十二年前更因出了陈子峰、陈子艳这对双胞兄妹而大兴,一跃成为广东绣行之首。

十二年前从京师回来后,陈子峰逐渐吞并了周边的工坊、店铺、屋舍,打通后重建了一座新的绣庄,不出十年就经营得好生兴旺。他以刺绣打出名堂后,向上游兼并了一些生丝、布匹买卖,生意是越做越大,当然其根本所在仍是刺绣。

如今虽非交易季节,茂源总庄的门口却也人来人往。林叔夜是庄主陈子峰的弟弟,竟然也得在外头排队,等门房通传,等了七个人才轮到。门房老汉瞥了他一眼,没拿正眼看他:"原来是绣房少爷,有什么事啊?"

听到这个称呼,林叔夜一口气就堵在了喉咙里。原本以为接掌黄埔绣坊后会跟以前不一样，没想到是自己想多了。

他深呼吸了一下，将这口恶气咽了下去，尽量用平和的语气说："我来见大哥。"

"大哥？"门房好像听不懂。

林叔夜又吸了一口气，改口说："我来求见庄主。"

门房这才做出恍然大悟状："哦，庄主啊，今日一大早出门了，还没回来。"

林叔夜问："去哪里了？"

"晤知①哟。"

林叔夜咬了咬嘴唇，道："那求见一下老太太。"

门房抬眼皮瞥了他一眼，没回应。林叔夜将声音放大了说："是不是要我吵进去？吵到老太太听见或吵到我大哥回来？"

他从小读书，总期待着自己能斯斯文文地做人，但现实让他每每得把斯文外表撕下才能通行。

门房这才懒洋洋地起身，叫了个小厮进去通传，而后坐在房里抽水烟，挥手让林叔夜让路。林叔夜无奈，只能走开两步让后面的人上前。陆陆续续地，有三四拨人得了通传进去，随后那小厮才慢悠悠地回来说："老太太让进。"

林叔夜带着刘三根要进去，门房拦住："干什么，干什么！老太太可没说闲杂人等也能进去。"林叔夜欲辩，刘三根忙说："坊主，我在外头等着就好。"确定有工钱拿后，他对林叔夜也改了称呼。

门房叫道："去后门等，待会儿出来别走这边了。这里人来人往的，少来添堵。"林叔夜想想今天是有正事要办，这才忍了下来，进了门，隐隐还听见背后传来一声冷嗤："哼，一个绣房崽，还真以为自己是个少爷。"

林叔夜调整着呼吸，让自己不去跟这种人计较，一路向后园而去。

---

① 晤知：广东方言，不知道的意思。

第十针　陈老夫人

茂源绣庄的这座庄子分成四个板块，中间待客及商务接待，两边是两个刺绣工坊，后园才是住家。那后园也有五间三进，林叔夜来过几次，所以熟悉道路。进了后园，迎面一个小厅，上面挂着块匾，写着"南国锦绣"四个字。带路的小厮指了指，林叔夜无奈，只能先对着牌匾磕了头。他知道这是宫中贵人所赐，门外那面锦旗便是对这块牌匾的模绣。

小厮退了出去，另有一个丫鬟把林叔夜带到一个小花园。鱼池旁坐着两个人，站着一个人，站着的是个老嬷嬷，坐着的两个：一个一头银髻，年纪虽然不小，一双丹凤眼却不怒自威，这便是茂源绣庄的幕后掌舵，陈子峰兄妹、林叔夜的祖母陈老夫人；另一个正陪着老夫人说话的，是一个三十岁上下的妇人，一张瓜子脸，长着鹰钩鼻——原本颇为清秀的脸庞都被这鹰钩鼻给坏了格局。

林叔夜不敢怠慢，上前给陈老夫人磕头后，又对那妇人拱手说："见过惠师。"

这个妇人姓梁，惠州府人士，闺名不外传，年纪轻轻就成为刺绣宗师。广绣行中称她为梁惠师，乃是粤绣领域的顶尖高手，目前受茂源绣庄供奉。广绣行中对她的评价甚高，甚至有人觉得其刺绣水平未必在陈子艳之下。

梁惠师看人时眉眼皆笑："原来是三少爷。"

林叔夜忙说："不敢。"这位梁惠师技艺精湛，但人品风评不佳。林添财说这个人无恩无义、两面三刀，叮嘱过他对此人要敬而远之,所以林叔夜可不敢因对方叫了自己一声"三少爷",就对此人产生亲近感。

老太太正在喝茶,林叔夜给她磕头,她也没停下。直等将杯中茶都喝了,她才开口问:"康哥儿来见我,有什么事情?"

林叔夜小名阿康——母亲希望他康健无恙。叔夜是后面老师给他起的字,老太太却嫌文绉绉的,老是记不住。

"先前得老太太垂青,接掌了黄埔绣坊。"林叔夜说道,"如今有点打算,希望能得到总庄的一些支持。"

陈老夫人便问:"有什么打算?"

林叔夜道:"我准备参加一个月后的海上斗绣,如果拿到名次和订单,便有足够的押金去参加广潮斗绣。"

"你要参加海上斗绣?"陈老夫人青年丧夫,中年丧子,在陈子峰正式接掌之前一直是茂源绣庄的话事人,加上孙子、孙女也是她一路扶持起来的,所以不但在广绣行威望素重,在广茂源内部更是积威极深。近些年她虽然退居幕后,但对绣行的事依旧门儿清。

陈老夫人望向梁惠师,梁惠师道:"海上斗绣的事,已经让南海分坊去参加了。按我们跟其他绣庄的默契,十大名庄不会派两个分坊去的。"

林叔夜赶忙道:"这次黄埔绣坊不占广茂源的名额,我打算自己去献绣参加。"

陈老夫人"哦"了一声:"入围了吗?"

"已经献绣,在等消息。"

"如果你们自己能入围,那就去吧。"陈老夫人说道,"好好办事。"

"谢老太太。"

陈老夫人便颔首,示意林叔夜可以退下,但见他没动,便问道:"还有什么事情?"

林叔夜道:"孙儿近期请到了一位大师傅来给绣坊做指导,但绣坊缺钱少人,为求能尽快发展,参加年底的广潮斗绣,希望总庄能给一点支持。"

陈老夫人听得一阵恍惚："你……说什么？"林叔夜虽然当众夸口过要让黄埔绣坊参加广潮斗绣，但今年年底就去？老夫人都以为自己听错了。

林叔夜道："孙儿说，希望总庄能给一点支持。"

"不是，"陈老夫人的银髻微微摇动，"上一句。"

林叔夜还没回答，一边嗑着瓜子的梁惠师呵呵笑道："老太太，三少爷说他年底要参加广潮斗绣。"

陈老夫人"哈"的一声笑了出来，笑着笑着，咳嗽了起来，旁边那个胡嬷嬷赶紧给她抚背顺气。

陈老夫人止住咳嗽后，才问："你没跟我开玩笑？"

"没有，孙儿是认真的。"

陈老夫人哈哈一笑，问道："黄埔绣坊现在有大师傅几人，师傅几人，绣工几人？"

林叔夜道："除了孙儿刚请来做指导的那位，没有大师傅，只有三位师傅，剩下的绣工二十五人，学徒七人。"

陈老夫人笑道："那你知道广潮斗绣得是什么水平吗？"

"孙儿知道。"

"你知道，那你还敢说今年要参加？"

其实在见到高眉娘之前，如果有人跟林叔夜说让黄埔绣坊去参加今年的广潮斗绣，他自己也会觉得荒唐，但高眉娘神乎其技的刺绣功夫让他产生了不可遏制的壮志雄心。如果不是林添财的叮嘱，这时他已经忍不住要透露高眉娘的本领以增加说服力了。

不过林叔夜知道舅舅不会害自己，所以还是压了下来，只是说："黄埔绣坊要参加广潮斗绣，第一步得先拿下海上斗绣的名次和订单，这一步如果不成，下面也不用说了。可现在黄埔绣坊连参加海上斗绣也有些吃力，主要是缺人、缺钱。"

陈老夫人看着他，目光中有些玩味，好一会儿才道："做人做事，都得脚踏实地，不能好高骛远。"

林叔夜知道会被人质疑，却仍不肯放弃："这个道理孙儿知道，但不试一试，没法死心。"

陈老夫人眼里掠过一丝失望,却也没有多失望,因为她原本对林叔夜也没抱多少期待。

她没有再劝,只是道:"广茂源旗下有四大工坊、十三个分坊,但其余十二个分坊的坊主上任的时候,都只有任命,没有地契,也没有文书。你知道这是什么意思吗?"

"这……请老太太明示。"这里头的缘故,他其实也没弄明白。眼前这个老太太在血缘上是他的祖母,但二十年来对他们母子几乎是不闻不问,甚至轻蔑有之,打压有之,所以最近忽然将黄埔绣坊交给他,这件事情本身就让他十分意外。

陈老夫人没说话,梁惠师在旁边笑道:"傻瓜,老太太的意思,就是这绣坊是给你了,以后就是你的产业。"

林叔夜愣了一下,还是没反应过来。

陈老夫人道:"那是你的产业,以后如果你能认祖归宗,那就还是陈家的人,绣坊可以重归广茂源旗下;但如果不能,那你就守着那个绣坊,好好过日子吧。"

林叔夜只觉得脑子好像被雷劈了一下,愣了一会儿,才低着头道:"哦,我明白了。"

陈老夫人又道:"广茂源今年年底要参加广潮斗绣,明年更是大比之年,总庄的人、钱都很紧张的,没法再匀给你什么。你若真有今年参加广潮斗绣的野心和能耐,就不该被这点小小的难处给难住。"

她话说得客气,语气上却不留转圜的余地。到了这地步,林叔夜便知多言无益,拜别而去。看着他的背影,陈老夫人忽然摇头:"年轻人好高骛远没什么,但以黄埔绣坊的底子,他想一年之内参加广潮斗绣……简直不知所谓!"

她沉吟着,似有后悔之意。

梁惠师笑道:"虽然他娘出身卑微,但毕竟是老庄主和老太太的血脉,反正已经走了一步,不妨就等着看后面的进展。万一成了,也算遂了老太太的心愿;如果闹了笑话,也扯不到老太太这里。"

陈老夫人道:"也是。"

胡嬷嬷将林叔夜带出花园,交给一个小厮后却不回去,先溜到另一个院子里。一个三十岁左右的妇人正在喂鱼，这个妇人正是广东第一绣庄的庄主夫人陈杨氏。她的身材、容貌都只是中等，一张脸颇见煞气。旁边的大丫鬟翠娥问："何事？"

胡嬷嬷上前，低声将刚才的事情说了。陈杨氏点了点头，翠娥塞了点银子过去，胡嬷嬷就欢天喜地地走了。

翠娥道："那个绣房崽，还真当自己是少爷了？白得了座绣坊，坐着收点钱也就算了，还来搞这些事情。老太太也是奇怪，没来由地把一座绣坊送给一个野种，也不知道是什么意思！"

陈杨氏的脸色一下子变得不太好看："谁说没来由！"

"啊？难道老太太还有什么打算不成？"

陈杨氏本不想说，但转念又觉得该让心腹晓得。"她是想让那绣房崽成亲生子。"她每说一个字，脸色就阴沉一分，"她是想让绣房崽生个儿子，然后过继给当家的，将来好继承陈家的家业！"

听到这里，翠娥吓了一跳，一时不敢接话。这事可是陈杨氏的逆鳞，一点都碰不得的。

陈杨氏压着声音，但言语中的怒气任谁都听得出来："庄主没有儿子，可不还有两个女儿吗？将来招个入赘的女婿，不也一样，为何一定要去找一个过继！老二乱搞生不出来儿子，她就连野种都惦记上了！"

翠娥唯唯诺诺地应着，不敢接话，只是她还是不明白。

林叔夜已经二十岁了，在这个时代，二十岁还没成亲算是晚了，不过贫贱人家娶不到老婆又算正常。林叔夜近几年有舅舅照拂，生活上暂时无忧，但他本人没什么资产，出身又是那样，一时找不到合适的亲事也不奇怪。

"但老太太要让他成亲生子，随便给撮合一个就是了，何必给他一座绣坊？"

"因为有另一件事情刚好凑上了。"陈杨氏道，"南海霍家，最近要嫁孙女。"

"南海霍家？哪个霍家？"

"还有哪个霍家？自然就是那个霍家！"

第十针　陈老夫人

第十一针　霍家秘闻

"霍侍郎那个霍家？"

陈杨氏哼了一声，算是肯定。

翠娥颇为震惊，因为那个霍家来头太大了。家主霍韬是"大礼议"事件的功臣，简在帝心，对皇帝影响甚大，官品虽是侍郎，权势却直逼宰辅，曾以一己之力将前任首辅杨一清拉下马来。在广东这边，都称霍老是"不在内阁的阁老、势压尚书的侍郎"。这样一个在京师也能搅动风云的人物，放到广东便是遮天蔽日的神仙了。

不过翠娥更是疑惑："霍家要嫁孙女，跟那个绣房崽有什么关系？"

一个是九天之上的政要，一个是卑微到泥土里的野种，翠娥实在想象不到两者能有什么交集。

陈杨氏哼道："霍家要选婿，老太太不知道被梁惠师灌了什么迷魂汤，竟然想让那野种去试试。所以就给了那野种一点产业，显得体面一些。"

翠娥忍不住失笑："这……这怎么可能！"

这种宰相级别大人物的孙女，别说林叔夜这般出身，就算是陈子峰还没成亲，怕是也没这个资格。

陈杨氏道："那个孙女，不是亲孙女，只是霍老的族人，都已经出了五服，家里又穷得要到霍府当长工，只是同样姓霍而已……偏偏出了个好女儿，年幼时不知怎么入了霍老的法眼，便认作了义孙女，在书房伺候了两年。说是义孙女，其实更像丫鬟；但说是丫鬟，又毕竟得了霍老的青睐，听说在霍老跟前能说上话。眼看她年纪渐大，不宜再服侍霍老，霍家便要给她选婿。据说霍老问她意见，她说不计夫婿出身贫或富，只求人品佳好、琴瑟和谐。若是嫡亲孙女，哪能这般任性？定要找个门当户对的。倒是她这个出身，高不成，低难就，的确是以选个人品好、出身不高的人为佳，所以霍老也就答应了。"

翠娥听得发怔："那谁要娶了她，岂不就飞上枝头变凤凰了？"

"何止！"陈杨氏道，"到时候整个家族都能鸡犬升天。"

清贵名门肯定不屑于此，但如果有寒门子弟能娶到这样一个能在霍老跟前说得上话的义孙女，好处自然多多。广茂源这些年能顺风顺水，据说背后也跟搭上了霍家有关，如果家中子弟能娶到这位霍家的义孙女，那自然能更进一步拉近跟霍家的关系，进一步巩固陈家的地位。

"但是，这件事情跟让那个绣房崽生子过继又有什么关系？"

"这本来是两件事，却被梁惠师那个贱人掰扯成一件事了。"

虽然林叔夜是陈老夫人的血脉，但她根本看不上他；不过他如果能娶到霍家的孙小姐，那生下的孩子身份又不大一样了。把其中一个儿子过继给陈子峰继承广茂源，霍家孙小姐多半也是愿意的——这是对双方都有利的事情。

但两全其美，却有个第三方未必乐意，那就是陈子峰的正妻陈杨氏了。

陈杨氏恨恨地道："这两件事情，不管是生子过继，还是霍家招婿，都是八字没一撇。哼！走着瞧，我就看死这绣房崽最后两件都落空！"

林叔夜来的时候是从前面的偏门进，要走的时候，果然是被小厮引往后门。因没说几句话便被逐客，刘三根还没来接，便被关在后门外了。

站在门外，他自嘲地笑了笑，喃喃道："原来一切都没变呢。"

其实这么多年来，处在这个位置上的他早看尽了人情冷暖，只不过他还不肯放弃对善意的期待。所以当陈老夫人将绣坊交给他，又给了他一个认祖归宗的希望时，他心里不但萌生了感激，同时对陈家的好感也提升了不少，但现在……

"嗯，现在也要感激的。"林叔夜对自己说，"恶意是有的，但善意仍然存在。"

他的娘亲林添福是个温柔善良的女子，总是告诉他：人活着，要多看看别人的好，少念着别人的坏，这样不是为了别人，而是为了自己。因为林添福相信：认为这个世界上好人比较多的人，日子会过得舒服些。

大概也是因为有这种想法，林添福才能在那么恶劣的人生际遇中还能将日子过下去，而且好像还越过越好。

在这一方面，林叔夜还是听他娘亲的。

眼前一道流水淌过，这道细细的流水如今是从后花园的鱼池流出来的，沟渠都是用红砖铺好的，但在十几年前还是一条小泥沟。景物的关联将林叔夜的记忆勾了起来，就像石头丢进水池里，不但让水面泛起涟漪，还激起了水底的黑泥。

十几年前的那天，他也是从后门出来，跟老师道别后，天空就忽然下起了暴雨。雨水很快让这条小沟都漫溢了，而他并不是站着，而是趴着，被人用脚踩着脖子喝泥水，差点淹死。

那是他八岁时的事了。那一年他在陈家附近的私塾外旁听，展现出了过人的读书天赋，绝句、律诗听一遍就能背诵，古风听个两三遍也能记住。私塾的老师发现后十分欢喜，有心栽培他，却发现他连户籍都没有。没有户籍便没有科举前途，因此老师带了他来到这里，求见陈老夫人，希望陈老夫人给他一个名分，将来如果读书有成，说不定还能帮陈家光宗耀祖。

然而陈老夫人当时只是轻轻说了一句："一个绣房崽，有口饭吃就够了，还读什么书？"

有些记忆本来已经深锁在时间的尘埃里，但这时触景生情，记忆再次在脑中闪现，引得林叔夜……又是自嘲地一笑。

二十年间受尽轻贱的日子，已经把他的心冶炼得坚硬无比，再要伤害他也不容易了。

"为什么我还会对她有所期待……就因为她忽然把一座破落绣坊交给我，便忘了这二十年她是怎么对我们母子的吗……真是好笑！"

便在这时有人叫道："哎哟，这是谁啊！"

迎面走来四五个人，居中的是一个又胖又壮、身着锦衣绣服的青年，身后跟着几个跟班。其中一个是脸色苍白、畏畏缩缩的少年，另一个一张歪嘴上长着两撇老鼠胡子，因为长年歪嘴，两撇胡子就变得一上一下，十分丑怪。

"我说是谁，原来是绣房崽啊。"

这胖青年是陈家的二少爷陈子丘，也就是十几年前踩着他脖子，让他喝泥沟水的少年。

地方还是那个地方，人还是那个人！

林叔夜没有忘记那场欺辱，只是冷冷地看着对方，声音平和地叫道："二哥。"

"谁是你二哥！"陈子丘冷笑，"听说老太太发了慈悲，赏了你一座破烂绣坊，你该不会以为就能跟我称兄道弟了吧？"他手中拿着一条皮鞭，在空中甩了个响鞭，跟着向林叔夜脸上劈了过去。他练鞭已经练了好几天，这一手打得又准又狠，那苍白少年脸上几条未消退的鞭痕，就是成果之一。

不料林叔夜头一偏，手一挡，竟然抓住了皮鞭。陈子丘怒道："你竟然敢躲！还敢抓住我的鞭子！"

这一鞭来得极重，林叔夜抓住皮鞭的时候，手疼得厉害。他却恍若未觉，口中说道："陈子丘！虽然我是庶出，但你这么说话未免有些过分。我已经长大了，不是当年那个会被你踩在泥沟里没法动弹的孩童了。"

"庶出？"陈子丘哈哈大笑，"你算什么庶出！过来！"站在旁边的苍白少年弯着腰走了过来。林叔夜这才认出，这个少年其实也是他的兄弟，叫陈子兴，比他小一两岁，是妾室生的。这少年也是个凄凉人物，十来岁时被陈子丘拿炮仗绑在下体，据说被炸得血肉模糊，不能人道，面对陈子丘时是又怕又顺从。

陈子丘用手拍着陈子兴的头，就像拍着一条狗："这个，才叫庶出。你算什么东西？我老子喝醉酒在绣房搞出来的野种，也好意思叫什么庶出？"

这一句话，终于把林叔夜给激怒了。他能够忍受别人轻贱自己，但不能容忍别人轻贱母亲。他怒道："陈子丘！你给我把话吞回去！"

"哈，还敢回嘴了，我看你就是皮痒！给我把他按住！"

那个歪嘴伴当已经冲了过去，苍白少年犹豫了一下，也过来帮手。忽然，刘三根跑出来叫道："你们在做什么！"原来他到了有一会儿了，看到林叔夜跟人说话，便没冒头，这时才冲出来，却被另外两个跟班拦住。

林叔夜双拳难敌四手。这些年他读书学礼，练画下棋，唯独没练过武，因为他的老师也只是个落第秀才，不会武功。他挣扎了几下，发现挣扎不过，就放弃了，腰间挨了一脚，整个人趴在了沟渠旁，再抬头，又看到了陈子丘的那张脸。

陈子丘一鞭抽在了他的脸上，哈哈笑道："绣房崽，你以为你也能当少爷了不成？我告诉你，你再怎么变，也只是个在绣房里出生的野种！""绣房崽"这三个字，藏着知情人对林叔夜出生情况的侮辱，和刚才在大门外，门房叫的那一声"绣坊少爷"的意思是一样的，只不过"绣坊少爷"婉转了一层而已。

陈子丘一边说，一边拿鞭梢敲林叔夜的头："你这张脸，我看着就恶心。我告诉你，以后少让我看见你，不然我见你一次，打你一次！嗯，你干吗这么看我？瞪着大眼珠子……不对！你竟然敢这么看我！"

林叔夜虽然被压倒在地动弹不得，却还是硬着脖子朝上瞪着。让陈子丘无法忍受的，是他的眼神中没有恐惧、畏缩、求饶，甚至不是愤怒，而是一种嘲弄。陈子丘对他又是一阵拳打脚踢，但他那种嘲弄的目光仍然没有改变。

林叔夜嘴角都已经带了血丝，却开口笑道："我为什么不能这么看你？"

"你都被老子踩在脚底下了,你还笑……你还笑……你还笑!"

他说一句"你还笑",就踩多一脚,可他踩多一脚,林叔夜就多笑一声。

两人就这样一踩一笑,到后来,早被酒色掏空的陈子丘脚都有些没力气了,而苍白少年则被林叔夜笑得心里发毛:阿夜疯了,他一定是疯了。

就在这时,帮忙压制林叔夜的歪嘴伴当也有些疏忽。趁着两人手微松,林叔夜忽然暴起,整个人抱住了陈子丘,一起滚到泥沟里,将他压制住了。

第十二针　陈子峰

水沟狭小，容不下两人，却浸了这个的大腿、那个的胸口。陈子丘和林叔夜在泥土污水中打滚，混乱的场面让歪嘴伴当一时也无从帮手。

林叔夜刚才任他们殴打，疼痛是疼痛，却保留了体力，甚至被疼痛刺激得力气大增。整个人奋起之后，他一时连疼痛也不觉得了，有的只是胸膛燃烧的怒火。这一刻他忘记了老师的教导，反而是舅舅的言语回荡在脑中："别人如果欺负你，你一定要打回来！一时打不过就忍着，忍到能打回来的时候，一定要打回来！"

而陈子丘不小心喝了两口泥沟水，哇地吐了出来，更没力气了，一下子被林叔夜一个翻身彻底压在了身下。歪嘴伴当冲过来就朝林叔夜背上打，但他打一拳，林叔夜就朝陈子丘脸上来一巴掌。几巴掌下去，陈子丘的眼泪、鼻涕都流出来了。

"来啊，来啊！"林叔夜笑道，"你给我来一下，我就给你主子来一下。陈子丘你看好了，不是我要打你，是你的狗腿子要打你。"

歪嘴伴当一时不敢动了，陈子丘脸上除了污泥、沟水，还有眼泪、鼻涕，不知道是不是在哭。"我要弄死你，我回头就弄死你！你敢打我，你竟然敢打我！"

歪嘴伴当要拉开林叔夜，却拉不开。那边两个人要冲过来，这回却被刘三根拉扯住了。苍白少年继续在旁边畏缩着。

林叔夜冷笑道："我为什么不敢打你，你以为你是谁？如果不是仗着生在陈家,有个好大哥、好大姐,你早被人打死了。"

"可我就是有啊!而你就是没有啊!你现在再怎么猖狂,你也只是个绣房崽,是个野种!啊!痛!你又打我了。"

"你再叫一声'绣房崽',我就赏你一嘴巴!两声就是两嘴巴!"

"绣房崽——啊!绣……绣……"陈子丘终于不敢叫了,却道,"你好,你够胆!回头我就让祖母把你们娘儿俩赶出广州,还有给你的那座绣坊,我也让大哥收回来!"

听到最后一句话,林叔夜心中一震。

就在这时,后门冲出来几个人。歪嘴伴当大叫:"快来帮忙,把这家伙搬开,救二少!"

林叔夜听到脚步声,抱着陈子丘又在泥沟边缘翻滚。这个死胖子现在就是他仅剩的人质,有他在手,别人就投鼠忌器。眼看场面一片混乱,忽然有人喝道:"都在干什么!"

所有人的动作一下子都停止了,就连林叔夜也不动了——他知道谁来了。

几个仆役匆匆退到两旁,苍白少年更是往后缩,林叔夜也松开了箍住陈子兴脖子的手。刘三根匆匆跑过来将林叔夜扶起。林叔夜一抬头,只见不知什么时候又来了四五个人,有小厮,有帮闲,中间是个丰神俊朗的英俊公子,明明已过而立之年,但这种成熟感反而更增添了他的魅力。

这个人,便是十六岁继承家业、已经领导广绣行十年有余的广茂源当家陈子峰。

陈子丘在歪嘴伴当的搀扶下爬了起来,一拐一拐地走到大哥身边,就要说话——陈子峰忽然冷哼道:"一个二个没个人样!"

陈子丘忽然就不敢开口了,林叔夜也低了低头,两个人就像逃学后被兄长抓住的学生。

"大哥,你看……他!他竟然敢打我,还把我打成这样,我从出娘胎就没被人这样打过。"

面对陈子丘的哭诉,陈子峰却指着林叔夜脸上的鞭痕,道:"那这些是谁打的?你不打他,他敢打你!"

林叔夜一口气就松了，就知道大哥毕竟是公道的——这也是他还想归宗陈家的原因之一。想也知道，一个不公道的人，怎么统领绣庄，怎么领导整个绣行？他也不怕陈子峰责骂、惩罚，只要大哥能公道行事，怎么惩罚他都认了。

陈子峰指着陈子丘骂道："前两天你大嫂才跟我说你已经学好，结果你就是这么学好的？如果不是今天我怕走正门喧扰，往这边走，还看不到你又不干人事了。"

他走近几步，看着正在整理头发、衣领的林叔夜，黑着脸不说话。

林叔夜叫道："庄主。"

陈子峰皱眉道："叫什么庄主！"

林叔夜赶紧改口："大哥。"

这个家里头，只有这位长兄待他一直是和悦亲切的，从来就没计较过他的出身。而且在陈子峰面前，没人敢叫他"绣房崽"。

陈子峰点了点头："他胡闹，你也跟着他胡闹！"

"如果我不反抗，"林叔夜指了指缩在一旁的陈子兴，"我就得跟他一样了。"

陈子峰听得一怔，看着苍白少年那仿佛受惊老鼠的模样，不由得叹了一口气。清官难断家务事，他知道弟弟是怎么回事，只是有些事情自己也无法改变。二十五岁之前他全部心思都扑在振兴家业上，等到他腾出手来处理家务事，陈子丘的性格、脾气早已成形，一些错事也已无法挽回。他总不能把一母同胞的弟弟给扔了吧？

"你怎么在这里？"陈子峰转了话题。

林叔夜不肯说话。后门"呀"的一声开了，那个带路的小厮小跑着出来，对陈子峰说明了原委——原来他一直没走。

陈子峰道："原来你是来见祖母的，是有什么事情吗？"

小厮道："绣房少……啊，不，三少爷原本是来求见庄主的，听说庄主去了佛山，才转求见老太太的。"

"找我？"虽然林叔夜不肯开口，但陈子峰何等精明，微一转念已经猜到，便笑道，"先前祖母把黄埔那座绣坊让你接管，这个事情她老人家先斩后奏了，如果我事先知晓，定会另选座绣坊给你的。怎么，是不是绣坊经营有了困难？来，先到家里去，有什么困难，慢慢跟大哥说。"

林叔夜虽然敬重兄长，但这一天里头被人冷遇、折辱了三四回，这时也不愿意进去了。他退了一步，说道："其实没什么，我能解决。就是接管绣坊之后没拜谢老太太和兄长，今天就是来拜谢的。"

刘三根在旁边插话道："坊主，来的路上你不是说咱绣坊缺钱、缺人吗？"

陈子峰听得摇头苦笑："你又不跟我说实话了。"

林叔夜道："大哥，刚才我去拜见老太太，老太太说了两件事。其一，广茂源旗下有四大工坊、十三个分坊，但其余十二个分坊的坊主上任的时候，都只有任命，没有地契，也没有文书，只有黄埔绣坊给我的时候，地契、文书皆有。这是让我自立的意思。既然自立，我就该自力更生了。"

"这……"

林叔夜没等陈子峰说话，抢着道："其二，老太太说，今年年底绣庄也要参加广潮斗绣，明年更要大比，所以总庄的人、钱也都紧张。"

陈子峰道："虽然如此……"

不等陈子峰说完，林叔夜再次打断道："大哥，这是老太太的意思，虽然你是庄主，但既然老太太已经拿定了主意，你就不能拂逆她老人家的意思，不然老太太脸上不好看。"

对别的人也便罢了，但对陈子峰，林叔夜是真心不愿意他为难。

陈子峰苦笑起来，连连摇头，对旁边两个帮闲道："我这弟弟，就是太为我着想，若是老二有他一半生性①就好了。"两个帮闲都笑着，看看陈子丘和林叔夜，不好开口。

陈子丘冷笑道："大哥，我跟你可是同一个娘生的，你拿我跟这个绣房崽比？"

"住口！"陈子峰喝道，"你喝马尿了？背着我胡作非为也就

---

① 生性：广东方言，懂事的意思。

罢了，当着我的面还敢胡说八道！罚你半个月不许出门，这个月的月例也扣了。"

陈子丘大惊："大哥！"

陈子峰已经挥手，让人将他拖回去。看到这一幕，林叔夜心头稍暖，又听陈子峰笑着说："祖母的话自然是有道理的。咱们绣庄的人、钱都紧张，可还是有的啊。"

他叫来旁边一个中年掌柜——广茂源的三大管库之一——吩咐道："带三少爷去仓库里转一圈，他缺什么，要什么，你都批了送黄埔去。"

那股暖意，变成了一股暖流，流淌在林叔夜的胸膛各处。高眉娘说了黄埔绣坊如今就是缺钱，但想办法找钱不就是为了买东西吗？刺绣行当需要的东西，茂源绣庄的仓库里什么没有？大哥他不好直接违逆祖母的意思，却又变法儿来帮自己，这用心也称得上良苦了。

直到跟杨管库进了仓库，林叔夜心里都还是暖烘烘的，连丫鬟翠娥过来跟杨管库耳语了两句也没留意。

看着映入眼帘的竹架、木架、绣花针、丝绒贴、金孔雀羽……他正要下手挑选，杨管库冷不丁不咸不淡地说："林坊主，可好生挑选着，我们广茂源仓库里的东西，可不是别的什么猫猫狗狗的绣坊能比的。"

林坊主？猫猫狗狗的绣坊？

林叔夜刚刚伸出去的手倏地就缩了回来，好像手指被针刺到了似的，胸膛间的暖意也陡然尽数消解。他沉吟了一下，从架子上抽出了一根金丝线，说道："我就要这个吧，麻烦杨管库记账。"

第十三针　隐藏的蝴蝶

一门成熟的艺术，有创作者，就会有评论者，文学如是，戏剧如是，刺绣亦如是。

徐博古就是一个非常出名的绣评人。他三岁便接触刺绣，十五岁入行，二十岁成了揽头，到后来因为儿子科举成功，这才弃了刺绣买卖，购置了田舍，但对刺绣的热情与眼光仍在，所以在苏州常常被请去各种场合对刺绣进行鉴赏、评议。经过他手的绣品，没有十万件，也得有个七八万，以至于今天他的眼珠都浑浊了，但他本人仍然乐此不疲，而业界也都非常相信他的手感，就连苏绣大宗师沈女红，也对他的判断十分信任。

这一次他能应邀来到香山作为评审，海上斗绣的主办方都感到与有荣焉，就想推他做评审首席。徐博古人老成精，哪肯干这种喧宾夺主的事情？所以一番推辞之后，仍然是由粤地绣评家梁晋坐了首席，他居于次席。梁晋尊他是省城老行尊，所以命人设了两个上座，两人一左一右坐定，梁晋便命开始。

海上斗绣举办到现在已经有七年了，头两年反响一般，之后因为形势的推动，影响越来越大，这背后自然是有很深远的原因。今年是第七年，参加者越来越多，不但有来自广东各地的绣庄、绣坊，更有来自朝鲜、琉球、越朝、吕宋等海外诸国的刺绣师傅。在大明境内，除了广东十大名庄都间接参与，福建、湖广、浙江也都献绣了。而近两年，连南直隶那边也对此有了兴趣——如果不是江东丝绣行业的暗中推动，徐博古又岂会千里迢迢刚好来广东探亲访友,然后适逢其会地成为这次海上斗绣的评审?

十四个"入门献绣"的评审落座之后,梁晋说了几句开场白,而后道:"论到刺绣,我大明自然是天下第一。而海上斗绣之举办,固然要公平公正,然正所谓'朔南暨声教,讫于四海',对海外来的刺绣师傅,我们也要优容一二。"

这话说得很委婉,但内里的意思大家也都听明白了,是说大明的刺绣水平太高,如果完全按照真实水平竞争,恐怕海外诸国到时候都没法入选,所以在保证大面上公平的情况下,要留几个名额给海外的参与者。

好几个人附和道:"那是,那是。"

徐博古也点头:"应该,应该。"

他们苏绣行会对由粤绣行会举办的一个斗绣产生兴趣,难道是因为广东绣评水平特别高吗?还不是冲着海外市场来的!尤其是在宁波市舶司关闭的背景下,通过广东走向海外,也成了江东绣行不得不考虑的一个渠道。

大家既然达成共识,接下来事情便进行得很顺利。上百件绣品便被捧了出来,放置在了四张八仙桌上。按照惯例,每一件绣品至少要过三个评审的手,以确保没有沧海遗珠。十四个评审分成四组,除了首席和次席,其他评审三人一组,每一组各占一张八仙桌。绣品就像菜式一样,由小厮流水般地放到八仙桌上,评审品评过后又逐一撤下。

梁晋带着徐博古在四张八仙桌间巡视,偶尔参与品评一两件绣品。按照海上斗绣发布的标准,这次"入门献绣"的门槛是达到广东十大名庄的出品标准,这其实也是不容易的,但广东十大名庄全部托分坊之名参加,再加上邻近南方数省也有人赶来参与,以及广东其他的绣庄,绣品加起来便有一百多件。这些绣庄未必都能达到广东十大名庄的水准,但要集一庄之力,赶制出一件达到十大名庄出品水准的绣品,还是有可能的。

评审们一开始还有些拘谨,慢慢地就放开了,高谈阔论,谈笑论绣。

忽然一个声音高了起来:"好绣,好绣!这把骨雕花鸟扇,精美绝伦!"

众人循声望去,只见一个评审举起一把象牙骨雕双面花鸟折扇,唰地打开——那扇由十六档象牙骨组成,扇骨上雕了亭台、人物,但这些只是陪衬,不在此次品绣范围之内。那扇面以米色缎为绣地,用双面绣法勾勒出花枝与飞鸟。绣飞鸟所用的撕针法、勒针法,绣花枝所用的捆咬针法、扭针法,在小小一块扇面之中,将飞鸟之丽、花卉之雅呈现无遗,诸路针法更是发挥得淋漓尽致。

别的绣品或许还有争议,可此扇一出,便博得众口交誉。绣品经几人之手,最后传到首席这里,梁晋先拿给徐博古,以示尊重。徐博古摸了一摸,便道:"上品!几近超品!"

这样的绣品毫无疑问是要入围的,因为水平实在是高出同侪。

梁晋笑道:"那就准入吧。"

小厮看了折扇下面挂的一个记号,告诉文书,文书根据这个记号在登记本上一寻,唱道:"天字十二号,南海绣坊,准入!"

"哦,原来是南海绣坊啊。"有人轻轻说了一句。

南海绣坊,其名号放到整个大明来说默默无闻,但在场谁都晓得它只是一个分坊,背后的总庄便是广东第一绣庄广茂源。所以这把象牙骨雕双面花鸟折扇其实就是广茂源的出品。

又过了一会儿,一个评审惊叹道:"好绣,好绣!"

众人望去,只见他拿出一幅人物图。那是一块屏风绣面,如果装上屏风架子,就是一块丈许大的屏风,上面绣了一个完整的故事:春秋时期有个叫萧史的人善于吹箫,能以箫声吸引百鸟,爱才的秦穆公将同样喜欢音乐的女儿弄玉嫁给了他。两人结成夫妇后继续精进,竟然将金龙彩凤都给引了来。最后萧史乘龙,弄玉跨凤,一同飞升成仙。这个故事就叫《萧史弄玉》。

如果说刚才那折扇很小,那这块屏风绣面就很大。徐博古上前摸了之后道:"此屏虽大,却没有一针之失,上品,几近超品!"

这是和刚才那折扇相同的评价了。

梁晋不冷不热地一笑,道:"那也准入吧。"

文书找到登记，唱道："地字第一号，澄海绣坊，准入！"

便有人仿佛恍然道："哦，原来是澄海绣坊啊。"

徐博古听了，心里明镜似的。他虽然对广东境内的绣庄分布并未了如指掌，但毕竟还是知道较大的两派的，所以一摸那屏风，便早猜到其来历。

粤绣分广、潮两派，以绣品展现古人故事正是潮绣的偏好，而潮绣的佼佼者，正是广东境内唯一能与广茂源相抗衡的潮康祥。徐博古敢肯定，那个澄海绣坊一定就是潮康祥的分坊。

第一轮的品评结束后，小厮上来搬动桌椅，在大厅中央放了一张大桌。十二个评审将三四十件绣品一起放到大桌上，这些是刚才通过第一轮评审的入围绣品。梁晋将绣品一一拿起，当众品评，去芜存菁，最后搜出了三十件绣品，列为"确选"。

接着将这数十件淘汰的绣品撤下，又搬上来七八十件绣品。这些是在第一轮品评中落选的，按照惯例需要进行"搜遗"，以保证没有好作品因为评审错眼而落榜。

很快地，一件越朝的披巾被选了出来；跟着，一件吕宋的鞋面也被搜了出来。徐博古眼珠虽然浑浊，心里却很清楚，这些便是对海外参比绣品的优容了。

眼看猪肉分得差不多，大家的心情也就更加轻松，开始有评审把一些奇葩的绣品拿出来笑话。

"这件袍子的针法错乱，用料粗劣，最好笑的是绣了一条金龙，龙竟然是五爪！"来自东莞的评审将一件绣品扔了出来，"这个绣庄一定是个暴发户，线倒是用了金线，可龙有五爪，这是皇上才能穿的袍子……他们制作的这袍子是有资格上贡到大内的吗？最后只能变成一件废品。"

众人哈哈笑着。

这时另外一个来自肇庆的评审道："如果你那件只是出错，那我这件就简直是荒唐了。"

他将一块百花台布扔了出来，几个评审瞥见，纷纷"咦"了一声，对这块百花台布甚是嫌弃。

"如此劣质，简直令人难忍！莫不是哪个海外小坊的成品？"

"应该不是，海外小坊多半在黄字组，这件是玄字组的。"

"玄字组？那是粤西收来的？"

天字组多是广府的，地字组多是粤东的，玄字组多是粤西的，黄字组多是海外的，但这只是大致情况，有一些也因各种缘故掺杂了。

"这块台布，简直就是村妇手笔，也敢拿来斗绣，莫非是想浑水摸鱼？"

这块台布的质量，跟其他绣品相比实在太差，但因为水平过低反而被人当笑话看——有好几个评审都过了手，最后还递到了徐博古的手里。

梁晋道："这种劣货，怎么递到这儿了？莫污了徐老的手。"

徐博古呵呵一笑，随手丢了出去，可就在台布离手的瞬间，他好像感应到了什么，说道："等等，拿回来给我再摸摸。"

旁边一个小厮赶紧将台布拿了回来。

徐博古摸了一摸，道："嗯？刚才手感错了？确是劣绣啊。"他正怀疑自己是不是老了，以致手感退步，忽然手指触碰到了某处，"啊"的一声叫了出来，把所有人的眼光都吸引了过来。

众人见徐博古的神色忽然变得激动，将那块劣质台布摸了又摸，按了又按，跟着凑近了细看。他的眼睛浑浊得厉害，要将绣品放到离眼睛约莫两寸距离处去看，最后又用脸贴着感应，一边感应，一边发出古怪的声音。

"这，这……这！"

梁晋忙问："徐老，出什么事情了？"

只听徐博古道："上品！上品！上品啊！不，不是上品！这是超品，超品啊！"

众人又惊又疑，要知道刚才徐博古对广茂源、潮康祥绣品的评价，只是"几近超品"——

这台布如此低劣，在场评审谁过了手都嫌弃，怎么可能是上品，甚至超品？

"还有，这绣功，这针法……怎么可能！广东谁有这等针法？难道……是她？这不可能啊，不可能啊！"

梁晋看徐博古如此失态，也知事情有异，便从他手里接过来，看了一眼，忽然皱眉，心想：这徐博古难道是老糊涂了？手中这台布的确是劣品，准确点说是相对的劣品，就绣品本身来说可谓村妇之良工——不然也不会被林添财选中——但放到斗绣场上，这种水平的刺绣就是劣品。

徐博古眼睛几乎看不见，心却如明镜一般，听到梁晋没动静，便提醒道："梁翁摸一摸百花中间的隐线。那线藏得深，所以我第一次过手时没发现。"

梁晋怔了怔，摸向花朵中间，他的手感不如徐博古那般敏锐，却也是广东屈指可数的绣评大家。一摸之下，他果然摸到了门道："这是……"

徐博古道："这台布的底子是劣品，但被大高手改过。"

这台布又从梁晋手中传到别的评审那里，他们有了心理预期之后再细摸，果然发现了不一样的地方。台布本身质量一般，但中间有一些线路展现了极其高超的针法。这针法普通人看不出来，但在场评审能坐在这里的，每一个都是识货的。

"这是怎么回事？"有人不解地问。

徐博古道："这块百花台布应该是裂开了，然后有人用隐线将台布补好。原本的台布，不过是村妇之工，但这补绣的人，绣功之佳，简直……罕见，罕见！"

他说到后面，几乎要叫出一个人名，但想到当年的那场大变故，心中一惊，临时改了口，只说"罕见"。

"这么说也有道理，可是若真有这样的绣功，直接绣一幅绣品来献绣不就行了吗？为什么要将上佳的绣功，藏在缝补的针法里头，这为的是什么？"

"莫不是……这个人只会缝补？"

这话有些荒唐，让现场的人忍不住笑了起来。在刺绣诸法里，缝补自然也是很重要的，但刺绣这门艺术，最后还是要让大众看得见、摸得着、品得出，要让使用者赏心悦目，而一种只有顶级业内人士才能感受到厉害的刺绣技巧，除了炫技，没有意义，也没有价值。

"会不会是这样……"一人说，"这是一个刺绣宗师随手为之。"

马上便有人驳斥："哪个刺绣宗师会这样浪费自己的针线！"

桑棉变成丝布，价值便升十倍；而丝布变成绣品，价值又升十倍；若是刺绣宗师出手，则绣品价值有可能再升十倍。有此百倍、千倍之利，可以说宗师们的每一针下去都是银子，所以这位评审才会如此斥责。

"但现在就是有这样一件绣品啊！"

见众人议论纷纷，梁晋道："眼下且不管绣者之动机，大家且论一论此绣品能否入围吧。"

众人纷纷道："首席所言正是！"

一个评审道："此绣针法上佳，应该入围。"

另一个评审却摇头："缝补的针法的确很好，但就绣品本身来说，仍然是一件劣绣。所谓'入门献绣'，是以绣品定成败，绣者针法再好，成品不行，那就是不行。"

这时又一评审说："也许绣者就是要用改绣来展现她的针法呢？"

之前那评审反驳："如果是改绣，能化腐朽为神奇，那自然也可以入选，可现在这台布缝补过后也依然平平无奇啊。"

争议双方各有道理，一时间，两边相持不下。

梁晋道："要不这样吧，大家举手表决。十四位评审，我和徐老不参与，如果有七位以上评审支持此绣入选，那就让它入选，否则便只能遗弃了。"

徐博古道："梁翁所言倒也公道。"

梁晋命两个小厮将台布拉开举起，十四个评审互相耳语商量。眼看就要表决，忽然一个年轻的评审道："咦，刚才我是看错了吗？"

"什么？"

那个年轻的评审让一个小厮举烛光靠近，他自己换了个角度再看两眼，忽然"啊"的一声叫了出来！

"这！这！"

众人知道有异，也都仔细看去，一时不见有什么出奇。

那个年轻的评审道："换角度，换位置！"

众评审按他的说法或换角度，或换位置，仔细再看……片刻后，"咦""啊"的声音此起彼伏，个个充满了惊异。

徐博古眼睛看不清楚，问道："怎么了？怎么了？"

"蝴蝶，蝴蝶！"那个年轻的评审叫道。

"什么蝴蝶？"

"有蝴蝶，有蝴蝶！"

只见灯光摇曳之下，几只蝴蝶竟然在台布上若隐若现。那些隐线藏在花卉之间，因而引起错觉，乍一看仍然是百花，要在特殊的角度之下，才能发现花丛之中，竟然飞着几只蝴蝶！

第十四针　自立

林叔夜本来计划从本庄出来后还要回家里一趟,但摸摸脸上的伤痕,为免娘亲担心,便不回了,让刘三根直接驾小船送自己回黄埔绣坊。

林添财见到他,刚要问妹妹怎么样,一瞥见外甥脸上的伤痕,便有些不好的猜测,叫道:"阿夜,你脸上怎么回事!"

林叔夜说:"没什么,路上摔了一跤。"

林添财微一皱眉——外甥脸上的伤痕很明显不是摔跤能摔出来的。他把刘三根拉到一边逼问,刘三根被逼不过,都说了出来。还没听完,林添财就气得跳脚,吼道:"陈家老二敢打你,他现在还敢打你!我去找他算账,我去找他算账!"

林叔夜一把拉住了他:"舅舅!不用了。"

"你拉我干什么!以前也就算了,现在还敢这样,他们把你当什么了!我,我……"

"舅舅!"

这第二声叫喊带着更加强硬的语气,甚至有些威严,叫林添财都平静了几分。

林叔夜说道:"现在我们势不如人,闹这些没意义。再说,我已经报仇了。"

林添财看向刘三根,刘三根憨笑了一下,把后面的事也说了。林添财这才转怒为笑:"这样啊,那就行。虽然还是吃点亏,不过这口气出了就行。这也多亏陈子峰为人还算公道。"

忽然，旁边有人轻轻冷笑了一声。林叔夜循声望去，原来他们刚好站在高眉娘的门边。高眉娘不知什么时候开了门，就在旁边静静地听着，冷冷地看着，喜妹伴在她身边。

林叔夜叫道："姑姑。"

高眉娘看了两眼他皱巴巴的衣服、带着伤痕的脸，冷笑道："被人打了？"

林叔夜道："都是皮外伤，不妨事。"

高眉娘道："皮外伤、皮内伤，都不关我的事。但我刚才听说打你的人回头要让谁把绣坊收回去？这绣坊原来不是你的吗？"

林叔夜道："绣坊是我的，地契、文书都在我手里。"

高眉娘逼问："那别人还能收回去吗？"

林叔夜沉默了。

从律法上来说，林叔夜有了地契、文书，当然就是这黄埔绣坊的主人，但大明以孝治天下，以其时行业协会的势力与规矩：只要黄埔绣坊名分上还是广茂源的分坊，如果陈家的人反悔要收回，广绣行的人未必会承认黄埔绣坊的独立性；只要林叔夜还自认是陈家子孙，如今祖母陈老夫人仍然在堂，绣坊又是陈老夫人所赐，如果陈老夫人借个缘由开了口要收回，林叔夜是否需要遵从——便是告到公堂，官老爷到时候会怎么判也是难说。

"看来还是有隐忧的。"高眉娘道，"当日在深圳，你答应我的第一个条件，还记得吗？"

"记得。"

当初在深圳墟上，高眉娘开出的第一个条件：如果要请她来做大师傅，绣坊她要占一半的股份，当时林叔夜已经应承。但若是林叔夜对绣坊的拥有权有了瑕疵，那他对高眉娘的承诺就要打折扣了。

高眉娘没有再说话，只是很冷淡地看着林叔夜。林叔夜想了想，说道："姑姑你且安心，我会让你放心的。"

高眉娘淡淡地道："那就好，我可不想再白忙活一场，最后却为别人做了嫁衣。"说完转身回房，喜妹便关上了门。

林添财微微讶异："才一夜工夫，这小姑娘居然被她调教服帖了？"

林叔夜没心情关注喜妹的事，拉了舅舅回房间商议事情。林叔夜道："舅舅，我想自立。"

"自立？什么自立？"

林叔夜道："我要自立，不想让黄埔绣坊做广茂源的分坊了。我要让它独立，彻底地独立！"

"你知道你在说什么吗？"林添财道，"自立？撇开广茂源自立？你以为是那么简单的事？可别被那娘儿们说几句，你就一时冲动，乱来了。"

"我没有冲动，也不是乱来。"林叔夜说道，"我原本是没有这个想法的，但这次总庄之行，让我有了这个念头……再被姑姑一说，我就觉得绣坊非自立不可了。"

林添财道："你是不是因为这次去总庄没要到帮助，所以就逆反生气了？我告诉你，阿夜，别冲动。在广茂源麾下，就算广茂源一钱不出、一线不给，也仍然有许多暗中的好处。"

林叔夜没有吭声。

林添财便给他一项项地解说："虽然总庄那边不停地有人给你穿小鞋，但这些毕竟是广茂源内部的事，总庄和黄埔分坊在内部如何切割，外人并不清楚；而且陈子峰至少明面上还是认你的，凭着他的默认，就给了我们很大的运作空间……你晓得吗？"

他屈着手指说："去卖货，人家听说是广茂源的分坊，就先信了你三分；去拿货，人家知道你是广茂源的，就能不用押金，甚至能压款……这一进一出，你知道一年能省多少流钱吗？在行会里行走，人家知道你是广茂源的，便都会给你三分脸面……冷嘲热讽的人自然少不了，但只要陈子峰一天还认你这个弟弟，黄埔绣坊就会有一口饭吃。以舅舅的手腕，就能在行市上借势揽单卖货！

"可如果我们跟广茂源正式切割，那样一来，我们就变成一个毫无根底的小作坊，不但行市需要重新去打，货源人家要更多的定金、押金，到时候怕是连以前的老客户都未必能保住。甚至茂源绣庄里那些本来就要给咱们穿小鞋的人，都能名正言顺地打压我们了。万一陈子峰也因此而生气，他无须动手打你，只要默不作声，陈子丘那些人去鼓噪几句言语，就能让我们在广绣行寸步难行！"

"你说的这些，我都晓得。"林叔夜道，"回来的这一路，我也是思前想后。在总庄时老太太说了，别的绣坊坊主任命，只有任命，没有地契，没有文书，她给了我地契、文书，就是叫我自立的意思，因此不会再给我们多余的资源。没有资源，却也没有取消我们分坊的名号，这样一来，外界对我们的认知便不清不楚。将来我们破产了，总庄不会受到牵连，大不了就是损失一座庄子。可如果我们将来混出名堂了呢？那时候总庄的人来摘果子，我们该如何应对？"

林添财沉吟着，道："是有隐忧，但糊涂账也有糊涂账的好处。"

"原本我也还在犹豫，"林叔夜道，"直到刚才被姑姑一敲打，我就知道咱们没有退路，只能自立！"

高眉娘刚才的话已经说得很清楚，绣坊一半的股份是林叔夜答应的第一个条件，如果第一个条件就不清不楚，那她还会留下吗？

林添财皱着眉头："说来说去，你还是怕了那个婆娘。"

林叔夜却道："舅舅，如果没有姑姑的加入，黄埔绣坊值几个钱？"

林添财一愣："这……也就几十亩地、几间破屋，能值几个钱！那些绣工、学徒，广、佛两地到处都是；至于那三个师傅，她们那水平，呵呵，也不难找。"

如今白银尚贵，广州郊区的田价一亩十两上下，黄埔绣坊按地契有五十亩，但本来就不算良田，不然当初黄埔村未必肯卖，而且这五十亩还包括了前面的水池、后面的一片林子和左边的一个小丘，平地二十亩，屋舍又破旧，连房带地，按市面价可以说是值两三百两银子，这个数目貌似还不小。但这里不是农田，买了也不能种地；这么一大片地方却位置偏僻，有钱人不会来这儿买房子。要买房子的看不上这破屋，没钱的人又出不起，如果找不到买家，说它一文不值也成。

至于那些绣工、学徒，通过广州府的人牙子随时能聘，又不是签死的包工，不能算钱。

林叔夜又道："除开广茂源、潮康祥不论，其他八大名庄，其绣庄价值几何？"

林添财道："价值几何？一年光纯利，上千两白银都打不住，谁会卖！他们的庄子、工坊，其实也不是最值钱的。值钱的是那刺绣体系，还有打出来的响亮名号，就是那块牌匾，也足有千金之价！"

林叔夜道："如果有姑姑加入，那我们绣坊有机会跻身十大名庄吗？"

林添财沉默了。

广茂源、潮康祥之外的其他八大名庄，每一个都有一位刺绣宗师坐镇，那位宗师便是维系这八大名庄声望的根本。而黄埔绣坊现在没有根基，却凭空掉下来一个可能有宗师级能耐的高眉娘，这才是让林叔夜乃至林添财忽然有了雄心壮志的原因。

林叔夜道："您刚才给我算的，都是小数，姑姑的才华才是根本。现在'小数'与'根本'有了冲突，如何取舍，难道还用说吗？更何况，眼下继续待在广茂源，虽然会有一些好处，但所有好处都会有代价的。今天不清不楚得来的便宜，我怕将来要十倍奉还。"

这句话仿佛戳中了林添财的心病，同时他也知道外甥心里已经有了决断。他虽然觉得林叔夜的说法也有道理，但并不喜欢这个决断。换了别人，他早跟对方一拍两散了，但对这个外甥，他总是克制自己，让自己站在外甥的角度想。他心里转了转，还是说："好吧，既然你决定了，那就这么做。"

林叔夜便坐在灯下，很快就草拟了两份文书来。林添财问："这是什么？"——是两份转让合同，一份是将绣坊的一半股份转给高眉娘，另一份是把地皮、房屋转给林添财。林添财看了，不悦地道："阿夜，你做什么！"

林叔夜道："现在绣坊没有一分钱，如果再要自立，肯定更加举步维艰，就算只是参加海上斗绣，我们的启动银两也没有了。所以我想将绣坊的地契、房契抵押给舅舅。"

林添财道："你没有，我还有一些！我当你儿子一样，我的钱就是你的钱！你跟我讲这个，是打算不认我这舅舅了？"

听了林添财的话，林叔夜说道："舅舅的意思我知道，我现在能依靠的也只有舅舅。但我不能空口白牙地就让舅舅将钱拿出来，如果我养成了这种习惯，慢慢我就会不知道钱来得艰难。让这样子的我去经营，会让绣坊变成一个无底洞，到时候舅舅你的钱没了，我自己也会变成一坨烂泥。所以如果要做绣坊之主，就必须让绣坊的账目出入公正、来去明白。所以我要请舅舅把钱投进来，就得有相应的东西抵出去。"

他顿了顿，又说："而且舅舅你便是再宠我，也要想想小云。"

林添财笑道："那个小子没心没肺的，不在意这些。"

"我当然知道小云是什么性子。"林叔夜道，"但他不在意，我得替他在意。这才是兄弟的应有之义。"

林添财也是在江湖上混了几十年的人，看多了人情冷暖、恩仇变故，虽然与林叔夜舅甥情深，但也知道林叔夜的做法更对。林添财当下拍拍他的肩膀，说："但你文书上说将房契、地契抵三百两，一来这个比市价低，二来我一下子也拿不出这么多的钱。"

林叔夜道："这座绣坊，位置偏僻，其实如果真拿去典当行典卖，也未必押得出三百两吧？"

林添财点头："去典当行典当自然没有。"

"那不就是了？"林叔夜道，"这个价格比市价低，却比典当行高，所以是合理的。"

林添财犹豫了一下，便也点头。

林叔夜又道："至于银钱，我不知道舅舅有多少，但这三百两不是要舅舅马上拿出来，而是设一个上限。反正绣坊管钱的是舅舅，需要用钱我来找舅舅商量，但如果过了三百两还无收入充填，那我们就要另想办法了。不能为了我的梦想，把舅舅的身家给赔进去。"

见他将该考虑到的都考虑到了，林添财便不再拒绝，反而欢喜地道："阿夜，你有这等心性，办事又如此有分寸，这绣坊不管最后经营得如何，你肯定是不会穷了。我终于可以对你放心了。"

然而他还是叹了一口气，说："虽然你这些事情想得周全，不过这样一来，我们的压力可就大了。"

"我知道。要自立了，怎么可能轻松？"林叔夜道，"但我觉得值得。"

甥舅俩商议妥当，第二日林叔夜便来找高眉娘，将股权文书交给她，并将昨夜商量后的决定告诉了她。高眉娘默默地听着，听到后来竟然有些发怔。

林叔夜见她失神，叫唤道："姑姑？"

却听高眉娘低声道："当年我若能像你这般，何致有后来之事。"

"嗯？姑姑你说什么？"

高眉娘回过神来，再看林叔夜，眼神就显得有些复杂，许久才道："经营之事，我不擅长，但你既然摊开来说，我也有一疑问。这地契、房契，难道不是绣坊的一部分？当初既已决定分一半给我，在你决定要将之让渡给林添财之前，难道不用问过我？"

林叔夜道："就字面而言，当初答应让一半股份给姑姑的，是绣坊本身，不包括地皮和房屋。但我若纯以此论，类于公堂诡辩……姑姑要听我真正的想法吗？"

"你说。"

林叔夜道："就绣坊眼前来说，最值钱的的确是这片地皮，但这片地皮的价值，姑姑你真放在眼里吗？"

高眉娘没回答，但林叔夜看她那淡漠的眼神，就知道她显然不把地皮放在眼里。

"此其一。"林叔夜道，"绣坊真正的价值，在未来而不在现在，在于我们将要去做的事情，而不在于眼下这偏僻旧屋。一旦我们能够进入广潮斗绣，则绣坊本身，或能年利千金。年利千金的绣坊，价值何止万金？既然有望得万金之利，区区三百两的地皮、房屋，何足道哉？此其二。"

高眉娘冷笑道："以虚无缥缈的未来之诺，来换眼前的地皮、房屋，你可真是好口才。"

"那是因为我对姑姑有信心！所以我才会拉着舅舅下水，放手一搏！"林叔夜正色道，"难道说，姑姑自己没信心吗？"

"行了，不必对我用激将法！"高眉娘轻声冷笑，"广潮斗绣，何足道哉！你好好去办事吧，只要你的经营跟得上我的绣针，什么八大名庄，什么广茂源、潮康祥，土鸡瓦狗罢了！"

第十五针　改名

关于自立的事,从西关回黄埔的路上,林叔夜在心中盘桓了几十次。他不是个冲动的人,做这么大的决定之前,早把所有利弊得失都想清楚了,而得到舅舅的支持、高眉娘的同意后,事情便算定下了。

自立之后必会有许多麻烦事,但方向既定,这一晚林叔夜便十分振奋。他用冷水泡了干粮填饱肚子,便连夜与舅舅商量各种事宜。他们甥舅的房间和高眉娘的房间是一间工坊隔开成两部分的,中间只有一块木板,这边说话,那边便被影响,虽然隔壁尽量克制,但林叔夜还是从间或传来的动静中猜到高眉娘一夜未睡。

林叔夜道:"高师傅似乎被我们吵到了。"

"不是,这两晚她都是如此。"林添财笑道,"这个娘儿们心思重,但凡心思重的人,其睡眠就浅。"

"要是这样,那还是得给她另外安排个能好好住的地方才行。"

林添财不大乐意:"现在绣坊百废待兴,我恨不得一个铜板要掰成两个用,你还顾着这个。"

林叔夜道:"舅舅啊,你自己说,咱们绣坊现在最大的秘密筹码是什么?是这几间屋子吗?是那三个师傅吗?是那三十几个绣工和学徒吗?不是啊!我们最大的秘密筹码不就是高师傅!她能不能睡好,其实是比别的事更重要。"

林添财被他说得无言以对,只好点头,心想:这个外甥虽然在外头历练得没自己多，但在很多事情上总能抓到最关键的点。

第二天，林叔夜就去跟黎嫂她们商量，看看能不能尽量给高眉娘安排一个更好的住处。

黎嫂道："绣坊还有几个房间，但坊主你也清楚，都不能住人的。除非把我们住的地方，或者对面的绣房清出来，可西侧的绣房清出来，怕也跟这边差不多。再说到时候我们去哪里刺绣？搬到东侧这边来？"

林添财道："要不，去村里另外寻一间房屋给高师傅住？"

这时刘婶忽然道："其实我们还有一间屋子的。"

"啊？在哪儿？"黎嫂也诧异了起来。

"就在后面。"

原来这个黄埔绣坊，原本的格局是门面五间、前后五进，破落之后只守住了三间三进，左右两间都任它垮了，后面两进也变成了断壁残垣——刘三根还在那里开了一个菜园子。但菜园子中间，有一间屋子如孤鹜一样立着。这屋子原本是后两进屋舍的其中一间，后两进的其他建筑都塌了后，只剩下它，导致原本跟它相连的墙壁都露出了断口，从外头看便显得十分残破。

刘婶说："这间屋子，里头其实还很完整，而且房子还挺牢固的。"她推开了门，里头一阵粉尘飞扑而来，扑得最靠近门的几个人都咳嗽了起来。

等粉尘渐息，林叔夜往里头张望，却见那是个卧室的格局，方方正正的，还有个阁楼，只是空荡荡的，什么都没有。

"这里不能住人吧。"林叔夜想否决这个提议。

没想到高眉娘看着这屋子出神，竟说："不，挺好的，打扫一下，我就住这里吧。"

林叔夜还想劝时，她竟然不嫌弃地走了进去。

林添财低声道："这个娘儿们古古怪怪的，你就别理她了。难得她愿意，那就让她住着吧。"

但林叔夜不大放心，说道："后两进都败坏了，这间屋子就孤零零地在后园这儿。她一个人住在这里，怕是不大安全、方便。"

刘婶道:"那倒也好办,在里头多搭一张小铺,让喜妹陪着高师傅就好。"

林添财道:"刘婶,你这是推着女儿给人当丫鬟啊!"

刘婶讷讷不语。

林叔夜却还是觉得不够安全,便跟林添财商量着给这屋子围一圈篱笆,再将绣坊原本堵了的巷门凿开,重新弄个后门。如果这边有事,绣坊里的人可以及时过来援助。

林添财觉得这样倒也省钱,马上就同意了。他只是不喜高眉娘这个人,却晓得高眉娘对绣坊的重要性。在他看来,这婆娘就是绣坊眼下最要紧的"财产",既然是要紧的"财产",那当然要好好护着了,这圈篱笆必须要造的。

他行动力极强,马上去村里找人办事。这些都是粗重活儿,刘三根跟村长说了一声,村长听说管饭、有工钱,便叫来几条汉子开干,在外头围起篱笆。刘三根将床铺搬了过来,刘婶就带着喜妹在里头做清理、叠床被。

到第二日,篱笆也搭起来了,门洞也凿开了,屋子也清理得差不多了,再一看,里头已经有点像样了。

林叔夜道:"姑姑暂且住下,回头再找人造新床。"

高眉娘只说了一声"不用",便和喜妹走了进去,同时递给林叔夜一张单子,道:"按照单子上的东西买,越快越好,我要用。"

没等林叔夜应承,她便"砰"的一声把门关了,引得林添财又忍不住嘟哝:"这个娘儿们!"

就在这时,刘三根叫道:"坊主,你来看看!"

他们闻言走了过去,却是树篱笆的时候,不小心从旁边瓦砾里挖出了一块木头。

"哎哟,还是块酸枝。"林添财认出了这块木头的质地,"可惜被烧得不成样子。"

这块木头是硬木板模样,不过又有断口,又有烧痕,想必是被劈烂了扔火堆里,不知怎么没烧干净。

"应该是块牌匾。"林叔夜拿起来,认出是块牌匾的一角。按照尺寸推测，牌匾上可能有四五个字，如今只余右下角，隐约能看到牌匾前面两个字的下半部分。

"第一个字好认一点，是个凤凰的凰字。"

这个时代的牌匾是从右往左写，拂去泥土之后，那个"凰"字还剩下一大半，所以很好认。第二个字就只剩下右边的一半，以及左边向上的一提。

林叔夜想了想，说："右边这一半，是个'用'字？左边向上一提，这是什么部首？嗯……像是三点水部的那一提，可左边三点水，右边一个'用'字，有这个字吗？"

林叔夜一边猜着，一边用脚在沙土上写着，拼凑各种偏旁，忽然说："也许不是'用'，如果加点变化……"他变了几变，或加横，或加竖，或加点，变出几个字来，其中有一个是"甫"。

"嗯，三点水再加'甫'……浦？凰浦？"

旁边刘三根道："凰浦？那不是我们村的古名吗？"

"古名？"

刘三根道："我听老一辈说，黄埔这个地方古称凰浦。传说古时候有凤凰飞到这里洗澡，所以就叫凰浦。后来村民们叫得口顺，慢慢地才变成黄埔。村长，是不是这样的？"

原来黄埔村的村长听说挖出个东西，走了过来，这时一看，笑道："这不就是这个绣庄原本的那块牌匾吗？怎么烂成这样？"

"绣庄原本的牌匾？"

"是啊，十几年前，有人在我们这里买了这块地，起了一座绣庄，当时还挺风光的，结果这绣庄没建一两年，忽然被一场火烧得不成样子。"村长说，"幸好这庄子离我们村子的房屋远，火没烧过去。看这牌匾烂成这样，差点认不出来。"

"凰浦绣庄，凰浦绣庄……"林叔夜忽然道，"舅舅，这个名字很好听啊。读音一样，但写成字就雅致多了。嗯，舅舅，你的脸色怎么有点难看？"

"啊，没有。"林添财脸色发白，"可能昨晚没睡好……"

"舅舅，我们正要给绣庄改名，不如就改作凰浦绣庄？有凰来此浦，这是吉兆啊……嗯，舅舅，你怎么了？"

林添财的脸色更白了："阿夜，别胡闹，这个……这个名字不好，我们另外取个名字吧。"

"可我觉得这个名字挺好的啊。"

"你觉得这个名字挺好？"接话的竟然是高眉娘。

她听说挖出半块牌匾，不知什么时候也出来看。这时喜妹扶着她站在那儿，她看向那牌匾的眼神很古怪。

"姑姑，"林叔夜拿着残缺的牌匾走过去，"你看，这里有块旧牌匾，是刚才挖出来的。我推测出原本是'凰浦'两个字，觉得挺好的。我们正要给绣庄改个名字，不如就叫这个旧名吧，怎么样？"

林添财吃惊地小跑过来，还没来得及说话，就听高眉娘道："你真喜欢这个名字？愿意将绣庄改成这个名字？"

"我觉得挺好的。"

高眉娘摸了摸牌匾，忽然问极想说话的林添财："林揽头，你觉得怎么样？"

林添财道："这……刚才听村长说，这个绣庄没建两年就着了火，咱们再用这个旧名，是不是……不大吉利？"

高眉娘长长一叹。她戴着飞凰面罩，别人看不清她的脸——她眼神里的失落怎么也掩盖不住。

林叔夜看见了，便说道："凤凰，据古书记载，或者就是朱雀。朱雀乃南方神鸟，主火。又听海上故事，极西有个叫密昔儿[①]的国家，出过一种神鸟，能在火中沐浴重生，看描述极像凤凰。这凰浦绣庄曾经火劫，如今又恰好出现在我手上，这不是不吉利，我倒觉得是吉兆。姑姑，你觉得呢？"

他的这番言语，高眉娘听得怔了。语调里竟然罕见地没有冷漠与倨傲，她带着些许踌躇问道："你觉得……这个名字吉利？"

自相见以来，她说话的语气从没这么温顺过。

"嗯，我觉得挺好的。"林叔夜说，"就算原本有什么煞气，

---

① 埃及。

经过一火也都烧没了，我们再用刚刚好。"

高眉娘露出来的两只眼睛里仿佛有光："如果你不忌讳，那我自然也觉得好。"

林叔夜大喜："姑姑也觉得好？那行，我们就叫这个名字！回头我们就去广绣行那儿改名。"

林添财还要说什么，但看见林叔夜已经在人前把话敲定，便不想在众人面前驳他的面子。

等众人散去，他才拉着外甥到无人处，说道："阿夜，绣坊改什么名字都行，就是不能改成这个！"

林叔夜不解："为什么？"

林添财犹豫良久，才终于开口："这个名字，是广绣行的禁忌！你叫什么都不能叫这个。还有……以后遇到广绣行的人，尤其是遇到陈子峰，千万不能提这两个字。"

"为什么啊？"林叔夜第二次问。

第十六针　凰浦绣庄

林添财道:"跟你说不行就不行……"他一时发急,这话的语气就有点像大人对小孩子使性子。忽然想起外甥已经不是小孩子了,他顿了顿,调整了一下语气:"总之就是不行。"

林叔夜定定地看着林添财,道:"舅舅,这个绣坊,是不是有什么连我都不能说的秘密?嗯,我记起来了,从第一次进来,你就说过一些奇怪的话。你说这个绣坊就不是自己破败成这个样子的,而是被人糟蹋成这个样子的……所以这个绣坊的秘密,你是知道的,对吗?"

林添财道:"不是我瞒着你什么,只是这些陈年旧事,你知道了没好处,万一在陈子峰面前说漏了嘴,就徒惹他生气。"

林叔夜沉吟片刻,道:"凰浦绣庄,凰浦绣庄……这个名字我觉得挺好的,如果舅舅你说不出有力的理由,那改名的事就这样定了吧。"

林添财被逼不过,只得道:"罢了,罢了,我跟你说,这座绣坊,是十来年前,陈子峰用不大光明的手段得来的,到手之后又将凰浦除名。从此之后,这两个字不但从广绣行中消失,而且成了禁忌,谁都不能提起;便是潮州府那边的老人,一般也不愿去触陈子峰的这片逆鳞,所以这十来年没人再提起,渐渐大家也就都淡忘了。但你如果要把绣坊的名号改回去,这事被陈子峰知道,小心吃不了兜着走!"

林叔夜半信不信:"不光彩的手段?我大哥不是那样的人。"

"我就知道你会这样说，"林添财道，"所以刚才不愿意开口。"

林叔夜又说："十来年前，他是十二三，还是十三四？我也有七八岁了吧？怎么就没听说……哦，对，那时候我还不关心刺绣的事情。不过，如果真有这事，大哥他用了什么不光彩手段？"

林添财吞吞吐吐："具体怎么不光彩，我也不晓得，只是当时听人这么说。"

"原来舅舅你也不是亲眼所见。"林叔夜道，"人云亦云，不足采信……我相信大哥的为人。"

"不管你信不信，总之'凰浦'两个字被陈子峰除名是千真万确的事。"林添财道，"你又何苦去惹他不高兴呢？"

林叔夜猜到舅舅必定还有什么瞒着自己没说，但见他左右不肯开口，便没再追问，只是道："那就罢了。"

林添财才松了一口气，却听林叔夜说："但这绣坊，我还是希望改成这个名字。"

"你……你怎么就这么死心眼！"林添财恼怒地道，"改成这个名字，对你，对我，对绣坊，究竟有什么好处！"

"有的。"

"什么好处，你说！"

林叔夜笑了笑，道："不管你信不信，总之改成凰浦绣庄就是有很大的好处。所以，你就听我的吧。"

香山县东郊别苑，徐博古摸着墙回到房间。他的徒弟忍不住抱怨广东人太过抠门，连一块台布也不肯给。原来徐博古刚才去找梁晋，想要那块百花台布作为留念，却被梁晋婉言拒绝了。

那块百花台布虽然是"入门献绣"的参比绣品，但既然献绣结果已经尘埃落定，那块台布最后也就是落得在仓库里吃灰，所以徐博古才若无其事地去要，谁知道对方竟然不肯给。

徒弟还在抱怨，徐博古却道："小声些，出门在外，言行仔细些。"

徒弟依旧道："可本来就是嘛，一件参比的绣品，有什么好抠的？"

"你懂什么！"徐博古没有回应徒弟的疑问，却低声呢喃，"如果我没弄错……如果我没弄错……那块台布……可能关系重大！"

"师父，你说什么呢？"

"没什么。"徐博古道，"你提笔，替我写一封信。"

"给家里写信？写给谁？"

谁知道徐博古念出了抬头，徒弟大吃一惊：怎么不是写给师父家里……却是写给她！

徐博古让徒弟将这次"入门献绣"的经过仔细说了。写完之后，还没落款，徐博古说："我自己来落款。"

徒弟只好将纸笔让给师父，徐博古因为眼睛不方便，所以写字也费神。他把脸贴得离纸极近，自己又添了两句话，然后才署了名。徒弟不知道师父写了什么，待要看时，徐博古已经吹干了字迹，跟着亲自封了印泥。

"再随便写一封家书，把这封信封在家书之中，让家里人送去。"

徒弟便猜到：这里头或许真有什么隐秘。当下不敢怠慢，赶紧修书。

另一边，梁晋也看着那块百花台布，翻来覆去。

"这个徐博古竟然来要这块台布，他到底看出了什么？这'百花隐蝶'里头，究竟藏着什么秘密？这是广东人的绣品，为什么徐老儿能查觉……我却看不出来？"

他思前想后也没个结论，便道："来人，将这块台布封好，送往西关，交给陈会首。等等！嗯，不送陈会首了，送往茂源总庄后园，交给陈老夫人。"

黄埔这边，林添财拗不过林叔夜，当时心里就想：我若将那件往事告诉阿夜，一来牵连太多，我所知不过一鳞半爪，最后还是说不清楚；二来阿夜一旦知晓，难保不在陈子峰面前说漏嘴，到时候说不定更坏。

这半个月来，林添财已经几次刷新了对外甥的认知，但想想陈子峰为人处世的手段，便不由得胆战心惊："阿夜虽然成长了，但比起陈子峰还嫩着呢。若陈子峰有心试探，定能看出端倪，那时候反而要招祸。可要不告诉阿夜，他又定要改这个名字……'凰浦'这两个字是陈子峰兄妹的逆鳞，改名这事一传开，必然招来责问。这事真叫我老林进退两难，如何是好？"

他想了又想，忽然一拍大腿："有了！与其让别人将这事捅给陈子峰，不如我先发制人。嗯，就这么办！"

第二天，林添财便出发前往总庄。他在茂源总庄自然也没得到什么好脸色，一场刁难在所难免，但他处事圆滑，终究还是见到了人。

陈子峰在午饭前的空隙接见了他，问道："林揽头，见我何事？"

林添财见面就诉苦："还不是为了你那个弟弟、我那个外甥。自从老太太把那座庄子给了他，他就起了雄心壮志，想要搞一番大事业，不停地折腾，我这把老骨头都快给他折腾坏了。"

陈子峰笑了笑："年轻人陡然得了机会，心气高点是常事。你作为他的舅舅，也该在旁边多多帮衬、指点，别让他走了歪路。"

林添财道："指点？嘿嘿，我原来也是这样想，但最近他主意越来越大，已经不大听我这个舅舅的话了。"

"嗯？"

林添财道："他不知从哪里请来个野路子的刺绣师傅，那人倒也有几分本领，就是牛皮吹得太大。但阿夜竟然上了她的当，现在到处张罗，说是今年年底就要让绣坊参加广潮斗绣。"

关于林叔夜要让一个破落绣坊参加广潮斗绣的事情，最近已在广茂源内部传遍了，人人当作一个笑话说。陈子峰听说后亦不禁莞尔，这时也轻笑不语。

林添财又道："昨日他来西关一趟，也不知道受了什么刺激，回去之后，就说要给绣坊改名字，又说要自立什么的。他也不想想，如果没有广茂源罩着，凭着他一个嘴上没毛的后生能干成什么？真以为绣行是那么好做的？他还赖上了我，可也不想想，我只是一个收散绣的揽头，这些年如果不是广茂源罩着，这口饭也吃不上,哪里有能耐帮他立一个绣坊?陈会首,他在总庄这里究竟发生了什么?"

陈子峰听说林叔夜想要自立,虽然有些意外,却也不以为意。在他的经营下,广茂源如今有四大工坊、十三个分坊,那个黄埔绣坊本来就是个弃子,他留着它,也只是为了心里的一个念想,所以当日老夫人没经他同意就把黄埔绣坊给了林叔夜,一半是甩破烂,一半是要断了他那点念想。他虽然不大乐意,事后却也没再追究。

"他想自立,那就自立吧。"陈子峰淡淡地道,"年轻人出去碰碰壁也是好事。什么时候兜不住了,广茂源也还能给他一口饭吃。如果哪天真混出了名堂,那就如老太太所说,许他认祖归宗。"

"老太太慈悲,陈会首大量!"林添财看陈子峰神色冷淡,甚至带着些午后的困倦,便知道他没将这些事情放在心上。毕竟黄埔绣坊也好,林叔夜也罢,对广茂源来说都是可以忽略的芝麻小事,不值得他浪费太多心力。

"不过我今天来,其实是因为另外一件事情。"林添财苦着脸说道,"就在昨天,有个村民从绣坊后面的菜园子里,挖出来一块烂牌匾。那牌匾烂到只剩下两个看不清楚的字了,但阿夜比画来比画去,竟然让他比画出了绣坊的旧名。"

陈子峰原本淡然的脸上忽然有了变化,嘴角有些僵硬:"旧名?"

"就是,那个名字,凰浦……凤凰的凰……"

陈子峰乍然变色:"谁告诉他的!"

林添财一副被陈子峰的反应吓着的样子,不敢怠慢,慌忙将林叔夜挖出烂牌匾,看到残字,跟着如何推断,旁边村长又多嘴印证的细节一一说了,一点都不作假,只隐了高眉娘的部分。陈子峰是何等精明的人,仔细一琢磨,便知道林添财没有扯谎。

他冷冷地道:"所以他竟然要改名?改作凰浦?"

"是。"

"他要……你就没拦着?"

陈子峰的眼神忽然如同刀剑一般刺向林添财!

第十七针　洗脚水

"怎么没拦！没拦住啊！"林添财道，"陈会首，你是不知道，阿夜最近主意越来越大，都不大听我这个舅舅的话了！我说这个名字不好，他就问哪里不好。我说这庄子用这个名字都被火烧了，他就说烧过一次煞气就除了，又扯出什么南方属火、凤凰朱雀的理论，我听不懂，也说不过他，只是告诉他这名字不吉利。他小子聪明，马上打破砂锅问我是不是有什么隐秘，可我哪敢跟他说？但我不细说，他就跟我杠上了，一定要用这个名字。这不，我实在拿他没办法，只能到会首这里来请示，请会首帮忙拿个主意。"

陈子峰哼了一声，脸上阴晴不定。

林添财试探着问道："要不……我把当年的事情，挑一些跟他说？叫他打消这个念头。"

陈子峰目光如剑般刺了过来，林添财慌忙改口："不说，不说！"

等陈子峰眼神中的锋芒稍敛，林添财又道："要不……会首你就把庄子收回去吧。他现在又要自立，又要改名，上次来老太太这里打不到秋风，就让我出钱给他，真是冤孽啊！我怎么就摊上这么个外甥！我不乐意，他就说把那个庄子的地契、房契抵押给我……那个破庄子，地偏、房子破的，我要来干什么！这十几年来，我辛辛苦苦地也才攒了一二百两银子的身家，他一开口就要三百两！"

林添财说着，将林叔夜草拟的那份屋地抵押文书拿出来给陈子峰看："我老陈哪里有三百两给他！陈会首，你还是把庄子收回去，别让他乱折腾了，再折腾下去，我这把老骨头受不住。"

陈子峰沉吟半晌，说道："庄子是老太太给的，既然给出去了，就没有收回的道理。你是他舅舅，舅甥之间就别计较太多，该帮衬就帮衬吧。"

林添财苦着脸道："可老林我银子不够啊。"

听到这里，陈子峰便猜到林添财今天的来意，嘴角带着蔑笑，挥手道："回头到账房，支五十两银子去应急吧。"

林添财喜出望外，又道："那改名的事情呢？我再想想怎么说，回去一定让他打消这个念头。凰浦，凰浦，叫什么不好，偏叫凰浦！"

陈子峰再次听到这个名字，原本水一样冰凉的眼睛中竟然出现复杂的波动，沉默了一会儿，最后道："罢了，一个名字而已，都这么多年过去了……随他吧……"

林添财走了之后，他躺在罗汉床上，眼睛望向窗外——仿佛想要穿透时光的障壁——不知不觉眼眶中竟带着泪水："凰浦……凰浦……你知道吗？我昨晚又梦到你了……"

从茂源总庄出来，林添财捏着手里的五十两银子，心中大喜："饶你陈子峰奸似鬼，这次也喝了我林貔貅的洗脚水也！哈哈，哈哈！"

跟着他便去了县衙，他手中有绣坊的地契和文书，更改绣坊名字可以自己做主，只要到县衙办一个更名手续即可。林添财熟悉吏务，花了一点钱，这件事情很快就办妥，跟着又跑去广绣行。按照广绣行的规矩，一个绣坊或绣庄要改名，除了县衙的手续，还得到本府的刺绣行会——在广州就是广绣行——更名存档，否则同行不认。

广绣行的老书办看到"凰浦"两个字吃了一惊，瞪了林添财一眼，道："林揽头，你也是绣行里的老人了，怎么这点忌讳都不知道！绣坊改成绣庄，这也没什么，可'凰浦'这两个字是能随便用的吗？"

林添财装糊涂："你当我不知道有问题？可现在做主的是我那毛头外甥，他在后园挖出了一块旧牌匾，上面还剩这两个字。他觉得这两个字雅致，所以便想改成这个名字。我上午跑到总庄去告诉陈会首，想要他压一压我那个外甥，谁知道陈会首也不当回事。既然他都不当回事了，那我有什么办法？"

老书办听了将信将疑，林添财道："要是不信，你自己去问问，我在这里等着。"

老书办为人谨慎，不敢自专，反正茂源总庄离广绣行也不远，便真个跑过去求见陈子峰，将事情经过禀明。陈子峰听了后，只说："知道了。"

老书办一看，心想：看来是时过境迁，真没放在心上了。便退了出去，回广绣行给林添财办了手续。

林添财拿到了回执文书，嘴里骂骂咧咧："摊上这样一个外甥，我可真是倒霉。我跟你说，没多久我还得再来一次。"

老书办问："来做什么？"

林添财道："来销名啊！绣庄给他这么折腾，破产销名是迟早的事。"

老书办连同旁边听到的人无不哈哈一笑。

林添财和老书办为同一件事出入几次，风声很快就传到后园。丫鬟翠娥告诉陈杨氏，陈杨氏听到"凰浦"两个字，气得浑身发抖，恨恨地道："那个人，死了也不安分！这才过了几年的安生日子，如今又来搅我！"

她不管不顾地跑到前院来，这时陈子峰刚午睡完，正和杨管库商量事务。他看见正妻的样子，不禁皱眉。杨管库赶紧让办事的人先下去，正想着自己是不是也要下去，就听陈子峰问："你怎么来了？"

陈杨氏道："听说那'凰浦'两个字又要冒出来了，你还准了，是不是真的？"

陈子峰眉毛一皱，不悦地道："陈家的规矩，男主外，女主内，这绣庄的事情，你打听来做什么？"

"男主外，女主内？"陈杨氏道，"那老太太怎么又管家里的事，又管外头的事？"

陈子峰怒道："祖母管外事，那也是我祖父死了之后的事，你是想咒我死吗？"

"你外头的事，我平时什么时候管过了！"陈杨氏哭道，"十二年前，是你亲自下的封口令：广东境内、绣行之中，谁敢再提那个人，谁敢再提'凰浦'这个号，那就是广茂源的死敌！但现在是谁出尔反尔？你是不是还惦记着那个女人？所以……"

杨管库听到一半，赶紧拉住陈杨氏，却哪里拉得住，就听到了陈子峰的喝声。

"闭嘴！"不等她说完，陈子峰怒道，"给我滚回去！"

陈杨氏颤了两颤，大哭着掩面而走。

杨管库连忙劝陈子峰："庄主息怒，太太的性情一向刚烈冲动，你不要太怪她。"

陈子峰哼道："你不必为她说话。你是她堂弟，她是什么人你心里清楚。都十几年的事情了，到现在还一碰就炸毛。"

杨管库道："不过这会儿那'凰浦'两个字忽然冒出来，会不会是什么人想借机搞事？"

陈子峰想了想，说道："如今五岭以南还敢跟我叫板的，就剩下潮康祥了，若真是有人背后搞事，反而要静悄悄地来，不会拿这种犯我忌讳的事来打草惊蛇的。再说，执掌绣庄的是叔夜，他虽然是个私生子，但再怎么也是陈家的血脉，还能窝里反了不成？罢了，随他去吧。一个不在四大工坊、十二分坊之内的破落绣庄，就算真有人要搞事，也动不了我广茂源的根基！"

话虽然这样说，然而一想到"凰浦"两个字，再想到那个人，他内心仍忍不住起伏，烦躁无比，就把手头不紧急的事务都推了，吩咐出门，要去从化泡温汤散心。

那边陈杨氏回了后园，哭了又哭。翠娥上前劝道："太太，你又何苦这样冲撞庄主。"

"你懂什么！"陈杨氏怒道，"我不许那个女人的一切再出现在这个世界上，就算只是那点痕迹也不许！"

翠娥虽是心腹，毕竟年纪不大，不晓得当年之事，不知该如何劝，便见杨管库走了过来。陈杨氏马上抹了眼泪，说："他让你来劝我，是不是？哼，告诉他，这件事要我不恼，除非他马上去黄埔，勒令那绣房崽把改名的心思给绝了，不然我……你这是什么神色？"

杨管库讷讷地道："庄主他……去从化泡温汤散心了。"

陈杨氏全身都颤抖起来，好久才道："好，好，好啊！这个家，就没人把我当回事。行，他们这样待我，我只好自己给自己安排了！"转问翠娥："黄埔那边，是安插了谁来着？"

翠娥道："是增城跟来的老绣工，夫家姓吴。"

"去将人叫来。"

杨管库道："大姐，绣庄是老太太让给那绣房崽的，改名这事又是庄主让放过去的，若是你再插手，回头老太太和庄主知道了……"

"知道又怎么样！"陈杨氏两眼如同冒火，声音也毫不掩饰，"难道要我眼睁睁看着那个贱人的绣庄再次出现在这个世上？难道要让那个绣房崽顺利娶妻生子，然后让一个贱种的贱种来继承家业？哼，他们倒是打得一手好算盘，可惜我不会如他们所愿！"

一块新的牌匾被送到了黄埔绣坊，林叔夜看到改名文书，再看看牌匾，心情大好。

林添财道："这件事情，舅舅我可是费了九曲十八弯的功夫呢。"

林叔夜有些奇怪："到县衙、行会更改个名字，这么麻烦的吗？"

"麻烦不在这些麻烦本身，"林添财道，"真正的麻烦在这些麻烦之外。"

林叔夜笑道："解决了吧？"

林添财得意地道："应该是解决了。嘿嘿！"

"那行，舅舅能解决的麻烦事，我就不跟着烦心了。"

林添财看他笑呵呵的样子，按住牌匾说："外甥吃母舅，常吃常常有。我被你吃定了，那叫没办法，不过……你得跟我说说，改这个名字究竟有什么好处？"

第十八针　发难

"你跟我来。"

林叔夜带着林添财，一起抬着牌匾到后园给高眉娘看。牌匾很薄，又是普通黄木，但高眉娘没有计较这些，伸手在"凰浦"两个字上摸了又摸，眼里闪着异样的光。

林叔夜笑道："姑姑，如今绣坊没钱，且等以后赚到了钱，咱们再换块好的。"

高眉娘提醒道："不是改叫绣庄了？"

"对，绣庄，绣庄！"林叔夜将牌匾举了起来。这牌匾他一个人就能举起来，其轻薄可想而知，他却仍然兴奋不减："将来我们把绣庄做好了，下面也要设立分坊。总有一天，我要让整个广绣行见到这块牌匾都要竖大拇指！"

高眉娘抬头看着他，不自觉地随着他的畅想而畅想，忽然瞥见林添财正打量着自己，眼神瞬间恢复了冰冷，淡淡地说道："第一步海上斗绣还没迈出去，就想第一百步了？"

林叔夜赧颜一笑："姑姑说得对。"

高眉娘没有追讽，反而说："要想一个月内参加海上斗绣，以凰浦绣庄现在的样子，按部就班怕也不可能，所以仍然要急就章。"

林叔夜问道："怎么急就章法？"

高眉娘道："第一，你得集中银两，购买针线、绸缎、锦帛等物，回头我开个单子。"

林叔夜点头："好。"转头看向林添财，林添财道："行，这点东西的钱我还够。"

高眉娘继续道："第二，绣庄人手本来就不足，所以我们除了要继续招募人手，现在的所有绣工都要转为下手工，听我吩咐行事。"

林叔夜继续点头："好。"又看了一下舅舅，林添财也点了点头。

高眉娘又道："就算这样，也未必能够……因此这第三，要请林揽头购买一批潮绣半成品。我在这批半成品基础上进行改绣，以期能在半个月内，制出三幅绣品来，应付斗绣中的成品斗绣。"

林叔夜道："潮州路途遥远，舅舅一来一回恐怕来不及，而且他还要帮着做别的要紧事，为什么不就近买广绣？"

"以林揽头的能耐，购买潮绣半成品，未必需要去潮州。"高眉娘道，"至于为何不用广绣而用潮绣……你问你舅舅吧。"

林叔夜看向林添财，林添财道："要买潮绣半成品，何必去潮州，我铺子里就有！"

粤绣内部分广、潮两大派别，虽然潮绣之佳妙常能与广绣相抗衡，但因为本省经济中心在广州，所以潮绣要外销，大头还是得走广州。为了更符合客户的需求，一些潮绣商人会把做好的半成品运到广州，再根据具体的情况，由这边的师傅进行改制，绣成成品。

林添财道："这种情况，广绣行中没有。潮绣半成品我有现成的，进一批也没人发现什么，但你若特地去买广绣半成品，就要引起别人的注意了。"

"原来如此。"林叔夜又道，"不过这三件事情加在一起，怕是要花很多钱，我们的银钱够吗？"其实绣庄本身的存银早就不够了，之前拿出来发工钱的那两大锭银子，还是林添财自己掏的腰包。

林添财摆手："钱的事情，我来解决。"

高眉娘道："既然如此，那我静待佳音。"说着便送客，然后关门。

对于她这种拒人于千里之外的作风，林添财也习惯了。两人抬着牌匾走在菜园子中间，看看周围没人，林添财忽然停下脚步，道："我知道你为什么执着于这个名字了。"

"嗯？"

林添财笑道："执着于这个名字的不是你，是那个婆娘。刚才她看到这个牌匾的时候，好像都快流眼泪了。我们虽然费了一些功夫，但若能因此收了她的心，那也是大赚。"

林叔夜笑了笑，说："其实我自己也很喜欢这个名字，但真的下定决心，是因那天姑姑听我说愿意改名，眼里便有了光，我就知道这个名字非改不可了。"

林添财竟也赞同："不错，不错，应该如此。"

林叔夜一奇："舅舅，你不反感她了？"

"丢！"林添财骂了一句广式粗口，"我还是不待见这婆娘，不过我很清楚，迫于承诺而出手和自己乐意而出手，绣出来的东西，那是两回事！刺绣嘛……"

他一时想不出合适的词来，却听林叔夜接着说："是术，是艺，甚至能是道！"

林添财哈哈大笑："你跟着段夫子十来年，这书算是没白读。"

正笑着，林添财忽然心里闪过一个念头来：不对啊，阿夜执着于改名，是因为这个婆娘；这个婆娘执着于改名，为的又是什么？

林添财行动迅疾，不两日便筹到了银两，又购置了一批潮绣半成品，将第一批挑的送到凰浦绣庄。高眉娘过了过手后，赞道："好品质。"

林添财哈哈笑道："那是，这里可是广州，我是地头蛇，不是在澳门能比的。"

高眉娘道："那事不宜迟，叫齐人手，准备开工。"

林叔夜便叫来黎嫂，让所有人停下手头的工作，一刻钟后到天井集合："姑姑有事要安排。"

黎嫂问道："这安排很重要吗？我们有一批货，是一年里最大的单子。这两日正在交割期，所有姐妹都在赶工，如果耽误了，可

怎么办？"

林叔夜道："有比这个要紧的事情。"

黎嫂无奈，只好下去叫人。吴嫂在她身边低声道："你看！开始乱来了。"

黎嫂皱眉："但他毕竟是庄主。"

"庄主也不能乱搞，弄到大家生计没了，那时候还不是你担着？"

过了一会儿，整个绣庄的人都到了，包括三位师傅、二十五个绣工和七个学徒。

黎嫂对林叔夜道："找不到喜妹。"

吴嫂冷笑："还用找？早到那个藏头藏尾的那儿当丫鬟了。"

林叔夜眉头一皱，扫了她一眼，吴嫂就瞪了回去。

林添财暗道：这怎么回事，前几天才敲打过，怎么忽然又犟回来了？

通往后园的小门打开，高眉娘戴着飞凰面罩走了过来。喜妹跟在她身边，手里捧着几沓绣品。待她来到众人面前后，林叔夜道："有两件事情宣布。第一件，我们绣坊改名了，以后改称凰浦绣庄……"

他将牌匾拿了出来，说："正式改名，等下个月选个黄道吉日，再将牌匾挂上去，但从今天开始，我们对内对外，都要称绣庄而不是绣坊。"

黄埔绣坊在手续上虽然已经改名为凰浦绣庄，不过林添财认为，手续是手续，仪式是仪式，要正式叫人知道，那得挑个黄道吉日，请些嘉宾观礼才行。对此高眉娘默认，林叔夜也赞同。

此时众绣工则听得面面相觑，不过绣坊改名什么的，对她们来说并不重要，所以也没人说话。

林叔夜将牌匾放到一边，继续道："现在说第二件事：从今天开始，绣庄有大事要办，由高师傅安排活计。"

喜妹将绣品往前一捧，高眉娘拿起其中一件绣品，摊开来道："从今天开始，三师傅、二十五绣工、七学徒，分为三班……"

她还没说完，吴嫂道："等等，让她先将面罩摘下来。"

高眉娘一愕，林叔夜走前一步喝道："你说什么？"

吴嫂冷笑道:"我们不跟藏头藏尾的人做事,还是说她没面目见人?"

林叔夜脸色一沉,林添财喝道:"吴嫂,有你这么跟庄主说话的?"

"我这话怎么了?"吴嫂不但没退缩,反而扯大了嗓门,"我这人就是直来直去的。大家一个屋檐下做活,她还要戴着个面罩,这是防着谁啊?还是说是个大家闺秀、千金小姐,被我们看一眼就蚀本了?要是这样还做什么刺绣,回她闺房里玩琴、棋、书、画去吧!"

绣工、学徒之中,便有两个带头叫道:"就是,也不知道防着谁。"随之有七八个人齐声应和,剩下的人也被裹挟着,觉得有理。她们的确也看不惯高眉娘不分日夜、出入都戴着面罩,不以真面目示人。

吴嫂一边说话,一边靠近,眼看着就要走到一伸手就能把高眉娘的面罩扯下的地方——高眉娘连忙退了两步。

林叔夜跨前一步挡住了,目视吴嫂,但他尚无威望,吴嫂也不怵他,就站在那里瞪了回去。

林添财喝道:"姓吴的婆娘,你做什么!"

吴嫂再次冷笑道:"堂堂坊主……哦,不对,现在是庄主了!嘿嘿,可是你没有舅舅就不会说话了?"

林添财怒而上前,林叔夜举手止住舅舅,问吴嫂:"你待如何?"

吴嫂道:"没什么如何,就是这位高师傅想做整个绣庄的师父,让她先将面罩摘下来,让大伙儿看看她的真面目。可别面罩之后是个不清不白的人,我们全部人叫了师父,回头叫人笑话。"

她一招呼:"大伙儿说对不对?"

人群中好些人就齐声应和:"没错!吴嫂说得对!"

得到了众人的响应,吴嫂得意扬扬,看向了林叔夜。

第十八针　发难

第十九针　撕单

　　林叔夜却看向黎嫂："吴嫂说的,是她一个人的意思,还是你们也是这个意思?"

　　见黎嫂有些犹豫,吴嫂便道:"黎家嫂子,人家这是厨子打鸡蛋,一个个地破呢。这会子我要先灭了,回头你就得乖乖被人家辖制了。"

　　黎嫂便挺了挺胸膛,说:"坊主,哦,不,庄主,高师傅自来绣庄,不以真面目见人,不跟大家一块吃,不跟大家一块坐,整天就自己关了门不知道在干什么,大伙儿的确有些意见的。"

　　林叔夜道:"这意见就大到不摘面罩,你们就要造反了?"

　　"哎哟,造反!"吴嫂尖声叫道,"好大的帽子啊!黎家嫂子,小心杀头啊!"

　　林叔夜不管吴嫂,只是逼视着黎嫂。黎嫂被逼不过,说道:"造反这个帽子扣得大了,我当不起。但是这两天都在赶工,庄主却忽然叫我们停下手中的活计,听个不知来历的人的安排,我们不明白。"

　　林叔夜道:"上次天井聚会,我便说过,我们接下来要办一件大事……这便是我们要办的大事。"

　　"大事,大事!"吴嫂叫道,"什么事能大得过赶工,大得过手里的饭碗?"

　　林叔夜知道,如果让吴嫂不停地说话,今天这场面难以善了,便喝道:"你给我闭嘴!"

吴嫂非但不闭嘴，反而像泼妇一样哈哈大笑："闭嘴，你让我闭嘴我就闭嘴，你凭什么啊！绣行的人都知道，给单子的就是衣食父母，活计的工期就是生死簿上的线。这两天就要交货了，你还要我们停下来去干莫名其妙的活儿，这是要砸我们的饭碗！我的大少爷，你们是天上下凡来的人物，不知道我们这些做工的苦处。你们随便来我们绣庄玩两天，弄些闲事来消遣，而这闲事玩好玩坏跟你们没关系，回头你们拍拍屁股就走了；可我们就惨了，得替你们少爷、小姐擦屁股，而且要是屁股擦不好，连饭碗都得丢！"

她的话一打开就像珠江崩堤后的洪水，谁都没办法让其停下来："大伙儿说，是不是？"

绣工们听了都忍不住点头响应，觉得吴嫂这话说到她们心里去了。

林添财这时已看出些端倪，有心要上前压制，但看着外甥有自己处置的意思，便在一旁忍着。

吴嫂指着被林叔夜护在后面的高眉娘，叫道："要想我们听话干活……第一，让她把面罩摘了再来跟我们说话；第二，等我们这两日把手头的活儿干完，再来干你们的闲事！大伙儿说，对不对？"

大半的绣工都叫了起来："没错，没错！"

林叔夜毕竟年轻，被说得有些冒火，然而还是克制住了，问黎嫂："你是领头的，你来说话。"

吴嫂叫道："什么叫领头的？这就是我们所有人的意思！"

黎嫂也跟着道："没错，这是我们大伙儿的意思。"

林叔夜道："什么意思，大伙儿什么意思？黎嫂你说清楚。"

黎嫂道："刚才吴嫂已经说了。"

林叔夜道："我要听你亲口说。"

黎嫂无奈，只得道："第一，高师傅要想带着我们做事，让她先把面罩摘了；第二，庄主你要做什么闲事，我们领了你的工钱，不敢不做，但请先让我们把手头的做完了再来做。"

林叔夜点头道："我懂了。"又问林添财："这个月的工钱发了吗？"

林添财道:"还没到时候。"

林叔夜又问:"那现在她们手头的活计是什么?"

林添财道:"是旧单,我们的事还没开始,所以就让她们做着旧活。"

林叔夜问:"是什么单子?有字据之类的没?"

林添财道:"这个得问黎嫂。"

黎嫂道:"是我们要帮增城绣坊做的下手工,这是我们一年里最大的单子。大伙儿吃粥还是吃饭,就看这一单了。"

增城绣坊也是广茂源旗下分坊之一,但规模可比凰浦绣庄大多了,而且是广茂源的祖坊。

林叔夜道:"把单子拿来我看看。"

黎嫂只道他要退让了,便去将单据拿了来。人群暂时也静静的,没有喧闹,许多人也不像刚才那么激动了。

林叔夜看了一眼后,将单子交给舅舅:"劳烦林揽头算算,这单子我们有多少利;如果误了,得赔多少钱,什么时候赔。"

"不用算。"黎嫂道,"这单子如果结了,我们能得一百二十两。如果逾期三日交不了货,那前面三个月我们不但白干,先前进的丝线、绸布也都打水漂。那可是价值四五十两的东西,另外还得倒赔三十两的定金!这一进一退,便是上百两的银子啊!这是我能烂在肚子里的账。"

林叔夜听得点头,说:"黎嫂心里这账很明了,可见是记挂着绣庄的。"

"这是自然!"黎嫂说道:"我接掌这绣庄六年了,不敢说功劳,可也花费了不知多少心血。我能力不够,带领大家富贵是不能了,可也总算将损亏的绣庄变得有些薄利。庄主你出生在有钱人家,或者看不起这几两银子的薄利;但对我们来说,这就是大伙儿吃口饱饭的依仗。"

林叔夜道:"我不是什么有钱人,也是过过苦日子的,能理解黎嫂的苦心,但我之前说过,接下来这段时日要按我说的来做活。只要按照我说的做,保证大家都能领到工钱。那两大锭白银,还在刘婶那儿存着。"

黎嫂摇头苦笑："但那两锭白银，能够多久的工钱呢？两个月？三个月？半年？发完之后怎么办？好好做单子，不停有进账，这才是我们这些苦命人的根本。庄主你给我们画的大饼，看着好，但我们吃不着的，不敢想。"

如果说吴嫂刚才是撒泼鼓动，那现在黎嫂这几句可谓道出了所有人内心深处真正的担忧。虽没人起哄，但气氛低沉了下来，如乌云般覆盖整个天井的上空。

林叔夜让开一步，问背后的高眉娘："姑姑，她们要你摘下面罩。你看……"

高眉娘别过头去，语气平淡却毫无商量的余地："不行。"

林叔夜对众人道："高师傅说不行。"

吴嫂高声叫道："她不肯，那就别怪大伙儿不当她是自己人！让我们听一个不清不白的人的吩咐做活，我们伺候不起！"

林叔夜问黎嫂："你的意思呢？"

黎嫂道："这是大伙儿的意思。庄主你是要顾着这位'姑姑'的体面，还是要留我们这群帮你做活赚钱的人，庄主看着办吧。"

凰浦绣庄是她这几年一手一脚地从破产边缘拉回来的，所以她在庄里的威望很高。吴嫂还需要使手段挑拨，她轻轻几句话却已经能博得二十几个人一起点头，大家纷纷轻声说："对，庄主看着办吧。"

虽然都是女工，每一个人说话的声音都轻，但加在一起，力量也就大了。

林叔夜拿着那单子，看了一会儿，说："好，我知道了。"他看了林添财一眼，林添财会意，说道："你看着办，只要你决定了，舅舅就支持你。"

"好！"

林叔夜双手高高一抬，他身形颀长，比起普遍有些营养不良的女工们本来就高出一截，这时一举手，几十个人都看得清清楚楚——

那双手当众将那单子给撕了！

一时间，整个天井静了下来。

黎嫂呆在那里，跟着眼泪就流了下来："庄主，你……你怎么能这样！"

吴嫂指着林叔夜，跳着大骂："这是要断我们活路，这是要断我们活路啊！"

林叔夜转头道："舅舅，叫她闭嘴。"

林添财也不说话，上前猛地一棒就打在吴嫂头上。走江湖的人都是练过几天功夫的，而林添财的那点功夫都在这棍子上，这一棒又准又狠——吴嫂惨叫一声，便栽倒在地。

绣工们毕竟都是弱女子，一时吓得不敢吱声。

林叔夜将撕成两半的订单在空中扬了扬，随后订单如纸蝴蝶一样随风飞落。

高眉娘看到这一幕，露出复杂的眼神。

"黎嫂刚才说让我看着办，你们都应和了，那就是大伙儿的意思。"林叔夜语调平和却极有力量，"那我就按大伙儿的意思办了！你们让我选，我也就选了：从今往后，以前的旧单子，我们全都不接了！"

众人纷纷叫喊，虽然是几十个女人，但嗡嗡嗡的，声音也不小。林添财将竹棍往空中一挥，破空声响亮得好像要打人，吓得人群又静了下来。

林叔夜这才继续道："我不求你们能理解我，只要求一件事：往后你们就干高师傅交代的活儿，她交代什么，你们就干什么。然后到了时间，工钱我会照发；活儿干得好了，会有奖励！这其实是我上次已经说过的话，但你们应该是没听清楚，所以今天我就再说一遍。"

他指着刘婶说："刘婶，那两锭银子还在吗？"

刘婶应道："还在的。"

"好！"林叔夜道，"想继续留在绣庄做活的，就按我刚才说的做事；如果不想干了的，就到刘婶那里算工钱，一直算到今天为止。我林叔夜不是冤大头，但也不会少你们一个铜子。"

人群一时就乱了，二十几个人交头接耳起来。大明到了嘉靖年间，广东的人口已经繁衍起来了，丁多田少的时代开始了。绣工们都是女子，工坊虽然辛苦，赚得却比男人们土里刨食还多些；加上她们又都只是绣工，虽然有一大半算熟手了，但走出这里，到别处就一定能找到工钱更多的吗？便是找到了，是不是也得看别人脸色？外面那些个领头的人，就一定能比林叔夜好说话？

　　众人窃窃私语了一阵，又慢慢地静了下来，只有黎嫂在旁边哭着，吴嫂在地上呻吟着。

　　便在这时，高眉娘走了过来，推开林叔夜，对黎嫂道："你刚才有一句话，说错了。"

第二十针　折服

黎嫂抬起头，眼里带着怨气。

高眉娘丝毫不理会她的情绪，对刘婶说："库房里丙字号第三层第二格，劳烦取来。"

刘婶便拿了钥匙，与喜妹同取了一沓绣品，却是一堆练手绣品——绣庄的人用边角料练手用的。黎嫂等也不知道什么时候被收集了这么大一堆。

高眉娘从里头抽出一块手帕，黎嫂一看就知道那是自己的练手绣品。半个月前，她想绣一只孔雀，但刚绣了一半的孔雀脸，就进行不下去，屡屡出错，最后只能放弃。

这时高眉娘将那半张孔雀脸展开，说道："广绣有针法，十类四十门，你要绣孔雀脸，用了绕绣法里的打子针，这是对的。绣诀上说：绕绣打子针，扣结成圆形，底起兜绒线，圆粒自然成。"

她一边说着，一边操作。她的动作极快，但每一个动作都十分明晰：先将绒线迅速编成小股，从底起针，带起绒线后将绒线兜一个圈子，然后用针从下往上挑起圈子的一边形成索子，又在起针附近落针，将索子打在绣地上，一个打子针就形成了。

这绕线针法是广绣基础针法之一，每个熟手工都会，但谁能做得像她这般快、这般准，又这般明晰？更何况还有口诀！

高眉娘一边说着口诀，一边演示针法，片刻就将黎嫂绣不下去的地方给补回去了，一张孔雀脸竟然成形。

高眉娘一边绣，一边说："打子针不算什么秘密针法，但练到深处，也能生出巧妙的变化。其关窍有二：一是索子落绣地时要避免露出针脚；二是打结的时候用力要匀称，这样才能避免打出来的圆子大小不一。正所谓'索子落地藏针脚，打结匀称无大小'。"

可是索子落地如何藏针脚，打结的时候如何用力才算匀称，这就不是言语能说明的了。功夫练到深处，神而明之——存乎一心，表之于手。黎嫂的绣艺是十几年来自学的，她虽然下了苦功，但苦无名师指点，都是这里听一句，那里听一句，然后自己暗中琢磨，何曾有过一个大高手拿着她刺绣中难以突破的缺点、弱点来手把手地指点？

这时黎嫂且听且看，都入神了，对高眉娘所说的口诀，更是赶紧记着，耳朵唯恐错过一字，眼里唯恐错过一针，刚才流下的眼泪到干了都没顾得上擦一下。

直到高眉娘演示完毕，将孔雀手帕递过来，她都还没回神，拿着手帕不停地琢磨刚才的针法和口诀。她好一会儿才抬起头来，大声叫道："我明白了！我明白这一针要怎么下了！"

她一抬头，就发现高眉娘身边已经围了七八个人，原来在她失神的这段时间，高眉娘已经指导了三个绣工，这时正在给一个学徒指点直扭针里的扭针该怎么落。这直扭针乃是刺绣针法里基础的基础，学绣的人几乎第一天就会接触，但这时再听高眉娘的讲解，看她为那学徒演示如何用扭针绣水波，每一针都是基础针法，却每一针都准确到完美无缺。

"用这扭针，要记住这四句口诀：或横或直或曲线，起针由下或右端，绣线微拧针贴紧，针脚遮盖有妙方。"

高眉娘一边念着口诀，一边似慢实快地将水波给绣了出来。那个学徒拿过绣地，大喜地叫道："我明白了，我明白了。我一直不懂这一针怎么绣才好看，现在懂了。谢谢师父，谢谢师父！"

高眉娘道："我不习惯人家叫我师父，若不嫌弃，便唤我姑姑吧。"

那学徒忙改口："谢谢姑姑。"

这时高眉娘抬头望向黎嫂，黎嫂的腰杆不自觉地就弯了弯。高眉娘说："你刚才那句话，说得不对。"

"啊？"黎嫂都不记得刚才说什么了，一心只想着针法。

"对我们做刺绣活计的人来说，单子从来都不是根本。"高眉娘举起手来，两指间一根绣花针在阳光下闪出微弱的光芒，但这微弱的光芒能挑动所有刺绣人的心。她语气平淡却不容置疑："这双手上的功夫，才是我们的根本！"

"这双手上的功夫……才是根本……"

黎嫂怔在那里，好一会儿才说："是……高师傅……姑姑说得对！"

刘婶道："高师傅技艺高超，又愿意指点我们针法，我们能跟着您学刺绣，那是老天爷塞银子进我们口袋了。往后高师傅让我们干什么，我们便干什么。"

几个刚被指点过的绣工、学徒应声道："不错，我们愿意跟姑姑做活。"

林叔夜画的那个大饼她们不知道自己吃不吃得到，但眼前这位高师傅传授的刺绣功夫，是实实在在的——一旦功夫学到了手，那就是谁也抢不走的饭碗。几十人中谁也不曾见过有人能将刺绣针法解说得这样清楚明白，便是天底下有别的这般高手，自己又哪有福分再遇到一个愿意如此仔细教导自己的？何况在这里做活有工钱保障，还能跟着学东西，天底下还去哪儿找这样的好事？

原本林叔夜是这场风波的核心，但高眉娘一出手，焦点不知不觉就转移到她身上去了。林添财绕到林叔夜身边低声道："这娘儿们，嘿，真有两手！"他这下佩服了，不是佩服刚才高眉娘展现的刺绣功夫，而是佩服高眉娘的教学功夫。

他想起高眉娘一线四分、隐线成蝶的神技——这些绣工要是能学到个三成，去到外头哪里还愁出路？他忍不住喃喃道："这些绣工遇到她，也是她们的福分！"

就在这时，吴嫂忽然恢复了力气，猛地大叫一声扑向高眉娘。等林叔夜、林添财反应过来时，吴嫂已经扑到高眉娘跟前。高眉娘虽然急闪，却还是被她扯下了面罩。她赶紧别过脸，用手捂住，但众人还是在那一瞬间看到了那半张极丑的脸。

吴嫂被按在地上，却哈哈大笑："原来是个丑八怪！原来是个丑八怪！哈哈，哈哈！啊！你们干吗踢我！你们干吗踢我！"

黎嫂心里难受极了，心想：怪不得她老戴着面罩，若我长成这样，也得天天戴面罩了。

好些人心里亦如是想。她们刚刚受了高眉娘的指点恩情，心里已认她为师，所以见到高眉娘脸丑，反而心生怜悯，对吴嫂的行径更加鄙夷。好几个绣工忍不住过来踩了吴嫂两脚。

林叔夜赶紧捡起飞凰面罩递过去："姑姑。"并用身子挡住了大家的视线，让她戴好。

一场逼宫的闹剧以所有人没想到的结局落下帷幕。黎嫂等被高眉娘的针法折服，愿意拜她为师，高眉娘却没有正式收徒的意思，不过也没阻止黎嫂等叫她姑姑。

吴嫂被林叔夜赶出绣庄。林添财目光毒辣，三言两语试探，便将吴嫂的四个心腹也抓了出来，一并驱逐。但这样一来，本来就捉襟见肘的绣庄人手便更短缺了：剩下两位师傅、二十一个绣工和七个学徒。

林添财说："学徒哪里都有，绣工也好招，就是刺绣师傅不好挖。"

刺绣师傅已经算是有一技傍身的了，要么在别的绣庄干得好好的，要么是自己在家里接活儿乐得自在。凰浦绣庄以如今的底蕴想要招人，那是不容易的。

这时刘婶道："我倒是认识两个师傅，一个住在番禺，一个住在沙湾，手底下都有真功夫，就是……就是都有些与众不同，不知道庄主愿不愿意要。"

林叔夜问道："这两人有什么不一样的地方吗？"

刘婶道："番禺的那个叫黄娘，今年三十岁，没有右手，是个独手绣娘。"

林添财愕然："独手？一只手也能绣花？"

刘婶道："可以的，绣得比我好。就是别人老觉得她脾气古怪，又是独手,所以大庄不愿意要她,她也宁可自己在家接些散活儿。"

林叔夜道:"只要有功夫,那就行啊,刘婶帮我请来。另一位呢?"

林添财道:"不会是没了一只脚吧?"

"没一只脚,反而不妨碍刺绣了。"刘婶说,"那一位……是个男的。"

"男绣工?"

男子做刺绣的也不是没有,只是会被人看不起。一些绣庄规矩森严,也不愿意要,觉得"有违伦常",甚至有些绣庄觉得不吉利。

甥舅俩面面相觑,随即林叔夜一笑:"那也没问题,到时候不跟女绣工住一块就成。"

刘婶又说:"这两人的脾气都有些怪异,我让三根去叫的话,他们未必肯来。"

林添财道:"让三根带路,我去请。"

舅舅出发后,刘婶又说:"昨日高师傅跟我说起,她有些用具需要打磨,比如针刀。另外还需要进一些特别的绒线。高师傅还说,市面上普通的绣具、绒线,不一定合她用。"

林叔夜一凛:"这可是大事。"他亲眼见过高眉娘施展非凡针法,想必那些经得起一线四分的绒线也绝不普通,而那些隐线,更是特别。至于针刀,肯定也不是市面上普通人能造能修的。

刘婶道:"高师傅说,她自己虽然能磨针,但接下来的心力不能放在这上面。"

林叔夜忙道:"这个当然!却不知道哪里能找到可以帮忙打磨绣具的高手。"

刘婶说道:"要打磨这些特别的绣具,别人不行,幸好我还认识一个人,叫胡天十。恰巧,那人住得近,就在南海神庙后面的茅屋。这人脾气更大了,而且跟我有些牙齿印①,我去了恐怕事情不成。"

林叔夜道:"只要有门路就好,你既不方便,我去吧,让喜妹给我带路。绒线呢?刘婶有门路没?"

---

① 牙齿印:广东方言,意为"不对付"。

第二十一针　捡到宝

刘婶道："绒线的门路，倒也有的。西关再过去，有个地方叫花地，庄主知道吗？"

"知道。"林叔夜说，"那个村有很多人以种花为生。"

刘婶道："花地有人种花卖花，就有人种桑养蚕。里头有一个积年，人唤罗奶奶，能养怪蚕。她出的绒线与众不同，但慧眼能识的不多。这人我倒也熟识，无须庄主和林揽头奔波，只不过……她卖的东西，价钱有些贵。"

林叔夜道："只要是物有所值，贵一些也得买，回头问姑姑需要什么，就请刘婶代劳，银钱只管问林揽头支取。我先去南海神庙，找那位胡天十师傅。"

凰浦绣庄离南海神庙本来就不远，有小船可以直接到。喜妹是在这水乡长大的人，能游水，能撑船，便借了一艘小船把林叔夜送到南海神庙旁边，指着几间茅屋说："胡伯伯就住在那里。他见到我娘就吵架，不过跟我爹反而能说上话，对我也挺好的。"

林叔夜上岸后走近了，见是一间铜铁铺，给人补锅的——这种地方能修造高眉娘要的精细绣具？

这时铺子里一个中年汉子正袒肚子睡觉，形貌十分落魄。喜妹说那就是胡天十。林叔夜敲了敲挂在门柱上的一口铜锅，胡天十就跳了起来："要补锅，还是要箍桶？"

林叔夜拱手道："是胡天十胡先生？"

胡天十看了林叔夜一眼，见是个斯文人，模样像个秀才，不禁有些奇怪："什么先生，公子嘴里修德，就叫我胡师傅吧，要不就叫我老胡。嗯，喜妹，是你啊，你带他来的？"

林叔夜也不兜圈子："这次来找胡先生，是想请先生修一些绣具。"

胡天十脸色一变："什么绣具，不懂，不懂，我这里是补锅的！"

林叔夜看向喜妹，喜妹吐了吐舌头："我也不知道啊！我以为他只会补锅。"忽然想起了什么，林叔夜道："哦，对了，姑姑交代过的。"说着，他便将一个小布包掏了出来。

那个小布包其实是一块折起来的手帕，里头包着一些极精细的东西，其中就有高眉娘用来分线的针刀。

胡天十本来警惕中夹着不耐烦，但瞥见了这些，猛地惊叫起来："什么东西！"

林叔夜便恭恭敬敬地将这包东西递了过去。

胡天十接过看了一眼，忽然小声道："这东西是从哪儿来的！"他说话的神情又害怕又隐秘。

林叔夜便知道这里头有戏，随口道："这是我姑姑的东西，她让我来请胡师傅打磨修整。"

"你姑姑？你姑姑是谁？"

林叔夜道："哦，我没说明白，其实她不是我姑姑，我本来应该叫师父，但她……"

"她不习惯别人叫她师父，所以你叫她姑姑？"胡天十的声音显得有些凄厉。

"嗯，是的。"

"回来了……回来了！"胡天十忽然将小布包往怀里揣，跟着赶林叔夜，"快走，快走！"

"啊，那绣具……"

"闭嘴！"胡天十仿佛怕被人发现一般，左看右看，然后压低声音说，"过两天修好了，让喜妹来拿……你不要再来了，明白吗?"

他边说边将人推走,也不管林叔夜的诧异,就关了铺头。

"这可真是个怪人。"林叔夜自言自语,然而想起这个怪人的反应,又忍不住念叨,"他说'回来了,回来了'……是谁回来了?嗯,难道他跟姑姑认识?所以一看到绣具,就知道姑姑回来了?"

再说西关的茂源总庄。整个头包扎着的吴嫂带着两个女徒弟站在院子外头。院子里头,庄主夫人陈杨氏指着门怒道:"废物!一群废物!一个绣房崽都降不住!这种废物能有什么用处!"

翠娥上前低声说:"太太,骂也骂过了,但让那几个人在外头待久了,被人瞧见了不好。"

陈杨氏哼了一声:"那就让她们扯!"在广东话里,"扯"就是"滚"的意思。

翠娥道:"黄埔她们是待不住了,怎么安顿她们?"

"安顿?"陈杨氏冷笑,"事情办砸了,还敢来要安顿?"

翠娥劝道:"太太,这几个是破落户,要是逼她们上了绝路……"

陈杨氏冷静了下来,挥手道:"把她们带去见堂舅爷,让他安排。"

翠娥便答应了,随即转身离开。

陈杨氏又道:"回来。"

翠娥回头,陈杨氏问:"吴嫂说……那个绣房崽请了个高手来?"

"是。"

"有多厉害?"

"据吴嫂说,那人能将刺绣的门道念成口诀,现场演示了绣孔雀脸的打子针法,又能教直扭针,把黎嫂她们都给镇住了……"

陈杨氏听得哭笑不得。她作为广东第一绣庄的夫人,对这些刺绣行当的基础知识自然是懂的:"什么破高手!绣孔雀脸的打子针,还有直扭针?这就把人镇住了?那个什么黎嫂,怎么也是黄埔分坊的当家师傅,这就给镇住了?这等破烂绣坊,怪不得老太太没当回事就送出去了。"

后园那边，陈老夫人正吃荔枝，因问："正院那边吵什么？"

送梨子来的恰好是梁惠师，她笑道："听说前日黄埔绣坊那边闹了一场，闹事的人让夜少爷给压住了。"

陈老夫人"哦"了一声，道："那倒还有几分本事。但这跟正院吵闹有什么关系？"

梁惠师道："听说被赶出黄埔的几个人，正在正院那边求安顿呢。"

陈老夫人本就精明，这时又远未老迈，听了这话，脑子一转，失笑骂道："胡闹！"

过了两日，林添财也回来了，和他一起回来的还有两个人，其中一个是独臂女子。这女子右手没了，只剩下左手，头发白了半边，乍一眼看去，还以为是五六十岁的人，要细看眉眼、皮肤，才会发现她没那么老。但如果不是刘婶之前说她今年才三十岁，林叔夜也不敢相信眼前这女人如此年轻。

另外一个就是沙湾梁哥，却是个竹竿一般的男人，三十几岁年纪，长相有些阴柔，看到生人畏畏缩缩，与人说话唯唯诺诺，实在不像一个爷儿们。

但林叔夜不计较这些，致辞欢迎，沙湾梁哥连连点头，只看着那独手黄娘。独手黄娘却是个豪迈女子，开口就问："听说你要请我们到你这绣庄来做工？林揽头开出的工钱，算数吗？"

林添财还没跟林叔夜说多少钱，但他问都不问，就道："算数！"

"那行！"独手黄娘道，"给我们安排住的、吃的，有什么活儿也跟着安排吧。"

沙湾梁哥也很小幅度地点了点头："我……也一样。"

林叔夜没想到对方竟然这么好说话，心里一喜，便安排了房屋让他们住。

独手黄娘好安排些，就仿照黎嫂的待遇，将原本吴嫂午睡的地方给她休息刚刚好。那位沙湾梁哥却有些麻烦，让他跟林叔夜、林添财一个房间，他不肯，最后由刘婶安排，在黄埔村里租了一间旧屋给他住——日间过来做绣,晚间去村里休息。他虽然扭捏,但毕竟是个老大不小的男人了,来来去去也不会不方便。

到了晚上,林叔夜推醒了舅舅。

"怎么了?"

"我好像听到了哭声。"

"哭声?什么哭声。"

"从后面传来的。"

林添财侧耳倾听,听了一会儿,似乎有点声音,但又像没有。

"没听见啊,是不是风声?"

"嗯,现在没有了。"

林叔夜也不知道是怎么回事,难道那真是幻觉?便再仔细听了一会儿,见没什么动静,他也就不理会了。

新来的这两人,也不知道是不是因为陌生,一开始不是很合群。那个梁哥说是个男人,又像个女人;说是个女人,其实又是个男人。看他这个样子,林添财就忍不住悄悄对林叔夜说:"还好当初逼着小云不让他学刺绣,不然变成这样子可怎么办!"

林叔夜笑了笑,可不好意思跟舅舅说小云私下里其实还偷偷在学,不过他也没觉得表弟有什么不对。刺绣也是一项技艺,甚至可以说是一门艺术,虽然小云不准备靠它吃饭,但当作兴趣来钻研,便和钻研书法、绘画一般,林叔夜也不觉得有什么不妥。

至于那个黄娘,其他倒也没什么,就是极度冷漠。人家叫喊,她只是"嗯"一声,从来不主动跟人说话。她的这种冷漠与高眉娘不同,高眉娘的冷漠在骨子里是倨傲,而黄娘的这种冷漠是仿佛她和所有人之间隔着一堵厚厚的墙。

虽然两人的性情各有古怪,但一上场做活,便叫所有人都吃了一惊,因这两人都是有真功夫的。

梁哥生活上动作扭捏,可一上绣架,整个人便与绣娘一般无二,因是个男的,体力上占优势,但女人的细碎功夫他也没落下。他干活时候的样子,有人看了会反感,所以给他单独安排了一个隔间做活,而他做出来的东西,林添财一看——

"捡到宝了！捡到宝了！"林添财不敢高声，就暗中对林叔夜说，"那个黄娘的功夫怎么样还不晓得，但这个梁哥，至少是个大师傅！我一开始用半个大师傅的工钱请他，还以为自己溢价了，没想到捡到宝了。"

黄娘则被高眉娘直接叫到后园那间独楼里去。经过这些天的整顿，里头不但能住人，而且可以在里面做上手工的活儿。该用的绣地、绣架、针线一应俱全，不管白天、晚上都关着门，偶尔喜妹出来传话，拿东西进去。

这日高眉娘恰好出来，林叔夜借机问她："这位黄娘的功夫如何？"

高眉娘想了想，说："她虽然丢了一只手，但功夫没丢，跟我配合得很好。有她在，我一个人能做两个人的活儿。"

林叔夜微笑着说："姑姑本来就是一个人能做好几个人的活儿。"

"我不是这个意思。"高眉娘道，"我是说，有了她，我能做两个我的活儿。"

林叔夜怔住了："两个……两个你？她那么厉害？能比得上姑姑？"

高眉娘淡淡一笑："不是她能比得上我，是她能给我做辅助，让我的效率比原来高出两倍。"

她说着便转身回房。林叔夜将这意思给林添财一说，林添财叫道："这是捡到大宝贝了！这个独手黄娘，管她本身能耐怎么样，能把一个高大师变成两个高大师，那她就是一个宗师的价了！"

林叔夜道："宗师？舅舅说姑姑是刺绣宗师？"

林添财挑了挑眉毛："嗨！这婆娘的脾气虽然臭，但她手上那功夫，舅舅我也没见过有谁能压过她的。宗师，一定是宗师！"

林叔夜笑道："原来舅舅表面不满姑姑，其实心里佩服着她呢。"

"屁！"林添财道，"我也就佩服她一半！论刺绣，她在行；说到做人做事，她不行！"

第二十二针　疑针

一个跑腿将一份急件送入茂源总庄,不久梁惠师便被请入后园。

"老太太,我正在巡工坊。"梁惠师一边拍着身上的衣服,一边说,"什么事情,叫得这么着急?"

陈老夫人使了眼色,左右便都出去了,连心腹老婆子胡嬷嬷都不留。梁惠师便知事情比自己想的还不简单。

陈老夫人将桌上的一件绣品一推:"你瞧瞧,这是一件入围海上斗绣的绣品。梁晋让人送来的,庄主不在,这才送到我手里头。"

梁惠师小心翼翼地拿过来一看,却是一块百花台布,再摸一摸,笑道:"村妇之良工,寻常货色,也值得老太太这么着急把我叫来?"

陈老夫人道:"你再看仔细些。"

梁惠师抖开了看:"没什么啊,这台布寻常得……咦!"她忽然在阳光下发现了飞舞的隐蝶,跟着再一摸丝线:"这!这!"

陈老夫人咬牙道:"像不像!"

梁惠师道:"这……真是有点像,这针线……这功夫……"

陈老夫人一拍桌子:"你也觉得是她!"

"不,不!"梁惠师慌忙道,"不可能是她!她已经死了!"

"那这针线是怎么回事!"

梁惠师沉吟半响,道:"会不会是她留了什么传人?"

"传人?"陈老夫人道,"什么传人能有这功夫!"

梁惠师道:"二流针法看苦功,一流针法看天赋。她当年……

我叫她姑姑的时候,她也才十四岁!"

陈老夫人道:"虽说天赋难测,但这种人物百年难出!哪里会接二连三地冒出来!"

梁惠师将针线又摸了摸,忽然道:"不是她!"

"不是?"

"不是。"梁惠师将刺绣放到陈老夫人手上,"老太太,你摸摸这蝶头……蝶翼引人注目,蝶头眼睛这里,一般人不会特别留心,所以针眼就藏在这里。这个隐蝶的针眼,可藏得有些粗了。"

陈老夫人摸了一摸:"嗯,果然还差了两分火候。"

梁惠师道:"这隐蝶虽然绣得好,但当今天下,还有三个人能绣得出来。"

"哪三个人?"

梁惠师自得地笑道:"第一个,就是我!"

陈老夫人点头后,梁惠师又道:"至于第二个,自然就是子艳了。"她说着,指向了北方。

听她提起陈子艳,陈老夫人脸上也忍不住露出得意之色。她一生颇为不顺,嫁夫不淑,生子无行,却偏偏得了一对成器的孙子孙女,让她得以在晚年彻底翻盘。

"子艳自然有这功夫,"陈老夫人嘿嘿地笑道,"但她不屑于此。"

"这个自然了。"

"那第三人……"

"第三人……便是苏州那个姓沈的。"

陈老夫人脸色微微一变,随即道:"沈女红就算有这功力,但针法……"

"老太太,你忘了?"梁惠师道,"当年高、沈齐名,她们两个交情可不一般。据我所知,她们早就互相传授针法了。"

陈老夫人沉吟了一会儿,说:"就算互相传授过,但她们二人早已自成一派,练到那么深的针功习性,很难更改的。这不是沈女红的针法,而且……"她摸了摸蝶头:"去年我得了沈女红一件绣品,唉……当年她便已登峰造极,谁能料到她回苏州之后,百尺竿头更进一步！这隐蝶虽然了得，但比起沈女红如今的针线，还是差了的。"

尽管不愿意承认，但这一声叹息还是流露出了忧虑——对孙女陈子艳可能会被沈女红压制的忧虑。

"老太太不用太过忧心。子艳在大内这些年，不知又读了多少绣道秘卷，摸了多少皇宫秘藏，她的针功，一定也是更进一步的。"

陈老夫人转了欢颜道："那倒也是。"

"不过我担心的，是既然沈女红懂得她的针法，那么她会不会是传了什么人，然后来给我们搞鬼呢？"梁惠师道，"所以这块台布，究竟出自何处？"

陈老夫人默然片刻，才说道："黄埔。"

"黄埔？"

"对！就是那个绣房崽接手的黄埔分坊。"

"这……这是把手伸到我们肘腋之间了！"梁惠师道，"若真有人潜伏在那位夜少爷身边，就怪不得太太派去的人压不住了。要不……我去黄埔走一遭？"

"不！"陈老夫人抬了抬手，"对方未必知道我们已有警觉，不能打草惊蛇。而且这事如果传开，有害无益……你且诈作不知，暗中替老身好好盯着便是。"

梁惠师领命出去后，陈老夫人又摸了摸那蝶眼："确实有破绽，这功夫的确差了一筹……可万一……万一这破绽是故意留的呢？不会，不至于此，不至于此……"

她思来想去，总觉这蝶头藏针眼的一点极小的粗疏，如果不是梁惠师，怕是连自己都发现不了。自己都摸不出来的破绽，普天之下能摸出来的一个手掌都能数得过来，所以不可能有人能在刺绣上将心思用到这么细密的地步！

然而不知怎么，她总觉得心头难安——今天与梁惠师一场交谈，那个人的名字彼此都压着不说，可一想到……她忍不住心头多跳了两拍，难以安稳。终于她叫来了人，将百花台布封好，道："送到增城，交庄主……且慢！"

她忽然又想起孙子对那个女人的执念，这会儿正在紧要关头，若是孙子得了这百花台布，还不知道会闹出什么来！想了想，她改口道："送往京师！"

差不多就在百花台布送入茂源总庄的时候，林添财也收到了消息，欢喜地奔入绣庄，一路跑一路叫："成了！成了！入围了！入围了！"

梁哥、黎嫂等正分头做着高眉娘安排的活儿，听到林添财的呼声，都停下了针线。黎嫂出来道："什么事把舅老爷高兴成这样，说出来让我们也乐和乐和。"

她们自被高眉娘折服，便心甘情愿认了林叔夜做庄主，对林添财的称呼也多了几分亲近。

林添财叫道："阿夜！庄主！快出来啊！"

林叔夜走了出来，就看到林添财拿着手中的书信在天井里挥舞："海上斗绣我们入围了！"

林叔夜大喜，小跑几步过来，接过书信一看，也忍不住展颜笑道："入围！好，好啊！"

这两日绣工们也知道最近这些活计都是在为海上斗绣做准备，闻言也都来恭喜。

"同喜，同喜！"林叔夜道，"我这就去告诉姑姑！"

他拿了书信奔到后园，敲开了房门。还没说话，高眉娘见他满脸喜色，便问道："过了？"

林叔夜便知她猜到了，笑道："过了！过了！"

高眉娘淡淡地道："算算时日，也差不多是这两天。"

黄娘也淡淡地站在一旁，只有喜妹睁着一双大眼睛，不知道他们在说什么。

林添财这时也跟来了，看了屋内几个人的反应，噘嘴道："这是绣庄的喜事，前头黎嫂她们都跟着乐和了，怎么没见你们高兴一下。"

高眉娘笑了一下："高兴，高兴。"但她笑得实在太过平淡，平淡到——她的眼里没有丝毫笑意。

独手黄娘冷笑:"有姑姑出手,入围本就是顺理成章之事。"

林叔夜笑道:"姑姑的绣品自然是极好的,我这不是怕遇到不识货的人嘛。"

高眉娘道:"那倒也是。这么说来值得一喜,回头庄主备了供品,到南海神庙谢一下神恩吧。"

"应该!应该!"林叔夜从拿到信之后一直笑得合不拢嘴,这时忽道,"舅舅,广潮斗绣的事情也准备一下吧。"

林添财一愣:"广潮斗绣?这……第一步还没迈出去,你就想飞了?"

林叔夜道:"广潮斗绣就在年底,报名一般要提前半年,因为还要筛选嘛。算来时间也不多了,咱们先报个名?"

林添财就明白了,知道外甥因海上斗绣的入围,各方面都有了指望,因此连带着对参加广潮斗绣也有了信心。他不想打击士气,便笑着答应了,第二天便向广绣行递交了参加广潮斗绣的申请书信。

广绣行是主管广府地区刺绣的行业协会,也是绣行的消息集散地——一个破落绣庄要参加广潮斗绣,这等好笑的事很快就传遍了西关刺绣行,成为业内笑柄。同时消息也传到了陈家。

正院里,陈杨氏听了不由得冷笑:"这个绣房崽,还真把自己当回事了!"

翠娥道:"听说他们最近好像通过了一个什么海上斗绣,跟着就想参加广潮斗绣了。"

"海上斗绣?"陈杨氏眼神闪了两闪,道,"去,把堂舅爷请来。"

翠娥道:"太太这是……"

陈杨氏道:"海上斗绣也是我们南粤绣行推行的一件盛事!我们广茂源又执粤绣牛耳,真闹出笑话来,广茂源脸上也不好看,还是防微杜渐的好。"

很快杨管库就被请了来,知道陈杨氏的想法后,说:"这事好办,也不好办。"

"哪里不好办?"陈杨氏有些不悦地问。

杨管库道:"海上斗绣的事,本来就是我们广茂源暗中推动进行，要办什么事情都方便，这好办……不好办的地方在于……庄主和老太太那边……"

陈杨氏哼了一声。

杨管库道："我倒有个主意。"

"嗯？"

杨管库笑道："其实最近不满那绣房崽的，不仅我们。二少爷那边……"

"你是说，让老二去？可他能办成事？"

杨管库笑道："成事多半是不能成事的，但败事多半是能败事的。"

陈杨氏笑了："这倒也对！"

两人又商量了一些细节，杨管库便出去办事了。陈杨氏正想着该如何如何，不料第二日便被陈老夫人请了去。她正瞒着陈老夫人耍手段，不免有些心虚，请安后便嘘寒问暖一番。

不料陈老夫人单刀直入地问："听说你要插手海上斗绣的事？"

陈杨氏一时措手不及，竟不知如何回答。

陈老夫人道："粤绣在子峰、子艳手里独步天下，广茂源更是独步南国。你作为庄主夫人，该有气魄的时候，就得有气魄，不能小家子气，不然以后我如何将这个家交给你？"

陈杨氏低声道："非是我一定要跟那……那没名分的人计较，只是……"

她还没说完，便被陈老夫人打断了："事情要么不做，做了就要往绝处做。你安排的人，未必得力，还不如不插手。"

陈杨氏听得有些怔，不知道陈老夫人这话什么意思。

却见陈老夫人闭着眼睛，恍若呢喃："袁莞师最近闲着呢。"

"袁……莞师？"陈杨氏若有所悟，"老太太的意思是……"

"去吧，去吧。"陈老夫人挥手，"我要歇着了。这些破事，不要来烦我了，也不要去烦子峰。"

陈杨氏喜出望外："是，是！孙媳妇晓得了！"

她出了门，抬头看天，只觉得这天都晴朗得意外，叫了心腹丫鬟："去请二爷过来！"

第二十三针　林添财剃头

入围的消息传来，海上斗绣的日子也正式确定了，时在四月中旬，刚好在三十六天之后。这时高眉娘让林添财准备的潮绣半成品、针线、绣具等也都买齐了，她便将门关起来，和黄娘两个人待在里头——谁也不知道她们在里面做什么——每天只让喜妹进出三次，进去是送饭，出来是交代外头需要做的下手工。

外头的二十几个绣工和学徒仍然按照先前的安排分成三组，但因吴嫂脱离，刘婶要专心管库，便另外提了三个女绣工做伙头——这三个女绣工都是在领悟高眉娘的点拨后进步较快的——由黎嫂总管三组。原本她除了管事，还要做大量的绣活，但现在旧单子都被林叔夜撕了，她的时间就空出来一大半，在做点管理、指导学徒之外，反而有大量的时间钻研刺绣了。

每天都有一些下手活经喜妹的手送进后园的独楼，送进去后就没出来，如此足足八日。到了第九日，独楼的门才"呀"的一声打开，黄娘走了出来，一张脸因长时间不见阳光而有些苍白。

林叔夜有些担心地说："虽然在赶制绣品，但也别因此累坏了身体。"

独手黄娘冷冷地看了他一眼。林叔夜虽然是庄主，她却好像根本没将他放在眼里，冷冰冰地说："姑姑让你们进去。"

林添财眉头皱起，心想：这独手娘儿们怎么跟那个丑娘儿们一个德行？进了屋子后，只见高眉娘坐在绣架旁，独手黄娘则走到另外一边站着，态度都变得温和了。林添财见了，又想：这独手娘儿们对这丑娘儿们倒是服气得很啊,是了,一定也是被丑娘儿们的针法折服了。

高眉娘指了指身边两个盒子:"如果海上斗绣都是仿照广潮斗绣的规制,那么应该会有三次献绣的机会。这是其中两份,庄主收好。"

林叔夜要打开看时,却发现盒子上贴了封条,封条上还盖了一个飞凰印泥。他怔了怔,就听高眉娘说:"献绣之前,所有人都不能打开。"

所有人,那就包括林叔夜了。林添财心里又不舒服了,林叔夜却毫无芥蒂地微笑着说:"好。"

林添财插话问道:"一共三次献绣,这才两件绣品,还有一件呢?"

"我还没想好。"高眉娘说。

林添财"哈"的一声笑了出来:"我还以为你什么事都胸有成竹呢,原来也有拿不定主意的时候。"

独手黄娘见他敢顶撞高眉娘,眉头就是一皱。

高眉娘却轻轻一笑,这一笑不像平时那种淡淡的笑——都能看见眼角的褶皱了。她抬头往林添财头上一瞥。

"干吗?"林添财问林叔夜,"我头上有东西?"

林叔夜往舅舅头上扫了一眼:"没有啊。"

就听高眉娘说:"是多了点东西。"

"多了什么?"

"头发啊。"高眉娘轻轻笑道,"当初不知道是谁说……如果海上斗绣的入门献绣能过,就把头发剃一半的。"

林叔夜甥舅都没想到她竟然还记得这个,不由得愕然。林添财张大了嘴巴,就连独手黄娘的脸色都忽然有些变化,像是诧异。

林叔夜忙说:"那是舅舅的一个笑话。"

"是笑话吗?"高眉娘淡淡地道,"那也行。"

林添财哼了一声,忽然转身跑出去了。林叔夜捧着盒子就要出去时,高眉娘叫道:"庄主留步。"

林叔夜回身,就见高眉娘的眉头似乎有些拧起来,忙问:"姑姑有什么为难的吗？"

高眉娘道："斗绣分献绣和现场斗绣两大门类，献绣的最后一件要做什么，我固然还没想好，便是现场斗绣，也还有难处。"

林叔夜倒是有些奇怪了：高眉娘向来目空一切——当然她真有这个资本——居然会对现场斗绣感到为难？他不禁道："姑姑是担心现场斗绣会遇到不可预测的高手吗？"

独手黄娘听了这话，发出一声冷笑，似乎是觉得说出这句话的林叔夜很无知。高眉娘看了独手黄娘一眼，黄娘就过去将门关了。

"遇到什么人，我倒是不怕的。"高眉娘淡淡地说道。这时屋内再无第四人，她轻轻将飞凤面罩摘下。这间屋子是南方的民居规制，卧室顶上有一个半尺见方的小天窗，窗口用琉璃封着，却能让日光、月光投射进来，刚好照在床前的那片区域。这时高眉娘侧着脸，复原的那半边刚好对着林叔夜，琉璃天窗的阳光投射进来，把那张脸照映得如同一块美玉一般。

林叔夜忽感一阵心烦口燥，就听高眉娘说："刺绣是个慢活，所以就算是现场斗绣，很多时候也不可能让人一针一线从头绣起，那样根本来不及。"

"那……"林叔夜的心思转了回来，"那怎么办？"

高眉娘道："那就得预先备绣了。"

"备绣？"

"对，备绣。"高眉娘说道，"主考方出题之后，如果参与者没法从头到尾绣出来，就必须提前准备各类半成品以应付各种考题，可以备了东西最后却用不上，但不能不备。"

林叔夜道："这个自然！"

高眉娘继续说道："各大绣庄在广潮斗绣之前，会准备各种半成品，可谓一应俱全……"

林叔夜惊道："考题难以预测，如果要应全皆备，以刺绣门类之繁多，那可得多少种绣品啊！"

独手黄娘冷哼道："往少里说，几百件是要的。"

几百件绣品，而且是要用来参加斗绣的——那都是花了心血的精品。这种水平的绣品，每一件都是钱，就算是半成品，其价值也高得难以估量。

林叔夜怔了好久，终于叹道："怪不得历年广潮斗绣，能屹立不倒的总是十大名庄，原来这斗绣拼的不仅仅是大师傅们的能耐，还有财力、物力啊！"他了解广潮斗绣的流程，但毕竟没参加过，一些非参与者不能了解的细节便不知其详。

"不错。"高眉娘颔首道。不知从什么时候开始，她对林叔夜的态度竟温和了许多。

林叔夜道："以我们凰浦的财力、物力，恐怕……恐怕是难以承担的。"

几百件精品刺绣，纵然是半成品，怕是把林添财卖了也凑不到一半！

"何止是财力？还有人力和时间！"独手黄娘冷笑道，"你以为这些半成品，都能在市面上买得到吗？那都是绣庄的师傅、绣工按照斗绣要求赶制的。要在预定时间内赶制出几百件半成绣品，这考的就是绣庄整体的实力！"

"若是这样，那我们怎么办？"林叔夜说，"我们绣庄不但财力不足，人力、时间恐怕也不够啊。"

高眉娘点头："是啊，所以就只能押题了。"

"押题？"

"嗯，押题。"高眉娘道，"如果能知道往年海上斗绣的赛程，那么根据往年的情况进行推测，当能将备绣的数量压到十分之一。"

林叔夜心头一喜，说道："我这就让舅舅去打听往年的情况。"他行动力很强，说着就要转身开门，却被独手黄娘的冷笑打断。

"等到你打听完，菜都凉了。"

高眉娘微微一笑，说："其实历年来斗绣的情况，黄娘都知道。"

林叔夜不禁又喜又奇。

又听高眉娘说："所以过去这几日，我和黄娘除了赶制绣品，也在商量着押题的事情。"她这边说着，黄娘那边已经拿出了一张单子。

林叔夜猜这张单子便是押的题了，先是欢喜，但接过单子之后，神情又变得沉重起来。

"庄主有难处？"高眉娘看了过来，琉璃天窗透进来的光线在她半边脸上流转着。

林叔夜又将单子扫了一眼，说道："姑姑能做的都已经做了，这是我的事情了，我去想办法。"

便在这时，门"呀"的一声打开了，林添财推门而入。高眉娘转身，露出了另外一边的脸。

林添财陡然看见那夜叉一般的脸，捂住了眼睛："麻烦你把面罩戴上！我隔夜饭都快吐出来了！"

独手黄娘怒道："你胡说什么！"

高眉娘冷笑着戴上飞凤面罩，再看林添财的头，忍不住哈哈大笑。原来，林添财竟然真的把头发剃了一半，变成了个阴阳头，又丑又怪。

林叔夜失声叫道："舅舅，你这……"

林添财将一个小袋子朝高眉娘一扔："给！这是老子的头发！哼！"

林叔夜叫道："舅舅，你何苦如此？"

林添财冷笑道："老子宁可被人笑话一两个月，也不想看这娘儿们的脸色！"

高眉娘摸了摸布袋，对林添财反而高看了一眼，站起来福了一福，说道："林揽头有魄力，眉娘得罪了，回头绣一顶帽子赔罪。"

林添财反而愣住了，随即哼哼道："用不着！"

甥舅俩出去后，黄娘关上门，忽然没头没尾地说："姑姑，你……你有些变了。"

高眉娘看着门，仿佛能透过板门看见那甥舅俩的背影似的："他们……他们是好人。"

独手黄娘皱眉："小的那个不好说，老的那个，可不是什么好人，他曾经……"

高眉娘摆手："他的过去，我没兴趣。"她摘下了面罩，半美半丑的脸上又恢复了倨傲与冷漠。

独手黄娘便住了口，应了一声"是"。

第二十四针　求知欲

林叔夜跟舅舅出去后，将高眉娘关于备绣、押题的事情跟他说了。林添财"哎哟"了一声："这个事是我疏忽了！不过也怨不得我，广潮斗绣我从来只是听说，没参加过。这种隐秘事，局外人有时候是很难知道的。不过这个娘儿们怎么就这么门儿清？"

他顿了顿，又说："不过这娘儿们把咱们没想到的事都想了，那是真的有心了。阿夜，你折腾改名的事情值了……他娘的！"

他忍不住说了句粗口，随后打开了清单，看了眼内容，跟着将单子在风中扬得啪啪作响："这这这……"

清单上这些东西，以他的门路、能耐都能搞到，问题是钱！

"他娘的！这哪里是斗绣，这是烧钱啊！"

林叔夜叹了一口气，说："舅舅，这还是压到十分之一的了。"

林添财看着清单，忽然觉得自己牙疼："他娘的！这么多！这么多！怪不得广潮斗绣来来去去都是那十大名庄在玩，原来别人不是不想玩，是玩不起啊！"

林叔夜又叹了一口气。他心中苦苦思索，但是手头能用的筹码实在太少，正所谓巧妇难为无米之炊。

林添财本来烦躁无比，但瞧见外甥的模样，便脸上故作轻松，摆手道："行了，行了！这点事情，还难不倒我！"

林叔夜又惊又奇："舅舅，你能解决？"

"哼！"林添财道，"小事一桩！"

"可是这钱……"

"放心！"林添财道："你舅舅做了十几年的揽头，这点积蓄还是有的。"

"但如果太伤筋动骨……"

"不会啦！"林添财道，"钱的事你不用担心，我会搞定的，你先去做别的事情吧。"

"可是……"

"放心吧！"林添财见林叔夜那样子，大大咧咧地说，"别担心那些有的没的。"

"我不是担心，我是怕这样下去，会动到舅舅的老本。"

林添财哈哈笑道："我的老本，还没那么容易动到；再说，便是动了，也是我乐意。你别这副表情，我可不完全是为了你，我也是为了我自己哩。"

"为了你自己？"

"哼！"林添财冷笑道，"老子在广绣行、潮绣行混了这么多年，赚的钱也不少了，可广、潮两派的人看我，还是个个都没好脸色。所以老子这一次不只是看好你，也是在押注，我要押我好外甥的眼光，押那个婆娘的针法手艺！我就要用这一次翻盘，叫广、潮两派往后都不敢再斜眼看我林添财！"

林叔夜走后，林添财捂住了嘴角，这下牙真的痛起来了。

"伤筋动骨……伤筋动骨！他娘的，这何止是伤筋动骨！这是要我老命啊！"他将清单看了又看，越看牙齿越痛，"小云，我的小云咧！省城的铺子，怕是保不住了！潮州府的五十亩田也得典出去了……阿父对不住你咧！阿父对不住你！我的小云啊！"

林添财痛归痛，还是一个狠心，抵押了自己在省城铺头的股份，又将潮州的田产拿到当铺典了个活当，换来了银两。花了两日工夫，他总算将清单上所写的东西给备齐了。

林叔夜拿到东西后精神为之一振，请了高眉娘前来清点。高眉娘看了，颔首道："林揽头好门路，这才两日工夫，就把东西都买齐全了。"

林添财牙正痛着呢，不想说话，连抬杠的力气都没有。

"呀呀，这么多东西。"沙湾梁哥拍手叫道，"这是另给广潮斗绣准备的吗？好啊，好啊！"

看到他一个三十来岁的大男人做小女儿态，林添财忍不住打了个寒战："你别拍手，别说话，我受不了了！我出去喘口气！"

"等等。"

高眉娘忽然摸出一个小袋子来。

"什么东西？"林添财接过，摸出来一顶帽子，下手活是庄子里的绣工做的，但缝合处针线严密，多半是高眉娘的手艺。

高眉娘道："一场玩笑，累林揽头剃了头发，这是赔礼。"

林添财哼了一声，也没拒绝。

高眉娘瞥了一眼他的背影："林揽头这次出了不少血吧？"

林叔夜沉默了一下，跟着长长叹了一口气，追了出去，只见舅舅正在庄前的月牙池边叹气。林叔夜上前拍了拍他的肩膀，林添财没提防，被吓了一跳。林叔夜道："舅舅，这次……"

话还没说完，却已经被林添财打断了："还好！还好！"

"啊？"

林添财道："还好当初逼着小云，不让他学刺绣。不然要是混成沙湾梁那个样子……"他又打了个寒战。

林叔夜心中更过意不去，低声道："如果小云还是学了刺绣……"

"那老子就一棍子打死他！"

庄子里头，高眉娘安排下去，让三伙绣工加班加点地赶制半成品。下手活由黎嫂带着三班人马去办，上手工的精细活就交给了梁哥去办。

梁哥看了绣具、丝线、布帛一眼，说："要参加广潮斗绣，东西有点少啊。"

黎嫂听了这话，心想：听这语气，难道这位也参加过广潮斗绣？

旁边黄娘说道："不是广潮斗绣，是海上斗绣。"

梁哥"咦"了一声："哪用得着这么多？"

黄娘说道："狮象搏兔，皆用全力！"

高眉娘淡淡地接话道："回头剩下了东西，年底广潮斗绣可以接着用。"

林叔夜回到庄内时，天色已晚，高眉娘已经回了后园。他来到独楼，只见门开着，高眉娘和黄娘隔着绣架对坐，正在剪裁一匹丝绸，喜妹在旁边帮忙拉着一角。林叔夜看了一会儿，没看出这是要做什么。忽然，高眉娘手一颤，黄娘手疾眼快，用另一把剪刀"咔嚓"一声挡住了高眉娘差点剪歪的刀口。高眉娘呆住了，她可罕有这般失误。

黄娘道："姑姑，我们赶了八天的工，这两天你也没睡好，定是没精神，不如且歇一歇吧。这些我来。"

高眉娘沉吟不语。

黄娘道："林揽头送来的这批丝帛，全都只有一份，若是坏了一件，便没法补了。"

高眉娘没再坚持，放下了剪刀。黄娘收了东西要去前面做工，交代喜妹伺候姑姑睡觉，临出门瞪了林叔夜一眼，暗示他也出去，林叔夜却仿佛没看到。黄娘出去后，喜妹都已经扶着高眉娘坐到床上了，他仍然站在那里。

喜妹叫道："庄主，姑姑要休息了。"

林叔夜没有出去，反而开口道："姑姑现在能睡着吗？"

高眉娘没有回答。

林叔夜道："现在睡不着的话，硬躺着也没用处，不如到园子里走走？散一下心，也许反而有睡意了。"

高眉娘犹豫了一下，答应了，让喜妹帮自己穿好鞋，走出门去。见喜妹要跟来，林叔夜道："你在屋里收拾收拾，我陪着姑姑走一走。"

喜妹看了高眉娘一眼，只见她一步步走出去，并没有反驳林叔夜的意思，便留在了屋内。

这时月已升上树梢，周围一片漆黑。这座庄子坐北朝南，南边的庄门口有个月牙形的水池，原本后面的两进屋子破败后只剩下孤零零的那栋独楼周围，也都被刘三根开辟成了菜园。菜园再往北是一片十几亩地大小的树林，向西是黄埔村的农田，向东是一个凸起的小丘。为了保证高眉娘的安全，这时独楼周围都已经树了篱笆，将独楼与属于黄埔村的农田隔开了。

高眉娘走在菜园子的阡陌上，踩着月色下的泥土朝小丘走去。她走出二十几步便崴了一脚，还没跌倒，手已经被人扶住，回头一看，却是林叔夜。

"姑姑，你心魂不在家，不是因为累吧？"

高眉娘沉默着没说话。

林叔夜道："是在担心什么事吗？"

高眉娘看着月色，好一会儿才说道："刺绣不是下棋，不是推牌九，不是打马吊，输赢并非一目了然，有时候也要看裁判者的人心。"

"嗯？我不明白。"

高眉娘道："我听黄娘说，这海上斗绣，原来与……与广茂源有很大的关系。广茂源既有关系在里头，便能影响裁判。"

林叔夜"哦"了一声："所以姑姑是担心海上斗绣的时候，可能会遭遇不公。"

"不是可能会遭遇不公，"高眉娘冷冷地道，"是一定会遭遇不公！就算一开始没人反应过来，只要等后面我露了功夫，就一定会被针对。"

"姑姑，这个不是你要担心的，这是我的事。"林叔夜道，"我是庄主，你是师傅，刺绣方面的事情归你，运营方面的事情归我。你专心做好刺绣便是，其他的我和舅舅来解决。"

"凭你？呵！"

竟然被小看了，心里可真有些不爽，不过林叔夜按捺着没表露出来。一个人在没有展现实力之前被人小看，除了忍耐到自己展现实力的那天，没有别的好路。

然而高眉娘说："这些鬼蜮伎俩，我从来都看不上！你知道我一般是怎么应对的吗？"

"姑姑通常是怎么应对的？"

"压过去！用技艺压过去！"高眉娘冷笑道，"对方用石子阻路，就用千斤磨盘碾过去、压过去，压到对方粉碎！只要技艺足够高，则鬼蜮伎俩自然归于无形。"

这份豪情叫人听了当真热血沸腾，林叔夜道："既然如此，那姑姑还在担心什么？"

"要做到碾压，必须要有明显的差距，那差距要大到人眼都能瞧见，这才可以。"

高眉娘摘下了飞凰面罩，将半美半丑的脸暴露在月光之下。这一次，是狰狞的一面对着林叔夜，但他不忍看，便偏过头去。

"很丑，是不是？"高眉娘道，"你叫得我姑姑，又有求于我，可仍然不愿意看这半边脸……所以这张脸，我无论如何都要复原；那瓶古蜜，我无论如何都要拿到手！无论是谁，我都一定要碾压过去。"

她对着月光，长长舒了一口气："可是……这次的献绣，其中有一关我没把握。"

林叔夜忙问道："是哪一关？"

"外国人在的那关。"高眉娘道，"听说这海上斗绣跟外国人有关，所以评审里头会有一个外国人。"

林叔夜道："这又如何？"

"我刚才说过，刺绣不是下棋、推牌九、打马吊，输赢并不完全客观。"高眉娘道，"评审者的主观看法，影响也很大。正如一个人喜欢吃辣，那清淡口味的菜式做得再上乘，也有可能会被他嫌弃。"

林叔夜总算明白了："所以姑姑是摸不准外国人的……口味或想法？"

高眉娘没有回答，但这时候的沉默便是默认。

林叔夜忽然道："我从小就喜欢读书。如果当初不是老太太……"他顿了顿，还是没将话说出来，只是道："总之我读了很多书，各种各样的书，不只是四书五经，各种杂书我也读。读完段夫子家的藏书后，我又求了大哥，读完了陈家的藏书。和那瓶古蜜有关的事情，就是在那里读到的。"

　　高眉娘没有回应，因为她还没听明白林叔夜这话是要表达什么。

　　"除此之外，还有别的地方的书。只要能搞到，我都会去读，比如怀远驿的藏书。"

　　"怀远驿？"

　　"嗯，怀远驿。"

　　"那里头的书……"

　　"那里头的书，有许多是跟外国人有关的，有大食的，有天竺的，有暹罗的，也有佛郎机的。"林叔夜道，"如果将这些国家的事情跟姑姑说说，不知会不会有帮助？"

　　高眉娘笑道："好！"

　　这时她刚好侧对着林叔夜——月光照着那半边已经恢复了的脸庞，嘴角的笑容是真正的开心。林叔夜很理解这种愉悦的笑——他自己在听说了一本从未见过的好书并能得到的时候，就是这种心情——这是求知路上的欢愉，也只有好学的人才能有，因此这笑容一下子印到林叔夜心里去了。他心怦怦跳了两下，暗中带着冲动：我一定要拿到另外那瓶古蜜，帮姑姑恢复另外半张脸！一定要拿到！一定！

第二十五针　霍绾儿

京师，大内。

陈子艳毫无表情地检视着一套官袍，这是当今皇上要赐给首辅大学士张孚敬的。

忽然有个宫女走了进来。

"什么事？"陈子艳和气地问道。在广绣行，她的地位有如天上云，但在这皇宫大内，一切都得谨慎，哪怕眼前这人算是她徒弟，却也得结好。

"广州送来的东西。说是老夫人送来的。"

"祖母？"陈子艳有些意外。这些年来，或年节，或生辰，家里也不是没送东西来，但一般是以大嫂的名义送来，里头再包含祖母、大哥的书信物件，却从来没像今天这般，是以祖母的名义送来，还只是一包东西。

这究竟是什么？陈子艳便知道包里的东西多半不寻常。

她拿了出来，回到里间才打开，却发现是一块劣质的百花台布。

陈子艳皱了眉头，这样的东西也值得祖母万里迢迢地送来？她心知有异，便摸了起来，摸着摸着，一开始是不屑兼不解，待摸到花朵之中的隐线——忽然全身剧震。

她仿佛不敢置信一般，再次摸过去，这一回终于摸清楚了，可越是摸清楚，越是惊骇！

这怎么可能！这怎么可能！

她将百花台布抖开，借着窗口透进来的阳光，终于看见了那若隐若现的蝴蝶!

"百花隐蝶,隐线续丝……是她,是她!可是……这不可能!"

另一边,高眉娘又开始闭门刺绣。前面的工坊流水般地将加工过的绣地送进去,后园独楼每天开门两次,如此花了七天时间,改制出了三十二件半成品。

其间林叔夜进去送了两次画稿,高眉娘都不满意。第三稿出来,她开门看过之后,才欣然道:"对,这感觉对了。"

又是三日三夜不休息。在独手黄娘的帮助下,高眉娘赶制出了最后一幅作品。

独楼的门打开,林叔夜走进去时,只见独手黄娘瘫在绣架旁,高眉娘则坐在床边。她脸色苍白,指了指旁边的一个盒子,和上次一样,上面也贴了封条。

"可以准备……去澳门了。"说完这句话,她就闭上眼睛,倒在了床上。

林叔夜惊呼道:"姑姑!"上前一摸,只觉得她额头冰凉冰凉的,心中便如有一团火被燎了起来,担心得不行,又见独手黄娘趴在绣架上哼哼着,赶紧请了大夫来看。

"倒也不算大事,两人都只是用神过度,待我开两服药,喝下就好。"

林叔夜道:"她俩一个额头冰凉,一个额头滚烫,怎么是一样的?"

那个大夫倒也颇有门道:"那是体质不同之故,所以同因不同症。"他开了两服药,一服三剂。

高眉娘昏睡了一天一夜不醒,药、水、粥、汤都靠刘婶给灌了下去。独手黄娘则发高烧,汤药灌下去发汗后,体温稍降,之后半睡半醒。

林添财道:"这东西倒都准备好了,可她俩这个样子,这海上斗绣还去不去得成?"

林叔夜看着两人的样子,说道:"先将该准备的东西准备好,再等两天看看。如果姑姑身体能恢复，便去；如果不能恢复，那便再说。"

林添财道："也只能如此了。"

幸好高眉娘第二天傍晚就醒了，醒来后体温也渐渐恢复正常。人虽显得有些疲倦，眼神却已经清明，似乎只是大睡一场，反而是独手黄娘依旧高烧不断。

这时赛期将近，她对林叔夜说："准备上路吧……"她叹了一口气："黄娘看来是去不了了，让她好好养着。"

林添财早都准备好了，因黄娘不能随行，梁哥不愿出门，高眉娘便让黎嫂跟上，嘱刘婶看家，带上喜妹，一行人便前往澳门。刘三根驾船，这一趟的人员比上次多了几个。

他们来到澳门，却见这里的市集上人们摩肩接踵，热闹得不得了。林叔夜看了后说："看来这海上斗绣，也把澳门的行情给带动了。这个大比的主办方，胸中大有丘壑。"

林添财嘿嘿笑了两声，林叔夜问他："舅舅知道什么？"

"嘿嘿！"林添财压低了点声音，说道，"因为我们自己要参加海上斗绣，所以这段时间我经常左右打听。我跟你们讲，听说推动这海上斗绣的幕后金主，最大的一家就是广茂源。"

林叔夜先是诧异，诧异过后就变成了钦佩："是大哥？"

"嗯，听说就是陈子峰搞的。"

林叔夜忍不住赞叹道："大哥深谋远虑！他真是经商的奇才！粤绣一行有他掌舵，不兴旺都难啊！"

他们说话的声音不大，但也没避着旁边的高眉娘。飞凤面罩上方的眼睛扫了过来，高眉娘发出几不可闻的一声冷笑。

林添财道："也就是模仿广潮斗绣，办一个海上斗绣而已。我觉得他就是乱花钱、瞎折腾，算什么深谋远虑？"

高眉娘朝他看了过来。她跟林添财向来不对付，只是没想到他说出来的话也有顺耳的时候。

林叔夜却道："这可不是乱花钱、瞎折腾！这事如果办好了，干系可大着啊。不只是对陈家，对粤绣之提升，乃至对整个大明丝

绣行业的影响，怕都是难以估量！我大哥他当真是个奇才！"

"陈子峰真是个奇才！绣行之中出了这样的人物，也是异数。"

几乎相同的言论，来自一艘刚刚出港的海船。船舱之中，坐着一个年约双十的女子，相貌端庄秀雅，因为从来没出过海，每至海船动荡，她欲呕吐，却仍然强忍了下来。

霍绾儿是个极其理性的人，理性到即便在外人看不到的地方，也还是端端正正地坐着，不因为海船动荡、脏腑翻腾而身子歪斜。

旁边的丫鬟道："姑娘，那陈子峰奇才不奇才的，跟姑娘有什么关系？你不远百里从南海跑来，还要坐船出海，真是何苦来哉。"

"未必没关系……"霍绾儿用丝巾捂住了口鼻，以阻止时刻要喷涌出来的脏腑恶气，"祖父让我自择夫婿托付，自择一业安养，我看上的，便是这丝绣……"

恰好一个海浪拍来，海船又荡了一下，打断了女子的言语。

这个秀雅端庄的女子，便是陈杨氏口中的那个霍家孙小姐、当朝重臣霍韬的义孙女。她虽然也姓霍，却是霍家的旁支，出了五服的门户，从小家境贫寒，七岁时以一个机会进了霍家，因磨得一手好墨水，便被霍韬留在了书房。霍韬一开始只把她当一个丫鬟用，后来知道是同宗，赶紧按照辈分认作了孙女——霍韬是士林的领军人物，以同宗幼女为婢是会被读书人诟病的。从此之后，霍绾儿的命运就发生了巨大改变，磨墨整书之余，也有了读书的机会。霍韬偶尔指点了两句，发现她竟能举一反三，惊喜之余也对此女高看了几分。

霍绾儿不但读书有天分，为人处世也很有分寸。相处下来，霍韬只觉处处贴心——一开始认义孙女只是为了不贻人口实，到后来就真当亲孙女对待了。但再怎么觉得贴心，毕竟不是嫡亲的孙女，年纪大了也不好留着，因此便有了出阁之许。

因长年伴随霍韬，霍绾儿的见识、眼界自然而然就高了。不过难得的是她拎得清世态好歹，看得明人间险恶，也并未真将自己当成千金小姐。她知道自己若去求嫁个官宦人家，以霍韬如今的权势未必办不到，但过门之后的福祸难料，因此不求嫁与高门显贵，只求夫婿人品佳良。

霍韬见她如此，反而更加中意，又许了一份嫁妆：可以在霍家产业之中择一处庄子，也可以在广州或佛山择一业经营。

霍绾儿一番思索之后，便选择了后者——霍家的田庄是有数的，霍老嫡亲的子孙都盯着呢。自己毕竟是血脉外的人，平白拿了怕是会被霍家嫡亲子孙猜忌，往后说不定要生出事端来，就算有霍老镇着，日久天长也要生罅隙；倒不如择一业经营，以霍韬如今的权势，只要放出风声，都不用霍府和自己出钱，自然会有人来行方便、做投献。自己再用心经营，将来有了成果，还可以反过来分一部分孝敬霍家，如此一来便能与霍府形成利益共同体。

想明白了这一点后，霍绾儿便不再犹豫，于广、佛两地挑选产业，挑来挑去便挑中了刺绣：一来自己一个女子，经营刺绣正合适；二来这个产业风险小，不像盐、铁那样敏感且凶险；三来等以后站稳脚跟，从刺绣往上延伸，又可以向丝布业发展，前途不可限量。

果然，霍韬听说她想经营刺绣后也十分赞成。儒家最重"男耕女织"，义孙女去做刺绣，对他的官声不会有任何妨碍，他便当下放出风去。不两日，便有丝行、布行、绣行的人来行方便，其中以茂源绣庄献上的"礼物"最合心意。

于是短短数月时间，广绣行里便有了"霍姑娘"这号人物。她暂时没有铺面，没有绣庄，手底下甚至没有绣工，但所有知情人都知道她会有的。

但霍绾儿也并不想坐享其成，她知道以霍韬的面子，自己要白吃几年饭容易，但想要长久，终究还是得真正入行，因此便寻求机会介入广绣行的事务。这次海上斗绣的事情她自然也不会错过，而广绣行的人知道她的意愿之后，自然也就顺水推舟，邀请她来当海上斗绣的主评。这其实也是斗绣的惯例，历来斗绣的主评并不全是绣评人，其中不乏达官显宦，因为他们手中不仅握有权力，更是顶级绣品的消费者。斗绣去到最高层面，主评甚至就是宫中的贵人——贵妃、皇后,甚至太后、天子——所以茂源绣庄邀请霍绾儿来做海上斗绣的主评,无论是广绣行,还是潮绣行,对此都没有意见。据说这位"霍姑娘"是服侍过太后的人,这等通了天的人物来主评海上斗绣,其实无形中也给海上斗绣提供了一把保护伞。

霍绾儿在受邀之后,也设法了解了海上斗绣的各方面情况,一开始还以为这只是陈子峰折腾出来的一个面子比赛,但深入了解之后,才发现海上斗绣背后所牵涉的利益之大,竟是远远超出了自己的想象!

又一个海浪拍来,打断了霍绾儿的思索。她没忍住,呕了出来。丫鬟屏儿服侍了她漱口后,为了分散她的注意力,说道:"斗绣什么的,咱也不当回事,不过听说这次陈家那个夜少爷也会参加。"

"嗯?"霍绾儿的心主要放在事业上,所以一时竟没反应过来。

"就是茂源绣庄那个庶出的三少爷啊。"

霍绾儿"哦"了一声,点了点头。

"要说这位夜少爷的出身,也真是太差了些。"屏儿说道,"不过,我让人偷偷去相过,他本人长得还蛮俊的,听说还读过书,能出口成章呢。这两件倒还能跟姑娘配一配。"

霍绾儿"呸"了丫鬟一声:"胡闹!"

"姑娘居然还会害羞!"屏儿嘻嘻笑道,"许多事情,别人都有爹娘、兄弟帮衬,姑娘却总是自己设法。但有些事情,姑娘不好想、不好做,不就得屏儿帮姑娘想、帮姑娘做了。"

霍绾儿的手指在丫鬟脸上重重一点:"行了!别说了!羞死人!"她虽然理性,但毕竟是没出阁的姑娘家,听到这种话不免有些难为情。

屏儿是疍家女出身,所以不怕风浪,能被霍绾儿带在身边,于她乃是良遇。两人名为主仆,但情同姐妹,这时候话题说开了,屏儿便一股脑倒出来:"那个夜少爷虽然出身不好,但听说广茂源给他配了资产,是一座绣庄,地方在黄埔,这不与姑娘所谋暗合了?"

听到这里,霍绾儿低头沉吟。一涉及利益算计,她就格外冷静。

"另外,"屏儿说,"广茂源的庄主一直膝下无儿,只有二女。据陈老夫人说,将来夜少爷娶妻生子后,如果生有男丁,会考虑选其中一个过继给陈庄主继承广茂源。"

霍绾儿"哦"了一声,淡淡地道:"有心了。"

屏儿说道:"姑娘,这次海上斗绣,咱们就趁机相一相这夜少爷,看他是不是真有那么俊。"

"男儿最重要的是品性。"霍绾儿说,"出身、家财、相貌,那都在其次。"

屏儿嘻嘻笑道:"出身、家财,屏儿替姑娘去打听了;相貌和品性,那就姑娘自己去相,嘻嘻。"

这时又一个海浪打来,船舱一晃,霍绾儿的身子也跟着一晃,这回她却没有呕吐。屏儿笑道:"一说起未来姑爷的事,姑娘都不晕船了。"

霍绾儿薄怒起来,骂道:"你个小丫头片子,越来越没大没小了!"

幸好这段航程不算很长,没多久便到达一个小岛。小岛的背风处港湾已经停泊了八艘大船。听到霍绾儿到达的消息,有一艘船迎了上来,站在船头的正是这次海上斗绣的主评审梁晋。等船停稳了,他便跳过来道:"咱们这次海上斗绣真是倍有面子,连霍家孙小姐也纡尊降贵来做评审!梁晋有失远迎!"

第二十六针　宗师参比

林叔夜他们一行人在澳门住了一宿,联系上了主办方,第二天便跟其他参比者一起坐船出海,转到海上来。行有半日,便望见一岛,无数大小船只靠岛停泊,中间是八艘三桅大船,用铁索连成一体,那便是这次海上斗绣的主赛场了。

参比的人也都住在船上,大来头的住大船,小来头的住小船。献绣时他们是用"黄埔绣坊"报的名,但这次在省城改了名字,便拿了回执跟主办方沟通了一番,改挂"凰浦绣庄"的名字来参比。主办方分给了他们一艘小船,林添财去交涉了一下,多争取到了一艘,当下男、女两边分开住。船舱用来睡觉,吃饭、做饭等日常活动在甲板。这两艘船都是要给钱的,价钱相当于澳门客栈的两倍,好处是可供应清水、蔬菜、米面,不过也得出钱购买。

林叔夜怕船摇晃了导致高眉娘睡不好,就跟刘三根商量,雇了两个水手将两艘船推至水浅处,在那儿搁浅,如此,几乎是像嵌在滩上一般安稳了。且这么一来,也跟其他船只保持了距离。

刚放下东西,林添财这地里鬼就出去钻游了,钻到太阳快落山才回来,喜妹刚好做好晚饭。他气喘吁吁地在甲板上坐下,喝了喜妹端过来的一碗汤后,说:"要糟!要糟!"

林叔夜沉得住气,高眉娘淡漠处之,喜妹不敢乱开口,刘三根不管刺绣的事,所以只有黎嫂道:"舅老爷,咱才到赛场,你说这话不嫌晦气。"

"哎呀,你不知道!"林添财说,"这一次的斗绣,竟然高手云集！我跟几个参加过往届的聊过,这一届的水准要比以往高多了。真是莫名其妙。"

黎嫂就问："有什么高手？"

"海外的参比者,听说这次来的真不少。"林添财屈指数着,"朝鲜、琉球、日本、越朝、暹罗、果阿、吕宋……都有刺绣师傅过来参加。"

黎嫂在广州不算刺绣高手,面对这些外国同行却有心理优势："这怕什么,咱们大明刺绣天下第一,这些海外来的师傅就算有几分能耐,跟咱们姑姑也是不能比的。"

林叔夜也点头："对,主要还是看海内。"

这倒不是他们傲气,而是大明的刺绣水平跟其他国家拉开了明显的距离。

"海内来的人也不少。"林添财说,"以往参加的绣庄大多来自广东,再来一两个福建的、广西的凑数,但今年听说连浙江、南直隶那边都分别有一个绣坊来了。"

林叔夜听得一怔,随即拍掌道："果然如此！"

林添财不解："什么果然如此？"

"咱们再看看,等看明白了再跟舅舅细说。"

高眉娘原本漠然得仿佛置身事外,听到这里,意外插话问道："苏州有来人没？"

"苏州倒是没有绣坊来参加。"林添财说,"但听说评审里头,有一个苏州的。"

黎嫂道："那也没什么,其实还是看广东。"

她说这话倒不是自大,一来如今广东的刺绣水平的确是高,二来这里是广东的主场,其他省份的第一流人物未必会大量涌入。只要苏、湘、蜀三家不派高手,黎嫂想着以高眉娘的能耐,应该可以轻松拿到名次,变数只是在广东这边。

"这就是最麻烦的地方了！"林添财道,"今年广东十大名庄不知道抽了什么风,全部派了高手来！除了广茂源和潮康祥,其他八大名庄,派出的都是最好的大师傅——往年只是分坊的师傅过来，但今年来的都是他们总庄的大师傅。比如广泰奇，来的就是一对叫徐美娟、徐美凤的老姐妹。"

黎嫂一听，叫道："哎哟，这可真是来了能人了！这对老姐妹的刺绣，其名气在西关响了二十几年了，尤其是她们对坐四手联针的能耐，看着都赏心悦目。省城不少豪富之家嫁女儿，都请她们去做嫁妆主针的。"

林添财道："广泰奇除了这两姐妹，还有另外一位大师傅。此外其他名庄，至少也都是三位大师傅。"林添财又点出了几个名字，里头有黎嫂听过的，也有黎嫂没听过的，但都是大师傅级别的人物。黎嫂原本对能来海上斗绣见世面而兴奋，这时听着听着，便有些畏缩了。

林叔夜忽然道："为什么这八大名庄，大师傅来的都是三人？"

这个问题可把林添财给问倒了，他都没想过这也算个问题："也许……凑巧？"

林叔夜又问："八大名庄都这样，那广茂源和潮康祥呢？"

黎嫂道："他们两家，想必看不上这海上斗绣。"

"你又错了！"林添财道，"他们两家不但看得上，而且是太看得上！这两家今年来的人，简直离谱！"

"怎么个离谱法？"黎嫂和喜妹同时问，都被吊起了好奇心。

"这两家，都来了一位宗师。"

众人听了都大吃一惊！

"宗师？要放在往年，十大名庄连本庄都不来人的，都是以分坊的名义参加。"林叔夜不可置信，"这次广茂源和潮康祥竟然出动了刺绣宗师？"

林添财道："是啊，你猜广茂源来的是谁？"

"谁？"黎嫂和喜妹齐声问道。

"袁莞师！"

这个名字喜妹不知道，黎嫂却听得倒吸一口冷气。

袁莞师可是粤绣领域鼎鼎大名的人物，资历老，功夫深，在被广茂源招揽之前便不知被多少大户追捧着——都说只要得了袁莞师，再建一座名庄也不在话下。其针法既博又精，博者号称"诸法皆通"，精者有数项，其荔枝绣更是独步天下——整个大明无能出其右者——号称"十二年来天下第一"！

这种能在一个领域号称"天下第一"的人物，去到哪里都受人尊崇。

黎嫂原来也是广茂源的人，几年前曾参加过一个袁莞师主导的指导局，只不过指导她的是另外一位大师傅。围拢在袁莞师身边的，全是广茂源内部天资出众的绣娘。黎嫂自知没那个资格，也不敢靠近，但当时远远望过去也是十分羡慕的。这时听到广茂源为了这场海上斗绣竟然出动了这位刺绣宗师，虽然不明原因，却也不禁想：能让广茂源出动袁莞师来压场，那这次斗绣真的是高手云集了！本来在听说来了好些有名的大师傅时，她就已经有些畏缩了，想到这里更是心里打鼓，怯场起来。

林叔夜看了高眉娘一眼，却道："莞师来便来了，反正我们也不是为了争取整个斗绣第一，只要拿到名次、奖品、订单，于我们来说便是赢了。"

林添财点头称是，忽然听到两声轻轻的冷哼。他循声看去，果然——冷哼声来自高眉娘。

林叔夜道："姑姑？"

高眉娘不语。

林添财道："高师傅，我知道你心气高，但广茂源把袁莞师都请动了，你该不会还想争冠吧？阿夜说的才是正理，回头我们拿到名次、奖品、订单，便算达到目的了。"他虽然怀疑高眉娘也达到了宗师水准，但当对面站的是袁莞师，他就觉得高眉娘没有胜算。

高眉娘冷冷地道："就这点心气，还办什么绣庄！回头拿了奖金，回潮州种田去吧。"她撂下这两句话，转身回舱去了。

喜妹赔了一笑，也进去了。

黎嫂啧啧称奇："咱们这位大师傅什么都好，就是好胜了点，那可是袁莞师啊！难道她连袁莞师也敢斗？"黎嫂虽然被高眉娘的绣技折服，如今是打心里尊重她，但不相信高眉娘能跟袁莞师一战。

　　林添财见林叔夜低头沉吟，劝道："阿夜，你不会被她一说，就真的心动，准备去夺冠吧？"

　　"我想的是另一件事情。"林叔夜道，"舅舅你快吃饭，吃完辛苦辛苦，再去打听一下。"

　　"还打听什么？"

　　"别的不用打听，就打听一件事：为什么八大名庄都来了三位大师傅。"

　　林添财一怔，随即想起广茂源和潮康祥除了一位宗师坐镇，也分别有两位大师傅。这样一算，十大名庄便全都来了三大高手——这就不是巧合了。

　　那边林叔夜将饭食给高眉娘主仆送了进去，高眉娘不言不语，就在舱里吃了起来；这边林添财狼吞虎咽，没两下吃完，不顾天黑又跑出去打听。他这一次花了好大的功夫，终于打听到一个传闻——吃了一惊——又怕消息不确实，便再花银子，塞给其中一个名庄的大师傅，才买到了确切的消息。他赶紧跑了回来，气呼呼地大叫："欺负人！欺负人！太欺负人了！"

　　林叔夜等都走到甲板上："怎么了？"

　　林添财却摆手："进舱说！"

　　除了刘三根在外头把风，其他人都进了船舱。林添财才说："过分！他们竟然临时改了参比章程！"

　　"什么？"黎嫂一惊，林叔夜却早有心理准备，高眉娘仍旧淡然。

　　"改了什么？"林叔夜出声问道。

第二十七针　临比改章

坤八号船舱，丫鬟屏儿拿了一张纸进来："姑娘，你看。"

霍绾儿接过看了一眼："嗯？怎么临时改了章程？"

屏儿道："梁晋说这次来参比的人数比以往多了不少，所以想要去芜存菁。"

霍绾儿略一沉吟，说："真是这样？罢了，于我也无影响。"

于她没有影响，于林叔夜的影响可就大了！

林添财咬牙切齿地道："别的也就算了，可是那第二关，竟然要求参比的绣庄至少要出动三个师傅，说是赛事需要。"

"什么样的赛事？"

"现在还不知道！"林添财气愤地道，"但第一关'首关献绣'之后，第二关实际上就是第一场现场斗绣，到时候一定要有三个师傅出手，这是肯定的了！说是如果不能，就当是主动退赛。"

这个要求，说过分也过分，毕竟与往年都不一样，又是临时改制，对没来得及准备的人肯定是不公平的，尤其对小绣庄来说，必定是难受的；但说不过分也行，毕竟要求一个绣庄至少有三个师傅也算正常，没有才是不正常的。

林添财之所以气恼得不行，就是因为凰浦绣庄眼下就属于"不正常"，他们连三个人都凑不齐！

黎嫂听说袁莞师亲临，本来就有些发怵，这时看看高眉娘，再想想自己，说道："就算我也上，可咱们还从哪里再找一位师傅来？"说着看向喜妹。

林叔夜和林添财都是不会刺绣的,这船上会刺绣的就只剩下喜妹。喜妹吓得叫道:"我……我不行!我不敢!"她还是个学徒,虽然最近得了高眉娘的指点,但毕竟时日尚短。

高眉娘一向冷冷的,不管林添财怎么咋咋呼呼,都是一副天塌不惊的模样。直到这时,她也皱起了眉头,因为她能耐再大,这时也变不出一个人来。

"若是黄娘或梁哥在就好了。"她轻轻叹了一声。

"'一只手'病了,那是没办法。"林添财道,"可要早知道,我就把那个娘娘腔给绑来!"

林叔夜道:"现在说这些没用……"他低头想了想,对林添财道:"舅舅,你打听这个消息时,花钱了没?"

林添财更是恼火:"当然花了,前后花了五两银子!哎呀,我牙疼。"

林叔夜道:"那咱们先想办法把亏了的钱赚回来吧。"

林添财一怔。

林叔夜道:"现在消息还没传开……我看这个赛场,有的绣庄只租了一条船,我们尚且租了两条船,还有人直接在岛上扎帐篷,显然是有比我们还小、还穷的绣庄。"

"那是。"林添财道,"还有单人来参赛的,不过也都是挂在一些绣庄名下。"

林叔夜道:"那舅舅就去把这个消息卖给他们。五两银子他们未必出得起,但舅舅卖多几家,说不定能回本。"

林添财本来瘫痪一般地靠着船篷,听到这话就像吃了仙丹一样活了,叫道:"好外甥!好外甥!舅舅没白疼你!"也不管天黑,他活力十足地跳着出去了。

高眉娘凝视林叔夜:"你在想什么?不会真为了找补那几两银子吧?"

林叔夜也不解释:"先看看。"

林添财果然好本事,出去窜了一个多时辰,也不知道对接了多少人。果然,知道这个消息的只有十大名庄,其他绣庄和参赛个人并不知道。虽然不是所有人都愿意买消息，但林添财还是把消息卖给了七八家，兜回了五六两银子，笑吟吟地回了船。

这时已是亥时，林叔夜看着外头，见停泊在这里的船只，一艘又一艘地亮了起来。他对舅舅说："消息传开了。"

林添财道："那肯定！如果只是我一个人买到了消息，也许还能保密，但多了七八家知道，肯定就泄露了。"

"那挺好。"林叔夜说。

再过一会儿，不但亮灯的船越来越多，而且有了叫骂声，更有一些人聚集起来，上了大船去讨说法——这次海上斗绣的主办方自然是住在其中一艘大船上的。不但是那些凑不齐人的绣庄在闹，一些人数勉强够的也很不满，围观着助威。

林添财大喜："好办法！好办法！阿夜，这其实才是你的真实想法吧？哈哈！对，把消息漏出去，一定会有人上去讨说法的！主办方惹了众怒，说不定就得把章程改回来。最妙的，是还回笼了钱，哈哈哈哈……"

回笼了钱才是最重要的！他的牙疼一下子就好了。

林叔夜却摇头："不大可能的，因为没有众怒。"

"啊？"

林叔夜道："十大名庄都早有准备，其他绣庄、绣坊，就算没准备，应该也有很多能派出三个人来。最后像我们这样，连三个师傅都凑不出来的，不会是多数。多数人闹事，主办方会退让；少数人闹事，直接镇压就是。"

林添财道："那该怎么办？"

黎嫂也忧心忡忡："对啊，如果闹事的人不多，主办方怕就不会退让。"

林叔夜对高眉娘和黎嫂道："接下来的事情，我和舅舅来处理，姑姑和黎嫂到那边船上休息吧。你们要睡好，接下来才有精神参赛。舅舅，今晚我们辛苦点，下半夜还有事情要做。"

"行！"林添财摸了摸赚回来的银子，还别说，这种失而复得的银两，摸起来格外亲切——就像走丢了的亲儿子回家！

黎嫂不明就里，高眉娘却道："就听他的吧。"她说完便带着黎嫂、喜妹回那边船上去了。

去闹事的人果然没多久就被轰了下来，虽然他们还在不停地咒骂。林叔夜甥舅在黑夜中听了几句，便知主办方根本不理睬他们，但也没有否认这个"传闻"。

于是那些自忖能凑够三个师傅的便都消停了，悄悄回去筹谋。那些凑不够的，还有单人参比的，则有些慌乱。

"差不多到时间了。"林叔夜对林添财道，"舅舅，你去帮他们出主意吧。凑不够人的、落单的，多半都没什么钱，这次就不赚他们银两了。"

"什么主意？"

林叔夜道："赛程忽然改变，咱们凰浦绣庄参加不了，肯定有别的绣庄也参加不了，既然如此，多半就会有凑不齐人的绣庄，或者落单的师傅。大家分开了都没办法参加，但如果调剂调剂……"

林添财哪用等他说完，早就大喜起来："妙！妙！妙极！"

他便又出去"助人为乐"了。

两艘船靠得近，他们甥舅在这边甲板上说话，那边船里黎嫂还没睡着，靠在舱门边听到了。她忍不住道："庄主虽然是好心，但这好主意不该自己先用吗？怎么去帮了别人？"

喜妹心思单纯，也说："对啊。"

高眉娘已经躺下了，闻言轻轻说道："得让别人都有了这个心思，他才能找到落单的人。甚至不用等他去找，别人也会找上门来。"

黎嫂"啊"了一声："对，对，是这个理！"忽然醒悟："怪不得之前庄主让舅老爷去卖消息，原来不是贪图那几两银子，也不是要让人去逼主办方退让，是落在这里啊！"

喜妹道："原来是这样啊！庄主真是聪明！"

高眉娘轻轻地道："陈子峰的弟弟，有这种心机不奇怪。"她挥了挥手："睡吧。"

黎嫂忙道："对，对！免得明天没精神。"她想着自家庄主有这份智谋，那自己也不用太担心了，刚躺下便打鼾。

高眉娘却难以入眠。这艘船篷顶不密，间有几缕月光漏进来，她看着那几缕月光，当年的某些画面一晃而过，回忆带来的不是温馨与思念，却是一种银牙咬碎的痛恨。同时黄娘的警告也在脑中响起："那是两兄弟，必是一样的人！姑姑，同样的坑，你可万万不能掉进去两次！"

林添财这一出去，没多久局势又为之一变。果然，那些落单的师傅和凑不够人的绣庄、绣坊便都动了心思，互相串联起来。林添财便可"任凭风浪起，稳坐钓鱼台"，透出一点口风之后，反而引得别人来招揽他。

他暗中品评，筛掉了两个不靠谱的，最后带了几个人回来。领头的人是潮州一个小绣庄的庄主，原本也是个揽头，跟林添财是旧相识，最近攒了一个绣庄，因眼红海外的订单，便带了两个师傅来参比。不料主办方临时改章，他正如热锅上的蚂蚁一样着急，猛地听说林添财也缺人，当下一拍即合，跟了林添财过来谈合作。

林叔夜怕吵到高眉娘、黎嫂她们休息，请刘三根看好船，自己引了人到沙滩上去谈判。这个庄主五十多岁，面相颇为精明，本来被林添财压着已准备屈服，但在火把照耀下看到林叔夜那张带书卷气的脸上一根胡须都没有，心里就忽然变了卦，问林添财："老林，原来你们绣庄不是你主事？"

林添财道："是我外甥主事，我给他帮衬。"

"这样啊。"那庄主又上下扫了林叔夜两眼，"要合作倒也可以，我们这边两位师傅，那都是一等一的高手，你们这边有几位？"

林添财正想吹两句，林叔夜已经老老实实地说："我们这边有一位大高手、一位普通的师傅。"

那庄主道："那我们可比你们强。我这边的两位都不是普通的师傅，都是高手。这样吧，你们那位普通的师傅就不用来了，我们这边出两人，你们那边出一人，那位普通的就当备选，就让你们那位高手来，凑成三人参比，拿到的奖品、订单，我七你三。"

林叔夜还没回答，林添财勃然怒道："邓老二！刚才可不是这么说的！"

第二十八针　暗中横手

"刚才？"邓老二道，"刚才还以为是你开的绣庄呢，却原来是你外甥的。一个小后生开的绣庄，能有多少底蕴？"

他瞥见林添财神色不善，便缓和了一下语气，对林叔夜说："这样吧，看在跟你舅舅一场旧相识的情分上，我吃点亏，我六你四，我们仍然出两位师傅。但是，要用我们潮大发绣庄的名号来参比。"

林添财"呸"了一声，吐在沙滩上："去你的潮大发！你那个破绣坊，最多七八个绣工、十几个绣架，也敢叫绣庄！"

邓老二不悦地道："我的绣庄破，你们的能好到哪儿去？林貔貅，你有多少斤两，我也清楚得很！行吧，我再退一步，奖金和订单，五五分成，但名号必须挂我们的。"

林叔夜道："名号必须挂我们凰浦绣庄的，这个没的商量。至于分成，且看到时候大家各出多少力。"

邓老二冷笑道："各出多少力？现在不说死，到时候谁说得清楚！"

双方没谈拢，当下不欢而散。

林添财骂骂咧咧的，见林叔夜还看着那三人远去的背影，劝道："阿夜，别想了，这个老邓的脾气我清楚，现在故意走是吊高来卖。咱们要是主动去找他，他肯定要压着我们提更苛刻的条件；但如果我们熬得住，他反而要靠过来。"

林叔夜道："哦，我不是看他，我是看他带来的其中一位师傅，总觉得背影有些眼熟，而且她刚才走几步还回头看我们。"

"嗯？哪个？"

"就是高挑的那个。"

邓老二带来的两个师傅,其中一个是黄脸婆,另外一个个子高挑,却用一块大头巾包着头,说是有点伤风。林添财当时也没怎么留意,这时再看,却见三人已经走远,也看不大清楚。他也不理这些不重要的事情,低声抱怨外甥:"阿夜,你快留点胡子吧。你这模样就像个刚刚学做生意的秀才公,谁看了你都想压你的价。"

林叔夜摊手:"可我就是个刚学做生意的秀才公啊。哦,我连秀才都不是。"

林添财道:"你留点胡子,可能就好些了。"

林叔夜抬头望天,想了想,说:"舅舅,你挑了这个人来,应该是有过考量的吧?"

"嗯。"林添财道,"这个邓老二虽然没什么实力,为人又市侩,不过有一桩好处,就是说好了的事情都愿意认,不会轻易反悔,所以我才挑的他。"

"找人合作,先看人品。他有这人品,那就可以合作。还是找他吧。"

"咱们上门去找他?不行!我们得吃大亏咧!就杵着,等他顶不住来找我们吧。"

"可我们这边比较挑人,万一他那边不挑……"

林添财打断林叔夜:"阿夜,我跟你说,做生意就是赌心性!你有这样的想法,人家不压你价才怪呢!"

"这……好吧。"他虽然在关键时刻有魄力、有决断,偶尔能出奇谋,但说到日常做生意的心机韧性,跟跑了几十年江湖的林添财还是没法比的。

可过了好久,也没见那个邓庄主回来。林叔夜对林添财道:"舅舅,快四更了。"

"四更也得等!"林添财将竹棍插在沙滩上,"熬着!熬到对方撑不住。"

林叔夜想了想,说:"我们这次来参比,要的不是订单、奖品的多少或有无,为的是筹集广潮斗绣入门所需的银两,以及那瓶作为奖品的古蜜。只要能达到这个目标即可,其他的……吃亏就吃亏吧。相反,为了把对方的开价压下来而端着,万一他们真找了别人……咱们要是没了参比资格,那样反而误了大事。所以还请舅舅去跟他谈,就说我们愿意让步,但还是得挂我们凰浦绣庄的名号。到时候得了奖品,我另外出钱赎买;得了订单,他六我四。"

"那……那太吃亏了!"林添财说,"他那破绣坊,能有什么好师傅?咱们这边可是真有一位厉害人物的。不如我另外再去寻一个落单的师傅来凑数吧。"

林叔夜指了指本来亮着灯,如今熄灭了一大半的船舶群,道:"已经四更天了,看灭灯的情况,只怕大多数人都已经想到办法了。现在再去另外找,未必能找到更好的。与其找一个随时可能捅我们刀子的,不如找一个人品还过得去的。"

林添财不禁又是肉痛:"你们这些读过书的啊……就不该做生意!亏死你算了!"

林叔夜笑道:"老子说:将欲夺之,必古予之。我们先吃点亏,只要实力在,后面一定有办法拿回来。"

"老子?你跟我说老子?我还是你舅舅呢!"

话虽这么说,但林添财还是听了林叔夜的,忍着不满去跟那个邓老二妥协。邓老二眼看占了林添财的便宜,乐得笑意都藏不住,忍不住对林添财说:"老林,你啊,还是趁早自己干吧。你那个外甥,做买卖不行!"

林添财一听就不乐意了,哼了一声,就想把林叔夜坑一撮毛的"光辉事迹"拿出来炫耀,可话到嘴边忽然吞了回去,心想:其实人人以为阿夜老实可欺,未必就是坏事;他要是把精明都写在脸上,一撮毛可就没那么容易上当了。

那八艘大船用铁索连在了一起,赛场设在甲板上,船舱则成了主办方和权势者休息的地方。广茂源的人独占了其中一艘,这时都四更天了,同行的师傅们早歇下了,其中一个舱的灯却还亮着。一个身材肥胖的公子哥儿正看着窗外,嘴里嘟哝着抱怨——这人竟是林叔夜的二哥陈子丘。

"大嫂真是无好带歇①！让我大老远地跑来，干什么破事！"陈子丘打着哈欠，"大半夜还吵吵闹闹，这船还这么晃啊晃的，叫人怎么睡得着！"

这船虽然庞大，毕竟不如陆地上安稳。他忽然指着远处几艘推到沙滩上的小船，说："去，跟他们说，也把我们的船推到沙滩上。"

旁边的歪嘴伴当就答应了，出去一会儿回来说："二少，他们不肯，说小船搁浅推回来容易，大船要是搁浅，再要推回来就麻烦了。而且八艘船都已经用铁索连住了，动不了！"

陈子丘又忍不住骂骂咧咧了几声，便在这时，有人报袁莞师和胡嬷嬷来了。陈子丘虽然怠懒，但听说袁莞师来了，也不敢太怠慢，否则回头传到陈子峰耳里，非吃一顿打不可，赶紧让人请进来。

就见两个老妇人走了进来，当头的五六十岁年纪，脸上已有皱纹，头上却一根白发都没有，走路时目不斜视，气度十分沉稳，这便是鼎鼎大名的刺绣宗师袁莞师了。她成名三十余载，本名在行内早就没人提起，只因姓袁，籍贯东莞，所以人称袁莞师。

跟着她一起进来的，是陈老夫人贴身的那个胡嬷嬷。陈子丘一边打哈欠，一边招呼两人。坐下之后，胡嬷嬷便将刚才外头发生的事情简略说了。

"吵吵闹闹了这么久，原来是为这破事！"陈子丘打了个哈欠。他虽然长得人高马大，但早被酒色掏空了身子，困得要命，偏偏又睡不着："连三个师傅都凑不齐的庄子，那都得是什么庄子啊，居然也敢来参加斗绣！"

胡嬷嬷说："二少，这刺绣行当，其实像我们十大名庄这样的本来就不多，大部分其实都是在家里做的散户，靠着揽头把她们的绣品收集起来卖。这几年海上斗绣斗出了一些名头，一些参加斗绣的人都拿到了海外的订单。这名声出去了，就有些人动了心思，临时攒了个庄子来参加，也是有的。"

---

① 带歇：广东方言，意为关照、提携。

"这都什么人!"陈子丘说,"乱七八糟地往这里冲。咱们广东有广潮斗绣也就够了,也不知道大哥弄这个什么斗绣有什么用处。"

袁莞师一听,眉头微微皱起,咳嗽了一声,说:"二少爷,这次如果不是老夫人授意,这个海上斗绣我也是不会来的。虽然我也不明白庄主推动这海上斗绣有什么用处,但以他的英明,想必不会无的放矢。你是他二弟,在外人面前说这种话,传出去有损庄主的英名,更伤了兄弟间的和气。"

陈子丘最怕被人说教,但不敢顶嘴,便只是道:"是是是。"态度却十分敷衍。

胡嬷嬷跟着将梁晋回绝闹事者要求的事说了,陈子丘连声叫好:"就应该把这些乱七八糟的庄子给扫除了才好。毕竟是咱们弄起来的斗绣,如果不弄点门槛,什么阿猫、阿狗都来,传出去多难听。"

再跟着,胡嬷嬷就说起了凰浦绣庄的事情。袁莞师一听,问道:"凰浦绣庄?"但她的讶色还没引起注意,便被陈子丘给盖过了:"就是那绣房崽的庄子吗?"

"对。"胡嬷嬷道,"听说他上次从总庄回去之后,就鼓捣着要自立,还改了名字。"

"自立?改名?"陈子丘抽了抽嘴角,冷笑道,"凭着他那几斤几两,也敢自立,就不怕亏死他!他们来干什么?"

胡嬷嬷道:"大概也是看上了能在这海上斗绣拿到的海外订单。"

"他想得美!"陈子丘叫嚣道,"去跟梁晋说,直接把绣房崽的绣庄给除名!叫他斗绣都参加不了,看他怎么拿订单!"

袁莞师一听,眉头就皱了起来:"这怎么可以!这不是耍手段吗?"

"怎么不行!"陈子丘冷笑着,"难道梁晋还敢不听我的话?他们这些评绣的,不都靠着我们这些卖绣的过日子吗?敢不听我的话……他还干不干了!"

第二十九针　开锣

胡嬷嬷道:"二少,这事最好还是按规矩来。"

"规矩!规矩!"陈子丘叫嚣了起来,"这斗绣是广茂源办的,现在大哥不在这儿,那老子的话就是规矩!"

袁莞师实在听不下去,拿起几上的茶盏重重一蹾。陈子丘见她好像发了火,这才收敛了几分。

胡嬷嬷叹了一声,说:"二少,虽然这海上斗绣是我们广茂源推动的,但潮康祥也是出了钱的,此外还有别的一些人参了股,海外的几个豪客占的比例也不少。另外,听说这次苏州有人来,霍家也派了人来。我们要办什么事都可以,但不能太……太难看,不然说不过去。真要弄强也不是不行,但用在这里,是不是有点不合适?"

"苏州?南直隶也来凑热闹?还有霍家,这关他们什么事情?不管了,不管了!"陈子丘道,"总之,让梁晋将绣房崽除名,不然我这口气下不去!"

袁莞师有些听不下去了,厉声道:"我们广茂源是做刺绣的,这海上斗绣也是一场斗绣。斗绣的事情应该用绣花针来决个胜负,二少你跟那位夜少爷有什么恩怨,大可在斗绣场上了结!老太太都让我出山了,你还怕会输吗?"

陈子丘为人色厉内荏,被袁莞师一喝就萎了。旁边的歪嘴伴当赶紧上前说:"莞师,莞师!二少他不是这个意思。绣房崽……啊,不,绣房少爷那个破绣庄才几个绣架、几根绣花针?真让他们上了台面跟您老人家打对台，那不是打他，那是抬举他！"

袁莞师听了这话，怒气稍平，但对陈子丘耍的下三烂手段还是很不以为然。

这时胡嬷嬷说："其实，咱们也不需要梁晋去坏规矩。据我所知，凰浦只来了两个师傅，他们第一场现场斗绣就人数不够了。"

陈子丘一喜："这样吗？那好啊，那就名正言顺了。"

胡嬷嬷又说："不过夜少爷身边那个林揽头真是好本事，刚才那吵闹，听说就是他唆使的。虽然没闹出什么结果，但那些不够人的绣庄得了消息，串联了起来，都凑到人了。"

"那绣房崽呢？凑齐人没？"

"也凑齐了。"胡嬷嬷说，"跟他联合的是个姓邓的庄主，其实也就是个揽头。他的那个庄子是临时拼凑的，就连两个师傅，听说其中一个也是路上拉来的。"

陈子丘哈哈笑道："那就容易了，去跟那个姓邓的说，叫他滚。只要他听话，回头我们就匀一点单子给他。我广茂源手指缝漏出一点，就够他们这种杂鱼吃三年。他要是敢不滚，回头我让他在广州没买卖做！"

须知潮绣本地市场不够大，潮州府的绣庄如果被省城这边封杀了出路，受的影响可以说极大。

袁莞师有些听不下去了，起身道："这些事情，听多了污耳朵，老身告退。"

她走了之后，胡嬷嬷说："二少的意思我明白了，我这就去安排。"

船舱又静了下来，这时天都快亮了。陈子丘眼睛都快睁不开了，却还问："你说这么多来参比的绣娘里头，有没有几个年轻漂亮的？"

歪嘴伴当很清楚这位金主的脾性，他这些年借着广茂源的势，明里暗里不知糟蹋了多少绣娘。歪嘴伴当也早替主人留意着了："有一个叫云娘的，嘿嘿，多半合二少你的口味。"

"哦？怎么样？"

"又高,又白,常常拿头巾包头挡脸,看样子是个怕羞的。"

陈子丘一听,来了劲:"这好啊!我就喜欢高个儿的,是哪家绣庄的?"

"说来凑巧了,就是刚才胡嬷嬷说的那个姓邓的庄主的,叫什么潮大发……那个云娘,听说是临时投靠他来参比的。"

"行,行,去跟姓邓的说,回头啊,我做主给他几个大单子,保他新年好开张!"

时在立夏,广东的天气在二、三月就会间或炎热;过了立夏,虽然间或回寒,但大部分日子都是比较热的,尤其在这海上,空气极度潮湿,全身上下都黏糊糊的。来自南直隶,以及琉球、朝鲜的刺绣师傅全都难受得不行。

这片港湾位于小岛东北,八艘大船照地形、水势分成两排,下锚,每四艘连成一排,都用铁索扣紧了,又铺了板桥可以来往。其中四艘坐西北朝东南,另外四艘坐东南朝西北,前者为乾,后者为坤,乾四号船和坤八号船都是船头相对,也用铁索连起来了。如此就形成八个甲板基本连成一片的模样。

林叔夜到达后的第二天早晨,乾一号就敲起了锣鼓。几十艘小船听到锣鼓声,纷纷起锚,开到标着"乾一"的那艘大船边。

乾一号是位于乾排最靠近岸边的第一艘大船,甲板上已经竖了锦旗,上书"海上斗绣",上面又排了若干座位。

几十艘小船围拢,林叔夜等人也推了一艘小船下水,开到乾一号旁边,抬头望去,只见乾一号甲板上摆着五张桌子。林添财指着道:"那五张桌子后坐的就是这次海上斗绣的主评审。"

林叔夜仰头望去,高眉娘也从船舱中探出头来,但因离得远,只看到身形。可林叔夜还是认出了坐在中间的那个人:"那莫非是省城有名的绣评大家……梁晋?"

"就是他。"林添财指着梁晋右手边那张桌子,"那个老头听说是苏州来的,叫徐博古。梁晋左手边那个叫蔡有成,是潮州来的。"

"舅舅认识那个蔡有成？"

"怎么会不认识？我可是潮州佬。如果说梁晋是吃广府绣庄的供奉，这老蔡就是吃潮州绣庄的供奉，我怎么会不知道他！剩下那两个，我就不认识了。"

徐博古右手边坐着的是一个佛郎机人，林添财不认识也正常。这海上斗绣据说本来就有外国人参股，很多绣庄来参加，就是奔着海外订单来的，所以有个佛郎机人，大家并不意外。

不过这类订单绕开了市舶司，从律法上来说类似走私，虽然说只要塞点钱就没人当回事，但多少有点风险，所以十大名庄都不敢明着来，全都托分坊之名参加，万一有事，可以壮士断腕。话说回来，像广茂源这样的大庄绕开市舶司进行灰色贸易，倒也不是为了偷漏关税，而是因为大明开的官方口子太小，满足不了海内的生产力和海外的需求。

林添财说："听说第一届的时候，外国评审还是一个大食人，从三年前开始就变成了一个佛郎机人。"

大食人是他们对阿拉伯商人的称呼，佛郎机人则是对欧洲人的称呼。陈子峰有心要开拓海外市场，所以邀请外国人参与，而外国人的这一席从大食人变成佛郎机人，刚好也跟欧洲与阿拉伯商人在东亚贸易势力的升降暗合。

而那个潮州评审蔡有成的左边，坐着一个女子。她头上有人举着一把大伞，伞檐垂下的珠帘刚好把她的面目给遮住了，看不清容貌。

喜妹叫道："那是不是袁莞师？"

"肯定不是。"林添财说，"袁莞师不是来做评审的，是来参比。而且虽然看不清楚那人的面目，但看装扮似乎也不老。话说这次真是奇怪，评审里头居然有女人。"

这时做刺绣的基本都是女子，男人做刺绣要被人歧视——那是"婆娘干的事"，大老爷们儿怎么能去干？所以沙湾梁哥在绣行才会被当作异类，就算他不自闭，林叔夜也不见得会带他来，因为可能会引起纠纷。

但绣评又不一样了，这个行当通常是对刺绣有了解又识文断字者为之，所以一般是由有点文化的男子充任，女子能成为绣评者的反而极少。

高眉娘轻轻一哂："你们男人看不起刺绣这功夫，但如何评价刺绣的权力，你们却还是要捏在手里头。"

林添财道："刺绣本来就是女人干的事，绣评一向都是男人在做，几千年来都是如此，这有什么不对？"

"是吗？"高眉娘淡淡地冷哼一声，拉上了舱门。

林叔夜眼看他俩又有起矛盾的苗头，赶紧岔开话题："却不知那个女评审是什么来历？"

林添财摊手："这个我就没打听到了。我在八大名庄都问了一圈，好些人都不知道她的来历，还有一些把话讲得神神道道的，也不清楚他们是知道了不肯说，还是在装神弄鬼。"

"绣评需要公允，怎么可能由一个八大名庄都不知道的人来担任，而且还是个女子？"林叔夜就觉得奇怪了。

林添财道："我也觉得怪。"

"有什么好奇怪的？"高眉娘的声音从舱内传来，"那是霍家的人。"

"霍家？哪个霍家？"林叔夜好奇。

"南海霍家，出了侍郎的那个。"

林叔夜大吃一惊："南海霍家？海上斗绣这种事情，他们怎么会来插一脚？"

喜妹忍不住问道："那个霍家很厉害吗？"

林添财道："那个南海霍家，人家都说虽然是侍郎，却势压阁老。所谓'破家县令，灭门刺史'，听说纵使这类手中权力足以使人家破人亡的地方长官到了霍家门前，连大气都不敢喘。"

喜妹吐了吐舌头："这么厉害啊！"

林添财道："是啊，只是他们这么大的门楣，怎么会看得起刺绣这点小生意？"

高眉娘的轻笑再次从舱内传来，却没说话。

林叔夜道："舅舅，刺绣不是小生意。"

第二十九针　开锣

第三十针　有人挖你们墙脚

"我知道。"林添财说，"对我们来说，自然不是小生意，做大了有几千两、几万两银子呢；可对霍家那样的大人物来说，这点生意哪里够看？"

林叔夜还是摇头："不止几千两、几万两。"

林添财一怔："不止？绣行有这么赚钱？我怎么不知道？"

林叔夜道："刺绣本身，本来不算大，但刺绣是丝绸和布帛之集大成者，登上了刺绣的顶峰，就拿到了评议丝线、布帛优劣的权力，就有机会影响整个丝业、布业，那可就大了。海外出口三大项：丝绸、陶瓷、茶叶，丝绸几千年来都稳居其一的。"

林添财听了这话，心中一凛。

又听林叔夜说："不过就算这样，霍家应该不会直接派人来……毕竟在士大夫眼里，商贾乃是贱业，霍韬又是翰林，他直接介入会被士林诟病的……这究竟是为了什么？"

便在这时，锣鼓三响，梁晋站了出来，笑吟吟地道："海上斗绣，至今已是第七届。得蒙海内外绣庄赏脸光临，时至今年，声名渐渐播开，不但有海内大小绣庄参与，更有来自海外的绣庄、师傅乘风破浪前来，我等主办者深感荣幸。老朽梁晋，忝为本次评审首席，在此与诸位庄主、坊主、揽头和师傅们见过了。"

甲板上、海面上，有十几人出声应和捧场。

又听梁晋道："海上斗绣草创至今还不到十年，实在不能跟广潮斗绣这样有百年传承的大比相提并论。一开始还模仿着广潮斗绣，但每一届都有所创变。所以今年的规矩，也将和往年有所同，又有所不同，大致上还是由成品斗绣和现场斗绣交替进行。第一关仍然是首关献绣，由所有参赛绣庄、绣坊亮出各自带来的成品，然后由评审进行排名，按照排名拟定第二关的对战次序。"

他说到这里停了一停，见没有人提出异议——毕竟这是往年也有的事，来参比的绣庄、绣坊都各自准备好了绣品——便继续说："但从第二关开始，有不少关目便和往年不同。考虑到刺绣不是一个人、一根针的事情，而是众志成城的群体工艺，所以今年的一些关目要更加考验师傅们的配合功力，一人为'人'，二人为'从'，三人成'众'，一些关目会要求必须合乎定额人数……"

这就证实了昨晚的"传闻"。围拢在乾一号下面的几十艘小船，即几十家参比者听到这个说法，其中七八艘船哄闹了起来，但他们没有聚在一起，而是散落在这片海面上，跟整个大局比起来便显得寥落，没有气势。起哄了几声没人响应，慢慢就低沉下去了。

面对不成气候的反对声音，梁晋笑吟吟的，半点不为所动，继续说道："敢来这里博一个名声的，想要能拢回去一些订单的，总不能只有一个师傅吧，所以一些关目要求多人参加，并不为过。如果觉得本斗绣安排有问题的、不愿意参加的，那就好走不送了。"

甲板之上、船舱之中，有二三十个声音此起彼伏，都叫道："梁先生说得对！""一个绣庄连三个师傅都拿不出，这还有脸说了！""没错，没错！"

也不知道是真心赞成，还是事先安排好的托儿。

梁晋就在船上拱手道："能得在场诸位庄主、坊主、揽头、师傅的认同，鄙人深感欣慰。"

跟着他又细说了本次斗绣的一些规则、日程安排等，说了有一顿饭工夫，才做了结语："最后，老朽拿大宣布，此次海上斗绣正式开始！"

他说着便退了两步，同时有后生拿了炮仗过来，请他点燃。只听轰隆声响，跟着便是锣鼓喧天，再跟着便是两头南狮跳了出来，为这次海上斗绣开光、抢青。

林叔夜等看了一会儿热闹，也不觉得有什么好看的。舱内高眉娘道："回去吧。"林叔夜便对刘三根说："回去吧。"

一行人将船驾回昨晚休息的那片沙滩，仍然推船上岸，与停留在那里的另一艘船搁在一起。按照刚刚公布的日程，今天是首关献绣，下午按照献绣结果做了排名后定下名次，明日便会按照日程开始第二关。首关献绣的绣品早就准备好了，所以要注意的是明天的第二关，那才算是凰浦绣庄在外人面前的第一次实力展现。林叔夜甥舅要跟高眉娘商量的，便是明天的事宜。

高眉娘道："今天是首关献绣，先请庄主将准备好的第一个盒子送上去。按照刚才那个梁晋的说法，第二关主要是比针速，这个其实没什么好商量的，乃是最基础的实打实的功夫。到时候顶硬上①便是了。"

林叔夜道："第二关是三战两胜制，姑姑的针速天下罕有，到时候肯定能赢下一场。黎嫂胜负难知，剩下的一场就要看对手，以及邓庄主那两位师傅中有没有高手了。"

林添财道："我去老邓那儿看看。"

他去了一会儿，回来时笑容满脸："成了！邓老二那边也有一位针速极快的。"

林叔夜一喜："当真？"

林添财道："是真的，那婆娘见到我就侧着身子，又包着头，但还是给我露了一手，跟高师傅虽然还没法比，但的确是快，差不多有高师傅一半那么快了。"

林叔夜喜出望外："能有姑姑一半的针速，那可真是快极了！只要不遇到第一线的大师傅，我们第二关十拿九稳了！"

黎嫂本来一直忐忑不安，听到这里也放心了，插嘴道："咱们都要一起参比了，能不能跟邓庄主他们说一声，让他们挪船来这边歇息？有点什么事情商量就跑来跑去的，不方便。"

林叔夜点头："黎嫂的这个主张好。"

林添财道："我早想到了，刚才也跟邓老二说了。他说要先收

---

① 顶硬上：广东方言，指拼命去干。

拾一下，等明天再过来。"

"也行。"林叔夜说，"那我去献绣吧。"

他说着，望向高眉娘。高眉娘让喜妹从舱里拿出一个盒子，递给林叔夜："拿去吧。"

三盒献绣本来都已经交给了林叔夜，但来到海岛后，林叔夜和林添财偶尔要外出，因此又交给了高眉娘看管。

林叔夜问道："我能先看看吗？"

高眉娘道："你是庄主，有什么不能看的？"

林添财心里冷笑：先前在庄子里的时候，你可不是这么说的！

林叔夜欢喜地开了盒子，小心翼翼地拿出里头的绣品，看了一下，不由得怔了怔。

林添财和黎嫂也凑过来，却见是一件披肩。黎嫂用手摸了摸，不由得赞道："好绣功！咱们黄埔绣坊……啊，不对，现在是凰浦绣庄了，咱们绣庄要是以前能拿出这样的绣品，就是当作广茂源的正品卖人家也收的。"

她一抬头，却见林叔夜甥舅的神情不大对，问道："庄主，舅老爷，这绣品有什么问题吗？"

林叔夜"嘿"了一声，笑得有些不自然。林添财皱眉："这绣品……没那么好啊。"

黎嫂"呀"了一声："这还不好啊！就算放到广茂源的绣品里头，这都是良品了！"她虽然得了高眉娘一段时日的教导，但这段时间里高眉娘展现的都是极扎实的寻常功夫，像一线四分、隐线藏蝶之类的功夫并未展露过。

现在的这个披肩也不是说不好，正如黎嫂所说，放到十大名庄之首的绣品里都能算良品了。可问题是以林叔夜甥舅对高眉娘的期待，那就不算是良品啊！

林叔夜道："是不是有什么玄机我们还没发现？"

林添财叫道："对！对！"

两人正想细品，却听高眉娘道："不用看了，就是这个水准，拿去献绣吧。"

林叔夜和林添财面面相觑,好一会儿林添财才说:"也对,也对,入门献绣而已。这个水准也够了。"

林叔夜也有些失望,却也知道舅舅说得没错,当下将披肩重新装好。他要去献绣时,有一艘渔船划了过来,对着这边问:"这是什么凤凰绣庄吗?"

林叔夜怔了怔,说:"我们是凰浦绣庄,不是凤凰绣庄。"

"啊,凰浦啊,好像是。"来的是一个渔民。这次海上斗绣,主办方联系了附近不少渔民给参比者送蔬菜、水果、饭食。这个渔民不是负责林叔夜他们这一片的,但显然也是做这个营生的。

他将船靠近了之后说:"有人花了五个铜板让我来传话,说传了话后你们会再给我五个铜板。"

林叔夜便问:"什么话?"

那渔民伸手:"你先给我三个铜板,那个人教的。"

林叔夜看看舅舅,林添财便摸了三个铜板丢给那渔民。渔民大喜:"还真能拿到钱啊。那人说,有人挖了你们的墙脚,让你们小心些,等到明天就迟了。"

这话犹如一个惊雷,在甥舅俩头上炸开了。林叔夜和林添财对视一眼,心里都暗暗一惊,林叔夜忙问:"大叔,是什么人托你来传话的?"

"那我可不能说,说了她就不给我剩下的三个铜板了。唉,你们还给不给我剩下的两个铜板?"

林添财摸了几个铜板丢过去,渔民大喜,也不向林叔夜道谢,驾船走了。

第三十一针　中上之物

"舅舅，你看……"

"你去献绣，我去打听情况。他娘的！邓老二要是敢弄鬼，看我怎么收拾他！"

林叔夜虽惊，但未乱，想了想，说："收拾什么的且不着急，先看看什么情况，再论后续。"

他林叔夜也不是烂好人，真要被人背叛，回头肯定要有所报复。

两人说话的时候，黎嫂也听到了，忙过来问："庄主，那人说的是真的？"

林叔夜挥了挥手："没事，我和舅老爷能处理。"说着便与林添财分别去办事了。

黎嫂忧心忡忡地回了舱，将事情告诉高眉娘。不料高眉娘反应也是淡淡的："没事，他们应该不至于连这点小事都处理不了。"

林叔夜将绣品拿去献绣完便回来，没怎么耽搁。虽然高眉娘拿出来的那件披肩没有让人眼前一亮，但他也并不担心，因为这海上斗绣往年进前十的就是十大名庄分坊的水平，今年的水准虽然因各名庄总庄的高调参与而势必较往年提高不少，但正如黎嫂所说，这披肩便是放到广茂源也算良品，那就算会被十大名庄给比下去，但十几、二十名应该是没问题的。

现在要关注的，反而是潮大发那边的问题。

他回来后没多久，便见林添财在一艘赶回来的小船上跳脚。还没等船停定，他就跳上岸来，嘴里用潮州话破口大骂："邓老二个食父仔!敢放我粉鸟!伊等着!等着!看我回头怎么跟他算账!"①

林叔夜一颗本来提着的心一下子就沉了下去:"舅舅,他……"

"他们不见了!"林添财咬牙切齿,"人去船空!都不知道跑哪儿去了!"

乾一号上,陈子丘则笑呵呵地连连称赞:"办得好,办得好!姓邓的走了?"

"现在怕都快到澳门了。"歪嘴伴当说,"这个人,一开始还不肯答应,还说什么他老邓有口齿②,不能说话不算数。最后是我把二少爷的那几句话砸出来,他怕断了省城的门路,然后我又许多了两个大单子,那人才吞吞吐吐地答应了。"

陈子丘哼道:"也是个没眼色的。"

歪嘴伴当说:"可我临时又多许了两个大单子给他,会不会让二少为难?"

陈子丘冷笑道:"什么大单子?我不知道。"

歪嘴伴当一怔,随即醒悟:"对,对!反正只要能坑死那个绣房崽,回头谁管姓邓的死活!"

陈子丘哈哈大笑道:"那个绣房崽,还想拿到名次、订单?哈哈,他连第二关都没法参加,我看他还怎么拿名次、订单!"

这时胡嬷嬷说:"这事虽然不够光明正大,但事情若能如此了结,那老身也可以回去了。"她说着便退出去了。

这时候陈子丘的神情从大笑变成猥琐,问歪嘴伴当:"那件事呢?"

"哈哈,我办事,二少还不放心?"歪嘴伴当斜着嘴角阴笑道,"本来我还想着怎么从那个姓邓的手里把人弄出来,却不知道那娘儿们犯了哪门子的神经,竟然抛下姓邓的,落了单。我带着几

---

① 食父仔:潮汕方言,指好吃懒做的人。粉鸟:潮汕方言,指鸽子。伊:潮汕方言,即他或她。
② 口齿:广东方言,指"信用"。

个人，一布袋就把她给闷来了。别说，高个子女人就是重，抬得我们哼哧哼哧的。"

陈子丘眉毛挑了挑："嘿，这种女人才够味！现在人在哪儿？"

几十件绣品被送来了。其实能来参加这次大比的参比者，已经经过了一轮献绣筛选，这一回对献绣的审定，主要是给参比者排定名次。不过因为临时改了章程，导致能闯进第二关的数量少了几家，只剩下三十六家。

胡嬷嬷走进乾三号船舱的时候，评审已经完成。她悄悄走到梁晋身边，轻声问道："怎么样？"

梁晋回头看了她一眼，抽出了一领披肩："入围了。"

胡嬷嬷道："水平如何？"

梁晋冷笑道："中上之物。"

胡嬷嬷皱眉："竟然只是中上？那……应该不是她了……"后面那句的声音就低下去了。

这次广茂源高层介入海上斗绣，真个是各有算计：陈杨氏听了堂弟的建议，哄着陈子丘来看热闹，虽未告诉陈子丘自己的目的，却算准了陈子丘会对林叔夜动手；陈老夫人则借机派了胡嬷嬷来，为的是要探那《百花隐蝶》绣品的虚实。至于处在最外围的梁晋，对陈家后宅这次的种种动作无法确知，只有各种猜测。

这时舱内坐着二十几个人，除了五位主评审，还有三十二位分场评审。五位主评审坐在了一起，梁晋旁边便是蔡有成。他瞄了胡嬷嬷一眼，笑嘻嘻地说："这位嬷嬷眼熟，是茂源绣庄陈老夫人身边的？"

广茂源是粤绣第一庄，那位将茂源绣庄从濒危带到辉煌的陈老夫人更是广绣行里的传奇人物。听了这句话，舱内有一半的人都望了过来。

蔡有成脸上笑吟吟的，口中说道："这海上斗绣来了什么了不起的人物吗？能让陈老夫人这般关注，不远百里派了心腹嬷嬷来过问？"说着就朝那披肩扫了一眼。

这一来，更吸引其他人的注意力，都想知道这款披肩出自什么人之手。

广、潮两派这数十年来明争暗斗，广茂源和潮康祥更是死对头，他们各自供奉的绣评大家也就顺理成章地势成水火。梁晋知道蔡有成这几句话不怀好意，便将事情摊开来说："是我们广绣行的一个小绣庄，原是广茂源的一个分坊，近来独立了，做一个绣庄，而其庄主是陈老夫人的晚辈，所以派人关心一下。"

蔡有成却是不信的，心想：一个晚辈开的绣庄来参加海上斗绣，需要派心腹不远百里前来过问？真当我是傻子？

往年海上斗绣，十大名庄都只是派一个大师傅坐镇，不料这回临行前潮康祥忽然得到消息：广茂源竟然派出了袁莞师参比。这个消息委实让潮康祥的高层猜疑不定。其他八大名庄的底蕴跟不上，潮康祥虽然暂时猜不透广茂源要干什么，却还是请动了一位刺绣宗师跟进。蔡有成作为潮州方面供奉的绣评家，对斗绣期间广茂源的任何异样自然是无比在意。

"能否借绣品一看？"蔡有成指了指。

他是主评之一，这个要求无法拒绝，梁晋便将绣品扔了过去。蔡有成拿到后仔细看了两遍，微微皱眉道："的确是中上之物。"

光从这件绣品上，他实在看不出有什么名堂。

这时一个青年评审站起来说："这件绣品是我定的，论绣功可与十大名庄之良品相比。在这几十件首关献绣的绣品当中，除了十大名庄的绣品，就数这件了，因此我定了它入围。便是朝鲜国全罗绣坊的那件裙褂、琉球国山南绣庄的那件戏服，也不及它。"

徐博古坐在蔡有成旁边，伸手摸了摸，说道："定得合理。名次可在九到十一之间。"他这个评价，便是十大名庄中排名靠后的两家也未必能胜之的意思。

梁晋对蔡有成道："蔡兄，徐老都这么说了，你不会还怀疑我徇私吧？"

蔡有成哈哈大笑："梁兄这是什么话？我只是好奇，好奇。"他捻了捻披肩，心里想着：这样的绣品、这样的针功，入围无疑，不值得陈家老太婆不远百里派人来过问；夺魁又无望，不值得在这绣评之中搞鬼。可这表面上越没有鬼，里头只怕越有鬼。

便在这时，坐在蔡有成对面的少女伸了伸手，蔡有成连忙双手奉上："请霍姑娘品鉴。"

霍绾儿的丫鬟屏儿将披肩接了过来，霍绾儿看了几眼。她最近恶补各种刺绣知识，作为读书过万卷的人，各种能从纸上得来的知识已经懂了不少，但经验上的短板不是短时间内能补齐的，也就没看出门道。她不耻下问："这是哪个绣庄的出品？"

那位负责的青年评审道："是凰浦绣庄的出品。"

蔡有成本来一直琢磨不透猫儿腻究竟在哪里，闻言脸色微变："凰浦绣庄？哪个凰浦绣庄？"

徐博古道："黄色的那个黄吧？似乎是你们广东的一个地名。"

蔡有成脸上才微微放轻松了些，不料那个青年评审却道："不是，是凤凰的凰。"

徐博古"咦"了一声，说："不是那个黄埔？哦，也对，那个能绣出《百花隐蝶》的高手，出品不该这么差。咦，凰浦？那……那不是……那不是……"

蔡有成的脸色变得很是古怪，分别看了梁晋和胡嬷嬷一眼，问道："什么《百花隐蝶》？"

徐博古道："入门献绣的时候，出现了一块百花隐蝶台布，表面上看是件劣品，实际上隐藏着大高手的针法，差点让我们这群人阴沟里翻船！因此老朽印象深刻。"

霍绾儿道："精奇藏于拙劣之中，绣品也能如此玄妙？说得我也想看看呢。"

蔡有成道："快，把那百花隐蝶台布拿来让我们开开眼界。"

梁晋忽然有些尴尬，那百花隐蝶台布早被他送到广州去了，哪里拿得出来，便讷讷地道："不要为这种小事耽搁工夫了。"但他越推托，蔡有成越起疑。

这时徐博古道："话说回来，这次首关献绣，怎么不见这家绣庄的绣品？老朽正想再看看那位高人的手笔呢。"

梁晋指着那披肩道:"那个黄埔,就是这个凰浦,庄主是个无知小儿,最近给绣庄改了这个不祥的名字。"

徐博古"呀"了一声:"这样吗?那怎么可能!这披肩跟那《百花隐蝶》,怎么可能是出自同一人之手?天差地远,天差地远啊!"

梁晋淡淡地道:"如果真是出自本庄师傅之手,的确不至于水平相差这么多;但如果是为了参赛而不知道从哪里搞来的奇异绣品,那就说不准了。"

第三十二针　林小云倒霉记

林小云觉得自己倒霉透了！

好不容易偷偷溜出去玩一回，想了结自己的一桩心愿，怎么就遇上了老爹和表哥！从来就没听说他们对这海上斗绣有兴趣，怎么就撞得这么正着！

最要命的，是自己以男扮女装的模样出现在他们面前！

林小云觉得，自己和表哥一样，也是个很有艺术感觉和艺术天分的人。

正如表哥很喜欢画画，摸到纸笔就想将眼前之物、心中所想画出来一样，自己摸到绣花针，就想将表哥画的东西绣在绸布上；表哥喜欢音乐，自己也喜欢音乐，表哥会弹琴吹箫，自己会唱曲，而且反串旦角，唱得特别好；表哥的衣品很好，不用很多钱就能将几件青衿搭配得很好看，相应地自己的化妆技术特别棒，用脂粉随便弄一弄，扮成个女孩子毫无压力——果然是有四分之一血缘关系的兄弟啊！都这么有艺术天分！

可为什么老爹对表哥就赞不绝口，遇到自己的事情就暴跳如雷？大戏也不给唱！化妆也不给玩！最要命的——刺绣更是被严厉禁止！

其实林小云和沙湾梁哥不一样，生活中的他一点也不女性化，而且他喜欢的也是前丰后翘的大姐姐，这一点倒是跟他表哥不一样，而跟他老爹一样。刺绣也罢，唱戏也罢，化妆也罢，都只是他个人的喜好而已，但老爹就是不理解，而且越不理解就越禁止，越禁止他就越是偷偷地学得不亦乐乎。

虽然因为老爹的干预,林小云在潮州府都找不到好的刺绣师傅带自己,不过一个人只要有艺术感觉,是任何外力也挡不住的,所以林小云自己摸索钻研,又借各种门路偷师,十年下来还是让他摸到了许多门道。只不过唱曲这事还可以偷偷溜到戏班偶尔过把瘾——反正老爹经常不在家——但刺绣这瘾可怎么过?潮州府的绣艺圈子就那么大,只要有点什么动静,马上就会被老爹知道,然后就等着大棒伺候吧。

所以当两年前听说有海上斗绣这回事,林小云就开始偷偷计划着了,到今年终于找到了门路。而且不知道为什么,老爹连续几个月都不回老家,那更好了。他找个借口点①了家里人,说广州姑姑那边有事,便偷偷溜了出去,准备参加完海上斗绣后顺路去广州,以"给一个惊喜"为由出现在老头子面前。操作得好的话,老爹从头到尾都不会知道这事。

可谁知道呢!竟然会和从来没提起过会来参加海上斗绣的老爹在这里撞个正着!真是倒霉催的!

撞上也就罢了,偏偏他还找上了邓老二谈合作。这真是怕啥来啥,倒霉二催!

虽然老爹有些看不清楚,好像还没发现自己,但表哥那双眼睛老往自己身上瞄。这海上斗绣看来是别想玩下去了。

林小云正想着怎么偷偷溜走,不料又出变故。有人找上了邓老二,要他背约。邓老二一开始不肯,但对方实在给得太多,威胁又太狠,最后邓老二还是妥协了。虽然不知道老爹、表哥来参加海上斗绣是为了什么,但看老头子一晚上不睡觉到处乱窜,就知道他们是很看重这事的。林小云虽然是个不肖子,却也做不到眼睁睁看着家里人坏事,但要是去告诉老爹,那不就露底了吗?

去,自己遭殃;不去,家里人遭殃。这不是为难人嘛,真是倒霉三催!

幸好他灵机一动想了个办法,花了点钱,让人故弄玄虚地去通

---

① 点:广东方言,骗的意思。

风报信,然后自己偷偷溜走。他心里正想着这真是两全其美,夸自己是天才,不料才走出没多远,忽然被一布袋给套了头!

原来这霉运一来,是不遵守"事不过三"的!

林小云挣扎着,挣扎到后来发现挣不脱。他从小就是个聪明娃,干脆就不动了,直到听到脚步声响起,一个猥琐的声音传来:"小娘子,哥哥我来喽——"

呵!明白了,自己是遇到没眼力见儿的咸湿①佬了!

明白处境后,他反而冷静了下来,静静地等待。没一会儿眼前一亮,头套被摘下——一个大胖子盯着自己,口水都要流下来了。

林小云就想:自己是个瘦削的少年,在男人堆里是中等身材,扮成女人后身形就显高挑了。以林小云自己的审美——他喜欢丰乳肥臀的——来看,那叫"没前没后,就像一根竹竿"。这胖子不但咸湿,而且眼瞎啊!

虽然心里作呕,不过他还是拿出唱戏的功夫,一双眼睛明送秋波。

陈子丘被他这么一瞟,心都化了。

"小娘子,你这么看我,可叫哥哥心痒痒啊……哎,你要说什么吗?哦,你不能说话……好好好,你答应我别乱叫,哥哥就帮你拿掉口巾。"

林小云乖巧可怜地点了点头。

陈子丘不疑有他,就帮他解了口巾,拉出塞口之物。果然林小云也没乱叫,轻轻咳嗽了一声,清了清咽喉,便用唱戏学来的假声柔柔腻腻地说:"哥哥呀,我的手疼。"

陈子丘被这声"哥哥"叫得脚都要软了:"好好好,我这就帮你解开,你可别乱动。"

绳子解开了,林小云依然没乱动,一双眼睛瞟了一下旁边两个男的。陈子丘斥了一声:"没眼色的,还不滚!"

歪嘴伴当笑嘻嘻地带陈子兴下去了。

林小云柔柔弱弱地说:"哥哥,关舱门。"

---

① 咸湿:广东方言,淫秽、好色的意思。

陈子丘没想到这个小娘子这么懂事,便欢天喜地地去关舱门。一回头,他发现小娘子抓着几上的糕点往嘴里狂塞。

"哎哟哟,怎么吃得这么急?"

"不吃点东西,待会儿揍人没力气。"

"揍人?揍什么人?咦,你的声音怎么变得像个男人?"

林小云塞完最后一块糕点,站起来松了松手脚。

"小娘子,你怎么做这样的动作,女孩子家怎么可以是这个仪态……哎呀!你怎么打人啊!哎呀,你的力气怎么这么大啊!哎呀,痛啊,痛痛痛!饶命,饶命!救命!救命!救命啊!"

林小云偷偷跟过戏班子,而学戏的人大多练过功夫,不然戏台上有些动作出不来效果。这功夫去对付练家子不够看,对付被酒色掏空了身子的陈子丘却绰绰有余。他一脚踢翻陈子丘后,翻身骑在他的身上,一拳拳打下去。

"敢惹你云爷!我打你个死猪头,打到你有气没地儿透!我打你个死猪脸,打到你成世①都犯贱!我打你个死猪眼,打到你日日被人斩!我打你个死猪嘴,打到你日日被人撑……"

他是潮州府人,但老爹在广府做生意,表哥也在广府,所以潮州话、广府话都能说。刚才听陈子丘说的是广府话,所以这会儿也是广府骂。

林小云骂一句,打一拳,再骂一句,甩一巴掌,打得船舱内如同杀猪;船舱外头歪嘴伴当听着不对,赶紧来拍门,却发现舱门关紧了。林小云越打越卖力,陈子丘越叫越大声,没一会儿整个乾一号都惊动了。

袁莞师先过来看,问出了什么事情,歪嘴伴当不好意思开口。因为铁索连船,这动静传了出去,不久连乾二号、乾三号的人都来了。

胡嬷嬷也来了,喝道:"还像根木头一样不动!撞门啊!"歪嘴伴当醒悟过来,赶紧撞门,可那舱门结实得紧,而那两个歪嘴伴当也不是有力气的,一时撞不开。亏得两个水手跑了来,抬了根木头,砰砰几下撞开了门。这时,屋内却安静了:陈子丘瘫倒在板面上,哼哧哼哧的,眼、耳、口、鼻全都肿了;旁边一个"小娘子"

---

① 成世:广东方言,指一辈子。

衣衫不整，拿着手帕在那里抹泪水，见到众人撞进来，不躲避，也不惊慌，却是捂脸"呀"的一声哭了出来，哭声略似唱戏。

"冤啊！奴家好端端一个良家妇女，潮州府的绣娘，跟着邓庄主来到这海上斗绣，却被人蒙头抢到此处，又被此獠意图奸污。这叫奴家怎么做人，这叫奴家怎么做人！谁来替奴家做主，谁来替奴家做主呀！"

眼看这小娘子哭得梨花带雨，闯进来的众人全都惊呆了。他们在门外听着陈子丘杀猪一般的叫声，还以为是强人闯了进来，谁知道是这个场面！陈子丘恶名在外，别说袁莞师，就是胡嬷嬷也都立马信了。

歪嘴伴当过去扶起陈子丘，却见他两颊红肿，指着林小云说不出话来。歪嘴伴当便冲过去，但林小云眼力好，瞧着不对，一闪闪到袁莞师身边，叫道："哎哟！这里是强盗窝吗？你们要一起逼迫良家绣娘吗？"

袁莞师拦住喝道："你做什么！"

歪嘴伴当喝问："谁打我家公子的？"他也觉得这个柔弱女子没法把陈子丘打成这样。

林小云指了指打开的窗户，有人便冲了过去。那窗户朝海，却哪里有人，大家便猜是有人路见不平，拔刀相助，然后跳窗逃走了。

林小云哭哭啼啼地说："这海上斗绣场，还有没有天理，有没有律法了？你们这里是强盗窝吗？你们是强盗吗？可怜我的清白之身就这么没了，我跳海死了算了，我死了算了！"

主持这海上斗绣的人中，除了陈子丘一伙，并无强横之人。眼看这小娘子如此柔弱凄惨，男人不敢碰她，女人拦不住她，混乱之中就叫她给闯了出去。袁莞师叫道："还不快去拉住她！真要把人逼死吗？"

忽然陈子丘吐出一口血水，大叫："人妖！那是个人妖！"

众人愕然，一个刚刚追出去的妇人跑回来说："那人跑了，根本就没跳海，踩着浮桥跳上岸去了。"

又听陈子丘大叫："就是他打的我！人妖，人妖！"

第三十三针　第三个斗绣师傅

众人听了陈子丘的话，无不愕然，却都不敢相信。

这时梁晋等也来了，有人便问该怎么办。梁晋看向袁莞师，袁莞师瞥见人越来越多，连霍家那位孙小姐也站在人群之中，便喝道："没出事就好，一场闹剧！都散了吧！"

那边林小云脱身之后，逃上了小岛。乾一号正混乱着，外头更不知道出了什么事情，所以没人来抓他。他心里想：这下可怎么回潮州？嗯，还是去表哥那儿瞧瞧。

他拉起裙脚奔跑，渔民的娃儿见了，叫道："哇！那个姐姐跑得像只蛤蟆！"

原来林小云和沙湾梁哥不同，日常说话、走路都是男人样。他愣了一下，才记起自己现在是女人打扮，对那娃儿挤出个尴尬的笑容，放下裙脚碎步急行，又因裙子盖住了脚，看起来就像平移一般。那娃儿又叫："哇！那个姐姐走得像只螃蟹。"

林小云破口骂道："小破孩，就你多事！"

那娃儿再次叫道："哇！那个姐姐说话像个男人！"

林小云这才想起自己忘了用假声，于是也不管是否被别人笑话，提起裙子，跳着走了，绕了个路来到凰浦绣庄那两艘小船附近。这时天色已近昏暗，他伏下身子悄悄靠近，来到七八步外，就听林添财还在骂邓老二。他听了两句，就知道他们既没截住邓老二，一时也没能找到第三个绣娘。

林小云心想：老窦这么紧张，这事对他们很重要吗？要是这样，我可得出面帮忙了；但我要是一现身，他又非打死我不可。

《三字经》中记载了一位教子有方的父亲，名为窦燕山，所以广东有些地方把父亲叫"老窦"，亲昵之余，有褒扬之意。

忽然刘三根叫道："谁趴在那儿偷听！"

林小云抬头，尴尬地笑了笑。刘三根叫道："你一张脸怎么像鬼一样。"原来他一番折腾，汗流满面，七纵八横的，妆容早糊得不成样子了。

这时林添财、林叔夜都走了出来，林小云赶紧转过身去，背对着他们，用假声哭了起来："邓大发那个害人精！说好带人家来海上斗绣，现在收了黑钱跑路，连我都不管了！呜呜，呜呜！"

林添财叫道："哎哟，是邓老二的那个云娘。他没把你带走？"

林小云呜呜地哭着："我走到半路，被人蒙头带到一艘大船上，关在一个船舱里，差点被一个死胖子污辱。幸好我死命逃走，一路逃到这里，所以妆容都花了。呜呜，呜呜，我以后可怎么办，我怎么回潮州府啊！"

林添财又惊又喜，叫道："邓老二没带你走？你没船回去？那好啊！我们正好缺个人，你来做我们第三个刺绣师傅。回头斗绣结束，我送你回潮州府。"

林小云假装又惊又喜："真的吗？"

林添财叫道："自然是真的。"

林小云道："来的时候，邓大发可许了我五贯钱的。"

林添财叫道："我给你六贯。"

林小云听了暗骂：老窦真抠门。一般这种情况，不是都翻倍说十贯的吗？老窦居然只加一贯！死抠门，留着钱等儿子败吗！不对，他儿子不就是我？那还是抠点好。

他嘴里又说："可我现在衣衫不整，妆容也花了，今晚住哪里？我可不能跟你们男人一起住。"

其实他是怕住得近了，容易穿帮。

林添财说道："我们这边也有绣娘，你跟她们同住一条船。"

林小云叫道:"那可不行!我夜里怕跟生人睡。"

林添财心想:这婆娘怎么这么麻烦。但他为了把人留住,便说:"这也容易,我再去租条小船来。"

林小云这才答应了。

他们对话的时候,林叔夜一直在旁边听着,没插嘴。眼看林添财兴冲冲地跑去找船,他才走过来两步。林小云叫道:"你别过来!我怕。"看林叔夜停住,他又说:"奴家妆容花了,你们这里有绣娘,请借胭脂水粉一用。"

林叔夜犹豫了一下,才走回去跟高眉娘说了,让喜妹拿了些水粉过去。黎嫂低声道:"庄主,这个人来历不明,真要用她?"

林叔夜道:"且看看。"

林添财办事妥帖,没多久便弄了一条船过来,推上沙滩,与这边两条船隔开几步路距离。林小云便躲在里面不出来了。

"又是一个怪人!"林添财嘟哝两声,又对林叔夜说,"这趟出去听了个传闻,好像乾一号那边闹起来了。"

"嗯?闹了什么?"

林添财道:"不知道,有人说,有个评审被人打了,但又有人说,有个绣娘被人污辱了。众说不一,但出事是肯定的。"

林叔夜听到这里,跟舅舅同时望向第三艘船。黎嫂在旁边听着,也一起望了过去。

林叔夜道:"刚才那个……那个云娘说,她被人拖上一艘大船,差点被污辱,好不容易才逃脱,会不会是这事?"

"我也是这样想的!"林添财说,"我打听了时间,对得上!"

这两边的消息对上了,那说明云娘刚才没说谎。黎嫂道:"原来是真的,可怜,可怜。她才遭遇这般祸事,怪不得对人这么有戒心。"

林添财道:"这个云娘的针速我是亲眼见过的,现在她无依无靠,我们正好趁机笼络她。才出了几贯钱,又没了邓老二跟我们分果实,这是因祸得福……嗯,你皱着眉头干什么?还疑心这婆娘的来历?"

林叔夜眉头拧着不松开："也不是……我总觉得她的背影有些眼熟，只是总记不得在哪里见过。"

"行了，行了，你还说高师傅的眼神有点熟悉呢！"林添财呵呵地笑道，"不可能啦，潮州府你才去过两回。她一个潮州来的婆娘，你怎么可能刚好就认得？"

"对啊。"林叔夜说，"潮州那边我就没认识几个人，所以才更加奇怪。罢了，如今事态紧急，就先用着她吧，如果她真的有鬼……"

林添财冷笑："她孤身一个女人，真敢弄鬼，看我怎么收拾她！"

林叔夜这才来到隔壁船舱外，敲门道："姑姑。"

高眉娘的声音从舱内传来："我都听说了。"

林叔夜道："那就让她作为我们绣庄的第三个师傅参比？"

"慢着。"高眉娘在舱内说，"等她休息好了，回头我先考考她。"

凰浦绣庄多了一个人，就多了一张嘴——晚饭林小云也单独吃。喜妹送饭过去时，说了高眉娘要考校他的事。林小云心想：这个姓高的，是表哥刚刚请的大师傅？但他也不怎么放在心上。

他跟林叔夜一直有书信往来，知道表哥接手了一个绣庄，之后的事情就不清楚了——林叔夜甥舅实在太忙了，这段时间分身乏术，就连书信都疏了。

用过晚饭后，高眉娘带着黎嫂、喜妹来到沙滩上。刘三根在沙滩上点了一摊篝火后就走开了。林叔夜甥舅怕这个云娘因差点被男人祸害而有心理阴影，就没跟过去。

高眉娘和林小云在篝火边相见，这时林小云已经化好了妆，火光下看了高眉娘一眼，心想：这个身段，有些偏瘦了，不过好像是表哥喜欢的类型；还戴着面罩，也不晓得多大年纪了。

高眉娘也打量着"她"——自己在女子中不算矮了，这个云娘却比自己还高了半个头。互相通了称呼后，四人靠着篝火坐下，高眉娘道："云娘，手给我看看。"

她是凰浦绣庄的大师傅，按规例林小云参比期间就要听她指挥。

要被女人摸手，林小云不禁有些扭捏，不过还是伸了过去，别人只当她是怕生。高眉娘握了一握，不由得一怔。

黎嫂问："姑姑，怎么了？"

林小云一听，心想：哇，这个黎嫂快四十了吧，还叫她姑姑，那这个高师傅不得五六十？但看握住自己的这只手，皮肤白嫩得如同刚刚剥下外皮的葱肉，说她二十岁都没人怀疑的。

高眉娘犹豫了一下，说："这双手……倒像梁哥的，只是更好。"

林小云的手指修长白皙，放在男人里算漂亮的了，但跟女人比，指骨就粗壮不少，而且也更有力。这样的手指能轻易做到一些女子做不到或者很难做好的动作，所以高眉娘会评价说这双手"好"。

高眉娘又取出一个绣架、两根绣针来："绣朵花给我瞧瞧。"

林小云心想：真考我来了？有心炫技，他手起针落。黎嫂只觉针影晃动，不过片刻就见绣地上多了一朵桃花、一朵梅花、一朵梨花，虽然用的只是普通的风车针，但绣出来的花的大小、形状、风格全然不同。

黎嫂惊喜地道："好快的针法！从没见过这么快的风车针！"

林小云见高眉娘也怔怔地看着自己，不禁有些得意，笑道："我这是白天出了事，如果状态好，还能更快呢。"

高眉娘轻轻叹了一口气，道："你没正经跟过师父，对吧？一直都是偷师，然后自己琢磨的吧？"

林小云听了这话，有如见鬼了一般，还以为是自己的行藏被表哥发现，又告诉了眼前这个女人，差点就想逃走。

便听高眉娘说："这般好根骨，真是可惜了。如果你六七岁上遇到我，不出十三岁就能……"她说着又是一叹："罢了，说这些做什么呢？"她在喜妹的搀扶下站起来，对林小云道："好好歇着吧。明日应该要上场的。"便留下了林小云在篝火边瞪眼睛。

高眉娘回到船边，林叔夜站在那里等着，问："如何？"

"极好的天赋，"高眉娘说，"可惜缺乏名师从头到尾的指导，所以尚未入门。"

"这样啊……"林叔夜道，"明日上午首关献绣的结果公布之后，下午第二关乃是斗针速，需要三人上场，三场两胜。"

高眉娘道："云娘虽未入门，但要应付明天的斗针速，应该也够用了。"

林叔夜道："就算这样也还少一个人。"

高眉娘道："把黎嫂的名字也报上去。"

黎嫂是个本分老实的人，听说要报上自己的名字，虽未退缩，但心里有些怯场，害怕遇上高手。

高眉娘看了她一眼，说："不用担心，既然是三场两胜，那只要整个赛程我们有两胜就行了。"

第三十四针　被针对了

一夜无话。第二天锣鼓声再次响起时，数十条小船再次向乾一号靠拢，只见大船上垂下一条条卷起的布帛，上面用拖布蘸墨写了三十六个绣庄的名字。这便是昨日首关献绣之后，确定入围的三十六家绣庄的排名。

三十六条布帛从右到左依次垂下，第一条布帛比其他布帛宽了一倍，并排写了两个名字，便是赫然的"南海绣坊"和"澄海绣坊"。知道一点内幕的，就清楚这两个绣坊分别是广茂源与潮康祥的分坊。此后便是广东其他八大名庄的分坊，分别占了第三到第十位。

便有一个北方口音的叫道："十大名庄占了前十名，嘿嘿，什么海上斗绣，原来也不过是你们老广自己玩的玩意儿！"

在场十之七八都是广东人，听了这话，个个不忿，只是广东十大名庄占了前十名是实情，一时难以反驳。

林叔夜的小船刚好就在附近，闻言应道："这首关献绣的排名又不影响之后的斗绣，其他各省、各国如果真有高手来到，届时把真功夫显出来让大家开开眼界，不就行了？"

在场的广东人纷纷应和道："没错！""真有本事，到时候显出来不就行了？""可别这会儿夸口，到时候拿不出真本事来，就更丢人！"

这边的哄闹声响不小，传到了乾一号上面，垂名便暂停了。一个双目几乎看不见的老者站出来说："老朽徐博古，苏州人氏，在江南绣行也有一点薄名。承蒙广东的朋友看得起，应邀来澳门做这次斗绣的主评。这次首关献绣的几十件绣品，老朽全部摸过，个别名次或有争议，但说广东人自己关起门来私相授受，未免言重了。"

徐博古抬了抬手，便有人抬出三张长桌，桌上摆着几十件绣品。他接着道："这就是首关献绣的绣品，全部按照名次罗列在此。若有不同意这次排名的，等垂名结束后，大可上来一一检视指正，到时老朽自当奉陪。"

他一个外来名家当众为海上斗绣撑场子，又将参赛绣品光明正大地摆出来，反而让先前质疑的那个人不好意思出来，捂脸悻悻地走了。

林添财低声问林叔夜："你怎么也帮着他们说话？"他因为主办方临时改章程，害得凰浦绣庄差点参加不了，心里还有芥蒂呢。

林叔夜道："这海上斗绣既然是大哥推动的，定是费了他不少心血，我岂容别人空口污蔑？"

这时垂名继续进行，第十一条布帛垂了下来，写的是"山南绣庄"——琉球国的。高眉娘从小船舱里探出头来，凝目不语。再跟着，第十二条布帛垂了下来，写的是"全罗绣庄"——朝鲜国的。高眉娘的眉头就皱了起来。

终于，第十三条布帛垂了下来，写的是"凰浦绣庄"。黎嫂和喜妹一起欢呼："我们凰浦绣庄出来了！第十三名！"

对这个名次，她们是高兴的；高眉娘却眉头紧皱，回了篷内。

林添财叫道："糟糕，糟糕！大大地糟糕！这下可完蛋了！"

黎嫂奇怪地问道："怎么糟糕了？咱们这个排名不低啊，比十大名庄就差了两名。"

林添财道："这次的海上斗绣，是分天、地、玄、黄四个组进行，这首关献绣的排名定的就是分组。"

黎嫂问："那我们是哪一组？"

林添财道："我们是第十三名，自然就是天字组啊！"

分组原本是按排名来的，即第一名天字组，第二名地字组，第三名玄字组，第四名黄字组，以此类推。如今凰浦绣庄是第十三名，那就得分到天字组。

"天字组，"黎嫂说，"这是好意头啊。"

"你知道什么！"林添财说，"这次斗绣是先每一组组内分场斗，斗到最后决出组魁，而后四组组魁竞逐。"

黎嫂道："那也挺公平啊。"

"你还没听懂吗！"林添财几乎要吼起来了，"我们在天字组，首关献绣的第一名也在天字组，第一名是谁？不是广茂源，就是潮康祥！也就是说，我们要脱颖而出，就得先面对广茂源或潮康祥！而且多半就是广茂源！多半就是袁莞师！"

黎嫂这才反应了过来，想明白了这分组规矩，意识到可能要去跟袁莞师对阵，一时吓得一阵哆嗦，道："这……这……这样啊！"

林小云原本一直缩在篷里头不出来，也不说话，听到这里却眼前一亮："袁莞师？是那个绣荔枝'十二年来天下第一'的袁莞师吗？我们有机会跟她同场斗绣？那太好了！"

"好你个头！"林添财骂骂咧咧，"那些奖金、奖品，都定在前四呢！如果跟广茂源同组，那我们前四还有指望吗？拿不到前四，我们连还债都难了！我的田产啊，我的铺头啊！小云啊，阿父对你不住啊……"说到最后两句，变成潮州腔了。

林小云愕然："什么田产、铺头？"

林叔夜也愕然："舅舅，你把田产、铺头都抵押了？你不是说没那么紧的吗？"

林添财这才意识到说漏了嘴，但话已出口，也收不回来了，又是懊恼，又是悔恨。

篷内忽然传来了高眉娘的笑声。

林添财心情正坏呢，就没好话："你个婆娘，敢笑话我！"

"没有。"高眉娘说，"我今日才算有三分佩服你……林揽头，好魄力！都说你们潮州人做生意赌性大，今天算见识到了。"

林添财"哼"了一声，被高眉娘这么一说，心里头的懊恼便不觉被冲淡了几分。他下这么大的本钱，一方面的确是护着外甥，但同时也是自己要放手一搏！高眉娘说潮州人做生意赌性大，并非虚语。

几个人说话间，三十六条布帛都垂下了，入围的三十六个绣庄的名次便定了。其实这首关献绣本身并未淘汰人，这次没有上榜的都是那些没能组成三位师傅战队的绣庄。

这时便有不少人走上乾一号的甲板上去看那些绣品，有的是心中不服，有的则是抱着观摩的心态。

高眉娘道："林揽头，你见识不差，能否上去看看第九到第十二的四件绣品？"

"为什么？"

高眉娘道："你且去看看，回头细说。"

林添财自己也想去瞅瞅，就没推托，几个起落跳了上去。

林小云道："我也去瞧瞧……"才探出身，他忽然看到那艘大船不就是自己出事的那艘？那个死胖子不会也在上面吧？便又缩了回去："算了，算了。"

林添财带着目的去看，也没花多少工夫就跑了回来，一边跑，一边骂道："黑幕！黑幕！真有黑幕！"

林叔夜问道："怎么了，舅舅？"

林添财跳上小船，怒冲冲地说道："第十一名的山南绣庄，还有第十二名的全罗绣庄，明显都比不上我们。便是第十名的绣品也比我们差一些，只有第九名跟我们差不多。就算他们看不起我们小绣庄，偏心些，我们至少也是第十！最多第十一，怎么可能是第十三！黑幕！真有黑幕！"

林叔夜沉吟了一会儿，问道："差距很明显吗？"

"也不算很明显。"林添财道，"不是内行中的高手分不大出来，但像梁晋、徐博古，我不信他们分不出上下！"

林叔夜道："山南绣庄、全罗绣庄，好像不是广东的绣庄吧？"

"山南绣庄是琉球国的，全罗绣庄是朝鲜国的。"林添财道，

"我这就去找那个徐老头！"

"等等！"林叔夜道，"舅舅你不用去了，没用的。"

"怎么没用？"林添财冷笑起来，"那个徐老头刚才还说，若有异议可以找他理论。我就去找他，让众人评评理！"

"没用的。"

"为什么？"

"因为他们有道理。"林叔夜道，"这海上斗绣，本身是有提携海外刺绣的意图在，所以对来自海外的绣庄宽容一二，本来就在情理之中。此其一。

"如果绣品的水平差距很大、很明显，让明眼人一眼就能看出来，那或许还能理论一二。但现在差距既然不大，则上下之论，存乎一心，有心人便能争论，旁观者也未必能一边倒地帮着我们。此其二。

"这首关献绣，并不会影响斗绣的最后排名，我们又不是被人踢走了不能入围，只是排名靠后了一二而已。就为了这个去闹事，旁观者听到不但不会帮着我们，还会觉得我们心胸狭窄，最后只会形成我们自己尴尬的局面。此其三。"

林添财咬牙切齿地道："可问题是这落后一两名，偏偏对我们来说就是大麻烦啊！如果能往前一两名，那我们不是黄字组，就是玄字组，那样就不用对阵刺绣宗师了！"

黎嫂一听，忙说："对，林揽头说得对！"一想到可能要面对袁莞师，她也是不由自主地慌张。

林叔夜道："这个道理，是能拿出来说的？"

林添财张了张嘴巴，说不出话来！

排名差了一名，他们的确是吃了大亏，但这个"道理"是没法拿出来做公开理由的。这才是最大的哑巴亏。

"嗯，确实没用。"出乎众人的意料，说话的竟是高眉娘，"我们是被刻意针对了。"

"嗯？"众人都向她望去。

"这个排名，是刻意为之的。"

第三十五针　示弱

高眉娘淡淡地道："十大名庄末位是珍珠坊，珍珠坊的实力较前面九庄有明显差距。我们这次拿出的绣品，定品当在十大名庄之末列，不能胜于第八、第九，但绝不弱于第十。主办者如果公正，我们便是第十，如果偏心珍珠坊，我们便是第十一，除非有奇手出现……但眼下，奇手并未出现，而我们被直接压到第十三，被迫与广茂源同组，这便是有心安排了。"

林叔夜听了这话，忽然想到了什么，惊道："姑姑！所以这次首关献绣，你是按照你想要的排名来出绣品的吗？"

黎嫂、喜妹一怔，随即明白过来这是什么意思，跟着便是心下骇然。林小云也忍不住瞪了高眉娘一眼："有没有这么夸张啊！"

"我们的备绣与广茂源的相比有所不足，本来不想这么快去面对袁莞师的。"高眉娘道，"现在既然躲不过，那就上吧，反正就算分到玄字组或黄字组，等脱颖而出之后，也是要面对的。"

黎嫂听她把直面袁莞师说得轻易，不禁咋舌。林小云哈哈笑了起来："这位姐姐，你真是好气魄！有我……有我云娘的三成气魄！"

他说话虽然用的是假声，却引得林叔夜斜视了他一下。

虽然林添财仍然懊恼，黎嫂觉得高眉娘夸口，但事情到了这地步，再纠结也无意义，何况下午就要进行第二关斗绣了。当下众人赶紧回船休息。

下午便是第二关现场斗绣，天字组一共有九个参比者：第一名广茂源免比晋级，剩下八个被分成四组。这一关是斗针，纯比针速——刺绣速度是基础中的基础，但练到深处也能令人震惊。

林叔夜让刘三根、喜妹安排好午饭，请舅舅去打听对手的消息。高眉娘对吃食一向不大上心，这次却说："多安排菜蔬，搭配点肉食，米饭减半。"她没说什么原因，但喜妹也就照办了。日将中时，林添财还没回来，林叔夜道："不等舅舅了，三位师傅先吃饭。"

高、黎、云三人才吃完，林添财便跑回来了，来到船上就气喘吁吁地说："倒霉，倒霉，第一关就遇到了麻烦的对手！"

林叔夜问："是哪一家？"

林添财道："是福瑞德。"

黎嫂"哎哟"了一声，说："那是咱们广东十大名庄之一啊。"

林叔夜怔了一怔，道："我们果然是被针对了。"

黎嫂问道："怎么说？"

林叔夜道："我看过各组分配的名单，既分四组，前八名便每组两名，前十二组便是每组三名，是按照名次顺着来的。"

黎嫂点头："这样很公平啊。"

林叔夜继续道："我们这一组，前八名有二，第一是广茂源，第二就是福瑞德。第一轮斗绣广茂源不用参加，所以在八个参加斗绣的绣庄里头，福瑞德便是实力最强的。"

高眉娘轻轻冷笑了一声。林小云聪明绝顶，一弄明白规矩，马上反应过来，也冷笑了一声，道："什么倒霉，是有人从中作梗！"

黎嫂和喜妹还是不明白。

林叔夜道："这斗绣既是依名次分组，再一轮一轮往上斗，则应该强弱分散，不应该令强强相遇、弱弱相逢。打个比方，第一轮就安排广茂源和潮康祥对战，那么虽然两者实力对等，却注定有一个第一轮就要被淘汰。这是不对的。"

黎嫂和喜妹听得点头，却还是没跟上。喜妹道："不过咱们对上的不是广茂源，也不是潮康祥啊。"

林小云道："你们怎么这么木头脑袋啊！点不化的！现在天字组里头，第一轮广茂源不参加，首关献绣排第五的福瑞德就是第一，排第九的潮永安就是第二，而我们就是第三啊。八个绣庄分成四组，第三本来就不应该跟第一直接碰上的。"

林叔夜"咦"了一声，说："云娘，你记得各庄排名？"

林小云道："垂帛的时候不是都有嘛。"

"过目不忘啊。"林叔夜低声说。

喜妹听得有些急了："那我们现在是要对上排第五的福瑞德了？那可怎么办啊？"

高眉娘语气淡漠："还能怎么办？兵来将挡，水来土掩。"她不理别人的反应，直接问林添财："林揽头，福瑞德派来的师傅能耐如何？"

林添财道："福瑞德有一位刺绣宗师坐镇，宗师以下有八位掌坊大师傅。这次就来了三位：其中一位是陈伍氏，是福瑞德仅次于镇山宗师的大高手；第二位叫罗六姐，是镇山宗师的亲传弟子；最后一位叫辜三妹，是新晋的大师傅，年纪虽轻，但听说针速也是奇快无比。"

高眉娘想了一想，目光在林小云和黎嫂脸上转了一圈，说："这么看来，胜败的关键在云娘身上了。"林叔夜便明白了她的意思。

林小云眉头一挑，笑道："比别的也就算了，比针速我怕过谁？放心吧，最强的那个由我来对付。"

林叔夜听得皱眉，问道："你哪种针法最快？"

"最快？"林小云哈哈一笑，"都快！"

"最快的呢？"

"嗯，风车针吧。"

林叔夜想了想，道："若如此，胜败的关键在黎嫂身上了。"

高眉娘"咦"了一声，颇为不解。黎嫂更是心慌，连忙摆手："这……这……怕是不行。"

林叔夜道："就这么定了，咱们跟对方比风车针，绣梅花。"

林添财道："主办方虽然没指定要绣什么，但你怎么知道对方肯斗风车针？"

林叔夜不答，却问高眉娘："姑姑，你的风车针可使得？"

　　高眉娘眼神冰冷，说道："你若有什么打算，不用考虑我。"

　　"那行，"林叔夜道，"我们就这么办！"

　　如果不计首关献绣，下午的这场其实可算是这次海上斗绣的初战，因此还没到开比时间，看热闹的人便都挤上了八艘大船。除了所有参与斗绣的人员，附近的渔民也都来看热闹了。

　　这一轮斗绣分成八组，每组又分四对；天字号的斗绣场在乾一号、乾二号两船的甲板上，凰浦绣庄被分在了乾一号。甲板分成两块，一共四个绣庄在此参比。

　　林添财记挂着自己绣庄被人针对的事，已经溜去打探消息了，而刘三根守着船，所以凰浦绣庄只来了五个人，一看就势单力薄。对面的福瑞德却来了二三十号人，真个是人多势众！比看热闹的人还多。

　　明朝时，广东的绣庄，命名上常在本庄庄号之前加上地名，比如广茂源本名叫茂源绣庄，因出自广州府，所以又称广茂源。潮康祥的情况与此相同。当前广东刺绣以广州、潮州两府最为兴盛，因此十大名庄中广州府占了五座，潮州府占了三座。

　　而广州府五庄之中，福瑞德又与其他四庄不同，其创始人乃是一个福建人。他来广州开创基业，不忘祖源，所以其绣庄名不加"广"字，而称"福瑞德"，那是有纪念家乡本源的含义。不过，福瑞德也因此在广绣行里显得特立独行，虽因广州是个贸易大港，不至于受排挤，但在一些顽固的本土派眼中，其行径也显得格格不入。

　　福瑞德是个老绣庄了，开基已逾八十年，从风格上来说已融入粤绣体系之中。但历代所雇都有不少祖籍福建的绣工，加上开山祖宗是闽绣的底子，所以其出品的绣品常带着闽绣的特点。

　　乾一号这时用屏风将甲板隔成两边，分作两个分赛场。那五大评审不参加分场选拔，所以这一轮的评审是一个青年绣评人，他说了两句开场白后便请双方进场。

福瑞德三个大师傅昂然步入。为首的陈伍氏约莫四十岁，排第二的罗六姐三十几岁年纪，后面的辜三妹才二十出头，三人都是一脸的傲气。

凰浦绣庄却是黎嫂打头，后面是林小云，最后才是高眉娘。

黎嫂第一次上这种大场面，那"畏怯"两字直接都写在脸上了。林小云虽然个性张狂，但也是第一次在这么多人面前扮女人，加上这里是乾一号，因为怕露马脚，所以低头缩眉。高眉娘因林叔夜的请求而没戴飞凰面罩，改为用一块黑巾蒙了脸。这一眼望过去，福瑞德绣庄的气势有多高，凰浦绣庄的气势就有多低。

辜三妹哈哈笑道："伍姨、六姐，这种人也来参加斗绣？这海上斗绣的水平可真不高啊！也不知道庄主为什么要出动伍姨，其实我来领队都够了。"

陈伍氏绣功精湛，已逼近宗师境界了，所以气度也颇为沉稳，叮嘱道："莫要轻敌。她们的绣品能排到第十三名，当非弱手。"

辜三妹冷笑道："绣品可以买，可以借，可以请高手帮忙，至于有没有真实功夫，还是得现场看真章！"

罗六姐看了黎嫂一眼，似乎想起了什么。

福瑞德那边庄主没来，只来了一位乌石绣坊——福瑞德分坊——的坊主。他当众介绍道："这是我们的三位大师傅：领头的这位陈门伍氏，刺绣得兼粤、闽两家之长，假以时日当能成为我们广东的新宗师；次席罗家六姐，乃是福瑞德镇山宗师亲传弟子；三席辜家三妹，也是广绣行中的新秀。特来此海上向诸位绣行高手请教。"

林叔夜的应对就显得生涩了，对面说完，他也没回应。直到评审叫道"凰浦绣庄，轮到你们了"，他才反应过来，匆忙上前，惹得旁观者一阵哂笑。

林叔夜指着己方三位师傅道："我们绣庄是新庄子，这是我们的三位师傅：黎嫂子、云娘子、高娘子。黎嫂子是带头人。"

一时冷场。过了一会儿，评审问："没了？"

林叔夜慌忙应道："没了啊。"

第三十六针　初战

　　眼看他答得七忙八乱，有头没尾，福瑞德那边又是一阵哄笑。罗六姐忽然看着黎嫂道："咦，你是黄埔的那个绣工？"

　　辜三妹问："六姐认得她？"

　　罗六姐笑了笑："两年前她来向我请教过针法，所以刚才瞧着眼熟。"

　　原来黎嫂一直没遇到好师傅，所以一有机会就到处向人请教。绣行中讲究的是一日为师，终身为师，但偶尔请教的时候，规矩没那么严。可是这时被罗六姐道破，她也不得不向罗六姐低头行礼，这样一来更显矮了一头。

　　辜三妹问："原来六姐教过她啊，却不知这位师傅功夫如何？"

　　罗六姐瞥了黎嫂一眼，说："不记得了。"

　　她这话一半是真不大记得，一半是为对方留了脸面。辜三妹却年少轻狂，笑道："能叫人毫无印象，这位师傅的绣功再高也有限。"

　　黎嫂被说得羞愧无比，却又无从辩驳。林小云大怒，就要出头，却被林叔夜抢先一步道："你们虽然挂着乌石绣坊的名号来参赛，但实际上是福瑞德的台柱子，如此踩我们这小绣庄，这是广东十大名庄该有的度量吗？"

　　林小云心想：这话听着是找场子，可一琢磨，怎么倒像是进一步示弱卖惨？

　　辜三妹翘起了嘴，想要回撑，却被领头的陈伍氏喝道："这位庄主说得没错，三妹，给人道歉。我们是大庄，不可仗势欺人！"

辜三妹乜斜着眼，道："对不住啦！"

评审道："闲话少提，快点进入正场吧，你们打算绣什么来比针速？"

辜三妹笑道："就凭她们这样子的，绣什么都行。"她一边说话，一边甩出一方手帕，然后右手一抖，已经多了一根绣花针。她也不用绣架，左手手指将手帕夹紧，右手绣花针此进彼出，两句话工夫就勾勒出了一片叶子来。

黎嫂惊道："好快！"

辜三妹笑道："这就快了？我这功夫才练了七八年，比我们六姐还慢了两拍。至于我们伍姨，三十几年的针功，我更是没法比了。你们要是识得好歹，最好现在就认输，免得上场丢脸。"

黎嫂虽然心里畏怯，但看了林叔夜、高眉娘一眼，心想：上场只是我自己丢脸，但如果畏战不出，那是把绣庄的脸也丢了。当下反而挺了挺胸膛，说道："我们比！"

林叔夜便对乌石绣坊坊主道："既然是三场两胜，那第一场你们出题目，第二场我们出题目，第三场大家再商量着来……如何？"

辜三妹笑道："还有什么第三场，两场下来就完了。"

那坊主道："好，就这样。"

林叔夜道："那第一场我们由黎嫂领头应战。"

辜三妹道："我来对你！"

林叔夜怒道："你们三人里，你辈分最小，黎嫂却是我们的领头。你一个小辈来对我们的领头，未免太欺负人！"

辜三妹一时被说得愣住了，陈伍氏道："也对，不可如此折辱人。三妹退下，我来吧。"

罗六姐对陈伍氏道："还是我来吧。伍姨，你留着力气，好对付袁莞师。"

原来福瑞德在十大名庄之中虽居中游，却心气甚高。这次听说广茂源竟然请动了袁莞师，便也出动了庄内仅次于镇山宗师的陈伍氏。陈伍氏的针功、名气都已经到了临界点，如果她能成功晋级，那福瑞德便拥有两位刺绣宗师,届时将成为十大名庄中仅次于广茂源、潮康祥的第三名庄。此次海上斗绣,陈伍氏便是奔着挑战宗师来的。按现在这个安排,她虽然不敢抱战胜袁莞师的念头,但这一战只要有不俗的战果,对她功力的提升、名气的上涨都大有帮助。

陈伍氏也不愿意将精力浪费在俗手面前,便点头答应了。

罗六姐踏前一步,对黎嫂说:"我虽然不是领头,但总当过你师父,一消一长算是抵消了。我来对你,不算辱没了你们吧?"

黎嫂看向林叔夜,林叔夜道:"可以。"

当下两人走到中间,早有人搬来了两个绣架、两把椅子,其他人退到一旁。高眉娘道:"我去歇歇,轮到时叫我一声。"

林叔夜低声道:"刚才那个辜三妹,比云娘如何?"

高眉娘也低声回应:"她天资不错,但针法还不够扎实,除非风车针也是她所擅领域,否则云娘当能险胜。"说完便到后面休息了。

那边罗六姐问黎嫂:"你要比什么?"

黎嫂还没回应,林叔夜道:"说好了这一次你们定题目。"

罗六姐想了想,说:"那就比扭针,勾叶子吧。"

粤绣发展到明朝,已奠定直、辅、捆、插、绕、编、平、织八大门,又称八大类。八大门之外又有变体针和自创针,因此粤绣针法有"八门(类)""十门(类)"两种说法。之前高眉娘传授黎嫂的口诀云"广绣有针法,十类四十门",是把后两种给包含进去了。

八大门的第一门——直,又称直扭针,这类针法都是走直线,根据线条方向的不同又分为直针、扭针和风车针三小门,是刺绣针法中基础的基础。罗六姐所说的勾叶子,便是扭针常见的用途之一。

黎嫂见林叔夜点头,便说:"好。"

当下两人坐定,评审道:"按斗绣惯例,焚香定时,锣响针停!你们想用慢香、中香,还是快香?"这三种香用料不同、粗细有异:快香香体细,里头还加了促燃之物,烧起来非常快;中香较粗，不加促燃物；慢香则又大又粗，一根能烧一两个时辰。

罗六姐道："速战速决，用快香吧。"

评审又问："几炷？"

罗六姐道："一炷。"

黎嫂吃了一惊，心想：一炷香……那能绣多少？但在罗六姐的气势下，她不敢反对。再说，这一场也说好由对方定。

评审便点燃了一炷快香，然后道："起针！"

黎嫂对自己道："别怕，别怕！我绣我的！便是输了，后面还有云娘、姑姑，她们的针法快，也许能翻盘。"便平心静气地上绣架落针。

这扭针是用较短的斜行针路来形成绳状线条的针法，下针时绣线微拧，一般从绣地的下端或右端起针，然后从右到左、从下而上绣出。黎嫂想起高眉娘传授的口诀：横直曲线下右起，向左向上出绣地，后针遮盖前针脚，如此行针便匀密。

她几个勾勒，便绣出了一片叶子，用针如此之顺畅，铺线如此之匀密，是高眉娘指点之前所没有的。她绣了一片叶子后满心欢喜，自忖功力比之前大进，当下恢复了一点信心，眼角便偷空朝对面扫去——这一扫，差点让她拿不稳绣花针！

她自忖自己落针已经很快了，没想到自己才绣了一片叶子，对面罗六姐的绣地上已经出现三片了！而且针针皆密，线线皆匀！她都看呆了。

就在她发呆的片刻，罗六姐又绣成了一片叶子。

林叔夜叫道："别看她！你绣你的。"

黎嫂赶紧收摄心神，然而一想到对方竟然比自己快了那么多，心头再怎么也定不下来，一个慌乱，下针竟然绣歪了，赶紧回改，却更慢了。看着她手忙脚乱的样子，旁边辜三妹哈哈大笑。

那一炷香烧得好快，没等黎嫂绣完第三片叶子，香已燃尽。铜锣响起，评审叫停，黎嫂满脸羞愧，离开了绣架，同时看向对面，只见罗六姐的绣地上整整齐齐地排着十三片叶子。自己绣的不及对方的一个零头！

不等评审发话，黎嫂已经垂头道："我输了。"

罗六姐走过来看了一眼，说道："第一片叶子绣得好，针速虽不够，针功却颇为扎实。这样的针功，让你慢慢绣，却也能出来一两件名庄绣品。"

这话算是一种肯定了。黎嫂心里又是叹服，又是羞愧，却听辜三妹说："她们拿来献绣的绣品，不会是积攒了七八年的绣功吧？"

林小云一向猖狂，所以最见不得别人的猖狂样，对黎嫂道："别生气，回头替你报仇。"

黎嫂是个老实人，低声道："我没生气，的确是我手脚慢。咦，你的声音怎么这么粗？"

原来林小云一个激愤，忘了用假声。他赶紧咳嗽一声遮掩道："我喉咙痛。没事，没事。"

林叔夜瞥了他一眼，怀疑更增，不过这时候也没工夫细想，开口道："第一场我们认输了。第二场你们谁来赐教？"

辜三妹哈哈笑道："那自然是我了。"

林叔夜道："上一场你们定题目，这一场该轮到我们了，就绣梅花吧。仍然以一炷快香为限。"

辜三妹笑道："行，随便你们怎么样都行。"

说话的工夫，早有人上前给绣架换了新的绣地。林小云早已明白林叔夜故意示弱的战术，便刻意扭着腰肢上前坐定，拿起绣花针时还"不小心"拿不稳——掉了——赶紧又捡起来，对着看他笑话的辜三妹说："这位姐姐，我刚学刺绣不久，你能不能让我一朵？"

辜三妹笑道："让你三朵又何妨？"

林小云拍手道："哎呀，太好了！太好了！"

评审点燃了一炷快香，叫道："起针。"

林小云扭扭捏捏地拿起了绣花针，就像举着一根铁棒一样吃力。辜三妹抱着手臂冷笑，而林小云慢慢地落针、起针，一针又一针，不疾不徐地绣好了一朵梅花。

粤绣绣梅花，一般用风车针。风车针也属于直门针法，刺绣时从外边起针，至中间落针，而后线条顺次而成，可以绣成多片叶子或花瓣的风车类模样。用此针法绣花蕊时，要注意在中间留个小洞，并在直线的尖端加绣圆子针。

辜三妹看他这般速度，心想：别说三朵梅花，便是让六朵梅花又何妨？怕就怕对方这速度，一炷香内绣不出六朵来！她口中调笑道："你这针法倒还可以，梅花绣得也中规中矩，就是太慢了。你们绣庄出的都是慢针功啊，哈哈。"

林小云笑道："你想看快的？那我就快给你看。"话音刚落，他气势为之一变，绣架之上便针影闪动，转眼一朵梅花又将成！

辜三妹怔了一怔，随即知道自己被算计了，怒道："小贱人，敢点我！"

第三十七针　绣龙鳞

对方有这样的针速,自己就不能托大了。辜三妹急忙也跟着下针,然而一步慢、步步慢,她的针速本来就不见得能比林小云快,何况心浮气躁之下两番出错,这一来便更落后了。

眼看一炷香烧完,林小云气定神闲地收了针,绣地上错落有致地出现了十二朵梅花。黎嫂看得欢喜,赞叹道:"好梅花,好针功!真是漂亮啊!"

辜三妹那边却只有九朵,最后一朵还没能完成。林小云施施然地站起来,对着辜三妹敛衽而拜,很欠揍地道:"姐姐承让了,果然让了我三朵梅花啊。"

辜三妹气得跳脚,指着林小云就骂:"你个贱人!这局不算!你点人!"

评审还没发话,陈伍氏已经喝道:"三妹,不得无礼,退下!"

这时大局已定,林叔夜也不再装弱了,淡淡地道:"陈师傅,这局不算吗?"

那位乌石绣坊坊主虽然是此次的领队,但在福瑞德内部的地位其实不如陈伍氏,因此林叔夜直接向陈伍氏发问。

陈伍氏看了双方的绣架一眼,问罗六姐:"你觉得怎样?"

罗六姐道:"愿赌服输,何况就算第一朵不算,三妹还是输了两朵。"

陈伍氏点了点头,道:"不错,对面这位绣娘的针功出色,三妹即便不轻敌,也未必能赢,何况她心浮气躁,这一场输得不冤。"她说着，转向辜三妹，忽然正色厉声道："三妹！这个亏你可记住没有！"

辜三妹吓得慌忙应道："我，我……我记住了……"

陈伍氏道："福瑞德年轻一辈里头，以你天分最高，在庄内你罕逢敌手，日积月累之下，让你不知道天高地厚！这次斗绣虽然输了，但如果你能痛定思痛，将来于你却是有益的。还不上前谢过给你教训的这位姐妹。"

辜三妹一脸委屈，却还是对着林小云福了一福，说："谢谢这位妹妹，我输了。"

众人见了均想：福瑞德不愧是广东十大名庄之一，这位伍师傅也果然有宗师度量！

便听陈伍氏对林叔夜道："林庄主，这一场是我们输了。"

林叔夜淡淡地道："好，那准备进行第三场吧。"

陈伍氏道："所以这位黎师傅打头阵，是贵庄故意示弱吗？林庄主好算计！只不过刺绣之道，最终还是要以真功夫见个高低！一点阴谋算计，影响不了大局。"

林叔夜笑道："说得没错。"

陈伍氏道："看林庄主胜券在握的样子，想必贵庄还藏有高手。却不知针速比这位云娘子如何？"

林叔夜哈哈一笑，也不回答，对旁边的喜妹道："请姑姑上场吧。"

这广东的四月，太阳已经颇为毒辣，所以赛场的两边各有两个小帐，让对战双方的师傅可以休息。喜妹进去将高眉娘扶出来，只见高眉娘已经脱下了之前的粗布衣裳，换上了一件薄薄的白衫，脸上的蒙面黑巾也撤去了，换上了飞凰面罩，白衫简约到了极致，面罩却华丽到了极致。若她一开始就以此风姿示人，只怕凰浦要装低调也不能够了。

林叔夜上前一躬："姑姑，有劳了。"

高眉娘上前，来到陈伍氏跟前，目不斜视，敛衽而拜。陈伍氏上下审视着高眉娘，也敛衽还礼，问道："这第三场，贵庄要怎么比？"

高眉娘道:"随意。"

这话在陈伍氏听来可是狂到没边了!她是准备挑战袁莞师的,眼前这人竟然敢在自己面前说"随意"?

便是陈伍氏有再好的度量,这时也忍不住哈哈笑道:"直、辅、捆、插、绕、编、平、织,粤绣八门你全能吗?"

高眉娘道:"都可。"

陈伍氏冷笑了起来:"那好啊,妾身最擅长者在绕绣。你说都可,敢跟我斗绣龙鳞吗?"

福瑞德这边听陈伍氏说要绣龙鳞,都吃了一惊。须知刺绣功夫达到或者接近宗师级的人,虽然必须诸法皆通,但其中仍有最擅长者。比如袁莞师在诸法皆通的同时,便以绣荔枝驰名天下;而陈伍氏则擅长绣龟、龙、麒麟,其迭鳞针法更是一绝,是她压箱底的绝技。她这时当气话说出来,自然叫福瑞德这边的人吃惊了。

辜三妹性子较直,就说:"伍姨,你要比绣龙鳞,这不欺负人嘛!你绣龙鳞全省无敌的!"

高眉娘却转头问林叔夜:"我们有准备金、银线吧?"

林叔夜道:"有的。"

高眉娘便对喜妹道:"去把金、银线取来。"然后对陈伍氏道:"准备开始吧。"

陈伍氏几乎要被高眉娘给气笑了,道:"好,好!许久未见如此狂妄之人了,今日且看尊驾手段!"

绣龙鳞一般用的是绕绣针法,绕门之下又按照线材分为"绒线绕"和"金银绕"两门。金银绕是用金线和银线作为线材,将金、银线绕成环形相叠的图案。金银绕之下,又分扣圈、迭鳞两种针法,绣龙鳞一般用的便是迭鳞针法。

双方各取了刺绣所需的材料后,于绣架前坐定。

陈伍氏虽然生气,但她的修养、气度都非辜三妹能比,并未因此失去理智,尤其一坐到绣架前,便神凝气聚,如换了一个人一般。高眉娘却只是坐下,与寻常状态全无不同。

罗六姐上前低声道:"对方竟然敢应战,也许凑巧她也擅长绣龙鳞，伍姨不可轻忽，免得有个闪失，弱了名头。"

陈伍氏点头道："我省得。"便对高眉娘说："绣龙鳞需要画稿，你们需要先上画稿吗？"

这画稿也是刺绣的程序之一，一般是在刺绣之前拟定，像刚才绣叶子、梅花，都较简单，可以不用画稿。龙鳞则较为复杂，一般都要先拟好画稿，用特殊的笔描在绣地上面，然后依稿落针。

高眉娘反问："你需要吗？"

陈伍氏对龙鳞绣早就烂熟于心，其稿在腹，冷然道："不用。"

高眉娘淡淡地回应："那我也不用。"

陈伍氏见她竟敢如此，反而心中微惊，心头一沉，上前道："妾身乃福瑞德绣工，陈门伍氏，托乌石绣坊之名到此参比，还未请教尊驾大号。"

高眉娘应道："凰浦绣庄，高眉娘。"

陈伍氏怔了怔，随即忍不住一笑："在广绣行中敢称'眉娘'者，妾身生平未见！"

高眉娘没有回应，只是看向评审。

评审道："还是点一炷香吗？"

陈伍氏道："绣龙鳞与绣花叶不同，费时较多，请点三炷中香。"转头问高眉娘："如何？"

高眉娘颔首："可。"

评审便点了三炷中香，叫道："起针！"

陈伍氏既不慌乱，也未迟疑，闻言便下针。她落针之后，很快就进入心无旁骛的境界，也不管对面绣得如何，甚至不管那三炷中香，只全神贯注于绣花针上。原来到了她这个境界，落针之前，对三炷中香内能绣多少龙鳞早已心中有数。她不但要绣出龙鳞的数量，更要绣出龙鳞的质量，若只是单纯追求速度，以后这绣品流传出去，不免令名声失色。

罗六姐见陈伍氏如此，心头大定，又生了钦佩之心，对辜三妹道："看见没，这才是刺绣高手当有的修养、气度。伍姨刚才因对方无礼，虽然有些动气，但一上绣架便心不染尘！咱们啊，不但要学伍姨的刺绣功夫,更要学这养气功夫。"

辜三妹连连点头,表示受教。不过陈伍氏能全心刺绣,她可不行,看了一会儿便去看对手的。这时陈伍氏已经绣出了一片龙鳞,她朝对面看去,只见高眉娘的绣地上一片龙鳞也没有。

辜三妹先是一喜,随即疑惑了起来,问罗六姐:"六姐,对面在干什么啊?"

要知这迭鳞针法施绣时,一般是以双线沿着鳞片外轮廓,依着画稿上鳞片的形状由外而内地盘绕钉绣,第一片鳞片完成后,双线压着第一片鳞片的一边,并沿着下一片鳞片的外轮廓继续钉绣,从而使鳞片呈现一片叠着一片的效果,如此方是龙鳞,也才能体现龙鳞绣的功夫——不能像绣花、叶一样,分别绣成一朵朵、一片片。

陈伍氏虽然没有拟稿,但她的龙鳞是按照她心中的稿子逐次展开的。她这边已经绣好了第一片龙鳞,马上跟着叠第二片龙鳞,不但绣出来的龙鳞整齐漂亮,而且针法又快又稳,结果高眉娘那边连半片都没有,甚至于一眼望去,其绣地上不见一根金线——绣龙鳞当用金线,既然一根金线都没用,那自然是半片龙鳞也无了。

罗六姐得辜三妹提醒后望过去,只见对方拉着银线这里一针,那里一针,也不知道在绣什么,不禁皱眉。辜三妹低声问道:"六姐,她在弄什么玄虚?"

罗六姐虽然看不明白高眉娘在干什么,但转念一想,对辜三妹道:"这个不知从哪里冒出来的庄子好像很喜欢搞阴谋诡计,你不是刚吃了个亏吗?"

辜三妹道:"对啊!那怎么办?"

罗六姐道:"咱们啊,以不变应万变,只要伍姨正常发挥……她的龙鳞绣省内无敌,不用怕的。"

辜三妹拍手道:"对,对!就是这个道理!"

罗六姐刚才的这两句话,一半是说给辜三妹听的,另一半则是说给陈伍氏听的。罗六姐见陈伍氏在听了她的话后针法沉稳如常,没有因此更快,也没有因此慢下来,全然是按照自己的节奏走,便如吃了一颗定心丸,心想:只要伍姨不受干扰,这场斗绣我们就赢定了!

第三十八针　不知所云

　　福瑞德这边心定了，凰浦绣庄那边却有些慌了。黎嫂先站不住了，却又怕影响了高眉娘，所以不敢对着她问询。刚才林小云帮她报仇，已赢得她的同仇敌忾之心，她便对林小云产生了亲近感，靠近了说："姑姑这是在做什么啊！金线一根都没下！"

　　林小云也看不懂："我也不知道。"

　　"糟了，糟了！"黎嫂焦急地低声说道，"对面又绣好一片龙鳞了！会不会……姑姑没有画稿，所以针法乱了？"

　　"这……"林小云未曾见识过高眉娘展现技艺，所以对她并无敬畏与期待。他心头疑惑，向林叔夜望去，只见表哥一脸的镇定，心想：都落后两片龙鳞了，表哥竟然还不着急，就这么信任这个婆娘？他表面上不顺从他爹，实际上却父子同心——一张漂亮的脸蛋下藏着一颗糙汉之心——听过林添财叫高眉娘"婆娘"，心里也就跟着叫"婆娘"了。

　　就在对面即将绣好第三片龙鳞时，高眉娘终于下金线了。

　　见高眉娘终于下了金线，黎嫂才算稍微松了一口气，然而还是焦急。绣龙鳞不比绣花叶，花叶要繁复可以繁复无比，要简单也可以简单到极致。刚才林小云与她绣梅花、勾叶子，都是按照最简单的款式来，务必求快。

　　但这时高眉娘和陈伍氏都自重身份，虽然按照斗绣规则是以龙鳞多者为胜，但她们不肯一味求快，每一针、每一线都是扎实推进，要把这龙鳞绣得层层叠叠、密集好看！

陈伍氏绣龙鳞熟极而流，高眉娘也是全无滞缓。一时间，大家也分不清两人谁更快些，到后来只能数着龙鳞的多少来看胜败。

第一炷香燃尽，陈伍氏依然领先两片龙鳞。黎嫂数过后欢喜地道："追上一片了！追上一片了！"但随即又担心地说："还有两炷香工夫，不知能不能追上。"

林小云看高眉娘针法纯熟，可比自己强多了，心想：这位姐姐果然是有真功夫的，怪不得表哥对她有信心；她要是刚才不托大，一上来就绣龙鳞，这会儿说不定已经领先了。他这时已有些佩服高眉娘的针法，心里就改叫"姐姐"了。

然而福瑞德的人方才夸口陈伍氏绣龙鳞"省内无敌"，敢这么说，自然不会没有因由的。陈伍氏绣到第三十六片龙鳞时，针法更见老辣，针脚之间的间隙很小，那龙鳞一片片地叠过去，密密麻麻地成了一片。这等密集图案隔得远了就容易数不清楚，加上有手起手落的阻隔，更是数着数着就被打乱，所以绣到中程，黎嫂已经弄不清楚数量了，只能干着急。

高眉娘这边的形势又有不同。陈伍氏绣的龙鳞是连成一大片，而高眉娘在龙鳞连成一片之后，忽然在其他空白地方上另起一片，连了几片后，又在别的地方另起一片，到后来散落在绣地上各处的成片龙鳞，至少有五六片，布局又不规则，弄得是这里一片、那里一片，跟陈伍氏所绣的龙鳞相比，就显得十分难看。更有甚者，有些鳞片只绣了一半就不绣了，还有些鳞片只绣了不到三分之一，便收了针去绣另一片。

罗六姐看得心头大喜，对辜三妹道："对方沉不住气，针法乱了。"

黎嫂听着这话更是焦急。林小云心想：这婆娘不会真的被打乱心境了吧？他的急性子也随林添财，一看高眉娘好像不行了，又在心里叫"婆娘"。

此时林小云看了林叔夜一眼，见他仍然镇定。

刺绣的过程其实十分枯燥，但因为内心焦急，黎嫂等反而感觉时间过得好快。没多久，第三炷香便接近尾声。

绣架上的两大高手都是心中有谱的人，到了最后，针法反而都慢了下来，正分别作结。这限时香是做过特殊处理的，香的末端掺了火药，以防在将尽未尽的收尾阶段起争执。眼看火光触及了火药线，第三炷香"哧"的一声爆燃了，于是铜锣响起，评审叫道："收针！"

几乎同时，高眉娘和陈伍氏各自结针，固定线尾。

见两人十分配合，评审点了点头，走了过来，一眼看过去，只见陈伍氏所绣的龙鳞叠成整整齐齐的龙背形状，每一片龙鳞都大小如一，干净、漂亮又大方，虽然密密麻麻的，但因为整齐，所以很好数。评审轻轻松松地逐片点算，陈伍氏道："不用数了，一共一百片。"

罗六姐一听，就知道陈伍氏腹稿精准，在下针之前就已经规划好了要绣一百片龙鳞。如果只论针速，自己比伍姨也不差多少，但这等对时间、针法、绣功的精准把控，真是令人赞叹、艳羡：功夫越往顶端进步就越难，也不知道自己再练十年，能不能达到这个境界！

但评审还是老老实实地将龙鳞片数完，果然不多不少，刚好是一百片。

辜三妹拍手笑道："这龙鳞绣可不容易绣，如果换了我上场，顶多绣个六十片，而且不可能这么大小如一。没有画稿的情况下，多半绣得有的大，有的小，这里一片，那里一片……"

她这话表面上是在说自己，实际上是在讽刺对手。在场看热闹的有一大半是福瑞德的人，听了后一起哈哈大笑。

黎嫂、喜妹等被笑得又是惭愧，又是暗恼。

林小云心里也不大乐意：可惜没下一轮了，没法找回场子，再说这个姓伍的婆娘也确实厉害，绣龙鳞我比不过她。

评审来到凰浦的绣架旁，看了一眼，说："论到绣地的整洁与观感，不用数都可以定下胜负了。不过这一场斗绣考校的不是水平高低，而是针速，所以我还是按照规例清点吧。"

陈伍氏道："请数吧。"

罗六姐加了一句："如果对方完整的龙鳞比我们多,那我们甘愿认输!"她虽然没确切数出对方绣了多少片龙鳞,但看出那些不完整的龙鳞有二三十片,只要这些不算,己方肯定能赢的。

林小云却开始胡搅蛮缠起来:"什么叫'完整的龙鳞'?这次斗绣,说的是比赛绣龙鳞,事先又没说是要绣'完整的龙鳞'。那不完整的龙鳞也是龙鳞啊,你怎么能歧视它们呢!"

辜三妹怒道:"如果绣整片的龙鳞是龙鳞,绣个三针两线的龙鳞也算龙鳞,那这场斗绣还怎么比?"

林小云道:"谁让你们一开始没说要绣完整的龙鳞?没有说,那不完整的龙鳞就都得算。"

罗六姐等恍然大悟,辜三妹冷笑了起来:"哦,原来你们的阴谋诡计……是藏在这里!"她对旁观的众人道:"大家评评理,这种不完整的龙鳞,它能算吗?"

旁观的人大多数是福瑞德的,自然高声起哄:"不算!不算!""不完整的龙鳞,怎么叫龙鳞!""这是耍诡计!"

就连一些不是福瑞德的人也都倾向于辜三妹,甚至连黎嫂都低着头,觉得云娘真不要脸啊,这种强词夺理的话也好意思说出来。

只有林小云依旧在那里恬不知耻:"有理不在声高!别以为你们人多、声音大,你们就有理!"

那评审已经开始数了,果然只点那些完整的龙鳞。高眉娘这幅刺绣龙鳞错落,分布上不似陈伍氏那般规则,所以数起来麻烦,加上林小云在旁边跟辜三妹斗嘴,导致评审数了两次都数乱了。他怒喝道:"你们给我住口!"又指着林小云说:"你再开口扰我数片,我就判你们干扰评审,直接断你们凰浦败北!"

林小云吐舌头做了个鬼脸,没再说话了。

那评审静下心来,重新数数,这次终于数清楚了,说道:"不完整的龙鳞不计,完整的龙鳞共计八十一片。这一轮……"

林叔夜忽然叫道:"等等!"

评审问:"怎么了?"

林叔夜道:"且等等!"转头问高眉娘:"姑姑,你是不是有话要说？"

高眉娘来到绣架旁，对陈伍氏道："刚才我在帐内，隐约听见你们的言语，似乎在说你要挑战袁莞师，那就是有意于刺绣宗师了？"

挑战袁莞师这事，陈伍氏虽未挑明，但被对方直接道破，她也就不隐藏自己的野心："不错。"

高眉娘道："我曾听一位绣评大家说：'刺绣之道，其功在艺，其审在华。'其功在艺，指的是对做衣服、绣衣服的人来说，手底下的功夫是其根本；其审在华，说的是对穿衣服、看衣服的人来说，讲究以华为本……你可知何谓'华'？"

陈伍氏皱眉道："不知道你在说什么。"

高眉娘道："华就是美的意思。华夏，华夏，有礼仪之大故称夏，有服章之美谓之华……我华夏之立天下，以礼仪之大为其本，以服章之美为其外，因丝成绣，即为我华夏立天下之最初表征，亦是品评刺绣高下的根本。"

这话陈伍氏还没回过味来，那个评审却听得有些怔了。他能来做评审，自然也学过有关刺绣的理论知识，但要论绣论到这个高度——先不说自己能否说得出这番理论，便是听都没听过。

高眉娘继续道："这一轮我们比的是针速，这是刺绣最基本的功夫考校。不过你既然意在宗师，那么即便在斗绣之中，也当在心中有所持执，心有所持则所出有品，所出有品而其华自出，而后才可能成就一代宗师，否则就落了下乘。心中之绣若落了下乘，则终生为绣匠，宗师境界今生无望矣。"

这几句话出来，气得辜三妹连连冷笑："虽然不晓得你在说什么，但你这是在教我们伍姨刺绣吗？你以为你是谁？是陈子艳吗？还是沈女红？"

陈伍氏亦觉得对方这话狂妄且让人好笑。反正辜三妹已经帮自己把话说出来了，她便打了个哈哈，并不回应。

"刺绣之道，高下争于一线，胜败存乎一心。"高眉娘似乎完全没理会福瑞德三人的反应，将自己的绣地从绣架上撤下来，递给陈伍氏，"你好好看看吧。这场斗绣谁胜谁负，你说了算。"

第三十九针　宛若中邪

罗六姐、辜三妹都觉得眼前这个女人魔怔了，连林小云也叫道："哎哟，你让对方说，她肯定说自己赢啦！"

陈伍氏皱着眉头，却还是接过这幅刺绣，看了一眼，心想：虽然不明白她在说些什么，但这针功确实好生扎实，比我……至少不差！

她对自己的龙鳞绣向来有极大的把握，但对高眉娘的这幅绣品，不禁暗赞了一声，然而还是不服气：你绣龙鳞的针功或不下于我，可这一轮比的是针速，你输了就是输了，再弄些玄虚的言语又有什么作用？再说，你绣得这么乱七八糟的，有什么资格来对我指手画脚？

她眼角余光又掠了一下，忽然觉得绣地上的图案因为角度变化而有所不同；再看一眼，忽然就看出了端倪；于是再一细看，额头冷汗涔涔而下！

她脸色的变化，近在咫尺的罗六姐和辜三妹首先注意到了。

"伍姨，伍姨！你怎么了？"

陈伍氏将这幅绣举起来，对着日光再看了一下，确定自己没有看错，又放在手中仔细摩挲，再回念刚才高眉娘的言语，一字一句地细细琢磨，忽然浑身颤抖。

罗六姐和辜三妹都吃了一惊，同时问："伍姨，你怎么了？"

林小云也道："她不会是中暑了吧？还是中邪了？"

陈伍氏抬眼看向高眉娘，继续琢磨着她刚才的言语，再看看手中的绣品，然后又望向自己绣架上的绣地，忽然双眼流下泪水。

众人正吃惊，却见她猛地冲过去，竟将自己的绣地从绣架上扯下来撕了！

罗六姐和辜三妹更是骇然。林小云低声道："这不是中暑，莫非真中邪了？"

陈伍氏走几步来到高眉娘身边，捧着那幅绣，如捧圣物一般，低声问道："这幅绣品，能赠予妾身吗？"

高眉娘点了点头。

陈伍氏道："多谢，多谢。"这两声"多谢"，竟然带着哭腔。

林小云看得心里头发毛：中邪了……这婆娘中邪了！随即望了高眉娘一眼，心想：怪不得表哥那么镇定，原来这个婆娘会法术！

就听陈伍氏对评审道："这场斗绣，我们输了。"

罗六姐、辜三妹和乌石绣坊坊主都骇然变色，却哪里来得及阻止！要知道陈伍氏在福瑞德是第二号高手，其地位比分坊坊主高多了，更别说罗六姐、辜三妹都是她的晚辈，所以她说出来的话，此刻福瑞德中无一人能驳回。

陈伍氏将手中绣品珍而重之地叠好收起，跟着向高眉娘福了一福，然后便转身离开了。罗六姐见自家伍姨宛如中邪了一般，却也只能跟着离开。辜三妹也只得跟上，临去前狠狠地回头剜了高眉娘一眼。福瑞德的其他人也跟着离开了。

林叔夜忽然问评审："这场斗绣，是我们凰浦绣庄赢了吧？"

评审愣了一下，却还是不得不说："是……是你们凰浦绣庄赢了……"

在场的人，除了高眉娘和陈伍氏，再无一人知道是怎么回事，却不妨碍黎嫂和喜妹齐声欢呼！

喜妹叫喊了几下，忽然听林小云口中念念有词："礼仪之大……服章之美……终生绣匠……宗师无望……礼仪之大……服章之美……终生绣匠……宗师无望……"

喜妹奇怪地问道："云娘，你在念什么啊！"

"别扰我！这咒语这么牛，我得赶紧背下来！"

喜妹听得嘴巴都张开了。

"什么！绣房崽赢了？"陈子丘一怒，将几上的药丸推了出去。药丸落地碎成了几瓣，药膏也流了出来。

"哎哟，痛，痛！"他被林小云狠狠揍了一顿，虽没伤到要害，但眼、耳、口、鼻都肿痛得厉害，脸肿得像猪头，嘴肿得像猪嘴，手也被扭脱臼了，所以用力不当就痛。

"废物！一群废物！"陈子丘骂道，"福瑞德居然连个破绣庄都赢不了，还敢号称广东十大名庄？写信！让老大将福瑞德给除名，免得给广绣行丢人现眼！"

"听说原本是福瑞德赢了的，"歪嘴伴当说，"但他们派来的绣工首席忽然中邪，竟然自己向评审认输，这才让凰浦翻了盘。"

"中邪？什么中邪？"陈子丘也是一愣。

"对方阵营有一个女人，就是他们第三个上场的绣工，戴着个诡异的金丝面罩，那面罩上绣着一只魔鸟。然后那个戴面罩的女人就念动咒语，嗡嗡嗡嗡的，跟着福瑞德的首席就像疯了一样，又是打冷战，又是流眼泪，最后都要向凰浦那怪女人跪下了，跟着就向评审认输了。"

陈子丘骂道："光天化日的，你跟我讲这种鬼话！"

"是真的。"旁边胡嬷嬷说，"我也去打听了，不止一个人这么说。大家都说这事古怪，我一开始不信，就直接去福瑞德舱内询问，结果他们的坊主和另外两个参比的师傅也不知道是怎么回事。至于那个中邪的师傅……"

"她怎么说？"

"她什么也不肯说。我问她要那幅刺绣看，她也不肯给。"胡嬷嬷说，"这事处处都透着诡异，太不寻常了。"

陈子丘是个没胆的，不由得道："难道……真的有邪术？"想到林叔夜手下竟然有会邪术的人，他不由得庆幸今天因为脸肿而没去现场。

胡嬷嬷道："除了邪术，再没有别的解释了。"

"另外还有一件事情呢。"歪嘴伴当说，"二少，打你的那个人妖找到了。"

"啊？在哪里？"

"那人妖投靠了绣房崽。这次斗绣，他代表凰浦第二个上场。"

这真是仇人撞到一块去了，陈子丘怒道："好啊！什么投靠，我看那人妖一定就是绣房崽的人！这一定是那个贱种给我下的套！快带了人，去把那个人妖抓来！"

他忽然想到了什么，叫道："不对！绣房崽居然用人妖，这事有伤风化！就用这个理由，去让梁晋把绣房崽的绣庄给除名！"

他顿了顿，又说："可如果对方真的会邪术，那怎么办？"

"二少放心！"歪嘴伴当道，"我马上让人上岸，去找黑狗、黑驴，只要有了黑狗血、黑驴蹄，让人带在身上，什么邪术都破了！"

这时凰浦绣庄众人早回了小船。林小云一路缠着高眉娘，低声下气地想学法术。高眉娘冷冷地看了林小云一眼，他吓得叫道："别，别对我用法术！我不学了还不行吗？"

这时林叔夜走近了，高眉娘也冷然地看向他，却听林叔夜问道："刺绣之道，其功在艺，其审在华……这番高论不知道是出自哪位绣评大家之口？"

高眉娘道："是我在云南的时候认识的一个朋友。"

"云南！"林小云眼前一亮，"苗疆？一定是了！这是苗疆的法术！不对，是蛊术，对不对？"

林叔夜瞪了他一眼："莫再胡扯！"

林小云吐了吐舌头，林叔夜见了，一呆——这人的表情怎么这么眼熟？但这时没空理他，林叔夜转头问高眉娘："能知道你那位朋友的姓名吗？"

"同是天涯沦落人……"飞凰面罩之下，高眉娘轻轻说了一句，便入舱休息去了。

坤四号船舱中，陈伍氏让人收拾好东西，准备回广州。辜三妹双目含泪，罗六姐叹了一声说："回去也好，回去找个大夫，好好给伍姨看看病。"

陈伍氏一愣:"看什么病?我又没病。"

辜三妹道:"对,不是病,是中邪。咱们得去找个道士,或者和尚,或者别的高人。"

"你们在胡说什么!"陈伍氏皱眉,"什么中邪?什么和尚、道士?"

辜三妹说:"伍姨你若不是中邪,怎么会无端端地认输!"

"怎么会是无端端呢?"陈伍氏道,"我本来就输了,输得彻底,输得心服口服。"

辜三妹指着她,对罗六姐说:"六姐,你看,这还不是中邪!"

陈伍氏叹了一口气:"好吧,本来我想等回去之后,再对你们细说的,现在……三妹,你先去把舱门关上。"

辜三妹见陈伍氏好像神志清醒的模样,便依言去关了舱门回来。

陈伍氏眼看舱门关好了,这才说:"我跟她……我跟她根本就没法比!这一场斗绣,我输得心服口服。"

她打开一个布囊,这里头收着的便是高眉娘的那幅绣品。她小心翼翼地取出来,在床上铺开:"来,你们来看,仔细看。"

罗六姐和辜三妹对望一眼,辜三妹道:"这东西不会有邪术吧?我们看了之后不会也中邪吧?"

陈伍氏骂道:"三妹你在胡扯什么!趁着天还没黑!给我好生看去!"

罗六姐和辜三妹这才看了几眼,并未看出什么。

"嗯,好像暗了。"

这里是船舱,光线本来就不比外头,如今日色又昏。陈伍氏便去点了灯来,照亮了床上的绣品,说:"先别看龙鳞,看那些银线。"

得她提示后,辜三妹再看那些银线,看了一会儿,忽然叫道:"哎哟,这些银线不是乱绣的,而是勾勒了什么……啊,好像是云朵,啊,不是云朵,是一朵朵的云织成了云层。"

罗六姐道:"不错,的确是云层。"

第四十针　云绣藏龙

她们终于想起来了,那个高眉娘在绣龙鳞之前,的确在用银线拉着什么。银线在浅色的绣地上不显眼,当时她们又离得远了些,便没看明白,这时靠近了才发现。

陈伍氏道:"既然看到了云层,你们再看那些不完整的龙鳞。"

罗六姐和辜三妹再细看时,终于领悟了。辜三妹道:"这些半鳞,并不是残缺不全,而是因为被云层挡住了一部分,所以才呈现出半鳞来。"

罗六姐道:"对,其他不完整的龙鳞也皆如此……"

"不错!"陈伍氏道,"绘画之中,有留白,有藏叶,刺绣亦如是。神龙藏于云中,其鳞半现,虽只半现,却仍然是一片龙鳞。若按此论,你们再数数她这幅绣品该有多少片龙鳞。"

罗六姐一时不语,辜三妹已经数了起来……没等她数完,陈伍氏道:"一共是一百零八片。"

罗六姐忍不住道:"虽然按照这样论,她们的龙鳞的确比我们的多,可当时我们要是咬死了不认,评审也会倾向我们的。伍姨你何必因此就认输?"

陈伍氏摇了摇头,道:"不只如此!你们再细看那云。"

"这云又怎么了?"

"这个地方。"陈伍氏的手指划过云层所在。

"这里……啊!这是……这是……"

她们不仔细看都没发现,但一仔细品,便在漫漫云层之中,隐隐看出了龙角的模样——不是云构成了龙角，而是看着那云，能想象出因为有龙藏在里头而使云层外围发生形变，进而推测出龙角的位置。看这幅刺绣，竟然需要带着想象力才行，可那又并不是空想，一旦点破，第二眼再望过去，就真的会觉得云后藏着龙角。

既找到了龙角，再一细看，便发现云层的那个地方，隐隐是个龙头。龙头找到了，再往另一个角落里一看，又发现云层之中藏着龙尾！按照这线索再找下去，又能隐隐找到龙爪！

银线并未绣龙，但在线条勾勒间，让人恍若看到云层后藏着龙头、龙尾、龙爪。这隐藏着的龙头、龙尾、龙爪，如果再搭配适当显现出来的龙鳞……

"这是……这是……"

"这位高师傅，她绣的不是一百零八片龙鳞……"陈伍氏长长叹了一口气，说道，"我绣的只是龙鳞，而她绣的，是一条完整的龙。她没有绣出龙鳞之外的龙头、龙爪、龙尾，却绣出了一条半隐在云里的龙啊！这是一幅《藏龙图》！只要让下手工将边角收拾一下，便是一幅完整的绣品了。"

刺绣大师傅完成绣品主体之后，边角收拾的活儿仍然很费时间——这也是上次在澳门做"入门献绣"的时候，林叔夜他们为难的原因之一——不过这些后续都可以交给下手工去干。

罗六姐和辜三妹都看得怔了，也听得呆了。她们现在这样子，若是不明就里的人瞧见，只怕也会当她们是中邪了。

陈伍氏说道："可笑我还在那里绣着鳞片，就以为自己赢了，而她已经绣出了一幅完整的绣品。大家都是三炷香时间，我在那里赶工绣鳞片，她却直指本意，全局构图，完成了一幅暗藏玄机的作品。所以我和她差的……何止是八片鳞片？那是云泥之别啊！"

陈伍氏长长舒了一口气，又说道："你们可还记得她说的话吗？"

罗六姐和辜三妹便一起回想当时高眉娘说的话。罗六姐初听那几句话时，对高眉娘毫无敬畏之心，所以只道对方是在故弄玄虚，但这时被《藏龙图》给镇住，再回想她的话，就不再觉得高眉娘是故弄玄虚了，尤其是其中几句话，似乎还是有的放矢的指点。

陈伍氏道："她说的那番话，初听的时候我没放在心上，可当我看明白了这幅《藏龙图》后，便忽然明白她在说什么了……"

辜三妹毕竟见识较浅，问道："她说了什么？哎哟，我都不记得了。"

陈伍氏道："当时她说，我既然意在宗师，那么即便在斗绣之中，也当心中有所持执。心有所持，我绣出来的东西，才能所出有品。所出有品而其华自出，而后……"

罗六姐接口道："而后才能成就一代宗师……伍姨，她这几句话，莫非是你未能成为刺绣宗师的原因所在？"

辜三妹又"哎哟"了一声。

"虽不中，当亦不远。"陈伍氏颔首道，"她那番话，前面的太深，我也听不明白；但后面那几句，我算是有一点懂了。她是在告诉我，我跟刺绣宗师真正的差距在哪里！"

罗六姐都听得怔了，而辜三妹则有些恨自己当时怎么就不记住那几句话。

陈伍氏道："我在斗绣的时候，心里只想着赢，因此落针求快求稳，虽然沉住了气，却只绣龙鳞，不及其余。而她虽在斗绣之中，却仍然有全面布局的余裕，所以能明绣龙鳞而暗绣全龙，因此虽在斗绣之中，其出却自然成品！这才是刺绣宗师应有的持执！"

陈伍氏说到这里，笑容带着释然："一时的胜败，其实不算什么。于我而言，若我还纠结于去跟她争那八片龙鳞，那我这一生，怕就真的与宗师境界无缘了！于福瑞德而言，一场海上斗绣的败绩其实也未必有多重要，但我若能成为宗师，对绣庄来说才是更大的价值！想通了这一点后，我当然就认输了。"

她说着，将《藏龙图》再次叠好，珍而重之地收起来。

"从今往后，我当以此绣为师，以此言为导。我相信不用多久，我也必能绣出这般佳作来！"

此时另一边……

"姑娘，姑娘！"坤八号船舱中，屏儿急急来报，"赢了，他们赢了！"

"什么赢了？"霍绾儿微微皱眉，"慌慌张张的，成什么体统！"

"未来姑爷啊，他们第二关现场斗绣赢了！"

霍绾儿"呸"了一声，说："胡说八道什么啊！什么未来姑爷！"

茂源绣庄的确给中间人示意过，但同时有所示意的不止陈家。前两天这丫头还看不上那个私生少爷呢，这会儿就乱嚼舌根了，真是好笑又叫人恼。

屏儿嘻嘻笑道："他们赢了，而且这次赢的是首关献绣排名第五的福瑞德！"

听到这里，霍绾儿也大大地意外了。

这段时间她恶补刺绣知识，自然是知道杂牌绣庄和十大名庄之间的实力差距有多大。首关献绣凰浦绣庄虽然排名第十三——有点意外——但还在情理之中，毕竟献绣可以集全庄之力长时间打磨一幅绣品，还可以暗中邀请外援，不道德的甚至会重金购置宗师绣品，可现场斗绣就是实打实地碰撞了。

福瑞德在广东十大名庄中的实力虽处中游，但其中一位参比者据说已经接近宗师水准。它以这样强劲的阵容参加现场斗绣，却还是输给了凰浦绣庄，则后者的实力委实令人惊讶。

霍绾儿忙问详情，屏儿说道："一开始是凰浦绣庄用了计谋，以实力最差的人领队，唬得福瑞德以实力第二的绣师上场，先输了第一场。而后以实力高强的绣师对阵福瑞德实力第三的绣师，又以示弱让对方轻敌，一举拿下了第二场。"

霍绾儿听得微微点头："以下驷对中驷，这是田忌赛马的策略，凰浦绣庄的掌事者机谋不错啊。后来呢？"

"输了第二场之后，福瑞德知道上当了，就再没轻敌，那位接近宗师的大师傅就上场了。"

"我知道这个人。"

霍绾儿的义祖父以侍郎身份压倒尚书执掌吏部，脑中能记天下六品以上官员的履历。霍绾儿也得了其真传，虽然入行日浅，却发挥了自己的优势，将广东十大名庄有实力的大师傅都基本记在了心中。

"陈伍氏是福瑞德着力栽培的顶级大师傅，期其能于近年突破宗师境界。这样的人出来斗绣，跟宗师出手也没差多少了。"说到这里，她有些奇怪，"前两局一胜一负，第三局便是决胜局，福瑞德出动了陈伍氏而凰浦绣庄还能赢？难道他们阵营里有一位宗师？莫不是广茂源暗中调拨给他的？若这样，广茂源可就真是下血本了。"

就算是广东第一名庄，供奉的刺绣宗师也是一个手掌数得过来的，明面上已经来了一位袁莞师，如果暗中再派一位以凰浦绣庄的名义参加……这下的本钱可就太足了。

屏儿却说："不是，凰浦绣庄是赢了，不过他们能赢，是因为那个大师傅会邪术。"

"啊？"霍绾儿愕然，"邪术？"

"对啊，会邪术。那个女人戴着个怪异的金丝面罩，面罩上绣着一只魔鸟。她念动了咒语，福瑞德的大师傅听了后，就投降了。"

霍绾儿失笑："荒唐！"她是大儒的义孙女，锦绣文章满腹，四书五经烂熟，又曾上京师、转湖广，走过万里路，所以不信这等怪谭。

屏儿道："真的，外头还传着几句咒语呢，我念给你听：哩咿吱哒咕哧咻，夫张吱每喂吱哗，夫张吱每喂七歪，吟湿秤咻嘴标蒸……"

"停，停！"霍绾儿笑着道，"你在念什么？"

"咒语啊！"屏儿说，"福瑞德那个大师傅，就是听了这咒语之后，忽然又哭又笑，泪流满面，当场认输了，把在场其他人都吓死了。"

霍绾儿听得愕然："你说的是真的？"

"当然是真的，现场几十号人看见、听见的，现在八条大船都在传这个事。"

霍绾儿沉吟片刻，道："你再将那咒语念给我听听。"

屏儿便再念了两次，霍绾儿发现屏儿所念的音调大多是阴平声，听着确实像咒语，然而前面四个字总觉得耳熟："哩咿吱哒、哩咿吱哒……嗯，礼仪之大？"

霍家是靠"大礼议"登上政治舞台，对礼制词汇最为敏感。这时霍绾儿既想到了前面四个字，再往后面推测，加上平、上、去、入的变化，没多久便琢磨出来了："莫非……礼仪之大故称夏，服章之美谓之华，服章之美为其外，因丝成绣最表征？"

这回轮到屏儿愕然了："姑娘，你在念什么诗句？"她听不懂，但觉得霍绾儿这番抑扬顿挫的话像诗词。

"这不是诗句，前面两句是关于华夏命名的缘起，后面两句则说华夏命名缘起与丝、绣的关系。"霍绾儿赞叹道，"什么邪术，真是胡说八道！凰浦绣庄的那位绣师，竟然有这等学问，这真是太令人稀罕了！此人既有这等学问，那福瑞德输得就不冤。"

第四十一针　当年的背叛者

实力雄厚的福瑞德竟然在现场斗绣第一关上落败，而默默无闻的凰浦绣庄则作为黑马晋级，这件事情出乎所有人的意料，尤其是关于福瑞德败在"邪术"上的传言，更是让这事在最短的时间内传遍八艘大船。全岛上下都在哄传，连不懂刺绣的渔民都津津乐道。

只有少数有识之士还是从其中看出了端倪，派人往福瑞德处打听，却发现对方连夜离开，回广州去了。这一来，流言就更多了。

林添财按照林叔夜的安排，这次没有在斗绣现场。在各家斗绣时，他在几艘大船上来回穿梭，打听是谁要针对凰浦，不料打听来打听去，却没个准信。原来陈子丘因为脸肿躲在乾一号船舱，而凰浦第一场现场斗绣的赛场又正好在乾一号，所以林添财在其他船上窜来窜去，反而一无所获。

不料消息还没打听到，就先听到自家绣庄获胜的佳音，林添财喜得乐呵呵的，就先丢下眼前事，跑到乾一号来。他到乾一号时，见斗绣早已收场，于是打算先回自家船上，却忽然瞥见一个熟悉的身影，赶紧隐在一旁，细细看去——那身影不是跟着陈子丘厮混的歪嘴伴当，还能是谁？因陈子丘常跟林叔夜不对付，这个伴当的相貌又非常好辨认，所以林添财一眼就认出来了。

林添财心想：这个家伙在这里，那陈子丘怕也不远了。

这时已经黄昏，天色昏暗，那歪嘴伴当下了乾一号，可能是要去干什么事情。林添财正想悄悄跟上，忽然见另外一个身影闪出，跟了过去。林添财心想：哎哟，这只蝉后面，还跟着只螳螂呢；

嘿，等老子来当一只黄雀！

林添财就偷偷跟在那身影后面，见这两人鬼鬼祟祟地乘小船而去。在他们走到一半时，林添财暗怒：这不是奔着我那里去的？

那歪嘴伴当果然是跑到凰浦绣庄所在地附近，也不上前，就在边上窥视。此时林叔夜他们已经在沙滩上点燃了篝火，似乎是准备庆祝首战告捷。歪嘴伴当看了一会儿便离开了，另一个身影却还在附近徘徊。

林添财想了想，也不打草惊蛇，现身走了过去。林叔夜见到他便呼喊："舅舅，舅舅！我们赢了！"

林添财笑道："我早听说了。"又招呼刘三根说："去买些鱼肉、瓜果来，今晚加餐。"递钱的时候，他趁机和刘三根耳语了几句。

林小云在篝火边本来叽叽喳喳的，兴奋得紧，看到林添财就缩头缩脑了。林添财也没注意到他，只顾着跟高眉娘道喜。高眉娘还了一礼，淡淡地说："也没什么。"

黎嫂叫道："这还没什么啊！咱们可是赢了福瑞德啊！"

云娘这时假装害羞，躲在篝火的另外一边——林添财看不清他的地方——以女声道："就是高师傅赢了陈伍氏的那几句咒语，回头能不能传我们一传呢？"

黎嫂听了这话，心头一跳。以林小云的性子，只要东西好玩，不管是邪术还是蛊术，他都敢学；黎嫂是老实人，就有些暗怕了。

林叔夜喝道："云娘不要胡说，外人乱嚼舌根，咱们自己不能。姑姑刚才跟那位伍师傅说的，是刺绣的大道理，不是什么邪术。"

"大道理？什么大道理？"

林叔夜道："这是书上的道理，你想要学，我以后按书慢慢教。"

林小云吐了吐舌头："要读书啊，那算了吧。"他喜欢刺绣，喜欢唱戏，也识字，戏本过两眼就能记得，可要他正儿八经地读书，那还不如掐了他。

就在这时，众人听到刘三根怒喝一声："你是什么人！"

原来刘三根明面上是去买鱼肉、瓜果，暗中却一个迂回，逼近那徘徊在暗中的黑影，忽然暴起拿人。林添财早注意着了，一个转身冲过去，跟刘三根前后夹击，就将那人抓来了。

林叔夜赶紧问什么事情，林添财说了。林叔夜愕然："是陈子丘来了？"

林添财道："那个歪嘴伴当在附近，那头死肥猪多半也就来了。哼，咱们被人针对，十有八九也是那头肥猪暗中搞事！"

林叔夜来到那人身边问："你又是什么人？"

那人四十不到的年纪，但半头白发，失魂落魄，缩着脑袋，不吱声。

刘三根和林添财忽然同时叫道："咦？是你！"

"舅舅认得他？"

林添财道："他叫胡天九，是给广茂源做绣具的师傅。"

高眉娘坐在角落里，对其他人的事情一直漠不关心，直至听到"胡天九"这个名字，猛地望了过来。

胡天九道："林貔貅，我不知这是你外甥的地方，我也没打算对你们做什么，只是撞到这里。看在都是混刺绣行的情分上，你别为难我。"

林添财忽然就猜到了几分，挥手道："走吧，走吧。"

这时高眉娘忽然跟喜妹耳语了几句，喜妹又悄悄去跟刘三根耳语了几句，但林叔夜等都没注意到。

胡天九走远之后，刘三根也去买鱼肉、瓜果了。林叔夜这才问："舅舅，这人是谁？为什么会在这里？"

"你跟广茂源的人接触不深，所以不知道他不奇怪。"林添财说，"这人是个怪才，能做一些奇奇怪怪的绣具。至于他为什么会在这里……唉，他也是个可怜人。"

"可怜人？"

林添财犹豫了一下，才说："他有个女儿，原本也在广茂源绣坊里做绣娘，两三年前被……被陈子丘奸污了。那个小娘子性子烈，第二天就去投了珠江，没了。"

篝火旁几个人同时"啊"地叫出声来，林小云忍不住骂道：

"畜生啊！那个什么丘，是个畜生啊！"

林叔夜更是被触到内心的伤痛，咬牙切齿地问："这么大的事情，我怎么没听说？"

林添财道："听说老夫人花了不少钱，压了下来，绣行里的人更是个个都闭紧了嘴巴。这事我知道你听了一定心里难受，所以从没跟你提起。"

"那……那个胡天九……"

"他后来也没在广茂源待着了，这两年也不知去了哪里。他刚才是尾随着那个歪嘴伴当才摸到我们这儿附近的，我就在后面跟着，看得很清楚。这事应该跟我们没什么关系，你也别管了。"

这里头别人理不清内中的人物关系，林叔夜却随即想到了什么，看向舅舅。林添财便知他猜到了："怎么，你还想管这闲事？"

林叔夜道："再怎么，他也是我兄长。"

林添财冷笑道："所以你想给他提个醒？"

高眉娘也看了过来。

林叔夜沉默了一下，随即冷哼了一声，道："义在亲之上，如果人家真要复仇，那也是陈子丘自己作下的孽！"

林添财道："对。舅舅我也是这意思。"

因闹了这么一出，原本首战告捷的欢喜兴奋便少了几分。没多久刘三根买来了鱼肉、瓜果，林叔夜加了些米粒、菜蔬，以瓮调羹。高眉娘有些好奇："你居然会做饭，不是说君子远庖厨吗？我以为你们读书人都不会这些的。"

"家母肠胃不好，所以从小我就留意这些。"林叔夜自嘲地一笑，"再说了，我连进学都没资格，哪里好意思自称什么君子？"

他做了三碗羹汤，分别递给黎嫂、林小云和高眉娘："明日还要斗绣，不宜饮酒，今晚便以羹代酒，为三位师傅贺胜。"

这是庄主亲自做的羹，意义还是不一样的，黎嫂很乐意地就喝了。

林小云咕噜噜两口，心想：表哥的手艺又进步了。

高眉娘竟然也抿着抿着喝了半碗，然后便带着喜妹回去休息了。

林添财却是个劳碌命，吃过晚饭，又去打探消息了。没多久，他回来对林叔夜道："探到消息了。"

林叔夜看着高眉娘的船，说："姑姑也许休息了，我们到那边说去。"

他们在沙滩上走了一段，林添财道："明天我们的对手，是朝鲜的济州绣坊。"

林叔夜有些讶异："这海上斗绣可真是意外不断，朝鲜的绣坊竟然也能晋级。咦，不对啊，朝鲜那个绣坊是第十二名，不跟我们同组啊，当在黄字组。"

林添财道："那个排名第十二的，叫全罗绣坊。这个济州绣坊在首关献绣中排在第二十九，算是比较靠后的了。不料这次因为主办方出猫儿腻，搞乱了第二关的排名组合，导致跟他们斗绣的，却是排名第三十三的一个杂鱼绣庄，所以竟被他们过了关。"

原来这次分组斗绣，按照首关献绣的分数定名次，分到天字组的分别是排名第一、第五、第九、第十三、第十七、第二十一、第二十五、第二十九、第三十三的九个绣庄。第一轮排名第一的广茂源轮空，福瑞德便成了参比中最强的绣庄，按理应该对上排名第二十一者，但因为主办方的搅局，号称是以抽签决定组内对战次序，结果让排名第十三的凰浦对上了排名第五的福瑞德，后面就全乱了，以致出现第二十九名对战第三十三名的情况。

林添财道："福瑞德我们都赢了，这个什么朝鲜绣庄自然不在话下，明天大伙儿可以轻松一点了。"

林叔夜道："好，但也不能太过掉以轻心。另外陈子丘的事情需要留意，他既然能搞我们一回，就能搞我们两回！"

"放心，我已有了安排！"

林叔夜和林添财回到船上，却见高眉娘的船篷帘晃动，她和喜妹都不在。黎嫂道："姑姑和喜妹走开一会儿，刘三根护着她们去的。"

甥舅俩便以为她们是去方便，当下也不好过问。

这边高眉娘带着喜妹，后面刘三根跟着，走出百余步，绕过一块巨石。明月在天，四下无人，只有石头边上蹲着一个黑影。那黑影从巨石阴影中走了出来，问道："你是什么人，找我做什么？"

黑影竟然是那个可怜的绣具师胡天九。

刘三根走开了两步把风。高眉娘侧了侧身子，低声道："天九，你还认得我吗？"

胡天九听到这个声音，愣了一愣，只觉得说话人的声音似曾相识："这……你是谁？"

高眉娘抬头，揭开半边面罩，露出恢复了容颜的半边脸，随即戴回。

胡天九"啊"的一声，跌坐在了砂石上："你……你……不可能！不可能！"

高眉娘冷冷地道："原来你还记得我。"

"你怎么会……不对，不对！你……你的脸……怎么一点都没变！你……你是鬼！你是鬼！"

高眉娘没有回答他的话："你和陈家二少爷的恩怨，我刚刚听说……是红儿，还是锦儿？"

听她提起女儿，胡天九再次情绪崩溃，捂着脸哭："是锦儿……红儿她……你失踪的第三年，她就病死了。我老婆也病死了，我和锦儿相依为命……"

他抬头看了看高眉娘，忽然惨笑道："我明白了，报应！这是报应！这都是报应！你现在回魂，是来看我笑话的，是吧！"

高眉娘冷冷地看着他，没有怜悯，也没有怨恨："本来我是要将当初所受——报复回来的，一个也不准备漏掉。不过看你这样子，也无须我再动手了。"

胡天九哭道："你把我带走吧，你把我带走吧！我现在生不如死，你把我带走，把我也变成厉鬼！我做人时近不了他的身，变成厉鬼，也好找陈二胖子报仇！"

看着他跪伏在巨石下抽搐的模样，高眉娘眼中只剩下冷漠，却没有再做回应。直到胡天九抬起头来，眼前已经没有那个人的身影了。他只记得是刘三根将他叫来，让他在这里见到了半张意想不到的脸，跟着那个人又不见了。

他眼前空空荡荡，只剩下石在海滩，月在天。

第四十二针　轻取

凰浦绣庄和朝鲜济州绣坊的比赛仍然在乾一号上进行，这一次围观的人数，竟是昨日的数倍。原来能参加第二天斗绣的，只剩下八组共十六个绣庄，因此每一场斗绣都能独占一艘大船的甲板，斗绣现场马上变得宽敞了许多。此其一。经过昨日一战，凰浦绣庄声名鹊起，尤其还有"邪术"的传说，更是惹来了许多绣庄、渔民的好奇。此其二。比赛还没开始，乾一号的甲板上已经挤了上百号人。

若是换了昨日，黎嫂见到这阵仗非心虚、畏缩不可，但昨天连福瑞德都战胜了，现在要对阵的不过是一个属国朝鲜的绣坊，首关献绣排名第二十九位——有什么可怕的？

因此便是黎嫂也昂首挺胸，走上甲板。

林添财猜到陈子丘可能就躲在乾一号，所以也没去别的地方流窜打探，与林叔夜一起上了船。在休息的遮阳棚内，他对林叔夜道："昨天黄字组那边，朝鲜另外一个绣坊全罗绣坊败了。"

棚内众人"哦"了一声，也没人惊讶——福瑞德这等实力的都出局了，那个什么全罗绣坊败了也不出奇。

林添财继续道："然后他们两个庄子连夜接触，听说全罗绣坊的两个高手转投济州绣坊了，所以今日我们遇到的师傅里头，会有两个是全罗绣坊的。"

黎嫂叫道："怎么还能这样！"

林叔夜想了想，说："既然云娘可以脱离潮大发来为我们凰浦效力，那全罗绣坊的人转到济州绣坊效力，当然也就可以。"

黎嫂道："这……这不一样啊！"

"哎，无所谓啦！"林小云道，"反正区区朝鲜绣工，能有几斤本事？咱们强对强、硬碰硬，直接干趴她们就是了！"

林叔夜听得皱眉，心想：这云娘挺漂亮一个人，怎么说话这么粗俗？但他舅舅的观感与他相反。

"对，对！"林添财如今对自家绣庄的实力也是信心十足，"竹竿娘子，你虽然是个女的，但说出来的话很对我胃口啊。"云娘长得高挑，所以就被林添财叫作"竹竿娘子"。

谁知搭遮阳棚的地方是被设计好的，与他们一板之隔，藏着脸还没消肿的陈子丘主仆，靠着两个挖好的窟窿，窥视里面的场景。

歪嘴伴当道："这个娘子人长得漂亮，怎么说话这么粗俗？"

"他才不是什么姑娘！"陈子丘恨恨地道，"是个人妖！人妖！"

"嘘，二少小声些，可别被里面听见了。"

一个评审来到甲板中间，宣布道："昨日初战，决出十六庄晋级。眼下为现场斗绣第二轮，此乾一号赛场由甲、乙双方对决，甲方为大明广东布政司广州府凰浦绣庄，乙方为大明属国朝鲜国全罗道济州绣坊。双方应比者请出列。"

因朝鲜乃大明属国，所以其地位与广东布政司相对应。那济州绣坊位于济州岛，而济州岛本身刺绣水平十分落后，却因位于海路要冲，使得岛上有许多走私商人出入。他们知道这场海上斗绣，便有人集资，在国中征集刺绣高手组成济州绣坊到此应战。

朝鲜国的刺绣起源也算早，约莫在东汉年间，但此后数次断续。延至嘉靖年间，其刺绣主要继承自元朝中原刺绣的东传。李氏朝鲜立国之后，逐渐分为宫绣、民绣两派：宫绣主要用于国王、百官的服装与生活用品，式样与色彩等级森严；民绣则在身份等级区分上较为宽松，色彩也相对丰富，但水平相对较低。就地区水平而言，则以京畿道水平最高，然基本被宫绣所统治，其次则是按照受大明影响之深浅，北胜于南——北边与大明接触较多，所以刺绣水平相对较高，因而从北往南水平逐渐下降。直到近年因海上贸易往来的接触，朝鲜南部全罗道一带的刺绣水平才有所提高，尤其是民绣的水平有明显的提高。

这时双方应比者出列，评审介绍道："乙方出列者：李银珠、朴恩惠、李绣奴。"

三个朝鲜妇女听到名字走了出来，神态都颇为拘谨。前面两个三十多岁年纪，后面的李绣奴看起来二十上下。

跟着评审介绍："甲方出列者：黎周氏、陈云娘、高眉娘。"

斗绣尚未开始，朝鲜的两个绣娘先说了几句话。众人都听不懂，幸而那个济州绣坊的坊主自己当起了翻译："我方绣娘说，大明是天朝上国，待会儿斗绣，你们可万万不能用邪术！"

这话一出来，在场观众就窃窃私语——这里一半的人都是来看"邪术"的。凰浦绣庄众人则觉得好气又好笑——对方倒也不是故意刁难、侮辱他们，而是真的怕他们用"邪术"。

林叔夜正色喝道："光天化日，朗朗乾坤，哪有什么邪术？这种谣言不许再提。"

济州坊坊主道："那贵庄是不用了？"

林叔夜道："本来就没有邪术，如何用来？"

济州坊坊主道："那就好，那就好，总之待会儿如果用了邪术，那就是你们输了。"

林叔夜一拂袖，不再理会他。

评审道："此轮对决乃现场斗绣，按新规，比绣鱼鳞！"

便有人拿了七块手帕上来，其中一块绣有鱼鳞样式，另外六块是空白的。

"双方各持一块手帕，同绣鱼鳞，以样式为准，鱼鳞多者胜。"

黎嫂想了想，对林叔夜道："庄主，我先上。"

林叔夜见黎嫂难得有这勇气，就答应了。

黎嫂上前，坐在了绣架前，绑好手帕。对方也商量了一下，派出了朴恩惠。

朝鲜刺绣的样式与颜色都远不如大明的丰富，颜色一般多用白、紫、大红、草绿、青兰等，纹样主要分动物纹样、山水纹样和人物纹样，自不能与大明刺绣之包罗万象相比。动物纹样之中，多为有福寿康宁、富贵多子含义的动物，其中也包括鲤鱼。

这次斗绣，主办方照顾到朝鲜的情况，特地限定了纹样，用了鲤鱼鱼鳞。

评审见双方准备完毕，便下令点香、敲锣："起针。"

黎嫂沉住了气，不急不躁地上架落针。高眉娘看她的信心与气度明显比昨日大为进步，微微点头，问喜妹："绣鱼鳞当用何针法？"

喜妹知道这是姑姑在考校自己，认真答道："绣鱼鳞，当用捆咬针。"

高眉娘问："何谓捆咬针？"

喜妹答道："粤绣基础八门：直、辅、捆、插、绕、编、平、织。捆字为第三门，即捆咬针。"

高眉娘又问："捆咬针又分几门？"

喜妹答道："'捆'字门下，分捆针、咬针两小门。绣鱼鳞当用'咬'字门。"

高眉娘再问："'咬'字门有几法？"

喜妹答道："有顺咬、反咬二法。"

高眉娘又问了几个问题，喜妹皆能对答。她拿了一块手帕，让喜妹照着鱼鳞样式绣几针。喜妹取针在手，用一个圆形绣架框住，按照高眉娘的提问下针，结果她嘴上能答技法，下针的时候十有三四是错的。

林小云看不过，接过针说："不是这样的，反咬要这样……这样……这样……"针到了林小云手里，喜妹绣不过去的地方，他很轻松地就顺过去了。

喜妹欢喜地道："原来是这样，我听了口诀，却不知道该这样。云姐姐，你这反咬针是跟谁学的？"

"我都不知道这是反咬针。"林小云说，"我只知道是捆咬，不知道下面还分什么顺咬、反咬。"

喜妹感到惊奇："那你怎么会的？"

林小云道："我看过人这样绣，看了一次就会了。"

喜妹又惊又佩服。高眉娘道："她的天赋的确是高，这个你比不上的。不过你好好学，三五年后，做个大师傅没问题。"

喜妹不敢置信："三五年就能做大师傅，我可不敢想啊。"

这一次点了三炷快香，眼看即将燃尽。林小云数了一下，叫道："哎哟，不好，好像落后了！"

高眉娘却对黎嫂道："别搭理旁人说话，绣自己的，胜败无须挂怀。"

黎嫂听了，更是沉下心来，稳针绣鱼鳞。终于香尽、锣响，评审一数，黎嫂落后了一片鱼鳞。

她正有些惭愧，就听高眉娘说："不错，不错，针法稳当妥帖，比昨日大有进境！如果心态能稳定下来……参加斗绣的确能让人进步神速。"

黎嫂转愧为喜，又听林添财说："不错了，这个朴恩惠是全罗绣坊过来的两个大师傅之一，听说是在朝鲜京畿道学的针法。"

原来这朴恩惠、李银珠两人都有宫绣背景，拜过朝鲜宫廷绣师为师，在全罗道已是屈指可数的高手，不料到了此处，却只领先黎嫂一鳞。

林添财说："那个李银珠的技艺好像比这个什么惠更高。"

林小云问："高多少？"

林添财道："高一些吧。"

林小云哈哈大笑，也不跟谁打招呼，直接就走了上去，以假声说道："凰浦绣庄云娘应战。"

那边商量了一下，便出动了李银珠。双方坐定，林小云笑道："远来是客，我让你一炷香。"

李银珠听了坊主的翻译，喜出望外，更不推让，便落针。她针进针出，速度委实快。

黎嫂"哎哟"了一声，说："好快，好快，若刚才是这位出手,我说什么也赶不上的,多半要输好多。"

喜妹看林小云真坐在那里干等,也有些忧心:"那可怎么办啊,云娘她,云娘她……"

高眉娘看了两眼,已经判断出对方的刺绣水平,轻轻地道:"不怕,云娘能赢。"

她这么一说,众人的心一下子就定了。再看林小云,只见他坐在绣架旁,故意扭扭捏捏地摆出戏台上花旦照镜补妆的姿态来,补面粉,涂唇朱。

林添财骂道:"这个婆娘这么托大,万一输了怎么办!"

林叔夜道:"他故意的。"

林添财问:"你怎么知道?你跟这个婆娘很熟?"

林叔夜怔了一下,心想:对啊,我怎么知道……

这时第一炷香燃尽,林小云笑道:"朝鲜来的大婶,看奴家的了!"他右手将绣花针拈起,左手放到绣地之下,才见针入,而手又起,绣花针出入之间,那针头光点连成一线,几乎是毫无停顿地绣完一片鱼鳞,一气呵成!而且越绣越快,到后来手几乎变成残影。

林添财和林叔夜一起"咦"了一声——这针法、这手势,竟是似曾相识!两人同时看向高眉娘。

高眉娘也微微诧异,低声道:"云娘昨日看了那么一会儿,就学会了。"

昨日高眉娘绣龙鳞用的是绕绣针法,可林小云看了之后,不但学到了,还能自行变化,将新学的针法手势用到咬绣法上。这等领悟能力,便是高眉娘也不禁赞叹。

第二炷香才燃尽,林小云便已经赶了上来,没过一会儿便反超了。黎嫂和喜妹一直数着鱼鳞,一看超过便齐声欢呼。对面李银珠听到欢呼声望了过来,看到对手如此针技、如此速度——对手一炷香工夫就绣完了自己两炷香的——一下子就气馁了,知道再绣下去必输无疑,哀叹一声,弃针认输了。

观众见识到如此针法,无不赞叹,连评审也忍不住赞道:"好针法,好针法!"

林小云便也结了针。阳光之下,他顾盼神飞,脸上满是自信。

陈子丘在舱房里看得直愣神,忍不住叫道:"带劲!带劲!这个婆娘真是带劲!真想搞她!"

歪嘴伴当打了个寒战:"二少,你不是说她是人妖吗?"

"人妖我也要搞!"

第四十三针　新罗之绣

　　凰浦绣庄和济州绣坊一胜一负，终于到了第三场。上来的李绣奴，是个娇小玲珑的新罗女，年纪不大，礼节却很周全，对着高眉娘鞠躬行礼，口中说着不大流利的官话："奴婢李绣奴，见过上国大师傅。"

　　高眉娘见她居然会说官话，又知礼节，倒也生了几分好感，也还了一礼，说："不必多礼。这里是绣场，你不必自称奴婢。"

　　李绣奴"哦"了一声，甚是拘谨，想是初来乍到，对大明的风俗不大了解，不免心慌。

　　那个坊主叫道："别跟她说话，小心对方用邪术。"

　　他说的虽是朝鲜话，但高眉娘也猜到了，不过并未有所反应，随即取了针在手。评审让点香、开锣，叫道："起针！"

　　那李绣奴便右手持针，左手在绣地之下，针起针落，手势竟跟刚才林小云的有几分相似。

　　林添财、林叔夜都"咦"了一声，林小云则怒道："这个新罗婢，竟敢偷我的师！"

　　林叔夜斜视了他一下，说："你不也偷高师傅的？"

　　"那怎么一样！"林小云道，"高师傅是我们绣庄的大师傅，我学她的针法那是名正言顺！都是一个绣庄的人，怎么叫偷师呢！"

　　听了这语气，林叔夜心想：难道……真的是他？

　　林添财则笑道："你这婆娘，真不要脸，不过合我口味！"

高眉娘也注意到了，便停针不动，要看李绣奴如何动针，却见她针起针落，速度之快犹在李银珠之上。

朝鲜那边本来已不大抱希望，见此变化无不惊喜。

原来那李银珠、朴恩惠是在汉阳拜过宫绣名家为师的，回到全罗道之后，数年间就鼎鼎有名，许多全罗道的达官富商都找她们刺绣。这李绣奴却是个野路子，虽然看上去好像二十几岁了，其实只有十七。此女天赋异禀，对刺绣的事有过人的领悟能力。看到别人如何刺绣，她瞧上两眼，自然而然就会了，并在十岁上遇到一个被流放到济州岛的宫廷绣师，学了不到两年就尽得其传，因此被济州岛的丝绣商人看中，网罗了她来参加这次海上斗绣。

济州绣坊与全罗绣坊昨晚临时紧急地整合力量，几个绣师之间也就没什么时间沟通，而李银珠和朴恩惠更是没将这个乡野少女放在眼里，所以把她作为弃子去对凰浦绣庄最深不可测的高眉娘。不料这时她一出手，却叫济州绣坊上下都吃了一惊，甚至生出了"或许能赢"的希冀来。

高眉娘却不忙落针，继续细看李绣奴的针法手势，看了几眼，先是点了点头，跟着又摇了摇头。

黎嫂道："哎哟，姑姑怎么又点头又摇头的？"

喜妹道："对啊，而且她怎么不绣？"

"着什么急！"林小云见识过高眉娘的针法，并不太担心，"也许这是准备要作法？"发现林叔夜瞪了过来，他赶紧改口："不对，不对，对付这么个小丫头，哪里需要作法！"

林叔夜喝道："闭嘴！"这个云娘的到来解了凰浦绣庄的燃眉之急，所以他对她本来颇为礼遇，但两天相处下来，发现这人长着一张烂嘴巴，简直跟舅舅差不多，不知不觉对她就少了尊重。

林小云吐了吐舌头，竟然不再开声了。见他这样的反应，林叔夜更起疑心。

就在这时，高眉娘开口说："你刚才这一针绣得不对。"

李绣奴是乡野少女，在宫廷绣师的指导下才学了大明的官话、礼节。海上斗绣这个机会对她来说十分重要，但她面对大明的高手又底气不足，所以既有求胜心，又十分紧张，整个人都是绷着的，唯恐落后一针。然而见对方一针不下，想想自己已经领先了两片鱼鳞，她便开口问道："哪里不对？"

她口中问着，手上却没停，不过她一心二用的能耐不够，一说话，手上还是慢了一些。

济州坊坊主叫道："小心她用咒语，别跟她说话！"

李绣奴一听，又害怕了，然而就听高眉娘说："绣鱼鳞可用反咬针。反咬针的特点是色效均匀，结针后绣地干净，因此上绣鱼鳞要由浅到深、一批一色。运针时，每批靠边缘的内面要加一条压线，使上面的绒线显得略微隆起，你看……"

她边说边慢慢落针，示范了一遍，让李绣奴看得清清楚楚——她都看呆了。

原来昨日林小云看了高眉娘的针法，回去后暗中琢磨，融会到反咬针里去了。但因为他没有正经求教，又仅一夜时间，所以只得了这针法的五六成功夫。而李绣奴也是一个罕见的天才，刚才看了林小云的针法，触动良深，觉得恰巧可以补自己针法中的不足，竟当场融合两家针法，然而减之又减，便剩下两三成功夫。这时她速度虽快，但针法理路有不顺之处——高眉娘一眼就瞧出来了。她心中惜才，便出口指点了两句，又亲自动手示范。

李绣奴已经明白对方真心在教自己，忍不住停下来聆听学习。如果说林小云只是缺少系统的学习，那李绣奴便是所学的系统本身有所不足——此时的朝鲜刺绣只得了中华刺绣的一鳞半爪，和粤绣这种得其大成而后形成风格的大派系没法比。这时上了斗绣场，李绣奴没想到对方这位上国大师傅竟然当场指点自己，既教得仔细，又绣得清楚，一下子将她往日想不通、悟不透的关节全打开来了。她瞬间感动得几乎要落泪，然而就听坊主催促："你在干什么！快绣，快绣！别停下！"

李绣奴甚是纠结，眼前这位上国大师傅对自己已有指点之恩，但坊主的命令自己也不能不听。这时高眉娘微微笑道："你试试吧。"

李绣奴微一沉吟，便按照高眉娘的指点重新落针，明明只是细微的调整，但整个针路一下子就顺畅了不知多少倍，就好像一个常年游泳的人忽然学会了更加正确的水中呼吸之法。她当即针起针落，如鱼入水，速度比起刚才又快了两分。

林小云大叫："高师傅啊！高师傅啊！你怎么能教对方！你这是资敌啊！资敌啊！"

高眉娘淡淡地道："无妨。"

她原本缓缓起落的手渐渐加速，起落一次就加速一倍，几个呼吸过后，便见阳光之下、绣地之上，针如光点，手显残影！

林小云大叫："我的娘啊！"

旁观众人也无不骇然，一人叫道："哎哟！这还是人的手吗？"

另一人叫道："妖怪，妖怪啊！"

李绣奴看得呆在了那里，手也停了。看了一会儿，她回望坊主。那坊主摇头叹息："罢了，罢了！世上竟然有这样的绣技！我们认输，认输！"

林添财笑道："我就知道，我就知道！这一手露出来，光以针速论，谁人能敌！"现在高眉娘锋芒已露，他就不遮掩了，夸口起来。

林叔夜望向评审，评审还呆呆地看着高眉娘的针光残影。林叔夜咳嗽了一声，评审才道："济州绣坊服输，凰浦绣庄获胜！"

黎嫂和喜妹一起欢呼了起来，高眉娘这才结了针，离了绣架。李绣奴赶紧起身鞠躬，高眉娘还礼后退回棚中。

林小云来到棚中瞪着她，好不容易才吐出一句话来："你昨天要是用上这一手，就不用使咒术了。"

高眉娘淡淡地道："刺绣并不是越快就越好，一绣一法，昨日并不适合。"

林小云蹭了过来，觍着脸说："高师傅，你看，连朝鲜来的小婢子你都教了……咱们一个绣庄的，这手功夫你什么时候传我啊？"

高眉娘问："你想学？"

林小云连连点头："要的！要的！"

高眉娘道:"叫姑姑吧。"

林小云怔了怔。这两日相处下来,他早觉得这个女人的年龄未必很大,却让黎嫂也叫她姑姑,但他随即没脸没皮地嘴甜如蜜:"姑姑!姑姑!"

高眉娘赶紧推开他,却又不禁莞尔,解开半边面罩,透了口气。

她不想被别人看见自己的脸,解开的那半边是朝内的,偏偏被陈子丘他们看到了。

船舱之中,歪嘴伴当在旁边喃喃自语:"这个女人,果然是个妖怪啊!"一回头,却见陈子丘酥软在那里,嘴里说道:"好靓啊,比那个人妖还靓!"

胡嬷嬷忽然闯了进来,说:"确定绣房崽队伍里有个人妖?"

歪嘴伴当道:"是的,没认错人。"

"那就行了,"胡嬷嬷道,"这个理由足够让他们退比了。"

凰浦绣庄两战连捷,士气大振!

虽然林叔夜、林添财都知道高眉娘的本事,但知道归知道——与真正取得战果的感受还是不同的。当晚林添财再次破财,去买了许多鱼肉、瓜果,又打了两斤渔家自酿的米酒来为众人庆功。

林叔夜道:"酒就算了吧,等海上斗绣结束,再喝不迟。"

林添财却说:"这是渔家自酿的米酒,我尝过了,劲不大,喝上两碗也不会误事的。"

林叔夜想了想,便答应了。

当下林添财请一户渔家整治了菜肴,喜妹去洗了瓜果。眼看菜式比昨天还丰盛,林叔夜说:"舅舅,这段时间花费甚多,现在还没见收入呢,该节省还是节省些吧。"

"你知道什么!"林添财笑吟吟地道,"这两日我们绣庄的名头已经传出去了,加上今日高师傅这一炫,很快就会有生意上门!这点破费算什么!"

林叔夜便微微一笑,亲自去温了米酒;岛上无杯,用的都是渔家给的陶碗。正要开席,忽然有人来找林添财,林添财嘻嘻地笑了起来:"生意上门了!"

他饭都不吃就去了。

林叔夜也不过问,给高眉娘、林小云、黎嫂各斟了半碗,又给自己斟满了一碗,说道:"参加海上斗绣至今,我们已经成功了一半。我这个绣庄虽然不是草创,却等同草创,得蒙诸位助力,林叔夜才能走到如今。这一碗,林叔夜敬三位师傅。"说着便干了。

他家教严,酒量浅,一碗薄酒下去脸就红了。

黎嫂原本性格粗朴,经过这两天的事情变得有些粗豪了,举碗说道:"我在黄埔窝了几年,要不是庄主带出来见识,哪知道外头的天地这么大!跟了庄主这一程,才知道我上半辈子都白活了。"一仰头就把酒干了。

林小云也端起碗来,一口闷了,跟着悠悠地说:"酒居然还可以,这鸟不生蛋的海岛上,居然还有这好货。"

高眉娘淡淡一笑,揭起面罩下摆,嘴唇轻碰酒杯,随后起身说:"不胜酒力,失陪。"便由喜妹扶着回船舱里去了。

"哎哟!"林小云叫道,"我原本还以为她只是对我有意见呢,原来连庄主的面子都不给啊。"

林叔夜微微笑道:"不是,姑姑端了酒碗,抿了一口,便是很给我面子了。"

"哈哈,庄主你好会给自己找台阶下啊。"林小云给自己倒了一碗酒,一边喝,一边说,"咱这姑姑,什么都好,就是……"他打了一个嗝:"性子太冷了。"

"但是她有这个本事啊!"黎嫂说。

"那也是,也是。"林小云斟了第二碗酒,跟黎嫂碰了,"我林……陈云娘这辈子没服过谁,就是这刺绣上,真是服了她了!"

几人吃吃喝喝,不多时便半醺了。林小云连干三碗酒,虽然这酒劲不大,却也有些醉意朦胧了。

那边林添财没吃饭就跑了出去,只见一个穿着大明衣裳的佛郎机人等在岸边。有生意做的时候,他也不叫对方"番鬼"了,客客气气地问:"泰西来的客人,找我凰浦绣庄可是有什么事情啊?"

那个佛郎机人上下打量了他一会儿,又看看他手中的竹棍,说:"又见面了。"

"又见面?咱俩见过?"

佛郎机人指了指东边:"我那天,落水,被救了,船上见过你。"他的官话说得有些生硬,但意思是表达清楚了。

林添财也上下打量了他一番:"哎哟,是你啊!"对大明子民来说,这些欧洲人的脸都差不多,所以要不是对方道破,林添财都认不出来:"哟,换了衣裳,人模狗样了!"

"我说过,我有银子的。"佛郎机人仿佛怕林添财又赶他,就摸出一个袋子来,手一掏,掏出了两块拳头大的银块,"这次,找你做生意,下订单。"

林添财一看到银子,就眼前一亮:"尊贵的泰西客人啊,来了大明,大家就是朋友,说什么银子呢!"

第四十四针　收婢

就在林小云喝下第四碗酒的时候，林添财回来了，脸上满满都是笑意。

林叔夜问道："看舅舅这笑，是有好事？"

林添财将手里的粗布麻袋往外甥面前丢去。那袋子能装七八升米，这时装了半袋子的东西，一丢下，在沙上砸出了一个坑。林小云叫道："什么东西这么重？"

林叔夜打开一看，只见里头半袋子都是银子！林小云也凑了过来，"哇"的一声叫出来："银子啊！这么多银子啊！"

这么半袋银子，少说也得有二三十斤！

林添财奇怪地道："云娘的声音怎么变粗了？"

林小云慌忙掩饰："喝了酒……"还假装打了个嗝："喉咙有点哑。"马上把头低下了。

林添财正高兴呢，也没细想，眼睛都弯了起来："我刚才称过了，足足三十斤！"

林叔夜眼前一亮："那就是……"

林添财笑道："那就是四百八十两。我验过成色了，是用他们佛郎机土法炼的银团，回头咱们回广州还得重新炼，但估摸着也得有四百两。哈哈，哈哈！这才只是定金呢！发财了，发财了！这生意要是做成了，光是这一笔，抵我以前跑三年！值了，值了！凰浦绣庄这笔买卖，阿夜，咱们押对了！"

他一屁股坐在沙滩上，直接抱着酒坛子就狂喝了两口，也不管碗里剩下的菜、肉有没有人吃过，就往嘴里塞。吃喝了几大口后，他才说："要说赚钱，这海上来的银子才真是海了去了！在广州的时候，我可不敢想能这么赚钱的。"

其实海外的财富，其总量未必能多过大明，但大明内部已经形成稳定成熟的市场，林添财要赚这个市场上的钱，就必须锱铢必较。可一到海外，其对中华货物的需求之大、要求之宽，与海内的情况根本就是两回事，所以林添财便觉得这生意好做！

林叔夜掂了掂袋子，心里也是大大地松了一口气。他又问："他们要的货是什么？"

林添财摆手："这个你先不要管！现在才赢两轮呢，来的还不算大客……如果能再赢一两轮，把名头再打响一点，嘿嘿，那时候千金订单肯定不在话下，哈哈，哈哈，哈哈！"他说着，拍拍外甥的肩膀："这些交给舅舅，你就一门心思放在斗绣。你们斗赢了，这银子啊，就会像海水一样涌过来！"

这段时间他为了帮林叔夜支撑绣庄的运转，承受了巨大的压力，甚至连铺头的股份、老家的田产都抵押了，直到这时见到实打实的银子，心里一个宽松，几乎就想大醉一场。然而酒坛子靠到嘴边，他忽然打了自己一巴掌："不成，不成！事情才干到一半呢！可不能这会子松懈。"甩手把酒坛子砸了，把银子拿去藏了起来，然后又跑了出去。

林叔夜问："舅舅做什么去？"

林添财也不回头，一边走，一边道："我去雇些渔民帮忙守夜！"这几日他买吃、买喝、买消息，已经窜熟了几十户渔家，在里头相中了几户实诚的，出钱雇了他们开船到附近，轮流在暗中守凰浦绣庄。凰浦绣庄刚上岛的时候一文不值，但现在不一样了。那几百两银子不说，丢了也只是肉痛，但现在高眉娘的安全在他眼里已是头等大事。有她在，凰浦绣庄打响名头只是迟早的事。只要凰浦绣庄打响了名头，订单、银子自然会源源不绝——她出不得半点差错！

林叔夜见舅舅行事谨慎而有章法，心里头更是宽了。忽然，有个今晚为他们煮饭的渔家妇来报："有人来找。"

林叔夜过去一看，却是那个朝鲜绣娘李绣奴。他心里正奇怪着，那李绣奴——肩头上还扛着个包袱——对着林叔夜就拜，林叔夜赶紧扶起她，问怎么了。李绣奴退了两步，又拜下去，说："求见贵庄高师傅一面。"

林叔夜微一沉吟，让她且等着，然后到船边叩问。高眉娘听了之后，道："请她过来。"

她收拾了一下，戴好面罩出舱。李绣奴已经跪在船边的沙滩上，磕头道："朝鲜李绣奴，求高师傅收我为徒，我想学上国刺绣。"

高眉娘刚才在舱内已有猜测，出来再看她的行装模样，更确定了几分，这时听见也不大意外。她没有答应，也没有拒绝。

李绣奴又将头伏低了几分，说道："朝鲜李绣奴，求高师傅收我为徒，我想学上国刺绣。"话还是同样的话，语气却更加卑微。

高眉娘开口问道："你为什么要学刺绣？"

李绣奴道："我出生在一个小渔村，村子贫苦，大部分人都吃不饱饭。村中老人到做不得活儿时，常常结筏出海。"

两人说话时，林小云也过来看热闹，喜妹侍立在旁，黎嫂也在旁边。众人听了奇怪，林小云问道："结筏出海是干什么去？打鱼吗？"

李绣奴道："人老得做不了活儿了，哪里还能打鱼？是为了减少家里消耗，为儿孙存多一份口粮，结筏出海……自尽去了。"

黎嫂和喜妹忍不住惊呼，心头甚是不忍。她们虽然也都是贫苦人家出身，小时候家里也常吃不饱饭，可像这样饿到让老人以自杀节省口粮，还形成风俗的，却是闻所未闻。

就听李绣奴继续说："我十岁时，村里来了一个被流放的人，是从汉阳来的……"

黎嫂插话问："汉阳是……"

"是我们朝鲜的都城。"李绣奴解释了一下，继续说，"她是王宫中的绣师，被同侪中伤获罪，便流放到济州岛来。病中得我伺候了她几个月，她说我伶俐乖巧，又见我有学刺绣的天赋，便传了我京畿道的宫绣、民绣两派针法。我学了两年，便将她所教的东西都学会了。

"自学了师父的绣技之后,我一开始只是为村里头缝补衣服,后来又为大户人家做针线,再后来得了机会,出了几件绣品,把所得钱物、口粮带回村里,很快我们一家就都温饱了,而且能匀出一点口粮给村里的老人。那两年村里干不了活儿的老人也不用结筏了。

"可我知道这点钱物、口粮只能解燃眉之急,要让村里没有后顾之忧,还是远远不够的。这时我师父告诉我,要想让整个村子都吃饱,除非我能上汉阳,一来帮她报仇,二来若能得贵人垂青,甚至得王上垂怜,便有机会帮整个村子。只不过我的绣技虽然已经不比我师父差,但要对上我师父的仇人,未必能有胜算。我师父说,刺绣之争,类于文争,不类于武争;武争的高下一目了然,而文争……除非高下悬异,否则胜败难言。对方占了主位,而我处在客位……我一个渔村贫女要想跟宫廷绣师争胜,胜算极其渺茫。"

高眉娘听到这里,不禁想起了自己的事情,默然点头。

李绣奴接着说:"这时有富商找上了我,要我来参加这海上斗绣。我虽然畏惧出海,但我师父觉得这是个好机会。她说我天赋其实比她高得多,但因为困在济州岛,所能用的丝线材料,所接触的画师、绣娘,全都是三四流的。这是我一直不能青出于蓝的原因。所以要想更进一步,只能到大地方去。汉阳有她的仇人,我去了必遇凶险,而大明乃天朝上国,若能借海上斗绣来大明有所历练,回去之后必定大为不同。

"我昨日经历了一场斗绣,虽然对方也是高手,但也不觉得能比我师父厉害,直到今日见到高师傅,才知道大明的天有多高!所以方才辞别了济州坊坊主,寻到此处,只盼高师傅能收我为徒。"

听她说完这一长篇的过往,喜妹、黎嫂都不禁心中生怜,看向高眉娘,都有为她求情之意。

不料高眉娘却摇头:"我收过两个半徒弟,都没什么好结局,已经发誓今生不再收徒。"

李绣奴是个十七岁就敢渡海的女子,心志之坚可想而知,马上说道:"若不能执弟子礼,愿为犬马伺候左右。"想来她早想到,对方这样一个刺绣大高手，自己一个属国贫女哪有这么容易就拜入门下？因此早想好了退一步该怎么办。

原来她虽然是个渔村贫女，却跟了一个朝鲜宫廷绣师几年，从那位宫廷绣师处学了不少中华文化。若说大明这边的俗语、俚语她未必听得懂，但官话她说得不错。

这次高眉娘没有拒绝，却指了指林叔夜："想要留在凰浦绣庄，得问庄主是否同意。"

这算是松口了，李绣奴大喜，转身向林叔夜行大礼，恳求道："贫女李绣奴，愿在庄中伺候，吃糠咽菜，做马做牛，望庄主成全。"

林叔夜在她们对话的时候早在做打算了，这时也没迟疑，便问："汝能守大明国法否？"

李绣奴慌忙道："自当守！"

林叔夜又问："汝能守我庄规条否？"

李绣奴又赶紧答道："自当守！"

林叔夜再问："汝能守我乡俗例否？"

李绣奴也不问是什么乡俗，就答道："自当守！"

林叔夜见她回答得诚恳、果断，便道："既然这样，你就在高师傅跟前伺候吧。该做什么活计，听高师傅安排。"

李绣奴大喜："多谢庄主收留。"跟着便来到高眉娘身边，唤道："请高师傅安排奴婢上下。"

高眉娘道："第一件事，以后不要自称奴婢，我不是大小姐，你也不是奴婢。"她指了指喜妹："往后一应起居、言语，向喜妹看齐便好。"

李绣奴忙答："是，是。"

高眉娘道："第二件事……"

"嗯？"

高眉娘没有说话，便回舱内去了。

李绣奴愣在那里，喜妹已知高眉娘心意，对她说："以后见着姑姑，别叫高师傅，学着我们叫。"

李绣奴怔了怔，随即领悟，欢喜地道："是，我也唤姑姑。"

第四十五针 取消资格

高眉娘和喜妹、黎嫂所歇的这条船很小,再要挤一个人实在有些勉强。因喝了五碗米酒,林小云已去睡觉了。林叔夜想了想,便安排李绣奴去林小云那条船休息,让喜妹带路。林小云睡得像死猪一样,平躺着打鼾,实在没一点淑女的样儿。

喜妹和李绣奴一起将他挪到一边,然后李绣奴便收拾安排起来——她是在渔村长大的人,对船舱里的坐卧生活并不陌生。喜妹见状便回来了,却见林添财也回来了,问候了一句,便回舱去了。

这时林叔夜问:"舅舅都安排妥帖了?"

林添财道:"一共四户渔家,九丁八妇,还有六七个老人。我让他们分日夜两班,轮流守着。我已经跟他们说好了,夜班在二更后,日班在寅时。"

林叔夜愕然:"这么多人!"所谓九丁八妇,那就是成年男女加起来有十七个人,再加上老人,就算分成两班,每班也有十几人了。

"你不知道,这里人工便宜。"林添财笑道,"这些渔民穷苦得很,像没见过钱一样,给几个铜板他们就乐开花了。花这点小财,不算什么。"

"可还是多了些。其实有两三个可靠的,前后把守一下就行了。"

林添财低声道:"来跟我谈生意的那个佛郎机人,叫费什么多,跟我讲起一个消息,说看到有人在偷窥我们。"

林叔夜听到这话才慎重起来:"是陈子丘!"

"应该是。"林添财说道,"虽然也有可能是别的人,比如明天要跟我们斗绣的绣庄，但是陈老二的可能性很大。所以我才要加强戒备，可别让高师傅出什么意外，不然有刘三根就够了，我花这些冤枉钱做什么？"

林叔夜微一沉吟，说："如果是陈子丘，也可能是奔着云娘来的。"

"云娘？"

林叔夜想了想，没再说下去，忽然转道："舅舅，那几户渔民还没来吧？"

"还没呢。"林添财道，"我让刘三根先去踩点，看好几个让他们把守的地。"

林叔夜道："能不能将明守暂时转为暗守？"

"什么意思？"林添财不大理解了。

"就是……就是让看守的人暗中把守，不要露出痕迹。"

林添财便反应过来了："你是想……捉人？关门打狗？"

"嗯，差不多，能办到吗？"林叔夜算是个读书人，对这些江湖勾当并不熟悉，只是从一些演义小说中看到过。

"这个我去跟刘三根商量一下，应该行。"

"另外，能不能再弄一条小船来……"

他们本来是几个男的挤一条船，林叔夜忽然提出再要一条，林添财还以为他想自己住，便没有任何疑问，只觉得本该如此。

这时林小云住的那条船忽然响起了尖叫声，跟着又是一声尖叫。林添财一惊，林叔夜望过去，只见林小云抱着衣服跑出来，跳着叫嚷。林叔夜对林添财说："应该没什么事，我去处理，舅舅你先去跟刘叔说暗哨的事。"

甥舅俩分头行事。林叔夜快走几步赶到林小云身边，林小云显然是刚酒醒，瞪着站在小船上、无比惊慌的李绣奴。

林叔夜问："怎么回事？"

林小云尖叫道："她怎么在我船上！"

李绣奴则怕自己犯了什么错误，哭着说："我刚刚睡在这位姐姐身边，她忽然醒了，睁开眼睛就大叫，吓得我也叫了起来。庄主，我是不是做错什么了？"

林小云这条船当初是故意被推开些，离另外两条船远点的，但高眉娘她们也听到声响，便都走出来看。林叔夜瞪着林小云，林小云一脸愁苦。看到他这个表情，林叔夜再无怀疑，对众人道："没什么事，你们回去睡觉吧。"

高眉娘冷冷看了两眼，便回舱了，喜妹也跟着回去了。见黎嫂还在探头望着，林叔夜喝道："都回舱去！"

李绣奴吓得赶紧回舱。黎嫂也已敬畏他，闻言回去了。

林叔夜提着林小云的衣领，半扯着他来到后面的乱石堆，一把推了过去，掼得他坐在地上。林小云这时已经全醒了，娘里娘气地叫道："哎哟，庄主你怎么这么粗鲁，掼得奴家屁股生疼。"

林叔夜骂道："装！你给我继续装！我去找舅舅过来，看你装！"

林小云听这话不对，跳起来叫道："哎哟！庄主你说什么啊！"

林叔夜骂道："你是越来越无法无天了！这女声是在哪个戏班学的？"

林小云听了这话，便知林叔夜不是在诈自己了，恢复了男声说："表哥，你认出我来了？"

"哼，本来早该认出来了。"林叔夜说，"只是我不敢想！谁能想到你竟敢男扮女装，还跑几百里来参加海上斗绣！"

林小云将哭未哭："你以为我想啊！我以前都没听你们说对这个海上斗绣有兴趣的，怎么今年就刚好来了，还与你们撞了个正着！"

"刚好撞到也就算了！你还敢在我们面前晃荡……你就不怕舅舅知道，打断你的腿！"

"我怎么不知道！"林小云苦着脸，"可我看你们出了事，好像又少了人手，这才冒险加入你们啊。"

听到这话，林叔夜便收了七分怒气，心想：林小云其实是有机会溜走的，但他冒着被爹和兄长认出、打断腿的险也要来帮忙，这是真的有心了。不过看着他的样子，林叔夜感觉怒火又升起来了，骂道："你加入也就算了，却搞得比婆娘还扭扭捏捏，像个什么样子！"

林小云道："我这不是想……我扭捏得更像婆娘，你们就更不敢信是我嘛。回头事情了结，我再偷偷去广州找你们，这事不就过去了？谁知道还是被你认出来了。"

"这么近身相处，我眼睛又不瞎！"林叔夜心里其实已不大气了，只是脸上还不大下得来，哼了两声，又问，"现在你打算怎么办？"

林小云跟表哥从小就亲近，都是一看对方眼色，就知道对方在想什么。他马上就猜到表哥没生气了，觍着脸说："我怎么都行，看表哥安排嘛，你怎么安排……"他转了女声："奴家就怎么应着。"

林叔夜听前面还像话，听到最末一句，忍不住又想打人了。林小云吓得跳开了两步："表哥你想怎么都行，不过得帮我瞒着我老子啊。你打我是假打，他是真能打断我的腿！"

幸好就在这时，喜妹来唤："庄主，姑姑有请。"

小船停靠在沙滩上，高眉娘坐在船尾。黎嫂被支走了，喜妹请来林叔夜之后也走得远远的。

看到这架势，林叔夜便知高眉娘必定要紧话说，开口问道："姑姑，可是有要紧事？"

高眉娘单刀直入："云娘是不是有问题？"

"是有一点问题……"林叔夜犹豫了一下，决定还是不遮掩了，"他其实不是女儿身，是个男扮女装的男儿，而且是我的表弟。"

高眉娘听了这话，怔了一怔："那是林揽头的……"

"亲儿子。"林叔夜有些尴尬，却还是将林小云的来历简略说了，"我这表弟从小胡闹，不学好，不肯读书、做生意，却乱七八糟地学唱曲、刺绣。我舅舅不喜，觉得刺绣是女孩子做的事情，唱戏更是贱业，因此禁止他学。不料越是禁止，他反而越感兴趣，被打了几次后仍然偷偷地学。这次来参加海上斗绣，撞上我们也是凑巧。这事要是被我舅舅知道，非打断他的腿不可！"

"原来如此，那就怪不得了。"高眉娘道，"他天赋是不错，又是男儿身的话,其实……其实有别样的优势。"

"其实小云虽然胡闹,对家里人还是有心的,不然这次他大可一走了之。可知道我们有了难处,便冒着被发现的风险留了下来。"说到这里,林叔夜恳切地道,"姑姑,能不能求你一件事,小云这事且先瞒着我舅舅,回头我看看如何善了再说;不然此刻闹将起来,事情没法收拾。"

高眉娘皱了皱眉。

林叔夜忙问:"这令姑姑为难了?"

"倒也不是。"高眉娘语气转冷,"只不过……"

就在这时,林添财冲了过来,一路骂着粗口:"他娘的!他娘的!"

他是个极粗俗的人,但在看重的女性面前原本也不至于如此失态,这时却骂骂咧咧,气喘吁吁地跑过来。

原本被支开的黎嫂、喜妹,听到动静都往这边走来,连林小云也朝这边张望。

林叔夜忙问:"舅舅,怎么了?"

"那群坏人!"林添财怒骂道,"他们要取消我们的参比资格!还要将我们驱离斗绣场!"

他说话的声音不小,连七八步外的林小云都听见了。黎嫂更是惊得几乎要跳起来,叫道:"什么!这……为什么啊!"

林小云也在远处帮腔:"对啊!凭什么啊!"

"凭什么!"林添财怒气冲冲地道,"他们说,我们有伤风化!"

第四十六针　风雨忽来

　　林添财气得咬牙切齿："就在刚才,梁晋派人来说,让我们自己退比。我问为什么,那人就冷笑了起来,说这种有伤风化的事情我们自己心里明白!我明白个屁!那人临走前还说,如果我们不知好歹不退比,明天就当众宣布我们的丑事,取消我们的参比资格,还要将我们驱逐……他娘的!这一定又是陈老二那头肥猪搞的鬼!"

　　黎嫂、喜妹等听到这里,无不忧心忡忡。林小云气得想骂,又怕露馅,憋着话很是难受。李绣奴也在远处看着,眉头紧锁。

　　林叔夜问："有没有打听到是什么事情?"

　　"还未!"林添财道,"听那人的语气,大概是真抓住了我们什么把柄。我就先回来告你一声,这就去打听。"

　　他说完便要走,高眉娘忽然低声道："我知道是什么事。"

　　林添财倏地止步回头。

　　高眉娘对林叔夜道："我刚才叫你来,便是要告诉你,他们打算拿云……云娘的事做文章。"

　　林小云心里有鬼,听了这话,吓得躲到石头后面。

　　林添财一惊："云娘?那婆娘身上有屎?"

　　林叔夜将双方的消息一综合,已猜到了几分,却又有些奇怪："姑姑,你潜身船舱之中,哪儿来的消息?"

　　"事情你知道了,接下来能否解决,你自己看着办吧。"高眉娘竟然没有回答,直接回船舱去了,撂下林叔夜甥舅在船外。

　　林添财对她本来有所好转的态度,一下子又变恶劣了:"这婆娘……她这话说的，好像不关她事一样！"

林叔夜虽然有些不舒服，但一转念，叹道："姑姑她一直是这态度啊，又不是今天才这样的。"

"这……可大家共事这么久了……"

林叔夜打断道："其实这也怪不得姑姑，我说过让她专心于刺绣的。这些外务，本来也该我负责。"

"你就知道帮她！"林添财道，"那现在怎么办？哼，我先去将云娘抓来问清楚！"

林小云在石头后面几乎就想逃跑，幸亏表哥说："不用问了，事情我都知道了。"

"啊？你知道？那怎么没告诉我？"

"我也是刚刚知道。"林叔夜沉吟了一下，道，"不过当务之急不是这个，而是怎么解决。陈子丘既然已捅到梁晋那里，那咱们去抗辩也是无用了。规矩是他们定的，只要找到个理由，便足以将我们驱逐。"

"那现在怎么办？怎么办！"林添财急得拍肚子，抓头发，"那要不……我们将云娘交出去？对了，你还没跟我说是怎么回事，她怎么有伤风化了？"

林叔夜道："这个事情，我答应过云娘暂时不告诉别人，所以舅舅先别问了。总之这事错不在'她'。再说，现在就算将'她'驱逐也于事无补，他们要对付的并不是云娘，而且把人交出去了也没用，因为云娘已经帮我们参加了两场斗绣，对方有了借口，只要不承认那两场斗绣，同样能直接刷掉我们。"

林添财挠着腮："对，对！而且如果把云娘赶走，接下来咱们也是少了一员大将。只是现在怎么办？"

若放在几个月前，他早帮着拿主意了，但近期发生了一些事情后，他真将外甥当主心骨看了。这时自己无计可施，竟期待着林叔夜能想到办法解决。

林叔夜眉头深锁，一时也没有善法。男子也不是没有做刺绣的，只不过会被人看不起；而男子参加斗绣的情况就更是罕见，何况现在林小云是男扮女装。这种事情不闹出来，主办方可以抬抬手让过去，可如果刻意找麻烦，所谓以男扮女，混淆阴阳，也的确是个可以拿来说的理由。

忽然一个渔夫匆匆跑来，叫嚷着让他们收拾东西。林添财一问，渔夫说今晚或明天可能会有暴风雨，要他们小心些。

林添财烦躁地说："真是屋漏偏逢连夜雨！人倒霉起来，喝凉水都能塞牙缝！"

林叔夜反而双眉一展："不啊，这也许是好事！"

"啊？"

"舅舅你想，如果有了暴风雨，那明天的斗绣也许就要延期，那我们不就多出一点缓冲时间来想办法了吗？"

林添财一听，转忧为喜："对，对！有道理！"

海上的天气变化无常，前两日还烈日高照，到了夜里忽然起风，所以渔家才赶来告诉林叔夜，说后半夜怕是会有大风雨，要他们做好准备。于是众人又将睡觉用的小船往岸上推进一些，用石头固定，再从渔家借了竹帘、篷布加固篷顶。处置方毕，大风已起。

其他大小船只也纷纷有了动作，八艘大船连夜起锚，靠向岸边重新排布以抵抗风雨，小船则聚拢在大船后面。

林叔夜见一切都已经稳固，便让众人安睡。

林添财道："睡觉？你睡得着？"

"先睡吧！"林叔夜道，"解决不了的事情，让大伙儿都不睡也解决不了。"

"也是。"林添财道，"不过大伙儿今晚不要睡得太死，万一有什么事情，也好有个反应。"

风越吹越大，然后就下起了瓢泼大雨。风雨交加，电闪雷鸣，没在海岛待过的人很难想象海风能大成什么样子，到后来海浪竟被卷起两三层楼高！一些没准备好的便陷入糟糕的境地：有小船翻了的，有岸上竹棚被掀翻的，甚至连坤八号都倾斜了，住在上面的人被吓得高声乱叫。

霍绾儿哪见过这等场面，屏儿更是吓得哇哇叫。

不管海面还是岸上，忽然都混乱了起来。几个黑影在混乱中悄悄摸近……这几个人也是忍得住，直等到三更之后，海上、岸上场面混乱之时，才闯入高眉娘住的那条船，跟着将两个人给套了出来。

"怎么这么重？"

"鬼知道！但我们一直盯着，是住这条船。"

"这两个中，只有一个是二少要的吧？"

"现在天黑成这样，又不能点火，快回去吧。"

不知道为什么，被套住的人也没挣扎，直接被他们扛到乾一号上去了，放进了主舱。

海上的雨来得快，停得也快，但海风仍然很大。乾一号停泊的位置好，受的影响较小，但船舱仍然微微摇晃。

陈子丘一脸淫笑地走过来："怎么是两个？"

歪嘴伴当抹了下一脸的水，说："那船住了两个人，天太黑，我们又不能点火，怕吵醒别的人。"

"黑狗血什么的都准备好了吗？火放了吗？有没有烧了那个绣房崽的船？"

"二少，你也不看看外边这天气，哪里点得起火来？虽然雨停了，但船篷都湿了，火折子一燃就灭，火把都顶不住那风的。"

"行了，行了！滚吧！等等！"陈子丘留了个心眼，"手脚都绑住了吧？"

"绑住了，这回都绑住了。"

陈子丘这才放心，待歪嘴伴当等都退出去，才选了一个麻袋，心想：不知道哪个袋子里装的是那漂亮得叫人心痒难耐的绣娘。

不知先解开哪个，陈子丘便对着两个麻袋"点乌龟"，然后选中了右手边的。只见一个头颅露了出来，媚眼如丝地看着陈子丘，叫道："死鬼！怎么又是你！"

陈子丘愕然："怎么是你！"

袋子里头的，不是林小云是谁？

陈子丘十分讶异："你个死人妖，被老子抓了来，居然不怕？"

"怕？奴家当然怕了，奴家怕得心突突地跳。"

陈子丘吞了吞口水，终究还是更惦记着另外那个："你给我等着，回头再摆弄你。"

他转身去解另外一个，却没想到林小云已经悄悄拉开了布袋。原来他掌心里竟藏着一把锋利的小刀，在布袋里时，早割开了捆住手脚的绳索。

陈子丘笑得一脸淫荡："小娘子，二少爷来了……"

他七手八脚地拉开布袋，又见一个头颅露了出来。此时，灯光一个摇晃，灭了。他骂了一声，等点燃了蜡烛再看，吓得摔在地上："怎么是你！怎么是你！"

从布袋里钻出来的林叔夜盯着他，冷冷地道："老二，别来无恙？"

原来林添财在自家船的周围安排了暗哨，陈子丘的人一靠近就被发现了。三条小船相隔有一定距离，很快林添财舅甥就判断出对方是针对高眉娘来的。林叔夜窥破对方图谋后将计就计，便让高眉娘暗中转移，换他与林小云进去，躺在船中静等，掌心里藏着锋利小刀。到了晚上，果然有人摸上船，将两人劫持，他们稍微挣扎了一下便不动了。而后被劫持到这船上来，两人有所依仗，所以也不慌不忙，直到陈子丘拉开麻袋，这才露出脸来。

"你……你……你怎么会在这里！"陈子丘总算没蠢到家，虽然没想明白这是怎么回事，却转身要逃，结果被林小云笑吟吟地堵住了。

林叔夜窜上两步，把门闩带上，便在这时，外面传来叫骂声。却是林添财带着十几个渔民赶上乾一号，堵在了甲板上，大声嚷嚷有人把凰浦绣庄的绣娘绑到了这里。

陈子丘从小欺负惯了林叔夜，心理优势根深蒂固，最初的慌张过去后，反而镇定了下来，骂道："绣房崽，你想干什么！"

"干什么？"林叔夜冷笑，"你觉得呢？"

"你……你……救命！救命！"

第四十七针　雨夜命案

虽然陈子丘大叫救命，但林叔夜并不慌张。

广茂源虽然势力不小，不过一来不是官府，二来不是黑道，影响力主要也是在绣行和商界，并不是仗着势力就可以横行无忌的主儿。歪嘴伴当带的那几个人还是临时招募的无赖之徒，眼下并没有肯为陈家效死的家丁。所以没一会儿，林添财就带人闯了过来，堵在了门外。

隔着一层门板，内、外都占了上风，林叔夜自然不急，反而坐了下来。林小云将陈子丘推到林叔夜脚边。忽然陈子丘怒道："混蛋，还不快来帮我！"

表兄弟两人愕了一下，顺着他的目光看去，才发现角落里窝着一个人，从头到尾一动不动，以至于兄弟俩都没发现他。林小云警惕起来："什么时候多了一个人？"

林叔夜却认出那是陈子兴，低沉着声音说："子兴，待着别动。"

那个从小被陈子丘欺负惨了的少年，果然不敢动弹。

"窝囊废！窝囊废！"陈子丘骂了两句，又对林叔夜道，"老三，我可告诉你！你要是敢动我一根汗毛，老大不会放过你的！"

"动你？我为什么要动你？"林叔夜笑道，"虽然我厌憎你，但于情于理你仍然是我兄长，我也不能对你怎么样。"

陈子丘脸上一松，语气转为跋扈："你知道就好！"

林叔夜却指着林小云说："不过呢，他是个男人啊。你大半夜地把一个男人绑到这里意图非礼,这事传了出去,却不知你在西关还怎么混。"

陈子丘怔了一怔,随即无比窘迫:"他们不会知道的。"

这时外头声响来闹越大,因舱门上了闩,歪嘴伴当等几个人进不去。林添财一行被歪嘴伴当等挡住,也进不去,结果双方僵在那里吵闹。吵着吵着,不止乾一号,连别的大船上的人也来过问。

"外头可热闹得很哪。"林叔夜说,"既然二哥你不怕,那我就去开门,想必不用两三天,二哥你抢男人的丰功伟绩就能传到西关。不出数日,估计满省城的'兔儿爷'就都来向二哥投怀送抱了。这种好玩的事,大概西关的纨绔少爷们能笑上一年。"

事情真是诡异,陈子丘无恶不作,不知害了多少人——对自己的恶行从不忏悔,偏偏怕丢人。他吓得赶紧拖住林叔夜的脚:"别!老三,别开门。"

林叔夜道:"舱门就这么一个,你把我俩抢回来,我们总得出去啊。"

陈子丘无奈地道:"你……你到底想干什么?"

"我想干什么?"林叔夜冷笑了两声,重新坐下,"我只想安安静静地参加完这次海上斗绣。"

"那你就参加啊,关我什么事?"

林叔夜只是冷笑,不说话。

陈子丘便知瞒不过,只得道:"好了,好了,往后你斗你的绣,我看我的热闹,我不再给你添堵就是了。"

却见林小云摸了一张纸出来。

陈子丘接过看了一眼:"这是什么?"

"欠条。"林叔夜一边说着,一边取出笔墨、印泥。

陈子丘哪里会看不出这是欠条:"你拿欠条出来做什么?啊!三千两!你抢钱啊!"这么大的数目,陈子丘把自己卖了也拿不出来。

"因为你说话如同放屁。"

"我可以写保证书。"

"你的保证书跟废纸差不多。"林叔夜将笔墨、印泥一推,"签名画押。只要你不再添乱,等回了西关,我就将欠条还你,并不真要你给钱。"

陈子丘眼珠一转,心想:签就签吧,回头该怎么样还是怎么样。等这事过去,回到广州,林叔夜要是敢拿欠条追债,自己赖着就是;真要打官司,就把祖母抬出来,看林叔夜怎么解释这借钱的由头。若是实话实说,一个胁迫兄长的罪名扣下来,就能叫这个没名没分的绣房崽吃不了兜着走!他当下便道:"好。"

可他再一细看,结果发现借款人不是林叔夜,而是林添财。

"怎么是林添财?"

"当然不能是我。"林叔夜笑道,"如果借款人是我,这钱怎么收得回来?收不回来钱的欠条,仍然是废纸一张。但换了我舅舅,就不一样了,对吗,二哥?"

"这,这……"陈子丘又犹豫了,换了林添财他可就拿捏不住了。这时门外吵闹声越来越大,似乎有人撞门。陈子丘咬牙道:"你要是说话不算话,真找我要钱……"

"我可以再给你一张文书。"林叔夜又拿出一张纸来,上面写明,只要凰浦绣庄顺利参加完海上斗绣,过程中未受不公对待,陈子丘便可持此文书,赎回他欠林添财的三千两欠款。

"什么叫'受不公对待'?"陈子丘怒道,"这海上斗绣又不是广茂源一家做主,如果别人搞你呢?"

"那接下来就得劳烦二哥关照小弟了。"林叔夜冷笑道,"哥哥替弟弟出头,天经地义,对吗?"

舱门终于打开了,外头挤了好多人,梁晋、胡嬷嬷都在里面。歪嘴伴当冲向陈子丘,林添财跑到林叔夜身边,两人几乎是同时问道:"没事吧?"

林叔夜笑了笑,道:"没什么,我们兄弟俩一场误会,已经澄清了。"他转头向陈子丘道:"二哥,对吗?"

陈子丘咬牙切齿,却不敢否认。

林叔夜对梁晋道:"梁主评,听我舅舅说,斗绣主办方对我们凰浦绣庄有些误会，所以我过来分辩两声。如今误会解除了，对吧，二哥？"

梁晋看向陈子丘，陈子丘哼了一声，说："不错。"

林叔夜又道："所以，我们能继续参加斗绣了，对吗？"

梁晋为难起来："这个，这个……"随即望向陈子丘，想要他解释，结果他只是大声叫道："没错！没错！让他参加！让他参加！"

梁晋道："那个有伤风化的事情……"

林叔夜道："都说了，只是误会，对吗，二哥？"

陈子丘怒道："没错！误会！"他被林叔夜拿捏住了，整个人烦躁无比，眼看梁晋还要多问，便打断话头大吼："就是这样！"

梁晋眼皮垂了垂："行吧。这事本来就是陈二少举报的，既然陈二少出来澄清，那就当是一场误会吧。"跟着他驱赶人群："没事了，大家散了，散了。"

胡嬷嬷目光一冷，低声骂道："成事不足，败事有余！"

林叔夜便带着蒙面的林小云，跟林添财等乐滋滋地回去了。

路上林添财忍不住问："你在里头究竟是怎么搞定他的？"

林叔夜将借条递给舅舅，林添财借着火把光线看了一眼，叫道："三千两？哈哈，有这东西，那死胖子还不任我们拿捏！他怎么肯画押的？"

林叔夜没有细说，瞥了林小云一眼，道："具体就不说了，总之这件事情，云娘功不可没。"

林添财听得心痒难耐。忽然天空响起了惊雷，旁边一个渔民说了两句土话，林叔夜问："他说什么？"

"他讲的是雷州话，"林添财抬头，"说又一场大雨快来了，让我们赶紧回去，快走，快走！"

岭南的雨与北地不同，有时候没有个循序渐进的过程。林添财这话才出口，雨忽地就像冰雹一样打下来，砸在脸上那是辣辣地疼！他也顾不得别的，先将欠条收好了再说。

乾一号的船舱里，陈子丘气得浑身发抖，把舱内能砸的东西都

第四十七针　雨夜命案

砸了。歪嘴伴当见势不妙，溜了出去，怕遭池鱼之殃。陈子兴捡起一个闪着亮光的东西说："二哥，这是他们落下的东西。"

陈子丘一看，却是一把极小极锋利的刀，林叔夜他们就是靠这把小刀割破绳索的。陈子丘见状更怒，随手抓起就是一挥，陈子兴惨叫一声，脸上多了一道长长的血痕，一只眼睛差点就瞎了。

坤八号终于稳了下来，屏儿正将乾一号发生的事情向霍绾儿汇报：舱内发生了什么，谁也不知道；只知道舱门打开之后，陈子丘忽然就收回了之前对凰浦绣庄的指控。

屏儿说："看来这广茂源内部斗得可厉害呢。"

霍绾儿微微一笑："虽然不知道他是怎么办到的，但他一个庶出的，在这么不利的情况下还能翻盘，压住嫡出的兄长，这手腕倒也不差。嗯，下次斗绣，我们找个由头，一起去看看吧。"

屏儿嘻嘻笑道："姑娘，你心动了？"

霍绾儿啐了一声，轻骂："死丫头！又贫嘴了！"

刚刚停歇了一阵的风雨，陡然又大了起来。闪电划破黑夜，雷声轰隆的间隙，一声惨叫猛地传开了。

梁晋看这雨势，估摸着第二天的斗绣未必能如期进行，便派人到各处通知：明日斗绣延期。

谁知道第二日一早，整片海面却是雨过天晴，天气比前几日还好。

但延期的决定也通知了，再说昨日为了抗避风雨，很多人是一夜未眠，所以主办方便决定干脆休息一日。正想能喘口气，忽然乾一号传出歪嘴伴当的呼号声："二少，二少！快来人啊！我家二少……他……他死了！"

第四十八针 艺的力量，道的超脱

黄谋坐在八仙桌东首，扫视全场，心里掂量着这场舱内博弈能为自己带来什么。他是潮康祥黄家的二公子；在广东刺绣行，潮康祥排第二；在潮康祥继承人排序上，他黄谋排第二；到了这海上斗绣场的决策圈里头，他仍然排第二。只不过这一刻，形势似乎变了。

围着这张八仙桌坐着的三个人，其中两个便是这场海上斗绣的三大股东代表之二。

上首的位置空着，因为代表广茂源的陈家二少死了！

佛郎机人克里斯托弗坐在下首。这场海上斗绣，他出了不少钱，也因此搭上了不少有实力的绣庄。欧洲人难以摸清大明国门，可谓两眼一抹黑，所以能通过斗绣搭上有实力的绣庄，从中购买到高质量的丝绸、刺绣，便已是他们领先同行的重要资本。

可现在面对一个杀人事件——尤其死者还是广茂源的少爷——克里斯托弗想有多远躲多远。尽管他已经学会了一些官话，这时却装聋作哑。这年代，欧洲人在全世界都横冲直撞，只有在大明吃过不小的亏——正德末年屯门战败，嘉靖初年西草湾再败——之后就暂时老实了。

于是，开场白似乎就落在了东首的黄谋身上。

"陈二少的死因，查清楚了吗？"

站在旁边的梁晋走上来一步，说："是醉酒后被利刃割破了咽喉，流血过多而死。"

"凶手呢？"

"不知道。昨夜陈二少似乎不大愉快，自己喝闷酒。等他的伴当一早开门去看时，人已经没了。"

黄谋点了点头，环顾舱内诸人——除了围桌而坐的三人，还有梁晋、蔡有成、徐博古、霍绾儿、胡嬷嬷。梁、蔡、徐、霍是评审，胡嬷嬷则是作为陈老夫人的代言人站在这里。

黄谋微一沉吟，说道："我们不是官府，缉凶破案的事轮不到我们管；但我们也不是强盗，自不能草菅人命。再说死的又是广茂源的二少东，所以这个事情，自然不能轻易就算。"

最后那句，黄谋是对着胡嬷嬷说的。胡嬷嬷面无表情，并不言语。

黄谋跟着道："可是海上斗绣才进行到一半，如果这时候向香山县报案，上面彻查下来，不但这场海上斗绣将半途而废，以后的海上斗绣也别想办了。这一点我想诸位也都清楚。胡嬷嬷，你说呢？"

胡嬷嬷没有说话，不过她也知道黄谋所言不虚。

黄谋最后下了结论："因此黄某人的意思：一、这件事情暂时按下，秘而不宣，海上斗绣继续进行；二、立刻通报广州，告知陈会首；三、后续如何解决，我等唯陈会首马首是瞻。诸位以为如何？"

梁晋望向胡嬷嬷。他是海上斗绣的评审首席，整个斗绣几乎就是他在张罗，所以自是不希望斗绣半途而废；不过陈子丘横死在这里，也让他压力极大，毕竟他是靠着陈家的供奉才能走到今时今日。

胡嬷嬷思前想后：海上斗绣是家主陈子峰花了极大功夫才促成的，自然不能因一个败家弟弟的死而中断。不过以陈子峰对亲情的重视，事后恐怕会有一场狂风暴雨式的追究，但那是后面的事了。

"黄二少的话，老身没有意见。"

梁晋见胡嬷嬷点头，才终于松了一口气。黄谋又望向其他人。

克里斯托弗连忙摆手："当然，当然！我们是遵守大明律法的商人，愿意听从黄先生的安排。"

蔡有成自然捧着自家人。徐博古是客卿，从利益上也不希望海上斗绣就此夭折，因此也都赞成了。

眼看着局面就要在自己的掌握中，最后，黄谋小心翼翼地问八仙桌对面那位："霍姑娘觉得呢？"其实他并不大将一个女人放在眼里，只是这个女人背后的家族太过可怕，霍家只要动一动小指头，就能让这海上斗绣灰飞烟灭。一个自带权势的人，不怕她精明，就怕她见识短胡闹。

霍绾儿坐在八仙桌的西首，一直没有说话，直到这时才道："自然不可。"

众人内心都是一紧，便是黄谋也是心头一紧，难道真是怕什么来什么？

霍绾儿道："国有国法，岂能私自定罪？诸位若认为可以如此，眼中还有《大明律》吗？"

众人听得心头大为慌张。梁晋嘴角抽搐，蔡有成退了两步，徐博古连连咳嗽，就连克里斯托弗都忍不住摸了摸藏在裤腿里的火铳——如果不是有人告诉他这是一位尊贵的女子，其祖父能影响整个大明的政治走向，万万不可冒犯，他就忍不住要撕开文明的面纱了。

黄谋轻轻咳嗽了两声，道："那霍姑娘认为，我们应该将尸体抬往香山县，请县尊断案？"

霍绾儿笑了："海上的事不属香山县管。你去报案，哪个县尊敢接这状子？"

黄谋听了这话，心想：原来这女人并不糊涂啊。便接口道："对啊，所以才让人为难。"

霍绾儿道："海疆防御，归于卫所，但卫所管军不管民。有广州府人士渡海时遇风，飘到这无名荒岛后暴毙，这属民事，广海卫也不能管这事。"

黄谋道："那该怎么办？"

霍绾儿道："所以如果真要公事公办，这事报到香山县，县尊必不敢自专，而必上报广州府；府尊也未必敢自专，必报六部；但此事涉及律法空白，刑部、礼部、兵部三部交叉管辖，最后怕要廷议此事……由内阁拟奏，最后交天子决断。"

她还没说完，在场其他人就已经头皮发麻了，这事儿如果真闹到内阁、天子处，锦衣卫必定南下。一场刑讯下来，什么后果谁也说不准了！如果碰到嘉靖皇帝心情不好，还不知会有多少人头落地！

黄谋都不敢开口了，霍绾儿扫视全场，微笑道："小女子因要到琼州探亲，渡海时遇到大风，避风流落此岛。诸位又为什么会在这里？"

众人连忙道："我们也是探亲（访友），在此避风。"

霍绾儿又道："那位横死的陈家公子呢？"

胡嬷嬷连忙说："也是在此避风。"

霍绾儿道："他是被谋杀？"

胡嬷嬷慌忙道："并不是，乃是旅途之中重疾暴毙。"

霍绾儿笑道："原来是旅途之中重疾暴毙，那就按重疾暴毙处理好了，哪还需要大张旗鼓地把大伙儿叫来，议什么呢？"

一场可能掀起滔天巨浪的狂风暴雨，在外人什么都不知道的情况下，忽然消失了。

这一夜之后，海上斗绣的决策权悄悄地有所转移，那个原本只是当神像一样被供着的霍小姐，忽然就变成什么事都得去请问一声的人物了。但这些只有核心层才知道，外头的几十家绣庄、几百个参比者，是全然不知道出了什么事。

他们只知道这天忽然就放晴了。

这一日不需要斗绣，天气又好，高眉娘就让人在沙滩上搭了个棚子，将林小云、黎嫂、喜妹、李绣奴叫去，讲述刺绣之道，讲了一通之后又分别指点。众人自然是喜不自胜，李绣奴更是感激涕零，林小云嘴欠，但其实也学得甚是起劲。

看着眼前这一幕，林叔夜便感心头喜乐，对舅舅说："咱们绣庄有这么好的氛围，其实胜负已经无所谓了。"

林添财慌忙摇手:"不行,不行!咱们现在还亏着呢,至少得再斗一场,把名气再打得响亮一些。那时才能接更多的订单,才能弥补亏空,才有本钱去参加广潮斗绣。你忘了?如果参加不了广潮斗绣,高师傅就会走。她一走,咱们绣庄还有个屁的好氛围?"

林叔夜笑道:"舅舅说得对。"

远处,一个老嬷嬷在一个丫鬟的搀扶下走了过来。林添财望见,不由得嘟哝了一声:"这老虔婆来做什么?"

林叔夜已经快步迎了上去,林小云也忍不住张望,引得黎嫂等也朝那边看。高眉娘道:"刺绣之时要专心,不要让外界的纷扰乱了我们的本心。"

林叔夜走到胡嬷嬷跟前,微一躬身:"胡嬷嬷。"

胡嬷嬷是个积年的老家人,虽然看不上林叔夜,但陈子峰对家里有所交代,因此她在外头就不能少了礼数,便对林叔夜福了一福,道:"三少爷。二少昨夜重疾暴毙,这事老身觉得得来跟三少爷说一声。"

林叔夜和林添财对望了一眼。他们一早就听到了一些风声,这时被胡嬷嬷亲口证实,还是心头一惊。

林叔夜道:"昨晚二哥还好好儿的,怎么会忽然去世?"

胡嬷嬷冷笑道:"这就不知道了。昨晚三少爷和二少也密谈了,之后二少就不幸故去,谁晓得昨晚船舱之中发生了什么呢?"

林添财变色道:"老太婆,你这话是什么意思!你在暗示陈家老二的死跟我们阿夜有关吗?"

胡嬷嬷冷冷地道:"不敢。"

林添财骂道:"你个老虔婆,你嘴里说不敢,可你这话里话外不就是这个意思!"

林叔夜拦了一下舅舅,对胡嬷嬷道:"昨晚我和二哥的确起了冲突,但二哥的死绝对与我无关。这件事情就是闹到官府,或者到大哥面前对质,我也问心无愧。"

胡嬷嬷抬头一笑,道:"问心无愧就好,问心无愧就好。不过老太婆我今天来,也不是为了说这个。"

林添财道:"那你要来说什么?"

胡嬷嬷且不言语,在丫鬟的搀扶下慢慢走到棚边,看着高眉娘指点众绣娘刺绣。高眉娘见有人走近,便停了下来,瞥了胡嬷嬷一眼,冷冰冰地问道:"还有什么事情吗?"

这一瞥,这一问,便叫胡嬷嬷心头一震,暗道:这……难道真是她?不可能啊,不可能啊!她厉声问道:"请问阁下高姓大名!"

林叔夜走上一步,站在两人中间,说道:"好叫嬷嬷得知,这是我们凰浦绣庄新请的大师傅,姓高,名讳眉娘。"

"眉娘,眉娘……"胡嬷嬷厉声喝问,"这是她的本名吗?"

"这……"

忽然就听高眉娘道:"庄主,这里虽然不是凰浦,但既然立了棚,我又正在授艺,便不宜有外人打扰。如果不是一定要劳动我的事情,还请送客。"

林叔夜一听,便向外间沙滩一指:"胡嬷嬷,有什么事情我们那边说。"

胡嬷嬷道:"老身还有事要问她。"

林叔夜忽然眼睛一睁,喝道:"胡嬷嬷!"

他这一喝,胡嬷嬷倒是惊了一下。

林叔夜语气放缓和了,却是不容拒绝:"有什么事情,跟我到那边说。"

说着,他也不管胡嬷嬷,就朝外走去。

胡嬷嬷竟不由自主地跟上了几步,但她毕竟是个积年老妪,只是一时被慑住,很快就回过神来,止步冷笑道:"这里既然不欢迎老身,老身也不用多话,此来只是告知一声……凰浦庄主,你听好了。"

林叔夜止步,回头。

胡嬷嬷道:"贵庄之中,有人混淆阴阳,有伤风化,因此评审群议之后,决定取消你们凰浦绣庄的参比资格。你们可以回去了。"

这两句话一出,除了高眉娘,在场其他人无不大吃一惊。

林小云几乎要跳起来了,却被高眉娘冷冷喝道:"刚才我说什么了?刺绣就刺绣,外界的纷扰,只当清风吹扫门前雪,与我们无关。"

李绣奴第一个坐端正了,继续刺绣;喜妹和黎嫂也各自坐好,却是怎么都不能专心;林小云则一心二用,一边刺绣,一边听着动静。

林叔夜沉声道:"但昨夜二哥已经答应过我,而且也吩咐了梁主评。"

"你说得对。"胡嬷嬷淡淡地道,"但二少已经死了。他活着的时候,是广茂源在这里的代表,梁晋自然要听他的;但现在既然已经死了,死人的话,梁晋就不需要再听了。"

说完,她便拉着丫鬟的手:"走!"

林叔夜只觉得脑子一片混乱,林小云也忍不住道:"怎么……现在怎么办?"

高眉娘这才停了下来,问几个绣娘:"你们觉得,刺绣最大的困扰是什么?"

虽然不明白高眉娘为什么忽然问这个,但喜妹还是答道:"自然是技艺不够。"她年纪小,经验不足,这是她最大的障碍。

黎嫂则说:"是天资,天资跟不上,怎么学都慢。"这是她最大的痛点。

李绣奴低声道:"是学统,没有学统,想学也不行。"

高眉娘问林小云:"你觉得呢?"

林小云道:"你不就是要批评我不够专心吗!"

不料高眉娘却摇头道:"不是。都不是。"

林小云奇怪地问:"都不是?那是什么?"

高眉娘道:"是财富与权势。"

众人听得一怔。

高眉娘道:"刺绣,尤其是好的刺绣,都要依附财富才能生存,要依附权势才能晋升,但它们既能决定你的生存,就能决定你的灭亡。所以财富和权势,是刺绣最大的凭借,也是刺绣最大的困扰。不但刺绣,所有艺术都是如此。"

喜妹问道:"那……那我们要怎么摆脱这困扰?"

这时连林叔夜也走近了两步,且看高眉娘怎么说。

不料她却说："没有办法摆脱。"

"没有办法？"

"没有办法！"高眉娘道，"我们这些学艺的人，就像漂泊在大海上的孤舟，财富是水，权势是风。水能让我们浮起来，也能将我们淹没；风能将我们吹高，也能将我们吹落。风和水能定孤舟的生死存亡，但孤舟对风和水没有任何办法。离开了风，舟不能行远；离开了水，船就变成废物。"

被高眉娘这么一说，众人忽然就觉得好丧气。林小云道："如果是这样，那我们就该追求权势和财富啊，还学刺绣做什么？"

"是啊，为什么还要学这个呢？"高眉娘笑了一笑，虽然飞凰面罩挡着她的面容，但那笑容还是洋溢了出来，只是意味不明，"第一，因为我们只会这个。"

几个绣娘看着自己手里的绣花针，各自垂头。的确，大多数人学某项技艺，不是因为选择，而是因为没有选择——有的是为环境所限，而有的更是因为天赋注定了要吃这碗饭。

"第二，"高眉娘继续道，"财富与权势，只能定我们此身的存灭，却决定不了千古的高名！"

她望向大海："上好的刺绣，就像上好的诗词，它是好的，就是好的。就算财富与权势能令我们身与名俱灭，但我们所能达到的境界可以在汗青之中长存。哪怕青史也将我们泯灭了，可我们存在过，我们的手艺展现过，我们绣出来的作品诞生过，哪怕一瞬也足以永恒……这就是艺的力量，这就是道的超脱。"

说完了这番话，她道："继续绣吧。这根绣花针，是我们眼前仅能把握的，也是我们唯一拥有的！"

林添财眼看着林叔夜一脸激动，便知他受了感染。他林貔貅是个钻进钱眼里的人，对所有不能赚钱的事情都不感冒，因此对高眉娘的话完全无感，走远了些后，对林叔夜说："大道理她说得好听，但最后问题还不得靠我们去解决！"

"舅舅说得对。"林叔夜却道，"但姑姑这份纯粹，古今罕有。我林叔夜虽不才，却自当拼尽我之所有，以保护这一份纯粹！"

第四十九针　沈女红

苏州，金阊门外桃花坞。

五百年前，北宋名士章质夫作《水龙吟》，苏东坡称绝，而后筑别墅于此。三十年前，江南第一才子唐伯虎在此建桃花庵，作《桃花庵歌》，而后成千古绝唱。

如今章家别墅已成废墟，而唐伯虎所建的桃花庵却住进了一个新的主人。

"桃花坞里桃花庵，桃花庵里桃花仙。桃花仙人种桃树，又摘桃花换酒钱……"

屋外的小童欢快地唱着桃花诗，歌声传入屋内。靠窗而坐的一个女子不禁失声轻笑，这女子身材小巧纤细，人已经不算年轻，风韵却仍在眉目间流转，一双明眸里更是闪动着历经沧桑后的明澈。

旁边一个二十多岁的绣娘问："师父，笑什么呢？"

"唐解元作此诗时历尽失意，妻离弟分，大病几死，而后乃作此愤世嫉俗之歌。这些孩子却将这歌唱得天真无邪，真是好笑。"

旁边另外一个十七八岁的绣娘道："天真无邪不好吗？"她年龄尚小，还未能体会师父的言中之意。

女子愕了一愕，随即笑道："对！对！天真无邪好，天真无邪才好！人世苦痛本来就太多，天真喜乐，才是真好，才是难得。"

她的目光同拿着绣花针的手一起回到眼前的绣架上，一幅《西洲话旧图》的刺绣已经完成一半。绣地的旁边，展开的是唐伯虎的真迹——《西洲话旧图》的原画。

而绣架前的这个女子，便是当今苏绣第一人、十二年前就名动天下的刺绣大宗师沈女红。

十二年前的御前大斗绣，川、湘、苏、粤各展奇能，最后竟是陈子艳夺得了大内首席绣师的座席，沈女红黯然返回苏州。对这个结局，江东绣行没有一个是服气的，反倒是沈女红自己，此刻似乎已经放下了。她经过岁月洗练的脸上云淡风轻，而绣花针上的动作也变得轻缓舒柔、返璞归真。

她一边下针，一边指导身边的弟子们："文人之书画，变成绣师之绣品，不可全然照搬。一者，其'地'不同。书画之地是纸张，刺绣之地是布帛。纸张对墨水走势几乎没有限制；布帛却有经纬，究至细微，其理路只有纵、横，只是在纵、横之中变化出圆、转、曲、折。二者，其'天'不同。书画用笔墨，刺绣用针线；前者软柔变化无方，后者硬直需依照经纬。若是全然照搬，技艺下者线条扭曲失真，技艺中者构图别扭而令观者失兴，技艺上者也是存形失韵。

"比如这幅《西洲话旧图》，上为题诗，下为景物。唐解元诗、书、画三绝，于此画中体现得淋漓尽致。诗则言志抒情；书则肆尽其意，吾等绣工非是刻匠，不能也无法完全模绣其字；而画以小斧劈皴为之，刺绣之中本无此法，因此尤难。"

首徒是个三十多岁的绣娘，年纪比沈女红还大，却一脸的小心恭敬："然则当如何是好？"

沈女红微笑道："自然是要进入画者的内心，将原画印入心海，在心中转为一幅绣品，然后以刺绣自有之针法运针，如此才能存形存韵。"

首徒慨叹道："这个境界，弟子等怕是难以达到。寻常画作也就罢了，如唐解元这等大才子，要明白其心志，则本身境界需高；再要化为绣幅，则针法之能需不在唐解元画功之下。普天之下，除了师父，恐无第二人能办到了。"

虽然如今的大内首席是陈子艳，但苏绣中人无不认为沈女红才是"天下第一"！

这句话触动了沈女红，却不是因为陈子艳，而是因为另一个人。

她的绣花针停了下来，目光移到《西洲话旧图》的诗句上。

这《西洲话旧图》上，唐伯虎的自题诗位于画幅上端，景物位于画幅下端。画中树石交错，掩映着一座茅屋，屋内有两人对坐叙话，这便是"话旧"了。

画作中的人物原本是两个男子，但这时沈女红一个恍惚，仿佛看到茅屋中的两个人都变成了女子，再一抬眼，看到画幅上方的题诗——一句句蹿入心中。

"醉舞狂歌五十年，花中行乐月中眠。漫劳海内传名字，谁信腰间没酒钱……

"漫劳海内传名字，漫劳海内传名字……"

虽然沈女红也是海内传名，但她从小就个性淡泊，这等猖狂与她本性不合。想到此处，她不由得失神慨叹道："要复绣这等狂意，其实……我并不是最合适的啊，若是她在就好了。"

既存了这个念头，忽然就看到了绣幅上的两三处不足，她轻叹一声，提起绣花针，从上到下划了下来。

众弟子大惊，眼前这幅绣品已经完成一半——以苏绣第一人复绣江南第一才子之名作，流传出去便是千金之价！

谁知沈女红竟亲手毁了！

众人骇异之时，一个跑腿的来到门外。小弟子出去接了书信回来，由首徒呈给沈女红。看书信封面，乃是徐博古寄来的。

"徐老不是去广东了吗？竟然千里迢迢寄书信来？"

打开一看，沈女红竟整个人呆在了那里。

首徒问道："师父，出什么大事了吗？"

沈女红恍若没听到一般，忽然流下两行眼泪来，也没留意徒弟们的惊慌，口中只是喃喃："以线藏线，百花隐蝶……秀秀，难道你还在人世吗？"

林添财舅甥走出二十余步，林叔夜的脑子也转了七八圈，忽然说："我们还是有一线生机的。"

林添财一喜："阿夜，你还有办法？"

林叔夜道："姑姑说得对，刺绣最大的困扰，便是财富与权势。我们没有权势，广茂源有权势，所以姑姑技艺再精湛，却也被他们压着拿捏。"

"你这句话，纯是废话！"林添财撇撇嘴，"我还以为你有什么高见呢！"

"不是废话啊！"林叔夜说，"陈子丘原本对付我们都还有所收敛，结果他死了之后，那个胡嬷嬷反而明目张胆地来了。这就说明了一个情况：我们的名头打出来了，至少在这场海上斗绣中打出来了。他们看到我们的威胁比预料的大，所以才撕破脸硬来了。然而反者道之动……我们的机会就在这里！"

林添财心中一动，却又说："你别掉书袋，说人话！"

"人话就是，有人想要干掉我们，就会有人欣赏我们。"林叔夜道，"广茂源在广绣行做不到一手遮天，现在我大哥又不在场，这海上斗绣就更不是他们的一言堂。我们的名气既然打出来了，逼得陈家撕破脸，那就一定有人暗中看到我们的实力。"

"你是说……广茂源的对家？"

"对！"林叔夜道，"姑姑在人前展露了她的无双针法，导致陈家内部不满我们的人不顾脸面地对我们进行打压。姑姑能让陈家产生多大的忌惮，对别人来说，她就有多大的价值。"

林添财笑道："你是说……潮康祥？哈哈，有道理！这次黄家来的是二少黄谋，我这就去找他！"

"不要急啊，舅舅！"林叔夜道，"赶着上门的买卖，卖不出好价钱。"

"不是我着急！"林添财说，"陈家已经将我们除名，黄家却还按兵不动，谁知道里头有什么利益交换的勾当。我们不能干等着。"

"但也不能就这么去。"林叔夜道，"待我想想……"

林叔夜尚在思考，一个渔家女引了一个少女走来。少女对着他俩福了一福，问道："这位可是凰浦绣庄的林庄主？"

林叔夜打量了她一眼，只见她头上插着一支珍珠翡翠簪子，上身穿的是一件短衫，下身未着裙，只穿着合身的锦裤，但无论是衣服，还是裤子，用的都是上好的锦缎。以林叔夜的眼力，自能看出她穿的衣服是自裁自绣的，其针线放在名庄名家眼里算不得上乘，但用来做衣服的这匹绸缎却得十金之价。这样好的布料，小家碧玉是舍不得拿来做这样随性的衣裳的，可眼前这位明显也不是大家闺秀……他心中便有了猜测，问道："这位姐姐是……"

　　少女在他打量自己的时候，也将他上下打量了一番，掩嘴笑道："就近了看，林庄主原来是这般斯文俊秀。"

　　林叔夜愕然，没想到对方一个少女竟然一见面就调笑自己。愕然之余，他又有些不好意思。

　　林添财看她调戏外甥，不禁腹诽，但看她言行多半是个丫鬟，可身上的衣服、首饰都是上等货——丫鬟都能穿成这样，背后的主子可想而知——因此便忍住了，没反唇相讥。

　　就听丫鬟说："我叫屏儿，我家姑娘有事，请林庄主上船一叙。"

　　"屏儿姐姐好，"林叔夜问道，"却不知要上哪艘船？贵主上如何称呼？"

　　屏儿微笑道："坤八号，我家姑娘姓霍。"

　　林添财猛地一惊，脱口道："霍家！"

　　"正是。"

　　林添财又问："可是南海霍家？霍侍郎家？"

　　屏儿笑着道："霍公是我家姑娘的祖父。"

　　林叔夜慌忙道："原来是霍姑娘相邀，真叫在下受宠若惊。却不知霍姑娘召请在下，所为何事？"

　　"这我就不晓得了，我就是个传话的。"屏儿将他瞧了两眼，说，"你……你莫非还不晓得那件事情？"

　　"什么事情？"

　　"也没什么。"屏儿笑了，"林庄主若是不弃，便随奴家来吧。"

　　林添财和林叔夜对视了一眼，林添财的眼神分明在说："小子，还真叫你给说对了！不用去找黄谋了，看上咱的人自己找上门了！"

第五十针　股份重置

凰浦绣庄被广茂源压制，取消了继续参加海上斗绣的资格。林叔夜想着对方以权势相迫，己方想要破局，也只能从权势上着手，本来还真想着如何推动潮康祥去牵制广茂源，不想来了一个意料之外的人。

坤八号昨晚在大风中差点倾覆，经过抢修，如今已经稳当下来。林叔夜来到时，船上的水手还在忙着善后。他跟着屏儿来到一舱外，进去后只见一面屏风将船舱隔成内、外两边，屏风内隐隐有个女子身影。

屏儿便说："姑娘，林公子到了。"

林叔夜十分敏感，心中便想：刚才在外头叫我庄主，为什么到了这里却叫我公子？

却听屏风内传出一个端庄和悦的声音："女儿家不便抛头露面，有劳林公子光降，霍绾儿在此见礼。"

林叔夜慌忙还礼，心里更是奇怪：大家闺秀的芳名是不随便外传的，被人打听到是一回事，但自己开口对一个陌生男子自述，实属罕见。但他还是依礼隔着屏风相见了，说道："霍姑娘见邀，乃是小生的荣幸。"

他听霍绾儿称他公子，便自称小生了，却听屏儿"扑哧"一声笑了出来。他转头一瞥，只见她笑得有些促狭，却又不像在轻侮自己。这个丫鬟对自己的态度，真叫人莫名其妙。

就听屏风内霍绾儿说："冒昧请公子到此，乃是有一事询问。"

"不敢,"林叔夜觉得这位霍姑娘倒是直接,便应道,"小生知无不言。"

霍绾儿道:"这几日海上斗绣,连战皆捷的凰浦绣庄,公子是持有实股,还是只是代营?"

林叔夜也没有隐瞒:"凰浦绣庄原本是广茂源陈家的产业,因为家事,陈老夫人将绣庄的股、地、宅都归给小生了。"

"那就好办了。"霍绾儿道,"实不相瞒,我有心于绣行,因此想购置一点凰浦绣庄的股份,不知林公子可肯割舍?"

自隔屏相见以来,这位霍姑娘的言语已经让林叔夜屡次觉得出乎意料了,但现下这句话尤其令人意想不到。他微一沉吟,问道:"霍姑娘想买几成股份?"

霍绾儿的回答,再次令他意外:"百分之五。"

这真是连有机变之才的林叔夜也一时想不通了:以霍家的权势看上了一个有点长处的绣庄,见猎心喜不奇怪;有了意向之后,就算不尽取其股,至少也要谋个大头才对;就算不谋大头,要个三四成的才正常——只要百分之五的股份,实在是少得没道理。

霍绾儿没等到林叔夜的回答,便问道:"公子不肯割舍吗?"

林叔夜的脑子转了七八圈,仍是不解,心想:对方既然开门见山,自己也不妨直接询问。便问道:"凰浦绣庄只是个破落绣庄,却不知道有什么地方得霍家青睐,更劳姑娘秀口来要这点股份。"

"第一,不是霍家,是我;"霍绾儿在屏风后微微一笑,"第二,能说出'服章之美谓之华,因丝成绣最表征'这等高论的绣师,绝不是普通人;第三,能拥有这等绣师的绣庄,便不是普通绣庄,至于破落不破落……绣庄的精华在人不在屋。"

轻轻几句话,却叫林叔夜心中大生知己之感!这是凰浦问世以来,外人对绣庄最高的评价了。

林叔夜道:"说出这两句话的高师傅,确实是林叔夜平生仅见的刺绣高手。不过既然看重的是高师傅,以霍家之高门,姑娘为何不直接挖人,而要迂回入股凰浦?"

霍绾儿再次轻笑："这等人物，想来轻易不会出山；既然出山，就未必能轻易变志。我不知这位高师傅其人其志，贸然相邀才是下策；直接与林公子谈股份生意，不是更省事吗？"

林叔夜又问："若是如此，为何只求百分之五？"

霍绾儿反问："若我所求多了，公子会轻易答应吗？"

林叔夜表面默然不语，心中却暗暗一惊：我与屏风后面的这位霍家千金素昧平生，她却似乎已将自己与高眉娘的心志给猜透了！

霍绾儿笑道："再说了，我虽有心于绣行，但只是初入试水，可不想一进来就闹场血雨腥风……所以，百分之五，其实正合适。林公子，你觉得呢？"

话说到这里，林叔夜对屏风后的人已经有了初步的判断，至少知道对方既非入世未深之辈，也非飞扬跋扈之徒，反而有智慧、懂节制。这样的人物，正是做靠山的不二之选！想通了这一点，林叔夜便有了主张，却转了个口风，说："然而目前凰浦绣庄正面临困境……"

霍绾儿接口道："是广茂源的代表要以败坏风俗之名取消凰浦参比资格的事情吗？"

"原来霍姑娘都晓得了。"

霍绾儿微笑道："这件事情，我可以解决。却不知百分之五的股份，林公子打算作价几何？"

林叔夜伸出了五个手指头。

屏风后没有反应。

屏儿道："五百两？"

林叔夜摇头。

"五千两？"屏儿气鼓鼓地道，"你可别看我们是霍家的，就狮子大开口！"

"不是。"林叔夜再次摇了摇头，"是五两。"

屏儿听得愣了，而屏风后面，霍绾儿却笑了："好，那就这么说定了。"

林叔夜离开之后，屏儿道："这个人哪，莫不是个傻子！五两银子，他手下那个高手绣娘，随便绣一幅都不止了。"

霍绾儿从屏风后走了出来，看着林叔夜刚刚留下的意向书，幽幽地道："字不错。"跟着又望向舱门，说："人……也不错。"

"五两？"

这片沙滩上，只有林叔夜、林添财和高眉娘三人。林添财听了外甥见霍家千金的经过后有些惊奇，但听到"五两"这个数字，几乎要跳起来！

"好不容易入了霍家的法眼，你居然只要五两！"

林叔夜道："正因为'入了霍家的法眼'，只要五两。"

林添财只是急功近利，却不是傻瓜，被外甥这么一说，一个转念，随即笑了起来："对！对！阿夜你说得对！你这个价钱开得也对！"

林叔夜转向高眉娘道："姑姑，让霍家入股，你不反对吧？你有绣庄一半的股份，所以这事我虽答应了，却也跟那霍姑娘明言，先得您点头，事情才作数。她倒也通情达理，没犹豫就答应了。"

高眉娘便点了点头，没说话。

林添财道："阿夜问你话呢！他好歹也是个庄主，你就这么敷衍他？"

高眉娘淡淡地道："我点头了。"

林叔夜马上道："多谢姑姑体谅。"

林添财愕然了一下，随即便明白过来，不禁腹诽：你个鬼脸婆娘，你的话是金子吗，这么惜字！

林叔夜说："这事是我答应下来的，所以这百分之五的股份，便由我这边出吧。"

林添财听了这话，不禁皱眉，心想：这么一来，阿夜只占百分之四十五的股份，那婆娘反而成了最大的股东了？只是这段时间以来，林叔夜在大事处置上并未出过疏漏，已经让他对外甥的决定建立了尊重，所以他便没有反对。

不料高眉娘却说："我出来斗绣，不是为了钱财，也不是为了权势。当初要你绣庄一半的股份，为的是不想心力错付。这段时间以来，你尽偿我所愿，既然彼此同志，便当共同进退。"

林添财一喜，说道："你愿意将一半股份转让？"

"不只如此。"高眉娘道，"凰浦绣庄能走到今时今日，我的绣技固为一因，庄主的不屈不挠、运筹帷幄也是一因，但如果没有林揽头在几次穷窘关头的无私垫付，凰浦也是走不到现在的。你的这份魄力，应该得到回报，我愿意让出我自己的份额，以酬谢你的这份付出。"

这番话大大出乎林添财的意料。除了对外甥，他从不做亏本买卖，钱到了他手里，要放进去容易，要拿出来就难了，所以才被人叫作林貔貅。可他万万想不到世上竟有这种人——林叔夜这边没有谋算、没有开口，高眉娘自己就将股份拿了出来。

林叔夜道："姑姑这话，甚得我心！既然如此，我提议：请舅舅交还绣庄的地契，然后绣庄的权益我们三人均分，每人各占百之三十，再分百之五给霍家那位。姑姑以为如何？"

凰浦绣庄的地皮并不值钱，但如果凰浦绣庄能在这海上斗绣中更进一步，那光是订单的定金，可能就会大大超过目前地皮的估值，所以让林添财交还地契以换取绣庄百分之三十的股份，这笔账林添财不用算都知道肯定是赚的。虽然他对高眉娘的提议感到意外，但到了口袋边的钱，他从来不会往外推的，却问道："还有百分之五呢？"

林叔夜道："霍家开口了，说明我们绣庄已经引起了行内人的注意。有一就有二，我料着别人多半也会有意。这百分之五就预留出来，给下一个愿意加入的贤达吧。"

林添财笑道："你准备留给谁？"

林叔夜笑而不语，高眉娘道："我没意见，这些外务，你看着办吧。"她说完便转身往绣棚去了，那里面林小云等正在临阵磨枪赶功课。

林添财看看她的背影，再看看林叔夜，忽然长叹一声，说："我做了一辈子的买卖，就没在生意场上见过像你们这种义人！你们啊,将来有一天,一定会……"

林叔夜觉得舅舅要夸奖自己,不禁有些不好意思,笑着问:"一定会如何?"

林添财翻了个白眼:"一定会赔得底朝天!"

第五十一针　绣围棋

风雨过后，赛程继续。

果然，梁晋并未宣布取消凰浦绣庄的参比资格，一切仿佛没发生过一样。

这第三场现场斗绣，能参加的只剩下四组共八个绣庄。除了四个种子选手，这将是天、地、玄、黄四组最后的组内角逐，因此赛场和赛制又都有了调整。

赛场方面，乾一号和乾二号两艘大船被拉近到接舷，数十片木板连成一个能容二十人坐立的大方台，用钉子临时固定，钉在了两艘大船的接合处。这个大方台，将是这一轮斗绣的赛场；两船甲板剩下的地方都用来容纳观众，这就让赛场变得更大。其余三个赛场也做了同样的处理。

赛制方面，梁晋、蔡有成、徐博古和霍绾儿作为四大主评，分别莅临四个赛场做监场。监场之下又设两个评审。天字号赛场由梁晋监场，斗绣时间在下午，斗绣内容抽签决定。

整个上午都花在布设赛场上，同时林叔夜来到梁晋面前，站在他身边的是天字组的另一个劲敌——葵潭绣坊的庄主（其实是广东十大名庄之一潮永安的代表）。

一个盲眼荷官洗了牌，双方从一副牌九中各取一张。恰巧，两人抽出的都是一张六黑，凑成了一副"长三"。一个评审唱牌："葵潭绣坊，黑六点；凰浦绣庄，黑六点。长三！"另一个评审查斗绣分类簿，唱道："长三，斗绣围棋！"

围观的人里头有懂行的，听了之后纷纷道："斗绣围棋啊！这下好看了！"

梁晋道："按本次大会所定赛制，双方仍需三人参比。"

林叔夜领到题目后，也不管现场的纷扰，立刻返回。听说是斗绣围棋后，在场各人反应不同，高眉娘只是"哦"了一声，而围观过广潮斗绣的林添财则叹道："终于来了一场像样的大斗绣了。"

林小云问："绣围棋怎么斗？"连他都没见过，就更不用说李绣奴和喜妹了，便是黎嫂也只是听过，没见过。

"这斗绣围棋，乃是大斗绣，跟之前什么风车针、绣鱼鳞，全然不同。前面那几局，只能说都是小儿科！"

林添财一边说着，一边用竹棍在沙滩上画出纵、横各十九道来："绣围棋是在一张有方格网的布帛上，以方格网为棋盘，以金、银线绣出圆形棋子，其中金线棋子当黑子，银线棋子当白子。

"绣围棋时，棋子怎么绣，有定制：不合规者为废棋，短针步者为废棋，不圆者为废棋，连续绣出七个废棋者则出局；废棋或者棋子被吃者以线穿划，在穿划棋之上绣花算新棋占格，这叫棋上添花；其余都按围棋规则进行。"

林小云道："原来是这样，这不就是下棋嘛！不难。"

林添财道："可没那么简单！平时下棋，棋子放上去就算占眼，但绣围棋得绣啊；而且普通围棋是轮流下，你下完了一子，我才能继续下。可斗绣围棋不是，斗绣围棋不用轮流，谁下手快，谁就占眼。"

林小云怔了怔，随即明白过来："所以这还是斗速度！"

"对……也不对！"林添财说，"斗绣围棋，除了棋艺，同时也是要考针法的快、准、稳、精，可以说是对绣庄综合能力的大考，所以叫作大斗绣。"

这时喜妹拿了一块布帛来，高眉娘起针拉了三纵三横，当作一个简约的围棋棋盘，然后在上面演示怎么绣围棋："绣围棋，不是在网格上绣个圆圈便算，按照规制，必须绣出棋子的凸起感，因此当用凸高针法。凸高针法不在基础八门之内，属于变体针法。"

她一边说着，一边用金线在网格上绣出凸高隆起的一颗棋子。

林小云看了一遍后呵呵一笑："不难！"便拿起另外一根绣花针，也用同样的针法绣了一颗围棋，手法倒是挺快，但其中一角少了一步，这围棋就显得不圆。

林添财叫道："这便是废棋了。"

林小云骂道："他娘的！"正要改时，高眉娘眼疾手快，已经在这颗棋子上用银线一穿。林添财道："对——吃子的时候也是这样吃。"他这句话才说完，高眉娘已经在废棋上绣了一朵花。林添财赞道："真快！这就叫棋上添花了！"

林小云甚是不服气："我是第一次绣，才手误了。等会儿练上两次，肯定就不会出废棋了。"

高眉娘又将绣架移到李绣奴面前，李绣奴悟性也快，吸取了林小云的教训，扎扎实实地绣了一颗围棋，但速度慢得多。

林添财道："这不行啊，快了就错，绣对了又慢。"

这时黎嫂接过，也绣了一颗，却是十分稳当，速度比李绣奴快，比林小云慢些，围棋却绣得凸凹细致，十分稳健。

高眉娘问："你绣过？"

黎嫂道："去年中秋，用废布料和人玩过。"

林小云道："放心，放心，我练上一练，绣上七八个就能熟极而流了，下午保证又圆又快。"

高眉娘道："却还有个难处。如果双方绣速相当，则要看棋力高下。我棋艺平平，对方阵营里若有围棋高手，那我们就要吃大亏了。"

"这么麻烦啊！"林小云道，"其实刺绣就刺绣，怎么还跟围棋扯上关系了呢！"

对他这句吐槽，高眉娘却不以为然："刺绣本是艺道的一种，仅仅懂得针线活而没艺术修养，那出来的绣品再精致，也带着工匠气，永远达不到上乘境界，所以斗绣场上的题目与琴、棋、书、画结合是常有的事。"

李绣奴听了问："所以我们还要学琴、棋、书、画？"

"倒也不用学得很精通,只是都要懂一些。艺道的境界,一法通,万法明。"高眉娘说,"当然,真上了斗绣场,可以有棋艺高手在旁指点,正如出绣品时,有画师作画来当原稿,不算犯规。只是咱们孤悬于此,一时间,去哪里寻一个精通棋艺的高手来?"

林小云一听,笑道:"原来可以有人指点啊,你又不早说。"他看向林叔夜,忽然想起什么,赶紧低头把嘴闭上了。

林叔夜微微一笑,说道:"现在还有一点时间,你们快拿了布料,到篷里去好好将手法练熟。这是三人同绣,不能光靠姑姑。"

林小云、黎嫂、李绣奴三人答应了便去,高眉娘看了林叔夜一眼,道:"你会围棋?"

林添财道:"我见他摆弄过,应该会一些吧。"

林叔夜笑了笑,说:"也不算很精,两年前去潮州府游玩时,恰逢府城弈林大比。我去玩了一圈,止步于前四,未能进入决比。"

林添财吃了一惊:"阿夜你这么厉害!潮州能入前四,那全省不也有前十?那可就是高手中的高手了!"

要知道粤东潮州府虽然在唐朝时尚属蛮荒,但经过韩愈播文,两宋发育,到明朝时已成为天下有数的文教大府,底蕴深厚,人才辈出;到了正德、嘉靖年间,更是进士频中,状元独点,琴、棋、书、画、雕、绣、瓷、陶全面开花,各个领域都有成就甚高者。林叔夜能在潮州杀入前四,那可就不只是"精通"了。

林叔夜微微一笑,高眉娘见他成竹在胸的样子,便也不再担心。她正要到篷内去做指点时,林添财忽然道:"且慢!有两个消息需要说说。第一,昨晚海上斗绣的几个话事人忽然碰头,之后霍家那个丫鬟就来传消息,让我们安心备赛,想必今天梁晋没说取消我们的参比资格,应该是那位霍姑娘出力了。"

林叔夜点头道:"是的。"

林添财又说:"另外那屏儿姑娘又说,虽然参比资格得以保留,但我们还是会受到一些为难……我想斗绣围棋又要求三人参赛,就是落在此处。"

如果是单独参赛,以高眉娘的针法和速度,这场斗绣简直就是十拿九稳；但三人参赛的混战，结果就难说了。

高眉娘淡淡地道："只要我们能上斗绣场，那时胜败各凭本事，些许为难不足为虑。"

林叔夜道："这第一个消息我是晓得的，第二个消息是什么？"

林添财把声音压低了："第二个是我刚刚收到的，有人卖消息给我，说李绣奴是别人买通，放在我们这儿的二五仔①！"

听了这个消息，林叔夜和高眉娘都是一怔。

高眉娘皱眉道："消息确切吗？她虽然是个刚来的朝鲜姑娘，但咱们别冤枉了清白人。"

"时间这么紧张，我还没能去核实，"林添财道，"不过既有这个隐忧，下午的斗绣还是别让她上场了吧。"

围棋斗绣三人上场，除了高眉娘，云、黎、李便得三选二。

林叔夜道："李绣奴的来历和志向，听来不像假的。"

林添财冷笑道："她讲的那个故事，我一个晚上能编十个出来！"

林叔夜轻叹了一声，问高眉娘："姑姑，刚才看黎嫂绣围棋的手法、速度，又稳又快，比云娘稳，比绣奴快。如果是她上场，你觉得如何？"

高眉娘道："黎嫂以前练过，但她资质平平，又乏应变之才。云娘和绣奴只要练上一个时辰，应该就能超过她的。"

林添财道："可那新罗婢如果真是二五仔，斗绣场上一个反水，那时候我们想翻盘都难了。"

高眉娘看看林添财，又看看林叔夜，说道："你们决定吧。"便转身离开了。

她这样子也不是第一次了，林添财都懒得调侃她，就对林叔夜道："阿夜，这次是三人同时上场，黎嫂就算绣得慢些，有高师傅镇场，我觉得问题不大。福瑞德排名比潮永安高，我们连福瑞德都赢了，还怕潮永安不成？可要是那李绣奴真是个二五仔，到时候结果就难以预料了！"

---

① 二五仔：广东方言，叛徒、出卖者的意思，也可指卧底。

林叔夜心下盘桓，知道按高眉娘的判断，李绣奴上场的话，其速度应该能快过黎嫂；可如果她真的反水，带来的危害则不可估量。思前想后，他觉得以自己的棋力，再加上高眉娘的针法优势，就算黎嫂这一环有所欠缺，胜算应该也不低，便道："罢了，听舅舅的。这一局我们求稳。"

第五十二针　以一敌三

艳阳高照。

天字组的这一场斗绣，可谓全场瞩目。凰浦绣庄作为一匹黑马窜出，力压福瑞德，又有各种奇怪传言，自是引起了无数外行人的好奇心；而高眉娘那神乎其技的针法，更是引得行内人都想来一观其技。因此，其他三场的观众加起来都不如天字组这边的多。比赛还没开始，乾一号、乾二号两艘大船的观众区已经挤满了人，更有站不下的，就坐在海面的小船上，等着看棋局。

乾一号甲板上，搭起了一个主评台——梁晋的座位。梁晋的正对面、乾二号的甲板上，立起了一个巨大的棋盘，棋盘十九道经纬的交叉点处都设了钩子。这是给观众看的，到时候绣师绣了哪一步棋子，这边就会将棋子挂在同样的位置上。

上午搭好的方台中央，放置了一张很大的方形绣架，绣架上夹了一张大布，上面布列了纵、横十九道经纬——正是围棋棋盘的模样。两个评审走上方台，同时唱道："请主评——番禺县梁晋先生。"

梁晋走上主评台坐好，摆了摆手，评审跟着唱道："双方绣师上台。"

林叔夜向高眉娘、林小云和黎嫂点了点头，三人便走了上去。林小云打头，高眉娘居中，黎嫂在后，同时潮永安的三位绣师也走了上去。六人站在了绣架的两侧，都是侧对着梁晋——这样梁晋能够从高处监临全场。

林添财的情报工作做得挺到位的，半个时辰前就把对方三人的来历都打听到了:"潮永安来的三个大师傅,打头的叫郑九奶奶,五十来岁,针法老辣,本来是潮永安用来对付陈伍氏的。次席叫胡二姐,三席叫柯招娣,都是资历很深的大师傅。论实力,郑九奶奶或者稍逊陈伍氏一筹,但潮永安胜在实力更均衡,因为他们的次席、三席也很厉害。"

最后林添财下了结论:"潮永安这次也是下了大本钱的。"

方台之上,六个绣师互通姓名。

那位郑九奶奶五十多岁,脸上、手上都是皱纹,但指节强劲有力,一双眼睛如同死鱼眼般,忽然指着林小云说:"姿娘仔①,看着面熟。"

林小云笑嘻嘻地福了一福,说:"云娘偷过九奶奶的师,可惜九奶奶的徒子、徒孙太多,所以认不得我。"

郑九奶奶说的是潮州话,林小云回的是官话,因此郑九奶奶听不大懂,问旁边胡二姐:"伊呾乜个?②"胡二姐在她耳边说了,郑九奶奶不满地道:"我这世人只教潮州姿娘,你是潮州人,做尼相护外地人③!"

林小云还没接话,高眉娘道:"广、潮本是一家,只要为人不失忠义本分,不必强分彼此。"她能听懂潮州话,但仍然以官话作答。

郑九奶奶听了胡二姐的翻译,冷笑道:"呾这话,不知道的还以为你是陈子艳!"

听到这话,高眉娘冷冷一笑,不再接话。

这时评审唱道:"斗绣围棋,按惯例,许双方各聘棋师指点。棋师上台。"

便有杂役抬了四把高脚椅上去。六个绣师是站着刺绣,所以棋师在后面要坐在高脚椅上,才能无障碍地看到整个布帛绣地上的棋局。

林添财道:"怎么是四把椅子……"还没说完,他的脸色就变

---

① 潮汕地区对年轻女性的称呼。
② 潮汕方言,意为:她说什么。
③ 潮汕方言,意为:为什么帮外地人。

得古怪——四把椅子中，只有一把是放在高眉娘等三人的后面，另外三把放在了郑九奶奶等三人的后面！

林添财便猜到了一二："这……难道……"

对面，三个身穿长衫的男子走了出来，上了方台，坐在高脚椅上。林添财一见就破口大骂："作弊！作弊！他们作弊！"

他的高叫声引起了许多人的注意，高台上梁晋问道："哪里作弊？"

林添财跳了出来，指着那三个棋夫子道："他们竟然请了三个棋师，不是作弊是什么？"

梁晋呵呵一笑："双方各有三个绣师上场，那么一个绣师配一个棋师，很合理啊。"

"这！这！"林添财怒道，"但我们这边只有一位！"

梁晋笑道："那是你们的事。"

林添财怒不可遏，但梁晋已经吩咐："准备点香吧。"

下面两个评审都是他的徒弟，其中一个便去准备香炉，另外一个准备敲锣。梁晋道："凰浦的棋师还不上来吗？准备弃权？"

林添财叫道："阿夜，咱们……"

林叔夜哼了一声，知道对方钻了空子，而主评又倾向对方，己方再抗辩也无意义，便快步走了上去，坐上了高脚椅。举目望去，只觉对面三把高脚椅上的三位棋师中的两位有点面熟，隐约记得是在两年前的弈林大会上见过的，似乎都杀入了前十，想来三人都非庸手。

本来围棋决胜，几个前十的高手合力，未必就能战胜一个前四的。但这斗绣围棋与普通围棋有所区别，后者是轮流下子，前者是抢绣占眼，棋眼谁先抢到算谁的，因此以三敌一，这优势便十分明显了。

林小云气得咬牙切齿，黎嫂则满脸忧心，只有高眉娘淡淡地道："沉住气，照常刺绣。"

梁晋道："依例，双方首席掷骰。"

两个评审各取了一个骰子递给高眉娘和郑九奶奶，两人同时掷下，高眉娘掷了个五点，郑九奶奶掷了个三点。梁晋道："凰浦绣庄五点，执金线，当黑子；葵潭绣庄三点，执银线，当白子。棋盘定位以黑子为准，局分上下，每半局两炷中香。"

梁晋摆了摆手,一个评审便点了一炷香。香一点燃,另一个评审便喝道:"起针!"同时敲响了铜锣。

普通围棋是黑子先下,这斗绣围棋却是同时抢先。

铜锣一响,六个绣师便同时抢绣棋眼。早在开赛之前,双方的绣师与棋师便都沟通过,有了默契——这第一招抢占哪个位置,是说好了的,不用等棋师开口指点。

然而就是这第一招棋,却有两个人出了意外!

第一个出意外的是黎嫂,她原本按照林叔夜的安排,第一招要绣"平六三"位,不料目光才投过去,绣花针还没触及绣地,对面的绣花针已经抢了过来,就在"平六三"位下了第一针!

"你!"黎嫂又惊又怒。然而斗绣围棋的规矩,谁先下手谁占先,对方这样做虽然很不礼貌,但并不违反规则。就在慌乱间,林叔夜大声叫道:"黎!平三五!"

这是他们约定好的号令。黎嫂听到号令,赶紧去"平三五"路下针。

林叔夜目光微转,忽然"咦"了一声,原来黎嫂这边是被动意外,但高眉娘那边则是主动改变。在看到黎嫂被抢占的瞬间,她绣花针一转,放弃了原先约定好的棋路,直接占了"天元"!

看到这一招,对面三个棋师都同时"咦"了一声。

围棋有纵、横十九道,构成三百六十一个交叉点,其中有九个交叉点一般会用大黑点标识出来,以便全盘定位。这九个大黑点便称为星位,而棋盘最中间的那个交叉点,便是天元。

一般来说,围棋第一手就占天元乃是霸道无礼之举。不过在黎嫂被欺之后,高眉娘此举却可视为果断反击。

林叔夜见高眉娘如此,不解之余,不禁皱眉。本来在开局之前他已经想好了整个布局,现在黎嫂这边被打断,高眉娘再这么一弄,解气是一时解气了,可胸中整个布局便全乱了。

以凸高针法绣棋子,要求绣出凸起的立体感,对尺寸、规制又有严格的要求,且落针点在哪儿还需要按照围棋进行布局,因此就费时而言,几可与绣龙鳞相比,较绣叶子、绣梅花更慢。

然而场中六人，个个都将凸高针法运用得十分熟练，其中又以中央区域的最受瞩目。

　　斗绣围棋的这个布帛棋盘，要比普通棋盘大上不少，因此六人同绣，事先便定下了分管区域。比如凰浦绣庄这边，高眉娘主要负责的区域是这中间的一大片，左边六路以左归黎嫂，右边六路以右归林小云——潮永安那边情况也类似。所以这既是一个棋盘，却又分成了三个对战片区。

　　三片战区之中，黎嫂对柯招娣，一开始就落了下风，而林小云对胡二姐则旗鼓相当。云、胡、柯三人的针法虽已极快极熟，却还是让中间区域的两人给比下去了！

　　高眉娘的针速，上一轮斗绣已经有很多人见识过了，可这时郑九奶奶竟似不在她之下！她一双手皮皱干枯、指节凸出、手指粗短，单看这双手，绝不像个绣娘，而更像一个干粗活的农妇。然而这手一拿到绣花针，马上就变得灵动无比，盘旋进出全无半点停滞，不但极快，而且每一针下去都精确无误。高眉娘运针速度已经很快了，竟也跟她拉不开距离。

　　乾二号的船舱内，窗户半开，舱内三人一坐两站，坐在窗边的是袁莞师，站着的是胡嬷嬷和陈家的一个丫鬟。三人也看到了外头发生的事情。

　　袁莞师看着布帛棋盘上穿梭的针线，由衷地赞道："好针法！好针法！"

　　胡嬷嬷没有细看针线。她虽是广茂源的老家人，却长居内宅，懂人事多而懂业务少，精于宅斗而不甚通刺绣，只能从袁莞师的神情去判断这斗绣场的战况："莞师是在称赞郑九奶奶？"

　　袁莞师"哧"地一笑："郑九算什么！虽然她与我是一辈的，但她的刺绣……呵！这么多年来，她什么技艺都掌握了，可她的绣品就是卖不起价钱，为何？便是因她从头到尾都是匠气！"

　　"匠不匠气的，老身不懂。"胡嬷嬷说，"但郑九奶奶的针法之快，应该胜福瑞德的陈伍氏一筹吧。或许也只有她的这双手，才能压制住眼前这个来历不明的蒙面女人！"

第五十三针　奇着三变

"压制？"袁莞师盯着布帛棋盘上较先成形的两颗金、银棋子，轻叹摇头，"压不住……压不住了！顶多算牵制。"

高眉娘和郑九奶奶下手都是极快的，林小云等还没绣好半颗棋子，她们的第一颗棋子都已经接近尾声了。而高眉娘因为临时改棋路，处于后发，所以下针比郑九奶奶迟了一步，结果第一颗棋子将绣完时，却比郑九奶奶快了两步。

胡嬷嬷心头一惊。这么明显的快慢，她还是看得明白的："郑九奶奶都压不住她？莞师你可是说过，如果单论绣围棋的针速，郑九奶奶可是比你还快的。"

"的确如此，"袁莞师道，"但我也没想到，这位蒙面师傅的针速，竟然能快到这个地步！如果是我在她对面与她斗绣围棋，怕是也难有胜算！"

"这怎么可能，这怎么可能！"胡嬷嬷道，"莞师你可是宗师啊，怎么可能会输给她！"

"宗师……"袁莞师淡淡地道，"这个称号，并不是单纯靠快就能得来的。"

胡嬷嬷心头震惊之余，却还是暗自庆幸地低声道："幸好，这一轮不是独战。"

林叔夜在绣娘们绣第一颗棋子的时间里，已经调整了思路，眼看高眉娘就要完成，开声指引道："高！平八六！"

他话音刚落，高眉娘已结针，不料她绣花针一转，竟未落到"平八六"上，反而落在"入九三"！

凡是下棋之人，无不眼观六路、耳听八方，所以潮永安三个棋师瞥见之后，又同时"咦"了一声。

旁边的评审已经高唱："凰浦！入九三！"一杂役将一颗硕大的黑棋挂到那个大棋盘上。

袁莞师在舱内望见，也忍不住叫道："她这是要做什么！"

高眉娘第一次占"天元"还可以说是为了反击潮永安的无礼，可这第二次再度违反己方棋师的指点，这是要做什么？若非她的身份摆在那里，就有人以为她是凰浦的"二五仔"了！

这边高眉娘下了针，那边林添财在下面看得无比焦急，忍不住叫道："她在干什么！为什么不听阿夜的指点下棋！为什么！"

这时白子也挂了上去，却是郑九奶奶也绣起了第二颗棋子。其绣花针落在"上七五"的位置上，落后高眉娘两步针路而已。

林叔夜心头有些烦躁，但这时也顾不得许多了，因为林小云的第一颗棋子也将结针，他便只能将精力放到那边去。他指点林小云之后没过多久，高眉娘的第二颗棋子也即将结针。她绣第一颗的时候虽为后发，却仍然迎头赶上，领先了两步，到第二颗即将收尾的时候，距离继续拉开，竟是领先了五六步。

眼看她即将结针，主评台上的梁晋、高脚椅上的四位棋师，以及船舱之内的袁莞师，全都神情凝重地盯着，似乎她接下来的行动有重大意义。

最后一步落针！

第二颗棋子——结针！

高眉娘毫不停留，便开绣第三颗棋子！

围棋的传统分区，是将棋盘分为四块，从左下角开始顺时针依次为左下的平位、左上的上位、右上的去位、右下的入位，而后两个数字在四隅的数法都是从棋盘边缘向里数。刚才梁晋宣布"棋盘定位以黑子为准"，所以黎嫂所在的方位便是平位，柯招娣所在的便是上位，胡二姐所在的是去位，林小云所在的是入位。

这一次林叔夜故意慢上一拍，且不出声指点。结果不等他开口，高眉娘手里的绣花针已经毫不犹豫地落到了"入七五"上！

这一针下来，梁晋、袁莞师，以及潮永安的三个棋师同时震惊。当黑棋挂上去的时候，观众中的明眼人也都看出凰浦绣庄这位主力竟是撇开了棋师的指点，搞独立了！所有看得出端倪的人一时哗然。

林添财也气得跳脚，忍不住就要开口责问高眉娘。就在这时，眼尖的喜妹发现了什么，说道："哎哟，舅老爷，姑姑绣的地方，好像跟对面那个奶奶对着呢。"

船舱之中，袁莞师竟也看得怔了怔。胡嬷嬷忍不住问道："这个蒙面女，她在闹什么呢？"

"不是闹……"袁莞师摇了摇头，随即又忍不住点了点头，说，"原来她不仅针法了得，更有一颗七窍玲珑心。"

"七窍玲珑心？莞师你在说什么呢？"

袁莞师指着棋局道："你还没看出来吗？这位高师傅在绣仿棋。"

此时布帛棋盘上，众所瞩目的中央片区中，高眉娘三次出手都令人意外。林添财本来烦躁不堪，在被喜妹提醒之后，忽然就看出了异样！

要知围棋棋盘乃是上、下、左、右全然对称，高眉娘占据天元之后，第二路棋落在"入九三"，与郑九奶奶的第一路棋"上九三"完全对应；然后郑九奶奶第二路棋落在"上七五"，而高眉娘随后就应在"入七五"。双方棋路，完全对应。

连林添财都看出异样，更不用说方台之上的四个棋师了。潮永安这边，坐在中间的那个棋师怒道："竟然下仿棋！无耻之尤！无耻之尤！"

先占天元，而后每一步都与对方对应着下，这是围棋里的模仿棋，乃是一种无赖至极的下法。模仿棋并非必胜法，但能在一段时间内让被模仿者无奈又痛恨。

林叔夜冷笑一声，道："却不知道是谁先无耻的！"原来他在高眉娘下第二子之后已有所猜测，所以在第三子时故意不出声，并在高眉娘下第三子的那一瞬间验证了自己的猜测。一旦确认了高眉娘的想法，他马上就与她同心了。

潮永安另一个棋师冷笑道："下仿棋又怎么样，也未必没有破解之法。"

林叔夜笑了一笑，却不再理会他们，将心力先放在了左右两个片区上。

"七窍玲珑……七窍玲珑！"袁莞师赞叹了两声后，才对舱内两人说，"你们没看懂，对吗？"

胡嬷嬷默然，那个丫鬟更是茫然地摇头。

袁莞师道："其实凰浦绣庄刚才差点输了，你们晓得吗？"

胡嬷嬷又惊又不忿：惊的是绣房崽那边刚才竟然出现了大危机；不忿的是按袁莞师这说法，凰浦绣庄这危机是已经过去了？

"还请莞师指点。"

袁莞师指了指布帛棋盘，说道："斗绣围棋，不但斗针，而且斗智；不但斗智，而且斗心！心智如果乱了，棋路布局就会乱；棋路布局乱了，就算针功还跟得上，也注定会输。"

胡嬷嬷两条杂乱的眉毛扬了扬："刚才凰浦那边乱了？"

"乱！乱得厉害！"袁莞师说道，"在斗绣围棋的规则下，六人同绣，双方默认将这个棋盘分成三大片区，而潮永安竟上来三个棋师……哼，这事是你们搞的鬼吧？"

胡嬷嬷没有否认，不过也没有承认。

袁莞师道："凰浦这边做指点的棋师只有他们庄主，虽然我不知道他棋艺如何，但他要以一敌三，那就是同时与三人对弈，想必是很吃力的。这是凰浦绣庄被打得第一个措手不及。

"再接着，左路棋局上，凰浦的那个绣娘（黎嫂）又被抢了棋眼，不得不转下别的棋眼，三少爷脑子里原本的棋路肯定就被迫改弦易辙。这是凰浦被打得第二个措手不及。

"斗绣围棋是一步慢、步步慢，在这步步紧逼的当口，慢了一拍，后面就落了后手，且棋路乱了一步，后面就全乱了！三少爷他以一敌三，本来就没有足够的时间来思索，加上对面向他步步进逼，一旦他脑中棋路乱了，后面也不用斗了。"

胡嬷嬷忍不住问："那他现在就不乱了？"

袁莞师笑道："他现在也乱，可是潮永安那边也跟着乱了啊！

"这位高师傅连续三招奇兵突袭，先占天元，后下仿棋，中央片棋局一进入仿棋阶段，三少爷就可以暂时不用去管，而将心力集中在左右两路，压力就能大大减轻——此其一；而这连续的三奇招也会把潮永安的布局给搅乱，双方都乱，那凰浦就有喘息的余裕——此其二。你看！"

胡嬷嬷朝窗外看去，果然，潮永安原本胜券在握的三个棋师，这时不得不趁着高眉娘绣第三颗棋子的时候交头接耳，显然正在重拟对策。

布帛棋盘上，六根绣花针速度不减，但在气势上，开局以来一边倒的局面已经改变，不知不觉朝均势发展。

这场布帛棋局的微妙变化，不但袁莞师洞若观火，林添财也已看明白了，忍不住欢喜地道："厉害！厉害！咱们这位高师傅，果然是无双能人！"

可他的欢喜没有持续多久。潮永安请来的三个棋师，毕竟也都是弈林高手，几个商量后便调整完毕，分头指点郑九奶奶、胡二姐、柯招娣接下来的棋路。

目前的局面，高眉娘和林小云尚且能应对：郑九奶奶无论绣哪里，高眉娘都是对应着落子，而且领先的针步也逐渐拉到八针、九针；胡二姐的功力比林小云深厚，但林小云实在是个奇才，虽然今日第一次接触绣围棋，又只学了不到两个时辰，但紧赶慢赶地一直咬着胡二姐不放。

然而黎嫂那边，很快就落入了巨大的危局之中。

原来黎嫂的刺绣功夫，放在广州那是连大师傅都够不上的，但她偏偏碰上了柯招娣这位资深大师傅，绣了两颗棋子之后便被越拉越远！眼看着这第三颗棋子就要结针，对方的第四颗棋子竟也同时收线，而且还快了一瞬。

棋对绣师的指点总是要提前少许的，因此在黎嫂即将结针之时，林叔夜喊道："黎，平八二！"但黎嫂的针尖尚未触及，柯招娣的绣花针已经抢先一步刺入！

黎嫂又急又怒："你！你！"

柯招娣却笑了起来："抱歉，又让小妹抢先了！"

第五十四针　再陷危局

普通棋局中，抢先下在对手要下的位置上是不允许的，但斗绣围棋偏偏可以，因为这斗绣围棋，终归棋艺是臣辅，绣艺才是君主！

可这么一来，林叔夜原本在左片区的布局又被打乱了。不仅如此，因潮永安在这里领先了一子，又打乱了凰浦的棋路，黎嫂绣到第七子时，柯招娣已绣下第九子，而且把两颗金线黑子给吃了！

如果是普通围棋，林叔夜就算以一敌三，也不容对方在第九步上便吃掉自己的子，但柯招娣每绣三四颗棋就能领先一颗，相当于能多走一步棋，这个优势可就太大了。

于是凰浦在左区便只剩下五子，且凌乱不能成势，而柯招娣顺势棋上添花，九子变成了十一子，连成了气势！

就算不太懂围棋，黎嫂也知道要不好了，当场又急又乱，持针的手都有些不稳了。

高眉娘低声道："别慌，绣你自己的！"

柯招娣忽然冷笑："还是顾好你自己吧！"

她忽然抛下左区，直接杀入中区，抢在高眉娘之前，绣在了"平七七"上！

高眉娘脸色微微一变。她与郑九奶奶的差距正越来越大，几乎就要领先一子，那边郑九奶奶才在"去七七"上绣了线，她这边就即将结针，偏偏这时候柯招娣抢先一步占了"平七七"——"去七七"的对应位。

潮永安三个绣娘脸带微笑，绣针不停。三个棋师则同时放声大笑，其中一个笑道："我说什么来着！仿棋这种邪门歪道，岂能长久哉！"

林叔夜轻轻叹了一声，赶在高眉娘结针的刹那，指点道："高！入九五！"

这一次高眉娘没再违拗，果然在"入九五"位置下了针。但此棋之后，她的仿棋策略便被提前破掉了。

高眉娘本想领先一子之后，便可用这一子之余裕先去右区一助林小云，不想被对方抢了先，导致心境微微受了影响。她尚且如此，黎嫂就更不用说了。

虽然林叔夜靠着变换棋路左遮右挡，却还是拦不住对方向自己步步进逼。黎嫂心情越急，落针反而越乱、越慢，最后林叔夜干脆将精力放在中央区和右区，以期在这两个地方守住阵脚，避免全线崩溃。再落七子，高眉娘对郑九奶奶又领先了一子，这一子落下去，中央片区便挽回了局面，重新领先。

左区那边，黎嫂在被两番吃子后心境大乱，竟是连出废棋。而柯招娣又极其刁钻，黎嫂在她的诱引逼迫之下，又绣废了第七步棋！

梁晋望见，暗中冷笑。他的徒弟马上张口唱道："凰浦连出七废棋，黎氏出局！"

便在这时，两炷香燃尽，另外一个评审敲响铜锣，斗绣暂停。

梁晋走下主评台，朝着方台拱手，道："诸位绣师辛苦了。"又特意对郑九奶奶道："郑九奶奶，宝刀未老啊！"

这句官话郑九奶奶倒是听懂了，不过她是个潮州本土死硬派，因为绣行的广、潮纷争，对广派绣行所有人都没好脸色，哼了一声，下方台歇息去了。

林小云发现自己此时竟满头大汗，脸上的粉都掉了不少。原来他的对手实在太强，他是穷尽所能才勉强咬住对方，整场斗绣下来竟是完全无法分神。这时他来到左区，看过之后忍不住骂道："黎嫂你怎么搞的！你就算一针一针慢慢绣，也不至于搞成这样！"

黎嫂捂着脸，差点都要哭了："对不住，对不住……"

"现在说对不住有什么用！"林小云咬牙切齿地道，"哪怕你

第五十四针　再陷危局

慢慢绣……有你在，左片也还有个牵制，现在怎么办？我们要以二敌三了，这绣还怎么斗啊。"

林叔夜知黎嫂虽然有过，却是实力使然。这斗绣围棋不但斗针法、斗棋艺，同时也是一场心理战。他挥了挥手，道："黎嫂身处逼迫之中，产生慌乱也是常事。别乱骂人了，你去补补粉吧。"

林小云这才发现自己的妆容掉了好多，吓得赶紧到休息棚内补粉。

几人下了方台，进入休息棚内。想到这海上斗绣好不容易杀到这里，却多半要在这一轮惨遭淘汰，棚内的郁闷之气简直浓到了极点。

林添财跟儿子一样，也是咬牙切齿的表情。林叔夜看黎嫂万分自责的模样，提前截住要说话的林添财，道："舅舅，别怨黎嫂了，咱们先想想办法。"

不料林添财没有埋怨黎嫂，反而甩了自己一个耳光："他娘的！不怨她……这是我的锅！"

众人都吃了一惊，不明其故。

然而林叔夜心念一转，就恍然有悟，道："舅舅也不用自责。斗绣场上尔虞我诈，我们欺过人，自也得做好准备为人所欺。"

旁人都听得莫名其妙，只有高眉娘听出了里头的门道。

原来林添财看到这场斗绣棋局双方咬得这么紧，右区的云娘足以支撑，中区的高眉娘渐占优势，最大的弱点就是左区的黎嫂，便想：如果是李绣奴上场，而高眉娘对她的实力判断无误的话，那这个弱点本来是不存在的。于是林添财马上意识到自己很可能被人愚弄了！

对方放出谣言，引诱凰浦绣庄弃良将不用——出现战线弱点。对方已经侦知凰浦内部的实力情况与人员来历，并加以利用；林添财却连潮永安会出动三位棋师这等重要讯息都没打听到，还蒙在鼓里，显然凰浦在这一局斗绣的战前侦察上已是完败，所以林添财才会说这是他的锅。

黎嫂仍然自怨自艾；林小云躲在一边，嘴里继续嘟囔；喜妹也只能暗自焦急；李绣奴还没有完全融入这个团队，在边上沉默无措；唯有高眉娘进棚之后就坐在一边，静心调息。过了一会儿，高眉娘向林叔夜招了招手。林叔夜走了过去，唤道："姑姑。"

高眉娘问他："这个棋局，如只以棋势而论，我们还有胜机吗？"

林叔夜道："有！"

棚内众人听了这话，齐齐精神一振，向他望去。

林叔夜道："棋分三片，对方由三位棋师分头进击，这是他们的优势，可是致败之因也同样藏在这里头。"

林添财道："什么意思？你就不能说得直白一点？别整得云里雾里的。"

别人都没听明白，高眉娘却已经悟到。她棋艺虽不甚高，却明棋理，因此林叔夜一点，她就猜到了："三人分进，便缺全盘运筹？"

林叔夜欢喜地点头："不错！"他这份欢喜，是一种遇到知己的欢喜：跟高眉娘说话就是愉快，彼此都是一点就透。

林添财等还是不明白，林小云倒是听懂了。他在棚内立了一顶小帐篷，躲在里头化妆，声音从帐篷里传出来："你们还听不明白啊？就是对方三人下棋，容易各下各的，表……咱们庄主是一个人下棋，所以心里是布劫已满的棋局。"

林添财道："可我看他们也有商量啊。"

林叔夜解释道："临场商量，再怎么也比不上自己一个人在脑子里通盘考虑来得完整、周密。特别是斗到酣处，三片棋势的衔接处便容易出现破绽。"

林添财喜道："这么说，我们还有机会反败为胜？"

林叔夜沉吟片刻，却叹了一口气："如果是正常下棋，是有的。"

林添财听了，皱眉道："正常下棋？你什么意思，为什么还叹气？"

林小云的声音继续从帐篷中传来："你这都听不懂？就是如果我们绣围棋的速度跟对方是一样的，那庄主就能扭转败势；但现在对面三个人对我们两个，这还怎么斗？"

林添财等一听，不禁又泄气了。

高眉娘忽然又向林叔夜招了招手，林叔夜靠近了点。看到高眉娘的眼神示意，他又靠近了点，便觉高眉娘的脸靠了过来。隔着面罩，

第五十四针　再陷危局　319

高眉娘在他耳边说了一句话，吹气如兰。他只觉得耳朵痒痒的，心跳瞬间快了两拍，赶紧退后，直了直身子，诧异道："能这样？"

高眉娘点了点头，林叔夜又沉吟了片刻，脸上便露出笑容来："若能这样，那不如这样。"他说着，也靠到高眉娘耳边说了两句，靠近之时，又觉馨香撩人，不敢久耽，说完就直回身子。

高眉娘点头："可以。"

林添财叫道："你俩在叽咕什么！有什么话就不能公开说吗？"

林叔夜这时还觉得脸热热的，赶紧转移心神，问林添财："舅舅，这次海上斗绣，有盘口吧？"

林添财说："哟，你连这个都知道啊！"

大凡出现这等决胜负的热门事件，周边存在对赌的盘口几成必然，因此林叔夜有此一问。

林叔夜问道："现在对赌的盘口是多少？"

林添财哼了一声，说："我刚才哪有心思去顾这个？行，我去问一声。"

他跑出去转了一圈，回来说："他娘的！还没开盘的时候，买我们赢的人多，盘口是二赔一，但这两炷香斗下来，现在变成买一赔三了！"

林叔夜道："待会儿重新开局，也没舅舅你什么事了，你去把银子取来，等到开场半炷香的时候下注，庄家敢吃多大，你就买多大……全部买进去，买咱们凰浦绣庄赢。"

"等等，等等！"林添财吃惊地道，"阿夜你要赌钱？"

"不是赌钱，"林叔夜道："只是为即将到来的广潮斗绣筹集款项。经历了海上斗绣，我已明白这斗绣处处要钱，现在多筹集一点，到时候就多一分胜算。"

如果说在参加海上斗绣之前，他只是对广潮斗绣有信心，那现在就是有野心。

林添财瞪着外甥，好像不认识他一样："这不还是赌钱吗？"

"不是啊。"林叔夜道："知道自己一定会赢的盘口，那就不叫赌，叫拿采金。"

第五十五针　双手绣

虽然不明白林叔夜为什么忽然变得信心十足，但他敢把凰浦绣庄的家底都押进去，一时间，绣庄所有人都振奋了起来。

铜锣三响，这是在发召集信号了，主评、评审、绣师、棋师同时回到位置，观众也重新聚拢。

林叔夜上方台前，出去转了一趟又回来的林添财低声对他说："这个盘口也不晓得谁做的，胃口大得很，说是上千两银子都吃得下。阿夜，咱们真的全押？你知不知道，现在盘口变成一赔四了！"

林叔夜微微一笑："赔率越多，那不越好吗？"

"可是……"

这时台上评审催促："凰浦的棋师，请上台。"

林叔夜拍了拍舅舅的肩膀："咱们手头应该还有四百两吧？等快到半炷香的时候，听我咳嗽为号，全押！"说着便上了台。

梁晋挥了挥手，两个评审点香、开锣，道："起针！"

斗绣围棋的下半场重新开始，郑九奶奶大叫一声，潮永安三人同时下针，脸上都挂着必胜的笑容。

林小云心想：表哥那个样子，一定是有所图谋！因此也硬顶了上去。

然而他再怎么给自己打气，凰浦绣庄毕竟只剩下两人。柯招娣既腾出了手，便直接杀进中区，与郑九奶奶以二敌一，夹攻高眉娘。

郑九奶奶几十年的功力全都用在技巧上了，按袁莞师的评价，她的刺绣缺乏灵气，因此终生无望成为刺绣宗师。可落到现场斗绣这个场合上，她的缺点却变成了优点：绣围棋不需要灵气，只要绣得圆满、绣得工整就行，而最重要的是——

快！快!! 快!!!

郑九奶奶的技能点全点在了技巧上，积数十年之功力，其针速之快，连袁莞师都觉得没有胜算，因此以高眉娘的针功，也不过有所领先而已。这时再加上柯招娣这个大师傅级别的绣师在旁协助，便令潮永安在中央战场步步进逼！

林叔夜虽然棋艺精湛，但也只能保住右区的均势。布帛棋盘的中央战场渐渐被撕开一个大口子，一把利刃直插了进来。

船舱之内，袁莞师摇头叹息："可惜，可惜！没想到三少的棋艺竟然如此精湛，以一敌三还能支撑到现在；如果凰浦再有一位能战的大师傅，这盘棋鹿死谁手尚未可知，现在……可惜，可惜……"

胡嬷嬷则满脸得色。她旁边的丫鬟伸头伸脑，皱着眉。胡嬷嬷蓦地瞥见，喝道："奀妹！你皱着眉毛做什么！"

那个奀妹吓了一跳，哭着说："我……我，我一时贪便宜，听说赔率高，买了一两银子凰浦绣庄赢。"

胡嬷嬷将她骂了一通，袁莞师摆手道："这点小事，便饶了她吧。"她是积年的老绣娘了，对每逢斗绣必有对赌的盘口这种事情，怎会不知？

这时围棋绣的下半场已经过了四分之一，在郑九奶奶顶住高眉娘的同时，柯招娣的那一路兵马已经杀到金线黑子的核心地带，很快就要兵临城下了。

眼看局势越来越糟，凰浦非但没有任何翻盘的希望，反而即将陷入必败的危局。战场中的林小云、棋局外的林添财无不暗中焦虑：那婆娘和表哥（阿夜）究竟有什么妙计？怎么还不施展啊！

便在这时，林叔夜用手掩住嘴，轻轻咳嗽了一声。

听到声音的林小云、看到动作的林添财同时心头一震：来了！

林添财选择相信林叔夜，而林小云则像喝了烈酒后发酒疯一样，忽然哇哇大叫，运针如飞。原来他绣了半天的围棋，越绣越顺手，竟从一开始被对面胡二姐压着打变成了领先对方半子！

袁莞师点头道："凰浦的这个小绣娘，资质甚佳，资质甚佳！竟能在这般恶劣的战局中领悟精进……可惜了，一员小将，影响不了大局。"

便在这时，林添财下注回来了。他早就联系好了，所以来去甚快，还向林叔夜比出一个张开五指的手掌，那是告诉他如今的盘口已是一赔五了。

也恰在这时，高眉娘和柯招娣即将同时结针。

袁莞师也颇明棋理，叹道："这一子下去，潮永安就赢了……"

船舱之中，胡嬷嬷闻言大喜；主评台上，梁晋抚须微笑；布帛棋盘的一端，潮永安的三个棋师同时发出放肆的笑声。

就在此刻，林叔夜忽然大声喝道："左，平二八！右，入九五！"

听明白他号令的人无不一愕，林叔夜对高眉娘的号令从来都是以"高"为代号的，怎么忽然变成了"左""右"？

然而在下一瞬间，所有人便都明白了！

只见高眉娘左手一舒，手中已经多了一根绣花针，一晃之下便刺入"平二八"位！同时她右手也未停，执针引线刺入"入九五"位！

双手同时刺绣，左手的针速竟丝毫不比柯招娣慢，而右手的针速比先前单手绣时稍微慢了点，但也是极快——如此左右执针，竟是一心二用，双线并行！

旁观众人愣了愣，随即全场哗然！

坐在窗边的袁莞师忍不住站起身来，惊道："左右成针，她竟能双手绣！"

左右执针不奇怪，但一心二用且能达到如此速度，这种神技——甲板上的观众对此闻所未闻！只有袁莞师忽然想起了什么，眼中闪过异光。

主评台上，梁晋一时几乎都扶不住椅子。

就连林小云也忍不住抬头望了一眼，跟着心中狂喊：原来是这样！原来是这样！撒手锏原来在这里！

台下的林添财也是欣喜若狂，放声大笑了起来！他就知道！他就知道！哈哈！哈哈！这一来……想起那一赔五的赔率，还有押进去的四百两银子，他狂喜到几乎要将甲板踩出一个洞来！

高眉娘左右手同时执针之后，凰浦便如多出了一路兵马：只见她右针挡住了郑九奶奶的进击；左针则出奇袭，围堵贪功冒进的柯招娣！

原来潮永安三棋师的攻势本就布得不稳。潮永安的三位绣师是以三敌二，既然有郑九奶奶拖住高眉娘，那柯招娣杀入敌阵自然就如入无人之境，加上潮永安始终保持比对方多下一颗棋子，所以纵有闪失也能随时补救，这样明显的优势，让潮永安三棋师不必顾虑过多——若放在普通的围棋棋局，他们也不至于如此托大。

结果这时高眉娘忽展神技，凰浦多了一路兵马，一番奇袭之下，只一顿饭工夫，便吃掉了对方一支轻进的兵马！

潮永安一位棋师站了起来，指着高眉娘怒道："可以这样吗！"

林叔夜冷冷地道："若不服气，可以让你们的绣师也这样啊，她们又不是没有另一只手！"

"这……这……"

局面逆转得太快，以至于潮永安三位棋师一时都无法适应，登时左支右绌、互不能应，而林叔夜则一招翻盘、步步精妙！

原来林叔夜在下半场一开始的步步后退其实是故意的，他放任对方杀入，其实是在结一个布袋口！在吃掉柯招娣那支轻进兵马之后，不到七步棋的工夫，就把布袋口给封了！

"哇——"

观众中其实懂围棋的不多，但看到一大片白子被勾了下来，也知道局面大变了。

斗绣围棋与斗绣龙鳞不同，斗绣龙鳞只是最终数片数，而斗绣围棋是可以"吃子"的！而且斗绣结束后不但要数棋子的多少，还要按照围棋规则数"眼"的。

眼下凰浦虽然失了左片江山,但中央片区已经连成一大片,反观潮永安则溃不成军。

然而还没等潮永安的三位棋师反应过来,林叔夜再下号令"左,上九八",又下令"右,去八五"!

"去八五"位在右边片区,本来属于林小云该管的领域,但这一路棋一下,潮永安的棋师便觉得大事不妙!

果然,三四子之后,高眉娘和林小云互相配合,凰浦的中央军和右路军就连成一气,形成了一条大龙!

潮永安方面虽然在左面仍有局部优势,但凰浦的中军与右军连成大龙之后,其势已经大成,再难遏制了。到了这地步,凰浦一方除了能在中区和右区不断挺进蚕食,还能随时重新杀入左区,越是往后,优势也将越明显。

这时虽然还有半炷香时间,可单以围棋而论,局面到此可以说胜败已分。

林叔夜抬头一瞥,发现高眉娘背后的衣服都被汗水渗湿了。她体质偏寒,心境又冷,林叔夜很少见她流汗——其汗流浃背这等情况更是前所未有——便猜她使出这般左右成针的双手绣,必定极耗精神气力,也不知道能否持久。林叔夜将担忧放在心里,脸上故作轻松,笑吟吟地道:"怎么,这棋还需要再下下去吗?"

潮永安三位棋师交头接耳了一番,纷纷摇头叹气,最后中间的棋师站了起来,说道:"推盘吧,我们认输。"

局势到了这个地步,再纠缠下去实为棋道高手所不齿。

凰浦方面众人大喜,林叔夜从高脚椅上站起来,对着主评台道:"梁主评,您听见没?对方认输了!"

主评台上梁晋黑着脸,却还是不得不宣布:"此轮斗绣,凰浦绣庄胜。"

林小云一下子就跳了起来,高兴得忘记扮女人了,忽然瞥见台下的林添财,赶紧收敛动作。幸亏他爹也在狂喜之中,竟未发现。

船舱之中,袁莞师摇头轻叹:"潮永安庄中无大将啊,被诈了。"

胡嬷嬷惊道："什么！"

袁莞师没有解释，朝下望去，只见方台之上，狂喜的狂喜，落寞的落寞。郑九奶奶、柯招娣等听说输赢已定，也都弃针了，只有高眉娘一人拿起那些绣花针，给双方的针线收尾。

嘈杂热闹的方台把她满是汗水的脊背衬得尤其孤独寂寞。

这个场景让袁莞师胸中一口气堵着，好一会儿才长长舒了出来。她呢喃着："她是谁……她究竟是谁……"

胡嬷嬷问："莞师，怎么了？"

"整个方台之上，只有她是真正的刺绣人啊！"袁莞师喃喃道，"这种人，不可能是无名之辈！"

林叔夜此时下了高脚椅，快步走近高眉娘，以手相扶，低声问："姑姑，没事吧？"触手之处，感觉湿漉漉的，才发现她的衣袖上都有汗水了。

高眉娘绣好最后一步，这才缓缓收了针，稳了稳身形，微微展眉，笑道："没事。"

第五十六针　赢定了

围棋绣摆在了面前。这时外头已近黄昏，袁莞师干脆将窗户都关了，让人在船舱内点了十几支蜡烛，一针一线地品味着这绣在布帛上的棋局。

和《藏龙图》不同，如果不知道来历，这幅围棋绣本身不能作为一件绣品，但对刺绣宗师而言，针法本身的价值远在绣品的价值之上。此时袁莞师越是深品，越是沉默。

舱门轻轻打开，胡嬷嬷轻步走进来，没带其他人。她带上舱门后走近，说道："莞师还在看这棋局？"

"不是看棋局，是看针法。"袁莞师轻轻叹了一声，"江山代有才人出……广东不声不响地出了这么一个人物，我竟然一点都不晓得，看来我真是老了。"

"或许是外省来的呢？甚至是海外来的。"胡嬷嬷道，"听人传言，这位高师傅在被三少爷延聘之前，自夸是'海上绣神'，也许就不是大明的人物。"

袁莞师却摇头："不，她就是广东人。来历可以隐瞒，针法渊源隐瞒不了。这针法……"她又沉默了。

胡嬷嬷问道："莞师看出什么了？"

袁莞师没有回答，依旧保持沉默，将手指放到围棋绣上摩挲，就当是没听见胡嬷嬷的话。

过了好一会儿，她才开口，却不是回答，而是询问："三少爷是从哪里请来这位高师傅的，你晓得吗？"

"听说是从深圳请来的。"

"深圳?"袁莞师皱了皱眉头。她是东莞人,竟然也没听说过这个地方。

"说起来,离莞师的老家不远。"胡嬷嬷道,"据说是东莞再往南,新安县下面一个村子。"

袁莞师闻言愕然。

有这等刺绣技艺的人,怎么可能是从一个边远渔村冒出来的?

"这些话,是凰浦绣庄的老绣工说的。说三少对她们便是这般言语的,老身也觉得荒唐!"胡嬷嬷说,"不过我们从西关出发的时候,派去深圳的人还没回来,所以也不知道真假。"

"不管这位高师傅是什么来历,"袁莞师道,"三少爷能请到这样的高人,也是他的造化。"

"的确是他的造化,"胡嬷嬷冷笑了一声,"不过他的造化,也就到此为止了。"

凰浦绣庄所在地附近的沙滩上,一片狂欢。

林添财收了一千八百两的采金——有二百两按行规被吃回扣了——竟然一改他林貔貅的脾气,狂砸了十八两银子,从渔民手里购买了酒水、鱼肉,在沙滩上大摆宴席。虽然没桌没椅,吃的也是烤鱼、瓮菜,但架不住热闹啊。

所谓"富在深山有远亲",凰浦绣庄连战皆捷,那些跟林添财有点交情的都跑来庆贺,也不分广州、潮州,甚至还有好几个外国人带着订单过来吃酒。林添财来者不拒,又豪掷了七八两银子追加酒菜。天还没黑,沙滩上已经点起了篝火,到处都是欢声笑语。

那些个小庄主、小揽头,人人嘴里都说着好话,甚至有祝他明日再胜广茂源的——这话大家也就是喝了酒之后说说,谁都晓得不可能。

连林添财也说:"打赢广茂源那就不用了。虽然我们凰浦绣庄现在自立了,可陈子峰毕竟是我外甥的亲哥哥,都是一家人,用不着斗生斗死。先前这些胜仗,就当是做弟弟的给兄长扫清道路。"

众人听了纷纷喝彩，觉得这话说得漂亮，其实心里都知道：想赢广茂源，那是不可能的！

要是真有机会赢广茂源，他林添财保证跳得比谁都高。但谁都知道绝不可能！

虽然福瑞德、潮永安也都位列广东十大名庄，但论到真正的实力，"上二庄"与后面八个真不是一个档次的，便是排第二的潮康祥，这些年也只是止步于跟广茂源掰掰手腕，从来就没赢过一次。

不但林添财这么想，便是林叔夜野心大，也没想着明天的献绣能赢广茂源。反正如今名气已经打出去了，参加广潮斗绣所需的银两也筹到了，甚至还拿到了比预想中多出数倍的订单，凰浦绣庄来参加海上斗绣的目标可以说已经超额完成了。有了这些资源，回头置换那瓶古蜜应该也不难，所以对明天的献绣，凰浦绣庄上至林氏甥舅，下至黎嫂、喜妹等，全都没放在心上。

藏身在船舱之中、没有参加沙滩酒宴的高眉娘隐隐听见了林添财的话，便叫喜妹去传话："请庄主、林揽头过来"。

和上次喝酒不同，林叔夜这次没怎么克制，喝得脸都有些通红，与舅舅来到船上，问道："姑姑叫我们？可是愿意过去陪大伙儿喝一盏？"

林添财也帮腔："对啊，对啊，刚才多少老朋友、新朋友，都嚷嚷着请高师傅过去碰一杯呢，盛情难却。高师傅如果……"

他还没说完，高眉娘已经掀开了篷帘，冷冷地打断："你们这么个喝法……林揽头今晚的事情不做了？庄主明天的斗绣不斗了？"

林添财一愣，打了个嗝："事情？还有什么事情？"

高眉娘冷冷地道："日间林揽头才承认了昨夜的失误……怎么，今晚还要再误一次？"

林添财被她戳中痛处，不禁有些不悦，却又没法反驳，嗫嚅着说不出话。

林叔夜帮着道："舅舅不是贪杯误事的人，只是我们大胜之余，舅舅心里高兴，所以喝多了两杯。"

"大胜？"高眉娘冷笑，"今天是决胜吗？我怎么记得天字组都还没冲出去，这就大胜了？"

甥舅俩听了都是一怔。按照规例，这海上斗绣分天、地、玄、黄四组，其中每一组都有一个种子选手坐镇。凰浦绣庄打到现在，明天再要往前冲，那就得跟坐镇天字组的广茂源一比高下，打赢了才能再进一步——这是不可能的。

林添财笑道："高师傅，你不会想着明天还能赢广茂源吧？"

高眉娘冷笑着，不言语。

林叔夜看到高眉娘眸子里的神采，酒意忽然就去了大半，忙问："姑姑，难道你觉得我们对上广茂源，也有取胜的机会？"

乾二号的船舱之中，正在摩挲针线的袁莞师忽然道："什么叫'到此为止'？"

胡嬷嬷笑道："按照规则，明天是献绣环节，凰浦要对上的便是我们，他们怎么可能还有胜机？"她笑是笑，不过并没有笑得很开心，因为按照广茂源两位女主人的叮嘱，她让凰浦走到这一步，其实早已失职。

不料袁莞师却道："谁说没有？"

胡嬷嬷愣了愣，一时没反应过来，便听袁莞师说："明天的献绣……他们赢定了！"

"明天的献绣，我们赢定了。"

篷内，高眉娘淡淡地说道。

林叔夜的酒一下子全醒了！

哪怕是换成前一日，林添财听了这话也要冷笑两声，但连续几天的大战，让他对高眉娘建立了极大的信心。这时他愣在那里，想要琢磨明白这句话，却因酒意冲昏了头脑，想不出来。他一个发狠，跑开两步抠喉咙，把酒吐了个干净，跟着跑回来问："高师傅，你……你这话是什么意思？你是说我们有机会赢？"

问这话的时候，他声音都有些颤抖了！

赢广茂源啊！

他哪里是不要,他是不敢想!

但如果有机会……他林貙狒敢把刚赢回来的一千八百两银子全砸进去——博这个机会!

"我没说我们有机会赢,"高眉娘平淡的前半句让林添财满腔的希冀化作冷水浇头,但紧接着的后半句又让他胸腔仿佛熔岩喷涌,"我是说……我们赢定了!"

林添财张大了嘴巴,说不出话来。

这时,两三个老板和揽头跑过来要拉他去喝酒,被他一顿怒喝给轰走了!

刚才他还说什么新朋友、老朋友,但现在有个机会能赢广茂源——就让这些新、老朋友都见鬼去吧!

轰走闲杂人等后,林添财赶紧回来问:"高师傅,高师傅!你给说得仔细一点!我们明天能赢?"

"凰浦能赢?"胡嬷嬷仿佛听见一个无比荒唐的笑话,"这怎么可能!"

袁莞师摸着针线,问道:"那位高师傅不是刚到凰浦绣庄的吧?"

"应该有……一个月了。"

"一个月,那够了!"

"够?"

"够她拿出一幅刺绣精品了。"袁莞师的手就没离开过围棋绣上的针线,"她的针法技艺,不在我之下!"

袁莞师沉吟了一下,说:"这次来海上斗绣,我原也没当回事,所以当时只是随手拿了几件绣品而已。看那位高师傅今日的表现,这海上斗绣她是势在必得。现场斗绣她全力以赴,则献绣时拿出来的必是她的心血之作。因此明日的献绣,以我的中品对上她的上品,除非评审的人个个睁眼瞎,否则广茂源必败!"

胡嬷嬷的心忽地往下沉!

评审里有他们的人,以及他们能影响的人,肯定会在献绣环节倾向广茂源的，可前提是差距不能太过明显——评审里头也有对头在，如果差距太过明显，对头就有可乘之机。

"袁莞师这次拿来参加献绣的，只是她的寻常之作。"高眉娘淡淡地道，"而明天我们要拿出来的，是我与黄娘精心准备的绣品。以我的上品对上她的中品，明日斗绣，只要不是所有评审都昧了良心，则凰浦绣庄一定会赢！"

说到这里，高眉娘盯着林添财："林揽头，你现在还觉得今晚是你喝酒的时候吗？"

林叔夜心头一动：袁莞师拿出什么样的绣品来参加献绣，为什么姑姑会知道？

那边林添财却已经跳起来了。

高眉娘为什么会知道袁莞师拿了什么绣品来，他不在乎！他现在在乎的只有一件事：明天的献绣，凰浦能赢……要赢！

第五十七针　迟了一步

凰浦绣庄忽地清场，让这场沙滩宴席开开心心地开始，却莫名其妙地就结束了。

林叔夜跟林添财这时已经没心思管宾客们的抱怨了，都拎得清：今晚这些"新朋友""老朋友"会来捧场，是因为他们凰浦绣庄连战皆捷，就算现在得罪了他们，只要明日凰浦再次获胜，这些"朋友"只会来得更加热切。

"姑姑在针线上的判断，从来没落空过！"海风拂面，林叔夜已经整个儿冷静了下来，对林添财说，"她说能赢，那就一定能赢。现在的变数，只在……"

林添财不停地搓手，接上了话："只在评审！"

这海上斗绣，分成品献绣和现场斗绣两大门类，考验的也刚好是一个绣庄的两方面能力：斗绣更多的是考校绣工的现场表现，而献绣则更考校绣庄的综合底蕴。凰浦这般破落的绣庄，如何能与广茂源比拼底蕴？因此包括他们甥舅在内，大家都先入为主地认为凰浦必败，但高眉娘的一番话，一下子带来了胜利的希望。

"按理说，广茂源是海上斗绣的大老板，规矩都由他们定，评审也都是他们的人，就算高师傅出的绣品不在袁莞师之下，但他们如果硬来，我们也没办法！可是啊……"林添财脑子不停地转着，越想越是兴奋，"潮康祥是一定会跟广茂源对着干的，只要能让陈家吃瘪，黄家一定乐意得很！再加上霍家入了我们的股，如果霍姑娘能出面主持公道……有机会！阿夜，我们有机会赢！"

当下甥舅二人商议既定,便分头出发,一个去找霍绾儿,一个去找黄谋。

若换了几天前,林添财去见黄家二少,人家还未必肯见他;但今时不同往日,林添财把凰浦绣庄的名号报上去后,没多久潮康祥的分坊澄海绣坊的坊主便来接待。

凰浦绣庄虽在广州,他林貔貅却是潮州人,所以这个坊主对他很是热情——水涨船高,显然凰浦这几日的战果已经让林添财的地位有所提升,有了让潮康祥拉拢的资格。两个胶几人①喝了杯工夫茶,一阵寒暄之后,林添财便吐露意思,要求见黄二公子。

澄海绣坊坊主笑道:"可不巧了,你若早来片刻,二舍便在了。咱们且喝茶,二舍应该很快就会回来。"

这工夫茶喝了几巡,仍不见黄谋回来,林添财便有些心焦,问道:"二舍出去不知所为何事?"

"也没什么不能说的,就是梁晋那边忽然说有点事情商议,就把二舍请过去了。"

林添财听得心头一阵警惕:这……莫不是要糟!

且说那黄谋吃完晚饭正在甲板上消食,忽然梁晋派人来请,他也没推托,便与蔡有成一起去了。

到了地方,却见船舱里除了霍绾儿,几个海上斗绣的话事人都来了。他没到多久,霍绾儿也到了。

眼见人来齐了,梁晋开口道:"忽而请各位前来,乃是商量件事情。明天天字组的斗绣,莞师想要有所调整。"他说这话的时候皱着眉头,似乎颇为为难。

黄谋和蔡有成对视了一眼,蔡有成应道:"明日就要斗绣了,今儿个忽然改弦更张,不好吧?"

梁晋道:"没错,梁某也是这样认为的。只不过莞师有所请托,梁某无奈,也只能请各位来商量一下怎么回复她……不管怎么说,咱这海上斗绣是

---

① 胶几人:潮汕方言,指自己人、自家人。

第一次有刺绣宗师光临,她老人家德高望重,梁某不能不给这个面子。"

黄谋听了,心里不禁嘀咕:这话说得倒像你梁晋也不乐意答应袁莞师的请托似的。按常理来说,梁晋是广茂源供奉的,袁莞师是广茂源的宗师,双方应该立场一致才对。

不只是他,别人也都听出来了。徐博古道:"莞师成名数十年,便是苏州那边也都知道她的声名,却不知她的请托是什么?只要不算太过逾矩,咱们自然得想办法成全。"

梁晋看了旁边的胡嬷嬷一眼,胡嬷嬷道:"最近敝庄独立出去了一个新庄,叫凰浦绣庄。新庄由我家三少爷执掌,延聘了一位姓高的大师傅,这些天颇出风头,想必在座诸位有所耳闻。"

舱内众人或沉默,或低语,没人接话。这几日才冒头的凰浦绣庄的确风头极劲,尤其是那个蒙面绣娘,特别引人注目,几乎是以一己之力压倒了福瑞德、潮永安。黄谋早就想去接触她了,只是摸不清这个凰浦绣庄和广茂源本庄之间究竟是个什么关系,这才暂时没有行动。

胡嬷嬷说话的时候,也和梁晋一样皱着眉头:"按照惯例,明天的斗绣乃是成品献绣,但莞师让老身前来向各位请托,希望修改天字组的赛制,改为现场斗绣。"

这话一出,舱内好几个人同时"咦"了一声,实在是有些意外。

现场斗绣拼针功,成品献绣拼底蕴,凰浦虽然出了个来历成谜的古怪高手,但其底蕴怎么都不能跟广茂源比的。加上广茂源在评审这边有很大的运作空间,所以明日的成品献绣,广茂源可以说是十拿九稳。这时候放弃成品斗绣,去跟屡屡出奇制胜的凰浦斗现场,这不是舍己之必胜、当敌之锋芒吗?

只要是广绣行想干的,潮绣行一定对着来,所以蔡有成想也没想就说道:"定好的规例,怎么可以说改就改……"忽然听黄谋咳嗽了一声,他无比圆润地转了口风:"但莞师德高望重,有这个请托,可是有什么理由吗?"

胡嬷嬷不情不愿地说道:"今日斗绣围棋,莞师全场盯着,对那位高师傅……嘿嘿!颇为赞赏,竟然技痒!之后便把我叫过去,让我寻了梁先生,向各位请托此事。"

这话说一半、藏一半,但舱内众人都猜到了七八分。袁莞师成名数十年,其人品、绣技为粤绣行内人所共知,其德、其艺——就算是与广绣行有牙齿印的潮绣行也都是佩服的。她见到后辈高手而技痒,倒也未出众人意料。

众人还未说话,梁晋先道:"临时更改赛制,这毕竟不大好。诸位如果不愿,也合情合理,回头就由梁某去跟莞师说吧。"

这一来众人更了然了:广茂源内部对袁莞师的这个请托,显然是产生了不同的意见。袁莞师技痒求战,梁晋他们却想求稳,但推不过袁莞师的请托,才召开了这个会议;而梁晋又希望众人一起反对,以众议来打消袁莞师的想法,这样他就不用得罪人。

黄谋微微一笑,道:"黄某却觉得这是好事。"

蔡有成见金主开了口,也应和道:"对!对!成品献绣有什么好看的,还不如就让那位新冒头的蒙面绣娘与成名半甲子的刺绣宗师正面碰一下,最后不管谁胜谁负,也是一段佳话。"

梁晋再次道:"临时更改赛制,这毕竟不大好。"

蔡有成笑道:"临时更改赛制,这又不是第一次了!上次广茂源陈二少要更改时,你怎么不反对?"

梁晋一时语塞。

黄谋道:"不管怎么说,现场斗绣总是比成品献绣好看的。本来我们也不敢劳动刺绣宗师在这小小的海上斗绣上抛头露面,现在既是莞师自己愿意出手,正好让海内外的绣业同行见识一下我大明刺绣宗师的神技。"

霍绾儿环顾全场,微一沉吟,樱口微开,道:"也是。"

那个佛郎机人也没意见。

徐博古道:"既然大家都赞成,那老朽亦愿一睹粤绣宗师的风采。"

霍绾儿回到坤八号中,发现林叔夜已经等在那里了。隔着屏风见礼毕,霍绾儿道:"恭喜公子,今日凰浦又获一捷。"

林叔夜道:"霍姑娘如今是我们凰浦的东家了,同喜,同喜。"

霍绾儿微微一笑：她为凰浦绣庄做主说了句话，便换得了绣庄百分之五的股份，这于她来说只是试水之举；但凰浦绣庄在斗绣围棋上的表现，又让她觉得有必要再次调高对这路闲棋的期待。

"公子黉夜前来，不知是闲暇过访，还是有事商议？"

"也没什么大事。"林叔夜道，"霍姑娘毕竟已是我凰浦的股东了，林某此来一是报捷，二是关于明日献绣事宜，来请问姑娘有没有什么指示。"

原来是打探消息来了，霍绾儿轻笑道："当初说好了，绣庄的运营，我不过问，公子尽管放开手去干就好。不过明日的赛制，要更改了。"

林叔夜一愕，随即心中一震，问道："更改？"

"嗯。"霍绾儿便将方才的会议简略说了，忽觉林叔夜的反应似乎不对，问道，"公子怎么了？这不是好事吗？"

林叔夜脑海翻腾了好一阵，才开口问道："霍姑娘，这决议改不了了？"

霍绾儿是何等玲珑剔透的人物，便猜这里头有古怪，片刻后才道："是众议通过的，再要去改，应该不是那么容易。"

林叔夜也就没再说什么，起身告辞。

他走了之后，屏儿道："怎么林公子听说要斗绣之后，神情变得有些古怪？现场斗绣不是对凰浦有利吗？"

"我们应该都被广茂源的人给点了。"霍绾儿从屏风后面走了出来，脸上并没有受人愚弄后的懊恼，反而笑道，"有趣，有趣，小小绣行，里头竟也有这么多的心机。"

屏儿道："既然这样，他为什么不开口求姑娘？"

霍绾儿轻笑不语。

屏儿拍手道："我懂了，他是怕付不起开口的代价。"

"其实他如果开了口，我未必会要他什么，但双方信任未深，他有这个顾虑也属正常。"霍绾儿道，"他在忽然遇挫的情况下，仍然能暗中盘算利害得失，选择不开口……这份沉稳，可真不像他这个年龄能有的。"

第五十八针　无耻！无耻！

乾二号船舱内，袁莞师黑着脸，直到胡嬷嬷进来，才忽然喝道："我什么时候让你去请托梁晋，要改为现场斗绣？"

胡嬷嬷竟没有回避，迎上了两步，说道："莞师息怒，是老身自作主张。"

袁莞师没想到对方承认得这般直接，怒气越发大了："你这就回去，把更改给我撤了。"

胡嬷嬷道："可要真如莞师所料，我们的成品献绣输了，那莞师的一世令名还要不要？"

袁莞师道："赢就是赢，输就是输，是我们自己轻敌，因此输了又有什么好埋怨的？"

胡嬷嬷冷笑："莞师不把自己的一世令名当回事，但广茂源的名声呢？莞师也不当回事了吗？"

袁莞师沉默了一下，随即道："凰浦是从广茂源分出去的，你们为了对付这样一个新庄子，不惜临时更改赛制，将来传了出去，也不怕人笑话。"

"暗中笑话，打什么紧？自从庄主执掌广绣行以来，广茂源头上被泼的脏水还不够多吗？只要最后还是广茂源赢就行。"胡嬷嬷道，"可如果在斗绣上实打实地输了，那就没弯转了。"

袁莞师冷笑道："罢了！反正我也不见得能赢那位蒙面绣娘。不过我与你说，明日斗绣，休得再出猫儿腻。"

"莞师放心，上了斗绣场，自然是堂堂正正一决胜负！"胡嬷嬷道,"不过莞师这边,却也不能放水。"

袁莞师冷哼一声:"你当我是你们吗?我袁惠妹一生,从不做这等肮脏事!"

林叔夜没有向霍绾儿开口,林添财也没有向黄谋开口,两人各自恼火,回去后将消息跟众人说了。林添财大骂广茂源无耻,林小云也在旁边帮着骂,黎嫂、喜妹、李绣奴等也无不扼腕,林叔夜却忽然哈哈大笑。

众人忙问:"庄主,你笑什么啊?"

林叔夜笑道:"这是好事,好事啊!"

林添财惊道:"阿夜,你气糊涂了?"

林叔夜笑道:"其实刚才姑姑说我们献绣一定能赢,我心里也只信了八分,但广茂源竟然被我们逼得出阴谋诡计临场改赛制,这说明什么?说明他们怕我们!堂堂广茂源、广东十大名庄之首,竟然怕我们一个破落绣庄!哈哈!这才是我们实力的最好证明啊!"

众人愣了愣,随即各自暗爽起来。

没错啊,对方可是广茂源啊!是粤绣之翘楚,是拥有当今大内首席绣师的名庄!却不敢跟凰浦比成品绣!如果不是亲身经历,这事谁敢信?

林叔夜道:"所以大家不用懊恼什么,他们不敢斗成品绣,那我们就跟他们斗现场绣!斗成品绣我们都能赢,还怕斗现场绣吗?"

一直没说话的高眉娘这时也开口了,笑道:"没错,就该有这般志气。"

绣庄的两个主心骨同时发话,凰浦众人懊恼尽消,取而代之的是满腔豪情。

林叔夜道:"大伙儿赶紧休息吧,养好精神,咱们明天斗一斗袁莞师!"

刚到岛上的时候,黎嫂等听到袁莞师的名字就吓得腿软,但这时真要正面杠上了,凰浦众人非但无人胆怯,反而个个斗志昂扬——这几场刺绣斗下来,凰浦绣庄内部的精神状态显然已经焕然一新。

第二日一早，主评方果然通知当日天字组的决战改为现场斗绣。林叔夜也没做无谓的抗议，就去抽牌九。

出人意料的是黄谋和霍绾儿都跑来看热闹。

那个盲眼荷官洗了牌，南海分坊坊主和林叔夜各抽了一张，恰好凑成了一副杂九。一个评审唱道："南海绣坊，红四点；凰浦绣庄，黑五点——杂九！"另一个评审查斗绣分类簿，唱道："杂九，斗绣荔枝。"

话音刚落，满座哗然。

林添财愣了一下，随即跳脚骂道："无耻！无耻！"又指着那个盲眼荷官说："他要是没有出千，老子把眼珠子挖给他！"

在场凡是刺绣行的，谁不晓得袁莞师的荔枝绣号称"十二年来天下第一"！广茂源是大庄，凰浦是小庄；袁莞师现今功成名就，高眉娘乃是无名小辈——这样的情况下还要斗绣荔枝，可就怨不得林添财大骂无耻了。

林叔夜往后望了望，见高眉娘点头，便道："好，我们凰浦绣庄应战！"

这话一出，场上再次哗然！

黄谋哈哈大笑，竖起了拇指，赞道："好！够豪气！"

林添财怔了怔，但看看高眉娘，再看看林叔夜，便没说话。高眉娘转身便走了，林叔夜向众人拱了拱手，也率众回去了。

霍绾儿望着他的背影，忽然对屏儿道："前日他们几家共送来多少银子？"

屏儿回道："五百两有余。"

"取个整数，将五百两银子……送到凰浦绣庄去！"

乾二号船舱内，袁莞师的脸色阴沉如墨。她的两个弟子侍立在一边瑟瑟发抖，跟了师父二十年，从未见她如此暴怒。

胡嬷嬷走了进来，示意两个弟子离开。舱门才合上，袁莞师就怒道："老贱婢！你敢如此羞辱我！"

她可以答应上场斗绣，但与一个晚辈对决，竟然选择自己最擅长的领域，以她的身份而言，已属极大的侮辱。

胡嬷嬷冷冷地道："昨夜莞师说，你也不见得能赢那蒙面绣娘，既然如此，老身自然要求一个必胜之道！"

袁莞师怒道："我决不上场！当今天下，没人值得我上场斗绣荔枝！就算是陈子艳来到、沈女红亲临，在这荔枝绣上也不能与我争先！"

胡嬷嬷忽然道："那十二年前那个人呢？"

袁莞师脸色一变："什么意思！"

没有得到回答，袁莞师猛地想到了那位蒙面绣娘的针法绣技，神色再次变得古怪："她……那个蒙面绣娘，难道跟她有什么关系？"

"刺绣的事情，老身不懂，"胡嬷嬷道，"但看莞师这反应，想是真有关系了。"

袁莞师怒气稍敛，心思电转，便联想到了许多事情："往年海上斗绣，都只是出动一两位大师傅压场，这次老夫人却破天荒地将我请来，难道就是因为她？"

"这些老太太没跟老身说。"胡嬷嬷道，"老太太只是指示了，无论如何要将凰浦给拦下来，有多早拦多早，不想他们能走到今时今日，老身已经失职了。因此下午这一战，南海分坊许胜不许败！"

"不行！"袁莞师冷冷地道，"不管那位蒙面绣娘与那人是否有关系，凰浦终究是个小绣庄，我若上场去斗绣荔枝，就算赢了，也必遭天下人耻笑。你这是要我搭上一生的清名！"

"但是老夫人已经吩咐……"

袁莞师打断了她："便是老夫人、庄主在此，也不能逼袁莞师做自己不情愿之事！"

船舱之内静了下来，没有言语，却让舱内的氛围更显压抑。虽只片刻，但让人感觉仿佛过了许久。

终于，胡嬷嬷开口了："十一年前，莞师与前东家约满，出来自创绣庄……"

袁莞师的神情变得有些难看："胡老婢，你说这些做什么！"

胡嬷嬷不理会她，继续说道："结果创业未成，反而欠下巨债，还将亲朋故友、徒子徒孙都给搭进去了。那个时候，满广州城无人施以援手，不知最后是谁耗费巨本，将大名鼎鼎的袁莞师捞出来的？"

袁莞师的一张脸涨得通红，她是刺绣宗师，金针蕴神技，弟子满广府，却偏偏不擅经营，当年约满创业，却是壮志豪情地开篇，一败涂地地收场，最后若不是陈家施以援手，怕就是家破人亡、拖累亲友的结局。这事是她一生最大的痛处。在她加入广茂源成为供奉后，陈家上下十分尊重她，十几年来未曾提起此事，万不料今日竟被胡嬷嬷给捅了出来。

"老夫人的恩情、陈庄主的赏识，姓袁的这辈子铭记于心！"袁莞师咬紧了牙根道，"但广茂源是打算挟恩逼我上场吗？"

"不敢！"胡嬷嬷道，"只愿莞师还能记得昔日的恩情，也还记得自己的本分。"

凰浦这边，林添财将打听到的情报告诉众人。关于袁莞师他说得不多，反正众人都清楚了，重点在介绍另外两个大师傅——袁莞师的两个徒弟——一个夫家姓区，一个夫家姓潘，人称区大娘、潘大娘，都是在广绣行成名近二十年的资深大师傅。二人功力之深、绣技之精，满西关有口皆碑，实力甚强。

"袁莞师以荔枝绣驰名天下，她们既是袁氏门下，其荔枝绣定也是极强的，而且她们师徒三人互相深知，搭配起来更是得心应手。"高眉娘对林叔夜道，"可惜黄娘不在……"

林小云和李绣奴都不知"黄娘"是谁，黎嫂却心头剧震，心想：姑姑这话的意思……难道独手黄娘在这里，她们绣荔枝就能绣赢袁莞师师徒不成？

林叔夜问道："完全没有胜算吗？"

高眉娘思索良久，终于道："袁莞师以荔枝绣名扬天下，如果上场，一定自重身份，决不肯一味求快……嗯，这是我们唯一的制胜之机。"

　　乾二号的船舱内，袁莞师沉默了许久，终于道："好，我上场！"
　　跟着她又挤出一句冷冰冰的言语来："回去后转告老夫人和庄主……欠广茂源的情，姓袁的还清了！"

第五十九针　篮采离支

天下名绣，川、湘、苏、粤，号称四大刺绣！

四大名绣风格有异，高下难分；各地绣师功夫练到深处，又各有擅长的领域。这荔枝绣便是粤绣的保留题材。论到荔枝绣，历来都是广绣宗师独占鳌头，其他地方的高手皆有所不及，因此袁莞师敢说便是沈女红亲临，也不能在荔枝绣上与她争先。

林小云是潮绣的底子，不擅长荔枝绣，至于李绣奴，就更不用说了。这时高眉娘正在给他俩恶补荔枝绣的法门，黎嫂、喜妹也得以旁听："荔枝绣，主体分果、叶两部分。叶子部分，主要用续插针法。"

高眉娘回顾喜妹："喜妹，什么叫续插针法？"

喜妹这些日子跟随高眉娘，得授了许多针法秘诀，只是还未能融会贯通、应之以手而已，这时见问，便如背诵般答道："粤绣八门：直、辅、捆、插、绕、编、平、织。'插字门'又叫续插针，下分续针、撕针、洒插针、捆插针和旋针五小门。"

高眉娘点头："荔枝叶部分，主要用到的是'插字门'下面的捆插、洒插二法；叶骨部分，主要用的是续针法。现在时间紧急，其他的都且按下，我只详说一下捆插针、洒插针和续针这三门针法。"

她在一块布上演示，绣起荔枝叶来，一边绣，一边讲解："先记好口诀：续插针脚要平整，针路匀滑且顺平，深浅明暗随其势，用色过渡显动灵。"

她一边念着口诀，一边在手上演示如何才能针脚平整，如何才能针路匀滑。这些也就罢了，黎嫂、喜妹都还能领悟个五六分，但说到如何深浅明暗，如何用色过渡，黎嫂、喜妹就跟不上了，反而是林小云和李绣奴不仅听进去了，而且手上也跟着绣出来了。

原来，虽然他俩都没系统学过粤绣中的广绣针法，但绣叶子是潮州绣与朝鲜刺绣共有的。这时高眉娘再加讲解，相当于是在二人本有的实践基础上给予理论拔高，因此都是一点就透；至于点透之后如何精进技艺，那就要长年累月地练习了。

林小云和李绣奴得了教导之后都欣喜若狂，一片叶子又一片叶子地绣过去，几乎停不下手来。高眉娘看二人能这么快领悟，不由得心中欣然。绣着绣着，林小云忽然想起什么，问道："姑姑，怎么只教我们绣荔枝叶，不教我们绣荔枝果？"

"你们没有绣荔枝果的基础，加上现在离斗绣不到两个时辰了，要学全叶、果，哪里来得及？"高眉娘道，"你们练好绣荔枝叶便可，荔枝果我独力承担。你们且练着，等练熟了，回头我还要跟你们说如何依稿绣叶，以及怎么跟我配合。"

说完这些，她便来寻林叔夜，却见林叔夜正与一个妙龄少女说话——正是霍绾儿的贴身丫鬟屏儿。

林叔夜将两袋加起来怕有几十斤重的白银放好在脚边，说道："屏儿姑娘，这是……"

屏儿微笑着说："这是我家姑娘让拿来的，说是入股之资。"

林叔夜道："入股之资，我当初已经收了。还是说霍姑娘打算追加持股？那样的话，我得跟其他两位股东商量一下。"

"不用追加。"屏儿说，"我家姑娘说，先前应允了以五两之资购持凰浦百分之五的股份，但今日看来太占便宜了。我家姑娘说，往后是要跟林公子长久合作的，这种占便宜的事情不能做，所以让我拿了五百两追加股金到此。这是我家姑娘交代的事，银子我肯定是不会拿回去了，林公子如果有什么异议，可直接去跟我家姑娘言语。"

当初按照协议，霍绾儿以五两银子购得凰浦百分之五的股份，不算强买强卖，而是她的确在帮凰浦继续参比的事情上起到了关键作用。眼下霍绾儿明显已大幅调高了对凰浦绣庄的预期，送这五百两银子过来，内中实含深意。

林叔夜心念一转，就明白了霍绾儿的意思，便作揖行礼，说道："既然如此，这笔银子林某收下了。"

屏儿心下微微愕然：他竟然真收了！这个愣头青，读书读坏脑壳了！我刚才都说了，如果他有异议，"可直接去跟我家姑娘言语"，他也不懂打蛇随棍上，去船上见姑娘一见，哪怕道个"谢"字也好，讨得我家姑娘欢心，不比白得几百两银子更好？真是傻瓜。她便要告辞，忽见一个蒙面女子走来，心头一动，虽未打招呼，心里却忍不住想：这个面罩好漂亮，这女子的身段也是真好，却不知道面罩后面，那张脸是美是丑。

她却也没有停留，福了福便离开了，径回坤八号上，将对林叔夜的腹诽向霍绾儿说了。霍绾儿听了林叔夜的反应，却不住地点头："甚好，甚好，这位林公子，眼皮子不浅。"

"姑娘你怎么还夸他啊！"

霍绾儿笑道："他要是太当回事，我这五百两银子反而是白给了。"

那边高眉娘目送屏儿离去，也没听见林叔夜叫她，忽然很突兀地问："这是那位霍姑娘的丫鬟？"

"是。"

"那位霍姑娘……她长得漂亮吗？"这句话，可来得更加突兀了。林叔夜再怎么也没料到高眉娘会在意这种事。

"我……不知道。"

"怎么会不知道，你不是见过她两回了吗？"

"都是隔着屏风见的。"林叔夜说，"姑姑询问这个，是有什么不妥吗？"

高眉娘却没接话了，林叔夜又道："屏儿姑娘这次来，是拿了五百两银子……"

"那个你处理就好。"高眉娘道，"下午就要斗绣荔枝，我已经有了腹稿。若我一个人上阵,直接绣便是了,但眼下需要云娘、绣奴帮忙,因此需要画稿……庄主能画荔枝吗?"

林叔夜笑道:"这个自然。"他琴、棋、书、画皆通,弈道能杀入潮州前四,而书、画之精犹在琴、棋之上,且这几年既有心于刺绣,自然也就钻研过刺绣的画稿应该怎么画。广绣之中,荔枝乃是本土特色,他自然有所涉猎。

"那好。"高眉娘便将自己的想法详细说了。林叔夜耳中一过,心中便已有谱,拿了一根枝条,在沙滩上随手画了个初稿,随后高眉娘又把细节上该调整的地方说了。好几个地方林叔夜听得不明白,道:"这里为什么要多这几个线条?加了这几条,你们绣起来怕是要慢上许多,而且画品也未见得更高啊,只是徒然繁复罢了。"

高眉娘低声说了两句,林叔夜惊道:"这……还能这样?"

"庄主尽快琢磨透,然后拟好画稿。"高眉娘说,"上场之前,得让云娘、绣奴熟悉熟悉。"

午时既过,日影微斜,位于乾一号、乾二号之间的方台上再次迎来一场绣战!

昨日的斗绣已经是观者如麻,而今日观看的人数竟是昨日的两三倍!原来其他三场斗绣都是成品献绣,蔡有成、徐博古、霍绾儿仿佛有默契一般,都催促着在上午就品评完毕,所以其他三组的绣师与观众便都空闲出来,全部拥到这一场,要看天字组宗师与本次斗绣最大黑马的决战。

因为观战的人数太多,以至于甲板上都站不下,引得众人抗议,主办方便临时将玄五、玄六两船挪近以作外围观战台。不但如此,本场虽然仍是梁晋为主评,但蔡有成、徐博古、霍绾儿也都来了,与黄谋、克里斯托弗等一起坐在旁边观战。一观看过往届海上斗绣的老人不由得喟叹道:"往年便是总决战时,也没有今日这般热闹。"

双方绣师上了方台,广茂源是袁莞师带着两个大弟子区大娘、潘大娘出战。袁莞师一上台，台下便有数十个绣娘一起行礼，都是或直接或间接受过她指点的，便是梁晋也起身相迎，满脸欢笑："能得见莞师亲自上场绣荔枝，梁某何等荣幸！"

这是海上斗绣举办以来，第一位现身斗绣场的刺绣宗师！

袁莞师摆了摆手，道："不必多礼。斗绣场上无尊卑，一切但凭手上功夫。"

跟着便是高眉娘带着林小云、李绣奴上了方台。袁莞师远远看过她刺绣，近身相见却是第一次。她深深地看了高眉娘一眼——似乎是想透过她的面罩看见她的本来面目一般——先行见礼："高师傅的容止气度，让我不禁想起一位故人。今日盛会，不知能否坦诚相见？"

高眉娘敛衽还礼道："妾身颜陋，不堪入前辈之目。"

袁莞师见她不肯揭开面罩，也就作罢。

仆从搬来六张椅子、两个大绣架。六个绣师分别入座，梁晋开始宣布本场规则。

这斗绣荔枝与之前的斗绣叶子、斗绣龙鳞、斗绣围棋都不同，斗的乃是成品绣，因此要求双方绣出来的绣品必须达到粤字上品。如果艺术表现差距明显，艺优者胜；差距不明显，这才比荔枝数量。

袁莞师的首徒区大娘上前道："此次参比，南海绣坊将献上《篮采离支》。"

好几个广府老绣师闻言欢喜，交头接耳起来："这可是袁莞师的名作，听说只有大内和布政司衙门各藏了一幅，没想到今日有幸见她亲绣第三幅。"

第六十针　叶藏丹果

　　林叔夜和高眉娘对视了一眼，双方都在彼此眼中读出了第三人看不出、想不透、品不明的默契！

　　林叔夜上前道："此次参比，凰浦绣庄将出新作《叶藏丹果》。"

　　听了此名，在场几个老绣师"哧"的一声冷笑，更出了声："平平无奇，也敢献丑。"

　　丹果就是红色的果子，指的也是荔枝，想必是在树叶之中藏着荔枝。

　　梁晋便道："双方画稿。"

　　袁莞师道："腹稿，无须用纸。"

　　林叔夜则道："凰浦需要画稿。"

　　人群中又有人"哧"的一声笑了出来："这还没绣呢，高下已分。"

　　袁莞师却伸手："请。"

　　林叔夜折炭为笔，取了稿纸，便在方台上画了起来。他落笔迅捷，并未拖延时间；袁莞师也未催促，静静地在旁边等待。没多久，一幅画稿就成了，黎嫂上前帮高眉娘将画稿钉在绣架上。袁莞师远远瞥了一眼，赞道："图构得不错。"

　　林叔夜回礼："莞师过奖。"便下了方台。

　　双方绣师重新对立，袁莞师道："两炷慢香，中间休息一炷快香？"

　　高眉娘领首："可以。"

宗师级人物斗绣，有时候赛场规则也要问过她们的意见，这是对宗师的尊重。

双方同时目视梁晋，梁晋便开了声："点慢香，准备敲锣。"

双方绣师便各围着自己的绣架坐好——这次不比之前的绣围棋，乃是各绣各的。广茂源的三位绣师是各领一块区域，凰浦的则是三人围拢。六人各持针线，便听一声锣响，评审唱道："起针！"

六根绣花针几乎一起行动。

这一回，不见针光飞动，六根绣花针都走得不疾不徐，务求一针一线万无一失。这便是斗绣荔枝与先前斗绣的不同之处了。

六个绣娘，个个沉心静气，动作和缓。在场几百个观众因被昨日精彩纷呈的斗绣围棋吊高了胃口，这时看慢吞吞的刺绣场面，反而觉得不好看。

人群之中，一个渔夫看了一会儿说："不好玩，早知道就不来了！"

林添财恰好听见，冷笑一声说："你懂什么！这才是见真功夫呢！"

"什么真功夫，还没绣梅花、绣叶子好看。那时候她们绣得多快啊，针影飞来飞去的。"

"你懂什么！"林添财说，"绣叶子、绣梅花，都只考校单一的针法，只算是小斗绣。到了绣围棋，不但考究针法，还结合了棋弈，又需多人联手，才算是大斗绣。但这些跟绣荔枝比起来，都落了下乘。"

旁边便有人问："那怎么算下乘？这就是上乘了？"

林添财因为接触刺绣久了，所以知道这里头的一些门道，但他为人粗鄙，不通文墨，究竟怎么个上乘法，一时说不出来。

雅座那边，霍绺儿也正向徐博古和蔡有成请教。徐博古一双眼睛看不清楚，心里却跟明镜似的，说道："论到绣荔枝，贵省一枝独秀，别省均不能及，徐某岂敢班门弄斧？还请蔡先生分说。"

蔡有成也笑道："粤分广、潮，我们潮州府别的不差于他们广州府，只有这荔枝绣确实不如他们，回头让老梁下来给姑娘解说吧。"

霍绾儿含笑道："论技艺，自然是广绣独占鳌头；但只论绣理，两位不必过谦，还请赐教一二。"

旁边黄谋笑道："他们这种一桶水的不肯漏一丁点，不如就由我这半桶水的来给霍姑娘晃荡晃荡吧。"

霍绾儿笑道："正当请教。"

黄谋便道："论到绣理，这斗绣荔枝的确是斗绣里的上乘对决，只是姑娘要问什么？"

霍绾儿道："刚才听到有人对《叶藏丹果》似有不屑之声，小妹初入绣行，不知其理。"

黄谋笑道："因为立意上便差了。荔枝因为成熟的时候是红色的，所以又称丹荔，丹果也就是荔枝。《叶藏丹果》名字好听，内容也很好猜，想必是叶子里藏着红色的荔枝，只是这样的画面、这样的意图、这样的命名都太过直白、简单，与《篮采离支》相比，未免少了文化底蕴，哪里有什么意境可言？只立意一项，《篮采离支》就甩《叶藏丹果》八条街了。"

霍绾儿问道："然则袁莞师的《篮采离支》又有什么说法？"

"莞师这幅绣，大有来历！"黄谋道，"乃取广东籍大画家林良残的稿修改而成，展现的是荔枝刚刚采摘、放入篮中时的样子，因此名为《篮采离支》。而此绣命名又与汉朝的司马相如、唐朝的白居易这两位大诗人有关。"

霍绾儿笑道："这个小妹倒是知道。所谓'离支'，便是荔枝命名之源。西汉司马相如的《上林赋》中将荔枝写作'离支'：支者，枝之通假也。白居易在《荔枝图序》里又说：荔枝'若离本枝，一日而色变，二日而香变，三日而味变'。离支之名，取此义也。"

黄谋连忙吹捧："霍姑娘不愧得霍老亲传，真是好学问。没错，没错，就是这样，黄谋知道这个典故，却背不出原文。"

霍绾儿道:"然而……只是在刺绣名称上展现典故,就能让一幅刺绣显出上乘了?"

"这个自然不是了。"蔡有成接话道,"莞师的这幅作品,最难得的地方在于文学上的命名与刺绣上的技巧互相成全,因此才能压倒余作,独步天下十余年。"

霍绾儿道:"还请赐教。"

蔡有成作为有名的绣评人,不但对潮绣之事熟知,于广绣之事也是信手拈来:"这幅《篮采离支》,绣稿中的篮子、荔枝是主要物事,然而难点却不在'篮'与'荔',而在那个'采'字。"

说到这里,他望向方台,只见台上六个绣师都已进入状态。袁莞师和两个徒弟各分一处,用针拉线有如行云流水——袁莞师已经说了,此绣并不赶快而求精,虽在斗绣之中,却不以斗绣为意。反观凰浦那边,林小云、李绣奴都在高眉娘的指点下进行。这种成品绣考校的不是单一的针法,而是综合的绣功,甚至还要考校配合。虽然林、李二人与高眉娘的配合刚刚开始,幸而他俩皆天赋卓绝,又得高眉娘详加指点,因此三人很快就合作无间。

"'采'字?"霍绾儿问道。

"正是'采'字!"蔡有成悠然道,"《蓝采离支》这幅绣稿之中没有人,没有手,没有采摘的场景,却要通过荔枝的颜色与状态,让人看了之后觉得这荔枝是刚刚摘下来的,由此来表现一个'采'字!这才是这幅绣最难也最精彩的地方!"

霍绾儿恍然大悟,不由得赞道:"若是如此,那就技近乎道了!"

绣稿中只有荔枝而没有采摘的动作,却要以静止的荔枝让人体会到动态的采摘,技至此,已是玄之又玄,其中蕴含着华夏艺术的极高境界。若非如此,袁莞师如何能够名满四海而号称"十二年来天下第一"!

霍绾儿虽然初入绣行,但本身文化修养很深厚,一听蔡有成的话,就明白了袁莞师这幅绣的厉害之处。袁莞师竟拿出自己的代表作来斗绣,她不禁为凰浦担心,口中轻叹道:"听蔡先生这么一说,莞师这幅绣,是可能绣出境界来的了。"

"正是！"蔡有成道，"斗绣叶子、斗绣梅花，都只是斗速度，是小斗绣。斗绣围棋算是大斗绣了。可跟斗绣荔枝一比，这些就全落了下乘，因为绣荔枝是要出境界的……斗绣要斗到出境界，才是斗绣中的上乘对决！"

霍绾儿道："若这样说，凰浦是没有机会了？"

"难！难啊！"蔡有成叹息着摇头，"《叶藏丹果》立意上太过直白，以叶藏果而已。这个'藏'字既无出人意料的惊奇说法，于刺绣技巧上也难有展现，境界上既然不如，这荔枝也不用数了。不管这位蒙面绣娘绣出几颗荔枝，凰浦都是没机会赢了。"

慢香极慢，双方又几乎是"静态"刺绣，因此场面就显得不热闹。那些渔民看了一会儿觉得没意思，便陆续离场。有一顿饭工夫，整个赛场就从一开始的摩肩接踵变成零零落落。

林添财在台下看得抓耳挠腮，倒是方台之上的六个人都平心静气。李绣奴按照计划绣叶子，林小云则绣延伸的枝叶；虽然绣荔枝只靠高眉娘一人，但由于分工明确，高眉娘得以专心攻一项，所以其荔枝的成速便比袁莞师要快。不过那边毕竟是三个人绣荔枝，又是多年师徒，配合无间，因此半炷香下来，广茂源仍比凰浦多了三颗荔枝——这还是袁莞师求精不求快的结果。

高眉娘绣了四颗完全展现的荔枝后，又在叶子间隙中绣"半荔"——荔枝或藏在叶子里头，或被别的荔枝挡住，因此只露出一部分。若一半也算一颗，三分之一也算一颗，那高眉娘的速度可以说就快起来了。

旁观者中，柯招娣叫道："来了！来了！又用这招！听说她绣龙鳞就是靠这个赢的，当时她绣了一堆的半鳞。唉，郑九奶奶，她这绣半颗荔枝也能算一颗荔枝吗？"

第六十一针　拒绝招揽

"算。"郑九奶奶没回答,参加过一次广潮斗绣的胡二姐替她回答了,"成品绣中,只要能看出是一颗荔枝就算。"

柯招娣叫道:"那不太占便宜了!"

胡二姐道:"你看那边,广茂源的荔枝也不是颗颗完整。"

原来广茂源的《篮采离支》是展现荔枝刚刚采下来的样子,部分荔枝也带着枝叶,虽不如凰浦的多,但也有荔枝被篮子或别的荔枝挡住,并非颗颗完整——这才是正常的——哪有名作是一颗又一颗的完整荔枝绣在画面上的?不过相对来说,凰浦这边明显多隐了部分的荔枝,靠着这个优势,凰浦的荔枝数量便赶了上来。

胡二姐冷笑道:"所谓《叶藏丹果》,这个'藏'字原来是这么用的!"

柯招娣叫道:"这是阴谋诡计!阴谋诡计!"

虽然郑九奶奶跟袁莞师不对付,但输给刺绣宗师,她们心里不算难过,可现在让一个无名的绣娘踩着她们成名,让她们难受。因此,这时她们帮着袁莞师说话。

黎嫂恰好离她们不远,忍不住道:"绣荔枝就是这样啊,有些荔枝被挡住很正常,这是画稿设计时的技巧。"

柯招娣"呸"了一声,说:"技巧?你们就靠玩弄阴谋诡计来赢!"

这时郑九奶奶冷笑了一声:"哪轮得到你们来瞎操心?斗绣荔枝,广东没人能赢袁惠妹的。"

柯招娣一喜，问道："怎么说？"

郑九奶奶又是一阵冷笑，不肯回答。

这时观战的人少了许多，场面十分冷清，她们的争论恰好被梁晋听到了。梁晋抚须微笑道："这上乘斗绣，要先看成品，看针法、看构图、看立意，最后才算那些细枝末节。荔枝多少只是细枝末节，除非是针法、构图、立意都难分高下，否则轮不到这些细枝末节。"

针法是基础，构图是匠心，立意却得有天赋、灵气的支撑。郑九奶奶的绣品少的就是灵气，因此她针法再辣、针速再快，也永远无法在荔枝绣上与袁莞师争先。

柯招娣等"哦"了一声，笑道："原来如此！这么说凰浦是没机会了。"

梁晋的言论传开了去，凰浦这边不禁人心浮动。黎嫂的担忧都写在脸上了，林添财也不禁烦躁了起来。方台之上，林小云和李绣奴都微受影响。高眉娘突然按住了两人的手，说道："不用担心，你们好好地绣即可。"顿了一顿，又低声道："我们能赢。"

前面连续几次的反败为胜，让高眉娘在两人心里建立了很强的威信。两人收拾了担忧，便都恢复了精神。

她们三人如此，却未影响外界的氛围。黄谋忽然起身道："失陪。"他走到一边，派了人来请林叔夜。林叔夜有些意外，但见方台上一切正常，便跟来者去到一艘小船上——黄谋已经等在那里了。随从跳到别处，黄谋一撑篙，小船荡开些许。与众人隔开距离，他才坐下笑道："林贤弟，我是黄谋。"

"久闻大名，黄二舍客气了。"林叔夜道，"不知二舍召我前来，有什么吩咐？"

"吩咐可不敢当！"黄谋哈哈笑道，"经此海上斗绣一役，林贤弟在粤绣行中也算扬名立万了。往后绣行之中，必将有你凰浦绣庄一席之地。"

这话由广东第二名庄的实权人物说出来，分量自不一般。林叔夜闻言欣然，拱手道："承蒙谬赞，往后小弟定更加努力，不负黄兄之称。"

黄谋微微一笑："却不知斗绣结束之后，贤弟有何打算？"

林叔夜觉得自己的目的倒也不怕被人知道，便摊开了说："斗绣赏品之中，有两件是小弟的心仪之物，等斗绣结束，或得或换，也算了了一桩心愿。"

他这话是实话，黄谋却当他是在搪塞，含笑接话道："按惯例，参加海上斗绣者，十六名内的都可获丙等奖品一件，八名之内的可再得乙等奖品一件，按照排名，排前者先选。现凰浦已经打入八名之内，可得丙等、乙等奖品各一件。"

若能再进一步，四名之内的可再得甲等奖品一件，入决赛者反而不奖——往年杀入决赛者通常都是广茂源、潮康祥两家，他们本来就是这次斗绣的主办方，自己奖自己便没意思了，所以不奖。林添财早打听好了，那古蜜正属于乙等奖品，以凰浦绣庄如今的排名，能够拿到古蜜的机会相当大，万一被人抢先，也大可补价置换。

黄谋笑道："不知贤弟心仪的是哪件宝贝，愚兄帮忙安排吧。"

这等小人情，林叔夜也不推辞："那我在这里先谢过二舍了。"

黄谋又道："拿了奖品之后呢？"

"回广州，准备参加广潮斗绣。"

黄谋眉毛挑了挑："好志气！那今年的广潮斗绣之后，指不定要出第十一家名庄了。"

"承吉言！"

"广潮斗绣，那入门押金其实只是小事，斗绣所需的备料才是大头，但贤弟有子峰兄撑腰，想必这点也不成问题。"

这句话就是明晃晃的试探了。海上斗绣拼到这个地步，广茂源对凰浦已是摆明车马地进行压制、算计了，加上陈子丘的死，回广州后，凰浦和广茂源的关系会变成什么样子实在难说。凰浦远未购齐要参加广潮斗绣的备料，而广东市面上的绣料多多少少都被广茂源、潮康祥两家控制，万一到时候被广茂源掐了脖子——这时便不能得罪潮康祥了。

林叔夜微一犹豫，便坦白道："不瞒二舍，凰浦是个小绣庄，便是广潮斗绣的入门押金，我们也是刚刚筹集到的，而参加斗绣的各种绣料远未备齐。至于广茂源那边……小弟刚刚自立，也不好意思去向大哥索取。"

对此黄谋毫不意外，若不是看到他陈家显然已在兄弟阋墙，他今天找林叔夜做什么？黄谋哈哈一笑，道："那也是小事一桩，回头凰浦差什么，便让令舅来知会一声。斗绣所用备料，我们潮康祥多多有余，且都放在广州了。到时候拿了多少，按市价八折计算即可；万一银两紧张，只要你林贤弟签个押，先赊着也无不可。"

林叔夜闻言大喜，一揖到底："谢二舍。"

黄谋拉了他的手说："说起来你也是半个潮州人，我们又一见如故，何必见外？你若不嫌弃，以后便兄弟相称吧。"

林叔夜便从"二舍"改称"二兄"。黄谋拉着他的手好生亲近，又说："昨夜令舅来访，我刚好去商量今天斗绣改章程的事，回来之后，却见他欲语还休……其实他来找我，究竟是为了什么，贤弟不妨跟我坦白了吧。"

林叔夜微一沉吟，道："其实正是为了今天斗绣的事。"

"怎么说？"

"其实……"林叔夜道，"不瞒二兄，其实如果是献绣比拼，我庄颇有胜算。"

"哦？"

林叔夜道："我们绣庄高师傅的绣技，二兄觉得如何？"

黄谋竖起了拇指："虽无宗师之名，却有宗师之能！"

"小弟代高师傅谢过二兄夸奖。"林叔夜道，"我们高师傅的绣功或不在袁莞师之下，而此次献绣的绣品是高师傅精心准备的，但听说莞师那边并未太上心，拿来的并非莞师之杰作。以高师傅之上品对莞师之中品，我凰浦便颇有胜算。所以我舅舅昨夜过访，倒不是要走门路，只求献绣评比之时能够公正公平罢了。"

"原来如此。"黄谋"啊"了一声，一拍大腿，"那我们可就中了广茂源的计了！"他将昨夜商议的经过说了一遍，而林叔夜对此早有推测，听了黄谋的话后，才算知晓细节。

黄谋恨恨地道："所以昨晚梁晋故意为难，原来是以退为进，可笑我们都被他给算计了，什么广茂源，什么袁莞师，尽是蝇营狗苟之辈！更可笑的，是今早抽签，梁晋显然也做了手脚。贤弟你初立绣庄不及两月，广茂源却不敢跟你正面对决，而要用这阴谋诡计……茂源绣庄在广东的气运道，我看也差不多到头了。"

林叔夜淡然道："事情既然已经定下，我们也无话可说，只正面应战便是了。"

黄谋笑道："好胸襟。只是陈家做到这个地步，那是连脸皮都撕下不要了。贤弟你回到广州之后，怕是还要被针对；甚至就是广潮斗绣，如果没人照应，凰浦绣庄怕是会举步维艰。"

说到此处，他含笑而不语。

林叔夜已经猜到他的意图，便顺着他的话头道："届时还得请二兄照拂一二。"

黄谋笑道："本来我应该答应的，只是你跟子峰兄毕竟是亲兄弟，广潮斗绣又是在广州，那是陈家的地盘……如果我潮康祥要在那里照拂你，被人知道，未免要笑我黄家越俎代庖。"

话说到这里，图已将穷而匕未现。

林叔夜道："小弟虽是陈家骨血，但老太太说了，我承继了凰浦绣庄后当自立自强，因此连参加这海上斗绣的费用，也都是我舅舅自掏腰包才……今后在生意上，凰浦跟广茂源在商言商，家族亲情且放在一边吧。"

"这话不虚吗？"

"自然是实话！"

"如果是实话，那就有别一说了。"黄谋笑道，"我有个提议，贤弟不妨斟酌斟酌。"

"二兄请说。"

黄谋道："我欲资助贤弟，帮贤弟扫清路障，让凰浦绣庄在广绣行中大放异彩。往后你在广、我在潮，我们兄弟联手，重定这粤绣江山，贤弟可愿与我共图这份大业？"

林叔夜说道："若能得潮康祥之大援，诚所愿也！"

黄谋嘴角忽然带起一丝冷笑来："不是外援。"

"嗯？"

黄谋道："是共同的大业，不是外援。"

林叔夜瞳孔微微一缩："二兄的意思是……"

"凰浦绣庄参加广潮斗绣所需要的资金、绣料，全部由我备齐；斗绣期间的所有门路，也由我来替你打通；甚至就是斗绣之后的绣料、销路，我黄某人也替你包了。此外，我再补你两千两现银。"黄谋道，"但凰浦绣庄，需要让渡我四成五的股份。你仍然是大头，我占小头，我们里应外合，共分广绣天下。兄弟，觉得如何？"

林叔夜忽然笑了，笑得让黄谋有些莫名其妙。他冷冷地道："怎么，贤弟觉得这个开价不合适？"

林叔夜笑道："二兄愿意入股，凰浦绣庄欢迎之至！我们也早就备好了股份。这两千两银子，也正是小弟内心的定价。"

黄谋脸上神色稍稍缓和，就见林叔夜伸出一只手掌来。黄谋问："什么意思？"

林叔夜道："两千两银子，只得凰浦绣庄百分之五的股份。"

黄谋冷冷地道："林贤弟，狮子大开口不是这么开的。"

林叔夜道："这不是狮子大开口，而是我凰浦绣庄，就值这个价。"

黄谋冷笑道："林贤弟，你年轻气盛，我不怪你。但生意上的事，我看你还是回去跟你舅舅商量一下吧。虽然不知你从哪里找来了个刺绣高手，但绣行的生意，不是靠一两个高手就能打通天下的。"

"不必。"林叔夜道，"绣庄的事情，舅舅听我的。二兄想要入股凰浦，大家一起赚钱，小弟欢迎之至。但想要出钱买我，让我背刺大哥，那就抱歉了。陈家内部虽有不和，但我对大哥的敬爱从未有变。我会按照生意场上的正道去竞争，不至于眼皮浅到被人收

买利用。"

黄谋抬头望天，忽然哈哈笑道："小子，我看你还不知道自己的处境吧！今天做哥哥的就跟你坦白说了吧！在广东做绣行生意，得罪了广茂源，你还有一线生机，而这一线生机就是我潮康祥！可要是同时得罪了广茂源和潮康祥，那你的绣庄就等着关门吧！"

他似乎已经没了谈下去的意思，抬手一招呼，便有随从驾舟过来，将小船拉了回去。离开之际，林叔夜忽然道："二兄，你为什么选择在此刻与我说这些？"

黄谋头也不回地说："现在不说，兴许明天你就滚蛋了。"

"二兄是觉得，这场斗绣我们一定会输？因为今天输了，明天就得打道回府了？"

听了这话，黄谋抬起的脚猛地停了一停。

林叔夜道："那万一今天的斗绣，凰浦赢了呢？"

黄谋一只脚已经在另一艘小船上了，但这时还是忍不住回头："赢？"他随即哈哈大笑，仿佛听到一个什么笑话，笑了很久，才停下说："小子，你能逼得广茂源不要脸面，临时修改赛制；逼得他们不顾规矩，在抽签时耍手段；更逼得他们出动袁莞师来跟你们斗绣荔枝……你小子能将广茂源逼到这个地步，的确值得你傲气一把。但这又如何？庄就是庄，闲就是闲，广茂源这次只是丢了脸面，但只要最后赢了，它就仍然是庄家；而你那个小绣庄，仍然得在陈子峰的底下讨生活。"

林叔夜还是那句话："那万一今天的斗绣，凰浦赢了呢？"

"赢？"黄谋大笑，"跟袁莞师斗绣荔枝，你们还想赢？"

他笑了一会儿，忽然发现林叔夜仍然在看着他，眼神平静而认真。

这小子……不会是认真的吧？这个念头在黄谋脑中闪过，他随即觉得荒唐。

却听林叔夜说："二兄，如果我们赢了，又如何？"

黄谋冷笑道："如果广茂源输了，我就用两千两银子，买你凰浦绣庄百分之五的股份。"

"不够！"林叔夜道，"还需要潮康祥白纸黑字地应承：供应海上斗绣之后、广潮斗绣之前凰浦绣庄所需的基础绣料。当然，我们会按照市价支付银两。"

黄谋哈哈大笑，笑着笑着，却发现林叔夜仍然平静地看着自己，忽然就笑不下去了。

林叔夜道："二兄，你觉得袁莞师赢定了，却不敢答应吗？"

黄谋眸中精光一闪："好！就冲着你这狂妄劲儿，哥哥我就答应你了！"

林叔夜快步上前两步，竖起手掌："君子一言！"

黄谋头都不回，反手拍在他的手掌上："快马一鞭！"

第六十二针　刺绣真谛

　　这场斗绣跟上一场斗绣围棋相比，实在是不好看。一炷香即将燃完，看热闹的观众也走了个七七八八，剩下还在观看的只有几十人，且大多是刺绣行内的人。所谓外行看热闹，内行看门道，此时留下的，大多就是看门道的了。

　　一个老行家越看越有味道，不禁叹道："双方的针功都是难得。袁莞师不愧是刺绣宗师，但那位蒙面绣师竟然也不比她差，只是她比什么不好，偏偏要来比绣荔枝！"

　　就在这时，人群中一个蒙着面的男子忍不住道："那可未必！"

　　"嗯？"旁边的人回顾了他一眼，见这人藏头蒙面的，心里就不欢喜。那老行家道："难道你觉得那蒙面的还能赢？袁莞师号称'十二年来天下第一'……这是白叫的吗？"

　　那蒙面男子道："'十二年来天下第一'，袁莞师出道不止十二年吧？为什么偏偏是'十二年来天下第一'？那十二年前呢？"

　　众人都愣住了。这个说法口耳相传，大家都是传得口顺，却从未有人想过为什么是"十二年"。这时被蒙面男子一问，众人不禁哑口无言。

　　"那你知道为什么吗？"

　　"为什么……"蒙面男子露出的双目望向高眉娘，见她坐在日光之下刺绣，已知她不是鬼，然而心中还是冒了两分寒气来，"因为十二年前……十二年前……"

　　"十二年前什么啊？"

蒙面男子终于将那句话给忍住了，低着头落荒而逃。众人只道他也说不出来，纷纷哂笑。

第一炷香终于燃完了，斗绣暂停。袁莞师放下绣花针，带着两个徒弟走了过来，瞧了一眼。她是刺绣大行家，只这一眼便看到了对方针法之三昧，微微吃了一惊，指着凰浦的绣架说："你们看看如何。"

李绣奴这两日早听说了袁莞师的身份，知道这是大明鼎鼎有名的刺绣宗师，尤其在荔枝绣上号称"十二年来天下第一"，想来大明的第一，就是全世界的第一。这时见袁莞师来到身边要看己方的刺绣，她不由得有些局促，就像忽然面临老师抽查的学生。

林小云则将眼睛瞪了过去。他可不管对方是天下第一还是刺绣宗师——这会儿双方正打仗呢——觉得对方过来不是炫耀，就是挑刺。

只有高眉娘缓缓起身，向绣架上一摆手："请赐教。"

区大娘和潘大娘之前听过有关这个蒙面绣娘的种种说法，这时见她如此风度，心中暗暗讶异：传言都说是个"绣妖"，今日见到，分明是大家气度，哪里"妖"了？再低头看那绣幅，只一眼便同时吃了一惊，不约而同地收回目光对视一眼，心想：世上除了师父，竟然还有人绣荔枝绣得这样好！

便听袁莞师问："觉得如何？"

两人犹豫着，一时不知该如何回答，既不愿昧了良心贬低，但要称扬，又恐长敌威风。

她们师徒多年，袁莞师如何猜不到徒弟的心思？她微微一笑，说："好就是好！有什么不好说的！"她将凰浦的这幅绣看了又看，轻叹了一声，对高眉娘道："只以荔枝绣而言，你不在我之下。"

得"荔枝绣天下第一人"这般评价，李绣奴受宠若惊，林小云眉毛挑动，高眉娘则平淡地回应："多谢夸奖。"

高眉娘口中说着多谢，眉眼之间却毫无波澜。区大娘和潘大娘既震惊于师父给出如此之高的评价，又有些不忿高眉娘这般平静，心里都想：师父是荔枝绣天下第一人，又是前辈，这般夸你，你就这般受了？她们便觉得高眉娘技艺虽强，人却狂妄，只是碍着师父不好发作。

袁莞师又道："这样的绣功须经千锤百炼，你不可能是突然冒出来的。"

高眉娘轻轻笑道："天大地大，在莞师不知道的地方刺绣，不代表我从不存在。"

袁莞师道："我的一个故人，天赋异禀，粤绣八门诸法皆精，绣艺针功远胜于我……"

区大娘和潘大娘听到这里都心里微惊：世上有这种人？随即想：难道师父说的是那个人？

就听袁莞师说："不知道你可认识她？"

高眉娘淡淡一笑："我不知道莞师说的是谁。"

袁莞师深深地看着她，高眉娘淡淡地回应。虽然得不到自己想要的回答，但袁莞师也没有继续追逼，而是退开了一步。她们师徒三人敛衽行礼，高眉娘带着林小云、李绣奴还礼。双方各下方台。

林添财小跑着过来问："她说什么了？"

高眉娘不答，林添财又问："这一局有胜算吗？"

这时林叔夜也已近前，开声道："姑姑好像累了。"

高眉娘颔首："确实倦了。"也不管别人，自去棚内休息。

她这样的脾性，林添财不知不觉竟似习惯了。接着他跑上方台，对两幅未完成的刺绣这看看，那看看。梁晋在高椅上瞧见，咳嗽了一声，随后一个评审提醒道："斗绣暂停期间虽不禁观看，但请离绣三尺！"

林添财口中嘟囔说："这两幅绣又不是你们家的！轮得到你们来小气！"他拂袖下台，见自家三个参比的绣师已在休息。黎嫂、喜妹围拢过来，小声问："怎么样？"

"看不出好歹。"林添财是有眼光的，能看出两幅刺绣都绣得很好，但好到一定程度后的微妙区别，他隔着几尺远，一时看不出来，"不过咱们的荔枝，比对方少了三颗。"

黎嫂叹息："哎哟，那可就落后了。"

这时恰好三个评审也下来了，梁晋路过时听到这话，忍不住冷笑一声。

林添财怒道："老梁，你笑什么！"

梁晋冷笑道："我笑你做了二十几年的刺绣买卖，至今有眼无珠，也怪不得你只能去承揽那些下等绣品。"

林添财大怒："就算老子经手的绣品没你经手的品级高，可老子自己赚钱自己受用，总好过有些人要靠别人赏饭吃。"

梁晋的两个徒弟闻言大怒。梁晋拦住了他们，扫了林添财一眼，冷冷地说："你也好不到哪儿去！你第一桶银子从哪儿来的，别以为没人知道！"

"你！"林添财要回嘴时，见林叔夜近前，赶紧拉了他走开。

双方休息了一炷快香的时间，便重新登台刺绣。

袁莞师绣着绣着，忽然停针。她在荔枝绣上浸淫了几十年，可以说就算闭着眼睛也能完成一幅绣品，但从没见她停顿、迟疑过。因此区大娘、潘大娘不禁大奇，随即见袁莞师重新下针，其针法与以前相比竟有所变化。两人看了一会儿，忽然齐声赞叹。

区大娘道："我原本以为师父的荔枝绣已经尽善尽美，没想到还能有这样的变化！"潘大娘连连点头。

袁莞师将一颗荔枝绣完，自己摩挲了一会儿，也是欣喜不已，对两个大弟子说："我刚才看了对面的刺绣，其针法令我有感，故而生此变化。今天这幅绣我们当精益求精，比赛固然要赢，但更重要的是要绣出一幅超越我前作的精品来。"

两个大弟子齐声应道："是。"

几个主评看到，纷纷赞叹。梁晋回头看向蔡有成，大声问道："老蔡，你看如何？"

这两人素来不对付，但看到袁莞师如此，蔡有成也不禁道："百尺竿头还能更进一步，难得！难得！你们广绣荔枝以前就一骑绝尘，没想到今日还要再领先一个马头。"

梁晋听了，得意地哈哈大笑。

广茂源那边，高眉娘的速度竟然没快起来。她不管袁莞师有什么变化，更不理会梁、蔡的对答，依念而行针，依理而牵线，绣得十分稳当。见她如此，林小云和李绣奴也被带入了无我之境。

蔡有成道："这位师傅在与莞师对敌之下还能如此从容不迫，也是难得。"

梁晋道："毕竟是能让莞师上场绣荔枝的人，当是有两把刷子的。"

林叔夜来到台边，望了望双方的状态，便对自家人道："云娘、绣奴，这一局我们不争胜负，你们帮着姑姑绣出一幅好荔枝来！"

这么一来，甲板上的氛围更是为之一变，斗绣的双方都沉浸在刺绣之中，似乎已经忘记了这是在比赛，就连评审和观众也被感染了。台下那个老行家忍不住叹道："正该如此，正该如此，好好地绣，慢慢地绣，静静地绣……这才是刺绣的真谛啊。"

他的声音不大，但这时甲板上无别人说话，因此众人皆听见了，连几个评委都听得暗暗点头。

就这般一直绣到傍晚，第二炷香也燃完了。双方主针都是大高手，对时间掌控得极好，差不多在锣响之时同时停针，离开绣架。

梁晋自忖广茂源必胜，为示公平，对旁观的几个主评道："大家一起看看，一起评评吧。"

徐博古道："这一场我们只是旁观，梁先生才是主评。"

梁晋笑道："难得有刺绣宗师在海上斗绣亮功夫，这是前所未有之事！宗师的绣品，何惧公论？诸位请，请。"

第六十三针　宗师服输

两幅绣品被移到方台中央,相隔数步。绣师们退到一边,众评审上前,南海绣坊坊主和林叔夜也走了上来。

蔡有成看了两边的绣品,慨叹道:"没想到能在今年的海上斗绣上看到如此佳作!"

徐博古蹒跚着向前,摸了摸《篮采离支》,长叹道:"盛名之下无虚士!"又走了几步,来到《叶藏丹果》前摸了摸,亦赞道:"好针功!好线路!"他回头对众人道:"大明开国以来,贵省果然刺绣大兴,只荔枝一题,竟然同时有两大高手,着实令人羡慕!"

霍绾儿虽然初入绣行,但她毕竟是在富贵人家长大,绣品用得多了,自也晓得高下好歹,只是知识与经验不如梁、蔡、徐这些在绣行里打滚了大半辈子的人罢了。这时她看向两边的刺绣,果然都是佳品:"这么说来,双方难分高下了?"

如果分不出高下,梁晋定要挑一挑《叶藏丹果》的毛病,但这时已经胜券在握,便不怕对对手宽容几分,于是笑着说:"若论针功、构图,双方难分高下,不过上乘刺绣,还要论境界。凰浦绣庄的这幅《叶藏丹果》针功虽佳,构图虽好,但论到立意,那就远远不及《篮采离支》了。"

他将绣品从绣架上取下来,轻轻一展:"诸位请看!"

众人看过去,只见微斜的篮子并未绣出全貌,可以想象:篮子或是被人挎着,只是人的手未入画。人的手不入画,是要尽量精简内容,所以这幅刺绣只是绣出了场景的一部分。篮子里的荔枝仿佛是刚刚摘下来的,随意而不混乱地放着,荔枝果实层层叠叠,以其颜色之微妙变幻凸显着叶子与果实之间、果实与果实之间的层次变化。

"尤其难得者……"蔡有成也忍不住赞道,"广茂源的丝线选得好,莞师用得更好……这颜色,一看就是荔枝刚刚采下来的样子。《篮采离支》的这个'采'字,那是完全表现出来了。妙,妙,妙啊!"他一边称赞,一边看了不远处正在微笑的黄谋一眼。

蔡有成是潮州那边供奉的,谁都晓得他素来与广绣行这边不对付,连他都这样说了,可见袁莞师的这幅绣是真好。

霍绾儿经他一提,再看这幅绣时,果然感觉到荔枝颜色鲜艳,真的像刚刚摘下来的,虽以丝线绣成,却仿佛有着植物的生命力。

徐博古闻言叹道:"可惜,可惜啊!老朽眼睛不好使,看不清这颜色上的微妙变幻。可惜,可惜!"说着又向两幅绣品摸去。他对刺绣的喜爱真是从骨子里发出来的,能摸到好绣品,就像老饕见到美食——就算不能吃到嘴里,多闻闻也是享受。

梁晋又指着凰浦绣庄的那幅说:"这幅《叶藏丹果》,论针功也是上佳的,只可惜立意太过直白,在技巧、针功上也没有令人拍案叫绝的地方,因此境界上便差了一筹。"

蔡有成也道:"的确,针功虽好,但立意上既有所不如,则以成品论,当居于《篮采离支》之下。不过绣荔枝能绣到与袁莞师一论高下,也算难得了。"

广、潮两派的绣评师居然意见达成一致,这可是少见的,众人闻言皆是点头。

黄谋走了过来,安慰林叔夜道:"林贤弟,你的绣庄初建,麾下高手就能与广茂源的宗师一决高下,这一局没赢,却也虽败犹荣。"他嘴角挂着笑容,眼角带着笑意,眼里闪过两分得色。

林叔夜哼了一声,就要开口,忽然听到徐博古的一声惊呼:"咦?"

霍绾儿反应最快,便问:"怎么了,徐老,有什么不对吗?"

徐博古手上正摸着《叶藏丹果》,忽然摇头:"这构图……不对，不对啊。有几路针线，似是多余。"

原来别人只是看，而徐博古是摸。所以众人能看到徐博古看不到的颜色的细微变幻，但徐博古触摸的时候，得到了更加细腻的感受。

听了徐博古的话，众人再次上前，一一细摸。蔡有成摸过后笑道："徐老不愧是刺绣的老行尊，真是好手感！不错，的确是有多余的针线。虽然隐藏得深，乍一看看不出来，但的确是有十余路针线显得累赘。"

梁晋摸了之后也笑道："果然如此，这样看来，这位高师傅绣的荔枝远不如莞师矣。高师傅啊，你的针功离宗师境界终究还差一步。"

听了这话，李绣奴微微叹息，林小云应激性地不服气，其余众人大多轻轻摇头。场上只有袁莞师眉头微皱，似感不解："这不应该啊。"而高眉娘依旧神闲气定。

众人本来都觉得高眉娘就算不如袁莞师，但能拼到这里多半也是宗师境界了，可真正的刺绣宗师，一幅绣品绣下来绝无一针一线是多余的——多一针都要被行家诟病，哪有多出十余路的道理？

徐博古更觉奇怪：以绣者如此高超的针功，不该出现这么大的失误才对啊。于是他摸了又摸，忽然道："不对，不对！不止十余路，这里……这里……还有这里……怎么会多出这么多无用的针线，而且不是失误，显然是故意的，所以才会藏得这么深，可为什么要有这些多余的针线？这简直毫无道理……咦，难道是……可是，这不是粤绣的路子啊……难道，难道……"他猛地向绣幅背面摸去，摸了一会儿，忍不住"啊"了一声。

从化在广州之北，约有百里之遥，乃是广州城之远郊，其地出温泉，又称温泉汤，最宜养生。每年都有岭南的富贵人家到此泡汤养生。

从前年开始，广茂源就在这里建了一座别墅，凿引温泉入内，成为庄主常来散心避烦之地。

一个送信的跑腿紧急跑到别墅门外求见，却被拦住了。

这时的别墅之内，水汽氤氲之中，陈子峰袒露着身子，摸着身边一个女郎微微鼓起的肚皮。女郎幽幽凑过来，在陈子峰耳边吐气如兰。

"徐老，这幅绣有什么问题吗？"霍绾儿第一个反应过来问。

"徐老果然好鉴力！"徐博古尚未开口，林叔夜已经走了过来，含笑说道，"别人没发现，还是徐老发现了这幅刺绣的真正立意。"

"真正立意？"众人闻言都是一怔。

梁晋想起前面几次凰浦绣庄翻盘的经过，暗道一声"不好"。霍绾儿却已经问道："什么立意？"

"这幅绣的立意，自然就在《叶藏丹果》的这个'藏'字……"林叔夜一边说，一边从绣架上取下刺绣，将之一展，把刺绣的背面给现了出来，"立意在此！"

"哗"的一声，众人只见绣幅的背面，竟然也绣了荔枝！

"这是，这是……"蔡有成微张嘴巴，叫了出来，"双面绣！"

双面绣是刺绣中的高深针法，属于"变体绣"的一种，民间又叫"两面光"，是在同一块底料上绣出正、反两面图像。

此法虽难，但在场众人多是行家，自然都知道这门针法。让人诧异的地方在于：这场刺绣是在众目睽睽之下进行的，从始至终没有人看见凰浦的绣师把绣地翻过来绣，所以竟无一人看出高眉娘在进行双面绣！

"原来如此，原来如此……"徐博古道，"我说为什么会多出那些针线，原来如此！"

天下四大名绣之中都有双面绣的针法，而苏绣于此尤精。刚才徐博古摸其针线，竟在里头察觉到有苏绣针法的痕迹，一时间，沉吟不语。

霍绾儿应变极快，在梁晋等还未反应过来时，含笑说道："《叶藏丹果》！好一个《叶藏丹果》，这个'藏'字真是用得绝了。"

她眼光一扫，身边的屏儿马上会意，如捧哏一般问道："姑娘，绝在哪里？"

霍绾儿道："将荔枝半隐半现在枝叶里面，果实藏于叶中，这是'藏'字的第一层含义。"

屏儿接话道："那有第一，就有第二了？"

霍绾儿继续说道："从表面上看，只有正面有荔枝，其实背面还有荔枝，刺绣藏于另一面，这是'藏'字的第二层含义。"

"哇，这么厉害啊！"屏儿拍手道，"有第二，那还有没有第三？"

霍绾儿笑道："这位高师傅是在我们所有人眼皮子底下绣的。这里不仅有像我这样的绣行素人，更有梁先生、蔡先生、徐老先生这样的大行家，结果所有人都没发现，所有人都被瞒过，立意深隐而出乎众人意料，这是'藏'字的第三层含义。"

说到这里，霍绾儿叹道："一幅刺绣，有三层'藏'意，这幅《叶藏丹果》的'藏'字用得好。"她转头对蔡有成道："蔡先生刚才说，上乘的刺绣，必须在立意高雅的同时，能在技巧上有所展现。高师傅以双面绣的高超针法来展现'藏'之深意，这一点正与蔡先生所论不谋而合！蔡先生，我说得对吗？"

蔡有成一时愣住，转头瞥见黄谋脸色不善。然而被霍绾儿当面这么一问，他还是不由得道："是，的确是。"

梁晋看了霍绾儿一眼，忽然道："霍姑娘这评绣的本事，也是上乘境界了。"

"梁先生取笑了。"霍绾儿笑道，"虽然我不是很懂刺绣，但刚才几位先生都说了，论针功、论构图，这两位师傅是不相上下的。刚才诸位还被瞒着的时候，都说要分胜负，只能着眼于立意，现在看来……《篮采离支》以刺绣技巧暗合古蕴，有旧意；《叶藏丹果》则以双面绣另辟蹊径，可说是别出心裁。一个有旧意，一个有创新，在这立意上，显然也是难分高下了。"

她举目环顾："若是如此，该如何论高下呢？"

就在这时，有人叫道："那就数荔枝！数荔枝！谁的荔枝多谁赢！"众人望去，却见说话的是林添财。

原来刺绣的针功他懂，但对这什么立意、什么境界，他就闹不大明白了。可他会数数啊，从刚才一直盯到现在，知道广茂源那边大大小小绣了二十一颗荔枝，凰浦这边半隐半现绣了十六颗。本来是凰浦这边少了，可现在背面的荔枝一出现，他眼尖，就看出至少有七八颗在上面——两相一加，肯定比那边多——于是高呼了起来。

梁晋闻言怒道："这是上乘斗绣，数什么荔枝！"

林添财叫道："斗绣围棋最后要数棋子，斗绣荔枝为什么不能数荔枝！"

梁晋道："上乘斗绣，斗的是风格、意蕴、境界、立意，哪有以数荔枝多少决胜负的？"

林添财道："那你们刚才不也说，什么构图，什么立意，还有针功什么的，双方都不相上下吗？"他往人群里一招呼："既然都不分上下了，那就数一数荔枝，谁的荔枝多谁赢！大家说对不对？"

人群里有十来个是他带来壮声势的渔民。他们刚才虽然看得闷，但因为拿人钱财，也就没走，这时就跟着林添财起哄："倒也没错！""反正别的都差不多，那就数数啊。"……

梁晋："……"

换了别的场合，他就要靠绣评权威压下去或不加理睬了，但霍绾儿刚刚做了一番精彩的绣评，赋予了《叶藏丹果》三层含义，这时众人起哄，他反而不好威压或不顾了。

便在这时，袁莞师走了过来，众人便都静了。她从林叔夜手中接过刺绣，将绣展了展，忽然示意了一下徒弟，徒弟便将绣幅拉开，在众人面前转了一转。这一转，又引起了数声惊叹。

原来不只是双面绣这么简单！这幅绣如果单从一面看，只是有凹凸的层次感，可双面转着看，竟然像是一棵荔枝树的一个截面——可从正、反两个方向看——这是视觉上的立体错觉！

在场的绣评人都是识货的。这个角度一摆，众人都觉得炫目，喝彩之余，心里都想：凰浦的这个绣师，真是好厉害！一时间，方台之上所有人都静默了。

袁莞师长长叹了一口气，说道："以针功而论，高师傅的荔枝绣未必就在老身之上，但我这幅绣是积数十年之功，而高师傅则是临机新变……"

她将《叶藏丹果》还给了林叔夜，朝着高眉娘的方向弯腰一福，高眉娘遥对还礼。

紧接着，袁莞师说："高师傅神技！东莞袁惠妹，甘拜下风。"

梁晋瞪目，黄谋暗惊，蔡有成结舌，霍绾儿挑眉，林叔夜抚胸长舒了一口气。李绣奴再望向高眉娘时，眼神里满是崇拜，而台下的黎嫂和喜妹则高兴得跳了起来。尤其是林添财，笑得仿佛天上掉金子一般："哈哈，哈哈！我们赢了！我们赢了！我们赢了袁莞师！我们赢了广茂源！"

众人齐齐向高眉娘拱手贺喜。袁莞师这一认输，不只是凰浦绣庄的胜利，高眉娘本身也将跻身刺绣宗师的行列。

然而，她唯一露出的眉眼没有半点起伏，没有惊讶，也没有欢喜，更不回应众人的恭贺，只礼貌性地福了一福，对林叔夜道："庄主若无吩咐，妾身告退。"说着便转身离去了。

见她如此冷淡，除凰浦之外的其他人都是愕然，都想：这人好狂！

旁人只是这么想，梁晋恼羞成怒之余却说了出来："哼！狂妄！"

只有林叔夜看着她瘦削柔弱的背影，心里忽然冒起一个念头：姑姑不是狂妄，她是孤独……

这个孤独的女人在快走到方台边缘，将下阶梯时，忽然整个人晃了晃，竟栽了下去。

林叔夜大吃一惊："姑姑——"

第六十四针　厉害的手腕

"我这是在哪里？"

仿佛有人抱住了自己。过了一会儿，身子起伏着，难道是在流放的路上吗？是马车的颠簸，还是舟船的起伏？

要去云南了？记得在去云南的路上，就是这样的……

不对，自己已经从云南回来了。

已经回到广东好几年了……

对，当时就像现在这样，周围渐渐冷了，也总那么黑。这是在深圳吗？

深圳后村的夜晚，就是这么黑，这么冷。如果不是那根绣花针，自己都不知道要怎么熬过来。

也感谢还有绣花针，让自己的忧愁、苦闷与孤独都能在针线中流走……

过了一会儿，有人在喃喃自语……

"你可别有事，千万别有事……如果有事了，我可怎么办？"

这声音，是个男人……

是他吗？

一腔难以压抑的怒火涌了出来——

喀，喀——

然后就呕了出来。

"姑姑——"

有人失声叫道。

勉强睁开眼睛，她看到了那张脸！那个男人！

不知道从哪里来的力气，她一巴掌甩在男人脸上。

"陈子峰——你还有脸来见我！"

男人的眼神充满了诧异、愕然。

恍惚之中……不对！他不是陈子峰。

他虽然和记忆中的陈子峰一般年轻、一般俊俏，五官也有些像，可他不是他……

眼前一阵昏黑，天地又暗了下来。

"姑姑——姑姑——"

那呼喊声又渐渐地远了。

在黑暗与孤独中，不知又过了多久，身子滚烫了起来，嘴里被灌了什么东西，好苦。我是死了吗？被灌了孟婆汤？

但那些记忆的画面仍在脑中来回盘旋，并未离去，也并未被消除。

慢慢地，身体没那么热了，周围没那么冷了，反而有一股暖意包裹着自己。一股药香如同一根绳索，将自己从黑暗的深井里钩了上来。

再睁开眼，有微光，是灯……

"啊！醒了！醒了！"

一张少女的脸闯入灯光之中。

这个少女并没有很好的刺绣天赋，但她淳朴、干净的眼神，让人感到心安。

"姑姑醒了！姑姑醒了！"

喜妹欢喜地出去叫人。不一会儿，林叔夜推舱门进来。篷顶很低，他只能弯腰靠上前来，疲倦的脸上带着欣喜，欣喜下有还未远去的担忧。

"姑姑，你醒了！"

他的手摸向高眉娘的额头，却在将触碰的一瞬，如同触电一般赶紧收了回来。

"喜妹，探探姑姑的额温。"

喜妹的手覆了上去："好了，好了，烧也退了。"

高眉娘的眼神从恍惚慢慢转为清朗，终于恢复了神志。

她让喜妹扶自己半坐起来，举目环顾，才看出自己身处狭小的船舱之中——这几日一直住在这里，倒也习惯了。

再看眼前的青年，脸颊上巴掌大的红肿未退——这一巴掌打得可真狠。隐约记起了什么，高眉娘心中生愧，伸手摸过去，想知道他的脸伤得怎么样，但还没触碰便收了回来。

"你……没事吧？"

"没事！"林叔夜满脸都是忧去喜来之色，"姑姑好了就好，好了就好！"

高眉娘看了看头顶的船篷，不见一点阳光透进来——舱内点了灯。忽然她发现自己没戴面罩，赶紧遮掩那丑陋的半边脸。

"没事的，姑姑。"林叔夜轻轻说道，"你那半边脸，只是戴上了一个毒胶做的面罩。很快我们就能拿到古蜜，到时候就把这丑陋的面罩摘下来。"

高眉娘放下手来，却还是有意无意地偏着脸，让已经恢复的半边面向林叔夜。

看周围的情况，现在显然是晚上了。

"我日间昏过去了？"

"是啊，昨天你从台上栽了下来，可把大伙儿吓坏了。幸好有黎嫂接着。"

"昨天？"高眉娘微微一惊，"已经过去一天了？"

"嗯，一夜又一天。"

高眉娘又想起另一件事："那斗绣的事情可怎么办？"

昨天赢了广茂源，意味着凰浦绣庄在天字组杀出重围，不过按照赛制，接下来就要跟黄字组的赢家一决胜负了。

"姑姑放心，我们赢了。"

"赢了？"

高眉娘更是诧异不已。黄字组的胜出者早在昨日上午就定出来了，是十大名庄之一的广泰奇——徐美娟、徐美凤那对双胞胎极难对付，以云娘、绣奴如今的本事，哪里斗得过？

"斗的是什么？云娘和绣奴……居然能赢徐氏姐妹？"

"不是，是多亏了霍姑娘。"

霍姑娘？哦——

高眉娘想起来了，南海霍家的那个同宗孙女、林叔夜的未婚妻——嗯，可能的未婚妻。

"她怎么帮忙的？"

"昨天晚上，姑姑晕倒之后，我们都一团忙乱，霍姑娘却忽然召开了会议……"

原来高眉娘连日积劳：在黄埔的时候日夜赶工，见独手黄娘当场累病，她自己其实也不好受；跟着舟车劳顿，来到海岛后又吃睡都不习惯，而后接连应战斗绣；尤其是在对战郑九奶奶那一组时使出了双手绣，过度耗费了精力；之后又没有好好休息，反而去和袁莞师斗绣荔枝——劳累叠加之下终于病发，导致整个人从台上栽了下来。

见她病倒，梁晋暗喜。凰浦绣庄的异军突起让他辜负了陈老夫人的嘱托，现在"罪魁祸首"病倒，总算让他出了一口恶气。

不料当天晚上，就在凰浦绣庄因高眉娘的病情而一团忙乱的时候，霍绾儿忽然召开会议，建议将第二日天字组胜出者（凰浦绣庄）和黄字组胜出者（广泰奇）的对决，从现场斗绣改为成品斗绣。

她的理由是昨晚应袁莞师之请，临时将成品斗绣改成现场斗绣，导致整个赛程上成品斗绣次数太少，为调整这种失衡，故作如此建议。

这理由说得公平公正，但谁都听得出她是在给凰浦绣庄站台——现在凰浦的台柱病倒，明天只要是现场斗绣，广泰奇完全可以不战而胜！

梁晋当然是反对的。

然而他还没将反对的言语说完，霍绾儿忽然悠悠地道："昨晚临时改赛制的事，我回去后细细一想，似乎是有人以退为进，把奴

家给点了。"

梁晋听了这话，心头不由得一紧！昨晚梁晋和胡嬷嬷联手，以退为进诓得霍绾儿和黄谋落入彀中，但今天霍、黄两家都未提起什么，显然是私下认栽了，不料这时霍绾儿竟捅了出来。

"奴家出身南海霍家，自幼蒙祖父霍老先生谆谆教导，欺压别人的事是不敢做的；但霍家的人在外行走，却也是断不容别人欺辱的。"

她言语平和，但其中已经蕴含怒意。梁晋只听得头皮发麻：以霍家的权势，不要说他梁晋，便是整个广绣行也当不得其雷霆一怒，何况自己又理亏。一念及此，梁晋就哑火了。

霍绾儿道："今日奴家的这个提议，算是对我受欺后的补偿也好，算是我不悦之后发一次任性脾气也罢……总之大伙儿如果答应，昨晚的事情我就当没发生；若不答应，霍家的女孩儿并不一味地温文尔雅，也有发小姐脾气的时候！"

梁晋当场不敢再强项了。这时黄谋说道："昨晚黄谋和霍姑娘一样，也是为人所欺，我支持霍姑娘的提议。"

徐博古和那个叫克里斯托弗的佛郎机人自然都无不可，于是事情就这么定了。

会议结束后，霍绾儿让屏儿告知了凰浦绣庄。林叔夜一颗心都吊在高眉娘身上，但林添财还记挂着明天的胜负，闻言大喜若狂，便问起经过。屏儿好面子，黄莺儿般地把霍绾儿轻轻松松就压制整个会议的威风场面给说了。

这时听了林叔夜的转述，高眉娘若有所思，说道："这位霍姑娘，好厉害的手腕。"

"毕竟是那位调教出来的。"林叔夜说。

高眉娘知道他说的"那位"是霍韬，那可是位能影响皇帝、跟大学士掰手腕的人。

"那今天的成品斗绣……"

"我们将原本准备的绣品拿了出来，于是就赢了。"

讲这句话时，林叔夜将这个"赢"字说得轻巧，也暗含了开心和骄傲。

那幅绣品连赢广茂源都有把握,拿出来与广泰奇一碰,再加上霍绾儿一番操作,便毫无压力地胜过对方。于是凰浦绣庄再下一城,竟不知不觉走到了这海上斗绣的决赛。

高眉娘道:"地字组和玄字组那边……"

"那边是潮康祥赢了。"林叔夜说道,"明天下午,海上斗绣决比,我们对上潮康祥,不过那也是成品斗绣。"

这海上斗绣是陈子峰拉上潮康祥的大当家,再引入海外商贸巨头的资本而构建的一个局。在这个局里,两家虽有竞争,但更多的是合作。因为广茂源与潮康祥真正的战场在广潮斗绣,所以海上斗绣到了决赛就是分猪肉、排座位,历年都是双方各拿出一幅绣品展示,然后广茂源第一、潮康祥第二,大家和气收场。

但今年形势显然变了。

"反正是成品斗绣,不需要姑姑出手。"林叔夜道,"姑姑你好生将养身体,决比的事我们来做就好。"

高眉娘点了点头,到了这阶段,的确也没有她的事情了。她拉了拉薄被,转身面向里边,林叔夜会意,退了出去。他才离开,高眉娘便转过身来,看着还微微摇晃的舱门,心里一下子闪过好多好多的想法:病中的梦境、恍惚的记忆,以及混乱的思绪。

在斗绣场上,她心如百炼精钢,但回到日常,便免不了有许多脆弱的地方。这是古今大艺术家的通病。

"想什么呢……"她喃喃道,不知是对谁说话,可能是对梦中的自己、曾经的自己,或者是现在的自己,"把这一遭走完,便可万事撒手了。"

就在这时,船舱外传来林添财的声音:"阿夜,袁莞师来了!"

第六十五针　天才的传说

袁莞师是来探病的。

不过高眉娘并未出舱，只在舱内道："病中脸色憔悴，不能见客，还请前辈见谅。日后病愈，当到前辈府上回访请罪。"

袁莞师见她没有出来的意思，犹豫了一下，还是忍不住隔舱门问道："高师傅，高秀秀与你如何称呼？"

舱内没有反应。

袁莞师又问："你是她的传人吗？"

舱内沉默了一会儿，终于回应："不是。"

袁莞师"哦"了一声，也不知道是失望，还是存疑。只是周围站着黎嫂、喜妹、林小云、李绣奴等，人多口杂，她不便多说，只嘱了句"保重"，便告辞了。

林叔夜亲自送她离开，这时他身边只有林添财，袁莞师身边只有潘大娘。走着走着，见这一段沙滩上再无第五个人，林叔夜没忍住，问道："莞师，高秀秀是什么人？"

袁莞师有些讶异地看了他一眼："你没听说过这个名字？以你的年纪，又是陈家子弟，不应该啊。"

林叔夜道："我小时候对刺绣没兴趣，是近些年才有志于此的。广东的刺绣大家听说过不少，上一代、上上代，甚至一些前朝的刺绣宗师的传说，都听说过，就是没听过'高秀秀'这个名字。"

袁莞师闻言，道："原来是这样，那就怪不得了。"她看了林添财一眼，说："高秀秀的事，外行人不清楚，广绣行的人这些年都讳莫如深，但你舅舅应该听说过的。"

林叔夜看了林添财一眼，心中不禁有些奇怪。

"你也不用怪你舅舅。"袁莞师说，"你大哥对广绣行下了封口令，这封口令虽然对行外人无用，但你舅舅是行内人，他不敢说，多半也是怕你年纪小，失言惹祸。"

"这事这么严重？"

四人本来是边走边说，此时袁莞师忽然停下脚步，犹豫了片刻，道："罢了，经此一事，我与广茂源缘分已尽，便由老身来跟你说吧。"她望向高眉娘所坐之船的方向良久，长舒一口气，道："高秀秀……曾经是粤绣的希望。"

"粤绣的……希望？"

袁莞师点了点头，回忆起往事，怅然说道："曾经有一个人，三岁摸针，五岁刺绣，七岁时遇到了名师，九岁上成了刺绣师傅，十二岁名扬广府，不到十四岁便成为粤绣一代宗师。"

林叔夜听得嘴巴都合不拢："世上有这样的天才？"

"不仅如此。"袁莞师道，"她艺成名就之后便轻车入川，拜在当时天下唯一的刺绣大宗师杨锦望老夫人座下，在成都问道三月而归。从此艺压全粤，粤绣八门全精，广东境内再无敌手，那个时候她还不到十五岁。"

林叔夜骇然道："这样的人物……我竟然没听过！"

袁莞师道："这样的人物，在我们刺绣行中自然是传奇中的传奇，但刺绣是小道，若无文人士大夫为之扬名，行外之人不知也并不奇怪。毕竟不是考状元，一朝成名天下知。"

林叔夜道："因为双方都姓高，绣艺又都如此精湛，所以莞师才会认为我姑姑是那位高秀秀师傅的传人？"

"那位高师傅的绣艺，与高秀秀的确有相似之处，"袁莞师道，"但她说不是她，我又不奇怪。"

"不奇怪？"

"嗯，因为……"袁莞师道，"我觉得高师傅的绣艺，或者已经超过那位高秀秀了。"

第六十五针　天才的传说

林叔夜听了这话，又惊又喜，而旁边的林添财和潘大娘则惊得下巴都快掉了。和林叔夜不同，他们都经历过高秀秀统治全粤绣行的全盛时期，心中对那人充满了敬畏感，原本都认为高眉娘绣艺再高，最多与袁莞师差不多，哪知道袁莞师对她的评价，竟是"或者已经超过那位高秀秀"！

但以袁莞师的声望、地位与眼光，她岂会轻出此言？

"那么那位高秀秀，现在在哪里？"

"她……她已经死了。"

"啊？死了？"

"嗯，死了十二年了。死的时候才十八岁，比现在的你还小一些。"

十二岁成名，然后十八岁就死了……

得知那般惊才绝艳的人物竟然英年早逝，在场诸人无不心下叹息。

袁莞师自嘲地一笑："我号称荔枝绣'十二年来天下第一'……为什么是'十二年来'，你现在晓得了吗？"

因为十二年前，高秀秀还在！

林叔夜问道："那位高师傅也擅长荔枝绣？"

"她不是擅长荔枝绣。"袁莞师道，"她是粤绣八门二变，全能全满。"

林叔夜一惊："全能全满？"

"嗯。"袁莞师长长一叹，道，"她是粤绣百年不遇的奇才，如果她还在，不但大内首席绣师不会是陈子艳，粤绣也不至于被苏绣的沈女红压制而失去真正问鼎天下的机会。"

这句话一出，在场众人都心头一凛。

陈子艳是大内首席绣师，是朝廷盖章的"刺绣第一"，但这个认定除了广东，天下绣行中人并不服气——尤其是江东那边。

几年前，在上一代大宗师杨锦望老夫人的七十大寿上，沈女红送去一幅《万国一锦图》贺寿，杨锦望老夫人看了之后称赞不已，亲许沈女红的绣艺超凡入神，已经达到大宗师境界。这样的话，杨老宗师可不曾对第二个人说过——包括陈子艳!

因此陈子艳虽然占据了大内首席绣师的位置,在丝绣行业地位尊崇,但江东绣行常常私下嘲讽,认为她艺不配位。

"刺绣虽然是小道,但小道也是道。"袁莞师道,"世俗的威权,能让陈子艳稳坐首席绣师的位置十二年,但光靠朝廷的威权,是压不服人心的。我们广东的确有一些持门户之见者,因为陈子艳成为大内首席而夸口粤绣已经天下第一,但她们心里也是没底的。只要看过沈女红针线的人,心里都清楚得很:陈子艳就是不如她!"

袁莞师这番话让林叔夜心中老大不是滋味。

因为他也是长姊的忠实拥趸,尽管袁莞师德高望重,但他心里还是对这番评价抵触得紧,暗想:袁莞师虽然是宗师,但沈女红和长姊的绣艺应该在袁莞师之上,以下论上未必能公允。

袁莞师察言观色,也猜到林叔夜的心思,当下便不再提陈子艳的事情了。

这时林叔夜的念头从沈、陈之高下中抽离出来,问道:"那高秀秀呢?她比沈女红如何?"

"她俩倒是有缘。"袁莞师道,"听说当初是刚好一起拜入杨老宗师门下的,出师之日两人对决,成都绣行为之轰动。两人一个从苏州去,一个从广州往,两个外省少女竟在成都引起轰动,一来可见川人之心胸宽广又好事,二来也算是刺绣行难得一见的异闻了。"

林叔夜遥想当时的盛况,不禁神往,问道:"结果如何?谁赢了?"

"一胜一负一和。"袁莞师道,"当时两人的修为尚未圆满,各有其长,也各有其短,因此互有胜败。那时杨老宗师道:'川、湘、苏、粤,四大名绣的艺术无高低,功力有深浅;但近年湘绣不得其人,我又老了,再过几年,这绣行便是苏、粤两家之天下了。'这话后来传扬开,引起天下绣行震动,也为数年后的京师大比埋下了引子。"

"京师大比？"

"嗯，就是十二年前的那场京师大比。"

林叔夜忽然就想起来了。正是在那一年，他受到了极大震撼，也因此有志于刺绣业。

"但是那一年参加京师大比获胜的，不是我长姊吗？"

袁莞师深深地看了他一眼，说道："这件事情，你有机会问你长姊或你大哥吧，他们比我更加清楚，我就不越俎代庖了。"

说完这句话，她便离开了。等她走远，林叔夜转向舅舅，但还没开口，就听林添财愠怒道："这个老货！不怀好意！"

"什么？"

"阿夜，这事你可千万别在陈子峰面前提起，"林添财道，"会惹祸的！"

"为什么？"林叔夜不解。

"总之别提！这件事情是陈子峰的逆鳞，谁提了他都立刻翻脸！"林添财劝道，"舅舅什么时候害过你？总之，你相信我就是。"

林叔夜心里头翻腾得厉害——袁莞师今晚说的话，留下了好些个疑团。这些疑团就像一根根针一样，刺得人心里不好受！

就在这时，袁莞师忽然去而复返，把潘大娘留在十步之外，来到之后又对林添财道："我有句话想跟三少爷单独说，能否请林揽头移步？"

林添财虽觉被冒犯了，但以袁莞师的地位，跟自己恳请——他哼了一声后还是走开了。

袁莞师这才对林叔夜道："三少爷，我一路走着总不心安，因此去而复返，来跟你说句话。"

想来袁莞师必是有重要事情托付，林叔夜当下道："莞师请说。"

"其实，倒也不是什么秘密，只是觉得没有旁人在场时说这话比较好。"袁莞师叹了一声，道，"老身冒昧，希望三少爷守护好高眉娘师傅。这一次，可别再让她出事了。"

林叔夜一下子愣了。他原本以为袁莞师走了又回来，还将舅舅及她徒弟支开，是有什么秘密呢，万不料是这样一句话。

"姑姑昨日刚赢了莞师,莞师不在意吗?"

"我有什么好在意的!"袁莞师一笑,"高眉娘师傅的绣艺,以我之浅见,或者已经超越了当年的高秀秀。她能超越高秀秀,就有机会超越沈女红!只有超越了沈女红,我粤绣才能真正抬起头来,理直气壮地号称'天下第一'!与我粤绣甲天下之称相比,我袁莞师一人之荣辱,算得了什么!"

这一刻的袁莞师,竟是全然不将个人荣辱放在心上,关心的是粤绣的兴盛。

说完这番话,她便再次告辞,这一次没再回来。

远处的船舱内,高眉娘抚摸着手中的半截丝镯,对灯无言。

千里之外,沈女红也正抚摸着手腕上的半截丝镯,口中念叨着:"秀秀……"

第六十六针　临水自怜金翠尾

一辆马车驶入西关，从后门进入茂源总庄。车帘掀开，从车上走下来的竟是大内首席绣师陈子艳。迎接的丫鬟看见，惊喜地奔向陈老夫人的居所。

天字组决胜局的影响，竟似乎比大决比的还要大，因为凰浦赢的是广茂源！

从昨晚到现在，就不停有人来贺喜，只不过昨晚因为高眉娘的病情，甥舅俩都没心情。今晚眼看高眉娘稳定下来了，林添财便敞开了门接待宾客。

和他们预料的一样，前晚被送走的客人们在听了林添财的解释后，没有一个在意的，纷纷表示可以理解，而且来凑热闹、捧场的人比前晚还多。海上斗绣还没结束，下订单的客商却陆续而至，不仅有佛郎机人、阿拉伯人，还有中原本土的。下订单的人多了之后，林添财也挑了起来。他知道外甥心心念念的是广潮斗绣，所以接下来几个月，绣庄未必能把所有精力都用在订单的赶工上，因此只挑选那些能做的、利润高的，即便如此，也是收钱收到手软。

看看二更天将尽，客人都走得差不多了，餍足的林添财正想休息，忽然又来了一个客人，这次却不是顾客。

"黄谋？"林叔夜微微有些意外，不是意外黄谋来找他，而是意外黄谋到现在才来找他。

"对。他派了人来，请你过去聊聊。"

"舅舅觉得该怎么回？"

林添财想了想，说："虽然现在天晚了，但黄谋找你应该是有要紧事要谈。我们现在跟广茂源杠上了，再树强敌的话，不是很有利。"

虽然陈子峰一直待林叔夜很好，虽然林叔夜一直告诉自己广茂源内部针对他的只是一部分人，但现在凰浦绣庄在海上斗绣把广茂源给拉下马，则双方的矛盾已经从家族内部矛盾上升为绣庄利益冲突。在这种情况下，不管陈子峰私下里对林叔夜如何，都已经改变不了两庄的对立冲突了。

"舅舅说得对。"林叔夜道，"但他要与我谈事，自己不来，却叫我去，未免无礼……现在我们正在上风，黄谋赌输了，输了还要摆架子，这其实还是打心眼里瞧不起咱们。"

林添财愕了愕。他居下位久了，习惯了被那些庄主呼来喝去，一时竟未觉得不妥，但他毕竟是个生意精，这时被林叔夜一提，马上反应过来，点头道："没错，不能去，就这么被他叫去，我们就被动了。"

生意场上是要讲究"位""势"的。黄谋要与林叔夜谈事，不来拜访，却来邀请，如果林叔夜连夜跑过去，那就是应召，在"位"上就属于以小从大，在"势"上就陷入被动——生意还没谈，在心理博弈上先处于从属地位了。

"可是这一面，不见还是不行的。"林添财又说。

林叔夜道："请舅舅回他，就说高师傅病情刚刚平稳，我要在旁伺候，今晚脱不开身，明天一早前去拜会。"

林添财笑道："这些花花肠子的门道，还是你们读书人懂。行，我就去这么回。"

过了没多久，黄谋又派人来请，这次是约他到一艘海上楼舫上喝茶。

约到第三方地点相见，那就是默认了双方的对等关系——哪怕是暂时的。不过林添财还是有些意外，对林叔夜道："他竟然这么着急，也不知道是要做什么。"

林叔夜沉吟了一会儿，道："一个晚上都等不了，那就是为了明天的事。"

林添财脸上的表情变得很精彩："明天！决比！哈哈，他怕输！"

"自然是担心的。"林叔夜道，"广茂源为什么要临时改变赛制？因为不敢跟我们比成品绣。广茂源不敢比，潮康祥自然就心里有数！"

高眉娘几次拿出来的绣品都能按照需要控制水准，比如入门献绣只求过关，到了首关献绣甚至能控制名次，直到昨天那幅《临水自怜金翠尾》，她的才情底蕴才真正艳惊四座！

此绣名目截取自五代著名词人欧阳炯的《南乡子》，以孔雀临水、翠尾自怜为题。岸远沙平、晚霞归路的背景自不必提，孔雀爪眼的精致、羽毛的华丽，更是将粤绣对金银彩线的运用做到了极致——这也就罢了！更令徐博古扼腕的，是此绣还绣出了水中景象——孔雀在水里的倒影与真身一一对应，可是微微荡漾的水波又让雀影在颜色与形态上与真身微有区别。这种区别非但没有失真，反而让人感到更贴合实际情况。这种对丝绣颜色差别的应用，真是到了令人惊叹的地步。徐博古有眼疾，对这种细小的色彩差别便不能得其微，因而扼腕叹息。

然而对这幅《临水自怜金翠尾》来说，这还只是第三层精彩。如果再细品，就会发现孔雀看到水中倒影时的神情竟显得十分复杂。阅绣时，有人看出了惊艳（哪儿来的这样一只漂亮的孔雀！），有人看出了妒忌（哪儿来的小妖精！），有人看出了自恋（啊，这难道是我吗？），或者是三种情绪都有！

绣一张孔雀脸，竟将这种复杂的情绪给绣了出来，这便是对《临水自怜金翠尾》中"怜"字的点题，也正符合先前梁晋、蔡有成所说的：这幅绣不但有技术，而且有意境，已达到刺绣中的上乘境界。

这幅绣拿出来，当场就压倒了广泰奇。梁晋、蔡有成心里都清楚，广东除了广茂源和潮康祥，再没有第三家绣庄拿得出这样的作品了。绣师的个人境界到达一定高度之后，就不是靠人力与时间能弥补的了。以这幅《临水自怜金翠尾》而言，背景的雅致，爪眼、羽毛的精致，广泰奇用用心也能办到；便是水中倒影的微妙，十大名庄看过之后也能模仿；然而那个"怜"字，就是给广泰奇十年时间，她们也绣不出来。

这幅刺绣便是在高眉娘手底下也属于上品，也正因为有这样的佳作，她才有信心能在成品献绣环节压倒广茂源。

被外甥这么一说，林添财也就想到：高眉娘的绣品既然能赢广茂源，那也就能赢潮康祥。想到这里，他忍不住五官都跳起舞来，笑道："昨日赢了广茂源，明日再赢潮康祥，那咱们凰浦就是广东名副其实的第一绣庄了，哈哈，哈哈！"

"舅舅，这话可不能随便说。"林叔夜道，"广茂源没有出全力，就像姑姑说的，我们是用上品来对人家的中品，胜之不武。论底蕴，我们跟他们两家还是没法比的。"

"赢就是赢，输就是输！"林添财笑道，"谁让他们不出全力的！"

林叔夜笑了笑，也就不在这个问题上跟舅舅争了。

林添财又说："现在黄谋退让了一步，这个邀约你去不去？"

"去，肯定是要去的。"

"那他如果提出什么条件呢？"

林叔夜沉吟不语。

林添财好脸面，虽然很想凰浦在海上斗绣上力压广茂源和潮康祥，那他以后可就大大地有面子了，但跟面子相比，他还是更注重实际的利益："阿夜，我跟你说啊，你还记得我们一开始的目标吗？一个是在海上斗绣拿到名次，好吸引订单；二是拿到订单和定金，为我们参加广潮斗绣做准备；三是拿到那瓶古蜜。现在这三个目的都算达到了。"

"舅舅的意思是……"

"我的意思是……见好就收！海上斗绣是小场面，各地绣行不是很认的。就算最后赢了，也只能拿来吹嘘，还不如拿到一点实际的利益来得实在。"

见林叔夜依然沉吟着，林添财问："怎么，舍不得？"

"倒也不是，"林叔夜说，"只是……总觉得……要不我去问问姑姑的意思？"

林添财想了想，说："这倒也应该，毕竟是高师傅拿出来的绣品。"

林叔夜便来到小船外，轻轻地问："喜妹，姑姑歇下了吗？"

喜妹还没回答，高眉娘的声音传了出来："还没，庄主有什么事情？"

小船篷薄，林叔夜便不进舱，隔篷将事情说了，最后问道："如果黄谋对明日的决比有所求，姑姑的意见是……"

高眉娘冷冷地反问："什么叫有所求？"

林叔夜正想着怎么措辞，船舱里高眉娘的声音缓和了下来："其实这些是运营的事，庄主自己决定就行，不用问我。"

"那我到时候看黄谋提什么条件，再斟酌回复他？"

舱内低低"嗯"了一声，便再没动静了。

"好，那我去了。"

这次海上斗绣其实也是海上丝路的一个大社交场，因此拖来了几艘楼舫，风平浪静的时候开出近海，白天吹风，晚上赏月。这些楼舫其实不太适合海上环境，所以旁边有小船跟着，以策应饮食与安全。

林叔夜坐着渔船登舫，舫上已经燃了炭炉，备了糕点。黄谋脸上没有半点被拿捏的愠色，欣然拍着身边的座位，说："林贤弟来得正好，水恰好滚了，哥哥我这里有一泡武夷老树的岩茶，咱哥俩一起品品。"

第六十七针　威逼

林叔夜含笑在对面落座。

黄谋问道："高师傅怎么样了？"

林叔夜道："其实也没什么，就是劳累过度，现在安好。"

"那就好。"黄谋道，"这一次海上斗绣来得值了，见证了我们广东再出一位刺绣宗师。凰浦绣庄有高师傅坐镇，跻身广东十大名庄也是迟早的事。"

刺绣宗师是绣行内部自己的私谓，原本不敢张扬，以免引起士林的反感，不过近年渐渐放开。到了上一届广潮斗绣，甚至出现需要广绣行、潮绣行认可，才能得到宗师称号的先例。

林叔夜笑道："到时候还需要二兄多多照拂。"

"贤弟客气了！"黄谋脸上笑容不断，打了个手势，就有仆从抬了两袋银子进来，沉甸甸地放在了林叔夜身边，"白银两千两，算是哥哥入伙了，贤弟清点一下。"

两千两白银，有一百多斤重，力气小一点的人拿着都困难，所以要两个人抬。这是先前的赌局，黄谋倒也爽快，输了直接抬出银子来。

做生意讲究的是银钱清楚，林叔夜打开袋子瞧了两眼，摸了摸成色。黄谋笑道："这是从佛郎机人那里收来的银子，成色不算上佳，我当八足色算给贤弟，所以按两千五百两开，大概一百五十六斤。贤弟可以上岸后验明成色，若有不足，愚兄再补。"

林叔夜对仆从说："请抬到我的驻所，请我舅舅林揽头点收。"

黄谋摆了摆手，两个仆从便抬着银子去照办了。他笑道："贤弟做生意直爽，不扭捏，将来一定大有前程！"

明明是黄谋输了前晚的赌局，但此刻他的做派不含半点愤懑，只当一切是一场生意般。见他如此，林叔夜反而高看了他一眼，心想：此人拿得起，放得下，真是个人物！怪不得能代表潮康祥来这里独当一面。

相比之下，广茂源的陈子丘就太不是个东西了。

仆从下去后，黄谋将烧炉的童子遣走，自己冲筛。潮州工夫茶口诀云：高冲低筛，刮沫烫盖；关公巡城，韩信点兵。潮州做生意的人，没有不会的，黄谋一番操作行云流水，片刻便将一杯滚烫的茶水放在林叔夜面前。

林叔夜先闻后品，赞道："好茶。"

黄谋笑道："八百年的老树，玄武山的泉水，枫溪老师傅做的茶具，就连炭都是从饶平拉来的，这茶要再不好，那就有鬼了。"

林叔夜道："那也得有一双操茶的好手，不然，再好的茶、水、器、炭都白瞎。"

这是话里有话。言毕，两人同时哈哈大笑。

"说回正题。"黄谋笑声低了低，说道，"愚兄此刻手中还有八千两银子能做主，想再买凰浦百分之二十的股。"他顿了顿，又道："等回了潮州，愚兄再寄奉八千两，再买百之二十，不知贤弟可肯割舍？"

现银加预订，共计一万六千两！若再加上已付的两千两，那就是一万八千两，而要买的仍然是前晚黄谋想用两千两银子买的四成五股份。一夜之间，凰浦的价值在黄谋的心中翻了将近十倍，而这一切都只因昨日高眉娘正面战胜了袁莞师。

这可是嘉靖年间，将近两万两现银，就是皇帝见了也得眼红！

有了这么大一笔银子，买田买屋，就算是在北京、广州、成都这样的大地方，也能富足三代了。

然而林叔夜微微一笑："今时不同往日，今夜亦非前夜。"

黄谋笑容稍稍一敛："贤弟，咱们潮州人做生意，顺风局刀口利一点是应该的,但太利就未必是好事了。"

林叔夜道:"换了二兄,这时候卖不卖呢?"

黄谋只当林叔夜还要待价而沽,嘿嘿一笑,便不再提这事了,当下冲了第二巡茶。两人喝过后,黄谋道:"说另一件事吧!明日大决比,巧了,就是我潮康祥对上凰浦。不知贤弟有何打算?"

战胜广茂源之后,接下来要对上的就是潮康祥,这是板上钉钉的事情,何"巧"之有?

林叔夜微笑着说:"自海上斗绣以来,凰浦绣庄一向按规例行事,见招拆招,遇阵破阵。陈子峰是我亲哥哥,但斗绣场上无父子,明日之战,自然也是按照绣行的规矩,以绣品定高下。"

黄谋道:"但愚兄既是潮康祥在这里的代表,又是凰浦的股东,双方厮杀,这不是自己打自己吗?这又何必?"

他才买了百分之五的股份,这时候拿出来说,其实心里也知道这都是场面话,只是想勾出林叔夜心里头的条件来。

林叔夜道:"刺绣决比,又不是真的战场厮杀,只有胜负,不会死人。"

黄谋见林叔夜装糊涂不上道,微微露出不悦来,说道:"贤弟,我以诚心待你,你再跟我说场面话,愚兄可要生气了。"

林叔夜道:"若要小弟不说场面话,那二兄何不先摊开来说?"

"罢了!那咱们就摊开来说!"黄谋冷笑了一声,道,"林庄主,明日成品斗绣,我想贵庄让一步。咱们潮州人做生意,牙齿当金使①,你卖哥哥这个人情,日后自有连本带利收回的一天。"

林叔夜道:"二兄想赢,正面对决不就行了?难道二兄对潮康祥的绣品没信心?"

"林庄主,你说这种话有什么意思!"黄谋冷冷地道,"海上斗绣这局,陈子峰与我们一向都有默契,两家从来都未出全力。你这次能赢广茂源,是以有心算无心。你不会真以为赢了这次,你凰浦绣庄就真的胜过广茂源、潮康祥了吧?"

林叔夜默然,知道黄谋这话是真的。

---

① 牙齿当金使:广东方言,指说话算数,恪守信用。

黄谋道："这一次，广茂源压箱底的绣品没出，我们潮康祥也一样，现在要赶回潮州取绣也来不及了。在下是看在我们一场相交，不打不相识，这才来与你商量。"

林叔夜点了点头："那二兄打算如何安排？"

黄谋道："年底就要广潮斗绣了。听贤弟你先前说过的话，似乎是对广潮斗绣有兴趣？"

林叔夜颔首："一定会参加的。"

黄谋道："广潮斗绣，各类准备所需甚多，贵庄新建，怕是一时未必就手吧？如果背靠广茂源，那自不必说，可看现在的情况，贵庄未必能得到广茂源的支持。"

经过袁莞师改赛制上场一事，广茂源几乎是当众与凰浦撕破脸——这事是瞒不过去了，林叔夜也不否认。

"如果明日兄弟卖哥哥这个人情，回头广潮斗绣时，哥哥自然有以回报。"

林叔夜眉头皱了皱，说："二兄，我记得当时的赌约，这一条是包含在内的。"

当时林叔夜说，如果凰浦获胜，除了黄谋要拿出两千两银子来买凰浦百分之五的股份，还需要潮康祥白纸黑字地应承：供应海上斗绣之后、广潮斗绣之前，凰浦绣庄所需的基础绣料。

当时黄谋丝毫不觉得凰浦有赢的机会，所以答应了，可不料一炷香之后，高眉娘就翻盘了。

黄谋笑了笑，说道："基础绣料，自然是可以的。不过，如果哥哥没看错，你们那位高师傅，绣功上主要是广绣的底子吧？广绣和潮绣虽然都属于粤绣，但要绣上乘绣品，两者的用料其实颇为不同。尤其是到了广潮斗绣期间，需要用到许多上乘的半成品，这些我们潮康祥没有备货。"

林叔夜的眉头拧得更紧了："所以……"

"没有备货，按照约定自然无法供应。"黄谋笑道，"但如果贤弟明日卖哥哥一个人情，那回头广潮斗绣期间，哥哥没有的东西，也得想办法给你弄过来。"

林叔夜哼了一声，黄谋这话听着有理，其实也是钻文字空子，不想履约，把前日赌约的其中一个条件拿出来另算，要凰浦退让。这是实力优势方经常干的事情，无耻归无耻，但劣势方也真拿这个没办法。

"老弟啊，"黄谋道，"做生意就是这样，形势没人强的时候嘛，该低头就低头，反正你也没吃亏。"

林叔夜忽然就笑了："如果在下不答应呢？"

黄谋本来冲了第三巡茶，茶杯已经端到一半，忽然停下道："其实这事我原也无须与你商量，只是看在一场相交，才给老弟你提了这般好条件。如果你不肯，明日赢的照样是潮康祥。"

"哦？"林叔夜笑了，"二兄既然对潮康祥的绣品这么有信心，又何必半夜三更邀我喝茶？"

黄谋的脸色微微沉了沉："听林庄主的意思，是不想做这买卖了？"

林叔夜笑道："我只是不解，如果二兄已经有必胜的把握，还来找我做什么呢？"

一声冷笑后，黄谋忽地将手中的茶往外一泼，泼到海里去了，跟着一甩茶杯，茶杯在茶盘上滴溜溜地打转。

黄谋冷冷地盯着林叔夜，林叔夜也静静地看着黄谋。两人的目光如刀杀、似剑架，虽无声，却仿佛令周围的空气都冷了下来。听到声音想来伺候的童子望见，吓得赶紧逃跑了。

"哈哈哈哈——"黄谋大笑一声，打破了这可怕的冷场，"罢了，我就让你死个明白。"

林叔夜不着急回应，没说话。

"斗绣场上，并不是只拼功夫的。"黄谋大笑道，"谁掌握了评绣者，谁才是最后的赢家，懂了吗？"

"不懂！"

"哼！你是陈家子弟，你会不懂？"黄谋冷笑，"陈子艳的大内首席绣师是怎么来的，你大哥没跟你说吗？你会不懂？"

林叔夜的心猛地一沉，这是今晚第二个暗示长姊"大内首席绣

第六十七针 威逼

师"的地位来路不正的人了。

黄谋道："明日斗绣是成品斗绣，绣品做到了上品以后，针功、构图，肯定都是一流的。两个一流绣品谁高谁低，还不是靠评者的一张嘴？明天的评者有五——梁晋、蔡有成、霍姑娘、徐博古，还有那个佛郎机人。五位主评，得三票者胜。"

林叔夜道："二兄这么说……料定自己明天能拿到三票？"

"本来是不一定的。"黄谋笑道，"可是刚才梁晋来找我了。"

林叔夜哪怕再有城府，这时也不禁眉梢微颤。

他也真是没有想到，陈家为了打压自己这个庶出的，竟然会去跟老对头联手！

"梁晋手里有一票，他听陈家的。蔡有成手里有一票，他听我的。佛郎机人要跟广东这边做生意，就绝不敢同时得罪我们两家，所以只要我们两家一致，这就是第三票。"

黄谋说到这里就停下了，有些话也不用再说。

五位主评，已得其三，也就是说，虽然明天的斗绣还未进行，但潮康祥已经稳操胜券，因为他们既是选手，又是裁判！

"既然如此……"林叔夜冷然道，"那二兄还来找我做什么？"

黄谋再次笑吟吟地说："我还没答应梁晋呢，就看贤弟你的意思了。"

第六十八针　拒胁

这是威逼！也是赤裸裸的胁迫！

现在形势已明，广茂源找上了黄谋，凰浦的输赢在他一念之间。黄谋身居其中，就看两家谁更合自己心意了，显然是稳做赢家。

林叔夜却一口气堵着上不来，明明是自己占上风的事，一转眼却胜败操诸他人手。忽然，他想到了高眉娘的那个问题："刺绣最大的困扰是什么？"

当时高眉娘给出了答案，而这一刻林叔夜则亲身体会到了这个答案：财富与权势！

它能决定你的生存，就能决定你的灭亡；它是刺绣最大的凭借，也是刺绣最大的困扰！

林叔夜抬头，看向黄谋。黄谋笑吟吟地问："贤弟，考虑得如何？"

"上好的刺绣，就像上好的诗词，它是好的，就是好的。"林叔夜说道。

黄谋有些愕然，不知道林叔夜忽然鬼扯什么。

林叔夜继续道："就算财富与权势能令我们身与名俱灭，但我们所能达到的境界可以在汗青之中长存。哪怕青史也将我们泯灭了……"

林叔夜站了起来，冷冷地道："可我凰浦绣庄的绣品存在过，我凰浦绣庄的手艺展现过。它们在诞生和展现的那一瞬，就已经是永恒的了！"

黄谋皱眉道:"姓林的,你鬼扯什么!"

林叔夜笑了笑,道:"我知道你听不懂,不过不要紧。黄家二兄只需要知道一件事就足够了……"

他顿了顿,说:"明天的斗绣,我们以绣品见真章!"

林叔夜说完就走了。他的身后,黄谋在一阵愕然之后变成大笑,笑声中带着因事情脱却掌控而伴随的怒火:"总算知道你小子为何会被陈家厌憎到这个地步的了!行,你想独走,明天就让你看看世间对独行者的险恶!"

林叔夜发了一通火,心里是舒爽了,但上岸之后,知道自己堵死了商量的余地。回来后,他将经过告诉林添财,林添财要骂又不好开口,憋得一张脸难看死了。

"舅舅,你想骂我就骂吧。"林叔夜道,"我知道做生意不能这样,就是当时没忍住。"

他自己先把话说了,林添财反而不好真骂了,对着坤一号的方向说:"都是姓黄的搞事!行!最多明天咱们就输一场,也没什么大不了的。一个海上斗绣的赢家罢了,不值得咱忍气吞声!"

舅舅如果骂自己,林叔夜倒还好受些,但他这时一味地回护,反而让林叔夜更加不安。

"也不一定就真输吧。"林叔夜道,"我事后想想,也许姓黄的在虚张声势呢?"

"你是说……"

"不到最后时刻,咱们不能放弃。"林叔夜道,"舅舅你辛苦点,再去乾一号那儿探探口风。我去坤八号那儿,问问霍姑娘的意思。"

"好,就这么办!"

去寻霍绾儿之前,林叔夜先到高眉娘处,将见黄谋的经过详细说了。高眉娘没责怪,也没问什么,默然了半晌,语气有些怪异地道:"我的那些话,你竟都记得……"

林叔夜怔了怔,随即道:"姑姑说的是绣道的大难关和大道理，这样的道理百年难闻，我自然过耳不忘。"

舱内高眉娘"哦"了一声，便不再说话了。

林叔夜驾小船来到坤八号。此刻已经四更天了，这个时候来打扰一个姑娘家并不好，他便上了船，想着挨到五更再行请见。不想充当门子的船夫见是他来，便去禀报。不一会儿，屏儿睡眼惺忪地走过来，道："林公子，你可真是好带歇，也不让人睡个囫囵觉。"

"本想五更再求通报，不想这位大哥就去惊动屏儿姑娘了。"

"行了，行了！"屏儿说了两句话，睡意又去了两分，"是我家姑娘吩咐下的，说这两天如果是林公子来，随时通报，睡觉也可以把她唤醒，不然谁敢这么唐突？跟我来吧。"

他再次来到这个熟悉的船舱，闻到那股熟悉的馨香，在那扇熟悉的屏风后，隐约看到那个熟悉的身影正披着衣服，与自己隔屏见礼。

林叔夜刚寒暄了一句，霍绾儿便道："四更天来访，想必是有急事。公子不如就直说吧。"

"明天就是海上斗绣的决比了。姑娘是我凰浦绣庄的股东，而刚刚发生了件可能影响明日胜负的事情，所以林某才冒昧求见。"

"奴家猜到一二了。"霍绾儿在屏风后说，"是黄谋出了什么招吧？"

林叔夜便将今夜黄谋邀请的事情经过简略说了。

霍绾儿听完道："黄谋提出来的条件，听着虽然逆耳，其实也不是不能接受啊。公子为何不能容忍？"

林叔夜听了这话，默然了好一会儿才说："姑娘责备得对，是我气度不足。"

霍绾儿道："海上斗绣毕竟是民间在海外私设的斗绣，连光明正大举行都算不上，其影响力是不能和有官方背书的广潮斗绣比的。就算夺冠，回头也不能在大明境内大肆宣扬，对绣庄本身好处不大。"

"霍姑娘的意思是……"

"既然都已经跟潮康祥撕破了脸,那就顺其自然吧。"霍绾儿道,"明日斗绣,我是主评之一,虽然我在绣庄有点股份,但也该秉公办事。如果我们凰浦绣庄的绣品的确好过潮康祥的,到时候我一定据理力争。"

林叔夜"哦"了一声,道:"好,我明白了,打扰姑娘休息了。林某告退。"

他走了后,霍绾儿也从屏风后走出来。目送他离去的背影,她忽然问贴身丫鬟:"屏儿,我是不是有什么事情听差了?"

"没有啊,姑娘。"

"那为什么我不能理解他的怒火?"

"怒火?"

"嗯,我觉得他对黄谋的提议有一股莫名的怒火,但是我不理解。"霍绾儿说,"他是在恼怒黄谋欺他吗?但生意场上,不是你算计我,就是我欺压你,这不是很正常的事情吗?林公子平素看来也是个理智的人,为什么这次却不理智了呢?"

"这……我也不知道,姑娘觉得是因为什么?"

霍绾儿侧着头,听着海风海浪,摇了摇头。

林叔夜回到船上,心中带着失望,却又不能不告诉自己霍绾儿说得没错。

这时林添财还没回来,他心里憋得慌,无人可以说话,便走到林小云处,把他拉了出来,将事情经过一一讲给表弟听。

林小云听完哈哈大笑。

"你笑什么?"林叔夜愠道。无论是对高眉娘,还是对霍绾儿,甚至对林添财,他的情绪都有些收着;只有对着表弟时,情绪是完全放开的。

林小云笑着说:"你恼火,是因为那位霍姑娘不懂你啊。"

"什么?"

林小云笑道:"这样吧,你再去姑姑那里,把霍姑娘的话告诉她,听听姑姑怎么说,说不定这股气就顺了。"

"又去？姑姑的病刚有些好转，这样接二连三地扰她休息，不大好。"

"不要紧的，不要紧的。她肯定还没睡。"

他终究还是听了表弟的话，来到船边，唤了高眉娘。高眉娘果然还没睡，他便将霍绾儿的回复告诉了她。

船舱之内，高眉娘听了后，叹息道："她终究……不是艺道中人。"

"嗯？"

高眉娘隔篷道："霍姑娘是明事理的人，她说的话也不算错，只是她终究不是我道中人，所以不能理解你的愤懑。"

"姑姑不怪我吗？"

"你做得没错啊，为什么要怪你？刺绣对他们来说只是生意，但对我们来说，不只是生意。"

听了这话，林叔夜心中莫名地感到一阵松快。

"那姑姑，我们……"

"我们按照你回复黄谋的来。"高眉娘说，"其实你回他的话，也就是我想说的：明天咱们在绣品上见真章。"

"可是，"林叔夜道，"他们可能已经买通了五个主评中的三个，那样咱们的绣品再好，多半也是输。"

"那又如何！如果我们的绣品好，主评硬要说不好，那输的就不是我们，而是那些有眼无珠、有口无舌之人！再说……"高眉娘傲然道，"我们未必会输！"

"姑姑有办法？"

"办法？"高眉娘在舱内道，"我们的办法，只在刺绣之中。就算天下人都背弃我们，我们的刺绣，也会替我们说话的。"

林添财骂骂咧咧地回来了。他去广茂源那儿探口风，结果自然是受了一肚子气。

"阿夜，陈家那伙儿不是人！他们不是人！你怎么着也算陈家子孙，结果他们宁可跟老对头联手，也要搞你！不是东西！真不是东西！他们是宁可输给潮康祥，也要拉我们下水！他娘的！陈子峰怎么养了这么一堆东西！"

若换了片刻之前，林叔夜定也恼怒，但与高眉娘倾谈之后，这时情绪已经不为这预料中的情况所扰动。

"他们的确不是东西！"他对林添财说，"舅舅，咱们就迎战吧，光明正大地迎战。"

林添财眼前一亮："阿夜，你有办法？"

林叔夜道："我们的办法，只在刺绣之中。就算天下人都背弃我们，我们的刺绣，也会替我们说话的。"

林添财愕然："这算什么办法！啊，我知道了，这一定是那个女人说的话！阿夜啊，你这脑子是被她给洗了啊，连说话也像足了她。"

林叔夜笑道："难道姑姑说得不对？"

"这……行吧。"林添财道，"现在也只能这样想了。"

这时已经五更，林叔夜往海面望去，只见极度黑暗之后，一缕曙光破开地平线，大放光明！

第六十九针　内定的结局

高眉娘忽然让喜妹将林叔夜请了过来。林添财以为这位高师傅是有了反败为胜的办法，便屁颠屁颠地也跟了过去。

隔着舱门，高眉娘对林叔夜说："能否去劳烦一下那位霍姑娘，看看今天的斗绣，能否拖延到黄昏再举行。"

林添财眉毛飞扬了起来，心想：没错了，没错了！这位高师傅一定又有奇策！

跟着，林叔夜把林添财的疑问问了出来："姑姑，拖到黄昏，是能有什么变化吗？"

不料高眉娘却说："没有。只是我们这幅绣品，在黄昏时背着夕阳展现，会比较好看。"

林添财听得愣了，心想：人家都把评判给买通了，你还绣品比较好看呢，有个屁用啊！为着这个去浪费霍家的一个人情？

换了以前，他一定要嘟哝两句，但高眉娘的连胜，让他保持了沉默的尊重。

高眉娘又道："你去求过她之后，她是什么反应，你再回来跟我说。"

这句话可有些让林叔夜奇怪了。不过他也无二话，便再度登船求见霍绾儿。

屏儿见他去而复返，笑吟吟地道："呆公子，总算没呆透。"

林叔夜心想：今天这些女人怎么一个二个说话都怪怪的？便问道："什么？"

屏儿低声道："你来道歉了，对吧？哼，你刚才走了之后，姑娘可一阵闷闷不乐呢。我也不知道出了什么事情，总之一定是你得罪姑娘了。"

我得罪她了？林叔夜心里纳闷，却没说出来，跟着屏儿走进舱内，愕然发现屏风撤去了。清晨的阳光透过窗户，把精心布置的船舱照得一团暖色，霍绾儿一身素色装扮，不施粉黛，也未蒙面，就坐在那里等他。

林叔夜见她仪貌丰美，肌肤莹润，举止娴雅，一时看得发怔，随即才发现双方之间没遮没挡，忙退后一步，道："来得唐突，冲撞了姑娘，等屏风立好了，小生再进来。"

霍绾儿笑道："屏风什么的，那是防着外人的。我都已经入股凰浦了，咱们往后算是同僚，庄主还跟我见外吗？"

"那……不是……"

"请坐吧。"

航海用的船，每一寸空间都讲究实用。这个船舱其实空间不大，霍绾儿就着钉死在壁上的小几，斟了两杯热茶："这两日奔波劳累，庄主怕是没个好食好睡的。尤其昨晚，我看你跑来跑去的，多半整夜无眠。先喝杯热茶吧。"又指着桌上的两碟点心："拿这些垫垫肚子。"

林叔夜想要客气时，抬眼见到霍绾儿殷切的眼神，那客气的话就说不出来了，道了声"多谢"，便喝茶、吃点心。

一杯热茶、一块芋头糕下去，果然肚子暖烘烘的，奔走了一夜的疲惫去了一半，林叔夜心里不知不觉也舒服了许多。

他这才发现霍绾儿只是看着自己，忙问："姑娘不吃吗？"

霍绾儿抿了一口茶，说："我其实也不是什么富贵人家的女儿。往后没外人的时候，不用叫得这么生分。"

"那……"

"我小名绾儿，'柔丝漫折长亭柳，绾得同心欲寄将'的绾。"

林叔夜笑道："也是'独擅绾事'的绾。"

霍绾儿秋波流动，若薄怒一般瞪了林叔夜一眼："夜兄这是取笑我？"

"你要是生气，"林叔夜笑道，"那我以后就不敢了。"

霍绾儿轻轻啐了他一声："你们这些大老爷们儿，不管是年轻的、年长的，读书的、经商的，都不是好人！"

林叔夜笑道："这般骂我，又还给我吃喝，不赶我走的女子，你是第二个。"

霍绾儿不禁问道："另外一个是谁？"

"我娘。"

霍绾儿一时失态，再次啐了一声。

屏儿进来加糕点，见两人有说有笑，心中窃喜，又跑出去了。

"说吧。"霍绾儿道，"巴巴地跑来，又有什么事情要求我？"

林叔夜拿几上备好的手帕擦了擦嘴角，坐正了些许，说："姑姑让我来跟绾……绾姑娘商量一下，看能不能将大决比拖到黄昏。"

"绾儿"两个字他终究叫不出口，感觉太过亲昵，便改叫绾姑娘，总算也是拉近了一些。

霍绾儿又抿了一口茶，没回应，没拒绝，却忽然问："姑姑是……"

"就是高师傅。"

"你叫她姑姑，怎么她不姓陈？"

林叔夜笑道："姑姑的脾性有些奇特，我当初请她出山的时候，她让这么叫的。"

霍绾儿琢磨着"姑姑"两个字，下巴微微点了点，说："我还以为是让我找其他主评，让他们'公正行事'呢。"

"那个……能办到？"

霍绾儿没有回答，看着微漾的茶水——虽然是在锚定、停稳了的大船上，但在海浪拍击之下，还是不如陆地上平稳。

林叔夜便改了口："都是我处置不当，看来广茂源、潮康祥两家是铁了心要搞我一搞了，为着这点事，也不好付出太多。就如绾姑娘先前说的，顺其自然就好。"

霍绾儿道："把决比拖延到黄昏，可是有什么奇策？"对那位接二连三扭转败局的奇女子,她心里也是好奇的。

"倒也没有。"林叔夜道,"只是姑姑说,夕阳之下,我们绣庄的那幅绣品会好看些。"

霍绾儿有些意外,并不全信,然而也没有追问,只是说:"行,这事不难。屏儿。"

屏儿听到呼唤,小跑两步进来,就听霍绾儿吩咐:"去寻梁晋,就说我身子忽感不适,问他能否将大决比延一延。"

屏儿惊问:"姑娘身子哪里不舒服?"

见霍绾儿的眼神往林叔夜身上溜了一溜,屏儿笑道:"行,我知道怎么做了。要延到什么时候?"

"差不多傍晚时,我应该就好了。"

从坤八号下来,踩到沙滩时,林叔夜只觉得脚步入沙似乎比来时又深了两分。

昨夜黄谋对自己的胁迫固然是权势的一种,而今天霍绾儿用轻描淡写的一句话就延迟赛事,又何尝不是权势?

"绾得同心欲寄将"是绾,"独擅绾事"也是绾。

"可是,她为什么这样对我呢?"

怀着这一点心事,他回到了船上,按照高眉娘的吩咐,将经过说与她听。

高眉娘听完,默然片刻,才道:"她……有心了。"

林叔夜听了,心想:她们女子一个二个的反应都好奇怪。我去求霍姑娘,她先问我和姑姑为什么不同姓;来告诉姑姑好消息,姑姑又说她有心了。

梁晋等人果然卖霍绾儿面子,海上斗绣的最后一场延迟举行——反正也只是延迟半天,何必得罪这位不好惹的霍家千金?

对这一场大决比,有经验的渔民都没什么兴趣,知道只是两大庄家展示自己的刺绣罢了,可没前面的一些斗绣场面好看。

但留在这里的行内人全都聚集了过来:往年就算知道结果毫无悬念,也得给广茂源和潮康祥捧场,何况今年的情况比较特殊,决比的双方竟然是潮康祥和凰浦这匹黑马。

虽然大家都提前收到风声——知道潮康祥会赢——但是前面几场的经验让众人隐隐期待着局面会出现变化。

就在这种氛围中,海上斗绣的最后一场成品献绣拉开了帷幕。

克里斯托弗带着一丝不耐烦,等到了黄昏。

现今的大明已失去锐气,自己丢了越朝,丢了旧港,缩回了大陆,近年还把好几个海关给关了。不过,若不是这样,欧洲人哪里有机会进入南洋,主宰这片由半岛与群岛组成的富饶世界!

当然,到了大陆和大陆的交界,大明依旧保持着自以为是的傲慢,这让克里斯托弗感到十分为难。屯门之战和西草湾之战两次试探失败后,葡萄牙王国已经暂时放弃直接攻击大明了,掠夺是不行了,现阶段还是以商业利益为主。

幸好,这边的官员可以贿赂,商人也乐意做生意,这就需要利用各种渠道去得到各种能带来暴利的中国商品——瓷器、茶叶,还有丝绸!而刺绣,则是丝绸类商品中最珍贵的明珠啊!

太阳已经西斜,克里斯托弗坐在主评的位置上,像看戏一样看着那个叫梁晋的主持着这场斗绣最后的决比。

作为出钱最多的海外代表,克里斯托弗得以坐在主评席。按照游戏规则,他还是五大主评之一,但实际上他看不懂。刺绣、针法、针功……对这些精妙的技术,他完全没感觉,只凭看也理解不了内中的细节,便觉索然。对他来说,眼前最重要的只有利益!既然通过陈家和黄家能够得到丝、绣,那么他们说什么就是什么,自己陪着演戏就是。

反正嘛,就等着梁晋、蔡有成示意,自己就上去说潮州的那幅绣品更好,然后就结束这并无意义的过场。

他们谁胜谁负,跟自己一点关系都没有。反正这一场斗绣,最后谁是赢家已经有了内定的结局。

愿上帝保佑自己的利益!

第七十针　绣道的终点

有人上台了,好像是参赛的绣师和庄主,他们的脸孔对克里斯托弗来说都非常难以辨认的。幸好那两个庄主都是熟人,克里斯托弗见过他俩好几次,勉强能认得,其中一个是潮州黄家的代表黄谋,另外一个他也注意到了,似乎叫林什么,是这次海上斗绣的黑马,费尔南多已经跟他们建立了联系。按照费尔南多的说法,这人有可能会成为陈、黄以外的第三条通道,如果是这样也不错。在面对欧洲的时候,广州陈和潮州黄显然有默契地联手,如果能通过第三家打开另一条通道,那自己的主动权就大多了。

对于东亚这片大陆的内部情况,目前欧洲人可以说是两眼一抹黑,完全搞不清楚里面的市场和情报,只能通过一些边缘消息来进行推测。

克里斯托弗收回注意力,就看到黄谋非常得意地在展现一幅绣品,名字叫《郭子仪拜寿》。这是潮州人最擅长的历史题材,几个主评已经在轮番称赞这幅刺绣了。克里斯托弗能听和说一点浅显的官话,但梁、蔡二人,还有那个姓徐的老头说的话太复杂了,他听不大懂,只大概听出绣的是几百年前的一位大将军庆祝生日的场景。

这幅刺绣场面宏大,人物众多,绣工整而彩重,亭台房舍、人物鞍马、花草山石,既繁复又精湛,既生动又逼真,因此梁晋与徐博古都给予了高度评价。这幅《郭子仪拜寿》是以仇英的同名画作为本,仇英是江南人士,徐博古自然要多称赞几声的。至于蔡有成,更不用说,不住地称赞。

黄家这幅刺绣原本是要用来狙击陈家的——霍绾儿和克里斯托弗在陈、黄之间持中立态度，如果绣品本身能拉拢到徐博古，就可在最后的决比中占据上风。不想这次陈家竟被高眉娘以一己之力拉下了马，这幅《郭子仪拜寿》便转而用来对付凰浦绣庄了。

这幅刺绣不但绣工精湛，而且里面包含了浓厚的历史意义和深邃的用心，只是克里斯托弗完全无法领会。他也觉得这幅刺绣很精美，可是说实在的，这位遥远东方国度的将军在欧洲的知名度并不高，因此这幅绣品的历史内涵并不能让它溢价，拿到欧洲去，也只能给贵族或者主教他们当个新鲜故事听。

好了，现在潮康祥的刺绣展现完毕，接下来就要看凰浦的了。

这时一片浓云飘过，遮住了太阳，天空有些暗了。

克里斯托弗见那个姓林的庄主拿出了一个类似卷轴之类的东西，然后拿了一根竹竿，将那个物事挂了上去，跟着向下展开，那好像是一幅人物画像。他耐心不足，而且坐在最边上——从这个角度望过去，只能侧视那幅绣。那幅绣被风一吹，又偏向另一边，一时让人看不真切。他打着哈欠，也没心情看，反正看不懂，随他们说就好了。

只听徐博古说："是个画像啊。是个女人？还抱着一个娃儿？"

然后就见那个姓霍的漂亮妞双手合十说："这是观音菩萨吗？如此慈眉善目，可为什么穿着这样的衣服。"

又听梁晋道："是西洋人。"

徐博古上前，摸了摸刺绣，赞道："好针线，这针功不在潮康祥之下。"

蔡有成脸色一黑——梁晋笑吟吟地看了他一眼——赶紧帮着往回兜："绣功是不错的，不过毕竟没有意境，哪里能跟以仇英名作《郭子仪拜寿》为本的相比呢！对吧，徐翁？"

这时霍绾儿说："咱们先论针功。徐翁，这绣的针功比潮康祥的如何？"

徐博古好生为难，潮康祥拿出的这幅《郭子仪拜寿》，的确是投了他的胃口，可是细摸之下，却是凰浦这幅绣的针线功力更胜一筹。按照此前广茂源和潮康祥的默契，两家都不会拿出压箱底的作品来，黄谋也只是想在题材上别出心裁，进行狙击，因此以刺绣品质而言，潮康祥的这幅只是宗师级作品的中水准之作，只是上品中的中品，显然是不如高眉娘的心血之作的。

但是梁晋和霍绾儿同时施加压力，让他不知该帮哪边说话了。沉吟了片刻，他终于开口："以针功来说，凰浦这幅绣略胜半筹，但梁先生刚才说得也对，上品刺绣不但要看针功，还要看意境。只是这幅绣绣的是西洋人物，老朽就不懂了。要不请克先生品评品评？"

众人都暗骂这只老狐狸。梁晋见他把球推出去，暗道：那个佛郎机番子懂什么刺绣！却又笑吟吟地说："对，对！这是西洋人物，该请克先生品评，以克先生意见为准。"说着，他跟蔡有成对视了一眼——由克里斯托弗来品评，他们不怕，因为已经跟这西番说好了。

克里斯托弗愣了一下，才反应过来他们是要让自己来评论。这些人自己钩心斗角就算了，怎么还拉他下水？他哪里懂得什么意境？

虽然不情愿，可是众目睽睽之下，他也只好走到方台旁边，却见海风将挂着的绣幅吹得乱动。梁晋便叫来两个徒弟："把绣扶好，请克先生好好品评。"

两个徒弟便过去扶好。这时云层飘动，遮住太阳的部分变得稀薄，阳光透过云层折射出来，投射在那幅绣像上。

克里斯托弗抬了抬眼皮，想着看一眼，随口说两句就行，可这一眼看过去就移不开视线了！

"上帝啊！这是什么！"

林叔夜走上前一步，说："这是贵国景教的《圣母抚子图》。"

只见夕阳之下，一幅栩栩如生的圣母绣像在阳光下熠熠生辉。圣母慈爱微笑的脸映射着阳光，仿佛在发出慈祥的圣光。

原来当初林叔夜给高眉娘讲了佛郎机的习俗，当高眉娘知道佛郎机人崇信他们教派的圣母后，她就决定以此为切入口，绣一个能折服欧洲人的作品。这幅刺绣不但绣功精妙，而且还用上了特殊的材料，所以才能在夕阳之下仿佛发出圣光。

这时欧洲人所画所雕的玛利亚大多是中年妇女形象，以静默慈悲却又年轻秀丽的脸庞来展现圣母玛利亚的形象，可谓前所未有。高眉娘虽然不懂基督教，却将对汉传佛教观音像的领悟融会了进去，因此能在绣像之中注入宗教高度的虔诚与美感。

形象艺术对精神的冲击是直接的，有时候并不需要观看者有什么艺术修养。在众人的诧异中，克里斯托弗大叫一声，就跪倒在了圣母面前，抱手低头，默默祷告，再抬头时，眼中流露出了异样的光芒！

他知道这样一幅来自遥远东方的圣母绣像如果能顺利送到欧洲……意味着什么！王子，甚至国王……都能为它疯狂，甚至连教皇陛下，自己都能见到……

不行！这幅绣像不能假借别人，必须自己送回去！

他祈祷了两句，这才站起来跑到林叔夜面前，因为过分紧张，说话都不利索了。说了好一会儿，众人总算听明白了：他祈求林叔夜一定要将这幅绣品卖给自己！无论多少钱，都要卖给自己。

林叔夜也没想到姑姑的这幅刺绣对这位克先生的刺激竟然这么大。他微微一笑，说："克先生，现在还在斗绣呢。您先品评，看这两幅刺绣哪一幅更好。"

"这还用说啊！"克里斯托弗脱口就叫，"这个世界，不会有比圣母像更伟大的绣像了！"

黄谋脸如涂墨，蔡有成无比尴尬，梁晋也嘴角抽搐。这回轮到霍绾儿笑吟吟的了："刚才徐翁说了，论针功，凰浦的这幅绣略胜一筹；梁先生又说，这是西洋绣像，论意境该以克先生的意见为主。无论针功还是意境，这幅《圣母图》都更胜一筹，现在看来，大家已经达成了共识。"

她笑眯眯地望向梁晋："梁先生，是不是该宣布结果了？"

梁晋沉着脸，看看黄谋，又看看胡嬷嬷。忽然，黄谋站出来，拱手道："了得！了得！潮康祥甘拜下风！"

林叔夜见他如此风度，心中暗赞。霍绾儿则直接说了出来：

"拿得起，放得下！黄二舍好胸襟！"

这场一波三折的海上斗绣到此落下帷幕，谁也没想到赢到最后的是一个从未听人说过的小绣庄。而这场充满曲折的斗绣故事，也慢慢传播开去，成为在整个南洋地区经久流传的不朽传说。

望着海面落日，林叔夜知道广潮斗绣的入场券已是囊中之物。他拿着那瓶古蜜，来到高眉娘面前，笑道："姑姑，你的古蜜。恭喜了，容貌恢复在即。"

高眉娘并不急着去接，而是微微笑道："也恭喜庄主了。"

林叔夜道："接下来便是广潮斗绣了。多亏了姑姑的神技，才让叔夜的心愿有达成的机会。"

高眉娘听了这话，轻轻一笑——广潮斗绣？那算什么！

她轻哂了一声后，又问："广潮斗绣的终点是什么？"

林叔夜心头微微一惊！

他是以广潮斗绣的入场作为目标的，但高眉娘这时问的是"终点"！

没等林叔夜开口，高眉娘就代为回答："所谓广潮斗绣，其实也不过是御前大比的入场资格罢了……绣道的终点，在于天子座前；御前大比之后，才是天下第一！"

天下第一！

林叔夜微微颤抖了起来！

"怎么，庄主不敢想吗？"

天子座前！御前大比！

这不是不敢想，是以前从来就没想过！

可一旦被高眉娘点了出来，那渴望就像船舱被打开了一个缺口后涌进来的海水一样，再也拦不住了。

（第一卷　完）

上架建议：传统文化 小说
ISBN 978-7-5749-0136-0

定价：148.00元
（全三卷）

图书在版编目（CIP）数据

天衣：全三卷 / 阿菩著. -- 广州：花城出版社，2025.4
ISBN 978-7-5749-0136-0

Ⅰ.①天… Ⅱ.①阿… Ⅲ.①长篇小说－中国－当代 Ⅳ.①I247.5

中国国家版本馆CIP数据核字(2024)第092438号

天衣：全三卷
TIANYI：QUAN SAN JUAN
阿菩 / 著

出 版 人	张 懿	
责任编辑	蔡 宇	
责任校对	衣 然	
技术编辑	凌春梅	
封面插图	王一智	
装帧设计	姚 敏	
出版发行	花城出版社	
经 销	全国新华书店	
印 刷	深圳市福圣印刷有限公司	
开 本	787毫米×1092毫米 16开	
印 张	78.25	
字 数	1,118,000字	
版 次	2025年4月第1版 2025年4月第1次印刷	
定 价	148.00元（全三卷）	

版权所有·侵权必究。如发现印装质量问题，请与出版社联系。
联系电话：020-37604658 37602954

第七十一针	从海上回来 /	001
第七十二针	复颜 /	006
第七十三针	故人 /	013
第七十四针	赶尽杀绝！/	019
第七十五针	狙击 /	026
第七十六针	归来有庆 /	032
第七十七针	将进三杯酒 /	038
第七十八针	三手绣 /	043
第七十九针	隐有绣场大将之风 /	048
第 八 十 针	结拜 /	055
第八十一针	择婿 /	060
第八十二针	名庄的危机 /	067
第八十三针	正面挑战 /	075
第八十四针	无理要求 /	081
第八十五针	兄弟一对局 /	087
第八十六针	逼联 /	093
第八十七针	《百花争艳图》/	101
第八十八针	刺绣的形而上学 /	108
第八十九针	广绣姐妹花 /	116
第 九 十 针	遇袭 /	122
第九十一针	画稿"争"议 /	127
第九十二针	失传的针法 /	132
第九十三针	那是一朵牡丹！/	138
第九十四针	急转直下 /	144

第九十五针　等闲变却故人心 / 152

第九十六针　倭寇踪迹 / 159

第九十七针　三年之约 / 165

第九十八针　现在你愿意跟我说了吗 / 171

第九十九针　就在此庄，就在此地 / 177

第 一 百 针　断臂之恨 / 182

第一〇一针　园中计议 / 188

第一〇二针　久伪成真 / 196

第一〇三针　过三关 / 202

第一〇四针　再出横手 / 208

第一〇五针　广潮斗绣启幕 / 213

第一〇六针　毁作 / 219

第一〇七针　内奸不除 / 224

第一〇八针　求线 / 229

第一〇九针　荔湾威压 / 237

第一一〇针　易产 / 242

第一一一针　破绣毁绣 / 249

第一一二针　各逞绣艺 / 256

第一一三针　名实不副 / 263

第一一四针　嫁妆献绣 / 271

第一一五针　巧入琪园 / 277

第一一六针　闺绣之争 / 286

第一一七针　倚靠 / 292

第一一八针　剪 / 298
第一一九针　嫁衣针法 / 304
第一二〇针　孳线 / 310
第一二一针　斗绣马吊 / 317
第一二二针　应战 / 324
第一二三针　出战人选 / 330
第一二四针　混乱的开局 / 339
第一二五针　攒牌 / 347
第一二六针　局势扭转 / 354
第一二七针　雨夜 / 363
第一二八针　高徒 / 370
第一二九针　八手八针 / 375
第一三〇针　加注 / 382
第一三一针　美人趣 / 391
第一三二针　盲绣 / 397
第一三三针　最后的献绣 / 407

第七十一针　从海上回来

喜妹发现，从海上斗绣回来，大家都变了。

第一个是黎嫂。

在整个队伍里头，黎嫂是她最熟悉的人（她爹被她忽略了）。她是曾经的黄埔绣坊的带领者，平时为人温和敦厚、沉默寡言，只有在大伙儿绣品做得不好的时候才露出威严的一面。当然她也是有缺点的，按照林揽头的说法："黎嫂的眼珠子啊，只能看到眼前三尺，手头出来的功夫，那叫'村妇之良工'。"这句话的意思好像是说她没有长远的目光，绣出来的东西好极都有限①。

但是走了一趟海上，黎嫂就变了，话多了起来，嗓门不自觉地高了，常拉着喜妹幻想将来凰浦绣庄能如何如何。黎嫂的目光似乎变长远了，不再是只看着眼前三尺，而是看到三千里那么远了。虽然这种变化也没什么不好，不过喜妹还是更喜欢以前的那个黎嫂。

第二个是李绣奴。

对这个从朝鲜国来的姐姐，喜妹其实接触的时间很短。她刚刚来的时候，整个人非常小心，甚至仓皇失措，就像一只刚刚进村的外地小狗，因为跟大家都不熟，所以都说不上话。喜妹看她可怜巴巴的，有时候便主动跟她说上两句。因为喜妹是队伍里第一个来主动搭话的人，所以她也很珍惜喜妹这个朋友，一来二往地，两人的话匣子就打开了。没其他人的时候，她就找喜妹说话。说得多了，她的官话也流利了许多，再不像以前一样一字一字地发音，像念书

---

① 好极都有限：广东话，这里指品质一般。

似的,而是夹杂了不少俗语、俚语,也带着广东腔。

在喜妹看来,这个朝鲜姐姐可真勤奋啊!就连吃饭、睡觉,手里也总是拿着绣花针。对姑姑说的话,她恨不得用一支笔全部记下来。她反复琢磨那些人生道理,其中有关刺绣的话,她几乎句句都能背下来。喜妹就没见过一个能对刺绣这么热衷的人,就连姑姑有一次也忍不住说:"我小的时候,也是这样。"嗯?姑姑也曾经是这样吗?真看不出来,因为现在的姑姑在人前总是冷冰冰的。

而现在,李绣奴变得更热切、更勤奋了,因为姑姑打败了袁莞师。她私下里跟喜妹说,她以前觉得姑姑很厉害,可也没想到这么厉害,连刺绣宗师都能打败。"能打败宗师的人,一定也是宗师,我竟然有幸能跟随大明的刺绣宗师学习。这是我前世修来的福分,我一定不能错过这个机会!"于是她更加卖力地练刺绣了,连做梦都在练针法。

第三个是云娘。

云娘也是新来的。这个家伙啊,古怪得很!

明明是个女孩子,却长得那么高挑,跟一根竹竿似的,将来可怎么嫁人啊!娘常常说,女孩子家要"矮箩矮箩"(长得矮、臀如箩)才好生养,才好嫁人,她人长得跟男人一样高,屁股上又没几两肉,将来谁敢娶她啊。

而且她就像一只老鼠一样,有热闹就窜过来,凑完热闹忽然就不见了,夜里也不跟大家一起,跑到隔着七八步的船里睡觉,偏偏庄主还惯着她,专门给她安排了一条小船。好几次喜妹见她跟庄主眉来眼去的,难道庄主竟然喜欢她这样的?她还一直以为庄主喜欢的是姑姑呢。

更奇怪的是她的脸会变来变去,平时看着没异样,流了大汗,模样就不对劲。姑姑说她是脸上涂了粉,唇上点了朱,这叫化妆——戏台上的角儿上台前都这么搞的——可咱们绣庄是做刺绣的,又不是唱戏的,为什么要化妆呢?还有,她的声音有时候也会变,一激动起来就带着男人声,总之是古灵精怪的一个人。

不过,她可真聪明啊:但凡刺绣的事,姑姑说一遍道理,她手上就能把活儿做出来；姑姑演示一遍针法，她练了一遍之后，就能做出七八分的模样。这能耐让李绣奴羡慕得不行，可李绣奴也不想想，她只是练个两遍就会，喜妹却怎么练都不行。明明自己跟着姑姑的时间更长，可现在她们都能跟大师傅同台较量，但喜妹自己连刺绣师傅的手艺都没有，真是人比人，气死人啊！

从海上回来之后，云娘就变得更奇怪了，貌似时时刻刻总是要溜。刚上岸的时候，喜妹就瞥见她在码头被庄主抓了回来；进澳门之后，又见她在巷子口被庄主给逮住了。其实，跟着大家有吃有住，还能学刺绣，庄主又对她这么好，她干吗要跑啊？不明白啊，不明白。

第四个是林揽头。

出发去海上之前，他的眉头老是皱着，似乎有很多烦心的事。这个喜妹倒是能理解，他是为绣庄的前途烦恼着呢。后来斗绣顺利，他的眉毛就越展越开，说话的嗓门也越来越大，笑起来时连嘴巴都比以前大了好些。就是人得意之后，言语就更下流了，嗯……忽然发现云娘也是这样，说话贱贱的——嘿，他俩又不是父女，而且一个长得丑，一个长得漂亮，为什么喜妹有时候会觉得他俩挺像的？错觉，一定是错觉！

可从海上回来之后，喜妹发现林揽头的眉头又皱了起来。大伙儿不是大获全胜了吗？海上斗绣从头赢到尾，听说订单都拿了一大堆，就连银子，都多到快搬不动了，他还皱个什么眉？

见他愁眉苦脸的，阿爹就不禁问他："林揽头，不是说我们大获全胜了吗，怎么你反而好像输亏了一样？"

"大获全胜，是大获全胜！"林添财两条眉毛都快拧到一起去了，"可谁知道会赢这么多啊！"他笑着，却又带着哭相。他本来就丑，这下又哭又笑的，更加难看了。

"赢多了还不好啊。"

"钱赢多了当然好。可是订单……我这手贱！我这手贱！怎么老是忍不住呢！"

"订单多不是更好吗？"刘三根的妻女都是干这一行的，知道订单就是钱。

"订单多了，我们做不过来啊！订单做不出来，砸招牌都是小事，听说那些佛郎机人是敢杀人的！这些可都是收了定金的！"

哇！原来那些番鬼做生意是会杀人的！这么可怕，那就怪不得林揽头要愁眉苦脸了。喜妹不禁有些为绣庄担心，悄悄问姑姑，姑姑嗯了一声，没反应。于是喜妹又悄悄去问黎嫂，黎嫂听了说："嗨，不怕！你看庄主，庄主都没担心，一定胜券在握，所以我们也不用瞎操心。"

真是这样吗？

喜妹觉得，黎嫂从海上回来之后，人就变得瞎乐观了。

她倒不是不信庄主，只不过从海上回来后，庄主也变得有些古怪。没人注意的时候，他总是悄悄盯着姑姑看，有时候是看姑姑的侧脸，有时候是看姑姑的背影，连姑姑摸过的刺绣，他都拿去再摸几遍，但这些都是偷偷干的。有一次，他发现了喜妹，就赶紧把眼光给挪开了。所以，喜妹觉得，庄主他不是不担心，而是心不在焉呀。

可庄主心里在琢磨什么呢？喜妹想不透，于是偷偷跑去问姑姑，结果姑姑竟训斥了她，让她不要乱想。虽然不是公开训斥，但喜妹差点委屈得哭了，因为姑姑从来没骂过她啊。姑姑对她一直挺好的，怎么这回就骂人了？

说起来，最近姑姑也变了！

虽然在别人眼里，姑姑总是冷冰冰的，一副拒人于千里之外的样子，但喜妹贴身伺候她这么长时间，知道她外表虽冰冷，但人其实很脆弱——不只是身体脆弱，就连心也脆弱得紧。可身子再弱，她在人前也一定会挺直背脊；就算挺不住，宁可在方台上直接倒下，也不肯弯腰。喜妹有时候甚至觉得，她故意在人前这么冰冷，就是不想让人知道她很脆弱。

有人的时候，姑姑总是板着脸，冷着眼，仿佛对天底下所有事情都不在乎。可到了没人的时候，喜妹常常看见她照着镜子，摸自己两边的脸——这张脸啊，一边极其漂亮，另一边却非常丑陋；一边极其光滑，另一边却非常粗糙。

想到这个，喜妹就替姑姑心疼，她已经知道姑姑是因为中了毒，那么漂亮的一张脸才会变得难看。听说这毒已经折磨姑姑好久了，也不知道这些年她是怎么过来的。

尤其是从海上回来之后，姑姑变得更让人捉摸不定，照镜子的时候，总是呢喃着："他……也许真是好人。"这是在说谁啊？

"他也许跟他不一样。"怎么又多出来一个"他"？

然后又说："其实那一位，跟他挺合适的，两人是良配。"

那一位又是谁来着？

嗯，姑姑这是打算给谁做媒人吗？

其实她该先将自己嫁出去才对啊。听阿娘的说法，姑姑似乎还没嫁人呢，哪有黄花大闺女给人做媒的道理？再说了，虽然满庄子的人都叫她姑姑，可她那张脸看起来还很年轻啊，也没比自己大几岁，正是该嫁人的年纪。听说这次斗绣的奖品里有一瓶古蜜，能够帮姑姑解了另外半边脸上的毒，这可就太好了。如果她那半边脸也能恢复，她一定是绝顶漂亮的模样，那样想娶她的人，能从黄埔排队到西关！

到那时，姑姑选谁好呢？

嗯，黄埔村里可没一个配得上她的，得让阿娘在外村找找……对了，其实庄主就挺不错的，如果……

"喜妹！你恍惚个什么呢！快把东西搬进去！"

刘三根一声呼喝，把喜妹拉回了现实。她被吓得慌了手脚，赶紧答应："好嘞，好嘞！这就搬，这就搬！"

第七十二针　复颜

海上斗绣一行，林叔夜既得偿所愿，又远超所愿。

订单拿到了，定金拿到了，古蜜也到手了，广潮斗绣的入场押金足够还有余，高眉娘也能恢复另外半边脸的容颜。除此之外，超乎预期的订单足以让凰浦支撑起一个堪比十大名庄的架子，以至于古蜜之外的几份奖品——包括头等奖那块硕大的不知名原石——一时都没受到被太多欢喜情绪淹没了的众人的关注。

从海上登岸之后，高眉娘迫不及待地要恢复容貌，所以一行人暂住澳门，仍然停宿在上次那间客店。林添财素来迷信，觉得这段时间运势好，上次高眉娘在这间客店又恢复得顺利，所以不但要住同一间客店、同一个院子，还要让高眉娘住同一个屋子。高眉娘心里想着要恢复容貌，只求顺利，于这件事情上竟然也听了林添财的。

这对店主来说本来也不算事，但偏偏那院子的西厢租出去了。在林添财的坚持下，店主跑去跟那客人商量，可那客人深居简出，连面都不肯露就拒绝了。林添财又提出补一点钱财，那客人也不愿意，要再加价。林添财就不乐意了，但算算这次来的人比上次多得多，只租这间院子也有点挤，最后便妥协了：仍然把院子的其他房间包了，高眉娘还是住正屋，林叔夜在东厢陪着，剩下的人住另外一个院子。

林叔夜知道高眉娘着急，安顿好了便去做准备，其他事情都先抛开了。林添财在隔壁院子却烦恼了起来。

林小云回到房间之后，本来打定主意不出门，只是想着什么时候找借口逃走，但听到老爹在院子里叫苦连天，又忍不住探头出来，问："你到底拿了多少订单？"

林添财唉声叹气，摸出了那一沓订单，摊放在院子中间的石桌子上。林小云好奇心旺盛，照镜子看了自己的妆没有破绽，便走出来瞅了几眼。他也是懂行的，心里稍一计算，"哇"的一声就叫了出来："老……老头子！你完蛋了！你真完蛋了！这么大的单子你也敢吃！"

黎嫂、李绣奴听见，也走了出来。黎嫂问："很多吗？"

"哈哈！"林小云说，"你自己看。"

黎嫂更是绣庄运营的行家，粗粗看了一眼，惊得叫了出来："林揽头！你怎么敢！这么多单子，五个凰浦也别想做出来！就是福瑞德、广泰奇，那也得全力开工才搞得掂①！快退掉些，快退掉些。"

"退？退个头！要是能退，老子早退掉了！这里头好些是佛郎机人的单子，那些强盗肯老老实实做买卖就谢天谢地了，还想收了他们的定金不给货？他们要杀人的！"林添财拿了竹杖，打自己的手，"都是你贱！都是你贱！见到钱就忍不住！"

黎嫂想了想，说："我记得在岛上的时候，你推掉了不少订单啊，怎么还有这么多？"

"是推了不少……"林添财苦笑连连，"这些，就是推掉之后的了。"

看来海上斗绣后，凰浦是真的红了——这句话要放到西关广绣行，肯定有不少行家要腹诽林添财在显摆了。不过这一刻，林添财他们也真是烦恼。

这边众人说来说去都觉得没法解决，最后都道事情到了这个地步，只能去问隔壁"那两位"了。

不知不觉，不但高眉娘的威望建立了起来，就是林叔夜在林添财心里，也不再是以前那个得依赖自己的外甥了。遇到解决不了的事情，林添财反而对林叔夜有了依赖心。

---

① 搞得掂：广东方言，意为能办成、能解决。

林添财来到隔壁院子，才打开门，就觉氛围一下子不同了，纷扰似乎都被隔绝了。

高眉娘坐在正屋，已经擦干净了手，正要上古蜜。

林添财走上去："阿夜，我跟你说，咱们订单接多了，你看看……"

他还没说完，林叔夜就打断了他："舅舅，有什么事情，等会儿再说。"

"可是……"

林叔夜见林添财按捺不住的样子，便将众人都推出门外，又带上了门。一回身，便见高眉娘已经摘下了面罩，把极丑的那边脸向内转去——虽然林叔夜见过她的脸，但她仍然不愿意让他多看。

"也许林揽头有什么重要的事情，怎么不听他说完？"

林叔夜走过来，继续调弄古蜜，语气平稳："没有什么比姑姑的事更重要。"

喜妹在旁边听见，心想：庄主真是紧着姑姑啊。

高眉娘却忽然笑了，绝美侧脸的嘴角微微勾起，带着一丝嘲讽："你这风流招数，是在多少无知少女身上练出来的？"

林叔夜忽然感到难受，一时没忍住："姑姑，若是两个月前就算了，但这段时间咱们相处下来，我为人如何，难道你还不知道？为什么我总觉得……"

"总觉得我不相信你，对吗？"

听到高眉娘语气中带着冷意，林叔夜更不好受了。他停下了手上的动作，调了调呼吸，才应道："是！"

高眉娘忽而拿起镜子，特意照向那半边丑脸给林叔夜看。林叔夜赶紧别过头，高眉娘冷笑道："很丑，对吗？不愿意看了吧？"

林叔夜转过头来："我知道你素来不愿意我看你这半边脸的，所以我也就不看了；现在却故意要我看，还说这些伤人的话，你这是跟我闹什么脾气！"

他这么一回，高眉娘一时默然了，目光从林叔夜身上转回镜子。

这丑陋的半边脸是她十二年来不愿意面对的，从来都是稍微瞥见就抑制不住情绪,最激烈的时候,甚至想拿剪刀将它划烂,但现在她看得极其仔细,极其清楚,似乎要将这半边丑脸牢牢记在心里一般。

林叔夜见她这个样子,还以为是自己说错话刺激了她,不禁有些担心:"姑姑,你怎么了?"

高眉娘沉浸在自己的思绪里,失神之下脱口而出:"好好看着啊,秀秀!很快它就要消失了。"

听到"秀秀"两个字,林叔夜心头一跳:"姑姑,你说什么?"

"它消失了,但你心里不能忘记,"高眉娘还在自顾自地继续说,"知道吗?"

林叔夜明白她在自说自话,却没忍住,问道:"秀秀?"

高眉娘回过神来,自知失言,瞬间神态变冷了。她放下了镜子,开始用清水重新洗脸。

林叔夜便知她准备上药了,想起上一次涂抹古蜜后她的惨状,心里疼了一疼,说道:"姑姑,要不我们先找寻名医,看看有没有方子能免了这痒苦吧。"他叹息了一声:"那样太痛苦了。"

涂抹古蜜之后的痒苦虽然不是亲受,但想起上一次高眉娘将嘴唇都咬出血来,他就知道有多严重。

"不必了,又不是没经受过。"高眉娘看着已经恢复了的两只手,"而且吃下这苦不是更好吗?能让我的心记得更牢固些,不至于因为时间流逝而忘记,不因日子平淡而做小儿女态……来吧!庄主。"

听她用"庄主"来称呼自己,林叔夜心里莫名地又是一阵堵。

从正屋出来,喜妹从里头关上房门,林叔夜一转身就看到了林添财。

"阿夜,我跟你说,我们接的订单……"林添财一句话没说完就硬生生咽了回去,因为看到林叔夜脸色不对,"阿夜,怎么了?古蜜没问题吧?"

"没有……走吧,我们到隔壁去。"

到了隔壁，林添财将刚才的苦水又倒了一遍。林叔夜听了，却仿佛没在听，最后只说了一句："行了，回广州再说吧。"

"啊？"

"反正现在也没办法解决，对吗？"

他现在心情微妙而复杂，只想着高眉娘的事情。

回到那边院子时，夜已经深了，林叔夜坐在院子里，也不回东厢房去。过了一会儿，正屋忽然传出了细微的声响，他就知道高眉娘的痒苦开始了。这一回有喜妹在里头照顾，情况比上次好了些，可那些苦痛不是别人所能替代的。正屋的灯亮了起来，听声响能分辨出是喜妹在跑来跑去，又过了一会儿，屋里传出了喜妹的啜泣声。

林叔夜能猜到，是喜妹看见高眉娘的惨状而哭了起来。他走到门口，想要敲门，却又收回了手。

屋子里，高眉娘没再发出任何声音，但喜妹的啜泣声越来越明显。

想起上一次高眉娘用针扎得血渗被褥，林叔夜就能想到里头发生了什么，但他只能站在外头，什么也干不了，就连西厢的房门被打开，一个身影靠在了门边，他也没发现。

隔壁院子的林添财警惕地起身——屋子里藏着大几千两银子呢！这几天他睡觉都睁着眼睛。

他拿着竹杖，轻轻打开门，果然发现了异状。

这边的院子，好不容易挨到破晓。喜妹打开房门，满是疲倦的脸上泪痕未干，看到林叔夜又忍不住哭了起来："庄主……"

"怎么样了？"

"睡着了，可是，可是昨晚……"

林叔夜长叹了一口气："行，能睡着就好，能睡着就没事了。过去了，都过去了。"

他想进去，却被喜妹拦住。

"姑姑……不让庄主进去。"

林叔夜犹豫了片刻，抬起了的脚便没迈进去。

"你把水盆拿出来，我去换水。"

内外一通忙乱之后，正屋恢复了清静。看着十二个时辰将到，林叔夜端来了一盆温水，正想让喜妹去唤姑姑起来洗毒，却听门"呀"的一声，开了，高眉娘站在了门口。林叔夜怔住，直到高眉娘走到院子里，才叫出了那一声"姑姑"。

高眉娘也没回答，静静地坐在了石椅子上。

她只穿着一件素衣，瘦削的身形在初晨的冷风中显得尤其纤弱欲倒，但她的眼神让林叔夜将关心的话给咽了回去。

如果说昨天傍晚高眉娘失态过，那现在就是又用一道冰冷的墙壁把自己的情绪与外人隔绝了。

喜妹从林叔夜手里接过温水，端到了高眉娘面前。高眉娘轻轻揭开缠脸的绷带，按照上次的程序，用温水洗脸。毒胶片片脱落，那半边脸也终于从丑陋的胶皮下彻底解脱。

阳光洒了下来，照亮了院子，也照亮了那张脸。

十二年了，这张明艳得不可方物的脸终于重见天日。

喜妹"啊"了一声，叫道："姑姑，原来你……这么漂亮啊！"

词汇匮乏的她没有别的词语来形容，而熟读诗书的林叔夜，这时已经整个人呆在了旁边。

高眉娘没有照镜子，只是用手指轻轻触碰那稚嫩的脸部肌肤，然后就知道，自己回来了。

也不知道过了多久，喜妹忽然惊叫："啊！你……你是谁！"

西厢的房门不知什么时候打开了，一个三十岁上下的女子站在了门口，也怔怔地看着高眉娘，上半边脸激动，眼中噙着泪水，下半边脸因为隐忍而在抽搐颤抖着。

林叔夜闻声也回头，看到这个人更是大吃一惊："惠……惠师？"

眼前这个女子，竟然是广茂源所供奉的四大刺绣宗师之一——梁惠师！

她怎么会出现在这里？！

高眉娘也回头了，看到梁惠师，眼神也变得复杂了起来。

　　梁惠师颤抖着嘴唇，竟然吐出了林叔夜再也不敢想的两个字来："姑……姑姑……"

　　高眉娘却不看她第二眼，站起了身，让喜妹扶着进了房。

　　正屋的门再次合上，只留下林叔夜盯着梁惠师，而梁惠师则仿佛失了魂一般，仍然盯着正屋那已经合上的门。

第七十三针　故人

　　陈子峰再见到陈子丘的时候，尸体已经有些不像样了。广东的天气炎热且潮湿，海岛上又没有条件，加上过海颠簸，几百里转运到广州后，陈子峰已经分辨不出弟弟的面目了。

　　石灰都挡不住那些腐臭，下人们忍不住退避老远，只有陈子峰丝毫不在意，直挺挺地站在了弟弟身边。

　　陈家上一任当家风流成性，留了不少子女，但对陈子峰来说，真正的弟弟只有陈子丘一个。别看现在的陈家风光无限，其实当初也是苦过来的。陈父是个败家子，好酒好色，好赌好嫖，把好端端一个茂源绣庄搞到濒临破产，债主追上了门。陈子峰至今都清楚地记得，那一天母亲跟人跑了，祖母拖着病躯在前面与人周旋，有人闯进后院要对陈子峰兄妹三人下手，是陈子丘横身挡在了陈子峰面前，后脑狠狠挨了一下，血流了一地……

　　这个痴肥愚蠢的弟弟在别人眼里是什么样子，陈子峰不管。对他来说，血亲就是血亲，他吃了这么多苦，放弃了那么多重要的东西，为的是什么，还不就是要让家人过得舒服畅快？

　　记忆中的画面一晃而过，和眼前的尸体重叠，隐隐还听见弟弟用蠢蠢的腔调在说："大哥，你没事吧，你没事吧……"

　　陈子峰摸向尸体的后脑，那次打击伤到了陈子丘的脑骨，所以皮肉都烂得不成样子。陈子峰回应着："老二，我没事，我没事，有你替我挡着，我没事……"

澳门客店的小院里,高眉娘已经关上了房门,完全没有出来的打算,而林叔夜则盯着梁惠师。

这个女人可不简单!无论在粤绣行还是广茂源,她都是一个顶尖的人物。

广茂源内部除了陈子艳,还供奉着四位刺绣宗师,而梁惠师则位居四宗师之首!在过去十年的广潮斗绣中,她连续两届以一人之力压得潮永安三宗师无法翻身,至于其他八大名庄的宗师们,更是没人能与她抗衡!

因此绣行里流传着这样一句话:尚衣不归,惠压全粤!意思就是陈子艳没回来,梁惠师就是粤绣第一人,就连以袁莞师的威望,也不得不承认梁惠师的绣功在自己之上。

可这样一个人,刚才竟然叫高眉娘"姑姑"!

她们之间是什么关系?

"阿夜,阿夜!你醒了没有?"林添财的敲门声打断了两人的默然对立。林叔夜一边盯着梁惠师,一边去开了门。几个人撞了进来,除了林添财,还有两个意料之外的人——一个是当初帮高眉娘修针具的胡天十,另外一个竟是胡天九。

"阿夜,我跟你说……咦,这位是……你!梁惠师!你怎么在这里!"

梁惠师在他们进来前就抹了脸,这时已恢复常态,轻轻一笑:"林揽头好。"转对林叔夜道:"我在北湾边的小竹亭等你,有几句话要跟你讲。"说完便径自出门。

胡天九见是她,早吓得躲在林添财身后,也不知道她看见自己没有。

林添财等梁惠师走后,赶紧关上门,问林叔夜:"阿夜,她怎么在这里?高师傅怎么样了?"

"姑姑一切顺利。"林叔夜指着西厢,"她就是那个租客。"

"什么!"林添财讶异,"难道她是伏在这里等我们的?她怎么寻摸到这里的?"

"我们在澳门露过面,如果是有心人,能寻摸过来不奇怪。只是她竟然能在这里伏着守到现在,也真是忍得!"

"她守在这里,是为了什么?"

"还能为了什么……"旁边胡天九喃喃道,"当然是……来害人。"

"害人?"林叔夜皱眉,"害什么人?她为什么要来这里害人?"

胡天九忽然跪在了林叔夜面前:"林庄主,三少爷!你要救我,你一定要救我!陈胖子不是我杀的,他真不是我杀的!"

虽然他言语不清晰,但林叔夜听了,心头微震:"陈胖子?陈子丘?你杀了我二哥?"

"没有!不是我!真不是我!我到那里的时候,他已经死了。"他本来是奔着杀陈子丘去海上斗绣的,没杀人的时候满腔恨意,等见到陈子丘死了,被人怀疑,马上又变得畏缩恐惧。

胡天十也在旁边道:"林庄主,你信我家老九吧。他虽不是好人,但也不太会说谎的。"

林叔夜皱着眉头,完全搞不清楚状况。这个早晨一下子发生了太多的事情,他都要理不清了。微微思忖片刻,他对二人道:"你们先到隔壁去等我,我处理好这边的事情,再去找你们问话。"

胡天九唯唯诺诺的,他兄弟在一旁把他拉了起来,跟林添财去了隔壁。临走前,林添财对外甥道:"你要去见梁惠师?那可得小心些,那女人心狠人毒,她说什么你都别轻信。"

"我明白,舅舅。"

再次关上院门后,林叔夜敲了敲正屋的门:"姑姑,只有我了,能开下门吗?"

喜妹开了门,同时窗户也开了,高眉娘坐在窗边,望向窗外。太阳已经高升,她一副刚刚梳洗过的样子,不施粉黛却仍叫林叔夜的心跳快了两拍。

他没进屋,走两步来到窗边:"姑姑。"

"嗯,我都听到了。"

"梁惠师她……"

"我有两个半徒弟。"高眉娘没等林叔夜问起,就说道,"一个是黄娘,另一个就是她。嗯,她当年还不叫梁惠师,叫梁小惠。"

林叔夜怔住了,虽然自梁惠师叫出"姑姑"两个字时他已有怀疑,但毕竟不太敢相信。哪怕听高眉娘自己说了,他也忍不住问:"可那两位……似乎比姑姑还大些吧?"

他一直搞不清高眉娘确切的年龄。

"谁说师父一定要比徒弟大的?"高眉娘冷冷一笑,"我那两个半徒弟,年纪都比我大。"

林叔夜还要问什么,高眉娘摆了摆手:"我折腾了一晚上,有些饿了,让人安排点早点吧。梁小惠那边,大概也等你很久了。"

见她这个姿态,林叔夜便知高眉娘是不愿意再聊下去了。换了别人,她可能早就直接关门闭窗,这样对自己已算格外好了。

"我是要去找一下梁惠师的。"林叔夜说道,"不知道姑姑有什么叮嘱没有。"

"没有!你是庄主,无论听到什么,都自己拿主意就好。我身上虽然有很多恩仇,但在云南已经想通了一大半,这次回来只想再刺一回绣,不想理会这些外务与恩怨。"说到这里,她顿了顿,又道,"不过胡天九的能力,对我们来说不可或缺,如果你找不到能替代他的人且觉得能保住他,可以考虑。"

林叔夜走了后,喜妹忍不住问:"姑姑,你为什么老对庄主这么冷淡?他为人挺好的。"

这座院子里再无第三个人。听了喜妹的话,高眉娘冷绷的脸忽然就松了下来,她脸上明艳的色彩也仿佛突然消失,回归了平常,甚至露出几分柔弱。

她只有在刺绣的时候才强大、执着而刚烈,在刺绣之外,仍然是个脆弱而多变的女人。

"就是他为人还行,我才对他冷淡。"高眉娘仿佛想起了什么久远的事情,"绣庄的庄主和绣首之间,关系太近了,不是好事……"

香山县东南百二十里,有南、北二湾。因为地势,此二湾在没有大风的时节水平如镜，便得了"濠镜"的雅称。

北湾转角处有个小竹亭，梁惠师在那里已不知坐了多久。林叔夜观察到她裙子下摆都湿了，想必是沾了朝露。

"惠师。"林叔夜进了亭，向梁惠师拱手为礼。无论是在绣行的江湖地位，还是在广茂源内部的家族地位，眼前这位刺绣宗师都当得他这一礼。

梁惠师回过头来，用那破坏她脸部格局的鹰钩鼻喷了喷气，媚笑道："三少爷，恭喜啊。我说你怎么敢自立门户，原来是请来了一尊大佛坐镇！"

这般的轻佻、妩媚、冷傲，才是林叔夜印象中的那个梁惠师，方才在院子里的那个显然只是暂时失态——什么样的人才能令她失态呢？

林叔夜收了收心神，应道："我找到姑姑的时候，并不知道她的来历。"

梁惠师冷冷地道："那你现在知道了？"猛地，她惊道："等等……她竟然也让你叫她姑姑！"

"庄子里很多人都叫她姑姑的，黎嫂、喜妹、云娘、绣奴……"

"什么……"梁惠师猛地咬牙切齿，"凭什么！凭什么！当年我付出了多大的代价，才能叫她姑姑……现在……凭什么！凭什么！"

忽然，那个轻佻而冷漠、倨傲而妩媚的梁惠师又没了，似乎一遇到高眉娘的事情，她就容易失控。

林叔夜没去纠结这个问题，反问道："惠师为什么会在这里？"

"哼！"

梁惠师摸出了一块手帕。林叔夜心头一动，看出了这块手帕就是当初他发现高眉娘针功的那一块——怎么会落到梁惠师手中呢？

"你们闹腾了那么久，总有蛛丝马迹露出来。"梁惠师摸着手帕，仿佛在品味着什么，"我师父的针线，天底下独一份，只要摸到，我就不会认错！我只是没想到她还活着！"

直到从梁惠师口中听到"我师父"三个字，林叔夜才敢十足十地确定高眉娘的身份——原来自己真的请到一尊大佛了。

突然,他想到了袁莞师对那位"高秀秀"的描述,又想到了第一次相遇时,深圳墟缝补摊上的那副对联——师蜀友苏谒天子,凌湘霸粤定龙袍!

第一次看到的时候,他以为是个笑话,现在回想起来,那副对联说的可能是事实。

"海上绣神"……虽然不是来自海上,却真的是绣神!

"可是……"梁惠师收摄起心神来,冷眼盯着林叔夜,"我的三少爷,我的林庄主,你又知不知道,你请来的这尊大佛,跟你大哥陈子峰是什么关系?"

第七十四针　赶尽杀绝！

"我大哥？"林叔夜心头一震,"他们有什么关系？"

梁惠师眼睛瞄着林叔夜,似乎是要看到他心底最深处所隐藏的念头:"你现在和高秀秀是什么关系,当年陈子峰跟她就是什么关系！"

"什么,我大哥……他俩……"

"当年陈子峰是庄主,高秀秀是绣首。刺绣之事,高秀秀担当;外务之事,陈子峰运作。"

听到这里,不知怎么,林叔夜心中竟松了一口气。

"只不过,当年高秀秀要更强势些,陈子峰虽是庄主,占股却比她低。那座绣庄,高秀秀才是真正的主人。"

林叔夜隐隐产生不安:"那后来为什么是我长姊成为大内尚衣,我大哥成为绣行会首,姑姑她却身与名俱灭？"

梁惠师笑了,笑得不怀好意:"你觉得呢？"

见林叔夜迟迟没有回答,梁惠师道:"在你心里,陈子峰仍然是好人,是吧？"

林叔夜没回应这句话,却道:"我大哥是什么样的人,我回头自己会看。"他顿了顿,又说:"你要诱我相信我大哥和姑姑是仇人,可姑姑没说过我大哥一句坏话。这些事情,不问过他们本人,不管旁人说什么,我都是不会轻信的。"

"你信或者不信,并不重要。"梁惠师说道,"重要的是既然高眉娘就是高秀秀,那如果你还要帮着她,就得准备好跟你大哥、跟整个陈家决裂。"

林叔夜皱眉："当年到底是谁对不起谁？如果是我们广茂源陈家对不起姑姑，那姑姑是复仇方才对。"

梁惠师忽然就笑了，这次不是微笑，而是大笑，似乎在笑眼前青年的愚蠢。

"谁对不起谁？哈哈！我的三少爷啊，被害人要的或只是报仇，可加害人为了避免被清算，那是要赶尽杀绝的啊！"

忽然，林叔夜感到了一阵寒意。

梁惠师的话透着残忍，却让他想到了事情的另外一个方向——没错，在加害人与被害人之间，前者的反应可能会更加残酷。

更让他一时无法接受的，是陈子峰有可能是加害的那方。

难道兄长真是那样的人？

难道长姊真的篡夺了别人的位置？

不！他仍然不愿相信。

自己从小到大所认识的长兄、长姊，不可能是那样的人！

"怎么？你不相信？呵呵，你以为陈家在海上斗绣对凰浦那般压制，只是因为你？"

"不是因为我，难道是……因为姑姑？"

"陈老夫人对高眉娘的身份还只是怀疑，但仅仅这份怀疑，就已经让她决定要将凰浦摁死，不让你们出头！"

梁惠师一边笑着，一边起身离开了小亭。

"等等！"林叔夜叫住她，"惠师约我到此处，究竟是要说什么？"

"不都已经说了吗？"梁惠师虽然停了脚步，却没有回头，"陈、高之间，势不两立，如果你不跟姓高的划清界限，那就准备兄弟反目吧……三少爷，你做好准备了吗？"

"那你呢？"林叔夜喝问道，"你跟姑姑之间又是什么关系？你又打算对她做什么？"

梁惠师听了，身子微微一颤，林叔夜便知道自己的话击中了她的要害。

好一会儿，她慢慢转身，双眸之中带着寒光，跟着说出了一句林叔夜意想不到的话来："姑姑……她对我自然是恩重如山！"

林叔夜睁大了眼睛："恩重如山？那……"

"恩重如山……"梁惠师咬着牙根，嘴角挂着充满寒意的笑容，"所以仇深似海！"

"仇深似海？她对你做了什么？"

"她对我？哈哈，不是她对我做了什么，是我对她做了什么。"

林叔夜一开始不理解，然后他想起刚才梁惠师说的话，忽然就有点明白了："所以你也是加害方，你也准备……"

"自然是……赶尽杀绝！"

从湾边小亭回来，林叔夜的心绪仍然不能平复。

夫子教他的，是儒门的道理：人性本善、忠孝仁义、恩仇直报……可今天见到的事、听到的话，都跟夫子教的道理不一样，甚至是反了过来。

曾经尊敬的长兄可能作过恶。

曾经崇拜的长姊可能冒过名。

受害人还未复仇，加害人已在反扑。

面对恩重如山的师父，却要赶尽杀绝！

这就是真实的人性吗？

从小亭到客店的路并不远，林叔夜却觉得自己仿佛走了半生。

在看见院子的那一刻，他终于望着天空，长长地吁了一口气。

他还是不愿意相信兄长是坏人，也不愿意相信夫子教导的人生道理是错误的。自己不能够因为旁人的三言两语，就去否认一个认识了二十年的人；也不能因为别人的恶行恶事，就轻易动摇自己的善念正行。

这些事情，自己要继续了解清楚，再做决定！

"如果兄长真的做错了，那就设法纠正他。

"如果世道真的歪斜了，那就设法匡扶它！"

这才是夫子教导自己的处世之道！

推开院门，高眉娘正坐在院子里，似乎在等他。但林叔夜进来后，她也没开口。

两人一个坐着，一个站着，相对沉默。也不知过了多久，林叔夜才开口："高秀秀？"

高眉娘用手指轻触自己的脸："高秀秀已经死了。现在坐在这里的，是眉娘。"

"'工巧无双，尺绣法华'的眉娘？"林叔夜说的，是粤绣起源传说中的人物，那个被大唐皇帝誉为"神姑"的唐朝眉娘，"工巧无双，尺绣法华"是史书对她的评价。

高眉娘淡淡笑道："是'友苏师蜀、凌湘霸粤'的眉娘。"

她的笑容如清风吹过湖面，清风自来自去，至于湖面皱褶、柳絮落水，却已经与它无关——林叔夜一时看得呆了。

笑过之后，高眉娘问道："梁小惠都跟你说了什么？"

林叔夜照直说了一遍，高眉娘听后，悠悠地说："准备赶尽杀绝吗……"

"姑姑，你打算怎么办？"

高眉娘不答反问："庄主打算怎么办？"

若是在湾边小亭，这话林叔夜还真回答不上来。但这一路回来，他已经想清楚了，当下明白地答道："首先对我兄长，我会在合适的时候去问明白真相。没有他亲口承认，其他人说的，我都不应该全然相信。"

"疏不间亲，也是应该的。"高眉娘的脸上没有任何情绪波动，"那问清楚之后，如果事情真是那样呢？"

林叔夜正色道："如果我兄姊真的做错过，那作为弟弟，我会设法纠正他们。"

"纠正？"高眉娘轻轻嗤了一声。

林叔夜没有在这个问题上纠缠，继续道："然后是对茂源绣庄，现在茂源和凰浦已经对立，我会以正道向茂源挑战，也做好了被茂源压制的准备。"

这一次，高眉娘只是轻轻点头。

"最后是姑姑这边……我需要知道姑姑你的想法,我得知道你想做什么。"

林叔夜直视着高眉娘,看着她的眼睛:"姑姑,你打算复仇吗?"

高眉娘转过身,站了起来,也正视林叔夜:"我要做什么,在你去见梁小惠之前,就已经说过了……"

林叔夜回想着,却一时没想起来,就听高眉娘说——

"我要刺绣!

"这次回来,有人劝我复仇。我不会阻止想复仇的人,我也可以配合她们,但如果你问我自己要做什么……

"就我自己来说,我只想刺绣,好好地刺绣。

"从海上到广潮,再从广潮,一直绣到御前去,把我上一回没有绣完的念想,以及这十二年的感悟都绣出来。

"至于其他的……那些外务,与我无关……那些恩仇,我虽然不敢说已经完全放下了,但我会尽量放下的。

"因为对我来说,最重要的,仍然是刺绣,而不是恩怨。"

"仅仅如此?"

"就是如此。"

"好。"林叔夜竖起了手掌,"那些恩怨,我不想管;那些外务,我来承担。我一定会倾尽全力,帮姑姑完成这桩念想。"

"那多谢庄主了。"

两人的手掌,碰到了一处。

林添财和胡家兄弟再次过来。人去屋空的西厢门已经敞开,正屋的门则紧紧关闭,林叔夜坐在石椅上,听胡天九讲述。

"我这次去海上斗绣,的确是去报仇的,因为陈子丘害得我好苦。

"可是我还没报成仇,陈子丘就已经死了。

"我没杀陈胖子,但有人查出来我曾到过陈胖子的船舱,现在已经有人在找我了。陈子峰黑白两道通吃,要是被他找到,我一定会没命。

"林庄主，求求你救救我，现在也只有你能救我了！"

林叔夜听着胡天九的言语，不作声。胡天十又赶紧帮着担保、恳求。

当初是胡天十帮着修好了高眉娘独特的绣具，所以对胡天十，凰浦欠着一份人情。而且胡天十说，这绣具他能修，但要说打造，终究是他兄长更为擅长。林叔夜也想起了高眉娘的那句话："胡天九的能力，对我们来说不可或缺。"

他的目光从胡天九身上扫向胡天十，与林添财交换了一个眼神后，又落回到胡天九身上："对你的遭遇我深表同情，但你说你没杀害我二哥，这事我还得调查。我可以向你保证，只要你真没做过，那你就可以留在凰浦绣庄，我会保你。但你也得保证，入庄之后得严守规矩，不得作奸犯科。"

胡天九大喜。虽然他对林叔夜了解不多，但能被高眉娘选中的人，必定有过人之处，他当下便磕了头。林添财便让刘三根去安置他们，回来后问道："梁惠师究竟跟你说了什么？她为什么会来这里？"他瞥了正屋一眼，压低了声音："我们这位高师傅，真的是高秀秀？"

提到"高秀秀"三个字，他声音都颤抖了——只要是经历过十二年前绣行变故的人，都能想到高秀秀出现在自家绣庄意味着什么！

林叔夜逼视着舅舅："原来舅舅也知道高秀秀！"

林添财的眼皮跳了两跳，叹道："怎么可能不知道！这十二年来，广绣行被陈家下了封口令，但只要是有点年纪的刺绣人，谁能忘记那个……那个'神姑'一样的女人！"

"那你怎么也从不向我提起？就算有什么封口令，可咱们是亲甥舅！"

"正因为你是我亲外甥，我才不能跟你说啊。"林添财道，"你对陈子峰怎么样，我还不知道？我这头跟你说了，回头你在陈子峰面前说漏了嘴，只会惹祸！"

林叔夜皱了皱眉头："大哥他……他真的曾对不起姑姑？"

林添财眼皮又跳了两跳,一副心有余悸的表情:"陈子峰真正的手段,你还没见识过呢!总之能不招惹他,最好还是别招惹。"

"不招惹?如果你们说的都是真的……"林叔夜的目光投向正屋,"舅舅,你觉得可能吗?"

林添财呆住了,随即苦笑:"也对,也对!既然高师傅就是高秀秀,那就不可能不招惹了。从今往后,凰浦和茂源势不两立了。"

"舅舅怕?"

"怕?那还用说,当然怕了!"林添财摸了摸自己的肚子,一脸愁苦,"这真斗起来,还不知道我们会被陈子峰整成什么样子呢。不过……"

他的眼中忽然露出一丝狠辣来:"既然有高秀秀在我们这边,那我们就拿到了刺绣行业里最大的天牌……咱们潮州生意人,手里握着天牌还不敢上桌赌的话,那是要被天打雷劈的!"

第七十五针　狙击

虽然梁惠师这么说了，高眉娘这么说了，林添财也这么说了，再结合袁莞师的话，林叔夜心里已经清楚：不猜疑兄长已不可能了。

可是他仍然不肯像梁惠师说的那样，准备来一场"兄弟决裂"。他仍然认为十二年前或许有什么"误会"，如果有机会，希望能解开这个误会。

对他这个想法，林添财嗤之以鼻："阿夜啊，你怎么这么天真！梁惠师虽然不是什么好人，但我觉得她说的才是对的。咱们现在不早做准备，回到广州，你得被陈子峰吃得渣都不剩！"

林叔夜反问道："梁惠师是什么人？"

"梁惠师？她是广茂源供奉的刺绣宗师啊。"

"她跟我们又是什么关系？"

"原本没什么关系，但她跟高师傅有仇，那现在跟我们自然也就不对付了。"

"好，这是第一。"林叔夜道，"凰浦跟茂源已成对立，她是茂源的人，跟姑姑又有仇，那她有什么理由对我们好吗？"

"这……"

"既然她没理由对我们好，那她说的话就得打个折扣。这是第二。"林叔夜说道，"她是我们的敌人，敌人说的话，我们就该反着听才对。所以她希望我跟大哥决裂，那我就决不能全听她的，是这个道理吧，舅舅？"

"这……好像是这个道理，但我们现在跟茂源还能不决裂？"

"我们是兄弟！"林叔夜道，"就算陈家暂时还没认我，但整个广绣行都知道我们的关系。如果我一文不值，那陈家对我怎么样都无关紧要；但现在我的势头起来了，茂源对我们做得太过难看，就难保会有人笑话陈家兄弟阋墙。"

"你是说……"

"我们要跟茂源斗，但第一，要堂堂正正地斗；第二，要尽量把'斗'限制在商场上而尽量不牵扯私情；第三，要斗而不破！"林叔夜道，"我不愿意与大哥兄弟破裂，一个是情谊关上过不去，另一个也是这兄弟关系目前对我们来说未必是坏处，你觉得呢，舅舅？"

林添财就没话说了。

凰浦众人因为高眉娘拔毒疗养的事情而耽搁在了澳门，当他们启程的时候，广茂源的队伍已经回到广州了。

海上斗绣不像御前大比，甚至也不能跟广潮斗绣相比，不过往年回来，广茂源也总是会组织一场庆功活动的，今年却显得静悄悄的——毕竟，这一次海上斗绣的结果对广东第一绣庄而言，可以说是铩羽而归。

袁莞师将交接的工作交给了两个徒弟，自己直接回了居处。海上斗绣中败于一个"无名晚辈"之手，对她的声誉来说是极大的损害，她的弟子们也都愤愤不平：如果不是广茂源临时改赛程，又硬逼着袁莞师自降身份去跟凰浦斗绣荔枝，自己的师父也不至于落到这个地步。现在整个广东的同行，暗地里怕是都在看自家师父的笑话。至于凰浦绣庄，还有那个戴着飞凰面罩的绣师，她们反而无法去埋怨——那是斗绣场上正面对决，对方赢得堂堂正正，连自己师父都认输了，又有什么可埋怨的？

袁氏门人众多，在广茂源内部是很大的一系，她们有这样的怨念，广茂源内部自然不会没听到风声，所以袁莞师才到居处，就有陈老夫人的心腹丫鬟等在那里，请莞师过庄一叙。这个心腹丫鬟的姿态放得甚低，言语间露出老太太有致歉之意。

袁莞师却以身体不适推掉了：事情可还没隔多久，胡嬷嬷逼自己上场绣荔枝的场景还历历在目，她也不是没脾气的；纵横广绣场数十年，被人逼到那个地步，如果由她陈梁氏派个丫鬟来表露歉意，自己就灭了这把火——她袁莞师可还没低贱到这个地步！

当下，袁家闭门谢客。

结果第二天一大早，胡嬷嬷就穿好一身衣服，在大庭广众之中，跪在了袁家门口请罪，口称海上之事都是她自作主张，要打要罚还请莞师发话。

袁莞师只当作不知，门都不开。

这时区大娘、潘大娘已经交接完回来，看到胡嬷嬷在外头作践自己，倒也算解了些许气。这位老嬷嬷的地位可不一般，近年来陈老夫人腿疾不利于行，不管是家里的事，还是庄上的事，很多时候胡嬷嬷都能直接代表老夫人，这也是她在海上能逼袁莞师上场的原因。现在她这样当众跪在门外，那就是陈老夫人真的在向袁莞师低头了。

只是见师父还在气头上，两个大弟子一时不便开口。

那个胡嬷嬷也真是块老姜，竟然就在外头一直从白天跪到了傍晚。袁莞师冷笑着吩咐："让她死开！别跪死在我家门口，生晦气！"

潘大娘听得出话里有话——师父的话虽然说得难听，但肯开口就是给出交流的余地了。她当下出去传话，过了好一会儿才回来，说："老虔婆走了，不过老太太派了奀妹来求见。"

袁莞师冷笑道："不见。"

潘大娘出去了一下，回来说："奀妹送走了，临走前说老太太明天会亲自登门来向师父请罪。"

陈老夫人因为腿疾不出门，已经好几年了，现在这样表态，那是给了袁莞师很大的面子，就是袁氏弟子们，也都觉得差不多能交代了——有了陈老夫人这个表态，她们以后在广茂源就不会被人说三道四；而在广茂源稳住了，就算绣行里有人嘴碎，也能靠时间推移慢慢消弭影响。

区大娘心软，便劝师父："老太太不利于行，真逼得她登门，我们反而失礼，不如明天师父就应邀去茂园走一遭吧，也算宾主一场……冰释前嫌。"

潘大娘也道："陈家虽然对不起咱们，但老太太给的这个台阶也够硬了。"

这句话用了"台阶"两个字，其实是点出了关键。陈家虽然不厚道，但陈老夫人给了这个台阶，如果袁莞师不想彻底闹翻，差不多也该顺阶下去了——袁莞师自己可以任性，但她不是一个人，徒子徒孙们还要吃饭的。

袁莞师哼了一声，对区大娘道："你去茂园，就跟老太太说……"还没交代完，有个小弟子匆匆跑进来，送上一封书信——那信用牛皮封住，信封上绑了一颗金豆子。袁氏门下风气很好，看门的弟子看到金豆子就觉得烫手，所以赶紧送进来。

袁莞师皱了皱眉头，拆了信件，信封之中除了信纸，还有另一封信。袁莞师只看了开头两句话，猛地整个人跳了起来，将小弟子遣走，这才拆了那信中之信！

那是一张发黄的纸，而且边角还有所残缺，也不知道是多少年的老物件了。袁莞师将新旧两封信看了又看，终于仰天哀笑。两个大弟子见师父如此情状，面面相觑，均感骇异，就听袁莞师哀笑着说——

"哈哈，哈哈！陈子峰！陈梁氏！你们祖孙可欺得我好惨啊！"

两个徒弟听了这话，更是惊骇不已。袁莞师将信递给她们，两人一读之下更是脸色大变："这……这！"

区大娘不敢置信："真的如此？真的如此！他们竟敢如此！！"当初破败的时候是什么日子，她可是亲身熬过来的！

潘大娘为人精明一些，仔细检查那封旧信，再对比新信中描述的内容，终于点头："应该不是伪造的！"

"怎么可能是伪造！"袁莞师怒拍桌子，"这些事情不揭破也就算了，既然点破，再想想当年的那些事，哪一点不是合情合理？"她对区大娘说："你这就去告诉陈梁氏：广茂源的这个供奉，老身不当了！以后我就是饿死，也不吃她陈家一粒米！"

区大娘看着这两封信，知道此事已绝无转圜，叹了一口气，便要出门，却被潘大娘给拉住了。

"怎么？"袁莞师冷笑道，"你还想劝我？当年之事，你俩也是受害人！若非他陈家祖孙使横手，今日我师徒三人早就开庄建坊了，何必寄人篱下！"

潘大娘道："师父，我不是要劝你跟陈家和解，而是……现在不是翻脸的时候啊。"

"嗯？"

"现在翻脸，对我们有什么好处？"潘大娘说道，"依我看，师父还应连夜去茂园，好好做一场宾主释前嫌的戏才是啊。"

"你说什么……"袁莞师听着上半句勃然大怒，但一琢磨潘大娘的下半句，忽然就明白过来了。她性子虽然耿直，但毕竟也是纵横江湖几十年的老姜了："这口恶气，实在难忍！可若要翻了他陈家，现在广茂源如日中天……"

"还真是如日中天吗？"潘大娘笑道，"师父莫忘了，海上斗绣是怎么折的？"

区大娘道："区区一场海上斗绣失利，伤不了广茂源的筋骨。"

"海上斗绣，自然不值一提，"潘大娘道，"但那位能以荔枝绣胜过师父的高眉娘，也不值一提吗？"

提起那个高眉娘，区大娘也不禁心头一震——她也是极资深的刺绣大师傅，只论荔枝绣，满广东的宗师们，除了袁莞师，也不见得谁能赢她，但正是因为功夫深，才更明白那位高眉娘针功之可敬可畏！

"如果只是一个刺绣大高手，或许未必能动摇广茂源。"潘大娘抖了抖手中的信，"但这封来历不明的信呢？这人能拿到这东西，却藏了这么多年，偏偏选在这个时候才送到我们手头，而那个高眉娘又恰是在这个时候出现，可见是有人暗中要对广茂源动手了。这场倾覆不会很远，或许就在眼前了。既然如此，我们何必着急呢？这时候忍一忍，回头或者就能一边看大戏，一边寻到一条新出路了!"

两个大弟子一番对答时,袁莞师已经冷静了下来,坐回罗汉床上。她从潘大娘手中接过那两封信,心里反复盘算了良久,忽然对潘大娘笑道:"好,你去茂园走一趟,告诉老太太,我明天早上会登门……她腿上有疾,我们怎好让她老人家劳筋动骨?呵呵。"

第七十六针　归来有庆

送走袁莞师之后，陈老夫人双手按着太阳穴，闭眼休息了好久。

刚才袁氏师徒上门，阴阳怪气了好一阵，得亏最后还是安抚住了。海上斗绣这事，如果最后还是压制住凰浦也就算了，但得罪了袁莞师也没能将可疑的姓高的女人压下去，这下可真是两头空。

不过陈老夫人最烦心的还不是这个，她最担心的是陈子峰——这个大孙子才是一切的根本！

自从小孙子的尸体运回来，大孙子整个人就浑浑噩噩的，精神状态令人担心。老太太可以不把别的放心上，但子峰、子艳是她的心头肉，再怎么也不能出岔子的。

她正要吩咐丫鬟去看看庄主今天是否有进食，忽然门口有些喧闹。陈老夫人微微皱眉，家里什么时候这般失规矩了？就见一个人闯了进来——看门的奀妹都拦不住——来者却是风尘仆仆的梁惠师！

陈老夫人怔了怔，随即挥手屏退旁人。她正要问，梁惠师先开了口："是她！"

"什么？"

"是她！"梁惠师一字一句地说，"凰浦的那个高眉娘，就是高秀秀！"

陈老夫人身子一歪，就要从椅子上摔下来；几乎是同时，一个人从门口走进来。一老一小脱口而出："她果然还没死！"

梁惠师回头望去，就见一个清瘦的着青衫的女子从门外走了进来。乍一看，这人跟高眉娘竟有几分相像，无论是眉眼、身段，还是身上的穿衣风格，都能看到一点"高秀秀"的影子，不过十二年的宫廷生活并未增加她身上的贵气，反而让她多了两条脂粉也没能掩盖住的法令纹。这两条纹路不但让她看起来比实际年龄老了几岁，也让她的面相显出了几分愁苦。

是的，大内首席绣师在天下绣行的眼中是个地位尊崇的身份，但首席绣师也只是个绣师，在宫里头生活，莫说皇帝、太后、皇后、妃嫔们，便是太监也能对她颐指气使。入宫前以为那是无限风光，入宫后才发现只能做小伏低，但要保住家族在绣行中的地位，这苦她必须在宫中独自吞咽。

看到孙女，陈老夫人马上喝道："关门！"

陈子艳反手关了门，走前几步。梁惠师对她行礼道："尚衣。"陈子艳抬手道："不用多礼。"她直接走了过去，连正眼也没看梁惠师一眼，因此忽略了梁惠师抬头瞬间眼眸中的冷色。

当年在高秀秀门下时，陈子艳是最没有存在感的，几年的时间里活得就像一个影子。直到十二年前那场大变故后，陈子艳一步登天，眼睛不再朝下看，在宫里头有多卑微，到了绣行便有多倨傲。但梁惠师是深知她底细的人，既见过她在高秀秀身边唯唯诺诺的模样，又清楚她这个首席绣师是怎么来的，心里怎么可能对她有真正的敬畏？

屋子里头，三个女人一坐两立。陈子艳瞥了一眼旁边的梅花凳，那凳子位置不对，她要是坐过去，跟祖母说话就不方便，但要让她在人前挪凳子，她怎么放得下那身段！

梁惠师眼珠子轻轻转到旁边去了。她也是堂堂刺绣宗师，平日便是陈子峰对她也得客客气气的，难不成现在得去给陈子艳挪凳子？

这时周围没下人的难堪就显现出来了，难不成特地去开门，唤下人来挪了凳子，再让下人出去？

陈老夫人咳嗽了一声，对梁惠师道："昨晚子艳做针线伤了手，惠师你挪挪凳子，我们三个坐着说话。"

梁惠师这才用腿轻轻拨了拨两张凳子，跟着自己先坐了其中一张。陈子艳觉得她无礼，眉头微皱，听到祖母微微咳嗽才没发作。三人坐定，陈家祖孙同时看向梁惠师。

"我在他们住过的客店守了三天，终于见到了她的真面目！"梁惠师这才开口道，"就是她本人！我是怎么都忘不了那张脸的！"

"她为什么没死！她为什么没死！"陈子艳想到高秀秀还活着，一下子把眼前的一点钩心斗角都抛到爪哇国了，身子微微地颤抖着，"她是从地府里爬出来的吗？要来报仇吗！梁小惠，你为什么不动手杀了她！"

陈老夫人虽然心头剧震，却仍保持理性，闻言喝道："艳儿，你胡说什么！我们是做绣行的，又不是江洋大盗，什么杀不杀的！再说，如今惠师也是一代宗师了，小时候的称呼你给收回去。"

"对啊，我们是做绣行的，谈不得打打杀杀！"陈子艳仿佛没听见祖母的言语，冷笑了起来，"那就让大嫂去办好了！大嫂恨不得她死，对她的恨可是我的十倍！"她说着就要起身。

陈老夫人忽然喝住陈子艳："你给我坐下！"她抓起椅子旁的拐杖，重重一顿："你这是想把那个女人的身份给掀开吗！"

陈子艳回头冷笑道："不掀开？难道我们还要替她遮掩着？"

陈老夫人怒道："把她的身份掀开了，于我们有什么好处？"

陈子艳怔了一怔。陈老夫人暗中叹了一口气，自己膝下这三个孙辈，仿佛智力都集中到了子峰一人身上似的。

"那女人用了假名，可见也是有忌惮的，但绣行里当年见识过她针法的人还没死绝呢。这个事情传开了去，平白增加了凰浦那边的威望，对他们未必是坏事，对我们也未必是好事！"陈老夫人停顿了一下，"想想你大哥！"

陈子艳身子微微一震，这才坐定了。

陈老夫人道："你大哥对那个女人怎么样，咱们都清楚，可咱们又不太拿捏得住……谁猜得到他晓得那女人还活着会是什么反应？万一他疯了怎么办？万一他狂了怎么办？"

"疯了？狂了？"陈子艳喃喃道，"这么多年了，不至于吧……"

"不至于？我看这十二年他一天都没放下过！"陈老夫人的泪从眼眶里渗出来，夹在皱纹里头，"当初我们寻死觅活，逼得他动手。他是动手了，可动手之后整个人变成了什么样子？白天恍若无事，精明强干，一到晚上就像变成了鬼，这样的日子他过了多少年？这几年是好了些，可我觉得他只是因为日子久了，麻木了，可不是心里头没了那女人！如果这时候让他知道那鬼女人还活着……死水潭里落大石，多年的老泥都能给炸起来，谁知道他会变成什么样子！"

想起陈子峰，老太太就忍不住心疼："老二死了，他都变成那样，以那个女人在他心里头的分量，还有他觉得自己对不起那个女人而积了十二年的愧疚，一起爆开来，他怎么受得了！到时候便是直接疯掉也不奇怪。"

"那怎么办？"陈子艳恨恨地道，"难道就这么放着，任由那个女人杀埋身[①]？"

梁惠师忽然插嘴道："其实可以告诉太太的。"

"嗯？"祖孙俩同时疑惑起来。

梁惠师道："只要点拨两句，让太太明白过来即可。她可是比任何人都不想庄主知道那个女人还活着的。"

陈子艳目光闪动，笑道："对！"

她又笑了笑："这些个脏事，让大嫂那边的人去做最好。"

老太太这回也没反对了，沉吟了一会儿，说："这件事情，一定要瞒着子峰。那个鬼女人的所有绣品，全部拦下，一件也不许他接触！"

"只是……"梁惠师道，"能瞒多久呢？"

老太太道："能瞒多久便多久。"

"也许也不用很久。"陈子艳冷笑道，"也许等大哥收到消息，大嫂已经把那鬼女人的骨灰都扬了。"

---

① 杀埋身：广东方言，"杀过来"的意思。

凰浦众人去参加海上斗绣，回来的时候比去的时候多了一艘船。看着到了省城附近，远远望见南海神庙了，林添财这才稍微松了一口气——船上载着好多银子呢，这一路来他几乎都没睡踏实过。

眼看黄埔已在眼前，林添财对林叔夜说："有个事情，我琢磨了两天。"

"舅舅请说。"

"这次回村之后，咱们可得给村里弄些好处，收收人心，而且这件事情宜早不宜迟。"

林叔夜有些不解："我们在黄埔村办绣庄，赚到了钱与村民共享红利也是应该，但为何宜早不宜迟？"

"这件事情……说来复杂，但你听我的没错。"

林叔夜沉吟着，忽然道："舅舅是防着我大嫂那边？"

林添财冷笑道："能不防着吗？杨家六代吏门！广州、番禺、南海，一府二县的衙门，都有他家从中把持。官府有他们的人，黑道也使唤得动，广茂源光鲜底下的多少肮脏事，都是姓杨的替姓陈的在打理。你老觉得陈子峰是好人，但回头杨家'瞒着'你那好大哥使起横手来，我们怎么死的都不知道。"

林叔夜道："舅舅打算怎么做？"

"这次咱们有了钱，回头就用钱开路，先买通黄埔村村民，有了地方上宗族的庇护，外头黑白两道要杀进来就没那么容易。"

"我们在黄埔的地界上赚到了钱，惠泽村民也是应该的。"林叔夜点了点头，说，"但我们要花这钱，我觉得也得通知一下股东。"

林添财一时不解："通知什么股东？股东不就我们几个？"

"还有霍姑娘啊。"林叔夜道，"我回头修书一封，寄给霍姑娘，告诉她我们要为黄埔村花钱的缘由。"

林添财愣了一愣，随即大笑："对头！对头！若再有霍家在上面照应一下，那就真是消灾解难、万事亨通了！"他看着外甥，越看越是满意："不错，不错！你们这种读过书的人，说话做事就是不一样！嘴里掉的都是文，袖里藏的都是刀啊！"

林叔夜恼了："舅舅！哪有你这样骂外甥的？我这只是防人之心不可无罢了。"

"嘻嘻，嘻嘻，口蜜腹剑是你们读书人的能耐，我这是夸你呢，怎么会是骂！"

三条船开到黄埔村附近，有打鱼的村民望见，飞速赶回去报信。

林叔夜看着奇怪，却还是按照平时的路线行进。在小码头登岸时，他们远远就望见一大堆人在渡口聚集，里头似乎有黄埔村村长，刘婶也在。看见她，林叔夜就安心了几分。林添财说："应该没什么事情。"他和刘三根仍然护住那几大袋银子。眼看着船靠岸了，黄埔村村长一声令下，便听锣鼓喧天、鞭炮齐鸣，好多人一起高唱："恭喜，恭喜，凰浦绣庄得胜归来。"

林叔夜等又惊又喜，黎嫂和喜妹走到船头观看，连林小云都伸出头来。还没等他们下船，几个壮健的村汉就跳了过来，把林叔夜等拥上岸去。

刘婶带着几个绣娘上前，恭贺庄主、黎嫂等在海上斗绣旗开得胜。林叔夜满是欢喜，道："同喜，同喜。"

他们来黄埔村日浅，所以万没想到村民们这么给面子。

黎嫂对刘婶说："老姐姐，可没想到你还能搞这么一出啊，哈哈！"她在这里生活的日子长了，更有衣锦还乡的感觉。

刘婶笑道："可不是我，我哪有这能耐？"

才回来的众人一奇："那是谁啊？"

刘婶道："那位贵人叮嘱了且别说，等咱们到了庄上，就见到了。"

第七十七针　将进三杯酒

听到"贵人"两个字,林叔夜心头一动,便猜莫不是霍绾儿。

办这事的人心思细密,还准备了两筐糖果。这一路回去,黎嫂、喜妹就沿路撒糖果,全村的孩子乐得拍手欢呼,一路追随,林叔夜一行热热闹闹地到了凰浦绣庄大门外。

林叔夜等人多日未归,只见庄门修葺一新,门口挂了红布绸缎,还高挂了两大串鞭炮。望见人来,就有绣庄的人叫道:"来了!庄主他们回来了!"大家便点燃了鞭炮,噼里啪啦,硝烟弥漫,两旁的锣鼓、唢呐更是卖力地吹打,真比过年还热闹。

看着老乡们满脸的欢喜,林叔夜心里第一次对这个地方产生了归属感,心道:不管是谁攒起了这事,老乡们的情谊是真的。

这几个月凰浦绣庄与村民公平买卖,又量力为村里修补路桥捐了些钱财,租用屋舍、雇用人力更是给一些村民带来了收益,所以双方的关系处得不错。一有人组织,村民们就踊跃配合。

鞭炮放完,锣鼓稍息,一个青年大笑着从门内走出来,用带着潮州口音的粤语笑道:"贤弟啊!为兄不请自来,喧宾夺主,你可不要见怪!"

竟然是黄谋!

林叔夜愣了一愣,再怎么也没想到是他!随即也笑容堆满了脸,上去与黄谋四手相握,说道:"我们在路上耽搁了,没想到二舍先到敝庄。这个大场面想必也是二舍的手笔了。"

黄谋笑道:"还叫二舍,那是跟我见外了。"

林叔夜笑着改口:"二哥!"

两人欢言笑语,相携入内,只见里头还有七八个人在等着,都是广州绣行中的人物。这些人在绣行的地位比以前的林添财都要高不少,不是一坊之主,就是个大揽头。放一年前,林叔夜甥舅要与他们结交,都算高攀,此时他们却随着黄谋到此,纷纷为凰浦贺凯旋。

黎嫂在后面低声对林添财说:"这不是潮康祥的那个二少爷?我听说庄主最后一场斗绣拒绝了他,还打得他们灰头土脸,他怎么在这里?不会是有什么阴谋吧?"

"未必是阴谋。"林添财却冷笑了起来,"这个黄谋真个厉害!拿得起,放得下!"

原来黄谋前日来凰浦探访,听说林叔夜等人还没回来,就搞了这么一出。这种事情也就花了点钱,动了点人脉,却能迅速修补他跟林叔夜之间的关系,于他而言可以说是惠而不费。

天井中早就摆上了桌椅,几个黄埔村的族老也被请了来,林叔夜赶忙施礼。

黄谋说道:"贤弟,因你还没回来,我这才自作主张做了点准备。现在正主回来,这宴席却得你来发号施令了。"

林叔夜也不推辞,笑着让开火整席。高眉娘仍然戴着飞凰面罩,领着几个绣娘朝族老与来宾们福了一福,便往后面去了。换了以前,来宾们定要不悦,但海上斗绣的连胜让高眉娘打出了威名,她有这脾气,来宾们反而觉得理所应当。

林添财则不顾这些,与刘三根去搬银子,跟刘婶入库会账——在他看来,这些银子才是绣庄的根本!

不久,宴席开了——天井和大厅加起来一共十二桌。林叔夜与黎嫂举杯招待远近客人,一席间宾主尽欢。

酒过三巡,林叔夜眼见村民们十分热络,一时感动,又想起舅舅的叮嘱,便举起酒杯,道:"我有话说。"

众人纷纷停了盏箸,且听这位年轻的林庄主有何话说。

林叔夜道:"我有三杯酒,要分别将敬。"

他说着，先朝向黄谋："第一杯酒，先敬黄家二哥。咱们在海上斗绣是不打不相识！今日二哥先我一步到家，为小弟筹谋了这个宴席。我没想到的事情，二哥替我想到了，这是二哥不将小弟当外人了。二哥待我如此，小弟焉能再与二哥见外？"

他将酒杯推到黄谋面前，说道："若二哥看得起林叔夜，喝了这杯酒，往后你我便是异姓兄弟！不求同生死，但愿共富贵！"

"好！"黄谋一脸大喜状，把手里半杯酒斟满了，举起来大声道，"这里是广府，按照广府的习俗，既是要做异姓兄弟，那便得烧黄纸、斩鸡头！"

林叔夜道："我做弟弟的，一切都听二哥吩咐！"

黄谋笑道："那好！你姓林，出自我潮州府揭阳县乔林乡，广府陈家不让你认祖归宗，我们潮州人认你！往后咱们便是自家人！咱们潮州人做事讲究，烧黄纸、斩鸡头且择吉日，但这杯酒喝了，你我便是兄弟！这里在座的绣行贤达、黄埔庄众老便是见证！"

两人碰杯饮胜，在场的人无不恭贺。

林叔夜举起第二杯酒，对黎嫂那一席道："我林叔夜接掌了这座绣庄，承蒙诸位师傅不嫌我年浅识陋，仍愿意跟随我披荆斩棘。这一程筚路蓝缕，幸得诸位不弃，而有了今日的小成，林叔夜深深感激！往后的日子，但凡凰浦一日在，诸位的饭碗便在；但凡凰浦发财了，便有诸位一份红利。"

坐在这一桌的正是凰浦绣庄的小领队，他们听了这话无不喜上眉梢，由黎嫂带领着与林叔夜碰杯饮胜。

林叔夜再举起第三杯酒，对黄埔村村长与族老们道："林叔夜从西关来到贵宝地掌此绣庄，一路走来平安无事，全赖黄埔村上下的荫庇支持。我虽然不在黄埔村出生长大，但戏文上也说了，管什么南庄田、北庄地，来得银钱的便是衣食父母！我既是在黄埔村的地面上赚到了钱，那往后我林叔夜便也是黄埔村的人了，还请诸位不弃，认了我这个外姓子弟。"

村长、族老们纷纷道："林庄主客气了。"

"不是客气！"林叔夜道，"我这次从海上归来，颇有斩获。

游子在外赚到了钱，回来岂能不报乡里？一年之内，我要为黄埔村做三件事情：在村西通省城的那条大涌上，我要修一座桥；从桥边到祠堂，从祠堂到绣庄，我要修一条路贯通；村里的闲汉闲妇，只要品行无差的，我凰浦绣庄全雇了。这三件事情，还请诸位准我来办。"

村长和族老们喜出望外，纷纷道："庄主做这样的大好事，那便是我们阖村的衣食父母了！以后你便是我们黄埔村的人了！莫再说什么内姓外姓！"

刚才他们只是客气，现在却是真热情了。

黄谋眯了眯眼睛，看向林叔夜的眼神也更是热切。这场宴会上下同喜、内外同乐，林叔夜被灌得大醉方休。

林添财因为核算了大半日的银子，反而躲过了这场酒宴，等到从库房出来，知道了林叔夜的许诺后，大喜。刘婶道："林揽头，你手指缝紧是出了名的，庄主这么花钱，居然不见你心疼。"

林添财本来要反驳，但想想这事不说开没个意思，若说开了则大费口舌，当下也不多言。他不顾已经傍晚，仍去寻村长、族老们，谈起雇用村民的事，先约定村里的女眷，但凡三十岁以下的，只要愿意，全都可以到绣庄做学徒，又要了三十个闲汉，做搬运、巡视等活儿。

林叔夜虽然在宴席上许了诺，但村长、族老们也没想到他们兑现得这么快。

如今是大明嘉靖年间，广府地区人口激增，黄埔村位于省城郊区，也开始面临地少人多的困境了。这修桥、造路的事总得弄上一年半载，可这三十个闲汉一雇，那就是给村里几十号男丁添了一份收入，再加上女眷入庄做刺绣，这惠及全村的收益几乎是立竿见影。

前面林叔夜在敬酒，林添财在算钱，一切的纷纷扰扰似乎与高眉娘完全无关。她抵达之后稍事梳洗，便让喜妹将林小云和李绣奴叫了来，给二人介绍了独手黄娘后，便道："从今天开始，我要好好训练你们的刺绣功夫。从头训起，你们可愿意？"

李绣奴喜出望外，对着高眉娘便行了大礼。

林小云却犹豫了起来。他这一路一直想逃，却没逃掉，因林叔夜时刻都在防他脱逃，一点银子都不给他。要是在老家潮州也就算了，他总能找到几个猪朋狗友拆借，但在这广府地界，他手里没钱，那真个是寸步难行。

他心想：且在这里学着吧，反正我也喜欢这个；跟着姑姑，不用跟老头子碰面，挨到表哥空下来，再问他打算怎么处理我的事。

心念既定，他便把笑容从眼角堆到嘴角："那太好了！姑姑你不用怜惜我！就狠狠地训过来吧！我受得住的！"

独手黄娘听了这话，眉头便皱了，心想：姑姑怎么会挑上这么个飞扬跳脱、没正形的人来？这人的性子跟她们师徒可非常不搭呢。

但她很快就明白为什么了。

高眉娘不喜迂回，事情说定了，就不浪费时间，坐下便给二人讲绣。

"你们二人，一个出自潮州，一个出自朝鲜，各有来历，也各有缺陷。明天我会从头给你们将刺绣针法梳理一遍，今晚且先说说你们在海上斗绣时显出来的那些缺点。"

她当下将二人的缺点一项一项地指出来，挑了毛病之后，又现场演示如何纠正。

这一来，独手黄娘很快就看出了二人的深浅。她是跟着高眉娘大风大浪走过来的人，也不知会过多少刺绣宗师，说实在话，她并不怎么看得上林小云、李绣奴的针功。然而，林小云一听就懂，懂了手上就能绣，这天赋委实有些惊到她了。她忽然有些明白姑姑为什么不计较这人的性子，要将其收入门下了。

李绣奴的天赋虽然逊林小云一筹，但她更加刻苦，只是在这现场教学之中一时没显现出来。

第七十八针　三手绣

三人一教二学，不觉时间过得极快。看着教学到了一个段落，独手黄娘连忙打断——她知道，如果不打断，按这三人的状态，能不知不觉地绣到天亮去。她不在乎林、李二人，是心疼高眉娘的身体。

高眉娘这才听见门外敲起了二更鼓："哦，已经二更了，那你们先回去吧。"

林小云走了两步，忽然回头，问道："姑姑，今天我们才下船，你又病刚好，怎么就这么着急要教我们刺绣？听说他们前头喝酒喝得正热闹呢。"

"酒什么时候都能喝。"高眉娘看了他一眼，"但我们的时间不多了。"说完这话也没多解释，她便上阁楼去了。

林小云和李绣奴来到前面，只见林叔夜和黎嫂都喝醉了，林添财又去了村里未回——旁人也不晓得该怎么安置二人。刘婶知道这二人是被高眉娘叫到后面去学刺绣的，这可是入室弟子的待遇，便留了心，说道："你俩该如何安置，等明日庄主醒了，我再行请示，今晚先在通铺凑合一晚吧。"

李绣奴毫无意见，马上答应了。她更大的苦都吃过了，别说这一夜的凑合。

林小云却道："不行，我不睡通铺，我去问表……问庄主去。他在哪里？"

刘婶忙说："庄主喝多了酒，现在睡了。"

"睡了我也铲醒他。"他嚷嚷着找到了林叔夜睡觉的地方,直接就闯了进去,又把众人给推了出来。他力气大,别人竟拦不住他,被他关在门外面面相觑,想着:这是什么人啊!

林小云关好门后跑到床边,抓起林叔夜的肩膀晃动:"林秀才!阿哥!老兄啊!你醒醒!你给我醒醒!"

林叔夜被他晃得吐了一地,清醒了几分,见是表弟,但因身体难受,烦躁地问道:"怎么了?"

"你到底打算怎么安置我!"林小云怕被屋外的人听见,压低了声音说,"这一路我扮着女人,难受死了!"

林叔夜借着琉璃窗折射进来的月光,看着表弟,冷笑道:"这不是你喜欢的吗?"

"偶尔扮扮那是好玩!一天到晚扮着,谁受得了!我只是喜欢唱戏,又不是喜欢扮女人!我是个男人啊!"

他跟沙湾梁哥是完全不一样的:沙湾梁哥是声音尖锐女气,但又能听出男声的底子,所以别人听了难受;林小云则完全用技术性假声——从唱戏上学来的发声技术——别人只听声音会以为是个女人。

"现在还要我去睡大通铺!只让我干看着不能上手,我不得疯!"

"你还想上手?"林叔夜瞪了过来,"你真敢上手,看我不把你'三条腿'都断了!"

"我不想啊!所以你就行行好,把我放了吧。哥,表哥!不——亲哥!求你替我着想着想啊!"

"放你,放你去哪儿?"林叔夜按着发疼的太阳穴,"我若不是替你着想,早在舅舅面前扒了你的皮。行了,让刘婶进来,我让她找间空屋子,先安置你再说。"

"不行!你今晚得给我个说法。你要是不给个说法,我……"林小云忽然瞥见床头的褡裢,伸手摸出了几块银子,"哈哈,够了,够了。你今晚不给我个说法,我就自己溜走。我一个大男人有了这银子,还怕没处去!"

林叔夜也不阻止他,只是冷笑:"你溜啊!你有种就溜,你前脚出门，我后脚就把事情都告诉舅舅，除非你准备一辈子不回家了。"

林小云一听，脸就塌了："得！林秀才你厉害！"说着，他将银子扔到床上："从小到大，就没有你拿捏不了我的时候！"

林叔夜见表弟发了脾气，语气反而软了软，说："小云，别和我闹别扭了，我坑谁也不能真坑你。只是你这样走了，这里又不是潮州，我怎么放心？我最近烦心事情太多，所以一时静不下心来想你的事，暂时没个两全其美的办法，所以才这么留着你。"

"只是这样？"林小云冷笑。

林叔夜道："还有个事，我看姑姑对你很上心，接下来多半是用得上你。如今哥哥我正遇到大难处，能帮上我忙的人没几个，你能不能为哥哥我忍耐忍耐？从小到大，除了我舅舅、你姑姑，我身边就只有你与我贴心了，我最为难的时候能依靠的就剩你了。"

"这话还差不多！"林小云哼道，"行吧，就当我上辈子欠你的。不过我跟你说好，我的事你得给我处置妥帖了，回头万一被我老子撞破，你得给我担着！"

"行，我担下了。"

同样的夜晚，茂园深院之中，茂源绣庄庄主夫人杨燕君看着眼前的梁惠师，忽然就像被针刺破喉咙一样尖叫："她还活着？你说她还活着！"

梁惠师淡淡地道："是的，她还活着。"

随着海上斗绣的结束、大批银子的注入，凰浦绣庄进入了新的发展阶段。

刘婶拿出一部分银子，由林叔夜委派刘三根去寻了一批瓦匠木匠，着手修葺凰浦绣庄。这座庄子的底子本来就打得好，虽被摧毁、抛荒过，但根基还在，林叔夜现在手头有了钱，便打算修墙补壁，恢复庄子本来的模样。

林添财同样忙碌着。他从村中挑了三十个闲汉，虽然说好了要做劳力,但现在绣庄的大动作其实还没开始,于是先将人组织了起来,给每人发了一根棍子,又从中挑选了几个人做领队——要是不知道的,看他这样子,还当他是准备训练人手去干架!而只有他自己心里知道,他还真是这样打算的!

不过,甥舅俩看似忙忙碌碌,其实他们心里清楚:这些忙活儿,一大半都没忙到点子上去!只因现在凰浦绣庄最大的问题是产能不足:虽然林添财从海上签回来的那一批订单为绣庄带来了巨大的现金流,可现在凰浦绣庄赶制不出来——这个货量根本不是现在的凰浦绣庄能负荷的。

为了这事,林叔夜去找高眉娘,但高眉娘也没办法。她在斗绣场上可以以数倍于普通绣工的速度进行刺绣,可那是不持久的:一个是长时间爆发,肌肉会受不了;另一个是注意力越集中,对精神的消耗就越大。若是日常刺绣,她的速度也就比熟手绣工快些,但长期来说,也没办法一个人当十个人用,特别是要出精品、极品时,有时候甚至会绣得比普通人还慢,因为会停顿下来思索——这才是大师级人物的创作状态。

更何况她现在急切需要做的是应对年底的广潮斗绣——虽然还有好几个月,但凰浦的根基差、底子薄,有几个大缺陷必须赶紧修补,一些材料也得设法准备。按照高眉娘估计的,现在整个绣庄全力投入都未必能确保广潮斗绣之行顺利,更别说让她分心去应付那些订单了。

"若需要我规划绣类、整治行列,我可以做;但要完成订单、扩大绣庄,这些外务,是庄主的事。"

规划绣类、整治行列,都必须下面有人,但现在人手不够,高眉娘也是巧妇难为无米之炊。

听了这话,林叔夜便默然告退,没再就这件事情去烦扰高眉娘。

他和林添财商量了三四天,最后也没想到个可行的办法来。

林添财道:"其实路子是有两条的,但两条路……都不能走!"

林叔夜明白,舅舅说的两条路,一条是去向广茂源求助,一条是去向潮康祥求助，但无论是哪一条，对凰浦来说怕都是糟糕的选项。

幸好两人都沉得住气，一边想着办法，一边同步进行着修缮绣庄、训练庄丁的事。直到这天与黄谋结拜的日子终于到了，凰浦绣庄才又热闹了起来。

日居先生给挑的吉时是在下午，但上午已经来了很多人。沉寂多年的凰浦绣庄接连热闹，把寂寞惯了的老绣工们都高兴坏了。

只有高眉娘与别人不同，不管前面如何纷扰，她都非常安静地在后园——海上斗绣期间，刘婶组织了些闲汉，围绕着高眉娘所住的独楼，平整了土地，加固了藩篱，弄成了个简单却开阔的园子——教林小云和李绣奴刺绣。预料到前面会很喧闹，所以高眉娘一早就让关闭了前庄通后园的门户，让林小云和李绣奴得以专心学绣。

这几日两人进步神速，高眉娘除了给他们分别补课、夯实根基，还传授了一门相互配合的特殊针法。

她问林小云："你其实是左撇子吧？"

林小云一奇："姑姑，你连这都看得出来？"

"因为我发现你左右手一样灵活，这不寻常。"

"对啊，我其实是左撇子。"林小云晃了晃自己的左手，跟着又晃了晃自己的右手，"但我老子啊，哼，是个老顽固，说什么左手是偏手，右手是正手，吃饭拿筷子、写字握笔，全都得用'正手'才合道理，所以从小逼着我用右手。但我私下里还是觉得左手更灵活啊，右手用得多，左手却天生灵，慢慢地搞得我两只手一样了。"

高眉娘点头："其实我原本也是左撇子，小时候的经历跟你有相似之处，而这又成为我能用双手绣的原因之一。"

林小云眼前一亮："双手绣?! 姑姑要教我双手绣?!"

"其实双手绣不算什么绝活，太耗精神了，平时刺绣不大用得上，斗绣时应用到的机会也不多。"高眉娘道，"但三手绣就不同了。"

"三手绣?! 还有三手绣?!"

第七十九针　隐有绣场大将之风

　　林小云眼中光亮更甚，但随即皮了起来："但人哪来的三只手？难道用脚帮忙？"

　　高眉娘心里压着好多事，以至于大部分时间都比较沉默，这时也被林小云这憨话给逗乐了："你要是能用脚帮忙，那可就开创一门绝学了。"

　　说着，她招呼李绣奴过来，让两人面对面在绣架前坐好："你们可听说过广泰奇的徐美娟、徐美凤这对刺绣姐妹花？"

　　李绣奴摇了摇头。她是朝鲜人，哪晓得这些广东的事情？

　　林小云却是知道的："晓得，晓得！她俩是双胞胎，都是资深的刺绣大师傅。两人分别绣时，不如刺绣宗师，但听说如果两人联手，四手联针，在一些场合的斗绣中能把一个宗师加一个大师傅压着打！"

　　广东十大名庄之中，除了广茂源与潮康祥，其他名庄都只有一位刺绣宗师。但广泰奇除了拥有一位刺绣宗师，还供奉着这样一对奇特的大师傅，使得广泰奇在不少斗绣场合中大占上风，隐隐有"第三名庄"之称。

　　高眉娘道："这对姐妹，在我隐退之前就已经成名了。当时她们也才十七八岁……"

　　"咦？姑姑你隐退过？"

　　高眉娘没有接话，继续自己的话题："徐氏姐妹的四手联针虽妙，但如何比得上三手联针！"她对着独手黄娘招呼了一声，道："来，我们演示一下给你们看。"

她们就坐在了旁边另一个绣架旁，黄娘把完好的那只手放在了绣地下方，高眉娘双手在绣地上方，两人施展起了"三手绣"的绝活。

一般的刺绣，双手位于绣地上下两方，右手为正，左手为辅，只有一些特别的场合，比如海上斗绣的绣围棋，高眉娘才用比较特殊的针法以单手完成。但这时高眉娘双手双针同时刺落，针刺下去后很快又钻出来，这个速度比她在海上斗绣时施展的双手绣还要迅疾！

不多时，一只白鹅就渐渐成形。

"好快！好快！"

高眉娘手里绣着白鹅，对李绣奴说："你仔细看看下面。"

李绣奴便望向绣地下方，林小云也把头探到下面去，只见绣地下一只手此来彼往，干着两只手的事情！

"我明白了！"林小云道，"因为黄娘只有一只手，所以姑姑现在只能用双手绣，但如果有个人学会了这功夫，再有一个能做双手绣的配合，就变成三手绣了。"

高眉娘点头："不错。这里头的关键，不在上面的正手，而在下面的辅手。正手是主导，而辅手是配合，需要练习、练习，再练习，练习到不用动念、手比心快的地步才行。"她看向李绣奴："这份刻苦，云娘是不行的，你还有机会。"

李绣奴点了点头："还请姑姑传授。"

这几天，广绣行到处都在哄传两件事：

第一件就是广茂源竟在自家攒的海上斗绣上败了，败得连小组斗绣都出不了局，在出动刺绣宗师的情况下连四强都进不了。这消息一出，便在整个广州府传开了，内行自然知道其中的不对劲，可购买刺绣的人，其实大多是外行，对他们来说，只以胜败来判断一座绣庄的强弱。

第二件也跟广茂源有关，据说广茂源的三少爷，竟然要跟潮康祥的二少爷结拜！整个粤绣行都知道，广绣、潮绣是冤家，广茂源和潮康祥更是冤家中的冤家。出了这种事情，广茂源的家长也不管管？可再一打听，嘿哟！要结拜的那个三少爷连陈家的门都没入呢，而且在海上斗绣打败广茂源的那家绣庄就是这位三少爷的——看来是兄弟阋墙啊。

这两件事叠加在一起，便激发了看客们的传播热情。很快，大半个广府、跟丝绣行业有关系的人都知道了。

这一日是黄道吉日，黄谋请日居先生挑好良辰，便来到凰浦绣庄与林叔夜结拜。吉时在未时，但黄谋提前来了，下船一看，只见凰浦绣庄比上回更加热闹。因为东道主早有准备，整个绣庄张灯结彩，除了黄埔村的人，广府的丝绣行业来了不少人观礼——里头有一小半是冲着潮康祥的面子来的，有一大半是来看热闹的。

"哟，正主来了！"好几个人望见黄谋，纷纷打招呼。在他们看来，负责潮康祥广府事务的黄谋才是这场大戏的幕后推手。

林叔夜也快步走出来，喊道："二哥怎么不让人通传一声！却叫做弟弟的失礼了。"

黄谋笑道："既然都叫二哥了，还这么见外做什么？今天这场喜事，我也是半个主人。"

众人哄笑："正是，正是。"

黄谋拉着林叔夜的手，说："哥哥我虽然来得晚了，但这里头有些来宾与我这个做哥哥的相熟。来，我们一起见见。"

"正要二哥给小弟引见。"

拥挤的众人围着林叔夜与黄谋，其脸上的笑、嘴里的话，敬林叔夜这东道主的只有三分，对黄谋那边却敬足了七分！

林添财眼看着这些人在凰浦绣庄肆无忌惮地捧着黄谋的臭脚——这不是喧宾夺主吗——心头便生不悦。林叔夜却仍然一副笑脸，与黄谋一起结交八方来宾。

不过让林添财感到欣慰的，是其中仍有六个行家是奔着凰浦来的。这些便是在海上斗绣时结下的善缘了——海上斗绣为凰浦带来的不仅是银两，更有人脉！对生意人来说，一家能正面击败广茂源的绣庄，其绣品应该是有销路的。

所以这几户人家与奔着黄谋来、奔着看热闹来的两拨人都有所不同，前头跟林叔夜恭喜，后头就想跟林添财谈买卖。

若放在两个月前，林添财非得乐开花不可，现在却脸上笑着，心里苦着。这些自己送上门的订单，他是接也不是，不接也不是——要接吧，绣庄实在是没有这个产能；不接吧，一来得罪人，二来这些订单的量虽然不大，意义却非同一般。要知道，海上斗绣接的订单大头乃是海外的，海外订单的利润虽大，可风险也高，朝廷的一点政策波动随时就能斩断这种经贸往来，而今天上门的订单都是国内的，两家销往湖广，一家销往四川，一家销往江西，还有两家是准备把绣品运往京师的！这几个地方的市场如果能打开，足以成为今后凰浦绣庄的立足之本。

最后林添财偷偷问林叔夜，林叔夜想了想，竟然让他全接了。

林添财大为诧异："阿夜，你想到解决的办法了？"

"没有。"

"没有办法你还敢接?! 海上的单子都做不来呢！"

"嗯，现在是没办法。"林叔夜这话无赖得让林添财意想不到，"反正已经多到解决不了了，那再接下这些也无所谓。这就叫虱多不痒。万一我们后面能解决海上的订单，那也就能顺便解决这些。"

"那万一解决不了呢？"

"那到时候再说吧。"

林添财被他这句话气笑了，竖起了大拇指："行！你果然有我们潮州人的血性！赌性够大！"

他按照林叔夜说的做了，将几个揽头都请到隔壁小房间谈细节。

谈到定金时，其中两户的揽头希望能看看凰浦的绣品。林添财这就有些为难了：凰浦绣庄原本的出品有点拿不出手，而这几个月高眉娘又将心思放在斗绣上，还未为绣庄经营度身做绣品；回来之后这几天，她又一直在训练林小云和李绣奴，也是没做成品绣。

林添财道了声"稍候"，来到后园。后园以那座独楼为核心，从里到外坐着三圈正在学绣的绣工。最外围的是绣庄里资质比较好的绣工，正在独手黄娘的指导下学习。独楼门口坐着七八个人，是黎嫂、沙湾梁哥等有根基的师傅。他们是凰浦大师傅的后备队伍。

林添财一路走过去，沿途瞥了两眼，不禁暗暗点头，心想：这么短的时间，这些绣工便都有进步了，咱们这位高师傅不但自己手艺高超，而且是位名师啊！他当初接手的时候，盘点过绣庄的人才，所以很清楚这些绣工的底子。

照这样下去，不出三五年，凰浦便能拥有比肩十大名庄的底子了。林添财这么想着，但随即又不禁叹气——他们哪有三五年的时间啊，广潮斗绣就在年底了，而比广潮斗绣更急迫的，就是那些订单！

来到门口，黎嫂抬头问道："今天前头那么忙，林揽头怎么有空来这里？"

林添财说："都知道前面忙，你们还不出去帮忙，偏在这儿躲懒。"

黎嫂笑道："哪里是躲懒！姑姑说了，外头的喧哗热闹都不关我们的事，一个绣师最重要的是手上的功夫，所以我们现在干的才是正事哩！"

她一边说着，一边手上针线不停。跟着高眉娘的这段时间，她的针功进步飞快——她的刺绣能力原本在两年前就陷入停滞了，不想被高眉娘指点之后便有突破，这几个月的进步比过去十年的大得多，所以对做刺绣也有些"上瘾"了。她不再像过去一样为了赚钱应付订单，而是在刺绣之中找到了快乐。

林添财心想：绣工们能专心于学绣，对绣庄来说倒也是好事。因此他勉励了两句，才问："高师傅在吗？"

喜妹指了指里头，林添财叫道："高师傅，林某求见。"说着便进了屋。

屋里头还坐着两个人，一个是李绣奴，一个是林小云。他俩正对坐着练三手绣，绣地上斑斑点点的都是血迹——这三手绣不是这么好练的，四只手的配合只要稍有差错，便是针扎血流的下场！

但他俩一个坚韧（李绣奴），一个好胜（林小云）；一个咬牙隐忍，一个见对方不出声，也就不肯输给对方。一路练到现在，他俩滴下的血把绣地染得鲜红，幸而练到今日，其手指被刺的情况已经越来越少了。

结果林添财一来，林小云听见他老子的声音，手一抖，又被刺了一指的血，不由得又气又恼。但他怕被林添财发现，赶紧把脸别过去了。

高眉娘去参加海上斗绣的这段时间，刘婶不但安排人修葺了围着独楼的院子，也修整了这栋独楼——对外墙进行加固，把二楼飞出的阳台修理好了，而且内部也做了调整，把生活跟刺绣分开。高眉娘的生活陈设全都搬到阁楼上，楼下则是平时刺绣、做绣的所在。

林添财叫道："高师傅呢？高师傅呢？"

李绣奴专心得紧，一进入刺绣状态，除了高眉娘的声音，好像别的什么都听不见。林小云本来也装听不见，但被嚷嚷了两句，没忍住，往楼上的方向一努嘴。

林添财就要上去，门口的喜妹吓得进来道："哎哟，不行！那是姑姑起居的地方！"

林添财也觉得自己上去不大妥当，便道："那你去请她一下，我有事说。"

林小云没忍住，插嘴道："你来到底是什么事？姑姑昨晚一夜没睡呢，这会儿才上去躺下。没大事就别吵她了。"他敬佩高眉娘的高超绣艺，又见她对自己倾囊相授，所以心里已经将她当师父对待了，对她就关心了起来。

林添财道："外头来了几个揽头要下定，想先看看样品。"

林小云笑道："不是做不来了吗？还接订单？"

"你管这些？我跟高师傅说去。喜妹，去叫人！"

"等等。"

林小云停下手中的针线，也不转身，不知在哪里掏摸了一阵，就丢来五样东西："这点小事也需要劳动姑姑？拿这些去应付就行了。"

林添财随手接过，展开一看，却是一个荷包、两件纹裙、一面小窗帘、一条床眉，做工精致中颇具特色，虽然跟高眉娘亲自出手的超一流精品没法比,却已经达到十大名庄的出品标准。

林添财看得一喜,道:"这谁做的?你绣的?"

林小云翻了个白眼:"我要做出这种破烂东西,我该去跳珠江了。"

门口一个男子"唉"了一声,哭着跑了。

喜妹叫道:"哎呀,云娘你这张毒嘴巴,怎么又把梁哥气哭了!"

林小云又翻了个白眼:"被人说了他就回嘴啊,只知道哭,那是活该。"

林添财却是又惊又喜:"这是梁哥的绣品?"他记得梁哥的手活没这么好啊。

林小云道:"这是在我们去斗绣的这段时日里,黄娘指点梁哥做出来的。"

黄娘虽然因为断了一只手,自己独力做刺绣十分不方便,但眼光、经验都在,又擅长跟人打配合。凰浦绣庄出征海上这段时间,她闲着没事,便将庄内针功最好的梁哥找了来,一是做指点,二是打发时间,做了这些绣品。

林小云道:"这几件东西也没啥特色,不过拿去搪塞那些揽头应该是够了吧?"

林添财笑道:"够了,够了!"他见这个云娘虽然嘴巴毒了点,但那毒也符合自己的口味啊,而且还能帮自己解决问题,因此对云娘越看越顺眼。

"够了的话就走吧,别在这里搅和我们。"

林添财虽然被赶,却是心满意足地离开了。

独手黄娘从外圈走到门边,看着这一切,心想:这个云娘不但天赋卓绝,而且处事隐隐有绣场大将之风,也怪不得姑姑看得上她。

第八十针　结拜

果然，那几个揽头见了绣品之后都非常满意。独手黄娘是高眉娘的入室弟子，指点沙湾梁哥做出来的这批绣品也就带着高眉娘的风格，跟其他广东名庄的有所不同。这些揽头都是识货的，一眼就能看出这些绣品不是从外头弄回来的行货，其中四个揽头当场就下了订单。林添财是属貔貅的，拿到钱后笑逐颜开，但一想到回头赶不出订单来，又心里暗滴苦水。

一个湘绣揽头则一直在迟疑，想选一件绣品带回去斟酌。林添财心想"嫌货才是买货人"，便也答应了。那个揽头拿到绣品后便托故告辞，出门到了码头，坐船一路飞驰，直奔西关，将绣品送入广茂源。

陈子峰已经从停尸间出来了，连续几天没晒太阳，他的脸色显得有些苍白。杨管库站在旁边，接过绣品摸了摸，跟着递到陈子峰手里。

陈子峰手一摸，就皱眉："这就是凰浦出的绣品？"

那个湘绣揽头道："是，的确是佳品。"

陈子峰又摸了摸，没有点评，只说："有劳贺揽头了。"

"哪里，哪里，能为陈会首跑腿，是贺某人的荣幸。"

两人又客气了几句，杨管库便将人送走，回来后便见陈子峰已经将那绣品丢在一边。他呢喃着："不是……不是……"

杨管库上前道："庄主？"

陈子峰回过神来，忽然盯着杨管库："你们是不是有什么事情瞒着我？"

杨管库赶忙道："不敢。"

"真没有吗？"陈子峰哼道，"一场海上斗绣，闹得这么大。凰浦的斗绣品、献绣品，一件都不存，就有这么巧？"

"这……梁晋说那个箱子落了水……里头是否有猫儿腻，我回头让人查查。"

陈子峰发出一声冷笑。杨管库知他极其精明，言语中稍漏一点风声就能被他揪出来，因此不敢在这个话题上纠缠，过去拿了那绣品，说："这条床眉，似乎有点……那位的风格。"

"是有点，但不是！"

"会不会是她的传人？"

"是再传……"陈子峰忽然问，"那个断了手的黄娘，是不是去凰浦了？"

杨管库又惊又疑："这件事情我刚刚查到，还没来得及跟庄主汇报，庄主已经知道了？"

陈子峰指了指那条床眉："这是黄娘的弟子绣的，而且这个弟子……也没学多久，未尽得其传。"

杨管库有些骇然："庄主连这都摸得出来？"

"收起你这装模作样的嘴脸！"陈子峰骂道，"我若连这点功夫都没有，十二年前有什么资格去御前大比！"

杨管库低下了头。

陈子峰道："黄娘断手之后，我派人去探查过两次，她一直在乡下苦挨，到挨不过才偶尔绣一两件绣品出来卖。这次忽然出山，还进了那个绣庄……这里头定有蹊跷。"

"最可疑的，还是那个忽然冒出来的高眉娘！"杨管库说，"我去见过袁莞师了，她竟是输得心服口服……能胜过刺绣宗师的只有刺绣宗师，何况是能以荔枝绣赢袁莞师。这样的人，不可能忽然从地底冒出来！"

顿了顿，他才继续说："只是那个高眉娘整天闭门不出，就是凰浦绣庄内部也很少有人能见她一面，便是见了面，她也总戴着面罩。我问过吴嫂，吴嫂说她长得像个夜叉，极其丑怪，但又有不知从哪儿来的传言，说她是个双十年华的美丽少女。两种传言互相矛盾，更是令人生疑……"

杨管库忽见陈子峰嘴角微斜，便知他已经不耐烦，赶紧道："庄主放心，我一定尽快查明那个女人的来历！"

不料陈子峰道："不必了。"

"嗯？"

"这件事情，我自有安排。"陈子峰摆了摆手，"你去忙吧。"

杨管库便不再言语，告了退便走。正在他要出门时，陈子峰忽然道："阿武。"

杨管库赶紧回头，便听陈子峰说："这些年我们在丝绣业能干出这么大的事业，是陈、杨两家的合力，也是你、我二人的合力。可不知从什么时候开始，你对我有所隐藏了。"

杨管库正要分辩，却又听陈子峰说："不必多言，我知道你不是对我有异心，只是在我与燕君之间，你向着你阿姐罢了。不过……所谓金城汤池，若内部不团结，便容易被攻破，你什么时候想明白了，我们再聊这个话题吧。"

吉时已近，日居先生准备好了果品、香案，就要请林叔夜、黄谋上前。忽然，外头有人快步入内报："霍家千金前来观礼。"

林叔夜又惊又喜，赶紧小跑着出去迎接。大门口，一顶软轿的轿帘被掀开，一个女郎搭着屏儿的手下轿。这不是霍绾儿是谁？

她一下轿，看见林叔夜，不等主人家开口，先笑着说："林公子，你跟黄二舍结拜这么大的喜事，整个广绣行都知道了，怎么偏偏不请我？"

"不是不请，"林叔夜上前低语，"实不敢想能请到姑娘来！"

霍绾儿笑道："你未请过，怎知不来？"

"是！"林叔夜低了低头，"以后不管何事，我都厚着脸皮先试试。"

第八十针　结拜

霍绾儿听了这话，偷眼向他一看，忽然有些脸红，忙移开两步，又看了看凰浦绣庄的大门，说道："屋瓦墙皮有些破旧，但这门面格局不小啊，不像是个小绣坊。"

"我接手的时候，门面残破，但原本这里是个大绣庄。"林叔夜道，"听老人说，这里曾经着火，烧坏了的。"

霍绾儿笑道："看来我这股份是买对了！浴火重生，正应着凰者之意，好兆头！"

"霍姑娘目光如炬，有你这句评语，凰浦绣庄一飞冲天指日可待！"黄谋施施然从大门内走出来，笑道，"霍姑娘，请！"

霍绾儿指着林叔夜，笑道："正主在这儿呢！黄二舍你拿什么请我？"

这半日，黄谋居主位惯了，霍绾儿是第一个撑他的。跟着出来的林添财听了，心内暗爽。

不料黄谋脸皮甚厚："这是我兄弟的庄子，不跟我的一样？再说，我有股哩。"

霍绾儿笑道："要这么说起来，我也有股，我入股比你还早呢。这样说来，该我请你。"

林叔夜应道："论到最后，咱们都有股，却都是'外人'。舅舅，你快去邀黄埔村的族长和我们一同进门吧。"

黄谋和霍绾儿同时大笑，林叔夜这才请二人入内。因来了贵人，天井里重新排了座位。黄埔村的老人、粤绣行的行尊们听说来的是"南海霍家"的千金，无不暗自诧异。

一番厮见后，日居先生正要宣布结拜仪式开始，忽然外头出了状况。

林添财皱了皱眉，说："你们别误了吉时，我去处理。"便小跑着出去，却一眨眼倒退着回来了。只见十几个凶神恶煞的汉子拿着棍棒直冲进来，把门口迎宾、看门的凰浦绣工都冲散了，连带着把林添财也冲得东倒西歪。为首那人袒胸露乳，胸前刺了一头黑虎，脸上生了一颗大黑痣，痣上还长了一撮毛。

这群人一看就不是什么善茬。黄谋是生意人，林叔夜是斯文人，霍绾儿是闺中人，一时都不说话。黄埔村村长先站了出来，喝道："你们是什么人！敢来我黄埔村捣乱！"

在村里他是村长，在保甲制上他是保长，地方上如果出了什么事情，他得出头。

林添财早认出这大黑痣是省城有名的黑道人物，眼看村长出头，就先偷溜了。大黑痣空着双手，却比他十几个手下更见气势。他环顾了一眼，说："受人之托来讨债……你是这里的地保？"

村长刚要说话，大黑痣一招手，便有两个皂隶走了出来。他们朝村长、族老们一指，说："黄埔村的人听好了，这里不干你们的事，乖乖站一边去，明年纳粮才好说话。"

原来这两个皂隶常来这一带办差。平时衙门办案抓人、每年的纳粮交税，都是这两人经手，所以村长、族老们都认得他们。自古"民不与官斗"，乡野小民见到衙门里出来的人，心里就先慌了几分，看向林叔夜等：你们怎么惹上衙门了？

两个皂隶这么一出来，村长、族老们就先软了。宾客人数虽多，但眼看来人又像皂隶，又像黑道，也不知道林叔夜是惹了官府，还是惹了土匪，脚步就往后移。

看对方的气势一下子被压住，大黑痣才又上前，冷笑着问："谁是林阿康？"

众人面面相觑，不知道他说的是谁。

林叔夜往前走了一步，说："在下林叔夜，小名阿康，你是找我吗？"

大黑痣"嘿"了一声，将他上下打量："应该没错了。跟我走一趟吧。"

林叔夜正要跟对方理论，不料大黑痣一个挥手，他身后十几个拿棍子的大汉就围了上来。黄埔村村民软着，不敢出头；宾客只凑热闹；而凰浦绣庄那些帮忙迎宾的哪里挡得住这群如狼似虎的混混？

大黑痣"嘿嘿"两声，道："带走！"根本就没打算理论，直接就要拿人。

林叔夜只觉得眼前一黑，已被一群强人围住！

第八十一针　择婿

霍绾儿回南海没多久，便收到了林叔夜的信。当时她正帮义妹霍佳兰筹备定亲之事。霍佳兰就是名臣霍韬的亲孙女，是正经的霍家千金。她收到信时，霍佳兰就在身边。姊妹俩也不分彼此，霍佳兰就凑过来看了一眼，笑道：“我说是谁的信件，能进得霍府深闺，原来是未来姐夫。”

霍绾儿啐了她一声，也不甚做小女儿态，只说：“且看看吧，我也未必就选定了他。”

霍佳兰的兰花指就指了过来，一脸嫌弃地笑了：“看看，你们看看！这等害臊的话也说得出来，真是厚脸皮。”

霍韬许义孙女自己择婿的事情，在霍府早不是什么秘密。几个闺中姑娘日常也没少拿这事来取笑霍绾儿，却是谁也没想到她自己会说出来。

霍绾儿道：“祖父许了我自己择婿，这是正大光明的事情，我为什么要害臊？”她说着，将信放在一边——她自己不害羞，别人反而没法笑话她。

霍佳兰用手按住了信：“他来信说什么了？定是讨好的言语。听说这位也读过两天书，有没有附送一两句相思诗词？”

"倒也不是，他是说这次在海上斗绣赚到了钱，想分润些给当地的村民。"

霍佳兰一听，就有几分嫌弃：“好不容易有个送信的机会，居然说这些？这么看来，分明是个俗物了。”

霍绾儿知道霍佳兰是十指不沾阳春水的真千金，她有这种看法倒也正常。她自己却觉得，一个男儿心系事业才是正事，只是没必要拿这些道理与义妹辩驳。

眼看不是传情的诗词，霍佳兰就没了看信的兴趣："怪不得陈家先前不肯让他认祖归宗，现在又将庚帖撤回去了。想必是知道这等人物上不得台面，自己不好意思了。"

霍家放出消息后，有好几家人便送来了庚帖，陈家便是其中之一。

霍绾儿有些错愕："陈家要收回庚帖？"

"姐姐还不知道吗？嗯，这是昨日的事情，许是母亲还未跟姐姐说。"

霍绾儿蕙质兰心，将海上斗绣的事情在心中过了一遍，马上就想通了，低声道："嗯，其实应该如此。"

茂源陈家推林叔夜到霍府作为夫婿人选，是海上斗绣之前的事，但凰浦绣庄在海上斗绣中异军突起，给了茂源一个大大的难堪。这时候，陈家若没个反应，倒不正常了。

"什么应该如此？"

"没什么，都是些生意场上的俗事，佳兰不会感兴趣的。"

霍佳兰一听是生意场上的事，便抛开不问了。那些个外头男子的事情——若不是刚好与义姐姐的议亲有关——但凡听说一点，那都是污了自己的耳朵。

霍绾儿却就此留了心，晚间去见了霍太太，果然如霍佳兰所说——陈家自然不敢真的收回那庚帖，只是知会一声"退出"。霍绾儿当场做主，把庚帖留下了，还笑话了两句陈家没规矩。

霍太太对此大感不习惯。这个年月，女孩子家提起自己婚姻的事，不管心里头怎么想，总该羞答答地推说请父母做主才对，哪有像霍绾儿这样子，不但自己主动过问，还把别人已经要收回的庚帖留住的？

虽然霍绾儿一向是书房那边的人，不归自己管，但她还是要尽尽心意，便劝道："虽是陈家失礼在先，但对方既然要收回庚帖，这桩婚姻还是罢了，不然传出去了，也是被人笑话。反正不算个良配，别的庚帖还有七八份呢。"

霍绾儿却笑道："义祖父是让我择婿，不是让我去被人择。庚帖既然送来了，便是人入我手。我不敢指望嫁入名门望族，但既得了义祖父的许可，自然要挑一个合自己心意的……是不是良配，陈家说了不算。"

她这番话在此时可真个是惊世骇俗了，吓得霍太太暗中吩咐莫将这番话传出去，怕辱了霍家门风，更不许小姐们听见，怕坏了风气。霍绾儿虽然收到了风声，却不理会，只让屏儿暗中打听广绣行的动静，很快就听说了黄谋要与林叔夜结拜的事。

屏儿十分不理解："那个黄谋，在海上斗绣时不是被林公子打脸了吗，怎么这会儿反而凑了上去？林公子也是奇怪，他在海上时被黄谋为难了啊，怎么这会儿忽然要结拜？"

霍绾儿忍着笑意道："你不理解就对了。"

"姑娘，这话怎么说？"

"黄谋为难了林公子，林公子打脸了黄谋，但两人能一转身就放下成见。这份胸襟与见识，才是真男儿呢！"霍绾儿道，"比那些个只会作些诗词、拿文字做游戏的公子哥儿，强百倍千倍了！"

她打听到两人结拜的日子，便决定做个"不速之客"，亲往黄埔观礼。她跟霍韬名为祖孙，其实府里只当她是个女管事——涉及霍府闺阁中的一些买卖都经由她手——所以霍绾儿在省城千金圈子里虽然少了几分尊贵，却比真闺秀们多了些许自由。她随便寻个由头，想出门时就能出门。

原本只想来会一会黄谋与林叔夜，不料来到凰浦绣庄，见到了这样的场面。

眼看着林叔夜就要被一群土匪一般的混混挟持，霍绾儿心头一惊，暗道：外头的世道，竟是如此混乱吗？她多年来有霍韬的光环庇护，这些不讲理的市井手段从来近不得她身，因此这等场面她也是第一次见到。

她心头正一紧，忽见前方闪过一道亮光，随即看见林叔夜一抬脚，同时抽出了一把匕首——这是林添财备给他出门防身的，结果在外头没用上，倒是在自家绣庄里用到了！挤上来的几个强人中，有一个收势不住，手就被匕首划破了。

霍绾儿看林叔夜拔刃在手，鲜血染衣，先是一惊，随即一喜，暗道：平素听他说话斯文有礼，没想到危急关头竟敢拼命！文能知书，武能任侠，这等人物，汉唐以后就只能在书里头见到了。

这一下见刀见血，在场的人反而都吃了一惊，那几个强人也暂时不敢动。大黑痣似乎也没想到这个秀才公一样的小伙子竟然藏着刀，一下子也愣住了。霍绾儿见他如此，便知：这个凶徒外强中干，只是个混混。

就在这时，斜刺里又冲进来七八个汉子，却是刘三根带人来了。他们趁着那几个强人被林叔夜震慑的空隙挤了进来，将林叔夜护住。霍绾儿看得微微点头：这是有准备的，嗯，理应如此。

那大黑痣眼看变故陡生，作色喝道："好啊！你敢拒捕！来啊，给我冲上去把人抓了！"

那些宾客首先就往后退，黄埔村的村民一时也不敢妄动，林叔夜这边反而成了弱势方。霍绾儿心道：旁观之人，乌合之众，虽多但无用。

眼看又要陷入围困，林添财在外围高声叫道："保护庄主！我们上头有人，不用怕！"

"上头有人"这句话一出来，就壮了凰浦这边的胆气！

挤进来的七八个人虽然也是黄埔的庄稼汉，但最近已领了凰浦的银子，这时候有了刘三根带头，再加上听林添财说"上头有人"，自然得护主。霍绾儿眼看这些人站稳了脚跟，没被那大黑痣两句恫吓就吓跑，心想：刚才这句话喊得倒也及时。

那大黑痣微微皱眉，瞥了旁边两个皂隶一眼。其中一个喝道："你们黄埔村想做什么！想惹祸吗？快闪开！"

这句话夹带威吓。乡下人见识短浅又惧怕衙门，一些庄稼汉就有些心虚，以为林叔夜惹上官司了。但霍绾儿一听，便知这大黑痣即将技穷。

果然，林添财喊道："庄主做这么大的生意，上头自然有人！大家不用怕！"

这句话一出来，不但稳住了刘三根等庄稼汉，连村长、族老们都觉得胆气一壮。霍绾儿环顾现场，心想：胜负定了！

就在这时，黄谋挺身而出，喝道："你们是从哪里来的地痞混混，这般冲上门来捣乱，真当我们粤绣行是好欺负的吗！"

霍绾儿听了，心想：他这个头出得倒巧了！

人群之中，林叔夜见自己一时无碍，心也定了定，大声道："你们这些破门而入的土匪，光天化日之下就要挟持良人？这里可是省城！容不得你们这些强盗勾当！"

霍绾儿听了，心想：这顶帽子扣得好！

大黑痣冷笑道："别乱扣帽子，老子要带你去衙门。"

林叔夜一伸手："要带我去衙门，遣牌呢？"他转头对村长、族老们道："若县衙真要拘我，自然有遣牌。没有遣牌，那就是有人假扮官差！"

霍绾儿暗中点头：只这句话，便看出他不是不知世情的书生，知道点衙门里的门道。

村长、族老们倒也还算有点见识，一起点头："不错，请拿出遣牌。"

到此地步，大黑痣便知先机已失。

他是省城有名的混混头目，这次领了命令要来带走林叔夜，一开始也没当回事，喊了一群地痞、两个皂隶就来了——

他们先用青壮地痞破门，占了上风；跟着让皂隶出面压住地头上的人物；趁着对面混乱，一举将人带出去，而等对方落入己手，那时真送衙门也罢，或者带回给主使人也行，事情便做成了。这乃是多年来百试百灵的"三板斧"——不料今天竟然落空！

而这场变乱的胜负手，便以林叔夜敢发狠拔刀，没第一时间被挟持为转折点。再往后，凰浦的人反应过来，大黑痣便已注定失败。

林添财的声音又在外围响起："没有遣牌，就是假扮官差！"

大黑痣冷笑道："什么假扮官差！这两位不是官差吗？"他指着那两个皂隶："我们是县衙孔吏目派来的，回头自然会有遣牌。"

林叔夜冷笑着大声道："按照大明律例，皂隶没有遣牌、无故下乡者，打死无罪！"

这是《明大诰》上的话，族老们隐约也有印象，只是不知多少年没人执行了。那两个皂隶微微吃了一惊，就把头缩了。霍绾儿瞧见，就知对方的"官皮"已被林叔夜这句话给扒了。

林叔夜指着大黑痣："我没请你们来，结果你们破门而入，如同盗匪一般。盗匪者打死无罪，拿到贼首有功！"

门外林添财叫道："兄弟们，冲啊！"

二十几个人冲了进来——原来刚才林添财偷偷溜走，去召集了这二十几个人。先前是刘三根带着七八个人进来护主，这是后续人马。绣庄里还有十几个村民、十几个壮妇，他们听到林添财的号令，也围了上来。这一下，那十几个混混就成了少数。

大黑痣眼看着己方反被围住，加上林叔夜占了理，一时心慌，大声嚷嚷了起来："我们是孔吏目叫来的人！你们敢围我们，是想造反吗！"

村长一听，对林叔夜道："那两人真是皂隶，孔吏目也真是衙门里手眼通天的人。林庄主，这是不是有什么误会？不如揭过去吧。"

他看出双方多半都有依仗，黄埔村可不想卷进去。

就在这时，霍绾儿开口了。她在霍府内外曾多次代霍韬行权，声音虽然温婉，语气却自带威严："那个什么孔吏目，是南海县衙的人，还是番禺县衙的人？"

众人循声望去，原来竟是那个娇滴滴的霍姑娘开的口。见她出头，林叔夜眼神中带着欢喜与期待。

村长说："是南海县。"

霍绾儿笑了笑："南海县县尊刘公，我昨天才见过的。"又对身边的屏儿道："你待会儿去南海县衙，代我问问刘县尊，他派一个姓孔的吏目来砸我的场子，为的是什么。"

屏儿躬身道："是。"

林叔夜善机变，马上叫道："霍姑娘发话了！这里的一个都不准逃！全部拿下，押到县衙去！"

霍绾儿见他配合得好，心头暗喜：他这话说得恰好，是个能和我唱双簧的。

其实众人十有八九不知道这位霍姑娘是谁，但听其言语，她似乎连县尊老爷都认识，而庄主又这么说了，当下一拥围上。

那些地痞流氓都是顺风使舵的货色，眼看形势不对，就没了对抗的勇气。大黑痣怒道："敢问尊驾是哪位贵人？"广州府神仙地，比南海县令大的官也不是没有，但能跟南海县令说上话的女人可就没几个了——这里怎么冒出了一个？

屏儿冷笑道："瞎了你们的狗眼！南海霍家的姑娘在此，也是你们敢来冒犯的！"

"南海霍家？"大黑痣想起一个人来，"霍……霍少保家？"

霍绾儿淡淡地道："正是家祖父。"

第八十二针　名庄的危机

　　大黑痣一下子脸就垮了，那两个皂隶更是吓得脚软。他们在衙门连吏都算不上——役之上才是吏，吏之上才是官，但就算县衙最大的县官老爷，在实际掌控吏部的霍家面前那也如犬马一般。至于他们这些皂隶，在霍家门前真与蝼蚁无异了。

　　众混混心想：这下真是踢到铁板了！

　　大黑痣忽然"哗啦"一声，哭着跪下，叫道："姑奶奶，姑奶奶，我们是受人之欺。早知道这是南海霍家的庄子，给我们一百个胆子也不敢来啊……"他来得凶恶，服软得也快，这下反而让人一时不能适应。可就在众人以为他服软的空当，大黑痣忽然蹿起，大叫："扯呼！"带了几个心腹就向外窜走。林添财训练这三十个庄稼汉只有几天工夫，围堵终究不密，混乱中便让这帮混混跑掉了一半，只拿住了七八个人，全用绳索捆了，扔到林叔夜面前。

　　林叔夜看向霍绾儿，霍绾儿笑而不语，林叔夜便会意了，吩咐道："把拿住的人关在柴房里看着，回头押往县衙。"那几个混混自有来历，见要送县衙，反而都服软了，反正回头自然有背后的人来认领。

　　林叔夜这才回身对黄谋、村长、族老们笑道："一场闹剧，却叫大家笑话了，又误了吉时。"

　　黄谋笑而不语。这场变故，林叔夜熬过去了便是闹剧，若没度过去，结果就难说了。黄谋见他能临危应变，又得霍绾儿公开表态支持，这坏事反而成好事了，心里更愿与他结拜了——这不就等于间接攀上了霍绾儿，攀上了霍家！

那个日居先生懂变通，手指一掐，笑道："未时大吉，申时则大利！眼下正是申时。"

黄谋笑道："若如此，那我们是赶巧了！"

当下林叔夜进去换了身衣裳，众人敲锣打鼓，重新张罗起来。在日居先生的主持下，黄谋与林叔夜换了年庚，结成了异姓兄弟。随后绣庄摆开宴席，款待各路来宾。

在一个时辰里头，形势数起数落。这前头的喧嚷，都叫喜妹看在眼里。她不停地回去报给了高眉娘。高眉娘按住忧色不发，只在最后道："庄主没受伤吧？"

"没有！"喜妹说，"先前身上染了血，大伙儿有些担心，后来才知道那血是那些地痞流氓的，庄主自己没事。"

高眉娘压低声音，自言自语地道："这庄子在我手头遭了火，在他手里又见了血……这注定了不是太平地……"

"姑姑，你说什么啊？"

"没什么……"高眉娘淡淡地道，"他没事，那就都好。"

结拜酒宴既罢，闲人散去，林叔夜再请黄谋与霍绾儿到偏厅用茶。林添财在旁陪同。

林叔夜这才问霍绾儿打算怎么处理那些混混。霍绾儿笑道："那是庄主拿下的人，庄主拿主意就好。"

林叔夜又问："如果真绑送县衙，回头县尊问起……"

霍绾儿淡然地道："这庄子我是入了股的。"

在场的林、黄都有一颗七窍玲珑心——只这一句话——便都听出了弦外之音！

庄子霍绾儿入了股，却又出了事，回头地方上的人物就得给她一个交代——这是霍绾儿明确表示今后愿意做这凰浦绣庄头顶的保护伞了。

黄谋眼珠子转了转，忽然对一件迟疑不决的事有了主意。他对林叔夜说："三弟，愚兄有件事情正要与你商量，刚好霍姑娘在，却是正好了！"

"二哥请说。"他们虽只两人结拜,但恰好黄谋在家行二,林叔夜在家行三,所以便二哥、三弟地乱叫了。

黄谋笑道:"如今你我是兄弟之亲,我就不跟你见外了。我知你在海上斗绣接了不少单子,但以如今凰浦绣庄的人手物力,这些单子顾得过来吗?"

林叔夜看看霍绾儿,再看向黄谋,便知援军终于要到了。他靠自己本是解决不了这个大问题的。放眼广东,能帮上这个忙的也就广茂源、潮康祥两家,可若是他先向陈子峰或黄谋求援,届时对方开出来的条件必然苛刻,但这时黄谋主动开口,就不同了。他当下苦笑道:"不瞒二哥,对此事我极苦恼,只是苦无应对之策。"

林添财看着他的苦笑,想起他在自己面前说"虱多不痒"的光棍劲,心想:我这个舅舅真是白当了,竟然不晓得外甥原来这般会演戏!

那边黄谋说:"既然苦恼,却为何不来找我?"

林添财心想:没有今天这事,没有你主动开口,找你能有用?

林叔夜却说:"二哥在潮康祥不是大当家,这事如果能解决,便算了;万一二哥也有难处,我开的这个口岂非让二哥为难了?"

林添财听得暗骂:这话酸得够人,也像是秀才公的话,阿夜书没白读啊……霍绾儿却听得暗中点头,因为这种话术乃是读书人的基本操作。

黄谋笑道:"我爹上年纪了,这些年潮康祥的事务分给了我们兄弟。我大哥在潮州府主内,我在广州这边主外,广府方面的事宜,我还是做得了主的。"

"这个我倒也有所耳闻。"林叔夜是半个潮州人,自家舅舅又是丝绣业的地里鬼,所以他已从舅舅处得知黄家内部的分工,"但是这订单事宜,牵涉的正是绣力。潮康祥在广州这边的绣坊,也未必能帮着小弟吃下这么多的单子。若要潮州府那边调动人力物力,我怕里头会引起二哥与黄家大哥的分工纠纷,那样小弟可就过意不去了。"

潮康祥在广州也有分坊,但主要负责对潮康祥相关绣品的本地化修改调整,绣品的产出主要还是依靠潮州府那边的绣庄。

黄谋笑道："兄弟你这次接了这么多的单子，只靠潮康祥在广府这边的分坊未必吃得下，再说我们分坊还有自己的买卖要做，没法全力支援你。因此，虽知道兄弟你为难，但这几日我一直没有开口。不过巧了，最近广府这边刚好出了件大事，若是兄弟有这个魄力，或许可以趁机解决这个难题。"

林叔夜忙道："还请二哥指点迷津！"

黄谋看了霍绾儿一眼，道："广和安你晓得吧？"

"二哥这是打趣我了。"林叔夜说道，"广和安乃广东十大名庄之一，小弟既然要插一只脚来经营刺绣，怎么可能不知道？"

刚才这一问，其实是黄谋借机说给霍绾儿听的。霍绾儿何等伶俐，闻弦歌而知雅意，笑着插了一句："便是我也听说过。"

黄谋笑着问："广东十大名庄，广府五、潮府四、韶关一，这是当下大致的布局。然而十大名庄为何是十大名庄？为何不是十一个、九个，而是刚好十个？"

"这个我倒是听舅舅说过。"林叔夜道，"一来是这十大名庄都有多年的底子，别的绣庄一时难以企及；二来更关键的，是这十大名庄至少都有一位刺绣宗师坐镇。"

"这就对了！"黄谋拍案，"名庄，名庄，绣庄的规模大小固然重要，可若没有一个名家坐镇，何以称名庄？"

林叔夜点头称是，接着他的话问："广和安的主庄离此不远。我听舅舅说，它在十大名庄之中虽居中游偏下，但规模不小，底子也厚，庄中也有一位吴宗师坐镇，位置一直很稳固。不知二哥为何忽然提起它？"

黄谋笑道："规模还在，底子也在，但广和安的运营其实早出了问题，而更要命的是……吴宗师年老积病，已经两三年不能持针了。"

林叔夜闻言"啊"了一声，道："这没听说啊。"

"他们瞒得紧！"黄谋冷笑道，"但绣行之中，哪里有不透风的墙？吴宗师有几年没出新作了，只靠往年积攒下来的老绣品，能撑到现在已经不容易了。广和安又没有能够顶上去的宗师后备，广绣行里多少老油条，就等着这大树倾倒，准备分食了。"

林叔夜沉吟了一会儿，道："这么说，已经有人有动作了？"

"这个自然！怎么说也是十大名庄之一，众人一拥而上，只等它支撑不住，回头就能分掉不少利益。"黄谋道，"不过嘛，庄主老何也是个人精，不会等到那时候的。"

"嗯？"林叔夜心头一动，"他待如何？"

"这几年，老何一直做两手准备。"黄谋说，"刺绣宗师的培养，非三年五载之功，除非刚好遇到天才，但天才哪是那么容易能遇到的？无法自己培养，那就只能延聘，但大师傅已不好找，何况宗师？广东境内大伙儿盯得紧，他便去外省找。四川、湖广、江浙……甚至河南，他都没少找过，虽许诺了重金，但找了几年，最后只落了个空！"

"这一手是没有了。"林叔夜道。

"是，所以他就做了第二手准备。不待树倒猢狲散，只求在吴宗师寿终正寝前，将广和安卖个好价钱。"

林叔夜心头大动："所以何老庄主找上二哥了？"

"我？哪里轮得到我！"黄谋指着西关的方向，"吴宗师病了多少年，广和安就被谋了多少年！这座绣庄，早被人看作囊中之物了！"

"二哥是说……我大哥？"

"呵呵，除了陈子峰，还能有谁！"

"吴老的病，"茂园的书房内，杨管库笑吟吟地道，"应该就在这两个月了。"

"总归是刺绣行的老宗师，我们不应闻病而喜。"陈子峰脸上懒懒的，似乎还没从陈子丘的死中走出来，但对绣庄该进行的事情，他依旧保持理智，"老何开了什么价钱？"

杨管库拿出一张纸来，递到陈子峰面前。

陈子峰瞥了一眼，冷笑道："他做梦！"

"是啊。"杨管库也冷笑道，"一失宗师，身价跌半！都这会儿了，他还想把广和安当十大名庄来卖呢。"

"那就再吊他一吊。"陈子峰道，"等到他看清了现实，自然也就知道自己该是什么价位了。"

杨管库应了一声，便要出去，忽而停住脚步问道："庄主，你精神都好了吧？"

陈子峰将桌面上的纸团成一团，扔进纸篓中去："好也罢，坏也罢，该做的事情，照旧做吧。"

杨管库便知道他并未完全恢复，出得门来，才轻轻叹了一声。他正要往外头去，忽然被陈家的一个叫翠娥的大丫鬟——茂源女主人杨燕君的心腹——请去。

"舅老爷，太太有请。"

茂源绣庄前坊后园。作为居所的茂园有几个院子，老太太住其中一个，陈子峰夫妇住在主院——整个茂园最大的院子——但杨管库每次到这里都忍不住叹口气：他也不晓得陈子峰已经多久没来了。

还没进门，杨管库就听见屋里头传出打砸的声音。一开门，茂源女主人的怒吼就扑面而来。他走进去，连忙把门带上，不一会儿便紧锁眉头。

"阿姐，你居然派人去搞凰浦？你怎么事先都不跟我说一声！"

原来大黑痣从凰浦绣庄逃脱，一路跑到西关，将详情告诉上峰，上峰又告诉了杨燕君。杨家在广州出过一府二县六代吏门，近百年来扎根黑白两道。杨燕君作为这一代的长女从小横惯了，哪里会把这点小事放在心上，知道手底下的人没把事情办妥，便只一味地发狠发怒。

杨燕武虽然只是杨家的旁支，这些年却代表着杨家在广茂源做管库，历练出了一身的精干和见识，就连陈子峰都倚他为臂膀。他听了事情经过，不由得皱眉，心想：竟然真让凰浦攀上了霍家，这可坏了！

当初谁也没将林叔夜当回事，所以才有择婿之事，岂料一转眼，棋子竟变成了棋手！

"阿姐，这事可大可小，现在我们的人被抓了，在对家手里头，如果能大事化小，小事化了，自然就没事，但如果霍家真个介入，一旦攀扯开来，是否会将我们整个家族都拉下水也未可知。这事得告诉姐夫，让他出面解决。"

"少在那儿危言耸听！"杨燕君冷笑道，"我不信失陷了几个混混，就能拖我们杨家下水！"

杨燕武叹了口气，心想：家族六代吏门，干了近百年敲骨吸髓的勾当，怎么长门嫡支出了这么个草包？偏偏还由她来跟陈家联姻，偏偏还是自己来辅佐她。

压了压心里头的不满，他说道："那几个混混，自然不是什么要紧人物，但只要撬开了他们的嘴……"

"那又如何！"杨燕君继续冷笑。

"那就要看南海县尊想不想搞我们了。"杨燕武道，"我们杨家六代吏门，根基深厚，顺风局的时候，来南番顺三地做官的，都得看我们的脸色才当得好这个官。可这样一来，难保他们没有怨气。有了怨气，或许就有人想试着动动我们的根基了。"

"他们敢！"

"敢不敢，要看有没有利益！"杨燕武道，"咱们杨家借着广茂源这块板，这十几年在丝绣业上赚了多少钱，阿姐你是知道的。除此之外，通过几家联姻，在木材、茶叶、铁、油等七八门大生意上都有涉及。衙门里那点利，反而是小头了；但衙门里的权势，是我们的根本！杨家在丝绣行当每年赚多少钱，翻个三倍，就是家族一年的金流；再翻个二十倍，就是整个家族的产业。这么大一块肥肉如果啃下来，能让一府二县数十家官员小门餍足十年了……"

杨燕君虽然是草包，终究是六代吏门出身，见识过在大利益面前那些官吏能成什么样子。

"他们……他们就算敢，他们能……"说这句话的时候，她语气已经有些软化了。

"霍少保管着吏部呢！"杨燕武道，"他如今是九天之上的人物，如果霍家真有这个想法，不用出手，只要使个眼色，底下自然会有人抢着办事。上头的人有遮天之能，下边的人有图利动机，现在就缺个机会。"

杨燕君听到这里才有些怕了："霍家……不会真的动手吧？我们对霍家，也一直有孝敬的。"

"现在可能还不至于，但我们不能给人可乘之机。"杨燕武道，"我们是吏，不是官。谨小慎微、上下打点、闷声发财，才是家族立足百年的金玉至训啊！"

杨燕君沉默了，看着满地碎片，好一会儿才知道自己一时的任性与粗疏，可能会给娘家带去多大的拖累。

"那现在怎么办？"

"这件事我去处理吧，不过往后再有这等事，阿姐记得跟我说一声，让我来谋划……还有，阿姐去跟姐夫低个头吧。"

"跟他低头？"杨燕君猛地抬起头来，怒道，"办不到！"

第八十三针　正面挑战

"广和安近几年经营不善，这里头未必没有广茂源的从中作梗。如今吴宗师病危，何老庄主原本将宝押在这次海上斗绣上，结果……"黄谋笑了，"结果凰浦异军突起，反而把广和安原本该有的订单都抢了。广和安啊，现在是屋漏偏逢连夜雨，破产就在眼前，再撑不下去了。"

黄谋看看林叔夜，又看看霍绾儿："和安绣庄的两个大工坊，离黄埔也不远。工坊有地有料有人，就缺三样：压阵的宗师、开工的订单、转动工坊的银钱……老弟，这三样东西，凰浦不刚好都有吗？而凰浦眼下所缺的，广和安一应俱全。如果能顺利吃下广和安，三弟啊，凰浦的根基转眼就能夯实了！"

见林叔夜一时沉吟，黄谋问霍绾儿："霍姑娘觉得如何？"

霍绾儿面色平静："我只是小股东，一切由庄主做主即可。"

林叔夜没说话，看向了林添财。

"她派人去凰浦捣乱了？"听了杨燕武的汇报，陈子峰眼中闪过一丝怒色。然而他也不意外，对自家夫人的脾气，早就习惯了："为着一点小情绪，也能被人拿住把柄，你家阿姐，真是能给我们两家找事啊。"

"事情不发生也发生了，现在也只能替她收拾残局了。"杨燕武苦笑道，"对吧，姐夫？"他此刻不叫庄主而叫姐夫，这是要打亲情牌了。

陈子峰睨视着杨燕武："事情不发生也发生了……这句话我听过多少遍了？"

杨燕武低了低头。

"成事不足，败事有余！派人去凰浦吧！叫……"陈子峰顿了顿，改口道，"请三弟来见我！"

听了黄谋的话后，林添财心头大动：广和安的情况和凰浦的情况互补，凰浦若能吞并广和安，则能实现质的飞跃。他虽然还没开口，但一双眼睛早就热辣辣地看着林叔夜。

"干！"他马上下了这个决定！

林叔夜没有马上回应，手指触碰茶几，缓缓地道："有两个难处……第一，我们没接触过广和安的何老庄主，眼下要买他的庄子，如何取信于他？"

这个时代做买卖，不是拿钱上门就行的，尤其是绣庄这种老行业，里头的门道、规矩甚多。

林添财瞄了黄谋一眼："有黄家二舍呢！他若是没个门路，会来提这话？"

黄谋笑了笑："林揽头说得对。老何那边，我可引见。"

"第二个难处……"林叔夜道，"广和安既然是广茂源盯了好久的，我们这时出手，岂非相当于截广茂源的和？"

"截和就截和！"林添财道，"做生意的事情，价高者得嘛。今天结拜他都派人来捣乱，什么烂招都出了，你还过不了心里这关不成？"

"就算我过得了心里这关，可舅舅觉得以我大哥的个性，他能轻易容许这样的事情？"

林添财一时不说话了。

"我大哥为人重情义，"林叔夜一向敬佩陈子峰，却从来不认为陈子峰是个烂好人，"但在生意场上，也自有他的魄力在。广茂源是广东第一庄，我大哥是广绣行会首，而凰浦是小庄，以小截大，本就要掂量掂量。更何况我们是兄弟，我又是做弟弟的，这种情况下我去截兄长的和，业内会戳我脊梁骨的。"

"那你的意思是放弃？"

林叔夜又思忖了片刻，手指在茶几上一敲："不能放弃……不过这件事情，我们不能偷偷摸摸地干！"

黄谋反而吃了一惊："怎么，三弟，你还想公开跟陈子峰叫板不成？"

公开挑战广茂源，眼下便是潮康祥也没这个魄力！

"对，就是要摆明车马！"

林添财觉得林叔夜疯了："我们现在唯一的优势就是敌在明、我在暗，真要摆明车马，我们怎么斗得过广茂源？"

"事情总要去做，才晓得能不能成。换一个月前，舅舅认为我们能在海上斗绣夺魁？"

"那怎么一样？那是因为我们有高……"他想起还有旁人在场，硬生生将"秀秀"两个字咽了下去，"高师傅！"

林叔夜道："但我们现在也有她啊！"

"可现在说的是吞并绣庄的事情，又不是斗绣！"

他们正争议着，忽然有人从西关赶来传信。林叔夜看了手书后道："要睡觉就来枕头了……大哥请我今夜去茂园一会。"

他随即看了霍绾儿一眼。

霍绾儿笑道："你想做什么就去做吧，我都支持你。"

黄谋一愕，林添财则是惊讶。

林叔夜大喜，问了一句："霍姑娘也支持我正面与广茂源对决吗？"

霍绾儿笑道："你若没有这个魄力，我为何要支持你呢？"不待黄谋、林添财反应，她已经站了起来："我出来多时了，再不走，天色便晚了，就此告辞。"

黄谋也起身告别，临行前对林叔夜道："虽不知三弟准备怎么跟陈会首谈，但霍姑娘说得对，你若没有与陈子峰对决的魄力，我还和你结拜做什么？所以不管你如何决定，这一局，我都跟了。"

林添财心道：你是看人家霍姑娘支持，所以才跟的吧！

林叔夜却已经开口感谢黄谋的支持。正要离开，黄谋忽又压低了声音说："其实现在去会会你大哥，也算是个好时机。"

"怎么说？"

黄谋低声道："我听说陈老二的尸身送回来后，陈会首就精神不振。虽然这般说有点不地道，但他心乱之际，或许……你能好好利用。"

林叔夜闻言，不喜反忧。他厌恶陈子丘，但对陈子峰的感情十分复杂，所以无论如何也高兴不起来的。他叹了口气，送黄谋、霍绾儿出门。

就在这时，喜妹从后面来，说道："姑姑想请霍姑娘移步一叙。"

林叔夜甥舅都愕然：高眉娘素来清冷，别人要见她都不容易，这会儿她居然主动要见霍绾儿？

霍绾儿也听说过一点这位高师傅的古怪性情。她既有心于丝绣业，又入股了凰浦，自然深明高眉娘是凰浦最大的王牌，便笑道："高师傅见邀，那真是荣幸之至。还请引路。"

林叔夜道："霍姑娘要暂留绣庄，我本该陪同的……"

"不必跟我客气。"霍绾儿道，"你快去吧，见陈会首也是正事。"

霍绾儿便转了身，来到后园。因要与霍家千金相见，高眉娘将刺绣指导都暂停了，让黎嫂带人到前院去。

喜妹进了小楼，忽闻阁楼上传出咳嗽声，便赶紧上去。没一会儿黄娘下来，说道："姑姑忽然有些不适，还请姑娘稍待片刻。"

"无妨。"霍绾儿十分大度，"我……我去院子里等着，高师傅身体恢复了，再来告诉我。"

黄娘连声致歉，又赶紧回阁楼上去了。

到了外头，屏儿看看天色，低声道："姑娘，这日头都西斜了。"

"没事。这一位值得我们耽搁。"

黄埔和西关道路通畅，这时天还没黑，林叔夜就坐船前往。临出门前，林添财留了个心眼，让他带上刘三根，再配备八个随从——那三十个刚刚招练的黄埔村民中的八个。

林叔夜笑道:"我就去一趟西关,不用摆这种排场吧?"

林添财冷笑道:"你忘记上次去被怎么对待了?"

林叔夜就沉默了。

"这次去西关,上岸之后不要走着过去,我已经交代刘三根,让他雇八人大轿抬你过去!西关道上都是势利眼,你不把谱摆足了,人家就不把你当回事!"林添财想了想,又说,"等见了陈子峰,你凡事留个心眼!"

"我知道你们对大哥有成见,"林叔夜说,"但我依旧认为他是个重情义、守规则、光明正大的人。"

"守规矩,嘿嘿,守规矩……"林添财冷笑了两声,"总之你记住舅舅的话,谁都可能害你,舅舅不会害你的。"

林叔夜便不再说什么,点头应承了,带了刘三根和八个随从,坐船去西关。林添财在广州门路通,早指点了刘三根在哪儿能雇到好轿子。他们便雇了一顶大轿子,刘三根做长随;除了轿夫,前后还各有四个随从,加起来有十三个人。这般阵仗,不知道的,还以为是哪里来的贵人呢——只是,几个跟随的衣服都不华贵,少了气势。

他们大张旗鼓地过市,将林叔夜抬到了茂源绣庄的大门口,然后刘三根就去通传。

门房还是那个门房。他早听说林叔夜在海上发迹的事情,这时又见他坐大轿子过来,犹自嘴硬,嘟哝了一句"跟谁摆谱呢",便对刘三根说:"在旁边等着。我让人去禀报,你们等着通传吧。"

其实林叔夜要来的事,陈子峰早有交代,但门房看不惯这绣房崽暴富显摆,便私自做主要灭一灭林叔夜的威风!

刘三根心头一怒,就要向林叔夜汇报,只是轿子离门房才几步,门房的嗓门又大,林叔夜早听见了。他也不恼怒,直接说:"好,我们回去。"他轿也不下,直接掉了个头就走了。

门房反而有些发慌:"这……这怎么走了!"他一开始还以为林叔夜总会回来,谁知左等右等,也没等到那轿子的影子,这才惊惶。接待林叔夜是庄主交代的事，自己拿乔——如果林叔夜服软，那不会有事；但现在林叔夜直接走人，就变成自己把人气走了，回头该怎么去跟庄主交代？

又等了一盏茶时间，门房无奈，只能硬着头皮进去禀报。陈子峰正跟杨燕武说自家夫人派人去凰浦闹事，结果惹了霍家反被扣押的事，神色不善，听了门房断断续续的回禀，冷笑道："三少爷是我请来的贵客，你一个门房能替我做主把人挡了，我们广州城有这个规矩？"

他转头对杨燕武说："把他的工钱结算一下，明天另外安排个门房。"

门房原本还以为只是挨一顿骂，谁知道直接要解雇——这些年广茂源形势大好，他当这个门房，油水可不少。他急得跪下磕头，杨燕武也帮着说情。他才开口，就听陈子峰不咸不淡地道："原来在这个家，我说话已经不算数了。"

这话可就太重了！

杨燕武说情的话便硬生生地咽了回去，指着门房说："还不快滚！"他亲自赶了门房出去，叮嘱了一句，门房领会，赶紧跑了。待他回到书房内，陈子峰冷冷地道："广茂源眼下看着是烈火烹油般繁盛，但上下不分、内外无礼，是败亡的前兆，也不用等别人来算计了。"

杨燕君不肯认错，杨燕武只能代阿姐来这里挨陈子峰数落，这时也只能受着了。

第八十四针　无理要求

门房得了杨燕武指点，知道请回林叔夜是事情唯一的转机，这时候也顾不得脸面了，一路问找。幸亏那顶大轿子十分显眼，他很快就打听到了——林叔夜回母亲那儿了。林添福的小院住不下那么多人，林叔夜便让随从们在附近找了家客店住下，只让刘三根留宿在客房。

门房火急火燎地跑来认错告罪，林叔夜见都不见，直接让刘三根将人挡在门外。门房一开始还有点端着，但没想到林叔夜在院子里喝茶，毫不理睬，这才晓得三少爷不好惹，不禁紧张了起来，开始大声哀求——哀求无效，最后直接哭着跪在门外。

林添福心慈，劝了两句。林叔夜笑道："既然母亲求情，那便饶了他吧。"刘三根出去打发他："庄主说了，明天会去见陈会首。"

言语间，林、陈二人的身份便是"庄主"和"会首"。这也是林添财嘱咐的。

门房哭着说："明天再去，那我早被我家庄主开革了。"

刘三根冷笑道："那是你的事，关我们什么事？庄主说了，你再在这里哭丧，他听得心烦，只能现在打道回黄埔去了。"

最后那句话甚具威力，门房果然不敢再缠，垂头丧气地回去了。

林添福看着林叔夜，忽然叹了口气，觉得儿子这次出门回来后，似乎有些变了。

第二天，大轿再次来到茂源绣庄的门外。门房赖在茂源绣庄的大门外等了一夜，见到轿子，亲自开了中门，将轿子引了进去——本来林叔夜来访，常理下也不用大开中门的，可这时候他只怕林叔夜不肯进门，所以又自作主张地打开了中门。林叔夜下轿子时，他又小心谨慎地伺候着，连叫"三少爷"，上次那嘴脸有多跋扈，现在就有多卑微。

林叔夜看都不看他一眼，问："大哥在哪里？"

"在书房。"

林叔夜便直接往书房去了，把门房甩在了后头。至于这个门房之后还会不会被清算，谁又在乎呢？

茂源绣庄的布局，前坊后园，书房在后头，要过去得先经过工坊。林叔夜正走着，一个人忽然闪出来，竟是梁惠师。

他停了停，叉手道："惠师。"

上次澳门一会之后，他虽然对梁惠师的印象有所变化，但该守的礼节还是得守的。

梁惠师道："尚衣要见你。"

尚衣？林叔夜愣了一下，才算反应过来："长姊吗？她回来了？"

"是。"

林叔夜脸上露出了一丝难以察觉的变化，颇感为难："但我正要去见大哥。"

"尚衣知道这事，但她说了，让你先去见她。"

对陈子艳，林叔夜有着比较特殊的念想，因此无法拒绝。他随着梁惠师来到一间小屋外，梁惠师道："你自己进去吧。"

屋子昏暗，里头是记忆中熟悉的那袭青衫。林叔夜心神一阵摇荡，少时的记忆涌上心头，似乎与眼前的背影重合了。

着青衫者似乎听到声音而回身，林叔夜赶紧上前，叫唤了一句："长姊。"

陈子艳这才看了他一眼。说实话，直到此时，林叔夜在她心中仍然没什么要紧位置，但她想起梁惠师的建议，还是忍住自己的情绪，开口说道："三弟，恭喜。海上斗绣拔得头筹，把广茂源都压下去了。"

林叔夜在她面前竟有些局促，都不太敢正面看她。他目光下垂，语气有些不顺畅地应道："一切都是托了长姊的福。"

陈子艳皱了皱眉头，听不出林叔夜这话是真心的，还是在讽刺——说真心，自己何曾有恩惠于他；说讽刺，他这句话听起来又十分真诚。她也不是个善机变的人，一时想不通就不多想了，便道："有件事情我要问你。"

"长姊请说。"

"你绣庄的那个高眉娘……"陈子艳调整了一下呼吸，才使自己的语气尽可能显得平和，"是当年的高秀秀？"

林叔夜早料到高眉娘的身份在茂源绣庄必会引起风波，却没想到第一个问自己的会是长姊。他踌躇了一下，才回答："惠师是这么说的，姑姑也没有否认。"

"姑姑……"陈子艳的气息忽然有些不稳，"她让你叫她姑姑！"

"是。"

林叔夜忽然想起梁惠师听说此事后的反应，不禁抬头看了长姊一眼，然而背着光，看不清她的表情，只听她重重地呼吸着，似乎在压抑着什么。林叔夜以为她要询问自己，不料她调匀呼吸后，只是道："有件事情要拜托你。"

自入门以后，陈子艳的几句对答都让林叔夜觉得有些出乎意料，不过他还是老老实实地说："长姊请说。"

"待会儿你见到大哥，不要提起……提起高眉娘是高秀秀的事。"陈子艳道，"便是大哥问了，你也给我瞒着。"

林叔夜不禁愕然："这是为何？"

"这是我的请求，你只说答应不答应。"

林叔夜沉吟了一会儿，说："这事就算我瞒着，大哥迟早也会知道的。"

"你只说答应不答应。"

陈子艳重复着这句话，可这语气哪里是请求，而是近乎无礼的要求。

不料林叔夜竟然低头了："好，长姊的吩咐，小弟不敢不从。"

他出去之后，陈子艳也有些意外。小门"呀"的一声响，梁惠师走了进来。陈子艳低声恍若自语："看他对门房的刁难，以为是个不好惹的，没想到竟然真听了。"

梁惠师冷笑道："原来尚衣对这个弟弟并不了解。"

"弟弟？"陈子艳冷笑着说，"我就没见过他几次！"在她心里，只有子峰、子丘才是兄弟。

"嗯，其实也无所谓，尚衣只要知道……你的要求，他不会拒绝便是。"

虽然中间生了点波折，但林叔夜收拾好情绪来到书房，见杨燕武等在门外。他点头，叫了一声："杨管库。"

杨燕武嘴边含笑，说道："三少爷果然是人中龙凤，两个月没见，便一飞冲天，可喜可贺！"

"可不敢！"林叔夜嘴角带着和对方一样的笑容，"凰浦不过是间小绣庄，今天我有幸能进茂园拜见陈会首，那是托了杨管库的福。"

这句话可是当初杨燕武说的，没想到这么快就被打了回来！杨燕武嘴角抽了抽，林叔夜却已经直接进门，刘三根守在了门外。

书房内点着凝神香，房门开着，陈子峰坐在烟雾缭绕中。他也听见了门外的对话，看了跟进来的杨燕武一眼，说："杨管库且回避一下，我跟三弟有几句体己话说。"

杨燕武脸色一沉，却还是出去了。

陈子峰近日的精神状态常在清醒与恍惚之间切换。林叔夜到达之前，他一直在恍惚中，所以林叔夜来晚了，他也未发现。林叔夜进来之后，他手中还把玩着一把扇子——陈子丘的遗物。

等到杨燕武退出门去，陈子峰才抬起头来。于烟雾缭绕中，他看到了眼前的青年。

一个恍惚，他好像看到了自己——十二年前的自己。

那时候的他，也是这般充满了精力、干劲、自信，以及正气！谁知道一个转折，事态急转直下，竟然变成了今时今日的局面。而眼前的林叔夜，仿佛镜子中的自己，只不过他还未被污染，还是干净的。

陈子峰看林叔夜的时候，林叔夜也看着陈子峰。

这是他的大哥，也是他的长兄。

如果说当年陈子艳对他的提点只是一个契机，那陈子峰就是他时时刻刻学习的对象。

尽管近来不停有人说陈子峰的坏话，这里头甚至包括至亲娘舅在内，但林叔夜还是更愿意相信自己的眼睛。

他相信自己十几年来看到的一切，不只相信陈子峰的人品，更相信自己的眼光。

在他的判断里，陈子峰是个性情中人。他知道陈子峰对陈子丘更好，但他对此并不介怀——陈子丘毕竟是他的同母兄弟。他也知道陈子峰对自己的兄弟之情其实不多，更多的是出于礼法，但他认为那是正常的。

下人的刁难、内宅陈老夫人的施压，陈子峰没见到就算了，如果遇上，一定会设法化解，有时还会提点他一两句为人处世的真知灼见。虽然没有更进一步的提携，但林叔夜觉得陈子峰对自己，已经达到一个家族掌舵人对庶出弟弟的极限了。

林叔夜甚至认为，陈子峰对自己有着一份欣赏——这份欣赏陈子峰从未说出口，但林叔夜能感受到。正是这份欣赏，让林叔夜对这位大哥有一种特别的崇敬之情，哪怕是亲舅舅都无法改变。

"你跟我……其实挺像。"陈子峰忽然开口，却没有说事，而是来了这样一句突兀的话。

但这句话点燃了林叔夜心里头潜藏的火焰！

原来这并不是自己的错觉——大哥真有这个想法！

虽然都是庶出弟弟，但林叔夜能感受到陈子峰对自己与对陈子兴是不同的。陈子峰偶尔也会照顾一下陈子兴，但从未提点过他为人处世的道理。

"有时候看着你,甚至觉得自己是在照镜子……"陈子峰呢喃着,仿佛在回忆什么……

其实他们两个,只是有几分相似而已,但最像的地方不在五官,而在气质。

看着看着,陈子峰眼中竟然流下了两行泪水。

"大哥!"林叔夜愕然。他没想到身为一行会首、性格孤高的陈子峰竟会在自己的面前流泪。

第八十五针　兄弟一对局

霍绾儿醒了过来，推开小窗。

她在凰浦绣庄时，是众人眼里无比尊贵的"贵人"，但在这霍家，居住的地方很简陋。这只是书房旁边的一个隔间，里面除了一张很窄、很低的床，就是木壁上钉满的格子，格子上放满了各种书籍。她从窄床上坐起来，头就会碰到书。床下面的空间不过四五尺，很有秩序地摆放了各种生活用品；床以外能够行走的空间不足四尺。这简直都不算一个房间，而是如同一个笼子。

这个改造过的窄房间是书房的附属。霍韬在的时候，霍绾儿就住在这里，以备随时能够听到书房那边的传唤——窄床的正上方有一个铃铛，从书房拉动一根绳索，就能唤她。

这是一个卑微到近乎屈辱的所在，不过霍绾儿很珍惜——不仅因为这里有她搜罗过来且十分珍爱的书籍，也因为在这里，她拥有别人不能侵犯的自由与安全。霍韬不在的时候，这里和书房就归她管，她是这一方小天地暂时的"主人"。

窄床对面的木壁上有一扇小窗，霍绾儿推开窗户后，就能看见书房后小小的花园。花园中没有人，只有两只小雀在枝叶中跳跃，因被推窗的动作惊动而飞远。

很快，我也要飞走了。看着它们远去的背影，霍绾儿这样想。

这里并非她能长久安身立命的地方。她也不是真正的千金，所以千金小姐们所需要的矜持之态、循规蹈矩——"其实与我无关"，这一点她也在慢慢地想通。

然后她就想起了昨晚与高眉娘的会面。

高眉娘尽管当时还是戴着面罩，但在斜阳投射进来的光线下，还是给霍绾儿留下了一个婉约而脆弱的印象。这与她远远看到的斗绣高台上的高眉娘不大一样，也与她以往见过的绣娘不一样，甚至与她见过的所有女子都不一样。

在霍绾儿短暂而漫长的十九年生命中，她见过几十位千金、贵妇，几百个丫鬟、婆姨，以及未入霍府前、探亲期间与她打过交道的众多农妇，外出办事时接触过的众多贾女。但高眉娘给她的感觉，跟这些女子都不一样：她身上有千金、贵妇们所没有的见地，有丫鬟、婆姨们所没有的学识，又有农商贾妇所没有的见地。霍绾儿真是没想到，这个世界上除了自己，竟然还有这样特别的女子。

"只是可惜，终究没见到她的面目……"

那飞凰面罩之下，究竟是什么样的容颜？尽管同为女子，霍绾儿竟忍不住好奇。

"没事。"陈子峰随手抹了眼泪，然后马上就抛出了一句让林叔夜措手不及的话，"子丘……是不是你杀的？"

一语犹如千斤重锤！

"当然不是！"林叔夜一口否定！

陈子峰没有留下让他思考的缝隙："那杀人的凶手，跟你有没有关系！"

这语气不像询问，而像是某种推断。

林叔夜被这连续两问逼得几乎就要为胡天九辩解，但胡天九是否杀人自己尚未调查，便迅速反应过来，答道："大哥，我的为人你清楚。我不喜欢二哥，甚至可以说是厌恶他，但我会用别的方式来报复他，而不是杀他。不管是亲手杀他，还是指使别人杀他，都不是我会干的事情。"

陈子峰盯着林叔夜的眼睛，似乎在判断他是否说谎。良久，他眼神中的锐利才缓和一些，林叔夜暗中松了一口气。

陈子峰道："你二哥不是什么好人，但他是我的兄弟！害死他的人，我就算上天入地，也一定给揪出来！我只希望……到时候，你的确跟这件事情没有关系。"

林叔夜只觉得自己说话的能力好像一下子被夺走了。

这时候他如果坦白胡天九的事情，只怕也很难得到陈子峰的认同，只会让谈话趋于破裂。

于是他说："大哥这么着急把我从黄埔叫到西关，就为了这件事？"

陈子峰默了默。

林叔夜没有开口，但他已经夺回了少许主动权。

陈子峰果然没有继续纠缠，转而问："那个高眉娘，她是什么来历？"

不等林叔夜回应，陈子峰喝道："如果你还当我是兄长，就给我坦白！"

如果大哥知道高眉娘就是高秀秀，情况大概会变得很复杂吧？

"我听人说过她的来历，并未确认，但我不能说。"忽然，林叔夜竟有些感谢陈子艳，至少她给了自己一个不说的理由。

"不能说？"陈子峰皱了皱眉头。

"一个大哥也认识的人，要求我暂时不说。"林叔夜道，"我不知道她为什么这样做，不过我既答应了她，就只能暂时闭上嘴。"

"你不说……你以为我查不出来？"陈子峰冷笑。

"查出来，是大哥的本事。但只要不是从我这里得知，那小弟我就是忠人之事了。"

陈子峰竟然没有再逼问。林叔夜猜想，可能是因为大哥的骄傲，让他觉得就算自己不说，他也能查到吧。

又过了一会儿，陈子峰再次问道："三弟，长久……我对你疏于教导，但海上斗绣一战，你凰浦绣庄名扬海外，就连我也不得不承认……当初我自以为已经足够看重你，却没想到还是看轻了，现在哥哥想问你一句话……"

陈子峰拥有掌控全局的能力，此刻他语气平缓，让书房里的气氛似乎缓和了些许，林叔夜的心情也不知不觉地放松了。

"你的志向是什么？"这不是逼问，只是垂询。

"志向……"林叔夜没有想到兄长问的是这个。

"霍姑娘入股凰浦，究竟是为了什么？"霍绾儿想起了昨晚在小阁楼内寒暄过后，高眉娘问自己的话。

当时霍绾儿没有马上回应。两个女人静静地坐着，直到静谧的氛围让霍绾儿觉得没必要说谎，也没必要回避，她才对高眉娘说："我要自立。"

"自立？"高眉娘琢磨着这两个字，"就算要自立，相对于霍家能提供给姑娘的资源来说，这凰浦绣庄也太不值一提了吧？"

"以祖父如今对我的眷顾，以霍家如今的权势，便是直接送给我一场天大的豪富，也非不可能。"这一点是众人的共识，所以高眉娘才会问出方才那句话。

"但是，朝堂之上变幻不定，大族之内恩怨纠缠。今天能直接给我的东西，明天自然也就能直接收走！"霍绾儿对高眉娘道，"可是自己从微末之时就介入、扶持，并使之成长的物事就不一样了。"

霍绾儿到现在都记得昨晚高眉娘听到这句话时眼神中的那一闪，然后她就知道对方听明白了。这位高师傅是一个有智慧的女子啊，她能听得懂自己说的话，因此昨晚她才有了进一步吐露心声的情绪。

"丝绣业原本并非我的首选，但在看过海上斗绣之后，我已考虑将丝绣业作为首选。在今天见识了林庄主的胆识与机变之后，我已经确定，它就是我的首选！"

"为什么？"

"英雄是难得一见的，而遇到一个还处于微末、需要扶持的英雄，那更是百世难逢！"

"霍姑娘竟然觉得……林庄主是英雄？但他只是一个连科举都没资格参加，将来最多成为商贾之流的私生子！"

她的言语在贬低林叔夜，但飞凰面罩上方的那双妙目，竟闪烁着热切。

霍绾儿当时没有回应高眉娘的话——有些时候，单纯的语言是匮乏的。但高眉娘似乎已经理解了什么，小阁楼内重新归于平静。

沉默再次被打破，却是霍绾儿反问："高师傅呢？你选择林庄主，又是为了什么？"

"我选择他……"现在小阁楼里的氛围，似乎很适合吐露一点真心话，霍绾儿吐露了，高眉娘也愿意倾诉，"他原本只是别人复仇计划中的棋子……"

"棋子？"

对霍绾儿的疑问，高眉娘没有解释。

"但现在事态已经变了，我对他的看法也变了。他成了我曾经不敢想的奢求。或许他能实现我的愿望。"

"奢求？愿望？那是什么？"

"是刺绣。"高眉娘说，"我这次回来，只是想再认真、纯粹地刺一回绣！"

"我的志向……"林叔夜没想到长兄问的竟是这个，不过他的志向光明正大，不必隐瞒。

"在遇到高师傅之前，我只想振兴凰浦绣庄，希望数年之内，让当时的绣坊能有机会参加广潮斗绣，以此换取我娘入归陈家的资格……这是老太太答应过我的事情。"

"那现在呢？"

"现在……"林叔夜心中闪过高眉娘的背影，"现在还用说吗？广潮斗绣我还是要参加的，但不是数年之后参加，而是今年就要参加！"

就在不久之前，林叔夜对着陈老夫人说出这话时，还遭到了众人的哂笑。但这一次，陈子峰全无反应。

因为以凰浦在海上斗绣所展现的战绩，林叔夜已拥有这个资格！

"只是如此？"

"不只如此！"林叔夜道，"我不知道高师傅的绣技能达到怎样的高度，但她能绣到哪里，我就护着她到哪里。这是我跟她之间的约定。"

不算很放肆的两句话,却让陈子峰听得怔住了。他愣愣地说:"你……你说什么?"

于是林叔夜又重复了一遍:"高师傅能绣到哪里,我就护着她到哪里!她能与广东十大名庄正面对决,我就护着她杀入广潮斗绣;如果她要与天下名绣一争高下,那我就护着她到京城去,到大内去,到御前去!"

陈子峰几乎不敢相信自己的耳朵!

他不认为林叔夜在扯谎,也不认为林叔夜在夸大。

他不敢相信,是因为十几年前,自己也曾经对另外一个人说过几乎完全一样的话!

第八十六针　逼联

"很多年前，我有过一次机会，但那时候我不太珍惜，以至于在最后留下了遗憾……"见天色渐渐暗了，高眉娘起身点了灯，"我也没想到，如今还能遇到这样一个人，他让我看到了再刺一回绣的可能。这是苍天对我的眷顾。"

"刺绣……很难吗？"

"有时候，并不难，只要有针，有线，有布帛，就可以了。可是有时候，又极难。想要排除金钱与权势的干扰，认真、纯粹地刺一回绣，那真是……有时候连豁出性命也办不到！"

在摇曳的灯火中，戴着飞凰面罩的人重新坐了下来，她的身姿依旧让人感到脆弱。当时霍绾儿看着她的手——手也隐藏在袖子里——然后她的目光，望向了飞凰面罩上方的那双眼睛！

"再绣一回……"霍绾儿便琢磨出了味道，"所以你'绣过'一回了！"

"是。"

"上一回，你绣到了哪里？"

"绣到了御前，献于陛下……那是十二年前的事情了……"

记忆暂停，霍绾儿的目光回到了眼前的园林。她万没想到昨晚见到的，竟是一个曾经沧海并被卷入风浪的人物……十二年前，那可是风起云涌、朝堂大争的时代！

或许对凰浦这个小小绣庄的期待，可以再进一步调高了。

陈子峰猛地一阵咳嗽，仿佛要将心肝都咳出来一般。十二年前地狱般的噩梦忽然重新笼罩住了他，那咳嗽声让林叔夜惊骇不已。

"大哥，你没事吧？"

肺部与咽喉被牵扯的疼痛将陈子峰从往事中拉了回来，他暂时恢复了平静。

"没事，我没事！"

他盯着林叔夜许久，才说："凰浦是从茂源分出去的，你是我的弟弟！"

林叔夜点头。

"原本凰浦能够重振，你也发达了，我都是乐见其成的。但是你崛起得太快了，而且还勾结了潮康祥……你的所作所为，已经冲击到了陈家，凰浦也已经影响到了茂源的利益。"

"所以呢？"

陈子峰拿一块丝巾抹了抹腌臜的嘴角，也掩盖了其中的血丝。他坐正了，恢复了一省丝绣魁首的沉稳与威势，嘴角露出一丝笑意，但这笑意不再温和，甚至带着一丝冷酷。

"我会打击你！压制你！"陈子峰冷冷地道，"从今日起，茂源绣庄将不择手段瓦解凰浦绣庄！我不会手下留情，直到将你踩到地下，按进泥里！"

林叔夜沉默了。

陈子峰的反应并没有出乎他的意料，相反，他觉得这样的陈子峰，才是他认识的那个大哥！

"好！"林叔夜道，"多谢大哥了！那我以后也就能理直气壮地与茂源对决。"

陈子峰冷笑道："你做得到吗？虽然你在海上拿到了不少订单，但以你那座破绣庄的产力，你做得过来吗？丝绣业是一个产业，不是一个刺绣高手就能撑起一座绣庄的！"

"因此，正要和……"林叔夜顿了顿，改了称呼，"正要跟陈会首打个商量。"

"商量？"

"茂源这边，正在谋夺广和安吧？"

轻轻一句话，让陈子峰的瞳孔蓦地收缩。这是他布了数年的局，眼下就在收网阶段！

"凰浦的产力，的确不足。"林叔夜道，"但如果吞并了广和安，那多半就够了。"

陈子峰怒道："你敢！"

"广和安目前还在何老庄主手里。卖不卖，卖给谁，仍然是他说了算。"林叔夜道，"不管前面他的绣庄是如何没落的，销路是因何而不畅顺的，总之现在对何老庄主来说，卖给谁都是一样的，区别只在价钱。而在海上斗绣之后，凰浦这边有钱了。"

陈子峰的怒气没有收敛，但他也没有因此发作，只是哼了一声。

林叔夜继续说："不过，如果我们两家恶性争买，到时候得利的便是他姓何的，而茂源与凰浦都将付出额外的、不必要的代价。"

"所以呢……你待如何？"

"所以我觉得，我们两家可以联手。"

"联手？"陈子峰笑了，"买了之后一人一半？"

"不！"林叔夜道，"我们联手定下价格，然后以斗绣决定绣庄归谁。"

"斗绣？"陈子峰放声大笑，笑得连刚才已经止住的咳嗽都被牵引出来了，"区区一场海上斗绣，就让你觉得自己真能在斗绣场上赢我广茂源了？！"

林叔夜没有笑，也没有退缩，只是非常认真地问道："是的，所以陈会首，你敢应战吗？"

陈子峰原本坐直的背脊靠到了椅背上，头微微倾斜，睨视着林叔夜："广和安是我筹谋数年的囊中之物，如今到了要摘果子的时节，我凭什么允你！"

他竟丝毫不受激将法的影响。

林叔夜当即就说："既然如此，告辞。"跟着转身就要走。

"慢着！"陈子峰出言拦了拦，"昨日你大嫂胡闹，指使了人去你那里捣乱。此事我事先并不知情，但既然已经发生，总归是我治家不严之过，我在此代她致歉。"

林叔夜挑了挑眉毛，也不转身："陈夫人可从来没把我当小叔子，昨日我若是被劫走了，下场难料。不过大哥既然开口，我做弟弟的也不能没有气量。我这边的事，便算揭过了。"

听到"我这边的事"五个字，陈子峰微微皱眉："听说她派去的混混，有几个被你扣住了，若你还卖我面子，将那几个混混放了，我回头让接办此事的三江会上门给你赔罪。"顿了顿，他又说："三江会在南番顺一府二县耳目众多，你可趁机与他们化敌为友，往后凰浦在广州地面办事会顺畅一些。"

他这前面一句话是求情，后面话锋一转，反而是要卖林叔夜一个人情，将一场冲突变成让林叔夜能结交三江会的契机。

不料林叔夜却不接这个人情："这些鸡鸣狗盗之辈，不交也罢！至于那几个地痞流氓，现在虽然还被扣在我凰浦绣庄，却是霍家绾儿姑娘的意思。放不放人，要看霍姑娘的气顺不顺。"

陈子峰脸色微微一沉，已知道今日不吐出点什么，这个庶出弟弟是不肯善罢甘休的了。他也不愧是能领导广东丝绣业的雄才，一转眼就算定了利害得失，开口道："行！你敢有这份狂妄……我许你！"

林叔夜这才转身："大哥要许我什么？"

陈子峰冷冷地道："七日之后，你若能赢，广和安便归你又如何！"

林叔夜心下大喜，行了一礼："多谢！"

"不过，作为兄长，我还是要提醒你一句！"陈子峰说道，"少跟黄谋掺和，那个潮州佬不是好人！"

"我也是半个潮州人，而且……"林叔夜道，"既然已经站在生意场上，那也就没有所谓的好人坏人了。"

林叔夜走了后，管库杨燕武快步走了进来："庄主，广和安可是费了咱们几年的心血，真要这么放给他？三江会那几个混混的事，不用给到这么大的筹码。"

"他现在背后有黄谋,可能还有霍家,让他入局,就能断了老何跟潮康祥的线,也好叫他早点死心。"

"可是万一斗绣有个闪失……听说海上斗绣,凰浦那个新冒头的绣师很扎手啊!"

"无妨……"陈子峰轻轻一哂,"我这个弟弟,资质是不错的,可惜还太嫩。这一次……就当是我这个做大哥的手把手教他一回。"

告别陈子峰,走出广茂源的一刹那,林叔夜忽然停住了脚步。

回想起刚刚跟陈子峰的一番交锋……换了几个月前,他可不敢想自己这么快就能跟大哥对等博弈,但现在发生了。

他抬头,望了一眼那面绣着"南国锦绣"的锦旗,忽然发现锦旗好像变矮、变低了,看着没有以前那般高不可攀了。他一个转念,便知锦旗并没有变矮、变低,变的应该是自己——他扫了一眼在旁边小心伺候着的陈家门房。

"没错,变的不是锦旗,是我自己,是我的位势变高了。"

从西关回来后,林叔夜将交涉结果告诉林添财、高眉娘。高眉娘仍旧是无怒无喜,还是那句话:"运营的事,庄主做主即可。"

林添财却是喜忧交加,喜的是林叔夜真能把事情给谈下来,忧的则是怕陈子峰被激怒后,不知道他会有什么后手。林叔夜还是不太明白,为什么舅舅这么怕大哥。

在甥舅俩着手准备诸般事宜时,广茂源的管库杨燕武来了。林添财问杨燕武来做什么,他冷笑道:"林庄主真是好本事,竟能让我们庄主把到了嘴边的肥肉让出来,不过你们不会以为这事是会首能一言而决的吧?广和安还在老何手里头,他要是不拿出来,七日后,斗不成绣的!"

林添财问:"你待如何?"

"前头该做的事,我们广茂源其实已经干得差不多了,但老何一直拖着,就是因为还有一线生机。只要掐了那一线生机,让他断了念想,后面的事自然就水到渠成!"

"那一线生机是什么？"林添财问道。

杨燕武还没回答，林叔夜已经道："大概是潮康祥吧。省内有这个实力吃下广和安的，怕也就茂源、康祥两家了。"

"不愧是林庄主！"杨燕武鼓掌，"看来外甥比舅舅强多了。"

林添财不受他挑拨："阿夜本来就比我强！一代比一代强，那才是旺家之理。总不能跟某些几代吏门的家族一样，祖宗厉害，下面一代比一代草包！"

"你！"

"说正事吧。"林叔夜不想让两人继续斗嘴，"杨管库这次来，是要我跟潮康祥那边说句话？"

"这件事我们前面已经做了九成九，现在你们想捡便宜，至少也得出点小力。"杨燕武暂息怒气，悠悠地说，"其实潮康祥也不会要广和安的，这事老何心里也清楚，只不过是想拿潮康祥来吊着我们，抬抬价格。黄二舍一直没松口，其实也只是拿这事来恶心我们广茂源，顺便看能不能捞到一点好处。"

"杨管库怎么知道潮康祥不会要广和安？"林叔夜问道。

杨燕武笑了："广和安怎么也是广东十大名庄之一，这绣庄又不能整个儿搬到潮州去。潮康祥要是真吞了它，这绣庄到时候谁来主持？肯定是黄二舍啊。黄老二主持着潮康祥的外务，权柄本来就大，再让他得一个根基深厚的大绣庄，潮康祥就变成两头大了。到时候不是黄老二夺权上位，就是黄家内部分裂，因此不管是黄老庄主，还是在潮州主内务的黄老大，都不会允许的。没有本庄的支持，只靠黄谋自己，这广和安他吃得下？"

林叔夜听得点头，知此言不虚："那行，我这就修书一封，请舅舅跑一趟。"

杨燕武道："我也跟着走一趟吧。"

林叔夜便拟了一封书信，也无隐瞒，将自己如何借势逼得陈子峰退让之事说了。林添财拿了书信，与杨燕武一起前往西关——潮康祥在西关也设了一家店铺，挂着"潮州康祥绣庄"的金字招牌，乃是近二十年广州人买潮绣的第一去处。

黄谋看了书信，又与林添财关起门说了一会儿话，这才出来答应了杨燕武的请求。

　　当天杨燕武便放出风声，黄谋也正式告知何老庄主，潮康祥无收庄之意。何老庄主眼见如此，以为是陈子峰私下里与黄谋达成了协议。茂源、康祥两家既然合流，广东全省便再无第三家敢与他们对抗。

　　其实广东的富人、权贵甚多，要说能拿出买下广和安资金的人物，至少也有二十号，但刺绣是个深水行当，若无熟行之人主持，再得罪了绣行排名前二的两大家族，这绣庄买了来也必定亏损——做生意，总是要赚钱才行，买一个注定亏钱的绣庄，有何用？因此，茂源、康祥一合流，何老庄主果然绝了念想。

　　当下由黄谋出面作保，三方定了买卖意向。陈子峰这才提出将以斗绣决定谁来出这笔钱，谁出钱，绣庄就归谁。何老庄主虽愕然，却也以为是他们家族内部的争端，不以为意——林叔夜与陈家的关系十分复杂，广绣行里都在传他们兄弟失和，但里头究竟是什么样的关系，却没几个人拿捏得准。而大家族买了一个产业之后再内部分配，原也是极常见的事情。

　　陈子峰又请何老庄主做这次斗绣的主持，何老庄主也未拒绝。

　　等这些事情办完，已过了两日，何老庄主出的题目才算送到凰浦。

　　"竟然是绣'百花争艳'！"高眉娘看了题目后道，"题是好题，但胜负如何评定？是成品献绣，还是现场斗绣？"

　　"现场斗绣。在确保针功上乘的基础上，以花类多者为胜！"林添财说。

　　"上乘？哪个等级的上乘？"

　　"至少要达到广东十大绣庄出品的等级。"

　　"那倒不难。"高眉娘想了想，又问，"独绣还是群绣？"

　　林添财"嘿嘿"笑了两声："广茂源那边终究忌惮高师傅的针速，不敢比独绣，要求群绣。我怎能答应？一番扯皮，最后定了是两人上场。"

　　林叔夜在旁问道："姑姑有把握吗？广茂源可有四位宗师呢。"

高眉娘淡淡一笑。

黄娘冷笑着说："我来给姑姑打配合！省内斗双绣，我们没有敌手。"

这话说出来霸气十足，但自从知道高眉娘就是"高秀秀"，林添财便觉得理所当然了。

林叔夜忽然道："我长姊回来了。"

黄娘眉头一皱，脸上现出极复杂的神色。

林添财有些吃惊："陈尚衣回来了！那可有些……有些不妙。"

黄娘冷笑道："哪里不妙？"

林添财自知道她们师徒的真正身份后，对黄娘也多了几分尊重，唯唯诺诺地道："其实也没什么……以陈尚衣的身份，这种小场面，她应该不会上场。"

"上场又如何？"黄娘再次冷笑，"便是她跟……跟那个叛徒联手，我们也能赢！"

林添财这时看了看她的断手，惹得黄娘大怒。她道："看什么！我就算断了一只手，也能帮上姑姑的忙……若是我这只手还在……哼，哪还需要姑姑出手？我自己就能镇住场面！"

高眉娘忽然说："还是做好准备吧。得先拟好画稿。"

黄娘有些不耐烦："'百花争艳'而已，到时候我来打配合，姑姑随便绣也赢定了的，还需要拟稿？"

"还是拟个稿吧。"高眉娘说道，"顺便把绣'百花争艳'的针法，教给云娘、绣奴。"

黄娘听说是要趁机教徒弟，这才无话了。

高眉娘对林叔夜道："要劳烦庄主了。"

林叔夜也擅长丹青，虽然还没达到当世大家的境界，但他有意于刺绣既久，便在拟画稿上下了功夫。真正的大画家，不会用太多的心力在刺绣的画稿上，所以纯以刺绣画稿而论，林叔夜已属一流。

海上斗绣时，两人已经合作过，有了默契。当下高眉娘口述，林叔夜按照她的想法拟定了画稿。

第八十七针 《百花争艳图》

林小云个性跳脱，喜欢新鲜事物。高眉娘教他三手绣，他刚学的时候十分兴奋，等学会了就兴趣缺缺。李绣奴还在不断钻研，哪怕现在进步不明显，仍然每日刻苦练习；林小云却已经在偷懒了，每天只琢磨着：怎么让表哥放我走啊！

这天，林小云忽然被叫到阁楼来，见里头除了高眉娘师徒，还有林叔夜甥舅，以及李绣奴、沙湾梁哥和喜妹母女。林小云见林添财也在——他在别人面前都大大咧咧的，一见他爹，就以袖遮脸——以假声"哎呀"了一声，道："林揽头也在啊。"

林添财以为他是真害羞呢，嘻嘻笑道："云娘何必见外，咱们又不是第一回见面。"

林小云又"哎呀"了一声，说："在海上的时候是没办法，上次又是林揽头闯了进来而躲避不及，可男女毕竟有别，该避嫌还是避嫌些，免得传出去叫人说闲话。将来奴家可还要回潮州的。"

他一边说着，一边躲到李绣奴背后。实际上，他是不敢让他爹近距离看自己的脸，怕露破绽。

"哟，没想到云娘也是个讲究人。讲究点好，我们潮州的姿娘，最讲妇德名声了。"

林添财一向觉得这个云娘说话对自己胃口，本来就看"她"顺眼，这会儿见"她"还懂怕羞，知避人，便觉从这品性看来，"她"还是个良家啊。至于"她"有时候爆出些粗俗的言语，在林添财看来倒无所谓——口无遮拦但守妇德的姿娘，在潮州农村到处都是。他忽然就有些心动,但再看看"她"的身段,嗯,就是高了些,但也还好。

林小云哪知道他老子那乱七八糟的心思,一边躲着,一边听高眉娘说话。听了一会儿,他心想:要吞广和安?那可是十大名庄之一啊,表哥又要发达了。

高眉娘将斗绣的事情说了,然后言明有意传授《百花争艳图》的意思。李绣奴大喜,当场就跪下磕头。林小云没那么激动,但李绣奴磕了,他也只好跟着磕。

高眉娘道:"外事说完,请庄主、林揽头、刘管库回避吧。"

眼看老爹、表哥都走了,林小云这才松了一口气,脸也不遮了,大大咧咧地坐了下来。见他坐也没个坐相,沙湾梁哥哼道:"庄主才走,你就不装了?"

林小云愣了愣,心想:我怎么坐,关你什么事,你来撑我?

沙湾梁哥竖起兰花指骂道:"谁不知道你这小蹄子的浪心思?第一天进庄,你就闯庄主屋里,也不晓得你在里头说些什么,做些什么,给庄主灌些什么迷汤。明明就没有点妇道人家该有的样子,却在庄主在的时候装贤良,装给谁看!"

林小云又愣了愣,看看屋里头李绣奴、喜妹的神情——似乎也认同梁哥的说法——猛地就明白了过来:哈哈,自己躲老爹装害羞,见表哥没避忌,落到别人眼里,就变成了没脸没臊的绣娘勾引庄主了。

他也不辩白,反而站了起来,将手往腰上一叉,像女人吵架一样,还特意竖起兰花指指着沙湾梁哥,用假声尖声道:"是啊,是啊,我就是装贤良啊,我就是勾引庄主啊,但庄主就吃我又装又勾的这一套啊。我想进他房间就进,想跟他说话就说,你看不过眼,你也去试试啊!"

"你,你!"梁哥的兰花指指着林小云,气得说不出囫囵话来,"你!也不怕败坏庄主名声!"

"坏什么名声,绣庄的老板勾搭个绣娘,算什么大事!"林小云正恼表哥不抓紧解决自己的事,心想败一败他的名声是他活该。

既然现在装坏女人了，那就做戏做全套，他把自己的兰花指对准沙湾梁哥的兰花指："哎哟，庄主名声坏不坏，你着什么急啊！难道你是在吃醋？"

沙湾梁哥急得红了脸："我没有，我没有！"

"没有？当然没有，因为就算有也没用！你一个大老爷们儿，吃醋也轮不上你！"

梁哥又气又羞，又恼又恨，当场就捂着脸呜呜哭了起来。林小云正要笑话他两句，高眉娘喝道："够了！以后进了这个屋子，不是刺绣的事，都不许提。"

林小云马上转了脸，堆满了谄笑："是！姑姑说得对。"

梁哥也抽泣着应是。

高眉娘是个心冷的人，不太管别人的情绪，直接入正题："这次要比的题目，是'百花争艳'。斗的是双绣，到时候由我和黄娘上场，但大绣庄斗绣，除了正选，也要定个副选以防意外。海上斗绣时，我们没人手，只能一切从权，现在有条件了，一切就要按照正路来。云娘、绣奴出来。"

林小云和李绣奴便站出来一步。

"你俩为副选。梁哥、喜妹出来，你俩为又副选。副选要练到能上场顶岗，又副选先跟着练习，为以后挑大梁做准备。从现在起，每日练八个时辰，争取在四日之内将'百花争艳'给练出来。"

林小云一听就头大。刺绣是他喜欢的东西之一，乐在其中的时候不觉得有什么，但要为个斗绣去吃苦，他便不大愿意干了。再说，能因这事发财的是那个没良心的表哥，上场的又肯定是高眉娘，自己千辛万苦给人当后备？于是他噘着嘴："绣花，绣花，这有什么好练的，不就那样。"

黄娘一听就皱眉——她当徒弟的时候，可万不敢在师父面前这样回嘴的。

高眉娘却知道他的性子，晓得这人跟李绣奴、喜妹、梁哥都不同：李绣奴只要是能提高绣艺，怎样都行；喜妹是自己吩咐了就会老实执行；梁哥是吃苦吃惯了；至于林小云，那得叫他有兴趣，他才有动力，否则就算压制他顺从，那也一定当面积极而背后偷懒。

她当下耐心地说道："刺绣，俗语又叫'绣花'。花之运用，在刺绣中最为普遍，因此你觉得没什么可学的，对吗？"

林小云也不遮掩，直接点头："对啊，有什么好学的？"

"那你就错了。"高眉娘道，"这《百花争艳图》，难点其实不在'花'上。"

"那在哪里？在'艳'字上？"

"也不是。"高眉娘拿出一块布来，略略几针，就勾勒出了一朵大花的形态。

"牡丹！"林小云认了出来。

高眉娘转了针，又绣出另外一朵红色的花。

"红棉！"林小云没等她绣完就认了出来。

高眉娘转而绣第三朵。林小云也很快认出："梅！"

高眉娘又绣第四朵、第五朵……每一朵都是勾勒大致形状，因此绣得极快，而林小云也一一认了出来：

"玉兰！

"菊！

"荷！

"月季！"

……

终于绣到第二十三朵，林小云有些愕然："这是什么？"

"这是江离。"高眉娘低声吟哦，"'扈江离与辟芷兮，纫秋兰以为佩。'它是屈大夫《离骚》里写到的第一种香草，因此意义不同一般。"

林小云有些不好意思，却觍着脸拍高眉娘的马屁："姑姑，你懂的可真多啊，连这种冷门花都会绣……"他停了停，突然反应过来："啊，我明白了！《百花争艳图》的难点，不在'花'上，也不在'艳'上，而在'百'上！绣花不难，但要认得几十甚至上百种花卉，还能绣出来，那可就不容易了。"

黄娘听了这句话，微微点头，心想：这个云娘性情恶劣，却真是绝顶聪明的人。

高眉娘见他明白了这一点，便不绣第二十四种花了，但一转针，又绣起牡丹来。这次她放慢了针速，一边绣，一边说："这个'百'字，是《百花争艳图》的第一个难点。孔夫子说：'多识于鸟兽草木之名。'就算他们读书人，也讲究多知多闻。所以要绣《百花争艳图》，第一关就是要认得众多花卉，而光是认得还不行，还得会绣。因为，不同的花卉有不同的针法。"

她虽然放慢了速度，但几句话下来，绣地上的牡丹已显雏形："粤绣'八门'的直、辅、捆、插、绕、编、平、织，这段时间你们都掌握得不错了。这绣牡丹以第四门'插'字门中的捆插针、洒插针为主，以'辅'字门的渗针为辅。喜妹，何谓捆插针？"

喜妹当场就背了出来："物象外边针头落，物象内边针头起，一长一短捆边绣，外口内线路可齐。"

她背一句口诀，高眉娘就按照口诀落针。其运针似慢实快，却叫旁边所有人都看得清清楚楚。

黄娘看得心中暗动：姑姑当年教我们时，哪里有现在这般仔细？经了这番折磨，她竟多了这份耐心。

林小云看得津津有味。他背过这口诀，也会针法，之前却是还没尝试过——原来具体运用在绣牡丹上是这个样子的。至于李绣奴，更是两眼放光，几乎都想跪下来听了。

高眉娘又问："何谓洒插针？"

李绣奴见她望向自己，便回答道："洒插针以续针为基础，能表现事物之明暗。绒线深浅巧安排，长短参差施针开，先洒后插错落绣，浓淡得宜明暗来。"

高眉娘手中运针，跟着又让梁哥背"渗针"口诀。她依着口诀，从花蕊部分向外呈放射性走针，根据花瓣的长势而变化。渐渐地，一朵花瓣层叠、色彩丰富、阔大轻盈的牡丹就在绣地上呈现出来了。

教了牡丹之后，她又教木棉，而后是玉兰。果然，三种花用了三种不同的针法，虽未脱粤绣"八门"的范围，但具体的变化层出不穷，令人叹为观止。此时，不但李绣奴学得欢喜无限，林小云也不知不觉地沉浸其中。

梁哥、喜妹学到第三朵时就有些吃力，倒不是他俩无法掌握这些针法，只是知识点太多，一下子嚼不烂。高眉娘便让他俩出去练习，留下了林小云和李绣奴，让他们继续学桃、梅、梨、菊……

到了后面，高眉娘直接让林小云和李绣奴各拿一块绣地。她这边讲解演示，他们那边就能跟着绣出来：绣第一朵时略生涩，绣第二朵时便流畅了，待绣到第三朵时，便快了起来。这两人的领悟之速度、落针之完成度，连旁边的黄娘也暗自称赞。

半个时辰下来，高眉娘便教了七种花的绣法。三人手腕都累了，便稍事休息。林小云笑道："半个时辰学七种，加上休息，一个时辰也能学十种。姑姑让我们一天练八个时辰，这样下来，不到一天半就能学完了。嘿，那后面两天就可以歇着了。"

李绣奴连忙说："到了后面，哪可能还这么快？"这段时间下来，她的官话是说得越来越好了，只是还夹带着些口音。

高眉娘说："后面是会慢下来，不过以你们的资质，两天时间学完五十种，大概也够用了。"

李绣奴急忙问："那后面的五十种呢？姑姑就不教了吗？"

林小云却问："那后面两天呢？我们可以歇着了吧？"

黄娘微微皱眉，心想：别人有大宗师当面教，都是唯恐学不够，这个云娘怎么老想着偷懒？

忽然，林小云"咦"了一声，说："不对，不对！刚才姑姑说，这个'百'字只是《百花争艳图》的第一个难点，有第一就有第二，难道这百花争艳还有第二个难点不成？"

黄娘的心念因这句话一转：这个云娘，天资果然与众不同，比绣奴又胜一筹了！她刚才对云娘的一点嫌弃，不禁因为爱才而消除了些许。

高眉娘脸色一向冷冰冰的，这时却不禁露出微微一笑："你觉得呢?"

林小云想了想,说:"刚才已经说了,不是'花',不是'艳',而'百'已经在教了……难道是那个'争'字?"

李绣奴终究是属国出来的人,文蕴有所欠缺,一时不解:"'争'字?那怎么可能表现?花是静止的,又不是人或者犬马,可以打架。"

林小云却道:"你这说得不对!正因为难以表现,所以才肯定是这个'争'字!对吧,姑姑?"

高眉娘问:"你觉得能怎么办?"

林小云看着绣地上的七种花,想了一会儿,说道:"形而上者谓之道,形而下者谓之器,要表现'争'字,得从形而上来想,对吧?"

黄娘听到这句话,不禁微微吃了一惊,心想:这个道理,姑姑还没教过呢,云娘竟然能自己悟出来!这等天赋,几乎要追上姑姑了!

高眉娘眼角那极微的笑意,不知不觉又浓了些许。

第八十八针　刺绣的形而上学

对林小云说的话，李绣奴能听懂里面的每个字，可它们合起来，她就不懂什么意思了。但是，她向来好学敢问："云娘，什么叫形而上？"

林小云是个好显摆的，得意扬扬地道："所谓'形而下者谓之器'，这个器嘛，就是那些看得见、摸得着的东西。比如百花争艳，花的形状、颜色是看得见的，百是数得出来的，就是艳丽不艳丽，那也是一眼就能看得出来的。这些就是形而下。而'形而上者谓之道'，说的就是那些看不见、摸不准、玄之又玄的东西。比如这个'争'字，没颜色，又没数量，却要给显现出来，这就比绣那些形而下的东西难。尤其像你说的，这花是个静物，不像那犬马能够打架撕咬，所以要体现这个'争'字就更难了。但那些读书人最喜欢这种调调了，越能展现这种调调，他们就越觉得你厉害。而刺绣好不好，最终又是读书人说了算。对不对，姑姑？"

高眉娘领首。

李绣奴虽然还不是很明白，却已经非常欢喜，就盼着姑姑赶紧传授。

高眉娘却问林小云："那你觉得应该怎么表现这个'争'字？"

"我怎么知道！"林小云毫无羞耻感地说，"我其实就是吹嘘吹嘘。"

黄娘为之愕然，心想：自己刚才的评价还是收回来吧。

高眉娘却不以为意，说道："这个'争'字，必须在神韵之中表现。如何表现神韵，无法展示，也无法言说，只能靠你们自己悟。"

李绣奴听说无法传授，一时有些黯然，不料高眉娘接下来的一句话又叫她喜出望外："什么时候你们悟出来了，还能落之于绣针上，那就摸到刺绣宗师的境界了。"

"能从《百花争艳图》上悟出'争'字并绣出来，便能成宗师了？"李绣奴惊喜得难以自抑。

高眉娘点头："不错。袁莞师能以荔枝绣驰名天下而成宗师，而你们若能把百花争艳的'争'字显现出来，自然也能。不过事非一日之功，道理听了，但能不能真懂是一回事；而真的懂了，能不能动手又是另外一回事。总之，苦练吧。刺绣，刺绣，最终还是要看手指上的功夫！"

这番话一出来，不但李绣奴五体投地，连林小云也心里服气。他由刚才的不情不愿变成急着想学《百花争艳图》了，就想看看能不能通过学这"图"，摸到宗师境界。

高眉娘又传授了十种针法。眼看就快晌午了，喜妹送饭进来，林、李二人要回前院去吃。高眉娘道："绣奴先去，云娘留下。"李绣奴走后，高眉娘又说："我有几句话要单独对云娘说。"喜妹与黄娘便也回避了。

高眉娘问："你为什么要针对梁哥？"

"我针对他？没有啊。"

"没有？他都已经被你气哭好几回了。"

"是吗？那是他眼皮子浅，跟我有什么关系？"林小云没心没肺地说，"大家互骂，我说得他不爽，他就骂回来啊，干吗哭？再说，这次是他先招惹我的。"

"是他招惹你的没错，但你不该次次挖着他的痛处说。"

"痛处？他什么痛处？"

"你晓得的。"

林小云可真没留意这个。他骂人也就骂了，不是存心要伤害人。他这次认真地想了想，然后就明白了，笑道："姑姑是说娘娘腔这一点啊？哈哈！他做得出来，还怕人说？怎么就变成不能碰的痛处了？"

"他跟你不一样。"高眉娘目光扫过林小云的胸部，"你是刻意装扮，所以并不在乎。他或者是天生的，或者是因成长环境导致的，终是一件他无法改变的事情，也定是从小被人嘲讽，吃了许多苦头，因此成了他的伤口。你想想，一个人从小到大被人笑话，那是很好的滋味？"

林小云怔了怔，倒是真没想过这个问题，挠着头，有些不好意思。忽然，他想起高眉娘刚才的言语里似有不对劲的地方，惊得跳了起来，道："什么叫刻意装扮？什么叫他跟我不一样！"

高眉娘看了一眼他的脖子——林小云在男子中属于喉结不明显的，但仔细看仍能发现。林小云捂胸掩喉，心虚地说："姑姑……你知道了？是庄主告诉你的？"

高眉娘微微颔首："我知道你其实是林揽头的儿子。"

"哎哟，这个死阿夜！他连这个都告诉你了！"林小云被人戳破了身份，也不用女声了，因为用假声其实咽喉负担挺重的，"阴错阳差，这事真是阴错阳差！我可不是喜欢扮女人！一开始是觉得好玩，后来又是被我表哥逼着继续扮，你可别当我是娘娘腔啊！"

"我知道。娘娘……"高眉娘顿了顿，"男人发出女人的腔调，不是你这样子的。你这个是假声，我流……流浪途中听过。其实我也不管你这些，你只要好好学绣就行了。"

林小云"哦"了一声，听高眉娘这么一说，忽然心里一阵宽松。伪装自己总是累的，能多在一个人面前卸下伪装，便多一份轻松。

高眉娘又道："不过，如果你能一直伪装下去，那是最好的。"

"嗯？为什么？"

"事情到了后面，可能会有一些危险。万一真有大难来临，绣奴可以回朝鲜，而你若能一直以假身份示人，将来……我的绣道便能多一条传下去的途径。"

林小云不明白这话的意思，再问高眉娘，她却不肯多说了。他离开后，黄娘走了进来，问道："姑姑给云娘开小灶了？"

高眉娘摇头："云娘性情未定，只知自己爽快，却不晓得这样会不知不觉地伤害到别人，因此我提醒了他两句。这些话若有旁人在，恐他听不进去。"

黄娘极为诧异，但过了一会儿，目光又转温柔。

"怎么了？"高眉娘察觉到黄娘神色有异。

"姑姑，你变了……"黄娘的眼里竟然有些湿润，"当年你可不是这样的。你的眼里只有刺绣，不会顾及其他人，更别说去开导别人。"她抹了抹泪水："变得好，变得好，现在的你……好，好。"

高眉娘听了这话，一时也怔在那里。

自己变了……变了吗？

好像是的。

从高峰坠下深渊的大变故，几千里路的颠沛流离，十二年的艰辛困苦——熬过来后，人怎么可能不变？

她回想当年，自己在绣场之上独断专行，只怕是比林小云伤害的人还多，也伤得更深。如此想来，自己会遭受那么大的挫折、那么深的苦难，其实也是果不是因。

这不是她十二年来第一次反省，却从来未如今天这般清澈明白，是因为她刚刚教导了林小云——教与学从来不是单向的，师之传徒的同时，也如照镜反观。她刚刚教林小云的道理，这道理她自然是要先琢磨清楚才好提醒对方。这时经黄娘点破，她将这个道理印证到自己身上来，一时如同用一面纤毫毕现的镜子照见自己毕生过往，不由得长长一叹。

"小惠错了……而我这次回来的一些想法，也不全对。"

"嗯？姑姑你说什么？"

"没什么。"高眉娘轻轻说道，"幸好，至少'再刺一回绣'这个初衷，没有错。"

凰浦绣庄和茂源绣庄要斗绣的事情很快传开了，不但轰动了整个广绣行,而且还吸引了行外人——陈家兄弟相争,便是对刺绣不关心的人,也都想看这热闹。

时间很快过去,转眼到了七日后,林叔夜率领众人前往和安绣庄。和安绣庄也在广州城东,离黄埔村不远。这时的广州地区千涌百流,从黄埔村到和安绣庄,可以直接坐船抵达,都不用车马。林叔夜安排了三条船,自己和林添财坐一条船先行,因为有些事要提前安排,所以天刚蒙蒙亮,他们就得出发。林叔夜想着高眉娘身子弱,希望她多睡一会儿,便让载绣师的船只后行。为了防止像结拜那天出现意外,三条船都配备了护卫,尤其让刘三根仔细护着高眉娘。

坐船先走水路进入珠江,远远望见南海神庙,林添财遥遥拜了一拜,暗中祝祷了一番。

他们坐船向西而行,不久转北进入一条涌,一共走了不到半个时辰,就望见了和安绣庄本庄的水门。远远望去,和安绣庄的占地规模其实不比凰浦大,但凰浦遭火劫破落了,这和安绣庄一直保持运营,因此屋舍俨然,水门通畅。

林叔夜对舅舅说:"如果今天能顺利拿下广和安,回头便先将人都迁到这里,将凰浦那边好生修葺,重建屋舍,打通水门。到那时,凰浦绣庄一定不在广茂源之下。"

林添财点头称是,也是充满了期待:"那样我们可就有两座大庄了,就算还比不上广茂源、潮康祥,在广东也能争个第三!"

到了水门,甥舅俩上了岸,自有人接引入内。林添财有些抱怨:"老何竟然不来迎接。"林叔夜听了,笑了笑,心想:咱们是来谋买人家庄子的,人家能有好脾气就怪了。

到了正堂,便见一头白发的何老庄主站在那里,果然没个好脸色。他苦心经营数十年,本想将这和安绣庄建成传子传孙的永久基业,不料到头来还是落得一场空。不过,他已山穷水尽,陈家兄弟愿意出钱,也算是让他晚年能够着陆,好过庄子完全败落,他钱也没捞着——还是得打起精神,好生接待。

林添财问:"茂源的人还没到吗?"

门外一个人笑道:"人家陈子峰是广绣行会首,自然要摆摆谱的,哪有那么快来!"

林叔夜笑道:"二哥来了!"

黄谋走了进来,笑道:"三弟,哥哥来给你做个见证!有我在,别人休想欺负你!"

门外一个人接话道:"什么见证?不过是想趁着兄弟相争,捞点好处罢了。"林叔夜和黄谋话还没说完,广茂源的管库杨燕武走了进来。

黄谋嘻嘻笑道:"什么兄弟相争,我和'林'家三弟可好着呢。"他假装没听懂,又强调了一个"林"字,暗示陈家都没认林叔夜作子孙,也好意思说什么"兄弟相争"!

杨燕武道:"三少爷姓林是权宜之计,等他打进了广潮斗绣,老夫人自然会让他认祖归宗!"

林添财一听就嚷起来:"什么认祖归宗!你们陈家很香吗?阿夜幼弱的时候受尽你们白眼,眼看着要出息了,你们就上赶着来摘桃子?滚远点,我家阿夜从此姓林!"

"姓林?"杨燕武嘻嘻笑道,"他能上得了你们林家祠堂吗?我听说你们潮州府揭阳县乔林乡人,也是九牧世家派下,规矩可不见得比陈家少。"

林添财脸色微变,一时竟不敢接话。黄谋察言观色,赶紧打圆场:"今天是来斗绣的,不是来斗嘴的,我们先去看看场地吧。"他便拉着林添财和杨燕武去看斗绣场地。

自从确定了要卖,和安绣庄就停了工。何老庄主将一个大工坊腾了出来做斗绣场,中间摆上了绣架,上首安排了座位,周围还有大量的空位可以让宾众观看。

林添财和杨燕武都是行家,上前细细查看了绣架、座椅有没有被做手脚——至于针线,两家都是自带——跟着又查看光线和座位。这里是室内,不同时辰的光线照射情况不一,到时候也可能会影响绣师的发挥。林添财看了一会儿,又盘算了时间,觉得凰浦的座位在斗绣时会稍显不利,要求调换座位,杨燕武却不肯。经过黄谋协调,最后双方达成了一个折中的意见。

舅舅处理这些琐碎事务时，林叔夜就在一旁跟何老庄主说着话，看似不动声色，实际上是要从掌权人口中了解一些无法在纸面体现的绣庄情况。何老庄主老而成精，哪里会听不明白林叔夜的意思，但他也没有为难，不着痕迹地将一些事情告知了。

原来这广和安有一个本庄、两个分坊，还有一家位于西关的店铺，此外大师傅、师傅、绣工、学徒一应俱全，而且各级人员的数量结构都十分合理。仓库里的各色刺绣物料也都齐备，唯一欠缺的就是订单和坐镇的宗师，想来这两年若不是广茂源从中作梗，广和安也不至于落到这步田地。

按照已落诸书面的协议，一庄二坊连同已经封存的物料，到时候会一并转交。至于绣娘们，她们大部分跟绣庄并非人身依附关系，林叔夜如果能成功赢得和安绣庄，得跟她们重新订契。

林叔夜和何老庄主说话间，各方宾客逐渐来到。这里头有广府绣业的同行，有买卖丝绣的揽头，有上游供货的丝布货商，以及其他赶来看热闹的人。其中有打过招呼的，也有不速之客，来了上百人，大部分还是同业中人，光是刺绣师傅、大师傅就有数十人之多。茂源绣庄乃是广东第一名庄，凰浦在海上斗绣又胜了茂源，想来这次两庄斗绣必出高手，而观摩高手斗绣也是提升绣艺的途径之一。尤其是那个凰浦绣庄的蒙面绣娘，这段时间，坊间把她的技艺传得神乎其神，好多刺绣师傅都想亲眼一观。

看看时辰将近，外头一声高唱："广绣行陈会首到！"

听到声音，场中坐着的人全都站了起来，人人翘首向外。林叔夜见了，心想：大哥在绣行中真是好威望，终有一天，我也定要这般！他到工坊门口相迎——他是弟弟，礼应如此。

陈子峰缓步走了进来，沿途宾众纷纷行礼问好。陈子峰跟林叔夜点了一下头，向宾众拱手还礼。何老庄主让出了上座请陈子峰入座，他也不客气地坐下了。林添财暗中不满，对林叔夜道："两家斗绣，他坐了上首，阿夜你不得在下首陪着？这还没斗呢，就先分了上下！压了我们的气势！"

林叔夜微微一笑:"无妨,反正待会儿还是以绣艺论高下。再说,他不但是会首,还是兄长,我应该让他的。"

陈子峰坐定,刚要开口说话,外头忽然又唱:"茂源绣庄袁莞师到!"

众人听了无不吃惊。他们早就在猜测茂源绣庄会出动哪位宗再与斗高眉娘相斗,没想到最后还是出动了袁莞师,不过袁莞师不是在海上斗绣上输了吗,怎么还出动她?也有人心想:这多半是袁莞师要报仇雪耻。广茂源可有五位宗师呢,这次又是斗双人绣,如果广茂源再出动一位宗师给袁莞师打配合,想必凰浦那位再强也抵挡不住!

林叔夜也犹疑地向陈子峰望去,却见他也脸露讶色。

第八十九针　广绣姐妹花

外头走进来三个人，正是袁莞师和她的两个大弟子区大娘、潘大娘。袁莞师在广绣行也甚有人望，进来后，无数绣师、揽头纷纷和她打招呼。她沿途回礼，经过林叔夜身边时，对他微微一笑，最后来到陈子峰面前。陈子峰欠身为礼："莞师怎么来了？"

众人一听，这两人是没打过商量？

袁莞师笑着道："听说今天有一场斗绣，老身一时兴起，便带了弟子来看看热闹。"

众人听了便猜：原来不是她上场，但听说她输给了凰浦那个高绣师，这是来看仇敌斗绣了！陈子峰亦如是想。

何老庄主赶紧给安排了座位，在林叔夜之上。林添财一直忍着，但这时再也忍不住了，就要发作，袁莞师却先开了口："我是来瞧热闹的，不该在此。"她便带了弟子走到宾众中去。

她在广绣行德高望重，绣娘们纷纷行礼，让了个最好的观战位给她。有个大师傅亲去搬了椅子来，袁莞师道了声谢，也不客气。

何老庄主看见，不禁抚胸慨叹道："老夫执掌广和安二十余年，在位时绣娘们敬我重我，现在要退位了，她们看我也就如同看一个富家翁。确实不如莞师这般，桃李满广府，在绣行的尊荣终生不退了。"

林叔夜听了这话，忽然心头一疼：姑姑如果真是高秀秀，那她的绣艺就在莞师之上，而她能教出黄娘、梁惠师，甚至还可能教过长姊……这般传道之能，更是不愧"大师"二字，所以她应享受的尊荣本该在莞师之上，却落得个默默无闻、容毁名灭的下场，十二年来不知在哪里受苦。其中的痛苦，怕是我亦不能体会此间万一了。

看着斗绣的时辰越来越近，宾众该来的都来了，凰浦后面的两条船却迟迟未到。林添财不由得焦躁了起来，低声对林叔夜道："怎么还没来？不会出什么意外了吧？"

林叔夜也觉得早该到了，皱着眉头。林添财道："你看着这里，我去水门等着。"

这时何老庄主问："双方绣师到了没？"

杨燕武道："我们的绣师早在后头歇着了。"

何老庄主又问："凰浦这边呢？"林叔夜一时无法回答。

黄谋走了过来，低声问："三弟，出事了？"林叔夜沉吟不语。

黄谋又低声道："不会是茂源又耍手段了吧？"

这时，两个绣娘半身湿漉漉地跑进来，一个高挑，一个矮小，却是林小云和李绣奴。一进门，林小云就叫道："表……庄主，不好了，我们的船在南海神庙附近被人截住了！"

林叔夜大吃一惊："怎么回事？姑姑呢？"

林小云叫道："刘三根护着姑姑，躲进南海神庙去了。那些人好凶，喊打喊杀的，明显就是奔着姑姑去的。我趁乱捞着绣奴逃了出来。"

林叔夜当场就要奔出去，何老庄主却朗声道："时辰快到了，林庄主，准备斗绣的事情吧！"

林叔夜微微一怔，怒视陈子峰："大哥！这事是你安排的?!"

陈子峰也是皱着眉，却冷笑着："你觉得我会干这种事？"

林叔夜哼了一声。他原本很相信兄长的人品，别人说什么也不轻信，但事情牵涉高眉娘的安危，他心境便乱了，就要冲出去。何老庄主高声叫道："林庄主，贵庄准备弃权了吗？"他一时踌躇。

林小云拉着表哥道："庄主，林揽头已经赶去了，你再去也没什么用。你得在这里主持大局啊。"

林叔夜烦躁地道："姑姑被人截住，咱们没有绣师上场，我留在这里也没用啊！还主持什么大局！"

"还有我们啊！"林小云低声说，"刚才混乱的时候，姑姑隔空朝我们喊话，大概是让我跟绣奴顶上去。"

林叔夜怔了一怔，看着穿女装的表弟，再看看一脸狼狈的李绣奴，问："有把握吗？"

"没把握也没办法啊，马死落地行，只要他们不出宗师，应该还可以应付吧。如果他们出了宗师……那不也得硬着头皮上？总比不战而败好吧。"

林叔夜心想：先拖拖时间。便对陈子峰道："大哥，我们绣庄的绣师中途被人拦住，你也听到了。现在虽然还不清楚是什么人从中作梗，但因此而定胜败未免不公平。如果传起了谣言，于大哥，于广茂源，也不是好事。"

陈子峰这次答应斗绣，一来是另有打算，二来也是想亲眼看看那个戴飞凰面罩的绣娘究竟是何方神圣。此时出了意外，他也不禁双眉紧锁。可他还未开口，杨燕武就在旁阴阳怪气地说："林庄主，你刚入行不久，这斗绣的规矩还得杨某人来给你指点。既定下了斗绣之约，便得准时、依矩，赢就是赢，输就是输。你们的绣师不到场，这场斗绣便只能当你们输了。黄二舍，何老庄主，我说得对吧？"

黄谋沉默不语。何老庄主道："没错。"林叔夜咬牙。

这时陈子峰道："我给你半个时辰。"

"庄主！"杨燕武叫了出来，却被陈子峰摆手止住。他说："来了这么多宾客，总不能叫大伙儿什么都没看到就失望而返……不争这半个时辰。"杨燕武这才不言语了。

林叔夜道："多谢！"

整个工坊之中，无数人交头接耳，有怀疑茂源耍手段的，有嘲讽凰浦找借口，不敢跟茂源正面对决的，一时间，议论纷纷。

区大娘也低声道："师父，你看……"

袁莞师道："静观其变！"

时间一点点过去，门外始终不见高眉娘的身影。林叔夜心中越来越焦躁。这焦躁中有三成是因为这场可能要输掉的斗绣，有七成是牵挂着高眉娘的安危。

转眼半个时辰过去，何老庄主道："林庄主，时辰到了！"

林叔夜叹道："好。"

"那贵庄的绣师……"

"我们另外派人上场。"

别人听不出什么，杨燕武却心头一奇：他们绣庄还有高手？

何老庄主便站了出来，抬手让众人安静，开口道："时辰到了。这次斗绣，参与双方是我们广州府的茂源绣庄和凰浦绣庄，将以'百花争艳'为题目，以三炷中香的时间，双师同绣，所绣花卉水准须达到十大名庄出品之水平以上，以多对者为上。潮康祥二当家黄二舍与老夫为评审。陈庄主、林庄主，都没意见吧？"

陈子峰点了点头。林叔夜看向门口，终于绝了念想，说道："无异议。"

"既然如此，请双方绣师进场吧！"

陈子峰向杨燕武示意，杨燕武便派人去请绣师。

区大娘低声道："庄主这次让谁来，师父知道吗？"袁莞师微微摇头。

潘大娘低声说："如果那位高师傅未到场真是意外，那茂源想要对付那位而稳赢不输，得两位宗师上场吧。"

广茂源一共供奉了五位刺绣宗师，这里头包括陈子艳——别人都道陈子艳还在京城，袁莞师又没收到通知，那就只剩下三个人选了。

"出动两位宗师上场？那动静未免太大。"潘大娘说。

袁莞师轻轻哼了一声，以微不可闻的声音道："如果她真的是她……那出动两位宗师也未必稳赢！"

这时，茂源绣庄的随从引了两位绣娘入门。她们约莫三十岁的年纪，面容、衣着一般无二，虽年过三旬，却仍具风韵，竟是一对双胞胎。

在场的大多都是绣业同人，见到这两人无不惊讶，更有人脱口叫道："徐氏姐妹！"

区大娘、潘大娘也不禁道："怎么是她们！"

来的竟是广府地区出了名的刺绣姐妹花徐美娟、徐美凤。这两人少年成名，迄今十余载，虽未臻宗师境界，但因是双胞胎而心有灵犀，上了斗绣场，契合无间，更甚他人，曾在广潮斗绣的双人绣上赢了一位宗师加一位大师傅，因此声名大噪。

区大娘道："竟然是她们……可她们不是广泰奇的吗？"

"还用说？"潘大娘道，"肯定是庄主将她们挖过来了啊！"

袁莞师轻轻"嘿"了一声，低语："真是好手段！"

果然就见徐氏姐妹走上前向陈子峰见礼，跟着来到袁莞师跟前。姐妹俩齐声笑道："莞师好，我们姐妹有幸得陈会首招揽，日后便是同庄后辈，能在莞师座前听候指教了。"

袁莞师欠身道："不敢。难得两位肯改换绣庄。"

徐氏姐妹异口同声道："良禽择木而栖，能靠上广茂源这棵大树，是我们姐妹的荣幸。"

袁莞师笑而不语。

何老庄主催促："林庄主，茂源这边上场了，凰浦这边呢？"

林叔夜还未回答，外头一个女子尖声叫道："急什么急！老娘来了！"

林小云带着李绣奴大摇大摆地走了进来。原来他们刚到后面借了炉火烤衣服，稍加休整，这时闻讯回来。林小云的身材放在男人堆里只是中等偏瘦，可放在女人堆里就显得高挑了。跟在后面的李绣奴又个子偏矮，所以林小云足足高了她一个半头。林小云昂头而入，大大咧咧的；李绣奴则低头缩颈，畏畏缩缩的，显得有些胆小。两人极不相称，和徐氏姐妹站在一起，一边是一般无二、赏心悦目的名姐妹花，一边是高矮悬殊的无名之辈。只观感上，众人便想：凰浦派出的是什么人，也敢来挑战徐氏姐妹？

林叔夜道："这就是我们凰浦绣庄上场的绣师：云娘、绣奴。"

众人无不摇头。这次不知有多少人到此，就为了一睹那个戴着飞凰面罩的神秘绣师的风采，谁知道来了这样两个货色，想必是那个神秘绣师真出了意外，凰浦只能硬上了。

陈子峰的脸上也露出失望的神色。林叔夜注意到后，暗想：出烂招拦截姑姑的，难道真的不是他？

第九十针　遇袭

林添财等不到高眉娘来，便点了随从，驾驶船只急急地朝南海神庙驶去。一开始，他也与林叔夜一样极度焦躁，其中三分是焦躁于这次的斗绣胜负，另外七分是焦躁于高眉娘的安危——如今他也算想通透了，这次斗绣虽然关系重大，但只要有高眉娘在，凰浦就还有起死回生的机会，可如果高眉娘有什么闪失，那凰浦绣庄的路就算走到头了！

护着林小云回来的船夫告诉林添财，那些袭击的人一上来就奔着高眉娘去，有的拿棍，有的拿刀，凶神恶煞的模样根本不像要抓人，倒像是要杀人！

"真是够狠！这是要直接断我们的根！"对陈子峰的手段，林添财的认知从来是与林叔夜不同的。

林添财望见南海神庙之时，又见十几艘船驶来，看脸都是黄埔村的熟人，一问才知：林小云脱逃之际，刘三根派人回村报信，这些人就是从庄里、村里赶来支援的，看人数有三十几人，其中不只有凰浦的护院，还有仗义来援的黄埔村村民，个个拿着锄头、扁担。林添财眼看人多势众，胆气大壮，亦心头一喜，便催着众人加速前进！

不多时便登岸，报信的人引着众人一路寻去，来到南海神庙附近，只见神庙竟然大门紧闭，有二三十号人围在外头喧嚣叫嚷。这些人有的手里拿着棍棒，有的竟拿着朴刀！为首的七八个人面相凶恶，与上次那帮混混大不相同！

林添财扯开破嗓子大叫："刘三根，刘三根，你们在哪儿？"

刘三根的声音从庙里传了出来："我们在这里！"

"高师傅呢？高师傅呢？"

"高师傅也在这里！"

自上次结拜遇袭之后，林添财更将绣庄的安全放在心上，也不遮掩了，将招揽的三十个汉子都改叫了护院。这些人以十人为一组，轮流在绣庄周围巡逻保卫，轮不上的就回去务农，有事便召集起来一起行动。这次出行，护着林叔夜的有八个，护着高眉娘的却有十二人，更由刘三根带队，所以林叔夜对此很是放心——这里是省城附近，一般来说，不存在大规模的匪患，十几个人的护卫团队足够应付绝大部分情况。

然而意外还是发生了，高眉娘的船才驶入珠江，便遇到了袭击。来者人多势众，且非常凶悍。主事者蒙着面，又有好几个硬茬，几个起落就将三四个护卫打入珠江。眼看危急，刘三根赶紧驾船逃跑，也幸亏他熟悉附近水路，这才在危乱之中得以暂时逃离，但袭击者在后面穷追不舍，而且对落水的凰浦护院，脱逃的林小云、李绣奴等并不追杀，显然目标只是高眉娘。刘三根带着高眉娘逃到南海神庙附近，庙祝认得他是本地人，又望见后面来势汹汹者可能是悍匪，赶紧拉了人进庙，将大门紧闭。

袭击者追到庙前，见不开门，便有几个人叫嚷着要继续攻打。主事者却知道事关重大：在江面上把事办了，然后马上窜走也就算了；南海神庙香火鼎盛，信众极多，别看香客们望见"强人"纷纷躲避，要是他们真将庙门打破，周围的信众肯定要赶来拼命，回头县衙、府衙也一定会彻查此事。主事者是本地人，顾虑较多，但有几个凶徒是外地来的，对本地神庙没有敬畏，便嚷嚷着要破门。袭击者内部产生了分歧，这才让高眉娘得了喘息之机，坚持至林添财赶到。

林添财听说高眉娘暂时无恙，稍稍宽心，叫道："大家上去，打跑土匪救人！"

这时，附近信众听说了消息赶来，男女老少聚了上百人，其中有二三十个汉子。林添财带人冲上去，信众见有人挑头，也加入进来。五六十人一凑，就比袭击者的人数多了一倍，乌压压地就向前冲。

原本围堵神庙的那二十几人并未逃散，只是眼见形势变化而收缩了阵势，却仍然堵在门口，只不过转身向外以应对林添财与信众的攻击。

众目睽睽之下，林小云来到了绣架旁。这不是他第一次参加斗绣，却是第一次挑大梁，说实在的，心里还是有些紧张。然而他瞥了李绣奴一眼，只见她比自己更紧张，慌乱都写在脸上了。林小云心想：这朝鲜小姑娘没胆，我得给她壮胆。

他平时虽然爱跟林叔夜计较，但真遇到事情了，心里头还是为着表哥。想到这里，他瞪了林叔夜一眼，心里叫着：哥！我这可都是为了你！回头该怎么表示，你看着办！

林叔夜记挂着高眉娘，忧愁交加，但还是看懂了表弟的这个眼神，也回了一个眼神。林小云便心满意足了，对李绣奴说："别怕，还记得那天姑姑把我单独留下吗？她早料到了今日之事，所以传了我必胜技！你只要跟着姐姐我绣，姐姐带你大杀四方！"

李绣奴被他唬住了，听说高眉娘传了必胜技，心头一喜，问道："是什么必胜技？"

"总之你什么都不用管，只管按照我们练习时的样子绣花就行。"

李绣奴知道这些都是姑姑的安排，又留有必胜技，心头登时大定。

那边徐氏姐妹早已准备妥当。她们本来是想会会那个打败袁莞师的神秘绣娘，不想神秘绣娘没来，却派了两个阿猫阿狗顶上，心里头的轻蔑与不屑全都写在脸上了。围观宾众的纷纷议论显然也是一边倒，全都认为这次凰浦必败！

这些言语偶有几句飘到了林小云耳边，偏偏姐妹花中的妹妹还嗤笑着说："原本以为要斗的是那位能与莞师对抗的蒙面绣娘，没想到来了这么两个小角色。这趟真是来得亏了。"

林小云听得恼怒,心想:输人也不能输阵,先撑她两句再说!便带了李绣奴来到徐氏姐妹面前,敛衽而拜。

袁莞师看得微微点头,对两个大弟子说:"凰浦的这对绣娘虽然年轻,倒也知礼。"

绣师斗绣之前先向对手致意,这是礼数,也是风度。徐氏姐妹便也回了礼,却听对面高挑的那个说:"早听说广府这边有一对双胞胎姐妹花,今日一见嘛……"

姐妹花中的妹妹徐美凤便问:"如何?"

林小云道:"很好,很好,老天待我不薄啊!"

"不薄?"

"今日是我陈云娘第一次挑大梁斗绣,就送了两个这么大的人头来给我开市,当然不薄啦!"徐美凤听得大怒。

姐姐徐美娟发出一声冷笑,道:"妹子,别跟她逗口舌之快,待会儿绣花针上见真章!"

宾众听林小云口出狂言,都觉他狂妄,却有一个声音叫道:"竹竿妹,小心些,徐氏姐妹的双手联绣非同小可。"

林小云回头一看,见提醒自己的竟然是海上斗绣时遇到的对手——福瑞德的辜三妹。海上斗绣时,两家虽是对手,但高眉娘将那场斗绣斗成了指导局,指点了对方的大师傅陈伍氏,竟让陈伍氏在刺绣认知上有了突破——假以时日,这份认知就能变成针上的功夫,让陈伍氏成为新一代粤绣宗师。因此回广州之后,不但陈伍氏越回想越感激,就连福瑞德全体人员对凰浦也好感大增。

林小云却没想到在这里遇上了帮着自己的,一时也对辜三妹生了好感,觉得这个小绣娘真是水灵可爱。他咧嘴一笑,眉目传情:"谢谢妹妹提醒。有你这句提醒,此番我一定旗开得胜。回头赢了斗绣,姐姐我再登门谢你。"

辜三妹被他热辣辣的目光一扫,脸不觉有些红,心想:这根"竹竿",不说话的时候还好,笑起来就真是古怪!没有点女人样子。

这时何老庄主出来,宣布道:"'百花争艳'斗绣开始,双方入座。"

四位参斗绣师一起落座,两两相对。何老庄主道:"需画稿否?"

徐氏姐妹瞥了林小云、李绣奴一眼,眼神中满是不屑:"不必。"

林叔夜却大大方方地从一个盒子中取出一张画稿来,上前铺在绣地上。林小云、李绣奴同时用针把它别好。

袁莞师的座位视野极佳,能将画稿看得清楚,这时她"咦"了一声。区大娘问:"师父,怎么了?"

袁莞师领首:"好画稿,好画稿!如果凰浦这两个小绣娘针功跟得上,这一场还有打头!"海上斗绣时,她见过林、李出手,知道这两人的功力远不如二徐。

陈子峰瞥见了画稿,也是微微点头。杨燕武管库十余年,对布帛品质的鉴定已历练成大行家,但在刺绣最上乘的学问上,还差了一些火候。他闻言,低声问:"这画稿好?"

陈子峰和袁莞师一样,都是光明坦荡,没有刻意压低自己的声音,因此全场都听见了他的话:"画稿不错,布设已得'争'字本意!若是针功跟得上,有机会成就超品。"全场登时"哗"的一声——能成就超品,那可是宗师境界!众人对凰浦不免刮目相看,一时议论又起,都在想:凰浦连画稿都出得这么好,其能在海上斗绣夺魁,便不是偶然了。此时,就连徐氏姐妹都多看了画稿几眼。

第九十一针　画稿"争"议

原来高眉娘既将林、李定为副选，便在两人身上下了大功夫。她知以他们眼下的功力，尚不能以针线表现"争"之神韵，因此便在画稿上用了心。寻常的"百花争艳"，下乘者是将百花一一绣出，上乘者则是群花各展其妍，通过显现各自的最优点以突出"争"之含义。前者易于操作却形同罗列，后者则太考功夫，非宗师级高手莫能办。

高眉娘设计、林叔夜下笔的这张画稿，却将群花分门别类。画稿之上有四十八种花卉，以春、夏、秋、冬分成四组，如春花中有芍药、丁香、杜鹃、百合，以及桃、李、梨、樱等，每十二种花又两两相对。

刺绣用的画稿与文人所作之画不同，是用炭或浅墨绘制而成，达到指导绣师刺绣的目的即可，因此离远了看得不甚真切。黄谋忍不住走上两步，手指弹了一下画稿，赞道："看这桃与李对，桃花向上开显高昂，李花向下开显低垂，这一局是桃胜李！"然后又点了点另外一对："芍药与丁香对，芍药怒绽放而丁香半含苞，这一局是芍药胜了丁香！用花的开放状态来显'争'之本意！好画稿，好画稿！"

袁莞师插话道："黄二舍，你走得太近了，需走远几步，才可见此稿的第二层妙处。"

黄谋依言走开两步，果然眼前一亮："还有第二层妙处！"

原来六对十二种春花并非无序杂乱地陈布，也不是一字排开，而是上、左上、右上、左下、右下各一对，环成一圈，一圈之中才是第六组花：兰花与杜鹃这一组显然是十二春花之主，而兰花与杜鹃相比，兰花隐隐居上，杜鹃居下，便是兰花胜过了杜鹃，成了春之主花。

春季组如此，夏、秋、冬亦然。

黄谋赞道："四季四十八朵应时花卉，春以兰为主，夏以莲为主，秋以菊为主，冬以海棠为主，两两相争而决出胜负，六对相争而决出一季之主！只通过布局就把'百花争艳'的'争'字表现得淋漓尽致，妙！妙！妙啊！"

他转头问林叔夜："三弟，这是哪位大师的手笔？"

林叔夜知道黄谋这是有意在捧着凰浦，便答道："这是本庄绣师高眉娘师傅的设想，小弟不才，忝为执笔。"其实这幅画稿是他跟高眉娘商量斟酌而定的，设想方面也不全是一人之功。

黄谋笑道："高师傅设想得妙，三弟你画得也好！"

杨燕武却冷笑道："现在是斗刺绣，不是斗画画。这画再好，针线功夫出不来也是白瞎！再说这画也不见得有多好，黄二舍吹捧得太刻意了。"

其实这画也说不上好看。因为刺绣画稿只是勾勒出指引线条，离直接供人欣赏差远了，所以杨燕武这话也不是没道理。

何老庄主道："黄二舍后退一步吧，好让斗绣开始。"

黄谋捧也捧到位了，当下也不再争，后退了一步。何老庄主吩咐："点香！三炷中香决胜负！"

第一炷中香点起，双方起手刺绣。

袁莞师先看凰浦，只看了两眼，便不住地点头。区大娘忍不住道："这才过了多久，这两位绣娘进步好大啊！"她们曾跟高、林、李正面对决，所以清楚对方的根基。

袁莞师颔首称赞："徒弟是好徒弟，但显然师父也是名师！"

刺绣的画稿，光靠看，有些东西还看不出来，但针线一动，那些原本被忽略的细节就出来了！

潘大娘首先叫道："这画稿好啊！"区大娘也是点头。

这两人乃是资深大师傅。在这间工坊里，除了袁莞师，再没比她们功力更深的了，便是徐氏姐妹分开来和她们比，也不敢争先。旁观的宾众有不少都没看出来，辜三妹性子直爽，首先问道："画稿的好处，刚才不是说了吗？潘师傅怎么又发赞叹？"

潘大娘说："刚才会首和莞师说的，是布局设计上的好。你再看看针线上的好！"

"针线？"经她一指点，辜三妹再一细看，果然——

原来刺绣用的画稿和普通画作有一个关键的不同之处：刺绣用的画稿要便于绣师刺绣，如果画稿本身非常华美漂亮却让绣师难以跟着运针，那就喧宾夺主了。这画稿就不是好画稿。

林叔夜的这幅画稿，不但走势上很适合运针，而且每一种花都是简略几笔便勾勒出来了——用笔简则用线少，用线少则绣花快。林小云、李绣奴眨眼间便各自绣了一朵春花、一朵冬花。

别人也就算了，这工坊里的几十个刺绣大行家、绣师看着这等画稿，那真是要多舒心有多舒心。他们光是看林小云、李绣奴刺绣，就看得赏心悦目，有的人甚至手指跳动，恨不得也跟着这画稿绣上两针。

辜三妹直接叫了出来："好画稿啊！什么时候我也能得这么一幅来绣！"好的画稿能帮绣师提速提质，甚至有机会助绣师突破绣品等级，怪不得众绣娘心痒。

斗绣场上，不但斗针功、斗画稿、斗权谋、斗境界，同时也斗心理！徐氏姐妹虽然都是资深大师傅，但因为一开始的轻敌而选择裸绣，尽管她们来之前也练过一幅百花图并将画稿变成"心稿"，但那幅画稿的设计不如凰浦的巧妙，加上她们又未达到高眉娘、沈女红那般境界，可以临阵换"心稿"——待到发现这一点，她们却哪里还有机会挽回？

刺绣之道如果在立意、布局上输了，即使针功出色，有时候也很难挽回——除非对方在绣花过程中出现重大失误。有了这个负担，徐氏姐妹心里便如压了一块大石头，起针时放不开手脚，一时竟被林、李给领先了。

辜三妹轻声笑道:"哟,原本以为'竹竿'斗不过双胞胎姐妹,没想到开局就领先了。这场斗绣可有看头了!"

认真刺绣的时候,局中四人都无暇去看对手,但辜三妹这一叫,四人便都知茂源这边落后了,徐氏姐妹心里头的压力又重了三分。林小云听了,心头一喜:这小妮子在给我通气儿呢!意气风发之际,他运针更快了——这画稿林叔夜画了三张,昨天他跟李绣奴已练过两次,所以虽然加了速,针路却丝毫不乱。

一转眼,双方已各绣了五六朵花,凰浦的领先优势非但没有缩减,反而扩大了。林叔夜的画稿不喜工笔但用写意——以绘画而言,写意的画未必比工笔的画省心,工笔费笔,写意费神,但绣师只需要依稿而绣,不用费心,绣线条较简的画自然就要比线条多的画来得更快!

区大娘看得点头:"这般斗下去,凰浦还真有机会啊。"

这会儿袁莞师一派还没跟茂源决裂,潘大娘觉得大师姐这句话偏帮得太明显,赶紧挽回:"论针线功夫,还是徐氏姐妹更好。凰浦暂时占着优势,乃是画稿有所加成罢了。"

黄谋呵呵笑道,对林叔夜说:"这画稿的确加成甚大。三弟,原来你还藏着这功夫!了得!真心了得!"

陈子峰进场后,原本尽量不开口,这时见旗下两员大将颇乱分寸,便点头道:"的确不错,回头输了生意,却也可凭这本事吃上饭了。"

林叔夜心头一动:以大哥的脾性,怎么忽然说这种话?

黄谋横了一眼过来:"陈会首,你这话可有些酸了。"

陈子峰淡淡地道:"我实话实说罢了。"

"实话实说?"黄谋轻轻冷笑,"虽然徐氏姐妹没用画稿,且才绣了五六朵花,但看你们用的绣地是长绢,我已经隐约看出布局……是宋代折枝版《百花图》吧?"

宋代有一幅纸本设色《百花图》传世,原画长九丈,绘制了六十余种花卉,乃是"百花"题材中的皇皇巨作。

黄谋道："这版《百花图》构图上采用折枝式，以最能展现花卉特貌的局部枝叶入画，而不进行整体描绘，在当时乃极大的创新。但从宋朝到现在几百年，这种布局已被人用烂了，可以说毫无新意。你们再用之于刺绣，一枝又一枝地这般横绣过去，有什么意境可言？光是立意，贵庄已输了两条街了。而凰浦这两位显然针功扎实，只要这般坚持绣到最后，在立意上便已胜过不止一筹。"

别看黄谋平时一副买卖人的嘴脸，开口银钱，闭口利益，一涉及刺绣业务，那也是极为精熟的，不然如何能代表潮绣在广州与陈子峰相持不下？

陈子峰轻轻一笑："旧制有旧制的好处，那就是稳当。而新作有新作的风险……凰浦这版百花图虽然立意出彩，却有难以挽回的一弊二失。斗绣场上，一个破绽都能致命，何况三个破绽！"

众人听得心头一凛。黄谋哼了一声，见林叔夜似乎忍不住要问，赶紧使眼色，让他不要给对方捧话。林叔夜却仿佛没看到，问道："大哥，我庄有哪一弊二失？"

黄谋扶额，心想：三弟怎么这时候老实起来了？

陈子峰笑道："构图太过完整，就是此图最大的弊端！"

"构图完整不好吗？"林叔夜又问。

陈子峰再次笑道："本来是好的，不过我们这场斗绣，斗的是什么？"

林叔夜沉吟不语。陈子峰看向何老庄主，何老庄主道："确保针功上乘的基础上，以花类多者为胜。"

"对啊！"陈子峰道，"针功上乘，这是基础。以目前而论，双方好像都能达到。而后花类多者为胜，贵庄这百花图，满打满算就是四十八种，因为构图太过完整，所以再多一种也不行了。我方只要绣出第四十九种便赢了。何老庄主，是这个道理吧？"

第九十二针 失传的针法

徐氏姐妹自凰浦拿出画稿之后,便接二连三受到打击,因此在士气上不免低落。听了陈子峰的话后,姐妹俩精神一振,对视一眼,针法为之一变,针速瞬间就快了起来。

外行看热闹,内行看门道。辜三妹轻轻地惊呼了一声:"哎哟,怎么这就快起来了!"

她旁边的罗六姐道:"是你年轻没见识,这才是徐氏姐妹的真本事!"

斗绣场上,哪怕是同一个人,运针的手法和速度也不是一成不变的,环境的区别、心境的变化、对手的刺激都可能影响斗绣者的发挥,尤其刚刚上场的时候,通常需要"热针"。这时徐氏姐妹恰好过了"热针"阶段,又梳理好了心绪,便爆发"双胞联针"的绝技来。

只见绣地之上,两人再不是各绣各的,而是四手交替,彼此穿梭。在大幅绣地上斗绣,两个人如果配合得好,进度会比两个人单独绣来得快;而徐氏姐妹乃是双胞胎,从小就有近乎心灵感应般的默契,因此两人联手就像一个人长了四只胳膊——针速快得无与伦比。这是独属于她们的绝技,旁人学也学不来。便是区大娘、潘大娘见了,也不禁叹息:她俩分开来,功力在徐美娟、徐美凤之上,但联手斗绣,曾三战三败。

凰浦虽还暂时领先,但按徐氏姐妹这速度,赶上来是迟早之事——这时开局还不到半炷香呢。

陈子峰笑道："这就是贵庄的第一失了。再好的画稿，也要绣师跟得上才行。贵庄压轴高手不到，却派两位小将出战，便是此战第一失。"

林叔夜却道："我庄没有小将，只有强将……云娘，对吧？"

林小云是个一心多用的人，虽在斗绣中，但也能眼观六路、耳听八方，闻言笑了起来："这就要动真格了啊！"他左手一转，拈了另外一根绣花针。

区大娘"咦"了一声，道："双手绣？"在海上斗绣上，她是见过高眉娘双手绣的神技的，难道这个云娘也会？

袁莞师却摇头："没用！"

双手绣虽然巧绝，却也有局限，因为双手都持针，便少了一手做配合，会使一些太过复杂的针路没法顺利完成。海上斗绣时，高眉娘用之绣围棋，是因为围棋相对简单，又是不停重复，所以还能应付，但这百花图——诸花各展妍态，朵朵不同，少了辅手的双手绣未必能够增加速度。

然而，她话音刚落地，便见李绣奴的动作也变了。

李绣奴本来就是个专心致志的人，这些天经高眉娘的调教后，这种状态更进一步。如今她一入刺绣状态便心无旁骛，别人说什么她几乎都听不到，只有在发现林小云改变手法之后，她才按照训练的节奏同时做出改变。

随即，众人便见凰浦的绣地上，三只手上下翻飞，三道针光快得难以想象！

辛三妹愣了一愣，随即拍手叫好："好快！好快！六姐，这是什么针法？"

年轻的绣师们只是愕然，而年长的绣师们则在恍惚间想起了什么，好几个人同时脸色一变。脸色变得最厉害的，莫过于陈子峰——城府甚深的他这时竟有些控制不住脸上的表情。袁莞师也忍不住瞧了他一眼，喃喃道："三手绣……三手绣……没想到今天还能看到这个……难道她真的是她?!"

辛三妹问道："六姐，什么是三手绣？"

"这……"罗六姐低声道,"这是一种失传了十几年的双人联手针法。"

"有这种针法?为何从未听师父和你们说过?"

"这门针法,普通人学不来的。"罗六姐摇了摇头,"这'三手绣'有两大难关。第一个难关,是双人绣中的一方能够一心二用,展开'双手绣'的绝技,然后又要求另一方能够潜心,在一手绣花的同时,以另外一手作为三针之辅手。选人极苛,配合极难,训练极苦,又只在特定的斗绣场上才有用,即用处太过局限,所以很少有人去练它。"

罗六姐顿了顿,便想起了那个被尘封了十二年的人物。"我也只见过一次……那个人,那个人……"说到这里,她忍不住朝陈子峰望去。

同时朝他望去的,还有袁莞师、区大娘、潘大娘等年纪较大的绣师。

陈子峰胸口不断起伏,似乎用尽力量才能压制住自己激烈的情绪。他指着林小云、李绣奴,竟以喝问之态对林叔夜道:"这门针法,是谁教的!谁!!"

高眉娘藏身于南海神庙里,听着外间的喧扰,自己则慢慢冷静了下来。刘三根道:"高师傅不用担心,附近的百姓陆续赶来,门口那二三十个土匪不成气候的。"

这时,外头的冲突开始了。林添财率人冲击,不料有几个人从袭击者中跳出来,大呼小叫地挥舞棍子,呼呼几声就打中了跑在最前面的七八个村民。"啊啊"几声痛叫,被击中手的,手骨断;被击中腿的,胫骨折;被击中头的,头破血流。村民们吃了大亏,赶紧后退。

林添财也吃过几天夜粥①,因此有几分眼力,一看就吃了一惊,暗道:这几个人都是练家子啊!而且双手拿棍击打,用的是剑

---

① 广东地区将练过武的称为吃过夜粥,因业余练武多在晚上,而夜里练武要吃粥补充体力。

法啊！这个时候，广府地区练棍的到处都是，练剑的可不多！

刘三根听到动静，又跑到门缝处看。黄娘急问："怎么样了？怎么样了？"刘三根也有些急："有几个土匪好厉害，打伤了我们好几个人，林揽头他们退了。"

"哪儿来这么厉害的土匪？"黄娘有些惶急，看向高眉娘，"姑姑……这……会不会是他？"

高眉娘沉吟了一会儿，道："他手下有这样的人，但……应该不是。"

这时，外头的护院和村民们暂时后退，不敢上前，但不撤包围圈，而袭击者也攻不破庙门。局面一时僵持住了。

陈子峰逼视着林叔夜，眼睛都充血了。

林叔夜的眸子就像一潭深水。自听说姑姑的身份之后，他一直很在意一件事情：她和大哥究竟是什么关系？偏偏长姊又莫名其妙地"拜托"，这便让他更增怀疑。

自己是不能违拗长姊的拜托的，不过她也只是让自己不说出"高眉娘是高秀秀"，不妨碍自己迂回试探。

"大哥觉得呢？"

"回答我！"

"是我们凰浦绣庄的高师傅。"

陈子峰身子竟晃了一晃："高……高师傅？"

"是。"

"她……她全名叫什么？"

"高眉娘。"

高眉娘这个名字，陈子峰自然是听说过的。

"眉娘……高眉娘……这是她的真名？"

"我不懂大哥这句话是什么意思。"

"那她现在人在哪里？！"

"大哥是真不知道吗？"林叔夜哼道，"如果高师傅本人能顺利到场，我凰浦就不用派云娘、绣奴上场了。"

陈子峰猛地看向杨燕武,杨燕武忙道:"不是我!"

"难道……又是她多管闲事!"

杨燕武道:"庄主,不管那个高师傅是谁,等此间事了,再去理会也不迟。咱们不急于这一时。"

陈子峰迄今只为一人失过分寸。这时疑火渐熄,他听了杨燕武的话后,总算冷静了些许。

此时斗绣场上,林、李的"三手绣"竟与徐氏姐妹的"双胞联针"斗得难解难分!

徐美娟、徐美凤都是资深大师傅,其"双胞联针"在斗绣场上又有不小的加成,而林小云和李绣奴天资虽高,又得名师传授,但毕竟跟随高眉娘日短,以针线上的功力而言,还是徐氏姐妹更胜一筹,可凰浦又有画稿上的优势,因此双方咬得极紧。在场众多大师傅一时竟也看不出谁胜谁负。

罗六姐叹息道:"海上斗绣时,这位云娘可还没这等功力。当时我自觉还能胜其三分,现在若再上场,就难说了。"

"如果是双人联手呢?"辛三妹问。

"你和我?"罗六姐苦笑,"哪里还有赢面!就算是伍姨在此和我联手,也未必赢得了。"

双方绣地上的五道针光不停飞舞闪动,一朵又一朵的花逐渐成形。

这场比试可不是下乘斗绣,而属于上乘斗绣,所以双方绣的不是几十"朵"花,而是几十"种"花——若只是每种花各绣一朵,挨着顺序将几十朵花绣出来,那就落了下乘——两幅绣地上,每一种花都是有枝有叶。

不过,不管是有稿还是无稿,双方的构图都是经过精心设计的,减少了对枝叶的表现。茂源采用的是宋朝折枝版《百花图》,原图不但有枝叶,还有鸟蝶鱼虫,但为了斗绣,都将它们简略了。少了这些,这幅《百花图》不免意趣大减。凰浦则是春、夏、秋、冬每一季环绕成团,而后四季围拢,形成一个大致的圆形——以构图而论,不如宋朝折枝版《百花图》之自然,其新意却足以碾压徐氏姐妹这幅简略版的百花之绣。

看到这里,林叔夜微微笑道:"大哥刚才说小弟这边有'一弊二失',这第一失如今看来不存在了,却不知那第二失是什么?"

陈子峰哼了一声,不发一语。

场上是林、李与二徐斗针法,场下是峰、夜兄弟斗机锋。

黄谋和袁莞师看了,忍不住心头一动:知道今日他们要兄弟相争,却也没想到林叔夜竟能跟兄长斗个有来有回,现在甚至还占了上风!黄谋被陈子峰压制多年,这时心下忍不住暗暗一阵爽快。

这时,有两个人从外而入,一个是凰浦的护院,一个是茂源的随从。他们各自到林、陈身边耳语。原来是林添财派人来汇报。林叔夜听说高眉娘暂时没有危险,才算松了一口气。那边陈子峰却瞪了杨燕武一眼,以微不可闻的声音道:"那种人……你也敢用!"

杨燕武额头冷汗涔涔:"不是我,庄主,我真不知道!"

第九十三针　那是一朵牡丹！

南海神庙那边暂时稳住，兄弟二人便将心思都放在斗绣上。"三手绣"极为耗神，无论是林小云还是李绣奴都无法长时间使用久，便被徐氏姐妹渐渐追了上来，不过那已是两炷半香之后的事情了。虽然这种高速度、高强度的刺绣场面好看，但对肌肉的刺激太大，绣了四十种花卉后，双方进度齐平，同时也都慢了下来。

这时林小云、李绣奴已绣到冬花第六种天竹花，此花又名南天竹或天竺，乃是白色小花，萼片多轮，因此用针也与兰、菊颇不相同。林叔夜算算进度，开口道："应该可以赶得上，准备收尾。"

作为斗绣指挥的林叔夜这么一说，林小云和李绣奴都是心头一定。此时，他俩已停止使用"三手绣"。绣完南天竹后，他们分头绣，李绣奴绣樱草，林小云绣水仙。

陈子峰轻轻咳嗽了一声，徐氏姐妹便加快了速度。终于在第三炷香燃尽之前，凰浦顺利结针。一块四尺见方的绣地上，赫然呈现一圈花卉，从左上、右上、右下、左下环绕成一圈，共绣成春花十二、夏花十二、秋花十二、冬花十二——共计四十八种四时花卉。再看茂源，一块十二尺长的绣地上，数十种花卉一字排开却层次错落，构图有所本亦颇具匠心。

何老庄主道："今天这场斗绣，难得有刺绣宗师到场，莞师不妨上场品评品评？"

黄谋眉头一皱，心想：袁莞师虽然德高望重，但终究是广茂源的人，你让她上场品评，这不是要拉偏架吗？只是如果反对，不免有质疑袁莞师人品的嫌疑。眼看作为正主的林叔夜没有反对，他也就暂时忍住了。

袁莞师欣然上场，来到凰浦这边，赞道："构图完整，针线也佳，各花竞艳，已得'争'字之意。"

她又来到茂源这边，却说："也是好绣，起始处的葵花、桂花都只平平，到中段就越绣越好了，兰、菊、莲三花尤佳。只是收尾之时，未及徐氏姐妹应有之妙。"

这句话是隐隐提出了批评——徐氏姐妹前后心态不稳，一开始的时候受了场中舆论影响，中间得陈子峰扭转舆论而渐臻妙境，可到了最后半炷香，为争一花之先，针线便有潦草之嫌。纯以绣品而言，徐氏姐妹这幅绣，各种花水平参差不齐，发挥还不及林小云、李绣奴来得稳定——以资深大师傅对战绣场新秀，这种表现是不应该的。

徐美娟、徐美凤知袁莞师所言不虚，都不禁低下了头。

袁莞师道："以整体意境、构图、针线而论，凰浦之绣佳于茂源。"

林小云、李绣奴闻言大喜，林叔夜闻言也不由得欣然。

杨燕武道："咱们不说别的，只以这场斗绣的准绳来说，双方的出品过没过线？"

袁莞师含笑不语，何老庄主却道："自然是过线了的。莞师是以宗师的目光提出批评。这两幅绣虽然各有小差，然皆是瑕不掩瑜，拿出去说是广东十大名庄的出品并不丢脸。再让下手工拾掇两日边角，都可作为上品出售。"

黄谋哼了一声：袁莞师显然是批评茂源居多，结果你老何说"各有小差"，真是糊得一桶好糨糊！不过他也知道反驳这话不易，毕竟徐氏姐妹是资深大师傅，就算前后心态不稳，也未到破格的地步。

杨燕武道："那就按照赛制，类多者胜。两位评审，数花吧！"

何老庄主道："凰浦这边不用数，两位绣师是依画稿绣完的，那就是四十八种。而茂源这边……"他便一种一种地数了起来。

第九十三针　那是一朵牡丹！　139

黄谋也不掺和。他一路盯过来，徐氏姐妹绣了多少，其实早就心里有数。这时，徐美娟、徐美凤的嘴角也露出了笑容。

"……琼花四十七、金银花四十八、风信子四十九。"何老庄主一拍手掌，"茂源这幅绣，共绣了四十九种花卉！这一场斗绣，茂源胜！"

场中一时没有声音，只有杨燕武带着广茂源的人在那里大声鼓掌喝彩。

喝彩声中，夹杂了辜三妹的一声冷哼："两个成名十几年的大师傅，绣品输了，要靠花多取胜，也好意思。"

徐氏姐妹一时有些尴尬，知道这场斗绣颇有胜之不武之嫌。只是此战代表广茂源，她们纵然心亏，也不能出面认输。

杨燕武嘻嘻笑道："林庄主，会首刚才说的，没错吧？贵庄这幅绣，好就好在这画稿上，可输也输在这画稿上了，哈哈，哈哈！"

他笑得春风得意，但黄谋见林叔夜神情平静，不禁心中一奇，寻思着：难道还有后手？

果然，林叔夜微微一笑，向林小云打了个手势。林小云道："各位请看！"说着，他就将别绣地的针取下，将绣翻了过来。

在海上斗绣见识过高眉娘刺绣功夫的人都心头一动，均想：难道又是双面绣？

只见绣地背面，纵横交错的丝线之中，隐隐有一朵花的形状。

这朵花显现于杂乱的针线之中，说实在的，不算甚佳。黄谋却已经鼓掌大叫："梅！这是梅花！第四十九种！"

杨燕武怒道："这也算？"

黄谋笑道："怎么不算？这场斗绣约定的，是要达到广东十大名庄出品的水准。刚才莞师已经品评过了，说凰浦的这幅《百花争艳图》构图完整，针线也佳，各花竞艳，已得'争'字之意。得莞师如此点评，那这幅绣肯定是过线了啊。而且以绣品来论，此绣还在你们那幅绣之上，然后是你要按照约定，花类多者为胜！现在你们有四十九种，凰浦也有四十九种，大家打平！"

"这……"

杨燕武还要争辩，林叔夜对陈子峰道："会首，你来说说，算不算？"

陈子峰倒不至于如杨燕武般纠缠不清，摆手道："算吧。"

黄谋赶紧来个板上钉钉："陈子峰不愧是陈子峰！这才是广绣行会首应有的气度！"

自家庄主都这么说了，杨燕武也就没办法了。

何老庄主道："只是如此一来，双方都是四十九种了，没个输赢，可怎么算？"

黄谋道："花类既然一样，那就按绣品来算，显然凰浦这幅要比茂源这幅胜出一筹的。"

"不然！"杨燕武道，"只看正面，凰浦这幅的确好一点，可如果连背面也看，凰浦这幅绣的背面乱七八糟的！哪里算好！可你要不算背面，那么那朵梅花就不能算！"

何老庄主道："杨管库所言，也有道理。"

双方各执一词，争执不下，林叔夜忽然插话道："如果陈会首不认这朵梅花，那双方打平；如果陈会首认了这朵梅花，那这场斗绣，承让……我们凰浦赢了。"

在众人不解的目光中，林叔夜上前，将自家的《百花争艳图》抖了抖，与林小云分执四角，环绕场地一圈，让众人仔细观看。

众人一开始不解，忽然有人叫道："哎哟！牡丹！那是一朵牡丹！"

"什么牡丹？"

"整幅图！看整幅图！那整幅图看上去，不就是一朵大大的牡丹吗？"

一被提醒，众人定睛再看，齐齐发出惊呼之声。

原来凰浦的这幅《百花争艳图》，四十八种花卉环绕成圈，但并不是圈成一个圆形，而是隐隐构成一朵绽放的牡丹花！

"我就说！"潘大娘脱口而出，"所谓百花图，虽然不是一定要绣满一百种花，可有些名花总要入列的。凰浦这幅绣，春不见牡丹，冬不见梅，这不应该啊……原来伏笔在这里！"

区大娘也忍不住点头："百花争艳，四季皆有花主，最后牡丹为王……这个'争'字，可真是体现得淋漓尽致了！好绣，真是好绣！"

杨燕武也没料到还有这个埋伏，一时都怔住了。何老庄主也无话可说。黄谋哈哈笑道："三弟，好本事啊，好本事！原来还藏着这一招！"

就在众人叹服之际，只有袁莞师忽然道："可惜了。"

两个弟子忙问："哪里可惜？"

袁莞师道："这其实本应该是一幅双面绣，但这两个绣娘功力未到，所以只能简化。"

"双面绣？"众人闻言，皆是愕然不解。

区大娘于世务上比师妹逊色，却也因此于刺绣上更为专注，先一步领悟了："我明白了！若是完整，那便是正面四十九，背面四十九，正面以牡丹为王，背面以梅花为首。"

袁莞师领首："不错。百花之数，分正反则各为五十。五十为大衍之数，需遁一以避其满，所以，正面以牡丹显富贵，背面以梅花藏气节，正、反相争又合一，那才是完整的《百花争艳图》。"

众人听了，无不赞叹又惋惜：赞叹的是这样的百花图构思端的绝妙，惋惜的是今天未能目睹完整版本——那位蒙面绣娘没有到场，真是太可惜了！

"莞师不愧是刺绣宗师，看破了此绣全构。"林叔夜向袁莞师行了一礼，跟着转身对两个评审道，"这幅绣虽未完整绣出，但只按照我们斗绣约定的来说，我们也绣了五十种花。这一场，我们赢了。"

何老庄主和杨燕武面面相觑，黄谋鼓掌叫道："当然是你们赢了！我宣布，这一场斗绣，凰浦获胜！"

林小云第一个跳起来喝彩，看李绣奴没动，赶紧低声说："快叫！快叫！把势头叫起来。"

李绣奴"哦"了一声，也赶紧跟着叫。辛三妹等几个偏向凰浦的，也帮忙喝彩，只是有些零落，不成气势。

　　林叔夜对陈子峰道："大哥，你觉得如何？"

　　陈子峰淡淡地道："这一场，你赢了。"

　　林叔夜忍不住开怀大笑。

　　赢了！

　　这一场，竟真的胜过了兄长！

　　从小受尽的委屈，似乎都要在这一笑中抒发出来。

　　杨燕武一声冷哼，退至一边，一丝阴险的笑浮上他的嘴角。

第九十四针　急转直下

黄谋打铁趁热，便让何老庄主拿出意向书来，好趁着各方都在场，把广和安的买卖契约给签订了。

林叔夜也恐夜长梦多，便将预先拟好的契书取出，当下与何老庄主分别签名画押，并按照约定，由黄谋和陈子峰作保——这字一签，事情便算定了！

众人看陈会首虽然输了斗绣，但仍然气定神闲，心中无不佩服他的肚量。

按照约定，何老庄主将广和安的一庄二坊连同西关的铺面、已经封存的物料全部卖给了凰浦。尽管这个价钱是压了再压的，但仍然让凰浦倾尽了流动资金，还借了一大笔银钱——不过有此基业，又有大量的订单在手，再筹借一点银钱也并不难。回头绣庄运转起来，那便是日进斗金！

林叔夜拿到契书后，压不住心头的激动：这可是一份大产业，舅舅若是在此，看到这份契书不晓得会有多高兴！

这时，外头走进来二十余人，是广和安原有的大师傅和一些骨干师傅，其中大师傅十四位、骨干师傅十二名，共计二十六人。

林叔夜心想：他们便是广和安的骨架子，接下来要好好安抚。绣师们不是奴隶，与绣庄并无人身从属关系；绣庄转手之后，新的庄主得跟她们重新签约。林叔夜便要上前接待，不料这些人全部走到了陈子峰的面前，一起行礼："见过庄主。"

林叔夜脸色一变。

陈子峰目光扫了过来，语气仍然是淡淡的："林庄主，恭喜啊，买了一座无人绣庄。"

见林叔夜整个人僵直在那里，陈子峰改了称呼，道："三弟，刚刚说你有一弊二失……第二失就在这里了！"

旁边黄谋目睹这一切，只一个转念，便猜到了内情，不由得心中一寒，大声叫道："陈子峰，你好狠毒的手段！"说话的同时，他横了何老庄主一眼——陈子峰能布下这个局，你老小子脱不了关系！

杨燕武虽然知情，这时也不禁心中暗叹：不愧是会首！

要知道，一座大绣庄，宗师是压制场面的招牌，但光靠宗师一人是不行的，底下得有相当数量的大师傅、熟手师傅作为骨架，这绣庄才能运转起来。宗师难寻，要构建成梯队的大师傅、熟手师傅也断非一日之功，倒是下面的普通绣工比较好招——广府地区遍地都是会刺绣的人。

陈子峰图谋了广和安多年，这次林叔夜横插一脚，他表面上答应以斗绣定绣庄去向，实际上埋了一招狠的——竟暗地里先将广和安的大师傅和骨干师傅都签走了。这帮人一走，广和安登时就散架了！

高眉娘针功再绝妙，只凭她跟黄娘、黎嫂、刘婶等人，运转不起一座大绣庄，可若再招人，哪有那么容易找齐成梯队的大师傅和熟手师傅？再说那些订单已经拖了许久，已不准许林叔夜甥舅慢慢进行了。

而更可怕的，是凰浦没钱了！

不但是没钱，而且是负债！

广东地面遍地金银，如果凰浦吞并广和安之后能顺利运转，林叔夜要借到流动资金不难，但锦上添花人人愿，雪中送炭一个无——一旦凰浦陷入困境，不但愿意投奔的刺绣师傅少了，怕是连愿意借钱的人也没了。

届时，底下上百绣工嗷嗷待哺，外头订单之主追货追债，那才是凰浦真正的绝境。

陈子峰布好了这个局，才好整以暇地与林叔夜斗绣——林叔夜输了，固然将难关难渡；赢了，又掉入更深的陷阱。

林叔夜心念数转，已知这一局是输得彻底了！海上斗绣赢回来的订单、银流，转眼就输个精光！只得来一个运转不动的破产绣庄。

他拿着契书的手，已止不住地在颤抖。

兄长不愧是兄长，这手段够狠、够辣，也够毒！

他刚刚感觉自己攀上了比预想中早到的高峰，转眼便跌入不敢想象的地狱，眼前一黑，整个人仿佛一下子陷入黑暗之中。于极深极暗之中，他听到陈子峰的声音："三弟，这一次，是你先对不住我！"

"我？"林叔夜勉强抬起头来。

"海上斗绣，你趁茂源不备赢了，虽然算是背后刺了我一刀，但我不怪你，是茂源轻敌了。想要吞并广和安来壮大你自己的绣庄，这是半路截我和啊，但我也不怪你……只要截和成功，也算你本事！商场之战，本不忌讳这些。"

陈子峰顿了顿，猛地厉声喝道："但你有两大不该！第一个，你不该背着我勾结黄谋！潮康祥是广茂源的死对头，你出身茂源陈家，虽分家自立，但未得我允许便与黄谋勾结，这与背刺家族何异！"

林叔夜咳嗽了一声，用从未有过的冷硬语气对陈子峰道："广东省内，广、潮各半壁，我没钱没人没物料没渠道，不找黄谋，我能找谁？广茂源若真能给我要的东西，我会去找外人吗？"

陈子峰冷冷地道："我说过不给吗？"

林叔夜也冷冷地道："便是你答应给了，我就一定能拿到吗？"

他斜视杨燕武，然后指着门外南海神庙的方向："我凰浦本应来斗绣的高师傅、黄师傅，现在还困在南海神庙呢！你说这事与你无关，但你敢说这事与广茂源的人都无关吗？不管你是真不知道还是假不知道，不管你是存心还是无意，但我已清楚得很……就算你点头了，我也未必能在广茂源拿到我所需要的东西！这就是我要与黄二哥结交的原因！"

他停了停，继续道："更何况我与黄二哥结交，乃是利益平等互换，我是站着来谋我需要的东西的。可在广茂源，我得跪着去求，还未必求得到！兄长啊！你这个三弟虽然没出息，却也只愿意站着谋，不愿跪着求！"

兄弟两人对视，那目光——

如刀，如剑！

"好，这个揭过……"陈子峰的脸忽然有些扭曲，"那子丘呢！他死了！他死了啊！就算他再怎么不肖，毕竟也是广茂源的二少东！是我的弟弟！是你的二哥！现在他横死在外……你！你！你！阿夜啊！林叔夜啊！你的良心哪儿去了！"

众人万万没想到，广绣行会首会忽然在这个场合提起这件事。他充满痛苦的目光，他充斥着仇恨情绪的声音，叫所有人心头惊惧。

"你敢说你跟这件事情没关系？你敢说没关系！"

"没有！"林叔夜顶了回去，"你为什么会觉得有关系？"

"没关系……没关系？海上斗绣时，除了你，子丘还与谁有不死不休的恩怨？你自己说！"

林叔夜也大声叫道："我与老二有恩怨，但不至于要他死……我便是要他死，也不会用这等手段！"

"呵呵……是吗？"

"自然！"

"啪"的一声，一包东西丢了出来。包裹里头有一张纸、一把刀！纸上有字，刀上沾血！

林叔夜心头一紧，这纸、这刀，他不用捡起来就知道是什么。

杨燕武上前拿起来，将纸抖了抖，大声道："哦，是一张欠条啊。按这上面写的，呵呵，却是我广茂源二少东欠了凰浦的林添财三千两银子呢，真是好大一笔钱啊！"

跟着，他又拎起那匕首："刀也是好刀，是有制式的，好好查访，应该可以找到打刀的作坊。"

"不用查了!"林叔夜道,"刀是我的。"这是去套路陈子丘那天遗落的。

杨燕武冷笑道:"这么说来,三少是认了?"

"刀是我的,欠条是我舅舅的,但二哥不是我杀的!"林叔夜说道,"那天我在二哥的舱里与他起了冲突,乃在众目睽睽之下,刀也是在那时遗失的。二哥的死与我无关!"

"你倒是推得一干二净!"陈子峰的声调忽又变化,由高昂变得尖锐,叫人听了不寒而栗,"那胡天九呢!"

林叔夜身子一震。

陈子峰逼问:"胡天九……他现在在哪儿?"

林叔夜语塞。

"说啊!胡天九现在在哪儿?"陈子峰原本俊朗的面容变得狰狞,带着一种毒蛇般的危险,"你是不是要告诉我,他也跟子丘的死没关系!"

"他跟我保证过,人不是他杀的……"林叔夜还想辩解,却被陈子峰打断——

"哦!所以人就在你那里,对不对!"

林叔夜再次语塞。

"海上斗绣,跟老二有大恩怨的两个人,一个是胡天九,一个是你。而这两个人偏偏凑在了一起,这是巧合?林添财是什么货色,广绣行谁不清楚,他能有三千两借给老二?但老二身上偏偏莫名其妙地多了这样一张巨额欠条……这是巧合?杀他的刀又是你的!你告诉我这些都是巧合?"

"不……不是巧合,但也不是……"

"不是什么!"陈子峰怒吼道,"这么大的事!如果你真的是清白的,如果真有隐情,那上次见面,你就该跟我坦白,而不是等到现在!现在被人揭穿,你再空口白牙地来跟我说你是清白的……看在兄弟一场,我可以说服自己信你,可你还说胡天九也是清白的……叫我怎么信你!"

林叔夜退了一步:原来自己庇护胡天九的事,陈子峰早就知道了！他在等自己开口，但是自己没有说。陈老二的死于自己并不重要，但对陈子峰来说比天还大！上次见面自己没开口，便已经破了兄弟间的信任！

"不回答……你没话了，对吧？"

林叔夜的确没话了，因为有些事情，错过了开口的时机，后面再说也难以取信于人。

这件事情，的确其曲在己。

"把人交出来吧。"陈子峰的语气缓和了些，语速也变慢了，仿佛已经失了再谈下去的力气，"如果他是冤枉的，我会还他一个公道。"

林叔夜抬头，并不确定陈子峰是否真的会还胡天九一个公道——如果胡天九手里有证据能自证清白，也许陈子峰会放他一条生路，但胡天九如果有，就不用来投奔自己了。

"还他一个公道"——这句话的意思，可以是给胡天九一个公正的处理，也可能是让胡天九去向阎王讨公道！

自己既然答应了胡天九，收留了他，这时候若将人交出……

他环顾周围——这时候，也不会有人去帮胡天九这样一个小人物。甚至就是自己，也已经"泥菩萨落水，自身难保"！

林叔夜看向黄谋，黄谋叹了一口气，没有开口。

两人是结拜兄弟，但陈子峰挖的这个陷阱太深太大，就算黄谋把自己填进去，也未必拉得他出来。

林叔夜身子晃了晃，便知今天别说保别人，连自救都无法了。

陈子峰没说话。他就坐在那里，静静地等着。他已经掌控了局面，便不着急。

这时候，整个工坊的人都对他充满了敬惧——

这就是广绣行会首的手段！

这就是广东丝绣业掌刀人的可怕！

亲则如同父之兄弟，强则为海上斗绣之魁——反掌之间，就把人打入无间！

直到这时，在场的一些小辈才知道为什么绣行老人这么怕

他了。

良久,林叔夜才开口。

"兄长,这一局你赢了,我认输。"

陈子峰没有开口,继续等着。

"胡天九的事,我现在还没有证据,但我答应过他,我就要坚持到底!"

"林叔夜,"陈子峰冷笑道,"你这是找死!"

林叔夜没有回应,不过也没有退缩。

陈子峰冷冷地道:"可你就算找死,也未必保得住他!"

"保不住是一回事,亲手交给你……是另一回事!"林叔夜道,"但我想求你三件事。"他抖了抖手上的契书:"广和安在我手上,已经是个破庄,但如果回到兄长手中,还是有价值的,对吗?"

陈子峰仍然冷笑——林叔夜既已落入他局中,这广和安迟早是他的。

他不着急,也不需要因此去跟对方谈条件。

林叔夜指着黄谋:"如果兄长不肯给条生路,那我只能拜托别人了。我想和安绣庄的一庄二坊,对潮康祥也还是有点价值的,那边应该愿意帮我一点忙。"

陈子峰微微皱了皱眉:"说吧,你要什么?"

林叔夜道:"第一件事情,我认输,你要怎么处置我都行,但希望你念在一场兄弟,给我一个月时间,我来调查胡天九的事情。如果一个月后还不能查明真相,那这件事情我就不理了。"

陈子峰没有答应,也没有否决。

黄谋插话道:"三弟,这时候还管这些?"

林叔夜却道:"这是我答应过他的,人要守诺!"

黄谋轻叹了一声,没再劝阻。袁莞师却看了两个大弟子一眼,三人眼神一接,同时微微点头。

"第二件事情,就是黎嫂等人,还有我新招的一些绣工。其实她们都是不错的绣娘，希望兄长收回凰浦之后，能够善待她们。"

陈子峰淡淡地道："茂源要做天下第一庄，上下正在用人之际，只要是堪用的人，我不会亏待的。"

"第三件事情……我对另外一个人有过承诺，但现在我办不到了。我希望兄长能……唉，其实她或许是不愿意的，但我仍想一求。"

陈子峰听到这里，又皱了皱眉："谁？想做什么？"

"是姑姑，她想再刺一回绣。我答应过她，会助她完成这个心愿。"

"谁？"

"这事我跟兄长提过。我答应过姑姑，她能绣到哪里，我就护着她到哪里！她要与广东十大名庄正面对决，我就护着她杀入广潮斗绣；如果她要与天下名绣一争高下，那我就护着她到京城去，到大内去！现在我败了，就只能……"

"我没问你这个！"陈子峰的声音忽然有些颤抖，"你叫她什么？"

"姑姑啊，怎么了？"

第九十五针　等闲变却故人心

姑姑！他竟然叫她姑姑！

这个称呼就像一根针，捅穿了所有猜疑点！

他不是没有怀疑过，只是在没有明确的证据前，一直不敢相信，直到现在……

陈子峰原本侧着头，忽然动作剧烈，扭过身去，看向那《百花争艳图》，跟着又转回头来，盯着林叔夜问："为什么是四十九种花？"

这句话出来，在场众人能听明白每一个字，却没一个人听得懂，连林叔夜也有些愕然。

陈子峰再一次问："为什么是四十九种花？别跟我扯什么狗屁的大衍之数、五十遁一！"

众人这才明白，他是问凰浦设计的画稿为什么刚好就定在四十九上。

林叔夜道："因为姑姑说，以徐氏姐妹之能，三炷香时间，其绣当不至五十，当在四十八或四十九。"

众人闻言先是愕然，随即骇然。

辜三妹喃喃道："这……这是什么意思？"

"你还不明白？"罗六姐道，"那位高师傅，把对手的极限都给算到了！"

辜三妹骇然："人能做到这个地步？"

陈子峰身子一晃，竟倒退了两步。

这种料敌的能力，这种制敌的习性……

太熟悉了！

"难道……真是她……真是她？"陈子峰脸色变得煞白，逼视着林叔夜，"你刚才叫她什么？"这是第二次问了。

"姑姑。"

"她让别人叫她姑姑?!"

"是。"

"她姓高?!"

"是。"

"她要再刺一回绣？她要……"

忽然外头莫名其妙地跑进来一个人，将一块绣丢给了陈子峰就走，众人甚至都没看清来人的面貌。

陈子峰随手抓住了那块绣，还没看清，仅指尖一触，就浑身一震，再一细看——整个人控制不住地颤抖了起来！

是她的针功！

是她的绣品！

而且这丝线、这质地——这是新绣，不是十二年前留下来的旧品！

"哪儿来的！哪儿来的！"陈子峰叫了起来，完全失去了他应有的沉着和风度！

林叔夜只看了一眼，便知道这块绣的来历，只是很奇怪它为什么会出现在这里。

"不用找。"林叔夜道，"这是我凰浦的出品。"

"什么？"

"这是我们高师傅，也就是姑姑绣的，用来教导庄中绣工的指导绣品。"

"什么！真是她，真是她……"陈子峰的声调高低起伏，他已经失去了正常人的样子。

"她在哪里……她在哪里？"他就像疯了，又像狂了，再没有一点一庄之主、一省行首的样子。

还没得到别人的回答，他忽然就想到了什么，喃喃道："南海神庙，南海神庙！啊！我早该想到了！如果不是她，她又怎么会动用……去对付她！"

什么她、她、她的，旁人都不晓得陈子峰在说什么的时候，他已经嘶吼着冲了出去，完全不管身后的一切。

杨燕武深深地看了林叔夜一眼，冷笑道："林庄主，好手段！"人也跟着发疯般的陈子峰而去。

"大哥！"林叔夜也没想到兄长的反应如此之大，一时意外，正想跟出去，忽然被人叫住。

"林庄主，请留步！"

南海神庙外围拢的人越来越多，已达数百。那二三十个土匪置身于人群之中，如波涛中的小船。为首者眼看局势不对，暗中与几个领头的商量了一下，便对林添财呼喊，要他们让开一条道路，否则他就杀将出去，到时候双方必有死伤。

林添财左右盘算，心想：自己这边都是散兵游勇，而对方那边有高手在，真逼得狗急跳墙，对大家都没好处，万一混乱之中高眉娘有个闪失……反正已能猜到主事者是谁，事后再算账即可，他便答应了，让开了一条道路。

袁莞师带着两个徒弟走了过来，脸上微笑着，对林叔夜说道："危难之中不毁承诺，绝境之下仍虑部属，林庄主好度量，好品德！"

"莞师谬赞。"林叔夜有些着急要去追陈子峰，也不知道袁莞师为什么忽然跟自己说这些。

"不，不是谬赞。"袁莞师说着，忽然行礼，"东莞袁氏，广绣一宗，与茂源绣庄约满，愿带门人弟子加入凰浦，不知林庄主可愿收留？"

此话一出，满场哗然！

袁莞师乃是一代宗师，不但绣功精湛，而且会教徒弟，因此门人众多：大师傅级别的就有七八人，师傅级别的更是数不胜数，此外受过她教导的更是不知凡几。只是她不善外务经营，坐拥如此大的门人队伍，多年前却创业失败，这才不得不委身于广茂源。这时，她忽然说这样的话，无疑将在广绣行内掀起滔天大浪。

饶是林叔夜善机变，这时也是愣在当场。

袁莞师含笑问："庄主不愿收留袁氏吗？"

林叔夜回过神来，慌忙叉手道："莞师愿意屈就，凰浦上下扫榻相迎！敝庄虽是草创，但胜在人事简单，只要莞师下临，需要什么，一切好说。"

袁莞师笑道："海上一会，我已颇知庄主与高师傅的志向，高师傅之志便是袁氏之志！林庄主的胸襟气度，我刚才更是看得一清二楚。袁氏来归凰浦，倒也不用别的，便将和安绣庄作为分庄交给老身打理便可。庄主可与高师傅专心致志，备战广潮斗绣去吧。"

方才凰浦陷入绝境，关键就在于被陈子峰抽掉了广和安的中高层绣师。如今袁莞师愿意加盟，这个致命缺陷登时就能补上了！

她可不是一人过来，光是门人、弟子就是一个大绣庄的骨干！若再加上恩情与交游，延聘若干刺绣师傅、大师傅也是很轻松的事情。而以她在绣行的威望，要使广和安底层绣工慑服，更是易如反掌。如此一来，广和安可以被盘活——绣庄一旦被盘活，凰浦的整个局面也将为之一新，资金紧张就不再是问题了。

林叔夜喜出望外，忙道："莞师下临，凰浦如久旱逢甘霖，困鱼得秋水。和安绣庄今后可改名博雅绣庄，一切事务，莞师一言可决！"

原来林叔夜在海上一会之后，对袁莞师也颇为关注，曾向舅舅打听她的过往，知道多年前她创建了一个绣庄，却不幸失败。那个绣庄就叫博雅。

袁莞师又惊又喜，问道："博雅创业未半而中途陨落，庄主不怕不祥吗？"

林叔夜道："凰浦浴火而能重生，博雅再创，自然也能名传后世，何来不祥？"

袁莞师回头与两个大弟子对视了一眼，见二人都欣然颔首。三人便一起向林叔夜行礼："既如此，那我等便托付了！"

见四人对拜还礼，黄谋在旁哈哈大笑："好啊，好啊！博雅新庄有莞师打理，三弟便无后顾之忧。凰浦和博雅有三弟在外运营，将来也必前途无量。三弟之得莞师，莞师之得三弟，这一对补，可称天作之合！"

林叔夜道："本该与莞师长谈以聆指教，不过高师傅正受困于南海神庙，我得赶去接应。"

"快去，快去！"袁莞师道，"回头接来高师傅，我还要向她请益。"

黄谋也道："你尽管去，这边我和袁莞师来替你收场。"

林叔夜心头大定，别了黄谋、袁莞师，走到水门，乘船赶往南海神庙。他与袁莞师一阵交接其实也没耽搁多少时间，随行船夫对这一段水路又熟，因此紧赶慢赶，一到南海神庙附近就望见了陈子峰的船。却不料在这段时间里，南海神庙这边又生变故！

高眉娘这次出门，在江面上差点被劫持，幸得刘三根护持，躲入南海神庙，却又被困住。而后林添财率众赶来，与袭击者一番交涉，袭击者退去，庙祝将门打开。林添财见高眉娘无恙，这才放心。高眉娘问起斗绣如何，林添财道："我赶出来的时候，正斗着呢，不知怎么样。"

"庄主能控局，云娘善机变，想来应该没事。"高眉娘道，"就是广茂源的那位当家……不好斗。"

"那是，"林添财意味深长地说，"谁还能比高师傅更了解陈子峰呢？"

高眉娘幽幽地看了林添财一眼，他忙道："我失言了，我失言了！"高眉娘也没再说什么。关于自己的身份来历，她还未跟林添财当面交底，不过他这时已猜知，也在情理之中。

林添财转了话题，痛骂某些人不择手段勾结土匪，并向高眉娘保证，一定会将事情查个水落石出，叫勾结土匪的人付出代价！

说话间，他们已经走到码头边。忽然，几个人影从水草丛中蹿了出来，直扑高眉娘——竟是土匪中那几个好手！

众人逼退土匪后，心情都宽松了许多，哪想到还有人这么大胆！光天化日之下，这几人竟然不思逃跑，反而杀个回马枪！虽然周围有十几个护院，但这些人全都是刚刚招募的庄稼汉子，几下子耍棍的功夫还是林添财教的——对付地痞流氓可以，可对付这种好手就不行了！

这五个人上下跳跃，用手中棍棒击打，连伤了几个人，两下子就冲到了高眉娘身边。其中四个将十几个护院拦开，为首那人伸出毛茸茸的大手，就要往高眉娘身上抓！

林添财抽出竹棍就打——在这个时代，敢千里行商的人，多少都是练过的，所以林添财也有几分功夫在身——这一棍又准又狠，为首那人"呀"了一声，后退了一步，跟着又进攻，一棍打在林添财的手腕上。林添财痛叫一声，退开两步。为首那人一个回身，又是一棍打在刘三根的手腕上。这一棍好生狠辣，竟把刘三根关节打得脱了臼，手里的棍棒掉落。

林添财、刘三根是护在高眉娘身边的最后两人。刘三根知道，自己如果一退，高眉娘便会落入对方手中了！因此，剧痛之下，他仍咬牙挡在前面。为首那人大怒，一棍当头砸下，呼呼地带着风声，要逼刘三根退让，没想到刘三根真个忠勇，头虽然偏了偏，却分毫不退。这一棍打在肩头上，肩胛骨都裂了，他惨叫一声，却仍护在高眉娘身前。

林添财一边大叫"大家拥上！拥上！"，一边棍交左手，从旁牵制为首那人。

虽然这五个人力强，但如果真个散开了打，说不定还得逐个击溃，而凰浦这边人多，如果凰浦一股脑拥上去，他们一时施展不开，那就变成混战了。凰浦只要拖个一时半会儿，等附近百姓来援，事情便有转机。而且今天闹了这么久，说不定附近的巡检司会闻讯而来。一旦惊动官府，林添财就不信对方不忌惮！

为首那人怒吼一声："巴嘎！"一脚踹得刘三根跌入附近泥泞

之中。跟着，他从怀中拔出一把小太刀来，刀光一闪，就向林添财刺去。林添财听到他的口音，暗吃一惊，再见刀光，更是骇然。他终究是怕死，竟退了两步。眼看高眉娘危急，忽然江上有人大叫："住手！住手！"

第九十六针　倭寇踪迹

江面上一前一后驶来两叶轻舟，陈子峰站在前面那艘船上，刚才叫"住手"的就是他。

听见他的叫声，为首那人抬头一瞥，见是不认识的人，便继续去抓高眉娘。高眉娘怕水，这时却拉着喜妹向后一跳，整个人便到江里头去了！为首那人抓了个空！林添财一见，暗叫一声"不好"。

这附近到处都是渔民，凰浦的护院一大半都是会水的好手，便是一只旱鸭子掉到江里头，也决计淹不死。为首那那人要敢跳到水里去，其棍棒刀剑的功夫就得去了九成，到时候护院、渔民一起围拢他，他想脱身都难了！

为首那人眼看功亏一篑，忍不住又骂了一声"巴嘎"。

就在这时，陈子峰的船又近了一些。站在他背后的杨燕武大叫："大胆毛贼，还不快给我滚！"

他一叫，草丛中便有个声音发出。为首那人听到声音，才带着手下恨恨地转身脱围而去。林叔夜在后面的快船上，将这些细节看得分明，心中已有猜测：草丛中藏着人，很可能是这伙贼人的首领，但这个首领似乎认得杨燕武……不认识陈子峰？

凰浦所有人都将心思放在高眉娘身上，林添财一时顾不上围堵那五个人，只喊着"救人，救人"。不只是他，已经靠近了的林叔夜也在叫喊，但所有人的叫声都及不上陈子峰。他叫得撕心裂肺，如果不是杨燕武拉着，他几乎就要跳下去。

就在这时，高眉娘与喜妹一起缓缓浮出江面，竟如会水一般。

众人这才微微心头一宽，均想：这小娘子会水啊。等她们再浮起一些，众人才看见喜妹的手托在高眉娘的腋下——原来喜妹精熟水性，别说在这江边，就算是在江心，她也能将人拉回来。

黄娘叫道："大伙儿走开几步！"她不知从哪里扯了一块布冲上前去，将浑身湿透的高眉娘裹住了。众护院想起男女有别，这才都站住了，不往前走。

只有陈子峰跳下船，踩着泥泞直跑过去。黄娘喝道："陈庄主，自重！"

高眉娘在水里挣扎时，弄掉了飞凰面具。这时她的头侧过来，终于让人看清了她的容貌。

看见这张脸，陈子峰大叫一声，整个人跪倒在泥泞里头。他脸上的表情，不知道是惊惶、恐惧、不敢置信，还是梦想成真！

而在那一瞬间看清了高眉娘容貌的护院们，心里头个个都想：人人都叫姑姑，原本以为高师傅是个中年女子，没想到这么年轻，还这么靓！

杨燕武也喃喃道："怎么可能！怎么可能！她……怎么可能还这么年轻！"一个念头忽然闪过，霎时间，他浑身发冷："鬼！她是鬼！"

一个人从水里捞起了飞凰面罩，递到了高眉娘手上，同时挡住了所有人的目光。

"姑姑。"

高眉娘从林叔夜手里接过面罩戴好，在黄娘、喜妹的护持下就要登船。陈子峰发现自己眼睛里的高眉娘又要消失，疯了似的跳起来，便要冲过去。林叔夜拦住道："大哥！自重！"

陈子峰这时竟失了平时的风度，怒道："你滚开！"他用力地推着林叔夜，直到再看见高眉娘时才停住，叫唤着："姑姑！姑姑！是你吗？真的是你吗？"

凰浦众护院都愣了，喜妹心里也是吃惊：他疯了吗？怎么也叫姑姑？

高眉娘终于回过头来看了他一眼，说了一句话。这声音在他梦里千回百转，但现实却比陌生人更加疏离："陈会首，请自重！"

这轻轻的一句话，叫陈子峰全身一震。他再次跪倒在泥泞里头，再也没能站起来。

霍绾儿家后园，一个偏僻角落里的一盏孤灯，照得方圆数步之地半明半暗。

屏儿正向霍绾儿汇报凰浦绣庄近期的事宜。自上次凰浦一行之后，霍绾儿再次调整了自己的布局。在那之前，她原本选了三个夫婿、三个行业，都是同时关注。海上斗绣之前，她已将丝绣业作为重点，不过海上斗绣回来后，她便将主要心力放在丝绣业上了。这个行业有金流，有前程，同时自己也找到了切入点！

切入点就在凰浦绣庄处，而凰浦绣庄近期的最大变局，便是那场决定广和安归属的斗绣。凰浦如果顺利吞并广和安，再往后其发展必定一马平川；如果吞不下，眼前已拿到的利益，说不定都得吐出来！

而那一场斗绣又是一波三折。众人期待的高眉娘没有到场是一变，茂源竟收了徐氏姐妹来参加斗绣又是一变，凰浦画稿的佳妙带来第三变，陈子峰扭转舆论为第四变。斗到最后，凰浦竟以一朵隐藏的牡丹绣翻盘，叫当时的宾众叹为观止。孰料林叔夜赢了斗绣，却输了生意，竟被陈子峰反掌之间扭转乾坤！

"可就在大家觉得局面已定时，陈子峰却忽然发疯似的跑了出去。他一跑，场中就没人主持大局。就在这时，在一旁观战的袁莞师忽然当众宣布脱离茂源，加盟凰浦……"

一场斗绣，一局七变！

霍绾儿听了，忍不住心神摇荡，心想：当时在场的人陡然见此大变，自是更加震惊了。

她综合从各方得来的消息，在心里头暗暗盘算良久，对这一局涉及的各方又有了进一步的认知。

"这一桩桩的背后，可都有隐线！"

"隐线？"屏儿问。

"凰浦这边，我们知道得比较清楚。林公子和高师傅用的都是阳谋，基本上是立足于以绣艺取胜。林公子虽在里头用了一些机巧，但也不脱堂堂正正之局。陈子峰那边可就狠辣了，只怕他在请林公子去西关相见之前，就已经布下了暗线，不管林公子如何选择，都会被他诱入局中……"

"诱入局中？"屏儿跟随霍绾儿日久，也有了些心机和见识，"姑娘是说，那个陈会首早知道林公子要截和广和安？"她见霍绾儿嘴角含笑，这笑容的意味她可太熟悉了！"啊，不是知道，也许这消息还是他故意放出去的？"

霍绾儿嘴角的笑意更浓了，不过她并没有在这一点上继续发挥，转而道："现在这些都已经暴露，也就没什么好担心的了。最令人警惕的，还是第三方。"

"第三方？"

"陈子峰为什么不迟不早地在那时忽然发疯？是谁将高师傅的绣品递进去的？袁莞师早不叛晚不叛，为什么偏偏在那个时候宣布改换门庭？这里头大有文章……暗地里推动这一切的人，就是第三方。"

"黄谋？"

"不是，肯定不是他！"

"那……"屏儿忽然想到一个人，"会不会是……高师傅！"

"高师傅的确有嫌疑。所有事情，都从凰浦的忽然崛起开始的，而凰浦的忽然崛起，又始自林公子与高师傅的相遇。现在看来，这一切都不是偶然。"

"这么说……就一定是她了！她是回来报仇的！"屏儿拍了拍手，"一定是这样的！"

"报仇？"

"对！最近广州的绣行中有一个传闻，说凰浦的高眉娘，就是当年的高秀秀！"

"高秀秀？"

刺绣只是一个很小的行业，当年高眉娘在绣行的威名，也并未广泛传播到其他领域中去，更何况那已经是十二年前的事情了。那时候，霍绾儿才几岁？所以她并未听过这个名字。

"我听人说，那个高秀秀是十几年前的粤绣第一高手，曾代表粤绣上京师，争天下第一，但后来不知怎么，坐到尚衣位置上的变成了陈家的陈子艳。而高秀秀的绣庄被一场火烧成了废墟，那个绣庄就是现在的凰浦绣庄。高秀秀也失踪了。广绣行还传说陈子峰得势之后下了禁口令，让所有人都不许提起这个人，若跟广茂源有关系的店铺、绣庄，就不再与其做生意。所以很多人猜测，那个高秀秀就是被陈家害了。如果高秀秀就是高眉娘，那她就是回来报仇的！"

霍绾儿听着这一切，默然不语。

"姑娘，我说得对吗？"

"听着很有道理。"霍绾儿道，"如果我没见过高师傅，大概也会这样认为。"

"难道姑娘觉得这个说法不对？"

"嗯，不对。"霍绾儿想起那天在阁楼上见到高眉娘时的场景，"那是一个心有所专的人。虽然我只见过她一次，但她若是心机深的人，恐怕在刺绣上达不到那么高的境界。"

"为什么心机深的人刺不好绣？"

"不是刺不好绣，而是很难达到唯精唯一的艺术境界。因为心机算计乃是人欲层面的事情，艺术学问则是天机层面的事情，'嗜欲深者，其天机浅'……这两件事情颇不相容，所以很难在同一个人身上存在。"

"为什么不行？"

霍绾儿莞尔，笑道："罢了，这是艺道上的事情，三言两语跟你说不明白。而且此事我们所知道的消息还不够，暂且按下，说另一件事吧。"

"高师傅在南海神庙被围攻的事？"

霍绾儿点头。

屏儿便说了高眉娘水上被截，逃往南海神庙，以及土匪去而复返的事情。其中种种细节，全都是林添财特地跑来告诉屏儿的，屏儿也不厌其烦地全部转达给霍绾儿。

霍绾儿听得皱眉:"这件事情,里头隐情也多:其一,陈子峰与高眉娘果然有过往纠缠,而且纠缠很深,还可能涉及内宅情孽;其二,听林添财所述,这帮人多半是杨家那边的人马,所以不听陈子峰的,而听杨燕武的;其三,这伙人的来历太不寻常,省城附近,哪里跑来这样一伙土匪?"

"关于那土匪,林揽头有一事不肯明说。他写了封信,让我交给姑娘。"

霍绾儿从屏儿手中接过信,拆开来一看,里头只有两个字——惊得她把信揉成了一团!

"荒谬!怎么可能!"

但她想了一想,又将字条展开,再看了一眼,便折叠了起来,用灯火烧了。

"姑娘,怎么了?"

霍绾儿神色凝重,吩咐屏儿:"回头让林揽头来见我,我要亲自过问这件事……不,让林公子也来……两人一起来!"

她反应这么大,只因那封信里的两个字:倭寇!

倭寇之患由来已久,但一般发生在闽、浙一带,广东方面从未深入省城这边。若林添财不是胡言乱语,南海神庙外出现的真是倭寇的话,那就是难以估量的大事件了!

倭寇问题可是嘉靖皇帝不能触碰的逆鳞之一。

"对了,姑娘,我还听了另外一件事情。"

"嗯?"

"我听说,凰浦的那位高眉娘,非常年轻,非常漂亮。她如今天天在林公子身边,姑娘你可得小心些啊!"

霍绾儿愕了愕,随即笑了起来:"这不对,也许是很漂亮,但她如果真是十二年前就成名的高秀秀,就不可能很年轻了。"

第九十七针　三年之约

茂源在广和安的斗绣，再一次输给了凰浦，同时袁莞师竟然当场"叛变"，出走茂源，加盟凰浦——这个消息就像会飞一样，一夜之间传遍了整个西关。广州只要是跟丝绣业有关的人，几乎都在谈论这件事情。

倒是南海神庙发生的土匪围攻事件，在绣行内没什么声响。

暗夜里的茂园，气氛压抑。

一身泥水的陈子峰冲进了茂园主屋。他是这间屋子的男主人，却不知道多久没踏足此地了。

杨燕君听说丈夫来到，先是一喜，再看他的样子，心情便坠了下去。

果然，冲进来的陈子峰张口便吼道："是你派人去截她的！是你！"

这句话没头没尾，但被吼的杨燕君、旁边的心腹丫鬟翠娥，还有尾随陈子峰的杨燕武，都知道是什么意思。杨燕武和翠娥赶紧把屋里头的闲杂人等都赶了出去。

男女主人却仿佛没看见这一切。陈子峰一脸怒色地盯着杨燕君，杨燕君也双目冰冷地盯着陈子峰。

"是不是你！"

"你都知道了，还问什么！"

这两个人，一个针尖，一个麦芒，一个如火山将爆发，一个似冰海已冷彻。

"所以……你一早就知道了！"陈子峰咆哮起来，挨个指着屋里头的三个人，"你知道……你知道……你也知道！你们都知道！就瞒着我一个人！我说她的绣品怎么一件都落不到我手里，原来是全天下一起瞒着我！我是堂堂广绣行的会首啊！结果被你们瞒到最后！"

"那又怎么样！"杨燕君冷笑着，她的眼神冰冷，却烧着邪火。

"怎么样？你为什么要这样做！"

"为什么？"杨燕君忽然站了起来，戟指大叫道，"陈子峰，你是不是忘了，我才是你的妻子！是你三书六礼娶进门的妻子！那个女人……她算什么东西！她什么也不是！"

暗夜之中，她声音高亢，就是墙壁也挡不住。"可是你看看你自己！"她扯了一块镜子放在陈子峰的面前，"你看看你都变成什么样子了！当初我倾心于你的时候，你可不是这个样子的！可是为了她，你就变成了这样，变成了一个连烂泥里的狗都不如的东西！你还来吼我！还问我为什么？哈哈，哈哈！为什么？你自己不知道吗！"

翠娥拉着她，想让她冷静，可这时候，什么也无法阻止一座火山的爆发。

"为什么？因为我恨她！我恨不得她死！我原本以为她死了……死了却还缠着你，缠了你十二年！这十二年来，你白天还装着正常，一到晚上，就变得人不像人，鬼不像鬼！你以为我不知道吗？都是因为她！是她死了还缠着你！

"这些年，你是在这个家里头，是在我的身边，可我跟没了你有什么区别！那个女人，那个鬼女人，是她害了我的丈夫！是她！就算她死了，我也要诅咒她在十八层地狱里永不超生！

"更别说她还活着！这个夺走我丈夫的贱人，我恨不得她死，恨不得她被凌迟，恨不得把她五马分尸，让她死无葬身之地！

"别的我可以忍，可以让，可以退，唯有她！我什么也顾不得了！我忍什么都不能忍她！只要能拉她下地狱，就算把我自己赔上了，我也无所谓，反正我也活够了！"

杨燕君在这个家，从来就没有淑女形象。陈子峰和她也不是第一次吵架，却从没有一次吵得像这样如火如刀，吵得如此毫无底线。

她终于把深藏在心里头的话说出来了。

不知什么时候，屋里头多了两个人，一个是陈老夫人，另一个是扶着她的陈子艳。她们进来后，又将门关上了。

陈老夫人没了平日的雍容，看陈子峰时，满脸都是伤心、难受与担忧。

对这个孙媳妇，她一直不满意。夫妻俩起矛盾时，她也总是护着自家宝贝孙子多一些，但她毕竟也是一个女人，这时听了杨燕君的无节制发泄，一时也难以去埋怨她。

"峰儿，峰儿……别再这样了……你作践了自己十二年……够了，够了！不要为了一个野女人，继续作践自己了……"

"野女人，她是野女人？"陈子峰看向祖母，"谁都可以说这句话，只有你不可以，你不可以！你忘了我为什么会失去她？你忘了?!"

陈老夫人浑身一震，退了一步，几乎要摔倒——孙子从未这样跟她说过话……从来没有。

"大哥，你疯了吗？这么跟祖母说话！"陈子艳赶紧扶住祖母。她想过哥哥知道高眉娘的身份后会发疯，但想不到会疯成这样！

"我疯了？我疯了？哈哈，我是疯了，我早就疯了！在十二年前，你们逼着我害秀秀的时候，我就已经疯了！"陈子峰手舞足蹈起来，"但我又能怪谁？最后决定动手的，还不是我自己！终究是我自己决定害她的！是我！是我毁了她的一切，是我！"

他捶打自己的胸口，敲打自己的头。他叫着，嚷着，最后真像个疯子一样跑了出去。发狂的笑声在黑夜中由近而远地传开。

陈老夫人又惊又急："快看住他，快看住他！"

陈子艳追出去了，陈老夫人也走了，屋里头只剩下心腹丫鬟和族兄。杨燕君靠怒火与仇恨而鼓起来的那股气一下子泄掉了，瘫坐在了椅子上，泪水止不住地流下来——怒火过后，剩下的只有无尽的悲凉。

她问杨燕武："他不会这么对我的，对吧？如果我死了，我毁了，他也不会像现在这样的，对吧！"

杨燕武叹了一口气，靠近了一些，说："长姊，再怎么样，你也不该……唉，你就算要用人，也不该用那几个东洋浪人！那是能出现在人前的？"

果然！他又来说这些！就算是自己的族人兄弟，也没有人真的关心自己。他们关心的是家族利益——他们自身的利益！

"我顾不了那么多！"杨燕君再次站起来，戟指大叫道："你们这些人，开口闭口都是家族，都是利益！当初怂恿我跟他靠近的是你们！后来我不能自拔，让我顾全大局的也是你们！你们把我当什么了！把我当成了工具，当成了首饰，当成了牛马，就没当我是个人！也不顾我的心！我人都死了，心都碎了！哪里还顾得上身体发肤之外的这些东西！"

杨燕武叹了一口气，知道再劝无用，眼下只看如何善后，便退了出去。

广茂源一片混乱之际，凰浦绣庄却是一片欣欣向荣，虽已入夜，却到处灯火通明。

这边林叔夜将高眉娘接回凰浦绣庄，那边袁莞师偕同黄谋代为处理了广和安的交接事宜。然后她便带领十几个弟子，顾不上天色昏黑，赶来黄埔村，进了绣庄。

袁莞师在绣行何等令名，黎嫂等一众绣工听说她即将加盟，几乎都不敢相信自己的耳朵，见着本人后，更是欢欣鼓舞。林叔夜摆开夜宴，接待袁氏门人，而袁莞师则入内与林叔夜协商条件。

日间在广和安，袁莞师给足了林叔夜面子，但关起门来谈条件，她也不客气。她愿率领弟子来归，将改名为博雅的绣庄分部给撑起来——有了博雅的产力，林叔夜这段时间签下来的订单可如期交付。而袁莞师开出的条件：契约以三年为期，三年之后，博雅绣庄便归袁莞师师徒所有。

林添财便觉得袁莞师的口开得大了——打三年工就白得一座绣庄，这个便宜未免占得大了。就算是宗师，也没有过这样的事！

林叔夜看出了舅舅的意思，想了想，对他道："莞师这次当众来归，对我们来说是雪中送炭。如果没有她，凰浦今天就可能破产了，所以莞师的这个要求不过分！"

"可是……"林添财张了张口，但见袁莞师在一旁，就没把话说出来。他心里想的，是反正袁莞师已经当众叛出广茂源了，就算我们现在砍一砍她的价，她还能回去不成？

虽然舅舅没把话说完，但林叔夜看破了他的心思，说道："在和安绣庄时，我已是走投无路，当时莞师本来可以先提条件的。以当时的情况，莞师哪怕是要求'一年之约'，我也不得不答应，但她没有这么做。莞师以诚待我，我们岂能做那过河拆桥之人？"

林添财便知这是外甥一贯的理念，劝无可劝，叹了一声，也就答应了。

袁莞师闻言欣然——林叔夜没有避着自己去跟林添财商量，更显得心地光明。她回头对区大娘、潘大娘道："你们听听，我就说，这一回我没看错人！"

林叔夜对袁莞师说："买广和安的钱，是凰浦的公账，不是我私人的钱，按道理，我还需要问问其他股东的意见。"区大娘、潘大娘一听这话，就皱眉头。

袁莞师问："凰浦的股东还有很多吗？"

林叔夜道："有五个，我、我舅舅、高师傅，我们三人占了大头。此外是南海的霍姑娘和潮康祥的黄二哥，他们占了小头。高师傅已将运营事务全权托付给我，我可以代她答应。我们三人一致，其实就可以把事情定下来了。黄二哥和霍姑娘都有默契，不干涉我绣庄的运营，所以他们应该也不会有意见，不过我有个小小建议。"

听到这里，袁氏师徒三人的心已经放了一半。袁莞师道："庄

主请说。"

"'三年之约'我现在就可以答应下来，不过博雅脱离凤浦之后，最好还是让渡一部分股权给黄二哥和霍姑娘。至于股权多少，莞师可以找时间与他们另谈。得利虽然少了，但从长远来说，对博雅绣庄有利。"

袁莞师只是疏于运营之道，眼光与胸襟却还是有的，闻言笑道："这是应该的！有黄二舍帮着撑场面，有霍姑娘做靠山，老身等求之不得！"

林叔夜见袁莞师看出此中利弊，便知不但得了一员刺绣大将，而且是一个理念与自己相近的合作伙伴，当即大喜，便到外头喝酒。酒酣耳热之际，潘大娘问："怎么不见高师傅？"

林添财嘿嘿地道："这种场面，什么时候见她出来过！"

林叔夜赶紧打圆场："姑姑刚落了水，回来后才喝了热姜汤驱寒，如今正养着身体。姑姑对莞师向来仰慕，绝无怠慢之意。"

袁莞师对潘大娘道："以后大家便同庄共绣了，来日方长，急什么！"

这时，潘大娘已两杯酒入肚，忍不住问："其实，高师傅……她就是当年的高秀秀，对不对？"

这话一出来，原本喧哗的五张桌子忽然都静了下来！

几十个绣师都有意无意地看向这边，都想知道这个刚在夜宴上听到的"传闻"到底是不是真的！

林叔夜道："这个问题……回头我问明姑姑，再回答潘师傅吧。"

袁莞师哈哈笑道："高秀秀也罢，高眉娘也好，咱们只认针功，不认虚名！高师傅这功力，有朝一日终究是要杀出省去，与海内名家一争长短的。袁氏门人不才，愿附骥尾，名彰天下！"

"这句话说得好！"林添财大喜，凤浦的绣师要真能杀向全国，那他可就要赚大发了，"我老林爱听！"

当下双方劝饮，尽兴而罢。

第九十八针　现在你愿意跟我说了吗

从南海神庙回来，天色已暗，众人送了高眉娘进小楼，黄娘、喜妹忙着给高眉娘收拾、更换衣服，刘婶又忙着煮姜汤给她驱寒。一碗热姜汤下去，眼看高眉娘没有大碍，众人这才放了心。

"嘻嘻，大伙儿真是宝贝着姑姑呢！"一个人嬉皮笑脸地站在门口，不是林小云，还能是谁？黄娘瞪了他一眼。林小云道："不就落了水嘛，又没淹着，这么紧张干什么？"他是潮州府揭阳县乔林乡的人，也是在水乡长大的，不把落水当回事。

"你懂什么！姑姑身子弱，可受不得这些！"

"也没那么弱。"高眉娘轻轻笑了笑，便示意众人先出去，只留下林小云。

这时袁莞师带着弟子们来了，前头热闹了起来。高眉娘问："不去前面？我看你像是个喜欢热闹的。"

"我平时是喜欢热闹，但今天累了。"他说着，走到近前，递上一个小布囊，"给。"

高眉娘接过，触碰时感到有温度，又隐隐闻到一股姜味，想是用姜烘热了布，然后裹成囊。

"放在这里。"林小云指了指合谷穴的位置。

高眉娘没有拒绝，依言将热姜布囊放在拇指与食指的相合处。她回阁楼后便再没戴面罩，林小云将她看了又看，啧啧称奇："原来你这么年轻啊，还这么漂亮，怪不得表哥喜欢你。"

高眉娘被这句话冲得有些反应不及："你胡说什么！"

林小云嘻嘻笑了两声,竟没再皮下去。

高眉娘对他的宽容与对别人的大不相同,就像亲姐姐对弟弟一样,竟也不怪罪他,只问:"斗绣赢了,高兴吗?"

"赢了,高兴得很!不过也给弄怕了!"

"弄怕了?怎么说?"这一路大家都忧心她的身体,所以对广和安斗绣的事只提了两句,未说详情。

林小云便将事情的始末跟她说了。林、李二人能赢,并没有出乎高眉娘的意料。她甚至还提前收到了情报,知道徐氏姐妹会出场,且知道徐氏姐妹近期的功力状况,更知道广茂源将用宋代折枝版《百花图》——不然也说不出"其绣当不至五十"的话来。

不过陈子峰翻盘、袁莞师倒戈,就都在她意料之外了。

"太可怕了!真是太可怕了!"林小云说,"我们明明赢了,那个陈子峰却将表哥逼入绝境!如果不是袁莞师反水,我们现在都还不知道怎么办呢!"

"刺绣就是这样的……如果我们自己在家里绣,在乡下绣,不与外部产生关联,便接触不到高人高手。得不到挑战历练,再埋头苦练也成就有限。可一旦出了门、上了场,就不可避免会卷入那些……越往上走,就会卷入得越深。"

"对啊,对啊,我跟徐氏姐妹斗绣时,虽然紧张,却兴奋得很。可后来看陈子峰和表哥的对决,哇!可把我吓坏了,吓得我当时只想躲得远远的!再不想被卷进去!我可从没想过斗绣也有这种凶险!"

"其实也可以不凶险的。"高眉娘说,"只要你不参与'那些',只绣自己的花。不过那样的话,你就成了一个纯粹的'绣人',就像一个工具一样,会被人卖来卖去,无法自主。"

"卖来卖去?哦,也对。我们所在的绣庄都被人卖来卖去了,人自然也跟着了。换了老板,说不定连绣什么、什么时候绣都无法做主了,除非遇到一个好老板。不过天底下的老板都奔着赚钱去,谁会懂我们刺绣时的心情?谁又愿意来了解?"

被他这么一提,高眉娘不禁想起了陈子峰,也想起了林叔夜,然后轻轻叹了一声。

"如果不想受人摆布，那便只好上场参与博弈了。"她的声音不大，在灯火摇曳中像轻风一样，让人听得见，听得清，却又恍若无声，"可一旦上场，你就会被卷进去……卷到各种各样的局面中去，而后会是什么结局，就不是自己所能控制的了……

"卷入恩怨，你将迷失于恩怨；卷入金钱，你将迷失于金钱；卷入权势，你又将迷失于权势。

"当然，你也可以选择……选择只做一根纯粹的绣花针，不过那样的话，你就被人拿在手里了。小云，你会怎么选择呢？"

林小云想了好一会儿，最后摇头道："我不知道。也许我就不绣了。或者是玩我自己的去！"

高眉娘在微弱的灯火中看着他，也是看了好一会儿，忽然笑了："你说得对，你才是对的！但已经执着了半辈子的事业，就像已经长在手指上的绣花针，说要放下，谈何容易？世上又有几个人能像你这般洒脱……"

林小云离开之后，高眉娘又等了好久，才见到林叔夜。

林叔夜身上带着酒气——他进来前其实已经漱口、换衣，但酒气还是隐隐可闻。

服侍着的喜妹退出去后，林叔夜在灯火中看着高眉娘的脸，看得有些发怔。

尽管知道是毒胶的缘故，但每次看见这张脸，他还是难以相信她是一个十二年前就已经成名了的人。

高眉娘没有看他，只是看着灯火。

过了不知多久，外头传来二更的更鼓，高眉娘打破了屋内的沉默："莞师来了？"

"嗯。"

"你们谈妥了？"

"嗯。"

"那接下来，我们可以专心为广潮斗绣做准备了。"

"嗯。"

屋内再次沉默。高眉娘拿剪刀修剪了一下灯芯,终于抬头:"你深夜来,应该是有什么话要跟我说吧?"

"小云来过?"

"嗯。"

"你对他……好像挺好的,与对别人不大一样。"

高眉娘忽然觉得这句话似乎有点异样,言语里头隐隐似有酸味。她迎向了林叔夜的目光,林叔夜反而避开了。

"我……我在他身上,看到了自己的影子。"

"你的……影子?有吗?他是个男孩子啊。"

高眉娘没有继续解释,反问:"你今晚来,就是想谈他的事情?"

林叔夜便没再说林小云的事了。他找了张椅子坐下,盯着灯火,在灯光摇了三摇后,终于问:"你和我大哥,究竟是什么关系?"

"其实你应该都猜到了吧。"高眉娘说。

"是猜到了一些。因为很多事情太过巧合……便不是巧合了!"

他摸出一块绣。这是一块手帕,当初就是因为这块手帕,引得林叔夜知道了高眉娘。

"这块手帕……当初刘婶说,是她丈夫刘三根经过深圳墟的时候,在墟上随手买的,然后她一不小心,把它混在了绣品里头……现在看来,并不是什么不小心。"

高眉娘没有否认。

"我和舅舅到深圳墟见了你,你为难了我们,但现在想想,当初你看似为难,其实留下了余地……不管怎么样,最后你还是会跟我们回来的,对吗?"

高眉娘也没有否认。

"这段时间相处下来,我看出你并不是一个擅长作伪的人,所以古蜜的事,也许真是出乎你意料。"

高眉娘终于接话了,声音很低:"出乎我意料的,并不止这一件。"

"后来回到绣庄的当天晚上,你和刘婶并非初遇,而是重逢。

刘婶也不是一个城府很深的人，所以掩盖不了自己的情绪，只是当时我们没想到这一点……现在回头想，其实破绽很多。黄娘的情况也类似。她来的那天晚上，我好像听到了哭声……当时舅舅说我听错了，现在看来，也许我没听错。"

高眉娘叹了口气，点头："你说得对，黄娘和刘婶，都不是有心机的人。"

尤其黄娘刚来的那天晚上。她和黄娘亦师亦友，感情深厚。黄娘以为她十二年前已经死了，谁料死别还能再逢，当晚抱着她哭了，又因要压抑自己的声音，最后啜泣得整个人都瘫软了。

"再往后，你偶尔还会吐露一些信息。比如在海上斗绣时，你比我还早知道霍家来了人；又比如首关献绣，你能推断出各家绣品的高下，甚至还能知道陈子丘要拿小云做文章搞我们……这些情报，都不是一个长年困在深圳墟的人能得到的。而来黄埔后，你又深居简出，如果没人跟你暗通消息，你又怎能知道这些呢？所以很明显了，刘婶、黄娘是你的旧识，而广州城内……甚至广茂源内部，也有你的人。"

"并不能说是'我的人'。"高眉娘道，"刘婶、黄娘，她们都有自己的生活、自己的家，我跟她们是朋友，是旧识，并非谁掌控谁，谁属于谁。"

"那……"林叔夜微皱的眉头松了两分，"那至少是你的旧识。"

这一回高眉娘没有否认。

"再往后，你露出的破绽就更多了……不对，其实也不能说是破绽。你跟我说一些消息的时候，并没有说谎掩饰，只是直接表示不愿意透露消息来源。"

"这些你都猜到了，也都猜对了。"高眉娘道，"所以现在……你是不是……在恼怒？"

"每个人都有自己的秘密，"林叔夜认真地说道，"你只是瞒着我，并没有欺骗我。我为什么要恼怒？"

"说没有欺骗，其实也还是有的，至少一开始是有的……"

"那是一开始！"林叔夜道，"刚开始的时候，我们是陌生人，对一个陌生人没有和盘托出，这很正常。我自己也不是没骗过人。不过……姑姑，现在呢？现在你愿意跟我说了吗？"

忽然，一阵风从门口吹入，吹灭了灯火。

灯火忽失，眼睛一下子难以适应，两人一起陷入完全的黑暗。

过了一会儿，外头的星月微光投射了进来。两人的眼睛慢慢适应，才隐约看见了彼此的身影。

"嗯……我是高秀秀，十二年前失踪的那个高秀秀。"

这是她第一次正面跟林叔夜承认这件事。

第九十九针　就在此庄，就在此地

"我从很小的时候，就知道自己喜欢针线，而且擅长针线。

"这一点，我跟绣奴差不多，不过我比她幸运。我的出身虽然不高，但不像她那么穷苦，而且有幸生长在广府地面。这里是富庶地区，人文荟萃，又是天下四大名绣中粤绣的根源所在，所以我很快就遇到了指点我的名师，也遇到了赏识我的人。

"于是我很快就成名了，一开始是以'刺绣女神童'成名的，毕竟一个七八岁大的孩子能像模像样地刺绣，就能引起不少人的注意。他们以猎奇的眼光看我，而我的父母也带着我到处去炫耀……就像《伤仲永》里的仲永一样，我替他们赚到了不少钱。我心里不乐意，但又能如何呢？

"直到有一天，有个庄主看到了我的潜力，想栽培我，不过他也并不是不怕为人做嫁衣的烂好人……栽培我的前提，是让父母把我卖给他。他出了一笔钱……在我父母看来很大的一笔钱，然后我的亲生父母……答应了。"

又一阵风吹来，明明是热风，林叔夜却觉得背脊有点凉。刚才高眉娘说她"幸运"，然而那真的是幸运吗？分明是幼年时期就遭遇了悲苦。

"现在啊，我很感激他们。"高眉娘说，"他们那样做，让我没了羁绊，也没有了后顾之忧，虽然也让我的心变冷了。可能是从那时开始，我变得不大愿意相信人。"

"所以你就被卖给了那个绣庄？"

"没有。当时我的师父听说了这件事情,便四处去借钱,凑够之后,抢先将我买了回去。不过买到手之后,她就将卖身契当着我的面烧了,从那之后我便自由了,也是从那之后,我觉得人间还有可相信的人。我没有了父母,但我还有师父。"

高眉娘重新点燃了灯,屋内亮了起来。她脸上也洋溢着一点温暖。

"我在七岁时遇到了师父。八岁时,父母把我卖了,之后我便生活在师父的羽翼之下。我跟着她又学了一年,便成了能出绣品的刺绣师傅了。师父不让我去投靠绣庄,也不让我躲在家里埋头绣。当时她已经生病了,却还拖着病躯,带着我去找她所认识的刺绣师傅和绣评师傅。不到一年,我便成了刺绣大师傅。之后的两年,我将粤绣八门一门门地修,名气也一点点地传开了,开始有人上门来求买绣品。直到这时,师父才许我卖绣。我花了两年时间,偿清了师父欠下的所有债务,可师父也离我而去了。"

高眉娘的眼角垂下一滴眼泪,就像一颗细小的珍珠。

"我最后的牵挂也没有了。当时我才十四岁,但幼年的坎坷让我比别的小孩早熟,那会儿也能自己拿主意了。

"我谨遵师父的遗训,并没有把全副心思放在刺绣赚钱上,而是将大部分的时间和精力放在学习上,并向当时广州府的各派宗师请教。她们中有乐于提携的,也有敝帚自珍的,对前者我就拜师,对后者我就偷学。就这样,我学了两年,在十六岁时,便被当时的大绣评人誉为宗师。

"那时候,我还不能说在广东已无敌手,但我发现再向其他粤绣高手学习,或者我自己埋头苦修,提升都很有限。这时,茂源绣庄的陈老夫人告诉我,四川有一位很厉害的绣师,其境界超过宗师!

"四川离广东千里又路途难走,正所谓蜀道之难,难于上青天,但我既知道有这样的人在,又岂能不往?于是我轻车入川,倒也没花多少工夫就找到了人……杨锦望老宗师名满天府,找到她并不为难,而她听说竟然有两个女孩千里迢迢入川寻她,讶异之下,自也欣然接见……"

"两个？"林叔夜问。

"嗯，当时竟然还有一个苏州的小女孩也跟我一样，入川求艺。能与她在成都相遇，是我今生的大缘分。"

林叔夜想起了袁莞师的话："是沈女红？"

"嗯，是她。不过她当时还叫沈娟儿，沈女红是她问鼎苏绣之后，别人对她的敬称。你怎么就猜到是她？"

"莞师跟我说起过你们在成都学绣的传说。"林叔夜道，"而且小小年纪就千里入川……有这样的决心与毅力，后来岂会是无名之辈？"

"原来如此。"对于绣行中人知道这件传奇之事，高眉娘也不意外，继续说道，"杨师接见我们之后，试了我们的绣艺，大为赞赏，欣然收我们为弟子，并加以指点。虽然她是蜀绣大宗师，我和娟儿则分属粤绣、苏绣，但杨师全无门户之见，我们但有所问，她必倾囊相授。

"我和娟儿便在杨师的绣庄中问道学艺，同时也暗中较劲。我和她既是对手，也如姐妹。约莫学了三个月，杨师便说：'吾艺东矣！'这并不是说当时我们就已经赶上了她老人家，但她能教我们的，也的确没有了。再往后，我们只能靠自己领悟和练习。

"出师之日，杨师在成都安排了一场斗绣，由我和娟儿对决，那场斗绣啊……"

高眉娘说到这里停了下来，看着灯火，眼睛里满满都是回忆。

林叔夜也想起袁莞师的讲述，知道那一场对决轰动了成都绣行，想必这一段过往，在高眉娘心中是珍贵而美好的念想。

"那场对决共有三场斗绣，由杨师亲自评点，我和娟儿一胜一负一和。通过那场对决，我和娟儿看明白了彼此的长处和短处，也让我当时少了几分离别的愁绪，心里想的都是怎么弥短扬长。娟儿的心比我软，道别之际，她是哭了又哭。

"之后我们便各自返程，她回了苏州，我回了广州。我人还没到，名声已先在广府这边大噪了起来。原来是杨师替我们扬名，通过绣商之口，将成都之事及她老人家对我们的评点传回了苏州、广州。这一来，可就捅了马蜂窝。

"回粤的路上，我于颠簸中尚能一路沉思琢磨，不想回到广州，反而无法安静修习……不断有人上门挑战，也不断有绣庄上门招揽。对于招揽，我一一婉拒；至于挑战，只要是高手，我来者不拒！

"就这样，从入秋到过年，我连战广府各庄各派高手，到了最后，更有好事者攒了个大局，把当时广府所有刺绣宗师都卷了进来。那一年，广州好冷啊……但我拿绣花针的手异常稳当！我一一应战，兵来将挡，水来土掩，终于打败了所有挑战者，艺压全粤。"

最后四个字何等霸气，高眉娘却是以平淡的语气说出的。或许这四个字已是许多粤绣师傅的终生追求，但对她而言，只是另外一个起点。

那一年，她才十六岁！

"在那之后，我的绣一幅百金，动针线便来钱……惹来了觊觎。许多达官贵人到了广州后闻得我名，也必派人求绣，因此我也被迫卷入一些权门世家的是非。而我声名既显，便也有人要利用我来做更大的事，赚更多的钱。到了这个地步，我要再想躲在家里独绣己绣，是不行了。

"当时我还是进取的性子，便想……与其被动受制，不如主动出击，自己建个绣庄吧。也就是在这个时候，我又遇到了他。"

"陈子峰？"林叔夜罕见地直呼兄长之名。

"嗯。"

"又遇到……你之前就认识他了？"

"陈老夫人曾对我有所恩遇。"提起那位老人家，高眉娘的语气也夹带着复杂的情绪，"茂源绣庄是增城的老牌绣庄了，陈老夫人也是早期看好我的老行尊之一，便是入川之路，也是她指点我的。虽然后来结仇，但仇是仇，恩是恩，不能因为有仇，便抹杀了她对我的恩情。所以我和陈子峰十来岁时便认识了，只不过真有羁绊，却还是我由蜀归粤之后。"

林叔夜点了点头。与对陈子峰、陈子艳兄妹不同，他从小就对陈老夫人没什么好感，但心里也知道这位老太太是个精明强干、眼光锐利、坚韧刚烈的人。

"陈子峰来找我的时候，茂源绣庄的境况并不是很好。当时小惠和黄娘都暗中哂笑。要知道，我拒绝了多少的广府名庄，而他茂源一个二流绣庄，怎么敢来开这个口？我碍着老夫人的面，也没给他难堪，只是婉拒了。

"但他并没有放弃。他见我既然不愿意加入茂源，便提出了另外一个主张：共同筹建一个新的绣庄。这个提议却把我打动了。不过刘婶、小惠仍然不乐意，认为真要筹建新庄，为什么不直接去找权门、名庄，而要跟一个二流绣庄合作？陈子峰当时就说：'权门虽富，名庄虽强，但他们因姑姑年幼，必定轻视，即便合作，也必意图吞并；不如与我合作，只要我能提供建立新庄所需要的资金、人手、订单和上游货源，那对姑姑来说，其实不就够了吗？姑姑以为如何？'"

林叔夜很是认同陈子峰的说法，却问了一个脑筋急转弯的问题："他当时就叫你姑姑了？"

"他见小惠她们这样叫，自己乱叫的。"高眉娘淡淡回应了一句，继续说，"我当时觉得他说的话有道理，但小惠她们仍不同意，因为她们认为陈子峰在吹嘘……当时的他只是一个少年，谁信他能办成这等大事？

"于是陈子峰又说给他一个月的时间，如果一个月能筹办到这些东西，接下来便依约而行；如果他办不到，那就当他闹了一场笑话。而我所要做的，只是给一句口头授权。此事于我无损，又碍于陈家往日的恩情，我便答应了。结果……唉！"

"他都办成了？"

"是，他都办成了。或许背后有陈老夫人的助力，或许还有和杨家的暗中交易，但不管怎么说，他都办成了。他既然办成了，便让小惠她们一时没了阻止的理由，也增加了我对他的信任，于是我们一道建立了一座新的绣庄，这座绣庄……"

林叔夜脱口而出："就是凰浦绣庄！"

"是的。"高眉娘指了指这间屋子，又指了指地面，"就是此庄，就在此地！"

第一百针　断臂之恨

"陈子峰筹到了银钱,购置了屋地,买到了布帛针线,招募了绣工,于是一座新的绣庄便营运了起来。凰浦草创的时候,工坊不大,人员不多,但大家都感到欢欣与鼓舞,因为这是我们自己的绣庄啊!我十几岁就有了自己的庄子,何其难得!当时,我主领绣务,刘婶管库,陈子峰跑外务,我们三个都是第一次干这活儿,却都很快上手了。我本就有名气,陈子峰又解决了买卖渠道,因此生意很快就做得红红火火,三个月便站稳了脚跟,半年便实现了扩张,再半年扩张了一倍,往后更吞并了一个濒临破产的小绣庄,终于立足于广东名庄之列……那时,离他向我们夸口建庄还不到两年!"

林叔夜听得悠然神往。虽然他早知道大哥不凡,但听说他的创业史后,仍不禁心向往之,叹道:"大哥的确是人中之龙。"

高眉娘在灯火中悠悠地看着他,忽然插了一句:"你也不差。你跟他……很像。"

林叔夜听了这话,心脏陡地揪紧,不是高兴,也不是不高兴,只是……姑姑这是拿自己与大哥做比较?甚至觉得他和大哥"很像"?不知怎么,他心里竟有些怪异的滋味,难以言说。

"再接着,我们参加了广潮斗绣。"高眉娘继续说道,"广潮斗绣是五年一次,上一场我错过了,而那一场则是加赛。"

"加赛?"

"是的。因为第二年有御前大比。御前大比是不定期举行的,要看宫中贵人的心意。按照惯例，各省有一个参比名额，上一届御前大比的胜者能多得一个名额。往年代表粤绣出战的，便是前一场广潮斗绣的前两名，而我错过了。所以陈子峰四处奔走，还好不少粤绣的老行尊认为由我出战胜算更大，便都支持他。于是陈子峰得以说服各方，在御前大比之前再举行一次广潮斗绣。

"虽然之前我几乎赢遍全省高手，但广潮斗绣与个人斗绣不同，不但是斗个人绣艺，还要拼财力、物力、人力，拼绣庄的底子！当时的凰浦刚刚建立，根基不深，只凭我一人之力，那些名庄有的是办法拿捏我们。

"但陈子峰机变百出，我以力破势，让他们的各种手段，不管是台面上的阳谋，还是台面下的阴招，在我们的通力合作之下全部化为虚无。终于，我们赢得了广潮斗绣，通往御前大比的大门也就跟着打开了。

"出发前往京师之前，是凰浦众人一生中最充满希望的时候，但他们都没想到，我这一去，就再没有回来了。我也没有想到，再回广州，已经是十二年之后……"

"当年京师到底发生了什么？你这十二年到底去了哪里？"

不知不觉，夜又深了许多，更鼓传来，竟已是三更天了。

林叔夜细看高眉娘的容颜，竟似憔悴了。这一夜的言语似乎消耗了她不小的心神。

"姑姑，该睡了。你不能熬夜。"屋外头响起黄娘的声音，原来她一直守在门外。

"今晚倾诉的心情，以后不知道还有没有……"高眉娘对林叔夜道，"以后有机会再与你说吧。有些事情你若要了解，也可去寻陈子峰。他是你的兄长，想来不至于诓骗你。"

"好……不过我还有最后一句话想问。"林叔夜站了起来，"姑姑，你这次回来，真不是为了报仇？"

"不是不想……"高眉娘说，"只不过有更重要的事情要做。所以当有人跟我提起的时候，我没有拒绝，也没有答应。她们要报仇，我可以配合，但我主要的心力不能放在这上面。"

"更重要的事情是什么？"

"更重要的事情，自然是刺绣。"

"刺绣和报仇，会有矛盾吗？"

"你现在可能还不理解，以后应该会明白的。"高眉娘拿着灯，一边说，一边上了楼梯。

林叔夜问："刚才你说有人跟你提报仇，那人是谁？"高眉娘没有回应他。这个问题便如被高眉娘拿走的灯的最后残光，消失在了黑暗中。

走出小楼，黄娘放了喜妹进去，让喜妹从里面关上门。她自己眼都不眨一下地盯着林叔夜，似乎要目送他离开。

"你……你在防着我？"屋檐下挂着灯笼，尽管纸灯笼里的光线已经很昏暗，林叔夜却仍然从她的目光之中读到了这种情绪。

黄娘竟没有否认："我从来就没有相信过你！但姑姑竟然……她好像开始相信你了，我自然要代她防着你！"

林叔夜皱眉："为什么？"

黄娘冷笑道："因为同样的事情，我们已经经历过一次了。我不想姑姑在同一个坑里栽两次！"

"经历过一次？"林叔夜的眉头皱得更厉害了，"你是觉得，我会像我大哥一样妨害姑姑？"

黄娘再次冷笑道："不是觉得，而是确定！"

"确定？你凭什么确定？我的为人有这么差吗？我们相处的时间也不算短了，你就得出这样的结论？"

"正是因为这段时间的相处，我才这样觉得！你和他太像了！"黄娘说道，"不但样子像，言语像，就连你们干出来的事情……也像！你们就像一个模子刻出来的两个人……是，今天你待我们不错，待姑姑更好，但那有什么用处！陈子峰反咬我们之前，比你待我们好十倍！可到最后，他还是将我们推入了万丈深渊！"

她抬起断臂："你以为我这条臂膀是怎么没的？"

林叔夜惊道："不会是……"

黄娘怒道："当年他烧凰浦绣庄的时候，给了我和梁小惠两个选择……归顺他,或者砍了刺绣的手!梁小惠选择了背叛,而我砍下了自己的手!"

林叔夜惊得退了一步。他看着那截断臂,忽然无法责怪黄娘了。既然她认定自己和兄长是一样的人,这种切肢之痛带来的固执观念,便不是轻易能改变的了。

他也没再说什么,长叹了一声,便朝前院走去,走了几步又停住,终究还是留下了一句话:"总有那么一日,我会让你对我改观的。"

第二日天亮后,袁莞师与高眉娘一番促膝长谈。随后,袁氏门人拜别而去,前往广和安,投入新博雅绣庄的运作。袁莞师除了号召门下所有走得开的弟子加入,又招揽到了不少刺绣师傅。她交游遍广府,除了亲传弟子、再传弟子,像黎嫂这样受过她指点的绣娘,数量不知凡几,因此轻轻松松地就把新绣庄的骨架给建立起来了,不过数日便顺利运转。

林叔夜将订单所需货物分门别类,拟成单子交给绣庄高层。高眉娘和袁莞师看了之后,碰了两次头,便将订单的绣制草案拟了出来——两人都是运转过大绣庄的顶级人物,根据订单要求来拟制绣品风格和生产方案,真是易过饮水。

但刘婶按照草案清点下来,就发现物料还是缺了不少。广和安虽有不少库存留给博雅,但广和安的风格和凰浦差距甚远,留下的物料并不能完全满足新订单所需。

林叔夜前往与黄谋商议。黄谋倒也爽快,看了货单后,表示他有进货渠道,不过钱的问题还是需要林叔夜自己来解决。

"二哥你知道的,我现在一文不名了。"林叔夜笑着对黄谋说。他没着急,因为他察言观色,发现黄谋并没有为难的表现,想必事情是能解决的。

果然,黄谋笑道:"坐拥高秀秀、袁莞师的刺绣名庄,还怕借不到钱?"

这几天,有关高眉娘就是高秀秀的传闻,几乎都要坐实了——连黄谋也拿出来说,林叔夜便不否认了。

"那也要点门路，另外利息高吗？"

"送佛送到西天，帮人帮到周全，为兄自会帮你寻到门路，但利息嘛……你现在急着要钱，家底又已经泄露了出去，这时候去借，人家肯定要将利息抬高的。"

林叔夜低头沉吟了一下，说："能拆借到多少？利息又是多少？"

黄谋用手比画了两下："我能帮你找人借到这个数，利息则是……这个数。"

林叔夜皱眉："钱倒是够了，但这么高的利息，回头就算将订单赶制出来，除去开支，这一年就白干了。留不下资金，来年继续为难，那时继续举债？那便恶性循环了。到时候年年都为债主打白工。"

黄谋道："为兄虽有点门路，但面子也就这么大了。兄弟若要压低利息，得去寻一个人作保。"

林叔夜知道他说的是霍绾儿。但他明白，霍绾儿开了口，省下的是利息，透支的却是人情和脸面，而生意场上的事情，不能总靠人情透支。他当下摇了摇头："不妥。不过来之前，我预着此事，已和我舅舅、高师傅商议过，我们三方愿各抽百分之十的股份出来，换取金流。"

黄谋"哎哟"了一声，道："这可……这可会有些亏啊。兄弟，你拥有两位宗师，凰浦绣庄的腾飞指日可待，现在售出股份，可有些不划算呢！"

林叔夜道："眼下的关口过不去，谈什么以后？不过兄长既然看好我凰浦，要不买入一些？"

黄谋与林叔夜对视一眼，忽然哈哈大笑："行！原来兄弟是想着我呢！好，为兄买入，不过潮康祥的流资也有限，只能购入百分之十。"

林叔夜道："还有百分之十，我留给霍姑娘，但剩下的百分之十……"

"也交给我，我替你找个好买家，帮你议个好价格。"

将凰浦的股权进一步稀释，分别让霍绾儿和黄谋增持，一方面是换取现阶段急缺的流动资金，另一方面也是需要加大凰浦在他们心目中的分量——百分之五的股份实在是可有可无，但增加到百分之十五，那就不一样了。

经过一番商议，霍绾儿果然也欣然答应。于是，凰浦的股权再次调整，林叔夜、林添财和高眉娘各占百分之二十，霍绾儿和黄谋各占百分之十五，另外黄谋找来的大金主——纯阳观——以甚为可观的一笔钱，拿到了百分之十。纯阳观出的钱，比霍、黄二人加起来的还多得多。

给钱的三方都十分痛快，几乎是合同一签，就把钱交割清楚，这样一来，凰浦原本空虚的金库转眼充盈。林叔夜眼看资金有了盈余，便先提出了两笔款：第一笔是作为凰浦绣庄修葺的追加费用；第二笔则是给凰浦、博雅两庄所有绣工的奖赏。

赏钱一发，两庄人员士气大振。博雅这边日夜轮班赶订单，凰浦绣庄则大兴土木，原本住在凰浦的众人也都暂时搬到了博雅。袁莞师全权负责订单的生产，高眉娘则全力筹备广潮斗绣事宜。

第一〇一针　园中计议

几家欢乐几家愁。

凰浦绣庄蒸蒸日上之际，茂源绣庄却愁云密布。

陈子峰自那日之后，整个人便颓丧了，什么事也不管，终日饮酒，烂成了一坨泥。任凭祖母、亲妹怎么劝都无济于事，多说两句，他就要发疯，最后陈老夫人也不敢劝了，只能由得他，背后不知流了多少泪水。

但天下事不会因为陈家的悲喜而停止发展，眼看秋季越来越近，广潮斗绣已迫在眉睫。幸好陈子峰在半年前就为广潮斗绣的安排搭好了门路，广绣行只要依章办理即可。

因为明年确定会有御前大比，因而这次斗绣又和往年不同，在赛制上采用的是"过三关"末位淘汰制，而请来的五位主评更是大有来头！

在绣评大家里，不但有苏绣绣评大家徐博古留粤与会，就连归隐多年的粤绣绣评大家梁太元也出山了。

因为刺绣的特殊性，历年都会有本省名媛参与。今年广绣行有幸请到了即将出阁的霍佳兰，而她出阁所用的绣品，也被作为"过三关"其中一关的题目。

更令人惊喜的，莫过于潮州状元林大钦恰好要来省城，适逢其会地答应了做这次粤绣的主评。在历年主评中，虽不乏士林名宿，但状元与会，自伦文叙之后第二次！

至于内监，因今年来粤办事的为尚衣监左少监秦德威，便也就由他作为内监的代表。他的品级可比往年主持广潮斗绣的内监高多了。

更别说，近来西关到处都在疯传：凰浦绣庄的那个蒙面绣娘，就是十二年前技压全粤的高秀秀。这个消息真如一石激起千层浪！

"反正啊，今年这场斗绣，有热闹看喽！"

偏偏在这个时候，粤绣执牛耳者广茂源却掉了链子——袁莞师叛离，陈子峰"患病"，杨燕君又不理事，逼得陈老夫人不得不临老挂帅，重新掌管起广潮斗绣之事。幸而她虎老威望存，有她镇场，总算安定了广茂源的人心。

为了应对广潮斗绣之事，茂源四宗师也终于在茂园碰头。

八盆早开的菊花围成一团，中间摆放了五张太师椅。陈老夫人坐在上首，陈子艳在她左手边侧向而坐，她的对面则坐着梁惠师。陈子艳下首，坐着一个矮小的中年妇人，乃是河源人氏，因刺绣功夫精妙绝伦，人称"李源师"。李源师的对面坐着一个四十岁不到的女子，乃是陈老夫人的亲传弟子，肇庆人氏，是茂源最后一位晋级宗师境界的孙庆师。

丫鬟斟好茶后就退下了。梁惠师环顾了一圈，幽幽叹道："因尚衣长居京师，往日常常慨叹我们茂源五宗师没机会共聚一堂，如今好不容易尚衣回来了，莞师却走了，真真令人感慨啊。"

这真是哪壶不开提哪壶！陈子艳眉毛一竖，几乎就要发作！

陈老夫人咳嗽了一声，先把话接了过去："海上斗绣一事，是我陈家对不住莞师在先，莞师出走情有可原……此事过在老身，不在袁氏！"

孙庆师赞叹道："老夫人的胸襟令人赞叹。"

李源师看了斜对面的梁惠师一眼，随即目光下垂，并没看向陈老夫人，心里想：莞师出走，真的只是为了海上斗绣那一时意气吗？

袁莞师虽然并未大肆公开当年被茂源设计一事，但她要说服门人转投凰浦，总得有个说法，因此没阻止区、潘两个大弟子向门人转述。事经六耳就再没有什么秘密了，李源师自然也就知道了。她想自己能知道，孙庆师能不知道？陈老夫人这个当事人能不清楚？这时却把袁莞师出走的原因归结于海上斗绣一事，一来避重就轻，二来这种说法也能彰显陈氏之胸襟宽广、袁氏之小肚鸡肠。想到此处，李源师微微一笑道："是啊，为了这点小事就出走，莞师也太计较了。"

梁惠师轻轻一哂："莞师心胸宽广也罢，狭隘也罢，现在说这些都没有意义。眼前最要紧的，还是广潮斗绣要怎么办。"

陈子艳冷冷地道："还能怎么办？照往年办即可！"

"照往年办？"梁惠师笑道，"往年只有一个潮康祥，就算他家三宗师全都来了……嘿嘿，也不需要各位帮忙，我带着两个大师傅，也就够应付了。可今年多了一个凰浦……"

陈子艳冷笑道："凰浦又怎样！左右不过是茂源分出去的一个分坊！能成什么气候！"

"区区一个分坊的确成不了什么气候……"梁惠师那气死人的语气总是让陈子艳暗火长憋，"可就是这个分坊，如今有一个高秀秀呢。"

此言一出，陈老夫人祖孙脸上都不自然，李源师和孙庆师更是脸色一变。

李源师道："惠师，那个传闻是真的？那个……那个高眉娘，她真是高秀秀？"

梁惠师冷笑道："我亲自去了澳门，亲眼见到的人，你觉得我会不会认错？"

"这……"

李源师和孙庆师面面相觑，一时都感心虚。

当年"高秀秀"技压全粤的时候，李源师才晋级宗师不久，孙庆师还只是个大师傅，顶在她们前面的多少高手纷纷在那个天才少女的针下一一诚服。那是一个人技压全省的时代，所有经历过的人，无不活在她威压笼罩的阴影之中——甚至就是现在风头强劲的两大粤绣高手，当年在"高秀秀"面前，也是一个当徒弟，一个做跟班！

"这个，这个……"李源师踌躇了一会儿，道，"这可就难办了！"

"难办？有什么难办！"陈子艳脸腮边现出红晕，也不知道是激动还是恼怒，"当年她是厉害，但十二年过去了，我们也早不是当年可比的了！十二年前的高秀秀出尽风头，十二年后的广东绣坛，轮不到她了！"

她毕竟是当今大内首席、广茂源的头牌，这样的话说出来，李、孙就都不好接话了。但是，两人心里都忍不住想：高秀秀既然敢杀回来，还能在荔枝绣上赢了袁莞师，显然针功并未荒废。

梁惠师嘻嘻笑道："尚衣这么说，莫不是准备直接迎战了？"

"不然呢？"陈子艳道，"难道要像某些人一样，听到'高秀秀'三个字就吓破胆了？"

陈老夫人喝道："子艳！不可如此！"

自陈子艳成为大内首席之后，陈老夫人人前人后都极捧着这个出色的孙女，但眼下园中这三位乃是茂源的三根庭柱——袁氏一柱已去，实在不宜再因口舌之争开罪她们。

梁惠师淡淡一笑："我也不觉得姓高的现在能赢我，不过若为茂源计……"

她停了下来，陈老夫人接话道："当如何？"

梁惠师冷冷地道："为茂源计，自然是要不择手段了！"

李、孙听她亲口说出了她们不好开口的话，都暗中松了一口气。唯有陈子艳怒上眉梢——梁惠师这个说法，分明还是怕了高眉娘！否则为何不敢正面迎敌？

陈老夫人却再一次抢在了孙女前面："惠师有何妙计？"

"祖母！"陈子艳整个人站了起来！

她陈子艳是尚衣，是大内首席，是官方认定的天下刺绣之首！

十二年来，她在宫里不得不曲意逢迎，但到了宫外绣行，谁都得认她天下第一人的地位！

她怎能容忍别人认为有人比她强！

姓沈的不行！姓高的更加不行！

陈老夫人怎会不清楚孙女的心思，长叹了一口气，安抚道："子艳，莫急，莫急。惠师这般提议，并不是说咱们不如她，但你是尚衣，是站在全天下绣行顶点的人，而广潮斗绣再怎么也只是广东一省之事。你若上场，不论输赢，都已经亏了。"

陈子艳咬了咬嘴唇，缓缓坐下，算是勉强接受了祖母的这个说法。

陈老夫人转头，再一次问梁惠师："惠师有何妙计？"

梁惠师轻笑了一声，道："既是妙计，法不传六耳，不然就不灵了。回头我单独与老夫人细说吧。今天只问一事，这广潮斗绣，我们茂源是否势在必得？"

"这还用说！"陈老夫人冷冷地道，"十二年前，我们付出多少代价才拿到的东西，今天自然也要不计代价地守住！"

走出茂源，李源师看看左右没人，忽然拉了孙庆师一把，低声说："这场广潮斗绣，你看如何？"

孙庆师也左右看了两眼，才说："还能如何？广茂源十二年的霸业，也不是那么容易动摇的。"

李源师冷笑道："对面可是高秀秀！"

高秀秀……高秀秀！

这三个字在广绣行仿佛有某种魔力一般，能叫人一听就生出不敢与之为敌的丧气、畏怯来。

孙庆师深深吸了一口气，说："十二年沧海桑田……当年她厉害，现在未必还有当年的功力。"

李源师再次冷笑道："如果她十二年前是四五十岁，或许会退步，但你也不想想她才几岁。除非是她断了几根手指头，只可惜没有啊。海上斗绣用荔枝绣赢莞师，那必得是实打实的功夫！"

孙庆师沉默了。

"尚衣的大内首席是怎么来的，你我心里清楚。惠师这些年在省内的确所向无敌，但对面是高秀秀的话……"

李源师说到这里便停了下来，因为不用她再说，对方也该听懂了。

"要你说……会怎样？"孙庆师低声问。

"我怎么知道？"李源师道，"不过，高秀秀或许无敌，但凰浦那边，有破绽可寻。"

"嗯？你是说……"

"根基浅薄，独木难支！"李源师说，"若是从这两点下手，或许还有机可乘。"

"你是觉得……她们会那样做？"

"哼……"

"但那样，岂非我们几个要一拥而上？那样吃相未免有些难看了吧？咱们几个，毕竟也是宗师身份！"

孙庆师虽然在茂源四宗师中资历最浅，但跻身宗师境界也有近十年了。刺绣宗师该有的尊荣与自重，她这些年也早养出来了。

"那也是没办法的事……毕竟这次要对付的，是高秀秀！"

"凰浦最大的弱点，便是根基浅薄，独木难支。"茂园里只剩下三个人时，梁惠师便没有顾忌，言语中透着杀气，"高秀秀不好斗，但针对这两点下手，就有机会置凰浦于死地！"

陈子艳虽然不愿意开口，这时候还是忍不住齿冷："你这话，是准备让茂源的宗师们一拥而上吗？"

梁惠师笑了："一拥而上？你觉得光是一拥而上就能赢吗？"

"嗯？"陈子艳挑眉。

"凰浦现在有的牌面，其实已经不少了。"梁惠师伸出了大拇指，"姓高的，自然不必说！"跟着她伸出了食指，说："然后是袁莞师！莞师的年纪虽比我们大些，但以刺绣而论，正是巅峰之年。放眼整个广东，能胜过她的有几个？便是在茂源，除我之外，谁能稳赢她？"

陈子艳听到最后一句话时，她的眉毛几乎要倒竖了。幸好梁惠师已经笑吟吟地道："当然了，还有尚衣。"她这才哼了一声，没有开口。

"除此之外，别忘了还有黄娘。"

"黄娘？"陈子艳皱眉，"一个废人，提她作甚！"

"她虽然断了右手，可这十二年来，她又将左手练了起来。"

"左手？"陈子艳冷笑道，"就算经过一番苦练，但残废就是残废，能顶什么！"

"如果是她独自出战，的确不算什么，就算是李、孙二位都能稳赢她。但你忘了高秀秀所创的配合之术？"梁惠师接下来的话终于叫陈子艳脸色为之一变，"两只手的黄娘，能将一个高秀秀变成两个。一只手的黄娘虽逊色了些，但若与高秀秀配合，那相当于一个高秀秀再加一个袁莞师。"

梁惠师终于伸出了第三根手指头："这样算来，凰浦那边便有三个宗师的战力了，且其中一个还是高秀秀！这么一合计，老太太和尚衣还觉得我们四个一拥而上就一定能赢吗？更何况广潮斗绣的规制，未必每一场都适合四个宗师一齐上。"

陈子艳沉默了。虽然她很厌恶梁惠师说话的语气，但她提出来的，的确是茂源不得不面对的困境。

"确实难办！"陈老夫人开口了，"不知惠师可有办法？"

"办法自然是有的……正面难斗，则迂回断其手足就是了。"梁惠师咯咯地笑道，"这些年为了防人报仇，我一直捏着黄娘的把柄，现在也是时候拿出来用了。至于莞师那边，就不晓得老太太有没有办法了。"

接着，她轻轻讲出了一段话。陈老夫人听了，欢喜地道："若如此，则可断高氏一臂！"

"那莞师……"

陈老夫人淡淡地道："袁丽妹门人众多，这是她的强项，但同时也是她的弱点。放心，这一轮广潮斗绣她上不了！"

梁惠师听了，便将食指和中指收了起来："这样一来，高秀秀就成为真正的独木了，不过就算这样，也还不够。"

她抬起头，遥想起十几年前的往事："当年有多少次斗绣，她都是在孤立无援中照样硬闯了过去，所以要想万无一失，就还需要在'根基浅薄'上再做文章！"

陈子艳只觉得自己不愿意再听了,几乎想掩住自己的耳朵!

陈老夫人却问:"计将安出?"

"巧妇难为无米之炊……绣娘的'米',就是针线!"梁惠师道,"姓高的为什么要保胡家兄弟?因为她要保住她的针。那线呢?绣娘没有了线,便如厨娘没有了米……那才是真正的釜底抽薪!"

第一〇二针　久伪成真

陈老夫人和梁惠师在密谋时没有回避陈子艳，但到了后面，陈子艳听而不闻，几乎就不知道她们在说什么了——离开了数年的茂园，忽然就变得那么陌生，跟自己记忆中的家完全不一样了。

她在紫禁城里的日子过得并不好，因此心中总是怀念着广州的家。她总想着只要回来了，自己就能重新得到尊荣——身为天下绣道第一人的尊荣——而不是因着宫廷与官场而压抑自己去逢迎。

可真个回来了，一切却都跟自己想的不一样！

为什么会这样呢？

自己是尚衣啊，是大内首席绣师，回到广州那便是衣锦还乡。在紫禁城里自己受的委屈有多少，回乡后的荣耀就有多少，可为什么变成了现这样？一场省级的斗绣，也要放下身段，甚至是放下尊严，用尽各种上不得台面的阴谋诡计去谋夺胜果！

祖母和梁小惠的商议，每一个字都像在打她的脸，每一句话都像在撕她的自尊！

"子艳……子艳！"

不知过了多久，祖母的呼唤才将她叫回神来。她发现梁惠师已经走了。

"孩子，你怎么了？"

"祖母，一定要这样吗？"

"啊？孩子，你说什么？"

"一定要用这种手段去对付她吗？"

陈老夫人一下子愣住了，好一会儿没转过弯来。

这话乍一听，好像孙女良心发现，竟觉得用这样的阴谋诡计会使良心不安。这……这不对啊，子艳她不是这样的人。

"祖母，其实我们大可不必如此，就算光明正大地跟高秀秀对决，我们也能赢！"

陈老夫人怔了怔，突然明白过来了，跟着便是不知道该如何开口。

她知道孙女为什么会说这样的话。陈子艳不是良心发现，而是在宫廷里头挂着大内首席绣师的名号太久，以至于她自己都以为那"天下第一"四个字是真的了。

陈老夫人一时不知该如何言语，长长地叹了一口气。

当年用手段将高秀秀、沈女红给弄下来，然后将孙女给抬上去，这里头不只靠陈家的力量，还是宫中、阁中几股势力交叉斗争、彼此妥协的结果，陈家不过是借着这势而成事。陈子艳这个"天下第一"是伪的，是宫廷御封而民间不认的。当初刚要进宫时，陈子艳心里没底，还是老夫人亲自给她做了心理建设，告诉她"久伪成真"的道理：只要朝廷御封了，而她的针功也的确是一流的，那只要将这个位置牢牢占住，久而久之，天下人就会认为是真的！

陈老夫人还对她说："在那之前，你自己必须相信是真的。"

这话陈子艳是听进去了，这些年也的确是这么做的，做得还挺好。只不过有些好过头了，以至于事到临头，她竟把自己装在"天下第一"的幻象里出不来了。

但假的就是假的，或许普通老百姓不知道，可自己孙女的针功不如高、沈，陈老夫人心中却是清楚的。只是她疼爱孙女，所以之前不忍去想，正如有一些话，她此刻不忍说！

只不过事到临头，这层窗户纸总归要捅破的。

"艳儿，你……你是不是在大内待太久了，真的……"她终究说不出那句话来，还是让语气婉转了些，"那个高……高眉娘近期的刺绣，你是不是没摸过？"

"啊?"

"她在海上刺的几幅绣,《圣母图》被佛郎机人带走了,龙鳞绣福瑞德不肯外借,围棋绣本身太单一,不易暴露深浅,但那幅荔枝绣……"

陈子艳道:"那幅荔枝绣,也就勉强算超品罢了。"

"勉强算超品,那是被同绣之人拖累……你想想,你想想,如果只看她的针功……"

陈子艳……仿佛被雷霆炸开了一般!

一个自己内心不肯承认的念头,终于被迫要面对!

这些年,她做了大内首席,外头绣行的人,尤其是广东这边,所有能进入大内的音讯总是捧着她的,而她也从一开始的不安与自我排解,慢慢变成安之若素,久而久之,再由安之若素变成自欺欺人。她必须不断说服自己,不断告诉自己:我的技艺配得上"天下第一"……最后又变成了一句话铭刻在心里头:"我就是天下第一!"

没有这句话的刻骨铭心,宫里头的苦日子她如何熬得下去?

直到这时,那个早该死了十二年的高秀秀忽然再次露面,才让她不得不面对这个现实。

"所以……祖母你也认为我不如高秀秀,对吗?"陈子艳的脸上再次现出的不是羞愧,而是恼怒和悲愤!

她从小也是天资卓绝之人,七八岁在增城的绣庄里刺绣时,人人也都夸她青出于蓝,假以时日一定绣得比陈老夫人还要好。她就这么以增城刺绣神童之名成长着,直到某一天,忽然听见一个比自己还小一点的女娃,竟然在外头成名了,还不仅仅是"刺绣女神童",而是与老牌宗师同场竞技,屡战屡胜,最后技压全粤。

陈子艳当时所受到的震动,是别人不能想象的。她只能心里想着:那个人一定是有什么奇遇,比如去了成都,得到了杨锦望大宗师的密授,只要自己也学会了,那自己一定也能达到并超越她。

凰浦绣庄成立后,她听祖母的安排,压下自己的不甘,随着大哥陈子峰来到凰浦,成了高秀秀的跟班。高秀秀没正式收她做徒弟，但向小惠、黄娘她们传授针法的时候，也没避她。她学会了高秀秀的针法，并最终在御前大比的最后，代替她成了结针之人。凭着这"战果"，她成了大内首席，成了"天下第一"。

在十二年前的那天，第一次回广州的时候，她穿着那身青衫，在万众欢呼中享受到前所未有的尊荣。从那天开始，她就一直告诉自己：子艳啊，你早已得到了高秀秀的一切，所以代替她理所当然！尽管江东那边有不同的声音，但谁敢当着她的面开这个口？

直到此时……直到此刻！

"子艳，高某人的针法，比起当年只怕又百尺竿头更进一步了，而且……"陈老夫人顿了顿，叹了口气，"海上的那幅绣，还不是她的极致。"

"祖母说什么？"陈子艳的声音有些发颤。

"我说海上的那幅绣，还不是她的极致。她当时要么抱病，状态不好，要么就有所收着，总之她并未将最好的功夫露出来。所以她真正的针功，应该比那幅《叶藏丹果》所显现的更厉害！这样的针功……当今之世，我能确定只有两个人能与之匹敌。"

"两个？还有一个是谁？"

她不问"第一个"，是因为她心里明确知道其中一个是沈女红。

陈老夫人道："是惠师。"

"她？"陈子艳身子摇了摇，"祖母竟然认为……她比我强！"

陈老夫人又叹了一口气，道："惠师当年就已尽得高秀秀的真传。这十二年来，她代表茂源应战各路高手，年复一年地在实战中锻炼，如今她的针功应该不在当年的高秀秀之下，甚至有过之之势了。其实如果正面对决，她是我们茂源唯一可能与高秀秀抗衡之人。"

陈子艳却仿佛没有听见祖母的后半段言语，只是重复道："祖母竟然认为……她比我强！"

"艳儿，你……"

"哈哈，哈哈！"陈子艳仰头大笑，声音却带着悲凉，"所以，我这些年其实是鸠占鹊巢，其实是德不配位，其实是欺世盗名，对吗？"

如果林小云在此，听了这句话必要嘲讽一句："你今天才知道啊？"陈老夫人看到她这个样子，却是大惊。她的一个孙子已经疯掉了，另外一个心肝可万万不能重蹈覆辙："艳儿，艳儿！我的好孙女！祖母不是这个意思！"

"你不是这个意思？不，你就是这个意思！"她浑身战栗，仿佛不能控制自己一般。最后，她挤出一句话来："祖母，你和梁小惠的那些图谋，我都不管……可有一件事，你必须答应我！"

"什么事？"

"这次广潮斗绣，我要与姓高的正面一决！"

"啊？这……可是……"

"没有可是！我不管别人怎么说，怎么想！就算当年我是冒了她的名，但十二年过去，现在的我不是以前的我了。现在的我，是大内首席，是天下绣娘之翘楚！大内首席绣师若连区区一场广潮斗绣都不敢上，那成什么体统！"

怀远驿内，尚衣监左少监秦德威环顾了一圈。陶瓷雕刻、茶叶药品、针锅铁器、木料香料……种种涉外贸易的行当，其行业领袖尽聚于此，只有一个人缺席了。

"咱家记得，丝绣行当如今掌刀的，是广茂源姓陈的？先前在京师还会过两面，怎不见他？"

"陈会首告病。"

秦德威眉头一皱，忽地一声冷笑："咱家南下前，总听京师的前辈说，广州是官场神仙地……莫不是待久了，还真以为自己是神仙了？"

他挥了挥手，众人退去。便在这时，有人捧数张纸上前。

"这是什么物事？"

"好叫公公得知，是今年广潮斗绣的事。此事先前禀过的，公公恩典，答应了做主评。这是斗绣的三套待选赛制，请公公笔批择定。"

秦德威"嗯"了一声，瞄了一眼，见有三张纸。官场之中，虽然下面的人不好直接影响上头的意志，但也自有一套官场潜规则。比如排在最上头的，通常就是下面的人力保的，若是上面给脸，通常也不会拂下头的人的脸面——毕竟上头终归也需要执行层来做事的。若是上头的人对下面的人有意见，那就会退而选其次，这样下头的人就会知道上头有所不满了，但一般不会选最后面的——那样的话，就意味着上头对下面的人极度不满了。

广绣行在广州势大，所以将对自己最有利的一套赛制放在了最上面。

秦德威却冷哼了一声，看也不看，直接将最底下那张翻了出来，拿笔一画："就这个吧。"

第一〇三针　过三关

"竟然是'过三关'！"

消息在广绣行内部传开，各种流言一下子就遍布西关。

"这些年陈家大旺特旺，没想到今天竟跌了跟头！"

"有什么没想到的？事情征兆早——出来了！"

"早出来了？有哪些？"

"嘿嘿……兄弟阋墙，夫妻失和，家主疯病，宗师叛走……"

"嘘——"

"怕什么，今时不同往日！这会子陈家怕是早就乱了，连分家的弟弟、闹事的老婆、叛走的宗师都管不了，还能来管我们这几句闲话？"

"嗯，也对，看来陈家也快走到头了。"

博雅绣庄的大厅，凰浦众人聚在一起，也在谈论这新出炉的赛制。这段时间凰浦本庄在修葺，所以全部人都暂时搬到博雅这边来。袁莞师主持生产，高眉娘则全心应对斗绣。

林叔夜下了令，不许庄内众人说广茂源的闲话，所以众人的注意力便都集中在了"过三关"的赛制上。

喜妹年轻，阅历不够，便问："'过三关'是怎么回事啊？"

"这是广潮斗绣的五种赛制之一。"林添财说道，"像海上斗绣，乃是对决制，绣庄两两成对，一一对抗，赢的进入下一轮。这'过三关'却是将参赛的绣庄分成天、地两组，共同参加三个题目的比试，一个题目淘汰掉末位的一家或数家，用三个题目淘汰至只剩最后两家参加天、地对决，所以称为'过三关'。"

"那不是会很乱？"

"是很容易变成混战，而且过程难以控制。"袁莞师颔首，"所以自广潮斗绣以来，'过三关'都很少用。我估摸着，应该是广茂源和潮康祥各出一个题目，将'过三关'这个最不好的拉出来做陪衬，却不想最后尚衣监的公公选了它……"她瞄了林叔夜一眼。

因庄主下令不谈广茂源的事，她也就适可而止："这场斗绣，恐将难以预料。"

"姑姑，"林叔夜问，"你觉得呢？"

"什么赛制都成。"自在江边脱落面罩后，高眉娘也不太遮掩自己的容颜了，此时厅中更无外人，她也就没戴飞凰面罩，"兵来将挡，布来针绣。"

林叔夜笑道："姑姑说得对，管它什么赛制，咱们照常上就是了！"

高眉娘又问："针线诸物都准备好了没？"几个月过去，凰浦的运转是越来越上轨道，诸事分工渐渐明确。因此，她这话是问管库刘婶。

刘婶答道："胡天九已将姑姑所需的各种针具准备好了，又多打了一套备用。另外，他还将海上斗绣的一个奖品打成了个稀罕物，昨日才完工，说要姑姑回头去看看。"

高眉娘微微皱眉："稀罕物？"

"就是那块原石。"

原来海上斗绣时，凰浦除了赢得古蜜，还有另外两件赏品，其中最令人瞩目的，莫过于一块巨大的原石。那般大的原石如果开出一块好翡翠，可就是无价之宝，不料最后开出的是块透光的石头。这块石头虽然大，也罕见，却不值什么钱，林叔夜便扔给胡天九兄弟去折腾了。高眉娘便不再问。

刘婶又说："绣地、绒线、金银贴片等物也都齐全了，只是罗奶奶那边，依旧养不出姑姑所要的那种蚕丝来。"

高眉娘闻言，微显失望。

林添财问："什么蚕丝？她那里没有，我去别处看看。"

高眉娘没有回应，刘姊代为回答："别处没有的，那种蚕丝也只在古书中提及。我们做了几十年的丝绣，都没见过，还是姑姑与罗奶奶提起，罗奶奶试着去养，但十几年下来也没养成。"众人听了，都觉稀罕。

林叔夜问："那究竟是什么样的蚕丝？"袁莞师也忍不住侧耳去听。

高眉娘抬头望着屋梁上的雕花，眼中流露出期待："传说中，那是祖师爷卢眉娘用来绣《法华经》的线。"

"《法华经》？一尺绢上绣七卷《法华经》？"林叔夜记起来了，当初高眉娘忍受古蜜敷面的痛苦时，还念兹在兹。

林添财被他们一提，也想起来了："就是那个一尺绢布上绣六万多字的传说？那不可能的！"

"也不是不可能。"高眉娘道，"我已经琢磨好了针法，胡天九也做好了针具，但……万事皆备，唯欠一丝。"

袁莞师叹道："这个传说，老身在小时候就听了一耳朵。我们凰浦若能再现祖师爷的奇绣，冠绝粤省便是众望所归，不过要成这般奇绣，不但针法要超凡入圣，那丝怕也是千载难得！"

"没有便没有吧。"高眉娘说，"我们拿别的替代。"

林叔夜却把这事挂在了心上，说："我回头亲自去寻一下那位罗奶奶，看看能不能出个主意。"

广潮斗绣乃是粤绣行盛事，除了特殊加赛，一般五年一次，因有消息传出明年将进行御前大比，因此今年的广潮斗绣越发显得要紧，广东境内高手尽出。虽然丝绣业中人都想在这场大比中出风头，但广潮斗绣除了要提交上乘绣品作为开门献绣，还要缴纳巨额押金，因此比起海上斗绣，参与者反而少了，最后仍与上届一样，只有十家参与，不过令人瞩目的是广和安的名额被凰浦替代了。另外今年有一家苏绣绣坊、一家湘绣绣坊受邀作为客卿陪斗——这场斗绣就更显热闹了。

十二家绣庄分成天、地两组，按照"过三关"赛制，每组六庄参加第一轮的淘汰赛。

天字组参加者：上一届排名第一的广茂源、上一届排名第四的潮丰饶、上一届排名第五的福瑞德、替代上一届排名第八的广和安的凰浦、上一届排名第九的潮永安，以及来自苏州的璎珞坊。

地字组参加者：上一届排名第二的潮康祥、上一届排名第三的广泰奇、上一届排名第六的广昌平、上一届排名第七的琼丽坊、上一届排名第十的珍珠坊，以及来自衡阳的衡雁坊。

第一轮六进四，陪斗的苏绣、湘绣二坊不参加下一轮，因此第一轮就要淘汰掉两家。大家都是十大名庄，若第一轮就被淘汰，则来年的排名便只能敬陪末位了。这"过三关"的赛制不可谓不残酷。

刺绣之道，除了像高眉娘这样的百年难逢的天才，其他大部分宗师都是一步一个脚印踩踏上这座高峰的。她们个个都是从少年时代就随师长参加各种斗绣，最后能在广潮斗绣中坐到宗师座上，彼此都互相熟知，甚至恩怨纠缠。

赛制既定，两组宗师便各自聚会碰头。陈子艳尚未在广州公开现身，广茂源便由梁惠师牵头，邀请本省宗师在六榕寺聚会。

高眉娘没有应约，来的只有四人。代表潮丰饶的蔡饶师素性狂傲，扫了周围一眼，冷笑道："广和安吴家老姐姐病逝，令人扼腕，听说代替广和安的是个新庄子。嘿嘿，新人新气象，可真是有架子！茂源惠师的邀约也不肯来！"

这广潮斗绣既以"广潮"为名，顾名思义，夺魁的焦点要么在广绣，要么潮绣。十大名庄里，两府长年占据八九席，韶州府的珍珠坊和琼州府的琼丽坊排名都十分靠后。这天、地两组的分组里头也大有文章：天字组里，潮丰饶在上一届排名第四，在潮绣行中却稳坐第二把交椅，乃是潮绣用来牵制广茂源的一路强兵，正如广绣安排广泰奇去牵制潮康祥一样。只是梁惠师太过强悍，这些年来压得潮绣诸宗师几乎无法抬头。蔡饶师这话表面上抬举广茂源与梁惠师，暗中却要挑起他们广绣内部的矛盾。

梁惠师轻轻一笑，道："别人就算了，对高秀秀，奴家可不敢当！"

"高秀秀"三个字一出，在场其他人脸色为之一变。

在座诸人可没一个是新丁，人人都经历过被高秀秀统治的粤绣时代。这里的人都听过"高秀秀"重出江湖的传闻，但从梁惠师口中听说，自是不同——众人都晓得梁惠师的师承来历，别人可能会搞错，但梁惠师不可能会认错人。

福瑞德的宗师姓陈，祖籍福建闽清，因此人称"陈闽师"。她性格平和，庄中后辈陈伍氏又得过高眉娘的恩惠，因此对高氏暗怀善意。这时她问道："惠师，凰浦那位高眉娘，真的是尊师吗？"

梁惠师脸色一沉，冷冷地道："我与她早在十二年前断恩绝义，师徒之论请休再提！"陈闽师便垂眉收声。

那边潮永安的林乔师却阴阳怪气地道："一日为师，终身为师……原来你们广绣行里头，徒弟还可以这样当的。"

梁惠师倏地起立，哗啦几声，身旁茶几上的茶杯、茶点滚落到地上。众人料不到她反应如此之大，都吓了一跳。

梁惠师冷冷地道："我知道你们潮字头的两家都不服我，但今时今日，你们最大的敌人还会是我吗？"

林乔师毕竟不靠广茂源吃饭，虽惊不馁，嘻笑一声，道："我只晓得人家多半是来报仇的，那她最大的敌人，肯定不是我。"

梁惠师一笑，她那鹰钩鼻敏锐得就像个铁钩一样令人难受："她的目标，自然是我们广茂源！不过今日的我不是十二年前的我，今日的她也未必还是十二年前的她！斗绣场上谁输谁赢，尚未可知。但这次斗绣不是对决制，而是'过三关'，就算她姓高的再强，想要拼倒我们，至少也得在第三关……可这前面两关……"

她的目光从三位宗师脸上一一掠过："潮永安第九，没什么好怕的，反正已经快垫底了。潮丰饶和福瑞德的位置，怕是都得往后挪一挪了！"

　　蔡饶师和林乔师脸色都为之一黑，反而是陈闽师依旧沉着。

　　就在这时，梁惠师语气转为和缓："不过，事情也未必没有转机。"

第一〇四针　再出横手

这日林小云正在练绣，忽然有人来访，他不免有些奇怪：广州府这边，他没认识什么人啊！他一边被表哥困住，一边又被高眉娘层出不穷的绣功针法诱住，这段时间是一段接一段地苦修，短短几个月，他的刺绣功夫飞跃到先前难以想象的高度，但广州府的花花世界与他彻底绝缘了——哪里有他认识的人？他出去一看，来人竟是辜三妹！

这个辜三妹，直爽的性子中带着些泼辣，不过林小云有些喜欢这性子。没见到人时不记得，这时见对方主动来找自己，他暗道：可别是这小辣妹看破哥哥我是男儿身，所以找来……

他正想入非非，不料辜三妹一开口就笑道："竹竿姐姐，最近听了桩密事，你要不要听听？且听了后，打算拿什么谢我？"

林小云见果然如此，也嘻嘻笑道："妹子，你要什么谢礼，姐姐都依你。你就算要姐姐的身子，姐姐也舍给你了。"

辜三妹一听，"呸"了一声，差点真吐出唾沫来。她将他拉到一边，低声说："不跟你胡扯，我这次是来告诉你正事的。"她不是揣着端着的人，噼里啪啦地就把那"密事"说了。

林小云只听到一半，就差点跳了起来，忍住了没打断，等听完了才问："消息确凿吗？"

辜三妹道："是我师父陈闽师亲口跟我说的……她老人家顾念着高师傅对我伍姨的恩惠，所以派我过来投桃报李。"

"事关重大，我这就去告诉我表……我们庄主。谢了，谢了，改日一定登门报答，就算是我这身子，也都舍给你了！"

辜三妹又"呸"了他一声，重重掐了一下他的脸颊，走了。林小云也任由她掐。

等她走后，林小云便急急地去找林叔夜，一路找到博雅绣庄的后园。这里有一栋小楼，最近高眉娘便住在楼上。此刻小楼下的石桌处，林叔夜、林添财、高眉娘，以及刘婶、黄娘都坐在石椅上，喜妹在旁边站着。林添财满面怒色，黄娘愁着脸，高眉娘皱着眉，喜妹在那儿跺脚，林叔夜则沉默着。

因林小云忽然撞进来，众人暂停言语。林叔夜见是他，也没驱赶，打个手势让他且站在一边，然后才说："这事显然是有人从中作梗，但事情牵涉黄娘家人的安危，我们不能冒险，就让黄娘退出吧。"

黄娘抬头道："不行！怎能因我一人，坏了绣庄的大局！"

高眉娘说："他们会耍手段，本在我们预料之中。黄娘你便不参加广潮斗绣吧，到博雅那边做些针线，斗绣的事我另做安排。"

黄娘道："可是……"

高眉娘截住她的话："你不信我能赢？"

"这……就算没有我，姑姑肯定也是能赢的！"

"那便成了。"

虽然没有前言后语，但林小云是多聪明的一个人，这下也听明白了：有人利用黄娘的家里人威胁她，不让她参加广潮斗绣！这段时间相处下来，黄娘刺绣的功力有多深，他可是太明白了。尽管这几个月林小云的绣功突飞猛进，可暗自忖度，若是黄娘双手完好，自己也绝不是她的对手。她现在虽然损了一臂，可她跟高眉娘极默契的配合度是别人所不能替代的。有她在，高眉娘刺绣就像有三条臂膀！

林叔夜道："那就这么定了。"他正要问林小云有什么事，忽见袁莞师带着区大娘、潘大娘，怒愧交加地闯了进来。

这段时间，袁门上下全心全意地运转着博雅绣庄，使得林叔夜、高眉娘再无后顾之忧。如果说初见时林叔夜和袁莞师只是彼此理念契合，那这时便是情谊渐深、利益一致了，而袁莞师对林叔夜也不似先前那般拘谨。她进来后，长叹了一声，说了一句："庄主，老身对不住你！"然后她指着区大娘道："你们自己说！"

林小云心里头一突：这又出什么幺蛾子了？

见区大娘怯怯地开不了声，潘大娘道："我来说吧。"

陈老夫人推开门，见阴暗潮湿的屋子里，自己的孙子像一条狗一样瘫在那里，遍地都是喝光了的酒瓶。她心头一疼，不愿别人看见宝贝孙子这般光景，一进去就将门关上了。

满脸胡碴的陈子峰听到声音，半醒半醉地抬起眼皮，本来要骂人，但看清楚来人后，就偏过头去了。

规劝的言语，陈老夫人也不知道说了多少，如今也知无用，只是很无力地坐在孙子身边，絮絮叨叨地说着最近家里的事、行里的事、省里的事……最后才说了一句："峰儿，祖母快撑不住了……你……你就可怜可怜我，好起来吧！"

陈子峰也不知道听见没有，依旧偏着头不看人。

陈老夫人眼泪落了下来，但被皱纹拦住了："罢了，罢了……"

她衰颓地扶着拐杖起身，就要往外头走，忽然听陈子峰嘟哝了一句："家事不和，内奸不除，茂源绝无胜机……"

老夫人又惊又喜，回头看时，只见陈子峰已翻过身去，就像一条翻了身的蛆虫。她长叹了一口气，走了。

原来袁氏门人众多，这是她们的强处，但软肋也在这里——弟子里头，并不是人人都能德艺双馨，便是弟子自己没事，其家人也有不肖之辈。最近，区大娘的儿子便出了事情。前些时候，他中了仙人跳，坏了一个良家妇女，被人给拿捏住了把柄。若真有人将事捅破，她儿子被抓去浸猪笼都有可能！

袁莞师与区大娘几十年的师徒情谊，早已亲如母女，区大娘的儿子也与她亲孙一般，自然不能置之不理。她便请人中间调解，结果对方开出来的条件是她万万无法接受的。

潘大娘怯怯的,不好说出那个"条件"。林叔夜却道:"对方要求莞师不能参加广潮斗绣,对吗?"

袁莞师满脸愧色,区大娘更是恨不得有条地缝钻进去。

不料林叔夜笑了起来:"莞师本来就不需要参加广潮斗绣啊。我们当初不是说好了,绣庄生产之事请袁门子弟主持,广潮斗绣之事由高师傅与我一力担之。现在对方开出这么一个条件,可让我们占了个大便宜。"

袁莞师愣了愣,区大娘更是听得怔了。

其实,当初虽然有这样的协议,不过就斗绣准备而言,真到了现场斗绣时,袁莞师上场助力也不费多少力气。袁莞师在粤绣宗师里头排名也是很靠前的,若是有她助力,凰浦在广潮斗绣上自是能多上一重保险。

高眉娘含笑道:"这段日子我与莞师探讨绣道,深感莞师百尺竿头更进一步,本来也希望有机会一睹莞师的新领悟,可惜了,得等下一轮了。"

林、高二人说得轻描淡写,袁莞师哪会听不出他们是在替袁门开脱?她暗中感激之余,对凰浦更生愧疚与担忧:"这段日子向高师傅请教绣道,越请教越有'高山仰止'之感。以高师傅的神技,这场斗绣其实也不在话下,但广茂源的人如此卑鄙无耻,后续必定还有别的腌臜手段……"

林小云心想:早都用上了……

"……老身怕的是他们到时候又出什么招数来耽搁高师傅,若凰浦临急之际没个替手,那可怎么是好。"

高眉娘淡淡地道:"我师父死了,家人绝了,孤身一人,无人无物无牵无挂,也就没什么把柄能让他们拿捏。莞师无须多虑。"

林叔夜也说:"莞师放心,我一定会护着姑姑的。"他转头对区大娘道:"不过令郎那边要好生教导才是。这回我们护住了他,但他若自己不生性[①],迟早有护不了的一日。"区大娘哽咽着,慌忙应是。

袁莞师长叹了一声,带着徒弟们离开了。

---

① 生性:广东方言,即"懂事"。

林叔夜这才问林小云："你这边怎么了？"

"啊！急事！有急事！"

"嗯？那还不快说！"

林小云指了指黄娘，又指了指袁莞师离去的方向，笑道："原本以为是十万火急的事，可现在看来，火已经起了两处，再多一处，怕也就没那么急了。"

他这一说，在场众人心头一紧，隐约猜到了几分。果然，林小云道："六榕寺天字组宗师聚会，梁惠师连压带哄，外加给好处，要几大名庄一起对付我们，潮丰饶和潮永安都答应了。福瑞德的宗师陈闽师扛住了，没有答应，暗中派了弟子来告诉我们这事。"

林添财一听，忍不住破口咒骂广茂源卑鄙无耻、下流下作。黄娘、喜妹更是恨得咬牙切齿。林叔夜却忽然大笑起来，拍着手掌道："好事，这是好事啊！"

"好事？这还是好事？"林添财叫道，"黄娘和袁莞师都不能上场，这是断我们高师傅左膀右臂了，现在对手又拉拢了同组宗师要对付我们，这还能是好事？"

"当然是好事啊！"林叔夜笑道，"广茂源威压岭南十二年，号称'粤绣第一庄'，甚至因为我长姊身为大内首席绣师，吹牛的时候还自称'天下第一'呢，结果现在都不敢跟我们正面一战。天下没有不透风的墙，这几桩事情如果传出去，绣行中人会怎么看？买家们会怎么看？"

林添财都听得愕了："这这这……好外甥，你还真乐观啊！"

"这不是乐观啊。"林叔夜说，"压力都在高师傅这里了，可好事在舅舅你这边啊。你想想，如果消息传开，不正替我们凰浦扬名吗？凰浦扬名了，那订单……"

林添财"哈"的一声，跳了起来，叫道："没错！没错！只要消息能传开……"他忽然一拍脑袋："哎哟，我这木脑袋，还等什么消息自己透墙，老子这就去散播消息！"他兴冲冲地就跑了。

林叔夜留在原地，神色转为凝重，问高眉娘："姑姑，这般形势，压力就都到你的肩头上了。"

高眉娘嘴角微微一弯："没什么，习惯了。"

第一〇五针　广潮斗绣启幕

时已深秋，但广东的天气全不见一点冷意。这一日，望海楼前艳阳高照，楼下满满的都是人。秦德威让了让，对一位相貌清癯、面白无须的学士道："林状元请！"

被他称为林状元的便是潮州府状元林大钦，自伦文叙去世后，他便是粤省功名第一人。因母病来省城访医，得了陈子峰倾力相助，欠下了人情，他才答应来做这次广潮斗绣的主评。

秦德威虽然是位高权重的内监，但在状元面前，至少脸面上不敢放肆，因此请他先行。

林大钦推了两番，也就不推了。翰林有翰林的尊贵处，尽管辞官赋闲在家，但状元就是状元，莫说是尚衣监，便是司礼监的太监给他让道，那也是应有之义。

林大钦拾级而上，秦德威落后半步相陪，后面是一个丫鬟陪着一个大家闺秀，再后面是两个被人搀扶着的老者——其中一个是粤绣绣评家第一人梁太元，也就是梁晋的父亲；另外一个有眼疾，乃是苏绣老行尊徐博古。

五人登上望海楼。侍者奉上木槌，秦德威再让："请林状元敲锣。"

林大钦微笑道："这广潮斗绣乃尚衣监下辖之事，林某山野之人，就不越俎代庖了。"人家在"礼"上面让了步，自己当然不能在"权"上面再有侵夺之举，何况这又不是什么不可退让的国家大事，顶天了也不过是技艺领域的一桩风雅。

秦德威也不再谦让，轻轻一笑，举木槌敲响了铜锣，随即左右高喊声响起："广潮斗绣，启幕！"

锣声既响，下面鞭炮齐鸣，跟着十头佛山醒狮跃入抢青——这些热闹场面都是广东人的例牌。一时间，望海楼下一片喧哗。狮子抢青既毕，鞭炮渐熄，便听一人唱道："开针大吉！首关献绣！"

"广州府茂源绣庄，敬献《三十六天图》！"

四个壮妇分站四角，将一幅两丈见方的大刺绣扯得笔直，经过人群，一路飞奔上来！

看热闹的人群见此绣花团锦簇，好生漂亮。当那四个壮妇将绣呈到五位评委面前时，众人细看，只见此绣虽大，细处却非常精致。以梁太元之眼光，一时也找不到一处败笔，其用心之极、用工之巨可见一斑。这也罢了，但这幅巨绣依照道教的创世理论，绣出了六界三十六重天，其下从欲界六天绣起，到色界十八天，再到无色界四天，再到四梵天，无不依足经典描述，再加上创作者的合理想象，最后以玉清、上清、太清三清天居于其顶，以及顶上留白——那是大罗天的位置！

当今天子嘉靖好道，内监诸宦官就没有不对此留心的。秦德威平时也常读道教经典，这时看这《三十六天图》，越看越是心痒难耐，喜不自胜。他知道，只要自己得了这幅绣献上去，天子多半会龙颜一悦！

他本来因陈子峰的缺席而心有不满，早就打定主意要为难广茂源一番，谁知道看了这幅《三十六天图》之后，一时间，种种不满都暂抛到爪哇国去了，只恨不得赶紧将此绣装点妥当，送到京师！个人的一点小情绪，哪有博得皇爷青睐重要？

这时，其他参比者的首关献绣都还没上，秦德威脱口便道："好绣！好绣！首关献绣！此为第一！"

他开了这口，别人也就不好开口否定了，更何况这可是关于道教的大作，要是将它压在后头，回头万一有幸呈到天子御前，陛下金口一赞，谁能担得起责任来？

便是梁太元也是心中暗叹：陈子峰当真是绣道之奇才，他自己虽然病了，预制的这幅绣却仍能替广茂源博得头彩！

秦德威脱口之后才发现不妥，回头对林大钦等笑道："看到好绣，一时失了分寸。林状元与诸位也议一议吧。"

林大钦笑道："确实是好绣！茂源绣庄不负盛名，秦公公所评不虚。"

听到他这么说，秦德威哈哈大笑，其他人自也无不奉承。此时，第二幅绣上场了。

"潮州府康祥绣庄，敬献《状元罗伞》！"

便有健妇擎一套罗伞飞奔而来。那罗伞以红缎为地，以彩线绣满花鸟，以金线绣制福、禄、寿三星，无论是三星的衣着所用的钉金法，人物面部所用平针法与续针法，还是花卉图案所用的反咬针法等，都将潮绣的特长发挥到了极致，而且三星之中尤其突出了寿星，纹饰里突出了寿桃、佛手，都是祈寿祈福的吉祥寓意。其绣富丽堂皇，其用意也打动了林大钦的心。他生性纯孝，最在乎的莫过于母亲的安康——此事潮州府人尽皆知。这时看了这幅绣，他自然知里头有同乡的祝祷善意，点头道："有心了，有心了！"又道："绣中蕴有孝道，好绣！"

秦德威哈哈笑道："的确也是好绣！可与《三十六天图》并驾齐驱也。"

此后广泰奇、潮丰饶等一一献绣，也都各出奇招，各有看点，将粤绣针法特点展现得淋漓尽致，但综合而言，毕竟不如茂源、康祥二庄之出品——令人不得不赞。

终于，韶州的珍珠坊献绣毕，望海楼所有人翘首以待，均想：下面是那个新出头的凰浦绣庄了，不晓得他们又要献上什么奇物！

此时，黎嫂带领三个健妇，一边小跑，一边展开一卷长绣。林添财的破锣嗓子大吼："广州府凰浦绣庄，敬献《万国一锦图》！"

徐博古听了，暗中吃了一惊。梁太元也是心里一突。《万国一锦图》上了望海楼，已全部展开，果是好绣！此绣长三丈六尺，一眼望过去花团锦簇，又似有江山邦国，气势甚是宏伟。

然而无论是秦德威还是林大钦，都对此题材无感。尤其是两人分别被《三十六天图》与《状元罗伞》吊起胃口后，再看这与自己毫无关系的刺绣，便觉得不过尔尔。

秦德威笑道："听说这凰浦是粤绣行里的后起之秀，最近追着广茂源打，现在看来，不过如此罢了。"林大钦也微笑颔首。

徐博古探手向前，将那《万国一锦图》摸了又摸，最终没有说话；梁太元冷眼旁观，也是不发一语。

轰轰烈烈的广潮斗绣就此开篇，秦德威定了调，以广茂源所献的《三十六天图》为第一，潮康祥的《状元罗伞》平列第一，其余名次由梁太元、徐博古这两个专业的绣评人去商量。梁太元揣摩着秦少监的喜恶，和了一把稀泥，将凰浦所献的《万国一锦图》列在第七，恰是上一届广和安的位置。如此一来，"过三关"的分组不用调整：广茂源领衔天字组，与潮丰饶、福瑞德、潮永安，以及凰浦、璎珞一起角逐；潮康祥领衔地字组，与广泰奇、广昌平、琼丽坊、珍珠坊、衡雁坊共同闯关。

梁太元年纪老迈，首关献绣结束后，由儿子搀扶着下楼，坐了顶轿子回家。梁晋嘻嘻笑道："好了，好了，不用阿爹出手，秦少监自己就将凰浦拿下了……"他话没说完，忽然发现父亲脸色黑得厉害。

"阿爹，有什么不妥吗？"

梁太元把拐杖重重一顿，道："梁氏绣评，看来是传不到第三代了！"

梁晋吓得赶紧跪下："父亲这话，儿子当不起啊。"

"当不起？你怎么会当不起！这些年，陈子峰不但将你养肥了，也把你给养瞎了！徐博古都摸得出来的东西，你竟然看不见！"

梁晋一惊："首关献绣出什么差错了？"

"差错？并无差错。"梁太元道，"林状元是来镇场的，不太懂绣正常。秦公公虽然执掌尚衣监，但只是个半桶水，没发现也不意外。霍家千金更不待言。但你当时就站在我身边，你是真看不出那几幅绣的高下，还是没用心看？"

梁晋登时涨红了脸——陈老夫人暗中有所嘱托，要压制凰浦，所以他心心念念都在那儿了。他看秦德威已经发了话，茂源稳操胜券，陈家的嘱托便完成了，窃喜之下，也就没太细看之后的几幅绣了。

梁太元见儿子仍然不悟，长叹了一声，说："这首关献绣，不过是确定'过三关'的组列，其名次无关最后胜负。凰浦的那幅绣，那幅绣……不是给秦公公、林状元看的，是给我和徐博古看的！主要是给徐博古看的！"

"为什么是给徐博古看的？他又定不了这首关献绣的名次。"

梁太元怒顿拐杖，梁晋又羞愧又不解："父亲，这幅绣里头难道有什么玄机？"

梁太元再次怒顿拐杖："你到现在还想不起来？这幅绣的名目，你就不觉得耳熟吗？"

"这……《万国一锦图》，《万国一锦图》……啊！"梁晋急搜脑海，猛地想起一件事情，脱口道，"好像沈女红绣过这个名目！"

"原来你还记得！"

几年前，蜀绣大宗师杨锦望七十大寿，沈女红不远千里呈送一幅刺绣为恩师贺寿。杨老宗师看过之后大为赞赏，称沈女红的绣艺已达大宗师境界。这一评价曾在刺绣界引起轩然大波，因为沈女红是第一个，也是唯一一个得到杨锦望如此称誉之人，而当时她所献的那幅绣，便是《万国一锦图》！

梁太元顿了顿拐杖："大凡高手，最忌撞题，而凰浦的那一位偏偏选在这样一个场合，与沈女红奠定大宗师声誉的《万国一锦图》撞了个正，还要撞在苏绣老行尊徐博古的手里头……你说……她这是什么意思？"

"这、这……"

"这是目无余子！"梁太元冷笑道，"在那一位心里，广东已经没人在她眼里了。在别人还为广潮斗绣费尽心机之时，她却已将目光放在沈女红身上，与苏绣隔空斗胜了！徐博古摸了她的《万国一锦图》不发一声，则这一场粤绣与苏绣的隔空之战，至少是平局了！"

梁太元说着，忽然趴在桌子上哭了起来，哭得梁晋又惊又慌，忙问怎么了。

"怎么了……怎么了？我怎么就生了你这个不肖子啊！你连我哭什么都不晓得！"梁太元哭道，"十二年前，沈女红回去后技艺不退反进，如今她的境界，满广东是没一个比得上了！明年御前大比，若是由茂源的人出战，我粤绣势必一败涂地！唯一有希望与她一决胜负的，就只有凰浦那位了……那是我粤绣唯一的指望啊！可是陈家的恩情未酬，老夫人的嘱托，我又怎能不听？这……这可叫我怎么做啊！"

第一〇六针　毁作

望海楼内,广东十大名庄加上苏、湘两庄的代表列成两排,左边是天字组,右边是地字组。陈子峰告病,天字组便由杨燕武代为领衔,地字组则是黄谋领衔。林叔夜侧身左列,位在第四。

徐博古欠了欠身,说道:"得秦公公之命,又蒙贵省诸贤看得起,让老朽来主持这广潮斗绣第一关。说实在的,老朽惶恐。"

黄谋笑道:"徐老何必自谦?南直隶乃丝绣上省,徐老乃苏绣老行尊,光是来岭南主持广潮斗绣,已是我广东省的荣幸。"

众人齐声称是。

徐博古又谦逊了两句,这才转入正题:"自秦少监定下这事,老朽推托不过后,对这第一关的题目左思右想,始终不得良策。却恰好收到江东故人来信,老朽看了之后寻思:这不巧了!把信中之事作为一个现成的题目,不是正好?"

他话音刚落地,便有弟子取了一个盒子来,里面装着一幅绣。虽然这幅绣才展开一半,但在座的都是有眼力的,十个绣庄代表里头,已有五六个出口称赞。不料展到大半时,却见那绣从中破裂——好好一幅名家极品,竟然毁了!好几个人忍不住连道"可惜"。最后绣品全展,却未见落款署名。

黄谋道:"这是一幅士人水墨画的模绣吧?不知出自哪位宗师之手?"

这幅绣虽然毁了,但那针线水平已臻极致,非宗师莫能办到,甚至寻常宗师也未必能绣成。

林叔夜道:"这幅绣的原画,莫非是唐伯虎的《西洲话旧图》?"

"林庄主好眼力!"徐博古赞了一声,"这幅绣的原画,正是六如居士的《西洲话旧图》。出手摹绣的,乃是我苏州绣师沈女红。可惜了,尚未完工,半途而毁。"

两列队伍中,有七八个人同时"哦"了一声,声音中带着"果然如此"之意。黄谋连声叹息:"可惜,太可惜了!以苏绣第一人绣江南第一才子的名作,怎么就毁了呢?谁下得了这个手!"

徐博古道:"是沈师傅亲手毁的。她有一个心结未能解开,所以眼看着就要完工,却亲手将这幅绣毁掉了。"

众人听了,更是惊愕交加,心想:这毁掉的哪里是一幅刺绣,分明是白花花的银子呀!

杨燕武插话道:"徐老先生,这幅绣与今天的题目有何关系?"

林叔夜心念一动,脱口问道:"莫非是要我们补绣?"

这话一出,众人登时心头沉甸甸的。正所谓"针织缝补,女德之行",又云"制时为织,补时为缝",这缝补原是针织基本的操作之一,可沈女红乃当世唯一有"大宗师"称号的刺绣高手,她的针功是何等奥妙,旁人想要望其项背已是不易,更别说要修补她的毁作。徐博古出的这个题目,说简单是简单到了极点,但说难也是难如登天!

徐博古让弟子将这幅《西洲话旧图》挂在厅中:"此绣便放在这里,诸位与庄中师傅可随时来看,只是不可移动或毁损。三日之后,老朽来听答案。"

他说完,便带着弟子走了。

杨燕武道:"这算什么?打哑谜吗?"

徐博古一走,两个队伍便散了。众庄代表分别上前,或看或摸。黄谋微一沉吟,急步往外走去,唤小厮:"快去请许师、陈师、郑师前来看绣!"

众人一听,纷纷醒悟:"对啊!我们对刺绣,怎么也没有本庄宗师懂!"大家也纷纷派人去请本庄宗师,林叔夜也派人去告知高眉娘。

不久，便有五六位刺绣宗师陆续赶来，有急不可待的，也有自重身份的。她们听了前因后果，陆续上前看这幅破毁的名绣，或叹息，或皱眉，各有领悟，也各有盘算。

便在这时，高眉娘带着林小云、李绣奴到了。先到的几个宗师眼看走进来一个戴着飞凰面罩的女子，心里都想：是她！莫非她真是高秀秀？

高眉娘缓步入内，也不与人争，但她一走近，众人便让开了，想看她见到沈女红的绣品后有何反应，作何评价。

不料高眉娘走近后只看了几眼，伸手摸了摸，便默不作声地转身离开。

门口传来一个人的声音："故人毁作，高师傅也不点评两句吗？"

梁惠师带着孙、李两位刺绣宗师走了进来，眼睛盯着高眉娘，似乎要将那面罩给刺下来。

高眉娘却仿佛没看到她似的，脚步微移，绕开了她，与她擦肩而过。

梁惠师轻轻哼了一声，来到《西洲话旧图》前，也是看了几眼，伸手摸了摸，随即笑道："苏绣第一人好大的名气，也不过如此！"说着，她也转身走了。屋内诸人或议论，或讥刺，不一而足。

这时整个广州丝绣界都听说了这个题目，也都在谈论这个题目，很多人都想亲眼去看看当世大宗师绣到快完工又亲手毁了的极品刺绣究竟是什么样子的。而十大名庄内部的绣师又与别的绣师不同，她们自知功力不逮，就算看到了刺绣，也未必能领悟其中精妙，倒不如等本庄宗师回来，听其点评讲解。

博雅绣庄后园，十几个绣娘云集在小楼下等候着高眉娘。

"来了，姑姑回来了！"

众人围了过去，拥着她到园中。

高眉娘进来后微微一怔，问道："这是怎么了？"

袁莞师竟也在众人之中——她虽已经答应不参加斗绣，却不妨碍她看热闹。何况这一关不只是全省宗师上场角逐，还有徐博古把苏绣第一人给牵扯了进来——这就连她都被引得心动了。

这时别人不好开口，她便笑道："自是要听听高师傅如何破题。"她顿了顿，又说："当然，如果需要保密，我等自不敢强求。"

高眉娘回头看了跟在她身后的林叔夜甥舅一眼，见林叔夜没有阻止，便道："好，我们来说说看。"

见她愿意讲解，众人大为兴奋，请她在园中坐好，其余人按照身份地位或坐或站，环绕成了三圈。

忽然有人高喊："等我一等！"却是黄谋从外头闯了进来，笑道："我也来听听！"

"二哥！"林叔夜笑道，"这可是在斗绣呢！你在这里，与窃听何异？"

黄谋嗤了一声："我光明正大地走进来，怎能叫窃？再说，我也是凰浦的老板，还不能听听本庄宗师的说法了？"

林叔夜道："凰浦这边你只是小股，康祥那头你才是话事人！"

黄谋笑道："凰浦在天字组，康祥在地字组，决胜局之前，咱们两家没冲突，无碍，无碍。"

林叔夜笑骂了一句"真是厚脸皮"，却也没有阻止。

这边黄谋坐定，高眉娘也不理他，却问林小云、李绣奴："你们觉得如何？"

李绣奴道："那幅绣，我不敢摸，但看了几眼，只觉得入眼处的针线没有一丝破绽可寻，针路细密流畅。好厉害，真是好厉害。这么好的针功，不知道我这辈子能否掌握。"

林小云笑道："那可是大宗师的绣品，让你绣了出来，你不也成大宗师了？"

李绣奴吐了吐舌头，大感羞愧。

林小云见高眉娘的目光落到自己身上，也就说道："绣是好绣，但我总觉得有点不对劲，但又说不出哪里不对劲。"

旁边黄娘一听就皱眉，喜妹掩嘴偷笑。黎嫂骂道："你这说了等于没说。"

高眉娘眼皮垂了垂,眼角余光在黄谋身上一溜,这才开口:"这绣要补,有三重难度。"

众人听了,心头同时一跳,都想:果然是要补绣!

袁莞师则暗暗点头:"不错,不错!能看出难处,那么就有机会解决难处。"

广潮斗绣乃是宗师级别的高手竞争,自不可与寻常斗绣相提并论,不然,如何体现宗师水平?因此,在审题、破题上便非易事。

高眉娘继续说:"第一个难点,参加斗绣的有十二个绣庄,但绣品只有一幅,虽然这绣品毁了,但毕竟是名家手笔,总不能十二个绣庄的绣师每个人都上去试几针吧?"

众人一听,都道:"对,对!要是每个人都上去划拉几针,不等补好,这绣就先毁了!"

黎嫂急问:"那可怎么办?"

"解决的办法……"高眉娘悠悠说道,"其中一个法子,就是先模仿一幅出来。先仿而后破,破而后补,或许能从这里头,得到徐老先生想要的答案。"

黄谋眼前一亮:"先仿后破,破而后补?好想法,好想法!"

众人也听得恍然大悟:原来破题的落脚点在这里!

题目是补绣,但因"无绣"可补,所以得先复制一幅,复制完再破坏,破坏完再缝补。可这样一来,这个工程就不小了——果然不是寻常的缝补,的确当得起广潮斗绣的规格!

黄娘皱起了眉头:"别的绣就算了,可要仿出沈女红的绣品,这……这可不容易了……要想仿到一致,那更是几无可能!"

第一〇七针　内奸不除

因杨锦望年事已高，沈女红怕是当世唯一的大宗师——虽然广东这边嘴硬不承认，但江东那边却暗暗以"天下第一人"许之的——这样的人的精心杰作，岂是他人所能复制的？

袁莞师心头一动，说道："想要仿得跟沈氏原绣一模一样，自然是不可能的，但那个徐博古要的只是一个'答案'啊，那么仿出来的绣品就算境界有所不逮，只要最后思路走对，也就成了。或许，谁能仿得更像，破得更真，补得更好，谁就能在这第一关中得到高分！"

说到这里，袁莞师露出了笑容："别忘了，这一轮是六进四，每组只淘汰两庄，所以也不需要绣得完美，只要我们交出来的'答案'不是最后两名就行了。"

黄谋一拍大腿："有理，有理！"

高眉娘不置可否，继续说道："苏绣的用料，与我粤绣同中有异，何况这幅《西洲话旧图》是画作的模绣，因此与普通绣品更不一样，若要先仿绣，便会遇到第二个难点……材料！我已经摸过那绣，里头的用料，在我们所备物料里大多能寻到，但有三种丝线，是我们凰浦目前所缺的，而时间只有三天。"

广潮斗绣开始之前，各大名庄已经备好了天量的物料和大量的押题半成品，但刺绣题目变化无方，再大的储备量也无法确保万无一失。因此这等大斗绣，不但斗的是各庄的刺绣水平，也更考校各庄的人力、物力，以及绣庄运营者的应变能力。

林叔夜便说："寻线这事我去办！"

黄谋却摆手："这个我来！我白听了高师傅的破题，总得有个回报不是？"他笑着问高眉娘："刚才高师傅说有三个难点，却不知第三个又是什么？"

"第三个就没什么可说的了。"高眉娘道，"诸物备齐之后，如何仿绣、如何破绣、如何补绣，便是第三个难点。不过这些看的就是各庄宗师的能力了。"

黄谋又问明凰浦所缺的那三种丝线是什么，而后欣然起立，拍拍林叔夜的肩膀，笑道："高师傅所说的三种丝线，我今晚便派人送来，你们就可以开工了。"说完扬长而去。

林添财望着他的背影嘀咕："这一次可便宜他了！"想来以潮康祥的实力，他们这一轮斗绣只要方向上不出差错，在地字组夺魁大有指望，至少能稳保不输。

袁莞师也站起来道："行了，该听的都听了，大家都散了吧，别妨碍高师傅做活，却有一件事情给我记牢了！今日园中听到的一切，一个字都不许泄露出去！"

众绣娘齐齐答应，随袁莞师告辞。

这时园中剩下的不是心腹，就是股肱。林添财忽然目光闪动，笑了起来："哈哈，哈哈！"

林小云不禁问："舅老爷，你得意什么？"

林添财笑道："任他黄谋奸似鬼，这一次也要喝洗脚水了！我刚才还怕高师傅一股脑全倒出来了，幸好，高师傅也是妙人，能说的都说了，不能说的一个字也没漏！"

"哦？"林小云欢喜起来，"姑姑还藏有妙招？"

林添财和林叔夜对视了一眼，便都在对方眼中看到了答案。

别人或许不知道，但林叔夜和林添财在和高眉娘第一次见面时，就已经见识过她"天衣无缝"的神技了！

林叔夜道："其实姑姑也没欺二哥，只要按照姑姑所言进行，潮康祥虽不能独占鳌头，但从第一关脱颖而出是没问题的。"

林小云笑道："庄主这么说的话，那是有把握我们能'独占鳌

头'了？"

林添财笑道："如果是斗别的也就罢了，可斗'缝补'，哈哈，咱们凰浦赢定了！"

"这一次，我们茂源稳赢了！"

茂园的闭门会议上，梁惠师轻轻一笑。

听了她方才的分析后，孙、李两位宗师也已心中有底。

孙庆师道："模绣而后破绣，破绣而后补绣……苏州那位徐老先生的题目，果然内有乾坤。"

梁惠师道："你们来之前，我已到库中检视过了，所需针线一应俱全，今晚就可开工。"她说着，便将目光落在李源师身上。

茂源诸宗师本就各有所长。梁惠师技艺最高，而且粤绣八门二变皆精。袁莞师在自身扎实的广绣针功基础上，能博采省内各家之长，其潮绣针功足可与潮州府的刺绣宗师分庭抗礼。李源师所学则更杂，因年轻时曾多方游历，对苏绣、湘绣、豫绣等皆有涉猎，其模仿外省名家的绣作常常能达到以假乱真的地步，只是尚未能熔为一炉，于自我创意上又有所欠缺，所以止步于既精且博，而未能超凡工、入神技。

李源师这时细细回想了沈女红的那幅绣，半晌后道："若给我一个月时间细细打磨，我能将沈女红那幅绣模个全像，便是梁晋也能瞒过，不过多半瞒不过梁太元和徐博古。"

刺绣求快只是在斗绣场合，真正的精品是需要水磨工夫的。

孙庆师道："咱们可只有三天，而且后面还要设法破秀、补绣。"

李源师道："若我连夜开工，两天两夜工夫也能把绣模出来，但只能骗过凡眼，便是梁晋也瞒不过的。"

梁惠师淡淡一笑，道："那也够了！这次是比'补'，又不是比'仿'。你赶紧开工，模出绣品之后，由我来'破'。"

仿出一幅精品刺绣固然考校功夫，而要想将仿品"破"得跟原绣一般无二，同样极难。

"破了之后……"梁惠师的话还没说完，一直没开口的陈子艳忽然打断了她——

"我来补！"

诸人吃了一惊，齐齐向她望去。

陈子艳仿佛没看到三宗师的目光，只是看向同样惊讶的陈老夫人。

"我来补！"陈子艳再次说道。

陈老夫人忙劝道："艳儿，这只是区区广潮斗绣第一关，杀鸡焉用牛刀啊！"

"祖母，难道你是怕我会输给姓高的？"

"这……祖母不是这个意思……只是……没必要啊！"

"不是就好！"陈子艳冷笑道，"那这幅绣，我补定了！"

陈老夫人踌躇着，对李、孙二人道，"仿绣之事，事不宜迟，还请源师到库中选好丝线用具，便开工吧，庆师从旁协作。"李、孙二人答应了，随后出园。

陈老夫人这才道："艳儿，你是打算用那一手功夫吧？"

"哼。"

"那一手'天衣无缝'，的确惊艳绝伦。"陈老夫人道，"但这手功夫你会，姓高的自然也会，到时候同台竞技……"

"正是因为同台竞技，所以我才要上场！"陈子艳道，"这手功夫，虽然是从她那里学的，但我偏偏就要在这上头打败她，好叫天下人知晓，这世上有的是青出于蓝而胜于蓝！"

看着孙女这等志气，听着孙女这般语气，陈老夫人也知道劝无可劝！孙子、孙女什么都好，就是这份执拗……却是自己也无法改变的。她叹了口气，又摇了摇头，终究还是说："罢了，罢了，虽然是不必要的冒险，但祖母也相信你是青出于蓝的。"

梁惠师要说话，但最终忍住了，起身道："既然尚衣有上场之意，那等源师模完，在下破好，便给尚衣送来。嘿嘿，妾身其实也想看看，在大内苦修十余载的首席，是如何艺压天下的。"

梁惠师这话语气平和，似嘲讽非嘲讽，但陈子艳就当她是在嘲讽了。陈子艳正要反唇相讥，梁惠师却没给她这个机会，转身便出门去了。

陈子艳又恼又恨，却总不能追出去跟她争吵——如此一来，岂非失了自己的身份？因此也只能吞咽下去，便跟祖母辞别了。

送走了大小姐后，胡嬷嬷转回来，对陈老太太说："大小姐这样冲动，老太太怎么也不劝劝？这场斗绣赢了没好处，万一有个闪失，岂不把尚衣的招牌给砸了？"

"这个道理我岂不知？"陈老夫人叹道，"但艳儿这脾性，话说到这个地步了，我若再强行压下她，只怕更要闹出什么事情来。便是她暂时压住了自己，我也怕……也怕她心里头万一受不住，跟她兄长一样疯了，可怎么办？"说到这里，陈老夫人的眼眶便红了。

胡嬷嬷也跟着垂泪："这真是作孽！怎么他们兄妹都绕不过姓高的那个孽障！"

陈老夫人忽道："那姓高的虽然可恶，但终究只是外敌。"

胡嬷嬷也是个有心机的人，听了这话，心中一惊，问道："老太太这话，莫不是怀疑庄中还有内鬼？"见陈老夫人冷笑，胡嬷嬷道："也是，也是，想着近来种种事端，若非庄中有内鬼，如何能落到这个地步？只是那内鬼……老太太心中可有谱？"

陈老夫人没有说话，盯着没有关上的门，忽然道："你去请惠师来。"

"惠师？老太太，莫非……"

"不要多嘴，去请便是！"

胡嬷嬷答应了一声，随后便出去了。陈老夫人心道：峰儿的智计人所不及，就算在病中，也必所言有中！她心里想着，口中便忍不住呢喃着陈子峰的那句话："内奸不除，茂源绝无胜机……内奸不除，茂源绝无胜机……"

第一〇八针　求线

梁惠师没有走远，很快就回来了。礼毕未坐，陈老夫人还未开口，梁惠师就先说话了："老太太让我回转，尚衣又不在这里……嗯，老太太还是怕有闪失，要瞒着尚衣，求个万无一失吧？"

陈老夫人暗中叹了口气，这些年来，合庄内外，梁惠师可以说是她的第一知己！自己想到的事情，她能猜到；自己没想到的事情，她也能帮着想到——实在是最顺心顺意之人。以陈老夫人的本意，实在也不愿意怀疑她，可越是如此，她的嫌疑越大。种种迹象表明，茂源的内奸就在核心层，而且非绣道高手莫属，而她又与高眉娘关系深厚——虽然表面是仇，但焉知内里没有其他？

只不过眼下没有证据，陈老夫人也怕自己冤枉了好人，那样就不免寒了忠臣良将之心。且如今大敌当前，莞师背叛，若再失了惠师，茂源离分崩离析也就不远了，而以这一点推断的话，梁惠师又不像内鬼了——如果她真有异心，此刻只要直接背叛，转投凰浦，然后联合高眉娘光明正大地杀过来，茂源便断难寻到可与其抗衡的力量了。

黄谋办事神速，又未推托，所以天黑前就派人将凰浦所缺的三样物料送了过来。林添财拿到物料后心满意足，林叔夜却有些过意不去：二哥以诚待我，我却有所保留，不免有失兄弟之义。

林添财与他亲如父子，只瞥一眼就知道外甥在想什么，冷笑道："怎么，觉得对不起黄二舍？哼哼，他这么爽快，那是因为这一轮跟我们没有冲突，又乐见我们去给茂源添堵。我只问你一句，若此刻是凰浦与康祥对决，你觉得他会怎么做？"

林叔夜一听，就笑了："那他一定会防着我。"

林添财又说："那咱们瞒着他的事情，会导致康祥落败吗？"

"那不会。"

"这不就得了！"林添财道，"你跟黄二舍虽然结拜，但这结拜与其说是做兄弟，不如说是做盟友。盟友之间要顾及信义，但各自有所保留也是正常的。阿夜啊，以后你是要做生意的，生意场上的事就得按照生意场的道理来，书本上教的那些道理是做圣人用的，咱们买卖人没必要把自己标得那么高，到头来只会误人误己！"

林叔夜亦知舅舅所言有理，便点头道："舅舅说得对。"便将这心结给解开了，入园来见高眉娘。

高眉娘取了物料，细摸一遍，颔首："是这些，没错。"

林添财大喜："那行，我们大功告成了。"

高眉娘将物料交给喜妹："去交给云娘、绣奴，让他们连夜开工。"

林添财吃了一惊："高师傅，你不自己动手？要交给两个小的？那可是沈女红的出品，那两人行吗？"

高眉娘道："能在斗绣的压力下，得到一件沈氏绣品加以模仿，这可不是随便能有的机会。"

"这这这……虽然对那两人是良机，但万一搞砸了，可怎么办？"

"应该不会的。"

"应该？"

"云娘和绣奴这段日子进步神速，我对他们有信心。"

"可是……"

林叔夜拦住林添财："舅舅，这刺绣上的事，我们便听姑姑的吧。"

林添财虽然还是有些不放心，但想想外甥说得也对，便点头：

"好吧，行吧。"他语气无奈，却还是没有干涉高眉娘的决定。

甥舅二人正要离开，高眉娘忽然道："且慢。"

"唉……"茂园之中，陈老夫人在叹息中请了梁惠师坐下，"还是瞒不过惠师。"

"老夫人放心。"梁惠师轻轻一笑，"你若不叫我回转，我也不好强出头，但既然叫了我来，我便明白了你的心意。其实我早有定计。自高秀秀现身，我便算尽她的各种依仗，有所准备，那个计谋也是早预好了的，但要施行，还要如前面两次一般，借助杨管库的人力。"

"这个老身来开口，只不知计将安出。"

梁惠师笑道："其实库中针线，还是缺了一样的，只不过这样东西，凰浦那边照样也缺。只要掐死了这一环，就能叫那姓高的巧妇难为无米之炊！"

博雅的后园，高眉娘叫住了林添财："舅老爷，诸事皆备，但还差一物。没有此物，我们要补绣便是无米之炊。"

"缺什么？"

"线。"

"不是都拿来了吗？"

"拿来的，是模绣所需要的线。补绣所需要的，还缺三种。"高眉娘早有准备，抽了七种丝线出来，"《西洲话旧图》破裂处如果要用'天衣无缝'针法缝合，需要这七种丝线，而这七种丝线可以用来绣制，却不能用来缝补。"

"为什么？"林添财问。

这时林叔夜开口了："莫非其质不足以数分？"

高眉娘点了点头，取出针刀，再展分线绝技，将其中一根丝线一分为二，跟着又将其中一根再次一分为二，结果失败了——针刀仍然锋锐，她的手法仍然精绝，但丝线的质量经不起二度切分。

这一来，林添财也明白了：高眉娘用来缝补的丝线和绣品原线只是看上去一样，其实内里质地并不相同。"

"所以这七种丝线，我们还差三种？"林添财挠了挠脑袋，"这可怎么办？"

"不怕的，我知道哪里有……那也是我们的老供户，就是得劳烦舅老爷去跑一趟了。"

林叔夜马上就想到了："是花地湾的罗奶奶？"

"不错，就是她。"

既然知道了出处，倒也就不慌了，林添财道："行，我这就去。"

这时已经入夜，林添财让刘三根去取一艘快船前往花地。刘三根道："夜里走船，也不忌讳？"林添财道："生意场的事，迟则有变。"

他是个很求其①的人，直接在舱里躺下睡了。临睡前，他告诉刘三根，等到了花地湾就叫醒自己。

博雅绣庄离凰浦不远，也在广州城的东面，那花地却在广州城的西面，西关去花地近而博雅去花地远。这时天色已黑，幸亏刘三根水路通熟，沿着珠江从南边越过整个广州城，而后转入河涌，不久便见到一片黑压压的桑田。刘三根来过罗奶奶家，因此无须问路，直接将船开到花地，叫醒了林添财。

林添财伸了个懒腰，用江水醒了醒脸，便跳上岸去。他在桑田中寻路来到一栋吊脚楼前，拍门叫道："罗老太太，罗老太太，有生意给你做！可是大好价钱的生意啊！"

他知道罗奶奶最贪钱财，而深夜叩门总得给个说法——钱这个说法无疑最佳。

林添财敲了好久的门，但没人应，可他不是个轻易放弃的人，反而越敲越大声，一副破嗓子也叫嚷得更响了。离罗奶奶家最近的邻居在数十步外，这么闹下去，怕是半个村子都要听到了——已经有好几条狗都吠起来了！

---

① 求其：广东方言，"随便"的意思。

门内终于传来一个女子的声音："婆婆去我小姑家了。"

林添财听音辨人，便知是罗奶奶的儿媳妇，说道："是罗家嫂子吧？我是凰浦绣庄的林添财，来过两回了，请开门说话。"

对方却不肯开门："家里没有男人，不方便。"

"这……我有急事呢！烦指条道路，我去寻她老人家。"

罗家媳妇说："我小姑家在顺德，住的地方又偏，我虽去过，却也不大认得道路。"

林添财心想：从这里去顺德找个偏僻村子，怕是明天都未必能回来。他不由得焦急了两分，心念转了转，说："本想求罗老太太卖几根线，罗老太太不在，嫂子在也一样。你开一下门，我将线样给你。"罗家媳妇仍然隔着门说不方便。

林添财更烦躁了，却还是耐着性子，琢磨到了个办法："这样，你将窗户开条缝，我从窗户缝里给你。"

罗家媳妇没办法，只好答应了。林添财将三种线样递过去，说："要这种线，但要能细分的。"

不一会儿，罗家媳妇把线样塞了回来："这几种线样我没见过，还是得等婆婆回来了问她。"

林添财好说歹说，对方或不答应，或没主意。他也没办法了，暗中骂着"这蠢娘儿们"，怏怏地回到船上，抱头想办法。

刘三根见他这模样，问怎么回事，林添财随口说了。刘三根虽是个粗人，但旁观者清，提醒道："你塞线样给她的时候，她点灯没有？"

林添财回答："没有……啊！这娘儿们不对劲！刚才我嚷嚷得半个村的狗都在吠，她才来开门，显然是不情不愿……看线样也不点灯，除非她有暗夜摸线的能耐，可要是有这能耐，又说什么'没见过'？"

林添财又匆匆赶回吊脚楼，要拍门时，忽想：这娘儿们有心敷衍我，我再叫门求告也无济于事！想了一想，他便寻些干柴枯叶，在吊脚楼的上风处——桑田里——放了一把火。没一会儿，烟熏火燎，林添财大叫："走水了！走水了！"半个村的人都被惊动了，赶来救火。幸好火势不大，几桶水下去就熄灭了。

罗家媳妇也吓得跑了出来，眼看火势灭了，惊魂稍定，才准备回去，却被从人群中钻出来的林添财当头拦住。他笑道："罗家嫂子，现在灯火通明，这里又有你本村男女，也就没什么不方便的了。请大家做个见证，咱们进你屋里聊聊买卖吧。"又对周围的人道："在下凰浦绣庄的大掌柜，姓林，是个良民，也来过贵村几回了，你们当有人认得我。我因一件急事要买几根罕见的线，而这买卖只有罗家能接。现在黑灯瞎火的，我一个男人不好自己进出罗家，还请贵村出几个男女做个见证。"

整个花地村都是种花卖桑的，对这买卖之事最是看重。有个老婆婆说："人家深夜跑来买线，可见有诚心，罗家媳妇，我陪着你跟他谈吧。"

罗家媳妇却推托，硬是不肯，最后被逼得叫道："不卖，不卖！我就不卖给他！这生意上的事，哪有强买强卖的！"

林添财至此确定对方有猫儿腻，心想不来一招狠的，断没办法破局！他故意惊讶地叫道："什么强买强卖，那线我已下了五十两银子做定金了！"

罗家媳妇大惊："哪有此事！"

村里的人也不信："什么线能值五十两？金子搓的都没这么金贵吧。"

"可我的定金已经给了罗奶奶，约好了今天交割，只是我路上耽搁来晚了。"林添财指着罗家媳妇骂道，"你这个恶妇人，是不是你贪图钱财，谋害了家婆？不然怎么不见你家婆，就你在这里叫嚣！走，走，跟我去官府一趟！"

罗家媳妇大叫："我婆婆去小姑家了！"

"罗老太太和我约好了今天交割，她老人家最讲信用，怎么会在这会儿去女儿家？大家看，我连尾款都带来了！这钱总不是假的吧？"他摸出了个沉甸甸的银元宝来，"一定是你贪图钱财，谋害了家婆！"

花地村的人议论纷纷：有人说罗家老奶奶虽然贪钱，但的确最重口齿；又有人说下午的确还见过罗奶奶，怎么忽然就说去女儿家了；更有人说罗家后生最近赌钱又输得精光，怕是祸根在此。林添财原本只是胡扯，可这话一说开，竟是越来越像了。他也不说要线了，扯着罗家媳妇，叫道："一定是你为了给丈夫还债，谋害了家婆！走！走！咱们去衙门见官！"

罗家媳妇听说要去衙门见官，吓得腿都软了。村里人见状更是生疑，竟都帮着林添财这个外地人，要押罗家媳妇去衙门。

忽然，一个苍老的声音传来："行了，行了，我没死呢……"一个满脸皱纹的矮小妇人挤了进来，周围人都惊叫："是罗奶奶！"

罗奶奶瞪了自家儿媳妇一眼，对林添财道："行了，咱们屋里谈事吧。大伙儿散了吧，这是我家生意上的事。"

眼看事主在此，先前的猜测全部成空，众人虽然不悦，却也只得一边议论，一边散了。林添财随婆媳俩进了屋。

罗奶奶也不让倒茶，哼哼了起来："林揽头真是好手段！这是要把人逼死吗？"

林添财冷笑道："你要是心里头没鬼，为什么不敢见我？"

罗奶奶沉默不语，好一会儿才说："以后我家不能供线给你了。"

林添财冷冷地道："当初我给了重金，与你约定了广潮斗绣期间我们所需要的线，但凡你有的，都要全力供给。现在说不供就不供，生意有这么做的？"

罗奶奶回房拿了一包金银出来，递给林添财："定金都在这里了，林揽头你……"

林添财一把挥开，金银撒了满地："人家都说你虽然贪财，但牙齿当金使，所以当日我下了定金，连契书都没拟一张，凭什么？就凭我们家高师傅说你几十年来从没负过别人的约！现在是准备把说过的话当屁放吗！"

罗奶奶捂住了脸："老婆子知道没脸见人，所以刚才听见失火，都不想走出去，只盼着烧死我算了！但这线我是真没法给你供了，你便是把我弄死，我也没办法给你！"

林添财见她眼泪都从手指缝里渗出来,罗家媳妇也抱着婆婆的腿哭,脸色缓了缓,问:"到底出了什么事?"

罗奶奶摇头不肯说。

林添财道:"以我的能耐,你便是不说,我也总能打探得出,你何必再跟我绕这圈子?真要我把事情闹大吗?"

罗奶奶想起他刚才的手段,情知不假,哀叹了一声:"冤孽!冤孽!"

第一〇九针　荔湾威压

　　林添财急急返航，回到博雅绣庄，天都已经蒙蒙亮了。他将林叔夜叫醒，尽言花地湾之事。

　　原来罗奶奶的儿子因烂赌中了仙人跳，真要按照"江湖规矩"处理，不但罗家要清产，她儿子还得被斩手！罗奶奶被逼无奈，只好答应了对方，毁了与凰浦之约。

　　林叔夜披着长衫，越听越是皱眉："这套路……怎么听着这么熟悉？"

　　林添财冷笑道："会耍这般腌臜手段的，想也知道是谁！只是现在怎么办？咱们再逼罗氏一逼？"他如今有钱有人，其实是有能力逼得罗家泣血低头，只是那样一来，颇损阴德，所以要先回来跟外甥商量。

　　林叔夜沉吟了半晌，道："解铃还须系铃人。"

　　"嗯？"林添财道，"你该不会想去求陈家吧？阿夜，你可别天真啊！"

　　"现在这局面，不是恳求能善了的。"林叔夜道，"我一直想光明正大地斗绣决胜，对阴谋诡计本不屑为之，但对手接二连三这么搞事，我们岂能不加以反击？他们既然能做初一，就别怪我们做十五了。"

　　林添财一喜："阿夜，你有办法？"

　　"本来不想这样的……"林叔夜叹道，"这事开了头，后面的事态就无法控制了。"

清晨的阳光透入半开的窗户，这是西关的一栋小楼。霍绾儿正在读书，听见楼梯有声响，便知是屏儿上来了。

"姑娘。"

"嗯？"霍绾儿放下了书本。

屏儿呈上一封书信，霍绾儿启封，看了一眼，笑道："他终于愿意了。"

屏儿一奇："是上次姑娘说的那件事情吗？"

"原本他顾念着与陈氏的血缘，踌躇着不肯动手。最近大概是被逼恼了吧……我听说这次广潮斗绣，茂源为了取胜，着实用了些不太光明的手段。"

"那我们……"

"请客喝茶。"霍绾儿屈了屈手指，"广茂源陈家，南海县杨家……嗯，再请一下秦少监。"

"秦少监？那个京城来的太监？他会来？"

秦德威是尚衣监左少监，虽然尚衣监不算宫里头的肥衙门，但他还有另外一个身份——总督东厂大太监秦福的干儿子，其靠山之大、威权之重，放眼整个广东，便是巡抚也不敢轻易招惹他。按理说，霍家一个养女如何能请得动他？

"传个书信，他本人多半是不会来的，但应该会打发个小太监来虚应……那也够了。"

秦福是内廷权宦，霍韬是外朝巨擘；秦福是广东三水人，霍韬是广东南海人。两人身份相称，又是同乡，霍韬的义孙女给秦福的干儿子写信套近乎，秦德威于情于理总要回应一下的。

屏儿应了一声，出去办事了。

霍绾儿放下了书信，将窗户又推开了些——窗外是人来人往的西关大道。这几日她搬到这里暂住，名义上是为了陪伴霍佳兰，实际上是为了就近了解广绣行的形势——这次的广潮斗绣注定不会顺风顺水，其将掀起的波澜，或许远不是绣行中人所能想象的！

正在为广潮斗绣殚精竭虑的陈老夫人忽然收到霍绾儿的请帖，不由得心里讶异：一来这请帖来得突兀；二来请客的时间也太过匆急，竟是去喝午前的早茶。若要应约，她就得立刻动身才来得及，心里嘀咕着：请客请成这样，实在有些失礼。

但越是如此，这邀请就越不好随便推却，想也知道必是有要紧事才会这样做的。何况霍绾儿的身份摆在那里，万一是霍家有事让她传达，陈家若缺席，那事可就大了！她犹豫了一下，便让人整装备轿。请客的地方在百荔园，轿子走了一段又得换船。

广州乃千年古城，城西盛产荔枝，隋朝以前就已经形成成片的"荔枝洲"，唐朝以后形成荔园。这里河流众多，河涌从各处荔园流过，形成了"荔湾"之景。河中又有渔船往来，渔夫、渔女隔河作歌，遂成"荔湾渔唱"，乃明代"广州八景"之一。此时早过了荔枝成熟的季节，又非花期，但岭南树木常绿，一眼望去，皆是成片的荔枝树。

陈老夫人由侍女搀扶下了船，还未进园，便见另一艘船靠岸，下来的竟是亲家杨老夫人。两人相见，各是一愣，随即又见园中送了一人出来，看装扮，竟是个宦官。那宦官也不理她们，直接坐船走了。

送宦官出来的屏儿在门口叫道："是两位老夫人到了？来得凑巧！这边请，我家姑娘久候了。"

两位老夫人交换了一个眼神，一起随屏儿入内。明朝茶艺比起宋朝有了重大变革，去繁而就简，把那些烦琐的仪式省略了不少——园中虽早布置了茶席，但仍能看出刚刚招待过客人。屏儿一边请两位老夫人坐，一边洗烫茶杯，片刻便将茶汤奉上。此时，霍绾儿的声音传来："刚刚送走尚衣监的公公，而后去更衣，怠慢两位老夫人了。"

她薄施粉黛，首饰仅一支珍珠头钗、一对翡翠耳环，穿着一身粉色的交领长袄，下身一件百褶裙。这身装扮可家居，亦可会客，不算隆重，也不算怠慢。

两位老夫人慌忙起身，礼罢再坐。寒暄了两句，陈老夫人道："刚才在外头撞见的来客，莫非是位公公？"

霍绾儿道:"是秦少监的人。"

杨老夫人道:"原来姑娘与秦公公也有来往。"

"也不算什么来往。"霍绾儿笑道,"秦厂公想要在家乡办点事,只是宫中规矩森严,他不方便出面,便交代了秦少监。秦少监也不方便直接去办,就递了个话。"

秦德威的底细,在他到达广州之前,西关这边早就摸清楚了。因此霍绾儿一提秦厂公,两位老夫人便知说的是秦福。

两人当即又惶恐又期待,心想:莫非今日召她们前来,为的是东厂督公的事?

陈老夫人忙问:"却不知道老身等有无福分,为厂公奔走一番?"

霍绾儿淡淡一笑,两根手指拈起茶杯,啜了一口放下,这才说:"厂公交代的事情,与你们无关。"

两位老夫人非但没有松一口气,反而暗自失望:东厂督公的大腿,果然不是想抱就能抱上的。

"这次请二位来,是有另外一件事情。"霍绾儿也不迂回,就朝屏儿点点头。

屏儿便拿出一张字纸来,先交给杨老夫人。杨老夫人虽非书香门第出身,但杨氏六代吏门,她一眼就看出这是一份状纸,心里想着:难道霍家要托我家告谁的状?豪门让吏门出面打官司,这事原不罕见。然而,她再细看内容,一转眼额头就沁出冷汗来!

原来这状纸是凰浦绣庄庄主林叔夜写的,告的是陈门杨氏杨燕君,控诉她为私人恩怨买通土匪,勾结倭寇,在广州城行凶肆虐,甚至差点打破南海神庙。状纸上写的都是林叔夜、林添财通过种种迹象推测出来的,证据是一点也没有,但"勾结倭寇"四个字,让杨老夫人心头一惊!她赶紧一边将状纸递给陈老夫人,一边对霍绾儿道:"霍姑娘明鉴!此事定是诬告!"

陈老夫人匆匆看了一遍后,也是惊诧不已,赶紧道:"正是!此乃林小子夹私报复!非是实情。"

杨老夫人点头道:"有匪患冲击南海神庙一事,老身倒也曾听闻,但此事与我陈、杨两家绝无牵扯。这个林叔夜诬告良民,状纸里写的东西全是信口开河，老身敢打包票……他手头绝无半点证据！"

杨燕君干的那件事情，杨燕武早就跟杨家通报了。杨家反应也快，第一时间将各种干系清扫一空，不留下任何后患，因此杨老夫人才敢将"绝无半点证据"六个字说出来。她点出这六个字，也是要表明杨家早有准备，并不是旁人几句道听途说就能随意拿捏的。

霍绾儿就笑了："你们跟我说这个做什么？我不是县官，也不是按察使，这事跟我有什么关系？"

两位老太太对视了一眼，杨老夫人问："那霍姑娘这是……"

霍绾儿笑道："我在凰浦绣庄不多不少有点股份，因此与这位林庄主多多少少……算有些私交。他要打官司，但没什么把握，便将状纸先送来我这里，让我看看，问问我的意见，如此而已。"

两位老夫人闻言，稍稍松了一口气。听起来，这位霍家千金跟此事牵连也不大，或许只是想借此打个秋风？那倒也是好办了，只需破一点财，倒也不是大事了。

杨老夫人忙说："原来此事与霍姑娘并无干连，那就好，那就好。姑娘是霍少保收养的千金之体，又是霍家的体面，这种无中生有的诬告，还是不要有所牵涉，免得污秽沾身。"

杨家六代把持地方吏门多年，也不是好惹的。杨老夫人那几句话貌似柔弱，内里却把"收养"与"霍家的体面"点了出来，竟是一种委婉的警告：你一个义孙女要记得自己的身份，别为了一点钱随便把霍家牵扯进来，要是让霍家失了体面，你自己也落不了好！

霍绾儿脸上淡淡的，眼皮垂了垂。

陈老夫人赶紧打圆场："此事霍姑娘能提前知会你我，是对我们陈、杨两家的眷顾，回头我等当设盛宴，以谢霍姑娘之盛情。"

这几句话往回收了收，并重点把"谢"字点了出来——这是表示回头陈、杨两家会给她点好处的。

霍绾儿听二人一个唱白脸、一个唱红脸，配合得倒也默契，心下却是好笑：把我霍绾儿当什么人了？她嘴角一哂："我倒是不这么觉得。"

第一一〇针　易产

这轻轻一句话,却叫两位老太太心头一惊。她俩寻思:这小妮子是准备坐地起价?

霍绾儿说:"这件事情可大可小:小的话就是诬告,让林庄主撤诉就行;大的话……两位老夫人可知道,当今圣上忌讳的事情是什么?"

两人赶忙道:"我等岭南草芥,哪里知道九重天上的圣心!"

霍绾儿笑道:"那我就给两位说道说道。当今天子忌讳的事情有内外两件,内事是礼议……大礼议是什么,不用我给两位说了吧?"

嘉靖皇帝的皇位不是从他爹那里继承来的,而是从堂哥正德皇帝那里继承来的,所以继位之初,有大臣要求嘉靖认正德之父弘治为父,在礼法上割裂其与亲生父母的关系。这事嘉靖如何能忍?因此这场皇帝应不应该改换父母的大争论就成了嘉靖初年最大的政潮。此事轰动天下,大明子民谁会不知?

"至于外事,也是两个字……倭寇!"

陈、杨心里一突,心想:这小妮子果然是要上纲上线了!

"内则礼议,外则倭寇,此乃当今天子之逆鳞,只要牵扯了,就没有小事。"

霍绾儿说着,将那状纸从陈老夫人手中拿回来:"因此这状纸上既点出了'倭寇'二字,不管是真事,还是诬告,按照正常的流程,我看南海县令是必不敢自专的,回头必报按察使司、布政使司。而两司亦不敢自专，回头必往上再报刑部……刑部若不敢断，就只能面圣奏君了。"

两位老夫人听了，脸上甚是惶恐，但那惶恐假得任谁都能看出来是装的。杨老夫人张大了嘴巴说："这样一件小案，竟然要惊动九重天？未免小题大做！"

霍绾儿面露诧异："小事？老夫人竟然认为是小事？"她随即转为冷笑："请问老夫人，倭寇之患，一般是在哪里？"

"这……老身不知。"

"不知？好，我再给老夫人说道说道。倭寇之患一般出现在江浙，江浙海边的村庄如果出现倭寇的踪迹，虽要警惕，却也不算罕有之事。江浙以外，往北则山东登州以南，往南则福建。广东这边，只有潮州府沿岸被倭寇骚扰过。"

说到这里，霍绾儿脸色一沉："广州可从没出现过倭寇，现在竟然有了贼倭踪迹……这可就是前所未有的国家大事了！到时候别说广东，连兵部都要问罪！海防亦当重新整饬。一旦厂卫查实，上报天子，沿海卫所和岭南官场，就不知会有多少人要人头落地了！"

说到这里，两位老太太都有些坐不住了，一起扶着椅子站起来。杨老夫人一顿拐杖，道："此事如果发了，广东这边必定大为震动，都不晓得会牵扯出多少人来，还请霍姑娘体念桑梓之情，代为转圜此事。要是不然……哼，广东布政使司、按察使司、都指挥使司，乃至南海县、番禺县，以及沿海各卫所，还有广州府百万军民，都不会对那无中生有的罪魁祸首客气！就算是霍家，也当掂量掂量此间的利害得失！"

她言语说的是恳求之事，语气中却尽是威胁——也怨不得她敢如此硬气，这事真要往上捅，牵连的是整个广东官场，谁还能不知道这里头的干系？林叔夜的状纸怕是在南海县就会被拦下了，能递上去就怪了。

霍绾儿却笑道："这事跟我霍家有什么关系？我家祖父管的是吏部，又不是兵部。我们家又不是六代吏门，地方上官吏的清洗，

第一一〇针　易产　243

牵扯不到我们什么，就算动了刑法牵扯出一堆贪官污吏……也与地方百姓无关，反正有些人连倭寇都能放进来，本就该死！这些腌臜，其实也该清理了。这才是对百姓、对桑梓好。"

杨老夫人也不装了，直接笑了出来："那霍姑娘可以去试试，且看状纸递不递得上去。"

霍绾儿道："两位如此有恃无恐，是觉得自己树大根深，能只手遮天了？"

杨老夫人一笑："不敢。老身也知道霍少保能上达天听，但霍少保是霍少保，姑娘是姑娘。便是亲孙女，卷入这种牵连全省的道听途说，也要谨慎的，何况姑娘只是个义孙女！"

杨老夫人说出这句话，是不信霍绾儿能说动霍韬递折子上去——"义孙女"更是诛心。

霍绾儿竟未被激怒，语气反而缓了缓，笑道："真是好笑，这事与我有何干系？你们不会以为我会去求祖父上奏天子，说自己老家出了倭情吧？我怎么可能做这种愚蠢至极的事情呢？"

陈、杨对视了一眼，便当她服软了。

霍绾儿继续说："其实这案子虽然牵连甚广，捅上去了，大家要一起吃挂落，但只要大家一起掩饰……林叔夜小小一个绣庄庄主，还不是如蝼蚁一般……抹掉就是。所以两位也不用太过担心，对吧？"

杨老夫人的确是这样想的：林叔夜这张状纸写的事情尚未查实，又无证据，却动摇了整个广东官场的集体利益，此事势必会招来广东官场的群体反扑。有这么大一把天然的保护伞在，她要是还被一个女娃子的轻轻几句言语就给吓住，那这几十年的饭就算白吃了！

在这两人心里，她们还是觉得霍家这个小女娃太嫩了。

这时，霍绾儿轻轻一笑，道："因此林庄主来向我请教时，我就说了，他要真拿了这张状纸去南海县告状，到时候别说申冤，回头他自己就得被灭门！这条路他是走不得的。他苦苦向我求告，我看在相识一场的分上，便给他指了一条明路。"

陈老夫人忙道："姑娘所指的路，必定是两全其美、各退一步的光明大道。"杨老夫人上硬话，她就说软话。

"嗯，是啊，是要两全其美。"霍绾儿道，"我告诉他，这状纸不能递给南海县，便是越级递给按察使司、布政使司也无用，最好还是趁着秦少监在广州，借着广潮斗绣的空当将状纸递给他，请他转交东厂，那样才是一条明路。"

"嚓"的一声，是拐杖摩擦地面的声响。杨老夫人差点跌倒，浑身都在颤抖！

陈老夫人亦觉腿软，心想：好狠，好辣，好毒！这样一来，她把自己给摘出去了，却要将我们推入万丈深渊！

霍绾儿冷冷地道："这事的确还没有查实，可能相关证据也早都被抹掉了。但只要事情是真的，东厂和锦衣卫总有办法查出实情来，就算最后这件事情没个着落，以厂卫的习性，多半也能在别的事情上有个着落。杨老夫人，我说得对吗？"

杨老夫人深吸了一口气，定了定神，说："姑娘，这事捅破了，广东的天都要翻过来！你把桑梓祸害成这样，于你有什么好处！于霍家有什么好处！就不怕回头霍少保问罪吗？"

"于我自己当然没什么好处。"霍绾儿悠悠地说，"不过我听林叔夜说，涉事之人家大业大，在府县衙门里积六代之威权，而在丝、木、茶、铁、油等行业欺行霸市，搞得民怨沸腾，商不聊生。单是生丝一项，广州府一半的桑田出产就被他家包揽了。这样的家族如果连根拔起，到时候从省到府，从府到县，多半能够'公私仓廪俱丰实'，甚至天子也能得到不少好处啊！至于'翻天'之说……广东翻不了天的。我相信以省、府、县诸公的智慧，只要与厂卫好好合作，一定能查得实情，既不放过坏人，也不牵连好人。到那时，百姓也会拍手叫好，哪里会有什么祸害桑梓的场面呢？至于我自己……这事从头到尾都跟我没什么关系，祖父就算听到什么风言风语，但只要最后的结果是好的，他老人家多半也只会夸奖我两句，何来问罪之说？"

她说到一半时，杨老夫人已经双腿发软……待她说完，杨老夫人整个人都趴在了地上，连叫："饶命！饶命！姑娘饶命！"

霍绾儿讶异地道："杨老夫人，你这是做什么呀？"

杨老夫人一时老泪纵横，哭道："还请姑娘高抬贵手，饶陈、杨两家满门性命！"

陈老夫人也一起跪下了。

霍绾儿转头对屏儿道："昨天你问我'前倨后恭'是什么意思，瞧瞧，这就是样板。"她随即冷笑道："其实既知今日，何必当初？你们六代把持地方吏门诉讼也就罢了，可倭寇这种大犯忌讳的事也是你们能沾染的？江东那些士绅豪门敢，那是人家'谈笑有御史，往来尽翰林'。你们是什么东西，也敢如此？"

杨老夫人连连摆手："此事绝无，此事绝无！"

"既然绝无，那你们怕什么？就让东厂、锦衣卫查去……查个彻底，也好还你杨家一个清白。"

证据的确是都毁掉了，但事情惊动了东厂，到时候那些瘟神下来，是那么好送的？何况就像霍绾儿所说的，这件事情没个着落，那别的事情呢？他杨家可不干净！谁知道最后会查出什么事情来？

而更可怕的，是那句"公私仓廪俱丰实"！杨氏位卑权轻而家饶，一旦出现破家之势，那时她赖以为保护伞的上上下下，就变成一双双盯着肥猪肉的眼睛了。

杨老夫人刚才有多硬，此刻就有多软，趴在地上叩头道："还请姑娘指条明路，还请姑娘指条明路！"陈老夫人也跟着请求。

两个老人恳求再三，但霍绾儿仍然不依。此时虽已深秋，但广东这地方，中午的太阳还是热辣辣的。霍绾儿自己坐在大伞下，两位老夫人匍匐在日头里。见她们偌大的年纪被阳光荼毒得满身都湿透了，她也不禁起了怜悯之心，便道："罢了，罢了！我去跟林叔夜说说吧，请他高抬贵手，与你们和解吧。"

两位老夫人见她松口，都是心头一喜，却听到接下来的一句话："只是有三件事，却须依我。"

杨老夫人忙道："莫说三件，便是三十件，老奴等也必照办。"

霍绾儿正色道："第一件，勾结倭寇之事，若是无便罢了，若是真有一二，倭寇犯到我粤省周边……人已上岸也罢，人在岛上也罢，你们都得去给我清理干净了！不可令其有危害我粤沿海之机！"

杨老夫人不敢说有，也不敢称无，只是磕头："姑娘说得对，姑娘说得对！"

霍绾儿又道："第二件事，你们杨家几代人连衙牵府把持诉讼，有些事做得越来越过分……这几年来粤上任的官员们可都把状告到我祖父那里去了！以后给我收敛一些！若再有犯，别怪霍氏不念过往情面！"

杨老夫人慌忙道："再也不敢，再也不敢！"

霍绾儿又说："这第三件事，却是半公半私。我将出阁，祖父令我择一业以从之，我因此有心于丝绣。入行之后，我发现诸般买卖行市都被人强力垄断了，许多商家因此叫苦连天。南海、三水的一些叔父都说，若要广州府丝业通畅，得把一些太过垄断的地方放开，尤其是桑田的出产包揽要重新分配。此事你们觉得如何？"

陈、杨对望一眼，一时无语。前面两项，第一是清除零星倭寇，反正倭寇在广东省正对着的海面数量不多，事情并不难；第二是对铁吏的敲打，最近收敛些便是；可第三项牵涉的是实打实的利益，割身上肉容易，舍手上财路难！杨老夫人皱着眉，嗫嚅道："还请姑娘明示。"

霍绾儿看了屏儿一眼，屏儿便取出一张字条来。霍绾儿说："南海的几个叔父希望能承揽这些桑田的出产，三水的几个叔父希望盘下这些丝厂，还有几个玄门的朋友想要购买这些店铺。这可不是白要，他们都是出钱来买的，只是让我做个中人。"

陈、杨拿着字条，哪里需要看第二眼——这上头的产业，在她们心里头那是生了根的！陈老夫人跌坐，杨老夫人也全无体面，趴在地上号啕大哭："这是要断我们两家的生路啊！姑娘要破我家，直接说出来便是，何必如此兜圈子！"

她是小门小户出身，平时坐享豪富也才有个体面样，这一遇到剧变，就被打回原形，开始撒泼了。

霍绾儿冷冷地道:"何必危言耸听?上面这些东西,不过是你们两家丝产之六七成罢了。何况除了丝产,杨家还有木、铁、油、茶诸业,陈家还有一庄、四大工坊、十二个分坊。再说,叔父、道爷们是出钱买,为的是打破垄断,让行市更好地发展起来,又不是强占你们的东西,何来破家之说?"

杨老夫人在地上打滚,再没有一点贵妇的样子:"买?到手能剩几个钱!这些东西是一大家族几代人一丝一毫积攒起来的,老婆子做不了主!做不了主!"

霍绾儿不慌也不忙,摆手说:"这件事情,是你们求我,不是我求你们。你们不愿意,那便算了吧。我也懒得多事。屏儿,送客。"

她说着,将茶碗盖一翻,直接起身就走了,没半点犹豫。

陈老夫人赶紧叫道:"姑娘留步!"霍绾儿却并未停留。

眼看她走到转角了,陈老夫人大急,高声叫道:"我们愿意让出这些产业,还劳烦姑娘做个中人。"霍绾儿这才停住,却仍不回头。

杨老夫人惊骇地看着陈老夫人,陈老夫人低声哭道:"我知你肉痛,但你觉得是割肉好,还是割头好?"

杨老夫人失声大哭,却也知陈老夫人所言不差,唯有答应了。

霍绾儿这才转过身来,问道:"你们哭成这样,莫非是不乐意?这种做买卖的事情,最忌不情不愿的。若你们不乐意,那这事还是算了吧。"

陈老夫人赶紧道:"南海诸公、三水诸公,还有玄门的道爷们,我们平日想巴结还巴结不上呢,现在有姑娘替我们引见,我们是求之不得!我亲家这是高兴得哭了。"

"真是这样……那就好。"霍绾儿笑了笑,忽然又道,"除此之外,尚有一件小事……"

第一一一针　破绣毁绣

望海楼出现了一个异景。

自徐博古将沈女红的那幅待补之绣挂在那里，第二天便有绣娘进进出出。她们仔细观看，揣摩各种细节。一日之内，望海楼的门槛都要被跨过上百回。

这个传闻很快就传到了博雅绣庄，袁莞师心中生疑，便派弟子前去打听。她不打听还好，这一打听，就得到了一个让她怒火中烧的消息：参比的各个绣庄忽然间像约好了一样，调动人力、物力对那幅《西洲话旧图》进行模绣！

"模""破""补"是高眉娘昨晚才定下来的策略，如其他绣庄的宗师中有一两位通过自己的聪明智慧参透并定下同样的策略，袁莞师信，可所有绣庄都在一日之内同时这么干，袁莞师便不信了！

"这消息是怎么泄露的?!"

她惊怒交加，一边派潘大娘去查是谁泄露了消息，一边赶来向林叔夜请罪——昨日听高眉娘定策的人里头，可有一半多是她的徒子徒孙。

不料林叔夜听了之后十分平静，说道："莞师不必太焦急，也未必是我们的人泄露的。"

"嗯？"

"依我得到的消息，昨天茂源应该也定下了同样的策略。"

茂源能赶在林添财前面截断了凰浦的线源，其前提自然是她们已猜到了高眉娘的策略,所以才能在"补绣"上做手脚。她们连最后一环都想到了,前面两环也不在话下。

听林叔夜这么一说,袁莞师倒是很快回过了神,领首道:"那倒也是。惠师手段高明至极,又是高师傅的弟子,她们会想到同样的路子倒也不奇怪。不过我们也仍然需要好好盘查一番。"

凰浦都收到了消息,茂源自然更早。胡嬷嬷拿到了一些消息,赶来向当家的祖孙俩汇报:"咱们绣庄昨晚定下模绣、破绣、补绣的策略后,一切都是悄悄进行的。除了凰浦,其他好几个绣庄一整晚都像没头苍蝇一样,只有康祥在秘密进行着什么。但是今天一大早,各大绣庄忽然陆续去观摩那幅绣,又搜集各种苏绣所用的特殊物料……"

陈子艳冷笑道:"不用说,那自然是今天早上走漏了消息!只不知是我们走漏的,还是绣房崽那边。"

"第一家得到消息的,似乎是广泰奇。"

陈子艳闻言,皱起了眉头。

"再之后,就忽然好几家一起知道了。老奴花钱派人向珍珠、璎珞两坊打听,才知道他们是从广泰奇买到的二手消息。福瑞德知道得最晚,似乎只有他们是看各家的动作之后,自己领悟出来的。"

"那广泰奇的消息又是从哪里来的?"

"广泰奇……我们暂时探听不到消息。"

自茂源动手挖走了广泰奇的徐家姐妹后,这几个月广泰奇对广茂源都十分戒备,甚至有敌意。

陈子艳来回想了两转,就觉得一个头两个大——她不是能琢磨这些计谋的人,从小到大,这些都是祖母和哥哥在顶着,不需要她来动这心思。这时她看向祖母,却见陈老夫人心不在焉,仿佛没听到胡嬷嬷的言语。

"祖母,祖母。"

陈老夫人这才回过神来,点头说:"继续查吧,或许这便是找到内奸的线索。"

十二个绣庄全都在按模、破、补的策略进行，而茂源毕竟底子最厚，李源师只花了一天一夜，便完成了对《西洲话旧图》的模绣。反正破局的策略已被泄密，茂源便也不遮掩了，将模绣放在工坊明亮处，请庄内众人观赏评议。庄中的绣娘们见了之后，无不惊赞，还有人特地跑去望海楼看原作，觉得除了那一道裂痕，整幅绣几乎是一模一样。大家对李源师的刺绣功夫都佩服得五体投地。

这消息传了出去，别的绣庄也派人来探口风。昌平与茂源关系最好，其宗师得以入内。一看之下，她们黯然退去，自知单是模绣这一关，自家绣庄是拍马都赶不上了。

梁惠师见状，干脆禀明了陈老夫人："反正已不是秘密，与其敝帚自珍，不如开放了让别人看……既无法秘行，便干脆立威！"陈老夫人也没有反对，于是茂源的这幅模绣便干脆开放了。

听到消息，其他各庄的绣娘纷纷上门来看。一开始是关系较好的绣庄，接着是关系一般的绣庄，到了后面，连福瑞德的庄主也没忍住，派了辜三妹去看绣。她看完之后，也是不住地赞叹。很多眼力不够的，甚至觉得两幅绣难分真假。

辜三妹回来跟陈闽师与陈伍氏禀报后，忽想："竹竿"那边也不知怎么样了。她竟然不顾日影西斜，赶到博雅绣庄来。她对凰浦释放过善意，凰浦的人也以善意待之，告诉她"云娘在后头赶工"。她到工坊后，还隔着一堵墙，就听见一个男人在里头哈哈大笑。

"怎么有个男人？"她赶紧进去，只见里头哪有男人，就云娘一个人。云娘正看着一幅绣，啧啧赞赏。

原来林小云和李绣奴在高眉娘的指点下，刚完成了这幅模绣。李绣奴便赶去禀报，林小云在这儿看自己的作品，越看越是满意，竟忍不住哈哈笑出声来。他一回头，瞧见辜三妹，忙拉着她的手，用假声上前亲近："好妹妹，你怎么来了，快来看姐姐的模绣。"

辜三妹看了一眼，又惊又喜："这是你绣的？这么大的担子，竟然交给你了？这是挑大梁了啊！"

林小云得意扬扬，连问："怎么样？怎么样？是不是毫无破绽,一模一样?"

辜三妹才得了陈闽师的指点,知道一些原绣的精妙处,便一一指了出来。林小云听得泄气:"还以为快赶上原作了呢,没想到差距居然这么大。"

辜三妹不由得好笑:"人家沈女红几乎都是天下第一人了,你才学了几天绣,就想跟人家比?"

林小云一下子就回血了:"也对!也对!虽然比不上沈女红,不过广东境内,哈哈,我们凰浦一定是最快的。"

"这可不是了!"看到他得意,辜三妹又忍不住打击他,"茂源早绣好了,你不知道吗?"

茂源的模绣公开放了半天,一下子将其这段时间不断走低的身价给抬了起来。各庄高手看过之后,对比自己的模绣,无不自叹弗如,均想:茂源不愧是茂源,粤绣第一名庄果然不是浪得虚名。

梁惠师趁热打铁,便将破绣之事定在次日下午,并邀请各庄同行前来观看。一来广东人好热闹,二来各庄也都还未破绣,便都存着"偷师"之意,所以次日下午,茂源的工坊内人头攒动,不知来了多少刺绣师傅、大师傅,甚至还有两位宗师。连林小云也化了装,假装成福瑞德的人混在人群里。

辜三妹正好奇地看着"变脸"后的云娘,忽然听见外头一阵叫唤:"惠师!""惠师!"

梁惠师在两个弟子的陪伴下跨进门来,众绣娘纷纷让路,任由她来到那幅模绣面前。

林小云刚才望那幅模绣时,已暗服。虽然那幅绣论神韵比原作差得老远,但形制、细节几乎一模一样——不是对刺绣有较深认识的人,还真未必分得清楚彼此呢。他这时看到梁惠师,心想:不知道她会怎么破。

辜三妹在他耳边说:"不知道她会怎么破。"吹气如兰,挠得林小云心痒痒。他嘴上说着"我姑姑说得用针",可心里乱七八糟的:表哥啊表哥,你快放过我吧,再这样下去,我要把持不住了!

"用针？"辜三妹有些吃惊，"我一直以为要用剪刀呢。"

这时，梁惠师伸手在那幅模绣上摩挲了一会儿。

这模、破、补三事，模绣固然不容易，但以十大绣庄的底子，就算无法模到如李源师这般，有个七八分形似总可以的，可破绣就难了——如果破得不好，连先前的功夫都白做了！

而且补绣之期就在明日午前，如果这会儿把绣破坏了，再绣一幅怕是来不及了。

就在众人思疑议论之时，梁惠师手里头忽然多了一根绣花针！

"怎么是针？"有好几个人同时惊讶出声，便见绣花针抵着绣地！

那一刻，偌大的工坊鸦雀无声，众人甚至连呼吸都屏住了，就连林小云也将心提了起来！

梁惠师半瞑，似在遥想并代入沈女红的心境……猛地，绣花针毫无征兆地就从上到下这么一划！

"啊！"好多人都吓了一跳！

那绣花针划破丝绸的声音明明不大，却仿佛将所有人的心弦给挑了一下！

辜三妹说："她怎么下得去这狠手！万一歪了怎么办？"

待她再定睛看时，却只见梁惠师的背影了。破绣之后，梁惠师看都不看一眼，直接就转身走了！

人群之中，忽然同时传出三声叹息，来自在场的三位宗师：广昌平的刘从师、潮康祥的陈贵师，以及这幅模绣的作者李源师。梁惠师的这一针既准且精，破时没有半分犹豫，破后几乎与原作一般无二。三位宗师目光如炬，只一眼便看出：便是将模绣放在原作上拿剪刀比着剪，怕也出不来这种效果。三人虽皆本地刺绣宗师，但看了这一针后，也都自叹弗如。

梁惠师的这一破，仅一针便折服了三位刺绣宗师。她就要跨出门去，忽然听一个人赞叹道："绣得好！破得好！"

梁惠师停了脚步，便见陈老夫人陪着一个年轻女子走了进来。那女子衣着素雅，不戴金玉，但身上衣服的丝布是一等丝布，刺绣也是一流的刺绣——来人是霍绾儿。

因是陈老夫人陪着来的，众人就算不认得霍绾儿，也不敢冒昧，梁惠师也行礼。

霍绾儿笑道："今日求着陈老夫人带奴家来看这好场面……奴家虽不懂刺绣，但在门外远远一望，果然气势十足！"

她缓步走到模绣前，伸手摸了摸，忽然问道："这绣模得如何，破得如何，谁来给奴家讲讲？"

众人一时分不清她的立场和意图，不敢贸然开口。全场竟然静默得有些尴尬。

李源师微一沉吟，上前道："这绣是妾身模的，自然不值一哂。但惠师这一破石破天惊，只一针，便将妾身一天一夜的功夫都盖过去了。"

其实在场的绣娘虽多，但大部分并不能深刻体会这一破的难度与高妙。另外两位宗师及几个资深大师傅却对李源师这话深以为然，纷纷点头。

霍绾儿望了梁惠师一眼："不愧是茂源，听说惠师连续压制广潮斗绣，人称'一针压十府'。今日一见，果然名不虚传！"

梁惠师也不知她来意为何，虽晓得对方身份贵重，但刺绣宗师自有刺绣宗师的骄傲。她轻轻道了一声"不敢"，语气中却并未卑躬屈膝。

这时屏儿捧了一个炭盆过来，里头尽是烧红的火炭。众人皆不明所以。

霍绾儿伸手，轻轻将那幅模绣给揭了下来。众人更是愕然，不晓得她要做什么。茂源的人纷纷望向陈老夫人，见她眼观鼻、鼻观心，整个人像是忽然变成了一块木头，自然也就不敢出声阻止。

就在所有人都感到莫名其妙之际，霍绾儿轻轻地就将那幅李源师费尽心血、梁惠师惊天一破的模绣扔进了炭盆里！

"啊——"

工坊之中，不知多少人脱口惊叫，就连林小云都看呆了！辜三妹心里不喜欢茂源，但这时也忍不住捂住了嘴巴，暗自心痛——这幅凝结了刺绣高手心血的奇作，竟然就这么毁了？只要是刺绣人，任谁目睹这一幕，心里都不会好过！

梁惠师虽然城府深，这时也忍不住身子摇晃，正要说话，嘴唇却在颤抖。

李源师抽泣了起来："你……你……你！"她奔到梁惠师身边，将头埋在她背后，不忍看火盆里还在跳跃着火苗的残绣——绣一沾火便毁了，这时再抢救也是无用。

霍绾儿也不说话，带着屏儿就这么走了。

陈老夫人深深一叹，泪流满面，来到梁惠师和李源师面前，跪倒在地。

第一一二针　各逞绣艺

博雅后园,听了林小云的转述,凰浦的绣师们无不叹息。

袁莞师一门虽然出走茂源,但兔死狐悲,物伤其类,就连高眉娘也不禁长长一叹——能让她如此,那是极罕见的事。

"霍姑娘毁了绣之后就走了,那老太太给两个宗师跪下了,却什么也没说,然后大伙儿就散了。"林小云道,"可能我们散了之后,她们才又说了什么吧。"

"这件事情太蹊跷了。"袁莞师说,"也不知道茂源还来不来得及再模绣。"

"应该是来不及了。"黄娘说道,"就算还有点时间,可经过这事,她们的心气都毁了,不是一时半会儿就能重新提振起来的。"她跟梁惠师有仇,但听到这样的事,心里仍不好受。

这时,林叔夜和林添财走了进来。高眉娘抬头,问道:"是你办的?"

众人都听得一愣。

林叔夜虽才进来,但也猜到大伙儿在谈什么。他竟不掩饰,点头:"算是。"众人转愕为惊。

林小云叫道:"表……庄主!这事是你干的?你……你可……"一时间,他都不知道该夸表哥厉害,还是该说表哥狠辣。

袁莞师皱着眉,说道:"这是做什么!上了绣场,就应该光明正大地斗!怎么可以用这种手段?"

林添财见林叔夜没有辩解,对众人摆了摆手:"那是因为他们做了初一，所以我们才做了十五！"

跟着，他便将高眉娘补绣需要特殊丝线，结果被人用腌臜手段断了线源之事说了。众人一听，这股气一下子就平了。

林添财对区大娘道："令郎的事，肯定也是入了别人的局。对方三番五次动用这种下流手段，如果我们不加以反击，后面还不知道会再来几回！阿夜这次的手段是毒了点，但不来个狠的，对方就不知道厉害！"

区大娘想起当日儿子的惨状，对梁惠师等的同情一下子就没了，恨恨地点头。

袁莞师也道："原来是有这个缘故。那就怨不得庄主了。"

"何止是怨不得！"潘大娘道，"其实庄主有这般手段，我们才能安心刺绣不是？"

园中几个绣娘纷纷点头，只有高眉娘脸色冷淡，没有说话。

林叔夜赶紧上前，对高眉娘说："这事是我托霍姑娘帮个忙，让她压一压茂源的气焰，不过我并不晓得她会这么做。"

高眉娘反问："如果知道了，你会阻止吗？"

林叔夜沉默了几个呼吸的工夫，终究道："我不愿意这样，不过我不会阻止。"

"以后还是尽量……"高眉娘说着，又忽然摇头，"你是庄主，这是你本分之事。"

她说着就要起身回楼。

林添财见她似有责怪林叔夜之意，叫道："高师傅！这件事情也许会让你不舒服，但阿夜也是为了大伙儿做的。再说，我们总不能一直被人压着打，是茂源先招惹我们，我们只是反击，你可不能因此心里怨他！"

高眉娘停了脚步，对众人说："我没有怨庄主，这是他应该做的。他要保护我们，用些激烈的手段在所难免。我身为绣首，在公在私都应该支持他。只是我作为绣娘，听说绣作被权势所毁，心里自然会不舒服……想必你们也一样，但这只是身为绣娘自然会有的反应。我就算预先知道，也会支持他这么做的，我不会对庄主存有任何芥蒂。为免诸位误会,所以这番话我必须对诸位说明白。"

众人听了都道:"这是自然!我们都明白。"

这时林小云叫道:"等等!刚才舅老爷说我们的线源断了,那明天补绣我们怎么办?"

高眉娘道:"我没有合用的线,自然也就巧妇难为无米之炊。这事你来想办法吧。"

"我来想办法?我能有什么办法啊!"

林小云还在惨叫,高眉娘已经回小楼上去了。袁莞师虽然没法参加广潮斗绣,但出出主意总行,便来帮着林小云一起想办法。

高眉娘回到楼上后,也不理会园中的动静,推开一面窗子,呆坐着,闷闷不乐。

黄娘紧跟了上来,见她如此,叹道:"姑姑,你……你真的变了。"

"嗯?"

"换了以前,若是陈子峰犯了你的禁忌,你定不会这么……这么好说话的。"

高眉娘怔了怔,陷入对往事的思索中。黄娘见她出神,便没再打扰,静静地下去了。

高眉娘这一出神,就不知出了多久。她听见身后有脚步声响,以为是黄娘,便没回头,问道:"我以前对他很糟糕吗?"

"对他?对谁?"

高眉娘微微一惊,慌忙回头,见是林叔夜,赶紧收敛心神,叫了一声"庄主"。

"姑姑,你还在生我的气吗?"

"庄主为什么这么说?"

"刚才姑姑虽然在众人面前替我说了话,但我心里知道,姑姑心中自有所持。你在海上曾说过,刺绣最大的干扰来自财富与权势,而现在我干了干扰刺绣的事情……"

高眉娘不等林叔夜说完便开口:"你是庄主,本来就应该做这个的。绣者才是做刺绣的,庄主是做营生的。于绣者而言,庄主本身就是权势的一方……"

"但我不想成为权势……自遇到姑姑之后，我的本心，只想守护刺绣……至少，我想守护姑姑的这份纯粹。"林叔夜没让高眉娘再说下去，"这是我的本心，我希望你相信我。"

他说完，转头就走，临下楼时却停了停："以后我不会再这样了。"

林叔夜走了后，高眉娘看着他离去的方向，喃喃道："嗯，黄娘说得也没错，我对你的确跟对他不一样，因为你与他终究不同……不同的……对吗？"

这次广潮斗绣，从一开始就与往届不同。

所有人都没想到会在茂源绣庄看到公然毁绣的场面——广东第一名庄，竟然被人踩门骑脸！之后又有风声传开，道是引发此事的竟是凰浦——原来那个绣庄背后竟有如此势力，怪不得能在短短数月之间强势崛起，三番五次压逼茂源。

就在这纷纷扰扰之中，徐博古定好的期限悄然到来，诸绣庄各带绣作登上望海楼。楼上挤满了丝绣业的人，不少本地的乡绅贤达、丝商绣贾也列座旁观。徐博古坐正主位后，铜锣敲响，十二个绣庄代表排列而前。

排在最前面的两个人，左边的杨燕武黑着脸，右边的黄谋则笑吟吟的。刺绣行的人心里都跟明镜似的：昨天下午茂源出了变故，也不知道后来有没有再赶出一幅模绣，若是赶不及，今天便要交白卷了；就算勉强赶好了，效果也未必能好。茂源吃了瘪，作为好对手的康祥自然乐见。

"三日之前，老朽在此立绣。"徐博古开口道，"却不知今日诸位能否给老朽一个答案？"

按照惯例，应该是天字第一号参比者开口，但这时杨燕武憋不出话来。黄谋笑道："徐老要的是'答案'，而这'答案'，大伙儿都是绣出来的，落在绣地上的东西，也不怕谁先谁后。要不大家也不拘前后，混着次序将卷子交上吧，免得有要交白卷的人杵在那里，耽误了大伙儿的工夫。"杨燕武怒目而视。

泰奇的莫庄主笑道："黄二舍这话有理，要不就先由我泰奇来交卷吧。"他说着，拍拍手掌，泰奇的宗师莫高师走了出来。她身后跟着一幅绣。在徐博古面前，一幅上好的《西洲话旧图》徐徐展开。这幅模绣在原作旁边一展，乍一眼看去，两幅绣竟一般无二，只是原作破裂损毁，这幅模绣却仿佛无缺。

旁观的乡绅贤达纷纷出口赞誉，却有别家绣庄的大师傅出口质疑："莫非只是模，没有破？"

徐博古洗了手，擦干后，上前细细摸索了一番，赞道："模得好！剪得好！也补得好！"

原来自莫庄主买到消息，吃透了模、破、补三步骤，便马上进行模绣。泰奇本来就隐有广东第三庄之称，底子也十分厚实，这几日集全庄之力，对沈女红的这幅《西洲话旧图》进行模绣，其复现程度几不在李源师之下，而后又对照原来的毁痕，请来一位号称"神剪"的外援，也几乎是完美复现了那条破损的裂痕，再之后又以极其细密的针线进行缝补——若不细摸，单以肉眼看，是看不出这绣破过的，所以才招来了质疑。

泰奇听到徐博古一句"剪得好"之后，也暗自佩服那位"剪神"。莫庄主道："徐老先生果然是刺绣的老行尊，一摸就知道我庄这幅绣的破痕是剪出来的。"

徐博古道："这幅模绣，其神韵虽还未臻原作之境界，但已属刺绣中之上品，而这条痕剪得好，这绣也补得好。这一剪一补甚见功夫，非但无损绣品本身，懂行的人见了，当知这剪、补功夫之深，刺绣价值不降反增。依老夫之见，可列为'超品下'矣！"

旁观的乡绅贤达、丝商绣贾便交头接耳起来，对这幅绣已有了兴趣——他们来这里不只是旁观，如果看到好的绣品，也是想买回去的。

泰奇众人更是大喜，莫高师也志得意满。绣品之分级，上品已是针功之极，要想再往上，则必须在立意上有所创新。模绣是拾人牙慧，比起自出机杼的原创作品，终究会逊色一筹，模仿得再好，也很难得到绣评人的超品评价。徐博古这时将这幅绣列为超品，那是承认泰奇的这幅绣在修改中有了自我创意。

泰奇拔了头筹，丰饶也跟着出列，其模绣之精、破绣之巧、补绣之密，亦不在泰奇之下。而后永安、昌平等陆续登场，也得了"上品"的评价。直到福瑞德的绣品出来，情况才随之一变。

这幅绣一展开，就肉眼可见地与原作不同，不说"破"与"补"了，只说"模"，也模得不像。福瑞德多年来在广州自成一派，与广绣纯本土派一直有各种牙齿印，因此绣才一展开，泰奇、昌平等绣庄就纷纷嘲笑。莫高师更是当众冷哼："模、破、补三步，这模都模得不像！你们福瑞德这一次算是栽了！"

福瑞德的宗师陈闽师挺身而出，反驳道："谁说这一关一定要'模'？这模、破、补三步，是徐老先生亲口说的吗？是斗绣第一关规定的吗？"

众人一时愣了，才想起徐博古从来没说过这句话！这两日因消息泄露，各庄追逐，许多人不知不觉竟将这模、破、补当成金科玉律一般，甚至都忘了最开始的题目了。

陈闽师道："绣既已毁，再要模、补，都已落了下乘，不过硬展技艺罢了，离绣道远矣。老身潜心思索：沈女红师傅之所以在即将完工之际自毁佳作，多半是对刺绣有所不满……因为达不到她心目中的水准，所以宁可毁了。既然沈师傅有所不满，老身便从此处入手去想，寻思着刺绣与画作本不相同，要想将画作复现，里头便有几个大难关要解决，而问题就可能出在这里。老身虽然不自量力，却也想到了另外一种复现《西洲话旧图》的途径。此绣太过匆忙，怕是连上品都及不上，但徐老先生说了，他只想要一个答案……我福瑞德这幅绣，里头已有老身的想法与回答了。"

她说到这里才停下，请徐博古上前一摸。

徐博古再次洗了手，上前细摸。他且抚且思，良久道："这是'补画'法？"

陈闽师答道："正是！"

粤绣有"八门二变"，其中两个"变"，其实不是两种针法，而是将基础八法之外的各种新创手法都囊括进去。这"补画"法是指画与绣结合：绣地上绝大部分地方都用针线绣成，只有小部分地方以笔画补充，这样一来，就解决了一些刺绣难以完美展现的难点。

徐博古摸了许久，不停点头，对众人说："陈宗师用心之深、变体之妙，令人由衷赞叹！此绣虽然不是徐某心中之答案，却是开创了另外一条路子。只是正如闽师所说，刺绣太过仓促，以至于此绣未臻化境。徐某不才，能否恳请闽师在广潮斗绣结束后，依此立意再细细绣一幅出来，我必亲自携回，想必沈师傅见了此绣，必然欢喜无限。"

他的这个评价，显然已超过前面对泰奇、昌平诸庄的了。

陈闽师欣然道："徐老谬誉了！等斗绣结束，老身自当闭门再绣一幅《西洲话旧图》。"

绣品到了超品这个级别，针功反而成了最基本的东西，决定其上限的一是立意，二是名人评价，三是绣品本身的传奇性。如果一幅绣品在诞生与流传期间有故事、有传奇、有争议，其身价必定十倍、百倍往上。

这一瞬间，福瑞德的庄主都已经想好了：回头等广潮斗绣结束，除了请陈闽师闭关再绣，还要再高金聘请书画名家进行"画补"；此绣在今天已得立意，若等绣成之后再得到沈女红的认可，或有机会进入极品之列！想到这里，他激动得手都有些颤抖了。

旁观的乡绅贤达、丝商绣贾再次交头接耳，纷纷对那幅还未面世的"补画"版《西洲话旧图》显现出了极大的兴趣。

此后诸庄陆续献绣，却都乏善可陈，有两家的出品甚至连入上品都颇为勉强。徐博古为人厚道，倒也为之遮掩一二，但已在心中定下排名。他眼睛看不见，却又"目光如炬"，所评高妙而公道，各庄无不钦服。

看着只剩下茂源、康祥、凰浦三家，黄谋心想：茂源要交白卷，凰浦的高眉娘会出奇招，我还是抢在三弟前面献绣吧。

他便出列，拍了拍手掌，随后陈贵师领徒弟走了进来，展开一幅绣。众人一看，"呀"了一声。

第一一三针　名实不副

康祥的这幅绣与原作也不一致。若是没有福瑞德那一遭，只怕此刻又有人要出言嘲讽了；但有了前车之鉴，众人便一时按捺住了，都细看那绣，不由得纷纷暗想：好绣！不愧是康祥！

陈贵师笑了笑，道："我庄的见解，与福瑞德不谋而合。不过福瑞德是彻底绕开了沈女红师傅的原绣，未免有些离题，而我庄所想，仍在如何补其缺。"

众人再细看这绣，见其竟用上了"做旧"法，所用丝线也不是完全忠于原作，而是直追本源——唐伯虎的《西洲话旧图》。康祥在立意上与其相近，选用偏黄的丝布，将绣做成如同陈年画作一般。其绣显旧，因此绣地上便出现一些岁月折痕，而那道破痕又非常巧妙地隐藏在其中一道折痕之中。

徐博古细摸之后，亦赞叹道："康祥之作，亦见匠心！只以成品而论，可列已出诸绣之第一也。"

言下之意，康祥交出来的"答案"其实不如福瑞德，但因为完成度更高，就综合而言列为第一。

陈闽师心胸宽广，倒也不以为意。她自得了徐博古佳评，此刻只想着那幅"补画"版的《西洲话旧图》。

黄谋于艺术上虽然通懂，却没有什么执着，也不计较徐博古的言外之意。他只要这场斗绣有好结局就是了，这时满心爽畅，对林叔夜道："三弟，看样子茂源是拿不出东西了！要不你就开谜底吧。高师傅当年艺压全粤，她带来的答案想必不同凡响！"

他这句话一捧，一下子把所有人的心思都带过去了。人人盯着林叔夜，对那位传说中与沈女红齐名的粤绣传奇人物翘首以待。

林叔夜点了点头，便出声招呼。林小云带着李绣奴走了进来——难得这小子脸上竟有点局促不安。林小云昨晚忙了一夜，才总算搞定了破绣、补绣之事。他今早拿去给高眉娘，高眉娘看了后，说："虽然夺魁无望，但应该不至于出局。"所以林叔夜就把他带来了。

林小云今天到了现场，在门外偷看，发现这广潮斗绣果然一个比一个厉害。他已自知不如泰奇、丰饶的刺绣功夫，在看到福瑞德的高妙立意后，更有些自惭形秽——偏偏黄谋还在人前把凰浦抬到天上去！他这好脸面的人，如何还好意思把自己这堪堪及格的东西拿出来？因此他赖在门外不愿意进来，但表哥已经叫了……逼到头上，却也只能上了。

众人见不是那位戴着飞凰面罩的传奇绣娘，却来了一个这么稚嫩的"竹竿"，无不失望。就在林小云要展布绣品的时候，门口传来一个女子的声音："谁说茂源拿不出东西了？"

众人闻言望去，便见一袭青衫傲然立于门外。

林叔夜只感到一阵恍惚，一时间，仿佛回到了十二年前……是的，当年从京师回来，接受广绣行万众高呼的，就是这个身影，也是这个身影将他一步步引入刺绣领域。

陈子艳缓步入内，众宗师、大师傅纷纷躬身行礼，口呼"尚衣"——那些年浅识陋的人才知道来的是谁！陈子艳回来后，陈家一直秘而不宣，所以除了林叔夜等少数几人，西关绣行竟都不知道她回来了！

林小云本来就不想现眼，见她气派这么大，便趁势闪到一边去。

茂源的管库杨燕武惊喜地上前行礼："尚衣，你怎么来了！"

黄谋等各庄庄主也一起上前相见。林叔夜在陈子艳经过身旁时才回过神来，叫了一声长姊，陈子艳哼了一声，算是应答。随后，她站在了《西洲话旧图》面前。

徐博古也躬身行礼："尚衣。"

陈子艳这一现身，众人便知今天这场斗绣又要起变化了，心里都想：陈家这位尚衣竟然回来了！这场斗绣要好看了！

虽然见过陈子艳出手的人很少，而她大内首席绣师的位置也颇有争议，但再怎么样，她也是朝廷认可的天下绣行第一人。这十二年来，由于茂源的推动，"陈子艳"三个字在广东绣行累积了极大的威望。她这时现身，所有人纷纷想：必是昨日的变故将她给逼出来了，却不知这位大内首席能否力挽狂澜。

又有人想：可就算她的绣功再厉害，茂源的绣品已经被烧了，除非昨晚赶工赶出来，否则绣品毁了就是毁了。难道她还能凭空变出一幅来？

众人看陈子艳空着双手不携一物，便向后张望，却也没见她身后两个婢女带有绣卷，一时议论纷纷。就在此时，陈子艳直接伸手，拿起了那幅挂在中间的《西洲话旧图》原绣。

沈女红被杨锦望誉为大宗师，因此绣行中人对她心生敬畏。她的绣品挂在那里，别人大多只是看，若要触碰，都要先净手。但陈子艳的身份不与众同，她是皇家钦点的大内首席绣师，别说这只是沈女红的一幅绣品，便是沈女红亲自来了，在公开场合也得站在她的下首。这就是行业的规矩。

陈子艳侧了侧身，两个丫鬟行动起来，一个放下小椅，一个摆开绣架。

众人一惊：她要做什么？

陈子艳不慌不忙地坐了下来，同时两个丫鬟已将那幅绣别好在绣架上。

众人又一惊：她竟然要当众刺绣？直接在沈女红的绣上刺绣？

换了别人，这样做自然是无礼，但以陈子艳的身份，她这么做却是顺理成章——以她的地位，本来就有资格指导天下绣娘。

陈子艳一双手也极其灵巧，在绣上摩挲了片刻，随即左手捏定绣幅，右手执针轻挑。见她一动，众人心中暗叫一声：真动啊！

刺绣这活儿，动了就不好收！若无十足把握，补绣不成，就会变成毁绣。

一条条丝线被那根绣花针拆飞，片刻工夫，断裂处就被挑拨成绒绒的一片。

除了见识过"天衣无缝"的林叔夜等人，大部分绣娘心里都在想：她这是要做什么？准备把沈女红的绣给毁了？

这时，陈子艳另取一针在手——别人只当是针，林叔夜却知道那是分线用的针刀！果然，陈子艳取出相应的丝线来，就在众目睽睽之下，展现一线四分的绝技！

"啊！还能这样！"好几个年轻的绣娘惊呼了起来。只有几个十二年前和高眉娘交过手的人反应过来："莫非是那一招？"

陈子艳的手法极快又极稳，穿线之后，针尖微挑，把断裂处的线与针上的细线续上，然后针显飞光，手现残影。只一顿饭的工夫，她连换七种丝线，将整幅《西山话旧图》的断裂处给补完全了！

这般补绣场景，当真令人叹为观止！

陈子艳收了绣针，剪了线头。两个丫鬟上前将绣品一抖，抖落了线头残余，把绣品交回到徐博古的手上。徐博古伸手摸去，叹道："毫无痕迹，天衣无缝，真个是天衣无缝！"

杨燕武大喝一声彩："尚衣不愧是尚衣！"他马上鼓起掌来。

一时间，望海楼喝彩声雷动！

许多人不由得交头接耳起来：

"这就是尚衣啊！"

"闻名不如见面！"

"真个了得！"

"看来这些年的一些传言不实！这般大的本事，怪不得是天子钦点的大内首席呢！"

尽管往日有着诸多流言，但陈子艳现场展现的这等神技，一下子打消了许多人心里的疑虑——传言再多，终究眼见为实啊！那些乡绅贤达、丝商绣贾看着那幅绣，都眼红了起来。好几个人都道："经陈尚衣这么一补，这幅绣的价值反要翻倍了。"

这一刻，陈子艳重新登上了广东刺绣界的最高峰。她睥睨全场,仿佛回到了十二年前,回到了自己接受众人欢呼的情境中。只不过当年她还有些心虚,而这时已经确信:或许自己是篡夺了高秀秀的位置,但如今自己的手艺已经青出于蓝。这个位置她坐了十二年,往后也将继续稳坐下去!

同一个场合下,不同的人却有不同的心境。林叔夜在雷动的欢呼声中,只觉得仿佛有一堵透明的厚绸布墙将自己与众人隔开。他无法与这些被陈子艳折服的众人共情,甚至也找不到当初为长姊激动的心情。相反,陈子艳再现"天衣无缝"的场面,反而让他心目中的那个完美无缺的青衫长姊蒙上了一层前所未有的阴影——

这针法,别人初见或许会被震慑住,但林叔夜已经看过两次了,而且随着对刺绣的见识日深,他已经能分辨内里的微妙区别。陈子艳的这手功夫的确了得,但落到林叔夜眼中,他隐隐觉得陈子艳比起高眉娘似有不及。这种微妙的差别不在速度上,也不在运针的流畅度上,而是刺绣时的那种气势,甚至韵味。当高眉娘拿起绣花针施展"天衣无缝"时,他感觉就像在看二王书法,在读李杜文章,而陈子艳给他的,却像在看一卷后人临摹的《兰亭集序》。

字写得再漂亮,但临摹就是临摹。

"这个女的,就像姑姑的影子。"林叔夜耳边忽然传来林小云的言语。

他蓦地转头:"影子?"是啊……小云这个描述太贴切了,长姊的确就像她的影子!

"徐老先生!"一片喧嚣中,杨燕武抬高了声音,将众人的喧扰给压了下去,"也该给个评语了。"

望海楼一下子又安静了下来,众人都期待着徐博古的评价。

徐博古连连咳嗽,忙说:"老朽一介盲叟,哪里敢点评尚衣的高下?"

杨燕武笑嘻嘻地说:"本来这广潮斗绣,我们尚衣是不该出手的,但昨天茂源出了一点变故,尚衣为免茂源被无知宵小乱嚼舌根,才来露这么一手。换了别的场合,尚衣的高下的确不容妄评,但现在既是广潮斗绣,你又是这第一关的主评,说上两句倒也无妨。"

陈子艳斜睨过来，既不怕徐博古乱说话，也不大将他放在眼里。

徐博古沉吟良久，才道："尚衣这一手功夫虽然还没有解开老朽心中疑虑，不过以这场斗绣来说，的确是艺压全场了。"这句话算是承认了陈子艳这一手绝活，却又留下了一个钩子。

陈子艳眉头微微一皱——捧场不尽情，那就是没捧场。她不好开口的话，杨燕武替她开口了："什么叫没解开疑虑？绣都补得完好无缺了，你还有什么疑虑！"

"因为这幅绣不好。"外头的声音很轻，却正好在杨燕武压得全场一阵静默时传来，因此所有人都听得清清楚楚。

杨燕武愕了一下："不好？这幅绣不好？"

在场的人听了这话，无论是刺绣者还是绣评者，心头都感到荒唐。

沈女红被誉为当世刺绣大宗师，她和陈子艳究竟谁更厉害或有争议，但她精心绣出来的绣品，谁敢说不好？

上百只眼睛齐齐望向大门，只见一个瘦削的女子跨进门来。所有人看到她脸上的飞凤面罩，都心中一动：是她！她终于来了！被这么多双眼睛盯着，女子却丝毫无感。陈子艳无视众人透露出的是一种高傲，她却仿佛原本就看不到——似乎望海楼的这么多人，全都是树木、花草、背景、绣地。她不是傲视，她只是"看不到"。

就连陈子艳，以及那些刺绣宗师，她仿佛也都看不到。

她进屋后的那几步路走了多久，陈子艳就气得抖了多久——明明她才是尚衣啊，是在场地位最高的人！为什么这人一出现，所有目光就聚在她身上了？这个女人到底有什么魔力！

高眉娘缓步来到徐博古身前。

徐博古眼睛不好，耳力却灵敏。他听到了高眉娘的声音后，声带都有些发颤："真是……高师傅？"

高眉娘从他手里接过《西洲话旧图》，细细再看了一番，说道："娟儿的手艺越发精进了。不过这幅绣不好。"

一些年轻的绣娘闻言就想：娟儿是谁？她们的师长却心里清楚：现在还这样叫沈女红小名的……也就她了。

人群中，陈闽师出列问道："这幅《西洲话旧图》的针功、布局，俱臻化境，又与唐伯虎的原画相得益彰，哪里不好？"

"问题就出在这里……娟儿和六如居士秉性不和！"

高眉娘将绣举起，让门外的阳光照在绣上："唐子畏号称江南第一才子，娟儿亦是江东刺绣第一人，以技艺而言相得益彰。但唐子畏作此图时已是晚年，历尽了生死别离，因此其心境有着愤世嫉俗后的沉着痛快。这幅《西洲话旧图》的意境，也唯有他自己的这两句诗最能形容……"

《西洲话旧图》包含了诗、书法和绘画，诗是直接写在画的上方的。高眉娘诵读了出来："醉舞狂歌五十年，何其肆意！花中行乐月中眠，何其狷介！尤其这句'漫劳海内传名字'，更是狂到没边了！不过他是谁？唐伯虎啊！他就是这样的人！"

"可娟儿不是啊……她的个性素来温和娴静，技艺虽高，却从来没狂过。"高眉娘又摸了摸绣，说道，"我与她虽然十二年不见，但摸其绣可知其人，想必这十二年她虽然也经历了惨变，却并没有像唐子畏一般愤激，反而心境更加平和了……心如平湖，因此绣如其意。"

徐博古听到这里，躬身就是一拜："高师傅竟然能从丝绣中判断出沈师傅的心境，老朽自愧不如，自愧不如！"

陈闽师道："这话听着好像有理，但未免太苛。这幅画若连沈女红都不能复绣，那天下还有谁能来绣？"

"要想找一个技艺、境界、相性都与唐子畏相当相合的人，的确不易。所以顶级的刺绣才会那般可遇不可求。"高眉娘道，"不过巧了，当今之世，却正好有这样一个人。"

好几个宗师同时脱口问道："是谁？"

高眉娘淡淡地说："就是妾身。"

此话一出，全场哗然。

就算众人猜到她就是高秀秀，但她当众说这样的话，未免太狂了！杨管库更是没忍住放声嘲笑。只有林小云两眼放光，不停地点头："不错！这才是我认识的姑姑啊！够狂！"

林叔夜眼眸中闪现着的……却是另外一种光芒。

在哗然声与杨燕武肆无忌惮的嘲笑声中，传出了一个女子的声音："秀秀，秀秀……真个是你！真个是你！"

一个小巧玲珑的女子像是走不稳路似的，跌跌撞撞地跑到高眉娘身边，攀着高眉娘的肩膀，哭道："十二年了，你还是这般狂……'漫劳海内传名字''不损心头一寸天'，唐解元的这份狂，我是怎么也绣不出来的。我当时心里就想……要把这份狂绣出来，除非是你！既生了这个念头，顿时觉得此绣处处都是不如意处，然而我如今声名已盛，留着此绣，后人或因我名不敢批评，这岂不误了后世英杰？因此便再容不得世上存在这般名实不副的不良之作了，便在即将完绣之际，提针把它毁了！"

这番话一出来，当场为之轰动！

听这言语，再看陈子艳、徐博古等人的反应，谁还能猜不出来呢——

这相貌平平无奇的女子，就是名动天下的刺绣大宗师沈女红！

第一一四针　嫁妆献绣

"真是没想到，广潮斗绣第一关，竟是这样结束的。"听着屏儿的详述，霍绾儿轻声叹息着。

广潮斗绣第一关，徐博古给出的最后排名，天字组以茂源为第一，福瑞德次之，丰饶又次之，陪斗的苏绣璎珞坊不进入第二关，所以永安就被淘汰了。地字组那边淘汰的则是珍珠坊。

至于凰浦，徐博古没给列排名，却说："老朽的疑虑，高师傅给了答案。"

这一来，谁还能不明白呢？

霍绾儿轻笑着："徐老头真是滑头，不敢得罪陈子艳，却又不愿让高师傅屈居人下。可这么一说，谁不晓得高下已分？茂源得气疯了吧？"

"茂源怎么样不晓得，但听说那个陈子艳走的时候，脸都气黑了。"屏儿说，"不过她其实也挺厉害的。姑娘你为凰浦做主，烧了茂源的绣，他们竟然还能扳回来。若不是高师傅出手，这一关茂源就要独占鳌头了。"

"烂船还有三斤钉呢！"霍绾儿又问，"后来呢？"

"后来，那个苏州大宗师就被请到凰浦去了。听说她和高师傅亲热得不得了，一路手挽手，都没分开过，泪水流了一条街。姑娘，咱们要不要也去见见那位沈女红？"

沈女红名声虽大，却只是在刺绣行内。霍绾儿对此无感，摇了摇头："咱们现在哪有那个闲工夫！"

杨、陈两家被迫出让的六成半的丝绣产业，岂是霍绾儿吃得下的？大头都分给了南海、三水的叔父们和玄门的道爷们。

为什么是南海？南海是霍家桑梓。为什么是三水？三水是秦福老家。为什么又跟玄门的道爷们扯上关系？当今天子崇道啊！

有这三大势力做底子，霍绾儿干起事来，那是要多顺就有多顺。省、府、县上至巡抚，下至百吏，都不敢对这个"民间产业"的买卖有什么意见。而诸公和道爷们平白得了这些能生大钱的产业，无不对霍绾儿这个世侄女交口赞誉，又知霍少保让霍绾儿"择一业"，霍绾儿选了丝绣业，便干脆将这些产业交给霍绾儿打理了。于是这个年不及二十的少女，竟成了广东数一数二的丝业巨头！

因此，这数日，霍绾儿忙得脚不沾地，要处理桑田承揽，又要处理店铺转手，还得给省、府、县上下打点。别人没来开口，她霍绾儿可不能不识做①，雨露同沾才是正理——靠眼下的威权硬压，虽然能省几个钱，但后患也同样严重。

秦德威最近心情变好了。

陈子峰缺席这种事于他只是插曲中的插曲，他当时心情不好，报复过就忘了。而后茂源献上《三十六天图》，便让他转愠为喜。他再派人打听，得知陈子峰的确是生病，便不再怪罪陈家。他手头的事情一切顺利，更莫名其妙地得了另外一件功劳，因此心情变得十分愉悦。

那件功劳却跟霍绾儿有关。那天霍绾儿忽然请他喝茶，让他感到莫名其妙，于是只派了个小太监去虚应一番。不料没多久，干爹三水老家忽然来了人，个个欢天喜地，颂扬干爹的恩德。秦德威不动声色地暗中套话，很快便套出了：干爹三水那边的族人近来得了极大的好处，而那好处就像从天上掉下来的一般；他们思前想后，便猜测是秦福暗地里的恩赏。秦德威当时虚与委蛇，事后一查，才知道根在霍家。联想起前几日霍绾儿的邀约，秦德威便猜是霍氏拐了好几个大弯与干爹交好。嘉靖皇帝对内宫拘得很严，所以连秦福

---

① 识做：广东方言，指会做人，知趣。

这种大珰都没法明目张胆地为老家谋福利，就连这次秦德威南下，也只敢派人过问一声，不多不少地赏一点钱罢了，所以三水那边一开始对秦福也不太热切。现在秦氏族人得了产业，便赶紧安排起来，不但为秦福的父祖修坟扫墓，列名入祠，还在族内找了个孩童当秦福的养子以继嗣。这一切都是三水秦氏自己的安排，而秦德威料定事情传回去，干爹一定大悦。干爹高兴了，秦德威自然也就跟着高兴。于是，他接连地与霍绾儿通传口信，两人的距离一下子就拉近了。

这日，他忽然得报：广潮斗绣第一关结束，茂源夺魁，但凰浦成无冕之王。秦德威这次南下，虽然是为着另外一件大事，但毕竟尚衣监是他该管的，不禁奇怪：广府是茂源的主场，陈子艳的本事，他在宫里也是见识过的，着实了得，可广东竟然还有人能压她一头？那个凰浦又是怎么回事？

来报的小太监十分伶俐，便说："听说那凰浦是茂源分出来的，庄主是陈子峰同父异母的兄弟。另外，儿子还听说那个凰浦绣庄，南海霍姑娘有股。"

秦德威一听就笑了："原来如此！那就不奇怪了。这个霍姑娘，倒也是个妙人。"

小太监揣摩干爹的心思，便问："那这一轮，咱们是不是也扶凰浦一把，也算卖霍姑娘一个面子？"

要说这太监的心思，旁人是摸不准的。秦德威心念数转，却道："给我暗中传几句言语，让人将这个凰浦压上一压。"

小太监愕然："这……干爹能否指点儿子两句，别让儿子会错意，办错事。"

秦德威笑了："那位霍姑娘能兜大圈子为你干爷爷办了件欢喜事，算是有心了，但既是好事，她不先行请示就办了，未免有些自作主张。再者，你干爷爷的族人虽然得了好处，但大头是她得了去的，而且她拉上我们，多半也是为了借我们的势！哼，咱们东厂的势是那么好借的？"他虽在尚衣监，但因干爹是东厂督公，所以也把东厂当自家了。

"原来如此！真是可恶！那儿子回头叫人将那个凰浦摁死！"

"那又不用。"秦德威一笑，"那批产业不是一笔过的现银，而生钱的金山，现在都在那小妮子手里抓着呢。大家现在利益一致，是都有好处的事，摁死是不用的，敲打敲打即可。"

"但……这广潮斗绣的第二关，主评是霍家千金啊，算来是那位霍姑娘的姐妹。"

"越是这样，越要压一压。"秦德威冷笑，"也要叫人知道，这丝绣场，到底是谁人之天下！"

这些事情，霍绾儿知道一些，又不知道一些；到了林叔夜那里，便知道的又少了一些，不知道的又多了一些；到了高眉娘处，她直接不理会，专心致志地刺绣。

那天斗绣结束，博雅绣庄迎来了大贵客。沈女红上了高眉娘的小楼，两人同榻而眠，说了一晚上的话。第二天出来，两人的眼睛都是红的，不过沈女红还是喝茶消倦，在博雅绣庄给大师傅以上的绣工们开了一个指导局，可把全庄上下高兴坏了，连林小云也兴奋不已——像沈女红这样全天下数一数二的人物来广东做指导局，可以说是千载难逢。他问了好些个问题，个个都得到了超乎预期的回答。

傍晚时分，沈女红便离开了。两人在码头上执手话别，沈女红哭哭啼啼的，高眉娘却眼眶也不红一下。船一开走，她便回了小楼，委实叫人意外，却又理所应当。自此，众人更觉得这位高师傅真是个冷面冷心的冷美人。

林小云跟着表哥到后园时，见高眉娘正对着唐伯虎的真迹绣《西洲话旧图》。因林小云是林叔夜的表弟，她也就没戴面罩，整个人看上去若无其事。林小云忍不住道："十二年不见的好朋友，现在见了一天就别离，你就一点都不伤心？"

高眉娘抬起头来，有些奇怪："过些时日就要再见面了，为什么要伤心？"

"啊？再见面？什么时候？"

高眉娘淡淡地说："斗完广潮斗绣，不得上京师御前大比？到时不就又能见面了？"

林小云心想也对，随即反应过来："啊？御前大比？咱们还能去御前大比？能见到皇上吗？"

"只是御前大比，皇帝不一定能见着，但跟娟儿总能碰上的。"她说了这句话，便不再理他们，拿着针在画上比画着。

林小云听她的话，似乎把广潮斗绣说得手到擒来一般，真是狂得不行，但一转念，又服气了："她连陈子艳都能压得住，连沈女红都对她服气，广东省内，怕也是没她的对手了。"

高眉娘凝神看画，思索，拿着一根没穿线的绣花针，对着一块空白的绣地，想着怎么运针。这一思索，不觉就半个时辰过去了。林小云不耐烦，早跑了，只有林叔夜站在那里没动。待高眉娘回过神来，才发现林叔夜还站在那儿，问道："庄主还有事情？"

"嗯，第二关的题目，今天早上定下来了。"林叔夜道，"主评是霍家千金，题目是'嫁妆'。"

"斗绣还是献绣？"

"献绣。霍家千金如今寄居玄妙观，从明天开始，连续三日接受各家献绣，收下谁家的，谁家便得分。小绣得一分，大绣得三分，最后嫁衣得十分。"

如果说徐博古出的题目出人意料，那霍佳兰的这个题目就在所有人的意料之中。

广潮斗绣，斗的是综合实力，一些绣庄甚至几年前就开始张罗各种物料，甚至成品，其中嫁妆类物料、成品本来就是必备。既知成亲在即的霍佳兰是主评之一，所有人便都押宝其题目必与嫁娶有关，便是凰浦，也早已准备妥当。

"既是献绣……"高眉娘点头说，"那就跟我没什么关系了。庄主忙去吧。"

为什么说跟她没关系呢？因为该准备的东西早就准备妥了，回头只等献上就是，因此不需要高眉娘出面。

林叔夜知她性情如此，应了一声，便准备下楼。忽然，高眉娘叫了一声:"庄主。"

"嗯?"林叔夜停步。

高眉娘犹豫了一下:"嗯,没事了。"

林叔夜凝神看了她半晌,见她也不看自己,只看着画,便无言地下楼了。他下去后,高眉娘却抬起头来,看看楼梯的方向,也是看了半晌。

林叔夜下去后,绣庄便忙碌了起来,虽然早料到了题目的范围,但正式下来,也总有一些调整。高眉娘不来"主持大局",林叔夜便让黎嫂牵头。黎嫂可就犯怵了,这场斗绣虽说只是献绣,可擂台那边都是宗师!她一个才晋级大师傅的人,怎么敢去跟宗师们隔空打擂台?

众绣娘正推推搡搡地,林小云站了出来,说:"有什么好别扭的,咱们的东西早就准备好了,且分门别类,明天全部捧了,一件件献上去就是。"

广东、福建等地看重嫁妆。第二关的题目集中在与刺绣有关的物品上,日用品、金银玉石、食物、风俗意头等都不用管。

黎嫂觉得林小云所说有理,便安排人手,将各种婚嫁绣品分门别类,用上好棉布包好,只等第二天去献绣。第二天一大早,林添财不在,林叔夜便领着大家,带着收拾好的四大担东西,坐船前往玄妙观。

第一一五针　巧入琪园

玄妙观又称"元妙观",在省城广州西门大街上,观门名"琪林",内景绝佳。人道一入琪林门,便如置身人间仙境。宋朝时,苏东坡曾客寓于此,并在观内凿了一眼水井,广州人称之为"苏井"。这"琪林苏井"便是明代"广州八景"之一。霍佳兰婚期将近,奉母命到此祈福。玄妙观深敬霍少保,特地将苏井所在的侧园打扫了出来,供霍家千金暂居,又令每日午时后,禁男子进入观中,以方便霍佳兰祈福,而午时之前,则封闭侧园与主观之间的月牙门,以免闲杂人等进出冲撞。

侧园有一个小门,献绣的诸庄需要由此进入。博雅绣庄位于广州城东,虽然黎嫂他们起了个大早,但一行人来到玄妙观时,还是日上三竿了,前面已经排了一大堆的人。原来通过广潮斗绣第一关后,天、地两组各剩四庄,但加起来也还有八家绣庄。其他绣庄恐落人后,个个都将嫁妆绣准备得无比丰厚。凰浦只准备了四担,茂源和康祥可都准备了二十四担!每担由一个挑夫挑着,一个绣娘照应,再加上其他人等,八家绣庄就来了上百号人,带来了上百担绣品。侧园小门外只有一条小巷,哪里塞得下?因此,凰浦众人现在连巷子都进不去。

林叔夜暗道一声:这几日舅舅不在,这事便安排得不够妥帖了。

眼看太阳就要往中天爬了,此时茂源、康祥的两拨人满面春风地挤了出来。黄谋瞥见林叔夜,皱眉道:"三弟你怎么这时才来?我要赶着回去准备明天的事,你快进去。"

茂源、康祥两家离开后，前面的人只是往前挪了一挪，依旧把巷子塞满了。黎嫂等得心焦，说道："这样下去，咱们连门都进不去，也不知道前面是什么光景。昨日霍家的人说了，过了午时，霍家千金就要去祈福，那时候就不收绣了。难道咱们连门都进不去，直接输在这里？"

林叔夜皱了皱眉，开口叫道："前面诸位，能否让一让路？"

前头只传来几声冷笑："我们天没亮就赶来排队了，你们来得晚，就该在后面等着！"

林叔夜又说："那请让我们过去一个人，到前面问问情况。"

前头连冷笑也没了。

林叔夜知有异，就对黎嫂说："挤，你往里头挤，先去前面看看形势。"

黎嫂上前，结果被好几个膀大腰粗的绣娘给拦住了。林小云叫道："大家帮忙，上！"他带着李绣奴、沙湾梁哥等帮黎嫂往里头挤，不料前面几家的挑夫、绣娘就好像约好了似的，担阻人塞屁股顶，叫凰浦的人没法前进一步！最后反而把凰浦的人给顶出去了。

林叔夜眉头紧皱：高眉娘在绣场上从来是直来直往地斗，他在商场上也不忌惮阴谋阳谋，但这种市井流氓般的做法，从来不在他的考虑范围之内。这时，他不由得怀念起舅舅——若是林添财在此，这些他必能提前预知并处理。

他正要上前讲理，前面几个绣庄的头面人物却都躲着，只有几个如糙汉子一般的绣娘在那儿嚷嚷："你们想排前面，怎么不早些来？谁还不是在这里排队？等着吧！"

林小云大怒："他们是故意的！一定是故意的！"他跳出来撒泼叫骂。

沙湾梁哥"哎哟"了一声，道："真真是，妇道人家，怎么这么粗鲁呀！"

黎嫂怒道："这时候不粗鲁，斯斯文文的，等着输吗？"

沙湾梁哥就哭了："黎嫂，你怎么也凶我……"

凰浦这边有人哭，有人骂，但才骂了一会儿，前面也跟着骂了。双方骂得越来越大声，越来越难听，终于把观中几个道士给招惹来了。他们喝令众人安静。众人一开始不依，结果那道士说："你们是来斗绣的，胜败只在里头那位千金的一念之间。现在要是嚷嚷得霍家姑娘心烦，也不用进去比了，到时候直接是个输！"众人一听有理，都闭了嘴，巷子里才算消停了。

凰浦众人聚在后头商量，黎嫂问："怎么办？怎么办？"

林叔夜道："舅舅这两日不在……今天的事是我疏忽了。现在最要紧的是先知道里头是什么情况，然后我们才能对症下药。"

林小云说："这简单，霍姑娘也是霍家的，听说她就住在这附近。庄主你去找一下霍姑娘，这门肯定就进得去。"

林叔夜皱眉，摇头不肯。这点小事都搞不定，只会让霍绾儿看不起。

林小云又说："要不去找一下康祥？他们的人才出来的，肯定知道里头的情况。"

林叔夜仍觉不妥——原因也是类似，这点小事都要去求黄谋帮忙，肯定得叫对方笑话。

林小云再说："要不这样，赶紧去码头边把三根叔叫来，让他拿一根竹竿打进去！"

林叔夜仍然摇头，心想：这种事情，得是舅舅才干得出来的。

林小云怒道："这也不行，那也不行，那你说怎么办吧！"

众绣娘见了，心里都想：云娘好泼辣……不但对外人泼辣，对庄主也敢这么吼。

沙湾梁哥瞪了林小云一眼，却不敢惹他了。

林叔夜想了想，拉着林小云耳语了几句话。林小云一听，跳了起来："不行！不行！"

林叔夜笑道："这事你办成了，这广潮斗绣第二关……你便是头功！"

"真的？"林小云一下子眉毛弯弯的，笑道，"那我琢磨琢磨去。"

他说着便跑了。

有一顿饭的工夫，泰奇的人也出来了，这时队伍又往前挪了些许。凰浦的人已经挪到巷子口了，但仍然被阻挡，没法知道前面的情况。

这时巷子外头来了个挎着菜篮子的高挑丫鬟，穿着粗使婢女的衣服，篮子里装满了青菜、豆腐，还露出了一条猪尾巴。她走起路来扭扭捏捏，一边脸颊上还贴着块小小的狗皮膏药，一到巷子外头，见人就骂："你哋帮契弟，塞嗮条巷，由朝头早塞到宜家，喺吾喺想塞都你老母生孙啊！扯开，扯开！你姑姐要返入去啊！①"

因路被堵，那女人就先从凰浦的人开始骂。黎嫂忍不住要回嘴，林叔夜大声说："这应该是霍家出去采买东西的人，咱们不能得罪！"

黎嫂这才忍住，拉了众人让出一条路。别的绣庄的人听见，也让开了一条路，但那女人一过，他们马上又把路给堵死了，不给凰浦的人一点机会。林叔夜看了，暗中点头，说："他们果然是故意的。"

只有沙湾梁哥看着那扭来扭去的屁股，忍不住嘟哝："头先②那个大啰柚③，怎么这么眼熟？"

林叔夜暗自好笑，夸奖了表弟一句扮什么像什么——刚刚过去的这个"女人"，自然就是林小云。他跑开后，找到个旧衣店，买了身衣服，又稍稍化装，就变成现在这个样子；然后，又弄了个菜篮子，买了菜和肉，就这样一路扭捏，一路骂人。小巷子没多长，他没走多久，就到了侧门——门却是开着的，门外还空着一小片地方，排在最前面的两个绣庄的人分成左右两列，老老实实地在那里等着。

林小云心想：果然就是针对我们的。

按广潮斗绣"过三关"的规则，第一关每组淘汰两庄，第二关

---

① 广东方言，整句话的意思：你们这帮人，把巷子都堵住了，从早上堵到现在，是不是想堵到你老妈再生一个啊！走开，走开！你姑姐要进去啊！
② 头先：广东方言，指刚才。
③ 啰柚：广东方言，指屁股。

要继续淘汰两庄，自然是人人自危。林叔夜毕竟是个读书人，虽在商战上偶尔能出奇谋，却缺乏经验，就算是不择手段，想的也都是"高大上"的，就是没意识到在真正的商战中，那些上不得台面的下作手段，才是数量上的主流。

与其他绣庄相比，博雅绣庄是离玄妙观最远的，前面先来的诸绣庄眼看凰浦落在后面，竟同仇敌忾起来，混在了一起，要将凰浦的人挡在外头，心想：只要拖过午时，那凰浦今天就没戏了。到时候，他们就少了一个正面对抗——多半斗不过——的劲敌。

林小云直接跨过门槛，一个看门的道童叫道："你谁啊？"

林小云脑子极活，见对方是道童装扮，便猜他未必认得霍家的所有人，于是用粗口骂道："没眼力见的！我是霍家烧火的！夫人怕这边厨房东西不够，让我送点新鲜的菜来！"

道童瞧着菜篮子里露出的猪尾巴说："我们是全真，不是正一，这观里不能吃荤，霍姑娘不也在斋戒？"

林小云将猪尾巴抽出来，甩了两甩："这不是拿来吃的，是给厨房赶蚊子的！我只送青菜和豆腐。"

"那也不能进，赶蚊子有拂尘。"

"怎么这么多破规矩，那我扔了吧！"说着，他将猪尾巴往旁边一扔，趁着道童慌乱之际跑进去了。过了角门，林小云眼睛乱转：小园不大，往左边的门看起来荒凉，多半不是通厨房就是通厕所，往右边的乃是鹅卵石路，一路都栽有花草。他便往右边去，途中看看没人，就把菜篮子扔了。他没走几步，就见到了一个月牙门。一个婆子和一个三等丫鬟在那里守着，见到他就问是来做什么的。

林小云张嘴就能跑马车："屏儿姐姐让我过来，给三姑娘传绾儿姑娘的两句话。"

霍佳兰行三，他又能叫出屏儿的名字，婆子和丫鬟就没怀疑，让他进去了。擦身之际，丫鬟捂鼻："怎么这么臭？"

林小云心想：旧衣店里放的不知几个月没洗的衣服，怎么可能香呢？他加快脚步往前走，旋即又见一个月牙门，两个二等丫鬟在那里守着，旁边还有挑夫和几担绣品，门内隐隐传出声音。林小云便知地方对了。被守门的两个丫鬟质问，他仍然是那套说辞："屏儿姐姐派我来的，绾儿姑娘让传个话。"

因他能过前面两个门，这两个丫鬟就没怀疑，只是说："姑娘正在里头挑绣，你且进去候着，若不是急事，等姑娘说完话再上前禀。"

林小云答应了，心想这大户人家的规矩果然多。

进了门，里头就是个花园了，一应名花香草不消多说，小小的空间里更布置了通幽的曲径、叠嶂的假山。院子中间有一口井，这口井便是传说中的"苏井"了。

不过林小云也不认得这些，只看到苏井再过去一点，便是个小亭，亭子里坐着一个少女，着钗一支，然其质、工俱上乘，所穿衣衫仅两色，却是丝、绣两绝伦。林小云猜那少女便是霍家千金霍佳兰。这位千金小姐身后站着一个绝色丫鬟和一个身穿绸缎的嬷嬷，外围又侍立着五六个丫鬟和两个嬷嬷，人人直立屏息。

林小云看了，心想：这才是真正千金小姐的气派吗？以前觉得绾儿姑娘是大户千金，但她出入就一个丫鬟，果然不能比。

亭子前面，两个绣娘正展开一床绣着凤凰、仙鹤、鸳鸯、鹡鸰、黄莺五种祥鸟的被子。一个中年女子指着被子讲解："鸟有三百六十属，凤为之长，此示君臣之道；古人云'鹤鸣在阴，其子和之'，此示父子之道；鸳鸯，相思之鸟也，此示夫妇之道；鹡鸰，义气之鸟，能急兄弟之难，此示兄弟之道；古诗云'嘤其鸣矣，求其友声'，嘤谐音莺，此示朋友之道。因此这棉被，无一人物，却可名为'五伦丝被'。"

林小云认出是她是陈伍氏，再看展开被子的两个绣娘，其中一个是辜三妹，便知这是福瑞德。他心里想：哎哟，熟人，却是巧了！她们做一床被子也有这么多讲究，呵呵，待会儿若轮到我们……算了，表哥多半也能说出许多道道来。

这时，陈伍氏讲完了被子，见霍氏千金颔首，暗中一喜，心想：他们仕宦大家果然讲究这些，这番押宝可就押对了；被子乃是大件，拿下了可有三分呢！打铁趁热，她又让另外两个绣娘拉开一条床眉。

陈伍氏介绍："这是喜色卉纹床眉，横六尺二寸、竖一尺五寸，缎面为彩绣，图案是缠枝牡丹，寓意花开富贵。姑娘且看，我庄这条床眉乃用反咬、捆插诸针法绣制而成，外围以浅色丝线勾勒，内则枝蔓卷曲，牡丹花之瓣、叶由内而外，深浅有变。来！"

她说了一个"来"字，两个绣娘便转换角度。随着角度与光线的改变，那床眉竟会变色，而那牡丹也一会儿呈现深色，一会儿呈现浅色。在不同的角度、光线下，图案与色彩竟都有不同的显现！

这一变动，把满园的丫鬟、婆子都看愣了，心想：这床眉针脚之细密，色泽之明亮，怕也不用说了——非是如此佳品，哪能进得这个门来？更难得的是还会变色。陈伍氏笑道："虽然床眉挂上去了就不会这样动，但在卧室里头，随着一日晨、午、昏的推移，光线也总会变的。而且日间的阳光、夜里的灯光，也都是不同的。便是夜里，月光和烛光也是不一样的。因此一日之中，此床眉六变；一夜之中，此床眉三变。因此我庄的这条床眉有个名目，叫'九变床眉'。"

这一展示，再加上她的讲解，丫鬟们眼前一亮，寻思着：这样的床眉，几乎可以算得上一件宝贝了。

果然，亭子里头，霍佳兰也听得微微点头，并看了她的贴身丫鬟一眼。贴身丫鬟便问："姑娘，那这床眉就收了？"

见霍佳兰目光微垂，贴身丫鬟便道："好，这床眉收了。"

陈伍氏大喜，赶紧让绣娘将床眉叠好了呈上，那边自有一个丫鬟过来接收。

辜三妹心直口快，脱口就问："那被子呢？"

厅里的嬷嬷和贴身丫鬟同时眉头一皱，似是嫌弃这个绣娘没礼数。

霍佳兰却有大家闺秀的气度，笑了笑说："这床'五伦丝被'自是极好的，不过刚刚康祥送来的那床'丹蝶回纹'，更合我的心意，我已经答应收了，也就不好反口。"

以她的身份、地位，她明明可以不做解释，却还是和颜悦色地说了一番，叫人如沐春风——哪怕是被拒绝了，也无法对她产生恶感。

陈伍氏长叹一声，挥手让辜三妹下去，接着讲枕套。

林小云旁观者清，心想：霍千金说是这么说，但只怕是客气，应该是康祥的那床被子比福瑞德的更好。跟着又想：刚才那床"五伦丝被"，无论针功还是立意，都是超一流的了，这都被人比下去了，康祥那床难道是神仙做的？不对，"五伦丝被"再好，也比不上姑姑绣的那床"天作之合"。康祥那床若有"天作之合"一半好，吊打"五伦丝被"就不成问题。

这次广潮斗绣第二关，哪怕是一条床眉、一个枕套，都是倾注了各大名庄不知多少心血。

辜三妹闷闷不乐地退到一边。忽然有人扯了扯她，她转头一看，见是个陌生女子，身上又有些臭，赶紧抽回袖子，却听那人低声叫道："三妹，是我。"她听声音有点熟，定睛细看，差点叫出声来："云……"

"嘘！"

两人赶紧压低声音，辜三妹问他怎么弄成这样。

林小云也来不及解释，只问今天是怎么回事。

原来那日望海楼上，霍家的贴身丫鬟代自家小姐传话，定下了题目、时间与方向，然后各庄领了题目，分头准备，于今日一早前来。按照霍家千金的要求，时间只是定在了今天上午，并未规定是什么时辰，因此凰浦也不算迟到，只是他们千算万算，没算到有门口堵人这一招。

先来的庄子都会在外头听那道童讲说一遍现场规矩，而这规矩倒也没什么特别的，就三条：第一，霍家千金会挨个接见各庄，大伙儿在外排队候着；第二，今天收婚房内绣品，明天收其余绣品，后天收嫁衣；第三，午时过后，姑娘要去祈福，因此每日午时截止，第二天宣布结果。

这些规矩还好，但几个庄子眼看凰浦路远后至，竟然暗中联手，要下作手段。

听辜三妹讲完这些，林小云更是恨得牙痒痒。这时，陈伍氏已经介绍完福瑞德所献绣品。连同那条床眉，霍家共收了三件小绣——大绣、小绣不以绣品的大小区分，而是按照重要性来评定，比如床眉虽不小，却远不如被子重要。

福瑞德告退之际，林小云赶紧让辜三妹出去后将此间情报递给林叔夜。这时，有人来禀："绾姑娘好像派了人来传话。"

霍佳兰问："人在何处？"

林小云笑嘻嘻地跳了出来："我在这里。"

霍佳兰就皱了眉头。霍韬是议礼大臣出身，家中、府中最重规矩，哪会容得这样一个飞扬跳脱的下人？

她的贴身丫鬟便问："你是什么人？怎么没见过你？"

林小云嘻嘻笑道："我不是你们霍家的。"

众人大惊。

林小云忙说："别怕，我也不是坏人，我是凰浦的人。霍姑娘你好，我好不容易混进来，是要禀报一声，有人在巷子外头要下作手段，把我们凰浦的人堵住了，不让进来。我们是被逼得没办法，所以才乔装打扮，混进来的。"

贴身丫鬟和奶娘嬷嬷面面相觑，一时不知该说什么好。

"凰浦……"霍佳兰以别人听不清的音量念叨了这两个字，随即对贴身丫鬟说，"把园子清一清，我受不得闲杂人等吵闹，得歇一歇，让后面的绣庄等一会儿再进来。"

丫鬟们马上就领会了，奶娘嬷嬷便领着丫鬟、婆子将林小云轰了出去。林小云虽有一身的力气，却不敢用强，只是叫道："我不是闲杂人等，我不是闲杂人等！"他还是被一路轰至侧门。门外的人听说他是凰浦的，又一路把他挤到后面，最后他更被几个壮妇抓住手脚，扔了出去。

林叔夜等从辜三妹处听说了里头的情形，本来想着商量，却见林小云几乎被人给扔出来——林叔夜、黎嫂赶紧接住。福瑞德对凰浦抱怀善意，纷纷上前问讯，只听林小云气得大叫："不是好人！那个霍家三姑娘不是好人！"

第一一六针　闺绣之争

因为霍佳兰中间需要休息，结果她只接见了七个绣庄。最后一个绣庄出来的时候，已过了午时，侧园的门随即关闭。凰浦众人愤愤不已，一直陪着他们的福瑞德众人也替他们抱不平。

黄谋听到消息赶来了，先让凰浦收拾好东西，跟着拉了林叔夜到康祥的店铺内歇脚，问道："三弟，你这边怎么出了这么大的岔子？林揽头呢？"他心想：若林添财在，这事不至于如此。

林叔夜轻轻叹了口气："我舅舅去办件要紧事，没想到他才离开了一会儿，我们就遭人算计了。"

黄谋道："对方用的是腌臜手段，这本不是三弟你擅长对付的，罢了……也就亏了一日，等明日、后日把事情办好，咱们还能翻盘。"今日康祥献了一个大件、两个小件，拿了五分，与茂源齐平。其他绣庄，像福瑞德，拿了三分，已算不少，也有拿两分的。霍家千金心慈，对实力最差的绣庄，也会拿个小件，免得他们难堪，唯有连门都没进的凰浦被剃了光头。

林叔夜沉吟了一会儿，说："我们是还有机会翻盘的，但今日霍家千金的态度，却叫我有些拿捏不准。"

黄谋犹豫了一下，道："有一件事，我本以为以三弟你的耳目，以你跟霍姑娘的关系，应该知道了的，现在看来……"

"二哥，你有什么话就直说。"

黄谋这才道："三弟，你最近是不是得罪了秦少监？"

"秦少监？"林叔夜愕了一下，才反应过来，"我不曾得罪他啊。怎么了？"

"这就奇了。"黄谋压低了声音，"昨夜，尚衣监那边忽有小黄门在西关传话，要'压一压'你。这种话瞒着你凰浦不奇怪，但按理霍姑娘那头应该知道，她竟然也没知会你一声……这倒是做哥哥的不是了。"

其实黄谋这话藏了三分，他没通知凰浦，有一半是被迫的——秦少监已发话，若是他转身就去给凰浦通风报信，回头一旦被秦德威知道，那可就把秦德威得罪死了。秦德威是尚衣监左少监，正是整个刺绣行业的该管，要是真得罪了他，康祥没好日子过。

当时黄谋心想：这样的事情，霍绾儿多半也知道，因此便按下了，没派人通知林叔夜。可他没料到霍绾儿竟不知晓，结果就是凰浦一家真被蒙在了鼓里。这也凸显了凰浦地理上的劣势：别的绣庄多集中在广州西面，只有凰浦不管是本庄还是分庄（博雅），都在广州城东，若是凰浦也在西关，要想对他们进行消息封锁，相对来说就没那么容易了。十大名庄里最先倒台的和安，当初也吃过这样的亏。

林叔夜心念数转，已猜到了几分，便道："二哥不用放心上，虽然落后了一天，但明天、后天还有机会。"

黄谋对此还是有些愧疚的。这一轮康祥和凰浦没利益冲突，康祥拿了五分，在地字组一枝独秀，只要明日再拿两三分就能保证出线了。他便叮嘱说："别把指望都寄托在明后天的献绣上，最好还是和霍姑娘打个招呼。现在不是矜持的时候。"

"我省得。"

凰浦众人也不回博雅了，和安绣庄在西关也有个店铺，易手之后一直没重新开张。这段时间，凰浦光是已有订单都忙不过来，又要备战广潮斗绣——开店做生意要用心，势必会分散精力，若不用心，还不如不做，因此店铺没有开门。众人将店铺打扫了一番，准备第二天一早就去排队、抢位置。林叔夜去寻霍绾儿，让林小云回博雅告诉高眉娘今日之事。

林小云气冲冲地回去了，向庄内众人说了今日之事。袁氏门人无不愤慨。高眉娘听了后，却只是说："晓得了。"她便回小楼去了。

怀远驿里，小宦笑眯眯地将事情回禀秦德威。秦德威也只淡淡地说："知道了。"

小太监见干爹心情好，便多了句嘴："原本以为她俩是姐妹，要多费一番唇舌呢，没想到这么轻易就答应了。"

秦德威嘿地冷笑了一声。

小太监忙说："儿子是不是做错什么了？请干爹指点。"

秦德威摆摆手："女人家那点心思，别人不晓得，咱们宫里头出来的，还能不明白？"

小太监忙说："请干爹教教儿子。"

秦德威笑了："他们霍家宅内的情况，咱家虽然不清楚，但那个义孙女近来因势就利，凭空给族里头搞了那么大一批产业……她在家族里定是有口皆碑，出尽了风头。她的姐妹要心里没个防备，那就有鬼了！"

"但……万一姐妹情深呢？"

秦德威冷笑道："没撕破脸面，已算得上情深了。"

说到这里，秦德威又笑了："咱家因你干爷爷的提携来分管尚衣监，但也不大懂什么刺绣，所以原本对这广潮斗绣也不大上心。可是今日看来，刺绣，刺绣，这刺的哪里是绣？一针一线，刺的都是人心哪！斗绣咱们不懂，人心上的玩意儿，可就栽在咱们手里头了！"

送走林叔夜后，霍绾儿在小楼里发了好一阵呆。屏儿回到楼上，见小姐还在发怔，便试着开口问："姑娘，姑娘……姑娘？"

她连叫了三次，才让霍绾儿回过神来，应了一声。

"姑娘，这到底是怎么回事？"屏儿说，"先前还跟三姑娘打过招呼。这次是自家人当主评，只当这一关凰浦一定手到擒来了。再说了，咱们不是刚给秦太监示好吗？怎么反而出了岔子？"

霍绾儿道："去玄妙观。"

她们主仆到玄妙观时已近黄昏，恰好霍佳兰祈福已毕。霍佳兰见到了霍绾儿，满脸欢喜，拉着她的手道："好姐姐，可总算有个人来看我了。母亲让我在这里斋戒祈福，吃斋也便罢了，忍忍总能过去；但平日里相好的姐妹也无一个来瞧我的，可把我闷死了！"

霍绾儿笑道："你若在从化泡汤，或者去顺德疗养，自然一堆人赶着来找你玩。正因为知道你在祈福，大伙儿怕扰了你的静心，谁敢来找你？"

霍佳兰携了她的手，一边向侧园走，一边笑道："那你怎么来了？"

霍绾儿伸手戳了戳她的脸颊："别人不晓得，我还不知道你？自是明白你必然闷了，便赶来跟你说说话。"

"还是姐姐懂我。"

两人说说笑笑地进了侧园，里头的景物在黄昏时与日间不一样，假山重峦，流水环绕，古井在斜阳下映出金晖，只是廊下摆放了许多东西。那些便是今日挑中的丝绣类嫁妆了，都是房中用品。

霍绾儿左看右看，道："这'琪林苏井'也是'广州八景'之一，往常不曾来过，今儿托你的福，可得好好看看。"

霍佳兰笑道："一口几百年的老井，有什么好看的？打出来的水，其实用来泡茶都不行，也就是托了苏东坡的大名。要不然，只论这些假山流水，还不如家里的呢。"

说是这样说，霍佳兰还是陪着霍绾儿登假山，玩流水，看古井，最后来到回廊。这条回廊雕梁画栋，极尽广东木雕、画彩之能事，廊壁又有十余幅篆刻，都是名家的留诗题词。这里毕竟是苏东坡客寓过的地方，文人墨客来到，总也要留点风雅。

霍绾儿看了七八壁，指着其中一壁说："看来看去，这幅字最好！"

霍佳兰一看，见是伦文叙的题字，啐了霍绾儿一口，说："我就知道，你今日是来取笑我的！"因她的未婚夫婿，就是伦文叙的孙子。

姐妹俩说着笑着，就从那堆嫁妆绣旁边走过了。

她们来到小亭内坐下，一边喝茶，又说了一会子话。霍佳兰道："看看天色也晚了，姐姐在这里陪我吃顿斋饭吧。"

霍绾儿轻叹："本该陪妹妹的。就是西关那边还有点事情要处理，吃了晚饭去怕来不及。"

霍佳兰撇了撇嘴："姐姐也真是的，咱们女孩子家，理那么多俗事作甚？"

霍绾儿笑道："我本来就是个俗人，自然要被俗事缠着的，哪里能像妹妹这般娴雅？"

两人又说笑了一阵。眼看到饭点了，霍绾儿便辞了，出了园子，脸色就有些苍白。她们回到小楼时，天已经黑了。屏儿做了晚饭送上来，她也不吃。透过半开的窗户，她看着窗外人来人往——西关在广州西城门外，夜里没有宵禁，一条街上，几乎家家都点了大灯笼，就是夜晚，也能把街道照得明亮。何况此时还有一点余晖，因此不但有行人，甚至还有人在做买卖。

屏儿见饭菜都快凉了，便劝了一句："姑娘，吃饭吧。"

霍绾儿"哦"了一声，僵硬地拿起碗筷吃饭。屏儿见她干咽生嚼，也不知道吃出味道没有，便问："姑娘，饭菜不合口吗？"见她没反应，屏儿又问："刚才在玄妙观，姑娘怎么不跟三姑娘提凰浦的事情？"

不提这话便罢，提起这话，霍绾儿眼睛红了红，两行泪水便淌了下来。

屏儿大惊："姑娘！姑娘！你这是怎么了？我是不是说错话了？"

"你没错……是我错了！"霍绾儿的话音带着哽咽，"从小我便知世道险恶，入霍府之前，心已冷了一半。然而祖父待我善，我便也存了善意，觉得书房之外再风高浪急，书房之内总也是一片净土。后来才发现，只要是跟男人有关的事情，便免不了争斗，免不了腌臜，我那时心便冷了七分。然而还存着个念想，以为在外头再怎么钩心斗角，闺阁之内总有三分真心，毕竟是一起长大的姊妹……不料……不料……"她忍不住捂脸，泪水从她手指缝里渗出来："终究是我想多了……从始至终，我都是个无可依靠之人！"

屏儿慌忙道："不至于这样，不至于这样！刚才在园子里，不都好好儿的。姑娘没提凰浦，三姑娘也没说什么啊。"

"正是因为什么也没说，所以……"霍绾儿抹了抹泪水，"见面不说，也就罢了……嫁妆绣都在廊下，我刻意在廊下停了许久，也等不到她说……只道或要等坐下吧，可到亭子里坐好，茶都喝了两盅，仍等不到她说……她都已经在装糊涂了，我还提什么凰浦？真个提了，不过是多一桩没意思的事情罢了！"

屏儿只是不如霍绾儿之深智，但也是伶俐的人，听了这几句话，也黯然了，说道："姑娘，那往后我们怎么办？"

霍绾儿收了收泪水，低声道："霍家也不算无情之门，不过终究不是我们久安之处。这个世道，我一个女子也无法自立，到头来还是得寻个良人依托。"

屏儿想了想，问道："林公子如何？"

霍绾儿低头不语。

屏儿便知道自家小姐的意思了，又道："可他到现在只当姑娘是个入股的东家、自来的靠山，不知'择婿'那桩缘分呢。"

霍绾儿轻轻叹了一声。

"他这人啊，有时候精明得很，有时候又是个呆子！也不晓得是真呆，还是假呆！"屏儿道，"姑娘，要不我找个机会捅破它吧。"

霍绾儿低了低头，把饭碗再次端起来，说："吃饭吧。"

她俩很早就已经建立了默契，知今生要相依为命，所以在没人的时候，也没有什么大规矩——屏儿也侧坐着在一旁，一起吃。这事在霍佳兰那边是不可能有的，便是在霍府时，屏儿也不敢如此"失礼"。

吃完了饭，屏儿收拾好碗筷。霍绾儿的情绪也恢复过来了，语调也恢复正常了："碗筷且不忙着洗。凰浦的事，今晚若不能有个结论，到明天就迟了。趁着还不算晚，我们去怀远驿走一趟吧。"

屏儿应道："好。"听霍绾儿叮嘱了一番，她正要出门去时，霍绾儿又把她叫住："等等。"

她迟疑了一下，才说："先去请林公子来。"

第一一七针　倚靠

林叔夜就在西关，所以很快就来了。这个小楼小巧玲珑，上头是卧室，下面的小房间便当客厅。霍绾儿虽不是霍韬的亲孙女，但也算从大户人家走出来的闺秀，因此下午见面的时候，彼此都恪守礼仪，屏儿也在旁边候着。

这次林叔夜进门后，只见灯光摇曳，照得小房间暖暖的。屏儿端上茶后，竟然就退避了。

听见楼梯的声响，林叔夜抬头，只见霍绾儿穿着一身薄衫，蛾眉淡扫，一步步走下楼梯来。靠得近了，他只觉一股微微的香味撩到鼻端，仿佛那次在船舱中的情景，只是此时更加撩人心弦。林叔夜只觉得心头一痒，忽然惊觉，起立退后了一步，唤道："霍姑娘。"他这才发现，小房间中只有他俩，又是静夜里、昏灯下，令人心烦口燥。

霍绾儿在桌子的那边坐下，轻声说："见面也不是一回两回了，还这么客气。坐吧。"

林叔夜这才坐了下来，说："屏儿姐姐怎么不在？"

霍绾儿语气幽幽的："叫她什么姐姐，她比你还小呢。"

林叔夜笑道："姑娘知道我多大吗？怎晓得屏儿姐姐比我小？"

霍绾儿道："你的生辰八字，我也见过的，怎么不晓得？"

林叔夜大奇："姑娘怎么会知道我的生辰八字？"

"你以为我找上你……"霍绾儿道，"只是偶然？"

林叔夜一时语塞。

其实有些时候，他回想与霍绾儿相遇相交的过程，偶尔也觉得对方的善意来得太过主动。

虽然可能因为对方善良，或者是与自己意气相投，只是这种自我说服有时候也似乎有些牵强。

换了别的时候，他一定开门见山，但这时隐隐猜到了什么，一时竟不敢直问。

两人都不说话，气氛登时有些焦灼。

霍绾儿叹了一口气："你真要我自己开口吗？"

林叔夜只能问："这究竟是怎么回事，还请姑娘告知。"

霍绾儿偏了偏头，没有回答。

这时，屏儿从后面走出来，给两人上茶，对林叔夜道："你个呆子！"

林叔夜醒悟，便转向屏儿："请姐姐赐教。"

见霍绾儿已经转过头去，屏儿才说："我家少保老爷见我们姑娘年纪已长，但姑娘的亲生父母又都是不顶事的，便许她自己择业择婿。"

"择……择婿？"择业这个以前听过，择婿却是第一次听说了！

"今年年初的时候，便有好几个良家子的生辰八字送到了府内。你的也在其中……是陈家送来的。"

"这……这事，我从未听说。"

"你自然是没听说的！"屏儿冷笑道，"本来你从海上斗绣回来，陈家多半就会进行此事，但你自己想想，海上斗绣闹成那样，陈家还能让你好？"

林叔夜把前前后后的种种迹象串起来，对许多以前不明白的地方，也就一下子通了："所以……那现在……现在这事便没有了，对吧？"

屏儿还未接话，霍绾儿回过头来："你希望没有？"

林叔夜一时语塞，不知该如何回答。

霍绾儿见他如此，便摆摆手，屏儿退至一旁。林叔夜见她退到一边，但没有离开，不知怎么，心里反而松了一口气。

"今晚请你来，原本有正事，只是……只是事情已经牵涉我的闺情。我不跟你明说，不免增你之疑；我若跟你说开了，你我非亲非故，我便不方便与你提起闺中之事。思前想后，还是将事情摊开来说吧。"

林叔夜生涩地点了点头。

霍绾儿道："今早的事，不是你那边出的事，却是我这边出了问题。就算林揽头在，事情也未必能顺遂。秦少监不知为何忽然伸手，而我那好姐妹，或许也因为闺阁内的一点小情绪有了些许反应，却把你的大事给耽误了。"

林叔夜再次点头。他自然清楚，对凰浦绣庄来说关系重大的事情，在秦、霍那里也就是心情起伏的一点小变化罢了。大人物因为"一点小情绪有了些许反应"，却会给底层的人带来灭顶之灾。

"今天请你来，一是道个歉，二是我已经给秦少监递了帖子，回头便去问问，看事情能否挽回。万一不能挽回，这次的损失，我回头会设法补偿你。"

林叔夜一听这话便站了起来，说道："绾儿姑娘，补偿的话休再提！凰浦既然借了你的势，自然也就要承担因此带来的后果，哪有得了好处沾沾自喜，受到牵连就埋怨的道理？只要我知道你尽了心，那便无怨。"

听了他这话，霍绾儿原本有些紧的眼角便舒缓了不少，屏儿更是心里想：林公子这为人，真是可以啊。

林叔夜顿了顿，又说："凰浦家业小，也帮不到姑娘什么，但万一能对姑娘有所助力，姑娘只当凰浦是个倚靠。篱笆虽比不上高墙厚壁，但多少也算个遮拦。"

"倚靠……"霍绾儿眸子里似有水光流动，这两个字触动了她内心最脆弱处，"你说真的？"

"自然是真的！"

"好，有你这句话，那我就当是真的了。"

霍绾儿告诉林叔夜，她这便要去拜会一下秦少监，临别说道："明天若再有失，这一轮斗绣，凰浦便要被淘汰。不过你放心，我手里还有些筹注，便是出一些与那秦少监交换，也要扶你凰浦上青云。"

林叔夜却道："不，与那秦少监交涉时，姑娘无须太过委屈。"

霍绾儿"咦"了一声，道："你还另有门路？"

"没有门路。"林叔夜回想起上一关斗绣的始末，很肯定地说，"但姑姑必能以绣道取胜。"

霍绾儿有些愕然："你对她这么有信心？"

"是的，姑姑绣道至深，就算是逆风的局面，也必能翻覆。"

霍绾儿却摇了摇头："但这次阻碍我们的不是刺绣技艺，而是人情和权势。"

林叔夜道："刺绣乃艺术，权势是艺术的助力，也是艺术的障碍。这个道理姑姑早就深知，但她总能以艺术之道路破权势之压迫，我相信她可以做到！"

"那万一不成呢？"

"这是姑姑的理念，也是凰浦的立庄之基。如果这一点被证明行不通，那就是我们的艺道走到头儿了，我们认输。"

霍绾儿一时怔在了那里。这一瞬间，她仿佛透过林叔夜看到了站在他背后的那个女人的身影。那个身影分明与自己一般柔弱，此刻却显现出了一种力量感。这是一种与权势、金钱完全不同的力量，也是她有生以来从未了解过的力量——不，不对，这种力量她是知道的，书上记载过！

那是司马迁面对汉武帝宫刑时的不屈，是南史氏三兄弟面对屠刀还前仆后继的执着。可是这种力量，真的会在一个做刺绣的女子身上显现吗？

霍绾儿不敢相信。

不过她还是说："好吧，既然你这般相信她，那我相信你。"她要走时，忽又回头："下次没旁人的时候，不要叫我姑娘了。"

林叔夜听了这话，胸腔间流过一股酸甜来，却又忽感一阵惶恐。

怀远驿的精舍中。

秦德威打量着正在敛衽而拜的霍绾儿，笑道："霍少保收的好孙女啊。"

霍绾儿笑着回应:"秦厂公收干儿子的眼光也是上佳。"

秦德威脸色一沉:"娃儿,凭你也敢来跟咱家相提并论!"

"那怎么敢!"霍绾儿笑道,"差着辈分呢。只是家祖父和秦厂公,倒是隐约并驾。"

见她自矮一辈,秦德威的脸色稍缓了一些。至于霍韬,无论是在天子心目中的位置,还是在朝廷上的权势,的确可以跟秦福抗衡。他也不兜圈子了,就问:"霍姑娘深夜来访,为的什么事啊?"

"虽在深夜,此处却灯火通明……灯光之下不说暗话。"霍绾儿道,"奴家自忖,自公公南下以来,虽未曾谋面,但对公公这边,开罪并无,奉承实有,却不知是否有什么误会,或者是奴家年少无知,无心得罪了公公。因此虽在深夜,奴家仍然失礼前来一问,还盼公公瞧在家祖父与秦厂公一场同乡的情分上,给奴家一个明白。若是误会,请给奴家分辩的机会;若是真有开罪之处,也请容许奴家赔罪补偿。"

秦德威哈哈一笑,道:"你今晚能来,又能说出这番话来,挺好,挺好,那过去的事便抹了吧。"

霍绾儿见他不肯明示,而这时也不好再追问,便道:"那明天的斗绣……"

秦德威笑道:"你若早来两日,便没有这两日的事情了。可是已经射出去的箭,咱家也懒得收回。斗绣的事情就这样吧。吃个小亏,于你将来另有好处。"

霍绾儿敛衽再拜,就要告辞,忽然想起林叔夜的态度来,略为犹豫,但还是说道:"这是公公降下来的小笞,本来奴家自当承受,但斗绣场上胜负难料,奴家入股的那个凰浦绣庄实有高人,或能自己化解眼前困境。只是万一如此,还望公公莫要误会,以为是奴家故意与公公唱对台。当然,若公公觉得需要奴家压他们一压,奴家这就回去,令他们不得还手。"

秦德威冷笑道:"好啊,你这不是来求和,是来示威的!"

霍绾儿惶恐道:"公公言重,真不是如此。"

秦德威再次冷笑道:"也罢。厂公与霍少保素无罅隙,咱家自也不愿与你霍家无故生怨。刚才咱家已经说了,前面的事情就抹了。至于后面……你们若自己能接住咱家射出去的箭,那就算你们自己的本事!"

"公公如此胸襟,将来前途无可限量。"霍绾儿笑了笑,说,"既然如此,能否觍颜请公公给个机会,让凰浦绣庄有机会表个孝心?"

"好啊!"秦太监失笑,"我不问罪于你便算了,你这还打蛇随棍上了!"

"俗语说得好:不打不相识。有点误会,然后解开,也是结缘的一种方式。"

秦德威笑问:"你想怎么结缘?"

"咱们打个赌吧。"霍绾儿道,"这件事情,我不插手。且看凰浦绣庄的那些个绣娘、揽头,能不能凭本事接住公公射出去的这支箭。若是侥幸接住了……那将来凰浦上京师御前大比时,还请公公得便时照拂一二。"

秦德威哈哈大笑:"广潮斗绣这才第二关呢,你就敢想御前大比的事情了?真是好大的口气。"

"这不更好吗?若是凰浦去不了御前大比,那这个赌约……公公不是白赚了?"

秦德威笑道:"听着好像有点道理。那你们要是输了呢?"

"奴家借着公公的势,近来得了些好处,虽然不多,但折成银两,大概也够在京郊买上百亩田地,届时便捐给褒忠寺做寺产吧。"

她这句话里,把"借势"两个字给点了出来,这是霍绾儿对秦德威施压原因的猜测;至于那褒忠寺,乃是太监养老的地方,是太监退休后的一条退路。她说要给褒忠寺捐田产,那是释放出极大的善意了。

秦德威果然神色和悦了许多,点头道:"好吧,算你有心。这个赌……咱家接了。"

第一一八针　剪

秦德威虽重权势，但毕竟是太监心性——既然跟霍绾儿打了赌，他便对这广潮斗绣格外上心，让人好生盯着。

第二日，去监视的小太监便将玄妙观的情况一个接一个地报上来：

"那凰浦昨日吃了亏，今日便学了乖，一大早就去排队。但他们去得早，别人也不晚，全都是大半夜就在巷子里占位置。

"因昨日的教训，这次他们带的人多了，除了壮汉，还有壮妇。八个绣庄里头，康祥和福瑞德也一个暗、一个明地帮着他们，凰浦倒也没吃亏，最后占了中间。"

秦德威听到这里，就骂康祥："这帮潮州人，真是鬼脑袋！竟敢暗中违逆咱家的意思！"不过潮州人在嘉靖朝也很有势力，康祥对自己的孝敬也足，再说人家也只是暗帮，虽然没逃过太监的眼睛，却也总算没公然拂他秦少监的脸面，因此他骂过一句，也就算了。

"茂源和康祥先进去了。今日茂源被挑中了两个大件、一个小件；康祥没被挑中大件，但被挑中了六个小件。"

秦德威听了，点点头："算上昨日，茂源便得了十二分，康祥也有十一分了。果然不愧是粤绣前二！其他绣庄如何？"

"泰奇也被挑中了四个小件，福瑞德则被挑中了一个大件、一个小件。其他绣庄还在后面呢，现在是凰浦进去了，还没出来。"

秦德威"呀"了一声："今年咬得挺紧的啊。咱家记得，泰奇昨日得了四分，福瑞德得了三分吧？这样便一个八，一个七。今年广潮斗绣第二关,前四是出来了。"

后面的几个绣庄昨日所得分数皆低,大概率是无法翻盘了——嫁妆绣所需的物件就那么多,前面挑中的越多,后面能争取到的概率就越小,真是一步落后,步步落后。

"除非凰浦能把剩下的全包了,否则翻身难矣!"

过了有一顿饭工夫,去监视的小太监跑回来禀报:"凰浦出来了,挑中了六个小件。"说完他自己追了一句:"怎么挑了这么多?只以今日来算,都压过泰奇和福瑞德了。难道姐妹俩释怨了?"

秦德威放声大笑:"你懂什么!霍家千金要真将凰浦往死里压,那会既显得刻意,又让人疑她不公,还要跟义姐结仇……那何苦来?本来就是闺阁中一点小怄气,也得讲究分寸的。但给了六分,抬举得在泰奇、福瑞德之上,这样一来,不显刻意,却仍将凰浦过关的路给堵绝了,她姐姐也不好说什么了。"

"干爹说得对。"小太监笑道,"虽得了六分,却要排在福瑞德之下,怎么也得被淘汰了。除非明日他们能拿下嫁衣。"

"不可能的。"秦德威笑道,"茂源、康祥两家的嫁衣我都看过了,真是好针线!不论礼制式样的话,给公主当嫁衣都绰绰有余。霍家千金选哪一件,都是极体面的。除非凰浦那件嫁衣真个是神仙针线,否则她借着咱家给的由头,给那个小姐妹下马威,只会往下压,怎么可能往上提携?不必看了!让小绾儿准备好银子,好去北边买地。"

他赢了赌注,心情大好,连对霍绾儿的称呼也变亲昵了。

与此同时,博雅绣庄的后园,众人面如死灰。

袁莞师最先反应过来,摆手道:"罢了,罢了!也是时乖运蹇,这一遭我们虽败,却非战之罪也!"

林小云则依然愤愤不平:"若不是第一天我们被不公对待,这一关我们肯定能过的!"

黎嫂道:"咱们还有机会的。明天还要献嫁衣,如果被挑中,那可是整整十分,一下子变成第一了。"

"怎么可能！"林小云冷笑道，"咱们家今天献的东西，件件都是精品！泰奇、福瑞德也就算了，毕竟在我们前头，可后面那几家的东西，哪里能跟我们的比？真要有心，那便是一股脑全收了，没个十几分，也有八九分，但为什么刚好就挑了六小件？这就是刻意要将我们卡在总排行第五、天字组第三！"

听他这么一分析，众人皆觉得有理。想到明天的嫁衣献上去也是白献，一时间，众人更是丧气——自己绣庄明明有这个实力，却偏偏因为刺绣以外的干扰而卡在这里，真是不甘心啊。

念及此处，众人一起望向高眉娘。

高眉娘一直坐在那里听着，没有说话。见众人都望向自己，她便说道："小云、绣奴留下，其他人都散了吧。该做什么，便做什么去。"

在众人起身告退之际，高眉娘忽然又道："其实大家不用愁眉苦脸。这一关斗绣，我们已经赢了。"

众人闻言无不惊喜，袁莞师道："高师傅有办法？"

高眉娘微微一笑："霍家千金给了我们六分，所以我便知道，明日献绣，我们必赢的。"她也不再解释："小云、绣奴，将明日要献的嫁衣带上，我稍做改制。"

众人虽然未得其说明，但都又好奇又兴奋——没有人怀疑高眉娘的判断。大家都觉得姑姑既然这样说，那自己绣庄必定能赢！

茂园的空气，比起之前有所舒缓。

这一关打下来，茂源已经确定了领先地位，而凰浦也确定要出局了。

陈老夫人和陈子艳坐着，胡嬷嬷站在那里回话。

"惠师那口气，算是顺过来了。"胡嬷嬷说，"她答应下一关会出来压场。"

陈老夫人点了点头，对陈子艳说："只要她肯上场，艳儿你就不必抛头露面了。"

胡嬷嬷说："不过她有个条件。"陈子艳听到这话，皱起了眉头。

陈老夫人问:"什么条件?"

"她说如果下一关她替茂源赢了,就将南海绣坊给她,以后仍挂在茂源旗下,但听调不听宣。万一输了,她就净身离庄以谢罪。"

陈子艳怒道:"一场斗绣就要一个大绣坊?她凭什么!"

陈老夫人却是摇头:"不能这么算。这十二年来,惠师对茂源贡献良多,积功累劳,也值得一座绣坊。再说了,她敢这样提要求,反见她心头磊落……"她对胡嬷嬷说:"答应她。"

胡嬷嬷说:"她……她要老夫人白纸黑字写给她。"陈子艳更怒了。

陈老夫人沉默良久,终于叹道:"那一炉炭火,把她的心烧'冷'了。也罢,这次是我们对不起她。回头我就写下来,你去交给她。"

"祖母!"

陈老夫人拍案:"现在是关键时候!熬过了这一关,送出去的都能回来。熬不过去,'广茂源'三个字一倒,万事皆休!"

陈子艳哼了一声。她有一肚子的不满,却没有一个能解决困境的办法。

陈老夫人又问:"泄露模、破、补策略的事,查出来了吗?是凰浦漏出去的,还是我们这边?"

陈子艳精神一振!

这段时间以来,茂源一直在抓内奸——陈子峰在半疯状态下,也说茂源内奸不除,绝无胜机。因此,哪怕在广潮斗绣如火如荼之际,陈老夫人对这件事也没放松。

"是……是我们这边。"

陈老夫人手一紧,抓住了倚在旁边的拐杖,重重往地面一顿:"是谁!"

几乎同时,陈子艳也开口问道:"是不是梁惠师?还是她的门人?"

梁惠师与高眉娘恩仇深重,但纠缠也深,所以这段时间陈氏祖孙内心最疑的就是她。只是她功高技强,等闲动不得,万一冤枉了她,那便是茂源自毁长城。

胡嬷嬷低声道:"是……是孙庆师……"陈子艳一愣。

老夫人颤声道:"是……是谁?"

"是孙庆师!"

陈老夫人手一软,几乎要抓不牢拐杖。她谁都怀疑过,就是没怀疑孙庆师,那可是她手把手教出来的弟子啊。就算成了刺绣宗师,别人她都尊一声"惠师""莞师""源师",唯有对孙庆师,她仍然叫"庆儿"——其对孙庆师的信任程度可想而知!

"确实是她……"胡嬷嬷低声说,"她收了泰奇的钱,泰奇准备好之后,又把消息卖给了其他绣庄。"

陈老夫人手中拐杖一顿,半边身子颤抖不已。

博雅后园的小楼。

林叔夜也跟了上来,见林小云和李绣奴正在将嫁衣摊开。这次凰浦一共准备了三套嫁衣,分成端庄、惊艳和复古三种风格,皆精致漂亮。林叔夜看过康祥准备的嫁衣,亦是极其精美。这种繁复的大刺绣,考验的是绣庄的整体实力,以霍家千金一个行外人的角度,未必能从两者的微妙区别中分出高下。

高眉娘的手指从三套嫁衣上滑过,便挑中了那套端庄风格的"云霞蔚"。

林叔夜看了道:"在我看来,我们这套'云霞蔚'自是极好,但在霍家千金眼中,未必能胜得过康祥的'凤点头'。虽不知茂源所绣嫁衣的底细,但想来不会在康祥之下。如果二者差距不远……恐怕霍家千金不会选我们的。"

"会选的。"高眉娘摸了摸手中的"云霞蔚",说道,"庄主说过霍家姐妹间的纠缠始末,今日若她一分不给、一件不挑,那我们就没办法了;但她挑了六件,则我们必赢。"

林叔夜挑眉,问道:"怎么说?"

"刺绣,刺的不仅是针线,也是人心。"高眉娘对林小云、李绣奴道,"绣品终究是给人用的,所以要懂得使用者的心思。"

林小云道："所以我们的嫁衣要想获胜，就得知道霍千金的想法。"

"对。"

"那霍千金是什么想法呢？"

"我不认识她，因此无法深知，但就眼前而论，只要知道两点就够了。"高眉娘伸出第一根手指头，"一来，从诸般迹象看，霍家千金要体面。"

林叔夜颔首："不错。"

高眉娘伸出第二根手指："二来，霍家千金没想撕破脸，姐妹间不过一时小怄气罢了。"

林叔夜再次点头："是。"

"所以，只要我们给的好处多过这一点小怄气，事情就成了。"高眉娘说着，拿出一把剪刀来，对林小云、李绣奴道，"刺绣之道，正则为绣，逆则为破，逆后而正曰返，落到针线上就是补。

"故刺绣有三难：绣是正难，破是逆难，补是返难。当日梁惠师能以一针之破压服全场高手，就是因为众宗师都知在'破'上不如她。

"平日教你们的都是'绣'，你们也见过我'补'。今日再叫你们看看'破'的妙用。"

她说完这话，剪刀一动，就将那嫁衣给剪了，吓得林小云、李绣奴同时"啊"了一声，便是林叔夜也是惊骇不已。

第一一九针　嫁衣针法

广潮斗绣第二关第三次献绣。

这一回只献嫁衣，东西不多，每个绣庄只两人到场便够，霍佳兰便让八个绣庄一起入园。各庄陆续拿出嫁衣，果然一件赛一件地精美，一件赛一件地豪奢。

别人都抢着先献，只盼霍家千金能先看中自家的嫁衣，那就十分到手了。只有凰浦往后缩。

霍佳兰今日比往日更加矜持，不过明显对茂源的"锦绣缘"和康祥的"凤点头"尤为青睐。两庄宗师介绍时，她都没忍住过手一摸。其余绣庄见状，便知今日嫁衣之选，怕就要出在他们两家之中了。不过她守着自己的规矩，并未当场宣布结果。

一直等到七个绣庄都献完，林小云才和李绣奴抬着一口箱子上前。众人都想：那个高眉娘总是出奇制胜，不知这次能否再次翻盘。

就在众人都期待着高眉娘会拿出什么样的惊天绣品时，箱子打开，里头哪有什么嫁衣，却是一堆碎布。

霍家的嬷嬷和贴身丫鬟都脸色一变。

嫁衣变碎布，这可不是什么好兆头！广东人是最重意头的，何况在这大喜的关头上。

就连霍佳兰的脸上也不大自然，冷冷地道："过几日就是我的好日子，你们凰浦绣庄送这样一堆东西来是什么意思？"

林小云笑道："我们姑姑说了，这堆碎布，就是最适合姑娘的嫁衣。"

霍佳兰本性上不是个宽厚的人，不然如何会去跟霍绾儿怄那点无谓的小女儿脾气？只是自幼接受的教养让她时刻要隐藏自己的小性子。但此刻，她再忍不住，冷哼一声，推桌而起，转身便走了。

贴身丫鬟赶紧跟上，奶娘嬷嬷一边走，一边转身向后，对凰浦指指点点，骂骂咧咧。其余各庄对凰浦有责备的，有嘲笑的，便是康祥这边，也带着不满——他家的嫁衣本来很有机会被霍佳兰选中，实怕被凰浦这么一搞搞黄了。便是福瑞德的人，虽嘴上没说，但心里也怀疑凰浦是不是要泄愤：反正都要输了，便要给霍佳兰一个坏意头。

李绣奴问："这都还没看完吧？那现在怎么办？"

林小云笑道："还能怎么办？装好放在廊下呗，回头等霍家姑娘再选。"

众人无不嘲笑："你们如此得罪了霍姑娘，还想待选？"有人便派人去问应该如何，过了一会儿，一个二等丫鬟出来道："姑娘气得连茶也喝不下，肯定不再出来见你们了，都走吧。东西放在廊下，回头姑娘有了主张，自会告知。"

众人看了林小云一眼，虽然无奈，却也不得不如凰浦已做好的一般，将嫁衣包好、封好，放在了廊下。

霍佳兰在屋里头气了一阵，经丫鬟、奶娘嬷嬷左劝右劝，才好了些，但午饭也没吃多少。过了午时，道童来请她去祈福。听完一遍诵经，她的心情才算平复了。众道人先撤了，奶娘嬷嬷低声说："早上出了那事，最好再拜一拜天尊，祈求化阻为吉。"

霍佳兰觉得有理，奶娘嬷嬷便让一些丫鬟、婆子先退到殿外，只留贴身丫鬟。霍佳兰再次跪下叩拜，奶娘嬷嬷在旁边念念有词，说的都是请天尊为自家姑娘驱小人、消阻滞的拜神言语。

忽然，后头有一个女子的声音传来："本无阻滞，何必化解？"三人都是一惊。

奶娘嬷嬷喝道："什么人！"

神像后面转出一个人来，道姑打扮，手里拿着一把扫帚。见是个道姑，三人心里便松了一口气。待那道姑走近了些，霍佳兰一看，心头一讶：这个道姑，怎么如此美貌，又如此脱俗？她便知这道姑不是个凡人，口中问道："仙姑也是玄妙观的？怎么之前没有见过？"

"我不是玄妙观的，但观主是我旧识。十几年前，我曾为观中天尊绣了三领神袍，结下了缘分。近日忽有阻滞，便求了观主，让我来此扫观。"

霍佳兰听了便问："扫观能化解阻滞吗？"她心想：若是能够……自己执一执扫帚又何妨？

道姑打量了霍佳兰一眼，却说："不能。"

霍佳兰奇道："那仙姑还来扫？"

道姑说道："我来扫观，既扫观中尘土，也是自扫心中尘土。"

霍佳兰也是读过几本书的，听她言语不俗，暗中点头。

道姑反问："姑娘觉得自己有阻滞？"

霍佳兰应道："本来一切都好，就是今早遇上点不顺心的小事。"

道姑问："是何小事，能否详说一番？或者末学能为姑娘解说一二。"

霍佳兰目视贴身丫鬟，丫鬟会意，便噼里啪啦地将今天早上的事情说了。

道姑笑道："原来如此。这不是阻滞，乃是姑娘心中一点尘埃。"

霍佳兰忙道："还请仙姑指点。"

道姑道："本朝嫁娶，与历朝历代有所不同，姑娘可知？"

霍佳兰摇头，再次请教。

"最大的不同，在于'不尚贵'。"

"不尚贵？"

"对，不尚贵。"道姑说道，"本朝太祖皇帝定下规矩：凡天子后妃及亲王王妃，都必须选择身家清白的普通人家女子。因有这条规矩，所以大明后妃多出民间，绝少勋贵。上行下效，皇家带了个头，底下的士林显贵也多跟随。因此本朝嫁娶婚俗，尚德不尚贵。"

霍佳兰虽然不甚读书，但毕竟是霍韬的孙女。被这么一提醒，她依稀记起了什么，当下更信眼前人了："是曾听祖父提起过，只是不知为何太祖皇帝会定下这样的规矩。"

道姑微微一笑："娶妻求淑妇。以皇家而言，后妃出自普通家庭，母家没有强大的势力，便对皇权难有威胁，如此，历朝历代后戚干政的事，也就没有了。皇家如此，士族也是如此……显贵人家的女子娶回来，若有德便罢，若是无德，恐恃母家之强，而不守夫家规矩，因此，越是贵女，对夫家主母来说越难调教。太祖皇帝说：'治天下者，正家为先。正家之道，始于谨夫妇。'谨夫妇需要以女诫及古贤妃事为法。故本朝娶妻求淑妇，尚德不尚贵。"

听到这里，霍佳兰微感不安。她自己就是全广东屈指可数的贵女。主有事，则仆服其劳，那贴身丫鬟就喝道："你这道姑太无道理。这么说来，出身贵门的女子，反而不好嫁娶？"

道姑淡淡一笑："末学正与你家小姐说话，这位姑娘插嘴就来训斥逼问，将来到了伦家，也要这般行事吗？由此可知贵女不宜家室。太祖皇帝的训诫，果然高瞻远瞩。"

霍佳兰瞪了贴身丫鬟一眼，贴身丫鬟大为惶恐，退开了两步。霍佳兰这才向道姑行礼，说道："贱婢无知，还请仙姑不要见怪。只是世俗既不尚贵，我们这些稍有门楣的女儿家可怎么才好？"这段时间，她得订鸳盟，伦、霍两家也算门当户对，得意之余，也颇为嫁过去后如何在夫家立足而烦恼。伦家主母也是深有城府的人，她颇拿不定应对的主意。

道姑说："其实也没什么，既然尚德，那要想家庭和睦，举案齐眉，做好闺训便是。"

霍佳兰心想：这话等同于废话了，闺训这么宽泛，现在嫁娶在即，却如何去改进？

道姑又说："闺训宽泛，一时难以尽言，即以今日姑娘向天尊所求之事来说……"

她说到这里就停顿了。

奶娘嬷嬷赶紧代为恳求："还请仙姑设法替我们姑娘化解这一桩阻滞。等化解了，回头我们定要到仙姑所在的庵观添油、磕头。"

道姑笑了："刚才说了，那不是阻滞，只是你家姑娘心中一点尘埃。"她转向霍佳兰："霍姑娘以为，最合适的嫁衣，应该是什么样的？"

霍佳兰想了想，若有所悟地道："仙姑是说，我不该在嫁娶上追求奢华，而要以简朴为上吗？"

道姑微微笑道："过奢固然不可，但以霍家、伦家的身份地位，该有的体面也是要有的。"

"对，奴家也是这样想的。幸亏有两三个绣庄在刺绣上很用心，且用料讲究，不至于太过奢豪，也未逾礼。"

"这就对了。"道姑说，"诸庄嫁衣，定然极尽精美，但再精美的嫁衣，却都不是最好的。"

"那最好的当是什么？"

道姑笑道："自古以来，男耕女织，天子每年正月都要到田间亲耕，皇后每年春天也要主持亲蚕礼。所以，最好的嫁衣，当然是姑娘你亲手绣成的嫁衣啊。婆媳相处，以第一眼缘最重要，若伦家主母见新妇如此出身却能亲绣嫁衣，定会好感倍增。传了出去，也将是一桩美谈。"

霍佳兰听了这话，没有恍悟，反而有些扭捏："这……佳兰虽然学过几天针黹，但也就能缝补点小物件……自绣嫁衣这事，恐怕力有不逮。"道姑说的这个道理，她也不是不知——自制嫁衣啊，说出去都能博个贤惠之名，哪个待嫁女子不想要贤惠之名呢？只是她实在是吃不了那苦头。

道姑继续说："那如果末学有一路针法，能让姑娘在一夜之内学会，然后在三日之内缝成一件嫁衣呢？"

霍佳兰愕然："这……这怎么可能！"

旁边的奶娘嬷嬷也低声说:"要有这针法……那就不是针法,是仙法了。"她是知道霍佳兰的针功底子的,要让她绣嫁衣,而且三天之内绣成嫁衣,那就不可能!

"那如果真有这样的针法呢?"

霍佳兰哪里还听不出话外之音?她盈盈下拜:"若真有这样的针法,还请仙姑不吝教导,佳兰愿拜仙姑为师。"

"不必客气。"道姑受了她这一拜,然后扶起她说,"这路针法虽然巧妙,却不难学,难处只在用料上,不过料子也是现成的。霍姑娘既然有心,末学今晚便留在观内,教你这路针法吧。"

霍佳兰大喜,再拜,又问:"还不知道师父名讳。"

"末学姓高,号眉娘。"

第一二〇针 孽线

秦德威听了干儿子的回禀，笑道："送上一堆碎布？凰浦这是自暴自弃了吗？"又问："小绢儿的银两准备好了没有？哈哈，若是还没准备好，倒也不用着急，反正咱家还要在广州多待些时日……嗯，你怎么这般脸色？"

小太监脸上讷讷的："那位绢儿姑娘说……她说……胜负还未定呢，让咱们再等等。"

秦德威"呸"了一声，道："女子就是女子，真不干脆。"

就在这时，外头有另一个太监匆匆进来，跟小太监耳语了几句。登时，小太监脸上的表情就像吃了苍蝇。

"怎么了！嘀嘀咕咕什么！"

小太监无奈，走回来几步，说："刚刚……霍家那位千金传了话，说选好了嫁衣，把其余七庄全退了，只留了……留了凰浦的那堆破布。"

秦德威愣了愣，随即大怒："什么！"

"听那霍家千金说，其他嫁妆绣都好，只有嫁衣不合她意，所以要自己亲手绣。凰浦送来的那堆破布刚刚好，她就在小园里拿出了破布，正当众绣着呢。"

秦德威拍案怒喝："开什么玩笑！亲绣嫁衣？当咱家是傻子吗！"

小太监见干爹盛怒，赶紧跪下道："儿子这就去打听，定要打探出实情！"

这个消息不但令秦德威震怒，更是令整个广绣行震惊，而半个广州的大家闺秀听了这个传闻，都诧异不已。广绣行震惊的是霍佳兰选了凰浦，那就意味着凰浦即刻翻盘，在广潮斗绣第二关一下子压过了茂源、康祥，遥遥领先，成了第一！大家闺秀们则都在猜疑：自绣嫁衣……要怎么绣？尤其是那些跟霍佳兰有交往的，深知她没那本事。可霍佳兰敢放出这话来，那肯定就是有把握的。她们不免想：如果霍佳兰能办到，自己多半也行。

所以无论是广绣行还是众闺秀，都想知道这里头的秘密。

世上没有不透风的墙，没过多久，就有人打听到了些蛛丝马迹。小太监是最早得到消息的人，赶紧回来禀报："听说是霍家千金新得了一路针法，能够一夜学会，三日绣成嫁衣。"

秦德威怒道："世上哪有这样的针法！真把咱家当猴耍吗！"

小太监吓得匍匐在地，奉上一个绣囊："除此之外，霍家义千金刚刚送来了这包东西，请干爹亲启。"

秦德威皱着眉，接过了绣囊，拆开，里头却是一幅简单的图谱。他虽然对刺绣不算深知，但既接管尚衣监，来来去去地也懂了一点门道，加上他人又聪明，因此看了几眼，便猛然明白过来了。他将图纸拍在了案上，恨恨地道："竟让一个小女娃给算计了！"

原来高眉娘用上了"破"字绝学，将绣好的嫁衣巧妙地"破"开，变成了一堆"碎布"，但破开处都是精心设计好的，只要以特定的针线巧为缝合，三日工夫便能重新制成嫁衣。

听秦德威骂人，小太监马上表忠心，说要去给霍绾儿一点颜色看看。但秦德威骂了一句后，再次拿起图谱细细琢磨，又不得不点头："霍家女娃说，那个凰浦绣庄实有高人，今天看来却也不是虚语。这倒也不是算计我了，而是凰浦的那个高人以绣道硬破咱家的权势逼迫。嘿嘿，确实也是了得！嘿嘿，了得！"

"啊？有这么厉害？"

秦德威说："我曾听干爹说，广东这边，十几年前出过一个女神童，刺绣超凡却桀骜不驯，也干过好几桩能当传说的事情……不晓得凰浦的这个人和干爹说的那个人有没有关系……"

林添财从花地匆匆赶回，途中在西关停留了一番，一路听到的都是好消息。他一进博雅，便见满庄都是喜色。今天霍家千金给出决定后，广潮斗绣第二关便是凰浦力压群雄了。凰浦在绝对落后的情况下传奇翻盘——绣娘们听到消息后自是个个振奋，都停了手头的活儿，三三两两地在那里窃窃私语。

林添财望见了，喝道："在那儿偷什么懒呢！不用干活了？"

他虽然骂人，脸上却没有怒色。黎嫂欣然上前说："先前接下来的订单已经完成得差不多了，吊颈都要喘口气呢！以现在的进度，就是让大伙儿歇个一天半天的，也误不了事。"

"哪有给你们休息的时间！"林添财笑着，扬了扬手中的两张纸，"布政使司的千金、市舶司提举的妹子，都托人来下单子了！这两件都是精品大绣，我在西关只停了不到一顿饭的工夫，就被人堵住，逼我答应接下单子！回头这类单子多半陆续有来！有你们忙的了！"

黎嫂等又是惊喜，又是痛苦："这还没忙完呢，又来啊！是什么单子？"

"还能是什么单子？"林添财笑道，"自然是定制一堆'破布'啦！"

他哈哈大笑，转到后园去，只见袁莞师等正围着一张桌子在那里谈论。桌子上摆放了一堆"破布"，袁莞师拿起其中两块布料的驳接处，啧啧称赞："心思极慧，巧夺天工！真不知高师傅是怎么想出来的！"

林添财也是个有眼力见的，看了一眼，问："这就是高师傅用来赢广潮斗绣第二关的'破布'？"

"林大掌柜来了！"袁莞师笑道，"这可不是真的破布。"

林添财也笑道："我自然知道，不过开头说得难堪些，回头才显得将'破布'缝成嫁衣的千金小姐们有本事啊。这样生意才好做。"

袁莞师及其徒弟也都是绣行中精熟门路的人，闻言齐声大笑。

这时，林叔夜从小楼里走了出来，见到林添财回来，欢喜地道："舅舅回来了？可是有好消息？"

林添财笑道："当然有。"他扬了扬手头的订单："我在西关就听了一路的捷报，还顺手带回来两份订单。"

林叔夜笑道："舅舅知道我说的不是这个。"

林添财也笑了笑，将背上用防水布包了三层的包裹拎在手里，说："拿着吧。我亲自在花地盯着，丝一出来，我就接过来了。"

林叔夜大喜，接过包裹。

林添财问："高师傅呢？我要见见她，把我肚子里的钦佩和敬仰，当着她的面吐出来。"

"姑姑昨晚累了一夜，回来后又与我说了后续事宜，方才歇下呢。"

"哦，这样啊，那可不能吵到她，别把她累坏了。"

随着接触日深，凰浦绣庄上下是越来越紧着高眉娘了。林添财更是把她当菩萨般拜着，当宝贝般护着。

林叔夜拿着包裹，轻手轻脚地送上小楼，放在了房间外面，小声叮嘱了喜妹一声。房内，高眉娘问："是庄主？罗奶奶那线出来了？"

林叔夜便有些心疼："姑姑，你怎么还没睡下？早知我就不上来了。"

"没事。喜妹，把线拿进来。"

林叔夜劝道："你先睡一下，等睡饱了再看吧。"

这次高眉娘没再说什么，直接披了一件外衣就出来了。林叔夜躲避不及，眼睛不敢直视她。喜妹递上了包裹。

高眉娘轻轻打开，然后洗净了手，再用干净的棉布擦干，又用炭炉烘干，这才去碰。不一会儿，她忽然双目流泪。

喜妹大惊："姑姑，你这是怎么了？"

林叔夜也担心起来："怎么了？这线不对？"

高眉娘连连摇头："这线没问题，但……这……这……"

"线如果没问题，那你这是怎么了？"

高眉娘指着线说："你仔细看……"

这批线极其精细，林叔夜怕它们被自己口鼻喷出的水汽所污，便用手帕蒙住了口鼻，然后才近前细看。

那个包裹里还有个盒子，盒子里铺着特别的绒布，绒布之上才是小小的一团丝线。丝线极细，细到如果只有一根，怕是肉眼都很难看见，但因为有一团，所以为眼睛所见到。那团线望上去似乎是透明的，然而部分线带着淡淡的绿光。这线在不懂的人眼里不算什么，但林叔夜这半年多来精研绣道，也就懂了些丝线的门路。他看了几眼，便知这线如果韧性足够，那便真是人间罕有的宝物！

"线极好啊。就是那绿光有些诡异，是被染污了吗？"

"不是。"高眉娘道，"故老相传，等到成绣之后，这点绿光在不同的光线下会有不同的精微变化。若没有这点绿光，这线就成了纯透明的蚕丝，反而不是最上乘的了。"

"既然这样，姑姑为什么哭呢？"

高眉娘抹了抹泪水："这款蚕丝，是我从古籍与一位粤绣老前辈口中各得了一半线索，两方综合，而后与罗奶奶研探，最后交给罗奶奶，请她喂制得出的。这是十几年前的事情了。"

"这事舅舅跟我提过，但那个罗奶奶老推说有个大难关没能迈过。这次是舅舅亲自坐镇，借着最近那个由头，才逼得她把线交了出来。"

"罗奶奶没有说谎。"高眉娘眼睑低垂，又掉落两滴泪水，"看到这线，我便知道古书中记载的那一点会变化的绿光是什么了，也晓得罗奶奶所说的大难关是什么了。"

"是什么？"林叔夜问时，喜妹也忍不住好奇，同时问道。

高眉娘没有直接回答。她轻轻将盒子盖上，然后才说："蚕是怎么吐丝的，庄主知道吗？"

这个问题，林叔夜自然知道："我以前在书里读过，做了这行后，为了了解丝绣各细节，又亲自喂养过，亲眼看着蚕以桑叶为食，逐渐成长而身体变成白色，而后蜕皮，蜕皮后约一日休眠不动。未蜕皮者为初龄蚕；蜕了一次皮的为二龄蚕；凡蜕皮四次者，为五龄蚕。五龄蚕再吃桑叶，七八日后开始吐丝结茧。"

"吐丝结茧之后呢？"

"自然就变成飞蛾了。"

"那庄主是怎么处置那些飞蛾的？"

"自是放生了。"林叔夜失笑，"以前看见飞蛾，也不觉得有什么，不过是一些虫子罢了。但我自己喂养的那些蚕，虽然死了七八成……可喂养了这么久，总有点感情，便有些怜惜活下来的那些，因此寻了个好地方，都放生了。"对亲手喂养的小动物，一般人心里都会生出感情，甚至依恋。

"庄主只是为了了解绣行的情况而试养，养了一次就有些感情了。"高眉娘道，"而像我，一辈子都在与丝线打交道，深知这辈子的功业成就，乃至一饮一食，都从这小小蚕口中来，因此怜惜之外，更生感恩。别的绣娘我不清楚，但我自己对蚕，并不将其视为普通虫类。有时候暗夜独坐，自忖此生孤独，唯针与线常在我左右。针是人工制成，线却来自蚕，因此蚕之于我，不弃如亲人，相伴如朋友。"

林叔夜听得点头："我能体会。"

"蚕会吐丝结茧，成了飞蛾之后，丝茧于它们就没用了。这是天然之理。我们从天数之中截取它们所弃之物，于天理无损，于本心可安。但绿光，那绿光……"高眉娘已干的眼泪再次流了下来，"那是它的血啊！"

林叔夜怔了怔："血？啊……蚕的血？"

高眉娘点了点头："是血……而且是初龄蚕的血。因为只有初龄蚕的血才是绿色的。怪不得……怪不得古籍之中，将这蚕叫作血蚕……造孽了！造孽了！"

花地，罗奶奶家。

罗家媳妇进来送饭，眼看家婆失魂落魄的，便叫了两声。谁知罗奶奶竟然大嚷大叫了起来。

"魂来索命了！魂来索命了！"

罗家媳妇大惊，却拦不住罗奶奶乱跳乱叫。

罗奶奶又跳又叫，过了一阵，忽然又哭了起来，大喊："造孽！造孽！"

高眉娘说她此生功业成就、一饮一食都从蚕口中来，罗奶奶又何尝不是如此？何况高眉娘是用线，始终隔了一层，罗奶奶却是亲自养蚕的。若说高眉娘是个绣痴，罗奶奶便是个蚕痴——若非蚕痴，又如何养得出与众不同的蚕来？

她平素贪财是真的，可对蚕的感情同样是真的，何况这血蚕是她千辛万苦、寻种引变养出来的，因此对之又与普通的蚕不同。她每次看到它们蠕动粉嫩的身躯，笨拙地翻身，都能触发来自内心的无上愉悦。多年下来，这血蚕几乎就成了她的半条性命。她其实在几年前就已经琢磨出了血蚕丝的真相，以及让它们吐丝的办法，却总是不忍下手——以她的贪婪，能忍住几年不动手，她对这批血蚕的情感可想而知。

然而，在林添财的威逼利诱之下，她还是动手了。回想起那些血蚕在药物的作用下吐尽丝后滚身而死的场景，罗奶奶只觉得浑身发寒，滚在地上抽搐了起来。

"初龄蚕……初龄蚕怎么会吐丝呢？"

"应该是在血蚕还未成熟之前，就用药物逼之吐丝，因未足龄而吐丝，因此丝中带血。这是违反天理的，可正因如此，加上此蚕与众不同，所以才能得到这样极细极美的丝。"高眉娘道，"我终于明白，为什么这血蚕丝自卢眉娘之后就失传了……那应该是她故意不传的，因为她是修道之人。

"为此一线之精美而杀生……这岂是修道人干的事？而让此丝重现人间，这是我的罪过啊！此技我定不再传，但愿此丝……也自我而绝！"

第一二一针　斗绣马吊

　　李绣奴自来大明后，直感到每一天身心都是充实饱满的。在高眉娘的指点下，她每天都有功课做，而且她又总是给自己"加课"。高眉娘要求练四个时辰——林小云练三个时辰就会开始偷懒——李绣奴却会自觉地多练两个时辰，不但把针法学会，而且还要练到熟，最后练到心里去，练到不用脑子想，手指也能记得。

　　她学得快，练得勤，天资又高，正因为这样，在济州岛时，只学了不到两年，就将师父的能耐给学完了。如今她根基深、技艺高，学东西比小时候快得多。可是不管她学了多少，高眉娘总有新的东西教她。她觉得已经学了一座山，高眉娘转身就给她展现一脉岭；觉得已经学了一条河，高眉娘马上带她看一片海。不管她学了多少，高眉娘所展现的总是无穷无尽，让她看不到头。

　　更让李绣奴获益良多的，是开了眼界。在济州岛时，她听师父讲汉阳斗绣的那些场面，已心向往之；结果来到大明后，从海上斗绣到广潮斗绣，几轮斗下来，强手层出不穷，难关回回不同。她经历了这些后，回头再看汉阳的那些斗绣，有如登岱岳而后回顾——小时候仰望的家乡高山尽是小丘了。

　　师父的指点是对的，不来大明，她哪里知道天有多高，地有多大？

　　这日，秦德威忽然召突破第二关的四个绣庄的管事与绣首去议事。高眉娘的绣正做到要紧处，她就不去了，林叔夜便带上了林小云，又想了想，把李绣奴也带上了，想让她见见世面。李绣奴又兴奋又紧张，听说要去见的这位权宦地位很高——这位权宦如果去到朝鲜，大王都要迎接听训的。

林叔夜见她这样，让她不要紧张："今天召集我们，应该只是公布第三关的题目。你们仔细听着，回来跟姑姑说时才不会遗漏什么。"李绣奴如小鸡啄米般点头。

林小云却打了个哈欠："叫个小太监通传一声就行了，还叫人赶去开会，这些做官的就是没事找事做。"

"那你不去？"

"去！"林小云笑眯眯地说，"也许有热闹看呢，为什么不去？"

望海楼上，这次来的人竟不少。

从第二关脱颖而出的四个绣庄中，茂源来了陈老夫人、杨燕武和梁惠师，康祥来了黄谋和陈贵师，泰奇的庄主和宗师也来了。凰浦离得远，上楼的时候，见众人都到了。林叔夜上前与莫庄主礼见，与黄谋握手，再给陈老夫人磕头——毕竟是祖母，理应如此。

陈老夫人侧坐让了让，道了声"不敢"。

梁惠师看了林叔夜背后一眼，皮笑肉不笑地说："凰浦拿了第一，这架子就大起来了！秦少监召集众人，她就派了两个小喽啰来，可真是不把大伙儿当回事。"

这话一出，在场众人无不反感——这反感自是朝凰浦和高眉娘去的，就连康祥、泰奇的两位宗师也觉得高眉娘自抬身份。不太了解情况的李绣奴觉得周围有好几道目光向自己扫来，都是冰冷带刺的。

林叔夜正要分辩，就听后面一声冷哼——秦德威带着几位主评来了。众人赶紧迎接。眼前这四个绣庄乃是粤绣领域的翘楚，然而到了秦德威这般权宦跟前，却得谨听安排。秦德威挥了挥手，自坐下；绣评人梁太元、徐博古侧坐在他左右两边；状元林大钦告病未至；霍佳兰在赶制嫁衣，便托了霍绾儿做代表。早有侍从拿了一面珠帘屏风放在一边，霍绾儿便坐在珠帘屏风之后。

秦德威坐在上首，环顾一圈，只见下头按照第二关的排名，左下首站的就是凰浦绣庄的林叔夜。这个权宦笑了笑："咱家也是没想到……竟是这个局面啊。子艳是我们尚衣监排第一的绣娘，按理说，她家的绣庄便是拿天下第一也不稀奇，谁知道在广东一场斗绣里，竟然屈居第二……嘿嘿，有趣，有趣啊。"

其实何止他没想到，整个广东绣行在霍家千金公布结果之前，那是谁也料不到的。

杨燕武盯着对面的林叔夜，无声冷哼。陈老夫人亦是脸色阴沉。换了别的场合，林叔夜自当谦逊地分辩，但眼下……若无秦德威允许就擅自开口，情况只会更糟。

秦德威左右看了看，道："今天召大伙儿前来，是为第三关的题目。"

众人虽早有准备，但听到这话，仍不禁心头一紧。

秦德威笑道："咱家本来想等压台大比的时候再出来露个脸，但后来听下面的儿郎说，这次御前大比，广东竟有两个名额？"

梁太元躬身道："回公公的话，本来各省都是一名，但上次御前大比角逐，广东侥幸取胜，所以按旧例，敝省这次能多一个名额。"

"也就是说，这第三关一决出来，出围的两家就都能参加御前大比了？"

"正是如此。"

"哈哈，正是此故，咱家便提前来露脸了。不晓得大伙儿有没有意见？"

众人忙奉承道："公公亲临，这是我等的荣幸。"

秦德威摆了摆手："既然大家没意见，那咱家便做主了。"

众人又慌忙道："恭请公公出题。"

秦德威又笑了起来："但咱家对刺绣一行的事务，只是半吊子，一时想不出合适的题目，要不就请诸位帮忙想想该出什么题目吧。你们才是行家啊。"

林小云见这个太监把话说进说出，就在肚子里开骂了，只是不敢说出来。

在场站着的的确都是刺绣行家，可大家又都是参赛者，如何自己出题？一时间，众人便都望向梁、徐。徐博古自主持了第一关后，心想早得罪了不少人，这次说什么也不愿再出头，干脆装作没听见。梁太元却是推不过，便道："却不知公公对题目有什么要求。"

"要求嘛，倒有几个……"

林小云站在林叔夜后面，心里头已在骂这死太监：刚才说自己不懂，现在又来提要求，就你们这些死太监事儿多！林叔夜听到他的微微响动，轻踢了他一脚，让他克制。

秦德威慢条斯理地说："第一嘛，便是不能献绣，得来个现场斗绣，不然咱家看了，闷也闷死了。"

众人纷纷道："公公说得在理！""这一次广潮斗绣，的确献绣太多，斗绣太少了。"

秦德威见众人捧场，勉强如意，又道："第二，我也不耐烦分两台两两对决，还是四个绣庄一起上，一次性给决出来比较好。"

众人心想：这可就难了。口中却都说："公公说得对，这样才好看。"

梁太元轻轻咳嗽了一声，说："可是按照'过三关'的规则，本来是分天、地两组的。到时候万一前两名在同一组……"

秦德威冷笑道："规则是谁定的？咱家改了它行不行？"

众人慌忙道："自然可以！自然可以！"

"这第三嘛……"秦德威压服众人之后，目光落在珠帘屏风那儿——屏风后坐着霍绾儿。他说："这一起战也得有个规则，如果到时候是乱斗，或者二对二，就不好看了。有没有什么斗绣，是能三对一的？"

在场所有人听了这话，一时面面相觑，竟没一个出声的。

不能乱斗倒是应该，明着说要搞三对一，这是什么意思？莫非要针对谁？

霎时间，只有霍绾儿想到了什么，心中陡地一寒！

就在这时,林叔夜的目光投射了过来,霍绾儿便猜林叔夜也想到了!

果然,秦德威笑道:"前两日,有人告诉咱家,你们广东某绣庄实有高人,能凭着刺绣的本事,硬破咱家的布局。所以,咱家今日不禁想要再看看这高人的本事。咱们就摆个三对一的局,看看她还能怎么破。"

霍绾儿和林叔夜同时心头一紧。当初霍绾儿的确说过这样一句话,可谁也没料到地位这么高的人竟是如此小气,不但怄上了,而且还准备把偏架拉到台面上来!

虽然场上没人说话,但此刻站在这里的,除了李绣奴,个个都是人精。察言观色之下,大家便有了三分推断:这个尚衣监太监,莫非冲着凰浦绣庄去的?

陈老夫人和杨燕武对视一眼,眸子里露出了喜色。陈老夫人眼角一瞥,见梁惠师也是嘴角微微一翘,显然也在幸灾乐祸。

霍绾儿在珠帘后道:"公公,这样会不会有失公平?"

她一开口,众人便多了四分把握,觉得秦德威多半是冲着凰浦去的。

秦德威嘻嘻笑道:"我还听说那个高人与苏州沈女红齐名。沈女红未得皇家承认,民间竟敢称她是什么刺绣大宗师……嘿嘿!'大宗师'这三个字,是你们绣行能随便用的吗!"

徐博古慌得赶紧垂首:"不敢,不敢!"

而众人也终于确认:这个太监果然是冲着凰浦,冲着高眉娘去的!

陈老夫人暗中大喜,黄谋则向林叔夜投去询问的目光:你怎么得罪他了?

秦德威不理徐博古,继续道:"那沈女红既敢妄称大宗师,姓高的自然也敢了。你们广东没有其他妄称大宗师的了吧?"

众人慌忙道:"没有。"

秦德威笑道:"既然没有,那不就得了?她一个大宗师,要是跟其他宗师平等较劲,这不有失身份吗?因此来个一对三,才符合她大宗师的身份啊！大家说……对不对？"

众人慌忙说对。黄谋是被迫低声应和，杨燕武却叫得极大声，林叔夜沉默不语，林小云气得牙痒痒，李绣奴吓得缩头缩脑。

"怎么样啊？"秦德威催着，"有没有合适的题目啊！"

梁太元沉吟着，无奈地道："老朽倒想了一个题目，不知合不合公公的意。"

"是什么？"

"斗绣马吊。"

"马吊？那是什么？"

"回公公的话，马吊是近年出现的一种纸牌戏，又叫'马吊戏'，目前只在民间底层流传。士大夫们多半尚未听说，因此宫中多半也还不知。但广东绣行好事者多，已有人仿马吊戏，设了斗绣马吊。"

跟着，梁太元便将打马吊及斗绣马吊的规则说了。

马吊牌一共有四十张，分为十字（又称"十万贯"）、万字（又称"万贯"）、索子、文钱四种花色，又称"四门"。

万字、索子两色是从一至九各一张；十字是从二十万到九十万，以及百万、千万、万万各一张，一共十一张；文钱是从一至九，以及半文（又叫"一枝花"）、空文（又叫"空汤"）各一张，一共十一张。四门加起来一共四十张。

这马吊牌的规则复杂，秦德威一时听不懂，便让人去寻了一副来，又叫几个会打的人上来打一轮试试。陈老夫人不会，杨管库上前。林叔夜听了一遍规则便明白了，当下与黄谋亦上前。梁太元在秦太监身后指点。秦德威打了一轮，便大致明白了。

马吊牌的玩法是四人围坐着打，每人各取八张牌，剩下的八张放在中间。出牌时，除了文钱是以小胜大，其他三门都是以大胜小。四人轮流出牌，出一张，取一张。

首发玩家出牌后，后面的玩家必须打出同一门且大于上家的牌，才能完成"捉牌"。一轮四张打下来，牌最大者保留正面，放在玩家面前，叫作"上桌"，其他三张翻成反面，叫作"灭牌"。

如此循环反复,直到四十张牌全部打完,然后进行输赢结算。"上桌"的牌如果形成特定的稀有组合,称为"色样",是马吊牌输赢的关键。

打牌的规则极简,就是按顺序出牌,牌大者胜,但输赢结算会因色样而十分复杂,由此便产生许多博弈与算计。

霍绾儿在旁看了一轮,也懂了,便问:"马吊牌是这样打的,那马吊绣要怎么绣呢?"

梁太元道:"其余规则类似,只是马吊牌分牌全凭手气,但马吊绣就看手速了,谁先绣出来,那牌就算谁的。"

霍绾儿登时想起来了:"类似于围棋绣?"

"正是。"

"那如果两家绣了同一张牌,该怎么办?"

"那就谁先打出来便算谁的,后出手的便算废牌,若轮到打牌却没牌,以灭计算。"霍绾儿点了点头。

梁太元又道:"此外,打马吊还分庄、闲。一开始以抽牌定庄、闲,首局之后则以赢得筹码最多的玩家为庄,若有两家并列,则由上一局庄家连庄。按照规则,闲家必须夹击庄家。"说到这里,他面向秦德威:"这就符合秦少监以三击一的要求。"

秦德威听完介绍,稍一琢磨,便哈哈大笑,道:"好,好!一庄三闲,这个好!不过,谁来做这个庄家呢?"他说这话时,眼睛就瞄着林叔夜。

杨燕武和陈老夫人对视了一眼,便脱口道:"凰浦绣庄在第二关献绣中位列第一,自然得它来做这个庄!"

秦德威含着笑,没答应也没否认,而是对着珠帘屏风道:"绾儿姑娘,你觉得如何呢?"

第一二二针 应战

霍绾儿在屏风后道:"奴家今天是代三妹妹出席,不好妄出主意。"

这时徐博古开口了:"老朽愚钝,只是刚才听了种种规则,觉得定死庄家的话,是不是有些不太公平?"他与沈女红交好,又知高、沈情笃,因此便帮了个腔。

秦德威道:"不公吗?哼哼,那行,你们先下去议一议,明天这个时候,再来告诉咱家公是不公!"他说完,便拂袖而走。徐博古甚是惶恐,也不知道自己是不是闯祸了。林叔夜却已经猜到了这个宦官的心思。

秦德威任性一走,这次会便散了。杨燕武扶着陈老夫人也走了。

林叔夜走到徐博古身边道:"徐老不用慌,秦少监意不在你。"

旁边梁太元道:"林庄主,老朽刚才只是按秦少监的意思出主意,并非针对凰浦。"

林叔夜也不怨他,自与黄谋一起下楼去了。

他回到那间未开张的店铺里,黄谋一路跟来。一进门,林小云就嚷嚷开了:"那个死太监,拉偏架拉得没边了!还有,那死太监问霍姑娘的时候,她怎么不帮我们说话?"

林叔夜叹了一口气,道:"他那句问,不是问意见,而是逼从。霍姑娘没有当场服软,已算是……唉!"

"逼从？"林小云不解。

黄谋问："三弟，你到底是怎么得罪他的？这个事你得给我交个底。"

林叔夜道："先前霍姑娘与这位秦少监有两个回合的来往，凰浦都牵涉其中。那秦少监得了利，霍姑娘却占了上风，没想到他一口气咽不下，竟然就做到了这个地步。"

黄谋听得连连摇头："三弟，这就是你的不对了。古人说得好，唯女子与小人难养也……这太监啊……"他压低了声音："这太监把女子与小人的恶脾性全给占了，最是尖酸刻薄。你如何能让他怄气？如今他摆明了要搞凰浦，你我虽是结义兄弟，但康祥得罪不起这位执掌尚衣监的秦公公。若是他真个逼着我们三家夹击凰浦，到时候我也无法帮你。"

林叔夜沉默了片刻，说道："既然这样，那二哥就把兄弟情先放一边吧。第三轮斗绣，二哥尽管公事公办就是。此事过后，我们再论兄弟之情。"

黄谋与他对视良久，然后拱了拱手，道："好。但只要是不损康祥的事，你可随时再找我。"

等他走后，林小云嗤了一声，道："也是个没义气的。"

林叔夜却说："不要胡说！二哥能留下最后一句话，已经是有义气的人了。"

林小云吐了吐舌头，说："那我们现在怎么办？"

"等我见了霍姑娘再说吧。"

便在这时，店外响起了敲门声，是屏儿来请。

小楼隔绝了外头的喧嚣，屏儿冲了茶后便退下了。霍绾儿开门见山地问道："这件事情，你是怎么想的？"

"事情是一步步逼到这里的。"林叔夜道，"当初走出了第一步，后面的很多事情就难以避免。"

霍绾儿低头沉吟着，说道："那第一步是我走岔了。当初的确借了秦太监的势，本想补偿了三水那边，便是两家互利之事……他们不费吹灰之力得了偌大的产业，而且每年都能坐收分成……换作士大夫遇到这事，双方非但不会有隔阂，反而可以借着这个由头拉近彼此的关系。岂料那个秦太监的心胸竟如此狭窄，把两家共同的利益放在一边，只惦记着跟我们怄气。"

她的这个通盘考虑按照利害关系来说，原本没有多大问题，唯一没料到的是秦德威的脾性问题。

林叔夜忽然嗤地一笑。

霍绾儿愠道："你还笑什么！"

林叔夜笑道："你是个女儿家，行事却是士大夫风格；而那秦太监不是女儿身，偏偏效女儿行径。这不好笑吗？"

霍绾儿听他说自己行事有"士大夫"风格，刚冒出来的气就消了，却又恼道："都什么时候了，你还笑得出来？"

"现在不笑，难道哭就能把事情给哭没了？"林叔夜说，"事情到了这个地步，现在只看如何选择罢了。"

见他如此有担当，霍绾儿心中反而一定，点了点头，问道："你打算怎么办？"

林叔夜反问："你呢？"

霍绾儿想了想，叹道："他今日放出话来，明着说要以三击一……这是威胁。但他没有当场下决定，而是借故拂袖而去，留下了一晚的余裕，就是给我们走后门的机会，要我们在明日之前过去求他。只要他消了那口气，明日自然会改口。我们若不遂了他的心意，明日这庄家便做定了。"

"那要怎么样才能让他消气？"

"若是第二关的时候我们输了，他那口气早就消了，此刻怕是已对我们眉开眼笑。"霍绾儿犹豫了一下，轻叹道，"要不，就顺了他的心意吧。"

"你是说……第三关我们认输？若结果仍是认输，那我们还来商量做什么？"

"一场广潮斗绣的输赢罢了，真值得这样？秦德威执掌尚衣监，若输一场斗绣能得他的欢心，后续自有大把利益可想。"

林叔夜毫不犹豫地摇头："不可能，姑姑不会答应的。她宁可斗绣场上被围攻而战败，也绝不会接受台面下的苟且。"

霍绾儿皱眉："为了那位高师傅的执着，你就要继续跟秦太监对着干？这可没什么好处！"

"是没什么好处，只是……逼到跟前，只能孤军而战！你……"他踌躇了一下，语气变得有些沉重，"霍姑娘可以先与我们切割，这次斗绣的胜败，我们凰浦自己承担吧。"

他说完，便起身告辞了。待他走出两步，霍绾儿忽然叫道："等等！"

林叔夜止步。

"回过头来！"

林叔夜转身，再看霍绾儿时，只见她脸上带着怒色，但眼眸中竟闪着泪花，便知道刚才那声"霍姑娘"伤了她的心。一时间，他心里也难受极了。但他失言在前，出了口的话再难收回。

霍绾儿说："刚才那两句话，我只当没听见，往后你若再……我就真要恼了！"

林叔夜轻轻地"嗯"了一声，道："对不住。"

"不用你来跟我道歉！"霍绾儿侧了身，不再看他，"我会去见那姓秦的，把先前许诺捐给褒忠寺的百亩田地折现奉上，只当那场赌注是我输了。如果他还是不肯，那就只能任由你那位高师傅去折腾了！"

林叔夜正要开口，霍绾儿却挥手截住："走吧！今晚我不想再听见你说话！"

林叔夜叹了一口气，终究还是走了。屏儿送他出门，回来后说道："姑娘，他这般待你，你还……百亩田地，怕是要大几千两银子吧。我们兜里的现银才多少！"

霍绾儿抹了抹泪水，说道："他今天虽然惹恼了我，但这般品性，反而更加值得托付。"

"啊？"

"他跟我说过，他能得到今天的一切，都与高师傅息息相关，因此奉她为师，愿做她绣道的护法，为她披荆斩棘，直至那御前大比。他今天面临这般困境却能不改初衷，这般品性的男子，在当下这个世道里万中无一。他……他值这个价钱。"

"可是……可是那个高师傅是个女人啊，而且听说很漂亮。他这么为她，姑娘就不吃醋？"

霍绾儿破涕为笑："你胡说什么啊！那是十几年前就遐迩著闻的绣娘，就算是幼年成名，也比他至少大个十岁吧。你胡思乱想些什么！"

林叔夜坐船回了博雅绣庄，等到了入夜，才等来霍绾儿的消息：秦德威不肯。

林叔夜便知事情没得回转了，先与林添财说了。林添财怔怔地看着林叔夜，道："这个死太监，就为了怄一口气，要将我们往死里打？连钱都不肯收？"

"是，因此想问问舅舅的意思。"

"我的想法有什么用！"林添财望向后园的方向，"那一位，多半是不肯的吧。"

"应该不肯。"

"那……"林添财叹了口气，捂住了耳朵，"这种糟蹋钱的事，别来跟我说！我不听了！反正这绣庄做到现在这样，主要是托了你俩的福！你们想怎么办，就怎么办吧！"

林叔夜心中一定，这才来到后园，通报后上了小楼。

高眉娘正在赶绣，听说林叔夜来，才停下针线出来。

林叔夜开门见山地道："今天的事情，姑姑都听说了吧？"

"没有。"高眉娘接过喜妹递过的杯子，用温茶润了润喉咙，"我赶着刺绣，正在要紧处，没空理外头的事。"

喜妹在旁边说："日间好多人要上来说事，我按姑姑的吩咐，全都给回了。"

林叔夜也不奇怪，当下言简意赅地将日间发生的一切都说了。

高眉娘脸上无怒无喜，只是问："这个绣庄，霍姑娘、黄二舍、林舅爷都有份，他们怎么说？"

林叔夜道："霍姑娘支持我们，黄家二哥明面上与我们切割，内中也不会阻碍我们，舅舅让我想怎么办就怎么办。"

"那……庄主的意思呢？"

"姑姑的意思，就是我的意思！"

高眉娘愣了一下神，随即微微一笑，道："那明天庄主可以回复那位秦少监，就说高眉娘谢谢他。以一敌三，我们凰浦应了。"

第一二三针　出战人选

"好大的口气！好狂的娘儿们！"秦德威暴跳如雷，"好哇，给那三家传话！打！给我往死里打！咱家就不信了，就凭一根绣花针，她还能翻天了不成！"

这斗绣马吊，与普通斗绣有所不同。梁太元口中的"好事者设了斗绣马吊"，其实从未正规地斗过。因题目太过特殊，先前也没想到会斗这个，有些必备的物料尚不齐，需要一些时间来安排，于是梁太元请得了两天时间。这两天也让四个绣庄各自得了准备的时间。

茂园。

陈老夫人看着陈子艳与梁、李、孙三宗师，说道："第三关定下来了，斗绣马吊，每庄三人上场，凰浦坐庄，不轮庄。这一关事关生死，要是还让凰浦闯过去，那凰浦就出线了。尚衣之家若无缘御前大比，我茂源必定声名扫地。因此这一关许胜不许败！"

孙庆师接话道："凰浦不知怎么竟得罪了秦太监，真是自作孽不可活。我听说泰奇已经领了命，康祥也说会遵从，这次三家打一家，任她姓高的再强，也休想翻身！"

陈子艳看着梁惠师："这个局面，惠师觉得如何？"

梁惠师扭动脖颈，看都不看陈子艳。她好像对谁说话都带着点阴阳怪气的腔调："虽然有些胜之不武，但只要能赢就行。高秀秀没那么好打的……她既然敢应战，多半就有倚仗。"

"倚仗？"李源师问，"她还能有什么倚仗！若是斗刺绣境界，宗师的数量可能会没用。但斗绣马吊，既斗精，也斗快，她一个人再怎么厉害，也只有两只手，不可能赢！"

梁惠师懒洋洋地道："这绣马吊大家都没认真玩过，我也是才仔细研习了规则。虽然秦太监下令要以三击一，但真个上场，并不是真能以九个打三个，只是三家联合更具优势罢了。所以，凰浦还有一线生机。"

陈老夫人和陈子艳对视了一眼，陈老夫人发问："生机在何处？"

博雅绣庄的后园，林添财也正在讲述刚刚得到的情报：茂源是梁惠师、李源师和孙庆师一起上阵，康祥也是三宗师齐上，泰奇的实力稍逊，却也精锐尽出！这个消息传出后，整个广州的刺绣界可都轰动了！看了这么多年的刺绣，就没见过这么大的场面！而且还是以三击一，三大名庄围攻一个成庄不到一年的凰浦！这般好戏，以前别说看见，听都没听过！

袁莞师以下、大师傅以上的绣娘都到了。

秦德威这种赤裸裸的威逼，既带来了巨大的压力，也使凰浦上下空前地团结了起来。这一仗极其难打，但万一打赢了，那凰浦在广东可就是真正意义上的所向无敌！此刻，众绣娘心中既因受压迫而感到憋屈，想要反抗，又为"万一取胜"而微微期待，甚至兴奋。

高眉娘坐定后，所有绣娘的目光都聚集在了她的身上。

袁莞师先开口："如此劣势之下，我们唯有一计，才能博得一线生机！"众人闻言，精神为之一振，这时袁莞师望向了高眉娘身边的独手黄娘。

"除了高秀秀，凰浦还有两大高手。"梁惠师伸出两根手指，"袁莞师……以及那个断了一只手的黄娘。"

提起袁莞师，茂源众人都是心头一紧。

"莞师的功力，大家心里有数，茂源除了我和尚衣，没第三个能压得住她的。至于那个黄娘,她虽然只剩下一只手,但以她和高秀秀的默契,起到的作用只会比袁莞师大。"梁惠师道,"有她配合,高秀秀的针速能在短时间内快上一倍。"

其实她再怎么形容黄娘的针功,大家都未必有感,但众人听到"高秀秀的针速能在短时间内快上一倍",无不暗吸一口凉气。

孙庆师干笑道:"可是姓袁的、姓黄的已经发誓不参加这次广潮斗绣了。"

"事态总是会变的。"梁惠师阴险地笑了,"先前第一关的时候,我们对凰浦釜底抽薪,可谁能想到,对方竟能逼得老夫人低头,在众目睽睽之下烧我的绣?三公子既然有这个能耐,焉知他就没办法将我们套在莞师和黄娘脖子上的绳索给解开?"

博雅后园,区大娘站了出来,垂泪道:"如今生死决于此战,整个广东刺绣界都看着!断不能为了我一人误了整个绣庄。妾身已经想清楚了,我家里的事情,我自己来扛,这样家师便不用再受我之累了。"

她能主动站出来,众人都感动,知她这样决定,那是做好连儿子性命都不要的准备了。

黄娘一直垂着脑袋,这时也抬头道:"我那丈夫虽然不成器,但当年我走投无路之际,是他收留了我,所以我不能不顾他。可区家嫂子说得对,我们不能因自己的家事拖累了绣庄。这次斗绣,我也上场。如果对方事后报复,我陪丈夫一起死,还了这份恩情就是。"

"这次广潮斗绣刚开始的时候,形势还不像今天这般危急。所以凰浦还能忍着,收起莞师、黄娘。"梁惠师倚着座椅,缓缓地说道,"可是如今形势已变,难保凰浦会有什么激烈的想法,或者是三少爷想出什么主意来,能破了我们对莞师与黄娘的禁制……这便不得不防了。"

众人闻言领首,都觉得梁惠师所言有理。

"因此……还是得来个板上钉钉，要将袁、黄二人身上的绳索给绑死。"

"好。"陈老夫人道，"此事我交代杨管库去办。"

眼看区大娘和黄娘先后表了决心，凰浦众绣娘都被她们的舍己为公打动，一边有些不忍，一边又忍不住想：若是有莞师和黄娘出手，那凰浦就算以一敌三，当能多几分胜算。

林叔夜微一沉吟，道："此事我来想办法，看看有没有什么转机。"

高眉娘却摇头："不如算了吧。"

众人都是一怔。

"若有莞师、黄娘帮我，胜算自然要高一些。"高眉娘道，"但套住莞师、黄娘这件事情，不像是陈子峰的手笔……若是他出手，事态不只如此。我估摸着这路子，倒像是小惠……梁惠师出的主意。"

独手黄娘冷笑道："的确是她能干出来的事。"

高眉娘道："是她的话，以眼前的局面，多半还会有后手，所以莞师和黄娘如果破誓，后果恐怕会比你们想的更加严重。纠缠起来，后续难以预料，而我们只有两天的准备时间。与其纠缠在这些外务上，不如专心、定心、一心以备战。"

区大娘皱眉道："可莞师和黄娘如果不出手，那……"

"其实……我一开始就没想请二位出手。"高眉娘打断了她的话。

"啊？"

袁莞师问："高师傅打算领谁出战？"

高眉娘点了点林小云，然后移动手指，落在李绣奴身上——林小云大喜，李绣奴却大为惶恐。

袁莞师又惊又喜："这两个月，老身是亲眼看着他们进步神速的，但真的可以吗？对面可有七位宗师！"

高眉娘道："若论总体的刺绣实力，他们与刺绣宗师还差得远,但就这场斗绣给我打下手来说,或许也够了……顶得上两个宗师。"

李绣奴听了这话,半边身子都在发抖,简直不敢相信。林小云则哈哈笑道:"真的?哈哈!我就知道,以我的天资,加上姑姑这样的名师,肯定早就大成了!"

众人本在惊喜之中,但听了林小云的话,无不愕然。喜妹窃笑,黄娘直接呸了一声,高眉娘笑而不语。

袁莞师看着高眉娘师徒三人,起身道:"既然高师傅有把握,那这场斗绣,我等坐等捷报。"

众人虽然还对林、李这两个人选心存疑虑,但见袁莞师表了态,也就跟着她告退了。等众绣娘都走了,林添财问:"高师傅,带着这两个小年轻,真的有把握?"

高眉娘望天沉思了一会儿,说道:"这场斗绣,是迄今为止我遇到的最没把握的一关。因为我以前没玩过这马吊绣,而要过这一关,既在绣花针上,又不在绣花针上。胜负的关键,或许还要看舅老爷。"

"哈哈……我?"

"我昨晚与庄主连夜琢磨,深觉这马吊局乃是纵横捭阖的博戏。场外的赌斗,自然不会比场内逊色。不过这场外的事情,就不是我能掺和的了,但我听庄主的语气,或许他已有定计。"林添财望向林叔夜。

林叔夜道:"舅舅,我们出去吧,别妨碍姑姑他们练针。"

林添财笑道:"也对,咱们出去说,免得影响了备战的专心、定心、一心……哈哈。"

虽然面临大敌,但看到高眉娘镇定自若,林添财的心情不知不觉地宽松了起来。

甥舅二人出去后,林小云笑道:"是不是又有什么奇谋?"

不料高眉娘却说:"没有,都只是安定人心的骗人言语罢了。这场胜负的关键……"她伸出了两根手指,手指上有光芒闪动:"其关键仍然是在这根绣花针上。"

林小云欢喜地道："所以……其实也不用什么计谋，就靠着咱们师徒的功夫，也能赢，对不对？"

高眉娘笑了起来："对面有七位宗师，加上两位功力比你们只高不低的大师傅……'咱们师徒'？若是换了我另外两个徒弟在此，的确可以一战……小惠未叛，黄娘完好，我们三人联手，别说是七个宗师，就是九个宗师来了，我们也照杀不误。现在换了你们两个，却就难了。"

听了这话，李绣奴为之丧气，林小云却道："难……那就是说，有机会？"

"确实有一点机会。"高眉娘说着，摊开了一副马吊牌，"这绣马吊大家都是第一回玩，机会也许就藏在此处。"

凰浦既定了出战人选，心怀坦荡，便将名单报了上去，却不想，竟是第一个报的。

茂源没想到凰浦如此出招，杨燕武针对区大娘和黄娘的追加布置便落了个空，仿佛一拳打在了棉花上。

陈老夫人忽然有些怅然，叹道："想不到……唉，其实也不是想不到。"

她和高眉娘的渊源很深，也很了解她的为人和行事方式，这时眼看对方光明磊落，反观自身……便暗中有愧。

陈子艳道："若是这样，那就没什么好担心的了。就算她这些年功力更上一层楼，但带着两个新丁，能顶什么事！"

陈老夫人沉吟了一会儿，道："其实还是有隐忧的。"

"什么隐忧？"

陈老夫人不答，嘴里却念叨着："内奸不除，绝无胜机……内奸不除，绝无胜机……"

"祖母还在想着大哥的话？他都疯了！"

陈老夫人却摇头："不，你大哥从来言无不中的。他只是有心魔，但既然这样说了，必自有他的道理。现在七个宗师围攻高秀秀一人，任她再怎么有能耐，也绝对抵挡不住的。唯一要担心的，就是变故生于肘腋。"

陈子艳脸色微变："祖母是怕斗绣场上……内奸反水？"

"不得不防。"

在绝对优势的实力对比下，若说还有翻盘的机会，那就是内奸临阵倒戈。

"那这个内奸……祖母觉得是姓梁的，还是姓孙的？"

"如果让我选……"陈老夫人悲叹，"我自然不希望是庆儿。"

"既然祖母觉得孙庆师可疑，那就不用叫她什么庆儿了。把她叫来，咱们三面六目问个清楚！"

陈子艳就是这样的，她心中缺乏善意，却也不具备作恶所需要的心机。这些年，她能在宫里撑下来，全凭一个"忍"字。她忍成了一块木头一般，也因一味憋屈，一回到广州，整个人便越发地放肆了。陈老夫人将这些看在眼里，却因怕刺激孙女而不敢再说什么，甚至不敢再劝，只是用连陈子艳都听不见的声音喃喃着："峰儿，你什么时候能好啊，你再不好起来，这个家……我可要撑不下去了……"

孙庆师正在为马吊绣的事做准备，忽然被单独叫了去，不免有些奇怪。

"叫庆儿你来，是让你去调查一件事。"园子里，明面上只有陈老夫人——她怕陈子艳脸上露出破绽，便让她躲在暗处。

"有什么事情，娘师吩咐就是了。"没其他人时，孙庆师是这样称呼陈老夫人的。

被她这么一叫，陈老夫人便有些不忍，却还是硬起了心肠："广潮斗绣第一关，'模、破、补'那个策略，你去查一查是谁泄露的，我要扒了那人的皮！"

孙庆师的眼神忽然有些闪躲，随即笑道："这个策略虽是惠师提出来的，但凰浦多半也是知道的，会不会是他们泄露的？"

"杨管库已经查明，不是他们泄露的，而是我们这边走漏了消息。杨管库甚至查到泰奇那边接头的人了，只是不知道我们这边是谁卖的消息。"

孙庆师脸上的肌肉无法自控地僵硬了几分:"那……那人可真是大胆!"她脱口说了这么一句,语调才渐渐地从慌张中恢复自然,思绪也理了过来,"这事交给我!我一定将人揪出来!"

"后天就要斗绣了,所以今天之内,你就得把人查出来。大战在即,不可留着内奸耽误大事!"

孙庆师离开后,陈子艳走了出来:"果然是她!"

就连她都看出了端倪,何况陈老夫人。

"唉,自退隐之后,我是真的老了,心肠也软了。若放以前,她岂敢如此!"

"马吊绣一役,是不能让她上了。"

"这个自然,不过……"陈老夫人道,"我还想再看看惠师那边……"

胡嬷嬷入内,说:"惠师来了。"

祖孙二人对望了一眼。

"请。"

梁惠师走了进来,瞧见二人,笑道:"可巧了,尚衣也在,那正好。"

陈子艳皱眉:"你找我有事?"

"高秀秀竟然没动让袁、黄出手的心思,我寻思着,她敢这样做,多半就是另有后手了。"梁惠师道,"因此不得不防。"

陈子艳问:"怎么防?"

"自然是我们再买一张保票。"梁惠师冷然道,"我思前想后,终究是想到了一事,只是这事得尚衣出手才行。"跟着,她便说了一个秘密。

陈老夫人、陈子艳大奇:"竟还有这事!"

"自然是的。"梁惠师笑道,"这件事情,当事人自己都不记得……她太高傲了!而另一个在场的人是块木头。因此只有我留了心。上次尚衣那般无理由地逼三少爷,他不是也屈服了吗?这不是已经应验了吗?"

陈子艳忍不住道:"原来是这个缘故,那你上次怎么不明说!"

"当时不说,是我顾念着尚衣的脸皮。"梁惠师冷笑道,"但现在决战在即,什么招数都得用上了。尚衣的脸面,也得往后放一放了。老夫人,你说对吗?"

不管陈子艳那张变成猪肝色的脸,梁惠师自顾自地告辞了。

她走了之后,陈子艳还在恼怒她的姿态,但陈老夫人已经在自言自语:"不是她,看来真不是她……"

"祖母,你说什么?"

"应该不是她了!"陈老夫人叹道,"虽然我一直猜疑她,但不择手段地要将高氏往死里整,这般怨毒……再假不来了。再说,她若真有异心,便当加倍地逢迎、掩饰,便如庆……便如孙庆师那样,而不是对你不假辞色,甚至还屡屡与你作对,丝毫不掩盖自己的喜怒爱憎。"

她虽然老了,刚毅果决远不如中年之时,但心念既定,便不再犹豫:"把孙庆师换下来吧。大敌当前,不可留下这般隐患。空出来的位置,在庄中大师傅里……"

"我去!"

"啊?不可!"陈老夫人忙道,"你的身份,是我茂源的底牌,不可轻动!"

"不出手也已经出手了。"陈子艳恨恨地道,"上次显然是姓高的联同姓沈的做局,才将我坑了进去。我就是要叫天下人知道,论真正的针功,还得看我大内首席!"

第一二四针　混乱的开局

广潮斗绣第三关的战场被安排在粤秀山。

粤秀山又名"越秀山",乃白云山之余脉,自大明以来遍植马尾松,渐成林海,风一吹过,松针如浪涛般起伏,此即为"粤秀松涛",也是明代"广州八景"之一。承接了好几次广潮斗绣举办地点的望海楼,就在粤秀山山顶。

在梁太元的规划下,广绣行的人在粤秀山上选了一处风景绝佳之地,搭了四座两丈高的梯形高台。每座高台分成上下两层:下层较宽,基座离地五尺,供绣娘绣马吊用;上层较窄,给执牌人打马吊用。四座高台按照东、南、西、北方向围成一圈,高台中间放了一个香炉,香炉两旁放着一个大锣和一个大鼓。这时,高台四周已站满了人。

这场斗绣因有两日余裕,在城中早就传遍了,因此斗绣还未开始,粤秀山上已人山人海,大家都赶来看热闹。此时,马吊尚未广泛流传,人群中有会马吊的,便口耳相传地普及了起来:既是新的博戏,自自然然引起了无数男女老少的兴趣。

四个绣庄分别入场:凰浦是庄家,却被分在南风位,坐南朝北;茂源是其下家,在东风位;茂源的下家是康祥,在北风位;康祥的下家是泰奇,在西风位。北风位的高台再往北七八步,恰是从望海楼延伸过来的一段城墙,高二丈八尺,上面放了主评座位——从这里俯瞰,刚好能够居高临下地看清这场斗绣的全貌。

林大钦仍然托病未至，城墙上除了三张椅子，还有一个珠帘屏风。霍绾儿代表霍佳兰在屏风后落了座，秦德威也带着梁太元、徐博古入座。梁晋站在旁边，唱道："广潮斗绣第三关，马吊绣第一场开始！执牌人入场！庄家上台。"

林叔夜是凰浦的执牌人，闻传便登楼梯上了高台。这整个场子，是先定好秦德威的座位，然后再根据他的座位布置下面的四座高台，因此秦德威的座位是正对着林叔夜的。林叔夜一抬头，就见到这位要压死凰浦的权宦似笑非笑地盯着自己，瞬间压力感扑面而来。

霍绾儿伸手拂开一点珠帘，别人没留心，林叔夜却注意到了。两人隔着老远对视了一眼，林叔夜见她向自己点了点头，心头微定。

梁晋再次唱道："闲家上台！"

康祥的黄谋、泰奇的莫庄主便分别登上北风位、西风位。陈老夫人望了望两丈高的高台，忽然有些恍惚。杨燕武拦着说："老太太，要不还是让我上去吧。"

陈老夫人却摇了摇头："老身还撑得住。"她推开杨管库的手，在胡嬷嬷的帮搀下上了台。这台有两丈高，台上却五尺见方，仅放一椅。

秦德威望见一个老太太爬上这么高的地方，在风中坐得颤巍巍的，皱眉道："茂源没人了？让这么个老太太来出头。"

梁太元慌忙道："陈老夫人乃是我广绣行里的老行尊。庄主陈子峰生病，她因此不顾年老而挂帅出战，不肯让旁人代劳。"

秦德威"哦"了一声，道："这么看，陈子峰是真病了。"

"自然，自然。"梁太元慌忙说，"陈子峰、陈子艳兄妹幼失怙恃，是陈老夫人抚养长大的，祖孙情深。若非病重，他断不会让祖母如此操劳。"

"这么看，咱家倒是错怪他了。"秦德威见底下的百姓交头接耳，指着陈老夫人道，"去，给老人家换张大椅子。"

小太监闻言，爬上爬下，给陈老夫人换了张太师椅。梁太元、徐博古等不住口地称赞秦少监仁义。陈老夫人也隔空恩谢。

秦德威笑道:"听说凰浦的林庄主也是你的孙子,这一遭……岂非祖孙大战?有趣,有趣。"他这话说得很大声,底下不少人都听到了,一时议论纷纷。

他在那里笑着,霍绾儿却听得皱眉。林添财更是大骂:"原来这老货是这个用心!"

陈老夫人是林叔夜的祖母,不管有没有认祖归宗,他们的血缘关系都摆在那里。林叔夜又是陈老夫人的上家,而这场马吊可不是纯粹的游戏,输赢关系重大。待会儿打牌,林叔夜如果打得狠了,那便是不孝,这个罪名可大可小;可要是出牌有所顾忌,那就胜算大减了。

在无数人的指责议论中,林叔夜将椅子往外头的梯子上一挂,朝着陈老夫人的方向跪下磕头,道:"祖母在上,容不肖孙启禀:今日迫于局势,乃与祖母同台打马吊。博戏的规矩,马吊场上无父子:若祖母容孙儿按博戏规矩打牌,孙儿自当领命;若不许孙儿无礼,容孙儿换舅舅上来。"

陈老夫人哼了一声,冷冷地道:"打吧。"

林叔夜高声道:"领祖母命。"他又磕了一个头,才拎回椅子坐好。

秦德威啧啧了两声,以寻常音量对左右道:"好家伙!这小子是个人物啊!怪不得能领着个新绣庄打得茂源抬不起头。"

这时梁太元高唱:"庄家绣娘上台。"

高眉娘带着林小云、李绣奴入场,坐在南风位高台的下层。这一层比上面宽敞了些,摆了三张椅子。旁边一个木架子上,放着十张空白绣地——绣地是主办方提供的,绣架、针线等则由参比者自带。高、林、李三人上去后,按照自己的习惯调整好座位,围绕着绣架坐好——三人即使坐着,仍比站在平地的观众高出一截,因此观众能看到三人的身形动作。

城墙上,小太监指着高眉娘说:"干爹,那个戴飞凰面罩的,就是了。"

"哦……"秦德威冷笑道，"待会儿咱家就看看这位高人的手段有多厉害！"

跟着，梁晋又请闲家绣娘入场。九个绣娘分别入场，其中一人一身青衫。林叔夜见到这身影，心头一震：长姊怎么来了！

不仅是他，全场所有认识陈子艳的，无不诧异："茂源竟然派她上场，这下可就有看头了！"

林添财收到的消息，是茂源将派梁惠师、李源师、孙庆师三宗师上场。这时见孙庆师忽然被替换成陈子艳，他便知茂源内部必有变化。

梁晋看了父亲一眼，梁太元轻咳了一声，说："如常！"

眼看十二个绣娘分别坐好，梁晋便高声宣布规则："本关比赛，斗绣马吊。一切规则已于前日与诸庄言明。斗绣马吊不设底牌，无开冲，一局十轮。香燃鼓响，斗绣便启……点香！"

梁晋的弟子上前，在四座高台中间的香炉上点燃了一支快香——这快香燃烧得极快。按照规则，每轮出牌点燃一支快香，首发的玩家必须在快香燃尽之前出牌，其出牌后，铜锣敲响，其下家必须在铜锣停止震响之前出牌，以免有人故意拖延时间。

"鼓起！"

快香点燃的同时，鼓手擂鼓。十二个绣娘早已执针在手，听鼓声一响——针影闪动，丝线飞绕。

"哇！好快！"

那时，只要是个女子，几乎就没有不学针黹的；便是男子，也是从小看着母亲、姐妹的缝补用针长大。可以说，家家户户都懂点刺绣，可业余的和职业的是不能比的，何况宗师？普通人家哪有这样的运针速度——十二个绣娘里，有八个宗师，剩下的四个，泰奇来的是两个资深大师傅，但林小云和李绣奴竟也不显慢！

袁莞师虽未参比，但这次也来观战。她和两个大弟子混在人群之中，看着林小云、李绣奴的针线迅疾而流畅——置身于宗师之间，一时也不落下风。她老怀甚慰，对区、潘二人道："真是好苗子！好苗子！怪不得高师傅对林、李二人放心。就是我上场了，也不过如此。"

马吊牌的牌面要比围棋复杂得多，为争速度，四个绣庄都是三人同绣。那空白绣地是梁晋统一剪裁好的，每块都是纵三尺、横二尺。康祥和泰奇的绣师都是以等边三角形围拢着绣，茂源是陈子艳与梁惠师对坐绣主体，李源师在旁辅助绣边角。凰浦则是高眉娘一人负担主体，林小云和李绣奴对坐绣边角。

绣娘们所坐的位置虽然在高台的下层，但台基也有五尺高，所以观众们可以清清楚楚地看见绣娘们的动作，这也是斗绣的默认规则之一。广东的斗绣有公开性和娱众性的要求，为了方便观众欣赏，在座位的设计上总会尽量安排绣娘坐在观众能看到的地方。可这样一来，也引起了一个意料之外的问题。

有懂马吊的观众叫道："哎哟，我看出来了，她绣的是'六水双绕'。这是'六索'！"

这马吊与牌九不同，牌九花式简单，而马吊式样复杂，牌面本身就具备文学性与艺术性。每一张牌都有自己特定的文字含义，再以这个特定的含义衍生出特定的图案，如果做得好，每一张牌都是一件艺术品。而将马吊牌绣成刺绣，那就更精美了。

比如这"六索"，属于"索子"门，图案是六条小溪于左右盘绕，因此这张牌又被称为"六水双绕"。

"这边绣的是座山啊——"

"这是艮卦形状，也就是'七索'！"

"这个好像绣了五座山……"

"这叫五岳峰，也就是'文钱'门里的'五文'！"

"这边绣的也是'五文'！"

原来这斗绣马吊和普通马吊的第一个不同，就在于发牌。

普通马吊是四十张牌，每家各发八张，留下八张牌放在中间，四个玩家轮流出牌。在不出千的情况下，能拿到什么牌，全凭运气。斗绣马吊则不然，没有所谓的运气，谁先绣出牌来，就算谁的，是用绣师的技艺来代替运气。因此，普通马吊牌除了技巧，还要靠运气；马吊绣则没有运气一说，能抢到什么牌，全看绣师手上的功夫！

秦德威那日试打的时候没发现马吊绣的特点，这时听到下面有人在叫嚷，不禁问道："怎么有两个'五文'，这可怎么办？"

梁太元在旁边道："按斗绣马吊的规则，两家绣出同一张牌，先结针者留，后出者废。另外，所有打过的牌，再绣亦废。"

这时有人叫道："这边怎么忽然在拆线？"

叫出声来的人站在西风位泰奇绣庄的后面。泰奇绣的是"五文"，却是与其上家康祥绣庄的重复了。

秦德威道："看来泰奇绣庄没把握比快啊。"他居高临下，能够看见全场。绣娘们是瞧不清其他斗绣台的进度的，现在既然拆线另绣，自然是心里没把握了。

梁太元提醒道："禀公公，第一轮当由庄家发牌，然后是东风位、北风位、西风位，泰奇是康祥的下家呢。就算她们不慢，到时候出牌肯定是在康祥之后。"

秦德威恍然大悟："哦，对，对！"

绣娘们针速极快，而凰浦尤其快。高眉娘带着林小云、李绣奴磨合了好几个月，在这一百多天里几乎日日一起练绣，早就把默契练出来了。林、李二人如果论整体功力，比起诸刺绣宗师仍有不小的差距，但二人毕竟年轻，手也就灵活。因此，二人在这个斗绣场上一展身手，难怪连袁莞师也要叹一声自己上场也"不过如此"了。

这时，那支快香才烧了不到一半，三人联针的"六索"——"六水双绕"就成了。

高眉娘迅速结针，同时李绣奴麻利地取下别针，林小云取吊杆在手，就将这张"六索"给举了上去。高台的上层和下层中间有一个圆孔，吊杆穿过圆孔，被林叔夜取了在手。他当众展示，高声道："六索！"

这就是把牌打出去了。

就在他把牌打出去的同时，身形壮硕的锣手敲响了铜锣，嗡嗡之声不绝，震动着在场每一个人的耳朵。

等到锣鼓停歇，东风位茂源的"七索"尚差二十余针——原来"七索"的图案要比"六索"复杂不少，而茂源用的是"后发制人"策略，所以慢了许多。

林叔夜怒吼道："评审！锣停了！"

梁太元拐杖一顿，梁晋拖延不得，只得喊道："东风位无牌！当灭牌论！"

他这么一唱，东风位就失去了这一轮出牌的机会。李源师轻叹一声，也拿吊杆将一块空白绣地举了上去。这次斗绣，空白绣地的数量是限制的，每家只有十块，弃一块便少一次出牌的机会，无法补增，因此刚才泰奇才要拆线，而不是直接取空白绣地另绣。

陈老夫人取了空白绣地，背面朝外，挂在了面前的钩子上。

马吊的规则，如果玩家出的牌和上家不是同一门，或面值小于上家，就得将牌翻面，称为"灭牌"。在斗绣马吊时，若不能及时出牌，也作"灭牌"论。

就在陈老夫人灭牌的同时，铜锣又响。在铜锣停震之前，康祥赶出了一幅"五文"——这"五文"的图案要比"六索"简单不少，康祥三宗师又都功力精深，所以能够顺利交牌。

黄谋取绣在手，高声道："五文。"

铜锣再次响起，可是泰奇因为中途改绣，导致在铜锣停震时，没能拿出新绣的牌面，便也只能交出一块空白绣地，算是"灭牌"。

梁晋唱道："南风位首发'索子'门，'六索'；东风位无牌，当灭牌；北风位'五文'，当灭牌；西风位无牌，当灭牌。南风位'六索'上桌。"

斗牌一轮结束后，牌面最大的玩家将牌放在自己面前，称为"上桌"。这时便有一个踩着高跷的侍从走过来，从林叔夜手中接过六索，挂在他后面的杆上。这便是斗绣马吊的"上桌"，即这一轮凰浦领先。

梁晋高唱："第二轮，南风位上桌，继续首发，点香！"

先前的快香都还没燃尽，却被拔掉再燃一支新香。

"鼓起！"

鼓声再响，宣布第二轮开始了。

观众正感慨凰浦果然厉害，视线一落回南风位的三位绣娘身上，忽然发出好几声叫喊："哎哟！""怎么绣了这么多！"

原来从林叔夜打牌、陈老夫人弃牌……直至本轮结算上桌，高眉娘在这段时间里没有干等着！林小云一把"六索"举上去，她就和李绣奴一起布置绣架，继续绣了。等观众回过神来注意到这三人，新的绣牌已经绣了一小半。

秦德威叫道："还可以这样？不用等的吗？"

梁太元取了写有比赛规则的纸张来，呈到秦德威面前："规则上，只说首轮鼓响，绣娘们才能开始绣，没说每一轮都要等着鼓响。"

秦德威怔了怔，随即怒道："中计了！中计了！这样一来，庄家优势岂不是太大了？岂不是要通吃？"

第一二五针　攒牌

梁太元摆手："不至于，不至于，庄家其实是亏的，公公且静心看下去。"

飞凰面罩下，高眉娘一双手又快又稳，针光闪动中，新的绣牌渐渐成形，是一个腰鼓。熟识马吊的人便猜到这是"文钱"门里的"二文"。

在刚才观众的目光被执牌人打牌吸引过去时，绣娘们根本没闲着。梁惠师唰唰几针，将那"七索"给补全了。茂源三宗师事先收到"消息"，知道凰浦在绣"文钱"门，便先绣了"文钱"门的边角，过不久又收到了"暗示"，知道凰浦绣的是"二文"。梁惠师和陈子艳对望一眼，同时冷笑一声。这二人你针来我针往，不看对方一眼，却配合默契，同绣太极——太极图案就是"文钱"门中的"一文"。

马吊四门，"十字"门、"万字"门、"索子"门都是以大击小，到了"文钱"门，就反过来以小击大。所以凰浦绣"六索"，茂源就要绣"七索"以压过它；凰浦绣"二文"，茂源就要绣"一文"以抢胜。

但是，专心刺绣的茂源三宗师梁、陈、李为什么会知道凰浦在绣"六索""二文"呢？因为场外也在行动。

自将绣马吊的规则初步琢磨明白后，杨燕武就安排了人手，分别站在其他三家高台边，密切观察三家绣娘的一举一动，尤其给凰浦安排了一个懂得马吊的刺绣师傅，所以高眉娘等才绣了没几针，茂源的探子就猜到他们绣的是"索子"门。茂源三宗师得到提示后，也跟着绣"索子"门。待凰浦的图案渐渐成形，看出是"六索"后，探子赶紧传递消息，茂源便绣了"七索"以压制。

马吊牌在有牌可打的情况下，本来是后发者有优势，因此茂源定下的策略是"后发制人"，可因为后发，也就导致她们的进度会比凰浦慢上好几拍，类似于千米长跑先让凰浦跑半圈，而茂源作为后发者，必须在中途发力赶上才行。然而，林小云、李绣奴的进步出人意料，其针速之快、与高眉娘配合度之高都远远超出了茂源的预测——梁惠师和陈子艳都没想到，她们三宗师联手，竟然无法靠中段发力赶上高眉娘带着两个小年轻，目前被拉开了二十几针的差距。

第一轮牌让凰浦的"六索"上了桌，到第二轮牌，她们就落后更多了。

眼看绝对赶不上了，李源师不禁有些急躁，陈子艳也冷着脸，倒是梁惠师笑了："急什么呢！也就是个头彩而已。只要不让他们打出色样，这般赢下去，他们能赢多少？"她说着，向旁边使了个眼色，杨燕武会意，自去安排。

城墙之上，秦德威见后不禁摇头："怎么都只绣'索子'门和'文钱'门，都没人绣'万字'门、'十字'门。"

梁太元微微示意，便有两个弟子取了一盒马吊绣来。梁太元打开取出，说道："这马吊绣的图案，可繁可简，为公平起见，这两日赶制了这套式样，要求各家都按照这套式样来绣。所绣马吊不合式样者，以灭牌论。公公请看。"

这套马吊绣只有斗绣中用的五分之一大，都是纵六寸、横四寸，最上面是"文钱"门；十一张"文钱"门翻完，就是九张"索子"门；"索子"门翻完，后面的图案为之一变。

原来"文钱"门和"索子"门都只是图形，如"五文"是五岳形状，"七文"就是北斗七星，"六索"是六水双绕；而到了"万字"门，除了图形，还加了水浒人物，"一万"是天巧星浪子燕青，"二万"是天英星小李广花荣……如此一路上去，直到最大的牌"尊九万"的天退星插翅虎雷横,"万字"门才算完;"万字"门之后是"十字"门,从"二十万"的地彗星一丈青扈三娘开始,一直到最大的牌"尊万万"的天魁星呼保义宋江。这刺绣一上人物,图案便精美了许多,可繁复程度一下子高了不知几倍!

秦德威也明白过来了,笑道:"原来如此,怪不得这些人都不绣'万字'门、'十字'门,只绣'索子'和'文钱'。这些个水浒人物,一炷快香的时间哪里绣得完?"

康祥、泰奇两家收到了"暗示",同时放弃原本在绣的牌面,分别拆线重绣。康祥绣起了最大的"尊九索",泰奇则绣起了最小的"一索"。

三闲家有场外人手,庄家这边的林添财也没吃白饭。三家才行动没多久,林添财便得到了消息。他走到台边,咳嗽了一声,打了两个手势。

林叔夜瞧见了,便手朝下,在送绣的孔洞中打了个手势。高眉娘微微皱眉,低声说:"康祥在绣'尊九索',泰奇在绣'一索'。"

李绣奴道:"绣'尊九索'也就算了,她们绣'一索'做什么?"她这两天也学了一些马吊的规则,但感觉太过复杂,因此并不精通,便把主要精力放在绣马吊的练习上。

林小云却是个天生的玩家。只要是好玩的事情,他一学就会,因此马吊的规则,他琢磨琢磨就精了。他闻言道:"每一门最大的牌叫'赏',第二大的叫'肩',而最小的牌叫'趣'。吊有'四门',也就是有四张'趣牌'。'趣'如果上了桌,结算时是有奖励的。"

大牌上桌容易,但小牌上桌难,而且越小的牌越难,因为很容易被灭牌。在极特殊的情况下,最小的"趣"才有机会上桌——因为难,所以它一旦上桌,就会有结算奖励。另外,四"趣"还是形成各种色样的重要牌面。

此时三家打一家,所以康祥绣"尊九索"是为了抢首发,而泰奇绣"一索"则是为了博奖励。

李绣奴"啊"了一声，便有些紧张。高眉娘道："别分心，先紧着眼前的，别让茂源追上！"她说话的时候，手上丝毫不慢，不像林小云和李绣奴，他俩一说话，针速明显就下降了——这就是老将与新丁的区别了。

林小云道："就是，就是，你个老实孩子就别想这些了，好好地刺绣。这些我和姑姑来想。"

高眉娘道："你也给我专心些！"

林小云吐了吐舌头，与李绣奴一样定下心后，于绣地上针光飞舞，登时又快了起来，片刻就将"二文"给绣成了。

这"腰鼓二文"马吊绣一完成，林小云就往上递，同时高眉娘铺空白绣地，李绣奴用针别好，而林叔夜则在接牌的同时通过孔洞打手势。绣牌的是他们仨，打牌的是林叔夜，若说高、林、李是这场斗绣的战将，那林叔夜便是运筹帷幄的统帅了。这些配合都是昨晚练好的。

可这次林小云看到手势时，愣了一愣。在他迟疑的一个呼吸的时间里，高眉娘问道："何牌？"林小云赶紧坐回来，低声应道："尊九索。"

高眉娘"咦"了一声，然而手中也没停顿。不过动作更快的是李绣奴，她只听到个"索"字，便老老实实地绣起了"索子"牌的边角——李绣奴心地纯一，更能不管外界的变化。这是她的长处。

林叔夜拿到牌后，却执牌不发，同时左手朝下，在高台栏杆的缝隙间打了个手势给林添财。这些手势的含义都是约定好的，林添财看到手势虽有些愕然，却还是照办。

这边高眉娘早已经取针换线，绣了几针便明白了林叔夜的意图。林小云也同时"啊"了一声。他极其聪明，既有刺绣的本事，也有着对局势的判断，若说李绣奴已经成长为一个可靠的裨将，那他就是个大将的苗子。李绣奴没弄懂高、林二人的微妙反应是什么意思，但她有她的长处，只管按照昨日高眉娘的教导，安心刺绣便是。

他们渐渐安心刺绣，城墙之上却又有变化。

秦德威喝问道："南风位，你为什么执牌不发？"

"禀公公，"林叔夜指着那炷快香说，"按照规则，上一轮的上桌者为下一轮的首发，却并没有说拿到绣牌就得发。如今这第二炷快香还没烧完，公公何必催我？"

秦德威愕然，随即怒道："这样的话，你岂不是可以攒牌？那庄家不是赢定了？"他说着，怒视梁太元，只当这小老儿诓了自己。

"公公息怒，公公息怒。"梁太元指了指东风位的方向，"庄家可以攒牌，闲家也能攒啊。现在东风位茂源不就已经攒了一张'七索'了吗？"

秦德威愕了愕，随即想起茂源上一轮打出了空绣地作灭牌论，所以她们手里头的"七索"便留下来了。他并非愚笨，只是对马吊不熟而已，这时一被提醒，恍然道："还可以这样玩啊！"

有了这样的操作空间，这斗绣马吊的玩法就不知有多少变化，而不仅仅是比各家针速的快慢了。

马吊"四门"，每一门最大的牌都会加一个"尊"字，比如"索子"门，别的都是"六索""七索""八索"，到了"九索"，就加了尊号，称"尊九索"。这斗绣马吊在图案设计上，越大的牌，设计就越复杂，所以绣"七索"比绣"六索"繁复了两成，"八索"比"七索"又繁复了两成，到了"尊九索"，因是最大的牌，比"八索"又难了三四成。因此绣一张"尊九索"的时间，几乎都可以绣两张"五索"了。这也是四个绣庄一开始都没有直接绣那几张最大的牌的原因之一。

梁太元是绣评界的老行尊，深知诸宗师的能耐深浅，因此在设计这套马吊绣的时候，已算定了就算三宗师同时动手，要绣好"尊九索"，一炷快香的时间也是非常紧张的——那快香的长短也是通过他的计算而特制的。

上一轮凰浦已经领先了二十几针，这一轮差距进一步拉开，在茂源即将绣完"一文"之时，凰浦的"尊九索"也绣了不少。这时，林添财传来了信号。

林叔夜马上就将手里的"二文"打了出去。

铜锣震响——停震之前，茂源也没能打出那张"一文"。陈老夫人只能扔出一张空白绣地，茂源作灭牌论。

康祥是中途拆修，改绣"尊九索"的。那"尊九索"繁复无比，因此也未绣完，黄谋也只能扔空白绣地作灭牌论。倒是泰奇总算将那张"一索"绣完了，可这时候出牌，只会平白给灭掉，因此也留牌不发。

这样一来，凰浦的"二文"顺利上桌。

南风位后面，来观战的凰浦众人纷纷欢呼雀跃。

黎嫂喜道："第二轮也是我们上桌。我们已有两桌，再上一桌，这场我们就保赢了。"

"还不能得意呢！"林添财是这类游戏的行家，也是玩过马吊的，"最终还得看能不能打断他们的色样。"

他虽然说别得意，但脸上尽是得意之色，因为这时高眉娘等已把"尊九索"绣了三分之一，只要这一轮能够顺利绣成打出去，那康祥手里即将完工的"尊九索"就会变成废牌，届时凰浦将再下一城。有了这样的优势，后面就有余裕打断闲家形成色样——这一局马吊的赢面已经七七八八。

"尊九索"是"索子"门里最大的牌，茂源要"后发制人"，便绣不出更大的。梁惠师给"一文"结了针，冷笑一声，道："绣'尊空文'吧。"

"文钱"门以小为大，在"一文"之上还有"半文"，"半文"之上还有"尊空文"，也就是零。马吊牌中，除了图案区别，还有颜色区分，红色的牌只有四"赏"、四"肩"，以及"万字"门的九张。林叔夜从林添财的手势中得知茂源动用了红线，也不等那边绣出花样来，便已经猜到：茂源要绣"尊空文"。他用右手敲了敲脚下的木板，林小云听到声音抬头，在孔洞中看到了林叔夜的手势。

"茂源在绣'尊空文'……咦,她们这么快?"

现在刚过上一桌,按理说茂源最多才下针,凰浦的探子有可能看出她们绣哪一门,怎么就能看出绣的是哪一张牌呢?

高眉娘手中不停,心中微一沉吟,道:"应该是她们动用了红线。"

"红线……哦,只有四'赏'、四'肩'及'万字'门的是用红线……那没错了!'十字'门的'赏''肩'和'万字'门,谅她们不敢动手,'尊九索'我们在绣,她们再绣'索子'门的牌就没意义了。那就只剩下'尊空文'和'半文'……两者之间,那肯定是选'尊空文'啦!"

他一心二用的功夫没有高眉娘精深,嘴里噼里啪啦地说着,手上就略慢,便被高眉娘呵斥了:"这些事让庄主想去!专心刺绣。"

"知啦,知啦!"

就在这时,上面的木板又响了。林小云抬头看向孔洞,又是愕然:"一索?"

高眉娘喝道:"专心刺绣!"

林小云只好埋了头,过了一会儿,忽又抬头道:"哈哈,我懂了!好策略!"忽然,他脚下一痛,忙叫:"知道了,知道了!"

第一二六针　局势扭转

前面两轮，林叔夜都是不等快香烧完就出牌，但这一轮，他很有耐性，一来"尊九索"十分繁复，以高眉娘等三人的针速，要绣大半炷快香的时间。可待"尊九索"绣完，林叔夜仍然扣牌不发，而高眉娘等又紧接着绣起了"一索"。

这"一索"的图案可就简单多了，没多久便成形了。闲家的探子探到后，泰奇那边忍不住破口大骂。凰浦绣"尊九索"是为了废掉康祥手里的牌，现在绣"一索"，自然是要废掉他泰奇手中的牌。

打马吊是可以在牌桌上说话的，那莫庄主没什么涵养，指着林叔夜骂道："你这个不知是姓林还是姓陈的！有你这么打牌的吗？"

林叔夜脸色一黑——所谓打人不打脸，可姓莫的一上来就戳人痛处。林叔夜就算是个读书人，也没了好脸色，冷笑着说："莫庄主若不服气，大可抢下一轮的首发，到时候你想怎么打就怎么打。但要是能耐不够，还是坐在旁边好好观战吧。"

现在凰浦扣着一张"尊九索"，这一轮铁定无敌，莫庄主被他这么一堵，气得说不出话来。

黄谋嘻嘻笑道："和气，和气！都是绣界同行，这么多人看着呢。一场马吊而已，何必伤和气？"他转头问陈老夫人："老夫人，对吗？"

陈老夫人哼了一声，不言语。

这"尊九索"是从上一轮就开始绣的，所以绣成的时候，第三炷快香还没过半，而"一索"又极简单，没费多少工夫也成了。林叔夜仍然不发牌，指示了新的绣牌"八索"。

这一轮林叔夜没去赶着压制闲家，一直等到快香燃尽，锣手敲锣，在停震之前，才将"尊九索"打了出去。

陈老夫人跟着扔出了一块空白绣地，当灭牌。黄谋叹了一声，将手中的"尊九索"扣住，也扔出了一块空白绣地。莫庄主也跟风——他们手中都攒着牌，但此时打出毫无意义，不如扔空白绣地了事。几个执牌人都进入状态了，像第一轮黄谋打出"五文"被灭，实在是属于新手失误。

第四炷快香点燃后不久，凰浦的绣牌渐渐成形，闲家的探子看到后，立马"暗示"。莫庄主几乎要从台上跳起来，骂道："林叔夜！你不是人！"

林叔夜淡淡地回应："莫庄主着什么急。这才第四轮，后面还有六轮呢。"

这一轮仍然是凰浦首发，如果林叔夜扣住"一索"不发而打"八索"——"尊九索"已出，"八索"就无敌了。若按照这个思路下去，他每一轮都能打出无敌牌面来，在他后面的三个闲家就只能望洋兴叹了。

秦德威在城墙上也怒责梁太元："你还敢说庄家吃亏！"

梁太元慌忙道："请公公再看一轮，再责老朽不迟。"

果然，三个闲家的场外都开始行动。没多久，三家同时改绣，茂源在绣完"尊空文"后，便绣"五索"，同时康祥改绣"四索"，泰奇改绣"三索"。

不多时，林添财便收到了消息，给林叔夜传了信号。

林叔夜在台上收到信号后，轻叹了一声，知道凰浦作为庄家的领先优势将要终结。

秦德威在台上看出端倪后，才收了怒气，笑道："这样才对嘛。"

第四炷快香刚过半，凰浦的"八索"就绣成了。林叔夜扣牌不发，给了新的指示。林小云"咦"了一声，但他的心性总算在实战中稳了些，在传达指示的同时，并未分心缓手。

此时南风位万众瞩目。众人看了一会儿，便看出凰浦要绣哪一门了。好几个人叫道："'万字'门了！终于要绣'万字'门了！"

"万字"门与"十字"门都要绣水浒人物，极其复杂，而且从"三十万"到"七十万""八十万"，从"二万"到"六万""七万"，牌面都不算大，被灭的概率极高，且绣起来又难又费时间，上桌的概率也小。所以前面几轮，四个绣庄都不绣这两门。

但现在终于动了！

秦德威笑吟吟地道："不错，不错，就应该这样嘛，都避难就易，有什么意思呢！"

旁边众人纷纷逢迎，心里却想：你是坐着说话不腰疼，如果是你上场，还不是什么有利绣什么？

这时，凰浦的绣牌已经能看出形色。

"我看出来了！这是天微星九纹龙史进！是'六万'！"

这"万字"门和"十字"门，因为要绣人物，式样便都比"索子""文钱"二门繁复得多，而且也是牌面越大越繁复。以"四万"为例，绣成天贵星小旋风柴进所花费的工夫，已与"尊九索"差不多了。再往上，"五万"的天寿星混江龙李俊要比"四万"多花两成工夫，"六万"又比"五万"多花两成工夫。如此这般，到"尊九万"的天退星插翅虎雷横，其所费的工夫差不多是四万的两倍，便是三位刺绣宗师同时出手，正常情况下也得两炷快香的工夫才能绣完。

林叔夜之所以不急着发牌，便是为高眉娘等争取时间。直到第四炷快香燃尽，锣鼓停震前，他才将"八索"打了出去，接着茂源打出"五索"，康祥打出"四索"，泰奇打出了"三索"。

这一轮仍然是凰浦上桌。

第五炷快香点燃时，局面开始变得不像之前那般容易预测。这时"尊九索""八索"已出，茂源手里还扣着一张"七索"，凰浦要想在"索子"门上继续领先，便至少要绣"七索"，但"七索"较为繁复，需占用大半炷快香的时间。"尊九索"想要完工，还需要一炷半快香的时间，若凰浦临时改绣"七索"，以这一轮剩下不到半炷快香的时间，意义已经不大。若改绣"文钱"门，因茂源扣着一张"一文"和一张"尊空文"，凰浦要想抢占先机，便得去绣"尊空文"——"尊空文"比"尊九索"还要繁复四五成，正常情况下，一炷快香内也是绣不完的，如此一来，意义也不大。

想到此处，林叔夜便不再干扰高眉娘等三人，让他们专心刺绣。而闲家那边，在分别绣好各自的"索子"门后，竟也分别绣起水浒人物。在第五炷快香燃尽时，凰浦终于将"六万"的天微星九纹龙史进绣了出来。林叔夜松了口气，便将"六万"打了出去。其他三家手中都没有大过庄家的"万字"门的牌，便不约而同地掷出空白绣地，以灭牌论。

第五轮结束后，凰浦的"六万"上桌。这张绣牌以九纹龙为花纹理路，又是宗师级的针线，煞是好看。

观众们正欣赏着，林叔夜却在第六炷快香还未点燃时，高声道："一索。"他竟然把"一索"给打了出去。

不管是侍从、观众，还是评审，无不愕然：这都还没点香呢！

林叔夜催道："还不敲锣！"锣手这才反应过来，赶紧敲锣。陈老夫人在铜锣停震之前，把手里的闲牌"七索"给打了出去。下家大过了上家，在马吊里叫捉牌。只要有一家捉牌成功，其他两家就不用再捉，当下康祥、泰奇各扔一块空白绣地作灭牌论。直到此时，首发总算轮换到了东风位。侍从踩高跷过来，将陈老夫人手中的"七索"挂在了她后面的旗杆上。

但此局已经过半，凰浦有五张牌上桌。接下来林叔夜虽没有再次夺回首发，却不停地进行有效干扰，让闲家无法形成色样，"趣"牌也无法上桌。再四炷快香后，牌局结束，梁太元主持结算。

马吊结算并非上桌的牌越多越好：小于两张上桌者，称为赤脚，算负一吊；两张牌上桌者，谓之正本，算零吊；大于两张者才叫有吊，其中三张为半吊，四张及以上为一吊。

梁晋唱道："这一局，庄家南风位凰浦五张上桌，得一吊；东风位茂源两张上桌，得零吊；北风位康祥两张上桌，得零吊；西风位泰奇一张上桌，得负一吊。

"四家无'趣'牌上桌，未形成色样。按斗绣马吊的规则，庄、闲结算，庄家吊数乘以三减去相加的闲家吊数，南风位凰浦得四吊。

"一吊开两注，本局庄家胜，凰浦绣庄赢得八注。"

结算既毕，林叔夜施施然起立，对陈老夫人道："祖母承让。"陈老夫人哼了一声，不做回应。

林叔夜又向黄谋拱手："二哥承让。"黄谋微微一笑。

康祥碍于秦德威的压迫，必须跟其余二庄联手，但闲家与闲家结算后，同在地字组的泰奇落后了六注。这一局凰浦和康祥是同时占了上风，于他来说乃是最佳的局面。

林叔夜又向莫庄主拱了拱手，笑道："承让了，莫庄主。"莫庄主大怒，却又无奈。

梁惠师站了起来，淡淡地道："三家闲家一盘散沙，以至于让贵庄得逞了。"

原来这一局牌下来，凰浦能大占上风，关键便在三家闲家在"以三敌一"的幻象中有所轻敌，所以事前只互打了招呼，并未深度串联。林叔夜、高眉娘抓住"这绣马吊大家都是第一回玩"的要害，痛下苦功钻研，利用了几个规则漏洞，才能带稳节奏，让三家闲家一步慢，步步慢。待梁惠师、杨燕武等反应过来，牌局已经过半。

被梁惠师一个提醒，秦德威醒悟过来，叫来小太监，低声吩咐了几句。小太监下楼，将三家闲家的话事人都叫了上去。

林添财走到林叔夜身边，道："这个女人好毒，真是恨不得我们死。秦太监这次叫人，一定是要逼他们在下一场牌局下死手。"

林叔夜望了过去，恰好梁惠师也望了过来，两人目光相接，瞬间如同迸出火花一般。林叔夜道:"无妨,反正下午是赢不了了。"

城墙上,秦德威果然大发雷霆,把三个绣庄的话事人骂得狗血淋头。黄谋等垂着脑袋,赌咒发誓接下来一定赢,他才罢休。

秦德威问道:"这么大一场热闹,不晓得有没有外场?"

他的干儿子在旁边应道:"听说是有的。"

"去给咱家下注,赌闲家赢,押上咱家一年的俸禄!"秦德威盯着黄谋,冷冷地道,"从下一场开始,谁再叫咱家丢了脸面,回头咱家就叫他偿以千倍代价。"

黄谋听得冷汗直流。

秦德威见众人服了软,才微微放松,对旁边的霍绾儿笑道:"霍姑娘,眼下的局面,对庄家太过有利,要不我们将规则改一改?"

梁太元、徐博古闻言,心里都想:斗绣已经开始,哪有临时改规则的?你这偏架未免拉得太过分。

霍绾儿道:"这一局看下来,如果不是闲家失了联合之功,庄家也未必能赢。"

"哦?那闲家怎么才能赢?"他明明知道霍绾儿是凰浦的后台,却偏偏要叫她来出主意。

霍绾儿也明白他的心思,既不恼火,也不推托,竟分析了起来:"这斗绣马吊不看运气,能拿到什么牌面,全看绣师的技艺,因此斗绣的关键不在图像较为简单的'索子''文钱'二门,而在图像复杂的'万字'门和'十字'门。似乎除了'索子'门,其他三门的'赏''肩',都非一炷快香内能绣完。"

秦德威看向梁太元,梁太元忙点头道:"这次绣牌的规制是老朽所定,即便穷三宗师之力,要在一炷快香时间内完成'尊九索',也颇为紧张。'文钱'门中,'一文'的繁复程度与'尊九索'相当,'半文'比'尊九索'繁复了两成,'尊空文'比'尊九索'繁复了五成。正常情况下,一炷快香内是绣不完的,更别说'万字'

门和'十字'门的'赏''肩'了。"

"这就是了。"霍绾儿道,"只要三闲家一起放弃前三轮,将'索子'门给做绝了,到后面,庄家便抢不到首发了。"

秦德威冷笑道:"咱家只是马吊未精,你当咱家不会算数?只要庄家前三轮能够上桌,那至少便是不败的局面。"

霍绾儿道:"三家可以联手,让'趣'牌上桌,甚至有做成色样的机会。"

色样才是马吊的关键所在。比如这一次,凰浦大占上风,也才赢了八注,但如果完成色样,注数就会加倍地往上翻,比如凑成四"赏",叫"皇会图",能得八注;凑成四"肩",叫"千钧柱",得十六注;若是凑成"巧四赏"(三"赏"一"趣"),能得三十六注;若是凑成"百鲫鱼背"("尊万万"加三"趣"),能得一百注。当然,注越高,得注的概率越是渺茫。

"色样?那太过渺茫。"秦德威道,"这样吧,咱家加一条规则,这斗绣马吊前面两轮,不许连打同一门牌。这条规则,大家觉得怎么样啊?"

众人面面相觑,杨燕武却高喊:"加得好!加得好!"

众人这才纷纷应道:"公公这条规则,定得有理!"

秦德威微笑着看霍绾儿:"霍姑娘觉得如何?"

霍绾儿在珠帘后笑道:"甚有道理。但这一局怎么算?"

"这一局就算了,"秦德威笑道,"咱家也是个公道的人。"

因为下午还要斗绣,林添财早在附近租了一座院子,让众人休息。听到加规则的消息,凰浦众人把这个太监的祖宗十八代都拎出来骂了。

骂声稍停,林添财问:"现在怎么办?"

林叔夜道:"原本不改规则的话,靠着第一轮的领先,我们有机会维持不败,甚至险胜。但现在就难了。"

"完全没办法?"

林叔夜道:"没办法。第一轮一定要绣'尊九索',那么第二轮不能出'索子'门的牌。'尊空文'是赶不及绣了，'一枝花'也很可能绣不出来。只要对方有一家放弃第一轮绣'尊空文'或'一枝花'，第二轮肯定就得首发易位。只要他们夺取了首发，我们便落了后手。后面他们三家齐心配合的话，我们就再无机会。"

因为不轮庄，三家闲家一旦串联，便能轮流放弃两轮——这三炷快香的时间足以完成任何大牌。

林添财问高眉娘："高师傅，你有什么办法吗？"其实林叔夜说的，他也早算到了，却还是盼着高眉娘藏有神奇针法，能出奇制胜。

高眉娘却摇头："没办法……下午这一场，我们认输。"

林添财听了这话，不忧反喜："下午认输，那明天呢？"

高眉娘奇怪地道："舅老爷这话说的，下午没办法，明天自然也就没办法。"

林添财一听就抓头发了："那后天……后天呢？"

高眉娘沉吟着，望向林叔夜。林叔夜对众人道："大家先去休息吧。"

旁边一直没说话的袁莞师会意，就先带着大伙儿告辞了。林叔夜和林添财送高眉娘进主屋。

关上门后，林叔夜道："双手绣？"

"对！对！"林添财欢喜地道，"这一招，高师傅还没用呢！"

高眉娘道："双手绣是可以用，加上他们的配合，速度能快七八分。"

"这就有机会了！"林添财道，"这样一来，一炷快香内，'八万'也能出来，说不定'尊九万'都有机会？"至于"十字"门最大的三张牌，"百万"的难度与"尊九万"相当，"千万"的难度比"尊九万"大了两成，"尊万万"的难度则比"尊九万"大了五成。若说三宗师绣"尊九索"需要一炷快香的时间，那么绣"尊九万"则需要两炷快香的时间，绣"尊万万"就需要三炷快香的时间。就算高眉娘针速再快，无论如何也来不及了。

"但有两个难处。"高眉娘道，"双手绣会同时透支臂力与元神，绣足一场，这双手就半废了，没有个七八日的休息，别想恢复。"

林添财一怔，随即想起海上斗绣时高眉娘累得晕倒的场景。林叔夜心疼地道："若是这样，等闲不可轻用。这一招咱们等最后一场再使出来吧。第二个难处呢？"

"第二个难处……"高眉娘叹道，"从今天看，小惠……梁惠师的针速不在我之下。而她和你长姊，也都是会双手绣的。"

林添财大吃一惊："她们都会？"

高眉娘点头："上午的这一场，大家都还没发力。因此茂源虽然输了，梁惠师等也未见着急。"

"这……这可就难办了。"

当天下午，斗绣再启。上午的激烈交锋传扬了出去，下午粤秀山上的人就更多了。四个绣庄各展绝技，叫所有观战的人都叹为观止。然而最后结局并未超出聪明之士的计算。

凰浦第一轮全力绣出了"尊九索"，赢了首轮，但由于新规的限制，第二轮就无法继续出"索子"门的牌。首发易位后，局势改变，凰浦从第二轮开始，别说上桌了，单就打断其他三家的"趣"牌上桌及形成色样，便已用尽全力，到后来只能彻底放弃提牌。

最后的结局，以东风位茂源四张上桌、北风位康祥四张上桌、西风位泰奇一张上桌、南风位凰浦一张上桌告终。

结算时，梁晋唱道："这一局，庄家南风位凰浦一张上桌，得负一吊；东风位茂源四张上桌，得一吊；北风位康祥四张上桌，得一吊；西风位泰奇一张上桌，得负一吊。

"四家无'趣'牌上桌，未形成色样。按斗绣马吊的规则，庄、闲结算，庄家吊数乘以三减去相加的闲家吊数，闲家赢四吊，庄家亏四吊。

"一吊两注，本局闲家胜，庄家凰浦绣庄亏损八注。"

第一二七针　雨夜

广东靠海，水汽随时从海上吹来，风雨来去无形。就在绣行聚焦于这场轰轰烈烈的广潮斗绣时，一场大雨再次袭来。

下午的斗绣结束后，凰浦众人没回博雅绣庄，仍在林添财租的那座院子里休息。高眉娘所住的屋子有一扇大窗，风雨突来之际，喜妹没来得及关上，窗户被打得随风乱响。她力气小，一时合不上，幸亏林叔夜及时跑过来，帮着关上了窗户，却还是让风雨打湿了地面。

喜妹赶着抹地板，林叔夜也来帮忙。喜妹慌道："庄主，这事怎好劳您的手？"林叔夜笑道："我也是穷苦大的，没那么娇贵。"不过早有李绣奴等几人赶过来——哪里能真让林叔夜干活？几个人七手八脚地就把地抹干了。林添财又找来几个炭炉，在屋内烘着，唯恐高眉娘沾染了风寒。忙了有一顿饭工夫，屋内一切才算暂定，地板一时还干不了，而众人都已饿坏了——晚饭还未吃。

高眉娘赶了众人去吃饭，自己却吃不下。林叔夜亲自去调了一碗肉末羹来，拿到屋里。高眉娘知道这是他伺候母亲时练出来的本事，微觉不安："你终究是一庄之主，莫要总做这些事情，让人看见，失了威严。"

"我为姑姑做这些，是心甘情愿的，不理会旁人怎么说。"

高眉娘沉默片刻，才道："就算一切顺利，明年御前大比之后，我也要离开了。你……你不必这样。"

林叔夜只觉脑子一炸："离开?！你要去哪儿！"

"不知道……"高眉娘道，"其实我能撑着回来，不过为心中一点执念，但这一路，越往后面走，越是凶险。我也不一定去哪儿，说不定走到最后，便倒下了。"

林叔夜焦急地道："姑姑觉得身体不舒服？我明天便请大夫来看！"

"你乱着急什么？"高眉娘微微皱眉，摇着头，"我也不是真有什么病……不说这些了，这羹留下，你也出去吃饭吧，我知道你还没吃。"

林叔夜却不肯走："我看着你吃完再走。"

高眉娘无奈，只好拿起汤匙。林叔夜就静静地站在那里，看她喝了大半碗后，忽然说："他当年对你，也是这般吗？"

高眉娘差点没拿稳汤匙，动作停在那里，但也没说话。

"你知道我说的是谁。"林叔夜道。

高眉娘就像没听见，又喝了两口。

林叔夜见她喝得差不多了，正转身要走，忽然听身后的人说："他当年待我，比你还要细心些。"

高眉娘说这话时，没动汤匙。她瞧不见林叔夜的神情，只是眼角余光能看到他僵在那里没动。屋外风大雨大，屋内也皆是那风声雨声。过了好久，剩下的那点羹都冷了，林叔夜转身，道："羹凉了，别再吃了。"他便来拿碗。

在他的手触及碗之前，高眉娘问："这句话，你憋了很久吧？"

从上次高眉娘落水、陈子峰失态，到那层窗户纸被捅破，林叔夜一直没有打破砂锅问到底。

"我不急……"林叔夜挤出了一点笑容，"在江面的时候，我看你对他那般淡漠，便猜到了几分……他对你来说，已经是过去的事了，对吧？"

高眉娘没有回答，也没有否认。林叔夜拿起碗和汤匙便要走，高眉娘忽然又说："上一次长谈，谈到一半我便没了精神，之后你也一直不寻我续这个话头，今天……"

"不急。"林叔夜道，"这场斗绣不好打，你且不要在这些不相干的事情上耗精神，等打完这一仗再说。"

林叔夜再次转身，高眉娘喊住他："庄主。"他停下了脚步。

"嗯？"

"你……还是要小心着他。"

"他？"

"陈子峰。"

林叔夜沉吟了一会儿，道："他病了。我去看过他，是真病，做不得假的。"

陈子峰是长兄，十几年来待林叔夜一直不错，于情于理，他都不该无视。这段时间林叔夜去探望了他三次，前两次都叫人给挡住了，最后还是用了点手腕，才让陈老夫人下令通行。

那天，他看见陈子峰的时候，整个人都吓了一跳。满屋子都是酒瓶，虽然时时有人来清扫，甚至强硬地给他擦洗身子、换衣服，但屋里，还有他身上，都透着一股臭气。陈子峰仿佛一条在垃圾堆里的蛆虫，软趴趴地瘫在那里。直到看见林叔夜，他才像瞬间清醒一般，抓着他的手问："她让你来的，她让你来的……对吗？"

陈子峰见林叔夜摇头，就如同脑袋被大铁锤砸中一般；又听林叔夜说，高眉娘从那天起就再没提过他，便如同瞬间被抽掉了灵魂一样。

那一面之后，林叔夜便知陈子峰不是在装病。若是装病，他见到自己时就不是那般表现——便也明白，他是被困住了。林叔夜不清楚他们的过往，却也猜到了几分，但不大想去弄明白，因为他知道事情的真相会让自己很不舒服。

"我没说他是装病。"高眉娘道，"但他这个人……可能有两个魂。"

林叔夜怔了："两……两个魂？"他从小读圣贤书，是不太信那些怪力乱神的。

"嗯。"高眉娘挑了挑灯芯，增加了一点光亮，又将炭炉挪近了一点，增加了一点温暖，"他有一个魂，很善良，待人是真诚的，待我也是真诚的。所以他的伤心、难过、痛苦，还有他现在的病，我都相信是真的。但他还有另外一个魂，极恶、极冷，也极可怕。那个魂时刻都在算计着，也是那个魂……在十二年前将我打入无间。"

林叔夜愣了，高眉娘的言语仿佛是一篇鬼话，但他又不得不认真对待，因为眼前人是从不信口开河的。

"我说的话，或许你还不太理解，不过也无妨，总之你小心些就是。记住我的这句话：那个极恶的陈子峰，只要有一丝一毫的机会，都会像虎狼一般反扑的。"

林叔夜点了点头，暗自琢磨了一番后，道："有一件事，在上次长谈被打断后，一直没问你……本来还想再等等，但局势发展至此，或许决胜就在这两日了，所以还是问出来吧。"

"我知道你想问什么。你想问那个人是谁。"

茂源在越秀山下有一处别院。

外头风高雨急，屋内灯火通明，祖孙二人坐着，胡嬷嬷在旁侍立。

"不是她！"陈老夫人说，"一直以来，她对高秀秀都是穷追猛打，无所不用其极……这也就算了。而到了今时今日，决胜之机就在眼前，她还说出那句话来提醒秦太监，这就是要将凰浦往死里逼了……若她是内奸，那句话便是不说，也没人会觉得不妥。"

陈子艳也不由得点头："我素来与她不和，但现在看来……的确不是她。"

"把庆……孙庆师带进来吧，可以了结了。"

同样的风，同样的雨，却吹不进望海楼。

因为风雨，秦德威临时在望海楼住下，此时迎来了一位客人。两三个小太监为了给秦德威整治临时床铺而跑进跑出——在宫里头，他才是跑进跑出的那个人，只有出到外面，才能享受到上位者的愉悦与尊严。若这次能在广东复设镇守太监……在他思绪飞散时，一个轻轻的脚步迈了进来。

看霍绾儿的鞋子都湿了，秦德威笑道："绾儿姑娘，这么大的风雨，还跑来见咱家作甚？"

霍绾儿裹着屏儿准备的外袍，一步一个湿脚印，却半点也没在意。她来到秦德威跟前福了一福，笑道："我今晚是来给凰浦求个情的。这大风大雨，才更见奴家的诚意嘛。"

秦德威哈哈大笑。他跟凰浦绣庄本来就没什么仇怨，只是怄一口气罢了，现在占上风，心情就好："这会儿才来求情，太晚了吧。"

"不晚。"霍绾儿笑道，"这些做小买卖的人是死是活，左右不过公公一念之间。这次就算输了也不要紧，只要公公肯见谅，到时候随便开个恩，也抵得过他们十年经营了。"

秦德威冷笑道："咱家的恩情，可不好开。"

霍绾儿与他交手了几个回合，总算摸到了他的脾性，知道这驴一碰就炸，必须顺着毛摸。她微笑着说："其实也不求公公什么事，只求公公心里不要再见怪就好。日间姓林那小子，被公公隔着老远一瞪，魂都吓没了。原本他还有几分倔脾气的，这时见了真佛，便不敢再起冒犯之心。"

秦德威嘴角咧开，头不由得上扬，笑道："终究是小地方出来的，没个见识，非要见着咱家才知道怕。罢了，这次让他长个教训，也是有点好处的。"

霍绾儿见他松了口，心中也是一宽，含笑说道："另外，他那个绣庄是跟他舅舅合开的。他年纪小不懂事，他舅舅却是知道好歹的，因此想这一关结束之后，求公公赏一面……他想进献一份小礼。"

秦德威冷笑道："对咱内监，皇爷管得可严了！咱家哪敢犯这个忌讳！"

霍绾儿笑道："那能否看奴家薄面，让见一见呢？"

秦德威挥手道："到时候再说吧。"

霍绾儿笑道："我就当公公答应了。到时候让他跪在外头，公公若心情好，便使唤一声；若是没空，就叫他滚蛋。"

秦德威失笑道："小绾儿，你在这边折腾这么些事，霍少保晓得吗？"

霍绾儿笑道："这些个具体的小事，祖父自然是不晓得的。他老人家日理万机，我哪敢拿这些鸡毛蒜皮去烦他老人家？不过绾儿的所作所为，都不曾逾祖父划下的规矩，回头若他老人家有闲问起，绾儿也不怕一一照直回禀。"

"这般说，倒算是真话了。"秦德威道，"料来霍少保也理不到这点破事上。咱家原本也是怕你被外头的人给套住，才来这一招，并非有冒犯霍少保的意思……秦公与霍公乃是同乡，咱家临出发前，干爹叮嘱过我要护好这份桑梓情谊的。"

霍绾儿一听这话，便知对方对霍韬也是有所忌惮的。

"既如此，那更要多亲近了。若公公不弃，不知人后绾儿能否称您一声'叔'？"

秦德威笑而不答，霍绾儿就叫了他一声"叔"，他乐得笑了。

"不过还有件事。"

"嗯？"秦德威笑着骂道，"这声'叔'叫着，不怀好意啊……这是要来给咱家下套？"

"要真下套，我就不说了。"霍绾儿嗔了一句，说，"还是凰浦那小子的事，他是个不见黄河不死心的，想着接下来两天再挣扎一下，说什么不管输赢，只求无悔。"

秦德威皱眉道："这还是要跟咱家对着干？"

"对着干？他哪有这个胆子！"霍绾儿道，"只是毛头小伙子，不撞南墙不回头罢了。唉，我怎么就摊上这么个……唉！"

秦德威原本不悦，但见了她的神情，听了这个语气，忽然八卦之心大起："小绾儿，听你这言语……这小子跟你到底是什么关系？"

林叔夜对高眉娘点了点头："所以，那个人究竟是谁？"

"按理，我应该与庄主坦白的。但我答应过不泄露，哪怕是对你也不能说。不过……"高眉娘道，"以庄主的智慧，应该已经猜出来了……"

茂源别苑里，风雨掩盖了一声惊叫。

孙庆师跪在陈老夫人面前，不停地颤抖："师父，饶了我吧……饶了我吧！"

铁证如山之下，她也无法抵赖——好几个消息确实是从她这里走漏的。她贪图钱财，只是没想到事情会这般严重。

"当年拜师之时，你是怎么说的？"

孙庆师浑身颤抖。

宗师与绣庄之间，签的乃是活约，原本不涉人身，但当年拜师的时候，孙庆师立下的誓言很重。当时民间的规矩有时候是游离于律法之外的，却为市井、江湖所认同。陈梁氏要追讨孙庆师拜师时立的誓言，没人会觉得不妥。

陈老夫人的个性，孙庆师是最明白不过的，她手头的人命可不止一条。

"不，不！师父，别斩我的手……"孙庆师哭道，"我若是废了，那我也不活了！"

陈老夫人长长一叹。壮年的时候，她刚强而果断，近来似乎心软了："错就是错！但看在师徒一场的分上……你留下右手的一根手指头吧。"

孙庆师整个人瘫软在地：断手会毁她功夫，若只断一指，她这个刚进阶不久的刺绣宗师也是做不成了。

"不！不！"她忽然跳起来，冒雨冲了出去。

陈老夫人皱起了眉头。她其实还有两分犹豫，但孙庆师这一逃，就没得转圜了。

陈子艳骂道："这个老货，做贼心虚！"

屋外，一声惨呼透过风雨传向四周。

梁惠师也住在别苑，茂源给她留了西厢。

这次处置孙庆师，陈老夫人没叫她，但她也猜到了。丫鬟奕妹听到惨呼声，从黑暗中走出来，有些发抖。

凰浦租住的院子里，林叔夜道："是梁惠师……对吧？"

第一二八针　高徒

风雨中夹杂着孙庆师的惨叫声，夭妹的颤抖更明显了。

"别怕，没什么好怕的。"梁惠师冷冷地道，"再过几日，他们陈家就什么也不是了。"不过，听到惨叫如果没反应，那也是不对的，所以她就点了灯。

夭妹要躲灯光，怕自己的影子被外头的人看见。梁惠师道："躲什么？你淋了雨，来我屋里借个暖，没什么好躲的，不用躲。"

夭妹这才站定。

"忽然来是有什么事情？"

"刚才黄娘摸黑从后面过来，问姑姑为什么还不住手，说再逼下去，凰浦就要输了。"夭妹的声音很低，她在人后也叫梁惠师姑姑。

梁惠师大怒："成事不足，败事有余！若叫人看见……罢了，现在大事皆定，倒也是不怕了。"她声音不大，却充满了怒意，一边说话，一边打开了窗户。院子里头，孙庆师的呻吟声更清晰了。窗户开了一半，雨水就泼了进来。

院子里传来杨燕武的声音："惠师快关窗户，别被雨泼到了。"

梁惠师将窗合了合，大声问："出什么事了？"

杨燕武笑道："庆师扭到了手指头，我这就送她去找大夫。"

声音渐远，随着外头人物的移动，可以看见一个男人拖着一个女人的身形出现在没完全关上的窗户缝隙中，最后消失不见。

梁惠师这才关了窗户。

"只断了一根手指头吗？"梁惠师轻轻冷哼了一声。想起当年黄娘断一只手的时候，孙庆师就是现场帮凶。

孙庆师的遭遇，一半来自自身的贪婪，也有一半来自她的暗中引导。但她做这件事情，除了发泄、报仇，对整件事情只是增加一些烟幕，并不起决定性的作用。

"烘好衣裳，赶紧走。"梁惠师冷冷地对奀妹说。

"那……"奀妹声音很低，"黄娘说的事……"

梁惠师冷笑道："她是她，我是我！我又不是高秀秀的好徒弟！"

"小惠是我最好的徒弟……"对着微微摇晃的灯火，高眉娘说道，"她的天赋，或许不在我之下，只是迟了几年学绣，所以才落在了我后面。我虽然忘记了是在什么时候遇见她的，但她来到我身边之后，很快就脱颖而出了。"

奀妹出去后，梁惠师躺在了床上。她永远也不会忘记第一次见到高眉娘的场景。那时候高秀秀年纪还不大，但刺绣的时候，身上却仿佛散发出日月一般的光芒。

那是一个多么骄傲又多么美丽的人啊！虽然她对自己冷冷的，不过她对谁都是冷冷的，因此梁惠师不曾因此有怨。

奀妹出去的时候，屋里窜进了一只前来躲雨的野猫。梁惠师本来想将它赶走，但野猫抬起头来——双方目光接触的一刹那，梁惠师忽然停下了驱赶的脚，转而将门关上。野猫蹲到炉火边上，梁惠师也不赶它，任它偎依着炉子，烘干自己的毛。

"在我们这些人里头，小惠对陈家的仇恨，或许是最深的。"高眉娘对林叔夜道，"她在出事之前，就一直提醒我陈子峰不可信任，可惜那时候我没听进去。"

不知怎么，在野猫烘干毛之后，梁惠师竟将它抱了起来。她躺在摇椅上，摸着杂乱的猫毛，眼睛半合，仿佛穿越了时空，正看着十余年前的诸般场景。

从陈子峰第一天进门，她就不喜欢他！

这个人对姑姑是有野心的——不只是对她的技艺，而且对她的人——这一点梁惠师在第一天就看出来了。她能看穿，是因为她虽年轻，却尝尽人间冷暖。

"小惠非常聪明，而且她的聪明不但体现在刺绣上，也体现在日常生活中，甚至就是商场上的算计、人心上的把握，她都非常擅长。但我当时看不得她这一点，觉得她把聪明浪费在不相干的事情上了……在当时的我看来，除了刺绣，其他事都是不相干的。"

林叔夜原本只是静静地听着，这时不禁插了一句："那现在呢？"

高眉娘一时莞尔。眼前人果然是懂自己的，而且在他面前，自己是能感到轻松的，以至于有时候竟会真正地笑，就像此刻一样。

"现在……对我来说，仍然是不相干的。"

她轻笑了一下，思绪又回到了十几年前："那时候我年龄还小，但是刺绣的事情已经让我殚精竭虑。所以……陈子峰能来分担我的外务，我自然是乐意的，后来他也证明了他的能力。

"在他的运营下，绣庄连克难关，蒸蒸日上。除了小惠，其他人都服他，也信任他，包括我。终于，绣庄走到了顶峰。"

野猫的毛渐渐柔顺了，原来它长得并不丑。

但它抬起头的时候，发现抚摸它的人的眼神并不在它身上——它对此感到不悦。

梁惠师的心回到了十几年前。

一单又一单的订货，一场又一场的胜利，一箩又一箩的白银……

荣誉与财富堆满了凰浦，整个绣庄充满了喜悦。大家互相激励，以至于出现群体性的憧憬，所有人都处在欢快与幸福之中，而且觉得这种幸福会长久地持续下去。现在回想起来，那段时间美好得像梦境一般，以致连她自己都放松了对陈子峰的警惕。

野猫不明白为什么抚摸自己的人完全不看自己，却仍会露出这种笑容。

忽然，她的笑容僵住了！

噩耗传来，大火烧毁了刚建成不久的凰浦：四散的姐妹，黄娘断臂上的血，以及……那个可能永远消失了的她……

野猫的毛倒竖了起来。抚摸着它的手变得冰冷，就像血液瞬间被抽走了一般，吓得它怪叫了一声，跳着逃跑了。

野猫的怪叫将梁惠师拉回了现实。她看了看野猫留在她手上的伤痕，冷笑道："养不熟的东西！"

"当年的凰浦，不但承载了我的梦想，也承载了许多绣娘的梦想。大家从依附男子到能自食其力，从一无所有到声名远播。可就在离'天下第一'只有一步之遥的时候，陈子峰出手毁了这一切。他不但毁了我，也毁了凰浦，毁了所有绣娘的梦。

"而在凰浦所有人里头，小惠应该是最不能原谅陈子峰的，也最不能原谅陈家的。"

"为什么？"

"因为她的身世最苦。来到绣庄之后，她进步最快，两三年时间就成了绣庄的'一人之下'。到最后那几个月，她甚至已经是整个广东的'一人之下'。"

林叔夜一下子就明白了。

高眉娘没有细说梁惠师小时候如何苦，但绣娘的苦不外乎那些。林叔夜的母亲就是个绣娘，因家贫而到工坊做活，因为稍有姿色而被庄主强占。这里头的苦楚，日日夜夜都带着血泪，实非文字或言语所能形容。这样的事，不止林添福遇到，也不止梁惠师一人独受，而是许多绣娘共同的苦难。至于吃不饱，穿不暖，没有家庭温馨，那都不值一提了。

在这样的情况下，绣娘们忽然到了凰浦这样一个由绣娘主导的工坊，其生活上的变化可想而知。而梁惠师作为刺绣高手，其幸福感的提升自然也是最强烈的。

但幸福感提升得有多高,跌落的时候就摔得有多痛!

如果不是风雨太大,梁惠师可能会追出去,给这只野猫一点教训。她就是这样睚眦必报。

她想了想,还是敲了敲窗户,让外头守夜的男仆帮着找那只野猫,给它点教训。男仆应了之后,嘟哝了一声,实在是觉得这惠师的性格有些古怪,却不敢惹她,也不敢不答应。

"可如果这样,我兄长为什么还敢留下她?以他的智慧,不应该不知道她的为人。"

"应该是她做了什么,让陈子峰相信了她。"

梁惠师舔了舔手上的血,然后掏了些还烫着的炉灰撒了上去。刺痛让她整个人都僵直了起来,也让她回忆起了一些尘封的往事:黄娘的手,表面上是孙庆师帮着砍的,凰浦的火,表面上是杨燕武去放的,但背后都是她推动的。

在失去高秀秀的那一瞬间,她极度痛苦,但她很快就反应过来:沉沦在痛苦中救不了自己,也报不了仇!

所以她在陈子峰还没有对凰浦动手之前,就倒戈过去了。这事让黄娘恨了她十年!

但恨就恨吧,梁惠师不在乎。

凰浦是大家集体的梦,高秀秀是她的希望。大家携手一起走出低谷,步步向上,走向高峰,一直到离天下之巅只有一步之遥……陈子峰却用最肮脏的手段,将原本有机会到手的"天下第一"变得污秽不堪。

陈子峰毁了这一切,毁了凰浦,毁了众人的梦,还毁了高秀秀!这一切必须用对等的惨烈来还!

"这仇就算你不报……我却要报的!"

第一二九针　八手八针

就在众人以为斗绣会暂停的当口，风雨却停了。

这场大雨来得快也去得快，天还没亮就放晴了。第二天一大早，因为没收到秦太监暂停的指令，广绣行的人赶忙去清理赛场，将倒下的两座高台扶好，把摇晃的地方钉牢。等辰时过半，一切已经就绪，广绣行的人便去望海楼请示。秦德威传下意思：巳时二刻，斗绣继续。

幸好诸庄都住在附近，听到指令，马上都赶了来。上城墙的上城墙，上高台的上高台，巳时一刻，全部人就绪。秦德威倒也守时，巳时二刻未交，便出现在城墙上。见他挥了挥手，梁太元朝儿子示意，梁晋便唱："广潮斗绣第三关第三场，点香，启鼓！"

因昨夜大雨，这时观众还有些寥落，大部分是各绣庄和绣行的人。经过昨日一战，众人对斗绣马吊已经明白了许多。观众已然不需要再行普及说明，而诸庄不管是打牌的还是刺绣的，也明显变得老到。这一老到，让能够互相配合的闲家优势就越发明显了。

凰浦没有改变策略，仍然是先绣"尊九索"。众人看到这一点，不免各自叹息——若凰浦不能出奇招，便无法改变今日之败，但他们现在仍然绣"索子"门的牌，显然是还没找到扭转之法。就在观众以为局面会如昨天下午之时，变化发生了。

只不过挑起变化的不是凰浦，而是茂源。

"'尊九索'！茂源也在绣'尊九索'！"

"她们……她们这是要做什么！"

因为不轮庄、不抽牌，所以第一轮固定了是由凰浦来发牌。凰浦已在绣"尊九索"，茂源就算也能绣出来，到时候也是废牌。偏偏梁惠师、陈子艳都面无表情，就是绣起了"尊九索"。

渐渐地，众人就品出了味道！

若是绣不同绣牌，两家快慢有些分不出来，但这时绣起了同一张，两家进度的快慢就一目了然。

"哎哟！茂源的针好像更快啊！"

"这不废话吗？这边有三位宗师，那边只有一位。"

"可听说那位高眉娘是大宗师。"

"什么大宗师，谁封的？"

梁惠师嘴角挂着一丝冷笑，手中一丝一线快捷无伦，只见绣地上针光闪动、手现残影，"尊九索"已经渐渐成形。

黄谋和莫庄主对视一眼，各自对绣牌进行调整。他们两家一个绣"七十万"，一个绣"六万"，这是"十字"门和"万字"门。根据秦德威定的新规定，凰浦下一轮不能打"索子"门的牌，所以只要三家提前占定"十字""万字""文钱"三门中无法在一炷快香内绣完的牌面，那第二轮凰浦就无法上桌。

这炷快香烧得很快，没多久就接近尾声。眼看铜锣未响，茂源竟抢在凰浦之前，先一步将"尊九索"给绣成了！

虽然如此，但恪于规则，这一轮仍是凰浦首发，林叔夜将"尊九索"打出去后，茂源的"尊九索"就成了废牌。不过周围的人已经议论纷纷："看来茂源的底子终究比凰浦更厚，这绣同一张牌，一下子就比出来了。"

隔着柱栏，高眉娘望了过去，梁惠师也侧视过来。两个人眼神一触，便都知道了彼此的想法——高眉娘知梁惠师意在挑战。

她头微微一低，对林小云说了一句话，林小云吃了一惊："这……来得及吗？"

高眉娘道："试试吧。"

梁惠师听不到他们的言语，但见他们的神情动作与昨日有所变化，便冷笑道："对方应战了！"

陈子艳哼了一声。

李源师问："那……"

"按上午说好的行事！"

今天上午，梁惠师忽然提出要改变次序。李源师颇为惊讶，觉得完全没必要，不料陈子艳也傲然应承，最后连陈老夫人也答应了，不过她只准许她们任性两轮。

执牌人打完了第一轮牌，南风位凰浦的"尊九索"上桌，其他三家丢空白绣地作灭牌论。

第二炷快香点起，鼓声再响，十二位绣娘中的六位，其间并未停下。康祥三宗师的"七十万"已经绣了一大半，这一轮只要保持一般进度，就能顺利完成了。泰奇的"六万"也绣了一半多。

反而是凰浦、茂源的绣娘，在执牌人打牌时竟然没动。高眉娘与梁惠师都侧坐着，刚好能看见对方。陈子艳见高眉娘只是看着梁惠师，一眼也没看自己，心头不禁大恼！

为何如此！为何如此！自己就算比不上高、沈，难道连梁也比不上吗？

就在这时，高眉娘道："开始吧。"

陈子艳冷冷地抢着道："启针！"她纡尊降贵来参加这场斗绣，可断不能容忍自己变成配角！

双方针闪线飞，不久观众便从针线理路之中，看出了双方要绣的都是"文钱"门。

"哟哟，这是要对上了。"

"不过有什么用呢？就算都绣出了'一文'，茂源也是下家，还是得当废牌。"

"也是，这一轮又要白送凰浦一张牌上桌。"

"哎哟，你们看，凰浦绣的可不像'一文'啊！"

众人昨天看了二十轮斗绣，早把规则、牌花都看明白了。这时，不止那几个精研了几天马吊绣的探子，很多观众都能从各种端倪中分辨出各庄要绣的牌面——虽然暂时看不清最后会是什么牌，但显然不是太极图样的"一文"。

"哎哟，你们看康祥那边！绣的似乎也不是'一文'！"

"这……她们这是要干吗？"

六个绣师针速飞快，在众人的议论声中，图案渐渐成形！

"哎哟，这是……这是……'一枝花'！凰浦这边绣的是'一枝花'！"

"一枝花"是"半文"的雅称。按照梁太元对这张牌的设计，三位宗师级刺绣高手联手，也难以在一炷快香内完成，因此昨日虽然出现了"一枝花"，却都是靠着上一轮的剩余时间才能绣完的。没想到，今日凰浦竟在没有上一轮剩余时间的情况下直接开绣。

"凰浦这是打算放弃第二轮了吗？可这有什么用？就算凰浦绣出了'一枝花'，但丢了首发，下一轮只要闲家打的不是'文钱'门的牌，就能叫这'一枝花'变成废牌！"

"你们再看茂源那边绣的是什么？"

"好像有个靴子，这是要绣人物？有人物，那就不是'文钱'门的牌，不知是'万字'门，还是'十字'门？"

"果然，茂源也不管'文钱'门了，这是也打算放弃这一轮了。"

"闲家不怕啊，就算凰浦、茂源都丢空白绣地，只要下面两家打出牌面，那就赢了。"

"也对，也对。"

"不对，不对！"有人叫了起来，"茂源绣的不是'万字'门和'十字'门啊。"

"是啊，那不像哪个水浒人物……"

"难道茂源也开始乱绣了？"

"不管茂源绣什么，总之这一轮闲家是赢定了。"

"不过凰浦也是乱来，何必绣'半文'呢？要是赶不上，成了废牌，还不如直接绣个'太极'，用'一文'保底。"

观众议论纷纷，只有袁莞师在冷笑，因为她知道高眉娘与梁惠师斗的是什么！那是叛出师门的高徒在向曾经的师父挑战，梁惠师既然下了战书，高眉娘岂能不应？

快香已经燃了一半，可凰浦的"一枝花"绣了不到四成。他们如此，茂源也快不了。

"哈哈，这一轮凰浦是赶不及了，最后只能扔空白绣地了。"

"咦，你们看茂源！天！那不是'万字'门，那是'文钱'门！"

"什么？"

"对！'文钱'门！波斯进宝……这是'尊空文'！"

那是"文钱"门最大的一张牌，以"波斯进宝"为图，因此有个人形，乃是一个穿着墨靴的矮子，因而被对马吊绣不够精熟的观众误会为"万字"门或"十字"门。此图极其繁复，比"尊九索""一文"都要难上五成，就算是三宗师联手，没一炷半快香的时间，休想绣完。

"茂源和凰浦都托大了。这一轮别想了，两家都得弃牌。"

袁莞师也是暗中轻叹，既叹高、梁这对师徒的顶峰对决十年难逢，又叹梁惠师之高傲。

林叔夜在台上看到，也进一步把握了梁惠师的心性，心道：姑姑说得没错，她虽要报陈家之仇，但同时也不放过正面挑战旧师的机会！他便知这一轮的变化不在梁惠师的报仇计划之中，纯粹是出于她对高眉娘的争胜之心！

在观众的议论声中，高眉娘的手势忽然有了几个呼吸的暂停，林小云和李绣奴对视了一眼，手势同时起了变化——经过昨日的高强度斗绣，他俩与高眉娘的配合也是更上一层楼了。不用说话，只凭高眉娘的动作，他们就能知道她的意图及如何配合。高眉娘持针的右手抖了抖，同时左手一甩，便多了一根针，从单手持针变成双手持针。

观众中有去过海上斗绣的人，他们叫了起来："双手绣！双手绣来了！"

因昨日的斗绣有些沉闷，晚上又下了大雨，有些人以为斗绣会延迟，便没很快赶来，所以今天上午能到场的，那都是对刺绣有特殊喜好的，其中大部分是广州的绣娘——她们大多数都听过海上斗绣时有人施展了双手绣绝技，这时无不精神一振。上次在和安绣庄斗绣时，林小云虽然也展现过双手绣的绝技，但徒弟的本事想必是不能和师父比的。

在众人瞩目于凰浦时，忽然有人叫道："你们看那边！茂源那边！"

只见茂源的台上，梁惠师和陈子艳的手势也起了变化——两人竟然也都双手持针！

"哇！双手绣！三个人的双手绣啊！"

整个斗绣场一下子就都轰动了。真没想到，竟然在一场斗绣中看见三个人同时施展双手绣针法。这三人，一个在十二年前就已经成为传奇，一个在这十二年来针压全粤，最后一个是大内首席！三个人、六根针，以同样的针法穿引刺盘。渐渐地，众人几乎都要看不清针线来回的轨迹了，只见六根针下，绣幅上的画面以肉眼可见的速度在"生长"。这都快得不像在刺绣，而像在画画了。

林小云一个咬牙，和李绣奴打了一声招呼，竟然也施展起了双手绣！这一来，全场沸腾，竟是四位高手同展一门绝技。

"叹为观止！这真是令人叹为观止啊！"

城墙之上，秦德威也是啧啧称道。他这么深地介入这场斗绣，原本只是怄气，直到此时，才算从中品出了滋味。

众人一开始只是看个热闹，但渐渐便分出了四人的高下。一般观众看不懂针法，但能从线条蔓延的程度来判断速度。其中最慢的是林小云，虽然他的双手绣比普通绣师已经快了许多，但与三位资深宗师相比，还是相形见绌，尚衣陈子艳的线条蔓延明显要比他快上不少。

然而高、梁二人，明显又比陈子艳快上一等。

绣路是梁太元定好的,不存在谁的绣路和谁的不一样,因此谁快谁慢一目了然。

以前绣行的人忌惮着陈子峰和茂源的威势,但最近茂源其势渐衰,又传陈子峰得了疯病,绣行中人的忌惮心便少了许多。这时,有人大胆地说:"看来,咱们这位大内首席不但不如凰浦那位蒙面绣师,而且也不如梁惠师啊。"

"对啊,看来茂源的第一高手,其实是梁惠师!"

"真是闻名不如见面!"

"嘿嘿,有些人,却是见面不如闻名!"

这议论一开始只是窃窃私语,到后来却越来越大声,竟让陈老夫人也听见了。陈子艳克制着自己,以保针路不乱,但一张脸铁青得厉害。

陈子艳针路渐缓,忽听对面传来一声冷笑。她眼角余光瞥见梁惠师那冷厉的神色,就听她道:"都说了多少次了!刺绣的时候要专心!"

"轰"的一声,陈子艳的耳旁仿佛炸开了一声惊雷!

第一三〇针　加注

陈子艳和高眉娘从来就没有师徒名分，虽然高眉娘也未藏私，但有几次曾让梁惠师指点她的针法，因此梁惠师对她来说，也有授业之实。那些个场面早被陈子艳尘封在记忆深处，直到这时才爆发开来。

她终于找到自己与梁惠师永远不对付的原因了——她一直看不起梁惠师的姿态和为人，其实……其实是掩盖着内心，不肯承认自己不仅不如高，连梁也不如的事实！

炸裂开的心态让她的眼神都空洞了，好在她也是天下说得出名字的高手，这刺绣几乎变成了本能。她虽在迷离之中，手上却还是继续穿针引线，只是速度慢了很多，甚至还不如单手绣时顺畅了。

李源师旁观者清，见状微微摇头，知道陈家这位大小姐比起高、梁来，不但是针功不及，就是心志也是远远不如。

便在这时，快香即将燃尽，双方竟同时在结针！康祥早绣好了"七十万"，此时正在赶一幅"美人趣"，也就是"二十万"，"十字"门中最小的牌。此绣牌绣的是水浒人物中的扈三娘——马吊牌中唯一的女性人物，所以叫"美人趣"。

"好快！真的好快！"

在快香燃尽之时，高眉娘顺利结针，林小云将绣抛了上去。与此同时，梁惠师一手拍开了陈子艳僵尸般的手，以快到出现残影的速度帮她完成了最后几步。

林叔夜轻叹了一声，打出了"一枝花"，知道这一轮终究是输了。

陈老夫人也在轻叹。她虽然坐得高,但观众的风言风语还是飞进了她的耳中。她知道今天之后,陈子艳在众人心目中的尚衣地位,怕是要动摇了。不过在铜锣停震之前,她还是顺利打出了"尊空文"——这张本该一炷半快香才能完成的复杂绣牌,竟在梁惠师、陈子艳的惊人绝技中提前完工,而且两人还只是在后半段真正爆发。

黄谋和莫庄主各自赞叹,皆表示灭牌。

东风位"尊空文"上桌。

"赢了!"秦德威连连点头,赞道,"茂源这位……叫什么来着?"

梁太元忙道:"梁惠师。"

"哦,梁师傅!好!好本事啊!这针法,怕是在陈师傅之上啊!这一轮茂源赢得漂亮。"

霍绾儿也只能应和。茂源的这一轮是与凰浦硬扛而赢下的,中间不涉任何机巧、阴谋,的确是赢得漂亮,众人有目共睹。这种靠实力拿下来的胜利,谁都无话可说。

自此之后,凰浦就像被抽掉了魂儿一般,连续八轮都没有一张牌上桌,就连高眉娘的情绪似乎都产生了波动,眼神迷离,如在睡觉一般,动作也都慢了下来。李绣奴受高眉娘影响,发挥得也不好,只有林小云越挫越勇。好几次高眉娘来不及施发号令,都是他在主持大局,但终究独木难支——何况他的功力尚不能跟高、梁相比。八轮牌斗下来,凰浦竟是一败涂地!

若说昨日下午凰浦在劣势之中还能尽量抵抗,今天被梁惠师两轮阻击之后,便是方寸大乱了——倒数第二轮竟被算计成功,让康祥的"美人趣"上了桌。

"趣"是特殊牌面,黄谋打出了"美人趣",康祥便多赢了两注。这一来,差距就拉得更大了。

等到下午,凰浦收拾心情,没再让闲家的"趣"牌上桌,不过仍然避免不了"赤脚"的败局。不过,奇怪的是,占尽上风的闲家里，康祥也出现了"赤脚"——泰奇的莫庄主向陈、黄提了要求，不能让闲家之中只有泰奇出过"赤脚"，为绣行所笑，陈老夫人自然好言相劝，黄谋盘算了一番，也答应了。

当天晚上，黄谋派人悄悄来传话，暗示林叔夜去向秦德威低头。黄谋的意思很明显：既然败局难以避免，不如趁此机会修复与秦太监的关系。毕竟斗绣胜负只在一时，生意却要长做的；而生意要想长做，就得跟各方妥协。

然而林叔夜想了想，对来人说："二哥的好意，我心领了……却有另外一件事情要请二哥帮忙。"

第三日仍然是晴天，而且艳阳高照。

比起昨日，今日来的人就更多了。观众们无不想看凰浦能否出奇制胜，不料凰浦一个上午下来，只是重复着昨日的失败，而且毫无看点——连众人寄予厚望的高眉娘也好像在梦游一般。

"那个戴面罩的真有那么厉害？看不出来啊。"

"那个在海上斗绣所向无敌的绣娘呢？"

"其实昨日也还挺厉害的，双手绣快得离谱，但今日仿佛全程在睡觉。"

"定是昨日心志被茂源的梁惠师给击垮了。"

"这么说来，梁惠师不仅比陈子艳厉害，还比这个高眉娘厉害？"

"听说梁惠师是高眉娘的徒弟啊。"

"没听过青出于蓝而胜于蓝吗？"

八轮斗绣之后，林叔夜透过孔洞观察自家绣娘的情况：高眉娘依旧精神不振，林小云奋力支撑，李绣奴尽量配合，但忙中出错，林小云和李绣奴竟被扎了好几次手指头！

林叔夜叹了口气，隔空对陈老夫人道："祖母，这一场斗绣，我们没机会赢了，不知祖母是否能给孙儿留一点体面？"

众人没想到一向倔强的林叔夜竟然在这个当口示弱。

陈老夫人也有些意外，但想想自凰浦崛起以来，茂源连连出事，孙子更是疯病缠身，而这一切全都是拜林叔夜与高眉娘所赐！

她登时脸色如铁："体面？体面是要自己给自己的！"

林叔夜黯然道："这么说来，祖母是定不饶了。"

黄谋心想：以三弟的脾性，这一轮示弱之后，莫非就要出奇招？他立刻警惕了起来。

不料林叔夜将手中一块空白绣地扔了出来，道："这一局，我们认输。"

众人皆惊。

黄谋道："三弟，还有两轮呢！"

林小云也在下面叫道："庄主！不能认输！就算打不赢也不能认输！输人可以，不能输阵！"

林叔夜惨然道："已经一败涂地了，何必再斗？我方绣师已经尽力，不如大家回去休息吧。"

林小云还要说什么，却见高眉娘已经站了起来，摇摇晃晃地走了出去。黎嫂、喜妹等慌忙过来围住，林叔夜道："送姑姑回去休息。"黎嫂、喜妹等应了一声，带着高眉娘回去了。

众人见了均想：看来昨日一战，对这位蒙面绣娘的打击真个不小！

林叔夜站起身来，准备离开。黄谋道："三弟，下午你还要斗吗？"林叔夜叹道："下午再说吧。如果高师傅还能撑住，那下午我方当再来应战，否则我们就认输。"

莫庄主见状哈哈大笑，黄谋瞥了他一眼，就像在看一个傻子。为何黄谋会如此？因为按照马吊的规则，庄家与闲家先结算，然后闲家之间再结算。眼下庄家是输定了，因此，泰奇处在闲家阵营虽然赢了，但闲家再结算时，他比黄谋可落后了不少——按照"过三关"的赛程，康祥和泰奇都在地字组，只能决出一个赢家。泰奇眼看必败，他老莫还沉浸在闲家的胜利中……黄谋看他，可不就是看傻子一般？

秦德威在城墙上看见，笑道："凰浦赢了第一场后，连续四场都是大败，看来无力回天喽。"

梁太元道："从道理上说，还是有可能翻盘的，只要最后他家能形成色样。"

秦德威失笑："那怎么可能！三家闲家联手，庄家孤军奋战，除了昨日失算了一次，凰浦想第二张牌上桌都难，怎么可能形成色样！"

众人纷纷道："公公高见。"

秦德威挥手道："散了吧！"

城墙上的众人告退后便要散去，这边林叔夜忽对茂源道："有件事情要请教惠师，能否借一步说话？"

梁惠师看看陈老夫人，陈老夫人料他出不了什么幺蛾子，便点了点头。林叔夜便请她走出二十步外。

陈子艳皱眉："当着我们的面，这是要做什么？莫非有什么辘轳①？"

陈老夫人却道："真有什么辘轳，私下传消息也不费什么事，多半是故布疑阵罢了。"

远远望去，也不知道那两人在说些什么，只见梁惠师一边听，一边笑，一句话也没说就往回走。林叔夜见她如此，也只好走了。待梁惠师回来，陈子艳冷冷地问道："他找你说什么？看你笑成那样。"

梁惠师笑道："他说等这次广潮斗绣结束后，想邀我加入凰浦绣庄。他愿意为我跟姓高的说和，消弭彼此的仇怨嫌隙。你说好笑不好笑？"

陈子艳也忍不住笑了起来，李源师连连摇头："的确是好笑。"

因上午的斗绣提前结束，高眉娘得以回去休息，到了下午，她的精神状态似乎恢复了过来。林叔夜没提出罢斗，四执牌人、十二绣师便分头坐定。秦德威在城墙上连打哈欠，都有些不想看这场毫无悬念的马吊绣了。

黄谋见状，拦住就要发令点香、敲鼓的梁晋，说道："马吊乃是博戏，咱们斗了这么久，也没押个注，似乎有些不合常理啊。"

林叔夜皱眉道："押什么注？决出这场斗绣的输赢，不就是最大的筹注？"

"那个是自然之事，"黄谋笑道，"不过既然是博戏，那就能

---

① 古汉语，原指车轮滚过地面发出的轰鸣之声，引申为事有蹊跷、有内情的意思。

加注啊。我想加上一注,不知三弟敢不敢跟!"他又转身对秦德威说:"这两日连续这般雷同局面,搞得大伙儿都没什么精神,不如加注来点刺激,不然显得有些无聊。公公说对吗?"

秦德威笑着挥手:"随你们的便。"

林叔夜皱眉:"不知道二哥要加什么?"

黄谋笑了笑,说道:"三弟,你是茂源陈家的血脉,不过众所周知,你并未认祖归宗。看你今时今日的模样,只怕你往后在广州也难立足了。哥哥替你打算了一番,觉得你不如就回潮州去住。我在揭阳县有一片桑田,价值不菲,三弟你若拿到手,足以安享一生了。"

他说着,拍了拍手,便有人跑过去,将一张纸交给林添财。林添财只瞥了一下,眼前一亮,朝着林叔夜点了点头。

林叔夜因黄谋当众提起他的家事——那可是他的痛处——甚是不悦,冷冷地道:"黄二舍真是豪情,不知道要赌什么?"他这"黄二舍"叫出来,那就是不认黄谋这个结拜义兄了。

黄谋笑道:"这片桑田的价值,也当得一个绣庄了……我就赌你的博雅绣庄!"

观众中好多都是绣行中人,闻言"啊"的一声,心想:这姓黄的是看着姓林的局势不好,要转阵营做切割了?

博雅绣庄乃是一座大绣庄,其前身和安绣庄本就是广东十大名庄之一。袁莞师在接手后的这段时间里,把它整治得蒸蒸日上,日进斗金。袁氏门人一听这话,都有些急了。

还好林叔夜不听,挥手道:"不赌!"

黄谋笑道:"一个分庄而已,这就不敢赌了?"

"为什么不能赌,别人不晓得,你会不知道?"林叔夜冷笑道,"这里涉及我与莞师的约定,便是将我凰浦本庄赌上了,这博雅也不能赌。"

"那我就赌你的凰浦本庄。"黄谋笑道,"凰浦虽然离得远些,但最近应该也整治得差不多了。我就吃亏些,赌你的本庄。"

林叔夜道:"霍姑娘有凰浦的股份,而且你本人也有持股,我一个人做不了主。"

黄谋笑道："我的不算，霍姑娘的股份不动，我就赌剩下的股份！我知道，那些都是你能做主的，对吧？"

听到这里，众人无不了然，敢情黄谋这个做哥哥的——何止是落井下石，简直是要趁机将做弟弟的吃干抹净啊！

林叔夜仍道："不赌！"

黄谋笑道："整个绣行都说三弟你豪气干云，今天看来，言过其实啊！你不是对高师傅极具信心吗？这点注也不敢下。"

"你也不用激我。"林叔夜道，"我之所以不赌，乃是你这赌注不对行情！"

"怎么不对行情？"黄谋指着林添财道，"你不妨让你舅舅算算，我用那片桑田赌你的绣庄，究竟是谁亏！"

"就算那片桑田抵得过我的绣庄，但眼下外围的行情可不是这般的！"林叔夜冷笑道，"前日上午结束时，这场斗绣庄家的赔率是二赔一，但到了下午就反了过来，变成一赔二。至昨日上午结束时，庄家的赔率已经翻到一赔三；再到昨天下午结束时，更是翻到了一赔五！而到了今天上午结束……"

他望向林添财，林添财打了个手势。

"呵呵！已经一赔八了！现在黄二舍你来跟我加注，却只拿出个与我绣庄价值相当的桑田来，这可不是行情价！因此恕我拒绝！"黄谋"嘿嘿"笑了两声。

秦德威在城墙上也笑道："没想到凰浦这个小庄主，倒是门儿清。"

梁太元低声道："他什么品性老朽不清楚，不过他那舅舅，当年是个赌鬼，曾经赌得倾家荡产，把家里人也坑惨了。"

秦德威"哦"了一声，对一个市井小丝商的过往并无兴趣。

黄谋接着道："这样吧，我康祥在广府还有一座绣坊，虽然占地比你凰浦小些、屋舍旧些，位置却好一点。我吃些亏，加上这座绣坊，你敢不敢赌？"

林叔夜强项道："那勉强也只是一赔二，不赌！"

黄谋笑了笑，道："这样，我再加一笔现银，凑成三倍，你敢不敢赌？"

眼看他加的赌注是越来越大，连秦德威都看得不打哈欠了，但不管黄谋再怎么连续加注，林叔夜就是咬死了不符合赔率不肯赌。众人看得明白：他是必输了。既然必输，赔率再高又有什么用处？话说回来，若不是胜算渺茫之局，也不至于形成如此畸形的赔率。

黄谋笑着对莫庄主道："老莫，我可没赌注了，要不你也来加上一注？到时候赢了，咱俩对半分。"

莫庄主瞧着林叔夜那模样，有心折辱他，便笑道："好，我泰奇在番禺县也有一座分坊，便算加注，与你赌了吧。"

林叔夜怒道："你们不用在这里风言风语轻侮于我！除非你们凑齐八倍之资，否则我恕不奉陪！"他对梁晋道："快宣布开始吧！斗完了绣，大家好散！"众人便都知道他万不敢接盘。

梁太元对凰浦及其中的高眉娘都颇有眷顾之意，不想他们太过难堪，便对梁晋道："点香开绣吧……"

"老身加注！"

一个声音截断了梁太元的话。众人吃惊，循声望去。东风位高台上，陈老夫人冷冷地说："我茂源加上荔湾、龙溪、滘口、城东四座分坊，这样够了吧！"

林叔夜气得浑身发抖，看着陈老夫人，眼泪几乎都要流下来："祖母……有必要做到这个地步吗？"

陈老夫人道："斗绣场上无父子，林庄主不用叫什么祖母。"不出手就罢，若出手，就要将事情做绝，是当年她教给陈子峰的，如今自己也当贯彻这个信条。

林叔夜咬着牙，没有说话。

忽然，一个清冷的声音从下面传来："跟他们赌了！"

众人都在想：这谁啊？

林叔夜叫道："姑姑！"

果然是高眉娘！她决然地说："赌了！便是为了一口气，也赌了！何况我们未必输！"

林小云原本满脸惊讶，这时也悲愤地道："没错！就算为了一口气，咱们跟他们拼了！"

李绣奴能听懂，眼看各方赌得这么大，心想：这场斗绣真打下来，赢是大赢，可若输了，凰浦连立足之地都没了！她在旁边吓得瑟瑟发抖。

秦德威在城墙上看得不禁点头："这个绣娘，也真是傲得可以啊。"

黄谋笑吟吟地道："高师傅都这么说了，三弟还有什么借口？"

林叔夜咬紧牙关，而后惨然一叹，道："罢了！赌就赌吧！反正凰浦这一切都是姑姑赢回来的，姑姑说了算！好，我答应了！"

"好！"黄谋眼看逼得他松口，忙道，"现在正要斗绣，若搞什么拟书签押未免太过烦琐，但有秦公公与诸位做这个见证，料你不敢反悔。"

秦德威微微一笑，看了珠帘一眼，道："有咱家做见证，便是告到县衙，县太爷也认的。绾儿姑娘，你说对吗？"

珠帘之后，霍绾儿道："这事我不管了，反正不涉我的股份，该怎么着便怎么着。"

黄谋喜道："那事情就这么定了！点香吧，准备最后一轮斗绣！"

南风位台上，高眉娘忽道："稍等！"她打了个手势。

场上诸宗师里，所有曾在十二年前被她压制过的绣娘都心里一突：难道还真有什么起死回生的妙招？

第一三一针　美人趣

喜妹和黎嫂拿来一块五尺见方的大布、一个木架子，外加一个绣架。众人都不知道这是要做什么。

黄谋指着问："你要做什么？"

高眉娘不说话，林小云道："斗绣的规则中，有说不能拿这些东西上来？"

众人一愕，一时无话可说。这马吊绣虽然限死了必须用主办方提供的带有特殊印记的空白绣地，却并未限制参比方带什么刺绣工具。

凰浦三绣师将那个木架子摆好，把那块大布披在上面。高眉娘将刚取来的绣架放在了白布下面。众人更是奇怪：她这是要做什么？

这时，高眉娘闭上了眼睛，淡淡地说："奴家可以了。"

林叔夜已恢复平常神色，对梁晋说："可以开始了。"

梁晋回望父亲，梁太元若有所思，却点了点头。梁晋便道："广潮斗绣第三关第六场开始！点香，敲鼓！"

香点燃，鼓敲响，场上所有人的目光都聚集在南风位的下层。梁惠师、陈子艳也不动，只是看着高眉娘。

高眉娘穿了针，引了线，双手伸进了白布之下！

这一瞬间，那些盯着她看的刺绣宗师全都明白过来了！不少人发出了惊呼！

秦德威看不明白，问道："她这是要做什么？哎哟，被白布挡着,都不晓得她要绣什么了!而且她还闭着眼睛!"

梁太元轻叹:"盲绣……她竟敢以盲绣来与众宗师对阵!高秀秀……她果然就是那个高秀秀!"

本来一切尽在掌握之中,但凰浦忽然搞起了盲绣,让战况产生了极大的变数!

这次斗绣马吊因其特殊性,导致所有绣师在绣牌的时候几乎都是透明的,各庄不管绣的是什么,绣到中途就会被别家知道,也就是说,迄今为止的几场马吊打的都是明牌。这也符合斗绣马吊的特点,毕竟这本质上是为了斗绣而不是为了打马吊,执牌人的策略只能作为辅助,绣师们淋漓尽致地展现其绣艺才是主要的!

可如今这么一来,就变成闲家打明牌,庄家打暗牌——庄家的优势可就大多了!

李源师有些不安:"怎么办?"她说这话的时候,是看着梁惠师的,显然此刻认同了梁惠师在茂源的领导地位。

梁惠师冷笑一声,道:"就算她有天大的能耐,闭上了眼睛刺绣,功夫还能剩下几成?何况她就一个人!"

众人一听,纷纷点头。三家闲家的其他八位绣娘也松了一口气,均想:不错!

从凰浦已经摆开的阵势看,林小云和李绣奴在一个绣架上绣牌,高眉娘自己在那个木架子下盲绣。林小云会绣什么,自是一目了然,不足为患。众人盘算着:"尊九索""一文""四万""五十万"等牌都要三宗师合力,才能在一炷快香内完成,而高眉娘一个人,还闭着眼睛,若要绣出"尊九索",已不知要费时多久,若再要绣更复杂的"半文""尊空文",以及"五万"及以上、"六十万"及以上……这局斗绣下来,她也不晓得能绣出一个还是两个!

梁惠师道:"虽然如此,却还是不能掉以轻心,免得为其所趁……狮子搏兔,亦用全力!"

李源师问:"应该如何?"

"放弃第一轮,抢占四'赏'、四'肩'。只要这八张牌中的六七张在手，任他凰浦如何折腾，也再无翻身之日。"

李源师听得点头，陈老夫人在台上听了，也颔首。黄谋忽然笑道："其实第一轮也不用放弃……料庄家第一轮出不了'尊九索'，我康祥却是能出。"

四庄之中，就眼前已展现的实力而论，茂源第一，能在一炷快香内完成"尊空文"；能完成"半文"的凰浦次之；康祥三宗师经过这几日的实战历练，一炷快香内完成"尊九索"已是行有余力；唯一无法完成的，只有泰奇了。

梁惠师道："贵庄第一轮去绣'尊九索'，'万字'门的'赏''肩'叫谁去做？"

黄谋恍然，忙道："惠师说得对！"

林叔夜截断了他们的对话："马吊原来可以这样打的吗……"

陈老夫人斥责道："大伙儿也就随便说说，你着什么急？"

她是祖母，就算是强词夺理，林叔夜也只能忍着，不敢还口，却对着城墙上方高声叫道："秦公公！"

他没多说什么，但这一声充满了委屈，引得无数观众都对凰浦心生怜悯。

秦德威也觉得有些过了。他为了怄气，定下这个对凰浦极不利的局面，于第一局斗绣后还临时增加了对凰浦更不利的新规，所谓可一可二，不可三。他和凰浦本身又不是有深仇大恨，若再逼迫下去，连他自己脸上都有些挂不住，便说道："好好地刺绣打牌，不可再串联商量。"

梁惠师、黄谋等才不再言语。虽然公开的商量没有了，但是通过场外打手势传消息是少不了的——秦德威也就当没看见，反正这样的事，凰浦也在干。

时间已经耽搁了不少，三家闲家放弃了第一轮。茂源抢绣"尊万万"。这张牌极其复杂，一张顶得上三四张"尊九索"，自开局还没人绣出来过，因为性价比实在太低；康祥抢绣"尊九万"，这张牌也顶得两张"尊九索"，即便是康祥三宗师联手，也绝非一轮所能绣成；泰奇则抢绣"尊九索"。

一时间，绣台上针线齐飞。其中，梁惠师固然妙手连连，陈子艳也意图扳回一局而大为振作。受她们的带动，李源师亦是超常发挥。

梁太元在上面望见，感叹连连，说道："这几场绣斗下来，只以绣马吊而论，在场所有人都已大有提升。"

按照他的设计，便是三宗师联手，那"尊万万"也非三四炷快香不可。但现在看茂源三宗师的进度，只怕她们真有机会在第二炷快香结束前，将这张最大最难的牌给绣出来。

正所谓"熟能生巧"，何况在座个个都是刺绣大高手——三日之中绣了四十几轮马吊，早将其中诀窍给摸透了，因此刺绣的速度大大提升。

这里头提升最快的，莫过于林小云和李绣奴。他们是在场十二位绣师中最年轻的，天赋又高，经过四十余轮的现场实战，如今只以马吊绣而论，功力早不在诸宗师之下。因为高眉娘闭了眼睛盲绣，凰浦阵营明面上便剩下林小云和李绣奴，在场无论敌或友，全都不将他们放在眼里。

不料林小云心气甚高——别人看不起他，他就要加倍地看得起自己，第一轮竟就绣起了"尊九索"！若有高眉娘主持，他们要在一炷快香内绣完"尊九索"，那是绰绰有余，但只剩下林小云和李绣奴的话，别说一炷快香，便是两炷快香多半也绣不出来。因此，三家闲家虽然看出他在绣"尊九索"，也不太当回事。

眼看快香已燃过半，梁太元叹道："看来这第一轮，四家都要灭牌。马吊绣打成这样，可是开天辟地第一次！"

林小云忽然对李绣奴使了个眼色，李绣奴惊叫："真……要这样？"

李绣奴正说着，林小云却早将那绣了一部分的"尊九索"扯下，换上了一块空白绣地。

"这是要做什么？"众人疑惑。

林、李忽然改变了姿势，原本是两手上、两手下，忽然变成了一手在下、三手在上。林小云一人拿了两根针！

看过和安斗绣的人叫出声来:"三手绣!三手绣!"

果然,在凰浦那面新别好的空白绣地上,三针闪动,三手齐飞,晃得人眼睛都花了。梁太元在城墙上望见,忍不住顿杖道:"好针法!好针法!没想到后辈之中,有此新秀!"

袁莞师也是看得欢欣无限,对区大娘、潘大娘道:"怪不得高师傅放心让此二人上场!这二人的三手联针,与和安斗绣时相比,又上一层楼了!"

林小云针线运得极快,只以此刻的运针速度而言,这二人联手已经快过两个刺绣宗师了。在这种可怕的爆发力下,短时间内,怕是康祥三宗师联手也未必能轻易压制了!

没过一会儿,观众便看明白他要绣的是哪一门了。

"'十字'门!好家伙,他竟敢绣'十字'门!"

"却不知要绣哪一张!"

又过了一会儿,有人惊呼:"看出来了!看出来了!那是'十字'门中的'二十万'……扈三娘!"

这惊呼如一石激起千层浪!

这"二十万"的扈三娘,乃是"十字"门中最小的牌,也是最简单的牌。作为整副马吊牌中唯一一张"美人趣",它一旦上桌,便可加注,若能形成色样,还能在色样之上加个注上注!因此这是一张需要极力打断其上桌的牌。

此时快香过半,林小云忽然改绣"美人趣",且以其速度,竟有机会完成——一旦让其上桌,就会为此局带来不小的变动。

三家闲家的绣师听说凰浦竟要出"美人趣",十一根绣花针同时为之一顿。

陈子艳怒道:"狡贼敢耳!"

李源师道:"要捉吗?"

时间已剩不多,要想捉凰浦的"美人趣",那至少要绣出一张"三十万"的天暗星青面兽杨志来。这可就极不容易了。一来,"三十万"比"二十万"要复杂不少;二来,凰浦先发,都快绣成一半了,这时再追,只有茂源三大高手全力出击才有机会——还未必能成！

梁惠师微一犹豫，说道："别理这些！一张'美人趣'罢了。对方已经连输四场，便多加两注也于事无补。定心！按原来计划行事，莫被打乱了步伐！"

李源师点头称是。陈子艳虽不开口，也知梁惠师所言不差。

黄谋听了，也嘱咐麾下宗师不必改弦易辙。至于泰奇，干脆就不管了。

眼看快香越燃越短，凰浦众人的心几乎都要提到喉咙那儿了！

终于，香尽锣响，林小云快速剪了线头，跟着将这幅"美人趣"往孔洞那儿一扔。林叔夜堪堪抓住，将牌打出，道："二十万。"

第一三二针　盲绣

没想到这第六场斗绣的第一轮就出了意外，凰浦众人虽然明知最后必输，却也都因高眉娘等人的不放弃而精神一振。林小云呼呼喝喝地再接再厉，又继续绣那已经成了一小半的"尊九索"。他和李绣奴即便是三手联针，要在一轮中绣完"尊九索"，其实也是难成，现在争取多了一炷快香的时间，便宽裕多了。他俩在极度爆发中，终于在第二炷快香燃尽之前绣完，而林小云的一只胳膊也几乎抬不起来了。

这一轮也出人意料，凰浦竟有两张牌上桌。与此同时，茂源的"尊万万"及康祥的"尊九万"，也都几乎要完成了。众人便知，再往后就没凰浦什么事了。

袁莞师叹道："不管怎么说，云娘此番大大提振了我凰浦之士气，正所谓输人不输阵！咱们凰浦此番就算败了，那也非战之罪也！"

凰浦众绣娘闻言，无不点头。这是规则被扭曲下的三家打一家，凰浦能坚持到现在，还斗个有来有回，已是不易。

因爆发的后遗症，林小云的胳膊几乎暂时废掉了，手僵硬得连帮李绣奴打下手都办不到。李绣奴的爆发力不如林小云，精神之坚韧却尤其可嘉。眼看高眉娘闭眼、林小云暂废，整个凰浦就只剩下她一个人对阵九大高手，她竟没有崩溃，而是咬着牙，一针一线地绣了下去。

一般观众看不出什么，那些绣娘则无不心有戚戚：若是易地而处，自己只怕早被压得绣不下去了，但凰浦这个小绣娘竟还能坚持，也是难能可贵了。但单靠李绣奴，莫说什么"尊九索""七万""八万""三十万""四十万"，便是"七索""六索"，她也完不成。可她为人老实，便按照自己能完成的"四索"来绣。这是很简单的一张牌。

可就在她的牌面显现之后，泰奇忽然中途更弦改辙，绣起了"五索"。"五索"虽然比"四索"繁复一些，但泰奇毕竟有一宗师二师傅，实力远非单独一个李绣奴可比，要将"五索"抢先绣出来，绰绰有余。

袁莞师看见，怒骂道："无耻！无耻！"李绣奴绣"四索"已是在尽人事了，泰奇还故意绣一张"五索"来进行压制，其侮辱用心可想而知——以一宗师二师傅的身份这样对付一个小绣娘，难怪袁莞师要骂其无耻。

这一轮的快香没点燃多久，茂源和康祥就分别完成了"尊万万"和"尊九万"，然后分头绣起了"尊空文"和"一枝花"。"尊万万""尊九万""尊空文""尊九索"是每一门里最大的牌，合称"四赏"；"千万""八万""八索""一枝花"是每门里第二大的牌，合称"四肩"。"四赏""四肩"一旦在手，大局便定！

第三炷快香结束，李绣奴竟然完成了"四索"。于她来说，能在重重压力下做到这一点，已算是对自我的超越。林叔夜看到泰奇的莫庄主得意扬扬地拿着"五索"，哼了一声："我方绣师的苦功，不能白费。"他还是将"四索"扔了出去。

东风位、北风位跟着灭牌，西风位的泰奇打出了"五索"。"五索"上桌，首发移到了西风位的泰奇——莫庄主手中。

李源师等暗中松了一口气——她们实在是担心一直闭着眼睛的高眉娘又出奇招。直到这时首发落到闲家手里，她们才暂且宽心——只要手握大牌，又有首发的主动权，便不怕再出意外了。

梁惠师镇定自若，暗中发号施令。如今茂源乃是闲家中实力第一的，手里又拿着大牌，她既主导了茂源，便也主导了其余两家闲家，而另外七位绣师——除了陈子艳——也都服她实力第一，均听吩咐。

到第四炷快香燃尽，茂源的"尊空文"和康祥的"一枝花"都成了。泰奇打出了"一万"，凰浦意图捉他的牌，结果李绣奴绣"三万"不成，于是只能灭牌，剩下两家也一起灭牌。"一万"是"万字"门中最小的牌，也是"趣"。闲家在上桌之余，又额外加了一注。

"一万"的牌面极其简单，所以泰奇也没花多少工夫。剩下的时间里，她们便绣了"八索"——"索子"门的"肩"。在第五炷快香过半时，泰奇便绣完了，之后按照茂源的指示，绣起了"三万"，即"万字"门中第三简单的牌，也是很快绣完——一旦打出，能废掉凰浦手里的"三万"。

第五炷快香燃尽时，黄谋以眼神示意，要莫庄主打"三万"，这样，他的"尊九万"就能上桌，让首发移到自己手里。泰奇已经两牌上桌，能保本，按照他们的默契，该轮给其他人了。

然而莫庄主微微一笑，竟打出了"八索"！因为"尊九索"已出，八索便是"索子"门中最大的牌！

黄谋大怒："老莫，你做什么！"

莫庄主嘻嘻笑道："打错，打错。"

凰浦绣了一张"一索"，虽然打出即废牌，但可防止闲家形成色样。陈老夫人也跟着灭牌，劝了一句："一时失手也是有的，都是自己人，切莫失了和气。"

黄谋无奈，也只好跟着灭牌，但他岂是好糊弄的？他冷冷地道："什么失手！老莫，你最好不要自作聪明！"

"是不是聪明……下一轮诸位就知道莫某之本心了。"

第六炷快香点燃的时候，泰奇竟然在赶制"七索"！

至此，黄谋哪里还会不知道他的用心？他目视陈老夫人，道："陈老夫人，你怎么说！"

陈老夫人道："莫庄主，我们三家同一阵线，你这样做，不太好吧。"

莫庄主冷笑道："庄家强势，闲家自然是同一阵线，但现在庄家都变成死狗了！庄、闲胜负一分，就轮到我们三闲家分高下了……你们真当我只看眼前，忘了大局？哼哼！只要这局结束，凰浦出局，你茂源自然顺利过关，可地字组却有两家呢！"

莫庄主盯着黄谋，继续冷笑："你真当老夫是傻子？"

原来最开始的两局，泰奇实力太弱，导致连续"赤脚"。闲家通过内部沟通，在保证对庄家优势的情况下，让泰奇后面都能保住正本，维持了体面。

黄谋恍然大悟，怒道："所以昨日你来求告，让我康祥也'赤脚'一局……原来伏笔在这里！"

莫庄主笑吟吟地点头。

黄谋怒道："就算你这一局能挤对得我'赤脚'，自己又能得吊，你我两家也只是平手！平手之后再斗，你泰奇敢跟我康祥单挑吗？你能有几分胜算！"

莫庄主哈哈笑道："这就是我们泰奇的事情了，不劳你康祥费心！"他又对陈老夫人笑道："这一遭若是咱们两家出线，那就是广绣大获全胜，潮绣全军覆没，可喜可贺，可喜可贺啊！"

陈老夫人隐隐感到不安，只是茂源对康祥的忌惮极深，能见对方吃瘪，其实也是暗中乐意的。一时间，陈老夫人没给出进一步的反应，只是哼了一声。

"好，好！"黄谋怒道，"今天总算见识到了人心险恶！陈老夫人，你若不给在下一个交代，小心黄谋马上翻脸！"

陈老夫人为稳住大局，点头道："既然如此，你我两家这一轮均绣'索子'门，将这一门做绝了，可好？"

黄谋心中微一盘算，不悦地道："那也来不及了！这两轮一完，我庄无法避免'赤脚'。"

陈老夫人道："莫庄主铁了心要做的事，老身也无计可施。"

黄谋大为不满，却也无奈，只能赶绣'三索'。茂源则赶制'六索'。这一轮凰浦什么牌也赶不出来，只能灭牌。

到了第七轮，泰奇又绣"二索"。此时"索子"门已出其八，泰奇这张"二索"虽小，却是绝章了，轻轻松松地就上了桌。这样一来，就只剩下三轮了。茂源拿着一手的大牌，必要力保正本的，如此则康祥必败无疑。

第八炷快香燃尽时，莫庄主笑道："接下来就看陈老夫人的了。"他笑吟吟地打出了一张"二文"——他手里还握有"万字"门的牌，是半点机会也不给康祥的，而"文钱"门最大的牌在茂源手里。

铜锣响起，就在众人等着凰浦自己灭牌之际，一个虚弱的声音轻轻地道："成了……"白布之下出现一绣，林小云接过后，手抬不起来，李绣奴便赶紧接过，递了上去。

林叔夜将绣展开，沉声道："尊空文！"

全场"啊"的一声，陈老夫人整个人都站了起来！

这几轮斗下来，许多人都忘了那个在一边默默盲绣着的高眉娘！没料到她不声不响地……竟在那里憋了这样的大招！一招下来，就截了茂源的和！

杨燕武在场外大叫："不可能的！不可能的！验绣！验绣！"

梁晋便叫了暂停。这一声暂停出来，所有绣师都必须停手。

梁太元道："高氏乃我粤绣宗师，验宗师之绣，有折辱之嫌！"

杨燕武叫道："之前不验，是因为大伙儿都是公开刺绣，所有人看得清清楚楚，但现在这个姓高的是暗中操弄，谁知道她在那白布底下做什么！"

秦德威挥手道："也有道理，验吧。"

那幅"尊空文"便被传到了城墙上。绣先被反了过来，原来这批空白绣地的背面，每一块都做了两个记号。第一个记号由梁太元标识，做完之后打乱顺序，交给秦德威的手下登记，之后将记号掩住，再交给徐博古，由徐博古做第二个记号，再返回给秦德威的手下登记。如此一来，任意一块空白绣地的记号都是独一无二的，无法提前预测，连做记号的梁、徐二人都无法全知。秦德威的干儿子拿了登记本，验明后道："绣地无误。"

秦德威道："那就验验牌上的刺绣。"

梁太元接过，先递给徐博古。徐博古伸手一摸，叹道："好绣！好绣！高师傅是闭着眼睛绣的？怎能如此！啊！不对……不对！"

杨燕武大喜："哪里不对？"

徐博古接下来的话却让他的一脸喜色变成猪肝色："这针线走得如此沉着冷静……摸这针线，真如同无人处听高山流水，深夜里观九天星河，若不是闭上了眼睛，心中全无挂碍，这境界如何绣得出来！"

梁太元再次接过，看了后，也是赞叹："此绣牌无论针线还是构图，都是完美无缺！高师傅的盲绣能达到这个程度，令人叹为观止，叹为观止！"

只有梁惠师幽幽地望了过去，冷冷地道："原来你还留了这一手……"

高眉娘垂下眼睑，不应亦不答。

其实她当初教学时，并未留手。这手盲绣，是她在深圳墟时练成的。那几年她身处极度艰难之中，夜里常常失眠。她是个绣痴，在极度孤独的状态下，要打发这漫漫长夜，自然而然地便去刺绣，正如学诗的人会去磨句，学书法的人会去练字一般。

只是灯油于当时的她来说不便宜，加上灯下刺绣伤眼，长期如此乃是大忌。她只是为了打发时间，而不是要赶工，便摸黑绣了起来，久而久之，竟无意中练成了盲绣。因是分别之后才练成的，所以无论是梁惠师、黄娘，还是陈子艳，都不曾获传。

高眉娘对针线本来就有超乎寻常的手感，这盲绣练成之后，一旦全神贯注起来，其刺绣的质量与速度都直追开眼之时，甚至因黑暗之中心境极静，其针线更别有一番难以言表的韵味。当然，盲绣也跟双手绣一样，如果要全力施展，会太耗心神，因此平常并不使用。

经过核验，这幅绣便无疑议，那这张牌便是有效的！

"尊空文"上桌之后，全场的目光再次聚焦在凰浦，以及高眉娘的身上。

暂停了的斗绣重新开始，高眉娘再次闭上眼睛，双手伸入白布之下。没人看得见她在里面是怎么运针的。

莫庄主叫道:"快点!大家快点!不要再让她得手了!"

黄谋冷笑道:"现在知道着急了?然而还着什么急!大牌都已经绣出来了,还急个什么!"

莫庄主一听,转忧为喜道:"也对,也对!"他又笑道:"他已经连输了四轮,便是这一局让他翻盘,他仍然输定了!"

众人一听,都觉得有理。闲家这边也都松了一口气。

陈子艳冷冷地道:"也是难为她了,为争这口气,闭着眼睛绣,积了八炷快香才绣出这张牌来,可惜也改变不了什么。只恨姓莫的自私自利,临场乱局,否则……上一轮我们若能打出'尊万万',她处心积虑绣出的这张牌也是废牌了!"

梁惠师忽然嗤地一笑:"谁知道她在布底下做什么呢?说不定还有别的牌没拿出来。"

陈子艳愕然,只见梁惠师抬头朝黄谋看去,那两人目光一接,同时冷笑。陈子艳暗觉不妙,只是以她的智谋,实在看不透这里面的玄虚。

时间转眼就过,就在第九炷快香即将燃尽之际,高眉娘忽然双臂一垂,全身仿佛虚脱,似被汗水浸过一般。她对着林小云、李绣奴点了点头,脸色都苍白了。

林叔夜透过孔洞看见,慌忙道:"快给姑姑递杯水!"

高眉娘却摇头:"不必了!"她将一幅绣递给林小云后,自己摇摇晃晃地走下台,袁莞师等急忙迎了上去。高眉娘没走几步,便栽倒在了黄娘怀中。

她下台之时,梁惠师也忍不住看了过去,眼中又是嫉恨,又是关切。陈子艳瞧在眼中,冷哼道:"原来你对她还有留恋!只可惜……这次她便是拼上性命,也扭转不了乾坤!便是因这场斗绣而累死,也是白死!"

梁惠师冷着脸回过头来,冷笑道:"是吗?"

便在这时,林叔夜不等快香燃尽,打出了凰浦最后一张牌:"尊九万!"

全场再次哗然，不过声音比先前小了许多。众人没想到在这九炷快香的时间里，高眉娘凭一人之力，以盲绣攒出两张大牌！

陈老夫人叹了一口气："也难为你们了！这一局算是给你们翻了盘，只可惜仍然影响不了大局。"

东、北、西三方自然同时灭牌。

林叔夜不言语，丢了一张空白绣地作灭牌论，而后便急急地下台去看高眉娘了。眼看高眉娘双目紧闭，他这时也顾不得别的，赶紧带领凰浦众人回去，好让高眉娘尽快休息。

城墙之上，秦德威道："难得，真是难得！凰浦这一战虽然输了，但这牌打得好，这绣也绣得好，有始有终，临败不馁，不错，不错。"

珠帘之后，霍绾儿道："秦公也觉得凰浦不错，对吧？"秦德威一笑。

旁边梁太元忽然道："公公，凰浦赢了。"

秦德威一怔："什么？"

梁太元低声道："凰浦赢了。"

秦德威有些愕然："这一局赢了？"

"不是这一局赢了。"梁太元叹道，"是这第三关，凰浦赢了。"

秦德威再次愕然，还是没反应过来。

这时候，梁晋已经算好了输赢吊注，唱道："广潮斗绣第三关第六场：庄家南风位凰浦四张上桌，得一吊；东风位茂源一张上桌，得负一吊；北风位康祥无牌上桌，得负一吊；西风位泰奇五张上桌，得一吊。

"按斗绣马吊的规则，庄、闲结算，庄家吊数乘以三减去相加的闲家吊数，庄家赢四吊，闲家亏四吊。

"一吊两注，本局庄家胜，凰浦绣庄赢得八注……"

秦德威失笑："这么一算，不就跟第一局一样了……"

然而，他的笑容忽然僵硬，因为听到梁晋继续唱道："本局南风位形成色样，'尊九万''尊空文''尊九索'及'二十万'，是为三'赏'一'趣',谓之'巧四赏'。按马吊的规则,一家形成色样,三家都要出注,此之谓贺……"

在场之人中听出关键者,已经"哇"的一声叫了出来。梁晋接着道:"'巧四赏'之贺数,一家出十二注,共计三十六注。按马吊的规则,'巧四赏'中有'美人趣'在其中,则每家另贺五注,共计十五注。

"综上,本局凰浦共得五十九注……"

全场再次沸腾!

后面梁晋还在计算,但已经没人听他的了。之前五局没有形成色样,每一局的输赢都是个位数;但这次凰浦形成了色样,一下子干到五十九注——所有人粗略一想便都知道,前面几场,都不如凰浦这一场得注多!

场面瞬间混乱!

陈老夫人颤巍巍地站了起来,整个人都摇摇晃晃的:"怎么会这样……怎么会这样!"

陈子艳忽然想起这一局斗绣开始之前,茂源曾加注了四个绣坊!一念及此,她更是面无血色。

忽然,梁惠师走出台去,对着台上的陈老夫人施了一礼:"老夫人,当初你我约定,如果输了,妾身净身离庄以谢罪。今日不幸输了,自当履约,梁惠师拜别。"

众人见又出了这个变故,更是惊骇。这里头,李源师的震骇更在旁人之上:"听说日前庆师被驱逐,刚刚又输了四个绣坊,如今惠师再走,那茂源怕不是要散架了?!那我又该何去何从?"

泰奇的莫庄主本来还沉浸在凰浦转败为胜的震惊之中,见状慌忙溜下来道:"惠师!惠师!你会来我们泰奇吧?昨晚咱们可都说好了的!"

梁惠师淡淡一笑:"我昨晚说的,是离开茂源之后,我会考虑泰奇。"

高台之上,黄谋哈哈大笑:"我说老莫你刚才怎么狂了起来,敢跟我康祥叫板,原来底气在这里!"

莫庄主怒道:"陈子峰能挖我的徐氏姐妹,我就挖不得他的梁惠师吗!"

黄谋笑道:"只可惜,同样的话,惠师也跟我说过。她说也会考虑我们康祥呢。"

"这……你……你……你们!"

梁惠师轻轻一笑,向莫庄主也福了一福,转身离去了。

莫庄主只是盛怒,而此时有一人之盛怒更在他之上!

陈老夫人看见黄谋笑得那么开心,盛怒之余,更是感到惊悚:他为什么笑得出来?他为什么笑得出来!

是啊,康祥也输了啊!按照刚才的加注,他输的并不比茂源少啊!他怎么还笑得出来!

连她都察觉出了问题,秦德威这种从宫廷斗争中翻滚出来的权宦,怎么可能看不出来?

他只是对马吊不熟,对刺绣不精,但论到权谋,在场也不见得有第二个人能胜得过他!这时,他心思数转,对着珠帘冷笑道:"好绺儿啊!你们布的好局!竟把咱家也给圈进去了!"

他只觉自己受了愚弄,也不听旁人解释,怒哼一声,拂袖走了。

高台之上,陈老夫人看着梁惠师逐渐远去的背影,再看看黄谋咧开了嘴巴的大笑,忽觉得天旋地转,口中惨然吐了几个字:"峰儿……峰儿……"在众人惊呼声中,她从高台上摔了下来!

第一三三针　最后的献绣

这场一波三折的斗绣马吊就此落下帷幕。余波还在荡漾，但林叔夜一时管不了那么多，他的一颗心都放在了高眉娘身上。

高眉娘睡了一天一夜，直到第二日黄昏才转醒。她喝了一碗粥后，询问昨日的结局。

林小云在旁抢着开口："还能有什么结局？咱们赢了呗，哈哈！这次咱们不但过了三关，还赢了，我……"他差点把"我爹"给说出来，硬生生把吐了一半的话给咽了回去："林大掌柜本来赶去茂园要跟他们交接，不过陈家那个老太婆瘫在床上起不来了。他怕现在去追讨四座绣坊，会连累庄主被人骂。"

"嗯？陈老夫人怎么了？"

"她从高台上摔了下来，虽然有人接着，但那么大的年纪，这一摔可不轻。听说已经躺在床上起不来了。"

林小云在那儿幸灾乐祸，林叔夜则轻轻叹了一声。陈梁氏对他并不好，但那毕竟是血脉所系的祖母。

林小云又说："不过这加注是他们当众定的，现场几百号人都听在耳朵里呢，谅他们不敢不认账！总之，这次我们凰浦大赢特赢！哈哈，整整四座绣庄啊！陈子峰攒了多久才到手的基业！这都多亏了庄主的精湛演技！当然，我的演技也不差。"

林叔夜骂道："你还好意思说！当时本来没你什么事，你偏要自己插进来加戏。那故作悲愤的样子实在太过了，幸亏别人没太注意你，不然怕是要露马脚。"

高眉娘见他二人斗嘴,心里不觉轻松了许多。在喜妹的帮忙下,她坐了起来,问道:"后续的事情呢?定了没有?"

"后续?"

"广潮斗绣还有最后一场呢。"

林叔夜不想高眉娘担心,微笑着说:"已经不重要了。我们广东有两个名额,过了三关,御前大比的门就打开了。"

高眉娘不为所动,仍然问道:"是跟康祥比,还是跟泰奇比?"

"康祥。"

因康祥、泰奇得注相同,在梁太元的主持下,今天上午双方又补斗了一场。因为没有邀得梁惠师的加盟,泰奇便输得一塌糊涂。

"康祥啊……"高眉娘吁了一口气,说,"每次打到最后,总是广绣与潮绣打,便如宿命一般。"

林小云笑道:"要不怎么叫广潮斗绣呢!"

"潮康祥底子深厚,黄二舍智谋多,你们虽然结拜了,但到了这等场合,他不会留手的。"

林叔夜虽然不想高眉娘操心,但话说到这个地步,也就知道再瞒无用,苦笑道:"其实这次都不用二哥出手,因为秦公公已经放出话来了。最后这场献绣,谁再敢站我们凰浦这边,就是跟他过不去。"

林小云道:"所以这次我们输定了,对吗?"

林叔夜看向高眉娘,高眉娘没有因为林叔夜刚才那句话而沮丧,脸上淡淡的,却充满了一种说不出的蔑视。

"我明白了。"林叔夜站了起来,笑道,"我们仍然会赢!"

陈子艳这十二年来从没这么恐慌过。

祖母病倒了。

在祖母病倒之前,她都没发现大哥疯了是件多可怕的事情。直至看到陈老夫人在床上双眼紧闭,无法唤醒,她才恐慌了起来。

小时候,什么事都是祖母拿主意;长大了些,大哥是顶梁柱;就算后来到了宫里头,她这个首席绣师其实就是宫内绣娘的班头、教头,在宫中规行矩步即可,不用做全盘管理。

忽然,整个茂源没人能做主了!那些管事、掌柜纷纷将目光投向她——她哪里顶得住?她竟恐慌到跑去找大嫂——那个她一直看不顺眼的女人——却见陈杨氏疯疯傻傻地从外头回来。当她向陈杨氏问话的时候,陈杨氏只是惨笑着,说什么"从化那边的事你们不用再想了",然后就疯疯癫癫地笑了。

"都疯了,都疯了!"

陈子艳根本搞不清楚状况。她依靠在宫中锻炼出来的一点直觉,不敢在下人面前表露出什么,然而内心慌得不行。她不知道还能找谁,不知道还能依靠谁,这一辈子从来没这么无助过——哪怕是小时候父母早亡,那时候她还有祖母、兄长啊!

不像现在,什么能依靠的人都没有了!

"啊,大哥……还有大哥!"

她慌张地跑进那个只有她和陈梁氏、陈杨氏才能下令开门的偏僻小院——满脸胡碴的陈子峰瘫痪在那里。

昨日之前,她还很看不上这么没出息的大哥,现在却扑在了他身上,要从他僵硬的身躯上找到一点温暖。

"大哥,大哥!你快醒醒吧,快好起来吧!你再不好起来,这个家就要完了,茂源就要散了!"

陈子艳在恐慌的时候,梁太元也处于极度为难之中。

秦德威的意思已经很明白了,直白得叫人没有回旋的余地!

梁太元不想那么做!

他和梁晋不一样。作为老一辈的绣评人,他是有坚持的,不但有坚持,甚至有信仰!

他的坚持与信仰有时候不但超乎利益,甚至会站在广绣之上,从整个粤绣的立场出发来看待广、潮之争。也正因此,他才能成为广东绣评第一人。在他内心深处,粤绣的发扬光大是最重要的事情。

可是现在,秦德威和高眉娘给他出了一个老大的难题:他到底应该排除万难，将高氏推上去，还是应该昧了良心，将高氏压下来？

最后的这场献绣，五位主评的立场他都已经猜到了。

霍姑娘也许能顶着压力为凰浦争一争，也或许会顺手把凰浦这点小名声给卖了，反正她有回旋的余地；林状元是潮州人，肯定要撑康祥的；秦德威不一定会直接表态，但暗示得很明白。这三个人都是非专业的，到最后，总得有个人从专业的角度来做个高下评判。

徐博古多半是要说模棱两可的场面话，反正他是客座。所以怎么开口的这个担子，终究要落在他梁太元的肩头上，推都没地方推去！

"阿爹，这可怎么办？"梁晋也愁眉苦脸的。

"是啊，怎么办……"梁太元皱着半白的眉头。按理说，他年纪已经很大了，自己怎样都无所谓，可他毕竟还有子孙——有子孙，就有了软肋。

"现在茂源要完蛋了，听说不但行里的绣师人心惶惶，连家里头都人心不稳……"

梁太元有些愕然，这会儿不是在说凰浦的事吗，怎么提起茂源了？

"凰浦则形势大好！听说凰浦本庄修葺完工了，很快就要重开，到时候我们是不是凑钱送个大匾？林庄主又赢了四个分坊，加上博雅，现在凰浦的实力都快赶上茂源全盛时期的七八成了！假以时日，凰浦必是广东第一名庄啊！"梁晋十分苦恼地抱着头，"按理说，咱们这时候就该赶紧倒过去，在广潮斗绣最后的献绣中，给凰浦擦擦鞋，可偏偏……秦公公又那么说，这可怎么办啊！"

梁太元这才明白儿子苦恼的是什么！他又是好笑，又是好气，几乎就想拿起拐杖揍他一顿，但他刚把拐杖举起来，又放下了，长叹了一声——

儿子不成器啊！

可就是因为儿子不成器，所以不能得罪人，更得铺路啊。

他想了想，反正是秦公公的意思，到时候抬举康祥没人会说什么，想必就是凰浦，也能体谅自己的难处，回头好好赔罪，应该能过去——反正这场最后的献绣不会妨碍凰浦去参加御前大比。

可秦公公那边就不好说话了，得罪了管尚衣监的权宦，他梁家以后就别想在绣评这个圈子里混了……甚至都等不到以后，指不定人家找个什么由头就将自家给摁死了……就算不弄死自家，只要断了绣评的前程，凭着儿子这草包模样，以后梁家想要翻盘，那是休想了……

罢了，罢了，只能委屈高氏，委屈凰浦了……

为了得到凰浦的谅解，他让梁晋悄悄去见林叔夜，诉说自己的苦衷，希望林庄主、高师傅不要太过见怪。梁晋没见着高眉娘，但林叔夜倒是没说什么，只是回了一句："到时候请梁老先生凭本心行事就可。"

这话说的……好像我老头子真能凭本心行事一样。

三日之后，广潮斗绣最后一场如期举行，地点仍然设在望海楼。

这一次，林大钦没有再生病，如约而至——那些个现场斗绣的场面，普通人看个热闹也就算了，他一个文官若也去从头到尾地掺和，未免掉价。不过他既然答应了做主评，开头出现，结尾出现，也算说得过去，而且最后由两家优胜者献上极品刺绣，自己再做一番点评，倒也算是一桩风雅之事了。

与上次不同，这回参比的绣庄只有两家。因只是献上两幅绣，没什么热闹可看，在场的人就少了许多，甚至都没什么业外观众。

上首两张椅子摆开，秦德威与林大钦坐了。因梁、徐二人年老，秦德威命人看座，二老这才告罪坐了。霍绾儿仍然坐在旁边的珠帘屏风后面，除了林大钦入门时起身施礼，全程不发一语。

跟着便是本省绣行的首脑人物和知名角色一一入场，约莫三十人，列于左右——座位是没他们的份了。在林大钦、秦德威面前，这些庄主、揽头、刺绣宗师、绣评名家都不算什么人物。他们排好队站在一边，大气都不敢随便出。

林大钦坐定之后，笑着问秦德威："听说这次斗绣，斗得可热闹了？"

秦德威笑了笑："这些绣工花样百出，也不知道哪来这么多乱七八糟的心思。"

林大钦笑道："这些都是我省经商子民，或不大知道士林与宫廷的规矩、禁忌，其间若有冒犯秦监之处，还请海涵一二。"这话可就大气了——他是广东的状元，轻轻一语，已流露出对本省刺绣界的回护之意。

"一群绣工和生意人，咱家能对他们有什么想法？"秦德威笑了，"便是有些不悦，冲着林状元这句话，咱家也不与他们计较了。"

两人相视一笑，秦德威的干儿子便挥手让正主上场。

黄谋与林叔夜一起上前。黄谋对着林大钦就磕头，林叔夜也跟着——他虽然读了书，但没有功名，见到了官，理应磕头。

秦德威昂头受礼，林大钦在他们准备跪下时摆手说："都免了吧。我如今也没有官身，不必对我行大礼。"他又问黄谋："听说这位也是半个潮州人？"

黄谋忙堆着笑容说："这是我义弟，叫林叔夜。他母亲是揭阳县人氏。"

众人看林、黄二人对话，便知他们不是第一次见面了。不过想想也正常，林大钦是潮州士林之首，康祥是潮州府刺绣第一庄，康祥设法巴结上本府的状元公，那是再正常不过。

"林叔夜……"林大钦看向林叔夜，"这名字，可不像商户匠籍。可读过书？"

林叔夜忙道："小子乳名阿康，当年在私塾读过几年书，授业恩师赐表字叔夜。"

"名为康，非性情刚烈而才气俊杰者，如何当得起这个表字？令师对你的期待可不小啊。"林大钦皱眉道，"既然有此机缘，为何不试着走举业，却沉沦于此？"

林叔夜道:"祖母不许。"

林大钦愕了愕,心想这短短四个字里头可就大有文章了。只是这时场合不对,他也就不好细问,怕耽误献绣之事。正要揭过,他忽然再看了看林叔夜的面貌,问道:"怎么看着你有些眼熟?"

林叔夜道:"两年前潮州府弈林大比,晚生有幸赢了翰林一子。"

林大钦一拍大腿,惊喜地道:"原来是你啊!"

秦德威本来对他们的寒暄并不在意,听到这话时,有了点兴趣,插话问:"你下棋竟然赢了林状元?这么说,你的棋艺是很了得了!"

黄谋也瞄了过来,心想:老弟,你竟然和林状元有这样的过往,那这段时间你也不趁着对方在广州,好好去巴结……老弟真是暴殄天物!

林大钦被这么一提醒,便想起了林叔夜的事情。他是状元之才,当年在下棋期间略聊个天,便能摸到对方胸中学问的深浅,因此对秦德威道:"此子大有才气!十几岁年纪便诸艺皆通,熟诗书,见闻亦广,非只棋艺精通……"他说到这里,又拍大腿:"你这般天赋,这般才学,怎能不走举业!竟尔沉沦末业,胡闹!胡闹!"

林叔夜只能重复道:"祖母不许,无奈之事。"

林大钦再次愕然。他是纯孝之人,可不敢在有关孝道之事上有所干涉,何况是别人的家事?他只是长长一叹——对林叔夜未走举业,有着深深的惋惜。

黄谋凑上半步,笑道:"林状元,没想到我这义弟竟然得了您的青睐,不过待会儿评绣,你可不能因此偏袒他。"

林大钦啐了一口,骂道:"你个破落户,在这儿挤对我呢!"他转头对秦德威笑道:"这刺绣的事情,我也就凑个趣,其实半懂不懂。反正都是我老乡,我自不可能偏袒谁,待会儿两家的刺绣献上来,予只听行家的说法。"

秦德威笑道:"这个自然,咱家也是这个说法。"

他的干儿子察言观色,便知应该开始了,唱道:"广潮斗绣最终场，献绣开始。"

黄谋道："三弟，你先来？"

林叔夜忙说："不敢与哥哥争先。"

黄谋笑道："不是我自吹自擂，实怕我这幅绣献上来，你们就不好献了。"

林叔夜道："那样更好，小弟自然甘拜下风。"

黄谋笑了笑，拍了拍手。他早布置了人手，这时有人将望海楼各处窗户尽数打开，一时屋内大为亮堂。

十二个装扮一新的绣娘漫步入门，手中所持的乃是一幅巨大的帐帘。

众人还未细看刺绣针功，只看这帐帘的规模，已是咋舌。

秦德威道："这么大一幅绣，便是放太庙也够格了。"

只以绣地而论，丝布做到这么大也是费了不知多少银子。由此可知，康祥对这次广潮斗绣下了多少本钱，那真是势在必得了！

等绣娘们走近了些，众人细看，只数眼便无不感慨赞叹。

粤绣分广、潮两派，其中潮绣尤以构图饱满、均衡著称。这幅巨型刺绣色艳彩浓，人物众多，构图上错落有致，绣人物采用了上乘的钉金绣法，使其产生浮雕的效果。乍一眼，众人为其全图之雄浑气势所震慑，再近前细观，则无不感叹此绣针法之繁、纹理之清，皆是上上之工！

徐博古眼睛不好，却也隐约能感觉到这幅刺绣的气势，再近前细摸，不由得叹道："粤省之绣，果然于四大名绣中独树一帜！小型刺绣更长于精中求精，大型刺绣则容易在细节上出现失误，但此绣有大绣之长，而无大绣之短，一针一线全无败笔，难得，极其难得！"

秦德威道："这上面说的，莫不是哪个历史故事？怎么这么多人物，还有许多鹿鸟鱼虫？"

他虽然是半桶水，却也知道潮绣擅长绣历史典故与古今人物。眼前这幅巨绣在一绣之中尽展"二十四孝"的全部内容，人物繁多却个个生动形象，上百个人物的脸没有重复，甚至连一些动物都有各自独特的表情，实在是难能可贵的顶级精品。

梁太元道："这是《二十四孝图》！"

秦德威"哦"了一声。好几人同时向林大钦望了过去，心里均想：潮康祥这一宝，可押得精准呢！

果然，林大钦已经不自觉地离座，来到绣前细细观摩。他是至孝之人，对这个题材最有感触，只看了部分，眼睛便红了。待看到《鹿乳奉亲》时，他的眼泪没忍住，扑簌簌地往下掉。因触及对母亲病情的忧虑，他不忍再看下去，只得返回座位，以掌掩目，哽咽着道："好绣！好绣！"

众人见状，无不感慨，既感念于状元公的纯孝，又感叹康祥的惊人技艺——把林状元都感动得哭了，可见这幅绣的艺术感染力极强。

秦德威赞叹道："真是好绣啊！天子亦是至孝，可惜此绣康祥多半是要赠予状元公的了，不然咱家都想转献于天子，以娱太后了。"

黄谋又是惊喜，又是惋惜。林大钦却摆手："此绣价值何止千金！予虽心喜，但买不起！更不可能接受黄氏如此昂贵之馈赠。家居狭小，也没地方摆放。若秦少监欲献于天子以娱太后，却是此绣最合适的去处了。"

黄谋闻言大喜，秦德威亦点头。他的干儿子最晓干爹之意，赔着笑说："这么好的绣，都能献天子以娱太后了，我看就直接点魁得了！后面的也不用看了。"

他这话偏袒得太过明显了，然而徐博古、梁太元都没说话——康祥的这幅《二十四孝图》实在太优秀了，将潮绣的优势尽展无遗，而秦德威的态度又摆在了那里。除非凰浦拿出来的刺绣能有明显的超越，那才有翻盘的可能。

但刺绣艺术，论高度，论精妙，都有其极限。精品之作到了这幅《二十四孝图》的境界，欲求个各擅胜场已属难能，再要产生明显的超越，实在是难以想象！就连徐博古都自忖，就算沈女红亲自上场，带领麾下绣娘精心刺一幅极品绣出来，在眼下这个场合，也未必能赢。

黄谋笑吟吟地对林叔夜说:"三弟,咱们是自己人,要不就直接跟哥哥认输吧。咱们兄弟,海上斗绣你赢我一场,广潮斗绣我再赢回来,不寒碜。"

林叔夜微微一笑,说:"要看秦公公、林翰林的指示。"秦德威听了,冷冷一笑。

林大钦道:"大家不要因为予一时失态,扰了斗绣的公平。虽然我喜欢此绣,但刚才我也说了,我是外行,这场献绣最后的胜负,当听内行的评断。"

"林状元都这么说了,那就听梁、徐两位老先生的说法吧。"秦德威瞪了梁太元一眼,睬都不睬徐博古——反正他多半也看不见自己的"明示"。他对林叔夜道:"林庄主,若不让你家的绣品上场,怕你也是不甘心的,就请献上你凰浦的杰作吧!"

"多谢秦公公!"林叔夜也拍了拍手,黎嫂等慌忙走动了起来,却是将所有窗户一一关闭。

这天恰好是阴天——就算不是阴天,这大建筑一旦关上窗户,内部就显得暗了。因是在白日里,未点灯,这窗户逐一关上,原本敞亮的环境便迅速黑下来。

秦德威皱眉:"这是要做什么?"

忽然,两个绣工举起了一个大支架,一块巨布从支架上垂了下来,跟着一道光打了过来,照在那块巨布上。

秦德威笑道:"哎哟,这跟康祥的绣撞款了,也是巨绣?"

林叔夜道:"请公公细看。"他说着,坐到了一边,抚起了琴。

众人细看,却见那巨布上什么也没有。他们正奇怪时,只见灯光一暗,然后再次亮起,可这次的灯光有点怪。

原来凰浦在海上斗绣中赢回了一块原石,本来期待着开出一块好玉——林添财心想:若是那样的话,可就发大财了——结果只开出一块透明的石头,其形状既不规则,又有不少瑕疵,除了大,一无是处,登时被林添财弃如敝屣。但胡天九摆弄了许久,把它磨成了一面凸透镜。

这时,室内光线减弱,凰浦的人点燃了数十根蜡烛作为光源,又用八面镜子聚焦照射,将自家作品放在凸透镜的一边,把影像投射到了那块布幕上。

有人叫道:"这是什么?"

迷蒙之中,巨布之上出现了一座海外仙山。此时屋内幽暗而宁静,琴声悠悠,让人越发觉得布幕上的场景似梦似幻。

秦德威有些惊讶,心道:海外仙山?

果然,随着图像的幻动、画面角度的切换,布幕上渐渐现出十洲三岛的仙境全貌:亭台之上有天人玉女,殿阁之间有麒麟凤凰,又有仙童执七宝经幢,数量不知凡几。场景再变,便见这万千景象竟融于一伞之中。

林大钦是儒家门徒,对世外之事不甚感冒;秦德威却连呼吸都急促了起来,心道:须弥世界……这是一伞之中纳一仙境的须弥世界?

嘉靖皇帝是孝顺,但他更好仙。这等宝物若让皇帝看见,那不得视若珍宝?

想到这里,他心中越发激动了起来。

这时,众人也早已看出,那十洲三岛、天人玉女、麒麟凤凰、仙童宝幢,其实都是绣出来的。

林叔夜最后一挑,琴声悠悠远去,光线也暗了下来。这时,梁太元开口了:"这是《飞仙盖》?"

秦德威道:"这还有名目?"

梁太元答道:"禀公公,这是我粤绣的一个题材,是最难的两个题材之一。"

"怎么说?"

"禀公公,我粤绣创始之祖,为唐朝卢眉娘仙姑……"

"仙姑?道家的?"

"是,传说最后她老人家得道成仙了。卢仙姑有两大绝技:其一,能在一尺绢上绣《法华经》七卷;其二,就是这《飞仙盖》,

能于一掌之上以三两丝显十洲三岛。不过这些都只是传说。"

这时，窗户重新打开，光线渐明。梁太元对结束弹琴的林叔夜道："一掌之中显仙境自然是不可能的，但贵庄能再现飞仙之境，也算难得了。这幅绣，也算……也算……这……这不可能！"

原来就在他说话间，高眉娘缓步走出来。她仍然戴着飞凰面罩，右手托着一物。那物如同五重罗伞，不就是刚才众人所见到的纳十洲三岛于一伞之中的飞仙盖吗？可因为刚才的投射，众人还道那十洲三岛至少也有人形之高度，丈许之占地，怎么可能尽在这方掌之间！

秦德威惊呼而起。梁太元更是整个人晃动了起来，几乎是不顾腿疾地奔到近前，细细地看。他看清之后，忽然匍匐在地，泪水瞬间铺满整张脸："古人不欺我……真的有《飞仙盖》，这世上竟然真的有《飞仙盖》！"

他抬起头来，再看托着《飞仙盖》的高眉娘，眼神之中已不只敬重，而是虔诚。此时此境，高眉娘与卢眉娘在他心中合而为一。他磕着头哭道："仙姑归来，吾等拜迎！"

（第二卷　完）

天衣

阿菩 著

第三卷 ◇ 龙袍斗绣

SPM 南方传媒 花城出版社
中国·广州

全三卷

图书在版编目（CIP）数据

天衣：全三卷 / 阿菩著. -- 广州：花城出版社，2025.4
ISBN 978-7-5749-0136-0

Ⅰ．①天… Ⅱ．①阿… Ⅲ．①长篇小说－中国－当代 Ⅳ．①I247.5

中国国家版本馆CIP数据核字（2024）第092438号

天衣：全三卷
TIANYI：QUAN SAN JUAN
阿菩 / 著

出 版 人	张 懿
责任编辑	蔡 宇
责任校对	衣 然
技术编辑	凌春梅
封面插图	王一智
装帧设计	姚 敏
出版发行	花城出版社
经 销	全国新华书店
印 刷	深圳市福圣印刷有限公司
开 本	787 毫米×1092 毫米 16 开
印 张	78.25
字 数	1,118,000 字
版 次	2025 年 4 月第 1 版 2025 年 4 月第 1 次印刷
定 价	148.00 元（全三卷）

版权所有·侵权必究。如发现印装质量问题，请与出版社联系。
联系电话：020-37604658　37602954

第一三四针	悲喜不通 /	001
第一三五针	开庄大吉 /	011
第一三六针	零落死奠 /	020
第一三七针	墓前杀人 /	026
第一三八针	太后驾崩 /	035
第一三九针	上京 /	047
第一四〇针	湘妹子 /	055
第一四一针	猫舔绣 /	062
第一四二针	湘子桥对岳阳楼 /	069
第一四三针	御前大比拉开序幕 /	077
第一四四针	四海名绣会京师 /	085
第一四五针	精绝高妙 /	092
第一四六针	万国之锦，不如飞仙一盖 /	101
第一四七针	诸事大顺 /	108
第一四八针	情敌是谁 /	113
第一四九针	总胜 /	121
第一五〇针	琉璃厂开斗 /	129
第一五一针	撞题 /	137
第一五二针	梁惠师的高光时刻 /	145
第一五三针	诸事皆顺 /	150
第一五四针	敲打 /	158
第一五五针	绣龙袍 /	166
第一五六针	横财之道 /	177
第一五七针	宫斗论衣 /	186

第一五八针　龙体机密 / 196

第一五九针　幕后黑手 / 202

第一六〇针　兄弟再决 / 213

第一六一针　沙盘斗绣 / 220

第一六二针　纵横捭阖 / 228

第一六三针　联盟被拒 / 235

第一六四针　少年戚继光 / 241

第一六五针　沙盘斗绣开始 / 250

第一六六针　兵不厌诈 / 257

第一六七针　四国混战 / 267

第一六八针　群吏欺官！群官欺天！ / 273

第一六九针　股权 / 280

第一七〇针　攻心为上 / 289

第一七一针　调虎离山 / 298

第一七二针　缝补 / 305

第一七三针　求败 / 314

第一七四针　输赢 / 321

第一七五针　诗词入绣，江水为题 / 332

第一七六针　出师 / 338

第一七七针　超脱 / 346

第一七八针　最后的献绣 / 356

第一七九针　大明神姑 / 368

第一八〇针　火烧嘉靖 / 375

尾　声 / 389

后　记 / 392

第一三四针　悲喜不通

陈子艳这一生最憎恶的就是做别人的扯线木偶，但她这辈子做得最多的就是扯线木偶。从孩童时期被安排着学刺绣，到少女时期被安排去跟高秀秀，再到后来被安排入宫——这一生她都被安排得妥帖，唯独没有自己做主的时候。

而现在，当她终于可以做主了，不但做自己的主，而且是整个广茂源都等着她做主，结果她却忽然恐慌地想回到被人安排的日子。

短短几天的工夫，广茂源就像要散架了一般，而她根本不知道该怎么办：梁惠师要走她阻止不了，梁惠师走的同时带走一帮大师傅她阻拦不了，广茂源因为接连的失败与分崩而导致人心惶惶她也解决不了……陈子艳根本就不是栋梁，却让她如何去撑持这个摇摇欲坠的华屋？

"姑姑……"贴身丫鬟的叫唤让她回过神来，"老太太醒了……"

陈子艳就像盼到救星一样奔向陈老夫人屋内。这一刻，她不是因为祖母苏醒而惊喜，而是觉得终于可以不承担这见鬼的责任了。

病榻上，陈老夫人的身子骨也像这个绣庄一般随时要散架，看着只会哭的孙女，本来该继续静养的她只能勉强提起心力，问："峰儿呢？"

"他还疯着呢！祖母，我们指不上他了！"

陈老夫人虚弱地叹了一口气，终于道："去叫那个绣房崽……"

这里只有祖孙两人，但意识到目前的困境后，她不得已改口道：

"去请林叔夜来。"

林叔夜正是春风得意马蹄疾。

自接掌凰浦绣庄、遇到高眉娘之后,困难的事是一桩接一桩地来,但每次克服之后,财富、地位与喜悦都是更上一个台阶。如今他行走在西关道上,见着的人个个都要堆着笑称呼一声"林庄主";去一趟广绣行,里头更是个个都点头哈腰。

广茂源要完了!

眼看着要接替广茂源的,无疑就是凰浦——那林叔夜就是下一个陈子峰!

"哎哟!三少爷来了。"门房巴结而兴奋的声音在外头响起,传入院子里,跟着有守值的丫鬟、小厮将消息传进来。

不一会儿,林叔夜跨步入内。今天起风转冷,他换下了夏布衣,穿着一身青色的襕衫,腰上围着一条蓝色绦儿,绦儿上连着个穗,头上戴着儒巾。不认识他的人,多半会当自己见着的是一个秀才公。

进了门后,他恭恭敬敬地给躺在床上的陈老夫人磕了头,跟着和陈子艳见礼:"长姊。"见他如此恭谨,陈子艳心里头松了几分——看他这样子,事情多半有的商量。尽管她心里头仍然看不起这个野种,可是形势比人强,也只能低一低头了。

陈老夫人艰难地向林叔夜伸出手,林叔夜却仿佛没看到一样。陈子艳提醒道:"上去握祖母的手。"

林叔夜就像聋了。

陈老夫人的脸色暗淡了下去,不过她还是强打起精神,说道:"斗绣结束后,凰浦一切都好吧。"

"托祖母的福。"话说完了。

陈老夫人的眼神又暗了几分,她抬头示意。陈子艳极不乐意,却还是按照先前的嘱托,将一个盒子捧了过来。

"这是荔湾、龙溪、滘口、城东四座绣坊的契书。你拿着吧。"

陈子艳等着林叔夜推辞,然后自己就劝的戏码。

没想到林叔夜直接就接过去了,跟着磕头:"多谢祖母。"然后一言不发。

这尴尬的气氛——陈子艳都要无法忍受了。

陈老夫人叹了一口气，道："当初老身与你说过，若你能打理好绣坊，参加广潮斗绣，我就代你父亲纳你娘为妾，让你认祖归宗，改姓陈。现在你做到了，老身自是不能反口，从今儿起，你可以改姓陈了，改天选个良辰吉日，就让你娘进门吧。"

林叔夜并未如她们期待般感到惊喜，屋里头仍然沉默着。陈子艳没忍住，说道："还不快替你娘谢谢祖母！"

林叔夜低头看着自己的一身襕衫，忽然将儒巾摘下，说道："按照太祖皇帝制度，衣服是不能乱穿的。孙儿不是儒生，是个连户籍都没有的野种，按制是不能穿这样的衣服的。得亏现在民间松懈了，如果是在大明初期，孙儿这样穿出去，说不定会被拉到官府门前打死。"

"户籍，名分……"陈子艳急道，"现在不是要给你了吗？"

林叔夜就像没听见她的话，继续道："广潮斗绣最后一场时，林状元对我说：'你这般天赋，这般才学，怎能不走举业！竟尔沉沦末业，胡闹！胡闹！'……禀祖母，这是林状元的原话。"

陈子艳不悦地道："你东拉西扯这些做什么！"

陈老夫人道："你这是还在怨我了……"

"不敢。"林叔夜磕了一个头，不让自己在礼法上落人话柄，"这是孙儿自己没福。逝者如斯夫，时间这条河里，有些码头错过了就是错过了，就像我如今已不可能再去考科举。至于户籍、身份，这些东西现在我自己能弄到手了，就不劳祖母操心。现在我倒是觉得，姓林其实也挺好的。"

"你……你！"陈老夫人如何不知道他兜这么大一个圈子，就是拒绝和解，"我是你祖母！若你违逆我的意思，你不孝！若你气死了我，你当如何！"

在这个时代，"不孝"要面临的不是谴责，而是律法的制裁，气死祖母，按律是要杀头的。

"孙儿不敢违逆祖母，但孙儿更不敢违逆母亲。"林叔夜道，

"家母说这些年下来,她早已习惯了,所以不准备改变什么了。"

"她也是我的儿媳妇,她也不能违逆我!"

"家母不是。"林叔夜冷冷地道,"家母与陈家没有任何关系,有当年县衙的判书为证。"

"你!"

陈老夫人挣扎着要起来,却仿佛失去了最后的力气,手一软躺倒,头重重地跌在了枕上。

林叔夜这时缓缓站了起来:"若依此判书,其实你也不是我的祖母,你我没有关系。"

陈老夫人剧烈地咳嗽起来,因为平躺着咳,以致整个身体都在抖动。

陈子艳急叫:"你看你,你真想把祖母给气死吗?你……"

她的言语骤然断了,因为她看见了林叔夜冷漠到极点的眼神。眼前这个男人像看一个陌生人似的看着在病榻上挣扎的老妪,如同在看一只垂死挣扎的老狗。这一瞬间,陈子艳浑身冰冷。

"好!好!"陈老夫人勉强止住了咳嗽,忽然惨笑了起来,"你的确是我的血脉……这心够冷,也够硬。"

林叔夜不搭腔。

陈老夫人扯着陈子艳的手腕借力,半起身挣扎到了床边,问道:"说吧,你要怎样才肯放过陈家!"

"老夫人言重了!"

"林庄主!"陈老夫人重重地说道,"我叫得你这一声林庄主,往后你就可以不受孝道所限了。"

"多谢老夫人成全。"

"所以……你要怎么样才肯放过我陈家?"

林叔夜低头看了看手中的匣子:"其实该拿到的,我已经拿到了。往后你我两庄再无恩怨,但陈家若自己破落,也与我无关。"

说到这里,他又跪下磕了一个头,然后转身走了。

看着他的背影,陈老夫人的泪水流了下来。

"他还是不肯放过我们!"

"可他刚才不是说……"

陈老夫人颤抖着，声音断断续续："这广绣行中，并无一个雪中送炭之人，尽是落井下石之辈……若他肯认祖归宗，别人忌惮着他，广茂源或许还有一线生机，但他这时候与我们一刀两断……那些饿狼饿犬就会扑上来，将广茂源吃得皮骨不剩……完了……完了！"

陈子艳听了这话，害怕不已，忽然跳起来奔出去，临出门还整理了一下自己的妆容，然后在林叔夜走出大门之前，叫住了他。

"林……阿夜！"

林叔夜止步，回头，看着一步步走来的陈子艳，眼中带着一种怪异的神色，也带着疑惑。眼前这位长姊，是陈家上下对他来说最特殊的人。

"你跟我来。"陈子艳说。

林叔夜却摇头："有什么话，尚衣但说就是。"连长姊也不肯叫了。

陈子艳抿了抿嘴唇。梁惠师曾告诉她一段过往，并建议她用这段过往去要挟林叔夜，以左右广潮斗绣的胜负。只是出于身为"尚衣"的最后一点骄傲，她没有做，但现在已到绝路，或许只能拿出来用了。

"你可还记得八岁时的事情？"

林叔夜身子微微一震。

那一段过往，终于被拎出来了。那是他心路历程，是他立志的开始——在他内心深处，也是他欠陈家最大的一份情。

"如今，我也不求别的，只求你答应我一件事情。"

林叔夜的眼神猛地闪烁不定起来。眼前的陈子艳很刻意地穿着青衣，但当她说出这句话时，她的身影再难与记忆中的那个身影重合。

"你一定要认祖归宗，就算不是为了陈家，就算是为了我，你能不能……"

"我之前还有些疑惑的……"林叔夜道，"但现在我终于能确定……你不是她。"

"啊？"

"当年激励我立志的人，不可能说出你这样的话来。"

林叔夜笑了，那笑犹如一阵吹遍初春的山冈的风："多谢了，谢谢你为我解惑，解开了我最后一个心结！"

他施了一礼，然后转身离开，再也没有回头。

陈子艳几乎站立不稳，踉踉跄跄地回到陈老夫人的屋子。这一段路并不长，她却不知道自己是怎么走回去的。

曾经的她是多么骄傲，骄傲到坐在"大内首席"的位置上，却因为是家里替她争取到的而心有不甘。直到此刻，她连自尊也不顾了，主动去冒充别人，却得到如此荒谬的结局！现在的她，所求未能得，而自尊也彻底碎烂了。

原来失去"尚衣"光环之后，自己什么也不是啊！

她跌跌撞撞地回到祖母的屋里，里头弥漫着沉重的死气。瘫痪在床上的陈老太太不知道发生了什么，但看到孙女失了魂魄的模样，惨然落泪，喉结鼓动，好一会儿才将话说清楚："去……请你嫂子过来。"

虽然她不愿意向那个孙媳妇低头，但现在除了杨家，已经没有人能救陈家了。

从茂园出来，林叔夜的脚步更加轻快了。他坐船飞一般地赶回了黄埔村。

凰浦绣庄如今修葺一新，不但规模上尽复旧观，而且因为后期不断追加资金，无论是工坊的内在布置，还是楼房的外表景观，都远胜当年。

绣庄还没正式重开，牌匾也蒙着绸布，但隔着老远，林叔夜便望见前门人群凑集——不知是来做生意的揽头，还是来巴结的同行。他心里有事，不想被打扰，便让刘三根避开人流，坐小篷船从后面的水门进去——原来淤塞的那条渠也花了大功夫给挖通了，所以凰浦绣庄如今也有水门了。

水门进去后，转个弯便是个月牙门，再进去便是一条弯月形的回廊，将后园分成春、夏、秋三个园圃。园中移植了三季花卉。广州几乎无冬，如今春、夏之花未到花时，独秋花最盛，一路走去，还有匠人在赶制碑文——短短数日，已有一些文人墨客赠了诗画给高眉娘，连林大钦都题了字。这些自然要雕刻成碑放在回廊里，到时物景成观、人文荟萃，此园之盛可想而知。

回廊的尽头便是那栋重修的独楼，现取名为"庭梧楼"。如今的凰浦是前坊后园的格局，前面是工坊，后面是桐园——即原来的后园——而这庭梧楼便是整个桐园的核心，也是高眉娘的居处。

自七日前凰浦绣庄爆冷，以极具传奇色彩的《飞仙盖》拿下了广潮斗绣最后的献绣，凰浦与高眉娘之名不胫而走。这几日，凰浦绣庄的新门槛都被人踩得不像新的了。

但不管前面怎么热闹，高眉娘只命人将连接工坊与桐园的那个园门闭了。她将这个门叫作"界门"，寓意是"以此为界，前头的种种喧扰不得干扰桐园的刺绣修习"，让一应弟子在桐园埋头练习刺绣，不得因广潮斗绣大捷而有半分疏怠。

一些有悟性、求拜师的绣娘被挑出来在园中练习，黄娘在弟子中来回巡视，梁哥、辛三妹坐在庭梧楼门口。人人都在刻苦钻研，见到林叔夜才抬头纷纷叫庄主。林叔夜应着进去，见里头只有林小云和李绣奴两个人——这便是入室弟子了。

林小云心里惦记着前面的热闹，正一脸不耐烦，看见林叔夜，讶道："庄主，什么风把你吹得这么高兴？"

林叔夜笑吟吟的，脚步轻快地上了楼。小楼不但外观一新，内部也装修得十分典雅，二楼用大屏风隔出里外，里面是卧榻，外面摆着绣架和桌椅。高眉娘正捻着绣花针思索针路，见林叔夜轻跑上来，皱眉道："又闯上来做什么？看你高兴成这样，是秦公公不见怪了？"

林叔夜笑着说："秦公公那边舅舅去说了，还未见回复。"

"那是又接了什么大单子？"

林叔夜不答，却问道："十三年前，你有没有去过茂园？"

高眉娘眉头微皱:"自是去过的,当时也不叫什么茂园,就是工坊后面随便种点花草的一个园子。怎么了?"

"去过几次?"

"三四次吧。"

那时候正值陈、高合作的蜜月期,陈老夫人对高眉娘也有提携之恩,他们偶尔也会一起探讨刺绣之道,所以高眉娘出入茂源绣庄不止一回。

"那你可曾救过一个小孩子?"

"小孩子?"

"就是八岁大的一个小孩,当时被人按倒在泥水沟里,你让人把他救出来,还用好言语鼓励了他。"

高眉娘怔了一怔,似有些许印象。恰好这时黄娘上来,说道:"是有这件事。那是我们最后一次去茂源绣庄了,之后便出发去北京城,当时我们心中有事,跟着又变故频生,姑姑多半因此忘了。"

黄娘这么一提,高眉娘的印象又深了几分,她对林叔夜微微笑道:"怎么,是那个小孩找来了,难道是要报恩吗?"

林叔夜得到印证,本就心头大喜,又见高眉娘跟自己说玩笑话,心里头更是高兴:姑姑比刚来的时候开朗了好多。嘴里却不说话,只看着高眉娘笑。

高眉娘笑道:"你做什么笑得这么古怪?叫人抓不着你的心思。"

"没事哩。"林叔夜笑道,"不知姑姑打算叫那小孩如何报恩?"

高眉娘摇头:"我自己都忘了的事,让人家报什么恩?多少是一场善缘,随他心意吧。"

林叔夜笑道:"可要他以身相许?话本里都是这么写的。"

高眉娘啐骂道:"胡说什么!那是个小孩子。"

"十三年前是小孩子,现在可不是了。再说,你其实也没比他大几岁。"

高眉娘心里一算,果然那孩子应该长大了,莞尔道:"莫胡说了。"便回到绣架上了。

林叔夜还要说什么时，见黄娘正盯着自己，便不好开口，笑吟吟地跑下去了。

　　高眉娘这才再抬头，看着楼梯口说："他今儿个是怎么了？"

　　黄娘低着头，不解地说："谁知道呢！"

　　陈老夫人屋里头，杨燕君面无表情地走了进来，神情淡漠地对着床榻行礼，然后冷漠地坐在床边的圆凳上，一语不发。

　　陈老夫人背靠枕头坐着。对这个孙媳妇，除了她的家世，无论性情还是能力，她向来都不满意。两人又都是强势的性格，因此更是不和，但现在她别无选择。

　　"燕……燕儿……"从入门第二年开始，这个称呼就没出过她的口了。

　　"可别！"杨燕君冷冷地道，"祖母有话吩咐就是，莫叫这种让人瘆的称呼。"

　　若换了平时，旁边的陈子艳见她如此顶撞，非怒不可，这时却魂不守舍，无法顾及正在发生的事情了。

　　"家孙嫂……"陈老夫人心中纵然有种种不愿，此时也只能尽数咽下了，"如今茂源在劫难之中，峰儿病了，家孙嫂，这个家只能靠你撑持了……我知你心里还有怨气，但看在峰儿的分上……"

　　"看在他的分上？哈哈！他给我什么了！他对我从来无情，我与他如今更是有仇无恩。"

　　"纵然如此，所谓一夜夫妻百夜恩……"

　　"何必呢！"杨燕君道，"莫以为我不晓得你在打什么主意！你只想着我帮你们陈家撑持下去，你心里真正在乎的，是你们陈家在从化那里的血脉，对吧！"

　　陈老夫人一听"从化"二字，便全身颤抖了起来，意识到有不好的事情发生了。

　　高眉娘刺着绣，忽然"啊"了一声，竟是被绣花针扎到了手——就算是刺绣大宗师，绣针扎手也在所难免。

正给她打下手的黄娘抬头：刚才这一路针法不应该失误啊，姑姑就算是闭着眼睛绣，也不会如此。

却听高眉娘道："那个孩子……当年那个孩子，不会是庄主吧？"

黄娘沉默了。

看到她的反应，高眉娘眉头就皱了："原来你知道！"

黄娘犹豫了一下，才说："这事我本来也没放在心上，但梁小惠记着，又跟我提起过。"梁惠师不但提起过，而且还让黄娘不要提醒高眉娘；黄娘虽然与梁惠师不和，但在这件事情上的心思与梁惠师一致。

高眉娘并非不懂人心，只是平时心思都在刺绣上罢了。这时被捅破，她微一沉吟，便想到了许多，轻轻叹了一口气，道："小惠大概是想利用这件事情吧。不过……他莫非真有这心思？"

"姑姑说谁？有什么心思？"

高眉娘不答，看着喜妹端茶过来，便对她道："我拟个请帖，请一下霍姑娘，我要见她。"

第一三五针　开庄大吉

秦德威冷冷地俯视着在地上跪着的林添财。

跪着的这个人是个小人物，一个自己一根手指就能按死的小人物。但这小人物背后的绣庄让自己连续吃瘪。

想到最后那一场献绣，他就气不打一处来！

明明说好了要压制凰浦，明明过半的评委都在自己掌控之中，最后却还是让凰浦摘了冠！更让他心气不平的，是连他自己都投了《飞仙盖》一票！

是的，最后《飞仙盖》是以全票赢得广潮斗绣最后的献绣之冠。梁太元在失态中转变立场，不顾利害得失地死撑《飞仙盖》；霍绾儿自然打铁趁热，也投了一票；林大钦虽然更喜欢那幅《二十四孝图》，又有心提携同乡，但他有状元的雅量，在听梁太元力陈《飞仙盖》的精微奥妙与成就高度后，便也转变了想法；然后徐博古也顺水推舟。

都到这个地步了，秦德威一人的反对已经无用，更何况他其实也想将《飞仙盖》纳入手中。

《二十四孝图》于嘉靖皇帝只是用于表达孝道，可有可无，但《飞仙盖》……

一想到皇帝看到十洲三岛那梦幻仙境时的场景，秦德威的心便无比热切起来。

所以到最后他也投了凰浦一票，只是那口恶气始终出不来！

"哼！咱家可真是没想到，广州真是藏着高人哪。"话是不是好话，有时候看的不是字词，而是语气。

林添财整个人抖了两抖，表现出很害怕的样子。

"林叔夜呢！高眉娘呢！他俩怎么不来见咱家！"

"禀公公，高师傅除了斗绣，平常都大门不出，二门不迈。至于我那外甥，实在上不得台面，哪里还敢再让他来惹公公生气？"

"怎么会上不得台面？"秦德威冷笑道，"如今他在广绣行，炙手可热得很哪，真当咱家没有耳目吗？"

"什么炙手可热，那是虚火！都是虚火……他这团火看着热辣、漂亮，其实能不能继续烧下去，还不是公公一句话？这道理，他年轻人不晓得，小人心里可清楚得很哪。"

"清楚？真个清楚，会三番两次地拂咱家的意？"

林添财这次来，第一怕秦德威不接见——如果不肯见，那事情就大条了——幸好第一关过了，他就放了三分心；见面之后，又怕秦德威不说话——若对方不言不语，那也是大麻烦——幸好对方开了口，于是他又放了六分心；等开了口，又怕秦德威不骂——若对方说的都是场面话，那事情依旧不好办——但现在秦德威冷嘲热讽之余又直接逼问，他便放了九分心。因此他爬着向前，像一只乌龟一样抬头谄笑。他这笑容可真心难看，但看到他这狼狈谄媚的模样，秦德威反而心情舒畅。

"公公啊，我这不是来给那小子擦屁股吗！"

这话粗俗得紧，秦德威却只是冷哼了一声。

"咱潮州人讲孝敬，也不晓得那些虚头巴脑的，咱们讲究实在的。"

"什么是虚的？什么又是实的？"

"输赢胜败的闲气，是虚的；白花花的银子，是实的。"

"大胆！你要贿赂咱家吗！"

"没有，没有。"林添财掏出几张东西来，说，"就是有件事情，要请公公帮忙。公公也知道，历次广潮斗绣都有外围，这次斗到马吊绣的时候，外围赔率上，我们凰浦竟然被开到一赔八。小人觉得这些外围也太欺负我们绣庄了，于是发了狠，在三家外围那儿押了大注：一家押了五百两，一家押了七百两，一家押了八百两，三家加起来，一共两千两白银。"

秦德威心里一默算，没忍住——眉头皱了几下！

好家伙！两千两白银一赔八，敢情林添财手里那三张纸竟是一万六千两银子！

一万六千两是什么概念？大明自正德以来，岁入不断走低，最差的时候能低到四百万两，好一点的时候能去到九百万两，而那三张纸就有一万六千两！一万六千两的现银，有些穷省一年都收不来这么多钱，便是皇帝看了都要眼红。

一时间，秦德威有些口舌干燥，哼了一声："那恭喜了。林揽头发了大财了！"

"发什么财！"林添财苦笑道，"钱收回来了，才是发财；收不回来，只能给命！"

"他们敢不给？"

"那要看是谁去收了。若是小人去收，小人无权无势，而那些敢放外围的，哪一个不是手眼通天、黑白通吃？而且其背后多有权势之家入股！要是小人赢的钱少一些，为了立信，他们或许咬咬牙就给了，可这是一万六千两啊！就算没让他们破产，至少也是元气大伤。小人就怕这前脚去收了钱，一转身就被人用麻袋套住，沉了珠江。"

秦德威沉吟了一会儿，说："若是这样，那可怎么是好？"

林添财又凑近了两步，脑袋几乎凑到了秦德威的膝盖边："这笔钱，小人肯定是收不回来的了，能不能请公公帮忙去收？"

秦德威悠悠地问："你准备收多少？"

"小人不敢贪！本钱能收回来就好。两千两银子，对我们凰浦来说也是一笔大钱了。"

秦德威一时犹豫不决。

林添财连连磕头："求公公了，看在霍姑娘的面上，救一救小人的性命！"

秦德威屈起手指头，敲了敲林添财的脑袋："行吧，谁让咱家与绾儿姑娘投缘呢。把东西放下吧！"

林添财大喜，呈上三张押票后，磕头谢恩。

秦德威悠悠地道："若是你外甥有你一半识相，咱们两家以前就没那么多误会了。"

"公公说得是，公公说得是！"林添财点头哈腰地说，"明年就要御前大比了，我们高师傅到时候也要上京。一事不烦二主，回头若收回了银子，能不能请公公照拂一二？"

秦德威笑骂道："好你个林揽头，咱家还没见罪于你，你倒顺杆子往上爬了！行了！滚吧！"

霍绾儿在西关偏僻处置办了一个小院子，院子不大，只有两进，共六间屋子，但当她带着房契踏进门时，那种踏实感是前所未有的。这是她自己的物业。霍家的富贵和她有没有关系，只在老爷、夫人的一念之间，但有了这间小小的院子，她的后半生便有了着落。

她和屏儿拿了锄头，把院子里两棵桑树之间的泥土挖开，将两瓮白银埋了进去，然后撒上一些杂草的种子。两人笨手笨脚的，但这事不能假手于人。有了这两瓮白银，退路也就稳了。

洗了手，霍绾儿露出从未有过的微笑："退路无忧，接下来，可以去见识见识前方的似锦繁华了。这些日子接触下来，刺绣一道的确大有可为。"

屏儿笑道："最要紧的，是给姐姐找个真心人。"

"能找到真心人，自然是最好。只是真正值得托付的人实在难得。"霍绾儿淡淡回应，"若是寻不得，那我便自梳以遣余生。你我互相照应吧。"

"我看林公子就很不错呀。"

"现在看着是不错，不过谁知道呢？连父母、兄弟都靠不住，何况旁人？"

这个幽静小院的愉悦时光令她们安心且惬意，不过眼下此处尚不是长待之地。小憩了有一顿饭工夫，两人便准备回去。关上并锁好院门,她们得赶在日落前回到霍府。

才回到,霍绾儿便收到了高眉娘的请帖,屏儿道:"这位高师傅请姑娘过去,也不晓得是为了什么。"

霍绾儿也有些奇怪,这高师傅是个奇人,在女子之中出现这样的人物是个异数。霍绾儿虽然欣赏她,敬佩她,但想到对方那宁折不弯、在斗绣上半步不肯妥协的狷介个性,便不打算与之深交,因为在她看来,这样的人容易惹祸。幸好林叔夜不像她,虽然他得顾着高眉娘的决定,但处世圆融。

"且不去了。回封书信,就说等开张之时,我再前往拜会。"

这一天,日是吉日,时是良辰。

凰浦绣庄重新开张的日子到了。

与此同时,陈老夫人却无助地躺在床上,不停地想咳嗽,但咳不出来。她的孙女就在旁边,却好像魂不附体,没听见祖母喉咙里浓痰咕噜涌动的声响。一辈子贴心贴肺的胡嬷嬷也不知道去哪儿了。

陈老夫人这一生的过往就像画面一样在眼前浮现。

她也有过年轻的时候啊。年轻时的她甚有姿色,然而嫁给了一个无德又短命的丈夫,幸亏夫家在增城还有一个绣庄。她从什么是刺绣都不懂开始学起,一路把自己学成了这方面的行尊,一边拉扯着儿子,一边到处跑生意。十几年过去,她竟把绣庄给做了起来。

那一年,她扩大规模,在西关开了一家分坊,并萌生了将绣庄重心挪到西关、将分坊变成本庄的野心。那一年,儿子十八岁了,她让儿子做了庄主,自己在幕后操控一切……

儿子成亲的画面,儿子喜得一对龙凤胎的画面——那是让陈老夫人非常欣慰的两幕。她觉得自己总算有了未来,自己的生命必将随着这血脉长久延续。

但紧接着的画面让陈老夫人整个人都颤抖了起来。

替儿子打官司的画面,替儿子收拾残局的画面,儿子被人刺死的画面,儿媳妇跑了的画面,三个小娃儿惊惶相依并有人追债上门

的画面……

第二次苦难竟也没有压倒她！

陈老夫人咬着牙出山，再次将广茂源支撑了起来。一年时间，她就稳住了阵脚；三年之后，她还清了欠债；五年之后，绣庄的规模再次扩大……

然后就是她一生中最欣慰的画面了。

十三岁的陈子峰挺着腰杆对她说："祖母，你放心吧！我不会像我爹那样的，我会把绣庄撑起来，我要把它做得更大、更强，做成全广东第一、全天下第一。我会让你安享晚年。"

重新看到这个画面，陈老夫人痛苦的脸上竟出现了诡异的笑容。那一刻起，她的人生目标变了，自己怎样都无所谓，只要孙儿好就行。孙儿的远大理想，孙儿的血脉延续，都成了她最大的执念。

高眉娘的影子出现在眼前……哦，那时候她还叫高秀秀！

第一次看见她运针，陈老夫人就知道粤绣将因这个女人而大放异彩！

那时候的陈老夫人还有半颗热心。做了这么多年的刺绣，她对这个行当也有了归属感，到处向人推荐高秀秀，也不顾别人冷言冷语，一个劲地称赞这个女娃儿有"天下第一之姿"。她一开始是没有私心的，直到有一天意识到：这个"天下第一"能否为自己所用呢？

鞭炮声、锣鼓声，两头佛山醒狮跳着舞着，将凰浦绣庄的热闹烘托到了极点。

在众人的恭喜声中，林叔夜来到蒙着绸布的牌匾下。

林叔夜一抬头——天公作美！这天是蔚蓝的，万里无云，只有好风！

但这在陈老夫人的眼中就不一样了。

雷电、狂风、暴雨、暗室！

陈子峰跪在她面前垂泪，却最终答应了："祖母，你放心吧，我会动手的!"

跟着鞭炮声在耳边响了起来——当然,那不是凰浦的鞭炮,而是十二年前的鞭炮声闯入了陈老夫人的脑海。

幻觉中,她看到了孙女陈子艳一袭青衫风光归来,看到了陈子峰坐上广绣行会首的座位!

她终于放松下来了,肩头的这副重担也卸下了,往后自己只需要含饴弄孙……哦,不对,是曾孙。

但曾孙一直没生下来!

夜晚,窗缝,里头是一个男人不堪入目的丑态,从窗缝里传出的是杨燕君的尖声怒吼。白天的陈子峰风光无限,到了晚上却好像鬼上身!

都怪那个姓高的女人!她死了还要缠着峰儿!

烛火如同鬼火,祖先的神祖牌前,陈老夫人苦求陈子峰,要他放下过去,陈子峰答应了。

不久杨燕君生下了两个女儿,陈子峰也好像真的恢复了往日的风采。他的手段越来越熟练老辣,整个广绣行都被他玩弄于股掌之上。

陈老夫人大为欣慰,虽然还没重孙,但陈氏夫妇还年轻……

又一个画面切入,是陈子峰追着杨燕君跑了出来,杨氏下身都是血。

没人知道发生了什么事,只是大夫来了之后,陈老夫人知道杨氏再不能生育了。在杨燕君身子养好之后,陈老夫委婉劝说陈子峰纳妾,得到的回应却是杨氏的怒吼与拒绝。

杨氏真是不懂事,子峰的血脉不能断绝啊!

只是杨家势大,孙媳妇不肯——事情就只能暗中去做。

温泉别苑的画面闪过,几个好生养的女子出现在了陈子峰的背后。

很好,很好,只要她们怀上了,后面的事情慢慢来……

"二弟,恭喜啊,恭喜啊!"

黄谋满脸堆欢——这次广潮斗绣，林叔夜固然是最大的赢家，但他黄谋也赢了不少。

他的身后，是广州各个绣庄的庄主、揽头，人人都在拱手道贺。

"庄主，恭喜了！"

袁莞师带领一众门人弟子前来。她的身后，还有广府地区能赶来的宗师和大师傅们。

"庄主万喜！"

黎嫂也是笑得收不住嘴。她的身后，是一众绣工。

"庄主大喜，大喜啊！"

黄埔村的族长和村民们也都来了。

其余各色人等，一时难以备述，场面之热闹，为广绣一行多年所未有。

只有霍绾儿因故未能出席。

"啊！啊啊！"陈老夫人忽然整个人抖动了起来。

杨燕君的冷笑，闪现在了她的眼前！

"你以为把人放在从化，我就不知道了吗？你以为我不晓得你们的心思？

"你现在不过是安抚我，想让我杨家帮你们看好家业，熬到你的重孙长大，然后过来占鹊巢！

"哈哈，没门！没门！我告诉你，没了，全没了！"

什么没了……什么没了？

"那两个女人的肚子，没了！我亲手流掉的！"

"啊，啊……啊！"

陈老夫人喉咙里的那口堵塞，终于喷了出来！

一开始是青黑交加的脏东西，到了后面就带着猩红，再后面就是血！

这个大变故终于让陈子艳回过神来！

"祖母，祖母！"

但一切都晚了。

所有算计尽成空,无论是广茂源的辉煌,还是陈子峰的血脉!

混乱的幻象中,混杂着梁惠师的轻笑。

在陈子艳的视角里,陈老夫人的眼睛正在迅速地失去神采,而在陈老夫人的视角里,她又看到了陈子峰。

她忽然再次看到了那个画面——

雷电、狂风、暴雨、暗室!

还有陈子峰伛偻离去的背影……

如果当时……自己没有逼迫他,广茂源也许登不了顶。

但自己的后半生,孙子的一生,会不会……

可连后悔都来不及,她的眼珠子便不动了。

"开张大吉!开张大吉!"

更响的鞭炮点燃了,无数人再次拱手恭喜。

林叔夜摘下绸布,林状元题字的牌匾——"凰浦绣庄"再次出现在了人间。

第一三六针　零落死奠

凰浦绣庄重新开张的宴席办得极其隆重,宾主尽欢而散。

林叔夜也是大醉一场,直到第二天醒来,才知道陈老夫人去世的消息。不管怎样,他的心还是沉了一沉:那人于自己有孕血脉之恩,也有断前程的大怨恨,但她死了,这些恩怨便也跟着逝去的人烟消云散。

"舅舅,我该如何?"

这是家事,当问长辈的意思。

"依你娘的性格,她一定会劝你去送一程的。"林添财说。

"那就去吧。"

陈老夫人的丧事张罗了起来,哀荣也是有的。梁太元等绣行老人都来了,但丧礼的细节处处是漏洞——现在陈家能顶事的人竟是一个也无。

本应是丧主的陈子峰,这时虽然被拎了出来,却仿佛宿醉未醒,一摊烂泥一样栽在灵前。送丧的亲朋宾客上香磕头后,他也不知道还礼。

看到这一幕,林叔夜便明白,陈家是真的完了。

陈家虽然失去了四个分坊,但大骨架其实还是在的,又还有不少产业,只要主事之人能够设法振作,就算失去了广东第一名庄的位置,也仍然在粤绣第一梯队,仅次于凰浦、康祥,未来只要有机会,东山再起犹未可知。但现在这个样子,这个家、这个庄,不散也要散了。

林叔夜来到后也没有多言。他们一行人，林添财打头，林叔夜跟在后面，依礼磕了头，上了香，由林添财对陈家子孙席说了声"节哀"。陈子峰栽在那里流着口水，竟是由陈子兴来磕头还礼。陈子艳跪在后面，换了以前定要对林叔夜怒目的，这时也好像魂不附体。杨燕君面容麻木，似乎眼前之事与她无关。

　　整个过程，林叔夜一言不发，全由舅舅主导。他们行了礼、问了哀便要走，忽然外头报唱："凰浦绣庄高师傅到——"

　　众人都吃了一惊，连林叔夜甥舅也感意外，寻思：她怎么来了？也没跟我们说。

　　就见高眉娘带着喜妹进来——没带黄娘——一身素净的衣衫，脸上没戴飞凰面罩，却仍然蒙着一层面纱。她进来后目不斜视，连林叔夜也不顾视一眼，便依丧礼主持唱的上香行礼。

　　旁边杨管库冷冷地道："来送丧也蒙着脸，这是没家教，还是没脸见人？"

　　林叔夜大怒，就要发话，却听高眉娘淡淡地说道："自然是没脸，我的脸十几年前已经被你们陈家毁了。"

　　众人闻言一愕，自有知情人暗自叹息。原本不知是醉是睡的陈子峰听到了她的声音，抖动了两下。

　　陈子艳也魂魄归身，抬头恨恨地道："你是来看我家是怎么折堕的？"

　　高眉娘回头看了她一眼，道："你祖母对我有恩。仇是仇，我没忘记；恩是恩，我也不会因仇废恩。她指点过我，提携过我，对粤绣也是有功的，我也应该来送她一程。"

　　陈子艳惨笑道："是啊，如今你是仇也报了，恩也了了，而我们……我们陈家却是完了……"

　　杨燕君闻言，对陈子艳怒目而视：这个小姑子真是没半点城府，自己就算对陈家上下无好感，也不会如她这般示弱，岂不更招人笑！

　　陈子艳却已经沉浸在自己的失败感中，丝毫没有察觉四周的氛围："我……我也完了！"

高眉娘怜悯地看着她，忽然道："你没完。你也许什么都没有了，但你还有绣花针。"

"绣花针？那小东西！"陈子艳失态地哭道，"现在还能做什么！"

她就算还有高超的刺绣绝技，但"尚衣"光环已破，再无法支撑家族与绣庄了。

"它能养活你。"高眉娘说，"把针拿起来，老老实实地绣，便能有口饭吃。人有口饭吃就好了，其他没什么大不了的……那根针是我们绣娘最后的退路。"

陈子艳整个人呆住了。

有口饭吃就好了……

这段时间，她的精神纠缠深苦，只觉得上天无路、入地无门。这时听了这话，她先是一呆，再则一想，思绪竟转了个大弯。

她一切痛苦的根源在于失去了这十几年的荣誉与地位，又被家族责任纠缠着，以致陷入痛苦不能自拔——痛苦到极处，感觉连人都快活不下去了……但这时到了极处，反而在绝地的边缘看到了一点生的光芒。

是啊，自己都已经这样了，还顾什么家族……

是啊，自己再一无所有，还有针线功夫，还有绣花针……

自己还能活着……

她本来就不是利人的性格，这时脑子一通，更不顾周围人的反应，只是呢喃着"绣娘最后的退路"。之后陈家又生变故，她却已不再理会了。

高眉娘也没管陈子艳的反应，说完了话就走。林叔夜自然也与舅舅跟上，不料地上有个人抖动了起来。

陈子峰听见高眉娘第一句话的时候，就已经有了反应，再听到后面几句，整个人竟苏醒了。只是他人醒了，身体却一时动弹不了，只是不停地挣扎，直到高眉娘走出十几步，他才算挣扎了起来，哭着吼着跑了上去。

梁太元等见此，无不摇头，心想：陈子峰身为一行会首，对有抚育之恩的祖母去世之事毫无反应，死在那里不动，现在听到一个女人的声音，竟然就活了，实在太不像话了。杨燕君更是咬牙切齿。

陈子峰疯了似的跑出去，踉踉跄跄地抢到高眉娘跟前，向前一扑。林叔夜听到声音，侧身一挡，陈子峰人倒在地上，却伸手扯住了高眉娘的裙摆。

林叔夜急了，怒道："大哥，你做什么！"陈子峰这段时间的反应实在太令人失望了，彻底毁了他心目中那位长兄的形象。他这时出手阻挡，却扯不下陈子峰的手！

"你别走，秀秀！"陈子峰好像看不见其他人似的，只是抓救命稻草一样抓着高眉娘的裙摆，哭道，"你别走，好不好，好不好！"

他的眼泪流着，鼻涕也流着，身上虽穿着好衣裳，一张脸却脏得像乞丐，行止贱得像野狗，说出来的话像三岁小孩的言语。

高眉娘看着他这模样，皱着眉。

林叔夜也眉头一皱，怕高眉娘说出什么话来。他不愿意看到高眉娘对大哥余情未了，可也不想她对他发狠发怒。无论是爱还是恨，他都不希望两人继续纠缠。

然而高眉娘看向陈子峰的时候，眼神没有异样，而是如看陈子艳时一般，带着怜悯。林叔夜见到这怜悯，心中一喜，便放开了拦住陈子峰的手。

"陈庄主，你做什么！"林添财在旁边大吼了起来，"你现在还是广绣行的会首呢，这个样子不怕人笑话？"

但陈子峰只顾自己哭自己的："秀秀，秀秀，我对不起你！我对不起你！我们重新来过好不好，重新来过好不好？"

林叔夜听到"重新来过"四个字，脸色不由自主地一沉。

高眉娘的眉毛反而舒展开来，说道："陈庄主，你是不是记错了什么？"

"啊?！"

陈子峰的嘴皮上下打架，似乎在纠结，似乎在抗拒，抗拒着他自己不愿意接受的事情。

"你我之间，从来就没有过什么，何来重新开始之说？"

林叔夜都怔住了！

从来就没有过什么？

无论是从别人口中听到的只言片语，还是陈子峰见到高眉娘后的反应，都指向陈、高两人曾是情侣的"过往"。

这是林叔夜最不愿意去想，却一直揪着他心的事！

"你说谎，你说谎，我……"陈子峰手都要抓不住裙摆了，整个人颤抖着，"是我害了你……我被祖母逼着，毁了你的脸，夺了你的名……"

"是吗？你是被逼的？"

"是的，我是被逼的，是她们逼我的！我被她们逼得疯了，所以才……"

他抬起头，看到了高眉娘冷漠的眼神。

他吓了一跳，连抓着高眉娘裙摆的手都放开了！

这个眼神……

十二年前也是这个眼神！

高崖边，"高秀秀"被毁容之后，就是这么冷漠地看了自己一眼，然后纵身跳入湍急的深涧！

"呵！"高眉娘轻轻一哂，"原来你的记忆竟是这样的，也不晓得是你记错了，还是我记错了？"

这句话语气轻巧，却如惊雷般震得陈子峰连续向后踉跄。

他内心深处最抵触的事情终于被挖出来了——

那个夜晚，也是风雨交加。北方的风雨与南方的不同，他踩着风，冒着雨，钻到了高秀秀的寓所。

高秀秀正一手拿针，一手拿绸布，沉思、回顾着与沈女红的对决，在绣地上复盘，然后就看见了狼狈的陈子峰。

"秀秀，秀秀！嫁给我，你嫁给我好不好！"

高秀秀愕然极了，不知道他为什么忽然发疯——御前大比可正到要紧处呢！

但陈子峰仿佛陷进了自己的执念之中,用手扯住了高秀秀手中的绸布。就在刚才,祖母逼他动手,他不忍,他不愿,可他又无法拒绝。他只想到一个办法能让事情"两全其美":"现在祖母逼着我,皇上又看到了你的脸,他……他一定会对你图谋不轨的!眼下的办法只有一个……咱们成亲!你嫁给我,我们就是一体的了!我们就能……啊!"

高秀秀把针扎进了他的手指,剧痛让他瞬间冷静了下来。

"你这会儿发什么疯呢!"收回针后,高秀秀往回走了几步坐下,"出去……还有几步针路我没想清楚。"

陈子峰一阵惊痛,似乎手指头处再次传来十二年前被刺的痛楚,再抬头时,便见高眉娘的背影已经远去。她没有回头,而林叔夜则顾盼着,身形微挪,用背脊挡住了陈子峰的目光。陈子峰的身边传来妻子冷冷的声音:"原来如此……原来如此……原来你也是条自作多情的可怜虫!这十二年来你不但骗了我,连你自己都骗!哈哈,哈哈!"

第一三七针　墓前杀人

又下雨了。

广东这地方，不管是秋冬还是春夏，那雨都是想下就下。

天气虽然不好，但凰浦的运转已经上了轨道。如今的凰浦不但坐拥本庄、博雅两个大绣庄，还吞并了四个分坊。虽然分坊的消化还需要时间，但光是两大绣庄本身就足以傲视广州其他同行了。

不过能否代替广茂源成为"广东第一"，则还是未知数——广潮斗绣之后，梁惠师出人意料地携带一个绣坊加入了潮康祥。这样一来，潮康祥在广州就拥有两座绣坊，加上梁惠师坐镇，以及其在潮州府的深厚底子，以后凰浦、康祥之争，谁输谁赢尚未可知。

广潮斗绣前后，在袁莞师的主持下，博雅本已经完成了大部分订单，可高眉娘在广潮斗绣上大放异彩后，新的订单如长翅膀一样飞了过来。眼下两庄四坊就算全力运作，要完成所有订单也得一年时间。

高眉娘显然是没法将主要心思放在这些新订单上的，因为明年年初就要御前大比了！那是新生的凰浦代表粤绣出征的战场，是全天下级别最高的斗绣舞台！

对林添财来说，那意味着更多的订单和滚滚而来的银子！

对黎嫂、李绣奴来说，那是一个以前不敢想的梦幻之地！

而对高眉娘来说，那里……就是她这次回来的最后的意义。她知道沈女红会在那里等她！

而林叔夜，此刻手中端着一碗热汤，走进了庭梧楼。

"庄主。"

喜妹要去接汤，却被林叔夜的眼神制止了。

"你下去学绣吧，我和姑姑有话说。黄娘，你也先下去。"

高眉娘正在准备御前大比的物料，听到这话，停了停针。

黄娘也抬起头来，看了看林叔夜，又看了看高眉娘。刚才林叔夜的后一句话是带着命令口吻的，这在以前可从没有过。自她入绣庄以来，这位庄主一直以温文尔雅示人，不过随着凰浦的声势日盛，已有资格问鼎广绣行会首的林叔夜哪怕只是轻言细语，却也自带威严。

高眉娘轻叹了一口气。自广茂源吊丧回来，她就一直避免与林叔夜独处，现在见对方直接逼到面前，摆明车马要"独谈"，便知躲不过去了。她向黄娘点了点头，黄娘收针，与喜妹下楼，阁楼上便只剩下他俩。她撤了绣，在小桌子边坐了。

林叔夜便坐在了高眉娘的对面，将热汤放在桌上。今天不同以往，林叔夜坐下后，没急着劝她喝汤，也没掀汤碗的盖子，只是直瞪瞪地瞧着她。虽有一桌之隔，但桌子太小，以至于她感觉两人还是坐得太近了。

以往总是等林叔夜说完后高眉娘再冷淡回应，但这回她先开口了："御前大比的物料，林大掌柜已经购置妥帖。我和黄娘正在赶制半成品，不过靠我们二人定忙不过来的，还得抽得力帮手来。人选我已经跟莞师商量妥了，不会影响订单的绣制。"

御前大比虽然是个大费人力、物力，又没收入的事情，甚至还会影响订单的生产进程，可一旦成功，后续所带来的利益将大到难以估量，因此全庄上下无不支持。

"至于订单的绣制，我与莞师已经安排好了人员，也规划好了绣图。"

虽然可以将绣庄的内部运营暂时托付给袁莞师，但作为凰浦的绣首，绣图的整体度定她是需要参与的。

高眉娘拿出一沓绣图规划的草稿来，就要递给林叔夜，林叔夜却不接。

"我今天来不是要说这个，姑姑知道的。"

高眉娘手微微一晃，轻轻的十几张草稿竟拿不稳。

黄埔的雨不小，增城的雨更大。

陈老夫人的丧礼结束得有些仓促，按照流程走完后，棺木便被运回增城，抬到山上下葬。陈氏亲族在山上搭了个棚，让陈子峰兄弟守孝。

这雨已经连续下了两天，棚里棚外都是泥泞。

上面雨水滴着头，下面泥水浸着脚，而陈子峰已经两天没吃东西了。同在山上的陈子兴根本没给他准备食物，所以他就只能饿着。

饥饿感如同火一样灼烧着他的内脏，但这种痛苦让他的眸子一点点地清澈起来，脑子里的混乱渐渐散去。

十二年前他被高眉娘拒绝，又不肯眼睁睁地让她落入"别的男人"手里，因此下了狠手！

一道闪电划过，惊雷既响在增城，也震动着黄埔。

雨势忽然变得更大了！

原本半合的窗户已经挡不住这大雨，高眉娘赶紧起身去关紧它。然而她自己清楚，这不仅是为了避免楼板被泼进来的雨打湿，也是为了打破与林叔夜独处的不自在。

但窗户一关，屋内光线一暗，气氛反而更让人不自在了。

于是高眉娘又去点蜡烛。

"姑姑，别忙了。"灯才点起来，高眉娘就发现林叔夜的声音在离自己背后咫尺的地方响起。她一惊，手中的蜡烛掉落，幸好林叔夜的手探了出来，接住了蜡烛。此刻，她竟被他半环住一般，两人相隔半寸不到。

高眉娘心头一紧，赶忙从唯一空着的右边逃出，坐回了椅子上。

林叔夜安好蜡烛，盖好罩子，依旧坐在了对面。

摇晃的烛火让高眉娘的心神有些不安定，她对林叔夜说："你先下去吧。我不大舒服。"

换了往常，她只要一个示意，林叔夜定是早应承并下去了。但今天他没有动。

"有些话我想与姑姑说。"

"明日再说。"

"我等不了。"

高眉娘皱眉："庄主，你究竟要做什么！"

"十二年前到底发生了什么？"

"我与你说过了。"

"和大……"他收起了"大哥"的称呼，"和陈子峰的关系……你没说，至少没全说！"

高眉娘眉头皱得更紧了。

"这件事情……一定要谈吗？"

"当然！我是庄主，你是绣首，我们之间最好不要有什么误会。"

高眉娘几乎想反问：真的是因为庄主和绣首的关系，所以要说？但她竟不敢问！

万一林叔夜坦白了说不是，那气氛只怕会更加难堪。

一起守坟的陈子兴和其他人一样，已不将陈子峰放在心上了：一个疯了的人，有什么好在乎的？

他自己去弄些热食，吃完回来，看见饿在一旁、僵硬坐着的陈子峰，冷冷一笑："谁能想到你有今天！"

然后他就不理陈子峰了，在棚里没雨的地方呢喃、盘算着。

陈子峰也没理他。

他思绪虽然逐渐清晰，却仍然未能彻底放下。他目光朝南，投向黄埔的方向……

那毕竟是困扰了他十二年的感情，那毕竟是他今生唯一爱着的女人!

在眼睛适应烛光之后,林叔夜为高眉娘掀了汤碗的盖子。

以高眉娘今时今日的地位,任何一个绣庄庄主为这样一位绣首如此费心都是正常的,但阁楼上正发生的事情并不寻常。她忽然觉得,之前好说话,总是小心翼翼地顺着自己的那个少年庄主,此刻似乎不见了。

他成长了,带着庄主的威严,已是一个真正的成年男人。

"姑姑,先喝口汤吧,最近天气转凉,要注意驱寒。"言语是很正常的言语,但每个字都带着比汤还热的温度,"御前大比就在明年,精心准备是要的,但对我来说,最重要的不是那些物料,而是你。姑姑……你才是最要紧的。"

高眉娘接过了碗,却有些喝不下这汤,勉强抿了一口后,其面孔忽然变得板板正正。

"你是庄主,这些事情让喜妹来做便可以了。"

"嗯,那我就来问喜妹没办法替我问的话吧。你跟陈子峰……从来就没发生过什么,对吗?"

又是如此单刀直入,这让高眉娘的情绪有了些许混乱。

这一回,林叔夜却似乎不再顾及她的情绪:"你跟他有没有关系,是什么样的关系,对我来说是很重要的。所以……姑姑,你不要骗我……千万不要骗我……好不好?"

原本以为接下来会是一句接一句的逼迫,没想到到了后面,林叔夜却软了下来。

只是这软越发叫人难以承受了。

"唉……"高眉娘长吁一口气,原本不愿意说的话,也终于出了口,"我跟他……跟陈子峰……"她犹豫了好一会儿,才继续:"他对我怎么样,其实我不是不知道,但我……我对他……"

"嗯,那你对他……"林叔夜的眼睛在烛光下很亮。那仍是少年人的明亮,目光中有期待,又有担心和害怕。他现在就像一只等待主人答案的幼猫。

"我与他，从未跨出那一步……"

林叔夜眼前一亮！

他猜到她对陈子峰应该是有过好感的——以陈子峰的优秀，以两人的密切关系，有好感是正常的——但"从未跨出那一步"，这个答案对林叔夜来说……够了！

这已足够让他解开心结，让他迈开向前的脚步。

雨势越来越大，持续冲刷着陈老夫人的新坟。坟上新泥竟有一部分被冲刷了下来，垮了小半边。

陈子兴看见了，也不理会。

而陈子峰的眼神则要复杂一些。

他跟祖母的感情之深远远超越普通祖孙，但深爱之中，也还夹杂着一丝从未表露的怨恨。如果不是祖母逼得那么紧，如果事情没有进行得那么急，如果他和秀秀能更加从容一点，有多一点时间，或许结果会不一样……这十二年他一直是这么想的。

"我对他……自然是有好感的。"高眉娘看着林叔夜，他的这张脸与十二年前的陈子峰有六七分相似，以至于第一次在深圳相遇的时候，她曾想过要划破它！

"他不但英俊、善良……嗯，当时我以为他是善良的……又机智，还潇洒，整个绣庄的女孩子，近一半都对他芳心暗许。加上他对刺绣有独到的见解，而那见解定是经过潜心钻研的。他虽然不是绣娘，不会用针，却比任何男人都爱刺绣，所以我跟他一见之后，便当他是个知己。"

"只是知己？"林叔夜虽然已听高眉娘说了"从未跨出那一步"，这时却还是忍不住问。

看他这样，高眉娘反而更加不安。此刻的他没有半点绣行会首的威严，倒真像一个……一个情窦初开的少年。

"嗯，只是知己。"

"但陈子峰肯定不愿只做你的知己。"林叔夜懂陈子峰，那是他琢磨了十年、效仿了十年的男人。

"对。"

"而你没有答应他。"

"对。"

"所以他就宁可毁了你！"

这一次，高眉娘摇头了："不是。他做了比毁了我更恶心的事情。"

"什么？"

倾盆而下的大雨，在山间汇而成流，让陈子峰想起了当年的那条急湍！

高眉娘当年就站在急湍之上，拒绝了他！

想到那一幕，陈子峰的脸忽然扭曲起来。

"其实当时不管我是否接受他，他都不可能得到我了，所以他毁了我的脸，然后他居然跟我说……"高眉娘笑了起来，那是一种面对荒唐的笑，"他跟我说：现在你的脸变成这样，皇上就不会要你了，全天下的男人都不会要你了；但我不计较；我要你，我会像以前一样对你；不，我会对你更好……大概就是这样了。他当时的原话更加荒唐，我不愿意去记。"

林叔夜怔住了——皇上？还有皇上什么事情？不过他猛然省悟过来，那的确是陈子峰会干的事："我明白了，他要断了你的后路，然后你就只能听他的。"

陈子峰的确是深爱她的，不是爱她的脸那般肤浅，而是哪怕她已经毁容也仍然爱着。但因此毁了她的容，让她只能接受自己，这种爱太变态了。

高眉娘深深地看了林叔夜一眼："你倒是懂他。"

"我当然懂他！"林叔夜没有回避她的目光，"但我不是他！"

这是不堪的记忆，不但是高眉娘所不愿意回想的，更是陈子峰深埋于心中的！

他那么深爱她，为她做到了那个地步！

结果她竟然像看狗一样看自己，然后义无反顾地跳了下去！

这是陈子峰最不能接受的结局，也是他最抗拒的回忆。

他甚至已经做好了秀秀的崩溃和拒绝，但他没想到秀秀的反应竟是如此嫌弃！

没错，就是嫌弃。她最后看他的眼神，就像在看一个脏东西——这是高傲的陈子峰绝对无法接受的事实。

因为拒绝接受，这十二年来他甚至修改了自己的记忆，只让自己记得：他俩是相爱的，但因为祖母的逼迫，他害死了爱侣。

这个谎言重复了一遍又一遍，重复到祖母相信了，妻子相信了，所有人都相信了！

所以再见到高眉娘的时候，他是以负心情郎的念头去求她原谅自己的——是的，他连自己都骗过去了。

雨势渐渐小了些。

棚外不远处祖母的墓碑越来越清晰。揭开了尘封的真相后，过去几个月的事就变得可笑，过去十几年的事就变得难堪。

陈子峰的嘴角忽然扯了扯，形成了别人很难察觉的冷嘲。此刻他的思绪是清晰的，他的心肠则是冷硬的，可再怎么可笑、难堪，既然是事实，总归是要接受的。

一种无名的火在他眸子深处烧着，然后他听见了陈子兴的声音。

"老二死了，老大疯了，老三已被剥离，这个家就只剩我一个男丁了，广茂源的家产，迟早都是……嘿嘿！

"虽然斗绣落败，但总庄那么大个庄子，卖个几千两总可以吧？还有分坊。嘿，当初搞死老二真是值了，不然今天老大疯了也轮不到我。"

他没有发现陈子峰的目光冷了起来，脖颈微动，用刀子一样的目光盯视着他。

这时，陈子兴若回头，就能看见陈子峰的异常，却被一阵脚步声打断了。

陈子艳撑着油纸伞上山来了，但一把小伞根本挡不住这瓢泼大雨，她全身都湿了，脚上的泥泞和溅在衣服上的泥水让她十分狼狈。

她走到坟前，扔了其实已经无用的油纸伞，在陈老夫人的墓碑前磕了几个头，然后走进棚来，半点也不管陈子兴，只顾着来到陈子峰面前，说："我要回去了，回增城去。陈家的事情，广茂源的事情，我都顾不得了。你……我也顾不得了。再顾下去，我自己都要活不下去了。她说得对，我还有绣花针，我还能养活自己，我这辈子就这样了。"

她忽然大声哭了起来，俯身抱住了陈子峰，叫唤了三声："大哥！大哥！大哥！"

这么哭了好一会儿，她抹了抹脸，捡起了那把油纸伞，回头说了一句："你自己……保重。"然后就再不回头地下山去了。

陈子艳这一去，竟真的不再管别的事情了。她回了增城老家，也不去老家绣坊，自寻了个乡下宅子居住，没有嫁人，几乎断绝了与外界的联系，只是默不作声地刺绣。她自此摆脱了恩怨纠缠，冷冷清清，却也清净，竟在增城传下了广绣针法之一脉。

陈子兴望着奔下山去的陈子艳，嘴角带着嘲笑。

陈子峰望着陈子兴的后脑勺，嘴角则带着冷酷。

陈子兴笑了几声，正要回头，忽然后脑一阵剧痛。他踉跄着转身，几乎不敢相信自己的眼睛。

陈子峰不知什么时候已经站了起来，他的手里握着一块带棱角的石头，石头上沾着血液与脑浆。

第一三八针　太后驾崩

雨停了。

阁楼上安静了下来，林叔夜见被抿了一口的热汤都已经冷了，说道："我去给姑姑换一碗。"

他走到楼梯口时，高眉娘叫住他："庄主。"

林叔夜停了停，便听高眉娘说："霍姑娘是良配。"

林叔夜笑了笑，说："我知道她是个好人。在今日之前，原也有点念想，不过现在我已拿定主意了。"说完便走了下去。

黄娘跟着上来，轻声问："说什么说了这么久？"

高眉娘却只摇了摇头，没有回应。

增城的山上也没雨了，却还有一个人穿着厚厚的蓑衣上山，那是茂源绣庄的管库杨燕武，今天他是受了杨燕君之托来给陈子峰送点吃食。他厌恶堂姐那颐指气使的语气。广茂源就快完蛋了，杨家也被她拖累得不轻，她却没有半点自觉，还当自己是以前那个杨家长孙女、广茂源女当家！

他当然是不会跟着广茂源一起完蛋的，只是出路不好找。

偶尔一阵风吹过，山径旁的树叶洒下一大片积水来。虽然有厚密的蓑衣挡住，但头还是淋湿了，杨燕武骂骂咧咧，左手打开了伞，同时也阻碍了视线，双眼主要盯着脚下的路，就见一行血水混在雨水中流了过来。

他惊得一抬头，循着血水走去，不久就看见了陈子峰！那个男人手里拿着一块带棱角的石头，脚下是还没死透的异母弟弟。

"庄主……"杨燕武脱口叫了一声，但出声之后就后悔了！

陈子峰一回头，狼顾四周。

杨燕武大吃一惊，几乎抓不住手中的食物袋子。

陈子峰眯了眯眼，辨出来人是杨燕武，原本处在攻击状态的手垂下了，扔了石头，径自回棚内坐下。杨燕武心中又惊又惧，却不自觉地——就像以前在绣庄内重复过千百次一般——跟上了陈子峰的步伐，走入棚中。陈子峰坐下，他就站在一旁。陈子峰抓过他手中的袋子，扯开，取出食物，狼吞虎咽了半只鸡，这才开口："谁让你来的？"

杨燕武还没回答，他自己就说了："是你长姊吧。哼，看来她心里仍然有我，真是够蠢的。"

杨燕武猛地惊醒过来："庄……庄主！你好了！"

潮康祥的库房中，梁惠师走在前面，黄谋在旁边跟着，看她清点库房中的物料。

许久，梁惠师点了点头："齐了。接下来我再押一押题，若有什么需要，再请二舍调人。"

黄谋大喜，参加御前大比对潮康祥来说是第一次，无论成败，都已是一大进步。只要能在京师展现绣艺，潮康祥就能在这天下再度扬名！如果能够取得好名次，那当然更好。

"却不知，惠师有几分把握？"

"把握？"梁惠师咯咯地笑道，"夺魁吗？别人不懂，二舍还能不清楚？斗绣，斗绣，场上技艺之斗和场外运作之斗，那要对半开的。"

黄谋领首。无论是海上斗绣还是广潮斗绣，他都是两大"幕后黑手"之一，斗绣的场外有多黑、怎么个黑法，除了陈子峰，广东比他更懂的没有第三人。

不过他在广东的斗绣场能遮半边天，到了京师却就不行了。如果说广潮斗绣的水如同深湖，那御前大比就是"黑水洋"了，除了当今天子，谁敢说自己能把控全场？

不过他也还是有些抓手的。

"数十年来，我潮州府科举大兴，京师有一条街都说潮州话的。这次惠师代表潮康祥上京，那是我潮州府的脸面，到时候在京诸公应该都会照拂一二。"

"听说潮州府诸公不是翰林，就是御史，能影响宫中之事？"

黄谋笑了："惠师的耳目好灵！却且放心，我们除了翰林、御史，还有一位国舅爷呢！"

梁惠师也微微一笑，便没再追问了。无论是翰林、御史，还是那位"国舅爷"，能影响宫中之事多少，又会在这件事情上给潮康祥多少脸面，其实都难说得紧，不过有个抓手便好，总胜过到了京师两眼一抹黑。

"凰浦那边，不知道准备得怎么样了。"这时黄谋的心中已经没有广茂源的位置了。整个广东绣行，已无人在意陈子峰。

杨燕武看了一眼脑袋被砸得稀巴烂的尸体，问道："这是……陈子兴？"

"是他杀了老二。"陈子峰没有回答，却又已经作答。他语气平淡，就像刚刚杀的是一条狗。

看到这种冷漠，杨燕武实在无法将他跟先前那个为一个女人要生要死的窝囊废视为一人。不过，眼前的这个才是他熟悉的陈子峰。

但是你现在才醒，又有什么用处！明明眼前这人大势已去，但在其积威之下，杨燕武竟不敢说出这话。

"现在什么形势？"陈子峰问道。

形势？你还问这个做什么？杨燕武皱眉：难道你还想翻盘不成？当然这些话他也没敢问。

但看到陈子峰冰凉的眼神，杨燕武还是一五一十地将他疯了之后发生的事说了。

"哦，赢了广潮斗绣，吞了四个分坊，还摆平了秦太监。"陈子峰点头微笑，"阿夜竟然有这手腕，不错。"

"庄主好像不着急？"

"着急？有什么好着急的！"陈子峰走到外头，晃动一株移植在坟边的桑树，仰头让落下的雨水洗刷他嘴角的油腻——洗刷不去他身上的血腥。

"难道我们还能翻盘？"

"翻盘？"陈子峰大笑，"大赢的局面，现在才刚刚开始！"

他回头，看到了杨燕武的表情："你不信？"

杨燕武没有说话。

"现在看来，阿夜内有高氏为绣首，外有黄谋为强援，整个大势于他似乎极其有利……不过我们也有三大利势。"

杨燕武勉强笑了笑："哪三大？"

"第一大利势，就是我们知己知彼。阿夜的筹码，林添财的命门，黄谋的底细，我全都门儿清，只要稍加运作，便足以置他们于死地。"

"第二呢？"

"第二大利势，便是我们内奸已除，虽然代价大了些。"陈子峰撕下自己半边袖子当抹布，一边为祖母的墓碑拭去泥水，一边搬石头去垒垮塌的那一角，"我们在广潮斗绣中为什么会输得那么惨？就是因为背后一直被人算计，而现在算计我们的人已经暴露，接下来便是我们反击的时候了。"

他说这话的时候云淡风轻，半点不像已经陷入绝境的人。不过杨燕武还是犹疑，因为如今广茂源的形势太恶劣了。

陈子峰干着活，根本没有回头，却仿佛后脑勺长了眼睛，能看清杨管库的内心一般："空口无凭，我知道你不信，但你信不信无所谓，反正你没有更好的路了，除了跟着我走到黑……你其他的路，早在五年前就都被我堵死了。"

杨燕武大吃一惊，便想起五年前发生的一些事情来，一开始是愤怒，指着陈子峰几乎跳了起来："你！你！原来是你！"

陈子峰回头，只一眼，便让杨燕武退了一步。陈子峰道："放心,继续跟着我,你当年失去的会回来,五倍、十倍地回来!"

杨燕武沉默片刻,随即冷冷地笑了:"庄主,我现在相信你会赢了。你这般深沉的心思、这般狠毒的算计,林叔夜搞不过你的!"

陈子峰垒好最后一块石头,拍去手上的沙,蹭掉泥浆,走到杨燕武身旁,拍拍他的肩膀,说道:"男子汉大丈夫,不要纠结那些无谓的怨恨。现在你没有退路,我也没有退路,我们需要彼此。你现在无论是反我,还是独走,都没出路,只有继续跟着我,才有再次发达的机会。将陈、杨两家再次联合起来,是我们翻盘的根基。"

他顿了顿,道:"御前大比之后,凰浦会成为天下第一。我会得到凰浦,而你……会得到杨家!"

得到凰浦?杨燕武眼神闪了闪:"要联合杨家,我长姊那边……"

"她也会帮我的。"陈子峰道,"没有人比我更懂她!"

杨燕武便再无疑虑了,却问:"不知第三大利势是什么?"

"当初我明敌暗,梁惠师靠着这点整垮了广茂源,林叔夜借着这个势扶摇直上,但现在的情况逆转过来了。"陈子峰道,"敌在明,我在暗,这就是我们最大的利势!"

这日放晴,黄谋约了林叔夜登山,同一时间梁惠师也约了高眉娘。高眉娘除了斗绣一般不出门,但这次还是答应了。双方约好了登番山。

当年秦始皇统一岭南,大将任嚣建郡治,"依番山、禺山修番禺城",乃设番禺郡,这是广州建城之始。唐朝以后,番山被逐渐凿平,只余一坡,于南宋时在上面筑一亭,名"番山亭",因周围林木茂盛、水汽充足,是以长年云雾缭绕,便形成"番山云气"之盛景,乃是明代"羊城八景"之一。

林叔夜恐高眉娘劳累,因此番山不高,景致又佳,正是良选。

这日广、潮两庄相会,高、梁各携弟子在前,林、黄在后,边走边谈。黄谋笑道："三弟真是好能耐，听说秦公公也被你摆平了，一旦化敌为友，这御前大比于贤弟那便是一马平川！只惨了开盘口的那三家外围，听说掌刀人都已经换了两个，其中一个还被沉了珠江。"

"有这种事？"林叔夜正色道，"私刑乱法，若事情是真的，该报官才是。"

黄谋笑骂道："老弟，你的'君子话'说得越来越溜了，就是未免有些虚伪。"

说笑间便望见了番山亭，众人游玩一番，便到旁边一座小园林"映翠阁"小憩。高眉娘、梁惠师上了阁楼，林叔夜、黄谋在阁楼下，两边分头叙话。

随行的挑夫将箩筐放好，喜妹便安排起了糕点，黄谋的童子摆开了茶具。潮州府的茶艺，广州府的点心，各自天下无双。这一次是林叔夜掌壶冲茶。糕点分好，喜妹将茶传上去，黄谋喝了一口道："三弟果然是咱们潮州的，这茶泡得不在哥哥之下。"

"哥哥谬赞了。论茶艺，不敢与二哥争先。"

"刺绣呢？"

林叔夜一笑："高师傅意在沈女红，不在惠师。"

"呵呵，这是看不起我们了？虽然高、梁二位是师徒，但焉知不会青出于蓝？"

"不是这个意思，只是高师傅意不在胜负，只求了却当年一桩心愿。其实到了京师，天下英雄共逐一鹿，我们与其内耗，不如合力光大粤绣。"

"好一个光大粤绣！"黄谋拍了拍手，笑道，"其实我也是这个意思。虽然御前大比规则未明，但我琢磨着，你我两家不至于一开始就撞在一起，所以只要还没有对上，我们的消息就可以互通。咱再说句难听的，万一斗到中途，有一家落榜了，剩下的一家也要动用所有人力、物力，助另外一家继续前行，三弟以为如何？"

林叔夜大喜："二哥这话，正合我意！"

楼下的男人喝着最浓的茶，讲着最俗的生意，而阁楼上面是另外一番场景。

自刚才见面，两人一路行来便皆无话，梁惠师甚至避免与高眉娘目光相接。

直到喜妹将浓茶送上来——茶礼先敬外人，所以先奉梁惠师。梁惠师捧了杯，却站了起来，半弯了腰，向高眉娘敬茶。

黄娘在旁边哼了一声：梁惠师敬茶，算是居弟子礼，但她又不肯叫姑姑，这便是自矜身份了。

高眉娘接过，欠身还礼，饮了半杯。

梁惠师自己也喝了口茶，待喜妹下去，又屏退了自家的弟子。楼上只剩她们三人时，梁惠师开口道："当年……你不听我的话，信了那陈子峰，最终落得那个下场，不但自己生死不明，就连整个凰浦也跟着灭亡……我心中对你，其实有怨！"

高眉娘眼睑垂了垂。

当年梁惠师对陈子峰一直是有戒心的，不过这份戒心里头也包含了她对高眉娘的盲目崇拜。不管陈子峰还是梁惠师，两人对高眉娘都有执念。这事高眉娘心里清楚，因此梁惠师与陈子峰的争端无日无之，但高眉娘不能只听一面之词——当然，从后来的结果反推的话，梁惠师的话也不算无理。

"那天晚上，你跟他出去后没回来，我便知事情要坏。再后来他耍了手段，竟能在宫中玩起狸猫换太子，让陈子艳当了尚衣，我便知陈家之势已不可遏制！他在京师都能玩这一手，回到广东不更一手遮天！

"因此我一路隐忍……还没回到广州，就见不能忍的人都被他先后清除，我便知凰浦必定无幸，我自己也凶多吉少，因此当机立断，投了茂源。"

黄娘怒道："所以你为了自保就投了敌人！我的手臂是你砍的，凰浦的那把火，也是你点的！"

"这不仅是为了自保，更是为了报仇！"梁惠师扫了她的断手一眼，"你的手是我砍的，但就算我不砍，那也保不住。至于凰浦的那一把火，我不点，它就能不烧？"

"你……你！"黄娘气得说不出话来。自几年前梁惠师暗中来寻她，她便已知梁惠师潜伏报仇之意，但对她的恨仍不能平。

梁惠师对黄娘的指责不予理会。黄娘虽是曾与她齐名的高氏门下两大弟子之一，但她心里一向看不上对方，觉得黄娘终不脱一介妇人之属。她只看着高眉娘："我矢志潜伏，只为报仇，但你竟然没死，令我又惊又喜。"

知道高眉娘尚在人世的消息后，梁惠师又调整了策略。只是当时广茂源在广绣行的地位已根深蒂固，她便又筹谋了数年，这才发难。

"但我没想到的是……你竟然不想报仇！"

这时喜妹又送了第二巡茶上来。梁惠师咬着牙，才能将第二杯茶咽下！她无法理解，因为高眉娘遭受的，按理说要比她更加惨苦。

等喜妹收了第一巡的茶杯下去，高眉娘才抿了抿第二杯茶，说道："流落西南的前两年，我心中对陈子峰的恨意，只会比你更深。即便现在，也不能说心中完全没恨了。我毕竟也只是个人，不是神仙菩萨。"

"那为什么回来之后，你竟……竟无甚报仇之意！"

"因为我发现人的生涯有限，机遇更有限，在有限的生涯与机遇之中，并不是所有事情都能随心所愿的……恨虽深，仇虽大，但我还有一件更重要的事情要做，而仇恨会影响那件事情。想明白这一点之后，我就只能尽量让自己释怀了。"

"什么事情？"梁惠师不解地瞪着高眉娘。

高眉娘回视她，眼中竟然也带着讶异，似乎梁惠师不该不知道："什么事？自然是刺绣啊！"

梁惠师怔了怔，随即冷笑："这两件事，能有什么冲突！"

"你要报仇，我能理解，我也愿意看到陈家遭报应，也愿意在旁协助，但我不能将报仇作为余生之第一义……这是我在云南的第三个年头才想明白的事。"高眉娘轻叹了一声，"为学第一义，在于一个'专'字。人的心力是有限的，我分心于仇恨，则自身绣道将无以进步。我恨陈子峰,但我不愿意因这个仇恨,将我刺绣道路上的进境也搭进去。"

"啪"的一声,梁惠师手中的茶杯碎了一地,将阁楼下的人吓了一跳。她哈哈笑出声来,再看高眉娘时,眼中充满了荒诞。

"所以……如果不是我,你可以不报仇?"

这一次,高眉娘没有回避她的目光:"我这次回来,首先是为了刺绣。"

梁惠师冷笑了几声,道:"我心里有恨,然而也不见得就妨碍了我的绣艺!你的绣艺好,你的绣道高,那我们御前大比见高低!"说完这话,她拂袖下楼。不一会儿,黄谋与林叔夜匆促告别,跟着康祥众人扬长而去。

黄娘在阁楼上看着梁惠师的背影,忽然道:"我不喜她,但这一次……姑姑,我与她一般,也不能理解你。"

高眉娘没有解释。天赋最高的弟子如梁惠师,情感最深的弟子如黄娘,都不能理解她,但她也只能接受了。

走到她这个位置上,孤独似乎是必然的。

林叔夜走上来时,正好看到高眉娘远眺梁惠师的背影。他一时不知楼上发生了什么,只是觉得这个背影十分寂寞。

他似乎是唯一能理解这份寂寞的人。

天色渐昏黄,茂园主屋。

杨燕君听见有人进门,头也不回地说:"今夜我不吃饭了,不用准备。"

咔嚓,门被反手带上的声音。屋内更无第三人,却脚步声渐近。

杨燕君皱眉而怒:"都说了……"

话音戛然而止。

眼前站着的是她怎么也没料想到会出现的人。

陈子峰已梳洗干净了,一身棉衣浆洗得笔挺,更让人熟悉的是那已经清澈而冷漠的眼神。

哪里需要看第二眼？杨燕君便知道他的清醒回来了。

或许陈子峰最爱的女人不是她，但谁能比妻子更懂自己的丈夫？

她猛地想起了什么，身子向后一退，碰到了梳妆台，整个人坐在了上面。

陈子峰冷冷地问："你在怕什么？"

"我……"杨燕君随即苦笑，"对，我在怕什么……我还有什么好怕的！"

话是这么说，但她的声音还是微微地颤抖。

陈子峰走上前，扳正妻子倾斜的脸，抬起她的下巴，强迫她望向自己。

"从化的事……是你做的。"

杨燕君又忍不住颤了颤，不敢应答，却又无法说谎。

夫妻之间的问答，有时候不需要言语，眼神就够了。

给出答案之后，杨燕君只觉得颔下一松，随即耳边风声响起，"啪"的一下，她的嘴角都被扇出血来。然后她的下颌又被捏紧了，继续逼着她看向打她的那个男人！

她爱着他，也怕着他，但她毕竟是陈家的大少奶奶！受到伤害后，她反而产生应激的怨恨，瞪着陈子峰。

"孩子流出来的时候，你亲眼看着的？"

这事杨燕君是心虚的，她想扭转头，却被丈夫强行掰回。终于，她的泪水在他冷硬的手指间流下。这泪不是悲伤，也不是恐惧，仍然是恨！

"是啊！我亲眼看着的！"

"男孩……还是女孩？"

"一个男的，一个女的。"

"愚蠢的女人！"陈子峰眼神微微一暗，"不过，也当是我没那个福分了。"

一个反手，又扇了她一耳光。

这一次，那只阎罗般的手没再拿捏杨燕君，任她披头散发，头颅下垂。然后她听见了第三句问话。

"祖母就是被这个消息气死的吧？"

杨燕君整个身子都抖动了起来。她真害怕了，因为她猜到陈子峰会怎么对付自己！

她弄死了他的血脉，又气死了他的祖母，这两件事情都是他的逆鳞！

接下来应该是第三记耳光，继续施暴。

然而她猜错了。

"我本来应该杀了你的。"

"本来？"杨燕君转过头，看向丈夫的眼神里仍然满是怨恨，只是此时带着些许不解。

"杀了你，陈、杨两家就没弯转了，所以我不能杀你。"

杨燕君笑了起来，笑容中满是苦涩："所以你要留我一条命，好让你继续拉拢我娘家吗？"

"不止。"陈子峰道，"我答应你，今生今世，我不再碰别的女人，不再想别的女人，不再生儿育女。青儿、白儿，就是我仅有的血脉，等她们长大，就给她们招赘，继承我们的家业……一切的一切，如你所愿。"

杨燕君怔怔地看着丈夫："你说什么？"

"这些是你一直想要的，不是吗？你知道我的，我答应过的事，都会做到的。"

"你要做什么……你到底要做什么？"

"为了了恩怨。"陈子峰伸出手，替妻子擦干嘴角的血渍，"我会再去一趟京师，把该死的人送走，把该是我们的东西都拿回来，然后我们就安心过剩下的日子。夫人，你说……好不好？"

杨燕君再次怔住了："如果我不答应呢？"

"你觉得呢？"

"你威胁我？"

陈子峰冷然一笑。

眼前这个男人狠辣得令人战栗，他的变态又足以令人作呕，但她狂笑了起来："好！好！我答应你！"

"我知道你会答应,毕竟……家和万事兴!"

"家和……我早不在乎了,但我喜欢你这股狠劲!"

西关的绣行又进入了繁忙的季节,不管是凰浦还是康祥,忙的不仅是内销外销的订单,更有即将到来的御前大比。

凰浦设在西关的新店也赶在年前开张了。开张的时候,几乎所有同行都来捧场,甚至秦太监都送来了贺礼。

对整个粤绣行而言,或许凰浦和康祥还未分胜负,可在广绣内部,大家都已经默认林将代陈。

凰浦的绣店有多热闹,茂源那边就有多冷清。

但是,就在凰浦和康祥为御前大比全面备战之时,北京城一个消息传来:太后驾崩了!

第一三九针　上京

　　太后驾崩的消息传来时，整个绣行的人都以为这次御前斗绣要黄了，不料没多久又传来消息，却是太后临终懿旨：要皇帝毋过哀戚以防万一，毋废郊社宗庙百神常祀，毋禁中外臣民音乐嫁娶，天下诸王不必赴丧，以及御前斗绣一事，竟也口谕侍疾嫔妃让斗绣如期进行。听到消息，各省绣行这才重新打点精神，继续备战。

　　凰浦绣庄这一年订单多、收益好，所有绣工都拿到了丰厚的工钱，尤其是有功诸人更是得了奖赏，能欢欢喜喜地过个肥年。

　　林小云所得赏金自也甚多，暗中跑来找表哥解决自己的事儿。林叔夜想了想，说："从海上斗绣到广潮斗绣，熬了你这么久，也委屈你了。今晚绣庄年终宴后，你到我房里来，换上男儿装束，我带你回家。"

　　"老头子那里怎么办？"

　　"宴上我让刘三根撺掇他多喝两杯，他今晚便没法回西关。我带你回去，先见我娘，再见你爹时，就说你特意瞒着家里人从潮州赶来过年，好给舅舅个惊喜。"

　　"我男扮女装的事不说吗？"

　　"你想说？"

　　"当然不想！"

　　"那就行了。"

　　年终宴上，林添财果然被灌醉了。刘三根找了个房间将他安顿好，让沙湾梁哥照看一夜，随后众人各自散去。林添财睡到半夜，忽被人用冷水泼面。他警觉地醒来，叫道："什么事！什么事！"

就听梁哥顿足说："大掌柜，咱绣庄出事了！"

"出事？什么事！遭贼还是走水？"

"都不是！"梁哥咬牙切齿，"云娘那不知廉耻的贱婢，摸黑钻到庄主房里去了！她只当庄里没人了，却不知落在了我眼里。"

林添财哈哈一笑："这算什么事！"

梁哥大怒："你……你们都是没廉耻的！"他气得再次顿足，跑开了。

林添财待他走后，却忽然想起那件旧事来，寻思着：阿夜找个女人也不算什么事情，但他若没名没分就与工坊绣娘有染，这事要传到他娘耳朵里，非气死添福不可！

林添财便往绣庄庄主那儿走去。林叔夜崛起得太快，日常起居还没什么架子，也就没人看门。林添财便走到门边，想着怎么提醒外甥才不让他难堪，却听见门缝里传来两个男人的言语，心中一愕：怎么是两个男人？除了阿夜，另外一个的声音也听着耳熟。

林小云以为庄里的人走得差不多了，说话也不太压声音，此时正一边卸妆，一边跟表哥说话。隔着门，林添财听到了声"表哥"，一下子醒悟过来："哟！是小云来了！"

他一时惊喜，推门而入，几个大步跨过正厅到了屏风后面。这时恰好林小云卸妆卸到一半，听到声音转过头来——父子俩正正地打了个照面。林小云张大了嘴巴，林添财则整个人愕在了那里！

要说林小云在化妆技能上也真是天赋异禀。他在海上斗绣时，一开始主要是用深色粉在颧骨下造影，使面部轮廓更显柔和，又将眉毛修得细长，因长相本就俊秀，这一微调，就让脸形柔和起来，再穿上女装，便与女子一般了。但那会儿与原本容貌相近，因此他刚遇到林添财时总是遮遮掩掩，便被细心的表哥识破了。

后来他正式加入凰浦，考虑到跟老爹抬头不见低头见，没法老是遮掩，所以每一日都对妆容进行微调，不断地调整自己的眉形、睫毛与眼线，又让表哥买来上等胭脂调色，以改变嘴唇的线条。今日调一点，明日调一点，天天在一起的喜妹等人没觉察什么，其实这一个月里，他的面相早就大变了——若说他在海上时还只是女性化，等到凰浦绣庄时，他的脸形已与本来相貌大异，几乎是换了一张脸。若此时再让林叔夜来重新认，怕是他也认不出来了。

这时林添财贸然闯进来，只见林小云左半边脸是儿子的，右半边脸是云娘的，当场就大叫了一声："妖怪！妖怪！"

林叔夜大声惊叫："舅舅，不是……"

林小云则几乎要哭出来了："可别真打断我的腿，你可就我一个儿子！"

林添财怔了怔。他是混江湖的人，脑子转得飞快，大叫："你个小畜生！原来是你个小畜生！"自倭寇袭船后，绣庄内各房门后都备有棍子，此时林添财拿了棍子就要打林小云。林小云见老爹如此暴怒，吓得三魂不见七魄。

幸好林叔夜急忙拦住，叫道："快去西关找你姑！"

林小云一下子魂魄归家，赶紧跳起来，用头发遮住卸了妆的那半边脸，冲了出去，在水门外夺了一艘船逃往西关，一路逃到林添福的小院子外。在江上，他早用水洗净了脸，逃到姑妈家门口又脱掉了衣服，只穿着贴身衣裤，叫道："姑妈！救命！救命！"

林添福正在哭泣，忽见一个裸着大腿的后生闯进来，先是一惊，后听他叫自己"姑妈"，仔细一认，却是两年多没见的侄子，转而惊喜地道："小云，你怎么来了！怎么衣服都不穿，路上遭贼了？"她赶紧找了一件儿子的外衣给他披上，还没来得及叙话，就见林添财气冲冲地闯了进来。

林叔夜跟舅舅坐同一条船，进来后先关院门，所以落后了几步。进了屋，他才看到林小云躲在林添福身后。林添财用棍子指着林小云道："今天就是天皇老子来，我也要打死这小畜生！"

林添福急问："到底是什么事情，你就算要打死他，也先跟我说清！"

林添财气呼呼地道："你问你儿子！"

林叔夜不得已，将林小云男扮女装的事简略说了。林添福听了后，用手指戳着林小云的额头："你啊！该打！"又指着林叔夜，对哥哥说："但你先让我打死他，今儿晚上，咱们就都当没儿子了！"作势就来夺林添财的棍子。

林添财怒道："你发什么疯！别以为你来乱搅，我就会放过这小畜生！"

哪知林添福已经泪流满面，指着林叔夜喝道："你给我跪下！"

林叔夜一惊，当即跪下。林添福再来夺棍，林添财见她好像来真的，就不敢强拒，便被夺去了棍子，就见这个一辈子和气柔弱的妹妹指着外甥哭道："林庄主，林大掌柜！我听说这两次斗绣，有人开了盘口，你俩都赢了大钱！"

这话出来，林叔夜甥舅同时大吃一惊，暗道：怎么叫娘（阿福）知道了！

原来林添福对儿子别的都宽容着，唯有赌博一事压制最严。林叔夜从小倒也没犯过，所以这个话题好些年没提起过。这时母亲开了口，林叔夜才意识到海上斗绣和广潮斗绣时，自己犯了两次！

林添财更是心虚，一时连打儿子都忘了。那事是他的大心病，也是林添福不许儿子赌博的根源！

林添福不好对哥哥说什么，只是当着他的面让林叔夜跪下，把衣服脱了。她拿起棍子，死命地朝他脊梁骨打。林叔夜为人纯孝，自知犯错，咬紧牙关不出声，反而是林添福一边打，一边哭，但哭是哭了，手上的力道却不减半分。她性子柔弱，却一辈子吃苦，在哥哥、儿子发财后也不肯让他们雇人伺候自己，洗衣、做饭都是亲力亲为，因此手上力道不小，十几棍下来就把亲生儿子打得皮开肉绽。林添财看得惊心动魄，阻拦道："你……你真要把阿夜打死啊！"

林添福瞪着他道："我打他做什么，别人不知，你也不知？"

林添财一听就缩了回去。林添福便又打了七八棍，终是打得林叔夜一口血呕出来。林小云跑过去趴在表哥背上，叫道："姑姑！你打我吧！再打表哥，表哥真要死了！"

林添福见儿子呕血，心中也是大痛，哭道："你以后还赌吗？"

林叔夜挣扎着道:"再……再也不敢了。"

林添福道:"你若再犯,以后莫再进我门来,我只当没你这个儿子!"

林添财退在一边,脸都涨成了猪肝色,只听林叔夜再次低声说:"再也不敢了。"

这个年,凰浦众人都过得开开心心的,倒是庄主在床上趴了七八日。到正月初五开工迎财神,大家都欢欢喜喜的,唯见林叔夜脸色苍白,似乎大病了一场。还有云娘,一拐一瘸的,好像是摔断了腿。但别人问起,两人都不肯说。

林叔夜挣扎着主持了迎神开工,派了新年大红包,又布置了新年任务,这才挨上庭梧楼来,与高眉娘商量御前大比的事。高眉娘让黄娘、喜妹都先退下,这才问:"究竟是出了什么事?"

"没什么,是家事……"林叔夜想了想,才说,"家慈戒赌极严,我两次斗绣犯了两回,年前让她老人家知道了,挨了一顿重打。"

高眉娘怔在那儿,心里想着:他这般样子,想是打得极重了。她想要宽慰,却想此事乃子犯母戒,何从慰起?想要荐药,又想:年前挨的打,现在过了好些天了,该问医下药的想是都问过了。她便低了头,嗯了一声,最后竟只是语气平淡地说:"你且好生养着吧。"

林叔夜道:"你放心,我没什么事,不会耽误上京斗绣的。"

高眉娘闻言,微恼道:"你说这话,当我是什么人!"忽然发现自己这句话似乎不妥,眉头一皱,走到屏风后去了。

林叔夜却欢喜地道:"我知道你关心我。嗯,你放心,除了戒赌这事,别的什么我娘都听我的。"

见他下了楼,高眉娘却一时失神:"他这话是什么意思?"就听前头又是一阵热闹,却是霍绺儿来拜年,正在派红包。林叔夜支撑着出去与霍绺儿相见。霍绺儿见他脸色不好,急问何事,林叔夜却只是笑笑:"没什么。"

他身体底子好，又养了几日，精神便恢复得差不多了，于是张罗起上京的事来。御前斗绣的日子定在二月底，因此二月初便要动身。

林叔夜与高眉娘商量之后，便在正月二十于庄中点了人马：他和高眉娘领人上京；袁莞师留守广州；黄娘、林小云、李绣奴、黎嫂、喜妹等十一位绣师随行。

别人也就罢了，沙湾梁哥也被安排进来，庄中绣娘均是不服，便有许多闲言碎语，说让一个男人去御前刺绣，也不怕被外省同行笑话——而且不吉利。梁哥听了那些闲言碎语，便哭着来寻高眉娘。他性子弱，不是来求做主的，而是来求辞掉比赛的，在庭梧楼哭道："我知道，她们背地里都叫我娘娘腔，我还是不去吧，免得遭人嫌弃，还拖累绣庄。"

楼内其他人还没说什么，林小云先跳了起来，冷笑着问道："谁人骂你！"

梁哥一直与林小云关系不好，只当他要趁机奚落自己，不料他拉着自己的手，直走到前头，站在天井里，叉着腰大声叫道："男人刺绣怎么了！是谁规定男人不能刺绣的！在家是女人下厨的多，到了外头，哪个掌勺的大师傅不是男的？绣花针女人拿得，男人就拿不得？还有什么狗屁的不吉利，梁哥来了我们绣庄之后，凰浦不照样蒸蒸日上！谁以后再敢背后拿他是男人的事情来说，看我不撕烂她的嘴！"

梁哥万料不到林小云会帮自己，一时手足无措，又感激又愧疚，感激的是林小云助己，愧疚的是他背后揭过林小云的短。

谁知林小云又转头骂他："你也别嘤嘤嘤的了！人家以后再骂你，你就当场骂回来，别就知道哭！"

梁哥嘤嘤地哭道："可我说话声从小就是这样的啊。"

林小云又把腰一叉："我又没说让你粗声粗气，是要你以后争气一些，就算你是个女人，就算你说话声尖细，也照样能挺直腰板！"

黎嫂见他这般气概，支持道："对！云娘说得对！"喜妹、李绣奴等也纷纷帮腔。

高眉娘在后面听到，暗中对黄娘说："云娘竟能体别人之心，长进了。"

因有林小云压着，林叔夜也没将梁哥换下来的意思，众人便猜到了庄主的心意，当下再无人敢在此事上有异议。不料临出发又来了个人，却是辜三妹请求一起上京见识一番。她虽是外庄弟子，但高眉娘传艺时也未藏私。林叔夜和高眉娘听说她家庄主、绣首都答应了，便也应承了。

于是凰浦一行，以林叔夜为总领，绣师共十三人，林添财、刘三根等帮工、护院二十二人。帮工之中，胡天九、胡天十兄弟是一定要带的。总共三十六人的队伍向北出发，先坐船出了广州，路上马车、船只换着乘坐，沿途非止一日，终于赶在大比开始之前到达了京师。

北京城作为大明都城，却略无汉唐长安的盛世气象。一行人在河北沿途所见，山无树木，江河浑浊，队伍中几个首次北上的广东人见了这京畿之地如此景象，委实有些失望。林小云不停摇头："还不如咱广州府呢！"待进了京师，这才重见繁华，不过这繁华也不见得就胜过了羊城，坊间的流民、乞丐似乎比广州还多。只有李绣奴一路四处张望，怎么也看不够——这毕竟是大明京师，非是属国都城可比，何况她连汉阳都还没去过呢。高眉娘却说："比起十二年前，已经好太多了。"接着她轻叹了一声："升庵先生虽然仍有怨言，但从我回到省城至今的见闻看，张首辅这些年干得是很不错的。纵有诬上之嫌，却仍可称良相。"

林小云问："升庵是谁？"

高眉娘没有回答，放下了车窗竹帘。

林叔夜则是另外一种心情，进京师南城门时心里想：若我能够参加科举，一路考上来，或许就是以举子身份进京了。

众人各怀心思，一路进了城，住进了广东会馆——林添财早已安排妥当。绣娘们收拾整理细软，帮工们推拉扛抬做重活。梁哥也变得积极了，需要干重活儿时他就把自己当男人用，需要做细小活

计时他就把自己当女人用。

　　眼下不逢科考,正是广东会馆的淡季。知是来参加御前斗绣的,掌柜、伙计都好生热情,把最大的一座院子腾了出来招待,又安排了酒菜——林添财自是发下赏银不提。

第一四〇针　湘妹子

半日无话，晚饭后，高眉娘请了林叔夜，召集众绣师一起议来日御前大比之事。忽然外头生了喧哗之声，林小云正听得无聊，道了声"我去看看"，便出了院子。穿过回廊来到会馆大堂，他见大堂点了灯火，一群人围拢着，中间一个布衣少女高声叫卖着什么东西，说的虽是官话，却带着很重的方言口音——他一时听不大懂。

林小云就抓住一个伙计问："她们是谁？"

那伙计就笑了起来："是两个湘妹子，要去全楚会馆却走错了路，天又黑了，眼看着外头就要宵禁。如今是太后丧期，宵禁严厉，若被巡场士兵撞着，可不是耍的。掌柜的心善，就想着收留她们一夜，让她们在柴房歇着。那个年纪大点的好说话，小的却傲得很，说她不住柴房，让我们开一间上房来招待。问她要钱又没有，只拿出针线来，说愿用针线活抵房钱。掌柜的一听恼了，说针线活能抵几个子儿？那湘妹子就夸起了自个儿，说她的针一动，那就像钱在响：破衣服让她绣两针，那衣服就比新衣服还值钱；一块烂布落到她手里，转头就值十个晚上的房钱。她让掌柜的拿块布来，绣几针抵房钱就是。掌柜的哪肯信她？说自己不需要补衣服，也不图她的绣品，让她要不住柴房，要不就走。年纪大点的被掌柜的说得不好意思，不料那个小的又跳了起来，大笑着说：掌柜的不识货，这满会馆的客人里总有识货的，让客人们出来，她要现场刺绣；所出绣品，价高者得，这可是大好的机会，过了这个村就没这个店了。掌柜的自然不许，她就跳上桌子叫卖。这不，把姑娘给惊动了。"

被惊动的不止林小云，这广东会馆虽在淡季，却还是有几十号人住着，其中有两三伙官绅，还有五六伙豪商——能从广东跑来京城做生意还住进广东会馆的，身家都不薄。这时刚刚入夜，这些人闲着无事便都来看热闹。林小云好事，也挤上两步，便见那个十六七岁的湘妹子站在大堂中央的桌子上，另一个比她大上几岁的站在桌旁。两人都穿着有苗族风味的裙子，桌旁那个一脸焦急不安，桌上那个却一脸神采飞扬，她的官话带着好浓的口音。在听了几句习惯后，林小云也算是明白了：她果然是在夸耀自己的绣艺天下无双。围观的士绅子弟、豪商镖人也没人信她，只是瞧这湘妹子长得漂亮，图个新鲜有趣。会馆的掌柜在旁边不停打岔，要她莫捣乱。

那湘妹子正愁买卖不开张，水灵灵的眼珠子一转，瞥见了林小云，喜得跳下来，拉着林小云的裙子说："满广东会馆都是不识货的！但姐姐你穿着这么好的裙子，眼力、身家肯定都不错。来，小妹给姐姐绣条帕子，姐姐拿了这条帕子到闺阁中去，够姐姐夸个半年。"林小云听得心里好笑，心想：你竟然撞到我跟前来，这不是鲁班门前弄大斧吗？他用女子伪音笑吟吟地说："妹妹的针线，真这么好？"

湘妹子两手叉腰，昂头说："这个自然！"

"要真这么好，我买你几幅绣品也不在话下。不过……"

"不过什么？"

"不过我家几个姐妹平时也喜欢刺绣，若妹子你能胜过她们，别说帮你付房钱，就是真金白银买你几幅绣也不在话下。"

湘妹子大笑："哈哈，姐姐这是要跟我斗绣？"

"是呀。"林小云笑眯眯地说，"你敢不敢？"

"有什么不敢！"湘妹子拍拍胸脯，"我姚凌雪三条丝线系南岳，一根花针压三湘，这次来京师参加御前大比，就是要把大内首席的牌子拿回湖广去的，什么绣不敢斗！"

这话说出来，惹得围观众人纷纷笑道："女娃儿，你才几岁，这么大的口气！"

姚凌雪昂头道:"我今年十六,怎么着?刺绣的功夫是老天爷赏饭吃,我学个三五年就顶旁人三五十年的苦功。"

众人哈哈大笑,只当是见着个傻子,因其长得甜美,便对这份泼辣张狂容忍了几分,就连会馆的掌柜也不说话了。他是晓得林小云的来历的,心想:有老家绣行的人出头,自己乐得看笑话。

林小云笑道:"你要是赢了,我包你的房钱,买你的绣……可要是你输了,怎么办?"

"我没输过。"

"就算没输过,也总有第一次。"林小云笑着说,"要是输了,你给我做三个月的粗使丫鬟,如何?"

旁边大一点的湘妹子是姚凌雪的姐姐,人称"姚大妹",见状赶紧拉住妹妹,却不料姚凌雪环顾了一周,说:"在座的都是见证人。"她顿了顿,又说:"不过这里是广东会馆,到时候你们可别老乡帮老乡,输了还赖账!"

楼上有个士绅笑骂道:"你这个泼辣妹子,说的什么屁话!老夫陈北科,当今的国舅。有老夫看着,这堂堂广东会馆还能赖你一个湘妹子的账不成?"

姚大妹见是个大人物,更害怕了。姚凌雪却只是"哟"了一声,说:"有国舅爷主持公道,那就不怕了!"

"行!"林小云笑道,"那我去把我那妹子叫出来。"

林小云哪会将一个不知从哪里冒出来的外省妹子放在眼里,心想也不用自己出手,瞥见林添财也在旁边看热闹,就招呼他:"哟!老林,去帮忙叫一下喜妹咯!"

林添财嘟哝着骂了他一句。林小云如今的刺绣功夫在整个凰浦也是拔尖的,所以林添财打是打了,打完之后还是捏着鼻子让他女装上京。他跟儿子一样,也是好事的性子,就回了院子,直接到高眉娘房里去。林、高正在议事,其他人都端端正正地站在旁边听着,林添财也不啰唆,开口就要借走喜妹。林叔夜问:"舅舅要喜妹所为何事?"

林添财毕竟是凰浦的首席大掌柜,要使唤别人也就算了,但喜妹是高眉娘房里的人，他来借喜妹不免有些奇怪。林添财三言两语就把外头的事说了。

高眉娘正与众人商量御前大比的事，对外界之事都不上心，听了后微微摇头。黎嫂、辜三妹等却都笑道："这可真是班门弄斧头，孔门掉书袋了。"

林叔夜见这两日也无急事，唯恐众人初到京师思乡积郁，想着此时添一点谈资也好，便看了看高眉娘。高眉娘会意，便点头答应了。

喜妹天资虽然平平，但有刺绣大宗师随时指点，又成日在林小云、辜三妹这些后起之秀中"厮混"，若论真实功夫，已不在许多资深的刺绣师傅之下，若是拿出得意之作来，便是大师傅也压不住——去打发一个来历不明的绣娘，想来不在话下。不料过了一盏茶工夫，林添财的一个跟班匆匆进来，说道："不好了，喜姑娘输了。"

林叔夜一愕："输了？这么快？"

高眉娘也"咦"了一声，道："这还真是遇到高手了？"

跟班说："云娘让我来请黎嫂。"

黎嫂道："嘿，还真有几分能耐！莫不是湖广人知道我们凰浦入京，特意来踢馆？庄主，让我去会会她！"

黎嫂功夫扎实，自得高眉娘指点之后，早在刺绣大师傅的位置上坐得稳稳的了。

林叔夜看向高眉娘，见她没反对，便挥手："去吧。"

众人继续谈事，结果黎嫂去了没多久，喜妹便匆匆回来，脸上带着惭愧与焦急，说道："黎嫂也快输了，云娘让我来叫辜姐姐。"

辜三妹是何等好胜的人，一听就站了起来："我去！"

林叔夜问："对方很了得？你们是怎么斗的？"

喜妹道："我和那个湘妹子比绣花瓣，云娘说一炷香时间，看谁绣的花瓣多。那个湘妹子好狂，竟说也不用那么麻烦，但凡我绣出一瓣，她就绣三瓣，绣少一针算她输。"

林叔夜问："然后呢？"

"然后我就输了。"

众人一时面面相觑。

林叔夜又问:"她和黎嫂又是怎么斗的?"

"黎嫂出去后,云娘说第一场我们出了题目,第二场让那湘妹子来出。她说那就斗最基础的东西。"

"斗最基础的东西,那黎嫂在行啊。"林叔夜问,"都斗了些什么?"

"上棚,分线,穿针。"

林叔夜一奇:"怎么斗的?"

"她让我们弄二十个棚、二十块布、二十根大花线和六十根针来。在戏台上分成两份,谁先绷好十个棚,将十根大花线分成三十根,再穿好三十根针,谁就赢。"

林叔夜听了点头:"这的确都是基础功夫。若论机变,黎嫂也许不行,但这些基础功夫,别说刺绣大师傅,就是刺绣宗师也未必能做得比她好多少,那她怎么会输?"

高眉娘道:"是从分线开始落后的吧。"

喜妹一惊:"姑姑是怎么知道的?没错,上棚的时候黎嫂咬得很紧,但一到分线关节上,那湘妹子的手一下子变得极快。黎嫂还没分好三根,她就将十根线都分完了,等黎嫂分到第五根,她针也穿了六七根。云娘一看,赶紧让我来叫人。"

高眉娘点了点头,对众人道:"湘绣用线,一般分丝、花两类,丝线不分,花线则按画稿要求分出粗细来。这门功夫在湘绣里又叫'劈线',乃是他们的拿手好戏,别省刺绣很少在这上面下大苦功的。对方多半是见面就看破黎嫂是个功夫扎实的,所以选了对自家有利的斗法。这个湘妹子不错啊,听你们旁述,应是个狂性子的,但一上斗绣场就暗藏精明,黎嫂输得不冤。"

正说着,黎嫂恹恹地回来了,进门就叫道:"三妹也快输了,云娘让我来叫绣奴……"

屋内众人都"呀"了一声。

与黎嫂、喜妹不同,辜三妹不但功夫扎实,而且天赋甚高,自跟高眉娘习绣以来,更是精益求精,近两个月出的几幅绣品,广绣行的绣评人都赞不绝口,都说三妹假以时日必成宗师——这般高手竟也输了？对方只是个十六岁的女娃子啊！

李绣奴不敢做主，看向高眉娘。高眉娘眉头微皱，颔首："去吧。"李绣奴这才答应了。高眉娘对喜妹说："你跟去看看，半场来报。"

林叔夜问黎嫂斗绣详情。

"厉害，真是厉害！"黎嫂说道，"这次是云娘出的题目，要双方斗叠羽。"

所谓叠羽，就是鸟的羽毛，因为飞禽的羽毛层层叠叠，一般人一眼望去，连数目都会数不清楚，因此称为"叠羽"。斗绣叠羽就是在规定时间内绣羽毛，看谁绣得多，与斗绣龙鳞可谓异曲同工。

"她们两个绷好绣地，各自动针。那羽毛一根根、一层层地叠上去，我都还没数清楚，云娘却看得着急了，让我来叫人，暗中说三妹输了。"

林小云如今的修为已近宗师之境，在经历了几场大斗绣的磨炼后，眼光更是毒辣。屋内众人倒都相信他的判断，只是对那湘妹子的一身本领更是惊疑。

不一会儿喜妹回来，口中说："辜三姐姐输了。"她手里拿着两幅绣品，展开给众人看。

"这一幅是辜三姐姐的。"

那是鹰的一只翅膀，羽毛层叠，不知其数。众人还没来得及数，喜妹已经展开了第二幅，也是鹰羽。高眉娘只看了一眼，叹道："三妹输了。"

喜妹道："姑姑数得真快。"

"我没数。"高眉娘指着第二幅绣说，"这是全图。"又指了指辜三妹的那幅，说："这只是羽毛。"

喜妹、黎嫂都是一奇，林叔夜却已经看出来了："你们看看两幅绣角度的区别。"

她们二人这才仔细分辨，果然看出了不同：辜三妹的那幅绣是雄鹰正常展翅的角度，因这次斗绣只看谁绣的羽毛数量多，所以鹰的头、身、爪都未绣出，只是一只孤零零的翅膀，除了斗绣数羽毛多寡之用，以画面本身来说并无意义；姚凌雪的那幅绣，翅膀的角度却颇为奇特，乍一看也是一只翅膀，但一细看——

"啊！"喜妹先看出来了，"这是一只鹰转身时的样子。"

黎嫂再一细品，发现果然如此。

姚凌雪的这幅绣角度奇特，抓住的正是飞鹰转身的瞬间。从观者的角度看，正好鹰的其他部位都被翅膀给挡住了——虽只一翅，却亦全鹰！

黎嫂、喜妹忽然就想起海上斗绣时，高眉娘用于折服陈伍氏的那幅《藏龙图》来，一时间，各自震惊。

高眉娘叹道："这娃儿了不起，绣地用了淡青色，以像蓝天。此绣整一下边角，或稍增远云，便是一幅成品绣了，可名《旋翅图》。"她合上了绣，喃喃道："这般针线，这般巧思……十六岁，十六岁……湘绣终于也出人了……"然后不自觉地起身，说道："我也去看看。"

黎嫂、喜妹都是一惊，黄娘道："绣奴刚上场，未必会输，再说就算她输了，后面还有云娘，怎么也不用姑姑出手吧。要是云娘也输了，我去会会她！"

高眉娘却摇头："不是……湘绣终于出人了，我得去瞧瞧。"

众人来到会馆大堂，却见这里的场面与刚才有些不同。接连几场的斗绣不但把全会馆的人都惊动了，甚至左邻右舍都来看热闹；一开始还只是在大堂随便斗，到了后来直接搬上戏台。戏台下、二楼回廊里满是人，或坐或站，比看大戏还热闹。掌柜的在后张罗，伙计来回穿插，送上客人点的酒菜，直接做起生意来了。

林添财早占了最前面的一圈座位，看见高眉娘、林叔夜出来，赶紧让人请过来。待高眉娘坐好，他才低声说："这辣妹子厉害得紧，不想把高师傅也惊动了。"

高眉娘"嗯"了一声，眼睛只盯着台上。

这时台上两人斗得正紧。

高眉娘定睛一看，便知两人是在斗绣鱼。姚凌雪和李绣奴都是高手，因此这一番斗绣又与前面几次不同，不再单纯地比拼速度，而是斗成品绣。

第一四一针　猫舔绣

李绣奴出身朝鲜，朝鲜刺绣中，鱼乃其一大特色。她自拜高眉娘为师之后，虽然绣道诸门都系统修习，但其本身底子强的几个方面仍然体现了很大的优势。再则经过广潮斗绣几个大场面后，李绣奴如今已不怯场，坐在戏台上，举手投足颇显高手风范。短短一顿饭工夫，她的针线在手下就显现了形貌：数个勾勒，一条游鱼跃然布上，下面是荡漾的波纹，展现的是鱼跃出水面的场景，针线佳妙，形象灵动。

反观姚凌雪那边，一开始看不出是什么形状，再过一会儿，终于看明白了——她在绣一个盘子。

便有看热闹的人说："她在绣什么？这次题目不是鱼吗？怎么绣起了盘子？"

有人取笑说："盘子加上鱼，不会是绣一条熟鱼吧？"

众人一听，齐声大笑。笑声过去没多久，姚凌雪的针线也在手下显现出一条鱼的形状来——哟，果然是鱼在盘上。

"哈哈，这真是熟鱼啊。"

"却不知是蒸的、炒的，还是炸的？"

等着刺绣完工本来是一件颇为枯燥的事，但这么一说笑，气氛反而起来了。台下笑着闹着，台上两人却都定心静气地各自飞针。李绣奴自不用说，一进入刺绣状态乃是雷响不惊，整个凰浦绣庄除了高眉娘，没有第二人能在这方面及得上她。

而姚凌雪竟也不遑多让，不刺绣时张狂飞扬，一动针线便静如处子。姚大妹似乎颇为焦躁，拿了一团丝线上去交给妹子。她靠近时，姚凌雪也毫无察觉，待她将手相碰才回过神来，拿过丝线后便换线穿针，绣起了鱼身。

其间这么个小插曲别人也未注意，只有林叔夜和林添财留了神。甥舅俩对了下眼神，林添财便吩咐了一个跟班一番。

又过了半炷香时间，双方的鱼都已大体成形。果然，李绣奴绣的是双鲤出水，而姚凌雪绣的是一条熟鱼。

"嘿嘿，这条鱼是蒸的。"

"这是湘西的禾花鱼，肉质香甜，不过这鱼其实烤着更好吃……"

这不愧是吃货省的人，不但看出鱼是蒸的，还能看出鱼的种类，还能知道这鱼是蒸着好吃，还是烤着好吃。

有个看客笑道："这么说来，这湘妹子绣得也不错。绣出鱼的类别不难，而鱼是蒸态还是烤态，她也没绣错，可见也是个经常吃鱼的。"

"不过她不晓得禾花鱼是烤着吃更入味，可见说到吃，湖广人士毕竟逊我粤一筹。"

众人哈哈大笑。

两炷香燃到只剩下半炷时，双方开始收尾，分别赶在香尽之前将周边给绣完整了。她们的针速极快，针功亦无可挑剔。

便有三个士人上了台，是刚才约定好的三个评判。三人都算不上正儿八经的绣评人，但也都见多识广，上台之后分别品评。

士人甲说："这两幅绣的针功倒都不差。"他又指着李绣奴的《双鲤跃》说："这绣把鲤鱼的形态绣得栩栩如生，尤其是这条鱼跳起来时的尾巴，把那摆动的力道都绣出来了。但最传神的，莫过于下面这条鱼，它还没跳出水面呢，却将蓄势待发的那股劲也绣出来了。"

士人丙道："你觉得她的鱼绣得好，我却觉得她绣得最好的是水。你看这条跳起来的鱼，破水而出时的波光、涟漪、水花都绣出来了；那条没跳起来的，却能让人看出是在水下。针线没有绣水，却让人看出有水,这才是功夫啊!"

听他这么点评,台下观众纷纷称是。李绣奴也心中欣慰:在朝鲜时,她也能绣双鲤,只是没现在绣得这么好,能把水的状态给绣出来。这是她遇到高眉娘前怎么也掌握不到的技艺。

这时士人乙道:"只是这两尾鱼为什么要跳起来呢?"

士人丙道:"你们看鱼的上方。"

另外两个士人定睛一看,这才发现鱼的上方竟有个小小的黑点,再仔细一看,却不正是一只虫子?

"妙!妙!原来……这是双鲤抢食之图。"

李绣奴竟然连双鲤跃起的动机都想到了。这幅《双鲤跃》,无论是构思、构图,还是针线,都已是上上之选。高眉娘颔首说:"绣奴大有进步,以后可以独当一面了。"

那三个士人再去看姚凌雪那边,一时不知该如何评价。所谓"画鬼容易画狗难",李绣奴的那幅绣一派富贵人家气象,虽未绣出水的图案出于哪里,但想来不是大鱼缸就是园林鱼池,而姚凌雪这幅绣充满普通人家的生活气息,那个盘子也不算多好的盘子,盘子上的熟鱼也摆得歪斜,显然不是出自什么名厨之手,又绣出了带着斑驳的桌面,尤其是盘子上的两条鱼,都是凸眼珠的。广东是吃货省,对河鲜、海鲜的料理更是独步天下,这会馆里的广东人就没有一个不懂吃鱼的。三个士人还没点评,台下便有人笑道:"这两条鱼,看起来还挺新鲜。"台下便爆发出一阵大笑来。因鱼蒸熟了之后,新不新鲜主要看眼:眼睛不凸的,便是不新鲜。

士人甲道:"不说别的,只看这眼珠子,这盘鱼倒是绣得颇合实际。"

士人乙说:"合实是合实,就是太难看了。这样的绣针功再好,我也不想挂起来。"

台下的看客们一听,又是哄堂大笑。

士人丙道:"这幅绣虽然也很见功力,但刺绣总得讲究个典雅,因此,我觉得这一轮比画,广东的李师傅胜。"

台上台下,众人纷纷点头,就连林叔夜、高眉娘这样的刺绣大行家也都觉得这个评判没有问题。他们自然看出了更多，但从根本上来说，刺绣并不是为了炫技而诞生，所出绣品终究是给人用的。针功到了一定境界之后，其微妙高下普通人已很难分辨，因此从"用绣"的角度来说，针功达到大师傅以上其实就足够了，就算是给皇帝绣龙袍，也不需要每一针、每一线都出自宗师之手。三个士人正是"用绣"的阶层，他们给出的意见也算是公允的。

三个士人面向姚凌雪，道："女娃儿，这一场，我们评了，你可服气？"

姚凌雪俏立台上，将手往腰上一叉，昂头道："自然不服！"

士人乙问："你不服哪里？"

"就不服你们都是广东人！广东人评广东人的绣，自然是老乡帮老乡！"

士人丙道："你没听刚才台下众人都说公允吗？这是众论。"

"什么公允，什么众论！你们三个是广东人，台下不也都是广东人吗？仍然是老乡帮老乡。"

这满会馆的人登时聒噪起来，或嘘或骂。姚凌雪昂然不惧，仍然双手叉腰："怎么，你们一屋子广东人，要合起来欺负我一个湖广妹子不成？"

见她如此泼辣，满会馆的人反而不好再发出嘘声了——再出声，就真像欺负人了，那毕竟是个十六岁的女娃儿。

坐在最前排最中间的国舅爷道："小妮子，要按你说，该怎么评判？"

"找一个不是广东人的来评判。"

国舅爷抚须笑道："这里是广东会馆，现在外头又宵禁了，要找一个不是广东人的倒也不容易。难道要等明天开了禁，去外头找人来评？"

"倒也不必。"姚凌雪忽然指着远处道，"要不，就让它来做评判吧。"

众人循着她的手指望去，只见角落的矮梁上挂着个钩子，钩子上吊着一条熟鱼，有一只猫正企图偷吃，但猫爪子总差那么一点。

"什么？猫？"

国舅爷再次抚须笑道："猫怎么能做评判？"

"怎么不能？人会骗人，猫可不会。你叫个伙计，将猫抱过来，放在这戏台上。"

因她是个十六岁的女娃子，虽然泼辣了些，又是个外省人，但人长得漂亮，年纪又小，台下的士人、豪商觉得有趣，便都容她几分。见国舅爷点头，伙计真的去将猫拎了过来，放在戏台上。姚凌雪将两幅绣取来，也不拆棚，就放在离猫七八步的地方，说："猫是吃鱼的，就让猫来挑，猫挑了哪个就哪个赢。"

"这都行？"台下观众无不愕然。

国舅爷笑道："这不是撞大运吗？"

话音刚落，便见那猫真个动了，一下子便蹿到那幅《熟鱼》前面——众人错愕。但更令人惊奇的，是那猫竟然伸出舌头对着那幅《熟鱼》绣反复舔了起来。

若猫只是跑到绣的前面，那还可说偶然，但伸舌反复地舔，那就真是一桩奇事了。这时台下轰动了起来，就连李绣奴也张大了嘴巴。

姚凌雪得意扬扬地道："怎么样！是我的鱼比较好吧！"

台上三个士人面面相觑，一时无言以对。国舅爷不由得抚须笑说："没错，这一局你赢了。"

林小云虽知其中必定有诈，但是一时没有证据，再说国舅爷都这么说了，也只能罢了。

姚凌雪转头望向林小云，笑吟吟地道："这位姐姐，你夹袋子里头还有人没？快请出来，我正斗上瘾呢。"

她一开始也只是为了展现技艺好抵房钱，不料林小云叫出来的人竟是一个比一个厉害，斗辜三妹的时候已经用上了巧思，斗到李绣奴更是用上了计谋。她这时竟是上了瘾，其他什么事都靠后了，只想再会一会广东的刺绣高手。

林小云冷哼一声，道："行，我来斗斗你！"

姚凌雪惊喜地道："姐姐也会刺绣啊，那刚才怎么不上！"

林小云道："我怕你输得太早！"

"姐姐比我还傲呢。那好，这一轮我们斗什么？"

林小云正想着要斗什么才能压服这个湖南妮子，忽然台下传来高眉娘的声音："绣楼台吧。"

台上两人闻言都心中一凛。林小云没想到高眉娘会出声，而姚凌雪则觉得这个题目大有文章。她笑笑说："楼台可是大绣，我这边针线不够用。"

高眉娘道："我这边带得有够，你可去挑。"

姚凌雪定睛再看，见喜妹、黎嫂、辛三妹等都拥簇在她周围，便问高眉娘："姐姐，你也会刺绣吗？"

高眉娘虽然戴着飞凰面罩，但看上去就年纪不大。

林小云道："可叫你见着真佛了。这是我们的师父，绣行的大宗师，这次我们是来把御前大比赢回去的。"

姚凌雪一时惊喜："哎哟，你也是来参加御前大比的啊。能教出这些徒弟来，姐姐一定是大高手，那待会儿咱们也来斗斗？"

林小云呸了一声："扯什么呢！我们姑姑跟你比？你先过了我这关再说吧，不过……你过不了的。"

这时林叔夜站起来道："如今天色已晚，再斗下去怕是耽搁了诸位休息，不如明日再战？"

国舅爷等人的年纪都不小了，熬不得夜，各自应允了。林添财趁机上去跟他们的从人结交，这些士人、豪商才晓得凰浦的来历，对明日的斗绣更增几分期待。

林叔夜派人去给那对姐妹付了房钱，又许她们去仓库里择取针线丝帛。为了这次御前大比，凰浦沿路运来了整整几十箱的针线丝帛，以及各种押题的半成品，因此在落脚的院子里专门弄了一个房间来做仓库。

送走这对姐妹后，众人回到主屋，忍不住谈论起姚凌雪来。辛三妹等虽然输了斗绣，不忿倒是不忿，但服气也是真服气，只有李绣奴想不明白自己为什么会输。林小云则骂骂咧咧，连说其中必定有诈。

这时跟班跑来和林添财耳语了几句,林添财又跟林叔夜低声说了几句。林小云叫道:"别偷偷摸摸啦,有什么话当众言语啊。"

林叔夜笑道:"还记得斗绣的时候,另外一个湖广妹子曾上台吗?"

"那又……嗯,诈在此处?"

"应该是。"林叔夜笑道,"刚打听到,有伙计见她曾去过厨房。"

"去厨房做什么?"众绣娘都是不明所以。只有林小云脑子转得最快,骂道:"这个小娘儿们好奸诈!她一定是让她姐姐拿着针线,去厨房蹭了鱼腥之类的东西,所以猫才会去舔绣。"

众人一听,恍然大悟。

林叔夜却笑道:"其实也怪不得她,她一个湘妹子,孤身一人在广东会馆跟广东人斗绣,前面也就算了,到了需要评判的这种关卡,自然要想一些手段。我们没能现场揭穿她,便算她赢了。"

林小云戟指大叫道:"庄主啊庄主!你居然帮着外人!"

高眉娘却道:"便是现场揭穿了又如何?"

林叔夜怔了一怔,随即笑道:"没错,就算现场揭穿了,但能叫猫舔绣上的鱼,那也是她的本事了。"

林小云怒道:"你俩到底是谁的庄主,谁的师父?!得,看明天我怎么斗她吧!"

这时林叔夜问:"说起来,为何要让他们绣楼台?"

"这是最能见她功夫的。"高眉娘道,"我要看看她的功夫能去到哪里。"瞥了一眼气歪了嘴的林小云,她又说了一句:"而且这个题目,对云娘极为有利。"

林小云转怒为喜:"哦?为什么?"

高眉娘淡淡一笑:"你竟不知道?那明天就知道了。"

第一四二针　湘子桥对岳阳楼

一个十来岁的湖广妹子到广东会馆炫耀绣技，结果恰好撞到枪口上，遇上了来参加御前大比的粤绣高手，更不料，这女娃儿竟然将一众粤绣高手给斗倒了。其中有出人意料的转折，又有"猫舔鱼绣"的传奇，正是一个绝佳的谈资——明明是在宵禁之中，结果这个消息竟如同插上翅膀一般飞了出去。

到了第二天，隔两条街的全楚会馆也收到消息了，斗绣还没开始，已有一帮湖广人士跑了来。这些人里有坐贾行商，有江湖豪客，甚至还有当官的。本来这些人物也不大将绣工之事放在心上，但既听说本省绣娘跑到广东会馆作威作福，还一个晚上连连取胜，湖广人的好胜心一下子给激了起来，唯恐自家人吃亏，相约了来替姚凌雪撑场子。场面乱哄哄的，斗绣便又延到了下午，这一来，消息传播得更广了。午饭过后，广东会馆已经聚了上百号湖广人士，有混江湖的，有混商道的，也有几个士人，为首的乃是即将转任的兵部原郎中孙大人——恰巧他与陈国舅是同榜进士。两人叙旧后，在最前排中央坐了，其他人等各依身份在两边坐好。

戏台后面，广东会馆的掌柜对林叔夜道："林庄主，昨晚斗了也就斗了，你偏偏要拖到今天，那可就非赢不可了，不然小心待会儿下不来台。"

林叔夜笑道："无妨。"

掌柜的"嘿嘿"了两声走了，林添财钻过来道："开盘了！开盘了！这次我们押多少？"

林叔夜怔了怔，随即正色道："舅舅，临出发前，母亲可是叮嘱过的，这一次上京，说什么也不许再赌了。"

林添财想起妹妹那天的狠辣劲儿，也有些吃味，却还是说："反正已经犯了两次，这回瞒紧一些。京师和广州隔着几千里路呢，她哪里会知道。"

"那怎么可以！我不能诓骗母亲。且前面两次赌绣都有不得已处，所以娘算是饶了我，但以后要再赌，我就不是人了。"林叔夜道，"舅舅，我背上的伤还没好全呢，疤痕尚在，你要我脱衣服给你看吗？"

林添财讷讷地道："我知你娘厌这个，但这不是稳赢的吗？高师傅的判断从没错过。"

林叔夜正色道："我不敢诓骗娘，且她说了，若我再犯，以后别想再见她面，就是跪死在她门口，她也再不给我开门了。我娘从来都是说到做到，舅舅当比我清楚。"

"好，好，知你孝顺，我不让你赌就是。"

"舅舅也不应赌。娘说了，这一次上京，我们甥舅一体，若舅舅赌了，便如同是我赌了。"

"行行行！"林添财烦躁地道，"老子也不赌了，行吗！他娘的，从来只有阿兄管阿妹的，就没见阿妹管阿兄的！"

甥舅俩在后台说话时，双方绣师上了台。姚凌雪也换了一身稳重许多的装束，因有本省大人物在台下看着，言行举止也收敛了几分。

林叔夜便临时充当主持，走到前头道："昨天说好，今日以绣楼台为题，由台下石矶、东石两位先生作为主评。双方各言题目吧。"石矶是湖广孙郎中的号，东石是国舅爷陈北科的号，两人都穿着便服，所以林叔夜也就没称两人的官职。

林小云起身，对着台下福了福，道："奴家不才，便绣一幅《湘子桥》。"

台下国舅爷听了，欢喜地道："你是潮州人？"

林小云答："奴家是潮州府揭阳邑的。"

国舅爷大喜，他也是潮州的。在这京师之地碰见，这便是老乡中的老乡了。

林叔夜便介绍了起来："我广东潮州府有一座古桥，相传乃唐朝时，韩愈韩文公到潮州府履任时所建。建桥时来了一佛一仙，佛是广济大师，仙是八仙中的韩湘子，也就是韩文公的侄子。两人同时受了韩文公的托付，便起了争胜之心，要赌斗看谁先把桥给建起来。于是他们站在河的两边各展神通，用佛力、仙力凝砂成石，同时将桥从两岸向河心延伸，结果斗到河心，仙、佛法力冲突消弭，以致中间一段无法建成。最后得何仙姑从中说和，以莲花化作十八艘梭船，将断桥连了起来。因此这座桥有两个名字，从西边走叫'广济桥'，从东边走就叫'湘子桥'。此桥由十二座楼台与十八艘梭船连接而成，既有桥梁之功，又有楼台之胜。"

这湘子桥（广济桥）除了神话传说，也是世界桥梁史上第一座开合型大桥，乃是潮州府数一数二的名胜。林小云在京师绣此绣，那是替家乡胜景扬名，因此国舅爷自然欢喜。

林叔夜又问姚凌雪："姚师傅要绣的题目是什么？"

姚凌雪听了林叔夜的介绍，便知这座湘子桥定然不凡，而对方敢在京师地面绣不凡胜景，内里定有乾坤。既然如此，她也只能拿出压箱底的本事了，傲然道："我是湖广人士，自然是绣《岳阳楼》！"

台下的湖广人一听，轰然叫好！若说湘子桥是潮州人的心尖，那岳阳楼便是湖广人的骄傲。

孙郎中大喜，笑道："岳阳楼就不用介绍了，天下名楼岳阳尽。好好绣！绣成佳作，老夫替你做主。"

林小云听了，扭头冷笑，转身绷了绣地。姚凌雪也不慌不忙，绷好了布帛。

林叔夜问："可需画稿？"

林小云转过头来，嘴笑眼不笑："家乡的名胜，从小印在心里头的，哪里需要什么画稿，自有成稿在腹。"

姚凌雪受激，也说："我也不用画稿。岳阳楼嘛，这次北上刚好去过，玩了两天呢。"

"既然如此，请开始吧。"

两人用的都不是普通绣地。林小云选用的是一幅长九尺、高四尺的素布。他将素布的一端竖立绷住，左手将其拉紧，那长方形绣地便向旁竖立，这是要左手拉布、右手下针。姚凌雪则在昨夜裁剪了一块直径六尺的圆形绣地。凰浦没给她提供那么大的绣架，她便在仓库里找了一个八尺高的架子，将圆形绣地的上端夹紧。绣地垂下后，她左手打斜拉起来，面向自己，也是要左手拉布、右手下针。两领绣地都是侧放着的，这样台下观众可以看清刺绣的进展。

像这样的大绣，有亭台、墙壁、楼阁、江湖，更有远山云雾、花草树木，或还需要飞鸟游鱼作为点缀，甚至还可能有人物，因此各门针法都要用上了。林叔夜早在二楼给高眉娘挑了个好位置，让她可以安心观看。

林小云昨晚已有构思，因此动针没有犹豫，下手极快。姚凌雪反而慢吞吞地，原来她一开始并不打算绣岳阳楼，心中腹稿本是湖广南路的另外一处名胜"赫曦台"。待听了林叔夜对湘子桥的介绍后，她自忖绣赫曦台压不住对方，才临时改为岳阳楼。所以林小云一上来就绣石梁、桥亭，她却一边勾勒周边山水，一边打腹稿。

这样两幅大绣，若是普通绣娘，就算依稿绣来，少说也得十天半个月，但林、姚二人天赋卓绝，运针如飞，竟比普通绣娘快上不知多少倍。只片刻，《湘子桥》已见亭台雏形，而《岳阳楼》也现出长江洞庭的浩荡远景。

台下观众虽然大多不懂刺绣，但见二人针速快到这个程度，不由得纷纷喝彩。陈国舅和孙郎中一个刚辞官，一个将转任，都是正要离京，又是同年，因此正好借着二人刺绣的工夫叙话。

外行看热闹，内行看门道，高眉娘在二楼观看斗绣，点评了林小云几句后，便将注意力都放在姚凌雪那边。她对旁边的几个弟子说："湘绣针法与我粤绣针法同而不同。虽然练到最后殊途同归，但入门之时,其用针门路便各显微妙。

"以针法门类而言,我粤绣针法,分十类四十门,湘绣针法则分平、扭、结、网、织、变六大门。六大门下变化极多,比如平字门中,便有直、辅、帘、掺、齐、平、游、旋等三十三路针法,分类极细,变化极繁。其中有一些与我粤绣针法同法异名,但也有一些针法是湘绣所独有的。"

喜妹问道:"那湘绣和我们粤绣,谁更厉害呢?"

辜三妹道:"那还用说,肯定是我们粤绣啊!"

"诸绣无高下,功力有深浅。"高眉娘摇头道,"诸名绣都是博大精深,不能说谁比谁更强,只看绣师谁的天赋高,谁的功力深。四十年前,蜀绣出了杨锦望老宗师,因此蜀绣便艺压天下,后来杨老师老了,则是我粤绣与苏绣争雄。至于湘绣,则好些年未出天纵奇才了,却不知这位如何。"

高眉娘点评期间,林小云的《湘子桥》已现恢弘楼阁,而姚凌雪在刚勾勒完波光时才打好腹稿,绣起楼台墙壁。辜三妹想起自己落败的经过,不禁有些担心:"她不会又出什么花招吧?"

高眉娘却微微笑道:"这等大绣,输赢都看实打实的本事,取不得巧。放心吧,云娘赢面甚高。"

她说话的时候,林添财就在旁边偷偷听着,她们也未注意。林添财喜滋滋地溜到后头,吩咐一个跟班暗中去买外盘。旁边有个会馆的伙计偷偷听着,他竟也没有注意。

刚才姚凌雪勾勒远山与湖面时以横掺针为主,此时要表现楼台建筑,便将游、掺、平诸门针法混合来用。岳阳楼的城墙古朴厚重,洞庭湖则气势恢弘,但其实对姚凌雪来说,绣洞庭湖容易而绣岳阳楼难,因为要表现水波云雾的空灵,对别人而言是难事,于她却是易如反掌,随手运针便是,但楼面城墙需写实,得采用掺针里的直掺、横掺、斜掺诸法,甚至还要按照近景、远景变化的需要,更换大针、小针、粗线、细线,这样才能绣出砖石的感觉,其中再辅以平针、游针来增加立体感。这些都是实打实的功夫,半分取巧不得。加上她一手抓布,一手运针,针速又要极快,若是慢慢绣来，怕是天黑都绣不完，因此颇费力气。

她这般绣着，半面城墙还没绣完，在第七次更换大针、粗线时，竟感右手微酸，不由得吃了一惊："糟了，这样下去，不等楼面绣完，我就没力气了……嗯，我没力气了，对方也好不到哪儿去。"

姚凌雪微微侧头偷看，却见林小云依旧运针如飞，毫无倦怠。她又吃了一惊："哎哟，她这么好力气的？"

她却不知，林小云其实是男子。在男人堆里，林小云只是中等身材，但放在女子里，那就很高挑了，且他练过戏，文戏、武戏都练过，所以身材虽然瘦削，肌肉却甚结实。男人和女人在体力上又有差别，更别说姚凌雪年纪尚小，因此到了这等吃体力的环节，林小云便占尽了上风。

姚凌雪不明究竟，却只当对方是因为身材高大所以体力好。又绣了一盏茶工夫，她右手的酸感更加明显，落针之际已微有窒滞。她不由得焦躁起来："这可如何是好，这样下去，我非输不可！"

别人一时还未发现，高眉娘何等眼光，一瞥之下，嘴角微笑，低声说："快要分胜负了。"

林添财听了这话大喜，又悄悄给跟班使了个眼色，让他去加注。

林叔夜主持完开场就回了二楼。他如今的眼力和海上斗绣时相比已判若云泥，这时也发现了胜负关键，说道："姑姑让绣楼台，胜负点原来是落在这里。"

姚凌雪虽是湘绣中百年难逢的奇才，但毕竟年纪尚小，经验、阅历都不能与高眉娘相提并论。高眉娘昨晚只看她半场绣便度到了她的长短，当场便布下了这个看似公平、实则不然的局来；若是斗天赋、斗针功、斗巧思，鹿死谁手未可知，但将体力因素加进来，林小云便赢面十足！

黎嫂、喜妹等都不明所以，倒是李绣奴先发现了："啊，那个湘妹子力气跟不上了。"

辜三妹等被她一提醒，再一细看，果然发现姚凌雪不但运针速度大为下降，甚至手腕都有些不灵活了。她们这半年多来浸淫绣道已深，一被提醒，便都意识到关键所在，一时又惊又喜。林小云的体力比绣娘们都好，她们是深知的，只是没料到姑姑会利用这一点。

此时，她们还不知道这场斗绣的余波会对整个粤绣的发展产生什么样的深远影响。

林叔夜道："姑姑能看破这个湘妹子的深浅长短，我不意外，但姑姑竟然会以此设局好让云娘取胜，却是我没想到的。"

"我倒不是为了让云娘赢。"高眉娘悠悠地道，"我是想看看，她是否能绝处逢生。"

众人言语间，姚凌雪是越绣越慢，最后针一歪，竟然扎错了眼！她不得不停下来，以针挑线，把绣歪了的那一眼重新落针。要知道，人一旦体力不支，也就没法确保活儿的精细了。这一来，就算台下不懂刺绣的观众也看出了端倪，广东的观众大喜，湖广的却大急。

姚凌雪身处台上，只感到背后热辣辣的，仿佛上百道目光都有温度，烤炙着自己的脊梁骨，一时间，烦躁更增十倍。她微一转头，只见那个云娘竟悠然地斜睨自己，还吹了一声调戏的口哨。

姚凌雪大怒。她天资绝顶，刺绣的针法听过就懂，看过就会，在湖广时曾与一个宗师比试，竟在斗绣场上学着对方的针法做模仿绣，绣了一只一模一样的朱雀，并在最后关头抢先结针，且所绣朱雀更显神韵。因此她年纪虽小，但十三岁以后未曾一败！像今天这样的困境，竟是从未有过的。

但这个少女竟是天生的斗绣者，只片刻，她便从这种混乱中挣脱了出来，眼珠子一转，就有了主意："得这么干！"想到这里，她竟然直接停了下来。台下的湖广观众更是着急了："哎哟，怎么停下来了？"

林小云听到动静，微微侧头一看，果见姚凌雪停了下来，在揉自己的胳膊。他嘻嘻一笑，说："小妹妹，累了吗？要不要姐姐帮

你绣几针？"

姚凌雪脸现欢喜状："可以吗？那姐姐快帮帮我！"

林小云装好心地要过来帮忙，走了半步，问道："哎哟，可我们在斗绣啊，斗绣能帮忙的吗？"

台下好几个人纷纷叫道："那自然不行。"

"原来不行啊，哎哟，那可没办法了。不过不要紧，回头等你输了，姐姐请你吃冰糖葫芦。"

姚凌雪气得噘起嘴来，骂道："你消遣我来着！"

林小云哈哈大笑。她不再管他，转头说："不用你帮忙！我总能绣完的。"她说着，重新穿了针，引了线，唰唰唰地又绣了起来，但针路为之一变。

第一四三针　御前大比拉开序幕

高眉娘本来已懒怠，看到这里，眼前一亮，"咦"了一声。

辜三妹道："哎哟，这小妹妹受不得激，自暴自弃了。"观众也发现了不对，议论纷纷。

"这不是在绣城楼吗？怎么忽然绣了块朦胧的东西？"

"这砖块好像有点歪了。"

"咦，怎么忽然跑去那一角绣别的了？"

"她在干什么？"

众人感到诧异，高眉娘却念头微转，已猜到了几分。她轻轻叹了一声，道："可惜，可惜。"

黎嫂听到叹息声，说道："姑姑真是爱才，虽然是对面的人，也还替她惋惜呢。"

唯有林叔夜察觉高眉娘神色有异，暗道：姑姑不像在为那湘妹子可惜啊，难道……是在为小云可惜？

这场斗绣持续时间甚长，不觉两个时辰过去。看着日色渐昏，林小云先一步结了针。这场斗绣未点线香限定时刻，又过了一顿饭工夫，姚凌雪也结了针。

几个士人拥簇着陈国舅与孙郎中登台细看，先看《湘子桥》，只见一座横跨江面的宏伟建筑跃然于布上。这座桥不是普通彩虹形状的桥梁，而是由一座座的楼台向江边延伸过去，江水上的每一个巨大桥墩为一"洲"，每两个桥墩拱起一座楼台，因此共有十二楼、二十四洲；从东、西两岸延伸到河中央，再设十八艘梭船由铁索连接起来。拉开梭船，露出江面，叫作"开"，桥开时，船便能通行；重新将铁索梭船系好，叫作"合"，桥面又可通行。这便是桥梁史上首创的开合结构。

林小云的这幅绣写实，楼台巍峨，洲石坚固，梭船铁索，外栖数点风帆，当繁则繁，当简则简，一针一线扎实无比。孙郎中看得赞不绝口，不由得道："看此绣而知此桥之胜，令人心折！可惜潮州太远，不然真想一观实景啊。"

陈国舅笑道："洗此番辞官南归，当在潮州守候，孙兄若是有意，随时光临，我潮州合府士人翘首相迎。"

两人看完《湘子桥》，再看《岳阳楼》，却又是另外一个风格，只见一座城楼混在迷蒙之中，若隐若现，其中的远景也就罢了，近景的砖石有些不像砖石，树木有些不像树木。为何说不像？因为无论木或石，皆是扭曲之状，就连整座城楼也都有些歪曲，不但歪曲，而且看不清全貌——这里一团东西，那里一片迷蒙。旁边又绣了一些别的，不知是何物。

孙郎中看得大为皱眉，瞪了姚凌雪一眼，暗道：你这个女娃儿，把岳阳楼绣成这样，却叫老夫如何帮你？

他正要认输，姚凌雪忽然叫道："哎哟哟，这可把绣给挂反了！等我正过来。"说着就将绣倒过来放。

台下的观众分成两拨，广东的看客哈哈大笑，湖广的则看得憋屈。孙郎中也摇着头，正要认输，却忽听台下眼神凌厉的叫道："哟，这不是倒影吗？"

众人一怔，随即定睛再看，才发现近景的楼台其实不是实物，而是倒影，看明白了这一点，忽然觉得刚才不合理的地方都变得有道理了：砖石不像砖石，树木不像树木，是因为砖石、树木都只是倒影；至于那歪曲，则是经水面折射后的自然扭曲。

近景是岳阳楼在水中的影子，其本体反而被云雾笼罩了起来，只露出了一角，也就是刚才的"不知是何物"。因为之前倒立着，叫人看不清楚，这时正了过来，依靠水下倒影逆推，才能想象出那是岳阳楼的一角。

若说那《湘子桥》是春光灿烂、一片明媚，这《岳阳楼》则是淫雨霏霏、薄暮冥冥，水波之上无商旅，阴雨之下山潜形，又隐见角落有破船烂楫，似乎是阴风怒号之后、浊浪排空之余被打翻打烂的舟。其上则无月，正合"日星隐曜"；其远则无山，正合"山岳潜形"。雨雾之中，楼不可登；暮色之下，樯倾楫摧。正是满卷萧然，令人看后感极而悲。

这不是一个令人愉快的画面，却隐隐打动了陈国舅的内心。他乃是正德二年进士，本有匡君辅国之志，近年来却屡受打击，一生志向付水东流，近期连京师的宅邸都卖了，所以才会寓居在这广东会馆，只等处理完最后两件事情就要回乡。姚凌雪的这幅绣暗合《岳阳楼记》中的悲之篇，受其触动，陈国舅不禁吟咏出范仲淹的传世名句："登斯楼也，则有去国怀乡，忧谗畏讥，满目萧然，感极而悲者矣……唉，唉……女娃儿，这幅绣……你卖与老夫吧。"

他作为这会馆里广东人的代表，这时说出这话来，谁还能没个眼色？剧变陡生，湖广人士无不心中暗喜，林小云则大急，姚凌雪却早就打蛇随棍上："卖什么卖，老大人若是喜欢，拿去就是！"

她话这一出口，台下的湖广人士纷纷起哄，叫着："没错，没错！我们湖广人最爽快，一幅绣不算什么！""国舅爷喜欢，那才是最要紧的。""那当然，这么好的绣，国舅爷能不喜欢吗？"

湖广人起了哄，广东人自然也不甘落败，双方一开始还假客气，到后来就扯破了面皮，这边说《湘子桥》好，那边说《岳阳楼》高！这里有两位进士老爷在，那些商贾、江湖客原本也不敢造次，但因不少人押了盘口，唯恐输钱，因此不管不顾，定要争个输赢！

眼看场面越闹越不好看，孙郎中心想：这里是广东会馆，真个把对方赢了，须不好看，也伤了两省和气。他便开口道："这幅《湘子桥》，胜在景实；这幅《岳阳楼》，则胜在意深。依老夫愚见，不如打和？"

陈国舅笑道："有理，那便算和了吧。"

嘉靖皇帝从睡梦中惊醒，侍寝的康妃懒洋洋地正想跟皇上调笑几句，忽然见他泪流满面，吓得不敢吱一声。这时候的嘉靖皇帝已经告别青年时代，刚刚踏入中年，十余年的执政早练出了深不可测的城府，近两年更显喜怒无常之征。这样激烈的情绪反应泄露给了自己，是福是祸，难说得紧，所以康妃十分恐惧。

嘉靖回过神来，看见妃子的模样，开口说道："朕做梦，梦见母后了。"

康妃松了口气，慌忙说："陛下仁孝。"

想起刚刚故去的太后，嘉靖双目朝天，这份悲伤倒也是真的。蒋太后不仅是他的生身之母，也是他政治精神上的依靠。他记得刚入宫时，宫中、朝中双重施压，逼他认正德为父，只能以"叔父""叔母"称呼自己的亲生父母，是蒋太后一句"安得以吾子为他人子"定了乾坤，以拒绝入京、返回安陆作为威胁，逼得宫中、朝廷退让。他们这一让，便让嘉靖母子得以迈进一步。人人都知道新来的这对母子不好拿捏，又看到了张太后与宰相的软弱，便让后宫之中、朝堂之上触觉敏锐的人生出了"拥皇"的念头。

嘉靖皇帝非常清楚，那是他避免成为傀儡皇帝的关键一步，也是他掌握实权的开始！

皇帝——谁是皇帝！说了算的那个人才是皇帝！

虽然那之后仍有各种凶险，各种反扑，但每一次斗争，嘉靖母子都赢了，终于在"大礼议"之后真正登顶，掌握了后宫，掌握了朝廷，也掌握了天下！这一路走来，外朝的依靠是张首辅，而宫中的精神支柱则是蒋太后。而如今张首辅老了，蒋太后也去世了……

他让妃子帮自己抹去泪痕，这才问道："今天可有事务？"

"外朝之事，臣妾不敢与闻。不过御前斗绣就要开始了，听说除了广西、江西、贵州因故不能成行，其余两京十省，以及朝鲜、琉球、安南三属国的众绣娘都已经进京。"

"斗绣？"嘉靖愣了一愣，而后记了起来，"哦，母后的遗训。"

朝堂的事情一日万机，御前斗绣对绣行来说是天大的事情，但对皇帝来说委实微不足道。若不是蒋太后临终提起，这件事势必会无限期推迟，甚至被皇帝忘却。

"嗯，你们去安排吧。"

突然，他记起了什么："这斗绣多少年没开了？"

"臣妾年资浅，但听宫里的老人说，上一次御前斗绣，已是嘉靖五年的事了。"

"嘉靖五年……这么久了啊。"

那时候他还年轻，登基未久，后宫、朝廷尚未完全在自己的掌握之中，甚至就连这小小的斗绣之事，一开始也都被别人牵着鼻子走，是蒋太后一步步地清除异己，也是通过那一场斗绣，在后宫，尚衣监的人事落到了太后的夹袋里，意味着他们母子对后宫的全部掌握。在外朝，广东的霍韬借机跟自己搭上了关系，让自己在外朝也多了一分力量。

他有些理解母后临终前为什么会惦记斗绣这件小事了。这对他们母子来说，乃是争夺最高权力途中一个值得回味的记忆碎片。

隐隐约约地，他脑中晃过一个倩影，那是一个绣娘……那般的绝色，为什么最后没有入宫？罢了，不记得了。

"为什么会输！为什么会输！"

林小云站在高眉娘面前，烦躁得无以复加。

就在刚才，十几条湖广汉子用肩头把那个湘妹子轮流扛了出去，就像过节一样。

这次的斗绣虽然以平手收场，但在林小云心里，自己就是输了！

题目是姑姑定的，对自己极其有利，对方明显被打了个措手不及，结果还是叫人翻盘了！这比实打实地输给对方更叫林小云难受。

斗绣完了之后，表哥倒是没说什么，反而是姑姑将自己叫了来，问他："可想明白了？"

明白什么？明白个鬼！

就是自己轻敌了！

"哼，是我小看她了，以至于被个女娃儿所趁。"

"我说的不是这个。"高眉娘道，"《湘子桥》其实比《岳阳楼》好的。"

林小云眼里闪烁着光芒："真的？"

"那个娃儿只是出奇制胜，若依绣品本身来说，你的《湘子桥》比她的《岳阳楼》扎实多了。"高眉娘道，"一时之胜败，不足为虑，但今天之事让我确定了一件事情……此事的确定，或许将是我粤绣往后面对苏、湘、蜀诸绣的一大胜处！"

"真的？"林小云眼里的光芒更甚，"这么说，是不是我不小心显现出了什么我不知道的绝顶针法？"

高眉娘看着他好胜的样子，不禁莞尔，却又摇了摇头："不是。"

"那是什么？"

"你是男子。"

"啊？"

"你是男子……"高眉娘道，"男子绣花，真真是与众不同啊。"

林小云只觉得自己受了羞辱，蒙着脸逃走了。

他却不晓得高眉娘这话是真心的。

凰浦的氛围比别的绣庄好，因此绣庄之中，不但有断手的黄娘，还有沙湾梁哥这等性格古怪的，以及男扮女装的林小云——高眉娘没有排斥他。在与林小云和梁哥的日常接触中，高眉娘已经隐隐察觉到了什么，只是尚不能完全确定，但今日的斗绣，这一点明确地体现了出来，让高眉娘意识到，兼具细腻与体力的男子，在绣大绣上拥有很大的优势。

在此之前，天下各省也不是没有男子刺绣，但大多是让男子打下手工，精细的上手工一般都由女绣工负责。经此一事后，高眉娘便留了这个心，给袁莞师写了书信，尽陈心中所想。袁莞师阅信后，觉得大有道理，便自觉挑选、培养起男绣童来，让广东渐渐传下男子刺绣一脉，发展到后来，更产生了与绣娘对应的"花佬"

（对男绣工的俗称）群体，成为四大名绣中最特别的绣者。

与姚凌雪的这一战，高眉娘以其大宗师的胸襟，着眼的是刺绣的发展路径，而凰浦其他绣娘则彻底收了轻视之心，心想：一个十六岁的湘妹子就有这等能耐，其他各省卧虎藏龙，也不知道还有多少未知的高手。尤其是林小云，受此挫折之后，痛定思痛，竟敛了嬉皮笑脸，沉心钻研起了绣艺。林叔夜见绣师们经此一事反长一进，心中自然欢喜。

不料次日潮康祥众人也抵达了，黄谋赶紧到国舅爷处借到了那幅《岳阳楼》，交到梁惠师手中。梁惠师看后皱眉，说道："此绣勉强也算超品，虽然设思颇巧，但针线疏漏处也多，布局不够深熟，下等宗师足以为之。"

黄谋见她的判断与自己暗合，便不禁对凰浦大为不满，责备林叔夜不该留手，竟叫湘绣在广东会馆灭了粤绣的威风！

林叔夜笑了笑道："不过是入京伊始的一个小前曲，难道还真让高师傅出手去对付那个女娃子不成？"

黄谋正色道："这次进京未如先前预想的顺利，你我当处处小心，'狮象搏兔，皆用全力'，半点疏忽也不可有。这才能保住我粤绣天下翘楚之位。"

林叔夜错愕："怎么说……"

黄谋叹了口气，道："前些年，咱们潮州士林在京师势头是极好的，但林状元夺魁之后无意官场，如今国舅爷又要辞官返归，往后……唉，便只能依靠霍公那边了，希望绾儿姑娘能说动霍公施以援手。"

霍韬简在帝心，权力也大，若肯帮忙，肯定是帮得上的——问题是他未必肯为刺绣之事出手。

"霍姑娘要过些天才到京城。"这时林叔夜低声道："不过我舅舅昨天告诉我，秦德威秦公公也回京了。"

黄谋眉头舒展开来："这倒是个好消息。"

御前斗绣说到底是后宫的事，霍韬要插手，还得借势借力，但秦德威是尚衣监左少监,若肯帮忙,那效果可好多了!

"若是能得秦福老公公点个头……"黄谋道,"那事情可就更稳了!"

"秦厂督?"林叔夜微微一愣,"我们若去结交厂督,会不会犯忌讳?"

"想什么呢!"黄谋笑骂道,"文官士林结交内宦才是犯忌讳,咱们做买卖的,到公公门下奔走,那都是寻常事!"

林叔夜闻言不由得失笑,因为在他内心深处,总还是不自觉将自己当读书人的。

这一年暮春,各参比队伍的绣娘陆续抵达北京城,这御前斗绣也终于拉开了序幕。

第一四四针　四海名绣会京师

霍绾儿的座船抵达通州了，路上虽因遇风雨耽搁了七八日，但总算也到了。这不是她第一次来京城，但上次随霍韬来，她像一个丫鬟似的跟在霍家的大队伍里头，沿途都有官方驿站，什么都不用管，安全与供给都有保障。而这一次，她是自己做主北上，带着一个丫鬟千里奔波，一路上什么都要自己打点。这一路走来，她总算知道一个女子在外经商的艰难。屏儿则是第一次出远门。千里运河的长途船坐下来，她没吐，但在通州到京城的马车上吐了一路。

"这北京城的路，可比咱们省城的路还糟啊。"

其实主要是她没怎么坐过马车——广州的主要交通工具是船。

抵京之后，霍绾儿先去霍府，霍韬却不在家，只留了话，让她且住几天再说。霍家在广东的府邸极大，在北京城的则不到广东老家的五分之一，一大家子凑合着住都有点紧张。上次霍绾儿是直接住在书斋的耳房里，如今年岁已长，不宜如此，又不再是丫鬟身份，府中没有合适的地方，便将她安排在外头的一个宅子里，表面的说法是对霍绾儿的尊重，不再以丫鬟视之，但屏儿隐隐觉得霍家对自家姑娘似乎"见外"了。

"似乎？"霍绾儿笑了，"并不是'似乎'。"

"那……那我们怎么办？"屏儿都有些慌了。

"没什么。"霍绾儿道，"我们既然有了自立的想法，就得有一步步被人剥离的准备。"

自从霍韬许她"自择一业"，她便知道迟早有一天自己会被归到霍家外围的。这一天现在就到,她也不意外,于是很顺从地跟着仆从去了那座宅院。

安顿好之后,看着日头尚早,她便决定:"去广东会馆。"

来到广东会馆,结果林叔夜、高眉娘都不在,留守的林小云道:"哎哟,霍姑娘怎么今天才来!御前大比开始了,今天是各参比者献绣!庄主和姑姑今儿个都进宫了,天还没亮就出发了。"

霍绾儿有些讶异:"这么快!那林大掌柜呢?"

"进宫名额有限,老林带人守在宫门外,万一有什么事情,好随时接应。我留在会馆守家。要不姑娘进来等?"

霍绾儿想了想,却道:"不,我们也进宫。"

林小云微微吃了一惊,那皇宫高墙规矩森严,表哥他们要进去,先是审身份,后是审仪容——自己怕露馅就没去——再之后学礼仪,搞了三四天。这位霍家千金可真是了得,竟然能临时进宫?

霍绾儿主仆出了广东会馆,屏儿问:"姑娘,咱们能进宫?"

"不知道,去撞一撞。"

她自然不是直接去皇宫,而是先去东厂督公秦福的外宅找秦德威。为什么找秦德威,却要去秦福的外宅?因秦德威是秦福的养子,也当着秦福外宅的管家。他如果出宫,有时候也住那里,所以在广州时,他留给霍绾儿的地址就是那儿。

不料到秦府凭印信一问,才知秦福已经自己购置了外宅,搬走了。

"呵呵,看来秦少监这一趟南下……发得不小啊。"

问明道路后,她们又往秦德威的外宅赶。这间宅子的门面比秦福的小多了,到那儿之后,又巧又不巧,不巧的是秦德威也不在,巧的是他恰好遣一个小太监来取物事。那小太监刚好认得霍绾儿,笑道:"今儿个献绣,我们尚衣监在做大事呢,干爹如何有空?姑娘要不进来等等?我还要去给干爹送东西。"

霍绾儿想了想,说:"不,我也跟着去。"

小太监惊道:"姑娘跟去没用啊,到了宫门外,你进不去啊。"

"去了再说。"

小太监便带着两人一路往西苑赶。蒋太后去世之后，嘉靖皇帝在大内就住不舒服，常常搬到西苑去住，而西苑靠近西安门，秦福和秦德威的宅子都在西安门外不远处，所以他们没多久便到了西安门外。到这里，霍绾儿便进不去了。

霍绾儿塞了锭银子，劳烦小太监去给秦德威报个信，说她就在外头等着。小太监掂了一下银子，应承了，递了腰牌入宫。他没过多久便回来了，笑道："也是你们有福了！我寻干爹时却遇到了干爷，干爷问明缘由，发了慈悲，让我带你们进去。"

原来这西苑在太液池以西，属于紫禁城的附属林苑，和大内隔着个太液池，也算皇宫范围，但在规矩上没大内那么严，有几年冬天，甚至还组织京师老百姓进去扫雪。绾儿、屏儿又都是女子，所以秦福递句话，就敢把人安排进去。

屏儿暗喜。她不懂大内与西苑的区别，只是为真有机会进宫而兴奋！

霍绾儿则沉着多了，拿了小太监递过来的腰牌，一路按照吩咐，带着屏儿，跟着小太监进去了。他们一路经过惜薪司、大光明殿和仁寿宫后墙，都在檐下快走，不敢东张西望，没多久便到了蚕池附近，进了一间屋子。霍绾儿也分不清是哪里，就听里面一个人笑道："霍公的孙女来了？真是够胆！"

"够胆"二字，带着浓浓的广东口音。霍绾儿大喜，只见一个两鬓灰白的太监坐在椅子上，就是刚才说话的人。霍绾儿便知这位定是总督东厂兼尚衣监掌印、御马监掌印，当朝最炙手可热的大太监秦福了！他是三水人，所以说话带着广东口音。

霍绾儿上前拜见，行孙辈礼。

东厂之威在外头令人丧胆，此时秦福的脸上却看不出什么，反倒是带着几分慈祥，笑着说："霍公收的好孙女！找人够胆……找到皇宫里面！"

"也就是来撞一撞，不料得了天大的福分，竟得了秦爷爷的

垂青。"

秦福哈哈一笑，道："啲绣娘仲未到，我哋倾下偈先①。"

原来林叔夜、高眉娘一早出门，却是先到宫门外集合，且他们走的不是西安门，而是在紫禁城的宫门外等着。直到日上三竿，他们才等到传召旨意，这才进宫。一行人先到尚衣监去，在那里，有些早就听了好几遍的进宫礼仪和流程，还得再听分派来的太监说一遍，之后是分管太监，也就是秦德威训话。如此折腾了一大圈，早过了午饭时间，但宫里也不管他们的饭，他们也只能挨着。这次能进宫的，不是本省数一数二的绣庄庄主，就是一省绣道之魁首，他们在老家那儿都是养尊处优的人，可到了这皇宫里头，连屎尿都得憋着。

太监们吃了饭，这才过来带他们启程，绕过万岁山侧，经过玄武门外，终于望见了太液池。太液池中间有一座玉河桥，走过桥后，左手边有一块地，乃是大明宫人纳锦之所，象征性地种了一些桑麻。这里便是蚕池，今天的献绣之所。

路程如此遥远，行程如此繁复，因此霍绾儿竟是后发先至。

这时霍绾儿也不敢多问，只听秦福问什么，便老实应答。秦福问的都是老家的事，而霍绾儿暗中给秦福办过几件实事，其中有两件还是亲自办的，秦福的老家她还亲自去过，也跟秦家的老人说过话，因此两人聊得十分入港。嘉靖皇帝看宦官看得严，秦福别说回乡下，就是直接派人打听都不敢。这时霍绾儿说起乡情，比秦德威详细得多，他听了心中欢喜极了，对霍绾儿大生亲近之心，竟然忘了时辰。直到一个小太监来报："蚕池那边队伍列好了。"

秦福这才起身，笑道："走，咱们一起去看看热闹。"

霍绾儿慌忙道："那边会不会有贵人？怕会冲撞了。"

秦福打量了霍绾儿一眼，只见她今日的穿着不算富贵，也不算寒酸，很符合官宦家庶女的模样，点头说："有咱家在呢，怕什么？"他只是一开始心痒吐露了几句乡音，但来北京城日久，所以

---

① 广东方言，意为：绣娘们还未到，我们先聊聊天。

说到后面还是习惯性地用了带北京腔的官话。

既然有秦福做主，霍绾儿便有了底气，随他来到蚕池。秦福指着桑树下的一处阴凉地儿，道："你去那里候着吧。"

霍绾儿过去站好，举目一望，只见桑麻那儿站满了人。此次斗绣，许庄主一人、绣娘二人、帮工二人入内，一支队伍五个人，十六支队伍就是八十人，加上太监、公人、属国使者与省部官员随从等，上百号人依礼依序站在那里，大白天的，一声咳嗽都没有。

霍绾儿极目搜寻，便听屏儿低声说："那里，那里！"循声望去，这才在很后面的左次位置望见林叔夜、高眉娘、黎嫂和两个帮工。林叔夜和两个帮工站在一列，高眉娘和黎嫂站在旁边另作一列，全都低头屏息——其他人也都一样。

霍绾儿正想着能不能传个言语，便听公人唱道："皇后娘娘驾到。"

她心里一紧，侧头看去，果然见一顶凤盖移近。秦福移步前迎，将两位贵人引向前方，跟着秦德威领声，上百人齐声高唱："皇后娘娘千岁！"众人一起跪伏。霍绾儿便知那是当今正宫娘娘方皇后了，站在她身旁的却不知是哪个妃嫔。

凤盖从旁边经过时，方皇后忽然停步，定睛看向霍绾儿。倒不是她能分辨宫娥们的容貌，而是因为霍绾儿的衣着不对，一看就不是宫里的人。

皇后身边的侍女会意，叱问："你是从哪儿来的？"

旁边秦福笑道："娘娘容禀，方才这边缺了件物事，因事情急，便让下边的人去取。这两个是帮着送东西来的商女，不料未退去时娘娘已至，恐冲撞了凤驾，扰了献绣典礼，所以让她们避让在旁。"

以他的身份，递腰牌让两个商女进来西苑送点东西倒不算什么，这些年比这离谱的事情多了去。方皇后便只是点头，正要复行，忽又停下道："你不是宫里的，怎么这脸看着有些面熟？"

她只是随口一说，霍绾儿却已经跪步向前，道："娘娘好记性。民女霍氏。六年前，太后前往西山进香，因风阻路，民女奉祖母之命在西山服侍过太后，与娘娘会过一面。"

方皇后怔了怔，随即道："是你啊，你是霍少保家的那个孙女？"她算是记起来了，几年前宫中几个贵人连同几个诰命去西山进香，遇大风而在山上滞留了一夜。太后在外临时留宿，各方面一时都不就手，霍绾儿便临时被派到太后身边伺候，不想她乖巧伶俐，竟就得了太后欢心，还带进宫住了几日才放回。这也算一件小小的异事，而霍绾儿当时的表现也让人印象深刻，所以方皇后依稀记得。

这事秦福反而不知，一时错愕。

随即方皇后又奇道："你不是霍少保的孙女吗？怎么会是商女？"

霍绾儿道："娘娘容禀，民女乃是义孙女，年长之后，祖父许民女外出自择一业，民女便择了丝绣，因此秦公称民女为商女。"

"原来如此。"这里头其实又勾出了许多疑端来，但这时也不宜揪着细问。她既是霍韬家的，那也不算是什么闲杂人等了。方皇后手指一点，让她跟在后面，随后凤步移到前方正中。方皇后在最大的一棵桑树前坐下，随行的妃子也在旁边得了赐座。宫娥们两边排开，霍绾儿与屏儿竟得以排在边上。秦福与秦德威对视一眼，均想：没想到这女娃儿竟然与皇后相识！

方皇后坐正后，道："平身吧。"便有太监唱道："平身。"场中众人这才起立。

秦福侍立在方皇后身边，秦德威上前宣懿旨："古云：夫不耕不食，妇不织不裳。桑蚕创于嫘祖，黼黻见于虞舜，周设有司而汉入宫廷，绣者非只闺中之艺，亦以充家国之用，彰绨衮之华也。贵者衣画而裳绣，百姓麻素亦点朱，观服衣之纹，知时世之变！今逢盛世，仁圣在位，四海仰福，寰宇承恩，乃遵慈孝贞顺仁敬诚一安天诞圣献皇后遗训：许两京及诸省、属国绣者入宫献艺，各展其才，以彰国朝之华彩，兆盛世之再临。"

秦德威读罢后退，又有尚衣监太监出来唱名："皇后娘娘懿旨：属国远来，宜先进献。"

便有朝鲜国属官叩首而前，进献一绣，曰："东海波臣，进《双鲤图》为皇帝陛下及皇后娘娘贺。属国臣子，愿皇帝陛下与皇后娘娘万福千寿。"说着，便有绣女将绣图展开，果然是一对锦鲤。

霍绾儿浸淫丝绣业已近一年，眼力早非海上斗绣时可比，这时望去，心里便想：这幅《双鲤图》针线也算上佳，但似乎还比不上凰浦李绣奴所绣的。

朝鲜之后，便是琉球献《四季花》，安南献《月团圆》。琉球之绣的水平与朝鲜相仿，安南则差了半筹。霍绾儿心想：既敢派来斗绣，这应该是三国水准中最高的了，怎么也不过如此。

其实这三国所献绣品都算佳作，只是中华刺绣独步四海，苏、蜀、湘、粤又是其中翘楚，而这一年来霍绾儿所接触的，无论是凰浦、茂源，还是康祥，皆是粤绣中的顶流，对顶尖的绣品习以为常之后再看次佳之作，才会生出这三国的顶级刺绣也"不过如此"之感。

方皇后却对三国使者、绣师都给予嘉奖，道："诸国孝心，本宫知之矣。"

霍绾儿听了，心想：属国之绣，不在绣之好坏，而在还知敬献、忠孝之心。

三国使者、绣师退下后，秦德威复前，命两京献绣。大明省级行政划分为两京、十三布政使司（俗称十三省），政治地位上自以两京最高。

当下京师代表先上前，绣工展卷，礼官依帖读道："京师绣者献绣，曰：《百官上寿图》。"

霍绾儿定睛瞧去，不由得微微皱眉：这幅绣四平八稳，针功也未见奇，京师为布政之首、百善之地，怎么刺绣水平也仅仅如此？却不知正因为久处天子脚下，京师的绣师们才越发小心翼翼，正如御医总开中庸之方，御厨做的菜也不敢追求惊艳一般，所以这幅绣但求无过，不求有功。

方皇后阅过《百官上寿图》，目光微扫，恰巧瞥见了霍绾儿的神情，一时心动，问道："霍氏，这幅绣有什么问题吗？你为何皱眉？"

第一四五针　精绝高妙

竟然被方皇后留意到,霍绾儿与秦氏父子都是一惊。霍绾儿出列答道:"民女无状,娘娘恕罪。"

旁边的妃子忽然想起什么来,对方皇后笑道:"刚才听她说择丝绣为业,那对刺绣之道,想必颇有见解。"

霍绾儿忙道:"民女岂敢!"

那妃子道:"不敢?那就是有见解,只是不敢说。"

"康妃说得是。"方皇后笑道,"这有什么敢不敢的,今日献绣,又不是国朝大事,何必这么拘谨?你若有见解,不妨说来听听。说得好了,本宫自有嘉奖。"

霍绾儿心想:说得不合凤意,最多挨一顿训斥,而我是秦公公带进来的,连坐之下他也得保我两分,料来罪不至死……说得好了,却是后福无穷,拼了吧!

她便上前两步,仔细抚看一番后,说:"此绣均衡整齐,其织平滑,其泽光亮,乃是上品。"

方皇后问:"既然如此,你为何皱眉?"

霍绾儿也是真的勇,竟然说:"此绣上佳也,只是京师为天下之首,这幅绣却未能称天下之首,因此奇怪。"

方皇后一笑,对康妃道:"本宫不懂绣,妹妹以为如何?"

康妃道:"确实是四平八稳,而未见其奇。"

方皇后一笑,道:"你们都这么说,那就是没错了。"伸手,便有宫娥立着奉笔,太监跪着奉纸。皇后在纸上批了"上下",又吩咐："既是佳作，收入内库。"

京师代表叩首谢恩。

霍绾儿说第一句话时，林叔夜离得远，听不真切，后来听多了几句，越听越觉得耳熟。原本是守礼，眼观鼻、鼻观心的，这时他忍不住抬头望去，见是霍绾儿的身形，不由得微微吃了一惊："她怎么在这里？"

京师之后，跟着便是南直隶献绣，在场大部分绣师心中均是一紧。南直隶之代表，正是名满天下的沈女红，许多人都忍不住暗暗地将头抬起些许偷看，想知道这次沈女红献的是什么。

不料方皇后忽道："南直隶且放后。"众人一奇，却不敢问。方皇后自己笑着说了原因："曾经沧海难为水，先看了沈女红的绣，怕后面看别的就不好评了。"

众人闻得此言，无不暗中吃惊：皇后竟然也知道沈女红，而且对其评价如此之高！

霍绾儿经过这么几个回合，隐约摸到了方皇后的性子，便又放开了几分，笑着说："皇后刚才还说自己不懂绣，原来心里什么都明白。"

康妃也凑趣笑道："小丫头不懂事，皇后怎么会不懂？"

方皇后其实真不算懂，但她是南京人，沈女红算是她的本省老乡，耳濡目染，便知道苏州有这样一位刺绣大高手。

南京既然放后，接着便是山东、山西、河南、陕西相继献绣。霍绾儿胆气渐壮，既得了方皇后口谕，便对各省绣品加以品评，每一个评价都有委婉却准确的说辞，点出了鲁绣、晋绣、汴绣、秦绣的特点与差别，又评出了四省绣师的功力高下。更令诸省绣师骇异的，莫过于她还能指出各省绣师的针法长短。她若只懂一省针法倒也罢了，但对诸省针法皆通，这就令人惊异了。原来霍绾儿与高眉娘认识后，虽然极少见面，却有书信往来。书信之中，她极少言及私事，却经常问及刺绣上的学问，而高眉娘对她也未藏私，加上霍绾儿本就聪明，又从霍韬那儿学到了治学之法，竟以高眉娘所言为纲目，用第一流读书人的学习方法来学刺绣上的学问，因此不用一年工夫，竟然就有了高眉娘七八成的腹笥。此时在绣评领域，她的眼力、触感虽不算顶尖，但只以学问而言，怕是连梁太元也未必能胜过她了。

因她点评得到位，各省绣师无不心服。她们搞不清楚霍绾儿的身份和来历，只当是皇后娘娘特意安排的人，均想：皇后娘娘跟前的人，眼光果然独到！

方皇后见众人皆服，便颇觉自己有识人之明，亦甚欢喜，逐一按照霍绾儿所评，再结合政治考虑加以批示。

陕西之后，便是四川、湖广。

方皇后心慈，眼看今日日头颇为酷烈，心怜众人，不愿他们久晒，便有意加快进度，令两地绣品一起献上。

四川献上的是一幅屏风画《蜀都绣望》，取扬雄《蜀都赋》中"若挥锦布绣，望芒兮无幅"之意，描绘的是成都织工的工作场景，以织工热火朝天的织绣之景来显现大明盛世气象。

湖广献上的则是一条手帕。屏风甚大，展开了有一丈二尺宽、八尺高，而手帕甚小，托在手里也就六寸见方，但用针着线都十分精致。

霍绾儿对比过后，说道："这幅《蜀都绣望》上有建筑，描工坊则线条写实；有人物，绣绣娘则栩栩如生。远则有隐隐青山，近则有悠游池鱼，屋舍间以鸡鸭走犬，旧柱有攀藤垂挂，窗口以花卉点缀，一派日常气象，令人见而觉其真。事物虽繁，但织造之场景始终占据主位，繁而不见重复，枝多但不夺主干，以构图与设想而言乃是上上之佳作，可惜针法有参差……蜀绣针法为天下诸绣中最繁复者，而此屏风构图涉及人物、花鸟、山水、鱼兽、建筑，凡刺绣能表现的一应事物几乎应有尽有，可见构图者有一屏之中囊括世间万物之野心，然而其针法，晕、辅、滚诸法用得佳妙，掺针针法则偶非胜笔，盖、螺旋二法更未臻妙境，若是细察则未为极品，惜哉！"

康妃自认为知绣，前面几个省评下来，都只觉得霍绾儿所见与自己暗合罢了，直到这里不禁有些动容，因为霍绾儿所说的针法缺点，她就没看出来。她忍不住起身上前摸抚，而后道："蜀中绣师，服此评否？"

四川的绣师听到问询，出列叩头："娘娘容禀，这幅绣，妾身求得杨锦望老宗师定画稿，然妾身针功未逮，出发前将绣品以问杨师。杨师对此绣的品评，与这位姑娘所言如出一辙，妾等焉能不服？"

众人一听无不惊震，心想：这位宫娥的眼力、见识竟然到了这个程度，怪不得皇后娘娘会委派她来评绣！

秦福听了，趁机凑趣笑道："没想到霍姑娘在刺绣上的见识如此独到，怪不得娘娘会点她出来品评，可见娘娘的识人之明。"

这话是一边夸奖了霍绾儿，一边捧了一把方皇后。方皇后听了自然欢喜，既觉得秦福的奉承顺耳，亦对霍绾儿更生好感，说道："把湖广的绣一并评了吧。"

霍绾儿将手帕看了看，见这条手帕针线简单，正面绣了一个太阳，背面绣了一个月亮，此外再无他物，乃道："此帕的情况与《蜀都绣望》正好相反。《蜀都绣望》用针繁复，导致中间出现力有未逮处。这条手帕的绣工倒是极佳，针路纹理皆完美无缺，但构图太简单了。绣之道亦如画之道，虽然极简能见空灵，但太过简略便难以体现绣师之针功，只能说各有高下。"

众人听了都觉得有理，人家在屏风上绣了几千条纹路，偶尔出现若干瑕疵在所难免，你一条手帕只要保证几十条理路没问题即可，难度自然要比人家那大屏风低得多。

方皇后微微颔首，正要提笔定品，忽然下面一个少女叫道："娘娘，我们这绣的妙处，可不止如此哩！我们是能简也能繁，这位姐姐走眼了！"

此时在场的上百人个个噤声，刚才蜀地绣师也是康妃问话后才敢应答，怎么湖广这边竟有人敢造次？一时间，众人错愕，湖广一列更是吓得瑟瑟发抖。

方皇后提起笔的手顿住了，康妃则皱眉道："哪个绣娘如此失礼？"

便见一个十六岁的女孩子站了出来，跪下，抬头道："是我，是我！"这不是姚凌雪是谁？

方皇后见是个半大不小的闺女，摇头笑道："看样子是个边远之地的娃子，年纪小不知礼，莫为难她了。"

康妃等慌忙道："皇后娘娘宽慈。"

姚凌雪竟是不知道怕，张口就叫："我说的是有理的，怎么说我不知理呢！"

湖广那一列的人吓得不轻，恨不得伸手捂姚凌雪的嘴巴，却又不敢。

霍绾儿却向方皇后行礼道："娘娘，既然这位绣娘不服，奴家恳请让她分辩几句。"

方皇后倒是好脾气，颔首道："可。"

康妃道："过来吧，说说你的'理'在哪儿。"

姚凌雪就笑了，拍着手，跳跃着过来，在湖广众人的提心吊胆中直跑到前面去，笑道："我这手帕，另有玄机呢！"

方皇后见她年纪小，原本还以为是跟着师父来见世面的，闻言问："这是你绣的？"

"是我绣的，一针一线都是我绣的。我连想带绣，花了一天一夜呢。"

方皇后更奇："湖广这么大的省，竟让你一个女娃子来出头？"

姚凌雪笑道："有志向不在年高，有能耐怕甚岁少！"没有任何犹豫，她拿过那条手帕，双手一撕，"嗤"的一声，手帕从中间一分为二，竟然变成了两条手帕！

她撕了手帕后，便跪下呈给康妃。康妃接了过来，只见两条手帕仍是六寸见方，一样的大小，厚度却薄了一半。

外头是日、月，里头则用很细的线勾勒出一条龙和一只凤，日之帕为龙，月之帕为凤。日、月那一面构图简单，龙、凤这一面则繁复极了，于数寸之间将龙姿凤态都给表现了出来。

姚凌雪道："我这手帕，若合起来，是一条手帕，分开来，就是两条。这就叫《日月龙凤帕》。"

康妃看了也不由得称赞,转手交给霍绾儿,道:"你看看针线如何?"

霍绾儿接过,见龙、凤的针路也无一不佳,跪下告罪:"奴家有罪,一时失眼了。"原来她的刺绣见识虽然上去了,但限于时间与经验,其眼力与触感毕竟跟徐博古、高眉娘、陈子峰等摸绣多年者不能相比,因此竟被瞒过了。

"她自己一开始不展现出来,还要人去猜,这是故弄玄虚!"方皇后戒饬道,"就算要斗绣,也都给我光明正大地斗,莫弄这些无谓的手段。"原来她素性宽容端庄,向来恪守礼法,因此不是很喜欢姚凌雪这种轻佻出格的人,不过戒饬之后却也并未责难,但对《蜀都绣望》评了个"上中",对《日月龙凤帕》只给了个"上下"。

湖广众人全都捏了一把汗。姚凌雪好弄奇险,不料今天在这上面玩砸了。黄谋跪在后面,一方面对方皇后的性情有了把握,另一方面也暗中窃喜。

这皇家的威严,端的令人莫测。挥退姚凌雪后,方皇后仍命霍绾儿继续点评。

湖广之后,便是浙江、福建。霍绾儿虽经一挫,但很快就调整好心态,语气平稳地继续点评,所论皆切合浙、闽二省所献绣品之利病。方皇后瞧在眼里,反而高看了她两分,心想:不愧是宰执门庭养出来的,见识倒在其次,这份气度才是难得……怎么去做了商女,真是可惜了。

浙、闽之后,便是广东与云南。

康祥献上的是一座圆台,直径三尺,台中央是一面直径二尺的镜子,照得人纤毫毕现,镜缘则为绣,乃是一幅《九龙汇》。直径二尺的玻璃镜本身就是罕见的贵物,可见潮康祥为争这一先,真是下血本了,而镜缘之绣论构思则大气而巧妙,论用针则繁复而无瑕。霍绾儿待要指摘,一时竟无从置喙。霍绾儿对刺绣的理论知识都来自高眉娘，而梁惠师深得高氏真传，且在各方面都做到了极致，此绣又是她苦心孤诣之作，因此霍绾儿挑不出一处毛病来。

方皇后看了亦甚欢喜，却道："可惜是《九龙汇》，只能敬献陛下了。"

黄谋想着刚才姚凌雪犯忌了都没事，便壮着胆子出列，跪下呼道："草民回去，必再敬献一面《六凤团》。"

方皇后笑道："这是什么话！这不将本宫当作打秋风的了？"

见皇后娘娘说笑话，康妃、秦福便也笑了出来，旁边的秦德威、霍绾儿及贴身宫娥也跟着笑了。其他地位再低的，就不敢笑了。

待这一圈人笑了一会儿后，霍绾儿再评那幅云南绣品，其绣虽也佳妙，却不如这面九龙镜了。

方皇后夸道："广东上次斗绣出了个尚衣，这次又有这般佳作，看来沈女红要想夺冠，没那么容易了。"说着仍然提笔写了"上上"二字，太监将批示唱出，站在后面的潮康祥众人喜出望外。这是今日献绣第一个拿到"上上"的绣品，梁惠师嘴角的笑意都溢出来了，黄谋更是半边身子都在发抖。

两幅绣品撤下去后，林叔夜正准备上前，这时方皇后以为除南直隶的都已经献毕，就道："南直隶献绣吧。听说十几年前御前斗绣，斗到最后也是苏、粤两家争锋，刚才压轴的粤绣得了'上上'，这压台的苏绣可勿令本宫失望为是。"

南直隶便奉绣品上前，却也是一卷大绣，以帛为绣地，制成卷轴，竖立时高达五尺，展开来竟达一丈零八尺，比那蜀绣屏风还要大！礼官唱道："南直隶绣者献绣，曰：《万国朝圣图》。"

那绣才展开一半，康妃已连声称赞："好绣！好绣！设色精妙，光彩夺目。"

霍绾儿闻言一奇，心想：自皇后命我评绣，这位娘娘都不先作声的，怎么这时忽然抢先开口？

却见方皇后微微一笑，说道："这是沈女红的手笔吧。"

听方皇后再次提到沈氏之名，众人无不会意。霍绾儿也是一凛：看来沈女红是皇后娘娘心仪之人！是了，康妃也知道这件事，所以刚才开口抢评。这既是在向皇后示好，或许也是在暗示我！

何况沈女红这幅绣的确高绝，当下霍绾儿也赞叹道："好绣！真是好绣！此绣精哉！绝哉！高哉！妙哉！"

她自评绣以来，都是具体绣品具体分析，这次评论用的却都是虚高的好话。

方皇后却甚满意她的点评，微微示意，秦德威便呼道："南直隶沈氏，上前回话。"

一个矮小的身影上前行礼，正是沈女红！

方皇后问道："本宫隐约记得，两年前蜀中杨氏曾献《万国一锦图》，甚是精妙。这幅绣与那幅绣可有渊源？"

沈女红叩首答道："禀皇后娘娘，蜀中杨锦望师傅乃民女恩师。恩师七十大寿之际，民女以三国时苏绣《列国图》为本，绣《万国一锦图》为恩师贺寿，恩师得图之后传书深责民女，言曰庶民之家，不当藏此江山大卷，因此转献于大内。《万国朝圣图》与《万国一锦图》皆脱胎于《列国图》而有所变化，可说同源。"

方皇后笑道："原来也是你绣的，那这两幅绣又有何不同？"

"禀皇后娘娘：《万国一锦图》，乃周列天下之江山，此士民之游也；《万国朝圣图》，乃是俯瞰天下之江山，此天子之视也。士民之游，尚敢献于恩师；天子之视，唯敢献于九重。"

这话点出两幅绣虽然内容一样，视角却不同，因此显现出来自然有异。

方皇后大喜道："论之甚当！"便命内宦取《万国一锦图》来一较二者之差别。

秦德威道："娘娘，咱家没记错的话，《万国一锦图》没带来仁寿宫，应该还在大内。"

"那可就有些远了。"康妃道，"娘娘，底下还有各绣庄的绣工在太阳下站着呢。"

皇后笑道："却是本宫考虑欠周全了。两图日后再看。沈氏且下去吧。"取了纸笔，也评了"上上"。

沈女红叩首归列，众人心中无不想：皇后娘娘这样看重，看来这一次献绣，沈女红定要夺魁了。

绣师们都知道，这第一关献绣将定下排名，与后面的斗绣排列大有干系，一时各生心思。

方皇后便要作此次献绣的最后定论，忽见霍绾儿跪下启道："娘娘，似乎还有一列。"

皇后愕然道："还有？江西、贵州、广西皆因故未能来啊……"她一边说，一边举目望去，果然发现有一列人在后方没动过。

康妃目视秦德威："怎么回事？"

秦德威慌忙上前道："禀娘娘，是还有一列，也是广东的。"

"广东有两列？"皇后愕然，随即醒悟，"是了，上一次御前斗绣，广东夺冠，因此特许多了一列。既然如此，何不献绣？"

这时秦福笑道："禀娘娘，刚才被霍氏之事打了个岔，老奴未及时禀报。广东那一列的献绣，皇爷已取了去，并传了口谕，此次献绣，其所献《飞仙盖》可列为第一。"

方皇后微微一怔，众人更是心中惊震：按说今天献绣既指给了皇后品论，皇帝看着皇后的面子，也应不再插手才是啊。不过嘉靖的威严便是皇后也不敢轻犯，甚至连心里抵触都不敢。她可不是嘉靖的原配皇后——数年前，前任皇后就在她眼皮子底下被废，没过两年就死了！

因此听说皇帝已经定冠，方皇后一怔过后，也只是笑了笑，说："却不知是什么样的神品，竟然能得陛下青睐，回头本宫当去求陛下恩准，好好瞧瞧！"

第一四六针　万国之锦，不如飞仙一盖

"老爷，绾姑娘来了。"

霍绾儿日间来的时候，霍韬去了部里——原本不知要几日才能见到的，结果天黑前霍韬就从宫里出来，回到小宅没多久，便派人来传霍绾儿。霍绾儿心中自有一本账：她能不借霍韬就与宫中搭上线，甚至还得到了方皇后的欢心，此事本身就是叫霍韬重视她的筹码了。

霍绾儿在半黑之中走入书房，与数年前在这里伺候时相比，如今各物显然都陈旧了许多。霍韬正在灯下写着什么，闻声抬头。他脸上微有病容，但掌管吏部经年，灯火摇曳中仍是不怒自威。霍绾儿跪下请安，霍韬道："起来吧。"霍绾儿便站了起来，脸上无惶恐之色，反而一派沉着冷静。霍韬瞥见，便知以后再不能以女婢视之了。顶级人物行事从不拖泥带水，他放下笔，安抚了几句，又问今日她如何进得皇宫，并细细询问蚕池献绣之事。

霍绾儿一一应答，却又不依霍韬所问，先说自己日间来到府邸，未见到祖父十分不安，却还是按照祖父的安排去了外宅。霍韬闻言微微皱眉，但霍绾儿就好像没看到他的表情一样，仍然按照自己的节奏继续说话："于是我便去了广东会馆。因祖父许我自择一业，我便择了丝绣，年前投了一个庄子叫凰浦，此庄今年侥幸代表广东前来参加御前大比，因此去广东会馆寻他们。不料却也去晚了，他们庄主、绣首都不在，一早进宫去了，于是我便寻思着，也打算进宫。"

霍韬皱眉:"你是如何进宫的?"

"其实也是白撞。"霍绾儿笑了笑,便将自己先去找秦德威,再得秦福传唤入宫之事说了。她与秦德威在广东时有过交结,这在与霍韬的往来书信中本有提及,而霍韬也知道,只是一直觉得霍绾儿是靠着自己撑腰才攀上了秦德威,此时知她敢只身一人撞入大内,还能在秦福面前应对自如,不由得微微动容,就让她坐下。

于是霍绾儿坐下了,跟着再叙与秦福的谈话,絮絮叨叨的,没有夸大,也没有简略。霍韬自然能分辨出真假来,这时竟也没有不耐烦,只是静静地听着。待听到秦福带她去蚕池,她竟被方皇后认出时,他眉头微微一跳;在听到她与方皇后的对话及方皇后的反应后,他轻轻咳嗽了一声,让霍绾儿坐近了些许,并摇铃让在外守候的婢女进来,给霍绾儿上茶润喉。

大明的体制,宫廷与外朝隔绝森严,就算霍韬在外头如何权势滔天,对宫内之事也是鞭长莫及。如今嘉靖与外朝沟通渐少,霍韬想:如果孙女能与皇后搭上线,哪怕只是偶尔探听到一丝半点的消息,那也是极珍贵的资源了。

霍绾儿也不急着说话,等着婢女来伺候自己。当年做此事的本是自己,直到此时此刻,她在霍韬面前才第一次像个小姐一样得到侍奉。

等茶水入喉后,她才继续往下说。在听到她竟得方皇后亲点让她评绣,而她也不负所望,几乎将蚕池献绣变成了她的舞台时,霍韬一直放松靠在椅背上的腰竟直了几分。再听到她点评姚凌雪之绣出了失误,方皇后竟为她说话,甚至不惜为此贬压楚省献绣时,霍韬看看她已经半空的茶杯,竟站起来为她加茶。

霍绾儿等茶水续满,才慌忙道:"怎么好叫祖父动手!折死绾儿了。"

霍韬笑道:"祖孙之间见外什么!你继续说。"

霍绾儿这才继续。这场献绣表面上全部依礼而行,暗中却潜流涌动,过程也就显得一波三折。终于讲到最后秦福延迟传话,凰浦之绣竟然压了苏绣一头,让皇后娘娘被迫让步——这事的大略霍韬其实已有耳闻,不然也不会连夜要见霍绾儿了,但具体的细节也是此刻才知得周详。

霍韬听完,沉默了半晌,喃喃道:"那个凰浦绣庄,献的究竟是什么绣,竟能让陛下绕过皇后,钦点为第一……"

他想那绣连皇后都没见过,旁人自然难知,不料霍绾儿含笑道:"此事孙女恰好知道。"

霍韬愕然,猛地想起霍绾儿不是在那什么凰浦绣庄占了些股吗?他一时来了精神:"你知道?"

"蚕池献绣之后,绣庄的人先行出宫,孙女得皇后娘娘垂青,蒙福到宫内磕头。皇后娘娘又问了些话,也是托了祖父的福,得了两位娘娘的嘉奖赏赐,这才出来,因此到现在还未与凰浦众人相见。但如果没有意外,这次凰浦能得皇爷青眼的,应该就是《飞仙盖》。"

"《飞仙盖》?那是什么?"

霍绾儿便将《飞仙盖》的出场、来历、情状细细与霍韬说了。霍韬听说之后,非但不喜,反而一忧。

霍绾儿见状问道:"祖父,有什么不妥之处?"她虽然跟方皇后、秦福搭上了线,但嘉靖皇帝的事就非其所知了。

霍韬却没回答她的话,只是仰头,许久才喃喃道:"万国之锦,竟不如飞仙一盖!陛下的念想……终究是变了!"

这一次蚕池献绣,广东可谓是开门红。消息传出,广东会馆为之轰动,全馆内外大作庆贺,前些天的些许阴霾一扫而空,那什么猫舔绣、岳阳楼,不过是一时的威风,哪里比得上方皇后凤笔亲题的"上上"之评,更别说凰浦的《飞仙盖》直接经由陛下口谕夺了冠!

林叔夜与黄谋正在互相庆贺,林添财也与潮康祥的人彼此吹捧,会馆也设了酒席要为他们庆功。忽然有人传话,却是秦德威召见。

林叔夜和黄谋不敢怠慢。让林添财代掌酒席,两人拿了宵禁许行牌子,赶去见秦德威,不料却被带去了秦福的外宅。

还没进厅,就见秦德威走出来迎接,笑道:"恭喜了。"黄谋赶紧带着林叔夜逊谢。

三人进门,只见一个两鬓花白的太监正在泡脚。林叔夜便猜出他是谁,心想:这位应该就是东厂那位秦督公了。黄谋也猜到了,却是大为惶恐。

秦福一只脚抬了起来,水湿淋淋地往下滴。秦德威赶紧上前拿布替他擦拭。当秦福抬起另一只脚时,黄谋早拿起旁边另外一条白布上前裹脚、擦拭,动作与秦德威一般无二。

秦福笑问:"这是哪位当家?"

秦德威道:"这位是潮康祥的黄谋,黄二舍。"

秦福又笑:"可不敢当啊。"

黄谋赶紧赔笑:"能伺候督公,那是小人的福分。"

秦福再一看林叔夜,只见他站在一边,双手叉着,但面色恭顺。

秦福见他如此,心想:这个娃儿志气不小啊,见到了咱家,至少面上无媚恐之色。因而笑道:"这就是林状元也夸奖的那位?"

林叔夜赶紧赔笑:"小人林叔夜是何等福分,能得督公垂青,知道小人。"像黄谋那样蹭上去给秦福擦脚,林叔夜做不到,但既然当了买卖人,在权势面前放下身段,他还是已经习惯了的。

这也就是嘉靖时期,朝野上下将读书人的气给养了起来,又还没被打下去,就连宫中大太监对读书人都心怀仰慕。若往前换了王振那会儿,林叔夜这矜持得叫大珰给当场打出去。

秦福笑道:"今天可恭喜两位了。"

黄谋、林叔夜一起道:"都是督公荫庇。"

原来前几日林叔夜和黄谋走了秦德威的门路,虽然当时没见到秦福,却也将孝心敬献到位。秦德威借秦福给的指点,又暗中操盘,将《飞仙盖》在望海楼出场时的场景于仁寿宫再现,果然嘉靖皇帝见了十洲三岛的仙景之后大受震撼,对《飞仙盖》爱不释手,甚至心中隐隐觉得这是将得"仙缘"的征兆。秦福趁机诱引,这才让嘉靖皇帝传了口谕，钦定《飞仙盖》第一。

此事于凰浦而言自是大利益，而于秦福自然所得更多。对下面能办事的人，他素来宽厚，何况是这种能让他得皇爷欢心的。也正因此，他对林叔夜才会优容三分。

"坐着，坐着。"秦福笑道，"都是老乡，明面咱家不好做什么，暗地里嘛，我不帮你们，还帮谁去？"

黄谋诒笑道："这都是公公的恩典。"他可不敢真坐，林叔夜也只好站着。

这时早有小太监来端走洗脚水，另外一个小太监帮着穿鞋袜。秦福一脚踢开他，说："先晾晾才舒坦。"踢走小太监后，他的脚直接踩在地上，秦德威赶紧上前，一边拿了块干的棉布给垫着，一边说："干爹，小心脚心着凉。"

秦福任他伺候，见林、黄二人都站着，便挥手："坐下，坐下，你们比霍家那小妮子还不爽利。"

黄谋、林叔夜这才坐了，但也只是屁股贴椅面而已，不敢实坐。林叔夜心中微感凄凉，若他走的是仕途，这会儿也不至如此，但随即就放开了：罢了，人生至此，随遇而安吧。

黄谋却一脸的堆欢：今夜能来东厂督公的外宅见世面，聆听教诲，于自己已是难得的际遇。

秦福也没去体辨二人的心思，自顾自笑着说："虽然这个《飞仙盖》很合皇爷的心意，叫你们得了开门红，但皇爷的心思瞬息万变，后面咱家也不可能时时给你们开后门。这斗绣再往后，大体还是要看皇后娘娘的意思。"

"这……"黄谋看向林叔夜，脸上现出些许为难来。今天方皇后对沈女红的回护之意任谁都能看出来，若是由皇后娘娘主导，后面的绣可就不好斗了。

林叔夜却淡淡地笑道："御前大比嘛，最后还是绣花针上见真章！"

"哈哈，好气魄。"秦福笑了笑道，"按照原本的情况，宫里的人体念皇后娘娘的心意，一定会对南直隶大放水，不过嘛，有了皇爷这一打岔，娘娘多半就不好插手得太过明显。下面的人见状，多半也不会一边倒地去给苏绣开后门。你们啊，还有机会。"

若说黄谋的商业触觉更敏，那么林叔夜的政治触觉则更锐。听到这里，他心头忽然一凛：难道这次蚕池献绣，里头还透露出陛下对后宫一切的把控欲不成？虽说夫妻本是一体，但帝后就不一定了，或许嘉靖是真的喜欢《飞仙盖》，但也难说他还要通过这种小事来体现他的意志。

黄谋笑道："我们哪敢拂逆皇后娘娘的意思？能不能往上爬，还得看督公的恩典。"

秦福哈哈一笑，对两人的表现颇为满意。黄谋能弯腰，而林叔夜虽然矜持，却不至于冒犯，又有本事。收这两人的"孝敬"，"同乡之谊"只是个桥梁，主要还是因为于利益上也是有益的。

"皇爷定下《飞仙盖》第一，咱家是早知道的，但霍韬那个孙女，今日真叫咱家意外……她叫什么来着？"

秦德威道："绾儿。"

"哦，对，绾儿。"秦福笑道，"这个绾儿可了不得，一个女孩子家，敢白撞到宫里也就算了，但见了咱家侃侃而谈，见了皇后娘娘居然能搭上腔，如今更得了娘娘的欢心……咱家估摸着，后面的斗绣定有她的事。她也算广东人，你们若能跟她搭好关系，虽然她大面上定不敢拂逆娘娘的意思，但在细微操持上，或能为你们提供些方便也未可知！"

黄谋大喜："我们上有督公荫庇，下有霍姑娘扶持，这场斗绣不敢说十拿九稳，总之也是大有机会了！"

秦福一奇："听你这话，对拿下那个绾儿是大有把握啊。"

秦德威在旁道："干爹，那位绾儿姑娘，在凰浦绣庄有股子呢。"

"哦！咱家记起来了，你提过。"能坐到他这个位置的人，重要的事情一般都过耳不忘。他之所以不太记得，实在是这个领域的事于他而言不太重要。

"可不止哩。"黄谋笑吟吟地说道，"咱们林庄主与霍姑娘，怕是随时都要拉埋天窗的。"

拉埋天窗是广东俗语，为"完婚"之意。秦福是广东人，自然听得懂，一时又惊又奇："还有这事啊！"

林叔夜却一时错愕。秦福会错了意，笑道："这天窗拉不拉埋，其实也不用太放在心上，但只要霍姑娘对你们还有眷顾之意，御前斗绣的事就会顺利很多。"

霍绾儿只是霍氏的义孙女，要想嫁入士林高门当主母有些困难，但如果是嫁给一介商贾，那又是俯就了，更何况今日她还在后宫那里挂了号。有了这层关系，其实霍韬将她当亲孙女来婚配也是可以的，以此而论，秦福就觉得林叔夜配不上霍绾儿了。

第一四七针　诸事大顺

从秦福外宅出来，黄谋还在笑："三弟啊，今后哥哥可就要靠你了。"却忽然瞥见林叔夜的反应不大对。黄谋是一个对人情世故敏锐的人，急忙问："怎么，你该不会跟霍姑娘闹不开心了吧？老弟，你可不能在这节骨眼上犯糊涂啊。"

林叔夜赶紧道："没有，没有。"

"没有就好！"黄谋正色道，"就算真有什么，大丈夫能屈能伸，这会儿正在要紧处，你都得往后退一退，一切顺着霍姑娘的心思。其他的等回广东之后再说。"这时街道上静悄悄的，四周一个人影都没有，透出一种说不出的荒寂。

他说到这里，轻轻一叹："这北京城是个吃人的地方，哥哥也不喜欢这儿，你当我愿意去给一个……太监擦脚？那都是不得已！可天下事就是这样的。此处非我们能肆意的地方，可只要能在这里拿到我们需要的东西，今天我们在这里受了多少委屈，回了广东就有多少风光！三弟，你明白吗？"

这个道理林叔夜自然是懂的，如今的境遇和翰林院唱名——可能的话——的风光自然没的比，但比起小时候朝不保夕、屈辱过活的日子，已经好太多了。读书人的事，他其实已经不太去想了，但若说是为了回广东之后的风光，却又不然。

这一趟北京城之行，黄谋是为名利来的，但林叔夜不是。他的想法一直很坚定，从未动摇过。

回到广东会馆，酒席还没散，林添财又醉了，黄谋就接手，把酒席的下半场给热了起来。林叔夜与众人打了几声招呼后，便往高眉娘房里去，略述了秦福外宅之事。

高眉娘对此并无多大的反应。先前林叔夜和黄谋去走秦福的门路，她并未阻止。她分得很清楚，对外运营是庄主的事情，包括和官方的沟通，也都是林叔夜的分内事，因此她不管。而今晚秦福说的，她也不兴奋，反而对林叔夜那句"绣花针上见真章"甚是赞成。

"能把门路走通，那自然是好。"高眉娘道，"如果不能，庄主也不用太有压力。"

林叔夜道："姑姑不想赢？"

高眉娘笑了起来："我一定能赢！为了这一遭，我甚至连仇恨都放下了。如有什么外物的干扰，庄主能摆平便摆平，若不能摆平，那就像你在秦府说的那样……绣花针上见真章！"

说到刺绣的事情，高眉娘笑得是这般自信，甚至倨傲。这忽然叫林叔夜想起了姚凌雪，这份傲气似与姚凌雪如出一辙，不同的是姚凌雪狂妄之中还带着天真，而高眉娘是沉沦、洗练过后，仍然保持着对绣道的执着与自尊。这一刻，林叔夜又看到了高眉娘眸中的光彩，正是这份光彩，让他产生了奋不顾身的冲动。

换了一年前，高眉娘一旦沉浸在绣道的求索中，眼里就再无别人。但今时今日，她顾念林叔夜的反应，说："霍姑娘那边……"

林叔夜却已经知道她要说什么了，打断道："我既然已对她无意，就不会为了斗绣敷衍她。今晚来见姑姑，其实是要问一句话……如果我去回了霍姑娘，因此对御前斗绣有所干扰……姑姑能理解我吗？"

高眉娘静了片刻，才说："我仍然觉得霍姑娘是你的良配，但如果你心中另有想法……该尽力的，我们自然要尽力，但岂能为了输赢而动腌臢心思？"

"对！"林叔夜笑了，"我便知道，姑姑是这样想的。"

黄谋收束了酒宴，回到院子，却见梁惠师正在月光下绣着什么,近前一看,却是在绣天上的弦月。黄谋看了一眼,赞道:"好月色。这'回针'用得好!"

梁惠师也不回头。因今夜月色可观,她动了心思,绣了起来。这是不涉及任何利益、输赢的,所以这针线绣得随心所欲,没有炫技,也没有压力,甚是开心。忽被黄谋扰乱,她语气冷淡地说:"原来二舍也是知针线的。"

"这话说的!"黄谋佯装生气地道,"难道天下间除了陈子峰,别人都不懂针法了不成?"

"陈子峰不是好东西⋯⋯"梁惠师说着话,但手中的针线活未停,"可他对刺绣的理解,当世没第二个男人比得上他。只可惜疯了。"

黄谋笑道:"他若不疯,我们今天能安然地在这里谋求御前大比?"他说着,向周围摆了摆手,待旁人都退下后,才低声说:"今晚去了秦公公的外宅。"

梁惠师停了手:"秦公公?"与高眉娘一直聚心于刺绣不同,她自立志报仇以来,便已经习惯了分心于外务。报仇之后,她与黄谋也只有三年之约,三年之后她仍要自立的。

梁惠师的野心,是要以绣师的身份立起天下名庄。"高秀秀"当年的下场让她深以为戒,虽然有袁莞师的前车之鉴,但袁莞师做不到的,未必她梁惠师就做不到。

黄谋将秦宅之事简单说了。如今梁惠师是代表潮康祥的绣首,绣庄管理者和绣首之间必须沟通好才行。

"这一遭有秦公公撑腰,我们至少要打入前四!"

"前四?"梁惠师冷笑道,"若只是前四,也值得我来?"

黄谋一喜:"进决胜局⋯⋯惠师有把握?"

梁惠师继续冷笑。

黄谋沉吟了一会儿,道:"但那样一来,不是撞到吴门,便是撞正凰浦,不管沈女红还是高眉娘,都不是能轻易取胜的。何况皇后娘娘显然是偏心苏绣的。"

梁惠师道:"半年之前,陈子艳还是尚衣呢,结果如何?刺绣的事，谁强谁弱，斗了才知道。"

黄谋欣然道："若惠师真有这个决心，那是更好了。真有机会打入御前对决，我潮康祥就算倾尽所有，也一定支持到底！"

梁惠师不冷不热地"嗯"了一声，忽然一低头，却见针下的月亮出了差错。她怔了怔，用针划破了绣地，收拾架鳟回房。

黄谋也自回房。不一会儿，贴身心腹进来，将一张回执同一个木盒递到黄谋手中。黄谋拿到后大喜，问："银子呢？没入公账吧？"他在潮康祥只是第三号人物，就算老爹不管事，也还有一个大哥压着，因此钱银上自有公私之分。

心腹忙说："自然没有。"

黄谋打开木盒，见里头一半是黄金，一半是白银。他清点无误后，笑道："知道结果的赌局，那便不是赌了，是捡钱。"又问："这一盘赢得可引人注目？"

"哪能呢！京师的盘口比广州那边还大，咱们砸这点钱进去算得了什么？而且我们也不是赢得最多的。"

黄谋一奇："还有谁敢押重宝？"

"不晓得。应该都是找人代为下庄。这次的外盘大的有七个，我们只押了五个，听说有人七个全押了，而且押得比我们还多。我按二舍的吩咐，为了不引人怀疑，五个盘口里还故意押了两个沈女红，但听说，有人七个盘口都押了凰浦献绣第一，这钱赢得可就多了去了！"

黄谋更是讶异，问道："献绣第一的赔率，最后是多少？那人押了多少？"

"献绣第一的赔率，沈女红是大热门，所以她的吴门绣庄是三赔一；凰浦在京师寂寂无闻，属于大冷门，乃是一赔四。听说那个连押七个盘口的，每个盘口都押了五百两。"

黄谋大惊："那就是三千五百两，这人怎么敢押！"算算赔率，对方竟拿到了一万四千两——一把赢这么多钱，怕是皇帝听了都得失色！

"到底是谁这么豪气？难道是宫里的？"他很快就想到了秦

福、秦德威，只是以嘉靖对内宦的严厉，这两个太监敢这么押？

心腹道："似乎不是，听人说乃是广东的豪客，都有人怀疑是咱们。二舍，会不会是林庄主？我依稀见到有凰浦的人鬼鬼祟祟地出入。"

黄谋就笑道："原来是他？嘿，那他可真是大手笔！"

就在黄谋思疑林叔夜的时候，林添财也躲在房间里数钱——醉酒是假的，他其实是看到帮他暗中押宝的人回来了，因此赶紧装醉回房收钱。这一次他押得不多，只把自己的私房钱——一百两——给押了进去，结果就拿回了白花花的四百两银子。一个过手就赢了三百两银子，他今晚怕是做梦都要笑醒。

但欢喜过后，他又觉甚是可惜，心想：绣庄这次带了三千两银子，就算保守一点，只押个两千两，那也有八千两回来……得绣多少幅绣，才赚得了这么多钱啊……

虽然宗师之绣其价号称"千金"，但那样的绣通常不会很多——如果高眉娘、沈女红放开了手脚，拼速度地出绣品，那东西反而不值钱了。而且真正的好绣要卖出好价钱，除了针功、构图，还要有名气，不然众绣师为什么要参加斗绣？皆因参加斗绣一旦赢了，其绣之名远播，而后再加修整，那绣便身价百倍。相反，没什么说法的绣就少了购买、收藏的理由，而没有特别理由的绣品，便只能做正常买卖。生意场上，谁也不是傻瓜。

林添财又想起跟班说的，这次斗绣有人押了七个盘口，共三千五百两银子。想到这里，他就忍不住肉痛，寻思着：到底是谁敢押这么多钱？我是提前知道消息，所以才敢将手头的钱都押了进去，那人竟然比我还豪气，却不知是谁。

他忍不住将跟班叫来打听，跟班说："没人知道那个豪客是什么跟脚，只听说好像说话有广东口音。"

"广东口音？"林添财一听就冷笑，"原来是他！"又问："他赢得这么大，庄家就这么把钱给了？"

"怎么敢不给？听说那人来收钱的时候，背后还带着东厂的人呢。"

第一四八针　情敌是谁

霍绾儿从霍韬的书房出来，当家的长媳过来说，宅子里刚刚打扫了一间屋子出来，要不还是搬回来住。霍绾儿却婉拒了，仍然住到外头的小院子里。霍家又给配了一个门子，这回霍绾儿没拒绝了。

这夜她睡得晚，却睡得香甜极了。自被父母半卖到霍府当丫鬟以来，她还从未睡过这么好的觉。第二天一早，门子报有人来访，屏儿见是林叔夜，赶紧先带进来，然后上来报霍绾儿。

霍绾儿听了，赶紧梳洗。屏儿笑道："知道一大早来，也算有心。"

她们昨日才进城，到广东会馆的时候，林叔夜已经进宫；等霍绾儿从霍府回来，又是深夜。因此林叔夜今天一早来访，那算是第一时间来了。

霍绾儿一边匆匆绾头发，一边笑着说："林公子有没有心，你今天才知道吗？"

人在京城，一切不如在家便利，能换的外服就两件，幸亏昨日得了宫里的赏赐。霍绾儿挑了一件翠绿色的宫衣，又配了支步摇，薄施胭脂，这才下楼来。林叔夜抬头望去，见霍绾儿比寻常娇艳了三分，一时怔在那儿。

屏儿暗中好笑，摆好茶点就走了，躲在外头偷听。

记得海上斗绣两人初见时，林叔夜便隐隐感到霍绾儿的暗示，这次京师再会，只觉得霍绾儿对他更不见外了。他心里明白怎么回事，一时更是不安。

倒是霍绾儿先开了口，说："昨夜回来得迟，一个不觉，竟睡晚了。"

林叔夜忙问："你怎么昨日才到京？算算应该数日前抵达才对。我……我和黄二哥他们，都好生担心。"

霍绾儿听他先说个"我"，然后又将黄谋给带上，暗中笑他竟比自己还矜持些，便说："我们本来预着会早几日到的，不想船到山东地界时遇到了大风雨，当晚船家又生了病。他怕耽误我们，倒是让人帮忙找了另外的船。但我和屏儿两个人千里在外，还是跟着相熟的船家为好，因此便替他找医抓药。幸好船家病得不重，耽搁了几天便重新上路了。"

林叔夜一时接不上话，顿足道："早知道，就该让你们一起来了。你们两个弱女子千里迢迢地上京，中间要有个万一可怎么好。"

霍绾儿察言观色，知他是真急，心中暗喜，垂着头想：他一大早来，也不问宫里发生的事，却先问我的行程，可见是真有心了。再抬起头时，她脸上的欢容越发明显了。

这时屏儿端了一个木盘进来，盘上有一大碗炸糕、两碗面汤，说："可巧了，巷口就有人卖早点。姑娘还没用早饭呢，我让门子大哥去买了来，姑娘胡乱用点。"

霍绾儿看看林叔夜："一起吃吧？"

林叔夜看屏儿早把一碗面汤摆在了自己面前，便说道："好。"

两人就着面汤吃了炸糕。论起这汤和糕点，实在和广州的没法比，但霍绾儿吃得甚是香甜。

等吃完早点后，林叔夜说："昨日在蚕池，我听到你的声音，着实吓了一跳。"

霍绾儿咯咯地笑了："其实我也没想到。"便将自己到京之后，寻祖父不遇，在会馆没见到林叔夜，再去白撞秦德威，谁料误打误撞进了宫的事情说了。

林叔夜听得啧啧称奇："这可真是一桩奇遇了。不过也就是你敢。"

两人说说笑笑。林叔夜在她身边，只觉得说话十分轻松，但一想到来此之意，又感愧疚。他暂且按下内心情绪，这才说起到京之后的见闻，以及与秦福、秦德威交结之事。

霍绾儿对这些早有预料，听他说完，便道："那《飞仙盖》，你们在广州的时候就已经给了秦少监，没想到他竟愿意拿出来作为凰浦的献绣。"

林叔夜道："我觉得是这样的，秦督公要向陛下献绣，总要找个由头。拿我们的事当由头，于他功劳无损，同时卖了我们一个天大的人情，何乐而不为？"

霍绾儿的想法与他不谋而合，点头称是，又问接下来他的打算。林叔夜道："这次共有十六家绣庄上京，我们夺了献绣第一，如果斗绣流程是由尚衣监安排，按照秦少监的说法，肯定会强强不遇，料来第一关不会有什么意外。虽然到了后面高手渐出，但从献绣的情况看，我们有不小的胜算。一般来说，在御前对决之前，应该不会跟吴门遇上。"

这次御前大比有三个省因故未至，加上朝鲜、琉球、安南三国，以及广东来了两支队伍，那就刚好是十六支队伍。秦德威是左少监，秦福又刚兼了尚衣监的差事，斗绣的流程大抵上就是由他们安排了。按照秦德威的想法，到时候应该会按照献绣的名次，两两对决斗上去。

听他说得在理，霍绾儿只是颔首。

"不过天下绣行卧虎藏龙，胜负之数仍未可知。"说着，他便将进京后在会馆遭遇姚凌雪的事说了。

霍绾儿讶道："那个湘妹子，就是献手帕的那个？"

"对。"

"那的确也是个劲敌，不过高师傅应该对付得了吧？"

林叔夜笑道："姑姑说了，若多给那个湘妹子十年磨炼，胜负难知。"

言下之意，自是眼下姚凌雪仍不及她了。

霍绾儿听了哈哈一笑。两人越说越是契合，林叔夜好几次想说心里那件事，但一直找不到开口的机会。眼看都要中午了，再不走，还得留下来吃午饭，那样更不好了。他咬了咬牙，对屏儿道："屏儿姑娘，我有两句言语，想单独跟你家姑娘说。"

屏儿捂着嘴，笑着走出门去。霍绾儿一时猜不透他要做什么，脸竟有些发烫。

林叔夜见她如此，更是难受，好一会儿屋内无话。倒是霍绾儿抬头问道："怎么？不是说有什么话吗？"

林叔夜心想：她便是勃然大怒，当场将我打出去，也好过我拖着不说！我不能做那等渣滓男人。他便道："绾儿姑娘……你择婿一事，我……我……"

"嗯？"

林叔夜鼓起勇气："你把我那份庚帖，撤了吧。"

霍绾儿本来身心都暖烘烘的，听了这话，只觉一盆冷水直浇下来，整个人僵在那儿了：一开始是十分错愕，再就是七分不解，跟着又生出三分怒气来。

她看着林叔夜，见他手足无措，心想：他倒不像消遣我来着！怒气消了一分，但语气再没先前那般了："林庄主！你知道你在说什么吗？"

这种事情，第一句话最难开口，出口之后，便如破罐子破摔，后面的话反而顺了。林叔夜便道："这话我原想等回去后再找个机会说，但昨日……你那般令人惊艳，往后皇后娘娘多半会重用你，我若再拖延，反而就变成有心人了。"

霍绾儿冷冷地道："这么说，你这心思也不是今日才有了。既然如此，为何不一开始就说清楚？"

林叔夜道："当初……我当初心无所属，姑娘又如天人一般，因此当时我也非无心，但眼下我心里已有了人。我确定这份心意，是在从广东出发前不久。我思忖着，或许京师之行会生变故，因此想等回来后再说，谁料你昨日得了皇后娘娘的垂青。昨夜秦福公公又说要我们跟你打好关系，黄二哥也说，无论如何在御前斗绣期间，要待你好，但我想，若是我真这么做，那我更不是个人了，因此拼着你恼我、恨我，我也当现在说。"

换了别人，此时早恼羞成怒了，但霍绾儿乃是女子中极理性的，从小又多遭磨难，这会儿听了林叔夜这番话，反而冷静了几分。她问道："你就不怕说了这话，我要不顾一切地对付你吗？"

林叔夜低头道："这事是我对不起你，我知现在说什么也无用，但我心意如此，无法自控。姑娘若要对付我，不管你做什么，我都无怨。"

霍绾儿低着头。屏儿已经冲了进来，指着林叔夜骂道："都说仗义每多屠狗辈，负心多是读书人，你们这些读过书的，果然都不是好货！我家姑娘那般待你，你竟这样来剜她的心！你个没良心的！你说，你说，你到底攀上哪儿的高枝了！"

林叔夜却道："我能攀上什么高枝……于我来说，绾儿姑娘便是最高的枝了。"

屏儿怒道："既然如此，那你为什么，为什么……"

霍绾儿忽然抬头问道："却不知你心仪的，是哪家女子？"

林叔夜沉默了，道："我和她……唉，现在是我想着她，她未必会答应我。"

霍绾儿再怎么理智，听了这话也血冲脑门，整个人站了起来！

屏儿更是大怒："人家还没应承你，你就来这般对我家姑娘！我家姑娘在你心里是这么轻贱的吗！"

林叔夜忙道："不！不是的！"

屏儿却哪里还听得他的言语，指着林叔夜，劈头盖脸地一顿大骂，把该骂的、不该骂的，斯文话、粗俗话全都倒了出来。林叔夜硬着脖子挨着，一句也不还口。

终于，霍绾儿抬手指向门外，手抖着，说不出话来。

屏儿叫道："滚吧，你滚！"

把林叔夜轰走之后，屏儿跑回来，抱着霍绾儿哭道："姑娘，你的命怎么这么苦啊！"

第一四八针　情敌是谁　　117

换个人，或者就要抱着屏儿哭哭啼啼的了。但霍绾儿过了一开始的愤怒——这时该骂的，屏儿已经帮自己骂了；该哭的，屏儿也帮自己哭了——反而冷静了下来，摸着屏儿的头说："其实他……也许没说谎。"

"什么？"

霍绾儿道："世人都是趋炎附势的。我虽是义孙女，但如今得了皇后娘娘的垂青，在绣行正是炙手可热，连祖父、秦福都要高看我两分，更别说他……他能在这当口来与我摊明，而不是拖到斗绣结束之后……这于他可没半点好处，可见他确实是个君子。"

"姑娘！"屏儿不解地道，"你还帮他说好话！"

霍绾儿却问："他不拖着我……和他心里明明有人却瞒着我，你觉得哪个更好？"

屏儿反而愣了。

霍绾儿把这些话说出来之后，思绪越发清晰："咱们与他认识，也不是一天两天了。从他以往的行事来看，的确是光明磊落，到今日出了这事，我刚才生气是生气，但现在静下来想一想，却更见他是个君子……其实这般人，反而值得托付。"

屏儿顿足："姑娘！他心里没你！"

霍绾儿眼神暗淡了几分，凄然一笑："谁心里有过我呢？我那个义祖父，还是将我卖了的父母？至亲都是这般，何况旁人！我早不敢奢望什么真心了。"

屏儿老大地心疼，抱着自家小姐哭道："姑娘！你好苦，你好苦！"

霍绾儿也搂着她，轻笑道："你比我还差呢，却来替我叫苦。"她抹去眼角的一点湿润，不让它变成泪水，说道："其实这次择婿，咱们一开始就不该奢望遇到什么真心人，只是想着能遇到个人品过得去的便好。如今看来，他的人品其实还可以。"

屏儿放手，抬头，挂着泪水的脸上满是不可思议："姑娘，你不会……你还要他？"

"也不一定。"霍绾儿说，"但我总不能连对家是谁都不知道。"

"姑娘是想……"

霍绾儿低头寻思着：问林添财自然最好，只是女儿家心思若泄露给不相干的男人，也太羞耻。她思考着其他可能知道林叔夜心思的人，想来想去，要么不大可能知道，要么能打听到一二，但会透露自己的心思，实在有失身份。想来想去，她忽然想起一个人，对屏儿道："拟个帖子，请高师傅来一趟。"

此时高眉娘正在练针，虽然她已臻至高境界，但手艺的事情，正所谓"一日不练十日疏，十日不练变初哥"。这些年，她除了在西南颠沛流离的途中没有练针，便是生病时也不曾落下一天。

黄娘正陪她练习，忽然喜妹送来了一张请帖。

黄娘说："是沈女红吧？"

双方进京都有一段时日了，却一直避嫌未曾相见。黄娘晓得，如今献绣已毕，高眉娘已动了去寻沈女红的心思，想来沈女红也是如此。

打开帖子一看，高眉娘略感意外："怎么是她？"

这半年多来，霍绾儿和高眉娘通信不下数十回，虽然信中说的主要是刺绣之事，但笔谈得多了，便都知对方的学识不低、经历不浅，一来二去，都当对方是不可多得的知己。高眉娘约了她两次，却都因故未能相见，不料在京师收到了她的回请帖子。

虽然有些讶异，但高眉娘也没有回绝的理由，当下带了喜妹依约前去。

这北京城，她是第二次来了，且两次都是来斗绣：此次斗绣之前心里有事挂着，上次不等斗完又剧变陡生，因此都未曾好好游览过此处。这时在马车上，她隔着窗看外头，只觉得这北京城既陌生又压抑。

不多时，她们便来到霍绾儿宅中，屏儿领她们入内。

霍绾儿已经收拾好了心情，又换了一件旧衣服来与高眉娘

第一四八针　情敌是谁

相见。

两人寒暄后，分别坐下。屏儿上了茶。

霍绾儿笑道："高师傅到了我这里，还戴着面罩呢。"

高眉娘笑了笑。她一开始戴这个飞凰面罩，是因为有半边脸未恢复，后来戴着戴着便习惯了，于是每次出门都戴。这时她道："一时忘了。"便伸手摘下。

霍绾儿正想着要怎么开口向高眉娘打听，却看见了高眉娘的脸，一时全身剧震。

男人见到自己的脸惊艳不奇怪，怎么霍家这位姑娘也这样？高眉娘正要说话，却听霍绾儿低声说："他一直叫你姑姑，怎么会……这么年轻！"

高眉娘也不隐瞒，淡淡地说："我当年被陈子峰泼了一脸的毒胶，毁容了十二年。庄主设法帮我治好了脸，却不料毒胶去了之后，脸竟然仍是十二年前的模样，也不知这算不算因祸得福。"

"怪不得他们都说你貌美，原来不是虚语……"霍绾儿忽然就明白了什么，"啊"了一声，脱口叫道，"原来……原来是你！"

高眉娘一时愕然，全然不知其所指为何。

第一四九针　总胜

高眉娘被霍绾儿请去说话，结果对方并没有什么要紧的事情说，甚至说话期间一直心不在焉的。高眉娘心中不免有些奇怪，却也没有细问，喝了一会儿茶便回来了。

回到广东会馆，却已有客人来。她已经猜到是谁，进院子一看，果然是沈女红。

两人不是第一次重逢，但再次相见，仍十分欢喜。

进屋之后，沈女红拉着她道："你终于把《飞仙盖》绣出来了！《法华经》呢？什么时候绣？"

她们是一生之敌，却也是无人可以替代的终生之友。高眉娘在沈女红这里尽得苏绣之精奥，沈女红对粤绣压箱底的技艺也都门儿清。

高眉娘轻叹道："丝不够了。"便将血蚕之事跟她说了。

那血蚕吐丝之后便死绝了，虽然还有蚕卵，但罗奶奶没多久也跟着去了。沈女红听完，心中也一阵发堵。

高眉娘道："血蚕的事，我本已打算带进棺材里的，因是你才说。"

沈女红哀伤满面："这般残忍之事，确该绝其传！你放心，我不会对旁人说的……就让此技至我们处而绝！"

因又说起来日斗绣之事，高眉娘道："其实我的《飞仙盖》，未必就真的胜过你的《万国朝圣图》。这次只不过是皇帝个人偏好罢了。"

沈女红笑了:"你赢了就是赢了,我难道输不起这一次?反正大比还没完,等回头遇上,我赢回来便是。"

高眉娘故作冷脸地笑道:"那不可能!我既回来,你以后便只能做天下第二!"

沈女红亦笑道:"那就等着瞧!"

尚衣监迟迟没有传出御前斗绣的具体规则,霍绾儿却先一步收到了召唤。这一次只能她自己进宫。

屏儿怕她仍在伤心中,帮她换衣服时不免担心。霍绾儿却已经调整好情绪,笑着说:"摆个苦瓜脸做什么?放心,我好了,我不会因为一个男人一蹶不振的。事功才是第一等要紧的,男人的事情,让它往后面靠吧!"

跟随传话的太监来到仁寿宫外,霍绾儿这次却没见到方皇后。她对着宫门磕完头,就见一个三十上下的宫娥站在了她面前,道:"皇后娘娘有两句话要问你。"

霍绾儿赶紧叩首:"领皇后娘娘口谕。"

宫娥道:"皇后娘娘口谕,有件事情要交给你办,但下旨时经左右提醒,才想起你是广东人。"

霍绾儿不明此话缘故,只是叩首。

宫娥继续道:"若皇后娘娘仍将那事交付于你,你是否会因为自己是广东人,而对同乡有所偏袒?"

霍绾儿一听,已经猜到了七八分,马上说道:"回娘娘,绾儿既领了旨意,那就不再是广东人,也不再是霍家人。领旨之后,绾儿就只是娘娘的人。"

那宫娥听了霍绾儿的回答,满意地点了点头,进去了。

过了不久,她便出来道:"你跟我来。"她却不是带霍绾儿进殿,而是带霍绾儿前往宫外去传旨。

原来方皇后在蚕池献绣结束后,便往仁寿宫禀明了嘉靖皇帝。嘉靖只是"嗯"了一声,对献绣一事并不上心。方皇后要再说斗绣之事,天子却只是说:"皇后处理便是。"

于是方皇后便不敢再打扰，但思忖良久，决定接下来让六部部卿派人出斗绣题目，因此这个宫娥是前往内阁传旨的。这也不算什么大事，仅是一桩风雅，因此只是口谕，而内阁自也不会拂逆方皇后的意思，当下又向六部传达——同样只是口传。

消息传出，各绣庄代表无不诧异。所谓"男耕女织"，这刺绣算是"女织"范围的事，本来应该由内廷负责才合理，怎么交给六部了？

只有秦福略一思忖便明白过来，冷笑着对秦德威说："旧制，内廷女官有六局二十四司。永乐之后逐渐裁撤，就连所谓'尚衣'也只是徒具虚名，如今更进一步，把这事都交给外廷，又有什么奇怪。"

秦德威道："但这斗绣之事，按理还是应由我尚衣监主掌，女官不敢沾手，咱们内监可不能不管。如今却扔给六部，这不是侵夺我们的权力吗？干爹，要不您还是去跟陛下说说？"

秦福笑道："说？我是傻子才去说！皇后娘娘这么做，多半也是体念圣意。"

秦德威"哦"了一声，道："干爹是说……这其实是皇爷的意思，娘娘领会了……"

"噤声！"秦福板着脸道，"圣意岂是我等能妄自揣测的？"

"可这样，这事我们就不理了？"

秦福道："毕竟只是一桩小事，无所谓了。"

秦德威回去之后，当天晚上忽然回来道："干爹，儿子回去后想了想，娘娘的懿旨只是命六部出题，却没说明谁做评判，这里头或是疏漏，或是有意为之，总之就留下了操作的空间。为了这么件小事，就要劳动干爹去见陛下的话，不合适，但干爹可以去见娘娘啊。干爹如今分管着尚衣监，见了娘娘后，把这评判的权力给捞回来，也是没问题的。"

秦福欢喜地笑道："你这脑袋，怎么变灵光了！只是为这么点小事去折腾，有必要吗？"

秦德威道："斗绣自然是一件小事，但此事该尚衣监管，干爹又刚分管尚衣监,可以说,这是您分管尚衣监之后的第一件大事。若是就这么把事权分出去,叫不明就里的人知道了,怕要觉得我们可欺。"

秦福闻言颔首:"你这么一说,倒也有理。"忽然心中一疑,看了秦德威一眼,心想:这小子的心,忽然多开了一窍?

秦福当下便去见了方皇后,而方皇后自然不会不给他这个面子。不久,他便回来笑道:"娘娘答应了。到时候由娘娘派一人,尚衣监派一人,加上六部出题之人,一共三人主持斗绣。"

秦德威喜道:"若是这样,那内廷之中便占了两人。好事,好事。"

六部的人未必控制得了,但来一个宫女,总是能"抓住"的。

秦福笑道:"你可晓得娘娘派谁去办这件差事?"

"哦?却不知是哪位姑姑?"

"哪位都不是。"秦福笑道,"是霍绾儿!"

御前斗绣虽然通过内阁传达旨意,但对这等小事,首辅听都不听,便由次辅传了句话,而各部尚书也不太管,最后还是霍韬发话了,让六部的几个郎中碰头商议一下,综合娘娘前后的口谕,把旨令传了出来:因御前斗绣乃盛世之事,要出题目,刑部不祥,吏部过尊,便只由礼、兵、户、工四部来出题。具体的场面事宜、名次安置,仍由尚衣监主持。

这对六部来说都不算什么权力,因此六部堂官都不想沾手,将主持的事都推给了内监。秦福会对这件事情上心,只是因那《飞仙盖》能打动天子,这里头涉及他对陛下的讨好,以及宫廷内部的微妙整合。事既已定,后面的便交给干儿子秦德威去管。

一时间,秦德威成总揽全局之人,而霍绾儿代表方皇后,话语权自也不轻。

黄谋听到消息,赶紧跑去找霍绾儿。不料霍绾儿关了宅门,由屏儿出来谢客,声言斗绣期间她是评判,如同科举关闱,再不能与外界有什么联络,以免不公。

黄谋吃了闭门羹，心里不由得有些忐忑，便来寻林叔夜，问道："三弟，你跟哥哥说实话，你与霍姑娘是不是出了什么问题？"

林叔夜道："确实有一些私事，但我想以霍姑娘的胸襟，不至于因此迁怒。依我推测，应该是领了娘娘的旨意，因此避嫌。"

"避嫌……避嫌！"黄谋冷笑道，"所谓避嫌，那都是做给别人看的，要真有心，钢铁做的牢笼里也能伸出手来点拨点拨。现在门也不开，半点消息也不传，那就是心里有疙瘩了。三弟啊三弟，我知道你是个好人，但在这节骨眼上犯糊涂，那就是犯蠢了。"

林叔夜神色一正，道："大丈夫有所为，有所不为。我行事有我的底线，二哥若要怪我，我也没话说。"

两人竟不欢而散。

林叔夜再来见高眉娘，将黄谋的言语说了。高眉娘听了，皱眉道："庄主说得在理。不过黄二舍为什么觉得霍姑娘与你之间有疙瘩？"

见林叔夜低头不言，高眉娘道："你跟她说什么了？"

见林叔夜仍然不言，高眉娘忽然就明白了什么，再一想之前霍绾儿莫名其妙地请自己过去喝茶的事，两下里一串，便恍然大悟了。

林叔夜见了她的眼神，也就知道她明白了。两人如此心意相通，有些话都不用说出口。林叔夜道："现在情况如此，姑姑怎么打算？"

"打算？也不用打算什么。"高眉娘此时仍不愿意牵扯其中，很谨慎地说道，"霍姑娘避嫌，这也是好事啊！说明她会公平公正。而公平公正地斗绣，不就是我们一直寻求的吗？"

"对！"林叔夜竟也没多谈自己和霍绾儿的事，只是道，"姑姑说得对！"

隔日，尚衣监颁布了斗绣的顺序和规则，果然是按照秦德威原本的想法，十六支队伍两两对决，胜者出线，败者淘汰。第一轮十六进八，第二轮八进四，第三轮四进二，最后是御前对决。至于排序，则是按照御前献绣的名次，强强不遇。

第一局由工部命题，林叔夜代表广东去领了名次。凰浦于御前献绣夺冠，因此便代表广东对上了安南，南直隶吴门绣庄对上了琉球，潮康祥则对上了朝鲜。

十六支队伍各自领了名次之后，一位工部的员外郎出来，坐在上头打哈欠。这斗绣在士大夫看来只是个上不得台面的玩意儿，又不是科举抡才大典，因此工部并不是很放在心上，所以尚书未曾与闻，侍郎也没提前商量题目，一切交给那位员外郎临时决定。

那员外郎在上面坐了一会儿，又仰了一会儿头，才开口："如今还是春天，但也到尾巴了……嗯，春花秋月何时了，就以'花'为题吧。"

一个小太监出列道："第一局，以'花'为题。"

一时间，下面听题的众庄主心中都想：这个题目可就泛了，却该如何应对？

旁边霍绾儿问："是献绣评选，还是现场斗绣？"她穿着宫内新赏的衣裳，外头不知道的便都以为她是从宫中来的姑姑，谁也不敢造次。

那小太监是秦德威的干儿子，知道霍绾儿与秦德威的关系不错，便笑道："姑姑定吧。"

"献绣看不出功夫，还是现场斗绣吧。时间在明日，地方选在哪里？还在蚕池吗？"

小太监说："有三轮斗绣呢，总不能都在宫里进进出出，工部给挑个地方吧。"

"工部哪儿来的地方！"那员外郎想了想，说，"去琉璃厂吧。"

"得，那我派人去布置地方。明天太仓促，三日之后吧。三日之后，琉璃厂见，到时候二位请早。"

员外郎点了点头，便走了。林叔夜等众人也各自回去。

到了夜晚，尚衣监经过一番思虑，又定了一些细节，再派人与各绣庄代表说知。

十六个绣庄领到题目后各自思考，广东会馆的院子里众说纷纭。高眉娘对林小云、李绣奴道："三日后斗绣，你们上吧。"

李绣奴听了，有些惶恐。黎嫂道："姑姑不上？这不好吧。现在是御前大比啊，这样的大场面，万一云娘和绣奴有个闪失，可怎么办？"

李绣奴连连点头，还是有些怕。

高眉娘却道："正是这样，才更应该让他们上，正好练练胆子。"

"那行！"林小云哼了一声，"上就上，有什么好怕的！"

李绣奴有些忐忑，但见云娘这么有把握，便也点头应了。

黎嫂转忧为喜："那等回了广东，你们也是参加过御前斗绣的人了！省内寻常宗师，未必都如你们了。"

李绣奴被她这么一说，一时也生出几分兴致来，寻思着自己日后回了朝鲜，有了这次的经历，要帮师父报仇应该也是可以的。

高眉娘既将三日后斗绣之事交给了林小云、李绣奴，便不再管了。林、李二人自去商量事宜。

到第三日，多方齐聚琉璃厂。此地在京师扩建之前本属郊区，元朝时在此开设官窑烧琉璃瓦，因此称作琉璃厂。永乐定都北京之后，修扩宫殿，同时也就把琉璃厂的规模给扩大了，渐渐成为工部五大厂之一。

不过永乐之后百余年，京师的建成区逐渐扩大，如今琉璃厂周围也人烟凑集，其繁华程度几乎与内城没什么区别，加上近年又没什么大工程，因此琉璃厂里头有许多空地。工部临时指了一处作为第一轮斗绣的赛场。

这次参加御前斗绣的十六支队伍将按照赛制分成八组两两对决。尚衣监昨夜又将八组赛事分成两大场，上午斗一场，下午斗一场，当场评判，胜者出线，败者出局。按理说，本来只要赢过对方便可，但尚衣监昨日临时决定，八场斗绣结束后，会评出一个"总胜"。拿到"总胜"者，不影响接下来的斗绣安排，但可以得到尚衣监赏赐的一个彩头。

凰浦众人听到消息，不禁有些后悔。黎嫂道："对上安南原本不难，但要拿'总胜'，怕是得姑姑出手了。"说着看向林叔夜和高眉娘。

林小云便知道众人的意思了，冷笑道："我们出手，未必就拿不到'总胜'！"

高眉娘笑道："有这心气，好得很。"

林叔夜会意，也说："既然这样，那就不用换人了。"

这次的赛制允许多人上场，但以四人为限。凰浦和安南的对决被分在了上午，潮康祥和朝鲜的对决被分在了下午。在潮康祥的内部会议上，黄谋道："区区朝鲜的绣庄，不足为虑。但要拿'总胜'，就不容易了。"

他说这话的时候看向梁惠师，梁惠师淡淡地道："这一局我们必胜的。"

第一五〇针　琉璃厂开斗

听了梁惠师的话,黄谋又喜又疑:"惠师敢这么说,莫不是有撒手锏?"

梁惠师冷笑不语。

黄谋想了想,只说:"既然惠师有把握,那就没什么可虑的了。"等众人都走了后,他独留梁惠师,再问:"这次大斗绣高手云集,凰浦和吴门不用说,就是四川、湖广今年的阵容也不可小视。惠师却说得这么有把握,能不能给我透个底?"

他说话的时候笑嘻嘻的,但透露出一股不容拒绝的意思。

梁惠师冷冷地道:"二舍紧着要个'底',为的是要押外盘吧?"

黄谋没想到她竟然知道这个,一时尴尬。斗绣押外盘不算什么丑闻,但身为斗绣一方,如果押自己的盘口,这就不大好拿出来说了。

"惠师怎么知道这个……"若在广州,他不奇怪,毕竟梁惠师也有自己的耳目,但她在京师也这样耳目灵敏,就叫黄谋有些措手不及了。

"我自有我的渠道。"梁惠师冷冷地说。

黄谋是个敢做敢认的人,只是尴尬了一小会儿,就大方承认了:"既然惠师知道,那我也就不遮掩了,没错,我是有买外盘。本来只是小组决胜出局,开外盘的就没多大兴趣,因为可赌性太小,怎么着凰浦也不可能输给安南,吴门也不可能输给琉球。但有了'总胜'这个彩头，就不一样了。现在外面的盘口赌的都是'总胜'是哪家，谁也说不好哪家能赢。"

梁惠师问："如今赔率最低的是哪家？"

"赔率最低的，还是吴门。"

赔率越低，说明外头对吴门绣庄越是看好。沈女红积了十几年的威名，不是一场蚕池献绣的失利能撼动的。

"次低呢？"

"凰浦。"

梁惠师"哦"了一声，脸上的神情又冷了两分："追上来了啊。"又问："那第三呢？"

"是楚省的湘云绣庄。"

梁惠师一愕，随即愠怒："外头这么看衰我们吗！"

"不是，不是。"黄谋忙说，"他们湖广人好胜，有不少人拼着输钱也押自省。一来博个冷门，二来买一口气。买的人多了，赔率就下来了。"

其实主要是博"总胜"这种局面，赌客的关注点都在前面一两家。夺冠事关实力，平时排名第一、第二的绣庄的夺冠概率是九成九的话，那第三、第四名及往后的绣庄的夺冠概率就连百分之一都难有了。

梁惠师这才稍稍平气，头微微上扬："二舍尽管押康祥好了。若是信不过我这话，你押多少，也帮我押多少。"

黄谋道："若惠师真有把握，我押的可不会少！"

"你押多少，我都跟！"

"如果我押一千两呢？"

梁惠师的眉毛微微一挑！一千两可是一笔极大的数目，当日凰浦押两千两，那几乎是抽掉了凰浦全部的流动资金。何况这里是北京城，梁惠师手头没这么多钱。

"二舍帮我垫着吧，反正是必赢的。"

黄谋笑道："若是在广州，这笔钱惠师或许拿得出来。但远在京师，咱们都没带那么多钱来。"

梁惠师冷笑道："上京斗绣，康祥会没准备疏通关系的款项？"

"那是公中的钱，可不敢随便动。"黄谋道，"我刚才说一千两，那也是准备将自己在京的所有身家押上去的，若再要帮惠师垫付，那就得去临时拆借。"

"那就拆借好了。"梁惠师语气平淡，但在旁人看来，充满狂傲和自信，"反正就是一两日光景，便是再高的利息，也没几个钱。"

黄谋心中一喜，说道："若是能确保拿下'总胜'，就算拆借个一万两，又何妨？但大喇喇一千两银子啊，潮州府一年的税收也就这个数了。惠师总得让我心安不是？"

梁惠师轻轻一笑，说："斗绣分为两场，凰浦、吴门都在上午，我们康祥是在下午。这便是制胜的关键。"

黄谋虽然不如陈子峰，但毕竟也是极通刺绣的人，听了这话，微一转念，马上道："没错，没错！"

通常来说，现场斗绣有可能会刺激绣师的灵感，但同时因为时间等条件的限制，会导致绣师无法尽情发挥，使得许多需要慢工的绣品无法在斗绣场上完成。因此对同等实力的绣师来说，先出手和后出手差别极大。

凰浦、吴门作为先手，出手之后无法修改既成事实，而梁惠师作为后手，大可先看凰浦、吴门的斗绣情况，再根据对方的优缺点及评判的喜好等各方面来拟定自己出手的策略。这里头的优势就太大了。

黄谋再一沉吟，心想：蚕池献绣，我们的《九龙汇》拿到了"上上"，吴门的《万国朝圣图》也拿到了"上上"，虽然方皇后仍将《万国朝圣图》置于《九龙汇》之上，但毕竟是同档的，而且方皇后又有私心，因此，作为后发，我们确实大有胜算。

黄谋当下笑了："好！那我就押个五百两！一千两银子分成两份，也不用拆借了，也帮惠师押上五百两。"

梁惠师还有一个绣坊，而且这么多年的积攒，她不至于几百两银子都没有。他倒也不怕她走数。

梁惠师却怒道："庄主这么押，是看不起妾身吗！"

"不是，不是。"黄谋道，"这只是个外盘，没必要去借钱啊。"

"庄主自己要押多少，我无权置喙，但你帮我押一千两！"

黄谋愕然，随即便明白了，梁惠师赌的不是钱，而是一口气。

御前斗绣终于开始了。虽然蚕池献绣已算"斗"了一轮，但献绣终究是"静态"的，哪有现场斗绣来得精彩？因此绣行中人都当琉璃厂这次是御前大比的第一场斗绣。

凰浦被安排在上午。林叔夜为了让绣师保留体力，自是不会让她们走着去的。天还没亮，他就雇了两辆牛车，将人拉到了琉璃厂。

他们来得早，到琉璃厂时天才蒙蒙亮，休息妥当之后，才见看人群热闹地进场。

尚衣监的人昨日就来布置了，将四组人分在四个相邻的晾瓦场上。凰浦在甲区，吴门在乙区。

林小云道："嗨，可惜了，不能跟沈女红同场竞技！"

黄娘骂道："沈先生怎么说也指点过你，有师徒之谊，你就这么没礼貌？"

去年沈女红为高眉娘千里南下广东，在凰浦期间，除了与高眉娘叙旧，也抽空指点了林小云、黎嫂等人。时间虽然不长，但她是何等人物，指出来的问题对绣师而言那都是千金不换。

林小云笑道："沈女红又不是她的原名，当面这么叫不好，背后这么叫那是尊称啊！"

黄娘倒也知道"女红"一名之于苏绣，正如"眉娘"一名之于粤绣，那是创始人的名字。后世，绣娘非苏绣一代之魁首，不能冠上此名。

众人笑了笑，也就不与他计较了，又见他还能说俏皮话，想必是稳操胜券。

看着辰时将近，人越来越多，除了附近的百姓，就都是各省及京师绣行的人。各京师商铺的绣娘、揽头自不必说，其他各省来的绣师也不少。比如下午才开始斗绣的，也都派人来观战——虽然不涉及胜负，但有"总胜"在，总会引人争胜。

潮康祥的人也来了。虽然前两天才闹了一场不愉快，但此时见面，黄谋又笑嘻嘻地对林叔夜道："不知这次高师傅会出什么高招？三弟提前给哥哥透露两句？"

"这一场斗安南罢了。"林叔夜淡淡地道，"这次姑姑不上，由云娘、绣奴上场。"

黄谋听了，暗中大喜：凰浦是云娘她们上场，那还怕什么，就不知吴门那边沈女红会不会上场；如果她那边也是弟子上场，那还怕什么呢！随即他又有些懊恼："可惜，可惜，早知道该押八百两才是！"

辰时踏正，中区见召，众庄主、绣首和绣师听到锣声召唤，一起来到台下。台上坐着三个人，正是那位工部员外郎、尚衣监左少监秦德威，以及一身宫衣的霍绾儿。秦德威的干儿子出来说了几句场面话："此乃御前大比第一场现场斗绣，诸庄当勤力以赴，却不得舞弊，否则必有重罚。"

众人同时称是，那太监便让到一边，要让上官宣布开场。那位员外郎让了让秦德威，秦德威看霍绾儿，霍绾儿也让了让，秦德威这才站出来说道："此次斗绣，以'花'为题，针法、用料、品类均不限，辰时二刻开始，午时二刻结束。上日晷。"

四个小太监将一台日晷搬了过来。

秦德威道："时辰以此日晷为准，诸人便各往绣场开始吧。"

四组八庄各往分组。工部没有派人，只有尚衣监来了四个小太监到分场监视。斗绣过程只要不舞弊就可以了，三大评判无须从头到尾看着，毕竟决胜的关键在于最后的评点。

甲区的分管宦官临场后道："两庄报题。"

安南的庄主上前道："安南升龙绣庄，我们要绣的是《四季花》屏风。"

林叔夜听了，心想：这一次稳赢了。便上前一步道："广东凰浦绣庄，绣《百花争艳图》。"

黄谋在旁边听到，忍不住"咦"了一声。去年凰浦与茂源斗绣争和安绣庄，题目就是"百花争艳"。当时凰浦是以一幅《百花争艳图》险胜，而出手的人正是林小云与李绣奴，不料今日旧事重演。

　　双方报题既毕，马上各上绣棚。安南的绣庄出动了三个人，凰浦这边只派出林小云和李绣奴。黎嫂叫道："哎哟，吃亏了。早知道让三妹也上。"

　　辜三妹却苦笑着说："我插不上手。"

　　要上这《百花争艳图》，自不是临时决定的。三日前，林小云跟高眉娘商量之后便定了下来，之后林、李二人便把自己关在密室之中练习。这事对外保密，但辜三妹等自然晓得，还曾前往观摩。

　　此时，凰浦立起了一个方棚，绷好了一块四尺见方的绣地。林小云和李绣奴隔着绣地面对面站着，同时下针。

　　便有观众叫了起来："哟哟，面对面站着刺绣啊，这是什么针法？"

　　通常的刺绣，乃是就着绣花棚坐好，绣地与地面平行或者根据需要稍微倾斜，但凰浦的这块绣地是立起来的，绣地与地面呈九十度。这种站着刺绣的场面，确实罕见。

　　黄谋看得心中一凛，这《百花争艳图》的构图他早就知道，其精微奥妙之处确实难得，料来凰浦不会为了一场比赛临时改弦更张，而且也无必要。他这时没忍住，便上前两步细看两人的针法，只看了几眼，心中一阵叹息，甚至忍不住微微妒忌："林老三去哪里搜罗来这样的奇才！"

　　原来，去年在和安绣庄与广茂源斗绣的时候，林小云和李绣奴都只能算是大师傅级别。等到广潮斗绣时，两人虽大有长进，但也只不过是在部分能力上能与宗师抗衡。但这时黄谋再看两人的针法，只觉快中见稳、稳中见准，稳、准之中暗含奇变，一针一线都扎实无比，已是妥妥的宗师境界！

　　从海上斗绣到和安斗绣，再到广潮斗绣，黄谋几乎见证了这两人的成长，可这才多久，这两人便已从当大师傅都勉强的绣师成长为刺绣宗师。这等天赋，也不怪他要妒忌了。如果不算梁惠师，他潮康祥满打满算也才三个宗师，谁能想到凰浦一年多时间就培养出两个！

这个斗绣场周围有大几十号人围观，安南绣庄没什么好看的，但凰浦的绣地是立起来的，为了避免阳光直射影响视觉，绣地是东北至西南走向侧放，林小云站东北面西南，李绣奴反之。两人面对四尺见方的绣地，一个运腕针线绵密，一个运臂大开大合，如两个风格完全不一样的武林高手一般，在两步方圆内进退自如，煞是好看。其针如在闪，其线如在飞，绣地上的图案成形得极快，几乎要追上画画的速度了。

亲眼看到如此绝技，周围惊呼、赞叹之声此起彼伏，便是好些不太懂刺绣的百姓也觉得不虚此行。

有道是外行看热闹，内行看门道。凑热闹的百姓只是觉得林、李姿势好看，绣行的人看了却暗自震惊，纷纷调整对凰浦的评估。

一个揽头暗中道："怪不得广东上一届斗绣能夺魁，果然是有底子的。听说这两个还不是绣首！"

"可我怎么听说他们广东上一次夺魁是靠……嘿嘿……"一个丝绣铺老板说，"这里广东人多，且不说那个了。就算上次夺魁凭的是真本事，那也不是这个凰浦绣庄，是茂源绣庄啊。"

一个京师的老裁缝道："其实就算是陈尚衣，怕也比不上沈女红啊。不过话说回来，这次茂源怎么没来？"

一个来自广东的揽头道："你们知道什么，这家凰浦就是在广东硬生生地斗倒了茂源，才抢到这个名额的。"

众人听了更是惊讶，一时议论纷纷。

黄谋听了几句便不再理会，却更细看林、李二人的针法。看了有一刻钟，他思索着：凰浦有高眉娘坐镇，又有黄娘、袁莞师，如今再加上这两个小的，等回到广东，那便又是一庄五宗师的格局了……我潮康祥也压不住他们了。想到这里，他不禁微微失落，偷偷看向林叔夜，只见林叔夜既无得色，也无自矜，心中也不禁佩服：三弟这胸襟气度，的确人所难及。

对林小云和李绣奴的进境，林叔夜自是不意外的，此时正与高眉娘点评林、李二人针法的得失。

在和安绣庄斗绣的时候,林小云和李绣奴的针法奇变有余而稳重不足,好几路针法甚至存在重大缺陷。那场斗绣之后,高眉娘和他们复盘了两回,又亲自演示,将《百花争艳图》解释得明明白白。他俩受教后也反复练习,因此,如果说和安斗绣时他俩绣《百花争艳图》乃是硬着头皮上的急就章,这次二番上马那便是得心应手了,每一针都暗含着高眉娘的打磨,每一线都蕴藉了林、李的苦功——此时虽不用"三手绣",但针速仍然极快。

林叔夜见了,欢喜地道:"云娘、绣奴的针功又长进了。比起前晚练习时所见,今天的状态更好。这幅图绣出来,除非吴门有惊奇之招,否则'总胜'有望。"

这幅《百花争艳图》在构图和寓意上有很大的优势,只要林小云和李绣奴能够将其中精妙展现出来,别说胜过安南的绣师,便是放眼天下也难逢敌手。

高眉娘道:"我也想知道吴门那边,娟儿会出什么招。"

林叔夜道:"要不我们一起去乙区看看?"

高眉娘正有此意,便交代了黄娘两句,与林叔夜起身离开。黄谋望见,走快几步赶上来,笑着问:"要去看沈女红?"

"二哥也想去看看?"林叔夜和他相视一笑,"一起吧。"

两区是挨在一起的,绕过一片红墙走到隔壁便到。这边却聚集了两百多人,黄谋叹道:"苏绣在京师的名气,毕竟比我们粤绣大。"

林叔夜低声对高眉娘说:"如果当年不是陈子峰,姑姑在京师必也如此,或者更胜一筹也未可知。"

高眉娘微微一笑,没有应答。在西南的时候,她曾几次听到沈女红的名声跨越数千里传至滇、黔两地,当时妒忌过,愤怒过,恨毒过,如今却已经放下了。

三人挤到内线,往里头一看,同时"咦"了一声。

却见这边场上也是五个人,朝鲜那边三人上场,吴门这边两人上场——没有沈女红。

第一五一针　撞题

林叔夜和高眉娘对望了一眼。

黄谋先是一喜，暗道：沈女红不上场，这下更稳了！随即又"咦"了一声，原来吴门也是立起了一块绣地，两个三十上下的绣娘也与林小云、李绣奴一般，在那面竖立的绣地两边面对面站着刺绣。只不过吴门的这块绣地是圆形的，直径三尺。

虽然这块绣地上只绣了十几朵花，但林叔夜和黄谋是何等眼力，便已经看到其布局、立意似乎都与凰浦的《百花争艳图》相似，甚至可能是一样的。黄谋道："哎哟，这也是《百花争艳图》？吴门偷了高师傅的师？"

林叔夜看高眉娘，却见她眼中蒙着雾气——这个神色竟是感动与惆怅。

原来这幅《百花争艳图》的立意，从根源上说，可以算是高眉娘与沈女红合创的。当初两人在成都斗绣，各擅胜场，其中一个斗得极其白热化的领域，便是绣花，斗到最后不谋而合，一番探讨之下，便有了这《百花争艳图》的最初构想。只是在成都的时候，这个构思还未完全成熟，两人回乡之后又各做增补，因此这幅《百花争艳图》无论构图还是针法，其实是融合了粤绣、苏绣两家之长。只不过高、沈分别十余年，分别后两人在原本的构思上又各生变化。

林叔夜等三人正各怀心思，吴门绣庄的人却早发现他们了。这次吴门绣庄上场的是沈女红的二弟子和三弟子，她们其实都已经是苏绣的一代宗师了。沈女红既然不在，她的大弟子祝柳娘镇场。祝柳娘随沈女红日久，也是知道高、沈之间情义的，见到高眉娘，忙上前拜候，礼毕道："沈师前往观凰浦斗绣，不料高师傅来这边了，路上没撞见吗？"

原来琉璃厂地势开阔，要绕过那面红墙，可以绕这一头，也可以绕那一头，所以她们竟未遇上。

高眉娘又看了片刻，心中已有了计较，称赞了两声，便告辞了。

回到甲区，黄娘迎上来说："沈先生刚来看了，才走，姑姑没遇上？"

林叔夜笑道："你俩可真是心有灵犀，却又'缘铿一面'。"

高眉娘轻叹道："都是缘分。"粤绣的创始人卢眉娘刺绣的同时，也修仙，而高眉娘作为其私淑弟子，这些年既习绣，也修道，如今心性随缘。既已错过，她便没再去隔壁找沈女红了，而沈女红也没再过来。

再看场上时，只见《百花争艳图》已经过半，想来在限定时间内绣满百花是没问题的了。林、李早已稳操胜券，因此这幅绣不是求快，而是求好。

时间转瞬即过，午时已近，安南的《四季花》屏风先一步绣好。他们的三个绣师便走到旁边来看，一看之下，不由得面面相觑。其实她们早知胜出无望，但差距如此之大，还是出乎她们的意料，再一细看林、李二人的针功，甚至有些自惭形秽。三人商量了一下，便一起来凰浦这边向绣首问好。安南的绣首道："在升龙府的时候，就常听说粤绣的大名，没想到没能去广州求教，却在京师大开眼界。"

她说的是官话，但带着安南口音。明朝的时候，升龙府的精英阶层不但精通官话，而且不少人还会点粤语，所以这位安南绣师说话虽然带着口音，但林叔夜、高眉娘听着都毫无障碍。

安南绣师一阵谦逊后说道："今天我们算是来见大场面的。这次斗绣不敢奢望能赢，但得见上国针法，心里又是欢喜，又是羡慕,不知高师傅能否移步指点我们一二。"

对方既然诚心求教,高眉娘也不便拒绝,看了林叔夜一眼,林叔夜道:"姑姑做主便是。"高眉娘这才走了过去。黄娘心想:换了以前,姑姑哪会征询这种事?她这是越来越重视庄主的意见了。

高眉娘看了那《四季花》几眼,便已知对方深浅,当下将其中不足之处一一指出,又取针演示了改善的具体方法,虽未传针法秘诀,但只这一番指点,足以令三个安南绣师的技艺有所突破了。那三人听得喜不自胜,只觉这一趟御前大比真是来得值了!而高眉娘也在指点中观察安南的绣艺,听她们介绍,对升龙府一带的刺绣便有了进一步的了解,心想:真是奇怪,升龙府近我两广,怎么她们的针法理路反而与云南的滇绣相近?

正所谓它山之石可以攻玉,高眉娘、沈女红已臻绣艺的至高境界,要想有所突破已极难,但她们仍时时博采学习,但凡见到自己没见过的针法绣技,便会潜心吸收。

四人一教三学,沉浸其中。忽然,中区传来鸣金之声,安南的绣首叫道:"哎哟,时间到了。"

高眉娘也回过神来,急看林小云、李绣奴那边,只见二人早已结针。林小云一脸自得,显然对自家的这幅作品充满了信心。

监场太监收了绣品,四区的绣者、观众同时向中区汇聚。李绣奴也随人流而往,来到中区时忽被人撞了一下,抬头一看,却是几个朝鲜装束的中年女子。他乡遇国人,她心里一阵涌动,一时没忍住,用朝鲜话道歉。那几人听到朝鲜话无不诧异,对着李绣奴上下打量,其中一个便低声用朝鲜话与李绣奴搭话。这时其他人的注意力都在台上,也就没人关注到她们。

八幅绣品呈了上去,那位工部员外郎看了两眼,瞧见安南、朝鲜的绣品跟凰浦、吴门的摆在一起,不知究竟,忍不住笑道:"你们这斗绣的队伍是怎么筛选上来的,某家虽不懂刺绣,但这……这水平未免差得太大了。"

其实安南和朝鲜呈上来的绣品也算得上佳作,可惜的是偏偏和粤绣、苏绣的顶级作品摆在了一起。正如星月之辉虽有称道之处，奈何旁边烈日耀空！

霍绾儿心想：这位员外郎口无遮拦，可别引起属国的不满，惹起纠纷。便站了出来道："这八幅绣，或尽展其技，或藏巧于拙，其实都是极好的绣品。"

那位工部员外郎不但不懂绣，而且也没有外事敏感度——毕竟不是礼部的员外郎。可有关艺术审美，古书中确实有"大巧不工"的说法，又想着皇后派来的人多半是懂绣的，他怕出丑，便闭了嘴，且听霍绾儿怎么说。

秦德威则心中欢喜，朝鲜、琉球等属国派遣国中最好的绣师前来参加御前斗绣，就算水平比不上大明本土的绣师，那也得给三分薄面。这属于政治事件，没见皇后娘娘在蚕池献绣时也善为安抚吗？他心中暗赞霍绾儿有大局观：不愧是霍少保家出来的人。

霍绾儿从丁区开始评起，之后再评丙区，先后定下了输赢。她评得公正，因此无论输赢，四家皆服。跟着她指着安南的《四季花》和朝鲜的《舜英朝日》——舜英即木槿花，是朝鲜人最喜欢的花卉——说："安南、朝鲜的这两幅绣，亦属佳品。古人云：文华播于九州，礼乐化育万民，声教讫于四海。朝鲜、安南得中华之传千数百年，其绣亦渐臻佳妙……"

那位员外郎总算没蠢到家。他听霍绾儿着重点出了安南、朝鲜，便知此事多半涉及属国事务，暗道一声"好险"，因此更不多言了。

此时霍绾儿语意一转，连声称赞："只是与他们对决的这两幅绣更是顶尖佳作，因此甲、乙两区，当是广东凰浦、南直隶吴门胜。"

凰浦和吴门的这场斗绣赢得毫无悬念，在场就算不懂绣的人看了，也觉得应该是这两家赢。那《四季花》不过撷取了春、夏、秋、冬四种花卉，《舜英朝日》更是只有两朵红花，而凰浦、吴门的《百花争艳图》则密密麻麻，虽然一个方、一个圆，却都不知绣了多少朵，而且朵朵争妍夺艳，在数尺方圆中叫人目不暇接。

那位工部员外郎已决定不去碰安南、朝鲜的事，但刚才的发言被霍绾儿给比了下去，心里不免有个疙瘩，便鸡蛋里挑骨头："刺绣的好坏且不说，但这两幅绣在这么小的一块布帛上绣了这么多的花，会不会有繁杂之嫌？"

秦德威一听便皱眉，心想：刚才霍绾儿分明是在帮你转圜，你怎么恩将仇报？

霍绾儿却只是微微一笑，道："部郎说得是，那容我再细看一番。"

那员外郎只道霍绾儿服软，于是捻须微笑。霍绾儿指着凰浦的绣，诧异地道："哟，这些花，朵朵都不一样啊。这是芍药……咦，这是丁香……呀，这是百合……啊，这是桃花，旁边这朵是杜鹃啊。我明白了！左上这一区，全是春天的花啊！难道……我再看看右上。啊，这是茉莉花，这是栀子花，这是莲花，果然都是夏天的花啊。那我再看看右下，有菊，有桂，有日及，有蕙兰，果然都是秋季之花！"

关于这幅《百花争艳图》，高眉娘曾在书信中跟霍绾儿解说过，她怎么可能现在才发现其中奥妙？这时林叔夜见她在台上故作诧异，便知她是要打那位员外郎的脸，又见她表情夸张但不做作，一时嘴角弯起来。高眉娘刚好看见，心想：他对她未必完全无意……如果他们能结连理，于大家都是好事。

秦德威这时也听出了霍绾儿这腔调是故意的，而且也厌烦这个不懂还要摆谱的员外郎，乐得见他吃瘪，便凑趣笑道："咦？咱家也看出来了，左下这一区，不都是冬天的花吗！"

霍绾儿拍手道："所以这幅绣，左上十二朵，都是春花；右上十二朵，都是夏花；右下十二朵，都是秋花；左下十二朵，都是冬花。春、夏、秋、冬正好构成了一个循环，把一年四季都包圆了！真是好构图，真是好刺绣！呀！吴门这边的，好像也是如此啊！"

那员外郎是个心胸狭隘之人，被他俩一挤对，非但不思己过，反而恼羞成怒，忍不住再挑骨头："这只是将几十种花卉按照四季顺序罗列罢了，算不上什么精妙构图。"

他这话一出来，台下观众都感不平。其实大部分人哪里能认出几十种的花卉，都是经霍绾儿这一解说，才恍然大悟：别的不说，光是将几十种花的形态都绣出来，那就已经是下了大力气的事了。众人忍不住想：这样还不够好？你自己怕是连花都认不全。

霍绾儿继续道："部郎说得是，那再容我细看一番……嗯，这芍药和丁香绣在了一起，为什么芍药已经全开了，而丁香只开了一半呢？还有这桃花和李花也绣在了一起，为什么桃花向上开，而李花向下开呢？哎哟，我明白了！桃、李凑在一块，而且桃高李低，有两花争竞桃胜出之意，芍药、丁香凑一起，一个全放，一个半开，自然也是全放胜半开，还有其他的花……原来都在两两对决而分胜负啊！"

众人一听，离得近的一细看，发现果然如此。霍绾儿又道："还有，春之区中，兰花绣得最大，占了中心位置，显然两两对决之后，十二春花又再角逐，最后兰花取胜了！我再看看夏之区……果然也有一朵绣得最大，且占了中心位的，是莲花！还有：秋之区，是菊；冬之区，是海棠。原来如此！原来如此！怪不得这幅绣叫《百花争艳图》呢，原来这个'争'字是落在这里了，妙，妙，真是妙！'百花争艳'，原本以为难点在'百'字，亮点在'艳'字，却不料这幅绣最后点题的是最难体现的'争'字，妙！真是太妙了！"

众人听得恍然大悟，再一细看，果如霍绾儿所说。当她没点破时，众人看不懂；待她一点破，再看时觉得大有道理。一时间，众人既叹凰浦刺绣之妙，又叹霍绾儿识绣之精。

员外郎这时已知自己出丑，却还是不肯罢休，哼道："什么'争'字，不过是你自己想当然罢了。而且，就算依照你说的，这四季各自争出了花主，那四季花主再争，岂不应该也有个胜负？但本官看这四朵花各占一区之中心，无论位置还是大小，都难分什么高下，也就是说，这幅绣虽然不错，但也好得有限。绣算是好绣，有多妙却也未见得！"

他说完这话，斜睨霍绾儿，整一张"怎么样，说不出个所以然了吧"的嘴脸。

这下可把场内绣行的人都气坏了，大家心想：果然是官字两个口，轮到官老爷来品评艺术，那他怎么说都行了。

霍绾儿再次拍手道："部郎说得是……"

第三次听见这话，众人心里都是一乐。那员外郎却心中一惊：还来?!

果然，霍绾儿抖了抖绣，忽然往后站开了几步，叫道："哎哟！我错了，我错了！原来不止四十八朵花呢！还有第四十九朵！"

这时秦德威也是愕然。随着霍绾儿手指慢慢勾勒，他忽然惊呼："哎哟！还真有一朵花！一朵大花！"

其他人被这么一提醒，再细看，果然发现那四十八朵花合起来看时，隐隐呈现出一朵大花的形状。更有人叫了出来：

"牡丹！那是牡丹！"

"花王牡丹啊！"

"所以这四季之花，最后还是'争'了，但争到最后，赢的不是春兰、夏莲、秋菊、冬海棠，而是牡丹啊！"

"诸花争艳，最后由隐藏着的牡丹来艳压全场！妙，真是妙啊！"

"一幅绣能藏有一层奥义已属精品，而这幅绣竟然藏了三层奥义。这实在叫人找不出词来夸了！"

霍绾儿听了这话，微微一笑道："还不止呢，诸位请看。"她将绣一抖，反转了过来。众人定睛一看，赫然发现绣的背面竟然又是四十八朵四季花卉，而且按照看牡丹的方法远看过去，整幅绣竟隐隐呈现出一朵大花形状来。那些从甲、乙两区来的观众也就罢了，丙、丁两区的观众也都惊呼了起来：

"双面绣！竟然还是双面绣！"

"梅花！是梅花！"

"正面以牡丹为王，背面以梅花为尊，妙绝！妙绝！"

"吴门那幅也是双面绣！粤绣也有这般功夫吗？真是了不

起啊！"

"这位姑姑的眼力也是奇佳，若不是她点出来，我们哪里看得出这两幅绣有这么多的妙处。"

"这也多亏了那位工部的老爷不停地鸡蛋里挑骨头，要不然，那位姑姑可能就一句话带过去了。我们哪里还能识得其中精妙呢？"

"毕竟嘛，部郎说得是……"

最后这句话引得众人哈哈大笑。京师有点家底的百姓其实不怎么怕官员，尤其是工部这种非要害部门的官。

那位员外郎被笑得恼羞成怒，拂袖而起，走了。

霍绾儿道："哎哟，不小心得罪人了，这可不好了。"

秦德威淡淡地道："一个工部的副郎官而已，得罪了就得罪了，还怕他吗！再说，是他自己挑事，怨不得别人。"

"奴家说的倒不是这个。"霍绾儿苦笑道，"'总胜'还没评呢。他这一走，'总胜'怎么办？"

秦德威愣了愣，随即笑道："算了，反正下午还有一场，等下午斗完再一起说。"

第一五二针　梁惠师的高光时刻

琉璃厂这场斗绣，凰浦的《百花争艳图》出了风头，而吴门的那幅绣和凰浦的题材一样，名目一样，构思也一样，就连绣功也难分高下，自然也是得胜无疑。虽然两家撞题，不过斗绣又不是考科举，看的是针线的功夫，不会因为做了一样的文章被视为抄袭。

而评绣阶段，那位员外郎一步步地挑刺，却被霍绾儿见招拆招，搞得下不来台，这等好玩好笑的打脸事更是容易传开，一下子把斗绣之事变成了热点话题，使得想来看斗绣的人竟多了许多。大家除了对斗绣产生兴趣，更想看看凰浦与吴门的那两幅《百花争艳图》的高下。

那位员外郎没脸再来，工部便又另外指派了一位郎中。原本安排在未时开始的斗绣，因耽误了时辰，便改到第二天上午进行。黄谋也真是了得，竟然连夜打听出了那位郎中的一点底细："听说这位郎中老爷熟读儒家经书，为人刻板，怕是不大好对付。惠师还有信心吗？"

梁惠师想了想，说道："妾身调整一下即可，放心，必赢的。"

第二日，林叔夜和高眉娘仍然来了。林叔夜作为庄主是要来看"总胜"结果，而高眉娘则是因为今天上场的人里有两个她关心的，结果只在人群中找到梁惠师，却没在湖广那边见到姚凌雪的身影。

林叔夜见她目光在湖广那里掠过，便说道："她被禁足了。"

高眉娘一时嗟叹，问道："庄主怎么知道的？"

林叔夜微微一笑："我知道你心里的想法，所以一直有留意着她。"

高眉娘的心弦颤了颤，暗自心惊，竟不敢再问了，唯恐又勾出自己不愿意谈的话题，乱了自己的心境。

这时，尚衣监宣布开始，然后便见梁惠师翩然上场。

梁惠师在广东虽然出名，京师中知道她的人却很少。在场观众见琉球那边三人上阵，她竟一人上场，无不好奇。然而她针一动，懂行的人皆暗中点头称赞，发现她竟比昨天上午所有上场的绣师都快、稳、准。

高眉娘对林叔夜叹道："云娘和绣奴天赋极高，但功夫究竟没有惠师扎实。她的天赋、才情、勤奋都是顶尖的，再加上二十年的经验积累，如今的确已走到绣道的顶峰了。"

她以前一直习惯于人后叫梁惠师"小惠"，直到这时，终于称她一声"惠师"。这是一代宗师对另一位宗师的由衷敬意。

另一个角落里，沈女红也对吴门众绣娘道："广东这些年真是好生兴旺啊，有了一个高眉娘，如今又出了一个梁惠师。这般针功，或已不在秀秀之下了。"

梁惠师绣了有小半个时辰，观众渐渐看出端倪来。有人惊道："《百花争艳图》？难道又是一幅《百花争艳图》？"

"昨天不是说《百花争艳图》至少有四层奥义，乃是难度极高的顶级刺绣吗？结果一来就仨，现在这种顶级刺绣都变得这么不值钱了吗？"

"也不瞧瞧这是什么场合，御前大比啊，能来的自然是各绣庄的顶尖人物！绝顶高手连着出来有什么好奇怪的！"

"可这样的绝顶高手竟然抄别人的构思？"

"抄？这可是刺绣，不是抄书！就算有一幅绣摆在你面前，你以为想抄就能抄的吗？"

"对，昨天看人家绣百花争艳，今天自己绣百花争艳，这分明不是抄袭，而是故意撞题。这位绣师很傲啊，若不是有把握压倒昨天上午那两家，她焉敢如此出手？"

"要压倒昨天上午那两家？凰浦以前没听说过，苏绣那两位可是吴门的宗师！"

林叔夜微一沉吟，问高眉娘："她学过？"

高眉娘道："她当年听我提过。虽然我没见她绣过，但以她的天赋与能耐，只要心中了然，便能得心应手。"

林叔夜听得心中微惊。他知道梁惠师厉害，可以前不知道她厉害到了这个程度——对这样的顶级刺绣也能"心中了然"，然后"得心应手"。这话若非出自高眉娘之口，他实在难以相信。即便骄傲如林小云，这时也自忖不如。

又有人绣《百花争艳图》的消息传开后，来看梁惠师的人便越来越多。最后里三层、外三层竟围了有三四百人，比昨日围观粤绣、苏绣对决的人还多。

若换了别的绣师，说不定就怯场了。梁惠师却是人越多就越发精神抖擞，双手越绣越快，针路越来越顺，到后来几现残影。普通观众看得无不喝彩，行内之人看得如痴如醉，都道："厉害！厉害！"

这《百花争艳图》是双面绣，昨天上午林小云、李绣奴，以及吴门那两位宗师都是各绣一面，梁惠师却是一人成绣，也不用看另外一面，而其背绣亦自然形成——这样的技艺，就连现场不懂刺绣的外行也都看得纷纷喝彩。

中区三个评委听到一阵又一阵的喝彩声如雷轰动，没忍住，也过来一看。那位郎中不懂，只一味地捻须称赞。秦德威懂得一点，看了后想：这绣艺的确是比陈子艳要强啊。霍绾儿则以梁惠师的针法印证高眉娘所说的理论，只觉一针一线无不吻合高眉娘所说的"技之上上者"，一时竟分不清是梁惠师完美地践行了高眉娘的刺绣理论，还是高眉娘的理论是按照这等完美针线表述出来的。

两个时辰转眼便过，又是午时，八幅刺绣同时呈上，由霍绾儿点评。湖广虽然没有姚凌雪，但也有高手坐镇，最后险赢。潮康祥胜出则毫无悬念。霍绾儿看梁惠师这幅绣时，见虽是一人成绣，成品却丝毫不在凰浦、吴门之下，且在一些细节处理上尤其可嘉。

八组胜负既定，便要再定今日的"总胜"。不用说，水平最高的三幅绣被抬了出来。

这三幅绣细节虽有出入，题材却一致，只不过绣地制式不同：吴门是三尺直径的圆形；凰浦是边长四尺的方形；潮康祥则是如同挂轴一般的长方形，且同样是双面绣，其图形位于挂轴的中央。

秦德威对霍绾儿道："霍姑娘是绣评名家，如今已无人有异议，就请霍姑娘先行评点吧。"

霍绾儿也不谦逊，便说道："这三幅绣撞题了，构图、意境都一样，能分高下者是针功。但这针功也是各擅胜场，奴家一时也觉得难分高下。"

在场不少刺绣高手听了都觉公道，就是高眉娘、沈女红也都点头。

那位工部郎中看了看三幅绣，说道："我听说这两幅都是两个人绣，而最后一幅是一个人绣的。一个人绣和两个人绣，难易有所不同吧？"

"确实如此。"霍绾儿道，"限定时间内，一人成绣自然比两人成绣更加难得。以针功而言，康祥的这位绣师的确要比另外四位绣师更胜一筹，才能做到，不过以绣品而言，则一时难分高下……部郎是想以此定胜负？"

台下众人听了，都觉得如果实在难分轩轾，这也算个办法。

那郎中想了想，又道："三幅都是双面绣，只是这第三幅绣有些奇怪。前面两幅一个是圆的，一个是方的。第三幅怎么一面是圆的，一面是方的？"

原来潮康祥所用的绣地虽然是个竖长方形的挂轴，但两面绣呈现出来的百花布局却是正面成圆而背面显方。

霍绾儿其实也早发现了这一点，只是一时未明其理。

"难得见霍姑娘也有被难住的时候。"秦德威笑道，"莫非这位绣师想要兼两家之长？"

那位郎中笑道:"咱们也不用盲猜,绣师还在场吧?不如就请她出来说说。"他吸取了昨日那位员外郎的教训,不肯轻易表达自己的意见,唯恐出错。

于是梁惠师便被请了出来。郎中问:"这位师傅,你这幅绣,为什么一面是圆的,一面是方的?"

梁惠师答道:"诸花构成圆形者乃正面,呈牡丹形状;诸花构成方形者乃背面,呈梅花形状。"

郎中又问:"这里头有讲究?"

梁惠师答道:"非圆融无以富贵,此牡丹之气也;非方直无以守中,此梅花之节也!"

那郎中一听,忍不住击节赞叹,喝彩道:"有此一言!此绣冠矣!"

霍绾儿微微一怔,那郎中当众说出这话,是要定调吗?她忽转念:吴门、凰浦撞题应该是偶然,梁惠师再撞题,定是故意;她作为后发,能够绣出与前面一模一样的高难度绣品已经极难,更能在半日间埋下这样的理念伏笔,拿到"总胜"也是实至名归。她当下便也点头道:"部郎论得是。"

秦德威自然无可无不可地点了头。

三人所论既定,潮康祥的人首先欢呼了起来。周围的观众也跟着鼓掌喝彩,觉得这个官老爷还算靠谱,此次评绣公正。

梁惠师人在台上,斜睨台下,见众人为自己或喜或呼或摇手或鼓掌:在这京师之地力压十五个绣庄当众夺得"总胜",实乃有生以来未有之荣光,唯一可憾者,乃凰浦、吴门出手的不是高眉娘与沈女红。

这是梁惠师的高光时刻。不但普通的观众、绣师,便是高眉娘、沈女红见了她这幅绣,听了她这番话,也都各自心悦诚服,自叹就算自己上场,也未必能改变这个结局。

这御前大比的第一场斗绣,便以潮康祥拿到"总胜"而落幕!

第一五三针　诸事皆顺

如果说广州的天气主要为南海的海洋性气候所决定，那影响京师这边的，则主要是来自漠北的旷远高原。前一天还好好的，第二日忽然一场风沙袭来，整个天空都变得灰蒙蒙的。

但恶劣的天气一点也不影响黄谋的好心情。潮康祥参加御前大比不但赢了，还拿了"总胜"——别说康祥绣庄，便是整个潮绣历史上也从未有过这样的大事。他有了这个成绩，再回潮州府时，那腰杆就直了。如果老爹一意孤行，还是要讲究嫡庶，那他往后就算自立，也有足够的资本了。

当然，外盘赢了大钱，也是他心情大好的原因之一。

"早知道就真押个一千两了。"他不免叹息自己未能完全信任梁惠师。这次斗绣前，尽管梁惠师曾一人一针压制了潮康祥十二年，但在他心里，康祥诸宗师也只是技差一筹罢了。现在不同了，这次梁惠师展现的实力委实超出了他的想象。这种莫测高深的感觉，以前他只在高眉娘身上感受过。

不过，这次赢得最大的仍不是他，有人押了五千两！押梁惠师的赔率是一赔二，就几天工夫，这人净赚了五千两。按照这个赚钱速度，背后这人都快要比国库有钱了！

黄谋听到消息后，忍不住想知道那究竟是何方神圣，便让人去取彩头的时候暗中留意，潜行跟踪，不料真让他窥伺到了端倪——那个神秘赢家虽然中途兜了圈子，但最后银子是运进了西安门外一栋宅子的后门。

"巧了,那个宅子我竟与二舍去过。二舍猜猜是哪栋?"

黄谋想也不想地说:"秦少监的外宅。"

"可不就是哪!"

对这个答案,黄谋虽然有些讶异,却并未感到意外。一来西安门外他去过的宅子就没第二处,二来也是心中早有怀疑:没想到真是东厂下的手,他们可真敢!

那一万两银子确实是运进了秦德威的宅邸中,不过没搬进主院,却搬到了西厢。手下的人放好银子退下。秦德威看着那成堆的白花花的银子,眼睛都直了。便有一个人拿着一杆大秤出来,这人竟然是茂源绣庄的管库杨燕武!

他将银子称好,按照成色分成几堆,对西厢内道:"总重是七百六十一斤,折合一万两千一百七十六两,但里头有一半成色不足……"他又拿起算盘噼啪敲打:"扣除成色,约莫当足色银九千六百六十两。亏了。"

西厢的窗户没全开,里头隐隐坐着一人,其声音从窗缝中传出来:"博采的钱能收回九成六,已经是多亏了东厂的面子。若换了别人去收数,能收回六七成就烧香念佛了。分银子吧。按照约定,秦少监帮我们要回款项,当得二成。"

杨燕武便将那堆银子中的足色元宝挑出来,分出约莫两千两,搬到秦德威面前,笑吟吟地道:"多谢秦少监照拂。"

秦德威看着这堆银子,不禁有些口干舌燥。他不是没见过大钱,但几天工夫,什么都不做,就净赚自己四十年的俸禄……这来钱的速度,不禁让他觉得这钱烫手!

他要收时,因嘉靖皇帝对宦官监视极严厉而感到有点害怕,要不收,又哪里舍得!他将一个银元宝拿起又放下,放下又拿起,终于决定拢入袖中——反正也不是第一回,上次比这次更多呢!

他笑了起来:"你们老广真的都有点金指吗?抢钱也没你们这么快的。皇爷平时一百几十两银子的花费也要计算的,你们一个眨眼就是上万。"

屋里的人笑道:"这钱是在京师赢的,不是广东的钱。"

"那也是被你们广东人赢的。"秦德威道,"再被你们这么赢下去,怕都要'竭泽而渔'了,往后京师还有谁敢做盘口。"

屋内的人笑得更大声了:"坐庄的人怎么可能会输?输给我们的银子,他们早从别人那儿赢回来了。"

秦德威问:"民间这么有钱的吗?"

"这是我大明的德政,藏富于民。"屋内的人道,"这点银子看起来不少,但在京师这个大盘口里,也不过是沧海一粟罢了。"

秦德威叹息道:"就是可惜了咱家去广东市舶司的事。话说你这次北上藏头藏尾的,究竟想藏到什么时候?"

这次市舶司的事情是屋里这个人帮着预判的,而这个预判又与嘉靖皇帝最后的决定暗合。这事让秦德威躲过了一场灾殃,也正因此,他才将此人奉为贵宾。

"快了,快了。在下的罗网已经布好,该入局的人也已经踩进来了一只脚,只等下次斗绣结束,便大局可定。大局既定,就是我露面之时。"

林叔夜在广州的时候,设想过进京后可能面对的种种困境,毕竟人生地不熟,被别人压着打那也是正常的,不料进京之后诸事皆顺,之前的种种担心都没发生。眼看蚕池献绣夺冠,琉璃厂斗绣也出线了,而且上有秦福罩着,中间有秦德威通声气——自自己接掌凰浦绣庄以来,斗绣就没这么顺心过。虽然最近与霍绾儿闹了一场不开心,但霍绾儿显然公事公办的样子,反而是林、高二人所乐见的。接下来只要不出意外,凰浦的赢面不小。

不过有件小事却让他心中有些警惕。

因十六支斗绣队伍只剩下八支,广东两支队伍同时打入八强,广东会馆的掌柜大喜,便张罗着要摆酒庆贺。

黄谋正赢钱呢,心情大好,就说道:"你们做生意的,哪能让你们出钱。"便拿出五十两银子来。梁惠师也正得志,添了三十两。

当时林叔夜没开声，林添财道："阿夜，咱们也不能落于人后啊。"

林叔夜笑了："二哥赢了钱，我们可没赢。京师居不易，每天花的钱都像流水一样，这个大头咱们就不装了。"

林添财却说："那怎么行！罢了，绣庄不出，我个人来出好了。"他也添了二十两。

一百两银子都够大摆二十桌上好酒菜了，甚至还能再请几个唱曲的来助兴。这请客变成了生意，掌柜的自然笑逐颜开。

林叔夜却忽然皱眉，看了林添财两眼。林添财笑吟吟的，什么也没发觉。

他回到院子，在与高眉娘商议接下来斗绣的事情时，眉头紧锁。别人不好问，林小云问了出来："庄主怎么了？没拿到'总胜'不开心？"

"不是……"林叔夜道，"大家都是广东的绣庄，康祥拿到了，那就跟我们拿到了一样。"

"你们这些读过几本书的就是虚伪。"林小云一点面子都不给，嘲讽了一句，"要真是这样，那你皱着眉头做什么？"

这时尚有黄娘等人在，林叔夜不好开口，忽然瞥见少了一个人，不禁问道："绣奴呢？"

"对啊，她怎么不在？这可是稀罕事儿了。"

喜妹在旁应道："上午有两个朝鲜人来找她，她跟姑姑请示后就出去了。"

"朝鲜人？"林叔夜讶异，"这是遇到老乡了？"

正说着，李绣奴就回来了，小脸有些发红，见到林叔夜，慌张地叫了声"庄主"。

林叔夜瞥了她一眼，问："喝酒了？"

李绣奴更慌了。

林叔夜笑道："我没责怪你的意思。你见到老乡，便是喝了两杯，也是应该的。"

第一五三针　诸事皆顺

李绣奴这才定了定心，说道："那、那、那是我老乡，我说起过往，那位官长竟然认得我师父……我济州岛的那个师父。我一激动，就喝了两杯酒。"

林叔夜笑了笑。经过这一年的历练，他的眼力也比先前更毒辣了，见李绣奴眼神闪烁，便问："他是不是让你回朝鲜？"

李绣奴大吃一惊："庄主怎么知道？"

林叔夜道："你说话的时候，眸子不正，甚至都不敢看我，可见还有隐瞒。这御前斗绣，朝鲜已经出局，跟我们也没什么利益冲突，他们找你能有什么事？再者，又是你不好对我说的，想来就是鼓动你回国了。"

李绣奴便跪下了："我受庄主和姑姑大恩，未曾有报，万万不敢想回国的事情。"

"起来吧。"林叔夜淡淡地笑了笑，"这也不算什么事。这一年来，你也没吃我多少、花我多少，倒替我干了不少活，不欠我什么。放不放你走，主要看姑姑的意思。"

李绣奴便看向高眉娘。

高眉娘道："你也不欠我什么。我愿意教你，是因为你是学刺绣的料子。只要你该学的都学到了，想回国，随时都可以。"

李绣奴听了这话，心中一喜，口中说："一切都听庄主与姑姑的安排。"

林叔夜便让黄娘带她们几个绣娘先下去继续做日常练习了。林小云装没听见，留下了。

屋内只有他们三人时，高眉娘忽然道："这人留不住了。"

林小云道："我也看出来了，这个新罗婢就是养不熟！白眼狼啊白眼狼！她一听庄主说看姑姑的意思，马上就望向姑姑，这就是想走了。"

高眉娘叹道："论技艺，我能教她的都已经教了，但我还是希望她能再熬一熬。有些言传示教不了的东西，她还没学到。"

林小云道："表哥，真放她走啊？"他在林添财面前暴露了身份，这事林叔夜已经跟高眉娘说了，因此在高眉娘面前，他也不装了:"她现在的技艺,在广东都能和宗师比一比了,回到朝鲜那还了得?肯定横扫无敌啊。这次琉璃厂斗绣,朝鲜人又在场目睹,回到朝鲜,多半会把她推荐给他们的大王,那时泼天富贵就到手了。至于那什么替她朝鲜师父报仇的事,更是手到擒来。"

他这番话竟是一语中的,朝鲜使团的人的确是这么跟李绣奴说的。李绣奴如果是直接从济州岛前往汉阳,那是乡下绣女上京畿,想出头、想报仇肯定举步维艰,可有了大明这一趟的经历,再回国那就是上国归来了。只要朝鲜使团上报,宣扬一番,再加上她已学成的技艺,无论是想扬名朝鲜八道,还是想替师报仇,那都易如反掌。

林叔夜却道:"她一开始就是奔着学绣来的,如果觉得自己学会了,动念回国也是正常的。我们总不能强自将人留下。咱们是绣庄,不是山贼寨子。"

"可姑姑对她全没藏私,该教的都教了。她要就这么走了,说句忘恩负义有些重,可就让人觉得这人不地道。"

"所以我说看姑姑的意思。绣庄没跟她签死契,但按照绣行的师门规矩,姑姑作为师父,能决定她的去留。"

两人一起望向高眉娘。高眉娘的想法永远都是落在绣道上而不是利益上的,她说:"绣奴如果不能熬到最后就走,那刺绣最深的义理便是没学会,这事于她其实是可惜的。不过该怎么选择,最终还是看她自己,而不是我。"

"哈哈!"林小云听了这话,一拍大腿,"我就知道!姑姑你肯定还藏了一手!好姑姑!趁着她不在,你跟我说了吧!"

高眉娘瞪了他一眼,转身回卧室去了。

林小云看着林叔夜:"我是不是说错话了?"

林叔夜哼了一声,眉头又锁了起来。

"你们一个二个怎么都这样。"林小云不悦,"我看出姑姑多少有些不开心,那应该是因为李绣奴的事。但你愁眉苦脸的,做什么?"

林叔夜叹了一口气,道:"舅舅多半……又赌钱了。"

林小云一怔，随即再拍大腿："没错！他肯定赌了！而且一定是赢钱了！"

林叔夜"咦"了一声，道："你知道？"

"我原本不知道，他要瞒着你，肯定也得瞒着我。他是一只什么样的铁公鸡，我做儿子的还能不知道？但他这次竟然愿意添二十两给会馆做酒席，这一定是赢了大钱，高兴得冲昏了头！他只有在发横财的时候，手缝才会松！哟，表哥，你这么紧锁眉头，是生我爹的气了？"

"他是舅舅！"林叔夜叹道，"是抚养我长大成人、与父亲一般的舅舅，我是外甥，能生他什么气？但我娘说得对，赌是恶事与恶业，断不能沾的。其实这事也是我起的坏头，如果不是我海上斗绣时动了歪心思，通过买外盘……唉！或许舅舅就不会沉溺于此了。"

"说得也是。我听阿嬷讲，老头子年轻的时候赌得可凶了，后来因为什么事情才戒赌的。"

"所以这事，我其实没什么立场好说他。他若怕我不高兴瞒着我，我又没证据，要是直接去跟他说这事，他多半还要跟我抵赖。若我暗中先去查证据，那更不像话了，那样舅甥俩都少不得要闹场不开心。"

"所以你是想让我去说，对吗？"林小云是何等聪明的人，听到这里，冷笑了起来，"咱们兄弟一场，你跟我耍什么心机！有什么事情直说不就好了？"

林叔夜笑了："反正也会被你看透，跟直说又有什么区别？"

林小云虽然嘴巴毒，心里还是帮着表哥的，当晚就去找林添财，将表哥怀疑他赌博的事情捅了捅。林添财吃了一惊。林小云见了他的反应，就知道表哥没冤枉老头子，忙道："老头子，我估摸着你应该是赢了不少的，赶紧见好就收吧，要不然再赌下去，总要漏风的。回头让姑妈知道，她不好怎么着你，却一定在你面前大棍棒地揍表哥。那时咱爷俩在旁边看着，不难受吗？到时候她把表哥打得半死吐血，你是劝，还是不劝？"

"这个，这个……"林添财也清楚林添福的性情，知道事情多半会如林小云所说的那样，忙道，"真要打狠了，那肯定得劝啊。"

"你还是别劝了，你一劝，哈哈！姑妈的话就出来了！"林小云用女声模仿着林添福的腔调，哭道，"兄啊，你还好意思劝我！你还好意思劝我！你还记不记得，上京之前我是怎么说的来着？阿夜他是个没爹的孩子，你是他舅，也是他爹！你这般给他做榜样，将来他能学好？迟早也要做烂赌徒的！与其等到那时，不如我现在把他打死了干净！"

他说着，手上就好像拿着条棍棒一样死命地打。虽然那是假动作，但林添财看得胆战心惊，嘟哝道："行了，行了！我不赌了就是。"

第一五四针　敲打

　　林小云去劝父之时，林叔夜已在计算第二局的斗绣了，不料忽然就收到了霍绾儿的约请。

　　他来京师已有一段时间，各方面的路子已经摸熟，不再如刚进京时那般睁眼瞎，当下花钱买了块宵禁牌子，赶到霍绾儿的小院。前门不开，他想了想，便拐到后门敲门。果然，屏儿开了门让他进去，不过她这会儿没什么好脸色，也没请他进内屋。

　　这个小宅子的左侧有条小廊，一棵梨树嵌在墙壁里头，树龄不小，墙身斑驳，也不知是先有这堵墙，还是先有这棵树。其枝叶颇繁，在小廊中间形成一个天然的盖子，此时下面摆了一张小桌，两张圆凳。霍绾儿侧身坐在其中一张凳子上，正在品茗。

　　屏儿把人带到了便走，林叔夜站在那里。霍绾儿把杯中剩茶喝了，这才冷冷地道："我不找你，你就真不来找我了？"

　　林叔夜低了低头，道："我不敢来，怕惹姑娘生气。"

　　霍绾儿愠道："就算没了姻亲之事，凰浦的股子我也还有份呢！"

　　林叔夜道："可你奉了皇后娘娘懿旨，怎好徇私……"

　　林叔夜话没说完，霍绾儿的茶杯就碎在他的脚边。他吃了一惊，随即叹了一口气，说："好吧，其实我是不知道该怎么面对你……"

　　霍绾儿脸上的怒气稍稍去了些许："要我抬头跟你说话？"

　　林叔夜这才坐了。

　　屏儿听到声响过来看，重新拿了一只杯子放下，哼了一声，又走了。

林叔夜硬挨着，拎起泥炭炉上已烧开的水，又冲了一泡茶。他将茶移到霍绾儿这边的桌沿，柔声道："你怎么骂我、责我、罚我都行，但别气坏了自己。"

霍绾儿听了这话，一时不知该感动，还是该生气。屏儿的声音从拐角传来："姑娘别被他哄了！这种昧良心的男人就只会油嘴滑舌！他说的甜言蜜语，你一句也别往心里去！"

林叔夜也不还口。

两人就这么静静地坐着，也不喝茶。茶渐渐凉了，林叔夜便又冲了一泡，气氛尴尬得令人焦灼。他却耐心地忍着。终于，霍绾儿侧过去的脸转了过来，语气算是平和："请你来时，本已打算心平气和地与你说话，但见着你还是忍不住火气上冲，是我修养不足了。"

林叔夜声音低低的："我知……"

"你知什么！"霍绾儿哼了一声，道，"今日请你来，是要问你绣庄的事！"

"嗯。"

"第一轮斗罢，下面第二局便是八进四。高师傅有什么打算？"

见霍绾儿肯开口说公事，林叔夜紧缩的喉咙也松了松，道："姑姑说一切都按计划进行。蚕池、琉璃厂这两场绣下来，她对各绣庄绣师的底子已经了然，其中最有威胁的自是吴门。按照目前的排布，如果我们中途被刷下也就罢了，不然也要到御前对决时才会与沈女红遇上。"

他顿了顿，又道："沈女红虽然还没出手，但这场仗其实已打了两个回合了。"

"不错，是打了两个回合。"霍绾儿何等聪明，何况此事她就在局中，"第一场蚕池献绣，沈女红竟能上达凤听，让皇后替她说话，幸亏你早有安排，绕过方皇后把《飞仙盖》献到皇爷那儿去，这才赢下了第一个回合。"

"这个回合能赢，虽然有我们的安排推动，但这里头最根本的还是姑姑的《飞仙盖》合了圣上的心意，打动了天心。如若不然，靠着我们这点小小能耐，如何能够影响宫中的格局？"

霍绾儿就想起一事来，低声道："蚕池献绣《飞仙盖》夺冠，是好事，也可能是坏事。'万国之锦'不如'飞仙一盖'，此事颇令宰执生忧。"

林叔夜微微一惊："外廷对《飞仙盖》有微词？"

这次斗绣以来，外廷表面上对此不甚重视，但朝中若有大佬真的因《飞仙盖》对凰浦产生反感，这种反感如果再于某个场合表达出来，哪怕是一句话、一个眼神，都可能会在关键时刻成为凰浦前进路上的致命攻击。

"或者还没有严重到那个地步。"霍绾儿道，"只是其中之幽微变化，一时难以预知。"

林叔夜想了想，道："既然不能预知，那便不想它吧！我们只求公正，好好把这场绣斗到最后。"

十二年前那场御前大比，因为陈子峰等的阴谋干预，导致高眉娘和沈女红未能完成最后的对决。这是她俩心中憾事，高眉娘为此而来，而林叔夜也立志要为她此行护法。

霍绾儿眉头微皱。她自然知道这样的言语理念是出自高眉娘。然而她也不想在此处过多纠缠，继续说道："第二个回合，便是琉璃厂之战。高师傅和沈女红不谋而合，都不上场，又心有灵犀，都绣《百花争艳图》。这一场，双方没有上场，却又隔空对决了一遭。"

霍绾儿顿了顿，又道："其实吴门的两位刺绣宗师，针线功夫要更扎实一些。在构图、立意都一样的情况下，吴门是微微胜出的。如果此次梁惠师没有上场，而主评又是徐博古、梁太元这样的刺绣大行家，多半会评吴门获胜。"

林叔夜当时在台下，没能上台就近细品吴门那幅《百花争艳图》，但对霍绾儿的判断既不怀疑，也未感奇怪。高、沈虽然当年齐名，但后来高眉娘一个人颠沛流离，而沈女红坐镇苏州十几年，她的弟子就跟了她十几年，以江南人物之荟萃，从中自有天才人物诞生，再加上名师指点，其成长速度可想而知。这般情况下，林小云、李绣奴天赋再高，也难以弥合这十二年时间差距的大口子。

"不过大家没想到的，是康祥异军突起，最后由梁惠师夺了冠。"霍绾儿道，"按照当初的分配，下一回凰浦还不会遇上康祥，但四进二时肯定就要遇上了。到时候师徒竞技，不知道高师傅有没有把握。"

林叔夜道："无论是胜是负，只要这一次御前斗绣能够尽情发挥，那就心中无憾了。"

霍绾儿忽然放下手中的茶杯，小桌子随之不重但也不轻地震了一下。她转过身来，正面看着林叔夜。

林叔夜被她看得心中凛然，这种眼神他从未在霍绾儿这里见过！

就听霍绾儿道："林庄主，绣师需要胜负不挂于怀的心境，是因这样才能更好地发挥，所以如果是高师傅说这句话，我没意见，那是应该的！但你是庄主，你有资格说这句话吗！"

林叔夜垂了垂眉。

霍绾儿继续道："高师傅是绣首，她要胜负不萦于心才更有机会取胜，但你不是！你是庄主，就得给我有所谋划！御前斗绣的名次关乎凰浦的前途，而凰浦的前途关乎我的利益！高师傅作为绣首，可以为绣道奉献自己，但你作为庄主，如果也把胜负看淡，那置我等股东于何地？"

虽被毫不留情地训了一顿，但林叔夜心里惭愧有之，并未恼怒。他知道霍绾儿这番言语并非无理，当下道："是我的不是，姑娘说得对。"

霍绾儿见他不还口，心里松快了两分，却仍然正色道："回去好好筹谋！我应承过皇后娘娘，作为评判，不会违背公正。该按规矩来的，我都会按规矩办，但是作为凰浦的股东，我希望你好好运营，不要在关键时刻掉链子，把该用的手段都给我用上。我不希望我投了股子的绣庄，在该赢的时候却功亏一篑！"

"是。"林叔夜站了起来，垂首肃立。

霍绾儿重新拿起茶杯，抿了一口，道："茶凉了……凉了的茶,就算温了再喝,那也不是当初的味道了……"然而她还是将那半杯凉茶给喝了。茶杯放下,屏儿便走出来送客。

林叔夜要走时,霍绾儿忽然问:"是高师傅,对吗?"

林叔夜身子僵了僵。

霍绾儿说:"我要再买你们百分之十的股份。你和高师傅各出百分之五,该多少银子,你们自己估算。"

各大绣庄自谋心机,各省绣行潜流涌动,然而这些不妨碍御前斗绣的流程推进。

尚衣监将第一轮斗绣的结果禀报了仁寿宫,方皇后传下口谕,嘉奖了出线者,安慰了落榜者。凰浦也得了一套宫装。这套衣服自然不是拿来穿的,回头带回广东,便能作为凰浦绣庄的传世之宝。

如果是普通的绣庄,走到这一步都能心满意足了,但凰浦显然不是。至今为止,高眉娘都还未出手的凰浦,其志显然在最后。

广东会馆内部,高眉娘和梁惠师分头复盘、推算:复盘的是过去,推算的是未来。手中针线无意识地在绣地上穿插,她们思考的同时也在做着日常练习。

广东会馆之外,林叔夜则为各种指示和消息而奔波。眼下只要错过一个消息,就可能导致斗绣现场的被动;错过一个指示,说不定就会导致斗绣的失败。

随着宫内对第一轮斗绣下了定论,第二轮斗绣就要紧锣密鼓地进行了。这次出题方转到了户部。户部最近正烦恼:明朝中期以降,国库收入逐渐空虚,每年要花的钱都是一个萝卜一个坑,日子过得紧巴巴的。太后去年新丧,国家忽然来了场大丧礼,虽然皇帝的内库会支应一部分,但该国库出的,别想嘉靖皇帝会放过。为了让八个萝卜填好十个坑,尚书、侍郎和十三清吏司正焦头烂额,这时候忽然要他们来做这等不要紧的事情,便有些不配合,将事情拖了一天又一天。

这事无限期地拖延下去,对在京的诸绣庄固然不便,也让尚衣监没面子,秦德威便有些焦躁。幸好这时西厢那个人给出了个主意，秦德威得计大喜，便派人去跟户部通了个气。户部一听，觉得是件好事，便应允了下来，第二日便指派了一个郎中来办事。尚衣监就对各省绣庄发出了指示。

这日林叔夜收到消息，赶紧与黄谋一道赶来户部听安排。这第二轮斗绣是八进四，按照之前根据蚕池献绣成绩已定好的出线列表，凰浦将对上京师的合盛绣庄，康祥将对上湖广的湘云绣庄，吴门将对上福建的仙游绣庄，蜀中的华阳绣庄将对上河南的新安绣庄。

到了户部，八个庄主在下头站定，秦德威与霍绾儿先后出来，最后才步出一个正五品的文官来。林叔夜通过其官袍认出，他应该是户部十三清吏司之一的郎中，只不知是哪一司的。便听那位郎中道："此次题目，以宫廷所需绣品为题。各庄所绣如果入选，便充来年宫廷之用。"

众人一时错愕。

秦德威笑道："这事咱家奏请了娘娘，娘娘也已经允了。就是说，你们这次绣的绣品如果品相好，回头会收入内库充用，这样好歹也可以为朝廷省下一笔银子。"

众人这才明白过来。林叔夜暗暗点头，斗绣对绣行来说是大事，但对朝廷来说无关国计民生。眼下如此安排，对国家、对朝廷、对绣行都有裨益。他对这个安排暗暗佩服。

秦德威道："既领了题目，你们先下去准备吧。"

这时林叔夜出列道："劣下有一事不明。"

"哦，林庄主啊。"秦德威笑吟吟地道，"有什么不明白的啊？"

林叔夜道："宫中绣品，品类繁多，不知我们要绣哪一项？"

秦德威道："这次只绣衣物。"

林叔夜又问："衣物之中，亦有皇帝、后妃、皇子、宫女、宦官等品类，何止十数。而这次斗绣，我们只有八个绣庄。"

"宫女及我们黄门的衣服，哪里上得了台面，需要各位来绣？"秦德威道，"这次的衣服品项，只在贵人们的衣服。回头尚衣监会列个清单,你们照清单上所列的,按你们自己的能耐自选一项绣来。"

他顿了顿,笑道:"而且这一轮与前面不同,回头你们的绣品不是我们来评,而是由宫里的贵人评议,比如绣给康娘娘的,会由康娘娘打分,绣给昭娘娘的,会由昭娘娘打分。若是绣给皇后娘娘的凤袍,娘娘恩典,会亲自打分。"

众庄主一听,顿时心中都感受到了一股荣耀与压力,若是宫中贵人来评,这里头的变数可就大了。

这时吴门绣庄的庄主忍不住问:"陛下的龙袍,不知是否在此列中?"

这是所有人都想知道的问题。秦德威微微一笑,道:"这个自然。"八庄庄主莫不悚动。

秦德威道:"好了,没什么问题就都下去吧。"

林叔夜想了想,又问:"卑下还有个问题。"

秦德威愣了愣,皱眉道:"林庄主,你怎么这么多问题。"

霍绾儿道:"此时有问题好,好过事后不明,乱了斗绣章程。"

秦德威挥手:"说吧。"

林叔夜道:"刚才公公说有个清单让我们自选,但万一我们有几家同时选中同一项,那该如何?"

秦德威愣了一下:"这倒是个问题。"

这时霍绾儿道:"妾有一说。"

秦德威笑道:"霍姑娘请讲。"

霍绾儿道:"明日先各庄自选,没冲突的便领了题目,若有冲突,则抽签。抽签落选者,则在剩下的题目中再选。"

秦德威喜道:"好办法!"

这时黄谋问道:"这样的话,那么这一轮是献绣了?"

秦德威一听,冷笑着说:"若是献绣,有何可观?仍然是斗绣,先抽题目,抽到题目后给你们三天时间准备。三日之后,宫门开启时入宫,许每庄出绣娘三人、帮工二人进入尚衣监制绣。宫门关闭前出宫,就在这一日之内限时成绣。这样才能看出功夫嘛。"

众人同时大惊,便有人道:"这哪里来得及?"

秦德威已经挥了挥手:"若没别的问题,就这样吧。你们明天到尚衣监来报题抽签吧。"

众庄主从户部出来,林叔夜自然与黄谋是一路的。马车上,黄谋忽然笑道:"三弟,你与霍姑娘和好了?"

林叔夜愣了愣。黄谋笑道:"你可别怀疑我派人监视你什么的,哥哥我没那么下作。是刚才霍姑娘帮你说话了,别人没留意,我还能看不出来?"

林叔夜憨然一笑,不置可否。

"行了,行了。"黄谋道,"小两口子就算有点吵闹,也不是什么大事。哥哥我是过来人,懂得的。"

林叔夜不承认,也不否认。黄谋也没追问,却道:"这次你们凰浦打算绣什么?"

"这个自然要先回去跟姑姑商量。"

"商量自然是要的,但你心里难道就没个想法?"

林叔夜笑了笑:"二哥呢?二哥是什么想法。"

"你这个愈懒货,什么不好学学你舅?我先问你的,你倒也问起我来了!"

林叔夜道:"宫中贵人,最贵莫过于九重。难得有这个机会,姑姑不反对的话,我自然希望能绣最尊贵的衣服。"

"想一块去了!想一块去了!"黄谋哈哈大笑,"若是回头高师傅与惠师都同意,那咱们……"

林叔夜微微一笑:"那咱们就只能明天去抽签了。"

第一五五针　绣龙袍

两人回广东会馆时，吴门的庄主也见到了沈女红。三庄主见三绣首，将消息传达后，高眉娘、沈女红、梁惠师竟是异口同声："绣龙袍！"

沈女红在吴门绣庄说一不二，其庄主也只负责外界执行。林叔夜与高眉娘同心，高眉娘只说了三个字，彼此就会意。只有黄谋心怀暗忧，问道："龙袍绣片我们自是有准备的，但风险会不会太大？"

梁惠师冷笑道："风险纵大，但胜算也最高。"

"哦？怎么说？"

梁惠师道："按尚衣监的说法，这次斗绣是贵人打分，也就是，贵人会把我们绣的袍服穿到身上去。贵人满意了，便给个高分，不满意了，那自然黜落。"

黄谋点头："是。"

"若做出来的衣服让贵人不满意，那就不用说了，但能走到眼下这一步的，莫说吴门、凰浦、康祥，就算是其他五个绣庄，哪一个不是顶尖儿的？又都是憋着心气使上全力，这样做出来的衣服，比宫中绣女循规蹈矩做出来的，只会好，不会差！因此，极大可能是八庄出品，全部都能让贵人满意……那时候又该怎么定高下呢？"

黄谋眼里光芒闪烁："那自然是哪个贵人身份高，他的满意最值钱了！"

紫禁城中，身份最高的自然是皇帝。只要绣出来的龙袍能得到陛下的首肯，那对手绣成什么样都不重要了。到时候，不但这一轮的"总胜"不在话下，甚至就是往后的斗绣都将大有优势，毕竟已经"简在帝心"！

"因此这龙袍绣……"

三家绣首，竟又是异口同声："势在必得！"

凰浦这边，随着消息传开，整个院子都热闹了起来。绣娘们又是期待，又是担心。等林叔夜和高眉娘从屋里出来，黎嫂便试探地问："姑姑，我们要绣什么？"

高眉娘看向林叔夜，林叔夜道："姑姑定夺。"高眉娘便道："若是可以，当然是绣龙袍！"

其实众人早有这个预期了，一时欢喜起来。

喜妹却道："可只有一天时间，来得及吗？"

高眉娘所传的绣艺知识里，也有绣龙袍的部分。喜妹虽然还没学到这一步，但对大体知识是听过一耳朵的，知道绣龙袍是个大工程。

这次的斗绣和别的斗绣不同，显然是要当场出成品的。像之前比绣龙鳞、鸟羽，那都只是绣一个图案出来，绣完便是；就算是绣《百花争艳图》或《四季花》，其实也只是绣出主体，如《四季花》要想做成屏风，就还得有下手工接手下一步的工序，而这些工序的含金量虽不如绣品主体来得高，却是费时费力，有时候绣品主体只花了一个晚上，下手工的工序却要搞一个月，其中涉及一些特殊材料的处理。

高眉娘微微一笑："我们有各种押题，不然那几十箱东西都是什么？一天成绣问题不大。"

出发前的几个月，凰浦为这场斗绣押了各种题目，并做了大量的准备工作。其中一个必押的题目，就是绣龙袍，因此凰浦带进京的物料之中就有"龙袍绣片"。龙袍的属性与别的衣服不同，别的衣服都可以绣好了存起来，只有龙袍不行——谁家敢私藏龙袍啊？那可是意图造反！因此，绣庄准备的是"龙袍绣片"，也就是尚未完成的龙袍的部分组件。

当下高眉娘点了将,让黄娘、李绣奴与自己一起作为绣娘进宫斗绣,黎嫂、梁哥做帮工。林小云叫道:"怎么没我!"

林叔夜瞪了他一眼:"斗绣的地方是在宫里。怎么没你,你心里没底?"

林小云张了张嘴,随即明白了。他是男儿身,男扮女装在外头被发现只是伤风败俗,如果进宫被发现,那风险可就大了。上一次蚕池献绣,林小云就因为这个没能跟去。他差点脱口而出"那我就换男装进去",但话到嘴边又咽了下去。他看了辜三妹一眼,心想:这事还是再瞒一瞒,总得找个更合适的时机才行。

别的绣娘却不晓得这一点,还以为云娘又做错了什么被庄主罚了。辜三妹悄悄拉着他的手,低声说:"你是不是又闯祸了?别怄,这两天我陪你。"

高眉娘便带了几人进内屋,却还是道:"云娘也进来听着。"林小云这才改愁为欢,对辜三妹道了一声"你等我",跟了进去。

高眉娘坐定后,道:"取天字第一号箱、天字第二号箱出来。"

黄娘带了黎嫂、梁哥,将箱子搬了出来。天字第一号箱果然装的就是"龙袍绣片",而天字第二号箱则是各种备用的丝绸布帛及相关工具。

各人围拢站定,林叔夜也坐在旁边。众人一起看向高眉娘。

就听高眉娘说:"本朝龙袍,自太祖高皇帝起定下规制,至永乐三年改易更定:冠以乌纱为帽,折角向上,名'翼善冠';袍为黄色,盘领窄袖,胸前、后背、两肩各有一金织盘龙;带用玉;靴以皮。我料冠、带、靴都不需要我们配备……我们所要绣者,在于龙袍。"

她一边说着,一边拿出天字第一号箱中的"龙袍绣片"来:"龙袍的制式,自洪武定底、永乐更张之后,大体就没变过。但大处没变,细节上却多增益。其中最要紧的、跟我们关系最大的,便是'十二章纹'。"

但高眉娘拿着的"龙袍绣片"上面空空如也,什么都没有。

这种场合，自然是林小云开口："这上面没有什么章纹啊，用了隐线吗？"

"龙袍何等大制，哪里能用'隐线'这种小道？"高眉娘拍了拍衣面，说，"十二章纹不能现在绣。绣了，就是违制。"

她又从天字第二号箱中取出一个挂轴来，一展开，正是十二类图案，分为四列。

高眉娘让梁哥拿着挂轴，指着最右的第一列道："此第一类，三图者，日、月、星辰是也，取'日月所照，星辰所耀，皆为汉土'之意。"

林叔夜虽多读诗书，但对龙袍制式，也是在接触高眉娘之后才知道的。这图其实是高眉娘口述、他画下来的，但这时再次听她解说，他仍然不禁暗暗点头。林小云则脱口赞道："壮哉！"

"日、月、星辰，皆神圣高远。绣此三光，不求炫技，而求合'礼'。日、月必须极圆。日则以赤，用红线；月皎如银，用白线；星辰排布也必须依制，用五色线。"

她一边说，一边伸了伸手，黄娘马上配合无间地将一块绣地放在了她手上。高眉娘动针，将刚才讲的日、月、星辰用不同的丝线绣了出来。

讲了第一列的绣法之后，高眉娘又指着第二列说："其下，则为高山、神龙与华虫。高山者，山河永固之意；神龙者，圣心莫测之意；华虫者，文华绚美之意。所以到时候绣高山，要展现一个'稳'字；绣神龙时，要展现一个'变'字；绣华虫时，要展现一个'美'字。"

她同时也用针线绣了高山、神龙与华虫。

"第三列，为宗彝、藻草和粉米。宗彝者供养先人也，体现的是孝道；藻草者，自身洁净也，体现的是自省；粉米者，帝王当以养天下生民为己任，体现的是仁心。"

她绣了宗彝、藻草和粉米后，跟着绣出了最后三章纹："第四列，为黻、黼与火。这是帝王的行事之道。黻为两个'己'字相背之形，取引导臣民背恶向善之意；黼就是斧头，象征君主行事要刚断果决；火为明亮之意，取帝王行事当光明正大以照天下。"

高眉娘绣完后，说："此十二章纹，绣于龙袍各处，或在其袖，或在其摆，但一定是左右对称。十二章纹的出现，是永乐以来龙袍制式的第一大变化，你们须好生谨记。"

众徒弟一起点头。

高眉娘继续说："龙袍的第二个变化，是衣身由窄逐渐变宽，尤其是孝宗皇帝以后，衣袖变为琵琶袖。先帝正德天子也延续了孝宗皇帝的琵琶袖制式，料来当今皇上应该亦如是。"

"料来？"林小云叫道，"姑姑，你的意思是……你是猜的？"

看林小云这么冲撞，黄娘、黎嫂赶忙瞪了他一眼。林小云却是块滚刀肉，半点不为所动。

高眉娘也不以为忤，说道："我上次京师斗绣时，当今天子即位未久，许多制度都延续正德朝，许多事情都还在变化中。"说到这里，她顿了顿，才继续说："其实以绣龙袍而论，整个天下以陈子艳最为合适，毕竟嘉靖朝礼制形成的这十二年，她正好就在宫中，深知其中细节，甚至就是圣人的身体尺寸、喜恶偏好也多半晓得，因此她的优势也最大。"

提起陈子艳，林叔夜一时怅惘。虽然陈子艳冒替高眉娘的事情已被揭穿，但他毕竟感激了她十几年，那份好感朦朦胧胧地对他仍有影响，也不知道长姊如今怎么样了。

林小云道："陈子艳啊……她虽然号称尚衣，但也就那样，比我们或许强一点，比姑姑你可差远了！"

"不！"高眉娘正色道，"针功巧思固然重要，但刺绣做出来的绣品终究是要为人使用。适合使用者心意的绣品，才是最好的绣品。尤其是龙袍，最要紧的其实不是绣功，而是'合礼'。"

这天晚上，高眉娘倾其所知，传授了龙袍绣的诸般针法。她教徒弟一向是这样的，平时多打基础功，遇事时会将与事情有关的刺绣手法重点拿出来讲解，至于徒弟们能学到多少，那就看各人的天资、悟性和勤奋了。

接下来，她又讲起了龙袍中衮服、吉服和常服的区别，以及绣

"盘龙团纹"的针法。直到深夜，讲者不疲，听者不倦。

第二日一早，尚衣监忽然传来消息，要求此次报题抽签，绣首也要来。高眉娘本来要补眠的，但只好强撑着与林叔夜一起前往。出发时，他们听说康祥早去了。

两人来到宫外，依着规矩进宫，由一个小太监带到尚衣监，恰好遇到湖广的人也来了。林叔夜发现他们庄主后面跟着的竟是姚凌雪，不由得一奇，与高眉娘对视了一眼。高眉娘低声道："看来她是解禁了。"

进门之后，发现其他六庄也都到齐了。这里是大内，众人不敢妄言妄动，都静静地等候着。不一会儿，秦德威与霍绾儿一起来到，秦德威的干儿子便拿出了一张清单，传示众人。

传到凰浦这边时，高眉娘接过一看，心头就是一跳。这个清单与她昨日所想略不一样，分别是：

  皇帝陛下吉服、常服各一套。
  皇后殿下翟衣、大衫各一套。
  阎贵妃大衫、常服各一套。
  沈贵妃大衫、常服各一套。
  昭妃、康妃、安妃、靖妃常服各两套。

秦德威道："八庄上前，在牌子上将自己所选的写下来。只写位分，不可涉及尊讳。"

各庄庄主便上前书写。林叔夜要上去时，高眉娘犹豫了一下，最终没有说话。

沈女红却忽然低声说了句什么，吴门绣庄的庄主退后两步与她耳语。不一会儿，庄主面露诧异之色，但还是点了点头。

八位庄主写毕，秦德威扫了一眼，笑了笑，道："很好。诸庄对自己的斤两倒是清楚得很嘛，需要抽签的只有两位。"他将其中六张发回："各人领了自己的牌子，上前请报。"

第一五五针　绣龙袍

这是斗绣，就算任务是从上往下派，但在规矩上，要下面向上面陈请，然后再由上面批准——这就是"礼"。

当下京师合盛绣庄先上前道："在京合盛绣庄，蒙恩恳请承制贵妃娘娘大衫、常服各一套。"

他是京师的庄主，所以比起外省绣庄更知大内礼节，有他做了榜样，下面的人便知道该怎么做了。福建的代表便上前道："福建仙游绣庄，蒙恩恳请承制诸妃娘娘常服两套。"

再接着，湖广的庄主上前道："湖广湘云绣庄，蒙恩恳请承制诸妃娘娘常服两套。"

绣首之中，高眉娘心中一奇，抬眼瞥了过去，只见姚凌雪眼观鼻、鼻观心，全无飞扬跋扈的样子。高眉娘看得暗暗点头，心想：不承想蚕池献绣那次挫折对她大有好处，今日看来比先前稳重多了。

再跟着，便是吴门绣庄的庄主上前道："南直隶吴门绣庄，蒙恩恳请承制皇后殿下翟衣、大衫各一套。"

这一下，满屋子的人无不讶异，好几个人同时"咦"了一声。

此次斗绣胜负的关键与选择有关，万没想到，沈女红竟然放弃绣龙袍！

之后蜀中华阳绣庄承制了贵妃之服，河南的新安绣庄承制了妃子之服。如此，除了凰浦、康祥，其他六家都报完了。

秦德威笑了笑，道："剩下的，就是你们两个广东的出挑，争着要绣龙袍了。得，那就只能抽签了。上来吧。"

他的干儿子早准备好了。

秦德威道："抽到长的，便绣龙袍。"

林叔夜手一摆："二哥先。"

黄谋也不客气，便抽了。林叔夜再抽，却是短了一截。

黄谋大喜，匍匐跪拜，口呼："广东康祥绣庄，蒙恩恳请承制皇帝陛下吉服、常服各一套。皇上万岁，万岁，万万岁！"

林叔夜虽然失望，却也只能上前蒙恩恳请承制。接着尚衣监再次抽签，分派了四位妃位的分配，林叔夜抽到了康妃。

秦德威道："皇后娘娘恩典，昭、康、安、靖四位娘娘许绣首入内拜见。"

这个安排却是出人意料，怪不得要绣首随行。

高眉娘目光投来，林叔夜点了点头。彼此会意，高眉娘这才随着一个宫娥去了。

嘉靖皇帝如今住在西苑，皇后与几个得宠的妃子也到了仁寿宫侍奉，康妃如今却住在了大内。一路进了康妃住所，高眉娘也分不清哪座宫哪座殿，只觉得入院后颇为冷清，进屋后颇为阴冷。

"起来吧，半冷了的殿屋，也不用太多规矩。"

高眉娘站了起来，一时不敢直视康妃。康妃却打量起了高眉娘。

进宫之时，飞凰面罩自然是要摘下一验的，验完她仍戴上，太监、宫女也只当她有怪癖。康妃见了道："怎么还戴着个面罩？"

高眉娘道："民女颜陋，怕冲撞了宫中贵人。"

"摘了吧，我不喜欢与遮遮掩掩的人说话。"

高眉娘这才将面罩摘下，康妃一见之下愕然。此时的高眉娘全然不施粉黛，因缺觉，眼睛甚至有些浮肿，然而难掩其绝色。

若是薄施粉黛，其将如何？一念及此，康妃甚至有些吃味，冷冷地道："怪不得要戴面罩，还把自己弄成这样，是怕宫里的女人看见你的脸后生嫉恨吗？这般容貌竟然去做绣娘……若是入宫……嘿嘿！就是在民间，怕是不知多少人趋之若鹜啊。"

高眉娘低着头，没什么感情地回道："康妃娘娘谬夸了。一来民女乃草野劣贱之躯，不敢高望九重；二来从小混在针箐、棚架中，也没怎么见外人。"

康妃听她言语不俗，更是好奇："你这是读过书啊。"

高眉娘道："因为要学绣，顺带着读过几本杂书。"

"听你的言语，莫非还没嫁人？"

"民女已立志自梳，无字人之意。"

"自梳？那是什么意思？"

"那是我粤风俗，女子自行束髻，以示终身不嫁。"

第一五五针　绣龙袍

康妃听了这话，吃了一惊。她心想：高眉娘这么年轻就敢下这个志向，委实罕见。又想到一个女人如果终身不嫁，数十年间冷熬那孤寂凄冷的日日夜夜，不禁又心生悲凉。

她前段时间因见皇帝梦中落泪，当时已暗自警惕，后来皇帝以思太后搪塞了过去，她也以为没事了，不料前两日忽然被寻了个理由遣回大内，不再侍寝西苑。旁人还在思疑，康妃却知自己已失眷宠了。其实从头到尾她都完全没明白自己是怎么得罪皇帝了。嘉靖之喜怒无常与敏感猜忌，一至于此乎！

今日，她心情自是极不好的，所以高眉娘刚进来时，她也没好气。等见到高眉娘的绝美容颜后，她又生忌惮与妒火，直到听高眉娘说要自梳，这才转嫉为怜，尤其是触动了自己心事：如果皇帝从此冷遇自己，那自己往后的日子与"自梳"何异？

她因此又对高眉娘生了同病相怜之心，说话的语气也转宽和了："自梳便自梳吧，都说女人心，海底针，其实男人的心才是真真难猜。自梳自养，少了许多无谓的纠葛，清清净净的其实也挺好。"

高眉娘不知康妃为什么忽然有这样的变化。她见过各种深闺贵妇，而且从小师父就教她面对贵人时要慎深谈、慎牵涉、慎交心。与权贵们交心，固然可能攀上高枝得富贵，但一个不慎，更容易后患无穷！因此高眉娘只是应道："娘娘说得是。"

"你这个年纪，进了宫也能这样沉得住气，也不容易了。"康妃笑了笑，站起来说，"来吧。"

看高眉娘不解，旁边的心腹宫女道："还不快上前帮娘娘量身？"

高眉娘这才醒悟，赶忙走上前去。

"他们没跟你说清楚吗？"康妃不禁笑道，"皇后和两位贵妃身份尊贵，不容外间觊觎，但我们几个不算什么，许了你们进来，自然是让你们来替我们量身的。"

高眉娘便摸出一团随身携带的丝线，拉出一根。

"咦，不用尺子吗？"

"不用。"

高眉娘没被问就不说话,一边以丝线先量了臂长,摘断,再圈手臂的上、下围,再摘断。这三段线便是臂长与臂围了。

康妃笑道:"我第一次看这般量身的。"

高眉娘道:"其实也不是我不用尺,只不过我没给人量过身,所以随身没带尺子。"

康妃一奇,随即道:"哦,对,你是绣娘,不是裁缝。"

"倒也不是。"高眉娘道,"民间没分那么清,绣娘有时候也得入闺制衣。不过民女自十二岁后,就不曾做这些事情了。"

"这是为何?"

高眉娘微笑不语。

她在这紫禁城中,什么也不算,但在广东绣行的地位超然,成名之后就算帮人制衣裳,这种量体之事也不需要她亲自去办了。上一次帮人量体,已是十九年前的事,所以一时未反应过来。

此次斗绣之事,康妃也有分管。这除了嘉靖随口一句言语、皇后顺便指派,也与她颇晓制衣、刺绣有关。这时一个转念,她便明白过来了,笑道:"我知了!你十二岁就成名了,是否?"

"娘娘慧眼慧听。"这句话却不是高眉娘不走心的奉承了。眼前这位妃子聪慧过人,言语间又显露了对自己的善意,跟她说话实在省心,因此高眉娘不觉多说了两句。

量体既毕,高眉娘道:"皇爷和皇后的龙袍、翟衣各有定制,等闲不敢逾矩。康妃娘娘要做的是常服,反而可以多作发挥以合主人心意。却不知娘娘喜欢什么样的衣服。"

康妃忍不住黯然低下了头,说道:"这两件衣服,也许是我往后余生最好的两件衣服了吧。"别看她是高高在上的皇妃,一旦被皇帝冷落,未来在宫中的日子便可想而知。只以衣服一项来说,若是皇帝不再宠幸,往后就只能穿各种制式衣服了,要再想有一个宗师级高手来为自己量身定做,那是不可能的了。

高眉娘阅尽沧桑,又经历过宫廷之变,只从一句话中便听出了许多意味来。虽不知对方发生了什么,但这位康妃言语间既与自己投机，又对自己抱怀善意，她一时心中不忍，便道："娘娘心情不佳，或是近期有变之故。宫中之事，民女不敢妄加猜测，但就算受了委屈，也当振作才是。不然民女也做不出能显娘娘风采的衣裳来。"

她一边说着，一边量了肩宽、腰围。

康妃却道："宫中的事情，有时候不是想振作就能振作的。"

"虽然如此，但世道诡谲多变，能而示之不能，用而示之不用。振作起来，至少不让人轻侮。"

康妃听了这话，一时惊醒，领首寻思：她说得对啊！皇爷的心思，别人一时猜不到。我若就此萎靡，别人定要落井下石；若是振作起来，那些奴才一时反不敢妄动我。何况我还有一个皇儿！我这边多遮掩一日，皇儿便有多一天好日子过。想到这里，她双眉一展，说道："这话有理。你便放开手做吧，只要不违礼制，能多好看，就给我绣多好看。"

高眉娘见她精气神回来了，心中便有了主意："娘娘既这般吩咐，那民女倒有两个题目，恭请娘娘裁决。"

高眉娘当下索了纸笔，草拟了绣图，交给康妃，又将题目细细说明。康妃见了、听了，心中大喜，道："好绣！真不愧是能以《飞仙盖》倾动圣心的大匠。你好生做吧，我虽受了冷遇，但御前斗绣之事，却还能替你做主一二的。"

高眉娘得她一诺，非但未喜，反而暗道：一个不察，还是被牵扯进来了，然而这也没办法。

她的刺绣理念一向是"绣当随人"，认为物似主人意。绣品，尤其是衣服，必须与穿衣者的精气神相吻合，才能臻于上乘境界。所以若是康妃一味萎靡，她的才情也就没办法尽情发挥。这次御前大比，她是立志要尽情以遂当年未尽之意的，在这个大目标之下，就算是师训也得靠边了。

第一五六针　横财之道

抽签出宫之后,剩下的时间便只有三天了,八个绣庄纷纷投入很快就要到来的第二轮斗绣的准备工作中去。绣首有绣首的忙碌,庄主有庄主的忙碌。

林添财反而闲了。

来京以后,与士大夫、权贵、宦官等上层人物的交结,都是林叔夜在做——林添财没有文化,言行粗鄙,在这些名门雅士面前,上不了台面。因此他便与林叔夜分了工,林叔夜去走达官贵人这条线,他去市井中打听消息。京师的地痞、帮闲甚多,林添财这段时间撒了不少银子,早收拢了十几个耳目,只要是跟绣行有关的事情,打听了汇报到他这里,就有赏。

但第二轮斗绣斗到宫里头去,外头市井里反而没什么有用的消息了。来来去去,竟然都是跟"外盘"有关的消息。

他虽然已经答应了林小云不再赌,但偏偏因"职责所在",外盘的消息一个接一个地往他耳朵里钻,搞得他心痒难挠。

"看盘口,咱们凰浦赢面极大。另外吴门和康祥,赢面也很大。"

这两个"赢",指的是他们在"八进四"中面对对手的局面,也就是坊间都很看好这三家能进四强。

"但这一轮的'总胜',最大的热门却不是咱们凰浦了。"

林添财打听到这些消息后,特意选了林叔夜不在的场合,来跟高眉娘汇报这件事。高眉娘不解他为什么这会儿来说这个,但毕竟林添财是凰浦的核心人物,彼此的情报消息必须互通,便交了个底:"大掌柜放心,这一轮我有胜算能进前四的。"

"那'总胜'呢?"林添财装作若无其事地问。

"不求这个。"她说完便继续与黄娘一道裁剪布料。"龙袍绣片"凰浦准备得十分充分,反而是寻常妃子的衣裳没有现成的组品,必须从别的物料中裁剪挑择。幸亏这一次准备得还算充分,因此物料不求外人。

林添财听了她这话,便有了底,心想:不求这个,那就是没把握了。

八进四的四组"小胜负",这一次买的人不多。就算要押,凰浦、吴门、康祥的胜率都很高,胜率高了,赔率就低了,买了也没什么意思。何况为了赢这点钱而冒着被林叔夜知道的风险,不值当。

但"总胜"就有看头了,因为变数实在是大!

本来在上一轮,凰浦和吴门炙手可热,可琉璃厂一战之后,梁惠师声名鹊起,连带着康祥也成了热门。尤其这一次,吴门的沈女红竟然临阵改弦易辙,不敢争龙袍而选了凤袍,坊间不禁就起了心思,甚至说什么"苏州的沈女红也不敢跟广州的梁惠师打了"!

林添财听到这种言论,冷笑了起来。作为内行中的内行,他可不信这个说法。

还有另外一说:"有人说凰浦得罪了人,所以这一次才会抽不到龙袍。"

"那是抽签定的,怎么说成得罪人?"

"呵,抽签作弊,那是多容易的事情!就算是面对面,只要手里用了暗劲,长签就变短签。"

虽然林添财对这两种说法都嗤之以鼻,但不可否认,如今坊间认为潮康祥有极大的概率拿到"总胜"。

就在林添财要退出来时,林叔夜回来了。林添财忙问:"刚才是东厂的人叫你去的吧?督公是不是有什么吩咐?"

林叔夜道:"不是督公,是秦少监找我们。"

"是他啊,他找你什么事?"

"让我们好好斗,说这一轮仍会罩着我们。"

林添财大喜:"有他这句话,那就更稳妥了。"

林叔夜却皱眉。

"怎么了?"

"我倒觉得他这句话显得多余。"

自进京以来,秦德威一直是照拂着凰浦、康祥的,尤其蚕池献绣那次,更是出了大力气给凰浦拿到了一个爆冷的首冠。今天抽完签,秦德威忽然将他和黄谋叫了去,没来由地说仍会罩着他们,的确是有些多余。

林添财却笑了:"阿夜,你多聪明的一个人,怎么在这上面糊涂了?这不是多余,是他在向我们伸手哩!"

林叔夜被舅舅一点,恍然大悟。经过这一年多的历练,他的经营已逐渐有了一庄之主的气派与手腕,但对这些蝇营狗苟之事,总是不如林添财敏锐。

"怪不得他说让我们回来好好想想,想好了今晚去回话。"

林添财笑道:"那没跑了,就是要你今晚去送礼。"他看到林叔夜脸现不悦之色,笑道:"今晚就由我去跑吧,我知道你不习惯这种腌臜事。"

林叔夜长长一叹。这种事情他的确是不愿意去理会,但身为庄主,疏通关系是他的责任,就像霍绾儿所说的,绣首可以清高,但庄主没有清高的资格。

"那就有劳舅舅了。"

秦德威早给了他们两块牌子。当天晚上,林添财便约了黄谋一起出门。

黄谋见是他来也不奇怪,两人一起来到秦德威宅邸,还没进门,只见后门已经有三个人在那里等着了。为首的是个光头,左边脸有一道已经敛口的刀疤。

"两位跟我来。"

林、黄对望一眼,见门口站着个小太监,正是秦德威的干儿子,在向他们两人微微点头。林、黄便跟着他绕到隔壁胡同,进了一间狭窄的院子。

"坐吧。"那个光头指了指院子中的几把凳子,"老子姓许,单名一个强字,锦衣卫小校出身,因为犯了点事,便只能在道上混口饭吃。京师的朋友,给面子的都叫我一声'强爷'。"

见到他的外貌,再听到这个称呼,林添财不由得吃了一惊。这些日子他早打听清楚,知道京师有几个地头蛇是极不好惹的,其中一个就是这位强爷。据说他背后有东厂撑腰,今日看来果然如此。

"两位都是明白人,我也就不兜圈子了。有些事情,就是东厂也不好做,因此要由我们这些人来干脏活。"

黄谋沉吟不语,林添财道:"不知强爷今晚带我们到这里,可是秦少监有什么吩咐?"

强爷看了一眼两人背上的包袱,使了个眼色。他的两个跟班忽然出手,用刀划破了包袱,金银掉了一地。

黄谋一怒,林添财惊道:"强爷,你做什么!"

强爷随手拈起两块,掂量了一下,冷笑道:"这点东西,也好意思进东厂的后门!"

林添财一时恼羞,不知如何应对,黄谋已经开口:"秦少监若是看不上我等的供奉,直说便是,何必来这一手。"

强爷一笑:"当今陛下对内宦管得甚严,有些言语别说写下来,口都不能开。再说了,你们底子有多厚,东厂诸公还不清楚?真要把口开了,怕会吓得你们绣也不敢斗,直接打道回府了!"

黄谋和林添财面面相觑。今晚这位强爷从不说自己代表秦德威,却连提了几次"东厂",现在甚至提起"东厂诸公",这里头的微妙区别,他俩总算是听出来了:难道他不是代表秦德威,而是代表东厂来的?若是秦德威一人还好,甚至加上秦福也罢,可若是整个东厂的当权者都想在这场斗绣上分一杯羹,那可就不好喂了!

但是喂不起,也得罪不起。黄谋慌忙赔笑,说:"刺绣是尚衣监掌管,我们也一直受秦少监荫庇,却不想惊动了其余诸公。刺绣这点买卖，利润有限，我们得到秦少监一点小小荫庇也就算了，哪里还敢再拜东厂的诸位大佛？"

强爷冷笑道："听你这言语，是打算'见外'了？"

两人忙道："不敢！不敢！"

强爷又冷哼了一声，才说："放心吧，没打算叫你们破家，只是要你们配合做件事情罢了。"

林添财忙问："不知是要我们做什么事？"

"外盘。"

黄谋和林添财对望了一眼，同时大感意外。

"这场斗绣原本只是件小事，却不想被人炒起来了，如今半个京师的世家、百姓都知道了，茶余饭后没少谈论。关注的人多了，那外盘自然也就起来了！蚕池献绣时押的人还不多，但琉璃厂一战后，整个盘口去到六七万两了。而这次的盘口更大了，已经入场的银子，就比琉璃厂那场多了三四倍。这一笔横财，嘿嘿，我背后的人自然不能放过。"

"原来如此，"林添财道，"既然这样，那强爷买不就是了？却叫我们来做什么？"

强爷瞪了他一眼："京师七大盘口，其中一个盘口就是我的！别人不晓得，你会不知道？你又不是没在我那里下过注！"

林添财一听，讷了。

"我们自己坐庄的，自然不能再去别的盘口当闲。这是道上的规矩。"

"那强爷的意思是……"黄谋问，"要我们去买？"

强爷冷笑道："我哪敢替两位拿主意？不过你们若是愿意下注，输了，则万事不提，可如果赢了，怕你们人生地不熟的，收不回款项，到时候我的人可以帮你们收数。当然，也得给个辛苦费，我们要的不多，只要三成。"

黄谋和林添财对视了一眼——平心而论，以东厂之威只要三成"辛苦费"，的确不算多。

"那行！"黄谋轻松地就答应了，"回头我和林揽头各自押注，若赢了钱，就辛苦强爷了。"

林添财寻思着自己本来要戒赌了，可这回是别人逼着自己买啊，那敢情好！因此也说行。

强爷又问："两位准备买谁得'总胜'？要买多少？"

他俩听了，都是一怔。林添财道："强爷这是什么意思？我们可不敢在京师地面吃太大块的肉，我们也没那么大的嘴巴。"

强爷道："上一次也是有人委托我们收数，当时的辛苦费是两千两，而这钱最后也不是给一个人，有多少双眼睛和手要打点呢。至于这次，我背后老爷们的意思，是不能比上次少，至少也得赢个三千两。"

黄谋和林添财的脸色同时转成灰白。

强爷道："怎么了？"

黄谋苦笑："强爷，这事可不容易。我肯定要押康祥的，我们康祥也有信心拿到这次的'总胜'……"

还没等他说完，强爷笑了："没问题啊，老爷们也说了，你们康祥很好，大伙儿愿意全力推你康祥拿到'总胜'。"

林添财听得心中一动。黄谋也是暗中一喜，却说："但如今我们康祥乃是大热门，赔率甚低。要想赢到三千两银子，那我们至少要凑够一万两入局啊。我们哪儿来这么多钱？"

这时他都不敢想那"三成"辛苦费了，就算赢的钱全部送出去，那也要一万两的本金啊！若是在广州，他筹谋一下还有可能凑齐，但在京师，就不凑手了——更何况要是输了，他也得破家了。

"钱嘛，你们不用担心。"强爷笑道，"我敢开这个口，你们缺多少，我都能帮你们拆借到。"

黄谋和林添财的脸色又一变。对方这种背景，这钱岂是好借的？

"怎么？不乐意？"

黄谋沉吟一会儿，道："万两白银，杀了我们也不敢借！"

"放心！"强爷道，"老子不是强买强卖的人，既然要你们冒风险，也不会叫你们没好处。我前面说辛苦费只拿三成，并非虚语。这一次是要送一场大富贵给两位，若我们只拿三千两，就要保两位能赢七千两！"

黄谋苦笑道："以当下的赔率，若是买敌庄拿到'总胜'，想赢一万两，至少要三四万两的本金。我们连一万都没有，何况是三四万！"

"谁说要你们出三四万了？"强爷冷笑道，"再说，三四万两白银，就算你们想借，我也没有。北京城里，谁能一口气拿出这么多钱来！"

两人都是一奇："那强爷的意思是……"

强爷道："既叫你们来，自然是有妙计安排。"

若说要拿出三四万两赌资，黄谋和林添财是想都不敢想，但只要三五千两的话，黄谋甚至不用借，凑一凑都有了，而林添财再添一部分，压力就更不大了。三五千两博一两万，赢了那可是大赢，就算真输了，这个风险他也勉强承担得起。

两人忙问计将安出，强爷却不肯就说，而是需要明日见面，到时候请双方绣首一起来，届时自然会将妙计说出。

回到广东会馆，黄谋便将方才之事说了。梁惠师听了，道："三四万两的局我们自然赌不起，三五千两的话，庄主自决，反正我们必赢的。如果钱不够，将我上次赢到的钱一起凑上吧，当是我跟了。"

黄谋道："三五千两其实不用借，但对方要惠师明日前往惠满楼一见。不用很久，便是耽误一顿饭的时间。"

梁惠师想了想，道："行吧，反正也要吃饭。'龙袍绣片'早准备好了，不争那一时半会儿。"

康祥这边议定了，凰浦那边林叔夜却严词拒绝："虚与委蛇那是诚不得已，但这样做，性质就变了。这事我们不答应。"

林添财急道："若不答应，他们背后耍手段可怎么好？"

林叔夜道："他们若耍手段，到时候我们堂堂正正地应对便是。"

"那万一弄不过呢？"

"弄不过，那就宁可在斗绣中输掉！"林叔夜顿了顿，又道，"不过，我们不会输的。"

林添财看得呆了——这种腔调是高眉娘独有的，没想到现在高眉娘没在场，林叔夜已经被"传染"了。但他见外甥意甚坚，只好说："好吧，我回头将你的意思回他们。"

不料第二天就出事了！午后没多久，林叔夜就见他们惶然地回来，赶紧问发生了什么。林添财叫道："出事了！出事了！惠师受伤了！"

林叔夜大吃一惊："怎么回事？"

原来惠满楼离广东会馆不远，黄谋与林添财、梁惠师一道，午饭前才出发前往，不料左等右等，等到饭点都过了，却一直没见到那个光头。梁惠师薄怒，起身便要离开。黄、林二人也觉得那个光头不太靠谱。三人正要出门，这时门口有个秀士经过，被一个瘦子撞了一下。那个秀士倒是警觉，一摸，马上发现自己被盗了，即刻高呼："抓贼！那人是贼！"他一个箭步冲上去，伸手抓到了对方。

便有好些人听到声音停驻，又有两个有胆色、有义气的围拢。那贼被围，又被扯住，竟然拔出一把短刀来胡乱挥砍，先砍伤了那个秀士，跟着混乱中梁惠师竟也挨了一刀，血染衣襟，吓得黄谋面无血色，哪里还顾得上那贼？他赶紧来护着梁惠师，一边帮她包扎，一边赶紧坐车回广东会馆。

现在这节骨眼上，梁惠师可金贵得紧，一根手指头都要爱护着！

高眉娘听到消息，也赶紧来看。幸好这一刀中的是左上臂，又划得甚浅，只是破了皮，而那血其实多是那秀士的。众人这才稍稍安心。

梁惠师淡淡地道："都回吧，左右没什么事了，我们也要赶工。"凰浦众人见她还要赶工，那是真没什么事了，便都告辞了。

不料没过多久，林添财就听到了流言，说扬威琉璃厂的那个广东刺绣宗师中午被贼人伤了手腕，当场血流如注，右手怕是不能动弹了。当时在场的人都是看到梁惠师染血的，所以消息传得有鼻子有眼，若非林添财是当事人，他都要信了。他一开始也只当是误传，与黄谋说了当个笑话听。

不料从那些帮闲反馈的消息看，这谣言竟是愈演愈烈！到傍晚时分，强爷忽然又派人来请，仍然请黄、林、梁三人。

黄谋正要回绝，不料来人却低声道："强爷知道伤梁绣首的是谁。"

第一五七针　宫斗论衣

　　这句话便引得三人动念。梁惠师听到后说："罢了，反正今天的活儿已经做完，就再走一趟吧。"

　　约的地方照样离广东会馆不远，三人借着夜色潜行，进了一条小胡同。眼看此地不善，黄谋等便想要退，一个光头已经从胡同里走了出来，低声笑道："某家若真要对你们下手，你们就是躲在广东会馆里，也躲不过！来吧，秦少监在呢。"

　　黄谋怕梁惠师因出事还在犹豫，可梁惠师已经当头走了过去。

　　强爷竖起拇指："不愧是一庄绣首，好气魄！"

　　等进了门，里头却哪里有秦德威，反而有两个有些面熟的男子。

　　黄谋吃了一惊，却听梁惠师对着那人冷笑："果然是你们！"黄谋和林添财仔细辨认，发现这两人一个是那"贼人"，另一个是那秀士。

　　林添财惊道："这是怎么回事？"

　　黄谋却已经猜到了几分。

　　强爷道："坐吧。"

　　梁惠师冷冷地道："中午是你们做的好戏吧。"

　　强爷嘻嘻地笑道："绣首放心，我这位兄弟是用刀的高手，那一刀下去，半天就收皮。绣首你的手现在可金贵得很哪，我们算什么东西，可万万不敢真伤了您！"

　　黄谋听了，又惊又怒。林添财也回过味来，心中又惊又怕。梁惠师却笑了："做了这么多的事，还是为了外盘？"

强爷毫不否认："正是。"

"那若是妾身不配合呢？"

强爷笑了："这是大伙儿把十年富贵都押在绣首身上了，绣首若是不识趣……"

梁惠师的鹰钩鼻喷了喷气，双眉一竖："你威胁我！"

强爷又笑了。这么狠辣强悍的汉子，竟是随时能卑微地低头："可不敢。只不过这事对绣首又有什么坏处呢？中午我们搞的那一出，虽然冒犯，但也是为了把赔率给抬上来。我们都是押你赢，也要保你赢啊。你从现在开始什么都不用做，只要保证赢就行了，不是吗？"

"我何须向谁保证！"梁惠师傲然道，"本来就是必赢的！"

"正是，正是。"强爷哈腰笑道，"不瞒三位，这次不只是替东厂的诸公来向两位收点辛苦费，兄弟们背后还准备了七八千两银子，也都要跟着进场的。"他对黄谋道："这件事情，对贵庄也是有大好处的。"

黄谋便沉默了。他肯定是要买梁惠师赢的。对方耍了个手段将赔率抬高，自己再买，自然好处多多。这也就算了，但只要这些人都进了场，那回头自然要想方设法地为梁惠师护航，这样一来，相当于是给康祥的前程再买一张保票！此事算来算去，的确是合则两利，若为一时意气，反而两败俱伤。想到这里，他问道："现在外头的赔率到多少了？"

"十赔十五了。"强爷笑道，"接下来两天，只要梁绣首在斗绣之前不露面，一赔二肯定没问题，一赔三都有可能！"

黄谋听得心头大动！若真是一赔三，那是一千两下去三千两回来，三四千两银子下去，那就真能赚个一万两上下了。若能收回这么多现银，自己回广东后直接再建一个康祥都没问题。林添财也是心痒难挠，只感觉自己手指抖得厉害。

强爷道："梁绣首的本事，我们早看明白了，康祥又拿到了龙袍绣的签，宫中的关节我们又全打通了，这次的'总胜'那是十拿九稳！区别只在于赔率多少而已。现在要做的，只是两天不出门……这不难吧？"

梁惠师冷哼一声，站起身来要走。强爷叫道："梁绣首！给个准话！"

梁惠师冷冷地道："你们等着收钱吧。"

强爷大喜："那好！那就当你答应了！给！"

他便摸出一张纸张来。

"这是什么？"梁惠师微微皱眉，接过一看，却是一份量身记录。她心头一动，便猜到了几分。

强爷笑道："不管是给谁做衣服，总要做得合身才行。普通妃子们得皇后特许还给量体；贵妃是宫里量体好了，拿尺寸出来。皇后的就不给了，更别说皇爷的！这尺寸可是我们费了好大周折才拿到的！"

黄谋这时也看了，心中又喜又疑。嘉靖皇帝是猜忌多心的，这种斗绣的事就算已禀明了皇后娘娘，但给尚衣监一百个胆子，也不敢去请皇爷为此量体，更不敢随便泄露机密。宫中倒给抄录了一份资料，但都是正德年间和嘉靖四年的档案记录，另外有一件正德帝的旧龙袍作为参考。只拿着这些材料，潮康祥老老实实地做，就无法保证绣出来的龙袍能合身——幸好现下有个验证的渠道。他当下道："好！如果尺寸是真的，来日必有报答！"

"尺寸肯定是真的，报答也不用。"强爷笑道，"只要梁绣首好好绣，那就行了。大伙儿的富贵，都指着您了！不过丑话说在前头，这次大伙儿是下了大本钱的，梁绣首千万别出什么岔子。"

黄谋警惕地道："你们要做什么？"

"到现在为止，都是我们单方面在做事，你们只要按照原本的计划行事就能坐赢……天底下没这么好的事儿！江湖上的规矩，给了好处的同时，也得有所威慑，是不是？"

梁惠师睨了过来，黄谋喝道："你们可别乱来！"

"只要梁绣首这一趟能赢，一切都好说，但万一输了……"强爷哼了一声，"我们要的也不多，只要梁绣首一根手指头。"

林添财吓了一跳，黄谋也是大惊。

梁惠师却冷然道："还是那句话……只要尺寸是真的，你们就等着收钱吧！"

"好嘞！"强爷大喜，拱手弯腰拜服，"这气派，果然天下第一！"

回到广东会馆，林添财想起刚才，只觉得惊魂未定。梁惠师却自去睡觉了。黄谋瞟了林添财一眼，忽道："林大掌柜，借一步说话。"

两人到了黄谋房中，黄谋道："待会儿你准备怎么回复三弟？"

林添财一时不语。

黄谋道："论理，这事你应该跟三弟直说，但以他那性子，听了这消息，我怕他坏我的事！因此我想求林大掌柜一件事情，将这事压一压，等这一轮斗绣结束再提，可否？"

林添财大为犹豫。他与林叔夜亲如父子，遇到这等大事不通气，实在有违本心。就在他要拒绝时，黄谋道："这件事情，其实并不会损害凰浦的利益。我听说高师傅对'总胜'并不太在意，而此事对康祥有利，对凰浦无损，林大掌柜你何乐而不为呢？"

"总胜"是尚衣监私设的彩头，高眉娘对此并不强求。这从琉璃厂一战就可以看出来了。

见林添财还是犹豫，这时黄谋竖起了一个手掌，说："五百两银子！现付！"

说服了林添财后，黄谋拿着那张纸，暗中求见国舅爷。国舅爷过两天就要南归，恰好这晚还未睡下，忽听同乡夤夜来访——这些天多得康祥孝敬，国舅爷便传黄谋进房。黄谋行礼毕，国舅爷道："怎么？又为那事？我说了不行。你们能在京师替家乡绣技扬名，这是好事。但那个东西，若是宫中给了便给了，若是没给，龙体之事泄露于外，此事失礼！"

"此事昨日国舅爷既然已经说了，小的哪敢再来烦扰！"黄谋摸出那张纸来，道，"只是近日恰好得了张物事，还请国舅爷看在同乡的分上，过目一二。"

国舅爷接过来一看，见上面写着量体尺寸，先是一愕。像国舅爷这种身份的人，一般都是师傅级的人物亲自接待以示尊敬，一边量体，一边报给旁边的徒弟记录，所以国舅爷对量体尺寸是有概念的。这时，他看过之后，心里一转一估，惊讶地道："你们怎么拿到的？"

他就近见过皇帝，大体知道嘉靖的身材，见了尺寸后一估，便猜到了。黄谋求过他这事，现在又连夜拿来这张东西，不用猜也知道是什么了。

黄谋要的就是他这个反应，心中大喜，一拜到地，也不说话。国舅爷便懂了，挥手："去吧，去吧。这事我就当不知。"

黄谋回去后，一时等不及，来到梁惠师屋外。她的小徒弟道："姑姑睡了。"黄谋道："你去床头，就说一声：已确认过，尺寸是真的。"

第二日、第三日，梁惠师果然闭门不出，外头自不免流言纷纷。

高、梁之间虽然有心结，但毕竟互相牵挂，高眉娘便派喜妹再次去看望。梁惠师正隔着屏风指导康祥的绣师们加工"龙袍绣片"，也不与喜妹打照面，只是隔着屏风说："多谢，高师傅有心了。"

喜妹又说："能不能私下里与梁师傅说句话？是姑姑盼咐的。"她来之前，也没想到会是这般情况，此时这话说出来，有些尴尬。几个康祥的绣师都抬起了头。

梁惠师道："这里没有外人，何况事无不可对人言，高师傅要传什么话，直接说便是了。"

喜妹见识浅，又不具应变之才，这时只能硬着头皮说："姑姑让我带话，说宫廷斗绣禁忌良多，动辄凶险，一切以合礼为第一义，则能保无伤。"

"高师傅这是在'指点'我吗？！"梁惠师在屏风后听得哈哈大笑，"你去回高师傅，我多谢她的美意了……但师徒之谊已断了十二年，彼此早就道不同不相为谋，不必挑这个时候来假惺惺。"

喜妹听得脸都殷红了，跑回去跟高眉娘汇报。黄娘大怒："她做什么！这话说得好像我们对不起她似的！"

高眉娘却叹道："她是对不起你，却又觉得我对不起她。人心的秤，各称各的，她称出来的斤两不是我们的斤两……这不奇怪。"

三日时间一晃而过，八庄绣首各点兵将进宫。皇后娘娘又另下了旨意，将斗绣安排在尚衣监进行，特地隔了八个房间出来，给八个绣庄入内做绣。

林叔夜、黄谋等在宫门外候着，从天蒙蒙亮一直等到黄昏，终于看到宫门开启，一群绣师走了出来。

众人急忙分别迎上，林叔夜便问："怎么样了？"

高眉娘微微颔首："很顺利。"

旁边黄谋问的也是同一句话，见梁惠师嘴角含笑，便大喜着接了她上马车。

这时沈女红走了过来。高眉娘与她虽然关系极密，人前还是彼此见礼。沈女红道："可惜了，凰浦竟没抽到签，终究是没能见你亲手绣出龙袍。"

这龙袍不能私绣，因此能不能绣龙袍成品，要看机缘。

"都是机缘，随缘吧。"高眉娘道，"我这边没抽到签，倒也罢了，你当时怎么奔凤袍去了？"

沈女红赧然："我也说不清楚，当时看见清单，还有那氛围，忽然心头一动，便觉得退一步的好。"

换成别人，定要疑她不肯说实话，但高眉娘是信的，因为她当时也有同样的"心头一动"。这是顶级绣娘的直觉，说不清，道不明，只是高眉娘没有选择临阵易念。

沈女红道："不管前面这些关卡如何，最要紧的还是最后那场，我就等着在那场跟你相遇呢。"

按照尚衣监的排列，凰浦和吴门要想遇上，非得等到御前对决不可。高眉娘微笑着道："你平时温温暾暾的，到了绣场上，便还是这般自信。"

"我既自信，也信你！"

两人说完了该说的话,也不厮缠,彼此告辞了。

回到广东会馆后,徒弟们凑在一起叽叽喳喳地说宫里的事。林小云深恨不能入宫见识,几乎想要自爆自己是个男的,去做帮工算了。高眉娘告诫道:"宫里的禁忌多,你们只说刺绣,别论其余的。"黄娘等答应了,这才跟辜三妹等说起入宫的细节。听了她们的描述,林小云道:"我还以为皇宫的屋顶比天高,房子比海大,怎么听你们一说,那一间间的房间这么狭窄。"

"可不是!"黎嫂说,"就那么点地方,我们也诧异呢。"

高眉娘瞄了过来,黎嫂赶紧改口:"得!只说刺绣,只说刺绣。"

可刺绣的事反而没什么好说的了,就是被引进尚衣监准备好的小房间,然后刺绣。从早到晚,中间吃了一顿半冷的饭,过程要多枯燥有多枯燥——这才是刺绣工作的常态——因为许多功夫在入宫前就做好了。那两套衣服制成之后是什么样子,林小云也早知道了的,便问高眉娘有没有临场发挥,做什么神奇的改变。黎嫂摇头说没有,林小云就没兴趣听了。

这之后便没什么好做的了,只能等着宫里的消息。一些绣娘心里头紧张着结果,高眉娘却给徒弟们放了假,让他们好好休息。李绣奴便又请假外出了,林叔夜知道她是去见朝鲜老乡,也未阻拦。

接下来的两天,便是进京之后难得的放松时间,只是所有人都没想到,很快就要面临何等惨烈的剧变。

尚衣监拿到了八庄的绣品,秦德威收拾好了,第二日等方皇后有空,才上前禀报。方皇后便令赐予众妃试衣并给点评,众妃收到衣服后各自试穿不提。

这算是后宫的一桩雅事,又算是皇后娘娘给众妃的福利。因此第二天,众妃不约而同地来到皇后宫中拜谢。

众妃恭谨,都是让宫娥捧着衣服过来的,唯有方皇后将沈女红新制的燕居大衫穿了出来。那是件黄色大衫,配着深青色霞帔,再配上鸾凤云纹鞠衣,宫中又给匹配了六龙三凤冠,将皇后衬得既端庄大气又雅美无伦。

众妃无不称赞，都道："这针线，这做工，真真是顶尖的。"又道："是那个沈女红绣的吧？无一处不合制，又无一处不合体，不愧是苏绣第一人。"

众妃都知皇后今天肯穿这身新衣服出来，除了衣服合心，应该也微有抬举同乡绣首之意，因此都没口子地称赞。

就在这时，外头报康妃到了。昭妃笑道："康妹妹怎么现在才来？"

方皇后宽容地说："康妹妹住得远，并非怠慢。"

昭妃笑道："还是皇后娘娘大度。"

她刚才这两句话是明知故问，谁都晓得康妃前几日忽然被陛下赶回大内去了。只有她特意提起，众人哪会不知其中意味？

如今太子未立，皇长子又薨了，昭妃是皇次子之母，康妃是皇三子之母，再加上皇四子之母靖妃，这里头的利益冲突便显现出来了。其中尤以昭妃与康妃的心病最重。

阎贵妃在一旁看了，大为感伤。她为嘉靖皇帝生下了皇长子，不料两月便夭折，此事大伤其身心。这次抱着病体来向皇后拜谢，结果没一会儿就看到了这幕好戏。别人宫斗本来不关她事，却牵动了她的心念：我便是要斗，如今也没资格了。一时间，她咳嗽不已。

方皇后知她虽失子，却仍是皇爷心头挂念之人，赶忙安抚了几句，便听到脚步声。众人一起望向门外，同时觉得眼前一亮。

昭妃看得一时咬牙：这贱人哪儿来的这身好衣裳！敢穿得这般花枝招展的，来西苑给谁看！那边康妃近前向皇后行礼，这边她就要挑毛病。康妃这套衣裳虽然只是常服，但无论料子还是制式，无一处越礼，所有地方都是恰到好处，却在某些不属于礼制限定的细节上有所发挥，可就是那点发挥，让整套衣服一时明亮了起来。

方皇后等康妃站起身后，也是打量了一番，赞道："好衣裳，好衣裳！"

康妃含笑道："都是娘娘的恩典，也是参绣的绣娘用了心。"

众妃见她如此，一时都心中一凛，均想：她被贬回大内，怎么这会儿还笑得出来！别的妃子谨慎，都只是带着衣服前来谢恩；康妃竟然直接穿了过来，这里头是在表露什么意思吗？虽然嘉靖皇帝将康妃遣出了西苑，但并未明旨贬斥，所以众人便拿捏不准康妃究竟是真失宠了，还是仅一时闹别扭，但这时见她胆敢如此，又笑得出来，不禁想：莫非她心中有把握能随时回西苑来？

方皇后一时也拿不定圣心，点头赞道："这套衣裳清而见丽，艳而不俗，可有什么名目？"

众妃一听这话，都想：皇后都这般说，莫非皇爷与杜氏真的只是一时闹别扭？

康妃答道："凰浦那个绣娘给妾身绣了两身衣裳，一身叫'天女逐月'，一身叫'飞仙伴日'。今天来见皇后娘娘，因此穿了这身'天女逐月'。"

方皇后没忍住，走下来拉着康妃的衣服看："天女逐月，倒也是好名字。"

帝为日，后为月，康妃穿了"逐月"衣来拜见自己，这里头除了表露出来的某些心思，对自己也还算恭谨，所以方皇后便未为难她。

昭妃却想：飞仙伴日……飞仙……另外那套衣服多半与道家仙女传说有关了……陛下最近渐爱神仙之说，可万万不能叫这贱人穿了那套衣服去陛下面前招展！

就听康妃笑道："这套衣服虽是不错，但只胜在几分精致，论大气，却是比不得皇后身上这套大衫了。却不知诸位姐妹收到的衣裳如何，怎么不穿将起来，也好论论这次斗绣的高下。"

皇后笑道："她们那几套刚才我都看了，也都是顶好的针功，只是略不如你身上的这套。"

康妃笑道："若是这样，那这一轮斗绣，当以吴门为第一了。"这话捧了皇后的大衫之余，却并未为身上这套"天女逐月"谦逊，那就是默认她身上穿的衣服在皇后之下、众妃之上了。

众妃听了这话，心中再次一凛：她前几日才被赶出西苑，现在竟敢来干涉这场斗绣的胜负？

康妃忽然被贬回去，宫中无论是妃子们、太监们，还是宫女们都不免有了想法，但一来拿捏不准嘉靖皇帝的心思，二来康妃膝下是有皇子可以翻盘的。嘉靖皇帝有五个儿子，但皇长子出生两个月就夭折了，皇五子去年出世一天后也夭折了，剩下的三个年纪都还小，谁知道未来会发生什么。在后宫，有儿子就有未来。此时见了康妃如此神采奕奕，一时间，其他妃子都收起了小觑之心。

方皇后却只是微微一笑："却还要看皇爷的那两套衣服如何。"

第一五八针　龙体机密

这一次八个绣庄出手，全都是宗师级绣师全力以赴的作品，所以除了昭妃心中不悦，其余六人个个满意，既都满意，位分上的话语权便显出重要性了。其中只有凰浦因康妃的出场得到了超越位分的评价。

众妃在皇后宫中论了十四套衣服的高下，以敬献皇后的翟衣、大衫为第一，康妃所穿的"天女逐月""飞仙伴日"为第二，其余等而下之。

宫中旨意下到尚衣监，早有太监暗中将消息卖了出去，没多久便传到了各绣庄的耳朵里。吴门、凰浦便先得到了恭喜，却还得等嘉靖皇帝那边的消息，才能定这一次的"总胜"。

秦德威拿了皇后宫中定下来的名次来寻秦福，秦福看了后道："不错。凰浦竟能超越位分拿到第二，这里头可不见得只是运气呢。"

秦德威问："皇爷那边怎么样？试衣了吗？"

"你作死！"秦福敲了一下干儿子的头，"敢叫皇爷为区区一场斗绣试衣？"

秦德威为难了："那怎么办？"

"我看着机缘呢，得看皇爷的心情。"

这一等就是两日，把外头的人都急得如热锅上的蚂蚁一般，却又无可奈何。

这日，嘉靖悟道毕，秦福叩见。禀事时，秦福见他眉目放松，想来心情不差，便顺禀道："日前京师斗绣，第一轮十六绣庄进八，第二轮八进四。依皇爷和娘娘的旨意，户部给了题目，皇后娘娘特许，令八个绣庄敬献帝后及众妃的衣衫。其中有敬献给陛下的吉服、常服各一套。皇爷是否御览？"

嘉靖眼皮也没抬："尚衣监处置吧。"

秦福便领命下去了。他兼领尚衣监，嘉靖让尚衣监处置，那就是由他处置。

秦德威又为难了："这可如何是好？"哪怕皇爷给一句嘉许，都能定下输赢；若是一句不喜，那就将之黜落。现在由秦福来决定的话，那还要不要压皇后娘娘一头？

秦福道："拿衣服过来，咱家先看看。"

便有小太监将两套衣服取出摆开。

能坐到秦福这个位置上的，那都是人中之杰。他虽未在裁缝、刺绣上花费多少心力，但目光仍然犀利，只看了两眼，便赞道："做得好，这两套龙袍做得好！"

他摸了摸十二章纹，赞道："位置、图案，无一丝一毫的破绽，都绣得好！这真是一日之内绣成的？"

"是。"

"用心了！用心了！"

秦德威见干爹连连称赞，心想：这次他可失算了。

不料秦福在摸袖子时，"咦"了一声。他皱着眉，瞪着秦德威怒道："你好大的胆子！竟敢泄露龙体机密！我叮嘱过你什么来着！这毕竟是给宫外的人做的绣，只能给旧档！"

秦德威大惊，匍匐在地，道："干爹，儿子断不敢做这事的，都是依着干爹的吩咐，只给了正德和嘉靖四年的旧档案，还有正德年间一件旧龙袍。"

秦福指着袖子道："你自己看！"

秦德威上前摸了摸："儿子不懂，干爹明说吧。"

秦福道："先帝比当今皇爷要瘦些，皇爷如今也比嘉靖四年丰润了，若依旧档，或是正德年间那件旧龙袍，这袖子应该略窄些。

但现在这套太合体了！"

"这……这……"

秦福再问："真不是你泄露的？"

秦德威指天发誓："断然不是！"

"哼！"秦福压低了声音，"咱们这位主子，心思极精明，又最是威福难测！这件龙袍如果献上去，心情好时，或许夸两句就过去了，但万一念想起什么……哼！窥伺龙体，这罪责是一个绣庄能担承的？这事若报上去，叫皇爷得知，不但那个绣娘，就是整个绣庄……谁知道会落得个什么下场！万一有个牵连，会有多少人要吃挂落！"

秦德威一时冷汗沁背："那……那可如何是好？"

秦福心慈，想了想，说道："罢了，毕竟同乡一场，老夫也不想看到桑梓那边有人为一场斗绣流血流泪。能遮掩便帮着遮掩吧。把龙袍拿回尚衣监，你亲自盯着拆掉。然后回了外头，说衣制得不合礼。"

秦德威惊道："那康祥不就黜落了？"

秦福冷笑道："斗绣黜落，总好过一场大祸临头！"

秦德威哪敢违拗，赶紧依命而行。在秦福这里，他是觉得自己做了好事，但消息传到宫外，对潮康祥的人来说无异于晴天霹雳！

这日，林叔夜与高眉娘正在讨论四强对决的局面。因凰浦的成绩已经出来，龙袍的评价只会影响"总胜"，不会影响排名，就算是"总胜"，也只在"龙袍""凤袍"之间，不干凰浦的事，所以他们便抛开不管了。

不料宫中忽然传来消息，说康祥所献龙袍"刺得不合礼"，已被拆毁了。消息传来，满院皆惊，林叔夜与高眉娘面面相觑，心里想的都是四个字：怎会如此？

原本以梁惠师的实力，大伙儿等的消息只在能否顺利压凤袍一头而已，从未想过会黜落。这一黜落，别说与凤袍争"总胜"了，直接是出局了。

高眉娘忽然心头耸动,背脊发凉,暗暗预感有不好的事情要发生,急对林叔夜道:"快将绣师们都叫回来,从今天起,我们闭门莫出!"

　　林叔夜问:"为什么?"

　　高眉娘抿了抿嘴唇:"高处不胜寒,如今已到高处!"

　　林叔夜微有所感,便赶紧将绣师、帮工们召集起来。林叔夜点了在场的绣娘、帮工,只缺李绣奴,却是出外访友未回,便急叫人去找。直到暮色深沉,李绣奴踩着点回来了。

　　她见院子里气氛不大对劲,忙问何事,喜妹就将刚刚传来的消息说了。李绣奴讶异:"这样一来,康祥就输了啊。"她却有些不明白,康祥输了就输了,这事不算好事,但为何凰浦搞得像如临大敌般?

　　她是朝鲜人,在凰浦中自觉是个异类,就算喜妹待她极好,她也常自外。此刻见氛围有异,她便悄悄缩在角落里观察,见院子里大多数人的脸上都是不解,众人议论纷纷。本来应该整顿秩序的大掌柜林添财则魂不守舍,任由众人谈论:

　　"真的没想到康祥会输,而且是黜落。"

　　"到底是怎么回事?"

　　"宫禁九重,谁能晓得里头发生了什么?"

　　这时月已上天,高眉娘走了出来。李绣奴抬头看去,只见姑姑这次出来没戴飞凰面罩,脸色阴沉,让院子里的气压又低了三分。李绣奴心想:这究竟是怎么了?

　　高眉娘道:"登高山,登到高处必越来越冷,斗绣亦然。"李绣奴听了这话,半解一知。她从小跟着汉阳来的师父,其实是比凰浦的大部分绣娘都更有几分文化的,不解处反而是不知姑姑为什么这时说这话。

　　高眉娘继续说:"在广东乡间,斗绣只是一个游戏,胜负无关要紧,最多是输一点银两。但越到高处,凶险越多,你们可知为何?"

　　黄娘带头道:"不知,请姑姑教示。"

李绣奴便也跟着众绣娘道:"不知,请姑姑教示。"

高眉娘指着院子角落,说:"那里有一窝蚂蚁,若我们几个坐在那里,脚放在窝前蚂蚁的出入处,随便喝茶、聊天、抖脚,或者偶尔起身走来走去,那会如何?"

李绣奴心想:不会如何啊?她的想法也就是别人的想法。只有林小云说了出来:"不会如何啊,最多让蚂蚁爬到脚上痒痒。"

高眉娘道:"我不是说坐在那里的人会如何,是说蚂蚁会如何。"

林小云就笑了:"蚂蚁就惨了,说不定不小心就被谁踩死了。"

李绣奴拘谨,却听见辜三妹和好几个帮工笑了出来。

高眉娘神色黯然,甚至带有些悲怆:"这很好笑吗?"

见她这样,林小云倒有些不好意思了:"姑姑,我说错话了吗?"

高眉娘道:"我们有时不将蚂蚁的性命放在心上,也许抖个腿,也许滴点茶,就将蚂蚁害死了,而我们或许还未察觉什么。"

李绣奴心想:是这样的,可那又如何?姑姑是要教我们慈悲为怀吗?怎么今天突然说这个?

然而马上就听高眉娘说道:"现如今,我们就是蚂蚁。"

众人愕然。

"宫廷帝后、朝堂诸公,就是巨人。我们这群蚂蚁因为斗绣来到他们的脚边,我们及我们要做的事情,乃至我们的性命,对他们来说都无足轻重。他们也不将我们放在心里,但因为我们就在他们脚下,他们一个不察,或抖个腿,或迈个步,或渗出点茶汤,就会将我们踩死、烫死了。这就是危寒之所在,大家都清楚了吗?"

众人听得面面相觑,心想:姑姑这道理乃是老生常谈。道理是对的,只是他们不明白为什么高眉娘要在这会儿着重点出来。

此时林叔夜道:"从今日起,我们闭门等待召唤。回广东之前,无事不得随便外出。"

这话一出,好几个人都不满,林小云哼得尤其大声。李绣奴也想:若是这样,那我要去见朝鲜老乡也不方便了。

直到这时,她想的仍是"不方便",但随即就听见一声凄厉的惨叫，如同鬼哭般划破夜空。

众人大惊，急急忙忙赶到会馆大堂，就见七八个或眼神阴狠、或满脸横肉的男人走了出去。

众人急问出了什么事，便有一个康祥的绣师跑了出来，脸上带着惊恐，叫道："他们……他们用剪刀把惠师的拇指给剪了！"

众人大吃一惊！

高眉娘与黄娘便冲了进去，林叔夜和林添财也跟着赶了过去。

李绣奴只感一股凉意从脚底直往上蹿，一路溜到脊梁骨那里！忽然，她有些理解高眉娘的话了。虽然不知梁惠师出了什么事，但总觉得她的出事多半与高眉娘刚才那番话有关。

她寻思着：斗绣真的这么凶险吗？那若是继续再往上走……她低头看了看自己的拇指，不禁又打了个寒战，便想起师父说的那句"伴君如伴虎"，虽然不知道危险会从哪里来，却隐隐觉得拇指在幻疼，就像蚂蚁处在巨人脚下，别说一根手指，性命都随时保不住。

过了一会儿，黄谋送客出来，脸上满是颓丧。林叔夜眉头深锁，林添财则失魂落魄。林叔夜招呼着凰浦众人回院子去，林小云这才问："出什么事情了？"

林叔夜沉声道："黄二舍不肯细说，但应该和斗绣输了有关。"

林小云颤声道："斗绣输了……搞到要剪手指？"

听到这话，再想起刚才那声凄厉的惨叫，满院的绣娘、帮工无不骇然。李绣奴忍不住又颤了一颤。

对一个绣娘来说，剪了手指，不只是身体的残废，更是把一生所学都废了。对梁惠师这样的刺绣宗师来说，说不定比死还难受！

"莫要谈论了！"林叔夜道，"都听姑姑的，所有人小心谨慎就是。关闭院门，无事不要出门。绣娘们各自练绣去吧。"

众人惴惴不安地各自回去了。这天晚上，却有谁睡得着？

第一五九针　幕后黑手

春已逝，寒冷结束了，而炎热还未到来。这时本该是京师的好日子，却注定不属于黄谋。

他带着潮康祥进京斗绣，也带着潮康祥走到了前所未有的高度，甚至眼看着连夺魁都有希望，谁能料到转眼一切尽成空！不但输了斗绣，还残了宗师。斗绣输了本不要紧，但因"不合礼"而被黜落，势必会对潮康祥的声誉造成打击。潮康祥下了血本却收回这样的结果，这次回去非但无功，而且有过！不但如此，他的私房钱也一清而空，还负了重债。这样的情况下，黄谋的情绪如何抬得起来？

林叔夜一路送他到了城外，黄谋挥手道："莫再送了！我如今是落水狗、汤里鸡，阿夜你还不离不弃，也不枉兄弟一场。这次斗绣准备的物料我一件不带，都在会馆，另外两位宗师我也让她们留下了。往后这些就都是你的物料、你的人马……后面的路……广东就指望你了。"

"现在说这些做什么！"林叔夜道，"到底出了什么事情，你为何至今不肯跟我说？"

"为何会输，其实我至今也不理解！"黄谋颤声道，"但惠师受残有我的责任。此事是我的耻辱，我不愿再提，三弟你也别再问了。现在想想，你是对的，只要你坚持本心，应该就不会有我这般祸事。"

林叔夜见他怎么都不肯说，也就不再勉强。在城外，两人道别。

黄谋的马车一路往通州去，走出七八里，路上行人渐少，马车忽然停下。黄谋问："怎么了？"

"有人拦路！"

黄谋愣了愣，打开了车门，就看见有几个骑者拦在了路中间，挡住了去路。黄谋心想：难道光天化日之下、京师十里之内，竟然有人敢剪径？

对面一辆马车辚辚驶来，于两车擦肩而过之际停下。车内传出一个耳熟的声音："黄二舍，借一步说话如何？"

黄谋怔了怔，这声音……不可能！他不可能在这里！

对面的车门打开了，黄谋只一眼便尖叫起来："你！你怎么会在这里！"

广东会馆，凰浦闭院。

不过被限制进出的人里不包括林添财，他仍然需要在外活动。因康祥将物料、宗师都借给了凰浦，高眉娘忙着在会馆里整合，林叔夜又去送黄谋，他一时落得清闲，不过此刻他哪有半点清闲心思，坐在离会馆不远的茶馆里，大半天魂不附体，茶都凉了，也没喝一口。

忽然，一个人在他对面坐下。林添财正感烦躁，便要出声驱赶，却听那人道了一声："林大掌柜，强爷有请！"

林添财打了个寒战，但他知道这事躲不过去！

自那天知道了梁惠师假伤的秘事，龙袍斗绣简直就成了必赢之局，那相当于是白花花的银子放在面前——林添财哪里忍得住不捡？于是把手里尽有的四百多两银子都押了进去！

不料再过一天，因梁惠师怎么都不露面，赔率继续看涨，而赔率每涨一分，能赢的钱就往上一翻！林添财想着那必赢的局面，就像在赌桌上能看透，却偏偏没本钱，再想起前面两局，那个神秘人物压对后，转眼就赚了上万两白银，而自己明明是局内人，又有内部消息，但因缺少本钱，结果只能别人吃肉，自己蹭点渣，这叫他如何能够甘心！他心里自然痒得难受，像有蚂蚁在心眼上爬。恰在这时，他在路上遇到强爷，想起那天强爷说的那句话，竟一个冲动，向强爷借了两千两银子，投了进去！

现在一回想，他就不禁后怕。

梁惠师的惨叫犹在耳，他知道是躲不过去的了……就算躲在广东会馆里，人家能去剪梁惠师的手指头，就能将他林添财给揪出来！

无奈之下，他只能随来人走进一个小院子，果然就见到了光头强爷。林添财讷讷地道："强爷好，还请再宽限几日，我再想想办法。"

强爷冷笑道："当时可不是这么说的！"

按照当时的说法，斗绣结果出来就得还钱。如果收不回款项，强爷还会帮忙去讨——现在输了。

"你还怕我没钱还？"林添财鼓起勇气叫道，"康祥输了，我们凰浦可没输！庄主就是我养大的外甥，区区两千两银子，你还怕我还不起？"

却不料强爷笑道："林爷着什么急，其实钱早有人帮你还了！咱们之间两清了。"

林添财又惊又喜："还有这事？是哪位好心人？"

强爷笑了笑，带了人就走，走的时候还将院门给带上了。

林添财正自不解，里头一个人走了出来，笑道："他乡遇故知啊。林揽头，久违了。"

林添财愣了愣，随即眼睛瞪得如铜铃一般大："杨燕武！你……你怎么会在这里！"

杨燕武走了出来，笑吟吟地来到强爷刚才坐下的地方，施施然摸出一张纸来。林添财一眼就看出来了——那是他借钱时给强爷的抵押！

借钱总要有抵押，这是常事。当时林添财身无别物，什么房契、田契都没带在身边，加上强爷他们也不肯收：所谓"丑妻近地家中宝"，远在广东的田土，在北京的人要去收取也是极不现实的，再说谁知林添财是不是真的有地，而那田、那房究竟是否值钱。

但林添财还有一物他们是认的，那就是凰浦绣庄的股份！

忽然，林添财冷汗沁背！

这张抵押书给了别人，那只是拿钱，但落到杨燕武手里……

他怒吼一声就冲过去，杨燕武却一转手就将抵押书收回怀中，奸笑道："林揽头，你口齿原来不错的，怎么做了大掌柜之后反而没品了？这是打算明抢？"

"你……原来是你们做的局！"

"不错，是我们做的局，那又如何！"杨燕武冷冷地道，"梁惠师包藏祸心，和高眉娘里应外合，几乎拆毁了广茂源，又气死了老夫人。我们只要她一根手指头，算便宜她了。"

"只是一根手指头？你们是毁了她！以她那份傲气，能不能活下去都两说！"

"那又如何？"杨燕武笑道，"那都是她的报应。"

"你们到底要怎么样！"

杨燕武的手指敲着桌子："只要林爷能跟我们合作，那就万事大吉。"

"你们是想以此威胁我，对付阿夜？"林添财怒道，"你们做梦！我拼着这张老脸不要，拼着被外甥痛骂，我也不会让你们得逞！"

"姓林的，不要不识抬举！"

"往后的半辈子，我就当条老狗，给我外甥打白工！"林添财道，"但你们休想利用我来对付阿夜！"

"只是赌博的事，其实也不算什么。"杨燕武笑吟吟地道，"但你把妹妹给卖了的事，如果也让你外甥知道……你觉得他还认不认你这个舅舅？"

听了这话，林添财就像看见了鬼："你……你……你怎么知道的！你怎么知道的！"

"我怎么知道的？你觉得呢？"

斗绣第三轮的章程，宫中迟迟没下旨意，四个绣庄也就只能干等着。这日天气大好，林叔夜怕大伙儿憋出病来，便许了大伙儿一起到郊外踏青。但这一路去、一路来，别人都高高兴兴的，散了这几日闭院的积郁，只有林添财一直黑着脸。

林叔夜便知舅舅心里头有事，暗中让林小云去劝解。

林小云是极聪明的人，说道："我猜到他怎么了。"

"怎么了？"林叔夜问。

"我能猜到，你还猜不到？"林小云说，"这事你得先给我个底，我回头才好劝。"

林叔夜沉吟着，终于长长叹了一口气："他如果真的赌了，是真的不应该！"梁惠师的遭遇让凰浦所有人都心有余悸，林添财随即就那样……以林叔夜的才智，自然猜到舅舅多半还是赌了，而且输了。

林小云道："你要怎么罚他都行，其实他怕的是你心里恼他。你知道的，这几个月，他是越来越怕你了。"

"他毕竟是舅舅。单论道理，他如果犯错，得受罚，但戒赌不是绣庄的规矩，我不能用庄主的身份来对他，所以这是家事，家事就总是有商有量的。只是我怕我站得软了，他不记打，回头又要去赌。总要叫他从此真的戒赌才好！"

"总不能要我跟他说也切根手指吧？"听表哥似乎有宽容的意思，林小云的脸上也就轻松了一些，却又故作夸张，"那样我会天打雷劈的！"

他便去找林添财，见他爹还是那副死样子，便不婉转，开门见山地问："这次输了多少？"

林添财吓了一跳，看看周围没人，赶紧先把房门关上，才问："你……你怎么晓得的！"

林小云冷笑道："怎么晓得的？你那副死样子就差把'输钱'二字写在脸上了！"

"这……阿夜不会也……也知道了吧？"

"怎么可能不知道！他比我还聪明，何况跟你又那么熟，我猜得到，他怎么可能猜不到！现在估计想着怎么开口。"

林添财急得搓手："这可怎么办？这可怎么办！"

林小云逼问："所以你究竟输了多少！"

林添财不肯说。

林小云怒了："都这时候了，你还给我装死鱼！你挨得过今天，挨得过明天？挨过了明天，你挨得过一辈子？"

林添财唉声叹气，还是说不出口。

林小云暴怒，但他是聪明的，念头一转，就知道再怎么大声逼问都没用，便转了冷嘲的语气："我跟你说，你要是自己去坦白，他气就气，骂就骂，气完、骂完还是一家人。可你要这么硬挨着，挨到他来开口，那时候指不定就要生分了。如果他都不气了，那一家人就变成两家人了！"

林添财听了这话，先是心里头惊骇，随即痛哭，又不知所措："他……他……我现在只盼他杀了我也好。"

"杀了你？"林小云冷笑道，"他不怕被雷劈吗？"

林添财竟流下泪来。

这下轮到林小云慌了："你……你到底输了多少！"

见老爹还是不说，林小云大怒："我是你儿子，都到这地步了，你还不跟我坦白，是不是外甥不要，连儿子也不要了！"

这话直锤到林添财心里头去了，他泪流不止："我……我对不起你姑妈，我对不起阿夜！我……我不是人！"

"所以究竟出了什么事！你快说！"

"我……我把凰浦的股份抵押出去了……"

"什么！"林小云一跳八尺高，"你……你!! 你!!"

他气得跌坐在椅子上，瞪着老爹，胸口剧烈起伏，半晌说不出话来！

林添财见他这样，也是半晌说不出话来！儿子的反应都这样，外甥的反应可想而知！

屋子里沉默了好久。林小云等胸口平复了些，说道："我没法帮你了，你自己去跟他说吧。"

"我……我开不了口……"

"哼！"林小云冷冷地道，"现在不是他生不生气的事情了。你赌钱，就算把自己陷进去，那都是你自己的事，最多我这个当儿子的给你陪葬，但你现在还不去说，回头如果凰浦让你给拖下泥潭，那你就是害人了……害了表哥，害了大伙儿！你要坏成这样，我也不认你这个爹了！"

林添财猛然一惊——林小云这话算是把他骂疼了，骂醒了。他赶忙道："好！我去！我这就去！"

父子俩到了林叔夜屋子里。林小云将门关上，指着他爹说："你这个不慈父！还不快说！"

林叔夜凝视着舅舅，等他开口。

林添财又愧又怕，终究还是愕愕地说："我……又赌了。"

林叔夜点了点头。林小云怒道："说重点！"

林叔夜一听，眉头就皱了——赌还不是重点？

林添财两眼流泪，林叔夜见了大惊："舅舅，你除了赌，还闯什么祸事了？"他又看向林小云。

林添财也看着儿子，几乎在乞求。

林小云骂道："这事我是怎么都不会替你开口的！你自己说！"

做了最不应该的事，对着最亲的人要把话说出来——那话到了喉咙，真如用刀在割一样，尤其是第一句最难！

但此时林小云不帮自己，他也只能开口："我……我把凰浦的股份给抵押了！"

这话说出来，他只觉整个人仿佛要虚脱了一般。

林叔夜一愣，随即一惊，便大怒，身子都有些发抖，要说话却一时说不出来。

见外甥这样，林添财半颗心都凉了，赶忙道："本来一定能赢的！我只道……那股份也就是在别人那儿放一放，转头就回来了……"

林叔夜半边身子都在抖，就是说不出话来！他是极重情的人，别人也就算了，林添财于他是舅，但实如父！现在他做出这种事，叫他如何接受！

林小云见表哥不肯骂，心里也是暗惊。他毕竟是帮着他爹的，于是跳起来劈头盖脸地指着林添财破口大骂："你这个没脑子、没心肠、自以为是、祸害子孙的赌棍！今天拼着天打雷劈，我也得把你脑子里的破烂给拖出来锤！什么叫一定能赢！赌有一定能赢的吗？十赌九骗，剩下的那个让你吃甜头，那是要诓你入局！你一辈子没脑子，祸害自己也别祸害别人！你祸害我没关系，你怎么能祸害表哥！凰浦的股份虽然放在你手上，但那是你的吗？那是绣师们一针一线绣出来的！是姑姑呕血呕出来的！是表哥多少晚没睡磨出来的！那是大伙儿的心血！那是大伙儿的前程！那是大伙儿共同的命根子！你将大伙儿的命根子拿去抵押，你还算人不算！就是猪，就是狗，都比你这没脑子、没心肝的好！亏你还有脸做人家舅，亏你还有脸做人家爹！"

怒骂和脏话就像倒豆子一样倾泻在林添财的脸上，被亲儿子这样糟践，林添财一句话也说不出来！

骂到最后，倒是林叔夜怒吼起来："够了！"他对林添财是怎么也没法骂的，因此这一声吼是对着林小云的："你够了！出去！出去！"

林小云见表哥终究还是出了声，想这事必有一两分转机，拿脚就往他爹腿上踢："出去！让表哥静一静，想想怎么办！"他就这么踢着踢着，把他爹踢出去了。

林添财把最难的那句话说出来，再被亲生儿子骂一顿，原本塞住的心窍倒是通了几分，浑浑噩噩的脑子也恢复了一丝灵光。他看林小云已经在开门，猛地想起：不行！最要紧的事情还没说！

他按住儿子的手，又把门关上了。

林小云骂道："你还要干什么！在这里惹人烦吗！"

林添财已转过头来，对林叔夜道："阿夜，这事，千错万错都是我的错！但……但现在想想，这是一个局，从头到尾都是一个局。"

"你这说的是什么狗屁废话！"林小云骂道，"赌哪有不是局的！"

"不是这样！"林添财道，"从我们进京开始，就进了这个局。梁惠师的事，也都是个局！"

林叔夜的胸腔本来被失望、恼怒与愤恨塞满，听了这话，情绪骤减而理智萌发，望了过来。

林添财絮絮叨叨地将进京之后瞒着外甥赌外盘，以及发现有别的豪客一押数千两、一赢上万两的事，一路说了下来。

林叔夜越听越是心惊。听了强爷的事情后，他惊道："那个强爷做局做得这么明显，你也看不出来！"

林添财垂了头，现在回想，自是能想到其中的蛛丝马迹，但当时被利益蒙了眼，竟然半点察觉不到。

"说，你继续说！"

林添财接着便将梁惠师赴约被伤，当晚强爷再约，与黄谋、梁惠师秘设赌局的事说了。

林小云听得目瞪口呆："你……你被骗也就算了，黄谋那种人也被诓了？"

这时，林叔夜心里种种情绪尽去，脑子急速转动，等听到林添财为了押一波大的，一狠心将凰浦的股份抵押出去时，忽然冷笑："这不是京师的人能干出来的事！设局的人不但极其狡诈、心思深，而且对你们非常熟悉，因此才能根据你们性格中的弱点，设出这样的局来！"

"啊？"林小云虽聪明，但论心思则不如表哥，因此还没意识到。

林添财长叹了一声："阿夜你说得对……我……那日我怕强爷追债，却还是没躲过去，被他带到一个院子里。在那里，我竟遇到一个怎么想也想不到的人……"

"谁?!"林小云急问。

"杨……杨燕武！"

林小云对广州的事没那么熟，到凰浦后，大部分时间、精力都放在刺绣上，而不是去帮表哥琢磨经营，因此一时没想起来："那是谁?"

林叔夜却已经冷笑道:"果然是他!没想到,真是没想到!不过这才合理!大哥啊大哥!你这几路棋,下得可真是厉害啊!"

通州,康祥的人马从陆路转为水路。梁惠师也浑浑噩噩地被人带着上了船。

别人都在忙碌,她却一直在反复咀嚼一个问题:"为什么会败……为什么会败……"

不知过了多久,忽然有人大叫:"不好!失火了!"

水上行船,忌的是"翻""沉"等字眼,却并不很怕失火,因为水近在咫尺。然而这次的火势来得好快,一股炎热感很快就袭人肌肤。

梁惠师被危险拉回了现实,打开舱门正要逃命,忽见对面一艘船擦身而过——一个人影闪进了梁惠师眼帘!

——是他!

那人正对着她微笑。他手里拿着一杯酒,敬了敬梁惠师,跟着把酒倒入河中。这杯酒……是对她的祭奠。

梁惠师忽然就明白了:这场火,不是意外!

她仍然有机会逃走,不过……

看了看自己已经废了的右手,梁惠师惨笑一声,坐了回去,关上了舱门。

船舱外头,不知情的同行还在呼喊着梁惠师,叫她快出来。她却不动了。

有些事情她突然就明白了:这是一个局、一个算计,背后之人是一个被所有人都忽略了、重新杀回来的恶鬼。

"哈哈,哈哈!"她的背脊重重地靠在船篷上,一生的经历如镜头回放般,在眼前迅速掠过。

无数自己在意的人,无数自己在意的事……

到最后,对自己而言,最重要的人还是她,最重要的事也是刺绣。只是,她看着自己的废手,知道人——自己失去了,刺绣——

也失去了。

自决定向陈家复仇的那一刻起,梁惠师已经有了觉悟,因此对死亡威胁并未感到意外。

人生百年,终归要死的。但到了这最后一刻,最让她感到遗憾的,反而是最后那场绣。在巅峰的战场,不是以绣艺直接面对高眉娘、沈女红,而是被扯进恩仇旋涡,败给了阴谋算计。

"秀秀……眉娘……姑姑……"长长地叹息之后,她轻轻地叫出了三个称谓,"你是对的。"

大火很快吞噬了这艘运河客船,诡异的歌声从火焰中传出:

初一就话初一头,
初二就话新年头……

北方人听不懂广东惠州的客家话,更别说听懂这用方言唱出来的歌谣了。因此,从火焰中传出来的歌声更显得孤独而寂寞:

……十一十二龙灯出,
十三十四过月半,
过了月半……

第一六〇针　兄弟再决

夜很深了，西安门外，秦德威外宅。

后门被敲响，门子打开后，见是一张熟脸，便问是谁。

"我是凰浦绣庄庄主林叔夜，上次来过的。"林叔夜含笑求见"秦少监"。

门子挥手道："老爷不在！"

"既如此，求见寄宿的客人。"

门子皱眉："什么寄宿的客人。"

"那位广东客人，应该在这里的。"

门子再次挥手道："没有，没有！走吧！"

林叔夜一把拦住对方要关上的门，门子怒道："做什么！也不看看这里是什么地方！"

林叔夜高声叫道："陈子峰！你真的不在吗！还是不敢见我！"

门子大怒，一边骂，一边要将林叔夜推出去。此时一个人道："且慢，我家老爷有请。"

果然是杨燕武！

这段时间，门子是亲眼看着主人对西厢那位越来越礼遇的，也就放了林叔夜进去。

杨燕武笑道："三少爷，又见面了。"

门子关上了后门。林叔夜冷冷地问："大哥呢？"

"请吧。"

秦德威这宅子不算大，没几步路便来到了西厢。林叔夜环顾了一圈，几次来都只去主屋，没到这里，哪里想得到最大的敌人竟然藏在此处！

屋内一个熟悉的声音传来："是阿夜吧？进来吧。"

杨燕武没再跟着，林叔夜推门入内。屋里头只点了一盏灯，一个人穿着贴身衣物从床上下来。虽然光线昏暗，但林叔夜哪里需要认第二眼？

果然是陈子峰！

陈子峰披了件长衫，举火点了几根蜡烛，屋内顿时明亮起来。他一边点蜡烛，一边笑道："林添财心性不错啊，我以为还要再过几天，他才敢跟你说呢。"

林叔夜冷哼了一声。其实若不是有林小云在，这事只怕是得往后拖。

"坐吧。"陈子峰自己先坐了，"大半夜的，茶是没有了，连热水都没。只有一壶冷水，要喝吗？"

"不必了！都算计到这个地步了，还假惺惺的？"

"礼……总是要的。"陈子峰笑了笑，"再说，咱们兄弟之间，是谁先算计谁的？"

林叔夜不答反问："你是装疯，还是好了？"

"好了有一段时间了。大概就在祖母上山之后。"

"哦，那挺久了。"林叔夜坐了下来，"这个局，也是从那时候开始的？"

"差不多。"陈子峰给自己倒了一杯冷水，"我当时要是没疯，广潮斗绣你们能赢？"

林叔夜仍然不答反问："所以这次你上京来，做这么多事，就是为了报复？"

陈子峰一听，笑道："报复什么？报复谁？梁惠师吗？她只是顺带。"

"所以我才是主菜？"林叔夜冷笑道，"还是……姑姑？"

林叔夜十分注意陈子峰听到高眉娘时的反应，只见他眼皮颤了颤，但这回没一下子失控，便知他应该是好了。他也相信陈子峰不是装疯，因为不合理。正如其方才所言，广潮斗绣时，若不是陈子峰精神出问题，凰浦要面临的挑战只会更大。

"你们一切顺利，我很高兴，也很欣慰。"陈子峰道，"我心里头也是希望粤绣能发扬光大的，若你们代表广东上京师，最后却搞得一团糟，那我才要生气了。"

林叔夜冷笑道："别说这种场面话了。我既然来了，有什么还是摊开来说吧！"

陈子峰笑了："阿夜啊，你是不是太看得起自己了……入绣行才几天，就这般目中无人？就像除了你凰浦，别人就不能心怀绣道了？"

"哼！"林叔夜不接他的话茬，"你兜这么大的圈子，设计了我舅舅，坑走了我凰浦的股份，也是为了绣道？"

"刺绣终归也是一门生意。"陈子峰道，"我看好凰浦，因此设法拿到一点凰浦的股份，很正常吧。"

"你要是摆明车马跟我买，我就信你是正常的！但搞出这么多的阴谋诡计，你还要我信你没有包藏祸心？"

"哈哈！"陈子峰也冷笑道，"这话说的，好像你是好人，我是坏人似的。商场如战场，兵不厌诈。黄谋鄙，梁惠师傲，林添财贪，我知道他们的弱点，自然要拿捏他们……你们不也是这样做的吗？我疯了的那段时间，你们是怎么对祖母的？哦，对了，你已经不认她老人家喽！"

林叔夜按着自己往上冒的火气，尽量心平气和地说："她怎么对我，怎么对我娘，你心里清楚。一开始我还对她有期待，但后来发生的事让我绝了念想。不过现在说这些又有什么意思？我今天来，不是来与你讲这些陈年旧事的。"

"陈年旧事？"陈子峰道，"没有这些陈年旧事，咱们可就不是一家人，不是兄弟了。"

"兄弟？"林叔夜道，"陈家里头，你待我的确算好，我也一直记着……但最近你这般算计我舅舅，这般算计凰浦，还真有当我是兄弟？"

陈子峰微微前倾，盯着林叔夜："阿夜，是我先算计的你，还是你先算计的老太太？"

"跟我说先后？"林叔夜道，"和安绣庄那一遭，如果不是你忽然发疯，如果不是袁莞师反水，我已经被你吃干抹净了。"

陈子峰哈哈大笑："那倒也是。不过我也只是打算给你一个教训，对你是留有余地的。可不像你，一出手就要叫茂源家破人亡。"

"茂源的破败，在于自身德业不修……袁莞师反水，梁惠师叛变，还有姑姑回来复仇……哪一件是我设计的？"林叔夜脸色严肃，"倒是你给我留的余地……那不是余地，是施舍！是一切都在你掌控之下，我得跪在你面前乖乖接受你恩典的施舍！哼！其实我早该想明白了，上梁不正下梁歪！陈子丘这根下梁歪成这样，你这根上梁能正到哪里去！如果你真的公平公正，陈子丘还能那样胡作非为？杨燕武真能瞒着你给我难堪？你待我的好，我承认有两分源自你的胸怀，但也有三分是做给别人看的，最后的五分……不过是应付！"

陈子峰冷冷地"哦"了一声，道："原来你是觉得我待你没像待老二那般好，所以你就心怀怨恨了？"

"我可不敢那么想！"林叔夜道，"咱们只说'秉公'二字。老二将我打了，你会骂他两句，但也就是骂两句。若有一天老二把我杀了，你会如何？大概就是在出殡的时候流几滴眼泪，给我娘补些银子。你待我……也就是这样了。"

陈子峰冷然道："原来你是这么想我的。"

"这不是我的空想！"林叔夜道，"陈子兴被陈子丘伤得不能人道，你替他主持过公道吗？你待我就算比陈子兴好些，但也就是那样了。"

屋里忽然静了下来。话说到这份儿上了，原本就寡淡的兄弟亲情已经所剩无几。

两人都不开口。陈子峰在林叔夜刚刚进来时眼里貌似亲和的温度，此刻没了。他的眼神变得冷漠，甚至有几分冷酷。

见他如此，林叔夜再次问道："陈庄主……你到底准备做什么?"

陈子峰弯起嘴角:"你觉得呢?"

"黄谋你报复了,梁惠师你也报复了,接下来就轮到我和姑姑了。"林叔夜道,"你不至于到御前对决才发动……有沈女红在,变数太大,你未必控得住,所以对我们的发难,就在下一轮了,对吧?"

陈子峰哈哈而笑,拍着手道:"好,好,好!不愧是跟我有一半血脉干系的好弟弟!"

林叔夜道:"进京以来,你一直藏在暗处,所以我才会被你所趁。但现在既识破了你的谋划,你再想用什么阴谋算计,可就妄想了。"

陈子峰笑道:"别把哥哥我想得那么坏,我其实是希望凰浦能登顶的。"

林叔夜冷冷地道:"这话,你自己相信?"

"这本来就是真话。"陈子峰笑道,"只要你不捣乱的话。"

"捣乱?"林叔夜气得笑了,"我捣乱?"

"是啊,你捣乱。"陈子峰笑道,"好弟弟,你虽然天资不错,但跟我比还差几分火候,和安绣庄的事情还没让你看明白吗?当时若不是我因故失态,你翻不了身……有我在场,袁莞师不敢反水的!在京师这个大场面上,你控不了场的。能让粤绣登顶的只有我,能让秀秀夺魁的……也只有我!我跟她才是天作之合。"

"住口!"林叔夜怒道,"这样肮脏的话,你怎么好意思说出口!你要真有良心,姑姑十二年前就夺魁了,需要等到现在?当年你作的什么孽,你是不是忘了!"

陈子峰的脖颈动了动。这是林叔夜进屋以来,他第一次眼神回避。

"我不管你想干什么!总之这次有我在,我不会再让你伤害姑姑,更不会让你用腌臜手段污染绣道!下一轮半决也罢,最后的御前对决也罢,我和姑姑都会堂堂正正地应战!就算我机谋算计不及你,但'天道无亲,常与善人',肮脏丑恶之事岂会一次又一次地凌驾于正道之上！"

说完这番话，他也不给陈子峰重整思绪、巧言强辩的机会，拂袖便走。

陈子峰抬起头，眼里闪着冷光。

林叔夜离开秦德威宅邸时，一抬头，天已经蒙蒙发白了。

他是在夜里走来的，无车无马，这时天才亮，也找不到车马回去。从西安门外到广东会馆，可有好长一段路。

等走到会馆，天色已经大亮。林小云叫道："你怎么才回来！"接了他往院子里走，林小云在路上低声问："谈得怎么样了？"

林叔夜低声回道："以他的心机，能跟我泄露什么！不过是去确认一番，摆明车马罢了。"

"那现在怎么办？"

"兵来将挡，水来土掩！"

说话间，他们已到院子里。林叔夜正想去跟高眉娘说知并商量，却见一个人急急忙忙地跑来了。来人是康祥的绣娘，脸上带着悲怆："惠师……惠师没了！"

林叔夜大惊！

"怎么会死？"林小云道，"断了根手指头……"

"刚刚收到的消息，回去的路上，他们在通州上了船，那船不知怎么走了水。船上的人都吓得跑下来，但惠师不肯走，就这么死在船上了。他们说船在烧的时候，还听到惠师在火里头笑，临死前还在唱歌。"

林小云听得怔了，便猜到梁惠师不是死于意外，而是自杀。

高眉娘听到消息跑了下来，确认后又跑了回去，关死了门。

其他绣娘听到梁惠师的消息：有的悲伤——兔死狐悲，物伤其类；有的害怕——发现姑姑说得对，斗绣斗到这地步，果然凶险。

尤其是梁惠师在火里惨笑之事，众绣娘听说后，脑子里闪过那个场景，无不战栗。昨日踏青宽松下来的心情，一下子又变得沉甸甸的了。

就在这时,尚衣监派了人来传消息。林添财打起精神出去接待,过了一会儿回来说:"新一轮斗绣定下来了!"

众人心头都是一凛。

"怎么说?"林叔夜问。

"这一次动作可大了!"林添财道,"听说是兵部毛尚书亲自出题!"

林叔夜闻言,更是大吃一惊。

第一六一针　沙盘斗绣

霍绾儿一大早收到了一个口信和一封书信：口信是尚衣监告诉她第三轮斗绣之事已定；书信则来源诡异。霍绾儿看完那封书信后，神色变幻不定。

屏儿问道："姑娘，怎么了？"

霍绾儿道："是陈子峰。"

"陈子峰？那是谁啊？啊！我记起来了，广茂源那个疯了的庄主。他不是在广州吗？怎么大老远地写信给姑娘？"

"他眼下在京城。"

"嗯？啊！"屏儿有些吃惊，"他的疯病好了？"

"如果写信的人真是他，那他的病应该是好了，甚至……也许他根本就没病过。"

"啊，这……"屏儿的思路有些跟不上了，于是决定不想，慢慢地听自家姑娘分析。

"他在信里跟我说了两件事：第一件事，他知道我手中有凰浦的股份，问我是否愿意出售；如果不想出售，是否愿意交他代管。"

"这……这什么意思？"屏儿更不明白了。

"第二件事，他问起我的婚姻。"

屏儿呸道："姑娘的婚姻，关他什么事！"

"他这句话，是以林叔夜兄长的身份说的。"

放在以前，如果提起与林叔夜的婚姻之事，霍绾儿尽管大体上能落落大方，但眼神、语气总还是有一两分羞涩的。但这时说起这事，她就像在说别人的事情一样。

"这……"屏儿更奇怪了。对茂源和凰浦的关系、陈子峰和林叔夜的兄弟关系，她也听过一些，现这个陈子峰说这样的话，真叫人奇怪。

"这两件事情其实是一件事情，因为他暗示……"霍绾儿语气变得幽幽的，"他能让林叔夜就范。"

屏儿只是阅历与文化水平有限，却并不笨，隐隐地就猜到了什么："他……他这是要借姑娘的手，对付林叔夜！"

霍绾儿却已经有了一个基本的判断："他信中的语气，很委婉、很谦卑，并没有将我当个傻瓜，透露的是合作的意思，并暗示如果我们不满意，可以提出我们的要求，他尽量满足。看来他倒也是了解我的。"

屏儿皱着眉头，说道："姑娘，这个陈子峰，多半不是个好人。"

"嗯？怎么说？"

"林叔夜那个杀千刀的！"屏儿骂了一句，道，"虽然他负心又可恶，但我敢恼他，敢骂他，且心里头不会怕他，是因为我觉得他不会害我。但那个陈子峰……我会怕他。屏儿不太懂事，只是一直以来发现，那些让我不怕的，都是好人；那些让我怕的……都不是好人。"

霍绾儿听得笑了："嗯，你说得对。我刚才本有一些犹豫，但听了你这句话，忽然心头明朗，知道该怎么做了。屏儿，你真是我的好妹妹。"

她顿了顿："不过……却还是需要见一见他的。"

"谁？陈子峰？"

"嗯。"

前面两次斗绣，工部、户部都只派了郎中来应付了事，万万没想到这次竟惊动了尚书。

而且这位尚书还不是普通的尚书。毛伯温既是重要官员，同时也是当朝名将，早已简在帝心，誉在士林。便是林叔夜，也听过他的名头。

"咱们这斗绣本来不为士林所重视，怎会忽然惊动了大司马？"

却不知一来是两次斗绣下来，这御前大比在京城的影响渐大；二来是毛伯温本身乃好事之人，他听说这两次斗绣之后，竟召了京师刺绣宗师细细询问历次斗绣之事，便动了心，决定亲自出题，而后又琢磨了数日，这才拟定了一个全新的斗绣方略。

高眉娘本因梁惠师之死心情极度压抑，听说第三轮斗绣方略已出，这才强打精神，洗了个脸，下楼来听。

前两次斗绣，工部、户部出题都十分随意。这一回，毛伯温重视，拟定方略之后，竟令书吏将方略抄写了七份，分别送后宫皇后、尚衣监，以及四个参斗的绣庄，最后一份竟是送进了西苑呈预览——敢以此非要紧之事惊动万岁，正可看出毛伯温此刻所受圣眷之隆。

"这一回竟有文书。"高眉娘心中颇为感动，与林叔夜一起打开。一看之下，两人同时"咦"了一声。

文书竟有三页。第一页是一幅图，其状如同围棋而又有不同，纵、横各十一道，然后顺时针转四十五度，图下面附着说明：

一、此战，绣沙盘也。以纵横十一道为地。

二、交叉处为星点：以最上方为上星点，以最下方为下星点，以最左边为左星点，以最右边为右星点。上星点至左星点为经，十一经之点名曰：天、地、玄、黄、宇、宙、洪、荒、日、月、盈；上星点至右星点为纬，十一纬之点名曰：无、一、二、三、四、五、六、七、八、九、十。上星点即天无位，下星点即盈十位，左星点即盈无位，右星点即天十位。其余类推。

三、沙盘分天下为四国：楚国在上，以天无、黄无、黄三、天三为界，以地一为都；蜀国在左，以盈无、荒无、荒三、盈三为界，以月一为都；粤国在下，以盈十、盈七、荒七、荒十为界，以月九为都；吴国在右，以天十、天七、黄

七、黄十为界，以地九为都。此四界之内，皆为中原腹地，最中央之宙五位为京师。

看完第一页，林叔夜与高眉娘同时望向对方，都预感这一场斗绣怕是非同小可。两人便翻开第二页来，只见第二页写道：

既入我兵部斗绣，当演兵法以为之。

胜负：四省绣庄各以楚、蜀、粤、吴为国，先夺京师者胜，先失本国国都者败。

兵种：兵分三科，步克弩，弩克骑，骑克步。两军交战，被克者加一伤。

兵力：沙盘之上一兵当一万兵，四国征兵上限各十万，入中原者加征兵上限，中原征兵上限共十万。多占一都，则可多扩军十万。

交战：军队相邻及兵临城下后，方可宣战。宣战须在一棋绣完之后、下一棋起绣之前，未宣战为相持，一方宣战即进入战争状态。（例：天无之相邻者为天一、地无、地一，余者类推）

伤亡：两兵交战，若同兵种，一回合（一伤）轻伤，两回合（二伤）重伤，三回合（三伤）败亡。

补给：战线须连接，兵棋不可脱离两格及两格以上落绣，且脱离连接者即脱离补给。脱离补给一格，一回合轻伤；两格，两回合重伤；三格，三回合败亡。后方无敌接者每回合回复一伤。

回合：征兵时以本庄绣完一兵为一回合，对战时以攻击方完成攻击后再次下针征兵为一回合，攻城时以攻城者之一回合为一回合，无兵可征时以完成一次攻击或攻城为一回合。征将、灭将不得同时行动。同一兵棋，一回合只能行动一次。

攻城：宣布攻城后，一兵攻城，每回合兵与城各一伤，四都五伤则陷，京师七伤则陷。攻城暂停时，城一回合回复

一伤。

　　国破：一旦国破，斗绣暂停，待亡国之绣棋拆完重启。

　　看完这一页，林叔夜与高眉娘同时倒吸一口冷气。这沙盘斗绣闻所未闻，显然是毛伯温自创的，光是要看懂规则已是极难，看懂之后再要运用，那自是难上加难了。

　　林小云凑过来看了一眼，只一眼就叫道："这是什么鬼东西！你们谁看得懂？"

　　李绣奴大感为难，心想：若是自己上场，只怕光规则就晕头转向了。

　　林叔夜道："这规则事后要慢慢琢磨，先看下面。"

　　第三页就是操作附注了，倒也简单：

　　一庄出三人：其一，军师（负指点行军之责）；其二，征将（负绣兵棋之责）；其三，灭将（负绣伤拆线之责）。上场时只三人，允有后备。

　　绣伤：在敌兵与都城上绣一横为一伤，二横为二伤，三横之后可拆兵。

　　回复：拆绣伤之线，代表回复。

　　站位：现场站位，军师不得上场，灭将不得与征将争位，不得无礼冲撞。

　　三页图说之外，又附了步、弩、骑三种兵棋的图案。围棋绣里的围棋，只是一个凸起的圆形，林叔夜和高眉娘原本以为三种兵棋应该只是用弓弩、盔甲、马匹的简化形状来代表，不料给出来的图样不是工笔画，而是一块直接绣了三种图案的布，且绣图极小：步军是三个同样大小的人佩刀持盾；弩军是一大两小背弩箭，披皮甲；骑兵倒是只有一人，但骑着一匹马。三款兵棋的图案设计得十分巧妙，既让人一眼就看出是哪种军队，细节处又都不重复。

　　林小云看了一眼叫道："这么繁复！"

高眉娘敲了敲绣地,说道:"更麻烦的是小!"

三款兵棋都绣在十字交叉处,每一个都只比正常的围棋略大一些而已。这种复杂的图案越小,绣起来就越麻烦。

"对啊!"林小云道,"光是绣一个兵棋,可就要费好多工夫了。"

林叔夜微一沉吟,却说:"这是正理!若图形简单,那就变成纯粹的下棋,不是斗绣了。"

高眉娘一听,登时醒悟。其他人却还是不懂。

林叔夜道:"按照此'沙盘绣'的斗绣规则,到时候主绣的只有'征将'一人……能够杀进天下前四,哪个不是顶尖的刺绣宗师?若是简单的图案,怕是瞬息而就,那样此次沙盘斗绣的节奏就跟下棋没区别了。此其一。

"其二,图案简单,所需针法也就相应简单,这样绣师的水平差距就体现不出来。就像当初海上斗绣时,郑九奶奶不过大师傅水准,却和姑姑斗个难解难分。但如果是绣这兵棋,不消说,一子没绣完,姑姑就能明显领先了。"

众人听了,这才明了。

高眉娘叹息道:"还有一点,我刚才琢磨过,这三款图案绣下来所需的时间差不多是一样的。毛大司马应该不懂刺绣,却能连这般细节都考虑到了,其心思缜密如此,真天人也!不愧为当世之名将!"

本来高眉娘沉浸在梁惠师之死中,一时难以自拔,但第一次看到如此繁复精妙的斗绣之局,其精神便尽投其中,不再分心了。

她仰头片刻,说道:"这一战乃是压轴之战。我自任征将。"她看向林叔夜,林叔夜便道:"好!我为军师。"高眉娘的目光从众绣师脸上掠过,林小云跃跃欲试,黄娘挺胸不让,李绣奴则有些畏缩。高眉娘想了想,道:"灭将主要是拆线,届时需要应变与配合,便以黄娘为正选,云娘、绣奴为备选。"

李绣奴没意见。林小云则大为失望,不过他知道自己的功力的确没有黄娘来得扎实。如果是别的斗绣,黄娘断了一手,劣势明显，但只是做划横、拆线的"灭将"，则黄娘独手也完全没问题。他想了想，便没开口。

高眉娘道："接下来，便是练习。文书上说斗绣在三日之后，这三天里，我们得把图谱给练熟了，熟练一分，到时候上场胜算就大一分。"

林小云道："其实也不用太焦心，这回跟我们决胜负的是湖广的湘云绣庄吧？琉璃厂斗绣时我去看过，那几个宗师的水准最多跟我差不多，便是将那个姚凌雪算上，跟姑姑比都差远了。"

高眉娘轻轻笑了一声，沉声道："这沙盘斗绣是第一遭面世，如此好局，天下罕有。我尚技痒，娟儿也必上场的。"

林小云先是一愕，随即"啊"了一声："所以姑姑是要跟沈女红决胜！"

"我跟她之间，本来就不是一场绣能轻易分出胜负的。而且到了御前对决，万一不是斗现场而是斗献绣，岂不惋惜？"高眉娘道，"有多一次机会，甚好，甚好！"

林叔夜道："所以这次不但是争四进二，更是高、沈之争！"

想到此番高眉娘要提前跟沈女红对决，凰浦众绣师的心弦比刚才又紧了三分！

高眉娘对黎嫂道："请速速按照图谱说明，绣出一幅沙盘经纬来，这两日我们要加紧练习。"又对黄娘、林小云、李绣奴道："你们随我入屋练习。这沙盘斗绣与围棋斗绣异曲同工却更精微复杂，我们要先把三种兵种的绣制，以及划横、拆线都给练得纯熟无比，到时候绣兵棋才能占得先机。"

三人同时应了。这时，高眉娘又看向林叔夜。

林叔夜也已经收拾了心情，说道："放心，这两日我会潜心钻研，定要将这沙盘攻占的精微之处给琢磨透彻了。"

分工既定，诸人便分头行事。

林添财拉了林叔夜，低声问道："陈子峰的事……"

林叔夜微一沉吟，道："且不说吧，我预料这是一场硬仗！莫让姑姑分了心。"

"但他如果再搞阴谋诡计，怎么办？"

"搞不了！"林叔夜道，"这次是毛尚书亲自主持，这般大阵仗，必定得堂堂正正一决胜负的。我不信他敢在当世名将的眼皮子底下出什么阴招。便真的要搞，这是外务，也当由我们挡住！让姑姑专心斗绣吧。"

第一六二针　纵横捭阖

大战当前,其余事情都且按下,不过林叔夜并未放松对陈子峰的警惕。他与林添财深谈了一番,要他且放下输钱的事情,先派人留意陈子峰的动静,一切等御前大比结束后再说。

林添财无精打采。林叔夜见他仍然疲殆,便说道:"舅舅,这次的事情你虽然错得厉害,但现在不是纠结的时候,咱们都要打起精神!我总觉得陈子峰必要出手的,只是一时还没想到他能耍什么手段。"

"他……他已经出手了啊,我手上凰浦的股份,都被他诓走了。"

"怎么可能这么简单!"林叔夜道,"他最大的目标定是我和姑姑,而不是你。而且以他的个性,不出手则已,若出手,就一定是雷霆万钧!这会儿我既要防范他,又要琢磨沙盘斗绣的方略,所以外头打探消息的事情,舅舅你得挑起来!"

"好,好!阿夜你放心,我这就去派人办事。"

"还有!外头的盘口……"

"放心!"林添财拍胸口,"我若再赌,那我就真不是人了!"

"赌是不能再赌了,不过还是要派人盯着。我预着他可能还会下注,那么我们就有机会从外盘的情况猜到他的动向。"

陈子峰那边还没消息,四川华阳绣庄却来了人,请林叔夜外出一叙。林叔夜稍一沉吟,答应了,去了小半日回来,刚好跟回会馆的林添财前后脚进门。见到林叔夜,林添财显得有些焦虑:"陈子峰刚刚约见了一个人,你猜是谁?"

"谁?"

"霍姑娘!"

林叔夜微微吃了一惊。

林添财道:"阿夜,要小心啊,他要撬你墙脚!"

"舅舅,你这话太不妥了。"林叔夜皱眉,"不过他见霍姑娘……嗯,霍姑娘手头有我们四分之一的股份。他多半是冲着这个去的,想从这里给我们添麻烦。"

林添财拍大腿:"对!上次霍姑娘忽然要了你和高师傅各百分之五的股份,如果她被陈子峰那贼子说动,那他们加起来就有百分之四十五的股份了。"

现在凤浦的股份构成:林叔夜、高眉娘和黄谋各有百分之十五;纯阳观有百分之十;林添财本有百分之二十,但被陈子峰夺了;剩下的百分之二十五便都在霍绾儿手里了。

"不过,霍姑娘应该不会答应他吧?"林添财说。

如果是在广州那会儿,林叔夜有这个信心,如今却不敢确定了。他轻轻叹了一声:"真是一波未平,一波又起。揣摩无益,我直接去问她吧。"

"也是,这种事摊开来说最好。"

"不过我得先去见一下姑姑。"

林添财心头一动,问道:"刚才你出门了,见谁去?"

"嗯,华阳绣庄庄主约我喝茶。"

"华阳绣庄?蜀绣那个?他约你做什么?"

"他想跟我们结盟。"

高眉娘停下了针,对黄、林、李三人道:"你们且练着。"她与林叔夜来到屏风外坐下,问道:"华阳要跟我们结盟?"

"嗯,是的。姑姑怎么看?"

高眉娘反问:"庄主怎么看?"

"这一场是四进二,但在一个沙盘上斗绣,又以争夺京师为总胜，到时必是四庄混战。所以相当于天下四大名庄都上场了。"林叔夜道，"湖广湘云绣庄与我们有直接的利害冲突，有我无他，不可能结盟。所以或华阳或吴门，我们至少得拉一个。否则混战之中，落单者孤，将会处在极其不利的位置上。"

高眉娘颔首："庄主既有了主张，还来问我做什么？我只管刺绣。"

"这个算是场外，姑姑不忌这个吗？"

高眉娘失笑："这个怎么算场外？大司马也说了：'既入我兵部斗绣，当演兵法以为之。'眉娘虽然少读诗书，也知兵法上说：上兵伐谋，其次伐交，其次伐兵，其下攻城。'伐交'乃兵法之一，便是大司马知道，也应该是允许的。"

"好。"林叔夜点了点头，"其实我也是这么看。大司马特地留下三天时间，除了给我们练习兵棋图案，应该也是留了时间让我们'伐交'。我只是来跟姑姑确认一下。"

高眉娘正要起身回去练绣，林叔夜道："且慢。'伐交'也有两个方向，联华阳，还是联吴门？联吴门则两强击两弱，先灭湘云、华阳，二分天下后再行对决。联华阳则四庄两分，从前期开始就势均力敌。"

无论从宗师的水准，还是前面几场斗绣的表现看，吴门、凰浦的实力都明显比华阳、湘云强大，尤其这次上场的主要是"征将"，那么拥有高眉娘、沈女红的凰浦、吴门两庄优势更大。这是各方都心知肚明的，因此处于弱势位置的华阳绣庄才会主动来谋求联合。

"这个庄主决定吧。我是绣首，也是'征将'，绣首当听庄主的，征将当听军师的。"她说完，便回去练绣了。

林叔夜走到院子里，看着院子中间的李树，筹谋着。这时林小云鬼鬼祟祟地跑了出来，溜到林叔夜身边。林叔夜被他一蹭，回过神来："你不练绣，溜出来做什么？"

林小云哼了一声，说："如果是练绣兵棋也就算了，拆线、划横，有什么好练的！我比画两下就知道怎么办了。再说连拆线我都不是正选！"

　　林叔夜皱了皱眉。正要说林小云，但想想以他的脾性，怕是越说他越起逆反之心，再则他此时偷懒的确也影响不了什么，林叔夜便把话吞回去了，继续抬头盘算。

　　林小云又蹭了蹭表哥，低声问："在想应该联蜀还是联吴？"他心思一向活泛，刚才隔着屏风把话都听了去，因不是灭将正选，他便对这个更感兴趣些。

　　"嗯。"

　　"哪个胜算大？"

　　"与吴军联，胜负变数在后期，主要看我军与吴军的强弱。与蜀军联，胜负变数在前期，主要看蜀、楚的强弱。"粤、吴两强，蜀、楚两弱，两强联合攻击两弱如探囊取物，但如果是粤、蜀对上吴、楚，前期就要陷入拉锯战。一旦高眉娘与沈女红相持不下，就要看蜀、楚谁强了，等到蜀、楚决出胜负，胜出的一方便能支援盟军，成为左右胜负的关键。

　　林小云笑道："那不用选了，赶紧去跟吴军联合。"

　　"嗯？怎么说？"

　　"这还用说？"林小云道，"只要灭了楚、蜀，我们四进二就先出线了啊。到时候就算跟吴军决战有个闪失，也还有下一场，对吗？再说了，先灭了楚、蜀，再跟吴军对决，输赢看的就是我们自己的本事了。如果联蜀，输赢的关键就不在我们自己手里，而要看蜀军的表现了，那多没劲。"

　　林叔夜失笑："有道理！我真是当局者迷了。"便出来与林添财商量。

　　林添财道："小云说得虽然有道理，但得等吴门来找我们，不能我们去找吴门，不然就没面子了。"自进京以来，吴门与凰浦其实已经明里暗里斗了几回，互有胜负，正所谓势均力敌。此时谁先去找对方，那便隐隐有示弱之嫌。

　　林叔夜沉吟了一会儿，道："好，且等等看。"等到了黄昏，都不见吴门的人来，林叔夜道："等不了了，既已决定要联吴，他们不来，我们就过去吧。"

林添财不乐意："那多没面子！"

"如果没有陈子峰的事，我会明天另外想办法，但陈子峰窥伺在旁，还是快刀斩乱麻的好。"

当下趁着天色还没黑，林叔夜赶去拜访吴门绣庄庄主与沈女红。对方倒也客气，一起出来相见。林叔夜开门见山地提出合作。吴门庄主看向屏风，屏风后沈女红问："林庄主，这次来是你自己的意思，还是高师傅的意思？"

林叔夜道："凰浦绣庄高师傅是绣首，主刺绣，我主外务。"

"也就是说，高师傅没有说一定要跟我联手。"

"没有。"

"既如此，请与敝庄庄主谈吧，我也不涉入。"

她说着，就隔着屏风告辞。林叔夜暗感不妙。果然，沈女红走了后，吴门绣庄庄主便笑道："林庄主来晚了，湘云绣庄那边下午就来了。"

林叔夜问道："贵庄答应了？"

"还没有。"吴门绣庄庄主笑道，"不过湘云向我们展现了必胜华阳之技，所以……林庄主懂的。"

林叔夜心头一凛，如果湘云绣庄真能胜过华阳绣庄，那吴门与之联盟的确会有更大的胜算，不由得问道："斗绣还未开始，何谓必胜？"

"这个……"吴门绣庄庄主哈哈大笑，"就不能说了。"

林叔夜道："就算湘云绣庄真有赢过华阳的秘招，也绝不是十成十的把握，但如果你我两家联手，至少四进二是必保的。放着必进之局不入，却去与弱手联合，林某私下里为吴门计，这种做法未必稳妥。"

吴门绣庄庄主笑了："林庄主面前，老朽就不说虚话了。老实讲，华阳也罢，湘云也罢，我们沈绣首都不放在眼里。她这半年来念兹在兹的，是与贵庄高师傅一决雌雄！"

"若是如此,那更应该先将碍事的华阳、湘云清除,然后再对决,岂不更好?"

"哈哈,那是林庄主觉得更好,但在老朽看来,湖广提出的条件对我们更有利。"吴门绣庄庄主拱拱手,"老朽心意已决,林庄主就不用再劝了。天快黑了,我就不留贵客了。"

林叔夜没想到对方如此强硬,怏怏而归,在半黑的天里赶回广东会馆。他再次来见高眉娘,将经过说了后,问:"湘云绣庄是如何让吴门相信他们必胜的,姑姑能猜到吗?"这属于刺绣领域的事,他一路没想明白,所以得问高眉娘。

高眉娘沉吟了片刻,才道:"我也想不出来。不过吴门的反应,我倒是能猜出一二。"

"嗯?"

"我与娟儿各有所长,各有所短。但在微绣领域,我有优势。"

"微绣?"

高眉娘拿出一块帕子,那帕子上有三纵三横构成的九个星点,每个星点上都绣了一个兵棋,三步兵、三弩兵、三骑兵,每一个兵棋都只比围棋略大,每一个都生动形象。图样是兵部送来的图样,但绣功比范例明显更胜一筹。

林叔夜大喜:"这么短的时间,姑姑便已精通了!"

高眉娘能照着图样绣出来,林叔夜毫不意外。但他如今眼力已经十分了得,能从绣品之中看出高眉娘绣这九个兵棋时针路流畅、速度迅捷,显然在极短的时间内已经掌握了诀窍。

高眉娘点了点头:"兵部送来的图样,三种兵棋的图形都刚好控制在直径寸许的圆形之内。寸许圆内要绣出如此繁复的兵种形状,虽然难度上与《飞仙盖》《法华经》不可同日而语,但仍然属于微绣领域。在这块,我比娟儿有些许优势。"

林叔夜便完全明白了:"所以正面对决,沈女红并无胜算,但她仍然问我是不是姑姑的意思:如果是,她应该仍会应战;既然不是姑姑的想法,那便由吴门绣庄庄主按照利害来决定。"

像御前大比这样上规模的斗绣,是一场综合实力的比拼,不但要斗针功、斗资源、斗底子，还要斗心机、斗计谋。吴门决定"避实就虚"，既是对高眉娘针功的承认，也是对凰浦实力的忌惮。

西安门外，秦宅西厢。

陈子峰在灯下听完杨燕武的回禀后，轻轻一哂。

杨燕武道："果然都在庄主的算计中！"

"老三什么反应？"

"他连夜出门，拿着林添财花钱买的通行腰牌，去找华阳绣庄了。"

陈子峰冷冷一笑。杨燕武笑道："他下午如果当场答应也就算了，现在去，只会碰一鼻子灰！"

华阳绣庄庄主冷冷地看着林叔夜，鼻孔里发出了一声冷哼。

"林庄主，我们蜀绣这一代虽未能再出大宗师，却也不是任人挑选的杂鱼烂虾。"

"嗯？刘庄主何出此言？"

"下午我们去找你，你推托着不肯答应，等到在苏绣那边吃了闭门羹，才来找我们。这是将我们当什么了？"刘庄主冷笑了几声，"如此轻侮我们，还来谈什么合作？两位，请回吧。"

第一六三针　联盟被拒

万没想到，这么短的时间内，自己去吴门求盟被拒的事就已经被对方知道了！林叔夜终究历练时间短，被人当面揭短，霎时间面显尴色。林添财却是化州橘红般的老脸皮，涎着脸说："刘庄主这是从哪里听来的谣言？我们庄主之所以下午没有当场答应，乃是因为当时我不在，他要回去问我的意见。不瞒你说，虽然他是庄主，但我是他舅舅呢。我这外甥知道敬老，所以有什么要紧事都先问过我。"

他张口就来："却不想我也出了门，所以我外甥一直在等我，而我一听华阳绣庄要来结盟，马上就跟他说：那还犹豫什么！联盟！赶紧联盟！所以这不就拉着他一起来了嘛！"

这话圆得毫无破绽，却不料刘庄主脸上不但冷笑着，连鄙夷都出来了："呵呵，若不是我派的人亲眼看着贵庄庄主进了苏州会馆，这番鬼话我说不定就信了！"

从四川会馆出来，林添财也有些脸红了。走出二十几步路后，林添财道："这事有蹊跷。"

"是我们不好，"林叔夜叹了一口气，"换了是我们，也得发脾气。"

"就算有脾气，但都是生意场上的人，再大的脾气，能有输赢重要？"林添财道，"换了是我，就算心里清楚，但为了能赢，也装不知道。但他们一开始就对我们冷嘲热讽，是完全没准备合作的意思，一定是手里还捏着什么底牌。"

"底牌？"林叔夜一边走，一边沉思，"难道……湘云绣庄也找了他们？"

"湘云绣庄？"

"这次斗绣是四庄混战。吴门和他们有直接的利益冲突，而且以沈女红的傲气，自不可能送上门找他们，那么能与他们联手的，就只有湘云绣庄了。"

"但湘云绣庄与他们联手，那就是两弱，必输的。再说，湘云不是已经跟吴门联手了吗？"

林叔夜又沉吟了一会儿，说道："吴门、湘云联手的具体条件，我们不知道，那么这里头就有操控的空间。"

"联手的条件？"

"比如说，吴门、湘云联手的条件，也许并不是一起打击华阳、凰浦，而是互不相攻呢？"

林添财想了一下，兵部对四国棋盘的布置，楚国在上，吴国在右、粤国在下，楚国和粤国之间隔着整个中原，不可能飞下来攻击粤国，但如果吴、楚约定不相攻，那吴国就没了后顾之忧，便能集中兵力进攻粤国了。

脑子里这么一盘算，林添财随即一惊："那他们对华阳这边，倒也可以开出一样的条件啊！"

"对，这样湘云就能将三家联合起来，先将我凰浦排除出去了。"

"但这不对啊，咱们灭了，华阳也不是吴门的对手，华阳还是得输。"

"如果湘云绣庄与吴门绣庄的约定，只是先灭掉对吴国威胁最大的粤国，那灭粤之后，协议就结束了。"林叔夜道，"接着，湘云就可以与华阳联手，两弱相联，就可以压制一强。"

林添财听得忍不住停下了脚步。他以多年历练的机智与商场直觉，刚才比林叔夜早一步判断出了华阳庄主态度强硬的背后有猫儿腻，但再之后对局势的推断，就没林叔夜想得这么深远了。

"可还是不对啊，这样一来，吴门不就被算计了？是吴门庄主没想到这一点？"林添财一喜，"如果是这样就容易了！我们明天去点破这一点，便能破了湘云、吴门之盟！"

不料林叔夜道："破不了。"

"为什么？"

"其一，刚才这些都是我的推断，实情未必如此，空口白牙的，作用不大；其二，就算实情是这样，吴门仍有取胜的机会。"

"什么机会？"

"规则里的'兵力'：攻陷一都者，得兵十万。也就是说，只要吴国比蜀国先一步攻陷粤都，它就有了两国之力。以沈女红的针功，那时候再去对付楚、蜀，也未必就输……甚至胜算很大。"

"就算兵力上限能多十万，可她只有一个人绣。"

"别忘了，这次是四进二半决赛，到时候吴国只要胜过蜀国，吴门绣庄就能完成四进二。这还只是保底，如果吴国的军师在运筹帷幄上足够了得，能配合上沈女红的针功，那她一边用偏师拖延楚国的进攻，另以强军攻打蜀国，便仍有机会一统天下。"

"说来说去，我们粤国都是先完蛋！"林添财道，"不行。我明天定要再去跟吴门、华阳都说道说道，定要搅翻了他们的盟约！"

林叔夜眼神闪了闪，却没有阻止："好，有劳舅舅了。"

今天宵禁腰牌只买了一个，林叔夜送了林添财回会馆，自己却不进去。林添财奇道："你还要去哪儿？"

"霍姑娘那儿。"

林添财皱了皱眉头："都这么晚了，不如明天……"他顿了顿："也对，不能明天，得现在去。"

敲响小院后门之后没多久，屏儿冷冰冰地引了他进去。

仍然是小廊中、梨树下，霍绾儿坐在那里，桌上一壶茶，但炭早灭了，茶也凉了。

霍绾儿不等林叔夜寒暄，语气冷淡："林庄主真忙啊，这会儿才抽出空来。"

林叔夜路上原本已想好了要怎么说，但这时听了她的语气仍然感觉难受。他轻轻叹了一声："我昨日才知道陈子峰进京，于是我舅舅派人去盯着他，不想却撞见他约了姑娘。"

霍绾儿冷冷地道："我与谁相见，也要林庄主准？"

"你知道我不是这个意思。"

"我怎么会知道？"霍绾儿笑了，"就像你跟高师傅的事情，在你开口之前，我可是什么都不晓得的。"

昏黄的油灯下，林叔夜的脸色变得十分难看。他与高眉娘的关系仍然处于敏感期，换了旁人，是万万不许其乱说的，但在霍绾儿这里，偏偏是自己有愧于她。

"姑娘当知道，我不是这个意思。我只是……"言语在林叔夜的喉咙里打了好几个转儿，才憋了出来，"陈子峰心机深沉，我是怕姑娘被他算计。"

"他能对我怎样！"霍绾儿冷笑道，"他不是我信任的人，所以他伤不了我！"

这句话，将林叔夜打得浑身一颤，喉咙都有些发干。霍绾儿这句话，道理上是对的，这是第一层；她受了伤，而伤她的人是林叔夜，这是第二层；林叔夜能伤她，只因她信任林叔夜，这是第三层！

林叔夜只觉一股气在胸腔内上下游窜，无言以对，低头叹了一声，站起来行礼："姑娘说得对，我……我走了。"

却不料霍绾儿哼了一声。林叔夜停了脚步，就听屏儿的声音从墙拐角处传来："你这个昧良心的呆子！我家姑娘是气你这个吗！"

林叔夜怔了怔，向墙角的方向一拱手："还请屏儿姑娘指教。"

屏儿也不露面，只是骂道："没良心又没脑子的东西！陈子峰约见我家姑娘是白天的事，你为什么等到现在才来！别说你有什么要紧的事，在你心里头，是不是我家姑娘排在后面？"

林叔夜愣了一愣，看看桌上灭了的炭火、凉了的茶，再看看霍绾儿缩在袖子里的手，猛地就明白了：她在等我！一时间，他便知道霍绾儿对自己的心意了。她生气，她故作冷漠，反而是并未忘情。她这会子生气，气的是林叔夜的态度，气他心里没把她放在前面!

　　一股气逆流冲上来,他正要开口,霍绾儿却站了起来,冷冷瞥了墙角一眼:"行了!现在说这些做什么!"她转头对林叔夜道:"林庄主,陈子峰请我去,是想收我手里凰浦的股份。虽然他出的价钱不低,但你放心,我自是没答应他的。不过我没答应他,不是因为别的,是我自己想要这凰浦绣庄!只是他既然出现,人又没疯,往后必然还要再搞事的,你自己防着些他吧。言尽于此,深夜不便,屏儿送客。"

　　说完也不给林叔夜反应的机会,她转身就走了。

　　屏儿转了过来,挡在要上前的林叔夜面前:"林庄主,请吧!"

　　林叔夜一路无精打采。在陈子峰出现之前,他只觉得京师斗绣出奇地顺利;但在陈子峰出现之后,便觉处处都生了妨碍,事事都暗藏祸患。尤其在见了霍绾儿之后,他连心都有些乱了。

　　广东会馆里,林小云还在等着他,上来就问:"怎么样了?"

　　林叔夜心情正不好,看他脸上没一点担忧,微微怒道:"你这是看热闹,还是在关心我?"

　　林小云笑嘻嘻地道:"都有,都有。"

　　瞪了他一眼后,瞥见主屋仍有幽暗的灯光,林叔夜便来到窗边,轻声问:"姑姑歇下了吗?"

　　过了一会儿,脚步声响,门"呀"的一声,喜妹开了门,林叔夜走了进去,林小云也跟着蹭了进去。高眉娘披了件衣服,问道:"庄主何事?"

　　林叔夜便将去华阳求盟遭拒的事情说了,却不提见霍绾儿之事。

　　喜妹在旁边听了,虽然不敢出声,却越听越是担心,眉头都皱了起来。

　　高眉娘的反应却是淡淡的,竟笑道:"这就对了。"

　　林叔夜一奇:"对了?"

　　高眉娘微笑道:"进京之后,诸般事情都太顺了,我一直不太习惯;现在各种阻碍一起来,我却觉得正常了。对我来说,斗绣时被人暗算是常有的事，何况御前大比？天下绣行的眼睛都盯着呢，不被人算计才不正常。"

林小云都听呆了——他与林叔夜都没想到，高眉娘竟是将逆境作战当成习惯了！不过看到她云淡风轻的样子，林叔夜心里莫名地宽了许多。

高眉娘又道："按照庄主的说法，若是明天林大掌柜的搅和、挑拨无效，他们三家仍然联手，那我们是毫无胜算了？"

"那倒也不是。"林叔夜道，"其实就算按照最坏的情况，他们三家真的在场外联了手，我们只凭场上战略，也还有自保的机会。"

高眉娘微微倾头沉思，林小云已经问了出来："嗯？怎么说？"

"此次斗绣，合纵连横的重要性，其实最多排在第三。最关键的地方其实非此。"

林叔夜吩咐喜妹去拿一块黎嫂等制好的沙盘经纬图来，这经纬图虽只有纵、横各十一道，面积却要比普通围棋棋盘大。四人将沙盘经纬图的四角拉好，林叔夜在蜀都、粤都之间比画了一下，又在吴都、粤都之间比画了一下，才说："距离与兵力限制，才是这次沙盘斗绣的两大关键！"

第一六四针　少年戚继光

"蜀都位于'月一'位，而粤都位于'月九'位。此次沙盘斗绣与围棋不同，因为有补给制度，棋子之间必须相连，从'月一'到'月九'，中间隔着七个星位，而每国兵力都只有十万，也就是十个棋子，蜀国光是要将兵马运送到粤国境内，哪怕是一字长蛇直接过来，中间的补给线就是六万大军了。吴国这边亦然。"

林叔夜拿木炭条在粤都（"月九"位）周围一圈点了一下："对方千里奔袭，我军以逸待劳，到时候只需要在'盈八''月八''日八''日九''日十'布防，便是个铁桶阵，还有余力在另外两个星点相机安排兵力，就算以二打一，也是兵来将挡，水来土掩。只要我们不自乱阵脚，就算对面以二敌一，想正面打下我们的都城，那也是不可能的。"

林小云喜道："你这么一说，那我们几乎是立于不败之地了。"

"这还只是最保守的布置，形同龟缩。其实真上了斗绣场，大可放蜀军一部进来，我们结个布袋口加以歼灭。兵法云：十则围之，五则攻之，倍则分之！就算吴、蜀真的结成联盟，也不过是我们两倍兵力，又是千里来攻，如何能围我破城？更何况他们还要顾忌楚国会不会在背后破盟。"

林小云想了想，说："不过兵力那一条还说，进入中原之后，能多征兵十万。他们只要出了境，一路杀过来，兵力就可能是我们的两倍。"

"我们也不会真的只将兵力全挤在境内，肯定也要出境排布防线的。再说，楚国也不会白白将中原兵力送给吴、蜀……以最保守的估计，他们两家在中原也只能多征五六万的兵力，我们应该也能抢到两三万，十二三对二十五六，仍然是两倍上下。"

林叔夜说到这里，叹息道："毛大司马真是天下奇才！这个设置大合兵法本意！"

"可如果是这样，那各家攻破别家都城，几乎都不可能！"林小云道，"如果各家都缩了回去，谁也不出国门，那最后不变成和局了？"

"不会和局的！"林叔夜笑道，"其实如果各国都守境安民，的确会天下太平，但人心惟危！真上了战场，没人能忍得住不去攻伐别人，只要一动攻伐之心，自家的防卫就会出现破绽，这就会给别人可乘之机。更别说还有入京则胜的设置呢。而且打别国路远，上京路近，而四国国都之间隔着五个星位，与京师却只隔着两个星位。手握十万大军，谁能忍得住这攻下京师、一统天下的诱惑？"

"那如果有人攻打京师……"

"别人绝不会放任的，一定会从旁牵制。"林叔夜道，"所以我才说就算他们三家都联手了，我们也还有机会。只要我们守住了国境，他们三家进不来，必然会在中原争霸上闹出纠纷，破盟几成必然！等他们的盟约自行破裂，我们再伺机出兵，这就叫守时待变。"

林小云道："若是这样，那我们林大掌柜明天也不用去搅和了。"

"那也不是。"林叔夜道，"让舅舅去搅和一下，那是给他们心里埋下怀疑的种子。到时候内部纠纷一起，就更容易瓦解，舅舅的苦功不会白费的。"

听到这里，高眉娘再无疑虑，点头道："庄主既有了决算，到时候我只在战场上配合便是。"

三人言毕各自安卧。第二日，林添财自去活动，他成事未必足，搅局却有真本事，在华阳绣庄那儿揭露湘云绣庄的图谋，又跑到苏州会馆数落湖广人的不是。几番言语下来，虽然没能挽回盟约，却也叫两家庄主对湘云绣庄的提议将信将疑。

不料宫中忽然传出口谕。原来毛伯温将这次沙盘斗绣的规划送进西苑后，嘉靖御览后大喜，觉得自己挑的这位兵部尚书连斗绣之事都能展现兵法造诣，因此不但嘉奖了毛伯温，还要求斗绣结束后将沙盘绣献于后宫，天子要御览。这不是对斗绣的重视，而是对这种沙盘兵棋的关注。朝中有心人便知道天子对安南果有用兵之意，否则区区一场斗绣，如何能让皇帝和兵部尚书同时关注？这是在放风呢！

内阁听说后，也第一次对这场斗绣投来了关注。总揽朝政大权的武英殿大学士夏言也要求兵部在斗绣结束后，复刻一份送往内阁。

消息传出，四省绣庄无不多了三分兴奋、五分紧张。林添财告诉林叔夜："其他三省原本只是延请儒生解析兵棋，听说现在都在找寻兵法名家做军师了。"

林小云一听，大为兴奋："那咱们是不是也去找个兵法名家来帮忙？"

林叔夜想了想，摇头道："不了。"

"哟！表哥你这么有信心啊！"

"倒也不是。"林叔夜连连摇头，"一来，这兵法名家哪里好找？就算真有，你能请得动？就算请得动，对方刚好在京师？"

林添财一听，道："这倒也是。"

嘉靖年间武备废弛，就算是去兵部搜寻一番，也不见得能找到几个真正懂兵法的，甚至就是边关将领，也是尸位素餐的居多。而那些已经通过战场证明自己的当世名将，又哪里是小小绣庄能轻易请得动的？

"二来，要斗好这沙盘绣，兵法之外还要通棋弈，棋弈之外又要懂得刺绣。真懂打仗的边关名宿，未必就能下好这沙盘棋。何况时间又急，这一两日内就算请来了名将，又有多少时间给他，让他去琢磨透彻这兵棋？所以不如我自己来吧。"

林添财也觉有理，而他派出去打探消息的人仍不断将消息传回来。果然，其他三省绣庄即便许出重金招聘，也都进行得并不顺利。

如此到了第三日黄昏，兵部突然送来了一块绣地、三根短针、一团丝线，言明这些便是明日斗绣要用的材料。

林叔夜一看针线，再摸绣地，登时大惊，问那兵部来人："怎么这会儿才送来？"

那个吏员道："听说因为陛下要看沙盘绣，大司马怕普通绣地到时候又绣又拆，会弄坏，模样不好看会轻侮御览，因此连夜向一位懂绣的先生询问，才找到这种经得起折腾的绣地，并非故意刁难。其他的我就不晓得了。"

林叔夜急忙将绣地、针线送到高眉娘手里。高眉娘一摸绣地，也是一怔，原来这块布不但厚实，而且经纬牢固，质地偏硬，触感不好，无论用于织衣，还是刺绣，都不合适，但从经得起折腾的角度来说，的确算好选择。

她又摸出那针，拿线穿上。针只有普通绣花针的一半长，针身甚细甚轻，普通人要拈起来都费劲，而线也极细。针、线、绣地全都是极特殊的，这是要以弱针刺硬布了。高眉娘绣了几针，极不顺手，便让黄娘、林小云、李绣奴来试。三人试了之后，都极不流畅，李绣奴第一次竟扎不进去，而林小云一个着急，更是直接扎出血了。

"要坏了！"高眉娘道，"这绣地，这针线，先前想好的针法得改……大改！"

她琢磨了一下，将短针在空中反复比画模拟，这才扎入，总算穿插成功。她试了几次，这才将自己运针用劲的诀窍说给三人，却是每一针都必须用上巧劲才成。众人先是一喜，随即一忧，喜的是高眉娘这么短时间内就琢磨出了运针之法，忧的却是以这样新悟新练的针法，明天如何上场斗绣？

"姑姑别急！"这时林叔夜说道，"不出意外的话，咱们不熟，其他三庄也不熟。新手对新手，姑姑的微绣底子比她们的都好，难度越大，对我们越有利！"

众人一听，转忧为喜。林小云连称"对头"！

高眉娘也颔首："不过还是要赶紧练一练，希望一个晚上的工夫，能练熟了。"

林叔夜却道："不，半晚！"

"嗯？"

"明天早上就要斗绣了，姑姑要多休息，哪怕练得有些不如意，也要确保明日的精神状态。我估计明日斗绣，肯定还有各种意外，我们必须留足精神以应变。"

黄娘偷偷看了眼高眉娘，见她点了点头，心想：姑姑竟是越来越听庄主的话了。

这一晚，高、黄、林、李四人加紧练习，练到二更便罢。

林叔夜不敢打扰，只等林小云出来，见他满脸喜色，心中也是欢喜，问道："练顺手了？"

"姑姑那边算练成了。"林小云笑道，"虽然没之前准备的针线那般顺手，但也能过得去。明天上场，不会比别人慢。"

林叔夜见他笑得嘴巴都合不拢，一时奇怪。

"你怎么不问我为什么乐啊？"林小云自己没忍住。

"为什么？"

"哈哈！因为我上手比黄娘快，力道比李绣奴足，学会巧劲之后，很快就练得比她们二人都好了。所以姑姑让我去给她打配合，明天我就是'灭将'的正选了！"

御前大比第三轮终于开始了。这一次，斗绣场选在校尉营。兵部那边安排出一片偌大的沙场来，让人搭建了一个四方形戏台，上面不设帷幕。戏台紧邻阅兵台。绣庄众人与观众入场之后，便见一个红袍大员——那是正二品的服饰——率众登上了阅兵台，这红袍大员必然就是兵部尚书毛伯温了。

阅兵台的对面，又竖起一个巨大的棋盘，斜着纵、横各十一道，显然这个棋盘是给观众看的，到时候斗绣台上绣了什么，棋盘就会将棋子挂在相应的星位上。

进场之后，林添财紧赶着跟林叔夜说刚刚打探到的消息："三家把消息瞒得都甚紧，但还是有些蛛丝马迹：据说华阳绣庄那边请的是一位举人，姓赵，好谈兵事，擅棋弈；湘云绣庄那边瞒得极死，怎么都打听不出来；吴门那边最是奇怪，听说是找了一个小孩子。"

林叔夜一愕："小孩子？"

"对，听说是个十岁出头的小屁孩，好像是跟着他爹来京城办事的，听说了这事就去凑热闹。他先跑到华阳那边，被赶跑了，然后跑到苏州会馆去了。正好吴门绣庄在以重金招募沙盘斗绣的'军师'，他一上场，竟将参比的大人都赢了。"

林小云听了道："哎哟，这是个天才啊！"

林叔夜却失笑道："若是单纯的围棋也就罢了，十岁小孩下赢大人并不奇怪。但这一场沙盘斗绣，只怕吴门要失算了。"

林小云问："为什么？"

"这一场沙盘斗绣，牵涉的东西比围棋复杂得多，"林叔夜道，"不仅仅是棋路博弈，里头必定还要涉及兵法、人心。小孩子天资再怎么聪颖，洞明世事方面也很难与大人相比。到时候只要有一点跟不上，关键时便会产生大溃败。"

前面两次斗绣，都是尚衣监的太监来主持。这一次毛伯温出题，主持的人便由兵部派人。

因大司马在座，霍绾儿上去后便只好站着。毛伯温对此事颇为上心，早召见过她一回，这时也未寒暄，直接让看座。霍绾儿这才坐在他下首，秦德威坐在另外一侧。

一个兵部文书高声道："四庄人员到齐否？"

林叔夜等四庄庄主一起出场，躬身行礼："已经到齐。"

兵部文书道："既如此，征将、灭将上场。"

高眉娘看了一下林小云，便带着他上去了。戏台上放着一块绷紧了的大布，上面果然是纵、横各十一道，布料、制式一如先前兵部所发之材料、图案。这面布沙盘上，楚都在北，粤都在南，蜀都在西，吴都在东，包围着京城。阅兵台上，毛伯温坐西北面东南，正好总览全场。

高眉娘与沈女红上台后点头为礼，也不说话。在一个小太监的引导下，八人分站四角。高眉娘见沈女红的灭将是她的大弟子祝柳娘，四川华阳绣庄的两位刺绣宗师也是之前在琉璃厂见过的，然而抬头一望对面，不禁微微动容。林小云低声说了句："是她！"

原来湖广这次派出来的竟是姚凌雪，而且从站位看，她竟然是"征将"。这是关键时刻挑大梁了！

林小云不禁有些嫉妒。广东会馆那场比试，他与姚凌雪打了个平手，昨夜自己还在为成为灭将正选高兴呢，没想到这小妮子直接就成征将了！但他忽转念，对高眉娘笑道："这小妮子能有几分火候？有姑姑和沈师傅在场，她也不怕来丢人现眼！"

高眉娘不置可否，就听阅兵台上的文书高声道："军师上台！"

林叔夜等三人便登了台。蜀绣那边请来的人做儒生打扮，约莫四十岁。他上台后拱手向毛伯温行礼，道："晚学赵明理，见过大司马。"

毛伯温微微点头，看来两人是认识的，虽不知交情如何，但华阳绣庄众人的脸上已经多了几分信心。林叔夜也向阅兵台这边称名行礼："草民林叔夜，见过大司马。"

毛伯温和前面工部、户部的官员不同，既插手这场斗绣，便对相关人员的情况都留了心。他闻言道："你不是广东凰浦绣庄的庄主吗？"

"正是。草民颇晓棋弈之道，因此托大，自任军师。"

毛伯温笑道："这沙场兵棋，可非围棋能比。"

林叔夜答道："棋弈与兵法其理暗通，草民虽不敢自称通晓军事，但绣上谈兵，还勉强可以。"

听到"绣上谈兵"四字，毛伯温不由得哈哈大笑，便顾看上台的最后一人。那人马上也学着道："山东戚继光，见过大司马！"

戚继光的年纪才十岁出头，但身形比同龄人高大一些，因此看着比实际年纪大，刚才毛伯温没留神，还以为他只是个子矮。这时毛伯温听他声音洪亮，但明显是孩童的声线，不禁一奇，仔细打量了一番，问道："你这孩子几岁了？"

面对当朝尚书，戚继光竟全不怯场："我虚岁十二了！"

毛伯温笑道："十二岁就敢上场来做军师？你一个小孩子不知轻重也就罢了，怎么吴门绣庄也跟着胡闹！"

见被点名批评，吴门绣庄庄主登时惶恐。戚继光却昂首答道："有志不在年高，无谋空活百岁！我本将门之后，别说区区一场沙盘棋，就算真的上阵杀敌，我也不怕！"

明朝是重神童的，毛伯温见他说话条理分明又有胆色，非但不恼，反而来了兴致，笑问："将门？"

戚继光应道："家父戚景通世袭登州卫指挥佥事。这次小人随父入京办事，适逢此会，便上来会会天下英雄。"

毛伯温听他说得狂傲，但孩童出大言，不叫人厌，反叫人乐，便忍不住笑道："你懂围棋，懂兵法？"

戚继光道："围棋小道耳，不过兵法之余。至于兵法，亦不过'捭阖权奇'四字。"

毛伯温听得一奇，颔首道："也罢，老夫便看看你在这场兵棋上如何捭阖，如何权奇。"一转头，问道："楚国之军师呢？"

原来上台的军师只有三人，少了楚国的。毛伯温说话的声音不大，便有文书高声接力询问："尚书大人问，你们湖广的军师呢？"

湘云绣庄庄主赶紧上前行礼，道："我们请了一位先生，号'南山子'。不料南山先生忽染急病，不能吹风，求大司马恩典，许我们在台下搭个小帐篷，让南山先生在台下指点棋局。"

毛伯温听了，倒也不苛求，只道："许是许你们，但不在台上下棋，有如军师不临前线，到时候若是误了兵机，便是你们自己的事！"

那庄主磕头称谢。果然，湘云绣庄将一个事先准备好的，只容一人坐在里面的黑布小帐篷搭在了四方台的北侧。

毛伯温道："这幅沙盘绣将呈御览，因此一针一线，务求诸绣师用心,不得有败笔。若绣了败笔,便作废棋论。老夫虽然不懂刺绣,但这里有宫里委派的霍师傅掌眼。"

众人齐声应是。

毛伯温挥手道:"差不多就可以开始了,老夫公务繁忙,没法在这里陪你们一整天。我午时之后还有事,现在已快巳时四刻,今日便以一个时辰为限,午时停兵,停兵以鸣金为号。今日估计是打不完了,打不完就明天再打,明天还打不完,就后天继续。以三日为限,三日后如果还没有人攻破沙盘中的京师,便由老夫上场依局势判定胜负,你们可认服?"

下面众人慌忙道:"自然认服。"

毛伯温又看向秦德威、霍绾儿。霍绾儿忙起身行礼:"一切听大司马吩咐。"

秦德威也笑道:"大司马亲临这场斗绣,本来就是牛刀杀鸡,谁会不服?"

第一六五针　沙盘斗绣开始

要在寸许方圆绣出一个复杂的兵棋图形，这属于微绣范畴，本身就不容易；针短、线细、绣地硬，更是加大了刺绣的难度；又因为皇帝的重视，要求绣师无一针败笔，因此每一个棋子绣出来都费时不菲。这注定将是一场持久战，所以楚、粤、吴、蜀四国征将听到开始后都不慌急，各自穿针引线。

四国所用针线都不同：楚国用的是黑线，吴国用的是青线，蜀国用的是白线，粤国用的是红线。

四征将一起出手，第一棋显然都是早商量好的，不需军师临阵指点，落的地方竟不约而同：楚军落在"玄二"，蜀军落在"日二"，粤军落在"日八"，吴军落在"玄八"——文字上是四种表述，但在棋盘上，那就是对称位置上的四个点，都是四国国都朝向京城方向的第一个星位。而且四家第一棋用的都是步兵。

从选拔一路打到前四，上场的无不是刺绣大高手，几乎每一针都是妙手，让阅兵台上的霍绾儿看得心旷神怡。

林小云作为灭将一时无事，权且看戏。他先看自家的，见高眉娘用针舒缓自如，心里一喜：姑姑这针法比昨晚又流畅了一些，她昨晚应该不至于不睡，起来练绣了吧？难道梦里还在练？随即又是一疑：不过速度上怎么比昨晚还慢了许多？

林小云转头看沈女红，只见她也是同样舒缓，速度也不快，再一打量林叔夜沉着的表情，脑子一转，就明白了：是了，这是第一棋，不用着急，且看看别人怎么布局再说。

然后他又望向蜀国。刚才他先看高眉娘，再看沈女红，没什么感觉，等到再看这边，这一对比，差距可就出来了。华阳绣庄的宗师绣得倒也不算慢，但在节奏上叫林小云觉得别扭，显然这位对用短针、硬布绣兵棋的针法吃得没有高、沈那般透彻。林小云这时眼界已开，看了蜀国征将的运针，心里就高兴了起来：哈哈，这位比我还不如呢！哼！叫你们不跟我们结盟，还给我老爹脸色看，等着吃灰吧！

其实以综合实力来说，林小云此时的刺绣水平比那位蜀绣宗师仍有不及，但他年轻，天赋又高，于新学新练的情况下更容易掌握技巧。加上有高眉娘的指点，他这时若真上场，确实有可能胜过对方。

再看对面的楚国，林小云不禁愣了一下，只见姚凌雪运针也是与高、沈二人一般，舒缓流畅，不急不躁。沈女红针行无碍，林小

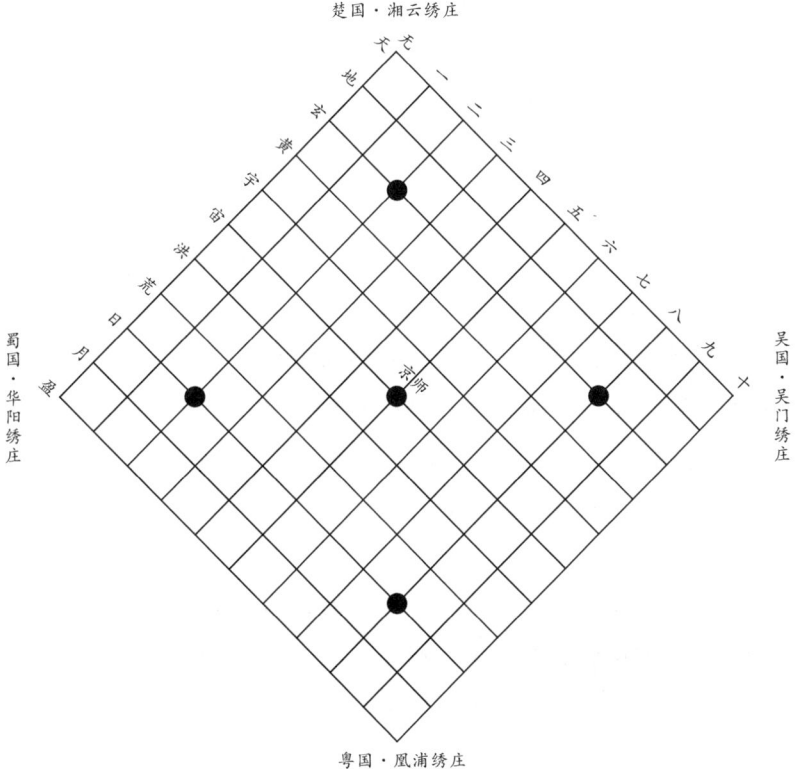

第一六五针　沙盘斗绣开始

云不奇怪，但姚凌雪的动作也这般行云流水，却是他怎么也没想到的。显然，姚凌雪不仅针功扎实，而且针法也用对了！

林小云没忍住，退后了两步来到林叔夜身边，低声说："她怎么也能琢磨出这针法来？"

高眉娘昨晚沉思了有小半个时辰，又用这特殊绣地与特殊针线反复试验，才算是把如何运针、如何引线、如何转折、如何拆线的一整套针法给琢磨透了，然后传授给了林小云。沈女红多半也如此。华阳绣庄显然就没有这本事了，但姚凌雪竟也有这个能耐，让林小云不得不诧异。

天赋高的绣师能快速掌握新针法不足为奇，但在那么短的时间内创出一套适合特定情况的针法，这里头要求的就不仅仅是天赋和技术，还需要极其丰富的经验——她姚凌雪才几岁，怎么也能做到这个程度？

林叔夜对此也是意外："蜀军与粤、吴的差距，比我们昨天预料的还大！但楚军水准如此之高，难道这位姚小妹的天赋真如此卓绝？"

那得是天赋比高、沈二人还高，才有可能弥补经验上的劣势！

林小云一时酸得直咬牙："现在还没发力呢。到了后面，姑姑和沈师傅一发力，她肯定跟不上。"

这第一棋，高眉娘故意落后了一步。待沈女红将第一个兵棋绣成，看着还有两针结束时，戚继光传了指令，沈女红的第二子便落在了"黄八"位上。这一子显然是朝粤国而来！

林叔夜一见，心中一凛，与台下林添财对望了一眼，都想：吴门果然与湘云结盟了！

这必是吴军与楚军有了盟约，至少定下两不相犯，吴军才会朝粤国逼来！当下林叔夜发出指示，高眉娘第一棋结束后，其第二子便以骑兵落在"荒八"位上。这是在吴国的方向上应了一子。

恰好姚凌雪也绣完了第一棋，第二子便落在"黄三"上。这一子既不偏吴，也不偏蜀，直直向着最中间的京师方向。

华阳绣庄的刘庄主见状一喜，知道以楚国为纽带的盟约果然奏效，三家将先灭粤。他家宗师动作最慢，但这时也绣完了第一子，其第二子便落在"月三"上——果然也是朝粤国而去。

林叔夜见状，传了指示，高眉娘忽然加速，其针速竟然有原来的一点五倍。她刚才果然压着刺绣速度——前面压着速度时只比华阳宗师略快，这时放开手脚，刺绣的速度便肉眼可见地比华阳快得多！

林小云看了一喜。绣娘们专心于刺绣，戚继光却瞥见了，当下也传出指令——沈女红手臂微微一舒展，针速也瞬间提升了五成！

蜀国的军师却看得愕然。他听刘庄主说过，吴、粤两家可能比自家绣师快，但也没想到会快到这个程度。他的通盘部署是在兵力差距不大的情况下才能奏效，但现在吴、粤两家的"征兵速度"快到这个程度，看来每绣三棋，对方就能多绣一棋。差距如此之大，这兵棋还怎么下？

毛伯温看得微微颔首，抚须道："征将者，既是征伐之征，也是征兵之征。这场斗绣，谁能更迅速地征集到兵力，谁便能在后续的斗绣中占上风。"

霍绾儿赞叹道："此设甚佳！一来暗合兵法之道，二来也符合斗绣的本义。若这'沙盘绣'完全无法体现绣师的水平，那就只是下兵棋，不是斗绣了。"

毛伯温听了哈哈一笑。秦德威含笑，心想：霍家这女娃了不得啊，这马屁拍得了无痕迹。

毛伯温再看了一会儿，便微微皱眉。他知道评委中霍绾儿最懂刺绣，因此转头问她："各省绣艺，差距竟这么大吗？蜀绣空负盛名啊，怎么其绣师落后这么多？"

霍绾儿应道："大司马容禀，非是蜀绣名不副实。诸大名绣的底子其实难分高下，只是各省师傅的功力有高低。"

毛伯温道："这么说，是四川没人才了？"

"只是这一代有所不如而已。"霍绾儿道，"其实华阳绣庄的这位师傅也是一等一的高手了，就算放到苏州、广州，能与之比肩的也不过三五人，实在是苏绣、粤绣的这两位师傅，乃当今世上技艺拔尖的二人。比起天下余子，正如唐太宗与李卫公（李靖）之视唐初诸将，非诸将不强，而是二李用兵如神，非常人所及也。"

听到这个类比，毛伯温当场就明白了，笑道："原来如此，只不过以唐太宗、李卫公来类比，有些过了。"说到底，他们士林还是不大看得上艺匠之流。

就在他们说话的时候，北侧帐篷的黑布微动，一个童子跳上来以耳语传了指示。姚凌雪得意一笑，也是手腕微微一舒，针速瞬间提了上去，其运针之快、准、稳，竟与高、沈不相上下！

一时间，众皆瞩目。戚继光不甚知刺绣之事，没什么反应；林叔夜却没忍住，"咦"了一声。听到他语气中的诧异，高眉娘和沈女红同时抬头，在手腕未停的情况下，循林叔夜之目光朝姚凌雪瞥了一眼，只见她针速如飞，丝线的细、花针的小、绣地的硬密都完全无法成为她的阻碍。

沈女红心头微惊：这是从哪儿冒出来的女娃！如此了得！几不在我与秀秀之下了！

高眉娘也是讶异：这才多久，她的针法竟精进如斯！

渐渐地，整个绣地登时呈现出三快一慢的局面，差距越往后越明显。尤其是姚凌雪，她加速较晚，却呈现出追上沈女红的趋势！

林小云看得心火暗烧：这怎么可能！她这针法、这针速……几乎要比姑姑和沈女红还快了，这怎么可能！

高、沈、姚三人之中，高眉娘最早加速，因此第二子也是她最快结针。林叔夜早下了指示，高眉娘在第二子结针后，绣花针随即落在了"月七"上，这一步显然是要因应蜀军在"月三"位上的进逼。

沈女红的第二子也旋即结针。按照戚继光的指示，她的第三子落在了"宇八"上，这是继续朝粤国进逼了。

如此则局势渐渐明了：显然吴、蜀两国准备同时攻打粤国，而粤国早有准备，竟要在国境边界以一敌二了。

虽然各绣庄只下了两三步棋，但里头暗藏的算计与权谋已初现端倪。毛伯温看得心旷神怡,不因粤国陷入左右夹击而看衰之,反而笑道:"蜀国危险了。"

他虽居高位,但为人倒也公正、谨慎。这句话说得十分小声,以免传开去,影响了下面四军的士气与决策,只有身旁之人听得到。

秦德威"哦"了一声,赶紧请教:"不应该是粤国麻烦了吗?"

毛伯温道:"他们四家绣庄果然在场外做了合纵连横之事,这算是老夫默许的。看现在的局面,应该是楚国促成了合纵。其实合纵也罢,连横也罢,分两大阵营对决也罢,本身无对错之分。一家坐视两家分粤,于兵家来说也是寻常事,但国家有什么样的实力,才能匹配什么样的计谋。如今看来,蜀国征兵之力明显弱于吴、楚,就算能够成功打垮粤国,吞粤的也必定非蜀乃吴。他若马上转变思路,还有求活之机,若继续按照原定计划,那就是腐儒误国了!"

在他说话期间,姚凌雪也完成了第二子,紧跟着便在"玄四"上落了针。楚国第二子落在"黄三",若再往前进军"宇四",那就兵临京师("宙五")城下了。这时楚国不向前而向左,落在了"玄四"上,众人便知楚国果然与吴、蜀都有盟约:其将坐视吴、蜀吞粤,在此之前既不进逼吴、蜀,也不进攻京师。

戚继光看了,心想:"玄四"离我方近,虽有盟约,但不得不防!

华阳绣庄的刘庄主见楚国守约,松了一口气。他聘来的儒生赵明理却愁眉深锁,显然毛伯温点出来的问题他也想到了:蜀国的征兵力量太弱,与吴国夹击粤国,就算成功了,蜀国吞粤的机会也十分渺茫,但与楚国既有盟约,便无法转头去攻楚国,也不能去偷袭京师——这时若不向前,却该何去何从?

赵明理实非果断之人,就在他纠结不下的时候,华阳绣师的第二子也绣完了。在刘庄主的催促之下,赵明理心想:罢了,且按原计划再下一子,然后再想怎么办。他便传了指示,让蜀国的第三子落在了"月四"。这是仍奔粤国而去。

此子一下,霍绾儿嘴角便显出冷笑来,毛伯温忍不住摇头。秦德威低声道:"蜀国下了臭棋?"

"不只是棋臭,而是败了。"霍绾儿道。

"这就败了?这才第三子呢。"

"将帅无能,祸害三军。"毛伯温道,"局势再险恶,也还有翻盘的机会;用人不当,必败无疑。"随即对身后的幕僚道:"记下,举子赵明理临机无断,不可重用,安南之役,毋令入幕。"

"是。"

第一六六针　兵不厌诈

　　林叔夜也通过这一子看出了赵明理的水平，便在高眉娘结束第三子之后，指示她将第四子落在"洪七"位上。

　　此子一落，在场两个人同时"哦"了一声。一个是毛伯温，另外一个竟是戚继光。毛伯温没留神戚继光的反应，只是自顾自笑道："粤国这个军师不错啊，这是看死了蜀国无能，这一子应得亦守亦攻！"

　　秦德威一时可看不出什么"亦守亦攻"来，便听霍绾儿道："他若是应在'洪八'，那很快就要跟吴国短兵相接；若是应在'洪九'，守势上倒是稳了，然而这支兵力就远离中央。现在下在'洪七'，退可与'荒八'之军成掎角之势，进可以占'洪六''宙六'以逼京师，这一子落下……"

　　沈女红比高眉娘只落后了些许，就在霍绾儿话还没说完之时，她已经按照戚继光的指示，在"宇七"上下针了！

　　林叔夜眉毛一挑，霍绾儿话音一顿，毛伯温则笑了："这个小孩叫……叫什么来着？"

　　"戚继光。"

　　"哦，戚继光啊！哈，他竟下在'宇七'，可有些意思了。"

　　毛伯温虽然笑着，却不说破哪里有意思。

　　秦德威看着对面大棋盘上刚刚挂上去的棋子："这孩子干吗不进'宙八'，不是要攻打粤国吗？下在'宇七'这个位置，那不是往回守吗？两家打一家，他还怕了粤军不成？"

林叔夜也望了戚继光一眼，心想：这孩子年纪虽小，却不可轻视之。

林小云低声问："为什么下'洪七'？不是要在国境附近御敌吗？"

林叔夜低声回答："为了防楚，同时也是留下进京之路。"

这时楚国第三子也绣完了，跟着第四子落针，却是在"宇三"，既不逼京师，也不逼吴国。吴、蜀两国见楚国仍然守约，暗中松了一口气。戚继光忽然咳嗽了三声，沈女红听到暗示，忽然再次加速。

原来戚继光虽不懂绣，昨夜却与沈女红有深入的沟通，知道她针法、针速的情况。这时他传出指示，沈女红在针速上竟比高眉娘还快，竟有追上来的态势。

林叔夜是懂刺绣的，看了沈女红的运腕模式，心想：这是强行加速，手腕负力过大，如何能持久？忽转念：啊！他们是要抢中原的兵力！他赶紧也传了指令，高眉娘闻令后亦加速。

小帐篷的帷幕微微一动。童子传话后，姚凌雪竟也加速赶了上来。这一下，吴、楚、粤三国的速度近乎并驾齐驱，更显得蜀国这边的缓慢迟钝。

蜀国军师赵明理怒道："怎么回事！怎么会慢成这样！"他也是不懂刺绣的，这时因华阳绣庄的绣师技艺不佳而导致自己完全无法展现胸中所学——让自己在大司马面前丢脸——便急怒交加。

被自家军师怒斥，华阳的征将不禁抬头看向其他三位征将。一看之下，她不禁呆了，心想：高、沈二人得杨老宗师真传，我比不上她们也就罢了，可湖广的那个小妮子怎么也能快到这个程度？难道我真的这么差？蜀绣在我手里，岂不是要……

她心神一乱，竟然绣错了针步。为避免成为废棋，她只能挑线重绣。这一来，慢得更明显了。

高眉娘在二次加速后，暂时保住了领先优势，但沈女红仍然追得极紧！眼看二人的第四子就要进入尾声，林叔夜纵观全局，思忖着：蜀军军心已乱，不足为虑……我第五子若落在"洪六"或"宇六",那就逼近京师了……京师非急切可下,吴国却必要全力击我后路。

他当下传了指示,让高眉娘将第五子落在"洪九",与"洪七""荒八"结成一个面向吴国的布袋口。这么一来,粤军守势便稳如泰山。

这时沈女红与高眉娘只差五六针——以她们此时的速度,五六针只是一个呼吸的事。所以戚继光根本没办法等林叔夜落子之后再做反应,两人几乎是各传各的。吴军第五子落在"宙七",仍是奔粤而去,与粤国在"洪七"上的兵马已是短兵相接。

观众中不少人就叫喊了起来——兵棋下到现在,终于要宣战了!

可就在这时,蜀国那边突然起了骚动,却是楚国第四子也结针了。按照盟约,楚国既不能攻吴、蜀,也不能趁吴、蜀伐粤之际偷袭京师,因此其第三子落在偏吴国的方向,第四子落在偏蜀国的方向,那么接下来的第五子,便是落在"宇二"也好,"黄四"也行。结果,姚凌雪偏偏把第五子直接在"宇四"上落了针!

林叔夜见状,微微一笑。他看出蜀军无能后,第四路兵马便亦守亦攻地往京师方向挪,吴国显然也防着楚国这个盟友,其第四路兵马同样向京师靠近。而后的第五子,林叔夜故意不逼京师,因为他一旦逼京师,吴国、楚国就可以相继跟进,所以在第五子上,他故意将兵力后置,不给楚国留下进逼京师的借口。

本来还以为要再等一个回合,没想到楚国这么快就按捺不住,于其第五子暴露了真实目的。

与京师("宙五")接壤的星位有八个("宇四""宇五""宇六","宙四""宙六","洪四""洪五""洪六"),最靠近楚军的就是"宇四"。这一子便是目前这场沙盘斗绣中逼到京师城下的第一支部队了。

华阳刘庄主当场就没忍住,指着湘云绣庄庄主怒道:"王庄主!你怎么回事!"

按照盟约,在粤国未灭之前,其他三国军队都不能靠近京师。

湘云绣庄的王庄主"哎哟"了一声,说:"这这这,大概是搞错了。小姚，你是不是搞错位置了？"

姚凌雪对他的话充耳不闻。湘云王庄主又对着帐篷叫道："南山先生，是不是你传错话了？"

帐篷内之人也是毫无反应。

湘云王庄主无奈地道："怎么办，这可怎么办啊！"他要表现无奈，只是演技未免有些差——无奈得太过浮夸，却叫谁能信他？

华阳刘庄主怒道："拆绣！拆绣！"

湘云王庄主朝着阅兵台问："尚书老爷，能临时拆绣吗？"

这沙盘斗绣的规则是毛伯温定的，今天是开天辟地第一遭斗绣，因此有些规则没考虑周全在所难免。毛伯温略一思索，便派文书传话："落子无悔。要想拆绣，等绣完了让灭将拆。"

"那就没办法喽！"湘云王庄主摊手。华阳刘庄主大怒，却又无奈。

阅兵台上，秦德威笑道："绾儿姑娘，你觉得这位王庄主是真无奈，还是假无奈？"

霍绾儿含笑不语。

戚继光虽然智商过人，但限于年岁，在人情世故上果然未能精通，回头望向吴门绣庄庄主。吴门绣庄庄主道："戚少爷，依着沈绣首出门时的说法，你只管按照兵法、棋弈下就是。"

戚继光问："与楚国的盟约怎么说？"

"这……"吴门绣庄庄主犹豫了起来。

沈女红绣针微微一顿，抬头看了一眼全场局势后，说道："彼既已逼京师，便已破盟。"

戚继光应道："好！"

湘云王庄主叫道："不是破盟，不是破盟，我们是搞错了。"

沈女红却已经不再回应，继续专心刺绣。但这么一顿之后，她与高眉娘的进度又拉开了。

吴门的庄主便已知自家绣首的心意，冷笑道："盟约论迹不论心。贵庄如果要我们信你们，回头绣完了，将'宇四'上的兵棋拆了再来说吧。"

这话出来，湘云那边便不回应了。

这样一来，无论是蜀，还是吴，双方便已经看破了楚国的居心。吴门这边还好，华阳那边已经没忍住，冷嘲热讽起来，若不是顾忌着尚书大人在场，怕是川味脏话都要出来了。

林小云低声道："怪不得人家说天上九头鸟……"

林叔夜瞪眼打断了他："这什么场合！不许说这种话！"

绣地之外的事，姚凌雪全然不管，趁着沈女红分心，竟赶了上来。而蜀国的征将在其他三国一起提速之后，其针速已经远远落后，又因为自乱阵脚而绣错挑改——在其他三国绣第五子时，其第三子竟还没绣完！

劣势如此明显，军师赵明理心境大乱，华阳的刘庄主亦怒军师无能，两人竟然吵了起来。征将夹在他们之间，受了影响，竟然又绣错了一次——本来以她的宗师水准，是不至于如此的。

眼看蜀国阵营陷入如此局面，林叔夜忍不住叹道："怪不得蜀绣近年会没落，归根到底还是绣行之中没有人才。不但没有天赋顶尖的绣者，运营者也是不得其人。难怪以杨锦望老宗师的天下第一之势也拉不回来。"

林小云哈哈笑道："那以后天下刺绣就唯苏与粤了。"

"志不可满。"林叔夜道，"谁没有个三衰六旺？今日我们能得意，是因为有姑姑在。若干年后，等姑姑老去，我粤绣若无后起之秀顶上，今日你怎么笑蜀绣，明日别人就怎么笑我粤绣。"

说话间，高眉娘即将绣完第五子。林叔夜便传了指示，让第六子落在了"洪六"。

眼看终究没抢到第六子的领先，戚继光大为失落："失了一军！"他失落的原因，在场能懂得的人却是寥寥无几。

跟着戚继光的指示，沈女红将吴国第六子落在了"宇六"。不一会儿，姚凌雪竟也追了上来，将楚国第六子落在了"宙四"。至此，有三个国家兵临京师城下。

蜀国那边，庄主与军师吵了一阵，庄主自觉再吵下去只会让局势更坏，赵明理也忌惮毛伯温在场，因此便各自忍了一口气，继续布局。这时其征将也终于将第三子绣完，便在军师的指示下将第四子落在了"荒三"，这是也准备紧赶慢赶地往京师方向走了。

华阳刘庄主指着湘云王庄主骂道："你们毁约了！"

湘云王庄主笑道："毁便毁了，不过区区三千两银子，我们赔得起。"

此言一出，众皆恍然。林家表兄弟对视了一眼，林叔夜道："怪不得，原来这份场外盟约是有三千两做抵押。"

林小云道："这些湖广人也真是豪气，为了赢一场斗绣，竟然敢赔三千两！那可是三千两啊！"

"未必是三千两，极可能是六千两。"

林小云愣了一下，随即道："没错，没错！和吴门那边应该也有押金！"

阅兵台上，毛伯温微笑道："场外盟约毁了，再接下来才算有点看头喽。"

无论是高眉娘还是沈女红，都是越绣越顺手，因此速度也越来越快。但她们二人再快，竟然都快不过姚凌雪！

高眉娘与沈女红比姚凌雪大了十几岁，都正处当打之年，体力、精力并未衰退，但姚凌雪还未完全成年，手毕竟比她们二人更小巧些。高、沈有经验的优势，姚凌雪却有灵巧的优势。若论总体实力，姚凌雪离高、沈还有不小的一段距离，但在这沙盘斗绣上，二人非但无法压制这个湘妹子，甚至有被她超越的趋势——她先是追平了沈女红，紧跟着又直逼高眉娘！

普通观众也罢了，现场却有不少绣行的人。这些行内人眼见姚凌雪竟有超越高、沈之姿，一时无不大惊。

"湖广竟是出了这等人才！"

"也就是在这儿，论综合绣艺，应该还是比不上那二位吧。"

"可你不看看她的年纪！现在她经验不足，再过个五年、十年，高、沈还压得住她？"

"近十年，蜀绣衰而苏、粤起，全因杨氏老去，沈、高崛起。再过十几二十年，高、沈老了，那时候怕就是这女娃儿的天下了！"

"看来湘绣是要大兴了啊！"

在众人的议论纷纷中，高眉娘绣完了第六子。在林叔夜的指示下，第七子在"洪五"落针。没过多久，姚凌雪、沈女红同时赶了上来。因为几乎同时落针，所以吴、楚的军师都无法顾及对方的决定，且在那一瞬间，姚凌雪竟抢先了一瞬！

这一瞬之差，吴国第七子落在了"宇五"，而楚国第七子没有落在与京师接壤的"洪四"，反而退了一步落在"洪三"。

注意到双方落子的位置后，阅兵台上、四方台上，毛伯温、霍绾儿、林叔夜、戚继光，四人同时"咦"了一声！

这一子落下，竟是出乎这四人的意料！

"楚国这是要做什么？"

要知道，在攻城规则中，攻陷京师需要七伤，而每个兵棋在一个回合之内只能对京师造成一伤，而一旦停止攻击，城池还会回复一伤，所以楚军兵临城下之后，并不敢贸然攻城，而是继续在与京师接壤的"宙四"排布兵力。此外吴、粤两军也都赶了过来，进逼京师的同时，也对楚军形成了威慑。

眼看掌握第三个围攻京师星位的机会唾手可得，结果楚军的第七子不进反退，竟然主动放弃了。

所有人中，毛伯温第一个反应过来："好决断！"

随即林叔夜、霍绾儿、戚继光一起点头称赞。

林叔夜不禁叹道："楚国这位军师，真是了得！真亏他忍得住！"

林小云小事机智，对这种兵法、棋弈则不在行，一时反应不过来，问道："他干吗不抢'洪四'？那个星位能攻京师啊！"就算是他，也知道与京师接壤的八个星位是攻陷京师的关键。

"这确实是大利，但其中也暗藏大危。"林叔夜叹道，"亏得楚国的这位仁兄，大利当前还能够收手！"

"为什么这么说？"

林叔夜反问："攻下京师，需要几子接壤？"

"攻破京师需要七伤，一子一回合一伤，就算有两子接壤，耗光了六伤也没用，所以至少需要三子连攻三个回合。"

"不！"林叔夜道，"至少需要四子。"

"四子？不对啊！"阅兵台上，秦德威提出了与林小云一样的疑问，"一子一伤，三子两个回合就是六伤，到第三个回合，三子虽然都只剩一点生命，但随便任何一子就能拿下京城了啊。"

毛伯温轻轻一笑。霍绾儿在公开场合不敢以叔称之，便声音温和地说道："公公，吴国要攻城的话，另外两家不会坐视的啊。"

"嗯？"

"就算楚军有三子与京师接壤，但吴、粤窥伺在侧，一旦楚军攻城，吴、粤可以同时攻击楚军。一轮下来，楚军在'宇四''洪四'上的两路兵马便不是轻伤，而是重伤，若再次攻城，这两个星位上的兵马会同时败亡。而后'宇五''洪五'上的吴、粤兵马，却可在楚军第二次攻城、重伤的情况下，轻易袭灭其在'宙四'上的兵力。如此，楚军虽兵临于京师城下，却全军覆没矣。"

四方台上，林小云与秦德威一样回过神来，道："对啊！我怎么就没想到这个！"

"所以在别国兵马已经逼近的情况下，"林叔夜与霍绾儿几乎异口同声，"攻下京师至少需要四子。"

林小云望了望那块巨大的棋盘："可没第四个位置了。"

与京师接壤的位置一共八个，眼下吴、粤、楚三国已经占了六个，剩下两个，一个是"洪四"，一个是"宙六"。"宙六"被吴、粤两军隔断，无法染指，则楚军就算占了"洪四"，也达不到占领京师的目的。

所以在这种局势下，楚国的军师竟能忍住侵占"洪四"的利益，后退一步经营"洪三"，才让毛伯温称赞了他一声"好决断"！

本来因为楚军向京师的奔袭，导致吴、粤两国也死命奔袭而来，现在楚军后缩，京师周围一时便形成均势，局面反而缓和了——因为谁都打不下京师，所以谁都没有去打京师。

只有蜀国，几乎已经被排斥在中原逐鹿之外。且其内部又起了矛盾，对下一棋要落在哪里争吵不休，以致绣师的状态也大受影响。眼看其第四子都还没绣完，粤军的第七子都快结针了。

毛伯温看着这个局面，心中微有触动：兵法之道，攻心为上！安南之征，只要令其国内自乱，或可兵不血刃，传檄而定！

这时，林叔夜盘算局面：吴、楚、蜀三国盟约已破，粤国再无亡国之危，而京师城下八个接壤星位，吴、粤、楚各占其二，剩下两个接壤的空位（"洪四""宙六"）都在粤军的兵锋之下，而高眉娘的领先又让粤国拥有先行发兵的机会——这一机之先，在关键时刻可就太重要了。

占"洪四"则楚军无缘，夺"宙六"则吴国失机！

一转眼，本来处于三家夹击下的粤国，竟成了最大的优势方。

林小云心都提了起来，心想：若是能抢到"洪四"或"宙六"，我们就有三星与京师接壤了；若是吴、楚再出个疏漏，下回合忘了抢占剩下的近京星位，那我们就赢了！

眼看高眉娘即将绣完第七子，林叔夜心想：此间有大利益，却也有大陷阱！想到这里，他便做了决定：先占扩兵力，以待时变！当下发出指示，让高眉娘将第八子落在了"荒五"上。

林小云讶异起来，但他不敢干扰表哥的思路。阅兵台上，秦德威也是不解："他为何不抢'洪四'或'宙六'！"

那边戚继光"咦"了一声，也发出了指示，竟然也不抢"宙六"，而转占"黄五"。

对林叔夜的这个决断，包括林添财在内，台下许多人一时不解，觉得凰浦绣庄庄主是下错棋了，但细想了一番之后，则纷纷赞叹。

霍绾儿微笑道："这一招应得好！'洪四''宙六'乃是大利，却也是陷阱。谁先拿到逼京第三星位，谁就要被另外两家联手打！"

秦德威也反应过来了："也对，这位置先到手了未必就能赢，却一定会被另外两家忌恨。"

只有毛伯温淡淡地道："凰浦这位年轻庄主，机谋见识虽然也

还可以，心性终究未臻上上。"

霍绾儿一怔，一时未悟。

吴门那边，其庄主忍不住称赞林叔夜："怪不得凰浦在这么短时间内能这么快崛起，这位林庄主端的是人中龙凤。"

戚继光闻言却笑了："当进而未能进，未可拜上将军也！"

第一六七针　四国混战

眼看粤军不抢"洪四",落后了一步的华阳绣庄大喜,便将蜀军第五子安落在"洪四"上。毛伯温看了微微摇头:"蜀方寸已乱,这时候抢此位有何用处!"

这时楚、吴两军分别将第八子落在"洪二"和"黄五"上。"洪二"这个位置离蜀国边境只差一步,懂点棋弈的人心里都想:楚军这是打算攻打蜀国了啊,明显是在巩固战线。

棋局到了这里,现场大部分不懂棋的观众已经看糊涂了,只能以棋盘上四色棋子的数量来看谁强。一算之下,楚、吴、粤三家都差不多,只有蜀国落后。

便有人叫道:"怎么都不宣战开打啊,也不攻城!"

自开场以来,四员征将火力全开,四位军师机关算尽,但四员灭将却犹如摆设。

便有人笑道:"怎么打?这个兵棋,杀敌一千,自损八百呢。"

"这么下去,那不跟围棋差不多了?"

"围棋可只有黑白。这是四家下棋呢。"

"围棋围住了就算赢,这个却不是。"

外行的观众议论纷纷,在场的绣行人却眼睛瞪得直勾勾的,因为绣地上三大高手的针速越来越快。姚凌雪不但没被沈女红追上,甚至还不断逼近高眉娘。在三方第八子即将结针之际,三人的兵棋终于分成两先一后——高眉娘、姚凌雪明显领先了,虽然领先得不多，但已经快了沈女红将近十针。

眼看楚、粤第八子将结，林叔夜和林小云几乎都屏住了呼吸，因为姚凌雪和高眉娘竟似抢向同一个位置！

随即——姚凌雪针落！

终是她在"荒四"的位置上开启了第九子的领先局！

而这个位置又恰恰是林叔夜准备占据的，只是一瞬之差，登时打乱了林叔夜心中的布局。

这便是斗绣棋与下围棋不同的地方了，不是你一回合、我一回合的下法，而是可以靠速度抢夺阵地的。

毛伯温看得拍案喝彩，对秦德威、霍绾儿道："这可有几分飞军夺阵的味道了！"

林叔夜和林小云对视了一眼，心中同时也冒出了一句：好快！

高眉娘因位置被抢，针一时停在了那里。

林叔夜叹了一声，脑子急转，传了指示，高眉娘这才将针挪到"日四"上。

如果说刚才姚凌雪赶上沈女红有后者分神的因素，这次后来居上，追上高眉娘，那就是实打实的超越——广东绣行的人看了都头皮发麻！这可是高眉娘在斗绣场上第一次在针速上落后！众人想过凰浦绣首可能会输给沈女红，却从没想过她会输给一个十六岁的湘妹子！

戚继光不是绣行的人，在林叔夜等震惊于姚凌雪的针速时，看到的却是"荒四"这个位置带来的局势变化。他大叫了一声："喂！粤国的！蜀国那边扶不上墙，你可得给顶住啊！玄五！步兵！"

戚继光的一声叫喊将林叔夜拉回神来。他往"玄五"位望去，那里离楚国边境也只差两步了——吴、粤、楚三家都已暂时放弃打京师，楚国和粤国明显要染指蜀境，而楚国又占了先机，所以吴国要以围魏救赵之计来牵制楚国。

蜀国已变成一块肥肉，楚、粤两家谁显优势，吴国就拖谁的后腿。

这时林叔夜发现高眉娘的手腕微现僵态。林小云也发现了，忙对林叔夜说："姑姑绣得这么快，太吃力了！"

现在高眉娘的速度是两次提速的结果，第一次提速属于恢复正常速度，到第二次提速，则是强行催力，不可持久。

林叔夜心想："中原十子"已定，现在已经没必要再这么赶了，而且再这么下去，姑姑的手会出事。他便传了指令，于是高眉娘手臂微微一顿，将刺绣速度调了下来，回到刚开局时的速度，等绣了二十几针后，手腕状态缓和过来，才又提到第一次加速时的速度。

那边戚继光也是同样的心思，也传令让沈女红减速。楚国方面亦然。

自三家提速之后，华阳征将就落后得越来越明显。哪怕三家这时调整速度，对蜀优势仍然明显。华阳征将大为沮丧，知取胜已经无望，只是不好半途而废，但在士气低迷之下，更是提不起力气来，却听赵明理传来指示："日五，骑兵！"

毛伯温从台上望见，"咦"了一声，赞道："这一招不错，赵明理算是恢复了些许精神。"

楚军第六子在"宙四"、第七子在"洪三"，占据了"荒四"之后，便对蜀国在"洪四"上的兵马形成了三军合围之势，回头一个宣战，只需一个回合便能灭了这支兵马。而蜀军不顾楚军的威胁，将轻骑挺进到"日五"，这个位置虽能与"荒三"位上的蜀国步军一起对"荒四"位的楚国步军形成夹击，也能一合之下覆灭对方，只是左方、后方都是粤军——赵明理之所以敢这么干，就是要赌粤军不会先攻击自己。这样一来，楚军为避免蜀军兑子，要攻打"洪四"也就有了顾忌，也是一招"以攻为守"。

只不过军师的精神恢复了，征将却已经锐气尽丧，果然国运一旦倾颓，就算其中一个领域重新振作，也已无力回天。然而，毛伯温看了，欣然道："好！"

秦德威愕然："这一步棋有这么好？"

毛伯温含笑不语。他这一声好，不是赞扬赵明理的，而是从蜀国的无奈中看出了国事兵法的道理来。

华阳宗师的第六子才绣了一小半，姚凌雪便气势如虹地率先完成了第九子！这一次，连高眉娘都还差好几针！

在场绣行中人见状，纷纷喝彩，湖广人士更是掌声如雷。

姚凌雪得意扬扬。刚才童子已低声给了指示，她便按照指示，也不宣战攻打"洪四"，直接在"荒一"上下了针。华阳绣庄的人见了无不惊呼，"荒一"已在蜀国边境上，离蜀都"月一"只有一步之遥了。

林叔夜眉头微皱，指示高眉娘在"日三"上落下了第十子——这"日三"也在蜀国边境上，离蜀都也是一步之遥。开局的时候还是楚、蜀试图分食粤国，不料一转眼，蜀国竟是两面受敌，变成了楚、粤两国争夺蜀都的局面。不过，"日三"的粤军周围有蜀军三面围困，随时能将这支兵马吃掉，而"荒一"上的楚军则视野开阔，显然在"吞蜀"之势上，楚国机会更大。

华阳绣庄又是愤怒，又是无奈，其灭将甚至哀叹："报应啊！"

戚继光叫道："什么报应！给我打起精神来！还没完！地四！骑兵！"

随着沈女红在"地四"上下了针，吴军也逼近了楚国边境，离楚都只差三格。兵锋挺进得这么迅疾，显然是意在围楚救蜀。

毛伯温看得哈哈大笑。

"这真是要大乱斗了！"霍缩儿不禁摇头。

秦德威道："本场斗绣是四进二啊，原本楚、粤是冤家，吴、蜀是对头，现在却变成冤家联冤家，对头救对头。"

其实粤国不是要跟楚国联手，只是要抢蜀都。吴国的目的也不在救蜀国，只是不希望蜀国轻易被灭，给劲敌平添十万大军罢了。

时间过得迅疾，姚凌雪的第十个兵棋即将结针。华阳绣庄众人眼看自家江山岌岌可危，个个的心都提到了嗓子眼。幸亏楚军终究不敢冒着被偷家的危险，于第十一路棋终于回防，在"地二"位上落了针。

赵明理暗中松了一口气。他这时已经不求取胜了，只是不想在毛伯温面前输得太难看。华阳宗师直到这时才绣完第六子。他感觉楚国的威胁已经减弱，便传了指示，将蜀国的第七棋下在"月二"上，堵死了粤军从"日三"这里的前进之路。

毛伯温不禁摇头："这个赵明理，空读了几本兵书，不知兵至如此！真要堵住粤军，发动宣战，将'日三'上的兵马拔了不就好了？"

霍绾儿道："到现在都还没有一家宣战呢，可能他因此不敢做出头鸟。"

毛伯温冷笑道："那就更显无魄力了！"

就在这时，鸣金之声传来，毛伯温愕然："这么快！"

原本以为看着几个绣娘刺绣会是很枯燥的过程，不料一场又一场的机变权谋，让懂得局变的人感慨时间怎么过得这么快。

毛、霍等人如此，身在局中的绣师和军师听到鸣金之声，更是如梦忽觉。四大征将也直到此时才感到自己臂膀颇酸。

毛伯温虽然意犹未尽，但规矩是他自己定的，所谓"军令如山"，自是没有自己破坏的道理，扬了扬手，道："今天到此为止吧。"

从校尉营回来，凰浦众人无不议论纷纷。这场斗绣最大的赢家无疑是湖广的湘云绣庄，而大放异彩的则是姚凌雪。经此一役，她声名鹊起。斗绣场是最公平的，何况她是在众目睽睽之下力压高、沈，因此一夜之间，隐隐有了她与高眉娘、沈女红三足鼎立之势。

而斗绣所呈现的局面更是大大出乎众人之意料。原本以为是两强两弱之局，没想到最后是三强一弱，而且场面上攻势最为凌厉的既不是吴门，也不是凰浦，而是名不见经传的湘云绣庄。

回到会馆之后，高眉娘当即闭门。林小云嘟哝道："姑姑不会是被打郁闷了吧。"

"胡说八道！"林叔夜骂了一句。这时，喜妹来请："庄主，姑姑请你去一趟。"

林小云眉毛一挑，死皮赖脸地跟了过去。到门口了，喜妹道：

"云娘，姑姑只请庄主啊。"

"可我是灭将啊！有什么事也得叫我知晓。"

里头传来高眉娘的声音："让他进来吧。"

进了门，就见高眉娘正摩挲着那块硬绣地。

"姑姑，别太放不下，一时胜败而已。"林小云贼兮兮地说。他自然是不乐见姚凌雪那小妮子得意的，但偶尔能看到见面以来就一直无敌的师父吃瘪，也是一件好玩的事。

高眉娘目光扫了他一下，也不停留，便落到了林叔夜身上："这一局沙盘斗绣，其中有诈。"

林叔夜心头一动。

"哎哟，姑姑，你这样说，可就有些不服输的味道了。"林小云再次贼兮兮地说，"校尉营几百只眼睛盯着呢，怎么诈？"

林叔夜瞪了他一眼，忙问："姑姑可是有什么发现？"

"在绣第九子的时候，我便留了神，分心留意姚凌雪的运针。"高眉娘道，"她太熟练了。"

"熟练？"

"嗯。"高眉娘道，"这次斗绣，绣图是新设的，这也罢了。针、线、绣地都有些特殊，以此特殊之物绣新设之图，又只有一个晚上的时间，所以我虽然琢磨出了合适的针法加以适应，但要说熟练却未能达到。娟儿那边料来也如是。绣艺到了我们这个层次，大部分针法其实也不用练多久，但难度甚高的绣品，练习一晚和练习七八日，毕竟是不同的。当然，练到十日以上又很难再有大的进展了。"

林叔夜一惊："姑姑是说……姚凌雪她提前练过？"

第一六八针　群吏欺官！群官欺天！

高眉娘点头："进京时那几场斗绣，我们是见过她本事的，尤其是最后那场，云娘其实已经将她的天资、才智、功底全逼出来了。虽然她是有绝顶的天赋，但也不见得就超过了我和娟儿。今日她忽然有这个表现，就算是受挫悟道，也解释不通的。唯一的可能，就是她提前练过。"

"我就知道！"林小云跳了起来，"她怎么可能那么强！有诈！一定有诈！"

林叔夜眉头皱了起来。他如今虽然已是刺绣领域的行家，但对绣道最精微之处的认知，毕竟不能与高眉娘相比。听了这番分析之后，他自然是信服的，只是对方是怎么做到的呢？难道毛伯温偏帮湘云绣庄不成？但毛伯温又不是湖广人士。若要说收买——那代价恐非一个绣庄承受得起的！

"还有……"高眉娘继续道，"这场沙盘斗绣的设置，我刚才细细复盘，也有些不对头。这不像是一个不通刺绣的人，花了几日工夫就能想出来的。这里头涉及与刺绣相关的微妙之处甚多，非浸淫绣道多年的聪明才智之士不能做到！"

听到"浸淫绣道多年的聪明才智之士"，林叔夜心头就是一跳，眼睑微微一垂，道："好的，姑姑，我去处理吧。"

高眉娘不留人，也不多问，自随他去了——斗绣的事情她愿意公平、公正，却不代表就乐意坐视对手作弊，任其拿捏，不过将知道的、猜到的事情说了后，她也就不打算管了。这是她与林叔夜的分工，她一直自觉地遵守自己画下的这条线。

　　林叔夜出得门来，林小云一路缠着问。他却什么也不肯说，只是叫来了林添财："舅舅，胡乱用点午饭后，我们去办事吧。"

　　虽然过了午时，误了饭点，但陈子峰面前的午餐仍然精致而奢华——站在旁边的杨燕武素来知道这位庄主从来就不会亏待自己，但为了一顿饭而把宫中御厨搞了过来，做了二十四个菜摆满一桌子，就连杨燕武都觉得有些过了。

　　然而他还没动筷，外头就传来一阵吵闹声——有人闯了进来。

　　"加一副碗筷吧。"陈子峰道。

　　碗筷才摆上来，林叔夜也进了院子。

　　陈子峰摆摆手，杨燕武欠了欠身，把要一起闯进来的林添财给带走了。林添财本要反抗，但林叔夜看这气势，便知对方有备，说道："舅舅，你到外头等我。"

　　林添财这才道："这家伙一肚子坏水，阿夜，你不要信他！"

　　他们二人都出去后，陈子峰看着筷子上的虾，轻轻笑道："胡椒醋鲜虾……所谓御膳，也不过如此。"看林叔夜还站在那儿，他指了指对面的座位："坐吧。一起吃。"

　　林叔夜便坐下了，却并没有动筷子的意思，开门见山地道："沙盘斗绣是你搞出来的？"

　　陈子峰有些讶异，随即嘴角一弯："是你发现的？"

　　"姑姑看出了破绽。"

　　陈子峰恍然："果然是她！不愧是她！"

　　"这么说是你了！"

　　陈子峰微笑不语，但林叔夜知道自己没猜错。

　　"毛伯温堂堂正二品尚书，天子重臣、当世名将，你是怎么买通他的？"

　　陈子峰笑了："怎么可能买通？'买'这个字，也实在是俗。阿夜，你入生意场才多久，身上的书卷气就都快没了。"

　　林叔夜冷笑。

"行吧，就当做大哥的再教你一招。"

陈子峰却不马上说，而是将醋虾放到嘴里。不见脸部有多大的动作，不一会儿他就吐出一个完整的虾皮。他咀嚼、吞咽完，再喝一口三鲜汤，然后才道："事前通过兵部的人，让毛伯温知道了这个设想。根据当前朝廷的局势，我猜天子是会对这个设想感兴趣的。天子感兴趣了，毛伯温自然也会感兴趣。既然他感兴趣，后面的事情就好办了，通过他所召绣师的嘴加以引导，就能弄出一个沙盘斗绣的雏形。等毛伯温把这个雏形弄出来后，我再通过人帮他完善，一套他以为是自己想出来的绣上兵棋就出炉了。至于一些其他细节，不说也罢。"

短短几句话，却叫林叔夜心头暗惊！

"怎么，被吓到了？"陈子峰哈哈大笑，"你啊，虽然有几分聪明，但历练的时间太短，好多东西都还不懂呢。有些事看着难，但知道了里头的窍门，就不难了。有些人看着高高在上，但方法对了，一样能够让他做出你想让他干的事，说出你想让他说的话……兵部尚书如此，东厂督公如此，甚至就是……就是九重天上那位，也如此！当然，越往上，难度就越高。"

"群吏欺官！群官欺天！"林叔夜忽然有些明白了，"看来你和杨家联姻，不仅得到了他们的权势和财力，也学到了他们以下制上的阴谋手段！"

他说话的时候，陈子峰开始吃饭。他吃了一块五味蒸鸡，却又不甚满意，没再夹第二块，另外换了一筷子炒羊肉，这才点头："北方人做鸡肉跟我们广东没法比，虾也不够新鲜，但羊肉是不错的……你真不想试试？"

"你搞这么多事情，就是想把我凰浦给搞下去？"林叔夜不接他的话，"哪怕为此牵动朝廷大员也在所不惜？但你这么做，也不怕被广东绣行的人戳脊梁骨！"

"嗯？"陈子峰看着林叔夜，就像在看一个傻子，许久才忽然大笑。

"三弟啊，广绣行会首你都还没当上呢，就觉得自己能代表广

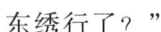

东绣行了？"

"我没觉得自己能代表广东绣行,但我至少是堂堂正正地代表粤绣上京师,而你呢！"林叔夜道,"其实苏绣也好,蜀绣也罢,只要是光明正大的,输了我也服气；但你身为粤人,又是曾经的行会会首,为了一己之私竟然搞阴谋、使诡计扶楚斗粤,你觉得合适吗？"

陈子峰笑了："谁说我扶楚斗粤了？"

"都到这地步了,你还不认？那姚凌雪能提前练习,必是你将消息卖给他们湘云绣庄的！"

"卖消息？"陈子峰哈哈大笑,"我本来就有湘云绣庄的股份。至于姚凌雪,她就是我的人！"

林叔夜有些诧异。

"刺绣的买卖,你涉入得还太浅。"陈子峰淡淡地道,"上乘绣品,销路有内外两途,因此也就形成了两大聚处。内销以皇家、百官、勋戚为根本,豪商、势家为其末,聚处在京师；而外销的聚处,你觉得在哪里？"

林叔夜惊道："广州！"

"对啊！"陈子峰笑道,"南直隶本来也有出海口,可惜被禁了,所以苏绣的人才会想着南下,通过我们来外销。至于湖广的绣行,如果要外销,更得依赖广州了。因此楚地的绣庄,尤其是长沙、湘潭一带,其刺绣生意一旦做大,就多为我广绣行所牵制,甚至被控制。所以我虽然是广绣行的会首,湖广那边却也是常去的。"

林叔夜听得怔了。

他接手凰浦之后,在短短一年之内将绣庄带到现在这个高度的确堪称奇迹,但说到对丝绣业的涉入,毕竟时日尚浅,与陈子峰十多年的经营不可同日而语。

"你以为姚凌雪的绣艺,是谁教的？"陈子峰闭上眼睛,仿佛在回想一般,"她天资是真的好！我第一次在湘江边上与她偶遇时,她才十二岁。她跟秀秀长得一点都不像,但不知怎么,我却在她身上看到了秀秀的影子……

"尤其在看到她拿起绣花针的那一瞬间，我就知道，二十年后的绣行就是她的天下！于是我请了湘绣名家做她的老师，教她诸般技巧，至于刺绣的上乘道理，自然是我讲给她听。她真是聪明啊！简直跟秀秀一样聪明！无论是什么样的针法，她都是一听就懂，一上手就会！如果不是年岁对不上，我几乎都要以为她就是秀秀的转世……"

说到这里，陈子峰忽然呆了呆，过了一会儿，脸上便带着一种诡异的嘲讽："是啊，我当时还以为秀秀已经死了……"

林叔夜见他如此，心中不由得发酸。陈子峰虽然作恶，但他对高眉娘的深情却是作不得伪的，尽管其用情的方式太过极端。

心里才触及这一点，林叔夜马上警醒过来，告诉自己：别被这个疯子带偏了！他整了整表情，冷笑道："所以你这次来北京，就是要来报复……第一步是引康祥入彀！哼，既然你能引导毛尚书为你所用，甚至预知天子的行动，那同样能在后宫绣评上做手脚！康祥莫名其妙地败了，只怕是你下的黑手吧！"

"康祥之败，乃是咎由自取，根本就不用我冒险去干涉宫中形势。"

看到林叔夜皱眉，陈子峰哈哈笑道："你到现在还看不懂，想不明白，是不是？"

林叔夜锁住的眉头又深了两分，潮康祥遭败涉及宫中，他的确到今天都不明所以。

"梁惠师求胜心切，黄谋昧于大势，这就是他们败亡的根源！嗯？怎么，还是不懂？"

林叔夜的确是没听懂。本来这次他是来兴师问罪的，这时却不得不低头："请赐教。"

陈子峰淡淡地笑了笑："当今天子极其敏感多疑，触犯禁忌者死无葬身之地！就连大臣也是说廷杖就廷杖，皇后是说废就废，何况市井商人？当时尚衣监并未将龙体尺寸给康祥，黄谋却拿到了龙体的尺寸。这事如果被捅破，你觉得会如何？其实秦督公倒是心慈，毁了龙袍，直接将康祥黜落。要不然，你觉得这事能这么轻易了结？"

"黄谋怎么会拿到龙体的尺寸？"

"你长姊之前在哪个位置，你忘了？"

林叔夜一时毛骨悚然。

"但是龙袍是抽签定的，如果当时抽中的是我，你这套奸谋就准备用在凰浦身上了？"

"那不会。"陈子峰有些唏嘘，"这种当，秀秀不会上的。她稳得住。"他说着，随手拿起两根备用的牙签，用左手握住，右手一抽，第一根正常，第二根却断了半截，再摊开左手——第二根的另一半在掌心。林叔夜恍然大悟。这是很常见的作弊方式。他又想起海上斗绣时的一场抽签，那次抽中的是袁莞师最擅长的"荔枝绣"，若不是高眉娘实力足够强大，当时就已经栽了。广茂源在这事情上原是有"前科"的。

陈子峰丢掉了牙签："所以嘛，梁惠师之死、黄谋之败，都是咎由自取。"

"说什么咎由自取，还不是有人利用他们的弱点做局！"林叔夜盯着陈子峰，目光中充满了忌惮，甚至是恐怖，"而现在，你也准备用类似的阴谋手段来整垮我和姑姑，对吧！"

"整垮秀秀？"陈子峰一下子从那种诡异中回过神来，笑出了声，"我怎么可能去整她！我一辈子都不会这么做的。至于你……哈哈，哈哈！"

"不会这么做，那你今天利用姚凌雪干的又是什么！"

"你觉得呢？"

"不管你想怎么样！"林叔夜不接他的话，"不管你用了什么样的阴谋诡计，到最后，姑姑也一定能赢！"

"她能赢，我是相信的。不过有你拖后腿就未必了。"

林叔夜眼里忽然精光一闪，他明白了，他终于明白了！

"陈子峰！原来你的目的是这个！"

"你明白了？"

"哼！"林叔夜冷哼一声，看着满桌子的菜式，眼前分明是天下难得的美味，他却反胃到要呕吐，"你做这么多，就是要证明我不配待在姑姑身边？"

"嗯，你能这么快想到，也算是有几分才智。"陈子峰随即冷笑，"但你的确不配！除了我，天下没有第二个男人配得上她！"

林叔夜觉得自己快撑不住了，眼前这个人令自己作呕。再跟陈子峰说下去，他怕自己要吐出来。

果然，他听到了陈子峰下面的话："现在你有两个选择：第一，继续自己的幼稚和固执，拖着秀秀一起败亡；第二，老老实实做回一个弟弟，哥哥我不会像对梁惠师那样赶尽杀绝，会留给你一个配得上你的位置。"

林叔夜因为忍着反胃，脸都有些扭曲："然后你觉得……你就能回到姑姑身边？"

"她本来就是我的，只有我才能助她登顶。她是我的绣首，我是她的庄主！"陈子峰忽然笑得有些癫，"不管她自己怎么以为，在她内心深处，她最终都得承认这一点。"

第一六九针　股权

"你放屁！"林叔夜原本是一筷不动的，这时倒一碗酒干了，站起来，冷冷地道，"你这些令人恶心的阴谋诡计，莫说未必能成，就算成了，姑姑她也不会因此再多看你一眼的！"

陈子峰竟没被刺激到，脸上依然挂着笑容。

"我的好弟弟啊。你是不是搞错了什么？"陈子峰也斟了一碗酒，拿在手里却没喝，"其实在你发现我的时候，我就已经赢了。之后发生的一切，都不过是你们在我掌心跳舞罢了。这场御前大比，不管你输也好，赢也罢……"

他倒了另外一碗酒："两碗酒都在我手里……随便是哪一碗，都逃不过落进我肚子的结局。"

林叔夜冷笑。

"你不信？"

林叔夜继续冷笑。这种虚张声势的把戏，他不会上当。

"其实你今天来，也是我预料的一部分。"陈子峰把两碗酒都放下了，"你说我在耍阴谋诡计，但我的阴谋诡计和别人不一样。我的阴谋就算被你拆穿了，你也依然拿我没办法。而且你也误会我了，我其实是希望凰浦赢的。"

林叔夜依然冷笑。

"不信？"陈子峰笑道，"别忘了，我有凰浦的股份。"

"这个我心里清楚！"林叔夜冷冷地道，"虽然你绕了那么大的弯，费了那么大的劲，骗到了我舅舅手里的股份，但你放心，回头凰浦赚了钱,该分的红,我都会分给你。但要插手绣庄的运营,你想也别想!"

"林添财的股份……你是说那百分之二十?阿夜,我不止那一点啊。"

林叔夜忽然发怵,一股不安涌了上来。

吴门绣庄的庄主想要去与湘云或凰浦联系,看看能否建立新盟约,却被沈女红拦住了。

她在苏州会馆设小宴款待戚继光,然后对庄主说:"我们成败的关键,在内不在外。"

"内?我自然知道关键还是在绣首你这里。"

"不只是我……"沈女红向戚继光敬酒,"也在戚小先生处。"

戚继光大喜。他年纪还小,虽然自幼喜欢权奇之变,但因为年龄,别人都不把他当回事。这次沙盘斗绣是他第一次将胸中所学用于现实,也是第一次得到一个成年人的尊重。这个成年人还是名满天下的刺绣大宗师!

"沈绣首客气了,客气了!"戚继光毕竟还是个孩子,智商虽高,城府却还是没有的,一时乐了起来。

沈女红问:"我方才复盘了一下这场沙盘棋局,现在主动权似是在楚国那边……"

"放心!"戚继光笑道,"最后我们能赢的,必赢!"

沈女红微微一笑:"对,我也觉得我们必赢!"

"纯阳观,还记得吗?"陈子峰将一碗酒挪到嘴边,若嗫若抿。

林叔夜心头一震!

因为他看见陈子峰摸出一张纸来,那是一张契约——纯阳观拥有凰浦一成股权的那张契约!

契约书是林叔夜写的,他自然一眼就认了出来!

"你以为纯阳观投钱的路子,是黄谋帮你拉的;黄谋以为纯阳观愿意投钱,奔的是他的面子……其实啊,那是我帮他拉的。"

林叔夜忽然全身战栗!

他怎么也没想到,陈子峰的伏笔竟是埋了那么久!

也就是说,他不是在上京之前进行规划,而是从凰浦有崛起之势时,他就已经在暗谋吞并了!

"是不是忽然有些后怕?"陈子峰又嘬了一口酒,品着,咂着,似乎那酒无比美味,"也对,如果不是我当时发了疯,你觉得你有机会站在这里吗?"

林叔夜身形微微有些晃动。对面坐着的男人未对他加以一指之力,却让他有喘不过气,甚至站不稳的压迫感。

好一会儿,他才调匀了呼吸:"就算加上纯阳观的一成股权,你也只有百分之三十,仍然是小头!"

"哦?"陈子峰笑道,"不止三十哟……"

林叔夜暗惊,随即稳下心神来:"霍姑娘不会卖给你的!"

小宅,狭廊,梨树下。

屏儿道:"姑娘,他去了西安门那边,应该是去找陈子峰了。"

"嗯,看来他们兄弟是要摊牌了。"

"姑娘,你……你准备帮谁?"

"帮谁?"霍绾儿脸色有些冷,"我自然是帮自己!"

"帮自己……如果你两不相帮的话,他斗得过陈子峰吗?那个陈子峰……他……他!他简直就像一条毒蛇!我到现在想起都还害怕。"

霍绾儿转头,看着屏儿:"你这是帮他说话?"

"啊?我,我没有!"

"你刚才那句话,就是在帮着他啊!"霍绾儿道,"每次他来,你都没给他好脸色,我还以为你是真讨厌他。"

"我……唉!他负了姑娘,我是恨他的。但他至少不是坏人。"

"不是坏人……"霍绾儿嘴角露出点笑意,但这笑意却带着点凄婉，"但这个好人，心却不在我身上……那他的好，又跟我有什么关系呢？"

"霍姑娘的确没卖。"陈子峰道，"但黄谋卖了。"
突如其来的变化，让林叔夜感觉自己的双腿竟有些无力支撑。他手一撑，终究还是坐回了椅子上。

林添财盯着杨燕武，杨燕武嗑着瓜子。
"干吗？"杨燕武嘲笑地瞥了他一眼。
"他们为什么说这么久？你们到底还安排了什么局？"
"兄弟俩的事情，你着什么急！"
"兄弟？"林添财冷笑道，"难得！杨大管库背后说话，竟会承认我外甥和陈子峰是兄弟。"
"虽然是乘人之危，但他能在一年之内把凰浦做到今时今日的局面，确实有资格当会首的兄弟，至少比陈老二强。"杨燕武吐出口中的瓜子皮，"不过也就到此为止了！"

"拿捏黄谋其实很简单，因为潮康祥内部斗争也是很激烈的。"陈子峰酒不多喝，只嗫了一口就慢悠悠地放下了，"黄谋是康祥的，但康祥不是黄谋的，就算他老子死了，也轮不到他！黄二舍，黄二舍……老二永远都是老二！他这次在京师捅了娄子，欠了一大笔钱，如果不是我替他把账抹平，再给他兜底，他回广东之后，就得被他大哥清算。"
林叔夜心中一凛：陈子峰对黄谋的算计，竟然深入潮州府那边，这种深远的机谋的确非自己所能及！
怪不得他能在广东丝绣行会首的位置上一坐就是十余年，若不是去年因为高眉娘而发疯，怕是谁也撼动不了他！
"你跟他所谓的结拜，到头来只是一场笑话。"陈子峰又摸出一张契约来，"有血脉的兄弟都不见得可靠，结义的兄弟能有什么用？"

看到那张契约，林叔夜就确定陈子峰没有虚张声势。

他从来没觉得黄谋是多讲义气的一个人，但他也没有料到这场背叛会在这个时候，以这种形式到来！

"林添财的二十，纯阳观的十，再加上黄谋的十五……"陈子峰屈着手指，像一个孩子一样笨拙地用手指头算数，"二十加十，再加上十五，嗯，我现在有凰浦四十五的股份了……比你和秀秀加起来都多了呢。三弟，你说说，咱俩之间，现在谁是大股东，谁是小股东？"

林叔夜眼睛都有些发红了——虽然还未过半，但陈子峰的确已是凰浦最大的股东了！他忽然也就明白了刚才他那句话的意思——

"所以就算御前大比我们赢了……"

他说不下去的，陈子峰替他说了出来："对，就算你们赢了，我也赢了！这是已经注定了的事情。"

陈子峰又将两碗酒都拿了起来："姚凌雪赢了，我赢；秀秀赢了，我还是赢……你看，我怎么都会赢的，对吧，三弟？"

林叔夜感觉自己的呼吸都乱了！

哪怕是沙盘斗绣出现再大的危机，他都还能冷静，但现在，他实在无法说服自己接受这个结果。

"当然，你也还没全输！"陈子峰笑道，"去问问霍姑娘吧，现在能帮你的就只有她了。你能不能掌控凰浦，只在她一念之间。"

话说到这里，林叔夜已经没有继续留在这里的必要了。陈子峰又开始吃饭了。饭菜都凉了，他却吃得很香。就在林叔夜即将离开时，陈子峰忽然停了咀嚼，第一次含着饭，笑着说："放心吧，老三，虽然你绕了那么大的弯子，费了那么大的劲，却都为我做了嫁衣，但你放心，回头凰浦赚了钱，该分的红，我都会分给你的。不过凰浦的经营嘛，还是交给我吧。"

从后门出来，林叔夜几乎路都走不稳。林添财扶住了他，同时闻到了他身上的酒气。

"阿夜，你怎么了，喝酒了？你怎么当着陈子峰的面喝酒啊！"

"没事，我没事！"林叔夜看到一口井，冲了过去，打出一桶水来，泼向自己的头，让自己保持清醒！

"阿夜，你到底……"

"舅舅，我现在不想说话！"林叔夜此刻对林添财是有怨的。

如果不是林添财犯浑失了那百分之二十的股份，就算黄谋背叛，他们甥舅，还有高眉娘，三个人加起来的股份仍有一半，那样就能握住凰浦的命脉了。

陈子峰说得不错：如果姚凌雪赢了，他林叔夜自然也就败了；可就算凰浦赢了，陈子峰也没输！

他已经是凰浦最大的股东了，如果霍绾儿再倾向他一些，那凰浦的命脉就会随时落到他手里。

如果到最后是陈子峰掌控了凰浦，那这一路走来还有意义吗？就算姑姑赢了御前大比，最后一切不都成了一件捧给陈子峰的嫁衣？

广茂源虽然败落了，陈子峰却依旧能通过凰浦重新登顶——凰浦在御前大比走得越远，陈子峰就能登得越高！

"哈哈，哈哈！"林叔夜忽然笑了，笑得有些癫狂。他忽然觉得自己成了一个笑话！这一年来所取得的成就，转眼统统都成了笑柄。

林添财从没见过林叔夜这样。他想劝，却劝不了，猜着发生了什么，却又害怕，心里头既纠结又惭愧，过了好久才说："阿夜，你不说就不说。舅舅没本事，但舅舅只说一句话：不管发生什么，舅舅都站在你这边。你不是一个人，出了什么事，咱们都一起扛！"

平平常常的一句话，但因为是出自至亲之口，叫林叔夜勉强打起了精神。

不错，自己还有亲人！

还有能够信任的亲人！

他陈子峰再怎么算尽机谋，但像他那样的人，他能有可信任的人吗！

他只有他自己！

"现在去见霍姑娘。"林叔夜抹了一把脸,"我要知道她究竟是什么看法。"

只要霍绾儿还站在自己这边,那陈子峰就仍然夺不走凰浦!

对于林叔夜的到来,霍绾儿毫不意外。而这一次,屏儿给林叔夜开门时,也没像前两次那样甩脸,但她发现,林叔夜竟然没觉察到这个。屏儿觉得林叔夜变了,以前的他彬彬有礼,哪怕是对自己这样的下人也和和气气的,现在却眼神发直,完全当自己不存在。

"你来了。坐吧。"

霍绾儿仍然坐在梨树下。

这一次,水正在滚。

林叔夜没有动手泡茶的意思。

霍绾儿只好自己泡了茶。

林叔夜就像一个客人一样,接过茶,抿了一口。

京师人口几十万,喝水、用水都成问题。普通人家喝的井水都带着一点苦涩味,但这杯茶却跟之前的完全不同。

"换水了。"不算寒暄,这是林叔夜进来后的第一句话。

霍绾儿微微皱眉,察觉到眼前人的态度发生了微妙的变化。这种变化是她没预料到的,她却还是接话道:"玉泉山上的水,今儿个我也是第一次喝。"

"谁送姑娘的?"林叔夜忽然敏锐了起来。

霍绾儿出身低微,本身并不是非常懂得享受之人,甚至不会在享受上花费太多精力。虽然她多智深慧,但成长期形成的习性是一个人终身无法改变的。

霍绾儿忽然就猜到了林叔夜变化的根由。

"你见过陈子峰了?"

"嗯。"

"他跟你说什么了?"

"姑娘觉得他会跟我说什么?"

霍绾儿眉头一皱:"我今天心情虽然好了些,但也不想跟你打机锋。"

"姑娘为什么心情好了些？"

霍绾儿才松开的眉头又重新锁起："林叔夜！有什么话你直接说！不要在我这里发癫！"

"好，那我直说了。"林叔夜放下茶杯，"广州的纯阳观，买了凰浦百分之十的股份，其背后操控者是陈子峰。我舅舅入了他的局，被夺了百分之二十的股份。黄谋的百分之十五，也被陈子峰夺了。也就是说，现在陈子峰变成凰浦最大的股东了。"

霍绾儿有些意外："他竟然这么快就跟你摊牌了。"

林叔夜心有些凉："原来姑娘早知道了。"

听了这话，霍绾儿微微一惊，赶紧道："他要买我手头的股，我没答应。"

"但你也没有告诉我他已经拿了凰浦的四成五！"林叔夜道，"霍姑娘，婚姻之事，是我负了你。我也没资格要求你什么。但黄谋让我稳住你的时候，我却做了让你很生气的选择。我知道你会生气，但我还是没拖着你，瞒着你，我觉得我需要待你以诚。我原本以为，就算……至少我们还能做交心的朋友，嗯……我错了。"

屏儿在旁边听到，有些慌乱了。她前面几次都很适时地帮了腔，但这次不知怎么，竟然不知如何开口。

霍绾儿的眼神也带着些许混乱。她智谋多，通机变，却没料到林叔夜今日的反应。

陈子峰对她说过，现在的形势是她拿捏林叔夜最好的时机，因为林叔夜能否掌握住凰浦，关键就在自己手上。

霍绾儿一直觉得自己是很理性的。但面对精神状态明显处于败落中的林叔夜，她竟开不了这个口。

在她还没想好自己的决断时，林叔夜已经站起身来。霍绾儿脱口而出："你要走？"

"我要问的已经问了，留在这里……还能做什么呢？"

林叔夜的腔调，带着丧气。

从陈子峰处出来时，他只是有些灰心；而来到这里，确定霍绾儿真的瞒了自己，他才真的沮丧了。

他告了辞，没等霍绾儿回应便转身走了。他没有走得很快，也不是故意走得很慢，只是他的精气神似乎被抽掉了八九分，所以每一步跨出去都有点吃力。

霍绾儿没忍住，叫道："你为什么就不能求我！"

林叔夜停住了脚步。

"现在我能帮你！也只有我能帮你！"她说。

林叔夜站在那里，却没有回头。

霍绾儿继续道："海上斗绣那次，你来求我了，我也帮你了。现在也一样的。"

过了好一会儿，似乎有风吹过，林叔夜的袖子有些抖动。

他终于回话了，却没有回头："不一样的。"

"有什么不一样？"

"那时候我们还不认识，但现在……"林叔夜好像笑了，那笑声却叫人觉得可怜，"那时候我们是陌生人，但我开得了口向你求助，现在却……人真是奇怪啊！"

说着他就走了，轻轻地走了，也不忘轻轻地带上门。

他仍然用尽力气恪守着礼节，仍然是个谦谦君子。

霍绾儿扶着小桌子，很吃力地坐下。

分明只是一次小小的隐瞒，后果就这么严重？

"屏儿，我……我错了吗？"

第一七〇针　攻心为上

从小院子走出来，林叔夜只觉得自己的腿都在颤。

他扶着林添财才算站稳，笑着道："今天的确是太累了，上午是一场那么激烈的斗绣，下午又是连续奔波，也怪不得自己支持不住。"

林添财心里疼得要命，知道外甥在强撑着，却也不能戳破他，只是道："对，对，咱们赶紧回去，好好休息。明天还要继续斗绣呢。"

"嗯，明天还要继续斗绣……"林叔夜正要给自己打气振作精神，一个想法却不由自主地在脑子里冒了出来：可就算赢了又怎么样！

就算赢了，凰浦也可能落入别人手里……这场斗绣的结果，都成了为别人做的嫁衣……

求霍绾儿，的确可能避免凰浦落入陈子峰之手，但那样不过是将主控权从东家换到西家罢了。除了与陈子峰针锋相对，又有什么意义？

不想这些，不想这些！我要撑住，我要撑住！林叔夜在心里对自己道。我不能乱，不能倒下，不然会拖累姑姑的。如果拖累了姑姑，那更要落进陈子峰的陷阱里了。

这一刻高眉娘成了他的责任。他许过诺言，要为姑姑的绣道之行护航的，不管自己遭遇什么，都不能影响对姑姑的守护！

可是……可是……

可是他此刻混乱而崩坏的内心，又有谁来抚慰呢？

两条很有力气的胳膊，撑在了林叔夜的腋下！

林添财的肚子像鼓胀起来的气球，那是因为当年他被陈子峰惩戒时，喂过虫子，伤了身体，所以他的胖是有些病态的：肚子鼓胀，手却骨棱硌人。这是林叔夜无比熟悉的肢体接触，就算被蒙着眼睛，他也知道是舅舅。

这双手在他小时候曾把他高高举起，少年时候不知多少次拉扯过他，而现在又撑持着自己！

林添财贪婪，有时候精明，有时候犯蠢，但有一点是不会变的，他是自己的至亲！不管发生什么，他都会支持自己；小时候是自己最重要的怙恃，哪怕现在自己长大了，也还是自己心里强大的依靠。

他没有父亲，但还好有舅舅。

"舅舅……"林叔夜给自己打了打气，站稳了，笑道，"还好有你。"

不知外甥为什么莫名其妙地跟自己说这种话，林添财道："那当然，有舅舅在呢，咱们倒不下去！没什么大不了的！一年前咱们还什么都没有呢！我还没老，你更是青春年少，就算是把手里的底牌都输光了又怎么样！咱们最多从头来过！"

平平常常的话，透着点吹牛的气息，却还是让人感到了温暖。

林叔夜笑了笑，道："对，最多从头来过，怕什么呢！"

他放开了林添财的手，阔步向广东会馆走去。

在一个路口，他瞥见了一个熟人，却是杨燕武。

对方分明是在那儿等着自己。林叔夜知道没好事，却也不回避。

杨燕武没有寒暄，见到林叔夜后，开门见山地道："林庄主，我家庄主有两句话要我转告。"

林叔夜冷冷问道："什么话？"

"你娘当年，是被茂源前庄主，也就是你亲生父亲强迫之后生下你的。"

突如其来、毫无掩饰的一句话，触碰的却是林叔夜的逆鳞！

他几乎要脱口怒骂，就听杨燕武说了第二句话："那件事情最后能善了，是因为林添财收了钱。"

林叔夜瞪大了眼睛。

两句话之间跳跃极大，但以他的智力，自然一下子就明白是什么意思！

杨燕武说完，笑嘻嘻地就要走。

"你给我站住！"

杨燕武停下脚步回头，微笑着问："怎么了？"

"你什么意思！"林叔夜这句话几乎是吼出来的。

"没听明白？"杨燕武笑道，"就是你舅舅卖了他妹妹，也就是你娘。当年茂源其实没那么大势力，要不是林添财收了钱，事情哪能那么容易善了？"

林叔夜整个人已经在那里打摆子了，眼睛都红了。

林添财被骗了股份，黄谋背义，陈子峰夺了凰浦四成五的股权，霍绾儿瞒了自己……

这些事情全加在一块，都没这两句话来的打击大！

"怎么，你不信？"杨燕武的眼神向林添财溜了过去，"那你不妨问问你舅舅。嗯，看到他这个样子，我想你其实也不用问了。哈哈，告辞，告辞！"

林添财也在打摆子了，打得比林叔夜还要厉害。

看到舅舅的模样，林叔夜还能怎么骗自己？

他一个趔趄，真的跌倒了。

林添财赶紧伸手扶住，却被他甩开了。

"滚！你滚开！"

林叔夜嫌恶地甩开他，就像嫌弃最脏臭的东西一样。

"阿夜，不要这样，不要这样！"

林添财手足无措。在他输了最多钱的时候，他也没像此刻这般害怕过。

"不要这样，你不要这样！"他笨拙地重复着这句话。

林叔夜却已经不想跟他说话了。

林叔夜不知道自己是怎么回到广东会馆的。直到高眉娘听说他回来，派喜妹来请，他这才勉力打起精神，在心中告诉自己：挺住！阿康，你要挺住！

这一刻，他不叫自己叔夜了。他变回了阿康——那是母亲唤他的小名。

"你自己再怎么乱，不能把姑姑也拖下水！"

但他去见高眉娘的时候，整个人浑浑噩噩的。高眉娘看出他精神状态不对，迟疑着，最终只是说："庄主先回去休息吧，别想太多，明天还要斗绣。"

"嗯，好……对，明天还要斗绣。"他失魂落魄地走了。

黄娘皱眉："他这是怎么了？"

"应该是遇到难处了。"

"那他怎么不说？"

"或许……或许他是觉得那是他自己应该扛下来的事。"

"要保姑姑赢下御前斗绣……这是我的责任！"林叔夜躺在床上，对自己如是说。他让自己快点睡觉，却是一夜无眠。

这一晚，还有另外两个人也睡不着。林添财守在林叔夜门外，坐了一晚。林小云见老爹、表哥这个样子，睡下了又起身，起身了又睡下，来来回回看了一晚。第二天林叔夜醒来，开门见到舅舅，仍然不看他一眼。

林添财几乎崩溃了。

这是他从小养大的外甥，怀着爱与愧疚养大的外甥，几乎连对亲儿子都没这么好。可是现在，这外甥似乎要被他毁掉了。

沙盘斗绣第二场，因为昨日的精彩，来观看的百姓是第一场的两倍还要多。毛伯温也抱怀期待，希望今天的局面比昨天更加精彩。

不过和昨日相比，参比者的情况却大大不同。首先是华阳绣庄，不但军师换了，连征将也换了。那个军师脸上满是为难，就差把"我是来接锅的"写在脸上。然后就是凰浦绣庄，林叔夜上台的时候差点摔了一跤，眼睛周边一圈黑，整个人好像神思恍惚。戚继光的状态却甚好，虽然沙盘上局面最好的不是他，但他眼神中充满了"舍我其谁"的信心。只有湘云绣庄那边，其军师仍然藏身在黑布之后——这是病还没好，还是见不得人？

"开始吧。"毛伯温挥了挥手。

与昨日不同，今天楚、吴、粤三家竟没人抢绣！

最先动手的竟是华阳绣庄的宗师。听到"开始"后，她便把针线落在昨天没绣完的第七子"月二"上。

凰浦的第十子也很快结针，林叔夜却一时没发出指示，高眉娘便等了一会儿。只这一会儿，沈女红便赶了上来——她昨日风头上虽然被姚凌雪压过，但不管顺境、逆境，其运针的手都极稳，从未因外部的局势变化而有过丝毫动摇。这是练绣二十年所积累的功力，也是威压天下十二载所形成的气度。

不过沈女红虽然赶了上来，可戚继光因林叔夜不动，竟也不动。

阅兵台上，秦德威感到奇怪："这是怎么了？"

霍绾儿看到林叔夜的模样，心中微有不安：他是因为我，所以变成这样的吗？她的"完全理性"也只是自许的，内心深处仍保有一份柔软。

毛伯温却抚须笑了："老夫在这绣上兵棋埋下的另一个伏笔，莫非已被发现了？"

秦德威忙问："什么伏笔？"

毛伯温笑道："待显现再说。"

高眉娘又等了一会儿，这才回头问了一声："庄主？"

林叔夜被她一唤，回过神来，看看绣地上的局面，说道："月……月五，步军。"

他的脑子这时不受控制地混乱着——不只是因为失眠——不过还能记得这会儿得跟楚国争蜀都，"月二"已经被堵死，这会儿再要进击，只能迂回，从盈字线转进，但因为补给线的问题，无法在盈字线上直接落子，因此不得不先在"月五"扎营，然后才能继续挺进。

高眉娘也是略通棋弈的,虽然比不上林叔夜,但能分得清棋路好坏。听到指示,她眉头微皱,这一棋不算失手,却也不算妙招,难道林叔夜另有自己看不透的打算?她便还是依照指示,在"月五"上落下了粤国的第十一路兵马。

　　台上毛伯温也是皱眉:"这一手,平平无奇。"

　　戚继光同样皱眉。昨日林叔夜给他的感受是劲敌,所以他逼迫楚国的时候,仍然时时提防着粤国,导致攻楚未尽全力。这时一看,怎么这一手大失水准?莫非藏着自己看不透的后招?他想了想,便指示沈女红将吴国第十一子落在"天三"位上。

　　毛伯温笑道:"这小孩,还是奔着灭楚去了。"

　　"这灭得了吗?"秦德威说。

　　"除非粤国在蜀境的牵制得力,"毛伯温道,"否则只怕来不及。"

　　这沙盘绣棋与围棋毕竟不同,就算军师思路清晰,每一棋所耗时间也颇长。旁观的人除了思索棋路,就只能等待。

　　等了一会儿,秦德威道:"是不是咱家看错了?怎么觉得那三家绣兵棋都绣得慢了?"

　　"公公没看错。"霍绾儿道,"确实都慢了。而且慢了很多。"

　　秦德威愕然:"莫非昨日出力太过,今天都没力气了?"

　　"只以刺绣来说,"霍绾儿道,"似乎不至于。"

　　毛伯温微笑颔首:"看来这三家都是明白人。昨日是要争快的,今日却未必了。"

　　兵部尚书所称许的"明白人",显然不包括蜀国新换的军师和征将。眼看其他三位慢了下来,华阳的宗师心中窃喜,只道那三家莫非昨日用力过度,所以今天都力气不足了?因此打起了十二分精神。她与昨日上场的蜀绣宗师功力不分伯仲,却因多练习了一日,又琢磨到了不少绣兵棋的诀窍,因此速度比昨日的同袍快了两分。此消彼长之下,蜀军的"征兵速度"竟然赶了上来,不但赶过了高、沈,甚至还后来居上,超了姚凌雪一头。

　　华阳的新军师大喜,便指示华阳的第八子落在"盈四"上,绣的是骑兵，以针对粤军在"月五"上的步兵，以此堵死了粤军在盈字线上的前路。

"哎哟！"秦德威叫道，"粤军怎么失手了！他们的高师傅哪怕有昨日的七成状态，此时也不至于失此一先啊！"

在他叹惋之时，林小云——因为一夜没睡，也黑着眼圈——大为焦急：姑姑怎么回事！今天这绣绣得比我还慢呢！不过还好，似乎姚凌雪更慢。

林小云见林叔夜也不在状态，暗中捅了他一下。

林叔夜一醒神，看看沙盘上的情况，见高眉娘就要绣完第十一子了，便指示她将第十二子落在"盈五"上，弩兵。

高眉娘再次皱眉，却还是依照指示绣棋。

"哟！"秦德威道，"这是要强攻？"

粤军在"日四""月五"上都有兵马，再绣一军落在"盈五"，便能对蜀军在"月四"上的驻军发动一击必杀；或者是由"月五"步兵、"盈五"弩兵对蜀军的"盈四"骑兵发动夹击，只要舍得"月五"步兵攻骑兵后的重伤，同样能一击灭掉蜀军在"盈四"上的驻防。

只是这样下去，粤国和蜀国就要在这边境之地继续纠缠，难以休止了。

戚继光瞥见之后，也再次皱眉。

姚凌雪昨日气势如虹，今天却步步缓慢，不但比蜀军慢，甚至直接落到粤军后面，其第十一子迟迟不结。反而是沈女红先结了针。

戚继光微一沉吟，也没急着指示落子，沈女红便停在了那里。

毛伯温望见，笑道："果然都看懂了。"

霍绾儿赔着笑点头。只有秦德威还是没琢磨透。

毛伯温笑道："昨日抢夺中原兵力和要害位置的时候，自然是兵贵神速，现在中原兵力早已抢尽，到了相持阶段，却不是越快越好了，甚至后发制人反而更有利。"

"中原兵力？"对要害位置，秦德威懂，可中原兵力是什么？

霍绾儿提醒道:"先入中原者,可征兵十万。"

秦德威恍然,随即道:"这都下得乱糟糟的,谁还记得哪些是中原征的兵,哪些是本土征的兵?"

霍绾儿道:"四国出境之后,所征的前十万兵马,便算是中原兵力,也就是'中原十子'。旁人或不记得,但大司马委派的文书应该有记录的。"

秦德威心头一动,转头看了站在旁边的文书一眼,果然他的本子上记录了这么几行字:

中原之兵
吴者,第三、第四、第五棋(宇八、宇七、宙七)
楚者,第三、第四、第五棋(玄四、宇三、宇四)
粤者,第四、第五、第六棋(洪七、洪九、洪六)
蜀者,第三棋(月四)

姚凌雪慢悠悠地绣完了第十一子,眼看吴国不肯先出招——楚国的军师倒也没有拖延太久,让童子传了话。姚凌雪竟然跑到高眉娘身边,将针落在了"荒六"上,绣的是一支骑兵!

台上台下,好些人看到后都"咦"了一声!

"错了,错了!"秦德威叫道:"楚国终于也出昏招了!"

原来"荒六"与楚国其他军队都不相连,竟是轻骑突进,一下子绕到敌后去了,可左侧、后方、左后方、右后方全都是粤国的兵马!哪怕粤国不加攻击,也会因为断了补给,三个回合后,这支兵马自己就得直接"饿"死了。

戚继光却是心中一凛。

霍绾儿道:"未必是昏招,这是拼着一死,要拔'洪五'?"

粤军的"洪五"是一支步兵,楚国以骑兵突进至"荒六",便能与其布置在"宙四"的兵马形成夹击之势,拼着同归于尽,拔了"洪五"。

秦德威不由得动容:"哎哟!所以这支兵马是死士啊!厉害,

厉害！只不过楚军不是要攻蜀吗？"

"蜀国已经缓过气来了。"霍绾儿道，"蜀国既已有了准备，强灭不易了。"

"也对。"秦德威道，"所以改了主意，准备攻京师了？"

毛伯温亦颔首微笑："今日到此，才算有了一点看头。"

霍绾儿都看出来了，戚继光自亦明白。他也不再犹豫，让沈女红在"黄四"上落了针——这第十二子的意图也十分明显，其将与"黄五""宇五"对楚国在"宇四"的兵马发动三联灭杀。这一灭不但能拔掉楚国在"宇四"的兵力，而且有机会夺取一个攻占京师的星位，属于攻敌之必救！

果然，吴国落了这一子之后，姚凌雪神色便出现了慌乱。童子蹿上台暗传指示，姚凌雪虽在绣着"荒六"位上的兵棋，却频频望向自家后方。

蜀国军师眼看楚军离自家都城还有两格，就算被突了进来，单凭一支孤军也打不下都城，便不着急楚军这边了，结针后将第九子落在"月六"位——这一子落下，便对粤国的"月五"形成了包围。

秦德威叫道："哟哟，没想到蜀国还能反攻啊。"

林叔夜心神半失之中，便在"日六"上应了第十三子。高眉娘犹豫了一下，但还是按照林叔夜的指示落了针。这一子下去，从局部来说，便同时对蜀国的"月六""日五"形成了反包围。

秦德威正在盘算他们两家谁的胜算大时，却听见毛伯温"嗯"了一声，又见霍绾儿眉头紧皱。四方台上，戚继光更是满面惊讶，瞪着林叔夜，十分不解。

"怎么了？"秦德威道。

"真是糊涂棋！"毛伯温摇头道，"凰浦这个庄主，是中了蛊，还是失了心？在这节骨眼上与蜀军在边隅之地纠缠不清，有何作用？"

林添财见外甥今天一直魂不守舍，又见高眉娘眉头越锁越紧，就知道局势定然不利，眼中不由得渗出泪来："都怪我……都怪我！"他忽然转身，消失在人群之中。

第一七一针　调虎离山

戚继光对林叔夜今日的表现极其不满，但双方在不同阵营，他也无法去干涉凰浦的"内政"，只是脸上神情漠然。他与毛伯温都是走一步算七步的人，所以在旁人还纠缠于眼前局部战场时，两人便已分别洞察到未来几步棋子可能形成的走向。

高眉娘忧心无解。沈女红一直没收到指示，便安心而缓慢地绣着。姚凌雪的速度却忽然快了起来，再次结针。众人都等着看楚军如何落下第十三子时，谁知她却往后退了一步，跟着楚国的灭将上前。灭将道："我们宣战。"

这话出来，在场所有人无不精神一振！

这场沙盘斗绣，毛伯温安排有宣战与攻城的设定，但自开局以来，四国斗了快两天了，几十颗兵棋都混在了一起，却是谁也没宣战，全部处于相持之中。到后来形成惯性，更是谁都不敢轻易开战。以至于楚国灭将这一声，竟是这场沙盘兵棋的第一战！

在所有人目光的注视下，就见楚国灭将飞速运针，在自家"宙四"的步兵棋、"荒六"的骑兵棋上同时各绣了一横，跟着在"洪五"的粤军的步兵棋上连绣三横——三伤就是败亡了！

观众看终于开打，心中都乐了。凰浦的人一时都喧闹起来，林小云更是急得跳脚："竟然打我们！搞他！咱们快搞回去！"

林叔夜本身就是外和顺、内激烈的个性，受到攻击后，应激地传出指示。这时高眉娘恰好绣完第十三子，林小云马上就冲了上去宣战，按照林叔夜的指示，分别在"日三""日四"和"荒五"上各绣一横，又在"荒四"的楚军兵棋上连绣三横！

竖立起来的大棋盘上，便是"洪五""荒四"位置的棋子被拿掉了。黎嫂、辛三妹等刚为己方失棋而恼火，转眼见找回了场子，无不心头一畅。

却听四方台上戚继光跳起来指着林叔夜骂道："混账，混账！你做什么呢！"

林小云正高兴着呢，见到戚继光的反应，有些愕然："你这小孩乱叫什么，我们又没吃你的子！"

"他不懂棋！"戚继光指着林叔夜，"你也不懂吗？"

众人中，只有极少数人恍然大悟，更多的人是莫名其妙。阅兵台上，兵部文书喝道："吴国军师，不许喧哗！沙盘之上，决胜在即，不许再当众谈论兵机！"

戚继光被压了下去，憋屈得不行。

林叔夜被他一骂，忽然"啊"的一声大叫，看了看沙盘绣地上的局面，便知自己铸成了大错，捧着脑袋狂吼了起来。吼了一阵，整个人瘫痪在地。

林小云大惊："庄主，你怎么了？"

林叔夜抱着头，只是叫着："我果然还是不行，果然还是不行……我误了姑姑，我误了姑姑……

"不可能赢了……不可能赢了……

"就算斗绣场上没输，斗绣场外也已经输了……

"我误了姑姑……我误了姑姑……"

被宣战之后，姚凌雪笑吟吟的，也不动手。

高眉娘皱着眉头暗自寻思，可她一直陷于征战本身，这沙盘兵棋又远比围棋复杂，一时也找不到破局之法。

时间一点点过去，中立绣师已经拆掉了"洪五""荒四"上的两个兵棋，这算是"清理战场"。

蜀国军师眼看楚、粤乱斗之后，粤国内部混乱不堪，楚国和吴国也莫名其妙地不动，不禁大喜："天助我也！你们昨日手脚再快又有什么用？一打仗，辛辛苦苦绣好的兵棋转眼就被拆了！"这时蜀国第九子也绣完了，军师便指示自家绣师，第一时间在被清理出来的"荒四"位置上落了子，占据了这个要害位置。

戚继光原本低声嘟哝着，只是在骂林叔夜，忽然瞥见蜀国的行动，却哪里还来得及反应？再说，他也没办法反应，因为他不可以直接干涉别国的决策，甚至也没办法动用自家兵力去干涉——蜀国和吴国中间隔着整个京师呢。

不料楚、吴、粤三家仍然不动！

于是，华阳宗师绣完了"荒四"，又抢"洪五"。

就在这时，姚凌雪动了。华阳宗师的针才落在"洪五"上，她马上就抢绣"日无"——这已经是兵临蜀都城下了。

姚凌雪一下针，便有中立绣师上前，于"荒六"位置的楚军兵棋上又绣了一横，以示脱离补给线一回合，受了一伤。

蜀国的军师虽微微吃了一惊，却也并不太慌。攻城伤亡极大，楚军在蜀都城下只有一军，是怎么都打不下的。自家大可先占"洪五"，然后再在"日一"或"月无"上随便布置一支兵马，便可歼敌于城下。

不料姚凌雪刚才慢悠悠地绣，一到"日无"却火力全开。华阳宗师才绣了一半，她竟然就已经完成，跟着又在"月无"上落了针！

她一落针，中立绣师又上前，在"荒六"位置——楚军兵棋——上又绣了一横，跟着施行拆绣以"清理战场"。

华阳宗师这才有些着急，紧赶慢赶地将"洪五"上的第十一个兵棋绣完，正想在"日一"上落棋阻击楚军，不料却被兵部吏员上前阻止。

"你们的兵力用完了。不能再动！"

"什么？"

蜀国军师愕然。

"四国各有十万兵马，也就是十个兵棋，你们已经用完了。"

华阳绣庄的人登时一片喧哗！观众中不明就里的人也跟着叫起来！

蜀国军师指着姚凌雪道:"但他们绣的可不止十个棋啊!"姚凌雪现在正绣的,可是第十四个棋子了。

吏员将图谱拿了出来,道:"依棋则,各家自有征兵限十万人,即为十个棋子。先入中原者,共得征兵十万。你蜀国入中原晚,只抢到了一万兵马,即第三棋属于中原征兵,所以只能有十一个棋子。楚国那边在中原抢了三万大军,所以能绣十三棋。"

"但现在也不止了啊!"

"他们有支军队灭了,那支不是在中原征的兵马,所以能重新征兵。"

后知后觉的观众哗然之余,又复恍然。

毛伯温这才开口道:"这场沙盘推演,前期是看谁抢到的中原兵力多,谁就有优势,后期则看谁手里留下的机动兵力多,谁就有优势。"

秦德威看向戚继光和沈女红,也才明白为什么他们不动了!

霍绾儿道:"蜀国没棋可下了,而且他们的大部分兵力都被调到国境以外,都城之下无兵可用,只能眼睁睁看着楚国攻城。吴、粤两国还各有一棋可下,但这是最后的机动兵马,自然不可轻易用出去,如果用出去后不能扭转乾坤,那就大势去矣!"

秦德威道:"所以楚国做了这么多的动作,最后真正的目的,还是灭蜀?"

"不错!三家联手灭粤是假,背盟偷袭京师也是假,和粤国纠缠不休更是假,最终一切的目的,都是为了将蜀国的兵力调开,然后一路奇兵袭灭蜀都!"霍绾儿望向四方台上林叔夜所在的位置,悠悠地道,"但真要得手,前提是与蜀相邻的粤国应对失措,如果不是粤军军师今天犯尽兵家大忌,楚国的这一手根本不可能成功……"

四方台上,沈女红等着戚继光的指示。戚继光则看向林叔夜,吼道:"粤国的军师,你们就准备这么眼睁睁看着楚军把蜀都拿下吗?"

林叔夜仿佛精神被抽空了,无比混乱地道:"现在……都这样了，我还能怎么办……我还能怎么办……"

戚继光恨得咬牙切齿：昨天林叔夜的表现，其能力不在自己之下，按理说有他牵制，楚军万难得逞。不料他今天好像换了个人似的，昏招频出。一开始戚继光还以为他准备扮猪吃虎，直到最后那一手，简直就是给楚国送兵！若非有此误导，他焉能放任楚国从容布局？

此时灭蜀大势已成，吴军无论是攻京师，还是灭楚，都已经来不及了。看着林叔夜烂泥般的模样，戚继光终于对他不再抱任何期待，对旁边的灭将祝柳娘道："宣战吧，打'宇四'。"

林小云拉扯着林叔夜，叫道："庄主！军师！咱们也宣战吧！别让人看扁啊！"

"战……现在还能战哪里？"林叔夜只觉脑海一片混乱，再难理得清楚。

林小云问高眉娘："姑姑，怎么办？"

高眉娘沉吟着，却只是轻叹摇头。

林小云又急着要找父亲，想让他劝解表哥，结果台下也不见了父亲的踪影。

终于，戚继光打下了"宇四"上的楚军，既破了楚国一处要害，又多得了一万中原大军，但没能来得及切断楚国的补给线，蜀都便被攻陷了。一国既破，斗绣暂停，要待亡国之绣棋拆完才重启。

毛伯温看看日晷，知今天已经不够时间重启了，便道："鸣金吧！"说着便挥袖离开。那个凰浦绣庄的庄主为什么忽然心性大变，他没兴趣知道，也没工夫去了解。

秦德威"嘿嘿"两声，也走了。

霍绾儿看着瘫坐在四方台上的林叔夜，犹豫了一下，但因看见高眉娘陪在他的身边，便没下去。

凰浦众人都上台来，围着自家庄主，要责备又不敢责备，要安慰又不知如何安慰。眼看这一场绣输了的话，绣庄的御前大比也将到此为止，一时间，大家无不失落。

康祥留在京师的绣师也都走了过来，看到林叔夜此时的状态，都流露出了几分不善与鄙夷。

沈女红上前与高眉娘相见，说道："林庄主似乎染恙了，还是请医师看看为好。"

一个声音忽然从帐篷之中传了出来："他是心病，无药可医的。"

在姚凌雪满是崇拜的目光中，一个男子从帐篷中走了出来。高眉娘瞳孔一阵收缩，林小云、辜三妹像见了鬼一样。黄娘浑身发抖，叫道："陈子峰！是你！你不是疯了吗？"

陈子峰走到台上来，看了烂泥一般的林叔夜一眼，神色平静却又沉默无言。

高眉娘似乎便想到了什么，怒道："你对他做了什么！"黄娘吃了一惊。自姑姑回来之后，她就从没见姑姑发怒过，但黄娘随即想起，现在林叔夜的状态和陈子峰在广州发疯时何其相似。若说这不是陈子峰设计报复，自己都难以相信！

陈子峰轻轻一笑："我能对他做什么？给他下毒不成？"

高眉娘知道在他这里绝难得到有用的信息，对身边众人道："扶起庄主，我们走！"

"慢着！"

此时林叔夜仿佛失了心志，凰浦所有人便都唯高眉娘马首是瞻，齐齐望向她。

高眉娘斜睨道："怎么？'南山先生'还有什么见教？"

"我不是对你说的。"陈子峰对高眉娘柔声回应了一句，转身对康祥众绣师道，"给。"

他抛出了一封信，为首的康祥宗师打开一看，脸色陡变。陈子峰笑道："明白了？"

康祥的绣师们将信传阅了一遍，无奈地来到高眉娘跟前，敛衽而拜，说道："林庄主，高师傅，我们不能再留京帮忙了。"

高眉娘知她们必有难处，也不挽留。黎嫂、辜三妹等人眼看强援离去，一时更是惶恐不安。林小云指着陈子峰怒喝："一定是你对我们庄主做了什么！你到底做了什么！"

陈子峰不否认，也不应答，只是冷冷地留下了一句话："他如今怎样，都是他应得的。毁我茂源，害死祖母，贪天之功，岂能无报？梁惠师会死，他会疯，那都是天理循环，报应不爽。"

黄娘吓了一大跳，指着陈子峰道："你……你……是你！小惠也是你害死的！"

陈子峰的视线从众人脸上扫过："你们还是快些回广东吧，北京不是你们能待的地方。天子脚下的事，不是你们能掺和进来的。御前斗绣是会吃人的。"

第一七二针　缝补

李绣奴感觉天似乎要塌了。

在琉璃厂见到朝鲜国人之后，朝鲜国使者跟她说了一些御前斗绣的内幕，让她第一次感到这斗绣的水原来是这么深。使者告诉她，每一个绣庄背后都有幕后大佬，这种权势人物别说普通人，就算是朝鲜国王都招惹不起，要她当心，因为大明京师是会吃人的！尤其御前大比这种有大人物牵涉进来的事，一旦不小心卷入风波之中，有时候自己连怎么死的都不知道。

对使者的话，李绣奴半信半疑。凰浦的日子一向太平，虽然一路有过不少难关，但真有使者大人所说的那种危机吗？不过使者的话，还是给她种下了不安的种子，让她不得不将眼睛擦亮睁大。

随着斗绣的进行，她渐渐看到了更多的不可测与不可知，而这些不可测、不可知让她的不安感逐渐加深。御前斗绣第三轮之后，这种不安感越来越强烈，但也只是不安而已——直到那一天，会馆传出了惨叫，梁惠师竟被人上门硬生生地剪了拇指！绣娘没了手指头，刺绣功夫不就废了一大半吗？

原来这御前斗绣不只决出输赢，还会直接伤害到人身！李绣奴隐隐觉得使者没有骗自己。

但可怕的形势远未就此停止，没过多久，通州那边竟然传来了梁惠师的死讯！听说她是被活活烧死的！

当时林叔夜惊骇警惕，高眉娘伤心自闭，没有人留意到李绣奴在角落里吓得瑟瑟发抖——使者大人说的话，是真的！

只不过梁惠师是怎么死的,谁也不知道,或许那只是一场意外。直到今天听到陈子峰的话,李绣奴终于明白:朝鲜使者的话一点也不夸张,这场斗绣真的会吃人啊!

一不小心,尸骨无存!

凰浦终于也乱了。

李绣奴在四方台下,眼睁睁地看着陈子峰扬长而去,看着林小云跳脚无奈,看着高眉娘沉默不语。最后还是黎嫂发了话,让大伙儿先将庄主带回会馆再说。

没有人关注李绣奴。她就像一只没人看见的猫或狗,躲在人群里,上了其中一辆马车。

还没走到会馆,天色忽然黑了。

"要下雨了!让马车走快些!"

好不容易赶在下雨之前回到会馆,但等进了院子,另一件惨事又扑了过来!

林添财砍断了自己的一只手,在那里等着林叔夜。

"阿夜,阿夜!"他好像也半疯了一般,提着血淋淋的断手,"就是这只手当初拿了钱!我现在把它砍了!你不要不理我了,好不好?你不要再这样了,好不好?你好过来,好不好?"

林小云整个人扑了上去,撕下衣服包住老爹的伤口。林叔夜惨叫了一声,整个人跳了起来,逃了出去!林小云要顾着还在失血的林添财,也管不了什么保密了,大叫"表哥",林叔夜却完全没听见。

李绣奴只感到浑身一阵战栗。她再不敢停留了,一缩脑袋,也钻入了大雨之中,向朝鲜使团的住处跑去。

没有人留意到她,凰浦的局势已经乱到不可收拾了!

高眉娘不是个会理事的人,这时却不得不站出来,喊道:"都不要乱!都不要说话!"她终究是绣首,身份摆在那儿,一发话,所有人都静了下来。高眉娘稳了稳心神,对刘三根道:"刘三根,带上梁哥,去追庄主!"

刘三根应了一声，带上梁哥，朝林叔夜逃跑的方向追去了。

高眉娘又对众人道："全都回房间去。到了饭点该吃吃，入夜之后该睡睡。"又对林小云说："去找医生！给林大掌柜止血！"

有了这几句吩咐后，众人的慌乱才终于刹住。她平淡的语气让所有人感到冷漠，但在一片混乱之中，这冷漠的命令却成了一种令人安心的暗示，直接结束了乱局。

高眉娘又让黎嫂关闭了院门，再清点人数，这才发现李绣奴失踪了。这时却也暂时顾不上了，只能先等林叔夜的消息。

外头雨势越来越大，都分不清是白天还是傍晚了。喜妹端了一份汤饭来，高眉娘哪里吃得下？不知过了多久，黄娘从外头进来说道："大伙儿都静下来了，只是都还很不安。听说康祥的两位宗师冒着大雨，把黄谋留下的人和物料都带走了。林大掌柜的血已经止住了，但手保不住了。绣奴还是没有找到。"

"庄主呢？"

"追到人了，在一处废祠堂里。三根在那儿守着，派了梁哥回来禀报。"

窗外雨还在下，没有雷，但整个天黑得厉害，所以屋里已经点了灯。

"如果林大掌柜伤势稳住了，让云娘去找他，也许他能把人带回来。"

"云娘……她是林大掌柜的女儿？"

高眉娘犹豫了一会儿，说："是儿子。"

黄娘大惊。

"他一直男扮女装……现在不说这个了。你先找他去。"

又挨了好久，喜妹本来陪着高眉娘不吃饭，终于饿得撑不住，就将饭菜热了。再端上来时，林小云也回来了。

大雨洗刷了他的妆容，林添财的变故也让他没了再次化妆的心情，因此他穿回了男装。他在屏风外回高眉娘的话："表哥安静下来了，但他不肯回来。"

"为什么不回来？"

林小云没说话。

"你进来说话吧。"

"我现在着男装,方便吗?"

"进来吧。"

林小云半截裤子湿漉漉地走进来,高眉娘让黄娘、喜妹先出去。两人好奇地看了林小云一眼,走到了外头。见辜三妹在廊下,喜妹走过去低声说:"云娘……他竟然是男的……你们可经常睡一块呢。这可怎么办?"

辜三妹气得直咬牙。凰浦所有人里头,云娘跟她最是投契,虽然有时候气得她跳脚,但转眼又逗得她眉开眼笑。她不顾面皮求了庄主千里迢迢进京,一半是为了长见识,还有一半就是为了云娘。

谁能想到……云娘竟然是男的!

辜三妹恨恨地骂道:"回头看我怎么收拾他!"她转身离开,照顾林添财去了——林小云出门前拜托了自己,辜三妹觉得自己不能言而无信。

辜三妹走后,喜妹和黄娘守在门外,也不知道里头两人在说些什么。好一会儿,林小云才出来,讪讪地对两人一笑,便往林添财屋里去了。

黄娘、喜妹进门,只见高眉娘正对着灯花发呆。

"庄主怎么样了?"黄娘问。

"暂时安静下来了。"高眉娘说,"他着了陈子峰的道,导致我们临阵溃败,所以十分自责。"

黄娘一听,没忍住对着门外的方向骂。她没指名道姓,但骂的自然不是林叔夜。

高眉娘又说:"小惠的死,应该也与陈子峰有关。"

黄娘忽然想骂都骂不出来了。她跟梁惠师的怨很深,但情也很重,在过去那真是如同手足一般的。想到她蛰伏了十二年,报了仇后又被报复回来,甚至连性命都丢了,黄娘一时竟不知该说什么,只是两行泪水淌了下来。

"不管怎么样,庄主没事就好,没事就好。"喜妹拍着胸口。

她就算跟随着高眉娘见识了许许多多，但仍然只是个乡间小妹，只愿身边的人平安就满足了。

高眉娘拿剪刀剪了一下灯花，站起来："我出去一趟。"

喜妹惊道："外头还下着雨呢！"

"这雨啊，"高眉娘已经走到门边，"从广东下到京师，一路追着过来，避不开的。"

喜妹愣住，不知道姑姑在说什么。

高眉娘回过头来："拿蓑衣来吧。"

刚才雨势本来已经缓了，却在高眉娘要出门时，又大了起来。现在是饭点，凰浦众人各在屋子里吃饭。高眉娘只叫了梁哥出来带路，黄娘就知道她要去找谁了。

看着两人要出门，黄娘追了出来，叫道："姑姑！"

高眉娘止步，回头。

"你要干什么去？"

高眉娘没有回话，黄娘又说："云娘……小云不是说庄主已经静下来了吗？你就别去了。"

"他静下来了，却不回来，那就是心里还没过去。"

"你为什么要管他的心！"

"明天还要斗绣的……"

"现在这样子了，明天还能斗绣吗！就算勉强上阵，哪里还有胜算？"黄娘罕见地抢了高眉娘的话，"而且，你是不是忘记了对自己说过的话？你不是说这一趟除了刺绣，什么都不想管吗？你不是要冷下自己的心来走完这一趟斗绣的吗？"

"现在还没走完！"

"差不多了！"黄娘没穿蓑衣，没打雨伞，冒着雨冲了出来，拉住了高眉娘，"算了吧，算了吧！你不是说自己什么都放下了，连复仇都愿意放下……现在小惠也死了，都算了吧。就像喜妹说的，咱们平安就好。"

她用来拉高眉娘的是仅剩的独手，另外一只手早就空了——为了刺绣，她已经失去太多了。

真的值得吗？

高眉娘没有回应，但也没有转身。

路面雨水如注，高眉娘的鞋子都浸在水中了，但她没有回去的意思。

"不能算了。"她推开了黄娘的独臂，"现在算了，路就是没走完。"

看着她与梁哥走进雨幕之中，黄娘几乎要摔倒。黄娘要叫住她，最后还是忍住了："什么冷了心……你只是冷了脸罢了……你的心，什么时候真的冷过呢！"

京师是全天下权力斗争旋涡的核心，在这里，一个家族的起落常常只在转眼之间。这座祠堂当初大概也曾辉煌过，不知因为什么而没落，又不知因为什么而暂时没被重整卖出，因此废弃着。此时，它却成了林叔夜的避雨之处。

刘三根点了些炭火取暖，让外头透进来的湿气不至于伤身。林叔夜却顾不得这一切，像一坨烂泥一样瘫在那里，精气神仿佛都被抽离了身体——就像当初陈子峰那样。

两个脚步声走近，两个脚步声离开。走开的是刘三根与梁哥。留下来的那个人，脱下了蓑衣，拧了拧裙摆，坐在了林叔夜身边。

"现在，你可以告诉我出了什么事吗？"

林叔夜全身一震，反而往旁边缩了缩。

出了这些事，他最无法面对的就是高眉娘。

高眉娘也没追问，就坐在那里静静地陪着他。

两人都没有开口，外头的风雨声淹没了呼吸。但林叔夜知道她还在，因为能感到那近在咫尺的微弱温度。

他终究没忍住，开了口："我没事……你快回去吧，我待一待就好。明天……明天我会去校尉营的！"

"去做什么呢？"高眉娘柔声问。

"去……去斗绣！"

"你这个样子，明天是去输绣，不是去斗绣……就像今天一样。"

林叔夜全身又是一阵抖动。

高眉娘却没有再责备他，也没有安慰他。她看到他衣服上不知什么时候裂开了一条大缝，便拿出随身针线，挪过来些许，想把他破了的衣服缝合。

林叔夜有所察觉，要挪开，却被她叫住了："别动！"

这当口，哪里需要什么天衣针法，哪里又用得上什么无缝技巧？就只是寻常的缝补而已。高眉娘缝得也不快，就这么一针一针地将那个破口缝起来。

林叔夜能感受到她缝补的动作，原本闭上的眼睛睁开了，刚好落在正在缝衣服的那双手上。他顺着望过去，见此时天色已黑——在炭火微弱的光线下，高眉娘的身影似乎和记忆中的林添福重合了。

不自觉地，他挪过去了些，靠近了些，额头碰触到了高眉娘大腿外侧。那柔软的触感，带着不算很多的体温，却莫名地叫人安心。

有多少个晚上，在无奈与无助中，他们母子相依为命，只有靠着彼此才能熬过那些暗夜。

现在又多了一个能让他安心的人。

绣花针一针针地缝好了林叔夜的衣服，也一针针地缝补着他的心。

他终于开了口："姑姑……"他竟然哭了出来："我对不起你……"一个大男人对着一个女人哭，一个庄主对着绣首哭，那是极难为情的事。但此刻，他无法控制自己的眼泪。

"你怎么对不起我？"

"好不容易才走到了这一步，结果却因为我……啊！"

他微微一声叫痛，因为绣花针不小心扎到他了。

但这种体验竟然也不陌生，母亲给自己缝衣服时，偶尔也误扎过。

"抱歉。"高眉娘此刻的语声温和，没有初遇时的尖刻，也没有后来故意摆出来的冷漠，"你看，我还是'海上绣神'呢，说什么师蜀友苏,说什么凌湘霸粤,说什么天下第一,结果缝个衣服都扎到人,是不是很好笑?"

这其实不算好笑,但又似乎有点好笑。林叔夜嘴角抽动了一下,只是心情转换得有些急,弄出来的声音便有些怪。

"我练绣二十余年,十二年前就参加御前大比了,结果缝衣服还失手。你做绣庄庄主,满打满算才多久?顶天了一年多。偶尔失手,也不算什么。"

"这次不同啊!别的事情失手就失手了,但这一次……这一次失手,我们就完了!"

"完了?哪里完了?"

"斗绣完了!御前大比完了!"

"那很重要吗?"

空气忽然静了下来。

但绣花针没有停。

好一会儿,林叔夜稍微抬起头来:"这不是姑姑最大的心愿吗?"

高眉娘缝上了最后一针,就像做针工的村妇一样,低头咬断了针线,然后才说:"我原来以为很重要……"

她随手收起了绣花针:"因为我是靠着这个信念的支持,才挣扎着从鬼门关闯出来,从西南回来,并一路走到现在。但是小惠死了之后,我的想法有所改变。今天再看到你舅舅断了手,你又变成这样,我的念想……就不同了。"

林叔夜坐正,仔细地听着。

高眉娘却没有继续说下去,而是道:"你还是先跟我说说陈子峰的事情吧。有一些事情你还没跟我交底呢。"

她轻轻松松地说出了陈子峰的名字,并没有遮掩,也没有在说这个名字时花费什么力气。听上去,就像提及一个陌生人一样。

林叔夜心气提了一提,当下将自己如何猜到陈子峰、如何在秦德威外宅里确认、如何与他斗法、如何被他拿捏等事,毫无保留地说了出来——既开了口,连霍绾儿的事也都说了。

高眉娘听后,花了一盏茶的工夫才算消化完。她叹了口气,说:"陈子峰也就算了,霍姑娘那边……唉,有些可惜了,不过这也是缘分。可是……只是这些,就把你打击成这样?"

林叔夜犹豫着,终究把林添财出卖林添福的事情也说了。把这件事情说出口,对他来说已经是很艰难的事了。就连刚才林小云来不停追问,他也一字不提。

高眉娘静静地听着,没有谴责谁,却问道:"这件事情,你母亲应该是知道的吧?"

林叔夜愣住了。

这一天多来,他心思百转,却从来没从这个角度想过这个问题!

"我想,她应该是知道的……她怎么可能不知道呢?"

是啊,林叔夜会被蒙在鼓里,林小云毫不知情,但林添福不可能不知道的。这位隐忍的母亲只是善良,但不痴愚。

高眉娘又问:"这二十年来,你母亲对你舅舅有没有生分过?"

亲人之间,打骂不怕,甚至怨恨都不怕,最怕的是生分。

一旦生分了,亲人就不是亲人了。

自记事以来的种种在脑海中闪过——

林添福对林添财,该生气时还是生气,该责骂——林添福人善良而温顺,不会骂哥哥,却会当着哥哥的面骂儿子,其实就是骂给哥哥听。

但是生分、疏远,是没有的。

"没有。"林叔夜说,"我娘没对我舅生分过。"

"那她应该是已经原谅了的。"

高眉娘轻轻的一句话,却如同闪电一般,穿透了困住林叔夜心境的黑厚云层。

这个世界上,能在这件事情上让林叔夜原谅林添财的,只有一个人,那就是林添福。

第一七三针　求败

见林叔夜恢复了精神，高眉娘抬起头来，带着洒脱的微笑，说："现在我们的境遇的确不妙，不过，我们其实还有一个办法。"

"什么办法？"林叔夜眉间飞上期待之色来。

"也不算是办法，就是一条路。"高眉娘无比平静地说，"我们还可以光明正大地、干干净净地输。"

轻轻的一句话，却把林叔夜听得怔了！

"怎么了？"

"可是姑姑一直以来……"

"一直以来都是要赢，对吗？"高眉娘笑了笑，"其实我现在想得很明白了。我这十几年来这么大的执念，未必是因为输赢，而是当年跟娟儿的那场绣没有斗完。所以这一趟努力过了，斗过了，就算最后输了，也不会有遗憾了。"

"真……真是这样？"

"是的。"高眉娘说。说出这句话的时候，她虽然带着些遗憾，却又感到一阵轻松。

能赢当然是好，可如果代价大到这个地步，或许也应该退一步海阔天空了。

林叔夜却像下定了决心一样："其实我也有一个办法。"

"嗯？"

"你不用管！总之我有办法。"

"若真有办法,为什么之前不做,不说?"

林叔夜语塞。

"你得跟我坦白,不能再藏着掖着了。莫忘了,今天的溃败,就是因为你对我有保留,才惹来的祸患。"

见林叔夜还是不开口,高眉娘道:"你要跟陈子峰做交易,是不是?"

林叔夜情知瞒不过,便轻应了一声,说:"我知道姑姑不一般,当初要绣庄的股份,只是那时候还对我不信任,其实你心里并不在意这些。你在意的只是通过这场斗绣证道罢了。既然如此,就好办了,我去跟陈子峰服软认输,我让出绣庄,让他做庄主。我想,以他的性情,一定会不顾一切地帮姑姑……"

高眉娘忽然按住了他的嘴唇,不让他说下去。

在炭火的微光中,她看着他的眼睛。眼前人的脸长得跟陈子峰年轻时很像,以至于在深圳那次初见,她有划破这张脸的冲动,但他的眼睛更加清澈,没有半丝浑浊。

他跟陈子峰,只是表面像,但内里是完全不一样的。

忽然,高眉娘才发现自己的手不知什么时候放在了不该放的地方,赶紧抽了回来。

"你跟他,的确不一样。"

"嗯?"

高眉娘伸手要去拨弄逐渐暗下来的炭火,这是她掩藏心绪的方式,就像上次在广州时,不停地去关窗户、点蜡烛。这次她的手却被林叔夜一把抓住:"哪里不一样!"

高眉娘犹豫了一下。这一回,她终究没有再回避自己的心情:"你的眼睛,很干净。他脏。"

这话既出口,她便把话都说出来了:"其实我对你……哪怕是今晚之前,都一直不敢全信。因为你……太像他了。"

不止是脸像,还有天赋,还有能耐,还有处事的办法,甚至就连对一些事情的应激反应,乃至于受挫之后的样子,都跟陈子峰如出一辙。

这些都让林叔夜在高眉娘心中，时时有陈子峰的影子。

"所以你一直担心……有一天我变得和他一样？"

高眉娘没有否认。

"那现在呢？为什么又忽然相信我了？"

高眉娘笑了："因为我终于发现了一件你跟他完全反着来的事情。"

"嗯？"

"陈子峰能为了茂源和他自己毁了我；而你，为我的一点念想，不但准备放下绣庄，甚至还准备去向他服软……这种事情，他无论如何是做不出来的。他为了自己的欲望和念想，会不顾代价地要控制我，控制一切，而你为了我、为了别人能放下一切，甚至放下自己。"她说出这番话，也是打通了心里头最大的障碍，"所以你们也许有一半的血是一样的，但另外一半的血终究不同。从你母亲待你舅舅的事情上就可以知道，她是多么善良的一个人。这样的人生养出来的孩子，不会是坏人。"

两人静静地坐着。林叔夜抓着她的手不肯放开，高眉娘也就不再挣脱了。这让林叔夜心里充满了欢喜。他觉得为了这欢喜，便是付出什么代价也值得了。

因此他说："为了这场斗绣，你熬了十二年，半途而废太可惜了。还是让我去找他吧。哪怕是虚与委蛇……"

"不行！"高眉娘声音温和轻软，语气却是决然的，"我如果这么干，那就跟陈子峰没什么区别了。就算赢了，那我以后做出来的绣，就不干净了……会脏！"

这是嫌弃的话，但嫌弃的不是他林叔夜。林叔夜心情大好，舒畅地放下了高眉娘的手。

外头的雨不知道什么时候停了，他站在屋檐下，看着从云层里转出来的月亮，一时心境清明。

"姑姑。"

"嗯？"

"其实我们还有办法。"

"嗯？"

"陈子峰能走到这一步，是因为他针对每个人性格上的弱点进行攻击，但反过来想，他自己的性格也有弱点的。"

高眉娘想了想，说："每个人都会有自己的弱点。陈子峰的弱点也不少，但能利用的是哪一个呢？"

林叔夜心念数转，笑出声来："姑姑刚才也说了，他为了自己，连对你都宁可亲手毁掉而不肯放手，而这也成了他最大的心魔。造成这一点最大的原因就是他贪念过重，什么都不愿意放弃。"

"然后……"

"然后……落到这一场斗绣上，他一定也会被同样的习性困住。像他这样重贪念，必是不肯放弃'总胜'的。这就是我们最后的胜机。"

高眉娘仔细品着这句话，微微点头："那我们要怎么做？"

"刘备曾说，自己之所以能成功，是因为自己的行为都与曹操相反：'操以急，吾以宽；操以暴，吾以仁。'所以我要做的也一样。陈子峰不择手段，我们就要以诚信待人；陈子峰贪婪，那我们就要放下；陈子峰要控制一切，那我们就要放下一切。我们只要不求赢，那我们就能赢！"

林叔夜没有回头，因此不知道高眉娘正抬头仰视着自己。这仰视不仅仅因为他的身高比她高。

"其实我跟他不是第一次对决了。和安绣庄那次，我已经输给他一回了，但最后能翻盘，一是因为他自食恶果，二是袁莞师相信了我。"林叔夜回过头来，脸上满是自信的微笑，"所以这一次，我们也能翻盘。"

"嗯。"高眉娘点头，"怎么做？"

"趁着还有点时间，我去找霍姑娘，你去找沈女红。"林叔夜道，"我们不求占有，我们给予！我们不求胜，我们求败！"

林小云小心地为他爹擦拭完伤口边缘最后的血丝，正端着脏水出来，就看到了林叔夜。

"表……表哥。"

他到现在为止都不知道发生了什么,只能猜到老爹对不起表哥,导致老爹在表哥面前自残。就算和表哥再怎么亲,但看到亲生父亲自残,他心里总不免要生出怀疑,甚至怨气。

"舅舅怎么样了?"

林小云还没回答,原本在昏睡中的林添财一听到林叔夜的声音,就惊醒大叫:"阿夜,阿夜!你快好了吧!你不要这样了!舅舅受不了,舅舅受不了!"

林叔夜的眼泪一下就流了出来。这个男人自己断了手,叫喊的却还是让他外甥好起来。他这时已能理解母亲为什么会原谅舅舅了。

他是做错了事,他是有愧于心,但这二十年来对自己、对母亲都真心实意地好——只有心才能换到心,只有真心才能得到原谅。

林叔夜快步走过去,摸着林添财的断手,哭了出来:"舅舅,我好了,我没事了!你以后千万别再做这种傻事了!不然我怎么跟我娘交代,怎么跟小云交代!"

林添财说不出别的话,只是用另一只手抱住外甥,哭道:"阿夜啊,阿夜啊!"

林小云看到他们抱在一起哭成这样,心里头的怀疑和怨气一时也都消了,扑过去跟他们抱在了一起。

三人不知哭了多久,说了多久。终于,林添财在昏昏沉沉中睡去,林叔夜跟林小云携手出门。林小云很会转移怒火,恨恨地道:"所以都是那个陈子峰搞的鬼!这个仇,小爷我……"

他还没说完,就被林叔夜打断:"不要说这种话,他这个人……他会有报应的,不用你去对付他。让老天收他吧。"

林小云冷笑道:"你是怕他了?"

林叔夜叹了一口气:"我是担心你!别人也就算了,但这个人……你弄不过他的。"

"哼!"

"这会儿别生这没用的气了,好好回去睡一觉吧。就算我们弄不过他，至少明天的斗绣不能让他如愿！只要他无法如愿，以他的性情，就会比死还难受！"

"明天？还斗？"林小云眼里光芒闪烁。

"嗯，斗！而且到时候，你是决定胜负的关键。"

"哈？姑姑她不上了？"

"不是不上……"林叔夜道，"只不过靠'征将'已难扭转乾坤，唯有靠'灭将'，才有机会破而后立！"

都三更天了，雨还没下完。

霍绾儿都有些怀疑，这样的天气，明天的沙盘兵棋能不能继续斗下去。

"姑娘，歇下吧。"屏儿劝道。

霍绾儿望着屋门，门外的屋檐下，雨水流成几条线垂下来，而屋内靠近门槛处，还残留着几个湿脚印——这是林叔夜留下的。

就在刚才，他又来了。这一回，终于不是在狭廊的树下见他。这种天气也没办法，只能让他进屋了。

上午的时候，他分明还颓靡得如一坨烂泥，但今晚再见面，那眼神的清澈、那气度的沉稳，却比记忆中任何时候的他都更令人惊艳。她不明白他是怎么在半天之内完成这种变化的——或者说，是谁让他产生这种变化的。

他给霍绾儿带来的是一笔交易：他和高眉娘手头的凰浦股权。

"条件呢？"

"没有条件。"

"嗯？"霍绾儿以为自己听错了。

"如果说有条件，那就是得支持我和姑姑一直到御前斗绣结束。另外请霍姑娘善待绣庄的绣师和帮工们，还有就是承认当初跟袁莞师的协议。"

这些当然都不是问题，包括和袁莞师的协议——当初本来就是霍绾儿也同意的。

"你为什么深夜跑来送我这么一份大礼？"

"也不算大礼。只是我们已经抓不住、留不下的东西，那就干脆送出去吧。送到姑娘手中，总比送给陈子峰好。这个绣庄被陈子峰惦记着，别人估计是留不住的，但我相信姑娘可以。"霍绾儿到现在还清晰地记得林叔夜说这句话时的笑容是前所未有的洒脱。

"这么说来，我得感谢陈子峰了。"

"哈哈，谢谁都好，别谢他了。"

"但你们明天就要输了，一个输了的……"

"就算没参比，也是万金不换的。"

"万金不换，是因为有高眉娘在；但高眉娘输了御前斗绣，真的还会留在凰浦吗？"

"有道理，但其实不管是否会输，姑姑可能都不会留在凰浦了，不过……谁说明天会输的？"

"嗯？你觉得还能翻盘？"

"不是还能翻盘，是一定会翻盘……姑姑不会输的，不管在什么样的情况下，都不会输的。我想，经过海上斗绣和广潮斗绣，霍姑娘应该清楚……姑姑她值得你相信。"

良久，她答应了："好。不过我不是相信她，我是相信你。你求的事情，我也都答应了。"

林叔夜得了承诺，便告辞了，也没多停留。临走前，霍绾儿忽然问他："是谁让你好起来的？"

林叔夜笑了笑，没有回答，但他笑得很开心。

此时霍绾儿心里再次闪现这个笑容，却蓦地憋得慌。她最后那个问题的答案，自己已经猜到了。

"我终归是得到了我要的利益……"霍绾儿暗淡地笑了笑，"但是，屏儿，我到底是赢了，还是输了？"

第一七四针　输赢

第二天一大早,竟是雨过天晴,天气比前面几天都要好得多。

兵部没有发出延迟的通知,所以第三场斗绣便如期举行。

阅兵台上,清理了残留雨水后,毛伯温等人入座,而后吴门、凰浦、湘云三家参比者分别上台。这一回,凰浦那边少了军师,而湘云这边陈子峰却登了台。

姚凌雪笑道:"你们的军师呢?连军师都没有,还斗什么绣?早点认输回家吧!"

林小云怒撑了回去:"有没有军师,今天都能打爆你们的狗头!"

姚凌雪是个什么亏都不肯吃的泼辣少女,冷笑着要回嘴,却被陈子峰按了下肩膀。她就安静下来了。

陈子峰对高眉娘道:"昨晚你本该来找我的。你应该知道,现在只有我能帮你实现心愿。"

高眉娘微微一笑,就当他是透明的,朝着吴门的方向福了一福,道:"昨日敝庄庄主被人算计,多少拖累了贵庄,实感抱歉。"

沈女红敛衽还礼:"场内场外,台上台下,哪里不是斗绣场?何况这是兵部设的棋盘,自是兵不厌诈。"

"也是。"高眉娘道,"既如此,我们也没什么可怨的。"

自登台以来,高眉娘就没正眼看过陈子峰,也没刻意回避他,但目光从他身上掠过时,就像看一个陌生人。陈子峰胸口有些起伏,他能负尽天下人,唯独面对她时,终究是放不下。

姚凌雪感应到了什么，要回头叫他时，便听陈子峰说："不要回头！好好绣，替我争口气！"

姚凌雪下巴登时扬了起来："放心！什么苏州沈女红，什么岭南高眉娘，今天便叫她们晓得，谁是真正的天下第一！"

林小云哑了一声："凭你也配！"

两人斗嘴未已，兵部吏员已宣布开始。

姚凌雪更不迟疑，马上便抢"洪四"，而沈女红则继续绣还没绣完的"宇四"。昨日最后阶段，楚国攻占了蜀都，而吴国则趁楚国无暇后顾宣战，拔取了"宇四"。蜀都的重要性自不待言，直接让楚国的征兵上限提高了"十万"。而"宇四"也有两大战略意义：一是这里与京师接壤，夺取后吴国便拥有三个与京师接壤的星位；二是此子是楚国第五子，属于"中原十子"之一，拔除后沈女红再抢绣一子，便是将吴国的征兵上限提高到十四子，此消彼长之下，算是找补了一点。

此时局势已经明了：吴国自知攻楚无望，因此打的是围困京师的主意；而楚国这边同样将注意力集中于此，只要楚军多拿到一个近京星位，就能让吴军在攻京之际多一层顾忌。

姚凌雪和沈女红抢绣的时候，高眉娘却没有动——动的竟是粤国的"灭将"林小云。他没有在绣棋子，而是在拆棋子。

观众看得一愣，秦德威道："还能这样？粤国在'盈五'上的兵马没三伤啊，怎么拆起来了？"

霍绾儿看了毛伯温一眼，见他没有阻止，便说道："兵既能'征'，也就能'调'，同时还能'解散'。对吧，大司马？"

毛伯温哈哈大笑。

秦德威"哦"了一声，道："妙！妙！这个设置妙！"

霍绾儿听了这话，心想：秦少监连续两日来一直卖傻，这通马屁拍得也是不露痕迹。她知秦德威虽不归毛伯温管，但如今毛伯温正得圣眷，其主兵事又是嘉靖授意的，所以秦德威有讨好的动机。

拆绣终究要比刺绣快许多，何况林小云是专门练过的，虽然胡天九兄弟特制的针刀不能用，不过以针解线的手法，他也极其熟稔。高眉娘所传授的"绣""破""补"三大基础针功，这"破"字诀他虽还不能与梁惠师相比，但放眼天下，也是难逢对手了。此时短针数挑，"盈五"之上丝绣经纬尽断，却不伤绣地分毫；经纬断后，再用细针挑其其余——拆线手法之巧、用针技法之妙，让在场同行看得赏心悦目！

不少人纷纷点头称赞："广东的这位'灭将'，拆线功夫真是厉害，比昨日几位中立绣师厉害多了！"

林小云听到夸赞之声，得色溢于脸面，手上更不停，但这兵棋极小，用线又盘丝错节，又忌惮着不能破损绣地，拆起来便没那么容易，不过终究要比刺绣快。他拆了"盈五"后，姚凌雪在"洪四"上的兵棋还没绣到三分之一呢。于是他又拆"月五"。他用力虽巧，但为追求速度，导致拆了两子后针就断了。幸好，这次斗绣只是限定了针线用具，并未限制数量，于是他换了备用针再拆"日六"。

陈子峰冷眼旁观，已经看破了粤军的用意——林小云拆的兵棋都是处于边角和后方的无用棋子。粤军这是要将无用之棋拆尽，集中有限兵力至要害之地了。

便在这时，沈女红在"宇四"上的兵棋要结针了。至此，吴国在沙盘上的兵棋又接近上限，"机动棋子"只剩一个。陈子峰凝神而视，要看戚继光是否要抢"宙六"——如果吴军用最后一支军队占领"宙六"，那就是意图凑齐四子围攻京师了。

然而沈女红并未抢"宙六"，因为在她结针之前，林小云就抢先拆完了"日六"，退步向后。高眉娘针落处，竟然占了"宙六"。正在结针的沈女红抬起头来，深深看了高眉娘一眼。

陈子峰一见，脸上便绽开了笑容，知道今日之战局已无悬念。

阅兵台上，秦德威也感到奇怪："与京师接壤的星位现在只剩下'宙六'和'洪五'，'宙六'近吴，'洪五'近楚，粤军怎么不占'洪五'，却占'宙六'？现在楚国最强，吴、粤两弱，难道不该两弱联合先打一强吗？"

霍绾儿这时也不管秦德威是装傻还是真傻，见他问了，便解说道："以现在沙盘上的局势看，楚国横跨楚、蜀两国，地盘最大，征兵上限最高，的确是最强。吴国兵逼楚境，后方安全，又有三万大军屯于京师城下，算是次强。粤国京师城下只剩一军，又无法威胁吴、楚本土，局势最差。但如果任由吴军占领'宙六'，那后面不用打，粤国就输定了。"

"这怎么说？"

"吴军再占'宙六'，那就有四子与京师接壤，届时吴国必定宣布攻城。第一轮攻城后，只要确保第二轮有三子能动，吴国就直接赢了啊。吴国若赢，以当前局势而论，楚、粤两家当由谁晋级？"

"这……"秦德威看了毛伯温一眼，"应该是楚吧！"他恍然大悟："所以楚国赢了，粤国是输；吴国赢了，粤国也是输！"

霍绾儿叹息着点头："以总体局势来说，如果论出线，吴国局面最好，因为蜀国已败，吴国提前出线了。要争'总胜'的话，楚国越到后面越有优势，取得'总胜'希望最大。而不管吴、楚两家谁拿到'总胜'，粤国都注定要输！除非能打下京师，或者反杀楚国，但那又如何能够？"

秦德威这才明白，为什么昨日林叔夜在那次失误之后会遭受那般打击，因为现在他已经看不出粤国还有取胜的可能。

陈子峰显然更早地看破了这一点，嘴角不禁微笑，望向还在刺绣的高眉娘，忽然道："我知道你一向不到最后关头不服输，但现在的局面已经无可挽回。要完成心愿的话，昨晚你本该来找我的。"

这是他第二次说这句话了。

高眉娘却充耳不闻，只是继续刺绣。

姚凌雪终究比高眉娘早绣了很多，绣完了"洪四"，紧跟着又占"洪五"。

至此京师周边，又恢复到势均的局面，八个近京星位里面，吴国、楚国各占三个，粤国占了两个。可吴国机动兵力只剩下一军，再不敢轻举妄动，粤国的情况也好不到哪儿去，反观楚国，在攻陷蜀都之后，一下子多得了十子上限。也就是说，楚国还有大把的战略空间可以从容布局。时间越往后，随着楚军兵棋一一落下，楚国的优势将越来越大，到时就算以一挑二也未必不可行。

不久，高眉娘绣完"宙六"上的兵棋，后退了几步。林小云又上前，开拆"月七"——这是刚开局时，粤军因应蜀军进逼的一路棋子，位置在大后方又不影响补给线，如今已无存在的必要。

林小云手法极快，赶在姚凌雪绣完"洪五"兵棋之前，便拆掉了"月七"之子。

他拆完这一子之后没有退下，高眉娘也未上前。他忽然抬头，脸上现出诡异的微笑，也不动手，直等到姚凌雪绣完"洪五"上的棋子，才道："我们宣战！"便在自家"荒五""洪六"上各绣一横，又在"洪五"上绣了两横，以示重伤。

陈子峰心中一凛！姚凌雪更是差点气疯了。她刚刚绣好的兵棋，转眼便被林小云打成重伤，却听陈子峰道："不要慌！"她才心中一定。

陈子峰却不救"洪五"，急调兵力进驻"荒三"——这里能连接"洪二""洪三"上的楚军，一起形成一个稳固的三角阵势。

秦德威"咦"了一声，说："陈子峰怎么不救'洪五'？那可是近京星位！"

"公公细看。"霍绾儿道，"粤军与'洪五'接壤的，可有三支兵马呢。"

"啊，对啊，粤军在'宙六'上也有兵马，刚才怎么不动？如果三军齐攻，'洪五'上的楚军直接就被灭了呢。"

"能灭而不灭，可能有两个原因。"霍绾儿道，"'宙六'既是近京星位，同时也是对吴前线，粤国还防着吴国呢，所以不能轻动。另外一个原因，也可能是要围点打援。"

就在姚凌雪针落"荒三"的同时，高眉娘飞针直进，已经逼向"荒四"。两人前后脚落针，只差一步——这一次谁都没留力，都在抢快！针速无与伦比，手都现出重影来了！

在场的绣行中人无不凝神观看，知道这是高眉娘与姚凌雪的再次对决！

姚凌雪虽然目不斜视，但也感觉到似乎有无数人在注视着自己，而"荒三""荒四"近在咫尺，就算不特地去看，也能知道对方刺绣的进度。姚凌雪心想：我能赢你一次，就能赢你两次！

人手的灵活程度是有上限的，高眉娘与姚凌雪都是天赋卓绝之人，在这方面难分伯仲——要想在这种极致的速度下再分出一丝高下，心态、经验与技巧的综合实力便是较量的关键！

姚凌雪加速，加速，再加速，速度是越来越快了，但落在林小云眼中，却觉其节奏略急促了，只是单纯地催动力气；再看高眉娘，其手法快中见从容，运腕的流畅程度比前日又好了两分。林小云大喜，便知道高眉娘对这路针法的掌握又深了一层。

开始绣这个兵棋的时候，姚凌雪先一步下针，但到结束时，高眉娘快了三步结针。

在场的刺绣宗师们见了，心中都想：湖广这个小妹子，终究还不能与高眉娘抗衡。

姚凌雪第一日之所以能压倒高、沈，是因高、沈只有一晚的练习时间，而姚凌雪则提前知道题目，熟悉了针法后，以熟击生。而经过这两日的琢磨与实战，高眉娘的熟练度上来了，姚凌雪的优势就不复存在了。

而林小云又比别人多看到了一点。他觉得高眉娘今日的针法里隐隐有姚凌雪的手法，却又有极小的不同，便猜她是借鉴了对手的手法而有所改进，一时心中发毛：姑姑能在斗绣场上学习对手的本事，这不足为奇；但她作为前辈高手，竟然能毫无芥蒂地去学一个后辈的手法，这心性可就太厉害！幸好我不是她的对手！

他注意到了，姚凌雪自然也注意到了，不由得咬牙：从来只有她在斗绣场上学别人，没想到今日是自己被别人学了！

局面似乎要乱，但陈子峰依旧沉着，早就传下指示。楚国灭将上前，就要发动攻击，不料林小云已经提前一步叫了出来："我们宣战！"

陈子峰脸色一沉，随即指示灭将反攻。

两军你来我往，在蜀国与京师之间的地界上打起了拉锯战：你吃我一子，我吃你一子。因高眉娘比姚凌雪绣得略快些许，所以林小云每次都能先一步宣战。在这个局部战场上，节奏竟是由粤军带着——骤然看去，倒像是粤军压着楚军打。

不过每次粤军进攻之后，楚军必有猛烈而犀利的反击。陈子峰对姚凌雪道："别焦急，飘风不终朝，骤雨不终日，对方的势头顶不了多久的。"

原本的确有些焦虑的姚凌雪一听到陈子峰的声音，心中马上就安定了下来。不过粤军此刻在这个局部战场上，也确实有重新领先的趋势。

毛伯温微微捻须，笑道："真是奇了！粤国昨日有军师，打得一塌糊涂；今日没有军师，反而大展神威。"

霍绾儿却想起昨晚林叔夜的精神状态，心想：他应该是全好了，今日在背后布局的应该是他，而陈子峰的应对全在他预料之中。

她是在场少数知道林叔夜已恢复精神的人，加上蕙质兰心，因此猜中：今日粤军的行动确是林叔夜布的局！

林叔夜和陈子峰如同镜面互影，彼此都能料到对方所想。先前林叔夜在明，陈子峰在暗，所以林叔夜才会被打个措手不及，而他的所有反应又全被陈子峰料中。此时两人明暗之势逆转，林叔夜匿于暗处布局，陈子峰的种种应对竟也都脱不了林叔夜的预料。

高眉娘本身就颇知棋理，林叔夜先将走棋的思路布置好，她就能在战场之上临阵指挥了。

这一场局部战打得十分猛烈，虽然楚国征兵的上限大大提高，但粤国刚才连拆数子，本身也就有了好几个机动棋子作为转圜空间。楚国虽然有征兵上限的优势，但这个优势在这场局部战中无用武之地。

姚凌雪终究年纪小，大场面经历得少，连续的挫折下便有些心浮气躁。

高眉娘却脸色平静若水，就像眼前的战局根本不关她事一般。她人在局中又心游物外，进入斗绣状态后，整个人像变成了一台刺绣机器，莫说其他宗师，就是沈女红看了也不禁为之嗟叹。

双方不停兑子，在蜀国与京师之间的地界上杀得局势大乱，难解难分。

陈子峰冷笑道："你们这一轮攻势的确猛烈，但那又如何？你们不停地与我兑子也改变不了落败的结局，最后不过将'总胜'送给吴门罢了。"

"是吗？"林小云抬头冷笑。

便在这时，吴门绣庄的灭将祝柳娘上前道："我们宣战。"

一时间，众人讶异。

刚刚的楚、粤鏖战，吴国一直作壁上观，现在忽然加入战局，却意将如何？

陈子峰暗道一声不好，就见祝柳娘针之所指，打的是"黄三"位上的楚军。吴军与此地接壤的只有两支部队，又没有克制关系，所以一击之下，楚军并未覆灭，但也是重伤了。

陈子峰哪里还敢任由吴军再次攻击！"黄三"上的这支兵马，是维系整个前线大军补给的关键点，一旦被攻占，前方就有无数兵马陷入补给被断的危险。这里就是楚军的"乌巢"啊！

陈子峰深吸了一口气，虽然不甘心，却还是不敢赌，只好指示姚凌雪将下一棋落在"黄二"上——这支兵马扎下，就算"黄三"被切断，也还能将前线补给接驳起来。

楚国这边一回师，粤国那边马上在蜀国边境发动猛烈攻击。双方本来就胶着着，楚国一旦无法反攻、支援，楚军在蜀国边境的战线必定崩盘！

陈子峰对戚继光道："吴国真打算任由粤国打下蜀都吗？一旦粤国有了两国之力，到时吴国再想拿'总胜'，就没那么容易了！"这是要引诱吴国背刺——至少要吴国用均衡策略对楚、粤两国轮流攻击。

但等到下一个回合，祝柳娘继续宣战，这一次打的竟仍是楚国！

陈子峰对戚继光冷笑道："看来这疯病会传染，昨日是粤国军师魔怔,今日轮到阁下了?"

戚继光还没回答,就听一个声音冷冷传来:"你不必挑拨,戚军师不会听你的。"

陈子峰瞳孔收缩:"是你!"

一个熟悉的身影从凰浦的人群中走了出来,登上了四方台。

"自然是我!"林叔夜隔着沙盘,对陈子峰作揖行礼,"兄长好!怎么,兄长没想到是我吗?"

陈子峰目视林叔夜的眼睛,见他双眸有神,心中狂叫:他怎么好的!一夜的工夫,他怎么就好了!

林叔夜上场之后,看了一眼沙盘上的形势,对陈子峰冷笑道:"咱们虽然是有血缘关系的兄弟,但你我行事,似同而实不同。你以狡诈欺人,所以也认为天下人都会以狡诈行事;但我以信义立身,却认为其他人皆会以诚信待我。"林叔夜指着沙盘道:"如今的局面,胜负关键操持在吴国手中,吴国助我则我得蜀都,吴国助你则我必败亡。但是经过前天破盟之事后,你觉得吴国还能再相信你吗?"

戚继光微笑不语,却指示祝柳娘继续对楚军发动攻击——这是没有回应的回应。

林叔夜见状,欣然道:"破盟失信带来的利益只能一次,之后便是不可逆转的危害了。"

陈子峰怒道:"林叔夜!你这是在教训我吗?"

"这不是我在教训你,是圣人在教训你!"林叔夜正色道,"虽说兵不厌诈,但圣人也说过:人无信不立。你失了信,便得承受失信的后果。我一路守信,就算因此吃了不少亏,但我相信上天最后一定会将我吃过的亏都补还给我……这就是天道好还!"

陈子峰本已发怒,听了这番话更是憋得脸都红了。这十几年来,除了因高眉娘之事,他何曾在别人那儿吃过瘪?更何况此刻让他吃瘪的还是在自己眼皮子底下长大的小弟!

哪怕是广潮斗绣那一次,就算最后凰浦赢了,那也是因为陈子峰发了疯。无论是他还是杨燕武,甚至包括梁惠师、黄谋等人,都觉得如果当时陈子峰没疯，林叔夜是没有胜算的，甚至早已被踩在脚下了。

阅兵台上，毛伯温却连连颔首。

虽说兵不厌诈，但兵法之上还有国基，而国家建立的基础，就是信义——对国家也好，对个人也好，信义的建立与维持，那是比一时胜负更加根本的东西。

陈子峰虽然不愿承认失败，但沙盘上的局势每况愈下。

每一个回合，吴、粤两家都对楚军轮流宣战。粤国除了拔除楚军在蜀都要害位置的兵马，还安排了兵力，布置在蜀都周围。而楚国在吴、粤的夹击下左支右绌，根本无法在对抗吴军的同时，继续牵制粤军——楚国夺下蜀都后虽拥有两倍的上限兵力，但征将却并未增加，因此在上限兵力还没变成现实兵力之前，被吴、粤同时打击，登时便兵败如山倒。

终于，蜀都被粤军攻陷了。

而粤国夺蜀之后也没有失信，跟着帮吴军攻下了京师，一场波澜起伏的沙盘斗绣至此结束。吴国夺得了"总胜"，粤国次之，双方同时出线。

姚凌雪眼中噙着泪水，看着手都忍不住在颤抖的陈子峰，又是不甘，又是心疼。

林叔夜走到陈子峰面前，作了一揖。这一揖，他是向教导过自己的兄长行礼，向糟蹋过自己的敌人行礼，也是和过去的自己告别。

陈子峰冷笑道："猫哭老鼠吗？"

"我不是你。"林叔夜道，"我向兄长行礼，是因为我真的感谢你。"

陈子峰拧眉，虽怒愤攻心，却仍能听出林叔夜这句话是出自真心的……但这又是什么意思？

林叔夜便道："如果不是你这一番折磨，姑姑她昨夜不会因为怜惜我，不顾男女之防，不顾年龄之虑，不顾辈分之别，安慰我，抚怜我……让我走出伤痛……"

陈子峰陡地全身发颤！林叔夜没说得太过明白，却又已经足够明白！

他终于知道林叔夜为什么那么快恢复了！

是她！

是她！

竟然是她！

昨天晚上？

她为了他，究竟做了什么？

陈子峰望向了高眉娘，然后就看见林叔夜也望向高眉娘。"我与姑姑本来有一层隔阂，是绝难破开的，但……"他转向陈子峰，"谢谢兄长，你的一番操作，反而帮我们破除了最后的这层隔阂。因此我要感谢你。"

林小云想打人。林叔夜虽不想，可他诛心啊！

陈子峰冷冷地看着林叔夜，转身就走，但如果不是姚凌雪扶住了他，他几乎稳不住身形。

阅兵台上，霍绾儿也听见了这几句话，一时失了兴致，怔怔地出神。

忽然四方台上传出姚凌雪的惊呼："达达，达达！你怎么了！你怎么了！"

众人望去，只见陈子峰面如黄纸，一丝血从嘴角流下。他回应姚凌雪："我……没……"不开口还好，这一开口，他"事"字都还没说出来，便一口鲜血喷了出来！

林小云大喜！大畅快！

林叔夜望向高眉娘，只见她正与沈女红行礼作别，跟着淡淡地对林叔夜与凰浦众人道："回吧。"

第一七五针　诗词入绣，江水为题

一场波澜起伏的沙盘斗绣，最后竟迎来了谁也没想到的结局。吴门绣庄赢得了"总胜"，凰浦也出线了，再接下来便是粤绣与苏绣的御前对决。

可就在凰浦众人再次振作精神，准备迎接这最后决战时，安南那边却出了事。朝廷很快就将注意力都放在了那边，皇帝、皇后也再没心思顾得上这场斗绣了。

不过宫中、朝中虽然都把这事给忘了，可又没说终止斗绣，因此此事便只是被晾了起来。那些被淘汰的绣庄倒还好，眼看没自己的事，便都回去了，吴门和凰浦可就有些尴尬了：回省不是——谁知道皇帝、皇后会不会什么时候突然想起这事呢；留下，又不知道什么时候才开始最后一场，万一皇帝、皇后十年不记得，难道他们在京师等个十年不成？

林叔夜与众人商量后，决定让林添财回去主持局面，只留下他和高眉娘、林小云、沙湾梁哥等几人，辛三妹也自请留下了。

可就在这时变故又起，原来去年年底太后去世，临终时要求跟兴献王（嘉靖皇帝生父）合葬。嘉靖皇帝谨遵遗嘱，就想将位于湖北承天府的显陵（兴献王陵墓）迁到北京来让父母合葬。不料近期承天府来报，说显陵渗水，恐无法搬迁，嘉靖皇帝震惊之下不顾大臣反对，决定率领文武百官南巡湖广，查看显陵的情况。

于是，一场热热闹闹的嘉靖南巡开始了。尚衣监忽然想起御前斗绣的事，就令凰浦、吴门也随行——万一皇爷途中忽然想起这事呢？再说秦福因为没能随驾，便借这个由头把干儿子塞进南巡队伍里头去了。

这可就苦了两庄众人。他们不在官方名单之中，因此坐不了朝廷的车船，却得跟在大部队后面随时听传。霍绾儿听到消息，决定也随驾南行。如果到了承天府，御前对决还没进行，她就准备直接从承天府回广东。

林叔夜急急忙忙去找了车马，不但要将几个人载上，还要运载许多备用物料——那些物料实在太多，现在人手又不够，于是高眉娘连夜挑选，将其中最可能用上的两成物料带上，就算这样也是装了满满五大车。

皇帝出了京师之后，精神上一下子就闲逸了起来，沿途问了些闲事。走到涿州附近，也不知是谁提起，他忽然就想起这场还没完的御前斗绣，便召秦德威一问，知道斗绣已经斗到最后一轮，等着最后对决的两大绣庄也跟在大部队后面。

嘉靖皇帝在马车上无聊至极，看着毛伯温所献的那幅沙场兵棋绣——那上面还附带着一场四国混战的兵演始末呢——一时心血来潮，便命礼部出题，让两庄将绣绣好献来。

礼部尚书严嵩得了旨意，琢磨着圣心。这可是御前对决了，代表了大明刺绣最高成就，若是随便出个题目，不免有失水准，又是礼部出题——先前毛伯温的兵部出的那个题目大得圣心，礼部总不能比兵部差。就这么琢磨了许久，过白沟河时看到奔流的河水，他忽然有了主意，当下报了题目，命两庄"以诗词入绣，以江水为题"。嘉靖皇帝见了题目一喜，称严嵩所报合意，便令尚衣监传命两庄依题绣来。

对皇帝终于想起御前斗绣的事，凰浦众人先是一喜，可等看到题目，高眉娘却犯难了。

林小云见姑姑眉头紧锁的样子，就帮着她骂人："这一路都在马车上颠簸，叫人怎么刺绣？"

高眉娘却摇头："这个倒也有办法，我们白天在车上睡觉，晚上别人歇下了,我们赶工。再说,吴门跟我们是一样的条件,因此没什么可埋怨的。"

林小云一听,暗中叫苦:白天坐车本来就难受,还要晚上赶工,这还叫不叫人活了?却不知高眉娘当初辗转西南几千里,比这个苦多了,所以不放在心上。

林叔夜问:"若是这样,姑姑为何为难?"

"此题对我们不利。"高眉娘长长一叹,"娟儿的运气,终究比我好啊!"

"为何这么说?"林叔夜问。

换作以前,高眉娘多半叹一口气,不愿多谈这种跟斗绣没有直接关系的话题,但她与林叔夜如今的关系不比以往,她自己也在这层关系下有了些许转变,有些话就愿意说出来了。她当下又叹息了一声,说:"我与娟儿在针功、创想、天赋、勤奋上都难分轩轾,但在一些小项上终究各有所长。比如微绣,我比她好些;双面绣,她比我强些;素雅风格的,她拿手些;浓墨重彩的,我技巧多些……因性情的不同,中正平和的更适合她,而激烈极端的更适合我。落到这次的题目上,以诗入绣,原图必要画上题诗,也就是说到时候会有书法入绣,而书法入绣之法,娟儿比我更有心得。"

林小云算听出来了:"所以这个题目对吴门有利?"

高眉娘点头。

林小云一听就骂了起来:"黑幕!这里头一定有黑幕!"

林叔夜道:"这次出题的是礼部尚书严嵩,他是江西人。"

"那……那就是内阁有猫儿腻!"

"内阁现在当家的是夏言,他也是江西人。"

"那……他们在江西,苏州在江东,一定偏着他们!"

林叔夜给了他一个白眼,不理这个表弟了,转头对高眉娘说:"书法入绣一道,姑姑与沈师傅差距多大?"

"毫厘之微。"

林叔夜笑了:"所以普通人看不出来?"

"莫说普通人,便是绣评人也未必分得出高下,除非是徐博古、梁太元这般毒辣的老绣评家。"

林叔夜笑道:"那就不怕了,到时候的评绣人多半没这功力。姑姑就不想这个了吧。"

高眉娘却是摇头:"纵然别人看不出来,但绣品一出来,谁高谁下,我和娟儿自己心里清楚。"

御前大比进行到这里,她的心态又有了微妙变化,尤其沙盘绣一战让她看明白了自己的追求:不在于官方认定的输赢,也不在于这场斗绣带来的名利,而是想借着这个规格最高的斗绣场证心证道。虽然她和沈女红自可私下再比,但那样的私比哪有御前对决这般条件:万众瞩目,压力巨大,且一切不可控。

艺术境界到了她们这个层次,而实力又极度接近,真要分个高下,除了自身功力,有时候还要比比运气——运气本身也是实力的一部分。许多艺术品的诞生都有运气成分,换了个境遇,那件作品可能就出不来了。

"那怎么办?"林叔夜问。

"书法入绣这一项,我们怕要落后些许了。"高眉娘道,"只能靠别项来领先和弥补,但是……"她说到这里,又叹了一口气:"又哪有那么容易!娟儿绣艺的顶尖是全方位的,不只是针功、智慧、经验、创思……就连性情也是平和稳重,所以这一路走过来,她几乎没有犯过错误。惠师会掉进去的陷阱,她不会掉;姚凌雪会出现的差错,她也不会出。在此之上,她还有直觉。"

"直觉?"

"就是危险到来的时候,她会莫名地有所感应,然后按照这种感应避开。"

兄弟俩同时吃惊:"还有这种事情?"

"其实你们应该见识过的,"高眉娘道,"就是争绣龙袍那次。她临场退避了,结果反而拔了头筹。其实当时那一瞬间,我也有莫名的预感,但我没有退避。这就是我与她性情上的不同了,我这些年会遭受这么多她不曾遭受的事情,仔细想来,也与我的性情有关。"

林小云道:"被姑姑你这么一说,这人都快成神仙了。"

"直觉之外……"

"还有?"

"嗯,就是运气。"高眉娘叹息了一声,"她的运气一向不错,比如这次,她就比我好。"

林小云道:"说来说去,就是沈女红毫无弱点了?"

"是的,她毫无弱点可寻。"

林叔夜发现高眉娘说多了沈女红的事情后,会陷入某种情绪中。林小云还在那儿加深这种情绪,他却先拔脚出来,转了话题:"事已至此,我们先想想怎么'以诗词入绣,以江水为题'吧。'以诗词入绣',吴门那边有了些许优势,那我们能否在'以江水为题'上扳回来?"

高眉娘眉头一展:"庄主说得对!"

"以江水为题……"林小云摇头说,"写江水的题目可就太多了,怎么选?"

"江水,有两重含义。"林叔夜心中思索了一下,便说道,"第一,是江河之水,这是今意,比较直白;第二,是长江,这是古意,较为深远。"

对河流的称呼,历朝历代虽有不同,但都不叫某江某河,而是叫"某水"。淮河叫淮水,湘江叫湘水,黄河叫河水,而长江就叫江水——河与江此时就是黄河、长江的专称。

"听说严嵩是在过白沟河时想到的题目,很可能他当时看到了白沟河的河水,所以有感而发。"林小云说,"那应该是第一个含义。"

"未必。"林叔夜道,"他是礼部尚书、饱学的翰林,因此出的题目不可能太过直白,所以我估测着他是见今意而会古意。"

"那我们以长江为题?"林小云道。

"不错。"林叔夜说,"毕竟绣出长江,也可以说是绣出了江河之水,能保证不偏题了。"

"不过写长江的诗词也很多啊。"

"挑诗词,当然要挑顶级的,也没几首。"林叔夜含笑道,"而且除了诗词好,还要有画面感,这样才能入绣。至于意境,最好的诗词肯定都深有意境的，却不必提，但这意境能否与所描画面相契合，令人望绣而知诗，吟诗后看绣又深感诗意……这样的诗词，还能有几首？"

林小云听得眼前一亮，高眉娘也想到了什么。

林叔夜继续说："这样的诗词，肯定是家喻户晓，所以也一定能很快浮现在你们心里……"

他还没说完，高眉娘和林小云已经同时吟诵了出来："大江东去，浪淘尽，千古……"

没吟诵完一句，三人相视而笑。

"词王啊！以长江为题的千古绝唱！又是咏史，能表现的地方就多了。"林小云欢喜地道，"就定这首吧！把这首词绣出来，看谁还能压得过苏东坡！"

林叔夜含笑道："好，我现在就去尚衣监那里报备。"

"报备？尚衣监有说定了题目之后要先报备吗？"

"原本没这说法，"林叔夜笑道，"却要防吴门跟我们英雄所见略同。你忘了《百花争艳图》的事了？但我们先报备，消息传出去，吴门就不好再跟我们撞诗了。料来她沈女红应有这个雅量，这就叫君子可以欺之以方。"

高眉娘笑了笑。林叔夜作为庄主，这一招虽隐含算计，但这是明面的算计，在她的理念中属于可以接受的。

商议既定，林叔夜便去找秦德威。见面后还没开口，秦德威先说："哦，你来了，刚好有个事情与你说。"

"少监请讲。"

"呵呵，吴门刚刚来跟我报备了他们要绣的题目。我想了想，还是跟你们说一声的好，免得撞题。这一次是要呈御览的，可不能跟上次琉璃厂一样，到时候拿出两幅一样题材的绣，在皇爷面前可就有些不好看。"

林叔夜一听，心中一时冒起一阵不安来。然而这不安在心中还没明确，就已经在秦德威的口中确定了："吴门报的是苏东坡的《念奴娇·赤壁怀古》！"

第一七六针　出师

林小云气得跳脚，却又无奈至极！

对方挑的是一模一样的诗词，打的是一模一样的心思，却偏偏领先了一步，这真是要骂都没处骂去！骂对方，不就是骂自己？

"他们用苏东坡，那……那我们就用李白！对，用李白压苏东坡！君不见黄河之水天上来，奔流到海不复回……"

"那不是长江。"林叔夜叹道，"如果到时候礼部说必须用江水古意，那我们就是跑题，不用绣就输了！"

"那……那……李白也有写长江的！孤帆远影碧空尽，唯见长江天际流！"

"诗是上乘的，"高眉娘叹道，"但绝句太短，到时候只能是一幅表现长江、友情、送别之意的小绣。"

她所说的小绣，不在于绣地的大小，而在所绣内容的丰富程度。

"那……那用杜甫的！无边落木萧萧下，不尽长江滚滚来！"

"杜甫这首《登高》自是极好的，"林叔夜道，"有人誉为七律之冠，其境自然深远悠长，只是立意太悲怆了。'万里悲秋常作客，百年多病独登台。艰难苦恨繁霜鬓，潦倒新停浊酒杯。'这种诗就算绣出来，天子能喜欢？"

"李、杜都不行，那辛弃疾？何处望神州，什么什么楼，然后不尽长江滚滚流？"

"辛弃疾的《南乡子》。"林叔夜望向高眉娘，"何处望神州？满眼风光北固楼。千古兴亡多少事？悠悠。不尽长江滚滚流。年少万兜鍪，坐断东南战未休。天下英雄谁敌手？曹刘。生子当如孙仲谋……苏、辛齐名，似乎亦可匹敌。"

高眉娘在脑中过了一下，摇头道："都是说三国，述史怀古上可以匹敌，但在江景表现上，这首词不过两句。'风光北固楼'，写的是静物；'不尽长江滚滚流'，写的是远景。这些都难以在刺绣上有出奇的表现。实不如《念奴娇·赤壁怀古》中，'大江东去'有远景，'浪淘尽'亦景亦史，'乱石穿空，惊涛拍岸，卷起千堆雪'作近景画面犹佳，最可体现针功！便是述史之中，'谈笑间，樯橹灰飞烟灭'也比'生子当如孙仲谋'更好入画成绣。"

林小云顿足："所以说来说去，最合适的还是《念奴娇·赤壁怀古》！他娘的！我们怎么就比他们慢了一步啊！"

林叔夜心道：这可以说是运气。当时我们先是纠结书法入绣的难点，然后才想到"长江"的选题，有此转折才慢了一步，却又在情理之中。但这一点如果说出来，他怕影响到高眉娘的心情，且没什么作用，干脆就不说。

马车上气氛正纠结时，高眉娘忽道："我的一个故人，他的一首词或许能用。"

"故人的词？新作的？"

"是一首词，《临江仙》。"

他们是在路上议事，高眉娘便下车去，到自己的座车去翻找。

林叔夜本想劝阻，但没开口就被打住了。林小云待高眉娘下车后才道："词还没看呢，表哥你好像不看好？"

林叔夜苦笑道："诗至唐而盛，词至宋而极……本朝的诗词怎么跟唐、宋比？就算是声名极盛的唐伯虎，他的诗放到唐朝，最多也就二流。词也没几个好的。"

"万一有一两首好的呢？"

"其实相对于用古人诗词，近人新作是有加成的，"林叔夜还是摇头，"但也不能差得太远。要跟《念奴娇·赤壁怀古》碰一碰，那至少本身也得有千古流传的资质。"

林小云呸了一声："都千古流传了，还叫'至少'？"

林叔夜苦笑道："谁让苏东坡这首《念奴娇·赤壁怀古》是绝唱呢！"

说话间，高眉娘已经回到车上。她似乎听到了两句，脸上却没显露什么，摸出一个已经有些褶皱的防水信封。林叔夜见她如此珍重，想必那位故人对她而言很重要，且不管信封内的诗词如何，当下也就珍而重之地拆开。

拿将出来，却是两张草纸，林叔夜愣了愣。展纸一读，他不由得呆住了！

他是能被状元林大钦夸赞的人，诗词鉴赏水平自是不差。他读了一遍，再读一遍，不由得怔在了那里，好一会儿才脱口道："当今世上，还能有人作出这等诗词！"

林小云眼前一亮："很好？"

"极好！极好！"

林小云叫道："那能跟《念奴娇·赤壁怀古》拼吗？"他也不急着去看词，反正表哥的鉴赏水平比自己高，听他的评价就是。

林叔夜却忽然不说话了，看着手上的两张纸，将这首《临江仙》又读了一遍，忽然对高眉娘道："就这首吧。"

林小云大喜，问道："这首能跟苏东坡的打？"

"不要紧了。"林叔夜长吁了一口气，说，"此词深契我心！读了后，我忽然觉得胜负也没那么要紧了，但我极想姑姑能将此词绣出来。"

高眉娘与他对视着，也是无比欢喜，心中想：他果然与我同心，乃是知己！口中也道："我也是这么想的，不过……"

"不过什么？"

"不过我刚才去拿的路上，又想起我这位故人……其身份有些阻碍。"

"什么阻碍？"

高眉娘苦笑道："他得罪过皇帝。"

林氏兄弟都是一惊。林叔夜忙问："究竟是谁？"

"杨慎。"

林叔夜又是一惊："正德年间那位状元？"

"是。"

"大礼议中被廷杖罢官、永不叙用的杨慎？"

"是。"

"这……这确实是个大阻碍。"林叔夜知御前斗绣用贬臣之作，福祸难料，但看着这首词，又十分不舍，"知道这首词的人多不多？"

"应该还没人知道。"高眉娘道，"他立志要将古往今来的朝代入词，这是第三篇，后面还没作完，因此未曾示人。他作此词时我刚好在场，因此他将词稿相赠。"

"也对，这般好词如果公开，早就天下传唱了。"林叔夜以拳击掌，"那我们就假装不知！回头以'佚名'为题。"

"冒个险？"

"冒个险！用了皇帝不喜欢的词，最多也就是被黜落罢了。如此好词，它值得！"

两人心念合一，选题一事再无疑虑，当下便商量怎么绣。

即便在马车颠簸之中，高眉娘也拟出了七种方案：拟出来一种即推翻，拟到第五种，才觉或许能行，但与林叔夜一商谈，她马上就觉得不当，最后七个方案全休。这时天已黑了，大部队已经停下驻扎，刘三根也安排了帐篷让他们去休息。但心中搁着这么大一块石头，两人又哪里睡得着？

林小云拿了张纸把那首词抄了，半天下来他早把词给念熟了。他有唱戏的底子，知道《临江仙》的调，所以心里是将词唱出来的。高眉娘、林叔夜睡不着，他却唱着曲儿进入了梦乡。第二天，辜三妹去叫醒他时，见他做梦还在唱着曲，忍不住笑骂了他两句。

林小云一边接过她送来的汤饼，一边笑着说："我做梦梦见怎么绣那幅'御前对决'了！"

辜三妹也知他们白天商议的是什么事，笑道："你想到有什么用！能好得过姑姑的？"

"不是想到的，"林小云纠正她，"是梦见的！"

"梦见的，也比不上姑姑的啊。"

林小云"哦"了一声，忽然有些丧气："说得也是。"然而想想那首词，忽然又说："不！就算他们不用我的想法，我自己也要把它绣出来！嗯！就这样！"

"也对。"辜三妹说，"你想出来的，也不会差。到时候绣好了给我看。"

"好！"

这一日高眉娘又想出了七八个方案，还是没有一个满意的。她昨晚没睡好，这一路颠簸下来，到了后面反而越发糟糕。其实高眉娘拟的这些方案，每一个都有极品的潜力，放在任何场合都能拿得出手，偏偏这是御前斗绣，对手又是沈女红，绣出极品来都未必能有胜算，必须是顶尖中的顶尖，甚至要超越高眉娘寻常状态的水平，才有机会压沈女红一头。但身处巅峰的人要再超越自己，真是谈何容易！

林小云觉得自己插不上嘴，干脆跑到另外一辆马车上，将自己的想法画了下来。他想着，反正最后用的不是我的，因此完全没有负担，只是按照自己的想法作画稿。

如此到了黄昏，停车的时候，他再过来，只见马车上尽是废稿。高、林二人都十分疲倦，甚至有些颓丧。

"怎么样了？"林小云问。

"不好。"林叔夜疲倦中带着几分烦躁，"越到后面，反而越差了。"

林小云笑道："你们昨天也不睡觉，今天又这么着急，能弄好才怪！按我说，今晚应该好好睡一觉，明天再想不迟。"

"就怕时间不够！"林叔夜叹道，"秦少监虽然没定限期，但想来也不会无休止地等我们。兴许皇爷什么时候心血来潮问起，如果那时吴门已经定品，我们却还没绣出来，那……那就不用比了，直接输。"

林小云哈哈地笑话起来："你们啊，昨天还说什么就想'将此词绣出来'，现在呢？一门心思都在输赢上了。自己说的话都当屁放。"

林叔夜是表哥，高眉娘是师父，一直以来都是他俩教训林小云，哪想过有一天会被林小云教训？但林小云说得没错。他们昨天被这首《临江仙》触动，当场便有了超脱的念想，但一进入设计画稿的状态，输赢的念头还是找上门了，再加上时限压迫，因而到了后面不免心疲神乱。他们毕竟不是仙佛，虽然有一时的领悟，但并非能时时刻刻都保持着这种超脱的领悟——真能做到这一点的，除非是宗教经典上的那些神仙佛陀了。

"要我说，你们今晚还是什么也别想，好好睡觉吧。灵感这种东西，你找它，它不来，也许不找它，它反而追到梦里来呢！"

高眉娘的心性修为终究比林叔夜强，将心定了定，道："小云说得没错，今晚我们先别想，好好睡一觉吧。"

林叔夜看着满车的废稿，也只能答应了，却问林小云："今天一整天没见你，你做什么去了？"

林小云笑道："我画画稿啊！"

林叔夜问："那怎么不一起？"

"一起做什么！"林小云撇撇嘴，"反正你们说得那么入港，我插不上话，而我画的你们又多半看不上，那不如各干各的。"

高眉娘忽道："拿来看看。"

林小云也不藏掖，也不扭捏，大大方方地拿了出来："看吧！"

摊开他的画稿，林叔夜只瞥了一眼，就皱眉。林小云的刺绣水平已是宗师水准，这画却跟涂鸦差不多。唱戏、刺绣他觉得好玩，画画却不在他觉得"好玩"之列，所以没用心学过。

"这什么东西！"林叔夜苦笑道。他原本还想看看林小云的"他山之石"有没有一两点可以"攻玉"，可看了林小云的画稿，忽然觉得满车被自己废弃的画稿实在有些冤枉。

"这是滚滚长江啊，这些是英雄啊。"林小云指着画稿解说，"这江景浪花，就用姑姑教我的针法来绣。绣历史英雄，那更是我们潮绣的特长！我绣起来未必比姑姑差！"

这张画勉强可以看出是要画一条远去的长江，江水中有浪花，浪花中间又画了各种人物。直接把人放在江水浪花之中，构图上自然是极混乱的，只有三岁小孩子的涂鸦才会这么干。

林叔夜连连摇头："哪有你这么画的！直接把历史人物放在浪涛中间，你这是要绣'浪花淘尽英雄'？虽然符合了词句，但江水物景和英雄人物怎么可以这么放，都杂糅在一起了，看到都觉得乱糟糟的。"

高眉娘也不禁莞尔。

"怎么会杂糅，怎么会乱！"林小云瞪了林叔夜一眼，又看向高眉娘，"他笑我就算了，姑姑怎么也笑我！你可以觉得我这幅画稿不够格，但它不乱啊！"

"嗯？"高眉娘带着安慰的想法，温和地问，"为什么说不乱？"

"江水浪花用明线，英雄人物用隐线，怎么会乱！"

轻轻一句话，却犹如惊雷一般，把高眉娘给劈得呆住了！

林叔夜的反应慢了一步，但随即大叫一声："妙啊！"整个人跳了起来，头竟撞到了车顶！

林小云见他这样，心情大好，再看高眉娘，见她还呆在那里，不禁呼喊："姑姑，姑姑！"

高眉娘这才回过神来，看向林小云，眼神极其复杂，有欣慰，有狂喜，却又夹带着感伤。欣慰的是林小云学绣有成，狂喜的是用上此稿，或许真有机会赢沈女红，感伤的是这般创思不是自己想出来的。

忽然她两行泪水流了下来。

林小云大惊："姑姑！你怎么了？"

高眉娘有些哽咽，语气却包含着欢喜："绣奴没坚持到最后，我很感惋惜，而你……小云，你出师了！"

林小云大喜："我出师了？"随即又反应过来："姑姑，你也觉得我这画稿行？"

"何止是行！"高眉娘点头，"是太好了。这幅绣出来，我料娟儿也要甘拜下风。因为我也没能想到！"

"姑姑的意思是……"

"就用这个！"高眉娘拿起这张涂鸦般的画稿，如同捧着珍宝一般。

这次轮到林小云跳起来了。林叔夜道："可以？"

"当然！"高眉娘擦了擦脸颊的泪水，"这个想法超越了高眉娘，所以只要绣出来，也一定也能赢沈女红！"

林小云大喜，林叔夜也高兴得不住点头。

"我们睡一觉吧，"高眉娘道，"四更起来细议，然后就劳庄主重新作稿，我和小云来琢磨针线上的细节！"

三人都很兴奋，且因为画稿的事有了底，也放下心来了。

这么睡了一觉，他们四更天起身，开始商议画稿的事。林叔夜手很快，在大部队开拔之前，就将画稿给拟好了，自然不是林小云那般涂鸦，而是勾勒出了一幅精妙的简图。

同时高眉娘选取合适的绣地和丝线，按照绣地的长短将整幅绣的布局都定好了。林小云虽有天才的想法，但诸般细节还得高眉娘来敲定落实，最后又与林叔夜细说，在画稿上进行修订。待修订完，那画稿也花花绿绿的了。

这时已到中午，高眉娘与林小云各去睡觉，林叔夜则根据草图重新画稿。

等到傍晚时，马车停歇，两人才醒来，胡乱吃了些东西后便开始刺绣。林叔夜已经搭好了帐篷，供绣师们赶工。这幅绣内容丰富，时间又紧，所以梁哥、辜三妹等也都参与了进来。众人分头合作，同时慢慢调整作息，白天尽量在马车上睡觉，然后利用到达休息的时间赶绣工。虽然以高眉娘如今的功力，即便在马车上也能绣出上品，甚至超品，但要对阵沈女红的作品，自然得奔着极品去。

第一七七针　超脱

　　南巡队伍走得不快，中间还有停留。对这些外务，高眉娘、林小云一概不理，全身心投入这幅刺绣中。

　　如此从保定府一直绣到快出北直隶，绣品的主体终于完工。

　　林叔夜与高眉娘、林小云看着这幅作品，越看越是满意，越看越有信心。林叔夜道："就只差题词了。"

　　他说着，便从袖中取出两张字纸来。

　　高眉娘展开一看，忍不住赞叹："好字！好字！"却不见落款，忙问："哪里来的？"

　　林叔夜笑道："古人说：'文章本天成，妙手偶得之。'这幅绣多亏了小云的创思，于姑姑是妙手偶得，算来乃天成之绣。这般佳作，我觉得总应完美无缺才好，所以我试写了七八种字体，但没有一幅满意的。最后想到，我自己书法未臻上乘，何不找人帮忙？"

　　高眉娘听到"完美无缺"四字，暗自沉吟。

　　林小云说："这几天都在赶路，你去哪里找人写？"

　　林叔夜笑了："南巡队伍中，就有大书法家啊。"

　　高眉娘眼前一亮："莫不是严介溪的字？"

　　"姑姑好眼光。"

　　严介溪就是严嵩，其书法独步海内，深受当代名家之推崇，只是后世因其"奸臣"恶名……此时他奸名未显，所以高眉娘听说得了他的字，那自是喜出望外！

"你怎么得的？"

"花了点钱。"林叔夜笑道，"不过也多亏这首词好，不然尚书大人未必肯出手。"

高眉娘展纸再看，越看越是兴奋。严嵩虽是拿了润笔动的手，但他读了这首词后大受触动，所以这幅字绝非敷衍之作，一笔一画都笔势雄健，力浑势奇。书法与词意相互印证，竟是相得益彰！高眉娘看着字，品着词，一时竟沉浸了进去，许久许久，忽然颓然放下。

"怎么了？"林叔夜注意到了高眉娘的神色变化。

"这手字这般好，让我绣来……未能令这幅绣'完美无缺'啊！"高眉娘摸了摸这张《临江仙》，说，"我一生之中，所绣虽多，以这一幅最接近'完美无缺'，但由我来绣这幅字的话……十分只得九分九，就算能胜过娟儿，但这幅绣品本身未能完满啊！"一时间，她意甚难平，抬头看了林叔夜一眼。

两人四目相对，林叔夜一时呆住了。他呆住，是因为他竟然懂了高眉娘的心思，并觉得这心思未免太痴。

高眉娘见他眼神，也就知道他懂了，苦笑道："我太痴了。"

林叔夜心想：我心里头的话，她却说出来了。一时间，一股气流直冲心肺，他脱口就说："痴便痴吧！若是不痴，你就不是高眉娘了。"

高眉娘眸盈秋水："你……你同意？"

林叔夜笑道："我是觉得应该！觉得本该如此！当初沈女红不计千金重酬，亲手毁了《西洲话旧图》，不也是出于这份痴吗？"

"可这是御前大比啊！"

"御前大比重要，还是'完美无缺'的绣品问世重要？"

高眉娘听了这话，心弦都颤动了。御前斗绣斗到此处，终于逼出这幅生平最得意之作，这已属难得，而在此最要紧的关头，自己心中的艺癖痴性犯了，却还有一个人，你不用开口他就懂你，不但懂你，还支持你，人生于世，竟得知己如此，可又比"逼"出一幅完美之绣更难得了。一时间，她胸腹之内气息涌动，难以平抑！

两人四目再对，各自欣喜，把旁边的林小云看得莫名其妙。他叫道："你们打什么哑谜呢？"

沈女红结了针。

祝柳娘等大弟子齐声恭贺："恭喜师父！贺喜师父！"

沈女红抚摸了一下这幅刚刚完成的绣品，一时也甚是得意。她一生所绣虽多，如这一幅《念奴娇》者寥寥可数。最难得的，是此绣逼于御前大比之下，完工于舟车劳顿之中，竟能几无一针之失，近乎完美！

她越看越是满意，越看越有信心，忍不住脱口而出："这幅《念奴娇》出来，秀秀也得向我称臣了！"

几个大弟子无不点头。她们追随沈女红多年，也是难得一见这般好绣！

祝柳娘道："高师技艺再高，这一次也必要服膺恩师了。"

沈女红一时志得意满，含笑点头："若不是秀秀复出，这次御前斗秀我都可以不来的。到了最后，她终究欠了一点运气。"她与高眉娘斗绣斗了十几年，一直难分胜负，如果能以此作结，也算完满。

正自欢喜，有小弟子来报："凰浦绣庄高师傅求见。"

众弟子皆愕然，均想：这大半夜的，高眉娘来做什么？

沈女红却笑道："好，快请！"

二弟子问："《念奴娇》要收起来吗？"

"收起来做什么？"沈女红笑道，"叫她看见，当场服我那是最好！"这话说出口后，她忽然自责：自己一生谦逊平和，将骨子里的十分骄傲都收藏在十二分的修养之中，这时觉得能胜毕生之敌，便喜不自胜，竟有些失态了。于是她又道："还是先收起来吧，既是御前对决，总要公平才是……对她要公平，对我也要公平，最后才能无遗憾。"

祝柳娘便去收起《念奴娇》，沈女红则出门相迎。两人四手相握，沈女红正兴奋着，所以手都是热的，握着高眉娘时便觉得对方双手微凉，笑问："怎么这会儿来见我？"

高眉娘微笑着答道:"有件事情想请你帮忙。"

沈女红就笑了:"这么多年,可少见你拉下脸来求我呢。什么事,快说。"

"你收拾收拾,随我来。"

沈女红也不疑有他,交代了两句,便带着祝柳娘随高眉娘去了。

他们今晚临时驻扎在一个县郊。林叔夜借了一处民房给高眉娘用于刺绣,这时沈女红进了房,便见面前绷了一幅绣,看样子也已完工。

她心中不解,且不看绣,问高眉娘:"怎么着?绣出了绝顶好绣,觉得能赢我,向我显摆来着?"这是她刚才动过的心思,在最亲的朋友面前,不小心就泄露了。

高眉娘拉着她走近:"说了请你帮忙,就是请你帮忙!"

沈女红来到绣前一看,不禁脱口赞道:"好绣!"然而心里也还未慌,脸上仍然挂着笑容。

"先别乱夸奖,你且细看。"

沈女红深知眼前这幅必是高眉娘要拿来与自己御前对决的绣品,得了她这句话,这才细看起来。此卷约莫九尺长,不算巨制,画面是一条大江迎面而来,奔流而去,江水来处是远景,去处也是远景,来去之间有个转折,而这个转折便是近景,且水来与水去的比例并非一比一,所以转折处不是绣幅的最中间——大概是一比六分二。这个比例后来西方人称为"黄金比例"。从整体布局上,映入眼帘的这幅绣给人以整体的完美感。

只看此全图布局,沈女红便暗自庆幸:秀秀的功力果然天下罕有,若不是遇上我,谁能与她匹敌!

礼部出的题目既是"江水",这条大江自然就是长江。沈女红再细看时,但见江水浩荡而来又滚滚而去,波澜之中浪花层现,更远处隐有青山与夕阳,月色已显而夕阳未落,染得西面半江红。

沈女红又暗中称赞了一句,却还是觉得未能胜己,便不慌不忙地再看。画面最近处有一舟二人,是绣上仅有的两个人物,江中舟上的显然是个渔人，在岸边的是个樵夫，船头上有炭炉煮酒，甲板上有倾倒的残杯，显然二人刚才相逢对饮，此时相互告别。渔人和樵夫的年纪都已经不小了，渔人正看着樵夫，樵夫则望向远江。沈女红于绣道浸淫极深，观绣至此，恍惚入神，一时代入到樵夫身上去，再以樵夫之眼望远江，竟产生了清风拂面的幻觉，却也不知从哪里的细节中，感到绣中世界乃是春天……

沈女红微微吃了一惊，拉回心神，暗道：好厉害！秀秀处理景象人物，竟已达到如此境界！就听高眉娘说："我刚绣完时，只觉自己是那个渔人。"

沈女红脱口道："我是那个樵夫……"

说完之后，沈女红悟出了绣中真意，一时大为感动，握住了高眉娘的手，说："你可是将我们给绣进去了？"绣中的渔人和樵夫，与她们二人身份有别、男女有异，但那种面对江山荡气、天地苍茫时的淡泊感，以及老朋友相逢后又告别的喜悦和惆怅，超越了身份、性别的桎梏，让沈女红觉得那渔人和樵夫就是高眉娘与自己。

她是顶级的艺术者，因此也能理解同为顶级艺术者的高眉娘，知她是将自己投射了进去，因此针线下的渔人和樵夫便都有了生命一般。

"你因不知不觉把咱俩都绣了进去……"沈女红说，"所以请我来看，是吗？"

她的大弟子祝柳娘看到这里，听到这话，暗中也甚感动，心想：我这一生之中，不知能否有幸得此劲敌挚友？

不料高眉娘却说："是……也不是。看绣什么时候都可以，主要还是请你来帮忙。"

沈女红问："要帮什么呢？"

"你看这幅绣如何？"

"长江旷远，渔樵淡泊，妙哉，真上上之作！"沈女红微笑着评论，至于针功的佳妙，那更不用说了。评完之后，她不禁回想起自己的《念奴娇》，暗道：绣是极品好绣，江山天地浑然一体，夕照染将处理得也佳，渔人和樵夫两个人物的表现也丰满，但格局小了，比我那《念奴娇》的景中有史，就少了三分蕴藉。

想到这里，她嘴角微弯，仍觉自己的绣更胜一筹。

就在这时，高眉娘取下绷着下沿的夹子，与林小云各执一端，将绣一抖。

"哗"的一声。

灯火之下，浪花上隐有人物显现！

沈女红至此脸色微变。

高眉娘待她看清楚后，使了个眼色，与林小云再次将绣一抖。这次沈女红看得更清楚了，浪花之中果然有人物显现！而且不是单纯的人物，从其形态看，还构成了故事。她是绣道大宗师，对各种绣像题材烂熟于心，加上这几日她要绣"千古风流人物"，便将各种历史英雄在脑海中过了不知多少遍，因此这时虽只瞥了两眼，却能猜到绣中有哪些故事、哪些人物！

这时，高眉娘只控制着绣地微微抖动，便让沈女红仿佛看到长江江水在翻涌。在浪花之中，绣师以潮绣手法，用极简的画面，勾勒出了一个个历史典故：管仲射钩，荆轲刺秦，霸王别姬，卫霍驱胡，白帝城托孤⋯⋯

江山景物用的是明线，历史英雄用的是隐线，所以如果角度不对，就只看得见长江而看不见英雄。随着绣地的微微抖动，在那浪花之中，英雄们仿佛显现之后又旋即湮灭，滚滚的长江之水淘尽了上千年的帝王将相⋯⋯

不知什么时候，绣幅不再抖动，英雄人物已不在，只剩下白发的渔人和樵夫站在江渚上，煮一壶浊酒，对饮于春风中⋯⋯

江河的旷远，历史的悲凉，再看青山、夕阳，只觉天下事不过如此！

祝柳娘刚从震惊中回过神来，就见沈女红泪流满面，不由得大吃一惊。沈女红牵着高眉娘的手，泣道："秀秀，终究是你赢了！"

这句认输，在沈氏门人听来无异于天崩地裂。她也是宗师级绣师，这时早看出这幅绣所用的针法原理，不由得心想：这隐绣之法，我们也会，我们也能用！而且用在《念奴娇》中也可以的！然而她的内心随即暗淡了下来：但我们没能想到，而他们想到了……我们已经输了。至此，她不禁也是黯然。

高眉娘也拉着沈女红的手："若这个创设是我想出来的，那我自然是赢了你的，唉……"她也微有惆怅。

"不是你……那是谁？"

顺着高眉娘的目光，沈女红便看到了满脸得色的林小云，不由得一愕："是他？我……我竟输给了一个男人？"

林小云哈哈大笑。其实这个想法虽是他想出来的，但在人物典故的表现上用到了许多潮绣的理念，因此这幅绣的主体还是高眉娘动的手，否则无法达到这个高度。

高眉娘不理这小子，拉着沈女红说："这次来，真是请你来帮忙的。"

"嗯？"沈女红观摩着绣，叹道，"这幅绣已尽善尽美，还要我做什么？"

"善矣，美矣，'尽'字却还未得啊！"高眉娘提醒道，"此次斗绣的题目之一，是'以诗词入绣'。"

"哦，对！"沈女红点了点头，随即又摇头，"却到哪里寻一首好诗词来配它？"

"何须去找？本就是先有诗词，才有此绣的。"

"嗯？"沈女红低头沉思。她此次要做这个题目，自是把与长江有关的诗词都琢磨过的，将所知诗词与刺绣一一印证，不禁赧然："是我才学不够，不知此绣是从哪首诗词中衍生出的？"

林叔夜取出那两张字纸奉上，沈女红接过一瞧，便赞："好字！"再一读，不由得怅然若失！

她未得词时，只觉世上无词可配此绣，这时读了词，脑海中不断涌现此绣之影来：

滚滚长江东逝水，浪花淘尽英雄。

再回看绣,她不由得脱口道:"好一个浪花淘尽英雄,好一个浪花淘尽英雄!"

再读下去——

> 是非成败转头空。
> 青山依旧在,几度夕阳红。
> 白发渔樵江渚上,惯看秋月春风。
> 一壶浊酒喜相逢。
> 古今多少事……

沈女红看罢最后一句,目光回到绣上,怅然道:"都付笑谈中……"

她看向高眉娘:"真是绝妙好词!我竟从未读过。"

高眉娘道:"近人佚名之作。"

"佚名,佚名!"沈女红看看绣,看看词,再看看字,忽地恍然,"你叫我来,莫不是想让我绣字?"

高眉娘欣然道:"正是!这般绝妙好绣,这般绝妙好词,这般绝妙好字,三者当合一,那才是尽善尽美!若在最后一项上失色半分,未免有憾!"

沈女红道:"若是别的时候,我自是欣然领命,但现在我们正在对决,你我是对家……你请我帮忙,于理不合。"

高眉娘笑道:"既是请了你,自是打定主意了。你尽管绣吧,这御前对决,我退出便是。总不能为了一场外事,拖累一幅绝妙好绣的完满。"

祝柳娘大吃一惊!

对方出奇制胜,已把这场最后对决的胜利握在掌心。高眉娘以自身绣功将字绣上去,也不见得会比沈女红出手差几分,至少不会影响胜负,但她竟然为了这幅绣品的完美,决定放弃御前对决的最终胜利?这……

祝柳娘只觉得事情有些荒唐了。

沈女红忽然转头看向林叔夜。林叔夜微笑着，高眉娘代他说："我们庄主也是同意了的，不然我不会去找你。"

沈女红看看高眉娘，再看看林叔夜，心中已然明了。这些年她有徒弟，有朋友，有事业，有寄托，过得并不寂寞，只是终究孤身一人……一时间，她眼眶红了红，对高眉娘道："这十二年来，我一直以为是我的运气比你好，谁承想……终究是你的运气比我好！"

情绪到了这里，更复何言？她手一摆："针线！"

高眉娘已将针线递上。

沈女红又道："反面。"

林小云问："反面？"

沈女红颔首，林小云这才动手。

祝柳娘也想通了，便上前帮忙，将绣翻了过来绷好。沈女红将字纸看了一遍又一遍，越看越觉这字极好，忍不住问："这是谁的字？"

林叔夜道："礼部尚书严嵩，严介溪。"

"原来是他！"沈女红看字半晌，将字体融于心中，而后落针于绣，以双面绣之法，将词题在了背面！

她心中有字之后，便不再看字纸一眼。这字既是严嵩的，又是她沈女红的。她并非机械地复刻，而是完美地融入了刺绣的特点，一气呵成！

在场所有人都是懂绣的，沈女红的这番绣字让他们心旷神怡。最后一针结束时，林叔夜望向高眉娘，道："你是对的！"

"嗯，我是对的！"

当高眉娘提出要请沈女红来绣字，为此甚至不惜放弃御前对决时，林小云觉得荒唐。但这一刻，他觉得高眉娘是对的。这首词，似乎就在等待着这幅绣，而这幅绣，又在等待着这手字，然这手字，又在等待着这根针。若非如此，便是拆散了这天地间本该在一起的物事一般。

沈女红收了针后，竟道："这最后的御前对决，你既不想参与，那这幅绣便送给我吧。"

林小云一听，心想：你脸皮原来比我还厚，亏你开得了这个口！

这般好绣，百年难得！你一张嘴就要了去？

高眉娘看了林叔夜一眼，林叔夜微微一笑，高眉娘便点头答应了。林小云张大了嘴巴，就连祝柳娘也大为意外。

沈女红也不多言，收好绣品便走，仿佛怕高眉娘反悔似的。

林小云眼光毒辣，说道："有诈！有诈！她一定有诈！"

林叔夜笑道："还能有什么诈？"

"这……说得也是。"林小云虚脱了一般道，"这样天下无双的绣品，用御前总胜换来的绣品，你们都能送出去……还能有什么诈呢？"

暗夜下，回程途中，祝柳娘口中叹息："这般天下无双的绣品，高师说送就送，这般胸襟端的令人敬佩！"

"她连御前对决都能放得下，何况一幅绣品。"沈女红道，"其实在她求字之前，我虽然口中服输，但心里还是微有不甘的，因为我也能做这隐线绣……让她先想到了，只是她运气好。但在她向我求字之后，甚至为艺术的完满而不惜放弃御前总胜，那时……唉！我才真的服输了！她超脱了……比我早一步超脱了。"

祝柳娘终究是沈女红的大弟子，师徒连心，忽然想到了什么，停下了脚步，惊道："师父，你求了绣来，莫不是要……"

"嗯，是的。"沈女红道，"秀秀成全了这幅绣，那我就得成全她！"

第一七八针　最后的献绣

既已决定不参加御前对决，而且连绣都送人了，凰浦众人便开始收拾行装。最后的斗绣不参加，遗憾是有的，但所有人都松了一口气。

对别人，高眉娘只说自己"认输"。辜三妹、梁哥等自然惋惜，却也没办法，毕竟对手是沈女红，连姑姑都认输，自己能有什么办法？

知道内情的林小云则不免有几分不忿，但一个是表哥，一个是师父，更是一个是庄主，一个是绣首——他们一起决定了的事情，他还能如何？

内部安顿妥当后，林叔夜按照严嵩先前的要求，于刺绣完成后，将那字交还了回去，此后便去见霍绾儿。自上次将话说开后，两人的关系又进入了一种新的状态，以往的暧昧一扫而空，相处起来反而自然。

"高师傅认输？"霍绾儿皱眉道。临阵认输，这可不像她认识的高眉娘。

"就知道瞒不过你。"林叔夜笑了笑，当下将昨晚的事情详细说了。

"说起来，霍姑娘才是绣庄的大股东，我们没知会你一声就做了这样的决定，可有些对不住你。"

霍绾儿却摆了摆手："不说这个。当日我亲口许你御前斗绣期间仍行庄主、绣首之权，并承诺不加干预，既然你们这样决定了，我也不会反对。"

"但毕竟阻了姑娘的利益。"

"你莫把我当成斤斤计较之人！"霍绾儿笑了一声，"我虽重利，但也不是焚琴煮鹤之人。再说，我上京这一趟要拿的利益也早拿够了。凰浦绣庄虽是好物，但我心中已另有盘算。"

林叔夜笑道："得姑娘这句话，我可就松了一口气。"

两人又闲聊了几句，林叔夜便告辞了。

霍绾儿看着他慢慢远去的背影，忽然松了一口气。

"姑娘，你怎么好像松了口气？"屏儿问道。

"我松了口气，是因为忽然发现，他不是我的良配。"

"啊？"屏儿奇怪了，"林庄主人挺好的啊。"

"他太不理智了。"霍绾儿轻轻一笑，"若与这样的人做了夫妻，要是哪天他疯魔起来，做妻子的怎么办？不是跟着疯魔，就是得受苦收拾残局。我不想疯魔，也不想受苦。不过你也说得对，他是个好人，和这种人做朋友就挺好的。"

林叔夜辞别霍绾儿之后，路上也松了一口气。他隐隐感到霍绾儿待自己越发自然而有边界感。这样的话，自己和她兴许能做长久的朋友，也是一件值得高兴的事。回去后，他与高眉娘说知，高眉娘也自欣然。

不料就在当日，霍绾儿忽然找上门来。

"你们不是说放弃御前对决了吗？"

"是啊。"

"那怎么宫中还让人通知做御前对决的准备？"

林叔夜与高眉娘对视一眼，同时愕然。

"但我们连绣都送给沈女红了，还拿什么去……啊！不好！"高眉娘惊呼，"是娟儿！"

"怎么了？"霍绾儿问。

林叔夜听到那声"娟儿"便也恍然，苦笑了一声："她倒是一番好意。"

两人都已猜到：必是沈女红瞒着他们，将那幅《临江仙》交了上去，好让高眉娘能赢这次御前对决。

高眉娘有为了艺术不计胜负的旷达，沈女红也有同样宽广的胸襟。怪不得昨天晚上她会忽然提出那样不近人情的要求，原来落在了这里。

林叔夜将自己的猜想说了后，霍绾儿笑道："若真是这样，那也是一桩好事。将来传开，更是一桩美谈。嗯……怎么了？"她发现林叔夜皱起了眉。

"其实……唉，我们绣好这幅《临江仙》后，姑姑不想再参加御前对决，乃是出于希望绣品能尽善尽美的考量……而我之所以没阻止，乃因其中实有隐忧。"

他当下将《临江仙》的作者乃杨慎一事说了。

霍绾儿一听，脸色微变："杨慎？大礼议时触犯龙颜的那个杨慎？"她是霍韬的义孙女，而霍家是吃大礼议红利而攀上高位的，因此她比普通人更明白大礼议的各种干连和细节。

"是。"

"荒唐！"霍绾儿道，"万一被人戳破，那可就……可就……恐有大祸临头！"

高眉娘心头一凛，林叔夜也吃了一惊："有这么严重？都是十几年前的事情了。再说只是一首词，又不涉及朝政。"

"只会比你想的更严重！"霍绾儿神情凝重，"你知不知道，就在去年，礼科给事中顾存仁上疏，请求赦免杨慎等因议礼被贬谪戍边的大臣。就为这事，天子震怒，竟下令将他廷杖六十，剥夺官爵，贬为庶民。他可是本朝进士，名流重臣！"

林叔夜的脸色也变了。他虽然比普通生意人多关注一点朝局，但终究不是混庙堂的人，无法做到对朝廷之事了如指掌。

大礼议已经过去了十几年，万不料跟杨慎有关的事，在嘉靖皇帝心里头还这么严重！

"庙堂之上，杀父之仇都有可能以笑脸容忍，染指至尊之权者却是不共戴天！大礼议是正德朝旧臣企图用礼法来压制天子！这对天子来说，便是不死不休的仇敌！杨慎作为敌阵的急先锋，又是敌阵主帅杨廷和之子，自然便是当今天子心中绝不可触的逆鳞！"霍绾儿紧锁眉头道，"你们竟敢与他结交……此事若是泄露，后果不堪设想！"

林叔夜与高眉娘对望了一眼，心都紧了起来。在刺绣领域，他们已经站在当世巅峰，但在名利场上，尤其在这帝王将相跟前，他们又与蝼蚁何异？

最上面的那些大人物，随便动动手指头就能将他们碾粉碎！

"那……那可如何是好？"

霍绾儿沉吟半晌，终于一叹："其实你们已经决定急流勇退，却又阴错阳差，被沈女红将绣交了上去，而偏偏沈女红这样做又是出于好心……唉！事已至此，便都是命了。看看老天爷怎么安排吧。"

嘉靖帝南巡期间，跟着一起来的阁老，白天坐在一起议事的马车里——便成了这趟南巡期间的"移动内阁"。

严嵩处理完一桩科举政务后，恰好尚衣监将东西交了上来，呈给了他。

严嵩取过之后，打开一看，眼皮抬了抬，啧啧称赞起来。

旁边的夏言听到，皱了皱眉，问："什么东西，值得分宜如此夸奖？"

这时的夏言虽不是首辅，却早有首辅之权柄。严嵩虽然也是大学士，但有夏言在的内阁，他就如同个摆设。连首辅李时都要退避三舍的夏言，严嵩是不敢当面招惹的。

"好绣，真是好绣！"严嵩道，"不愧是御前大比斗出来的好物，果然天下第一！"

夏言这时才想起，最近天子似乎过问过此事。想到毛伯温献上来的沙盘绣现在还挂在天子的马车里，他便伸手，道："余也看看。"

沈女红唯恐这些大人物看不懂隐绣的奇妙，所以特地在绣中附了一张观看说明。夏言拿到后扫了一眼，便命人依法展布，不由得赞道："确实不错，甚有几分巧思。"

严嵩却道："南直隶这幅更好。"

夏言将两幅绣都看了看，不禁摇头，认为凰浦的这幅绣在创思上更胜一筹，更有新意。严嵩却偏说吴门的更好，他便暗忖严嵩是不是收了吴门的贿赂？

夏言虽是极专权的人，却不至于为这点艺匠之流的事情去跟同僚争论，因此并不接茬。

严嵩若有若无地瞥了他一眼，见夏言没反应，又说："毕竟这是东坡的《念奴娇·赤壁怀古》。绣都差不多，词却是这首更好！大江东去，浪淘尽，千古风流人物……谁能比拟之？"

夏言这才想起，这一场乃是以诗词入绣，南直隶那幅字题在上面，广东的这幅却有画面没诗词。这时从吏说："在后面呢。"

夏言便命翻过来，从吏便将绣倒过来。夏言瞥见字体，"咦"了一声，道："分宜，这不是你的字？"

严嵩愣了愣，仔细一看，笑着骂道："凰浦真是奸狡！去哪里仿来的我这字体？这是暗中向老夫示好吗？奸商啊奸商。"

夏言见他不认，也不追问，再读那词，只读了两句，不由得拍案叫绝！

在这群顶级士大夫眼中，便是绘画都觉得是小道，何况刺绣？所以夏言一直不太放在心上。但诗词在士人眼中的地位极崇高，士人对其的关注度非刺绣所能比。夏言一路读下来，没忍住连连喝彩："好词！好词！好一首《临江仙》！"随即又不禁迟疑："这般好词，怎么余竟不晓得！"

"有那么好？"严嵩问。

"定是你未细读！翻那边给严阁老再看看。"

严嵩看了之后，"哦"了两声。

这时夏言一翻那说明，见是佚名，不禁道："惜哉！如此好词，竟失了落款！有此佳作，作者本可千载留名的！"

严嵩道："虽然如此，毕竟不如《念奴娇·赤壁怀古》。"

"不然。"夏言道，"新词与旧作，不可同日而语。"

"这里标的是佚名,未必是新出之词。"

夏言冷笑道:"就算是前朝遗珠,但今日才重见天日,那也是新出。这两幅绣的高下不足道也,但如此绝妙好词不可埋没!这次当举此《临江仙》为第一。"

"这……"严嵩道,"我还是觉得《念奴娇》更好……"

夏言极其跋扈,不等严嵩说完,便冷笑道:"这等小事,分宜也要与我强项吗?"

"哪里,哪里!"严嵩笑了起来,"既然贵溪抬举他,那也是他的福分。就将凰浦放在上面,呈御览吧。"

他将两幅绣又交回给等候在外头的秦德威,秦德威便来到嘉靖所坐的马车外请旨。嘉靖宣他近前,他将绣呈上。嘉靖在车内看了一会儿说:"都绣得不错。严嵩怎么说?"

秦德威小心翼翼地回道:"严阁老觉得《念奴娇》好,夏阁老觉得《临江仙》好。最后严阁老便让奴婢将《临江仙》放在上面了。"

"夏言怎么也掺和进来了?嗯,《临江仙》?词在哪儿?"

"回皇爷,在背面呢。用的是双面绣针法。"

嘉靖似在翻看,没一会儿就赞道:"好词!真是好词!嗯,这是严嵩的字?"

"严阁老刚才说不是……"秦德威在外头回禀,"严阁老说,是外头的人拟了他的字迹讨好。"

嘉靖不置可否,却道:"历代诗词集子不见这般好句,这是谁写的?"

"回皇爷,说是佚名。"

"竟是佚名!这般大才,可惜了。"

车内静了一会儿,才听嘉靖道:"东坡的《念奴娇·赤壁怀古》自然是千古绝唱,但新词总比旧词动人。晚膳之后,令绣师见驾吧。让严嵩,还有皇后说的那个懂绣的女子都来。嗯,夏言既然也掺和了,让他也来吧。"

秦德威当下将嘉靖的口谕传了下去。辜三妹等喜出望外,林叔夜与高眉娘则半喜半忧。林叔夜先来见霍绾儿探口风，霍绾儿道："听秦少监说，皇爷似乎心情不错。或许无人知道这词的来历，希望这事就这么过去。"

到了晚间，众人守在屋外。等到传旨入内，两个庄主跪在一边，两个绣娘跪在另一边。

嘉靖坐在上头的罗汉床上，夏言坐在旁边的圆凳上，严嵩却笑吟吟地站在旁边，帮嘉靖托着绣品。此外还有七八个文臣武将，林叔夜等不知他们为什么会在这里。

嘉靖看了一会儿，便示意传示，说道："这斗绣是太后遗愿，如今呈上来的这两幅都是好绣，众卿家都看看吧，看看哪幅好。"

众臣传阅了一遍，无不称赞，也没人说个高低。

传到夏言手里头时，他道："广东这幅更好。词是好词，绣是好绣。"

沈女红听了，心中欣慰：不愧是群臣之首，魄力和眼光都与众不同。

嘉靖再问严嵩："这是你礼部出的题，你说说。"

严嵩慌忙道："只是命礼部出题，并未说让礼部做评判，臣不敢妄断。"

"一幅刺绣，这么紧张做什么，有什么说什么。"

严嵩这才说："绣都差不多，但老臣还是觉得《念奴娇》更好。这首《临江仙》，也不知为何，念着有些别扭。"

"哪里别扭了？"夏言冷笑道，"虽是江湖之语，但雅量高致，亦是绝妙好词！"

忽然一个文臣出列道："臣万死请奏，这幅《临江仙》乃是污物，不当呈于御览！献绣的奸民无状，合该杖杀！"

跪在下面的林叔夜、高眉娘，侍立在一旁的霍绾儿，三人同时大吃一惊。沈女红跪在那里也是半惊讶半糊涂，心想：好好的刺绣品评，怎么忽然喊打喊杀？

嘉靖皱眉，夏言脸色一黑，严嵩慌忙喝道："好好地在论刺绣，说什么奸邪、污物？"

"臣方才看时，一时未敢确定，但细细思索，这阕《临江仙》的确是奸邪所作！"

嘉靖皱眉问道："哪个奸邪？"

"杨慎。"

嘉靖勃然色变："谁？"

"罪民杨慎的近作！"

嘉靖猛地将那幅《临江仙》抽了过来，将词上下打量，怒道："确否？"

"千真万确，臣不敢欺君。"

"这……"严嵩慌忙请罪，"臣不知此为奸邪之词，呈于驾前有污圣视，臣有罪。"

在皇帝、大臣说话时，跪在下面的几人全都吓住了。沈女红全无准备，最是惊蒙。林叔夜与高眉娘对视一眼，心里均想：事情还是发了。

霍绾儿最为敏感：节奏不对啊，怎么像是有预谋的。

她忽然反应过来：夏言只是夸奖，那字却是严嵩的啊，他怎么脱身的……啊！严嵩要求刺绣完要将字取回……他知道！他早就知道那是杨慎的词！把几件事情一串，她猛地就全明白了！

"可是他这么做，为的是什么？为了要将夏言拉下台？这不可能啊！"

她偷偷看向夏言，只见他跪下叩首："臣不识奸邪词作，臣有罪。"

嘉靖哼了一声，没说什么，可也没让他平身。内阁大臣在不知道的情况下夸奖了两句贬谪大臣的作品，的确不算什么罪过，但嘉靖看夏言的脸，却仍然是黑的。

霍绾儿忽然就明白了！

严嵩做这个小动作，不为别的，只是要在嘉靖心中植入对夏言的一点厌恶。嘉靖极厌杨慎，夏言竟欣赏杨慎的词，不管他知情还是不知情，嘉靖都可能会将对杨慎的厌恶放到夏言身上去，这便是厌屋及乌！

他做了一场这么大的戏，就为了在皇帝心里植入这一点厌恶！

至于因此被卷进旋涡的林叔夜、高眉娘，他们的死活却半点不在君相的考虑范围！

霍绾儿心中警惕：甚至就是我，也要被牵连了……我拿着的凰浦的股份，竟是招祸的根源！

林叔夜眼看皇帝如此暴怒，后果难以预料，心中一阵悲凉：事情要真不可收拾，我陪姑姑死了也就死了，只是我娘怎么办？

高眉娘也是心中悲苦：这些祸都是我惹出来的，却叫别人受我牵连！眼下只有我出头，把所有事揽在身上！她低声对林叔夜道："好好地留着性命，回去侍奉你娘。"

"啊？"

林叔夜正惊讶高眉娘为什么忽然说这种话，这时嘉靖哼了一声，似乎就要开口。

霍绾儿心想：天子若开了口，那就什么祸事都可能发生了！这可怎么办！

"扑"的一声，《临江仙》被嘉靖像扔垃圾一样扔到地面。

跪在地上的林叔夜一阵心疼。高眉娘看到这场景，脑子里却是"嗡"的一声，似乎有一根弦断了！

看着地上被揉成一团的《临江仙》，她忽然陷入无意识，就这么爬了过去。屋子里好几个人同时喝道："大胆！""退下！"她却仿佛没听见。幸好《临江仙》离她也没两步，周围人还没来得及做更加激烈的反应，她已经心疼地将绣抓在手里，抱在怀中，就像抱着婴儿一般。

直到这时，高眉娘的精神才恢复了正常。她环顾周围，见众人的神情有惊讶的，有骇然的，有不解的，有怜恐的，有警惕的。嘉靖掷绣的时候已经背过身去，这时只是微微侧头，没有转身。

高眉娘便知此事无回旋余地，重重地看了一眼林叔夜，林叔夜便知她是什么意思，只是……自己如何能抛下她独活？高眉娘又看了霍绾儿一眼，霍绾儿微微一怔。

这时夏言已经道："将这个绣娘拖下去。"

锦衣卫要行动时，高眉娘更不犹豫，跪前一步，说道："词是妾身绣的，与别人无关。"

在场的文武大臣一时都惊住了，都想不到一个绣娘竟敢在龙颜盛怒之下有这般言行。

嘉靖也不转身："谁指使你的！"

在他看来，此事岂是一个小小绣娘能轻易介入的？背后定然有人指使作祟！

高眉娘轻轻一笑，说："我与杨升庵相识十年有余了，一来同受颠沛流离之苦，二来他觉得我的绣好，我觉得他的词工，竟是同病相怜。所以哪有什么指使，不过是恰好见他的词符合这个题目，一时技痒，便绣了上去，并无其他缘由。"

严嵩等人心中都"咦"了一声，原本还以为她是受了刺激一时疯癫，可不料她竟能在万乘之尊面前，顶着生死压力侃侃而谈。杨慎虽被贬为庶民，但在夏言、严嵩等人心目中，他仍是与他们同个阶层的人物——这个小小绣娘，何德何能与他论交？但听她的言语，不像是假的。

先前禀奏的那个文臣冷笑道："扯什么谎！杨慎虽是罪臣，也不是你区区一个绣娘能结交的。"

高眉娘便将那两张草纸摸了出来："他作此词的时候，我就在他身边。他见我喜欢，便将词稿赠予我了。"

旁边的太监接过，要呈嘉靖，可嘉靖不接。那小太监察言观色，便把草纸递给了严嵩。严嵩看了一眼，道："的确是杨慎的字。"

那个文臣又喝道："掏出两张草纸，也未必就真的认识杨慎。谁知你是从哪里得来的？"

高眉娘淡淡地道："妾身虽是蒲柳之质，却也颇有些经历。便是陛下，我也认识十二年了，再认识个杨慎，又有何奇？就连杨慎这个名字，我还是从陛下口中知道的。"

屋内同时响起四五个声音："大胆！""胡说！"……

高眉娘一直半低着头跪着，从这些站着的人的角度看去，她的刘海遮住了半边脸。这时,她抬起头来,说道:"陛下,你真不记得妾身了吗?"

嘉靖闻言,也感到有些奇怪,这才转身看去,见跪在地上的少女虽甚是憔悴,却仍是人间罕见的绝色——的确有几分脸熟,却又不记得她是谁。只是,自己若见过这般容颜,怎么会轻易忘记?又想起她说十二年前见过自己……十二年前,她是七八岁,还是五六岁?

高眉娘道:"十二年前,妾身与陛下偶遇于蚕池桑树之下,当时陛下正怒斥杨慎为乱臣贼子。杨慎之名,妾身其实是从陛下口中得知的。"

被她这么一提,一个尘封已久的记忆猛地就明晰起来了!

那时他登基未久,还是个十七八岁的少年。一日,他在朝堂上为群臣所逼,恼怒之下,不觉走到太液池边,偶遇了一个正在桑树下琢磨着什么的绣娘……

他惊疑之下再望过去,只见眼前这个女人不就是当年那个女子吗?

可如果她是当年那人,那她现在的年龄也该与自己差不多才对啊,怎么可能还是十二年前的样子!

嘉靖猜疑心素重,惊疑后随即转为盛怒:"你是谁,竟敢假冒于她!"

高眉娘此时已经豁出去了,微微一笑说:"十洲三岛之绣,妾身与陛下提起过。当年还没能绣出来,年前却已献上,不知陛下收到没?"

嘉靖只觉得一股凉气从头透到了脚,先是一惊:真是她?可她不是死了吗?而且十二年过去容颜不减,她究竟是妖还是鬼?随即想起另外一事,又是一惊:不对!她是有学道的!难道……难道她得道了?

一时间,嘉靖整个人精神恍惚,身子摇摇欲倒。

旁边的文武大臣原本见皇帝真的认识这个女子,便都不敢插嘴。可这时皇帝状态有异,近侍太监无不惊恐。夏言喝道:"护着陛下，将妖女拿下！"

锦衣卫要动手时，嘉靖急喝："不许动她！"

嘉靖记忆深处的细节变得越来越明晰，再看几眼，几乎已能确定眼前人就是当年之人，至少脸是一样的，只是这怎么可能……他扶着罗汉床，挥手道："你们都先退下，朕……要静一静。"

大太监黄锦问："皇爷，这个女子……"

"不要动她！暂时……不要动她。"

第一七九针　大明神姑

文臣武将都已退去，大太监黄锦捧了一碗甜汤，想上前伺候，但嘉靖这时哪里有心思吃食。见是黄锦，他一个眼神，黄锦忙将旁边其他伺候的人都屏退了。

"黄锦，当年的事，别人不知，你是知道的！"

黄锦是从藩邸一路跟来的。十二年前嘉靖在蚕池偶遇那个绣娘时，他确实是在嘉靖旁边伺候着。刚才满屋子的人，也只有他一个人从朱、高两人的对话中隐约记起了此事，但因事涉荒诞，他一时也不敢应答。

"你说……她是不是她！"

黄锦额头都沁出了些许冷汗。"皇爷，当时你奔到桑树边……"他顿了顿，没有说出少年天子于愤怒中踢树这种不雅旧事来，"惊到了那个绣娘，但你随即令老奴莫近前。老奴当时也只是远远望着，身段倒还记得，容貌却是难辨啊。"

被黄锦一提，他的脑海深处又浮现出一些细节。

那时他与蒋太后入京虽有数年，但在宫中、朝中，都还处处受逼制。在明处，他能用廷杖将大臣打个血肉模糊；到了暗处，文臣们又用大把的阴招堵得他上下不得。朝堂上，他可以将杨廷和罢官，将杨慎流放八千里永不叙用；一到外头，那些文人就敢将受过廷杖的人当成青史名流捧到天上去！

他必须一个个地斗倒他们，必须把每件事都控制在手中。哪怕只要露出一点破绽，宫里宫外的那些人便会无孔不入地渗透进来！

皇帝的权力一旦被架空，那与傀儡何异？甚至会像堂兄一样死得不明不白！

那一天，他表面只是愤怒，其实内心充满不安与焦虑，无意识地跑到了太液池边，刚好惊动了一个极貌美的绣娘。因她言语颇有见地，他俩一时竟说上了话。

那个绣娘敢入宫斗绣，自然是懂得龙袍服饰的，因此也认出他是皇帝。即便如此，她还敢跟他侃侃而谈！

记忆到了这里，嘉靖猛地脱口道："是她！的确是她！"

黄锦小心翼翼地问："皇爷想起什么了？"

嘉靖想起那个绣娘当时认出自己是皇帝，但在短暂的惶恐过后，她的注意力就转到刺绣的事情上去了。似乎在她那里，天底下再大的事情，也没有刺绣大。所以把话说开之后，她便能一时忘了世俗约束，用超脱甚至平等的姿态与自己聊天。这样的女子，嘉靖一生中未见过第二个！

而刚才那个绣娘，不管是说话的语气，还是看人时的眼神，都与记忆中的那个绣娘逐渐重合——

"没错，是她！是她！容貌或许能假，但这样的气度，不可能再有第二人！"

那时候嘉靖年纪还小，城府没有如今这么深。与一个气质独特的美丽少女邂逅，听她讲些刺绣的事情，他的心情竟渐渐平复。

"你知道吗？我们粤绣的祖师爷卢眉娘，能在一掌之上绣出十洲三岛！对此绣的针法，我倒有了点思路，但丝线之细有其极限，于一掌之中绣出十洲三岛，我还是没想通她是怎么绣的，难道她用了仙法不成？"

"仙法？这世上真有仙法？"少年嘉靖对神仙说从小就有兴趣，虽然老师们都说子不语怪力乱神，但仍消不掉他内心的渴望。

"不知道啊，但祖师爷卢眉娘是唐朝的人。唐朝的皇帝称之为'神姑'，听说她后来还得道成仙了，不过这些都只是传说。"

"可是……要在一掌之上绣出十洲三岛，除了修道成仙，我也想不出别的办法了。难道我也得去学道法，修成仙术，然后才能绣

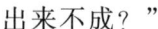

出来不成？"

嘉靖长长地"啊"了一声，头后仰，搁在罗汉床床沿上："学道法……修仙术……十洲三岛！难道……她真的修成了？不然如何能起死回生，而且十二年间容颜依旧！"

黄锦站在一旁，哪里敢吱一声。

嘉靖当年对那个貌美的绣娘其实是有些想法的，只是后来听说其卷入了乱党之事，心中甚是惋惜。但他是权力欲极重的人，女人在他心目中的位置比较靠后，过了几年就淡忘了。

但是修仙得道……

前些年也就算了，最近他对此越来越热衷，尤其是蒋太后的去世，对他影响极大。现如今他对权力虽是绝不放手的，但有时候求道修仙之心甚至压上一头！

"传陶仲文！"

陶仲文是此次随驾南巡的道士之一，负统领之责，曾以符水噀剑绝宫中妖，又曾为太子祷祝而却病，所以颇受嘉靖宠信。

"叫他去看看她，我要知她究竟是人，是鬼，是妖……还是仙！"

从嘉靖行宫中出来后，高眉娘便被隔绝了。皇帝的反应古怪，所以没人敢动她，却也没人敢放她走，便把她送进了一辆大马车中，又派锦衣卫重重看守。

直到陶仲文来了一趟后，看守才松了几分，随后给她换了一辆马车，却是随行妃子的备用马车，装饰华美，设施俱全。于是周围的人便猜这个绣娘的未来多半是福非祸。

行宫之中，嘉靖回想着刚才陶仲文的应答。

"身上无阴气，光下有影，非鬼也。

"眸子清正，无邪气，非妖也。

"言行有忘尘之意，口谈三清无忌，邪祟万万不能也，确是有道之人。"

当时嘉靖就问:"那她是仙?"

"贫道未能确证!但其精气神俱专注于针、绣。依典籍记载,这一类人物多半会由小道而入道。如鲁班以匠成,吴道子以画成,宁封子以陶成,粤绣之祖师卢眉娘则以绣成。贫道与其坐论,其将刺绣与道法浑为一体,确实是自成一家之法。"

陶仲文是个道士。他从高眉娘的言谈中听出其心是正非邪,又是道门一脉,与自己又没有利益冲突,因此便谨慎地为她说了两句好话。

虽然他说高眉娘修的不算"大道",但小道也是道啊。这种青春不失、容颜不老的事,嘉靖就没见过!

这半日间,他已让严嵩找到了有关卢眉娘的事迹,这时再听了陶仲文的应答,便已有了主张,对黄锦道:"唐朝能有神姑,我大明自然也能有。便依前唐之例,令其止于宫中。若她真个有道,就算是小道,亦可辅朕修行。"

"昏君!昏君!"

暗夜,一隐密处,传出了两个人的密议。

"他确实要失控了。"

"岂是现在才失控?从大礼议开始,就知道他不是个好对付的主儿!只是前些年来委张孚敬为相,也总算是励精图治,但最近你看他干的都是些什么事!崇道远儒之征已开,滥兴土木,迷信道士,听说在宫中还以处子经血为药炼丹,还勒令那些十三四岁的宫女经期不得进食,只吃桑叶露水,号称为保其身接近,其暴戾荒唐如此……宋徽宗殷鉴在前,不可不绝之。"

"你要做什么!"

"正德可以死于水,嘉靖也能死于火……"

"你!……有把握吗?"

林叔夜独自一人回到居处。"御前对决"的变故,凰浦其他人都不知怎么回事,还在问姑姑怎么没回来,林叔夜自是不敢说。

嘉靖心里塞满的是高眉娘与长生之事，哪里还有空去理会杨慎的一首词？他不再关注御前斗绣的事，因此凰浦暂时平安。

没多久，便传来高眉娘被软禁的消息。一时间，凰浦人心惶惶，不知道会有什么祸事。

林叔夜去找霍绾儿，却被拒之门外。待他回来时，沈女红却来了。林叔夜见到沈女红，发现她的眼睛都肿了，两人相对无言。她只是垂泪，许久才道："是我害了秀秀，此刻我恨不得以身替之！"

林叔夜长叹了一声，道："这事是我们没说清楚，沈师傅也是好心。你别这样，姑姑她定然没怨你的。"其实林叔夜自己是有三分怨的，但他知道高眉娘肯定会谅解沈女红，因此他也不能口出怨语。

沈女红无能为力，又不知如何是好，自知多留无益，也就垂泪告别了。

林叔夜送走她时，却见屏儿在一个偏僻角落向他招手。林叔夜近前，屏儿躲在一棵树后，也不出来："你怎么这会儿去找我家姑娘！以后莫再来。这么明面地将姑娘牵扯进去，她反而不好帮忙。姑娘会帮着你们想办法的，有什么消息我会去找你，以三声杜鹃为号。"

她说完就匆匆走了。

林叔夜心情更糟糕了。他早知道事情极其严重，但未料及严重到连霍绾儿都这般忌讳了。

林小云在旁窥见，等屏儿走了后，才过来问究竟是怎么回事。林叔夜犹豫了一下，对他说了。

"这……"林小云咬着手指头，"怎么突然变成这样？这就是传说中的伴君如伴虎？"

林叔夜道："事情还未明朗，暂时不能说出去，以免引起混乱。但你们暗中收拾一下，如果有什么不对，看看能否逃命。"

"我们？那你呢？"

林叔夜颓丧地道："若你逃得性命，帮着照顾我娘。"

"表哥，你……"林小云要劝，一时却不知从何劝起。

不过形势很快又有了变化，林叔夜没多久便听到附近有杜鹃三叫，便循声来到一间破屋。屏儿在断壁里头，也不出来，只说："事情似乎有转机了。"

林叔夜听了心中一喜。屏儿说："皇爷给高师傅换了妃子的马车。宫女间传闻，都说皇爷这是看上这位绣娘了，或许是福非祸。"

林叔夜怔了一怔，随即一股气从下往上冲，整个人都颤抖起来。

屏儿似乎意识到自己失言，唉了一声，说："林庄主，你也别想太多，如果事情真的……真的这样，至少……大家都平安。"

屏儿何时走的，他没察觉，回到暂住地时，只觉得一把火烧着心，烧着肺，烧着肝！林小云问他怎么了，他一开始说不出口，被缠了三四句，才说了。

"他娘的！"林小云自是知道表哥对师父的感情，低声骂道，"昏君！"

林叔夜此刻竟未驳斥。他素受儒家忠君爱国的教育，但现在发生了这种事，叫他还怎么忠于嘉靖？

便在这时，有个宫女来说："高仙姑传话，要徒弟云娘将她日用之物收拾一下，拿过去。"

林叔夜与林小云面面相觑："怎么是高仙姑？又叫'云娘'？"

林小云第一个反应过来，应答道："我们这就让她去！请稍等片刻。"林小云便钻进马车中化妆，换衣服。

林叔夜进来道："怎么叫你？"

"肯定是姑姑让我去通消息，男的不方便去啊。"

林叔夜握住了表弟的手，以示托付。林小云甩开："行了，行了！放心吧，我会见机行事的。我化妆，你去'收拾东西'。"

好一阵子，林小云才打扮成女子模样，拿着林叔夜替他收拾好的一个包袱。

那宫女皱眉："就这么些东西，收拾这么久？"

林小云识相地塞了一锭银子过去，用伪音说道："妹妹我手脚慢，姐姐见谅则个。"

那宫女便不说话了。

林小云去了有一个多时辰才回来，回来后对众人说："喜事啊！皇上留住姑姑，原来是想仿唐朝封卢祖师例，要封姑姑为'神姑'！"凰浦众人听说，无不欢呼，至此人心方定。

林叔夜将林小云拉到一边，细问："怎么回事？神姑？"

"行宫之中确实传出了这个说法。"林小云低声道，"但姑姑说，她觉得那些宫女、太监对她，是把她当妃子伺候了。"跟着将陶仲文探查高眉娘底细的前后细节都说了。

林叔夜的神色瞬间变得不善。

林小云又摸出一团物事来，展将开来，却是那幅皱巴巴的《临江仙》："姑姑让我将这个给你。"

林叔夜接过，心头却是一痛。这幅绣，当时被高眉娘抱在了怀里，后来两人分隔，绣就藏在了高眉娘身上。她此时托林小云将绣给他，其中所含之意可想而知——若这幅绣是她的孩子，此举类于托孤。到此境地，自己与姑姑恐将永隔了！

"表哥，"林小云低声问，"你打算怎么办？"

林叔夜冷哼了一声，却问："姑姑怎么说？"

林小云道："姑姑说，她干干净净了一辈子，不会在最后关头让自己蒙污。叫你放心。"

林叔夜听得呆了，惨然道："最后关头，最后关头……她这是要做什么！"

第一八〇针　火烧嘉靖

林小云是依照高眉娘的吩咐来的，因他是高眉娘的徒弟，所以还能回去那边伺候师父。这次回来，表面的理由是要再收拾些高眉娘要的东西，所以他也不能久留，把该拿的东西拿了之后，便又回去伺候了。

凰浦众人都欢天喜地，暂时无人发现有什么异状。忽有一个童子前来邀林叔夜。他猜到童子背后是谁，便未拒绝，摸着夜色来到一条小河边，登上了一艘小船。童子自上岸去。

船舱里坐着一个脸色苍白的男人。林叔夜没有猜错，正是陈子峰。

见到林叔夜，陈子峰满脸怒色："你怎么搞的！怎么令她陷入如此境地！"

林叔夜冷冷地回道："她的事情与你无关。"

"与我无关？"陈子峰怒道，"你是他的庄主，本该守她护她，如今却……"

林叔夜冷笑道："我至少没泼她一脸毒胶，逼得她跳入急湍之中，颠沛流离十二年！"

陈子峰重重一拍船舷："林叔夜！"

林叔夜毫不示弱，冷冷地道："你找我来，就是跟我吵闹？"

"你算什么东西！也值得我跟你吵！"陈子峰怒道，"我只是无法眼睁睁看着秀秀被昏君玷污！你呢！你是不是怕了，准备认了这个栽，亲手送你的好姑姑入宫侍驾。"

"入宫侍驾"四个字可将林叔夜刺得狠了！

　　他厌恶陈子峰，但至少还能跟陈子峰一斗，但面对皇帝，却是全然无力对抗了。眼前这个兄长，他曾经崇拜过，也曾经厌恶过，而此时此刻，皇帝的出现竟逼得两人同仇敌忾。

　　陈子峰胸口起伏着，稍压怒火："我要你将她经历的细说给我听！把你知道的都说出来！"

　　林叔夜不开口。

　　"怎么？"

　　"我怎知你要做什么！"

　　"我要救她出生天！"

　　"凭你？"林叔夜笑了，"你以为你是谁？你以为这是哪里？搞成了几桩阴事，就当自己无所不能了？别以为自己真是个人物了！在行宫那些人眼里，你我与蝼蚁无异。"

　　陈子峰冷笑道："我再怎么无能，至少也比你强些！真以为这十几年我是吃白饭的？就算是十二年前，我在宫中、朝中的人脉，也不是你现在能比的！"

　　林叔夜沉默了片刻，道："你当年是怎么偷梁换柱的？那可是在大内，你是怎么在众目睽睽之下让沈女红吃瘪，还将姑姑的成就嫁接给长姊的？"

　　陈子峰冷笑道："现在你还有闲心管陈年旧事？"

　　"宫中、朝中的人脉，这些话是你自己提的，你不跟我说清楚，我就无法信你。"

　　陈子峰忍了忍，才道："和今天皇帝一言九鼎不同，那时朝堂、大内都混乱着，我借力打力，自能行偷梁换柱之事。"

　　他见林叔夜皱眉，也知这个同父异母的弟弟不是好糊弄的，便道："霍韬借我为桥，出入尚衣监行事，取得了宫中信任。宫中也正需要一个外朝大臣为倚，因此借着斗绣的事……内把领尚衣监的太监换了，外由霍韬按照皇帝心意攻击政敌。那时候，其实各方面都不把斗绣当回事，不过借着个由头进行权争。权争既定，什么绣品名次、人员，都随便安排了。我借故与那位掌事太监交好，自然一切好办。"

"就这样？"

"自然。"陈子峰冷笑道，"咱们在广绣行中也算个人物，但到了庙堂之上，你我却注定只是大人物手中的棋子。我们做的事情，只能在他们要做的大事的缝隙中，夹入一点我们的打算，顺势而行罢了。"

"那个与你勾结的太监是谁？"林叔夜问。

"他早死了……一个死人的名字，说来作甚？"

"那个太监死了，太后也死了，你在宫中还有什么倚仗？"林叔夜怀疑道，"何况如今皇帝南巡，行宫之中人员变动更大，你也渗透得进去？"

陈子峰烦躁地道："我自有我的办法，当然也有我的不足，否则我今晚还找你做什么？你到底想不想救秀秀？"

林叔夜闻言默然，他也知道此刻救姑姑的话，所有力气都得用上——哪怕是曾经的敌人。这时，他才将御前对决时的变故，以及姑姑通过林小云传递消息的事情都告诉了陈子峰。他知道此事关乎生死，因此未有所隐瞒。

他不喜陈子峰接近姑姑，但此刻也只能相信他应该不会害她。

陈子峰听完怒道："这个昏君！果然心怀不轨！"他骂完之后，抬头沉思良久，说道："有两件事。第一件，你要传个话，要秀秀尽量拖延，暂时莫见皇帝，以免被他所污。"

林叔夜皱眉："拖延？要拖多久？"

"不用很久。"陈子峰道，"很快就到卫辉了，御驾会从那儿经过。我在那边有人，只要拖到那时即可。"

"好吧。"

"第二件事，胡天九还在你队伍中吧？"

"在。"

"将他借我半日。我要他制点东西。"

"制什么？"

"你最好不要问。"

"就这两件事，你就能救出姑姑？"林叔夜皱着眉头，"而且你不需要我配合？不需要姑姑配合？"

"都不需要，你只要按我所说，让秀秀拖延一两日，等到卫辉之后，我自会救她出来。"陈子峰顿了顿，说，"你怕什么呢？你怕我救她出来后，她就不跟你了？"

林叔夜冷笑道："那不可能！"他顿了顿，说："姑姑若不是顾虑会拖累别人，还未必愿意受你援手！"

"你知道就好。所以我插手的事，你也可以瞒着她。"陈子峰道，"到卫辉之后，若变故无法控制，你就自己看着办吧。"

林叔夜回来后，先让喜妹去寻"云娘"，跟着又将胡天九派去做事。喜妹回来后道林小云一时不方便，需等两个时辰。林小云还没来，胡天九先回来了。他脸上犹有余悸，有点抱怨林叔夜："你怎么将我送去陈子峰处？"

林叔夜道："实有不得已，不过他没对你怎么样吧。"

"倒也没有，就是让我做些机关。"

"什么机关？"

"他……他不让说。"胡天九踌躇。

林叔夜正色道："此事关系重大，你若不说，回头我们可能都有性命之忧！"

"这……"

"你信他，还是信我？"

胡天九一想，也对，这才将陈子峰要他做的东西说了。

林叔夜大为奇怪："你还会做这东西？我只道你会削磨金属之物呢，只是他要你做这个干什么？"

"这些机关物事，才是我的本行啊，削铁磨针不过是因为绣庄需要。不过我也不知道他要我做这种引火机关做什么。"

林叔夜沉吟一会儿，道："行了，我再琢磨一下。你先回去，此事要守口如瓶。"

这时杜鹃三叫，林叔夜依约前往。见面后，屏儿道："姑娘让我来告知庄主一件事：今天陈子峰忽然现身，开了大价钱，要买凰浦的股份。"

林叔夜一奇："他买凰浦的股份做什么？"

"姑娘也一时不解。"屏儿道，"或许他觉得高师傅封了'神姑'，凰浦绣庄要水涨船高吧。"

林叔夜道："霍姑娘的意思呢？"

屏儿道："他开的价钱很公道，甚至是高于常价了。姑娘心中愿意卖他，但她说咱们和公子一场好友，还是先问问公子的意见。"

林叔夜道："既然股份已经卖给了霍姑娘，那就是霍姑娘的东西了。她愿意出售，那便出售好了。"

屏儿见他应允，倒是松了一口气。其实霍缩儿是看到高眉娘身上危机暗藏，纵然可能因为"神姑"之封而获大利，但里头仍有极大的风险，便有心抽身，只是这话不好提。

屏儿走后不久，林小云过了来，林叔夜便将陈子峰之事跟他说了。

林小云皱眉："这个人能信？"

林叔夜咬牙道："事到如今，我们哪里还有得选择，难道真的眼睁睁看着姑姑入宫？"

林小云叹了一口气。他也是不乐意的，却又说："但陈子峰又去买凰浦的股份做什么？这两件事不对啊。"

林叔夜被林小云一提醒，也发现这两件事的矛盾之处。如果陈子峰真的要救出高眉娘，那"神姑"册封必然被搅黄。如此一来，凰浦不但不能鸡犬升天，甚至还要受牵连；可如果陈子峰有什么歹心要害高眉娘，他还花大价钱买凰浦的股份做什么？

林小云想来想去，最后道："我只能说这人是疯子，谁能知道一个疯子要做什么！"

林叔夜却想：他就算疯，那也有理路可寻才对。如果说这个世界上还有一个男人最能理解陈子峰的话，那个人必定是林叔夜。哪怕是他的发疯状态，林叔夜也能知他为什么疯——他只要将自己代入陈子峰就行了。

"如果我是陈子峰，此时此刻，我……"这样一代入，他猛地惊悚了起来，忽然道，"我知道他要做什么了！"

"嗯？"

"他没打算救姑姑！他是要……怪不得他不需要我的配合，也不需要姑姑的配合！我明白了，我明白了！"

"你明白了什么啊？"

"他不是要救姑姑……他是要杀了姑姑！"

"啊？什么？"林小云几乎不敢相信自己的耳朵，"如果他要杀人，那还要姑姑拖延做什么？"

"他怕姑姑'不干净'了！他要姑姑拖延两日，是给他时间布局。他不能容忍的是姑姑被人'玷污'，我不行，皇帝也不行！"林叔夜的声音颤了颤，似乎在为接下来自己要说的话而心寒，"救了姑姑出来，姑姑还是跟我，他能甘心？但若置之不理，姑姑又……又会落入皇帝手中。所以只有在姑姑'干净'的时候杀了她，才是……他能接受的结局！"

林小云都愣了，实在无法想象一个人得自私恶毒成什么样子，才会这样去对待自己爱的人——他这样对高眉娘是真的爱她的话。

"但这和他买凰浦的股份又有什么关系？"

"他要姑姑'干干净净'地死，这是第一。在姑姑死之前，他陈子峰是庄主，而姑姑是绣首，这是第二。"

林小云自诩聪明，竟也听不明白："什么意思？"还没等林叔夜解释，林小云突然反应过来了："疯子！这人是个疯子！这家伙果然是个彻头彻尾的疯子！"

陈子峰是庄主，高秀秀是绣首，这是陈子峰心里头永远想回到的过去，但现实中是回不去了，于是他想在高眉娘死的时候让这种关系重现。

林小云整个人都打起摆子来，也不知道是气的，还是恶心的，过了好久才道："那……那我们怎么办？"

怎么办？那几乎是没有办法的！

他们是想救人，但就算捅破了陈子峰的奸谋，也于救人无补，何况高眉娘本来就抱有死志了。

要从皇帝手中毁灭一个人，还有机会，但要把人救出来，那就真是千难万难！

林叔夜揪着头发，连拔了数十根，拔到头皮渗出血渍，还是想不出什么办法。

林小云知道劝不了，叹道："也不知道我们为什么会撞上这些人……皇帝是个昏君，会首是个疯子……只是这个疯子为什么要搞得这么复杂，又叫胡天九，又搞什么拖延。他真要杀人，还不如想办法下毒，那还容易些，买通宫女、厨子，说不定就行了。"

林叔夜怔了："是啊，为什么不是下毒，而要用到引火的机关……火……火……啊！"

林叔夜惊呼了出来！

他脑中再次响起那句话："到了庙堂之上，你我却注定只是大人物手中的棋子。我们做的事情，只能在他们要做的大事的缝隙中，夹入一点我们的打算，顺势而行罢了。"

"我明白了！我明白了！"

林叔夜没给林小云解释他明白了什么，只是叮嘱他这事先瞒着高眉娘："仍然按照陈子峰的意思，拖延到卫辉。其他的事我另作安排。"

林小云便猜表哥想将计就计。不过他不知自己走后，林叔夜又拔了自己的头发："陈子峰想做什么，我已经猜到了几分……果然狂妄大胆！

"他这么做，背后必定有主使之人，否则凭他区区一介商贾，做不得这般大事！

"我既猜到了他要做的事情，还能预测到时间、地点，从中取事便有机会！

"但是我得有个抓手！一个能接近行宫的权贵！我去哪里找这个权贵呢？

"这个权贵，不但要能接触行宫，而且是我能够得着的……除了够得着，还得能被我买动。"

他所知道的，这次随驾南巡的权贵人物在脑海中一一闪过：严嵩、夏言、秦德威……

夏言完全够不着！

严嵩倒是够着了，能用钱买他做事，但这老儿不可测、不可预、不可控，反而随时可能把自己碾了！

秦德威倒也够得着，也有机会买他做事，但他完全插不了手……

那还有谁？

锦衣卫指挥使？没门路啊！

随驾大太监黄锦？够不着！

那个道士陶仲文？也不行——等等！

林叔夜的脑海中如闪电般划过！

陶仲文！他可以的！

此次嘉靖南巡，队伍规模庞大，光是有锦衣卫扈行精壮旗校就有八千人，其中六千人专管护卫嘉靖所坐的舆辇，两千人专管摆执驾仪及巡察传令事务，另外又有扈驾官军六千人，执武陈驾仪一千人，驾前驾后各两千人，驾左驾右各五百人……队伍浩浩荡荡，因此所行不速。

如此慢慢地过了河北，进入河南境内。

这日陶仲文正观沿途风情，忽有心腹弟子来禀："有富商来求签，师父是否接见？"

陶仲文眉头大皱，虽然道士解签是寻常事，但他如今是何等身份，岂还能做这般事？正要斥退，忽转念：不对啊！眼前来禀的是自己的心腹弟子，他做事一向妥帖，是哪个富商提出这种无理要求，他竟然还会帮忙传话？要不就是对方身份不凡，要不就是弟子收了大好处……能给出这么大好处的，对方身份肯定不凡。

他便问："是哪个富商？"

"凰浦绣庄的林庄主。"

陶仲文眉头微展，便记起那是高眉娘所在的绣庄。眼看嘉靖对高氏或将宠信，往后说不定会怎么样，他心头微微一动，便道："让他过来。"

一个俊后生拍马近前。陶仲文见林叔夜眉清眸正、气度沉稳，便知他也是个不凡的人物，因而笑道："林庄主哪儿求来的签文，要找贫道解说？"

"今日倒也不是为求签而来。"林叔夜知三百两银子买来的一面着实不易，因此开门见山，"乃是要与道长做一桩买卖。"

陶仲文使了个眼神，旁边几个徒弟都有意无意地拉开了一点距离，留下两人说话。他笑了笑："贫道方外之人，不是商贾，不做买卖。"

"道长真乃世内高人也！不过我们做生意的，不能免俗。眼前正有一场莫须有的富贵，落到别人处，那只是清风过耳，只有在道长这里才有变现的可能，所以林某冒昧前来。"

陶仲文为人谨小慎微，仍然道："贫道虽在朝中，却仍潜心修道，富贵于我如浮云。"

"那不才便送道长一片青云如何？"

至此陶仲文已经猜到对方送来的东西非同小可了，不过他仍然谨慎："送出这片青云，林庄主想要什么？"

"不要什么。如果事情没发生，道长就当我放屁。万一发生了，不才就是想蹭一蹭这片青云。"林叔夜笑道，"正所谓，一人得道，鸡犬升天。不才只求能在道长跟前执弟子礼，问仙圣道，修逍遥行。"

这一日，南巡车驾接近重镇卫辉，正行走间，忽有一股旋风在嘉靖御车附近盘旋。这本来也只是个偶然的天气现象，但嘉靖动了疑惑，觉得这会不会有什么启示，便召陶仲文来问："此何征兆？"

陶仲文看着还在车驾附近盘旋的旋风，忽然想起林叔夜所卖的那个没头没尾情报，心头一动：若依彼说，无验无事，验则有功！

便道:"此风主火。"

嘉靖皱眉,问道:"如何消弭?"

陶仲文道:"火终不免,可谨护圣躬耳。"

嘉靖听了,不置可否。

嘉靖当晚宿于卫辉,设宴款待了前来见驾的汝王。酒宴过后,他甚是疲倦,却总是睡不着,忽然记起那位还未正式敕封的"神姑",便派人宣召。

高眉娘这时已经睡下,听到传召,便起身。她先前已好言婉拒了几次召见,因在行走途中,嘉靖倒也没有太过留难。这时已经停宿,黄锦的言语便隐有逼劝。高眉娘想起了林叔夜的嘱托,心想:此处已是卫辉,虽不知他要做什么,但且依他所说行事吧。便应允了。

黄锦表面大喜,心里却不屑:装什么清高呢,终究还是答应了!又想:皇爷正崇仙道,这主儿正投了皇爷的脾胃!先前虽辞了几回,但这回就答应了,节奏拿捏得刚刚好,可见这位是懂欲拒还迎的,往后或能专宠也未可知!他便多了两分客气逢迎。

高眉娘略作装束。她怕嘉靖要行不轨之事,所以特意穿上道袍,希望能略表自己无俗世心之意,这才出来见黄锦。

黄锦看了,心想:好家伙!果然是知道怎么勾人的!

行殿之内,嘉靖醉眼迷蒙,眼看一个绝色道姑在灯火摇曳中走进来,真是宛如仙子降临一般,心中大喜,便命看座。高眉娘眼观鼻、鼻观心,全无外视之意。不料嘉靖见她如此出尘,反而越发上心。黄锦哪还需要什么明示暗示,早带人退下去了。

嘉靖这才问:"你我也算久别重逢,上回朕没认出你,让你受委屈了。"

高眉娘眼看空荡荡的行殿中只剩下皇帝与自己,心中也略有些慌乱,却还是沉住了气,说:"民女冲撞至尊,的确是死罪。"

"别说什么民女了!"嘉靖挥手道,"你如今既已修道有成,往后就是朕的'仙姑'。朕要将你供奉在宫中,如同你的卢祖师一样。"他说着,撑起身子就要朝高眉娘走去。

高眉娘心中慌乱。她一直追着传说中卢眉娘的脚步在绣道中迈进，但眼前皇帝的供奉，怕是与唐朝皇帝对卢祖师的供奉不太一样！她不愿蒙污沾尘，但又怕做了激烈之事引起皇帝暴怒，牵连了自己关心的人，因此一时心境颇乱，竟不知如何应对。幸而她想起林叔夜通过林小云传来的那些莫名其妙的话，便赶紧拿出来推托：

"民女尚有二劫未完，不敢伴君，恐吾皇受我牵连。"

嘉靖怔了怔，停了脚步："二劫？什么劫？"

"民女修道犯忌，十二年前，应了水劫，时至如今，已过一纪，近期恐再有一劫。还望吾皇放民女于野，勿令劫运波及至尊，否则民女便是万死之罪。"

嘉靖听了这话，酒意消解了两分，热切地问："这一劫是何劫？"

"这……"高眉娘回想着林小云的传话，说道，"火劫。"

嘉靖"咦"了一声，忽然就想起日间陶仲文所说的话来，感觉冥冥之中似乎对上了，忙问道："遭了火劫，会如何？"

"火劫……"高眉娘见皇帝竟正儿八经地跟自己谈论起这些鬼神传说，更是无语，只好拿林小云传的那些胡说八道来搪塞，"蒙受火劫，渡得过自然浴火重生，所以我才会将自己所在的绣庄命名为凰浦。若渡不过，那便是香消玉殒，从此消弭于人间。"

"那火劫之后呢？又是什么劫？"

"雷劫……不过，那至少是渡过火劫后再经十二年，就非民女此时所能知了。"

嘉靖听得心晃神摇，又一阵酒气上涌："你果然是得道了！你果然是得道了！纵是小道，也是道啊！"他跟跄几步，欺到高眉娘身前，一把抓住了她的手，道："朕要与你双修。朕以倾国之力供养你，你则辅朕修行以登仙道，如何？"

高眉娘被他抓住了手，一时大惊。正在她不知该如何应对时，外头忽然发出噼里啪啦的诡异响声。

"什么东西？"嘉靖一环顾，却见窗户之外竟通明起来！

最近这一带气候颇为干燥，行殿之中又多苇席、毡帐、木制家具，因不知从哪里冒出了火花，导致那火来势古怪而凶猛，不多时便吞噬了行殿四周！

等到嘉靖发现，外头火已成势！

嘉靖大惊失色："火劫！真有火劫！"惊吓之中，他竟放开了高眉娘。

高眉娘也赶紧退开两步，举目向外。那火来得好快，快到不可思议的地步，外头已然变成一片火海！

惊醒的侍从、太监、宫女这才惊呼，高叫，奔走。因嘉靖要见高眉娘，所以其今晚的行踪不泄于人。外头当值的锦衣卫不知皇帝在哪座行殿，混乱中竟冲向另外一座行殿，黄锦也在混乱中不知去向。

嘉靖急叫："朕在这里！快救驾！快救驾！"

但猛火之中，无数人在挣扎着，翻滚着，哀号着，这时都只顾着自己求生。嘉靖的叫声混在无数惊呼怒号中，又有谁听得见？

卫辉城中一处旧屋里，陈子峰望着远处已经冒出来的大火，哈哈一笑，便拿起身边一杯酒，仰头喝下。见陈子峰喝下了酒，他身边盯着的人才走。

见他一走，陈子峰马上拿出一颗丹药塞入口中！

然后他也不着急，在躺椅上望着那火光，呢喃着："秀秀，秀秀！你终究还是……为什么！为什么我把心都给你了，你却到死都不把心给我！"

忽然有脚步声响起，陈子峰急忙躺倒，做濒死状。

一个少女轻手轻脚地走了进来，匍匐在陈子峰身上，低声叫道："达达……"

陈子峰大惊，抓住了她的手，低声道："雪儿？你怎么来了！我不是让你远走高飞了吗？"

姚凌雪揽住了他的脖子："我不走，我陪着你。我是你从烂泥地里捞出来的，是你让我知道了什么是尊贵，什么是任性，什么是为所欲为……

"我只是一个边荒苗女,你却把我养得无法无天。在遇到你之前,我没过过一点好日子;在遇到你之后,我就不再受一点委屈。我知你今天必要遭大难,不然不会安排我远走,还送了我那么多金银珠宝……

"但我不走!我陪着你!"

陈子峰听得怔了:"你……你知道我有难,还愿意陪我死?"

姚凌雪将脸贴在陈子峰的胸膛上,轻轻"嗯"了一声。

"为什么……为什么!"

他在湘江边偶遇了这个女孩,在她身上看到了高秀秀的影子,因此教她高深绣道,给予她极好的供养,又对她无比放任,几乎是她要什么就给什么,就算她闯了什么祸,他也出手摆平。这些年,他除了传授她绣道,并不要求她什么,甚至都没让人教她什么道德教条,只是任她疯长,然后远远地看着她。

姚凌雪于他只是一个寄托,甚至只是个玩物!

"不为什么啊!"姚凌雪低声道,"这辈子,从没人待我这么好。你待我这么好,却从没向我索要过什么。我知道你心里有人,但我不介意。"

这竟是一段单向的爱,与自己对高秀秀不正一样吗?

陈子峰只觉得脑子里嗡嗡作响!

他竭力追求的,终其一生都得不到。

他未有所求的,此刻却在怀中。

忽然,外头有脚步声响起。陈子峰一惊:"有人看见你进来?"

"嗯。"

陈子峰一垂脑袋,又问:"有打过照面没?"

"没有。"

脚步声越来越近了,陈子峰忽然嗷嗷乱叫,仿佛死前挣扎一般,跟着一挥手,打破了一个泥葫芦。泥葫芦摔在了门口,门口登时烧起了一面火幕!

火幕隔绝了内外,陈子峰拉着姚凌雪走到内屋,打开地下一个暗门。里头有一口很窄的棺材,棺材里躺着个死人。

陈子峰将死人拉出来，犹豫了一下，终将姚凌雪推了进去。忽然，陈子峰掐紧了姚凌雪的脖子。姚凌雪瞪大了眼珠子，应激性地要挣扎，但马上就目光柔和，手也停止了挣扎。陈子峰就知道，姚凌雪真的愿意为自己死，真的将性命交给了自己。姚凌雪任由陈子峰掐得她呼吸不畅。终于，她晕厥过去了。陈子峰却放了手，长叹了一声，看着外头的火势，忽然狂笑了起来，笑得既猖狂又凄惨。

他在棺材中摸出一瓶药酒，给姚凌雪灌了进去，跟着将她放进棺材里，把盖子盖上。这口棺材极其狭小，仅容一人，但有通风管曲折向外，盖死之后也不会令人窒息。

陈子峰料理好屋内的一切，拖着死人回到外头时，屋子已经烧得炙体生疼！

陈子峰又笑了，只觉得这个世界太过荒诞，自己的人生更加荒诞！

所求非所得，所得非所求。

明明算尽一切，到最后却为了一个"玩物"，放弃了最后的生路。

他重新斟了一杯毒酒，看着行宫的方向，一饮而尽。

"秀秀，我们下面见吧！"

行宫那边，火势已经大到彻底失控。烟燎火绕中，嘉靖也失去了身影。

混乱的人群和缭绕的烟火彻底让人失去了方向，高眉娘在无数人的慌乱求生、如鼠乱窜中，也是不知往哪里去。

"罢了，罢了！"她摇了摇身子，低声道，"这样的结局，也是挺好。"

正要放弃逃跑，准备以守心打坐迎最后的解脱时，忽然有一只手抓住了她。她愣了愣，一回头，就看见道士打扮的林叔夜。

"你……你怎么在这里！"

林叔夜没有解释，只是笑了笑："跟我来！"

尾声

深圳河汇入的海面上，一艘方艄扬了帆。船头丁老二呼喝着水手们打起精神，不过这一次不是驶向澳门，而是驶向潮州。

已经换回男装的林小云站在船头，迎着风呜呜大叫。

"鬼叫什么呢！"林添财骂道，"你姑在舱里睡觉呢，别吵着她！"

林小云嘻嘻笑道："当初我就是走这条水路从潮州那边来，然后转去澳门的。当时只想玩一遭海上斗绣，没想到抛不住锚，连广潮斗绣、御前大比都给玩了！还拐回了个老婆，这一趟可真值了！"

林添财骂骂咧咧："你可值了，你老子却丢了一只手！这算什么。"

林小云笑着说："有失必有得嘛！"

"得，有什么得！有得的也是你小子！"

林小云凑到林添财跟前，低声说："辜三妹陪姑姑在舱里头，我才跟你说……她有了。"

林添财一愣，随即叫道："臭小子，你……你！行啊！"他将林小云乱打了一通，林小云急忙逃窜。他手上真是用力了，但再怎么打，再怎么骂，也掩不住嘴角的偷笑。

父子俩从船头打到船尾，站在右舷上的两个人却静静地坐着。方艄向东，海水便如同西去，林叔夜笑道："舅舅跟小云又不知道在闹什么了。"

高眉娘靠在他怀中,整个人软软的,也不说话。有生以来,从未如今时今日这般无虑无忧、无念无求,此刻只盼着这日子能长久,直到永远。

　　林叔夜数着她的手指头,忽然道:"到潮州府后,你还刺绣吗?"

　　"嗯。"

　　"'嗯'是什么意思?"

　　"就是……随便吧。"

　　"随便?"林叔夜笑道,"你这大宗师的绣艺如果就此埋没,岂非天下绣行一大损失?"

　　"损失不了什么的。"高眉娘懒懒地说,"天下绣行有沈女红撑着,广东绣艺有袁莞师传道,我会的也都教出去了,甚至海外也有人传了我的绣艺。这个世界有我没我,都是一般。"

　　"对了。"林叔夜从身旁摸出一个盒子来,"我把《临江仙》熨平了……不敢用寻常熨斗,为了磨平褶皱,可费了大心思。"

　　两人将《临江仙》一角微微展开,果然,当初被皇帝作践过的褶皱都已完全平复,绣地丝线也都丝毫未损。

　　"可惜了,这般宝物,以后就只能与你的针艺一般,在我家隐姓埋名了。"

　　"那样不好吗?"高眉娘淡淡地说,"煊赫声名,山海利益,都是戕贼毒药。"

　　"那《临江仙》呢?如此绝世好绣深藏秘处,不可惜吗?"

　　"也不用深藏。"高眉娘道,"衣服用来穿,绣画用来赏,这才是它们本来的归处……到时候在家里找面墙壁,挂起来就好。"

　　"这么随便?"

　　"不然呢?"高眉娘笑道,"难道它一定要挂在皇宫里被贵人们玩赏才好?我刺了一辈子的绣,自己享用的百中无一,现在我也想通了,以后就为你绣,为我绣,为家里人绣。好的针线,就该先为自己与身边人所用,才符合大道正理,你说对吗?"

　　"你这么说,倒也对。"

他将手一抖,整幅绣登时在海风之中展开:绣上的滚滚长江,像要汇入眼前的无穷大海;绣上的诗词,似乎也要在海天之中飘扬出来。

　　那边林添财、林小云还在闹,辜三妹也被吵得出来问何事。方艄之上,人声话语,大显热闹,嬉嬉笑笑,亦汇入海风之中。

　　林叔夜一手搂着高眉娘,眼睛瞥到海风吹拂过来的刺绣背面,刚好就瞥见了词的最后一句:

　　　古今多少事,都付笑谈中。

　　嗯,应景,甚是应景!

(第三卷　完)

后记

  这本小说是一个寓言。洋洋洒洒七十几万字，其实讲的只是一句话：权力对艺术的扼控和艺术对权力的反抗。

  这里说的权力，既有政治的权力，也有金钱（资本、商业）的权力；有庙堂的权力，也有江湖的权力；有行业的权力，也有家族的权力，甚至还有宗教的权力。一个艺术品从其诞生开始，各种权力就要干涉其发展，到其成型之后，又要瓜分其利益。商业的权力想用艺术赚钱，政治的权力想用艺术来粉饰江山，这些权力的代言人一方面希望艺术按照自己想要的去发展，并成长为他们认为的样子，另一方面心里又看不起艺术工作者，认为他们虚弱、贫穷、散漫，甚至低贱，所以得用道德性，甚至神圣性来进行改造。

  艺术工作者在面对这些权力的时候，总是充满矛盾。因为艺术家能力的培养，以及艺术品的产生与发展，都需要依附这些权力。贫穷家庭的孩子成为艺术家的概率，要比富裕家庭的小很多，商业发达地区也总会成为艺术家与艺术品的聚集处，而宗教权力与政治权力的周边，通常也是艺术评判的所在。因此，虽然艺术的本性极其厌恶各种权力的限制与束缚，其产生与发展又总是不得不依附于它们，否则艺术难以发展壮大，甚至无法生存。

  但是，艺术家——尤其是顶级艺术家，又不能完全匍匐在这些权力的脚下，否则其将因精神自由状态受限而无法生产真正有灵气的作品。

  艺术家确实是卑微的。在这些权力面前，他们就像蝼蚁一样随时要被控制创作、中止创作，乃至反向创作——在极端情况下，甚至可能要献祭自己的自由，乃至生命。唯有理解了艺术家在现实世界中的渺小与无力，才能真正体会部分杰出艺术品在突破这些桎梏后所展现的精神世界的伟大，也只有体验过那种无处不在的罗网与压制，才能理解中国传统文化中隐士精神的文化真髓。

曾经有一段时间，我们对隐士精神是有一定批判的，至少认为这种精神是不够积极的，是有局限的，只是一定历史阶段下的产物——就算是我们的主流文艺观里也是这样写的。曾经我们认为，这种权力压迫只存在于某个历史阶段，经过时代进步，在进入新的社会形态之后，这种压迫就会结束。这是我们认为隐士精神有"局限性"的理论基础。但在现实中经历了对现代性与后现代性的再认识之后，我发现这种压迫大概率是不受历史阶段变化影响的。

就算生产力进步了，生产关系改变了，社会形态变更了，这种压迫仍然存在。它可能只是换一种主体，或者换一种方式。旧的权力架构瓦解之后，新的权力很快就会以新的形式占据那个位置：宗教的权力消退后，政治的权力马上会替位；政治的权力消退了，资本的权力马上会替位。权力所在的位置是不会长久处于真空状态的，因此这种压迫不但广泛存在于各个空间维度，也广泛存在于各个时间维度，以及各种社会形态中，正是"前有庙宇，后有朝堂，上下苍茫，无处可藏"！

艺术家在精神世界有多强大，其在现实世界就有多弱小。他们不可能拥有那么大的力量去反抗现实世界的权力结构，更不要说去改造它——一旦试图去改造，那在一瞬间，这个艺术家将会变质，将从精神世界里走出来变成政治家、宗教领袖或者资本家。他个体的"成功"只是改变了自身的命运，并不会改变艺术家身份下的困境。如果仍然保留艺术家身份，在面对权力压迫的时候，他就只有三种选择：妥协的成为工具、不妥协的逐渐枯萎，以及对抗后的爆发性灭亡。而在这三种选择之外，"归隐"其实已经是一种难得的善终。

这本小说，写的就是刺绣领域各类艺术从业者的境遇与命运：一直作为工具却不甘心的陈子艳、试图变质而失败的梁惠师、因反抗而受摧残的黄娘、试图为艺术护法的林叔夜、从护法者变成压迫者的陈子峰，以及始终追求纯粹艺术的高眉娘。

就立意来说，高眉娘处于整个故事的核心。她是一种理想化的艺术状态。不过，如果是在更加残酷的真实世界，她其实在"十二年前"就应该死了。她回归的历程，就像一个游魂或者一段执念，回到人间来一段了却心愿的旅程。当心愿了结之后，她的一切又将消失于无形，然后人间不复存在她的痕迹——包括她的人与她的作品。

从这个角度来讲，这个故事本应该是一个像鬼故事一样的悲剧。如果按照古希腊的审美，高眉娘应该在最后面对最高权力的压迫时，做出天崩地裂式的反抗，在对抗与湮灭中产生巨大的震撼力。但中国与古希腊不同，毁灭式的悲剧美，既不符合广大人民群众的审美，也和我们民族"中正平和"的艺术追求不吻合。我们在死亡与毁灭之外，还有另外一条道路，那就是归隐。

这是中国人对艺术工作者最慈悲的抚慰。

高眉娘是真实历史中不存在的人物，但我相信像陶渊明这样留下作品与名字的人，其实只是艺术家中的少数。更多的艺术工作者，其实是作品与名字全都湮灭，不为人知。这其实是一件令人感到悲伤的事情，但我们仍然抱怀最大的善意，希望他们在有生之年，其个体得以善终，这就是产生隐士文化的根源之一。因此，小说中的高眉娘最终也没有反抗或死亡，而是作为一个隐者，得到了安宁与幸福。

如果我们的社会能让艺术家在现实中也得到同样的安宁，说明我们的社会还处在相对宽松的阶段；如果不能，则是社会进入紧张阶段的表征。这与是否进步没有关系，也与社会形态没有关系，它只是历史发展中的一种必然循环。看破了这一切却还能顺之应之的话，那便是道家的精神境界了，也就是隐士的境界。

在这本书的最后，我要感谢我的两个好朋友。第一位是流浪的军刀，这本书的书名是他起的，网络版的简介也是他帮着拟的。我是一个"起名废"，所以很感谢他替我做了这两件事。第二位是随轻风去。这本小说在提纲阶段，我一直犹豫着是要将年代放在嘉靖初年、嘉靖末年，还是隆庆年间，最后，因为看了他的一本小说，有感之下就直接借用了他小说的历史时代设定，并让他的男主角"挥刀自宫"后，也在我的书里客串了一番。如果他"有幸"看到这个故事，希望能原谅我对他那位男主角的恶趣味。

最后的最后，因为时间的问题，本书仍然存在着不足之处。我知道，我清楚，但我暂时没时间去仔细修正，因为已经赶着要出版了。这是遗憾的，但这种遗憾本身就是艺术品经常要经历的，所以也很符合我这部小说的主题：艺术品的诞生总要被各种"权力"干扰的！所以看到"遗憾处"的话，你们就少骂我几句吧，因为我被资本的权力给"压迫"了呀，哈哈！

当然，这倒也印证了另外一件事：我能这么开心地笑出来，说明我们的社会还处在宽松阶段。

感恩这个时代，感恩我的祖国。

阿菩

2023年10月15日